红猪侠 著

浙江出版联合集团
浙江文艺出版社

红猪侠 著

浙江出版联合集团
浙江文艺出版社

图书在版编目（CIP）数据

庆熹纪事 / 红猪侠著 . -- 杭州 : 浙江文艺出版社，2018.2

ISBN 978-7-5339-5213-6

Ⅰ . ①庆… Ⅱ . ①红… Ⅲ . ①长篇小说 – 中国 – 当代 Ⅳ . ① I247.5

中国版本图书馆 CIP 数据核字 (2018) 第 040339 号

责任编辑：瞿昌林
责任印制：朱毅平

庆熹纪事（完结典藏版）
红猪侠 著

出版　浙江文艺出版社
网址　www.zjwycbs.cn
经销　浙江省新华书店集团有限公司
印刷　三河市嘉科万达彩色印刷有限公司
开本　700 毫米 ×1000 毫米　1/16
字数　1292 千字
印张　69.5
版次　2018 年 4 月第 1 版　　2018 年 4 月第 1 次印刷
书号　ISBN 978-7-5339-5213-6
定价　128.00 元（全三册）

目录

上册

中册

目录

下册

一

七宝太监

庆熹十年的春天来得特别早，才二月里的天气就让人暖洋洋的浑不着力，往年冰雪初消的时候，御花园里就已经遍地花开，尤其是那片梅林，争相怒放，香雪无垠。

七宝太监佝偻着腰，低头从中走过，心中在暗自感激苍天对他的厚赐，他知道，这已是他最后一个春天了，刚过去的那个严冬使他每日辗转难眠，不但膝腿整日酸痛，连他暗运内力时，右肋下也会隐隐鼓胀，进而浑身血脉不畅，让他烦厌欲呕。他想他是老了，六十三岁的人了，说什么也不能像以前那样当差，现在能不管的事就尽量少管，但当清风拂过他身体的时候，他却突然想放声高歌，心中的欢畅充斥在他每条血管里，连脸上也会迸出少有的年轻人的光彩来。他不禁伸手入怀，默默抚摸着那管细小的洞箫，压抑着想取出来高奏一曲的冲动。

“师傅，小心。”身边的小太监见他一个踉跄，急忙扶了他一把。

“不妨事，”七宝太监舒了口气，“康健哪，去前面瞧瞧，太后是不是已经用完酒了？”

“是。”

康健是七宝太监最小的弟子，年纪才十七八，七宝太监上了岁数之后心肠总比年轻时软些，对这个年幼的弟子也就格外爱惜，所以一直留在身边，尚未放他去各宫跟前伺候。如今望着他飞扬雀跃的背影，才有些后悔没有管教得更严厉些，想到他日后免不了吃苦，七宝太监竟多了些平生未有的无奈。

才拐了一个弯，就见到梅亭那边随侍如云，太后正带着皇后和諄、谊二妃赏梅，筑在假山顶端的木亭中彩衣婆娑，香风挟着妃子们细柔的笑语吹散。一条杏色的人影从山石间转折飘下，正是七宝太监的大弟子吉祥。“师傅，您老人家安泰？”他向七宝太监请了个安，又道，“太后传您上去回话。”

“是。”七宝太监道，“你也在这里？皇上也来了吗？”

吉祥随侍在皇帝身边已有四年了，他办事老成周详、事无巨细，迄今未曾有过半星差错，因此虽二十八岁便已升至御前从五品的尚宝领事太监，阖宫上下却也人人信服。

“皇上才刚从西郊回来，因为过来定省，也就坐下吃了两杯酒。”

“如此正好。”七宝太监理了理宫衣，掸掸拂尘，拾级上了梅亭。

“给太后娘娘、万岁爷、皇后娘娘、两位娘娘请安。”

在他顿首时，两位年轻的妃子立即停止了谈笑，甚至有些不自在地在座位上欠了欠身。只听见太后笑道：“梅君，起来起来，吉祥说你有要紧事要回，难为梅君这么老远还过来伺候。”

太后的声音清澈，犹如冬日下的海水般深沉平静，七宝太监抬头正好可以看见她明亮的眼睛，正如多年来一样令他微微沉醉。“奴婢近来也不常在太后娘娘跟前伺候，每日里只能祝祷太后、万岁爷和各位娘娘安泰吉祥，人老了之后，想在娘娘跟前伺候也是心有余而力不足了。”

“是啊……”太后静静地叹了口气，飞散的花瓣落在席上，她拈在指间，“初见梅君时，似乎也是这种初春时节……”她怅然回想了一瞬，对旁边的妃子们笑道，“当年七宝太监在宫廷内外都有‘神仙’之誉。年年初春梅花绽放之际，先帝临幸燃春桥梅林，自有七宝太监在红梅之下素衣作舞，清洁之姿实只有冰山雪峰可喻。故先帝始称‘梅侍’，可惜你们年轻，不曾见过这等世面。”她叹道，“如此说来，梅君也是六十多岁的人了，该歇着时就让徒弟们办事，你教的七个徒弟一个赛一个的，你也可以少操心。”

“是，太后夸奖他们是他们的福气，奴婢是不中用了，这两年一直白吃宫里的粮饷心有不安，今儿个向太后主子讨情，放奴婢回乡下去，出来五十多年，岁数大了就想回去瞧瞧。”

太后的片刻沉默中，梅亭似乎寂肃无风，妃子们微微垂下眼帘，只有七宝太监依旧仰面，任太后的目光落在脸上。年逾花甲的大宦官依旧容色如故，只是眼角的皱纹深刻，竟让人不禁联想岁月的刻蚀会不会也是痛的。太后终于转而一笑，对周围的妃子道：“你们听听他说的话，好似宫里养不起他了。七宝。”

她至此才直呼七宝太监的名字，七宝太监便整肃了精神，恭恭敬敬地道：“是。”

“我看你这两年的差也当得很好，你这针工局大采办的眼光，哪里是年轻人比得上的。”

“蒙太后谬赞，只是奴婢年岁已大，哪里还分得清时下衣裳的美丑，这两年的差事都是奴婢徒弟办的，听太后娘娘夸奖，奴婢就可以放心了。”

太后若有所思地望着身上轻若无物的夹衫，问道：“你的徒弟多，不知是哪个？”

“一个是驱恶，一个是辟邪。”

“就算真舍得你回家，你这采办的差事又打算交给谁呢？”

“驱恶稳重些。”

太后轻轻哼了一声：“针工局织物采办要的是眼光。你不要连人带物都沾上什么我瞧不惯的，送在我面前。”她措辞里是少有的尖刻，连她自己也有所觉，“你自己看着吧。”

她最后道。

“是，太后娘娘说得极是。”七宝太监很自然地接道，“论格调，倒是辟邪高些。”

“那就辟邪吧。”太后缓缓道，“你那小徒弟康健我很喜欢，你一走就叫他到慈宁宫当差。”

“是，谢太后恩典。”

“宫中采办历来和内务府、户部打交道，交接完了，让辟邪去皇上那儿谢恩。”

“是。”七宝向皇帝叩头，“谢皇上恩典。”

庆熹十年春天的清风微拂过皇帝的脸颊，带来甜美的梅花芬芳，他皱着入鬓的飞眉，眯起双眼望着湛蓝的天空发呆，在这宫中最举足轻重的老奴临行时，他只是把着酒杯，心不在焉地道：“免了。”

七宝太监有时会想到将来，六十三岁的人，很难说有什么将来了，只是当他望着身边的两个弟子时，他就会想到身后的这片宫阙中将会有什么样的惊涛骇浪。在宫中浸淫了五十八年，自然会看得透彻些。仿若弈棋，要害的两枚棋子竟是自己用了九年的时间苦心布下，这时局已不过是自己眼中的残局罢了，每每想到此节，一生寂寞而少有动容的他也会微微地自得起来。

七宝太监在别亭歇了歇，吉祥替他把驴子拴在亭子的栏杆上，辟邪捧过水壶来，他慢慢喝了几口水，山坡上芳草连天，寂静无声，只有长风柔和地轻啸着绕梁而去。七宝太监从怀中摸出洞箫，放在唇边，洞箫里流出一串婉转的清音，他不禁“呵呵”笑了几声，长身而起，大步踱到别亭之外，使劲呼吸着春天的气息，又举起洞箫，凝了凝神，忽而纵情吹奏，灿烂的音色如同山涧飞流直下，绕山而行，箫声和着长风疾驰而去，似远远传来的寂寞长笑。七宝太监放下洞箫，伸开双臂，迎风大笑：“有人十年磨一剑，我今日可称得上十年奏一曲了，当真大畅人心，大畅人心。”他一扫平日恭谨的神色，眉宇间英气飞扬，颇见侠气，犹如藏了几十年的利刃陡然出鞘，照人双目。他忽回头道：“走了！”

“师傅，”吉祥急忙迎上前去，“您老人家往哪里去？回寒州吗？”

七宝太监停住脚步，微笑道：“回什么寒州！”他转身望了望山下一片灿烂的宫院，道，“我是个宦官而已，离开了那片宫廷就什么也不是，大千世界茫茫无垠，却无我容身之地，你们也是一样，”他望着两个弟子道，“纵然你们日后必定翻云覆雨，甚至只手遮天，但只要离开了它，就像我今日一样，无处可去。”

辟邪走上来道：“师傅。”

七宝太监微笑抚摸着他柔软的黑发，柔声道：“你要好自为之。”

他解开驴子，倒背手牵着，迤逦而去。吉祥和辟邪跪倒在地，向着他的背影默默叩了个头。长风当空，隐约还带来七宝太监的笑声似的。

皇帝抚弄着手中的棋子，心中颇为踌躇，眼看角上的一条巨龙已成困兽之争，与中上腹的一片活棋之间只有几粒孤子，当真跳也不是，连也不是，思来想去，不禁恼怒："难不成今天又让你赢了去？"皇帝白了对面的成亲王一眼，把棋子往棋匣里一掷。成亲王"嘿嘿"一笑，摇了摇手中的折扇，道："皇上又累了，要不今天就点到为止。"皇帝瞪了瞪这个比自己还小着两岁的同胞兄弟，才要开口，就听见吉祥疾步走到帘子外禀道："乞禀万岁爷，新任针工局采办辟邪前来谢恩。"

皇帝正在尴尬之时，由他一打岔不禁觉得神清气爽，于是道："叫他进来。"

成亲王不禁拊掌赞道："好个奴才，当真来得是时候。当真无时无刻不遂人心意，如果不是太后早了一步给了皇上，臣还真想要他回去，在王府里当差。"

"放在你那里当真大材小用了，"皇帝道，"你的王府里哪里容得下这等人物？"

门外一阵轻盈的脚步，一个身量瘦小着青色宫服的年轻太监由吉祥领着低头走进来，在帘外跪下叩头道："奴婢辟邪谢主隆恩，皇上万福金安。"

皇帝只觉他行礼之时体态优雅，口齿清澈大方，不觉已有几分喜欢，道："起来吧。"

"是。"辟邪站起身，垂手站在外边，皇帝命人挑起帘子，"进来回话。"

辟邪往里紧走几步，慢慢抬起头来。皇帝不禁倒抽一口冷气，更听得身边的成亲王不由得"啊"了一声。只觉眼前的少年清爽异常，一张雪白的面庞上不带丝毫杂色，在柔和的阳光下，竟如寒冰般微微透明，更衬得一双飞目神光流动，不可方物，目光流转间，仿若冰河破堤而出，寒意浸肤，令人不可平视。

皇帝不由得向他招招手，他更走近了些，皇帝仔细再打量他，见他大约十八九岁年纪，远不像其他太监那样臃肿，体格甚为清健，一举一动虽然恭谨，却颇带洒脱之意。

"你叫辟邪？"

"是。"

"老家在哪儿？"

"奴婢是京城人氏。"

"喔，这倒不多见。"皇帝道，"进宫几年了？"

"奴婢进宫晚，才九年。"

"你师傅很器重你。"

“是师傅的错爱，太后、皇上的抬举。”

“你这个差事不好当，”皇帝笑道，“针工局和内织染局历来和各宫娘娘打交道，太后品位素来不俗，现在的年轻女主们也不好伺候，你师傅身兼两局掌印太监，一直甚得太后器重，你也当好自为之，别的不说，账面上就要一万个小心。”

“是，谨遵圣命。”

吉祥在一边笑道：“这两年师傅的身体不好，诸事均由奴婢这个师弟打理，还算得体。”

皇帝道：“那就不容易了，小小年纪，做事倒是周详。”

辟邪道：“奴婢师傅曾经言道，处事皆如弈棋，每一步均须料到后事如何，方能妥当。”

“喃，”成亲王摇着扇子道，“七宝太监还会下棋？”

“是，奴婢师傅极擅此道。”

皇帝突然问：“棋艺之道，你也会吗？”

“奴婢师兄弟几个皆略知一二。”

吉祥道：“其中辟邪的棋艺最精。”

皇帝往棋盘上一指，笑道：“这倒要考考你，你看朕下一步该如何？”

辟邪往棋盘上迅速掠了一眼，道：“皇上胜局已定，奴婢岂敢妄言。”

成亲王一声失笑，道：“不妨，你且过来瞧。”

皇帝早知大势已去，听他此言，颇为诧异，道：“你倒说说看。”

辟邪道：“角上这条长龙即将脱困，与中腹成合围之势，成亲王边上这片白子只怕有险。”

皇帝笑道：“这条龙如何脱困？你下给朕看看。”

“奴婢不敢。”

“不碍事，”成亲王急忙道，“皇上的旨意。”

辟邪见皇帝点了点头，才拈了一粒黑子，往棋盘中一落，原来是小飞，那条长龙立时颇具破云而去之态。成亲王仔细一看，不禁皱起眉，合拢折扇，凝神思索。

皇帝很是高兴，笑道：“好棋。”

辟邪垂首道：“奴婢僭越有罪。”

“哪里话，你把自称‘京城第一高手’的成亲王都唬住了，给朕长了脸，哈哈。”

辟邪这才粲然一笑，原本微有寒意的双目顿时令人不觉有春风拂面之意：“谢皇上夸奖。”

皇帝点头道：“好生当差，别给你师傅丢脸。”

“万岁爷，”奉笔太监如意进来禀道，“太傅刘远在乾清宫外请见。”

皇帝与成亲王都一怔，众内监顿时敛气屏声，侧殿里一片死寂。皇帝脸色难看，半晌

才道："吉祥去请太傅，朕在书房见他。"又对成亲王道："你在这里等朕。"

才说着，就见吉祥一脸尴尬进来道："禀万岁爷，刘远回道：因有紧急事宜，不在御书房候驾了。此刻就在寝殿外请见。"

成亲王望着皇帝，皇帝吸了口气，点点头，反而平静地道："那就在这里见。成亲王也无须回避。"

一阵沉重的脚步声响，身宽体胖的刘远疾步进来，在皇帝脚下跪倒行礼。

"先生请起，"皇帝对这位顾命大臣相当客气，"什么事要急着奏？"

"皇上圣体如何？"刘远在如意搬来的椅子上坐了，上下看了看皇帝，问。

"朕很好。"

"皇上多日早朝不见驾临，既非圣体违和，又是何故呢？"

皇帝万分狼狈，竟然没有出声。

刘远的声音十分响亮，朗声续道："多日不见皇上亲理朝政，每日里只与亲王下棋射猎，天天随驾的，也不见一个谏臣。皇上如此荒废朝政，可知朝野内外清议如何？"

皇帝尴尬道："先生教训得是。"

"如今北方屈射氏南下，西南又有苗人作乱，而国库空虚，大军粮饷不足，难以征讨。正应兵部翁直、户部罗晋献计决策之际，皇上身边怎么不见他二人侍驾进言？"

这是成亲王应替皇帝争辩两句的时候，他插口笑道："先生，翁直与罗晋二人日前在驾前早已进言，他们的主意无非是增赋征勇，已拿了批复的折子办理去了。如今天长，皇上一早已起身批过折子……"

刘远却已目光如炬地看了成亲王一眼，成亲王立时闭上了嘴。

"哪代王朝不是亡于皇帝荒废朝政？"刘远道，"眼下要紧的，是任贤俊，疏小人。"他终于将目光直射在吉祥、如意和辟邪等内臣身上，"尤其是这些整日挑唆皇上作乐的宦官……"

他此言一出，满屋子的内臣都不禁暗抽了一口冷气，肃立无声。

"要知宦官柔佞，遇宽柔之代，必弄威权；待其气焰益张，朝野仄目之际，必致君主圣威谤损，故有百害而无一利。更有通文墨、晓古今者，逞其智巧，逢君作奸，诱君主耽于声色而擅专大权的，历代以来，数不胜数。故皇上不宜多近内臣，如以内廷整肃为念，更当分辨祸心弄权者，速速惩处……"

他长篇大论下来，皇帝终于有些不耐烦，强自笑道："先生，这几个内臣不过是朕与亲王下棋时在一边伺候，从未有疏忽懈怠的时候，更不曾言及政务。听先生的话随便处置人，以后还有谁敢近身伺候？再者，这几个内臣一向行事稳重，有朕自小时先帝指来随侍的，

也有太后亲自调拨到乾清宫的，先生即使不信朕，也该信太后才是。”

这句话已很赌了一口气，刘远只得道：“臣不敢。”他垂首想了想，涨红了脸，大声道，“但说到太后，臣有一言——太后外戚共有亲王四位，空占富庶藩地，不缴税银。自受太后恩赏已近十载，正是国库空虚之际……”

“住口！”皇帝将他喝住，蹙眉道，“四位亲王藩地的赋税，本是朝廷的赏赐。四位亲王与我朝有勤王之功，刘卿何以外戚见之？纵然你是先帝钦命的顾命大臣，也不应在朕面前议论太后。更何况即便不论庆熹元年的大功劳，四位亲王甘愿镇守蛮夷之地，于国于朕也有极大的苦劳，你在此信口诬蔑，是何用意？”

“皇上，老臣一片忠心，只望皇上亲理朝政，约束藩地，任用人才。皇上信不过老臣，老臣只有以死相谏了。”

“你几十岁的人了，怎么这么不懂事？动不动以死相逼，人人都像你这样，让朕这个皇帝怎么当？”皇帝气得发抖，道，“侍卫请先生出去，在家反省。”

立时有侍卫统领贺冶年带了人进来将刘远架出，远远的刘远的哭叫声仍不绝于耳，皇帝怒道：“老匹夫，当真扫兴！”一拂袖往里去了。

刘远岂会干休，仍望着乾清宫呼叫，都被贺冶年挡住。刘远气得怒斥了贺冶年一通，见皇帝实无动静，方由学生同僚半劝半架回府。

刘远的府第筑在天德大路西。太傅府邸，书香四溢，在刘远的书房对面更有一院桃花，正值三月当季，夜风过处，落英缤纷，悉悉洒落在书房外的台阶上。刘远性子执拗，夜半辗转反侧，终又爬起身来，点着了书房的通臂大烛，依旧在折子里对皇帝苦口婆心地规劝。忽听门外台阶上“噹”的一声，抬起头来喝了一声：“什么人？”抽出墙上的长剑，提着疾步走到门外。

只见阶下四条蒙面大汉，各自手持利刃，都愕然望着另一个同伙捧着手呻吟，地上是那人失落的钢刀，反射着书房内的烛光。

却听书房一边有人道：“夤夜拜访，多有失礼。”又转出两个人来。说话的人高大强健，语气文雅，问的是刘远，却冷冰冰地一眼扫在几个刺客身上，“不巧赶上太傅爷府上唱戏，不知这是哪一出啊？”

蒙面诸人俱吃了一惊，抬头望向来的两个人，只见两人脸上各戴了一只狰狞的铜面具，那大汉腰间悬剑，抬手拦住刘远，道：“太傅爷赏花不急于这一时，待我打发了这五个胆大妄为的小贼再说。”

为首的蒙面人冷笑道：“我们兄弟几个干这刀头舔血的买卖多年，凭你能把我们怎

么样？”

便有一个身材劲瘦的同伙接口道：“正是，把他们一起打发。”

另两人紧随其后，三人急舞兵刃直扑书房门前的刘远。蒙面大汉朗声一笑，左手食指轻轻一弹，腰间长剑铮然脱鞘而出，疾射那身材瘦长的蒙面人眉心，那人大惊失色，一个铁板桥向后一倒，寒风扑面，堪堪避过，才要起身，眼前黑影一闪——那大汉来势竟比飞剑更快，从他头顶掠过，抄住长剑，在空中轻轻巧巧转了个身，一剑挟风雷之势，分取三人后心。

“小心！”为首蒙面人大叫一声，挥刀劈向那大汉后背。那大汉身法远比他的刀法快，不理身后的刀风，身子向下一沉，人如巨鹰掠食般杀入那三人的阵团，手腕微转，“哧哧”两声，那大汉已将两人束发的头巾挑走，还有闲暇踢了那瘦子一脚。这一脚好不凌厉，那人的身子腾空而起，直挺挺向为首的蒙面人刀尖撞去，为首那人大惊失色，急忙收刀，却无法阻其来势，两人撞在一处，滚作一团。

刘远这才回过神来，大叫道：“来人，来人。”

为首的蒙面人低声道：“好扎手的点子，不拼命的话，没法回去交差。”

受伤的刺客却道：“大哥，只怕我这只手已经废了。”

为首的蒙面人闻言吃了一惊，只见他满头冷汗地忍痛，右手软绵绵地垂着，手掌的骨骼似乎节节寸断，不禁大怒，从腰间攒出一张强弩，打出两支弩箭，直射廊下的刘远。事出突然，弩箭来势又急，那大汉距刘远尚有十步开外，救之不及，刘远身边的另一个铜面人身材纤弱，一直背着手站着，不似有武功的样子。

“得手了！”蒙面人心中一喜，不禁呼出了声。

那铜面人却向前踏上一步，从袖中伸出一只比花瓣还剔透的手，在两枚箭尖上轻轻弹了弹，弩箭去势一挫，一声尖啸，迅雷不及掩耳地向那蒙面人倒射回来，那蒙面人甚至未及有闪避之意，头顶一痛，两支弩箭“噗”地插在他的发髻上。

那铜面人仍旧倒背着手站着，仿佛从未动过。在五个刺客眼里，他的出手稍纵即逝，就像月华下的一片幻影。

一片家丁的喧哗声透入院中。那大汉冷笑道：“我家主人慈悲，没要了你的命，你们还在这里做什么？还不快滚！”

五人早已魂飞魄散，此时闻言如蒙大赦，一溜烟翻墙而遁。

那大汉向铜面人笑道：“这几个小子轻身功夫倒颇有长进，以后可要留神他们些。”

刘远急道：“那五个江洋大盗若不拿住，今后还会害人。”

铜面人在面具下仍发出清澈的笑声："那五个大内侍卫世家子弟出身，年俸优厚，若非身负上命，也不会来做这种勾当。"

"他们是宫里的侍卫？"刘远脸色顿时煞白。

家丁的脚步声已进了院子，铜面人道："我有要事和太傅相商，闲杂人等见了，多有不便。"说着和那大汉抄起刺客失落的单刀，迅速退入房中。

"老爷可安好？"家丁们慌忙赶来，一齐问安。

"我没事，"刘远听了铜面人的话心神震撼，嘴唇仍在颤抖，"都下去，让我清净些。"也不理会众人惊愕的神色，进屋掩上门。

铜面人点头对刘远道："刘太傅，我等来得鲁莽，事出有因，万请见谅。"

"二位是……"

那铜面人却不理会刘远的问话，随便拣了张椅子坐了，大汉只在他身后站着，一望便知有主仆之分。铜面人笑道："太傅这么多年，急性子还是没改。性格耿直是好的，但若招致杀身之祸，恐怕……"

刘远道："老朽一片忠心耿耿，能为皇上死，死得其所，死而无憾。"

那大汉失声一笑，道："主子爷，我早就说刘太傅冥顽不灵，已无可救药，难为主子爷今晚亲自走这一趟，除了救他一命外，却是无功而返。与其每日让他在皇帝面前吵闹，倒不如让人先要了他的老命。"

"你说什么？"刘远须眉倒竖，对那大汉怒目而视。

房间里突然充满了清凉的笑声，铜面人道："手下人说话多有得罪，太傅息怒。"

刘远道："二位究竟是什么人？什么用意？"

"若不如实相告，太傅恐会见怪，"铜面人笑道，"在下在家行九，姓颜。"

刘远突然跌坐在椅子中，全身的肥肉在剧烈地颤抖着，望着铜面人的眼神竟然死灰般涣散开，诅咒般的名字，慢慢一字字从他嘴唇中吐出来："阎、阎王爷……"

次日午后，成亲王在乾清宫御书房外请见，一会儿就有当差的太监出来传旨道："皇上口谕，请成亲王紫南苑候驾陪射。"

成亲王领旨道："是。皇上怎么想起射箭来了？"

先帝有十一位皇子、八位公主，太后为妃时，对两个儿子管教森严，很少容得他们和其他皇子交往过密，说到玩伴，自小到大就是他二人而已。皇帝和成亲王年幼时就嗜弈棋，但皇帝棋力稍逊，自小便屡战屡败，屡败屡战，已经连输了十几年，及至登基，成亲王也是一如既往，不曾有过半子相让。皇帝好胜心极强，像这样前日惨败，次日不找回颜面的事，

前所未有。

皇帝穿着一件新做的紫色箭袖夹衫，神采飞扬地领着人进了紫南苑——宫里已换了春衣——成亲王见这件夹衫裁得甚窄，倒衬得皇帝肩宽腰细，一派英武。

“原来皇上在试新衣裳。”

皇帝笑道：“母后说宫里的衣裳一贯宽大，年轻人穿了不免显得颓唐，今年针工局就改了样子。母后还说，如果你喜欢，叫针工局一样做给你。”说着戴了扳指，接过吉祥奉来的弓箭，拉开就射，一箭正中红心，跟的二三十个太监一个劲儿哄然叫好。

成亲王苦笑道：“骑射这种事，臣从小就不如皇上，穿了新衣裳一样还是甘拜下风，何苦花枝招展地丢人现眼。”

皇帝道：“今天有件新鲜事，太傅刘远上折子称病，要在家休养，他吏部尚书的差事还兼着，叫他的学生蔡思齐代管。”

“定是昨日皇上将他训斥了，他自己要在家里思过。如此一来，皇上倒可耳根清净一阵。”

皇帝微微冷笑：“耳根清净嘛，倒也不一定是件好事。”

成亲王微微一震，射出去的箭立时失了准头，脱靶倒也罢了，竟往一堆内监的人丛中飞去，吓得那些小太监抱头鼠窜。皇帝身边的太监见惯了这种情景，都一本正经地视若无睹，只有皇帝拍拍成亲王的肩膀道：“到今天我对你的弓法实在是忍无可忍，你骑射的老师是谁，我替你革了他的职，问他误人子弟之罪。”

“那倒也不必让皇上为难，”成亲王笑道，“臣的老师虽说不是兵部的上将，却是母后亲信的侍卫统领，母后现正在慈宁宫问他的话，皇上今日饶了他也罢。”

贺冶年此时处境确实不妙，昨夜遣兄弟贺天庆带同最亲信的侍卫黄诞、钱越、张出、冯茂四人行刺刘远，不料完败而归。最令人忧心的却是半路里杀出来的两个人，任这五名侍卫好手与之交手数招，自始至终也不曾看出两人半点路数。贺冶年在宫廷里跌打滚爬多年，深知利害，不敢隐瞒，只得向太后据实禀报。太后听了，慢慢放下茶盏，沉默了半晌。贺冶年满头冷汗，俯首不起。

“哎！你太过自作主张了。”太后在帘内微喟，“刘远是股肱之臣。不过是议论了几句外戚藩王，也不至于你派人去唬他。”

“臣罪该万死！”贺冶年顿首。

“好了。”太后微笑，“你们朝里的大臣相互开玩笑，也须有些分寸。不过你手下人都非等闲之辈，怎么会让太傅府里人教训了呢？”

“太后圣明。臣手下的人回来禀报道，在刘府里所遇两个高手，其中一个以一敌五不落下风，另一个更是会施邪法，向他射去的箭竟能倒射回来，臣派去的人实在不是他们的对手，有一人右手被废，能全身而退已是万幸。”

太后微一沉思，转头望向身边的女官洪司言，道：“你有没有觉得听起来像一个人？”

洪司言变色道：“难不成七宝太监还在京城？”

“这万万不会，”贺冶年道，“臣已奉太后懿旨派人紧盯着他，昨天的回报说他现在青州，病倒在客栈里。”

太后道：“七宝即便还在京中也不会与我作对。”转而向贺冶年道，“贺卿，你且抚恤受伤的侍卫，这件事，也不要再提了，徒然给侍卫丢丑。”

太后见贺冶年行礼退出后，才问洪司言道：“你觉得如何？”

“贺冶年确实深谙太后圣意。知道太后嫌刘远吵闹，竟不惜下手杀他。”

“他知道什么！”太后冷笑，“朝里的大臣有几个还向着皇帝的？都要被他一个个拔除，今后皇帝还用什么人？贺冶年虽说跟得我甚紧，这些年来却没有少受藩王的好处。我自然不信他胆敢玩什么花样，却也知道他心底里不免要替藩王们思量。他只以为外戚藩王与我总在一条船上，反倒忘了皇帝是我亲生的儿子，是正经的中原圣主！”

“太后若放任刘远那老儿，只怕他事事较真，日日吵闹，迟早会惹出事来。”

“这倒不怕，”太后指指几案上的一堆奏折，道，“他学得乖巧了，今天上折子称病，总算能让人太平一阵。”

“放在朝中总是不安稳，要不找个借口打发回原籍养老，等过一阵子再请他回来……”

“刘远在朝中学生同党甚多，就怕他们事后蛊惑人心，煽动皇帝与我作对，届时得益的，只有藩王了。此时万万不能明着动他。他的女儿嫁在五城兵马提督袁家，原本他被强盗刺死，袁迅京城戍备不力，自然脱不了干系，再让贺冶年亲信的人接任五城兵马提督一职，朝中自然没有刘远吵闹，宫门外也变作是我自己人，如此一石二鸟，自可将刘远一党连根拔起。贺冶年想得甚妙，不过弄巧成拙在有人插手。”

“不知那两个横插一脚的人物又是谁。武功既然高，为何不将刺客拿住审问？”

太后笑道：“还用审问吗？那两人肯定一早知道是宫中的侍卫，怕撕破大家的脸面，故意放他们回来的。”

“这倒不错，刘远若非知道是宫里的刺客，以他的脾气怎会托病赖在家里？”

太后苦笑道：“只怕刘远还以为是我遣派人手杀他，如今倒把我弄得里外不是人起来。刘远的人是好的，政见也不错，只是时机不到，不该逼得皇帝太急，如今缓一缓，对大家

都有好处。”

洪司言道：“说这话太后主子也许会生气，不过，主子娘家几位王爷也实在过分，皇上的脾气若像太后，迟早会出大事。”

太后仰头看着洪司言，幽然道：“那人死了，先帝也走了，皇帝对我也是戒心重重。我这一辈子了无乐趣，眼看就要到头，还要见我手足骨肉相残吗？你说的不错，真盼自己现下就瞎了眼睛，不要看见他们玉石俱焚。”

这日就有针工局的人来为成亲王剪春衣，成亲王本不喜欢理睬这种事，但听人回道为首的是采办太监辟邪，便一迭声着人去叫。成亲王素有洁癖，不喜欢别人在身上摆弄，今天倒是笑嘻嘻等到两个内监量完尺寸，才对辟邪道：“我知道你棋力高强，既然来了，不如陪我下一盘棋。”

王府的师爷在花园里摆了棋盘，在一旁陪看。

“坐。”成亲王笑道。

“奴婢僭越了。”辟邪行了礼。

两人布下座子，辟邪提白子侵角起势，成亲王黑子应对，却见辟邪落子的手指晶莹剔透，在春日下散发着丝丝凉意，不禁一怔，转而望着他的脸，见他容色淡静，微微含笑，心中不禁一荡。

“王爷。”辟邪见他走神，不禁提醒一句。

“啊，对。”成亲王这才接着落子。

几十手下来，辟邪的棋路中规中矩，但成亲王总觉任自己翻腾变化，对手的棋力却犹如浩然烟海，从容应对，不动声色。一局下来，两人竟是和局。

成亲王笑道：“知道你不好意思赢我，这棋再下，我不过徒然丢丑。”

辟邪起身行礼道：“王爷过谦。”

“棋是不下了，”成亲王突然牵住辟邪的手，柔声道，“不如在这里陪我吃了饭再走。”

成亲王的手掌是微微带着潮湿的温暖，辟邪的神色间不见些微闪烁，笑意毫不动摇，只是慢慢将手抽回来，道：“王爷厚赐，却之不恭。只是天色已晚，只怕宫里下钥，不敢再留。”

成亲王无奈，容他告退，见他远去之后才笑着问身边的赵师爷：“如何？”

“冰清玉洁，绝色！”赵师爷啧啧赞道，“不过，学生劝王爷还是不要打他的主意好。”

“怎么？”

“这个人心智拔群，处事镇定，喜怒不形于色，绝非善辈。”

成亲王仍不肯死心，追问道：“何以见得？”

“观棋知人罢了，”赵师爷道，“不是学生哄王爷高兴，王爷这等的天纵奇才，学生平生仅见，但适才观局，便知这个辟邪的狡慧……”

成亲王笑道：“你这是在哄我高兴？你是想说他的智慧更远在我之上吧。”

赵师爷赔笑道：“王爷明鉴。且不说他有何大志，光是在这棋艺小道上的聪明就足以让人毛骨悚然了。”

成亲王点头，面有忧色，叹了口气：“只是不知这等人物如何能为我所用。一个吉祥颇有大将风度，如意又洒脱深刻，再加上这个辟邪——七个徒弟当中至少有三四个必成大器，七宝太监当真了得。”

之后连着一个多月，皇帝倒是不时召成亲王伴驾，却绝口不提弈棋。成亲王技痒难忍，但对手毕竟是师爷、食客，就算是京里的大臣，又怎敢赢他，纵然棋艺再高，也是唯唯诺诺，成亲王本来就难逢对手，此时更觉得自己胜之不武，很是扫兴。

这日皇帝终于着人来叫他陪弈。成亲王至乾清宫侧殿，见靠窗的软榻的几案上已经摆了棋盘，一个青衣太监站着侍奉皇帝摆谱，如意在一旁陪看，于是笑道：“皇上万福，原来最近有人当了臣的差事，臣是白来了。”

“你别饶舌，快进来。”皇帝似乎很高兴。

如意等内监都抿嘴笑着向成亲王请了安。成亲王看着如意，道：“如意在偷笑，一定是想替万岁爷在背后算计我。”

“奴婢不敢。”

成亲王望了侍弈的太监一眼，见他一张雪白淡定的脸上神色恭谨，却瞧不出喜怒。“原来是辟邪，这可是宫里的高手，皇上的战况如何？”

皇帝道：“他又不敢赢我，找他下棋，胜之不武。”

——于我心有戚戚焉——成亲王心里叹了口气。

内监们重设棋盘，再奉新茶。皇帝和成亲王仍用平日的布局，再下几手棋之后，成亲王就隐隐觉得不妙，皇帝今日的手段精妙，竟在招招克制自己的棋路，也不像平时那样喜欢与自己缠斗，一百多手下来，皇帝已大占上风，最后赢了三路。皇帝今日得以雪耻，胸襟大畅，不禁哈哈大笑。

“原来皇上这一个多月来卧薪尝胆，想着了克敌制胜的法子，”成亲王叹道，“一定是辟邪这个奴才的坏点子，上个月还特地来打探臣的棋路。”

如意在一边躬身赔笑道："王爷明察秋毫。"

皇帝命人将棋子收了，道："咱们再下一局，朕一样赢你。"

成亲王笑道："这么下棋也没什么意思，不如臣和皇上赌个彩头。"

"好！"皇帝不禁兴致盎然，"你打算赌什么？"

"倘若臣赢了皇上，皇上就把辟邪赏赐给臣。"说着眼光瞟在辟邪身上。

如意等人均吃了一惊，面面相觑，辟邪神色间仍是悠然平静，不置可否。

皇帝却摇头道："不是朕怕输给你，此事却是不可，先帝在世时就说过，内监怎么也是个人，怎能像件物事般送来送去。"

辟邪脸上终于有些动容，嘴角牵起个平淡似水的笑意，转头望着皇帝。

成亲王讨了个没趣，有些懊恼，气势上先输了，第二盘的结局自然可想而知，最后不得不痛下决心，要回去好好想了对策再来翻本。

皇帝遣退众人，只留了辟邪。春日暖洋洋地斜射在窗棂上，清风拂柳，传来悦耳的"沙沙"声。皇帝若有所思地把玩着棋子，屋里只有令人适意的寂静。

"你也看过了朕和成亲王过去的棋谱，自己也和他交过手，你觉得他的棋艺到底如何？"

"亲王的棋力极为高明，若说是京城第一的高手也不为过。"

"他真有这么厉害？"

"是。若非奴婢看过亲王过去的棋谱，要赢他也是不易。"

"那么你看朕和他的究竟差在哪里？"

辟邪笑了笑："皇上的棋和成亲王并无什么差距。所谓弈棋如弈人，皇上的棋大气磅礴，正如皇上本人有过人的魄力，成亲王擅缠斗劫杀，从前皇上不敌成亲王凌厉的攻势，是因皇上殊少过虑小节，皇上若有心细细剖析亲王的棋路，成亲王将来不会再是皇上的对手。"

"这怎么说？"

"魄力和决断，大多仰赖一个人天生的禀赋。谋略这一物，却可以后天补足。成亲王善谋略，皇上只仗天生的魄力，多年来却能与亲王势均力敌，若有人再替皇上想几招克制他棋路的对策，皇上自然就大占上风了。"

"那个人就是你了。"皇帝不禁笑了。

辟邪老实不客气地道："正是。"

皇帝只觉辟邪今日的一言一行与往常大相径庭，可谓凌厉如刃，直指己心，一时只觉从无如此投契之事，不禁胸怀欢畅。

辟邪随皇帝笑了笑，又慢慢道："弈棋这种小道是如此，治国的大道也是如此。谋略，

是为诡道，凡身居极位者，心胸光明，自己本身不会看重。历代天下的霸主，有几个是谋略上的天才？从来都是当机立断，知人善用者得天下。所以万岁爷必将是一代圣主。”

皇帝怔了怔，转而笑道：“你看了几本书，就在这里胡说，你才二十几岁的人，懂什么？”

辟邪微笑躬身道：“是。”

皇帝又俯首摆弄棋局，静了半晌，突然烦闷地将棋子掷在棋盘上，一副残局被搅得七零八落。皇帝起身背着手踱了几步，冷笑道：“知人善用？这一朝文武见了那四个亲王，无不唯唯诺诺，刘远这样的人整天嘴里说的是忠君报国，却只会在朕面前一味吵闹。然朕豪气干云，又能用谁？”

辟邪弯腰捡起脚边的棋子，道：“其实皇上身边一直都有大智大慧的人物。”

“哦？是谁？”

“奴婢的师傅就是一个。”

“七宝太监？”

“是，皇上定是知道奴婢的师傅为什么会叫七宝太监。”

皇帝恢复了些平静，失笑道：“那还不是因为收了你们七个徒弟？”

“皇上有所不知，奴婢师傅年轻时就精通‘琴棋书画骑剑射’七样绝技，七宝太监的名字原是先帝所赐。”

“就算他样样精通，又怎能称得上是大智大慧？”

“人的精力本来有限，能多有涉猎的人大多天资聪慧，更不用说琴棋书画四技皆通。待到文武双全，自然是天纵奇才。奴婢的师傅一直随侍先帝、太后驾下，从前也替太后办了不少事。”

辟邪的话说得委婉，皇帝却知道自己母后受先帝宠爱十七年长盛不衰，其中必有缘故，先帝有十一位皇子，自己能登上皇位，定是当初母后和七宝太监大费周章之故。

“你说得不错，但现在七宝太监已经不知所终，不提他也罢。”

辟邪却微笑道：“大智大慧奴婢不敢说，但现在宫里能称得上阴谋家的倒颇有几个。”

皇帝转回身，望着辟邪脸上的笑容，笑道：“难不成你是其中的一个？”

辟邪慢慢将手中一枚黑子放入棋盘，眼中神光四溢，寒意夺人双目，清清楚楚地道：“正是。”

二

东王世子

每年初夏，皇室都有溯离水西行，往上江行宫避暑的惯例。六月头上，就会有礼部尚书奏请皇帝选吉日出京，銮驾由离都清和宫朱雀门，经奉天桥过离水，上朱雀大道，弯至上江御道的码头登船。京城离水两岸市面繁华，不但陆上行人如织，江面上也是轻舟穿梭，千帆齐发，每年只有这一两天，方圆两里内百姓们回避得一个不见，十几里江岸黄帷垂地，侍卫林立，一派肃杀。御驾所乘三层龙舟两只，各有桨夫两百人分两班行舟，一只由皇帝领亲王、近臣登乘，皇后、妃子、女官侍奉太后和两位太妃登乘另一只随后，水兵武将、侍卫大臣所乘座船二十余只随驾同行，更有前导、护卫、殿后、负载御用事物的轻舟不计其数，蜿蜒七八里，浩浩荡荡西行。离都东西各有水门一座，往日正门关闭，只开下方小门，放来往商船渔舟通行，一入六月，便有京城水师总兵督导军士重新油漆正门，扎黄缎，张彩灯，及至御驾出京的正日子，便关闭小门，军士二十人在两岸城头摇动铁盘，用铁索绞起水门上两道门门，另有轻舟两只，在水面上以铁钩借离水潮流拉开千斤过龙门。

今年从过龙门出京的銮驾与往年不同，只有太后的一只座船出京，随驾的只有护卫的大臣，排场比往年要小了一半。

皇帝没有随太后同行有个极大的缘故，只因六月十五又逢各地藩王六年一度的进贡朝见大礼。庆熹四年秋，太后仍在摄政，那一年最大的事便是皇帝大婚选妃，皇帝当时只有十八岁，仅这一件事便繁文缛节无数，令他焦头烂额，加之皇帝的同胞兄弟景仪十六岁成年选邸，加封为成亲王，又要准备接着的亲政大典，一年里没有清静的时候，故而对那一年藩王进贡的事已经没什么印象。今年可以说是皇帝亲政以来第一次受藩王觐见，不但皇帝十分重视，京中各个衙门也是闻风而动，忙得足不沾尘，哪有闲心避暑。

以往藩王进贡，一向是在秋季，但因上次藩王朝见之后一直留到皇帝亲政大典完毕才各回藩地，当时已是十一月头上，天寒地冻，尤其是北方的几位藩王，一路上更是大雪纷飞，苦不堪言。太后母亲的娘家是凉州的藩王，当时的凉王正是太后的舅父，年老体衰，感染风寒，次年就因肺疾去世。太后因见各地的藩王为九月的朝见，大多在盛夏酷暑就要启程，回去时又难免天冷辛苦，故将朝见改在六月，如此藩王们启程时天气尚不炎热，返回时已近初秋，免去了许多辛苦。

对皇帝来说，避暑倒是件无可无不可的事，拿皇帝自己的话说：“到处都是黄帷子围着，什么都看不见，有什么可乐的？”皇帝摇着扇子，在花园的树荫底下乘凉，蝉栖柳梢，断断续续地嘶叫着。“朕也不觉得这宫里热到什么地步。”

吉祥正伏在石桌上奋笔疾书，闻言抬头道：“皇上自然是不稀罕，奴婢几个倒想沾皇上的光出去走走。”

“谁说不去了？从这里到上江，快马不过半天的路程，等事情一完，咱们骑马去。”

吉祥道：“皇上既打算十二个藩王逐一接见，只怕等朝见之后，就快入秋了。”

皇帝看了看吉祥正在抄写的名单，道：“这倒不要几日，几个要紧的亲王，朕打算带他们一同去向太后请安，其余的六月二十日之前就遣他们回藩地。”说着不禁冷笑，“他们在外为王，过的是逍遥快活的日子，六年才来一次，就抱怨不迭，朕就要他们酷暑之下跋涉回去，他们吃点苦才知道藩王不是这么好当的。”

吉祥一向稳重，只是微微一笑道：“皇上圣明。”

皇帝突然问：“怎么没瞧见辟邪？”

如意在园子的月亮门洞前笑道：“皇上先前的口谕，此刻谁都不见。辟邪来了有一会儿了，没敢通报。”

皇帝笑道：“你别和朕怄气，叫他进来。”

天气已经有些炎热了，辟邪却仍是冰雪之姿，在外面等了大半天，却一滴汗也不出，请过安后道：“皇上要奴婢打听的事，已经知道了。”

吉祥、如意悄悄屏退，皇帝点头道：“讲。”

“其他藩王且不用说。四个亲王那里除了凉王必隆为了向景佳公主提亲，亲自来朝见之外，其他三个亲王均遣了亲王世子代替。”

“什么？”皇帝已经怒气上涌，脸色铁青地皱着眉，“六年一次的大典，竟然都敢不亲自进京……”

“想必三位亲王会称自己已经年迈多病，不能奔波，再者也没有几年寿数，皇上年富力强，自然会由年轻的大臣辅佐，自己的世子虽然只是庸才，但望能早日面圣，得皇上提携。”

“说得很有理啊。”皇帝怒极反笑。

辟邪接着道：“随凉王同来的有他的司礼大臣和十六名内臣，想必是为议亲一事方便。另外由凉州两员副将带五百人护卫，不算僭越。”

皇帝道：“此刻必隆只想先迎娶景佳公主下嫁，自然不会多生事端。”

“洪失昼的世子却在六月初一才启程，带了提督一人，总兵六名，精兵两千快马兼程，

一路上骚扰地方……"

皇帝冷笑道："他不过是母后的外甥，就这般耀武扬威，等到他再做了亲王，天下还有他放在眼里的人吗？"

"皇上若问他这个罪名，洪王父子必定以沿途所经多峰一带流寇众多作为借口搪塞。"

"另外的呢？"

"西王白东楼的世子，乘船溯寒水北上，护卫的士兵有一千人，六名参将，但是，这六名参将中有两个不是汉人。"

"苗人？"

"正是。朝中历来没有苗人做官，这两个人的来历蹊跷，似乎武功很高。"

苗人作乱还是近两年的事。西王藩地远在龙门，西邻苗疆，南接大理。弹压苗人，原本就是西王的职责。前几个月皇帝还因西王平寇不力下诏问过话，西王当时回奏道，苗人士兵居无定所，来去无踪，一旦扫荡，便窜入大理境内，实难平定。

"如此看来，白东楼和苗人素有勾结，可恶之极。"

"西王世子不会平白无故地带着这两个苗人进京，分明是想和什么人有所联络，只是不知对方是谁，到底要商议的是什么事，奴婢不敢妄言。虽说西王指使苗人假扮来京朝见的大臣，已是大罪，但为了知道他们此行的目的，现今也不能打草惊蛇。"

"东王呢？"

辟邪笑道："说来惭愧，奴婢对东边的事不太清楚。只知道东王世子杜闵这次带的人中有一个绝顶的高手。"

"什么意思？"皇帝对江湖上的事不清楚，不禁一脸迷茫。

"这个人叫雷奇峰，据说他的武功已经到了摘叶飞花，以气御剑的境界，在江湖上是赫赫有名的高手，若非他的名声实在太响亮，以奴婢这般孤陋寡闻，绝对不会知道东王座下已经招揽了这等的高手。"

"摘叶飞花？"皇帝笑道，"你别和朕打哑谜，他的武功到底有多高？"

辟邪想了一想道："就以大内侍卫而言，多半不等发现他近身，便会给他摘去头颅。"

皇帝不由得打了个寒战，道："东王势力极大，世子上京朝见少不得要带千八百人，还会用这样的高手保护？"

辟邪道："雷奇峰是个杀手，自然不是为了保护东王世子，而是为了来杀人。"

皇帝蹙眉："如果他想对朕不利……"他脸上的忧虑看来更像是费解。

辟邪见了笑道："东王就算跋扈，还不至于如此大逆不道。即便雷奇峰狗胆包天进宫行刺，

侍卫当中能挡得住他一招半式的人还是有两个。”

“一招半式之后呢？难道宫中这么多侍卫没有一个是他的对手？”

“侍卫中恐怕没有。”辟邪说这句话时已经忍不住笑了，“但皇上无须过虑，任凭怎样的高手来犯，皇上身边有个人定能护驾。”

皇帝仔细想了想，不得其解，问道：“谁？”

“奴婢的大师哥。”

“吉祥？”皇帝讶然，“吉祥？”

“正是。”辟邪低声笑道，“奴婢大师哥的剑法出众，皇上想必不知。”

皇帝的目光顿时灼然，神色里已按捺不住兴奋，向园子外张望了一下，低声问道：“他的武功很高？”

“极高。”辟邪一样地窃窃私语道。

“不如让他进来演示一番。”

辟邪忙道：“万万不可。大师哥知道奴婢漏了口风，现在不会说什么，只怕到了晚上，就会来要奴婢的项上人头。”

皇帝不由得大笑了几声，随后一脸憾然，道：“可惜朕不能亲见。”

辟邪笑道：“这倒不妨，奴婢虽只懂一招半式，却可学给皇上看。”

“好，”皇帝拊掌道，“拿个什么物事比画一下也好。”

辟邪走到一边的柳树下，折了一根纤细柔软的嫩枝：“奴婢失礼了，皇上恕罪。”

皇帝点点头，只见辟邪眼中的笑意消散，双眸中金光一盛，手腕轻轻一抖，柔软的柳枝突然挺得笔直，枝条上的叶子被激得飞散，在空中慢慢飘落，辟邪举起右臂，在空中疾刺了一记，隐约挟惊雷破空之声，刺得皇帝耳膜微微发痛。辟邪婉转一笑，柳枝才慢慢垂了下来。辟邪不顾皇帝一脸惊异，将柳枝呈到他面前道：“奴婢学的是大师哥的内家剑法，不似侍卫们舞得好看，皇上请勿见笑。”

皇帝记得辟邪只凌空刺了一下，却见细嫩的柳梢上竟穿了三片柳叶，惊骇之余不禁笑道：“你把朕搞糊涂了，这是什么法术？”

辟邪道：“奴婢只是学大师哥平时练剑，虽说奴婢和大师哥发力的手法不同，但终究还有几分形似。”

“这不过是柳枝，如果是真剑呢？”

“这奴婢倒不知道，宫里除了侍卫，还会有谁耍刀弄枪的？”

傍午的凉风悠悠吹入花园中，一整日的暑意渐渐消散，连夏蝉也恬静地享受着迟来的

清凉，忘了声嘶力竭地鸣叫。吉祥和如意正觉得清风拂体，精神大振时，却见辟邪微笑着走出来。

“皇上传二位师哥伺候。”

两人进到花园里面，看见皇帝更是神采奕奕地站在柳荫下，手里还持了根柳枝，不断“哧哧”有声地凌空虚刺。

六月初十，各地藩王已陆续到京，根据皇帝旨意，只携从官和侍卫百人入京，其他护卫兵士均在南抚民门外十里扎营，不得入城。

督导抚民门外的藩地军队原应是离都戍京大营的差事，但因庆熹元年，离都京营受人煽动作乱，由太后外戚的四位亲王弹压后，即告解散，所以如今这个棘手的差事就交给了五城兵马司。五城兵马提督袁迅自从接了这个两头受气的差事，就整天唉声叹气，藩王都是皇亲国戚，一个也不能得罪，但若藩王手下那些嚣张跋扈的鹰犬惹出事来，朝廷又不免问自己一个戍备不力的罪名。不得已派了衙门里的一名督统点了五千人在抚民门外扎营，分派朝廷拨下的犒赏之物，并戍守关防。

六月十二，洪王世子洪定国到京，入住白虎大道的驿馆，他所带的两千人如今只由三个中军官统领，这天傍晚就有一百多个士卒结群离开大营要往进京的驿道上走，五城兵马司的坐探立即飞报城外的督统杨力和得知。

杨力和不禁慌道：“快点齐两千人马，在他们上官道之前截住他们。”

一旁正陪着他在凉棚底下乘凉的游击将军陆巡却道：“大人且慢，这万万不可。”

“为什么？”

“两千兵马拦截区区一百人，被上面知道不免会怪罪我等丢了朝廷的脸面。”

“言之有理，言之有理。”

“以末将之见，只需派个二三百人在官道上设了关卡，待他们到来，将他们劝回去也就是了。这里叫人报与袁大人得知，京里自有袁大人调度，我等再奉命行事，不致有差池。”

“待他们上了官道，不免迟了。”

“上了官道自然离他们的营地也远了，就算劝他们回去不成，要强加扣留，也不至于让他们通风报信，挑拨是非，激起哗变。”

“哗变”两个字惊得杨力和一身冷汗，道：“有理，虽说只有一百多人，却事关重大，不知派谁拦截他们好？”

陆巡已知这个烫手的山芋又被杨力和抛了回来，笑道：“主意是末将出的，自然由末

将走一趟。大人这时就派人快马传了洪王世子手下的中军官，严厉申饬，一会儿让他领人回去。”

洪王世子营中出来的这一百多个人大多是老兵油子，难得来京城一趟，只盼好好享乐一番，这才脱队出来，一上了官道不禁欢呼雀跃，大呼小叫。才行了一里，前面有座茶棚，天气炎热，众人欢呼一声，就想去抢茶吃。

“站住！”突然有个年轻的军士仗剑拦在路中央，“尔等是藩王的士卒，为何不奉圣命在郊外驻军，反而要往京城去？”

这伙人中为首者姓李，是个伍长，被人拥出来道：“咱们藩地来的人，不过想去京城里见识一下花花世界，有何不可？”

那军士冷笑道：“我不和你争辩，既然你是这伙人的头目，你跟我去我们陆将军面前回话。”

“去就去，难道我还怕了你们京城的官差了吗？”余人都在起哄，李伍长由人前呼后拥，趾高气扬地跟着他往茶棚那里走。

茶棚里坐着一个穿蓝色战袍的将军，腰间挂刀，见李伍长倨傲无礼，也不发作，只是继续喝了两口茶，低着头道：“想着见世面，开眼界是人之常情，我也不怪你们，只是圣上既然有旨意你们不得入城，又颁了诸多犒赏，你们就该本本分分待在营中，不应出来闹事。”

“别提什么犒赏，”李伍长叉着腰大笑，“朝廷欺负我们是乡下来的吗，给点残羹剩饭就能打发我们了？我们可是洪亲王的亲兵，平时就是大鱼大肉，稀罕这点破烂！”

“对对，”旁边还有人帮腔，“我们跋涉几千里来的，朝廷不招待我们，我们自己去城里寻乐子。”

“哪怕是陈糠烂谷，圣命就是圣命。”那个军士见他们气焰嚣张，已忍不住道。

“我们是洪亲王座下的亲兵，只要亲王、世子爷一句话下来，吃屎也是肯的，你跟咱们世子爷说去。”

陆巡轻笑一声，这才抬头看着李伍长道：“仅这一句话你们就犯了大罪，连皇上也不放在眼里，这是想作死了，你们世子现在正在京里，你们这是想连累世子吗？我劝你们这就回去，大家大事化小，小事化了，也就算了。”

李伍长见他三十多岁，面庞安详，气质文雅，本来没将他当一回事，此刻却见他双目中杀气凝聚，不怒而威，心里一惊，但见这里只有陆巡和那军士两人，茶棚里也只有两个其他客人，此刻又是骑虎难下，硬着头皮道：“你管不着我们。咱们走！”

陆巡目中杀气一盛，喝道：“拿下！”

官道两旁突然涌出三百多五城兵马司的兵勇，各持兵刃将他们团团围住。

“这个陆巡是个将才啊。”茶棚里两个客人见了这种场面也不惊惧，两个人都将草帽压得甚低，其中一个身量瘦小的对一边的大汉道。

“是，主子爷大概不知道，他十年前还是京营中的，后来调往五城兵马司，说起来也算是老王爷的旧部。主子爷现在想结识他吗？”

“不急，我们用兵想必还是几年以后的事，现在就将他提携出来，反而招人耳目。”

六月十五，皇帝御清和殿，百官朝服，序立丹墀，乐声中一拜三叩头，刘远领百官山呼万岁：“圣躬万福。”刘远的声音像憋了一股气似的格外响亮。

皇帝微笑着点点头，吉祥朗声宣道：“皇上宣各地藩王觐见——”

鼓乐大作，十二位藩王均着衮冕，从东门依次走出，紫烟中明晃晃的一片，由内赞太监导至御前，从官一百多人跟着出来，行八拜礼。领头的是皇帝的叔父巢州藩王，五十多岁了，花白的胡子跟着嘴唇颤抖着，道：“臣巢州藩王良涌，兹遇庆熹十年六月十五日入觐，钦诣皇帝陛下朝拜。”

“万岁！”整个大殿跟着发出低沉的回音。

皇帝欠欠身：“各位藩王远来辛苦，平身。”皇帝静静将目光投在立在皇室藩王身后的外戚藩王身上，大殿上的铜香炉中散发的袅袅紫烟萦绕在皇帝四周，使得他觉得那四个年轻人的面庞正沉浸在无尽的黑暗中，看不真切，只有他们衮服上金色的团龙散发着夺目的光辉。

“戒急用忍。”皇帝反复思量着辟邪的话，连巢州王良涌那篇前骈后骊、辞藻华丽的颂词也未听见。直到群臣哄然一声“万岁”，才回过神。

“辛苦了。”皇帝道，“今晚光禄寺赐宴。”随后便退至乾清宫休息，一会儿由吉祥传出旨意，召见凉州亲王必隆、洪州亲王世子洪定国、戍海黑州亲王世子杜闵与征蛮龙门亲王世子白望疆。

凉王必隆虽然年轻，却是正经的亲王，与世子身份不同，所以领头进来，后面三个世子一字排开，一同行礼。

皇帝一迭声地叫平身，笑道：“凉王辛苦了，路上还好吗？太后、太妃临去避暑之前还一直问起你，景佳公主也是一百个不放心，要朕多照顾你。现在看来凉王年少英俊，英武有为，朕是放心了，景佳公主也是有福了。”

“臣必隆不才，得蒙公主垂青下嫁，深感皇恩浩荡，感激涕零，臣愿粉身碎骨，肝脑涂地，

以报我主隆恩。”

凉王这串话说得流畅自如，声泪俱下，皇帝不由得打了个冷战，笑道：“你有这份心是朝廷之福，过几天你随朕去上江向太后、太妃请安提亲，两位长辈见凉王这般英俊有为，一定高兴。”

“是，谢主隆恩。”

皇帝喝了口茶，喘了口气，这才问三个世子：“三位亲王安泰？三位亲王戍守边戎，殚精竭虑，着实辛苦，这次没有亲自来，朕很挂念他们，亲王们身体还好？”

洪王世子抢先跪倒道：“家父年事已高，百恙缠身，是臣不忍见家父跋涉辛苦，抢着代替朝拜。这是家父的请安折子。”

吉祥将折子奉到皇帝手里。皇帝看了看跪着的洪定国——到底是太后的亲侄儿，面貌与母后有几分相似，正如见过的洪家的人一样，白皙清秀，只有薄薄的嘴唇抿着，显得颇善决断——打开折子，读了两行，见洪失昼的措辞凄婉，仿佛不久就要死了似的，心中不禁冷笑，待看到“臣犬子洪定国，庸碌无为，代替朝觐，愿得圣上眷顾，提携成材，早日为国分忧”这段话，就十分惊异了——这竟与辟邪所说无异。

“世子这次带了两千兵马进京，路过多峰时可有流寇骚扰？”

洪定国有些尴尬，这原本是自己的说辞，现在让皇帝先问了出来，若回道没有流寇骚扰，皇帝必定问自己为何还带这么多兵马进京；若说有流寇，皇帝又要问自己战况如何，犹豫了一下回道：“臣领大军过境，一路上还算太平，只有前锋捉住了两三拨贼寇的探子，现在押在当地县衙里。”心想多峰一带的县衙哪个不关着几个强盗，这个谎扯得不算不圆。

皇帝道：“世子神勇，贼寇自然望风而逃，多峰流寇一直是朝廷心腹大患，世子既然回去时还要路过，就在多峰一带驻军，替朕荡寇分忧。”

洪定国万没料到皇帝会派自己去平寇，不禁一怔，还没想到如何回话，皇帝已经叫吉祥写下诏书：“授洪州亲王世子洪定国为昭勇将军，领藩兵五千，着于多峰一带荡寇。”

洪定国旋即镇定如初，嘴角恢复了一贯的坚毅表情：“谢主隆恩，臣自当勉力为之，报效朝廷。”

东王世子杜闵和西王世子白望疆两人也跟着呈上请安折子，皇帝知道必然大同小异，只是放在一边，也没有看，对他们道：“太后是你们的姨母，十分想念你们，六月二十，凉王和三位世子就随朕去向太后请安。”

光禄寺夜宴之后，洪定国回到驿馆，手下的总兵纷纷来抱怨今天世子领了个苦差。“皇

帝到底打的是什么主意？这不是要我们世子爷在外边吃苦吗？”

洪定国却笑道：“皇帝要挫我们的锐气，给我们苦差事，想不到打错了算盘，我领兵五千，驻守多峰，岂不是离中原更近了一步？父王知道了，一定会说因祸得福。你们在这里抱怨，不过担心自己出征在外受苦，还会真的心疼你们世子爷了吗？”

“世子爷是想要我们几个跟着去多峰吗？”总兵们闻言大吃一惊。

洪定国冷笑道：“你们是我选出来最得力的人，你们不去，谁去？”喝了口茶又问，“另外，前几天出营闹事的人，名字都记下了吗？交给你们回去处置。”说着挥退众人，转而对伺候自己起居的近侍道，“这个时候，想必他也来了，叫他进来。”近侍拉开门，对着廊下轻轻招呼了一声，一条黑影即刻闪入房内。

“雷先生最近还好吗？”洪定国的语气客气，但脸上却是冷冰冰的不高兴。

“雷奇峰给世子爷请安。”

“雷先生在东王那边发财，办了不少差吧？”

“受人钱财，替人消灾，这和主子爷与小人的情分不同。”

“雷先生别提情分，说出来惹人笑，一两年了，别说过来洪州给老王爷请安，就是我到了京城三四天，也不见你的人影一个。”

“小人的行动也不很便利，杜闵的疑心很大，小人今晚是冒险过来的，只想告诉世子爷一个消息。”

“说吧，”洪定国道，“这回又是要你杀谁？”

雷奇峰在洪定国耳边细语一阵，洪定国皱眉道：“他怎么也在京城？”

“昨晚进京的。”

“如此说来，东边杜家的野心不小啊。”洪定国道，“杜闵要你什么时候动手？”

“就是今夜。”

雷奇峰一身黑衣，两道清如雨后山岱的秀眉下，双目流露的是无限的迷惘，仿佛因为总是在夜下穿行，年轻人的面庞感受了月华的灵气般充盈着凄楚的神情。每当看到他杀人以前这种恍惚自若的气度，洪定国心里的杀意就会陡然膨胀起来。

“去吧。”洪定国紧紧握着茶盏，烦躁地打发他。

“是。”雷奇峰去得更快，像一片清风掠上屋脊，吹散在夜空里。

勾陈定环路在京城东北角，此处居住的大多是纤夫、轿夫等卖苦力的穷苦人家，不多几间客栈也因为价钱便宜，挤满了想经离水过境，在京滞留的小商小贩和跑江湖的艺人。

此时三更已过，原本街上遍地都是的小吃挑子，现在都收了摊，只有一两个暗娼仍拖着长长孤独的影子，在客栈门外徘徊。雷奇峰静静伏在“鸿运来”后院东厢房的顶上，这是这条街上最大的客栈，后院里少说也能住个二三十人，是值夜半，寂静无声，却有两条疾风般的身形落在他的身后。

“雷奇峰已经来了啊。”这个人的口音浓重，不像是中原人，赤着两只脚轻捷地走到雷奇峰身边。

“他们有十个人，雷先生是想一个人动手呢，还是要咱们帮着解决几个？”

雷奇峰看着两个皮肤黝黑、汉人服色却卷着裤腿光着两只脚的大汉，冷冷道：“我收了人家的钱，就要办到人家的事，你们想怎么样我不在乎，但是正房里的大理王子是我的，你们要是敢动他，我就先要你们的命。”

“好说，”其中一个道，“咱们不过想凑个手帮个忙，雷先生既然不喜欢，咱们兄弟就在这里看热闹，何乐而不为？”

雷奇峰对他充耳不闻，眉峰一蹙，身体突然平平向前疾飞，“哆”的一声，一支修长的白翎箭钉在他原来潜伏的屋脊，将瓦片击得粉碎，碎屑溅得两个大汉的面颊生疼，雷奇峰已掠过院子的天井，落在西厢房顶上。

正房里有人悠闲地走出来，一个身着白衣、腰间悬剑的大汉向着房顶上两个大汉招招手，道：“光看热闹太过失礼，两位苗使也活动活动吧。”

“失手了。”两个苗人对视一眼，飞身疾退。

白衣大汉的来势更快，掣剑截住他们的去路，剑如蛟龙，直取二人面门。

雷奇峰对两个苗人的险情浑不在意，双眸清澈得犹如秋水中的明月，紧紧盯着正房屋顶上挽弓欲射的少年。少年白衣铜面，手中的巨弓几乎与他纤瘦的身长相仿，满如今夜的圆月，弦上的白羽银矢反射着安详的光芒，蛇信般锁住雷奇峰的咽喉，一望而知少年人的双手虽然秀美却异常坚定，雷奇峰更在意的却是铜面少年刺出的目光，寒意浸肤，隐隐侵入他的脊髓百骸，令身经百战的他竟生出不敢平视的恐惧。

挽这样一柄巨弓，终有力竭的时候，雷奇峰就在等待这个稍纵即逝的时机。可是东边的两个苗人却敌不过白衣大汉的剑势，其中一个抽身退出圈外，从袖中打出一片白雾，向白衣大汉罩来。

“放毒吗？”白衣大汉一声长笑，凌空跃起，长剑啸声大作，出人意料地连人带剑向雷奇峰冲去。

雷奇峰遇变不惊，不退反进，身形陡然一沉，迅如流星，空中挥出利剑，径取正房。

铜面少年巨弓微沉，白翎长箭破空疾射，透雷奇峰右肩而出。雷奇峰只在空中微微一颤，去势不阻，杀入房中，向躲在墙角的大理王子一剑刺出，头顶上却轰然一声巨响，一道白影在泥瓦的灰尘中破顶而入，拦住他的去势。雷奇峰的剑风更急，剑尖荡起的寒风撩动铜面少年胸前的衣衫时，一声尖啸才刺入人们的耳膜，“叮”地宛如金属相击，铜面少年以双指挟住剑尖，剑身在两人手中银蛇乱舞，龙吟之声震得房中的人掩耳相避。铜面少年目中寒光更盛，内力急催雷奇峰握剑的右臂，鲜血从雷奇峰右肩滚滚涌出，沿着剑身流下，却在铜面少年双指三寸之前像为疾风所阻，滴滴答答向地上淌去。雷奇峰的眼神涌起一片迷惘，勉力振作，大喝一声，拔地而起，从头顶上的大洞逃逸而去。

“不要追。”铜面少年喝住跃进屋来就想乘胜追击的白衣大汉，“让他去。”

“是。”

少年人的声音流水般清澈：“他现在身负重伤，不是你的对手，你可以放心安置大理王子到刘远的府上。”

“是。”

大理王子过来深深一揖，少年人拦住他的话头，轻嗽一声才道：“王子此来的用意我已知道，你只消向刘太傅说明，他自会帮你向皇帝禀告。”说完转身欲行，却被大理王子一把抓住手腕。

大理王子攥在掌中的手腕白得触目，令他一时在少年的余音中有些纷乱：“姑娘稍候，还未请教……”

铜面少年目中光芒倏然聚敛，大理王子望得真切，才知恼怒也是可以如此冰冷沉静、洞穿人心的。他在少年的目光下微微一个寒噤，茫然的恐惧里被铜面少年轻轻甩脱了手，待他怔得一怔，追出门外，只见那白衣胜雪，溶在月华之中，顷刻便消散了。

六月二十，皇帝带了七位藩王和世子同行，前往上江行宫避暑行猎。除了皇帝同父异母的三个兄弟要向太妃请安以外，还有太后娘家的洪、凉、东、西四位亲王和世子。随驾的内臣是皇帝亲信的吉祥和如意等六人。凉王为向景佳公主提亲，此次进贡，不但奇珍异宝不计其数，还有凉州丝绸两百匹。凉州产有冰蚕，提出的冰丝晶莹沉重，极易着色，所以凉州丝绸富丽堂皇，沉重高贵，一直是朝廷里指名进贡的极品。太后对衣着素来讲究，犹爱凉缎，皇帝特地命针工局、内织染局选了五匹，带去给太后甄选。针工局采办辟邪因为有点中暑，正卧床休息，所以六月二十日没有跟随皇帝同行，只是回奏道过两天身子好了，即刻赶到上江听差。针工局另派了得力的太监驱恶，监运凉缎，随驾同行。

皇帝一早骑马出发，一路上同行的亲王和世子都年轻，除了西王世子从来体弱多病，落在后面之外，其他人都快马加鞭，纵马疾驰，尤其是东王世子杜闵，精力无穷，一直领先于众人，紧跟皇帝左右。杜闵三十多岁，身材修长，体格魁梧，一张粗犷英俊的面庞因为常在海上领军，晒得黝黑，连皇帝见了也不免要赞他一声英武骁勇。如此沿离水搏命狂奔，果然在正午就到了上江行宫。一进上江地界，就觉地势开阔，丛林无垠，凉风扑面，令人心旷神怡。

洪定国笑道："毕竟是避暑的行宫，果然是皇家胜地。"

皇帝笑着对自己三个兄弟道："你们几个以前每年都来，这回要尽地主之谊，替朕招待凉王和三位世子。"

上江行宫不同大内，浓荫蔽日，花香沁人，建筑小巧别致，玲珑雅致。众人随皇帝曲曲折折走了好长一段路，才到先帝常住的倚海阁，行完礼，这才去望野别墅向太后请安。

太后正在歇午觉，洪司言传出话来道："皇帝和众位藩王想必累了，今天都先休息，不必来请安了，明天各自请见。"又对三个先帝的皇子道，"两位太妃那边一定等得急了，三位王爷换了衣服快去磕头。"说着向东王世子瞥了一眼。

杜闵匆匆洗沐已毕，只领了一个人跟着，往行宫的东边行去，正值午后，人人都在屋内休息，静悄悄私下无人，杜闵驾轻就熟地转了几个弯，穿过一片林子，前边就是望野别墅。宫门外只有洪司言一个人在树荫下摇着团扇乘凉，见到杜闵从林子里走出来，只是向宫里边努了努嘴。

"你在这里等我。"杜闵对紧跟着自己的侍从道，提起袍角，轻快地跃进门去。年轻的侍从一脸迷蒙的神色，选了个凉快的地方倚着大树养神，洪司言视若无睹般地继续摇着自己的扇子。

杜闵轻轻推开正殿的门，寂静中"吱呀"的一声，殿内清冷的空气让他微微打了个冷战。当中的正座上并没有人，听得右手珠帘之后有人轻笑一声，道："这边。"

杜闵掀起帘子，太后正侧卧在凉榻上，穿了件白色染牡丹的轻衣，黑发只用一根金簪别着，素白的右手执着一柄绣金团扇，懒洋洋低垂在胸前。

"太后万福金安。"杜闵跪倒叩头，这个礼行得潇洒自如，结实的肌肉将夏日轻薄的丝袍撑得鼓胀。

太后笑道："一年不见，世子还是这般威武英俊，我很是放心。"

"太后一样容颜不减，安泰吉祥，实是社稷之福。"

"你好的不学，变得油嘴滑舌。"太后微微一笑，"外边很热吧。"

“是有些热，”杜闵站直身体，松了松领口，“这屋里也不凉快。”

太后“哧”地一笑，斜着眼看着他。杜闵解开袍子，甩在地上，慢慢向太后走来，太后牵着他的手，引他坐在凉榻上：“你还想得到来看我？”

“我一路狂奔就盼着早点见到太后。”杜闵的嗓音低低颤动，深沉动人，低头俯视太后柔媚如丝的双目，太后的面庞在明亮清澈的空气中异常晶莹，饱满的双唇透出一声悠长的感叹，杜闵情不自禁深深吻了下去。

太后白皙的双臂搭在他闪着金子般光芒的黝黑肌肤上：“你明年还来吗？”

“一定。”

皇帝歇了两个时辰，起来第一个想到的就是那五匹凉缎，命人即刻取来，自己又看了一遍，见吉祥和如意仍满头大汗地忙着安置御用物事，便道：“朕要去太后宫里请安，你们接着在这里忙，这个叫驱恶的是你们的师弟，由他跟着去就是了。”

吉祥脸色一变道：“驱恶没在主子身边伺候过，还是奴婢去。”

“一样是七宝太监的弟子，只要朕提携，一定会有出息。”

“谢万岁爷恩典。”驱恶急忙跪倒磕头，也看不清他脸上是什么表情。

当下有两个小太监跟着驱恶捧了缎子，随驾往望野别墅去。远远就看见洪司言在宫外坐着，一抬头看到皇帝一行，扭身就往宫里走。

“洪姑姑！”皇帝高声叫道。

洪司言这才在宫门边停住脚，跪下笑道：“奴婢没见到皇上，罪该万死，万岁爷恕奴婢失礼。”

她是太后娘家带进宫来的旧人，十岁上就服侍太后。皇帝对她十分客气尊重，笑道：“洪姑姑起来。太后做什么呢？午觉起来了吗？”一眼瞥到一边匍匐在地的年轻人，问，“这又是谁的小厮？抬起头朕瞧瞧。”

年轻人眉目清澈，神情却迷迷蒙蒙，似乎在忍受着什么痛楚。

“长得倒不错。”

洪司言干笑一声道：“这是跟东王世子的人。杜闵正在给太后请安。”

“正好，朕也进去请安。”

“且容奴婢通禀一声。”

“里面是朕的亲生母后，有什么打紧？”皇帝见洪司言神情闪烁，更不和她多说，领着人径直进去。

“万岁爷且慢。”洪司言跟在后面一迭声地叫。

皇帝一把推开门，就听见太后的声音道：“外面吵什么？”

皇帝匆匆行了个礼：“母后万福。”撩开帘子进了侧殿。

太后理了理鬓角从凉榻上坐起来：“什么事这么急？奔波了半天，也不知好好休息。瞧着晒黑了不少。”

皇帝四下打量，不见有其他人。“儿臣听说杜闵在这里请安，现在怎么没瞧见人，太后身边怎么也没个人伺候？”

“他说了会儿话，就走了，我有些乏，睡着怕人吵，伺候的人都屏退了。”

皇帝盯着侧殿北边洞开的窗户，低头掩饰正在抽搐的眼角，道：“是。”

“皇帝来有什么别的事？”太后冷峻的目光仔细扫在皇帝身后的三个太监脸上。

“啊，凉王进贡了两百匹上好的缎子，儿子带了些过来，母后先看看。”

三个太监将缎子奉到太后面前，太后漫不经心地翻了翻：“难得皇帝费心。”

一阵尴尬的沉默之后，皇帝心不在焉地道：“母后既然乏了，儿子这就告退。”

太后言不由衷地笑笑：“这就快到晚膳的时候，皇帝就在这里吃了饭再走。”

“儿子还带了几件政务过来，要和景仪商量，不打扰母后休息了。”

太后微笑道：“皇帝忙吧。”

皇帝自从那天下午回来，就整天阴着脸，动不动大发脾气，不但吉祥、如意等人都噤若寒蝉，连一早陪太后先到上江的成亲王过来请安，也没见皇帝有个好脸色。

“要你这个蠢材何用！”皇帝一掌把小合子奉来的笔拍在地上，“有这么蘸墨的吗？”

“皇上息怒。”成亲王忙道，“何必和这小奴才置气？”

“你不要多嘴！”

成亲王愣住了，无言以对。整个屋里只有小合子“咚咚”叩头的声音。

“这是奴婢没有教导好，皇上息怒。”吉祥是小合子的师傅，跪下平心静气地道。

皇帝叹了口气，把众人晾在外面，在窗下轻抚棋盘默然不语，清风也不能少减他心中的烦厌，一股从未有过的凛然冰冷的决断之意从他心中涌出。

——“杀！”

——“夺！”

一粒黑子清脆地落在棋盘里，一只白得透明的手稍纵即逝地缩了回去。

“皇上万福。”辟邪清丽的声音在耳边响起。

“你来得这么快？”皇帝吓了一跳，炙热的额头似有冷风拂过，转眼望着众人，都是

一脸的如释重负。

“奴婢想着皇上、太后会有所差遣，就在今天一早赶过来了。”辟邪声音清澈，却显得有些疲倦。

“中暑好些了？”

“有皇上眷顾，自然已经好了。皇上这是在生谁的气？”

皇帝笑道：“没有，只是天气热了，有点烦。”

“奴婢这是第一次到上江行宫，没想到行宫后面群山连绵，林子也多，皇上素谙弓马，定是大有收获。”

皇帝已经精神大振，道：“说的不错，来了一天，也没有找什么乐子，咱们这就行猎去。”

成亲王连忙赔笑：“是，臣也想着去呢，这回来的人多，不如叫侍卫先把围场净一净，省得有人冲撞圣驾。”

皇帝开始摩拳擦掌：“好！你们取朕的弓箭来。辟邪，你也跟着去。”

“奴婢也去？”辟邪笑道，“奴婢的马上功夫可不行。”

一时围场中的号角响起，悠长凄厉，是围场肃静的意思。皇帝住的聚露斋门前已经备了十来匹坐骑，一行人翻身上马，成亲王领了王府里的伴当在前开道，大内侍卫飞骑传令，出征号角齐鸣。早有行宫的侍卫从四处将兽禽撵入围场，皇帝领着百十骑战马跃入丛林，顿时百兽乱奔，万矢齐飞，杀声撼天。

皇帝年轻，两个时辰之后才觉累了，勒马笑着命人清点各人所获。

皇帝自然猎得最多，除了小兽二十多匹，还射着了两头大鹿；成亲王也有斩获，不过是些獐狍狐兔；内臣里除了如意射了一只山鸡外，别人都一无所获。

皇帝道：“你们还要再用心些，下回让你们和成亲王府里的人比试弓法。”

众人都一脸难色，成亲王笑道：“皇上这不是在为难他们，是为难臣。”

皇帝才笑了笑，忽听前方仍隐约传来百兽喧嚷和阵阵弓矢之声，皱眉道：“不是已经传旨停猎了吗，是什么人手下的侍卫还在多事？”

侍卫副统领姜放道：“臣觉着不是侍卫，他们天大的胆子也不敢在御驾前面放箭。”

不一会儿有人回报道：“不是侍卫，是东王世子杜闵领着自己王府里的人进了围场。”

成亲王怒道：“混账东西，不知道围场肃清，只有皇上在里面吗？”

“原是这么问他，回道是太后恩准他入围，现在知道皇上在，已经领人退出去了。”

皇帝脸上的肌肉在不自觉地抽搐，英俊的面庞变得异常狰狞。“都不准动！”皇帝冷声道，夺过吉祥手中的箭壶，大喝一声，策马向前飞奔。扑面而来的风刺得他眼睛灼热发痛，

前面已经隐约见到杜闵着团龙战袍的身影，也不顾林子里的树枝擦破手臂，从后面掣出三支羽翎，张弓向杜闵就射。

黑翎破风，势如破竹，却有三支利箭追得更快，流星般在皇帝面前一闪，前面传来“叮”的清脆一声，六支长箭绞在一起，落在草地上。杜闵似乎听见声响，还回了回头，一会儿就走得看不见了。

皇帝紧紧握着手中的长弓，盯着前方，浑身都在发抖。

“奴婢情急之下射落皇上的箭，”辟邪从后面策马赶来，滚下马鞍道，“皇上恕奴婢万死之罪。”

皇帝早已凶神恶煞，低头用满是血丝的眼睛盯着辟邪，手背上的青筋随着颤抖节节暴起，突然怒吼一声，从马上跃下，将辟邪扑倒在地，双手紧紧扼住他的咽喉，恶声吼道：“你竟敢阻我！”

三

驱恶

辟邪岂敢反抗，在皇帝越收越紧的双手之中渐渐全身无力，脸涨得通红，只有双目仍十分清醒，拼尽全力对着皇帝咬牙切齿的脸忽而委婉一笑。

皇帝全身的血液正汹涌奔上脑中，见辟邪仍在微笑，突然觉得一股凛冽的凉意从四周的空气中蹿出，像毒蛇长信般紧锁住自己的心脏，令他浑身一悸，这才有些恢复了理智，慢慢松开了手，顿时眼前发黑，连辟邪的脸也变得迷迷蒙蒙。皇帝翻过身，仰躺在地上，兀自喘息不休。阳光透入林子里，刺得他睁不开眼，两匹战马在主人们身边徜徉，四处早已没有喊杀声，连鸟儿也开始婉转地唱了起来，仿佛偌大天地间都是如此安逸祥和，只有自己体内的杀意在翻江倒海。随之听见辟邪爬起来，跪在自己身边，好像仍不能开口说话，不由得扭头对他笑道："你怎么样？"

辟邪雪白的颈上清清楚楚印着几条鲜红的手印，挣扎了一会儿才勉强笑道："原来就中暑了，现在更觉得头昏脑涨。"话虽如此，却捂着胸口瘫倒在皇帝身边。

两人仰望蓝天，白云高悬，岿然不动，林中青草拂面，清香沁人。

皇帝突然失笑出声，道："你好大的胆子！"

辟邪精疲力竭，懒洋洋地道："是。"

皇帝道："若不是你拦着我，早已射死了杜闵。"

辟邪道："就算奴婢没有拦住皇上，皇上也射不杀他。"

"胡说八道，这三箭离弦，他岂有不死之理？"

"本来没有，不过雷奇峰正在他身边，别说三箭，就是万箭齐发，雷奇峰也能护得他周全。"

"无论是不是能杀他，这三箭一射出，朕就后悔了。"

辟邪闻言不禁"噗"地一笑。

皇帝却道："不错，以兵力而言，现在他强我弱，难怪四个亲王这次朝见都如此耀武扬威。一旦朕隐忍不住，眼前就是兵戎之灾，结局可想而知。好在有你三支快箭，不然这个祸就闯大了。"

"皇上圣明。"辟邪对皇帝的后知后觉称颂不已，笑容里都是戏谑。

皇帝忽悠然叹了口气："辟邪，现在只有你一个人肯听朕说话。在朕登基以前，景仪和朕还能倾谈，惹恼了他还会拳脚相加，现在他见了朕，也是跟别人一样，大声呵斥他一句，吓得跟什么似的，平时也是神情闪烁，没句真话。虽然你只陪朕下了几个月棋，朕倒觉得你像朕兄弟一般的亲近。"

辟邪吓了一大跳，忙起来笑道："奴婢只是宫里的贱役，学的都是口是心非、阿谀奉承的一套，皇上这么说，就要奴婢的命了。"

"只这一句话，就知道你和别人不同，其他人嘴里怎么敢自称口是心非、阿谀奉承？"

"这是奴婢失言了。"

皇帝望着他大笑，翻身坐起来，道："现在想来你说的话果然不错，所谓'任才俊，强亲兵，去藩政，敛税收，平四方'，的确有理。这次藩王朝觐，京城布防的就只有五城兵马司的两万人，实在是捉襟见肘，区区一百多个人从洪王营里出来，就把他们吓得魂飞魄散，朕都替他们脸红。四个亲王共有兵力二十八万，朕这里却连哪个大将是自己人都不知道，就说宫里的侍卫，有多少是他们的亲信，这个皇城住着，哪天不是提心吊胆？"皇帝恶狠狠地哼了一声，接着道，"就算是朕想提拔几个亲信，又有谁让人信得过？"

辟邪道："心里只有皇上的大有人在，皇上仔细瞧着就知道了，先不说他们，就是刘远，平时虽然不知体贴圣意，但当真是忠心耿耿，他的学生又多，大都清廉自爱，让他举荐几个，一定不会错。"

"有理。兵部呢？"

"藩王都善战，现在兵部的大将有的老朽昏庸，年轻将士不得提拔，将来必定不是藩王们的对手，只能这两年慢慢留心，从下层的军官里提拔一些骁勇善战的人，让他们不惹人耳目地多掌兵权，到用兵时再委以大任。虽说不是什么好主意，现在也只能如此了。"

"这些除了和你商量之外，实在是没有亲信的人，你又是内臣，多少都有些不方便。"

辟邪道："说起这个，奴婢倒想起一个人。"

"谁？"

"成亲王。"

"景仪？"

"是，成亲王是皇上的亲兄弟，不但智谋高超，更是亲王的身份，能替皇上跟群臣打交道，皇上不能说的话，让亲王私下去说，更是便宜。"

皇帝笑道："本来是个好主意，不过景仪年轻，尚未涉足政事，现在就让他挑这副担子，是不是为时过早？"

辟邪的目光却深刻冰冷，道："成亲王虽然年轻，却深谋远虑，其志不小，早些将他推出来做了藩王们的死对头，不但断了藩王们的后路，更断了成亲王的后路。"

皇帝打了个寒噤，只觉这宫里宫外不但波涛汹涌，更有暗流湍急，一时无言。

辟邪又笑着抚慰道："万岁爷是一代圣主，成亲王也必将是一代贤王，奴婢胡说八道，皇上恕罪。不过，就算藩王胆大包天，要做大逆不道的事，皇上身边还有个大靠山，定然无忧。"

皇帝脸色阴郁，道："朕知道你要说的是太后，朕是她的亲生儿子，当然不错。不过那几个藩王都是太后娘家的人，太后也不会不偏袒。"心中突然又想起杜闵来，冷笑道，"前两天刘远上奏说大理王子段秉偷偷到了离都，想要向朝中的公主提亲，说是若有公主和亲大理，支持他继位，将来大理就臣服中原，永世修好。"

辟邪道："原来大理王子也在京城，那么雷奇峰想杀的就是他了？"

"朕也是这么想，大理两个王子闹得厉害，东王、西王要杀他，自然想扶持另一个王子段乘继位，他们得大理兵力，想要做什么，不言而喻。"

"看来东王杜家是等不及了。西王白东楼已老，儿子白望疆又是个病秧子，现在急着投靠东王，将来他们两家合兵，再加上大理，实在是心腹之患。"辟邪歇了口气又道，"如今奴婢对其他三个藩王所知甚详，只有东王那边不清楚，这些耳目原是奴婢师傅布下的，这样断了消息，奴婢有些担心，想着亲自去一趟。"

"内臣出京本来不易，如果平白无故放你出去，恐怕群臣的参奏上来，就骇人听闻了。"

辟邪只是淡淡一笑，道："奴婢想走，自然会有办法。"

皇帝笑道："那就好。天色不早，他们这时肯定都吓得傻了，你跟朕回去。"

"是。"

皇帝见辟邪颈上仍是又红又肿，从衣摆上撕了一条白缎下来，围在辟邪脖子上，笑道："遮一遮，他们瞧见不好。"

凉王必隆与太后、太妃定下迎娶景佳公主的婚期就在来年春天，诸事皆定，这才回凉州。他是最后一个返回藩地的亲王，至此，这个夏天也算过完了。

回到离都，太后命人清点凉王行聘的礼物，时值初秋，便要针工局用其进贡的凉缎裁剪秋冬的衣物。针工局因辟邪是七宝太监指名的办差太监，便着他在太后面前应对。辟邪往内府供应库对了腰牌，开丙字库，选了太后平素喜欢的几个颜色，又分辨出十来匹高雅素净的花案，命人取了，回来叫两个用惯的人，正碰上针工局的管理太监张固。张固把他

叫到一边，低声道："你叫小林子、小丙子吗？这两个人都不在了。"

辟邪故作惊讶，笑道："敢情是高升了？张公公偏心提携他们，平时难办的差都是往我身上一推，现在有肥差倒不知心疼我。"

张固咬牙道："还不因为你？上次让你去上江，偏偏中暑了，只好让驱恶领着他们去，也不知在那里撞了什么邪，回来先是小林子急病死了，小丙子昨天到谊妃主子那里裁衣裳，也不知什么缘故，冲撞了凤驾，硬是被活活打死，你这些天一直病着，所以不知道。"

辟邪念了声佛，道："罪过罪过。话说回来，现在的差事要紧，他们两个不在，谁跟我去好？"

"驱恶正在里边，你们都是老手，现在只有你们去我才放心。"

辟邪摇头道："我五师哥是个腼腆的人，别看平时稳重老练，真的见了娘娘回话，只怕他一两句对答不得体，岂不是要了他的命？"

正巧驱恶走出来，张固道："前阵子万岁爷还说要重用驱恶，意思就是让他多在主子们面前露面。你现今总在万岁爷面前行走，自然前途无量，你们兄弟一直要好得和一个人似的，也不知提携他一起高升。我不和你们哥俩多说，就是你们走这一趟。"

辟邪和驱恶对视一眼，只得领命。

到慈宁宫才知道，不止太后在里面，还有景佳、景优两位公主在这里陪着太后聊天，两个人叩头请安。太后道："起来回话。你们不是七宝的徒弟吗？哪个是驱恶，哪个是辟邪呀？抬起头我瞧瞧。"

洪司言在一边笑道："瞧着这个辟邪倒是长得不错，太后看他的眉梢，倒有个凉州女孩子的清朗劲儿。"

太后笑嗔道："你越老越不像话，好端端的凉州女孩儿为什么要和个小太监比？"又见驱恶身材高挑，体格强健，黑黑的面庞上浓眉大眼，嘴角带着一股倔强，又问洪司言，"你看这个孩子是不是和那个人有些像？"

洪司言勉强笑道："外貌神情都有相似之处。"

太后突然问驱恶："多大岁数了？"

"奴婢二十一岁。"

"进宫之前家里姓什么？"

驱恶回道："姓颜。"

太后一阵冷笑，道："如何，宫里还住得惯吗？"

驱恶笑道："宫里样样都好，奴婢住得惯。"

“样样都好？”太后尖刻地笑了，“你以为你进宫来是为了享福吗？现在就让你知道宫里的不好！来人，教训这个胡言乱语的奴才。”

两个慈宁宫的掌刑太监将驱恶拖出宫门，就是一顿廷杖。辟邪急忙跪倒，叩头道：“太后饶命，太后……”

太后安详地微笑道：“不关你的事，你是个好孩子，你告诉我，这宫里如何？”

辟邪回道：“奴婢是个微贱之人，是沾了太后主子、万岁爷和各宫主子的福气，才能吃得好，穿得好，虽说谈不到报答主子的恩情，若能效犬马之劳，不惹主子们生气，就是奴婢的福分了。”

太后笑道：“你是个懂事的。你起来。”

两个公主何时见过这种阵势，景佳公主吓得脸色惨白，景优公主扯着太后的衣袖道：“母后何必跟这种小奴才生气，今天是景佳姐姐的好日子，不如放那个奴才一条生路，就算给姐姐她积福。”

洪司言赔笑道：“公主说得是，现在早已打断了两条腿，那个奴才已经知道厉害，得了教训就算了。”见太后仍不作声，又在太后的耳边轻声道，“不一会儿皇上就过来了，见了不好，再说今天打死了他，太后日后又要后悔。”

“不错。”太后点点头，洪司言立即出去止刑。旋即就听太监来报皇帝驾到。

不久皇帝在门口请见，一家人各自行礼之后，太后指了指景佳公主，道：“你这个妹妹就要远嫁了，这些天多见面，今后就再也见不着了。”

皇帝笑道：“母后的话说得太过忧伤，今后藩王上京，妹妹一起过来，和太后、太妃总有见面的时候。”转眼看着景优公主，笑道，“景优的婚事儿子心里也有了谱，母后可别轻易将她许给别人。”

“什么了不起的人物，现在不能说吗？你只管和她母亲杨太妃商量，别让她觉得你委屈了景优，和景佳一比，说你这个皇帝哥哥当得厚此薄彼。”

景优在一旁红了脸，低头不语。皇帝道：“正好辟邪也在这里，景佳的婚期也不远了，针工局也该想着置办公主的嫁妆。”

辟邪回道：“奴婢已经看过内府供应库的缎子，大多是凉缎。本来凉缎是极好的，但是公主嫁到凉州去，陪嫁的缎子都是婆家原来的东西，未免有些不妥，奴婢这就想请旨，讨个主意。”

太后点头道：“这说得有理。国内能和凉缎媲美的只有寒州的丝绸，库里还有吗？”

“库里倒还有一些，不过宫里不太使，花样子都已经陈旧，就算都拿出来，也不过

一百匹左右，奴婢想着让寒州进贡一些来，又恐怕到时来的东西多带市井气味，与皇家身份不符。”

“这是正理，”太后点头道，“寒州的丝绸流在民间，我原来不喜欢，就是因为这个。”

辟邪笑道：“奴婢有个主意，只怕说出来太后怪罪。”

“怎么学得和你师傅一个口气，尽管说。”

“奴婢想着自己去寒州一趟，看看当地织造的品质如何，再打几百个花样子下去，让他们照着赶制，多半能赶上公主的婚期。”

皇帝瞥了辟邪一眼，心里道：原来如此，嘴里却呵斥道：“你又异想天开，无缘无故内臣出京，本来就是极麻烦的事，你要是在外面惹祸，死几百次也不够。”

太后拦住皇帝道：“这是什么话，我看着是个好主意，公主出阁还不算是大事吗，关系朝廷的脸面，自然让宫里的人亲自走一趟好。”

“母后……”

太后笑道：“妹妹们都在跟前，瞧皇帝急得什么似的。皇帝舍不得辟邪走，怕没有人陪你下棋玩乐，我还不知道吗？你和景仪不是玩得好好的，不过一两个月，有什么打紧？”

皇帝依旧不情愿地犹豫了片刻，才对辟邪道：“母后已经答应了，你还不谢恩？”

辟邪跪下叩头，听太后道：“只你一个出去，叫人不放心，你的师弟康健在这里当差得体，你们一起去也有照应。在外面不要惹事，办完事就赶紧回京。”

辟邪领旨退出，回到居养院，直奔驱恶的屋子。居养院一直是七宝太监的住所，人最多时还住了七个徒弟，天天吵吵闹闹，人声鼎沸。现在除了辟邪、驱恶，还有辟邪的徒弟小顺子，再无他人。辟邪住西厢房，驱恶就在东厢，正房还是按七宝太监在时的原样，天天有人打扫。

小顺子正从驱恶屋里奔出来，手里拿着药方子，一把被辟邪抓住，回道：“太医说了，五爷的伤不碍事，就是两条腿断了，养几个月，也会好的。”

“快去抓药吧。”辟邪挥手放开他，自己进屋和太医打了声招呼。驱恶在床上听见了，勉强笑道：“辟邪过来，陪我说话，才不会觉得痛。今天真是走霉运，不过回错一句话，就断了腿。”

辟邪坐在驱恶的床边，握住他的手，道：“师哥，太后打你不是因为你回错话。”

驱恶笑道：“是因为我姓颜？”他望着辟邪沉痛的脸色，道，“这不怪你，只是师哥的腿以后不中用啦，今后也不能再护着你，你自己一定要小心。”

“我知道。”辟邪点头，又在驱恶的耳边斩钉截铁地道，“现在她打你，将来我会要

她加倍偿还。”

过了两天，皇帝的旨意下来，辟邪去司礼监、内务府领了各部文书、官牒，和康健、小顺子收拾行李。吉祥、如意特地过来道别，把小合子留在居养院照顾驱恶。驱恶在床上还大声道：“去吧去吧，等你回来，我就好了。”

等出了宫，三人才换下太监服色。小顺子自从进宫之后，就没出过门，一路上看什么都新鲜，指手画脚，大呼小叫。三人上了天刑大道，正想拐到隐环路的码头雇船，小顺子却又大声道：“师傅师傅，你瞧那不是宗人府吗？”

康健笑道：“没见过世面的小子，那哪里是宗人府，宗人府正堂在朱雀门里，那是宗人府囚牢罢了。”

辟邪脸上的表情倒像是被利刃刺了一下，打了个寒噤，对小顺子道：“那又如何，你能不能安分些？”自己却又忍不住盯着门口的牌匾，“宗人府”三个大字正在朝阳下焕发出血红色的光芒来。

颜久十二岁，没事的时候，他就会数一遍面前的铁栏。宗人府囚室的铁栏，从东到西一共十二根，就像自己的年龄，从西到东一共十二根，永远也不会变，是不是就像自己的生命在十二岁时就会戛然而止，再也不变了呢？

同胞哥哥颜镶，正躺在母亲的怀里熟睡。颜久自己正在冷冷清清继续数着这个不变的数字：“十一、十二。”一袭红色的袍角从自己眼角掠过，抬头可以看到那个清雅修长的身影正指挥狱卒搬了十几坛酒进来，接着就有人打开了囚房的门锁——像堂会上武戏开打的音乐，嘈杂而清脆。两个狱卒进来，拉起颜久。

“儿子走了。”颜久走出囚房时向母亲行礼，颜镶被他们从母亲怀里拖了出来，撞在颜久身上，郑王妃像发了疯似的哭起来。

家里所有的男孩子都集中在父亲的囚房里，颜久有些失望，他一直想见到的妹妹颜祯并不在这里。那个美丽的十岁女孩，时时会打开一袭精致的寒绢手帕，露出一个像她面颊一样嫣红的桃子来。“这是从我母亲院子里的桃树上摘的，”她笑，跺着脚道，“哎呀，这手帕沾了桃毛，不能再用了。”手帕轻盈地飞落，颜祯的笑声一起洒在沾满露珠的草地上。

就在铁栏外，一定是适才推推搡搡的时候，从自己袖中落出来的，颜久使劲伸出手去，只差一点点，就能够到那块已经被人踩脏了的手帕。那角红袍停在自己面前，一只白皙匀净的手将手帕拾起来，塞到颜久的手里。

“奴婢七宝给颜亲王叩头。”红袍总管七宝太监在囚室外跪倒。

“梅兄，请起，请起。”颜王背着手，从窗口笑着走过来，颜王与匈奴征战二十多年，面庞晒得黝黑，两道修眉间尽染戎马风尘之色，只有笑起来时，才变得儒雅亲切，颇显皇室贵胄的本色，“几年不见，梅兄仍是容颜如故，想必今后成仙也不是难事。”

七宝太监道：“王爷抬举奴婢了。”

颜王笑道：“梅兄此来，可否带着最后的旨意？”

“是，太后的懿旨，十五岁以上男子及王妃、侍妃、郡主均赐自尽，未成年男子罚入宫为奴。”

颜王世子颜铠只有十九岁，却站出来喝道：“让那妖妇做她的春秋大梦，我们颜家子孙都是皇室贵胄，岂能入宫与她为奴？”转身对自己十个兄弟道，“不怕死的颜家子孙站到我身后来！”

颜王的儿子年纪虽小却个个泯不畏死，少年脸上都是一脸决断，齐刷刷站到颜铠的身后。七宝太监念了声佛，抬头一看，却有一个少年孤零零站在囚室中央，没有挪步的意思。

“你个贪生怕死的孬种！”颜镶从颜铠身后跃出就想当胸给他一拳。

颜王伸手拦住，走到颜久面前，蹲下握住他的双肩，柔声道：“阿九，是不是父王宠坏了你，此时没有勇气跟父王一起死？”

颜久平静地道：“不是，儿子并不怕死。儿子只是知道父王的壮志大业未酬，如今人人都一死了之，谁替父王完成平定四方、江山一统的伟业？”

颜王笑道：“你年纪还小，不知道以你的身份入宫为奴是何等凶险，不等你替父王一酬壮志，恐怕就遭人毒手，何必再去受罪？”

“儿子年纪虽小，也知道入宫是什么意思，再大屈辱，儿子也甘承受。”

“好！”颜王不禁大笑，道，“阿九，你且记得，现在死是件好事，如果你一旦选择活下去，就要努力挣扎，不要辜负老天给你这次重生的机会。”

“是。”

颜王牵着他的手，将他领到七宝太监的面前，道：“梅兄，这是我最喜欢的孩子，现在就交给你了。”

七宝太监仔细打量这个心智远远超越年龄的十二岁少年，道：“奴婢领会得。”

颜久跪下，向七宝太监叩头：“师傅，今后徒弟的性命就交给师傅。”

七宝太监点头，向颜王道：“王爷还记得多年前，有人向王爷进言要早日以重金相贿，结交奴婢一事吗？”

颜王笑道：“难得你还记得。”

“不错，当时王爷言道：‘闻弦琴而知雅意，听他的琴声就知道七宝太监不是俗物，何必用这些阴谋的伎俩玷污了他。’奴婢虽然与王爷从未深交，闻得此言却足感王爷相知的盛情，奴婢虽然在王爷生前没有替王爷办过什么事，如今却可向王爷保证，只要七宝一息尚存，定然会护得这个孩子周全。”

颜王颤声道：“梅君也是我的知己，这里还有个大秘密，希望梅君替我保全。”

“是。”

颜王在七宝太监耳边轻轻说了两句话，一向镇定自若的七宝太监脸色大变，浑身颤抖，手足冰冷。

颜王却笑道：“梅兄，你我神交已久，你琴箫双绝，此时何不奏上一曲，以壮我父子行色？”

七宝太监朗声一笑，从怀中取出一管细小的洞箫，道：“此箫乃王爷所赐，此时用它为王爷送行，正是助兴。”回首对远远回避的狱卒道，“酒来！”

“不用酒！”颜王伸手抽出七宝太监腰中佩剑，对自己十个儿子道，“尔等愿意死在太后的毒鸩之下，还是愿意死在父王的剑下？”

颜铠笑道：“自然宁愿让父王刺死。”

“好！”颜王擎剑大笑。

七宝太监会心一笑，箫声疾奏，犹如沙场雷鸣，催人肝肠。

颜王对准颜铠心窝，就是一剑，颜铠一声不吭，倒在囚笼，全身还在抽搐。颜久倒抽一口冷气，闭眼不忍再看，却听见颜王大声喝道：“阿九，睁眼看着你的兄弟，从此之后，你心里再无可惧之物，再无不忍做的决断。”

颜久紧握双拳，瞪大眼睛，只见满眼红光，兄弟们的胸前华丽的衮袍，就像嫌不够鲜艳似的，绽开了朵朵鲜红的牡丹，颜钰、颜铃、颜铰、颜锐、颜镠、颜钟、颜锻、颜锲，随之是冰冷的墙，冰冷的地面也随之红花怒放。

颜镶在颜王剑下，突然对他大叫道：“小九，为我报仇啊！”

“报仇，报仇！”颜久咬牙喃声道，“我要她十倍偿还，十倍偿还！”

颜王望着一地尸骸，慢慢转身对着颜久柔声笑道：“好孩子。”血红长剑向自己颈中刎去。箫声拖了个悠远的尾音，渐渐息止。颜久盯着自己手背上父亲的鲜血，静静对七宝太监道：“师傅，我们走吧。”

颜久拉着七宝太监的衣袍，穿过幽深的过道，严冬的寒风刺得他浑身一缩。七宝太监将他抱上马鞍，用自己的斗篷遮着他纤小的躯体，慢慢放开缰绳，沿天刑大道向清和宫行去。

眼看就要过年了，天气虽然寒冷，街上仍是行人如织，商贩的喧嚣、菜肉的气息充盈着整座喜气洋洋的都城，颜久只觉自己的魂魄正游离在城市上空寒冷的空气里，冷眼打量着未来，那个即将来临的新年不知道对自己意味着什么。

七宝太监突然勒住了马，一声少年的吼叫才刺入颜久的耳里。

“谁敢拉了我的妹妹去？”一个衣衫褴褛的少年发了疯似的紧紧搂着两个更加年幼的孩子，几个大人挥着棍棒往少年身上乱打。

“你们白吃我们楼里的东西，还不出钱来，自然要拉你妹妹去卖。”

“我也在楼里做工，你们不给工钱就算了，还要卖我的妹妹，哪有这种事？”

七宝太监微微一笑，在马上道：“住手。”

众人见是个中年高贵的宦官，立时不敢再打，酒楼的掌柜从里面跑出来道：“哎呀，原来是七宝公公，少见少见，您老怎么得闲往这里来？”

七宝太监笑道：“我就说你张掌柜越发地不长进，怎么当街欺负小孩子？”

“冤枉！这个孩子叫阿大，前一阵子来做工，我们见他手脚勤快就好意收留他，想不到他竟然偷了楼里的东西养活那两个小崽子，”说着恨恨地对那三个少年举手作势要打，“您老想我们也不能总做亏本生意，对不对？”

“老爷，”那阿大奔过来抱住七宝的腿，道，“老爷救我们兄妹三个，我给您做牛做马。”

七宝太监见他浓眉大眼、虎虎有生气，笑道：“救你们兄妹原是不妨，要你弟弟过得富足，让你妹妹嫁个好人家都不难，不过我是宫里的公公，你也愿意跟我去吗？”

阿大道：“愿意愿意，如今我的兄弟、妹妹就要饿死了，我不过进宫做太监，却救了他们的性命。”

七宝太监点头道：“好，你可别后悔。张掌柜，这个孩子跟我走，那两个先在你这里安置，今天就有人来领他们，你给他们吃饱饭，换身衣服，反正不会亏待你。”

阿大喜笑颜开，抬头正好看见一张少年凄丽的面孔从七宝太监的斗篷里透出来，向他望了一眼。

七宝太监领着两个少年进宫，回到居养院屏退其他弟子，对两个年纪仿佛的少年道：“这里就是大内了，你们有什么自己的东西都拿出来，被人看到就是大罪。”

颜久在囚室关了一个多月，哪里还有什么违禁的事物，阿大更是一无所有。

七宝太监道：“阿大，如今你想后悔已经来不及了，你的兄弟、妹妹都在我的手上，想要他们登天，想要他们下地狱，都是我一个人说了算，你想要他们有好日子过，就要答应我一件事。”

阿大打了个寒噤，道：“您说，只要我的兄弟、妹妹过得好，要我现在去死也可以。”

七宝太监笑道：“谁要你去死？”他指了指一边的颜久，“你今后就把他当作你的亲兄弟，照顾他，保护他，为他去死，你可愿意？”

阿大对着颜久看看，笑道：“兄弟，以后就跟着我。”

颜久朝他白了一眼，没有说话，七宝太监望着他们两个不住微笑，接着道：“还有。”

“还有？”阿大有点不耐烦。

“从今往后，你就姓颜。”

颜久凛然一颤，盯着七宝太监微笑和蔼的脸色，七宝太监接着对阿大道：“别人若问起你的出身，你就说自己姓颜，在家行九。”

阿大不屑道：“我为什么要更名改姓？”

七宝太监笑道：“你改了名字，就是救了你的亲人，否则，就算是他们逃到天涯海角，我也能杀他们全家。”

七宝太监的笑意冷酷无情，刺得阿大浑身颤抖。“是，我知道了。”

“这就好，”七宝太监点点头，又对颜久道，“拿出来。”

“什么？”

“你怀里的东西。”

颜久慢慢从怀里摸出一方手帕，七宝太监接过来问道：“让你拿出来，为什么不听我的话？”说着揭开暖炉上的盖子，一把投了进去。

纤细的寒绢冒出的轻烟也是柔弱袅绕，颜久望着它慢慢烧尽，知道当这唯一与颜王王子身份还有些许联系的手帕一旦消失，自己就永远与从前告别了。

“你的脸色怎么这么难看？”七宝太监尖刻地问道，“死了老子娘了吗？”

颜久的眼中才刚怒气一盛，七宝太监已经一掌扇在他的脸上：“笑！”

颜久被他打得退了几步，捂着脸将口中的鲜血咽下肚去，走回来，向着七宝太监粲然绽开笑颜，道：“是，师傅。”

七宝太监将他搂在怀里柔声道：“这才是好孩子。阿大，以后你在宫里就叫驱恶，你呢，”他望着颜久笑脸上冰冷的眼睛，“就是辟邪了。”说着不禁得意起来，“吉祥、如意、招福、进宝、驱恶、辟邪，等到再收一个徒弟，我就是名副其实的七宝太监了。”

辟邪领着康健和小顺子在码头觅船，就听见远远有人高声叫道：“六爷、七爷，请留步。”

康健道：“这不是侍卫副统领姜放吗？”

辟邪道："你们在这里等我。"自己迎上前去拱手道，"大统领，这是有什么急事？"

姜放一边笑道："除了圣命，还有什么急事？今天一早皇上就问起你走了没有，想着有东西没有交给你，命我出宫赶过来。"一边从背后解下一个黄缎的细长包裹。

辟邪跪下双手接过，打开一看，原来是柄朴素的长剑，听姜放道："皇上让你用此剑防身，一路小心。"

辟邪抽出长剑，寒光悦目，剑身上錾着两个字——靖仁，这原是皇帝少年时的名字，登基时却称"仁者，圣贤之道。寡人何德何能，敢擅专'仁'字"，因而改名"靖礽"，这想来便是他从小的佩剑。辟邪笑道："皇恩浩荡，无以相报，请大统领回去向皇上回禀，就说辟邪自当仔细办差，不负圣恩。"

姜放突然低声道："船我已经备好，主子爷就坐那只现在张着白帆的船，一路小心。"

"我知道了，京里的事就拜托你了，有事速速急报我知。"

"是，"姜放面有忧色，道，"主子爷的身子也要当心，雷奇峰的剑气厉害，已经伤到肺经，不是闹着玩的。"

辟邪点头一笑："不碍事，这次出去，又不会耍刀弄枪，我自会小心调养。"

"好，"姜放大声道，"就此别过，各位，一路顺风。"

那只白帆船正行来靠岸，辟邪撩起袍角，负剑上船，后面的康健和小顺子两人有说有笑，拿着行李跟上船来。艄公竹竿一点，轻舟向江中荡去，前面一座飞桥横架南北，正是定环路上的抚疆大桥，桥上车流、行人穿梭，桥下万帆齐过。众人抬头望着满是青苔的桥底巨石，康健和小顺子不禁啧啧称奇。康健道："以前也走过这座桥，想不到在桥下看更加壮观。"艄公在船尾微微一笑，大声道："各位爷小心，前面到了望龙门，就要落帆了。"

四个船工忙得不亦乐乎，桨橹齐摇，轻轻巧巧从望龙门下穿过，一下子眼前开阔，大江平静东流，朝阳耀目，江面上金蛇乱舞，船工升起两座大帆，西风下顺流而行。

四

寒州十六郎

寒州地处少湖之东，寒江自北向南，绕城汇入少湖。自古以来，此处便是鱼米之乡，衣食富足，特别是因附近一带远山环抱，气候温和，适于植桑养蚕，故百年以前就是中原盛产丝绸的重镇。加上水路畅通，此处的丝绸便行运全国各地，更沿寒江远销大理，早有“天下霓裳出寒州”之誉。

少湖之西又有别水汇入，自青、洪、督三州沿江东下，第一个所到之处便是寒州，所以寒州城内不但中原的商贾来往频繁，还有大理、西域的商队不时穿梭，故而市面繁华，士风开放，文气昌盛。

世人称寒州的丝绸为“寒丝”、“寒绢”，其质地轻柔晶莹，织染清丽秀雅，与凉州丝绸的厚重雍容、华贵绚烂各成一派。寒州百年以来一直有个传统，真正上等的寒绢，必定要选织染世家中心灵手巧、容色秀丽的少女织成，称为“小寒绢”。小寒绢产量极少，质地温美如玉，又因这个传统平添了香艳的情趣，不但价格奇高，更是王族富贾搜罗的珍品，在市面上自然是难觅其踪。前朝诗人江据放游历至此，见少女忙于机杼，便有“指梳冰丝染晨霞，梭引春光织寒裳”之句。

如此名噪一时的寒绢，却因近二十年来宫廷中不喜欢寒绢“过于轻浮”，鲜有进贡。当地的织染世家都颇有微词，均觉朝廷喜好是一回事，寒州布政使没有在京城大力宣扬寒州丝绸的独到之处，致使中原寒州竟输给了胡地凉州，也是难辞其咎。

八月上头，布政使司突然知会织染行会，言道：因景佳公主婚期在即，大内已派了人下来精选小寒绢充作公主妆奁，各个织染作坊都须呈上精品以供竞比，最后从中择选十家，指定织造进贡用绢，竞比就定在八月十五。犹如一石惊起千重浪，寒州人士奔走相告，要知一旦选中向朝廷进贡丝缎，无论于谁都是无上的荣耀，说是门楣生光、荫及子孙也不为过。上千家作坊连夜赶织新绢，唯恐这个彩头被别人抢去，市面上于是大兴抢购新丝、挤对对手的勾当，甚至还有械斗的事件发生。

行会会长常重元见人人大有走火入魔之势，这一日忍不住在布政使司门前求见。布政使董里州竟然亲自出来见他。

宾主坐定，常重元开口就抱怨：“大人，寒州真正能织小寒绢的不过四五十家，这位

上使却要寒州城内所有作坊参加竞比，如今市面上新丝价格飞涨，还有人在其中牟取暴利，小人实在弹压不住，望上使和大人收回成命，由行会推选十家老店也就是了。”

董里州笑道：“会长过虑了，朝廷里不过是要两三百匹的进贡，等竞比一完，丝价就会下跌。再说这位上使年纪虽轻，却办事周到，不想只听行会一面之词，自己看过才算。”又从袖中取出一柄折扇，道，“会长且看这件物事。”

常重元接在手里，打开一看，原来不是纸扇，却是用小寒绢做的扇面，奇的却是扇面上还绣了几枝墨竹，如烟似墨，飘逸俊秀，合拢时扇骨并得严丝合缝，可见绣这竹子的人功力深厚，针法纤细，定是一代名家。

董里州道：“原是那位小公公在我书房里见了这柄扇子，十分喜欢，一问之下才知道寒州还有多间绣坊，便想选十几个绣工进宫帮着针工局做几个月的事。”

常重元道：“寒州的绣功精湛，还是最近十几年的事，小人看能绣这等扇面的在寒州也不过两家。”

“哦？有两家？”

“是，一间叫福地绣坊，里面有几位老师傅，能绣出这等佳品，说起来这间绣坊的东家，大人一定知道，就是寒江承运局的大老板，吴十六。”

“正是，这件东西就是从他的绣坊里得来。”

“另一间撷珠绣馆只怕大人就有所不知了，寒州的绣艺就是起源于它，二十年前有个大理人名叫宋别，到寒州开了绣馆，广收门徒，寒州现在顶尖的绣工就是出自他的门下。如今这间绣馆只收女弟子，靠的是收徒过活，织染世家或富商巨贾的女儿有很多都从绣馆的师傅学艺。这个绣馆鲜有绣品流出，一旦问世便是惊若天物，早早被人抢回收藏，连小人都从来没见过。”

“这倒是新鲜事，过些天会有人去看。”说罢端茶送客。

常重元告辞出来上车，家人赶着回家，走到一半，突然勒住马不动了，常重元听得外面一阵喧哗，撩开帘子问：“怎么回事？”

“老爷，前面出了大事，桥断了。”

正说着，一队州府衙门的亲兵喝道赶了过去救人，街上行人大呼小叫：“长虹桥断了，长虹桥断了。”

“死了人啦！”

常重元下车，一把拉住一个年轻人，问道：“什么事？”

年轻人急道：“前面长虹桥塌了，桥上三四十个人落水，刚捞上来两个秀才，已经断了气。”

常重元想到自己一个时辰前才从桥上经过，不禁一阵后怕。

“老爷，从这里是回不去了，要不改道飞霞桥过河？”

常重元点点头，叹道：“这桥去年才建的，这就塌了，唉，罪过。”转念一想，又道，“既然如此，我们顺路往承运局去一趟。”

寒江承运局并非官办，人称大老板的吴十六在局里也被手下称为“帮主”，主掌这个势力遍布寒江全域的大帮派十几年，人也变得圆滚滚，见谁都笑嘻嘻打招呼。但即便他一脸弥勒佛的微笑，在寒州仍有风传说这个吴十六年轻时杀人越货，无所不为，只看他手下得力的几员大将，个个眼露凶光，一身匪气，便知道他出身绝非善辈。所以在寒州地界没人敢对承运局说个“不”字，就算是见了承运局的人出来，也要绕道相避。这天一早，郭十三领了十个人刚从局里跨出来，见门前的行人纷纷走避，不禁怒道：“见了鬼了吗？逃得比兔子还快。”手下人早已对这种情景见怪不怪，知道这个赫赫有名的十三郎今天早起就不痛快，这时发句牢骚，谁也不敢多言。郭十三往地上啐了一口，恨声道：“也不知那个老狐狸昨天对帮主说了什么，今天老子就倒霉揽到这么个不要脸的差事。”

众人知道他嘴里的老狐狸自然是寒州织染行会的会长常重元无疑，劝道：“爷何必生气，帮主要爷办这个差事，自然有他的道理。”

“要你多嘴？老子不知道吗？”

众人只管笑，不敢再说，急急赶往城西，过了一片竹林，前面闪出一幢前后三进的宅子，门前青帘低垂，一边挂了个朴素的立牌：“撷珠绣馆”。

“爷，就是这里了。”

郭十三掸了掸衣裳，收起一脸凶悍之相，正色掀开帘子，领人进了屋。

门里的木柜台后只站了一个童子，看见这么些大汉进来，有些害怕，哆哆嗦嗦问：“各位爷，有何贵干？”

郭十三道：“我们有事要见绣馆的师傅。”

“师傅年纪大了，几年前就不在馆中，搬到别处养病去了。”

郭十三嫌他啰唆，道：“就是你们现在管事的。”

“我们代师傅就在屋里，我去问问方不方便见各位爷，各位稍等。”

童子转进屋内，郭十三见这间厅堂连个客座也没有，嘴里又忍不住不干不净骂了几句，却见那个童子又回来道：“各位爷，代师傅说了，自己是个女流之辈，不方便出来见客，况且这里只教人绣花，如果各位不是代家中女眷前来报名入学，就便请回。”

郭十三忍住气笑道：“你跟你代师傅说，我们是承运局的人，也不见吗？”

童子连眼都不敢抬，结结巴巴低声道："代师傅说了，若是承运局的人来了，更是不见。"

"好大的胆子！"郭十三凶相毕露，招手对身后的人道，"给我拆了这堵墙，我看她见是不见！"

众人大声答应，推开童子，从衣服底下抽出兵刃，上去两三脚把面前的木隔扇踢倒，内室里一张巨大的绣架之后隐约坐着个白衣女子，也不以为意，仍是低头绣花。

郭十三见这一袭白绢之上双面绣了一个擎剑的侠士，风振衣袂，血沾前襟，眉间杀气滚滚，更有一柄长剑凛然似有寒意，仿佛即将破绢而出，自己魂魄突然为之所慑，倒抽一口冷气。

"爷，"旁边的大汉道，"咱们可不是为了瞧这里的娘们儿来的。"

郭十三抬脚把他踹在一边，怒道："你个俗了巴气的小王八蛋懂什么？"

绣架后面的女子这才轻声一笑。

郭十三嗽了一声，道："姑娘，我们吴大老板有件事要你帮忙，行个方便可好？"

里面的女子笑道："福地绣坊针法天下绝伦，寒州地面上早已无出其右者，不知小女子这小小的绣馆，还能帮上吴大老板什么忙？"

"姑娘冰雪聪明，怎会不知朝廷要选寒州当地最好的绣工上京？撷珠绣馆不沾俗事多少年了，现在不妨把这小小的虚荣让给福地绣坊如何？"

"敝馆早已不出绣品，女弟子之中也没有可与福地绣坊相提并论的人才，这个彩头自然是吴大老板的，何必相烦各位亲自跑一趟？"

郭十三笑道："姑娘明白事理就好，这两天京中的上差就在城里，我们吴老板说了，承运局愿意拿出一万两银子，请撷珠绣馆关门大吉，便成全了大家的好事。"

那女子闻言冷笑道："你们承运局在寒江水面上欺行霸市也就罢了，就连这绣馆也不放过，从前为了避免与你们相争，家父已经立誓不出绣品，改收门徒维生，这绣馆是他二十年的心血，现在岂容你们说关就关？"

"这便是姑娘不识抬举，我们来就是要这绣馆今天关门，姑娘你请回避，我们这就要拆了这座房子。动手！"

众人一声哄叫，摩拳擦掌，却见眼前一道银光扑面而来，刺在自己眉心里，刚觉一痛，屋里彩丝牵动，十一根银针又倏然回到绣架上。

那女子冷冷道："你们敢动这屋子，我就叫你们人人瞎了眼回去。"

"好你个敬酒不吃吃罚酒的婆娘，敢跟我动手？给我上。"

郭十三原本觉得欺负一间小小的绣馆丢人现眼，现在反而吃了亏，不禁恼羞成怒，领

着众人掩在破门烂墙之后，就要往里冲。

这时却有人掀帘子跨进来，一张望笑道："啊！不好意思，是不是咱们走错地方了？"

郭十三和手下一干人慌忙收起手上的家伙，转身怒目而视，见进来的是三个衣着素净的少年，说话的只有十五六岁，眉清目秀，一脸聪明，手里持了根马鞭，不停地晃来晃去。站在他身边的少年年长三四岁的样子，飞眉入鬓，气定神闲，口角含笑，甚是清雅。他二人将另一个少年挡在身后，见了他们凶神恶煞，也不害怕，笑嘻嘻地看热闹。那持马鞭的少年接着问道："请问各位仁兄，这里可是撷珠绣馆？"

郭十三对身边众人道："这是赶来助拳的，一起摆平，一个也不放走。"

"好！"有三个大汉越众而出，向三个少年扑去。

那持马鞭的少年不禁慌道："师叔救我，他们要杀人啦。"

他身边的少年皱了皱眉，尖声道："你们怎么不问青红皂白，就动粗？"说着向前跨了一步，手臂微微一振，袖子拂在来人的刀剑上，风中流云般一卷，竟将三柄刀剑一股脑收到自己手中，他抽身轻盈地退回原处，依旧含笑尖声细气地道："哪个还来呀？"

郭十三先是吃了一惊，听他说话的声音尖锐，不由得打了个寒战道："什么妖精？不男不女的，看招。"当头一刀向那个少年劈去。

那少年听他这般说，顿时面颊上一阵怒气上涌，眉目间杀气凝聚，笼在袖子里的双手微微颤抖，见郭十三刀已到面前，瞳孔中凶光一闪，正要出手，却有一只雪白纤秀的手拉了拉他的衣角，那少年全不顾郭十三刀锋杀到，转身低首道："师哥……"郭十三这一刀势如破竹，眼看就要砍到那少年身上时，只觉一道细细的劲风刺在自己的手背上，兵刃把持不住，摔落在地，不禁慌道："干什么装神弄鬼，出来见人！"

一个蓝衣少年背着手气度雍容地踱出来，雪白面庞上一对飞目向在场众人一扫，人们只觉寒光耀目，气息为之一窒，纷纷向后退了几步。

那少年微笑道："在下师弟和弟子不懂事，各位切勿见笑。"

他的声音一样轻细，但沉静冰冷，清澈动人，他见众人面面相觑，接着道："敢问这里可是撷珠绣馆？"

"是！"那女子从绣架后慢慢走出来，道，"小女子现在是绣馆的代师傅明珠，三位有何见教？"

那蓝衣少年没有开口，目光只是投在屋里的绣架上，一脸淡静也变得微微有些动摇。最年轻的少年已忍不住代他答道："我家师傅听说姐姐这里的绣品天下一绝，想购几件回京。"

明珠分开几个大汉，向他们走近了些，道："原来几位是京城人氏，不知如何称呼？"

“我叫小顺，”那少年见她美貌，不住抢着答话，“这是我师傅，名叫辟邪，在家行六，这是我师叔康健，在家行七。”

“哦，”明珠笑道，“原来是六爷、七爷、小顺少爷。这里的绣件都是不卖的，三位远来，相赠一二，倒是不妨，里面请。”

小顺子这辈子还没有让人称呼过少爷，不禁眉开眼笑，走到明珠面前，仔细打量，见她不过双十年华，尖尖的下颌，清秀异常，微笑时平生出一种极媚的神态，动人心旌，连他自己都发现自己神情恍惚起来，忙作了个揖：“姐姐惠赠，却之不恭，受之有愧。”

郭十三见这四个人像老相识一般，客客气气往里走，全没把他们放在眼里，怒道：“喂，站住！”

辟邪回头对康健道：“这就是你的不是了，拿了人家的东西，还不快还去。”

“是。”康健轻轻一拂袖，三柄兵刃“哆”地钉在郭十三脚前，嵌入青石足有两寸。康健笑道：“对不住，届时登门向你们吴大老板致歉。”

郭十三见他武功高出自己数倍，只怕那个辟邪更在他之上，心下思量没有胜算，只得对手下人吼道：“还在这里做什么？等着挨刀吗？”

十一个人灰溜溜回到承运局，向吴十六将事情学说一遍。

平时管事的师爷陶先河坐在吴十六身边恨声道：“我便说你是个蠢物就是了，你不是那三个人的对手不错，难不成他们会在绣馆里待一辈子？就算那个明珠厉害，不过是个女流之辈，等他们一走，这个绣馆还不是任你们要拆就拆？”

郭十三平时嚣张，见了陶先河却连大声也不敢出。吴十六道：“不可如此鲁莽，这次京里下来的人就是三个年轻的宦官，听十三郎说起来，情形倒是有些相似。”

陶先河道：“帮主说的不错，十三郎，你见过他们，现在就去盯着摸清他们的底细。”

郭十三答应一声就走，回来得却比走得还快，一阵风抢进门来道：“帮主，那三个小子就在门口，是那个老狐狸常重元陪来的。”

吴十六笑道：“果然就是正主儿找上门来了，那是天差，快开正门迎接。”自己换了衣裳迎了出去，和常重元两个人亲亲热热，又是拱手又是作揖。

“这三位是太后、皇上身边的人，这次下寒州择选进贡用绢，吴老板见过没有？”

“没有没有，这几位是上差，草民怎生有缘得见？”

辟邪上前道：“吴大老板声名威震四海，久仰久仰。”

众人一阵谦让，在正堂分宾主落座，谈的无非是进贡寒绢如何起运，如何仰仗承运局大力援助之事。俗事议定，辟邪道：“早闻寒江承运局内有一处山石有千孔剔透，孔孔相

通，不知能否得见？”

吴十六笑道：“上差在宫中什么没见过？稀罕这种小物事？”

常重元道：“不然，这座山石我见过，当真是件神物，吴大老板不让上差得见，定是有心藏私。”

“哈哈，会长这么说，倒显得我小家子气。如此各位请挪步。”

辟邪对康健道：“你在此陪会长坐，我去去就来。”

康健在宫廷中熏陶已久，早对这种被人撂在当场的事习以为常，只有小顺子一个人嘟起嘴，一个劲儿不高兴。

当下堂上由陶先河作陪，吴十六领着辟邪穿了几重院子，面前一处竹林之后，玲珑青石映入眼帘，石下清泉如明镜，横置一柄木勺。吴十六挽起衣袖，舀起一勺清水，从青石顶端缓缓淋下，石内似有琴音轻作，千注水丝喷涌而出，激入下方水面，院中顿时天籁传声，水烟缥缈，阳光下幻出一道七色彩虹，犹入仙境。辟邪晶莹的面庞也被映得嫣然如画，莞尔笑道：“神物，当真是神物。”

吴十六缓缓放下木勺，望着彩虹虚妄即逝，冷冷道：“离都、寒州两江相隔，千里迢迢，小王爷此来，不会只想看属下这座假山吧？”

辟邪笑道：“就算不能劝得十六哥回归颜王麾下，得见这等美景，也不枉此行。”

吴十六冷笑道：“颜王爷去世多年，旧部失散，多少壮志也作灰飞烟灭，小王爷何出此言？”

“十六哥十多年前奉父王之命来寒州创办承运局，一直是东边势力的龙头，如今东王日渐坐大，寒州又是他的门户所在，我若想掌其命脉，自然要仰仗十六哥相助。”

“承运局如今不过是江湖上欺行霸市的土匪，小王爷有衮冕之志，自有高人相助，承运局上上下下几千口人，都想吃口平安饭，属下拖家带口，恕不能从命了。”

“衮冕之志？”辟邪不禁失笑，“我不过废人一个，谈什么衮冕之志？如今天下五分，我不过选了个正经主儿服侍，哪有这等野心？”

“小王爷知道我是个唯恐天下不乱的小人，就算真的天下大乱，寒江也要有人行船，承运局依旧发财，只怕这国难财油水更多，呵呵。”

辟邪眯起眼看着他，悠然道：“虽然十六哥是承运局的擎天之柱，但父王旧部仍是不少，只怕并非人人都作此想吧。”

“人是还有一些，老的老，病的病，还能做什么？要说能做的，就是杀了那个贱人是正经。小王爷父仇不报，却在这里替那贱人儿子做事，老王爷若泉下有知，哼哼……”

“我懂了，”辟邪道，“十六哥是气我这个来着。”

“不错，你贪生怕死，入宫为奴，我不在乎，但若非姜放怕牵连于你，不准我进宫刺杀那个贱人，九年前我就早已将她手刃，给老王爷报了仇，何必等到现在心如死水，做这土匪勾当？”

“十六哥……”

“住口！你不必多说，只管做你的钦差太监，少来管我的事。”

辟邪点点头，笑道：“话不投机，何必多言？十六哥，过些日子我还来。”

吴十六仍旧笑眯眯将他送回堂上，众人又说了几句闲话，不等承运局留饭，便告辞回程。吴十六对陶先河道：“这次进贡的事已成定局，看他们要的船队的数目，少说也要进贡千匹上京，我让你办的事如何了？”

“今年上等的新丝市面上本来就少，九成已经在我们库房里了，虽说买进时价格甚高，不过等他们开始织造进贡用绢，只怕就能翻个跟斗。”

“好，”吴十六笑道，“就是这个手段。撷珠绣馆那里也要快办，说不通宋明珠，不会去找她老子吗？”

陶先河吃了一惊，道：“这个人我可惹不起，本来想咱们先下手为强，逼着宋明珠关门，就算他生气，念在和帮主多年的交情上，也会作罢。现在要我和他正面交锋，嘿嘿，饶了我吧。”

“你自然不是他的对手，你让二十郎去说，他从前和宋别交情深厚，应能成事。”

李双实人称“二十郎”，是承运局的开山元老，在帮中德高望重，是仅次于吴十六的人物。当年随吴十六南下创业，身经百战，如今承运局沿寒江的十大分舵的舵主骨干，六成都是他手下的亲随弟子。现在听了陶先河的话，十分不情愿，又不能随便驳吴十六的面子，第二天只得悻悻出门，赶往宋别养病的郊外宅院。

吴十六只道大事已定，正在局里等着他的消息，想不到不但李双实一脸铁青地回来，后面还有一个瘦如干柴的长须中年人慢吞吞从车上跟着下来，正是当年人称“金针素手”的宋别。

吴十六抽了口冷气，忙提上鞋，笑着迎上前去。“老宋！别来无恙？”

“我好好地养病，就是你找麻烦，不被你整死，就是万幸。”宋别一脸病痛，说话有气无力，只有双目仍似刀锋般在吴十六脸上扫过。

吴十六知道他不好对付，打个哈哈道：“这是什么话，老友重逢，快屋里请。”

宋别坐下咳了一阵，喘了半天，才道：“吴老板当真是财迷心窍，挤对我多年不说，连我的女儿也不放过，好端端的，为什么要砸我的场子？”

“老宋真是气量狭小，我不过想着抢个好彩头，让自己女儿选为绣工，进京玩上几个月，不小心得罪令千金，就值得你亲自跑这一趟？”

宋别道：“你说这话我就不爱听，你的女儿得你娇宠，我家女儿就不是掌上明珠了吗？你不是不知道，我们父女早就不沾这种俗事了，何必多此一举？”

“我知道你心高气傲，不在乎这个，谁让撷珠绣馆已在朝廷上差面前露了脸，我的女儿笨手笨脚，哪是明珠的对手？”

宋别冷笑道：“什么朝廷上差？你服侍颜王多年，连自己小主子也不认得了吗？”

吴十六脸色一沉，道：“怎么？你已见过他了？”

李双实在一旁道：“十六哥，小王爷已经来过，这等大事为何不让我得知？”

宋别接着道：“一间小小的绣馆，你要砸便砸，我也懒得与你理论，老实说，今天我是做说客来的。”

“你要说什么，我心里清楚得很，只是承运局不会再管朝廷钩心斗角的事啦。”

“承运局当初就是朝廷钩心斗角的产物，现在想要就此罢手，哪里像你说的那么轻松写意。如今其他颜王旧部早已重归小王爷旗下，你们几个受颜王恩宠犹胜他人，你一意孤行，究竟是何道理？”

吴十六冷笑道：“且不要提老王爷的恩惠，如果不是奉老王爷之命来此创立承运局，我等早在大军之中立下赫赫战功，如今定已位极人臣，哪里会是这般水寇模样？你‘金针素手’若非为助老王爷成事，蛰伏于此，岂不早就杀得大理朝中鸡犬不留，怎会最后要这般病恹恹客死他乡？”

宋别不禁怒笑道：“好好好，几十年的老朋友了，亏你这种话说得出口。”

“哈哈，十六郎现在眼里只有‘荣华富贵’四个字，”吴十六大笑，“我女儿虽说不如明珠，倒也标致，日后送她入宫，万一被皇帝看上，我就是国丈爷，尚能补偿我多年辛苦凄凉，宋兄知我大志，就不必再与我相争了吧？”

宋别道：“你不听我劝，也就算了，你要送你女儿去做皇后娘娘，也是你自己的事。不过，你且知道，这承运局可不是你的，从哪里借来的就要还到哪里去，这件大事不能全凭你一个人做主。”

“你也不必威胁我，”吴十六道，“这个承运局里谁敢对我说个‘不’字？”

宋别冷哼一声，站起身来，道：“也罢，我说不通你，就让正经主儿来说，小王爷要我转告你，且给他个机会再见一面，如何？”

“免了，”吴十六道，“只要他再进承运局一步，我就打他出去。”

宋别淡淡一笑，拱了拱手就走。

李双实道："十六哥，宋先生说的不错，这承运局可不是你我的，当初颜王爷拨了几十万两白银让我们起家，才有今天这东南第一大帮。现在小王爷来此，不过要我们做些打探消息、安插耳目的现成事，又没有要我们刀头舔血、真枪真剑地拼杀，于承运局也没有太多的坏处，十六哥如果嫌麻烦，不如自己仍做正经的生意，这些事就交给小弟去办如何？"

吴十六笑道："你这不是要分裂帮会吗？咱们有今天，不是因为颜王的银子，乃是我们同心协力之故，你现在要单干，这承运局还有将来吗？"

李双实按捺不住，发作道："十六哥不但心眼小了，脑筋也是不如以前，这个小九王爷从小心智不同他人，受颜王亲自管教不说，七岁上就随大军一同出征，颜王是何等钟爱？西边二先生也是个厉害角色，这两年重归他旗下，一样服服帖帖，还时时来信劝你。今天我是见了这个小王爷了，他心气不逊老颜王，这些年在宫里历练出的心狠手辣只怕还有过之，你再钻牛角尖，我恐怕这承运局来得容易，散得也快。"

"他不过二十岁的年纪，又只会奴颜婢膝地保命，要我服他，还早得很呢。承运局十几年基业，不是他说毁就毁的。"吴十六一声冷笑，撂下李双实就往里去，路上正遇见陶先河与郭十三，低声道："你们这就去将二十郎暗暗软禁，小心行事。"

郭十三对李双实素来膺服，脸上不禁十分为难。吴十六道："你不用担心，等事情一完，我会自己向他赔罪。还有宋别也是一样。"

陶先河道："这就难了，宋别一出门就回了撷珠绣馆，今天一早就有布政使司衙门的重兵守在那里，总不能明着和官府的人作对。"

吴十六道："只要他不从绣馆里出来就好，你们派人盯着。"

转眼八月初十，寒州市面上早已新丝用尽，尚有几百家作坊未及完成新绢，纷纷去常重元处诉苦。常重元对辟邪道："别的都是小事，小人唯恐真到赶织进贡用绢时没有上等新丝，交不了差。"

辟邪笑道："我见过户部的文档，寒州每年产的新丝不止这些，想必有人知道底细，抢先囤积居奇。"

"这万万不会。"常重元连忙将自己撇清，"我已查过，行会所辖各大作坊、丝库都无大量存货。"

"我不是疑心你们行会，寒州界面上能有财力买断这么多新丝的定有他人。"

常重元恍然大悟："是是是，上差所言极是，能做出这种事来的，就只有财大气粗的承运局了。"

常重元当下连同行会管事的十几个人，赶往承运局找吴十六理论，却被吴十六笑嘻嘻轰了出来。常重元怎会善罢甘休，回去一说，顿时激得众人义愤填膺，不顾承运局平时的凶悍，集了上千人在承运局门前叫骂。

此时承运局却是内忧外患，先前为抢购新丝投入大量现钱，最近周转日渐吃力不算，不知怎的，李双实被软禁的消息又泄露了出去，几个由他扶植的分舵舵主连夜启程，赶回总舵应变。吴十六立即派人去途中堵截，谁知回报却道，只截到了船，人却一个不见。

吴十六笑容狰狞，听着门外喧哗不断，独自在屋里思量，见门一开，正是自己女儿吴采鳞奉茶进来道："爹爹又在发愁？"

吴十六接过茶，笑道："没有，你爹什么世面没见过，这点小事，怎么会为难到我。"

吴采鳞道："爹爹骗不了我，只有大事委决不下，爹爹才会在这里一个人生闷气。"

吴十六叹道："你是个聪明孩子，原来爹爹想着我们父女联手做这件大事，纵然尸骨无存，也能报答旧主恩义，想不到还未成行，爹爹就着了别人的道儿。经此一变，将来这承运局不知是谁说了算啦。"

吴采鳞劝道："爹爹就是牵挂旧事，才会闷闷不乐，不如放手不管，女儿陪着您回青州老家去，二十叔、宋伯伯他们想做什么，再与我们无干，好不好？"

"你只会说小孩子的话，爹爹在此是奉人之命，受人所托，岂能说走就走？"

"爹爹既然对老颜王爷情义深重，又在寒州等那小王爷消息多年，为何如今他上门来求爹爹相助，爹爹反而不许？"

"我原本想他忍辱进宫，是为报父仇，想不到九年过去，竟然成了皇帝的走狗，我们这些颜王旧部，从来只服侍老王爷一个人，老王爷为太后、皇帝所杀，我焉能再从他为皇帝做事？"正说到气愤之处，突听大门方向一阵大哗，随之寂静无声。

父女二人对视一眼，心知有变，门外脚步疾奔，吴采鳞打开门，见陶先河账房里的一个师爷衣冠不整地进来，禀道："帮主，那宋别领了六位分舵主进了局子，放了二十郎不说，还去账房拘禁了陶师爷。陶师爷让小人偷偷出来，回禀帮主得知。"

"来得这么快？"吴十六吃了一惊，按他推算，这几个分舵的人弃船登陆，快马兼程，要到寒州只怕还需一两天的工夫，万没料到今夜已经进了承运局。

"二十郎适才到了大门前，对织染行会的人言道，明日就开库放新丝，将他们遣散，现在正往这里来。"

吴十六点头，打发他出去，自己从墙上摘下大刀，系在腰里。吴采鳞忙道："爹爹且慢，二十叔宅心仁厚，就算来了，也不会伤到爹爹半分，爹爹这是要做什么？"

吴十六冷笑道："你不知道从前'阎王爷'的手段，那小王爷是他嫡亲的儿子，一样心狠手辣。我囤积新丝做得何等机密，照样被他知道，挑唆织染行会的人与我作对；二十郎手下弟子来得如此神速，只怕他到寒州之前就已知会他们赶来。他已存心除我，今晚还有善果吗？"

门前却是一声清笑："十六哥样样说得对，只是我大费周章，不过想让十六哥听我说几句话。"

门外少年白衣胜雪，腰悬长剑，清丽雍容，比月光更冷的目光静静射在吴十六身上。

吴十六将女儿挡在身后，道："小王爷处心积虑不过是要这间承运局罢了，现在大局已定，还有什么可多说的？"

"十六哥是父王看中的大将，承运局由你一手创办，无论如何，还需十六哥相助。况且，"辟邪微微一笑，看看吴采鳞，"十六哥倔强骁勇，现在若不说通你，只怕将来你在我背后惹事，搞不好派个刺客进宫，牵连到承运局几千口人，岂不坏我大事？"

吴十六知道自己原先的大计已被他看穿，道："小王爷若有心举旗谋反，我倒可誓死相从，若要我跟你一同与那皇帝为奴，却是万万不能。"

辟邪幽然道："十六哥怎么不明白，我现在是什么身份，如何举旗谋反，今后怎样当政擅权？"

"那就不必多言，你是来要我的命的，能不能杀我，先过两招再说。"他一心只想护得女儿逃命，一刀使出十成功力，向辟邪当头就砍。

辟邪未料他这就动手，身形一晃，倏然疾退。吴采鳞却是宋别的亲传弟子，踊身而上，袖中打出一片银针，取辟邪前胸。辟邪知道宋家针法天下无双，这招已得宋别真传，自然厉害，于是不敢怠慢，飘然侧身避过，白驹过隙之间，长剑出鞘，将吴采鳞牵引银针的彩线一挥而断。吴十六生怕女儿有险，抄到辟邪身侧，又是一刀，不愧是当年军中大将，这一刀有千钧之威，辟邪心中明白他这刀有威势却无攻势，强逼着自己闪避，便可带着女儿全身而退，只是如果让他现在逃逸，便有无数的麻烦。无奈长剑回转，由下至上硬接一记，吴十六才觉心身剧震，辟邪已经一掌轻送，将他偌大身躯推得飞入屋去。

辟邪跟进房中，长剑压在他的肩头，左手在身后凌空指了一指，将吴采鳞从门外射来的暗器震飞，这时胸口气血翻涌，他知道旧伤复发了，不禁厉声道："你阴谋诡计不如我，武功也不如我，我样样都比你强，是什么令你就是不能膺服？你这次抢着要送绣工进宫，分明就是想行刺太后、皇帝，不惜将女儿送入虎口，可见你复仇之心犹胜当年，对父王的赤诚没有半分消减，难道我自残身体入宫复仇的决心还不值得你拿对父王效忠之心的十分

之一相待？我七岁随父王北征匈奴，一路坐在十六哥的马前，幸有十六哥拼死护我周全，那时十六哥可曾觉得我日后会是胆小怕死之人？”

“不是，”吴十六大声道，“二十万大军崩于面前，也不能使小王爷颜色稍动。”

“当时十六哥为我挡去两箭，事后说的话十六哥还记得吗？”

吴十六一字字道：“现在追随老王爷，将来追随主子小王爷。”

辟邪听他连语气都和当时一模一样，不禁心神激荡，从胸膛中迸出一串激烈的咳嗽，长剑在他手中微微颤动，烛光下似水波荡漾。“十六哥是欺负我年纪小，当时随口乱说的吗？”

“不是。”吴十六想起从前豪壮，热泪盈眶。

辟邪左手抚胸，微觉吐息艰难，雪白的面庞惨红尽染，似乎连剑也握不住，突然目中寒光一敛，剑尖直指吴十六咽喉，道：“十六哥于我有救命之恩，无奈这承运局自来以你为首，就算我有心放你生路，只恐你日后生事，令二十郎和宋先生不能服众。我只再问你一次，你愿重回我麾下吗？”

“死在小主子剑下，也没什么！”吴十六盯着剑身上“靖仁”二字，道，“我只是不明白，小主子从小才高志远，为何甘愿做那贱人儿子的奴才。”

辟邪道：“十六哥当年为何跟随父王起事？”

“颜王爷立志肃清藩政，富国强兵，扫荡蛮夷，做的是中原一统的大事。”

辟邪厉声道：“不错。我在宫中，要杀太后易如反掌，只是她一死，洪、凉、东、西群雄并起，割据中原，谈何天下一统的大业？纷争四起，百姓流离，说什么富国的美梦？我现在不过是个宦官，只得假皇帝之手，铲除藩政，竟父王之志，有什么错？我挑唆他们母子反目，亲属相残，报全家灭门之仇，有什么不对？凡事一剑了断，我何以受辱至斯？我堂堂皇室贵胄，为酬父志忍辱负重如此，竟不得你半点旧情？”

“小王爷！”吴十六双手握住长剑，颤声道，“我吴十六终于死得明白，小王爷这些话为什么不早说！”

辟邪望着他苦笑道：“你给我机会说了吗？”说着手臂一震撤剑回来，退了几步，坐在椅子上喘了口气。

吴十六长身而起，放声大笑，道：“不错，我吴十六真是老朽糊涂，脸皮也厚，现在再想追随主子爷，不知道主子爷是不是觉得已经晚了？”

辟邪长剑还鞘，道：“不晚，我就等十六哥这句话呢。”

吴十六扭头对门口的吴采鳞道：“把你手中的暗器收起来，快快请你宋伯伯和二十叔来，咱们爷们儿今天重聚，要好好喝上一杯。”

五

明珠

八月十五的正日子，秋高气爽，风和日丽。寒州沿江搭起彩台，四处人头攒动，将一个竞比大会挤得水泄不通，布政使董里州亲自到场，州织染局、织染行会、大内针工局内织染局采办等二十多人结为评审，同登高台，台上张横杆数十面，用以悬挂参比佳绢，一时风舞罗缎，人映霓裳，众人穿行在寒绢之中，犹如云端漫步，飘然不知所至。

忙了一上午，最终选定十家能织上等小寒绢的老字号。其他作坊虽说落选，但因参比的寒绢都是难得一见的精品，会上就有人高价抢购，也是热热闹闹，沸沸扬扬。董里州因寒江承运局顾全大局，抛售新丝，才使这次竞比最后圆满收场，中午便在寒韵楼宴请吴十六、李双实等，席上自然还有寒州官员、辟邪、康健、织染行会和寒州各界名士、富贾。酒过三巡，常重元道：“这次寒绢竞比也算是寒州多年来的一大盛事，董大人在此摆宴，在下倒有一个助兴的节目。”说着连连击掌，便有四个妙龄的青衣少女抬了一扇九面屏风出来，缓缓打开。常重元道：“诸位，这件屏风的绣师向我开价六千两，众位看看如何？”

众人方在笑他大开海口，有人道：“任你是金线银丝绣的，不过是扇屏风，哪值六千两？”话刚出口，却顿时随众人一声惊呼。只见屏风上的人物各个出尘飘逸，仙风道骨，呼之欲出，尤其是潇湘妃子那双细目，神光微隐，哀怨幽深，勾魂摄魄。众人只道清风微拂间其中人物便可展广袖弄云鬓悠然踱出，不禁个个抽了口冷气，围拢了细看。

自有人忍不住问道：“常兄，这件神作竟是在寒州所得吗？不知是哪间宝号，哪位师傅所绣？”

常重元道：“这扇《九歌图》是撷珠绣馆的代师傅宋明珠所绣。”

众人纷纷点头：“难怪难怪……”

忽有人大声道：“常会长，我愿出七千两，你将此神作让给小弟如何？”

常重元笑道：“万万不可，这撷珠绣馆的绣品十年来流传于世的，屈指可数。要说是这样的大宗绣作，至今能得一见的，独独不过这扇屏风。小弟得了，拿出来大家品评，你仁兄却想掠美，万万不可。”

任他连说两句“万万不可”，仍有人道：“我再加五百两。”

如此价格节节飙升，常重元忙道：“收起来，收起来，再过一会儿只怕有人要动手抢了。”

忽听董里州笑道："会长且慢，我愿用一万两请会长割爱，会长以为如何？"

常重元为难道："既是大人高价要购，小人怎敢藏私？"对手下人道，"收起来，送到大人府上。"

众人都向董里州道："恭喜大人得了宝物。"

董里州也甚是得意，与众人干了几杯，尽兴而归。

常重元临走时拉住辟邪，低声道："公公，小人昨天将承运局提出的新丝又清点一遍，真正上等能作进贡之用的仍是不多，只怕还不够数。"

辟邪笑道："你不用担心，这些上等的新丝，到时候自然会出来，你只管拿了那些花样子分派下去就是了。"

常重元见他不以为意，只得又道："小人听董大人言道公公想带一批绣工进京，不知可有此事？"

"原是这么打算，不过担心硬让这些绣工和父母兄弟离别，也是罪过，再者针工局的老师傅还有不少，我想着不如带一两个福地绣坊的绣工进宫指点一二。"

"是是，朝廷仁慈，想得周到。"

"我明天就要回宫复命，这里的事还要仰仗会长。"

"一定一定。"

辟邪出来，独自往寒州街道闲逛，不一会儿吴十六就跟了上来。两人会心一笑，也不多言，在几条繁华街道上浏览。见到前面一大堆人群情激奋地围着什么在看，辟邪道："我们也瞧瞧热闹去。"

走近才知道有人在州府衙门对面贴了一幅大大的字报，吴十六分开众人，让辟邪细看。这幅字写得龙飞凤舞，一气呵成，讲的是州府、布政使司衙门强敛重税，新造长虹桥，却贪赃枉法偷工减料，致使桥成不到一年，便即坍塌，百姓多有伤亡一事。辟邪见这篇文章写得字字珠玑不算，更难得切中要害，见地颇深，十分煽动。

吴十六道："今天是乡试最后一场，各地学生都在寒州，前些天长虹桥坍塌，偏偏淹死了两个赶考的秀才，他们读书人同气连声，只怕要闹事。"

辟邪道："这篇文章写得极好，颇有见地，你去查一查，到底是谁作的。"

吴十六笑道："不用查，能写这种文章的不少，胆敢贴在衙门对面的，只有一个。这是寒州有名的浪子，名叫霍炎，字燎原。他们霍家几代以前也在朝中为官，说起来还是当地的世族大户，人人读书上进，只有他自懂事起就在烟花柳巷厮混，前两年迷上了个清倌人，日日挥金如土，几乎将他老娘气死，直到那女子又被卖到离都才作罢。如今终于安下心来，

也赶上了今年的乡试。”

辟邪笑道：“这也是个侠骨柔肠的人，只怕和十六哥还对了脾气。”

吴十六忙摇头道：“我敬他是个不拘小节、洒脱磊落的人，倒是见过几面，只是他整天在脂粉堆里打转，嘿嘿，那就不敢恭维了。”

辟邪见这文字笔墨簇新，乃是刚刚写就，道：“这个霍炎难不成中午就交卷出来，又写了这篇文章贴在这里？当真是个才子，我很想用他，就怕他领头闹事，惹祸上身，明年春天就是会试，这个时候万万不可多生是非。”

“是，我自会料理。”

突听衙门里衙役喝道，闯出一队人来驱赶围观的百姓，辟邪和吴十六不愿惹事，悄悄离开。

第二天，辟邪便领康健和小顺子回京，先去布政使司衙门向董里州辞行，董里州匆匆和他说了几句话，便命师爷等人送他去码头。路上行人神色慌张，四处急奔，胆小的商家急忙关了店面，隐约可以听见贡院方向人声鼎沸，惶恐不安的气氛正从那里向整个寒州蔓延开来。

康健拽了拽辟邪的衣角，使了个眼色，辟邪微微摇手，命他不要作声，向布政使司的师爷拱了拱手道：“师爷请回吧，这便到了码头，各位要务在身，我等也是归心似箭，不烦各位相送了。”

布政使司的人都知今天有人结伙闹事，也不便久留，说道：“一路顺风。”随即急匆匆赶了回去。

康健道：“师哥，这件事要不要奏明万岁爷得知？”

“不可，”辟邪道，“我们只是来采办丝绸，领的是内差，多一句嘴，今后便多一件罪名，回去捡自己的事回明皇上就是了。”

小顺子提着行李，认准来时坐的白帆船，刚往船舱里一探头，就是一声欢呼：“明珠姐姐。”

只见船舱中的少女眉梢既柔，眼波且清，正是撷珠绣馆的宋明珠。

辟邪笑道：“姑娘也来相送吗？”

明珠笑道：“非也，公公要带绣工上京，那福地绣坊的人是什么庸手，在宫里不过让人笑话寒州无人，我已和常重元说了，要去就是我去，哪轮到他们了？”

康健和小顺子这些天去过撷珠绣馆多次，和明珠已经混得熟了，知她针法天下无双，又喜欢她温柔爽快，见她要上京，自然心中大喜，连连称是。

辟邪知道其中必有内情，将她叫到船头，低声道：“姑娘这是要做什么？”

明珠笑道："是我父亲见九爷只身在险地，姜放又有诸多不便，我虽武功不如九爷和姜放，但是个女子，九爷在宫中分身乏术时，定能助九爷行事。"

"这不能让他自作主张，宫中万分凶险，你若有不测，我如何向你父亲交代？你即刻下船，对你父亲说我心领了，不敢让姑娘涉险。"

"我父亲就知道九爷不许，才让我在船上等候，九爷也不用对我父亲说，这次出门，也是我自愿的。吴十六神通广大，知道你不带我去，定会想办法让他的女儿吴采鳞混入宫去保护九爷，九爷现在顶多就是二者择一，不如现在顺便，就带我去。"

辟邪道："你父亲怎么和十六哥一样脾气？生的女儿嫌多了吗？不知好好在家择婿待聘，一个个都要送去杀人涉险。"

明珠听他言语里轻视自己是个女子，不禁恼怒道："是个女孩儿怎么了？我也不见得比吴十六、李双实他们差了，他们男子整天扮着凶神恶煞，一样不是我的对手。你自己也不是什么正牌的男人，为什么要拿他们的臭眼光看人！"

"什么！"辟邪闻言气得微微发抖，怒极反笑道，"你好利的嘴。"

明珠见他已经气馁，笑道："九爷别生气，我见九爷是个人物才追随九爷上京，九爷若见我无用，再遣我回来，不就是了？"

康健和小顺子见他们在船头说了半天，都有些不耐烦。尤其是小顺了，只盼明珠同行，忍不住催道："师傅，船工又在催了，咱们到底还走不走呀？"

辟邪无奈笑道："好，好，快走，快走！再不开船，只怕吴十六的女儿也要跟来了。"

明珠抿嘴一笑，低声道："多谢九爷成全。"

辟邪道："今后'九爷'二字万万不能出口，你若有心，只管叫我六爷。"

"是，六爷。"

只听小顺子欢呼雀跃，拉着明珠的手问长问短，十分亲热。康健见辟邪摇头苦笑，问道："师哥这是叹的什么气？明珠姑娘贤惠爽利，一路上多个旅伴，还不至于让师哥如此为难。"

辟邪笑道："有小顺子一个人就已耳根不得清净，再有明珠一搭一档，只怕未到离都，就要逼着我跳船了。"

这一路溯江而上，沿途用纤夫行船，比来时多花了三天时间，在双龙口折道离水，眼看离都在望，天色已晚，众人怕宫门下匙，也不紧赶，进了望龙门上岸，先在驿馆住下。第二天一早命小顺子陪着明珠在宫门外候旨，辟邪将靖仁剑仍交给姜放收管，才和康健至乾清宫外请见复命。一打听才知道皇帝今日没有早朝，已去慈宁宫定省。两人都道正巧，再赶往慈宁宫。

太后和皇帝听了他们的回奏都很满意，再看了辟邪带回来的此次竞比优胜的小寒绢，太后道："这寒州的工艺十几年间倒十分有长进，你们的差办得很好。"

辟邪道："这次寒州一行，倒有个意外的收获，原来寒州的刺绣也是不同凡响，奴婢这次自作主张带回一名绣工，这个女子的刺绣当真可称'海内无出其右者'。"

太后笑道："你们针工局里也有当了三十多年差的老工匠，你看着也不如她？"

康健道："奴婢见过她的绣品，实实在在当得起'天工'二字，上次八月十五寒州布政使董里州摆宴，席间有人抬了她的一扇九折屏风出来，开价就要六千两。"

皇帝笑道："什么？六千两？"

"是，席上众人纷纷标价抢购，若非董里州出价一万两先行买下，只怕最后不知要以什么价格售出。"

皇帝勃然变色道："董里州哪里来的这些银子，这么轻易就花一万两买一扇屏风。"

康健知道自己多了一句嘴，忙道："这奴婢就不知道了。"

太后道："既然如此，我就见见这个姑娘。"

立即有人传旨到宫门外叫明珠，明珠到得慈宁宫殿上，口称民女，叩头行礼，太后见她清秀，对洪司言道："你瞧这个姑娘，像不像从前段时妃的品格儿。"

洪司言道："正是，奴婢也看着不像中原人物。"

明珠禀道："太后明察秋毫，民女的父亲是大理人，二十年前迁居寒州，明珠一岁上就到中原定居，大理的事都不记得了。"

太后道："这就难怪，从前大理公主嫁到中原宫里，一样心灵手巧，女红出众。听说你的刺绣一件千金，可有此事？"

"民女不过多用了些心，难得寒州乡亲捧场，怎敢称得上一件千金？"

太后转头又问辟邪："不知这个明珠姑娘有没有同带绣品进宫，我想看看。"

辟邪笑道："奴婢身边没有，只怕明珠自己带了些。"

"是。"明珠道，"民女赶绣了一件，原想奉与太后，只怕与宫中规矩不合，不敢拿出来，既是太后垂问，便请太后品评。"说着从小顺子手中接过自己的包裹，展开一件百鸟朝凤的罗衫。

殿上顿时春光轻泄，花香四溢，似有百鸟婉转盈耳，金凤清鸣绕梁。太后倒抽一口冷气，道："了不得！"忙离席趋近观看，立时有四个宫女过来，帮着展平罗衫。

辟邪道："这件罗衫奴婢也没见过，这时也是瞠目结舌。"

洪司言笑道："太后既然喜欢，就先穿上试试。"

明珠服侍太后披上，更难得穿在身上，不掩图中一花一草，一羽一翅，金凤缠身，百鸟绕背，华丽灿烂，雍容难言。

太后伸手牵起袖口，细看袖上花案，只见花蕊羽绒无不细致到毫厘，百鸟双目均乌黑透亮，似乎浸透了春天的神采。她漫步走至镜前，展臂缓缓转动身子，那些飞鸟鲜花便仿佛乘风飞翔，随她身子满室舞动起来，更显得她容貌既美，身姿仍妙，虽年逾四十，依然可谓容色倾城。

太后望着镜中人物，忽叹了口气，道："那日若身着这样的衣裙，就算与梅君共舞一曲作别又有何妨？"她转身又笑道，"皇帝定是觉得你母后年纪大了，却如小孩子见了新衣般，越发地没出息起来。"

皇帝也是初见天工，惊得目眩神迷，只道："岂敢。"引得太后与洪司言都笑起来。

太后对明珠道："你是为了置办公主嫁妆来的，家里还有父母兄弟，谁也不忍留你一生一世，只盼你调教好针工局的那帮蠢材，让我眼里少看些俗物就好了。"

皇帝笑道："太后此言把辟邪也骂在里面，早知自取其辱，何必带明珠进宫？"

太后道："他是个好孩子，心里还想着主子，知道用心办差，皇帝好好赏他。"

辟邪连忙谢恩。明珠却盈盈叩首道："太后和蔼慈悲，民女愿在宫中服侍太后一辈子。"

太后、皇帝自然称赞不已，只有辟邪知她此言所指，只能跟着众人苦笑。

太后又问明珠如何安置，辟邪回道："明珠总不成归在内监的针工局，奴婢看还是放在尚功局，待公主出嫁之后，还可教习宫中女红程课。北五所还有空房，就在奴婢住的居养院附近，因她是民间来的，奴婢怕她礼数不严，在各位主子面前失礼，还是先由奴婢督导，再者那里离针工局也近，凡事方便。"

"甚好，"太后道，"尚功局还有空缺，现在就封明珠为尚功局掌制女官。"

明珠领旨谢恩出来，辟邪笑道："这倒好，你一进来就是正八品的女官，我还要管你叫大人啦。"

明珠哼了一声道："我稀罕吗？"

门前吉祥对辟邪使了个眼色，低声道："你赶快回居养院。"

"什么事？"

吉祥不便多说，只是摇了摇头。

辟邪不及安置明珠，带着她和小顺子赶回居养院，正碰上如意出来，见到辟邪，一把拉住他道："你回来得正好，再晚，就见不到了。"

"驱恶？"辟邪大吃一惊，飞奔至东厢，见驱恶气息奄奄，脸色青白，双目兀自睁着，

看到辟邪仍勉强笑道："你可回来了，想不到咱们兄弟还能见上一面。"

辟邪急道："我走时还是好好的，这是怎么了？"

"我的腿化脓没治了，挣扎了一个多月，现在是挺不过去了。"

"太医呢？没来看过吗？"

"来了，"驱恶笑道，"还说我内伤未愈，他妈的，一句好话没有。"驱恶言语里仍带市井气味，一着急又带出脏话，转眼往门前一瞧，道，"呦，对不住，这里还有女客呢。"

辟邪道："这是我从寒州带来的绣工，叫明珠。"

驱恶道："你做事历来都有深意，这姑娘也不是简单人物，"说着向明珠招招手，细细看了看，对明珠道，"姑娘，我受师傅所托，一直护着这个师弟，我是不行啦，今后你替我看着他可好？"

明珠见他濒死之际仍是心思敏捷、洒脱自如，十分钦佩，笑道："五爷放心，交给我。"

驱恶"哈哈"一笑，昏昏睡去。

一时又近入夜，辟邪神色愈发凝重，紧紧握着双拳，守在驱恶床前。忽听驱恶哼了一声，慢慢醒转，连忙递上水去，觉得触手的肌肤滚烫，知道驱恶高烧不断，不禁忧心如焚。

驱恶就着他的手喝了几口水，清醒了一些，望着辟邪道："小六，今晚你我永别，我有些事一定要说。"

辟邪知道此时再多安慰也是无用，道："师哥只管说，我听着。"

驱恶强敛精神，道："咱们兄弟九年，我待你像我亲兄弟，师兄弟七个里，就是我俩交情最好，你的人，我最清楚，虽然这些年师傅教你的都是些心狠手辣的伎俩，我仍知道你是个仁善的人，我虽然不知道你以前和太后结了什么仇，不过还是要劝你，仇恨这个东西，伤的不是别人，是自己。"

"师哥……"

"你且听我说完。世道轮回，有前因方有后果，仇是报不完的。师哥就要死了，你曾言道，要太后双倍偿还，可是人命只有一条，你能让她死两次吗？你在她亲属儿子身上报仇，他们又与你何仇何怨？要说师哥现在的光景，不能怨恨太后，要说恨，师哥应该恨的人就是师傅了。他废了我的身子，又以我的兄弟、妹妹要挟，要我做了你的替身，可是他对我倾囊相授，又时时呵护，我从小没有爹娘，他待我们就像亲生父母，又重新给我兄弟，我心里对他还是万分感激。师傅现在想必已在泉下等我，"驱恶说着不禁一笑，"他当年言道，收了七个徒弟才是名副其实的七宝太监，如果见了我今晚就去，一定怪我早死，害他身后这么快就变成了六宝太监，呵呵。"

辟邪念起当年进宫的情状，依旧是忧愤如锥，刺得自己千疮百孔，一时说不出话来。

“得罢手时且罢手，小六，就听师哥的一句话，不要做得太绝，到时后悔。”

辟邪道：“师哥，你说的话都对，但我如今只觉满腔仇恨无处发泄，似有一柄利刃就要从身体里脱鞘而出，如何罢手？”

驱恶淡淡笑道：“我不指望你现在答应我，你能记得就好。”

明珠端了碗粥进来探病，奉到驱恶面前，喂与他吃。驱恶笑着喝了两口，突然呛出一大口血来，喷得雪白的米粥里一片殷红，不由得吃力地靠回枕上，望着明珠微笑道：“姑娘，你可真像我妹妹哪。”话落眼光渐渐涣散，烛光下含笑气绝。

明珠虽只与他相处一天，却知他心地良善，颇有侠气，心下也十分伤感，正想安慰辟邪，却见他晶莹的面庞上冷然无泪，喃喃道：“你为什么不恨我，为什么不恨我？你的弟、妹早已被师傅杀了灭口，你还待我像亲兄弟做什么！”随后一把推开明珠，夺门而出。

驱恶既死，立即有人飞报慈宁宫得知，洪司言见太后已经就寝，低声屏退来人，微一犹豫，仍将太后轻轻唤醒。

“什么大事？”

洪司言道：“不是什么大事，半个时辰前，驱恶死了。”

太后一怔，勉强道：“死个奴才也要三更半夜回我知道吗？”

“是，”洪司言道，“奴婢鲁莽了，太后接着安歇。”见太后默默无语，咬着嘴唇紧拽着锦衾，便坐在太后床边，叹道，“姑娘当年发的毒誓现在都应验了，颜家的人都已死绝，再无后顾之忧，自己的亲生儿子又是万乘之尊，还有什么不如意？”

太后望着洪司言笑道：“我自从跟了先帝，就没有过上一天如意的日子，就算颜家的人全都被我咒死了，我又何尝有一点点高兴？当年下诏杀他全家，我倒痛不欲生，不如是自己死了好。驱恶在世，我觉得有他的后人在宫里，等那孩子来报仇，倒还有些盼头，如今苍天之下、阳世之中与他再无瓜葛，连他的最后一点骨血也作灰飞烟灭，这清冷宫阙还有什么值得我牵挂？”

洪司言见她说得凄楚，忙道：“太后还有皇帝呀。”

“靖仁在上江撞着了我的事，现在心里一定也在恨我，急着除去杜闵。”太后敛去眼中伤感，目光顿时变得犀利，道，“原以为辟邪出宫是为皇帝办这件事，特地派了康健监视，想不到却是康健回来多嘴，真是个不中用的奴才。”

洪司言劝道：“康健年纪还小，好歹也是七宝的徒弟，奴婢看七宝的徒弟都还不错，太后可别因一时之气，耽误了这个好端端的人才。”

“你说的不无道理，就怕他们师兄弟同气连声，都去捧皇帝。待皇帝成了事，他们作威作福起来，倒变成祸患。”

洪司言笑道：“一个小小的内臣，还怕他翻出天去？”

太后突然问：“你觉得辟邪怎么样？”

洪司言想了想道：“奴婢看他的做派就像七宝，一样小心翼翼，不肯多说一句话。”

太后点头道：“我猜七宝的衣钵给了他呢。这也是个人物，好在现在岁数还小，不成气候。”

洪司言叹道：“就怕是岁数太小，不懂事。这么些年在宫里，眉目稍见清秀的小太监就要往皇帝身上贴，从来不曾例外。宦官魅惑主上的，总不在少数。奴婢就怕他和皇帝走得太近。”

太后笑道：“靖仁现在的心思都在政务上，你放一百个心！今天晚上我还见他对董里州那件事耿耿于怀，只怕明天就有动静了。”

皇帝一开始不过疑心董里州有贪污敛财的行径，正要着人查办，不料第二天竟传来了寒州生员结众闹事，煽动民变的消息。当天就有成亲王景仪、太傅刘远联本参劾寒州布政使董里州、寒州知府毛臻。更令皇帝震怒的是，董里州弹压不住局面，竟向东王杜恒请兵。好在学生闹事，不成气候，又有当地德高望重、颇有势力的各界人士出来斡旋，闹了两天之后就风平浪静，总算没有让董里州做出引狼入室的事来。

至于长虹桥坍塌、致人死伤一事，若非学生大闹一场捅了出来，只怕董里州隐瞒不报，皇帝始终不会知道。皇帝当下和成亲王及刘远商议，如何派人去寒州撤查。

皇帝道：“这次去的人责任重大，若也是个贪赃枉法的，让朝廷如何向寒州的百姓交代？”

“举贤不避亲，”刘远道，“臣有个学生苗贺龄，是都察院的佥都御史，为人清廉自爱、刚正不阿，可当此重任。”

皇帝道：“太傅荐的人一定没错，只盼有太傅十分之一的忠心和清廉，朕就放心了。”便即令人拟旨擢升苗贺龄为都察院副都御史，巡按寒州，即刻启程撤查寒州布政使董里州、寒州知府毛臻，缉拿当地闹事学生。

待两人告退而去，皇帝立即召了辟邪问话。

“这么大的事，你在寒州如何会不知道？为什么回来不奏明朕知？”

辟邪笑道：“正是大事，不用奴婢回奏，皇上也会知道，何必急着说出来招人侧目？”

“你这话又在说谁？”

辟邪道：“这次去寒州，有奴婢一个足矣，太后为何还派了康健同行？皇上细想就知

道太后娘娘不放心奴婢一个人去，所以奴婢回来实在不敢多言。”

皇帝点头道：“这里只有我们两个，你说还有什么是朕不知道的。”

辟邪道：“其中还有一个隐情，奴婢在寒州时清点了今年市面上的上等新丝，发现比去年少了六成，大部分都是在朝廷的旨意下去之后的三四天里让人抢购去的。奴婢想，这个买丝的人消息灵通、财力雄厚，而且既不怕到时这些新丝无法脱手，也不怕官府问他一个囤积居奇的罪名，定是董里州暗地买了这些新丝，想等到织造进贡的寒绢时，再将它高价售给官府，他是寒州的长官，谁敢不从，只可惜国库里的银子就这样白白流到他的腰包里去了。”

皇帝不禁大怒，道：“这个天良丧尽的贪官，朕这就让苗贺龄一并将这件事也查了。”

辟邪笑道：“万岁爷息怒，奴婢倒有个其他点子。皇上现在身边忠心耿耿的人不少，但将来若想和藩王们正面交锋，用的人都须有机智过人的本事，这个苗贺龄是否能堪大用，不如借此机会试探于他，且看他自己能不能查出这件事来。”

皇帝笑道：“你从前说自己是个阴谋家，朕还不信，现在倒是看出些端倪来了。”

辟邪躬身笑道：“万岁爷目光如炬。”

皇帝喝了口茶，突然道：“听说驱恶死了，朕本来想劝你高兴些，今天见了才知道你已经想开了，这就好。”

“做奴才的，谁不会得个打骂，驱恶自己命苦，早些去，也是件好事。”

“哦。”皇帝慢慢从辟邪的眼眸处挪开目光，辟邪目中仅有一点暖洋洋的神情已经随驱恶一同消失了，一种纯粹而凛冽的寒冷正刺得皇帝眼睛生痛——犹如利刃——皇帝想到这里的时候，心好像少跳了一记似的那么难受。

六

探花霍燎原

庆熹十一年初春二月，霍炎启程赶赴京城会试，虽然天气还有些微寒，江面上的风也大，但毕竟是他自去年九月以来第一次出门，心中欢畅雀跃，奔至船头眺望两岸景色，任劲风吹得衣袍猎猎作舞。舱中两个书童怕冷，大声道：“少爷，快进来，外面风大冻着了，我们可没法向太太交代。”

霍炎只觉这两个年龄都大自己一倍的“书童”言语无趣、面目可憎，殊不愿搭理他们，无奈是母亲特地选的老家人，名曰侍读，倒不如说是监视更为恰当，怕他们日后在母亲面前胡言乱语，便不敢造次，讪讪然回到舱里，笑道：“早知道你们这么啰唆，就带别人出来了。”

霍瑞在家资格甚老，知道霍炎性子随和，笑道：“少爷说这话真是罪过。我们老哥儿俩在家现成管家不做，跟着少爷出来，倒落下埋怨了。”

霍祥也道：“这可怪不到我们，就是少爷太爱惹祸，太太才让我们跟出来的。”

霍炎生怕他们后面更是滔滔不绝，打住他们的话头，道：“是是是，都是我连累了你们。”心里知道，去年的祸是闯大了，现在全家见了他，犹如惊弓之鸟，若非要他上京谋取功名，只怕霍母仍不肯放他出门。

原是去年八月十五，霍炎早早交卷出场，心下得意，和几个要好的朋友一起吃酒庆贺，席间论起东江县的知名才子高并，时运不济，竟在长虹桥死于非命，不然此次定会金榜题名，何等风光。霍炎与高并有一面之交，也喜他才华出众、为人清高，更恨董里州这个贪官大肆搜刮民脂民膏，却造了一座烂桥害死人。当时霍家也因造桥修路是积善行德的好事，捐了无数的银子，想不到全落在贪官们的私囊里。霍炎酒壮肝胆，将一篇声讨董里州的文章一挥而就，命人贴在州府衙门前。待到各地生员陆续出场，纷纷向这里过来，众人年轻气盛，越说越是义愤填膺，当下决议明天在贡院门前集合，去布政使司衙门前讨个公道。

霍炎又多喝了几杯，醺醺然领着小厮回家，刚拐到一条僻静小路，黑夜里前后闯出几条彪形大汉，不由分说，用一条麻袋对准霍炎当头罩下，背在肩上就跑。小厮大惊失色，追了几步，被人一脚踢倒，待爬起身来，强盗早已不见踪影，只得奔回家报信。

霍炎原以为这伙强人不过是绑匪，过一天自会有家人送银子来赎人，不料这一关就是

半个月。虽说这些人没有十分为难于他，一样有酒肉吃喝，只是将他锁在船里，但丝毫没有放他的意思。霍炎料想家中现在只怕已是天翻地覆，母亲定是心忧如焚，偏是他性格刚硬，不肯说出一句讨饶的话来。这一天船外一阵厮杀之声，不多时有人打开舱板，低头钻进来道："霍公子还好吗？"

那却是个熟人，正是寒江承运局的大老板吴十六，见了他笑道："霍家太太要我救你回去，那些强盗已经跑了，还不随我快快走？"

回到家中，霍母自然对吴十六千恩万谢，搂着霍炎痛哭一场，突然恨声道："小畜生，让你在外惹祸，如今闹事的学生都受通缉，若不给你教训，今后霍家一定被你败光了。"

霍炎刚觉此言蹊跷，霍母已命人一顿板子劈头盖脸打了下来。从此之后霍炎便再不见天日，日日被霍母锁在房内读书。不久又传来朝廷派人下来撤查董里州，缉拿闹事学生，霍炎心道那篇可称得上是罪魁祸首的文章是自己写就，无论如何，这次再无侥幸，就在家等着官差上门索拿。谁知好朋友捎来消息道："霍兄那篇文章原来收在布政使司，那个钦差自然会问起，董里州便命人取来，想不到翻遍整个布政使司也找不到这件要紧的证物，霍兄命不当绝，必有后福。"果然一个月之后寒州风平浪静，董里州既已抄家拘禁，钦差又重阅这次乡试的卷子，凡是领头闹事的学生一概撤去功名，再取一百名举人。霍炎文章既好，又没有参与闹事，取中第一名解元，霍家顿时欢天喜地，摆宴请客。

这里面少不了的就是吴十六，霍炎悄悄对吴十六道："吴大老板，这次多蒙你相救，我可很承你的情哪。"

"解元郎说的什么话，这寒江水面都是我罩的，都是乡里乡亲，替你打发几个小贼不算什么。"

霍炎笑道："不是这一件，吴大老板动足脑筋不让我闹事，保我功名，才有我今日，大恩不言谢，你先等我磕两个头再说。"

吴十六一把拉住他道："且慢，这是从何说起，什么闹事不闹事的？"

"我喜欢吴大老板爽快，可别和我闪闪烁烁。你在寒江水面上的势力哪个不知？要找到我，两天就够了，哪里会用得着十天半个月的？家慈性子柔弱，我被人绑走多日，早就急死了，还等得到我回来打我骂我？"

"嘿嘿，"吴十六尴尬一笑，道，"解元郎当真聪明。"

霍炎笑道："我本来也不疑心，只是我前一天晚上就被绑走，家慈怎会知道我在外惹祸？"

"原来是霍家太太说漏了嘴。"吴十六恍然大悟，道，"我是怕令堂急出失心疯来，才悄悄说给她听，要她不要着急，等外面风声过了，就放你回来，哈哈，想不到她一句话，

就漏了底。”

霍炎正色道：“只是这场祸是我惹的，如今自己风光，其他人倒是遭我连累。”

吴十六道：“你们年轻人就是胡闹，好端端为了一个小小的董里州葬送大好前程，真是不知轻重。本来我也懒得管你们读书人的事，不过我主上爱惜你是个人才，令我全力保你功名，要不然你现在大牢也坐了，才知道厉害。你日后在朝廷当差是一定的了，千万记得这次教训，行事之前，切切三思，否则后患无穷。”

霍炎听他教训得有理，道：“是，现在才知道吴大老板不但神通广大，更是懂大节的人，不知是哪位尊贵人请大老板相救？”

吴十六道：“这可不能随便告诉你，你只管好好会试，将来好好为官，就算报答我主上恩义了。”

吴十六说完就想走，霍炎拉住他问：“大老板，还有件事，我那篇文章在布政使司衙门里，是不是大老板盗出来替我消灾？”

吴十六一笑：“这话可不能随便乱说，我吴十六是寒州地面上的良民，怎会行这种事？”

吴十六既不明言，霍炎自然乱猜不着，直到今日对他来说，仍是不解之谜。此时从船舱内不住向外打量，见滚滚江水扑面而来，不知自己身在何方，只是清清楚楚知道缠在自己咽喉上的命运之锁正由一只无形大手牵着，只管轻轻一拽，自己便不由自主向它飞奔。

到了离都，一打听才知道今年会试与往年不同，主考官并非太傅刘远，而是他的学生都察院都御史苗贺龄，心里笑道：“这可是老相识了。”去年在寒州办案，又点中他解元的正是这个铁面御史。

苗贺龄因巡按寒州一事，已经连升两级，又蒙皇帝宠信，选作今年会试主考，各地举子对他早有耳闻，都知道他清正廉洁，办事敏捷厉害，均道今年会试必然风气正直，择优录取，大是放心。

苗贺龄这边却是如履薄冰，经过寒州一案，他方知皇帝耳目之众多、心机之深刻绝非自己原先所想。从寒州一回来，皇帝就单独召见苗贺龄。苗贺龄递上折子，将寒州民变原委据实禀奏，后面抄附了董里州、毛臻的家产。皇帝拿着他的折子，微微一笑道：“这要对一对。”说着从袖中取出一个清单，命尚宝领事太监吉祥逐项核对，最后点头道：“很好，连董里州为囤积新丝，从藩库借的那笔款项也有了，苗卿不但清廉，办事也是缜密敏捷，不负朕之所望。”

苗贺龄闻言却未觉得半分欣喜，反而冷汗淋漓，心中暗暗后怕，连皇帝升他做都察院都御史的旨意都未听见，磕头惶惶退出之后还在心中连声道好险。原来董里州、毛臻等一

干寒州官员贪赃枉法罪状属实，苗贺龄请旨抄查相关罪官家产，发现董里州在八月初从寒州藩库里借了一笔十二万两的银子，核对他府中八月里的开销，却未寻得这笔款项的去向，十二万两银子竟不翼而飞。苗贺龄也是个狠辣角色，虽然无法审问董里州，仍可将他的几个师爷严刑拷问，重刑之下几个师爷均招认董里州借了这笔银子买断寒州市面的上等新丝，只等开始织造进贡用的小寒绢时，再将这些新丝高价售回官府，一出一进，又是十几万两。

十几万两雪花花的白银放在面前，任谁都会动心，苗贺龄清贫已久，只道朝廷定然不知此事，当下也打起这等主意，正在思量不定，刘远却千里迢迢长信过来，一通语重心长，勉励他清廉为官，前途无量。苗贺龄对恩师刘远素来敬服，想自己当年不过一介寒士，文章也不甚出众，因刘远觉得他笔下大有风骨，仍将他取中进士，又在皇帝面前极力保举，心中一热，才将原先的念头顿时打消。

二月初九清晨，苗贺龄携众考官进入贡院，知道这个差事自来难当，皇帝虽然年轻，却非可欺之主，自己心中明镜一般，只是不知其他人有没有徇私舞弊的事，日后将自己牵连在内。任他如何七上八下，也不敢将当日面圣的情景对众人乱讲，只令考官们聚拢，将取士公正、不负圣上厚望的话又谆谆说了一遍。

这边清晨考生鱼贯入场，那边天牢秉环路口，却是正午一声炮响，随着寒州一案首犯——两名罪官人头落地，顿时朝野整肃，不但对皇帝的敬畏添了几分，还令百官对那个素来风流成性，这次却不依不饶弹劾董里州的小成亲王刮目相看。

皇帝既已大举杀伐之旗，谁也不敢在此关头拿身家性命开玩笑，这次会试出奇地顺利公正。二月二十日，苗贺龄将所取一百名举子名单奉与皇帝亲阅，成亲王也在旁侍坐，皇帝将名单递与他道："你看看。"

成亲王仔细看了一遍，点头对苗贺龄道："不错，几个地方上有名的才子都在里面，可见你取得公平。"

苗贺龄又是一惊，躬身道："成亲王连地方上的举子也一一悉知，当真明察秋毫。"

成亲王笑道："那也不见得。"又将名单看了一遍，问道，"怎么不见你在寒州取的解元霍炎？"

皇帝也问："难道文章不好？"

"也不是文章不好，"苗贺龄从袖中执出霍炎的卷子，道，"他的文采、见解都好，去年就因这个取了他解元，只是之后臣便听说他也是个不安分参与闹事的学生，就是布政使司没有证据拿他，当下也很是后悔，这里是他会试的卷子，恭请皇上定夺。"

皇帝看完霍炎的卷子，笑道："这是个有用之才，既然苗卿没有真凭实据，就不要坏他的功名。"

"是，臣这就重改名单，删去一个，再将霍炎添上。"

皇帝道："这也不必，虽说历来只取一百名，但这些学生也不容易，既然已被你取中，文章只怕也不相伯仲，何必为了霍炎耽误别人前程？"说着从成亲王手中接过名单，亲自提笔将霍炎的名字添在最后。

苗贺龄叩头道："皇上圣明，胸襟广阔仁慈，是这些举子的福分，是天下社稷的福分。"

霍炎岂知这些曲折，待发榜之后，拜见过恩师苗贺龄，就在离都四处游玩。离都有飞桥九座横跨离水，桥桥景致不同、壮观绝伦。既然来了，岂能不看？霍炎没有一日安分，到处乱走，当时天气还冷，江面上风也大，吹了几日风，终于病倒。眼看殿试在即，将霍瑞和霍祥急得团团转，只恨他不肯有半分太平，让自己在主人太太跟前没法交代，见了霍炎都是眼露凶光，唉声叹气。转眼三月初一的殿试，霍炎一早狠喝了两碗散热的汤药，多穿了一件衣裳，挣扎前去殿试。这一路走过哪里，见了什么人，清和殿是什么光景，甚至自己文章里写的什么都不记得，迷迷糊糊回到客栈，倒头便睡，心道这回完了，只盼文章写得看得过去，没有大逆不道的话就算万幸。正在浑浑噩噩之时，听见一通脚步狂奔，霍瑞一脚把门踹开，高叫道："中了，中了，少爷探花及第！"霍炎从床上一跃而起，望着霍瑞大笑一声，身子往后一仰，人事不知。

昏迷中感到两根冰冷的手指搭在自己手腕上，有个老者的声音笑道："不碍事，探花郎不过一时高兴，才会晕厥。这里开了方子，照样煎服，今晚就能退烧，呵呵，明日探花郎还要金殿谢恩，夸官游行，身子不养好可不成呢。"霍炎勉强睁开眼睛，看到一个青袍老者迤迤然起身，一个身量消瘦的少年替他提着药箱走出门去，店里的掌柜又是作揖又是哈腰，还对霍瑞道："到底是探花郎，惊动了太医院的神医陈老先生来看病，皇恩浩荡，小店也沾光。"

霍炎不由自主盯着那少年雪白的手，直到他消失在门外长廊里的黑暗中，才又睡去。

到底是京城大大有名的神医圣手，霍炎才吃了太医陈襄的一剂药，便高热退去，再加陈襄特意留下的药丸中大有补虚养神的灵药，吃了两丸，霍炎顿时精神抖擞，方有精力应付后两日的繁文缛节。

朝廷对新科进士恩宠有加，不但皇帝在光禄寺赐宴，赏赐无数，连成亲王也在王府摆宴，替他们庆贺。霍炎早闻成亲王也是个性情中人，有不拘小节的名声在外，见他齿白唇红，眉目清朗，和颜悦色，一派皇室贵胄的气度，更是仰慕。成亲王若非是亲王的身份，还知

矜持自重，不然一样会有浪子之名，和霍炎说了几句话，就觉投契不已，席间和众进士高谈阔论，神采飞扬，众人年轻，见王爷和气，都心中欢愉，不知拘束。酒至正酣，成亲王道："各位，有酒无曲岂不扫兴？这里有个京城第一的歌伶，大家且听她一曲。"

花厅对面竹帘轻卷，一个少女斜抱琵琶，面庞看不清楚，见她玉指轻抚，琴弦流出水色华音，一声清凉沁人的婉转歌喉缓缓送来，直穿透霍炎心扉，惊得他脸色煞白，突然站起身，从面颊里迸出一道火红的光彩来。那歌伶正向他脉脉望来，一双紫色眸子犹如秋水荡漾，闪动不已。

"教坊司这么多伶人你不用，一定要从烟花柳巷里寻个歌女来，都察院已经有人参你，自己看吧。"

皇帝将折子扔在成亲王怀里，成亲王翻了翻，笑道："这个歌女在京城大大有名，结识的人那么多，为什么只参臣一个？再说不过是助个兴儿，有什么要紧？那些个假道学放着正经的贪官污吏不查，以为参了个亲王，便成就他们的名气，皇上要他们何用？还不如姜放爽快豪放，深得臣心。"

"你又提姜放干什么？就算那个歌女由他荐给你，也是当好玩儿，谁让你在那种要紧体面的时候拿出来炫耀？你就是这般不省事，"皇帝不免盯着成亲王嗔怪几句，"现在的新科进士人人都是白璧无瑕，当心你的这些风流玩意儿教坏了他们。"

成亲王笑道："皇上小瞧了这些个新科进士。那日新科探花霍炎见了这个歌女，失魂落魄，不顾礼仪站起身来，连筷子掉在地上也不知道，只管朝那女子直勾勾乱看，更奇的是那女子对他也是脉脉含情。一问之下才知道他们两个原先在寒州就认识，若非霍炎母亲坚决不许，只怕现在已是霍炎的姨奶奶了。"

皇帝忍不住笑道："你最喜欢这些是非，和这个霍炎正是一丘之貉。"

成亲王忙道："正是，皇上圣明，臣今天来就是替霍炎说情的，他母亲既然不许这个女子进门，皇上不如销了她的贱籍，赐他俩成婚。霍炎是个人才，此事之后必对皇上感恩戴德，今后还怕他不为皇上所用？"

皇帝道："甚好，不如这就拟旨，你去办。"忽而转头问侍立一边的辟邪道，"你看如何？"

辟邪道："皇恩浩荡，奴婢也为霍探花高兴。不过，奴婢觉得有些不妥。"

成亲王道："有什么不妥之处，你快说说看。"

辟邪道："这原是件极好的事，但牵扯到那女子出身的地方，无论如何总是不体面。若仅是销了那女子的贱籍，霍炎能将她名正言顺地娶进门为妾，对他来说已是少有的恩典，

只要他是个懂事的人，一样会对皇上感恩戴德。皇上赐婚，反而不美，霍炎在家必有原配，这一来岂不乱了他家中名分？今后重用他时，又给其他朝臣一个贬低他的口舌，皇上这边，不免有人会说皇上只因一己之好，不顾天下的纲常，给后世子孙开了个不好的先例。奴婢说得鲁莽，皇上恕罪。”

成亲王不住点头道：“你想得比我周到，这还像样。”说着眉头一皱道，“这里有个难处，臣已经答应了霍炎，皇上看如何跟他说。”

皇帝道：“你自己多事，还要朕给你善后吗？”

辟邪笑道：“这是霍炎的家事，皇上出面不免太过，成亲王既然不好说，不如奴婢替成亲王跟他讲明白，如何？”

皇帝笑道：“很好，成亲王也巴不得你过去陪他下棋呢。”

既然计议已定，成亲王次日便召霍炎进王府，名曰侍弈。霍炎在约定时候请见，王府的内臣将他领至花园池塘边，远远看见成亲王一个人坐在藤椅上，膝上覆着张皮褥子，咋舌摇头望着棋盘冥思苦想，心中一笑，报名道：“臣霍炎请见。王爷吉祥如意。”

成亲王这才抬起头来，笑道：“快过来，替我支一着。”

霍炎也是个擅弈的才子，往棋盘中一望，却也跟着皱了皱眉，道：“这个……”想了半天，执起黑子道，“勉强走这一着，王爷看如何？”说着向棋盘中落子。

成亲王看了，笑道：“不瞒你说，我刚才也想过走这步棋，就怕仍是要中别人的圈套，既然我们英雄所见略同，不如下这子，看他如何应对。”

霍炎左顾右盼，也不见有其他人在，却听成亲王向池塘边上叫道：“我这步走完啦，该你啦！”

霍炎这才瞧见柳荫底下一个宦官服色的少年站起身来，将手中鱼竿扔在一边，走近看了看，随手落了一子，便去端一旁的茶喝。成亲王伸手抢过茶盏道：“这个早凉了。”又命人奉新茶来。这边霍炎低头对着棋盘猛瞧，不住摇头。

成亲王笑道：“这是大内第一的高手，探花知不知道？”

霍炎见少年清丽绝伦，身材消瘦，总觉似曾相识。那少年已经笑着抱拳道：“原来是今科的霍探花，奴婢是宫里针工局的辟邪。”

成亲王道：“霍炎，你且替我把这盘棋下完，我去把要紧折子写完就过来。”说着将霍炎按在自己原先坐的椅子上。

辟邪也坐了，笑道：“探花请。”

霍炎思量半天，方才接着落子，辟邪见这局已经杀到中盘，霍炎又是替成亲王执棋，

也不便赢他，攻势大减，下得飞快，最后自然又是和局。霍炎笑道：“公公棋艺超群，在下十分佩服。”

“哪里，”辟邪道，“怎么比得上寒州霍大才子。奴婢去年在寒州时就闻霍探花美名，当时不及相见，甚是遗憾，今日托王爷的福，能和探花郎手谈，回去说与师兄弟们知道，定让他们艳羡。”

霍炎连忙跟着客气谦逊，道：“原来去年在寒州的就是辟邪公公，在下在寒州籍籍无名，难为公公知道。”

辟邪一笑：“探花郎过谦，你一篇文章告倒两名大吏，激起一场民变，当真是前无古人，后无来者，可以堪称闯祸的天才了。”

霍炎大惊失色，道：“公公，何出此言？”

辟邪微微一笑，从怀中取出一张叠得整齐的文章，用雪白的手指递到霍炎面前：“初次见面，一点薄礼聊表敬意。”

霍炎打开一看，正是自己惹是生非的那篇文章，吓得急忙收在怀里，道：“原来是公公在寒州相救。”

辟邪打住他的话头，微笑道：“不是什么相救，当时不过觉得你的文章好，拿出来看看，第二天走时忘了放回去罢了。”

霍炎心道：哪有此事。对辟邪十分感激，望着他的晶莹面容，不知如何答谢。

辟邪道：“紫眸姑娘还好吗？霍探花最近常往那里走动，已经惊动圣听。皇上本想将紫眸赐婚与你，探花可有耳闻？”

霍炎道：“臣下一点小事，岂敢惊动圣上？”

辟邪淡淡笑道：“皇上现在年轻，做事不太顾小节，现在为了宠你一个，将你的家事变作了国事，开了这个先河，将来管不住其他人效仿，自然心中懊恼，必拿你是问，于霍探花的前程实是大碍。是以奴婢拦住，霍探花可别怪奴婢多事。”

“公公！”霍炎冷汗浃背，道，“我也想让成亲王禀明皇上收回成命，现在有公公替我在圣上面前讲明，免去许多周折，霍炎十分感激。”

辟邪道：“你不必谢我，都是当今皇恩浩荡，皇上免去紫眸贱籍的旨意已在成亲王处，王爷自会找人办理，还有一件只怕探花为难。”辟邪从袖中抽出一张银票，递给霍炎道，“令堂原本不赞成这门婚事，又在千里之外，探花在京中哪有银两赎紫眸出来。这里是三千两，探花拿去替紫眸赎身，在京中购置产业，早结良缘，不要辜负皇上美意。”

“这万万不可。”霍炎想也不想，道。

“想必探花嫌弃，”辟邪叹了口气，“这些银两对奴婢来说是意外之财，不算什么，紫眸姑娘苦等你两年，探花现在急用，何必拘于小节？咱们性情中人，还在乎这个？”

霍炎心头一热，点头道：“是，公公说得是。”

辟邪笑道：“这就好。奴婢回去晚了怕皇上怪罪，这就向王爷告辞，探花在此稍等。”

霍炎突然问：“公公，你可认识吴十六？”

辟邪回头道：“吴十六？见过两面，怎么？”

霍炎笑道：“也没什么。只是公公今后有何驱策，只管对霍某明言。”

辟邪微微一笑：“同是为皇上办事，今后仰仗探花郎的地方还多着呢，多保重。”

七

沈飞飞

不久天气见暖，景佳公主下嫁凉王必隆的时候渐近，寒州进贡的小寒绢悉数运到京城。针工局早已打好衣裳样子，小寒绢一到，照样裁剪，余下四百匹归库，作为公主妆奁，届时起运。明珠在针工局也是忙得不亦乐乎，除了赶绣多件要紧的衣裳，还要掌教针工局绣工的针法，一开始还没什么，后来见了辟邪，不禁恨声道："我好端端的代师傅不做，跑到宫里与这些俗人为奴，都是怪六爷。"

辟邪讶然道："怪我？当初早就对你说过，不让你跟来，现在后悔却要怪我？"

"这些衣裳哪件要做，哪件不要做，还不是六爷一句话，为什么要派这么些差事下来？"

辟邪正和小顺子大嚼明珠拿手的寒州船菜，停下筷子笑道："今后还有更多差事，你要是不愿意，何不等公主出嫁之后就回寒州去？"

明珠笑道："任六爷怎么说，我也不会回去。只是觉得宫里气闷，不如六爷带我出去玩玩儿。"

小顺子连连点头："正是，正是，自从去年回来，再没出去过一次，明珠姐姐来了许久，京城什么样子也没见过，师傅得闲，顺便也把我带出去。"

辟邪道："只要是明珠说的，你就样样附和，现今宫里忙得不可开交，吃顿安稳饭已实属不易，哪里得闲出去？"

话音刚落，如意笑嘻嘻进来，道："这里好香，你们针工局也不用尚膳监派饭，只管自己开小灶，可想到我这个二师哥了吗？"

明珠起来道："二爷快坐，难得回来，不如一起吃过午饭再走？"

如意挟了点素菜吃了两口，笑道："姑娘不如去尚膳监当差，何必给辟邪支使，可惜我命贱福薄，没空多领教姑娘厨艺，这会儿皇上传辟邪呢。"

成亲王正陪着皇帝午膳，见他们来，从一边拿起一件绣金夹袄，对辟邪道："这是皇上才刚赏的，这手艺不同凡响，是不是你带回来的寒州姑娘所绣？"

辟邪道："正是。"望着皇帝笑道，"明珠民间来的，少有拘束，才刚抱怨现在差事多，若被她知道皇上拿她为公主赶绣的东西赏了别人，一定又找奴婢生气。"

"你有胆子在朕面前嚼舌头，还会怕了她？别学如意一样整天跟朕怄气。"

成亲王道："听说她绣的一扇《九歌图》屏风值一万两白银，这几天金匮有一件屏风，开价一万两，轰动半个京城，我很想买在府里，你替我去看看是不是明珠绣的真品。"

辟邪道："明珠就在宫里，王爷想要什么，只管命她再绣，再者奴婢只远远看了一眼，现在去看，也瞧不真切。"

皇帝往周围看了看，见其他内监站得远，压低声音道："去年抄董里州的家，苗贺龄翻遍他的布政使司也没找到这件东西，当时还是你说，董里州一万两买个屏风放在家里也没用，一座桥塌了，死了多少人，他尚且有恃无恐，定是后台极硬，这屏风一定在他后台主子家里摆着。你这次去，给朕查明到底这屏风从谁家里出来的，你看不真切，带明珠一起去也无妨。女官出宫多少不便，成亲王适才说了，他会向太后禀明。"

"是。"辟邪道，"既然万岁爷这么说，奴婢明日就去。"

回到居养院向明珠一说，明珠自然点头答应，连小顺子也想跟出去。明珠最后抿嘴一笑，道："六爷，明珠这厢先谢过六爷了。"

辟邪道："谢我做什么，还不是皇上的差遣？"

明珠笑道："那扇屏风董里州给了谁，现在如何会出来，六爷不是知道得一清二楚，还用去查？只管和皇帝直说就是，绕这么大一个圈子，是为带我出去散心吧？"

辟邪笑道："在宫里为奴，要紧的不是什么都知道，而是该装糊涂的时候，就糊涂。显得你无所不知，反而招人忌讳。"

明珠道："是是是，六爷这是教训我呢。我只当不知道。"

这一天清晨就下起蒙蒙细雨，不算什么出游的好天气，不过明珠和小顺子的兴致都未有丝毫稍减，明珠着太监服色，跟辟邪出了宫门。三人找间客栈，换了平常衣裳，辟邪身着靛蓝绣金纱袄，走在前面，小顺子小厮打扮，替明珠执伞。一把大伞一大半都挡在明珠头顶上，小顺子自己肩头渐湿，却仍是一脸忠心耿耿的模样。

辟邪回头笑道："从来也不见你对我这么用心伺候过，不如你重新拜明珠为师，管我叫师叔算了。"

小顺子当仁不让，老远就对辟邪开口叫道："师叔，师叔。"

明珠笑道："六爷也是，平常吃的、喝的、穿的、用的，没有一样在意，小顺子平时那么巴结，也不见你有什么高兴。为什么只要他对我好一点儿，六爷就介意了呢？"

辟邪哪肯跟他们纠缠，微微一笑，扭头就走。明珠和小顺子对视一眼，在他身后偷笑。前面就是双秋桥，三人登一百多级石阶，踏上被雨水冲刷干净的桥面，向北缓行。离水对

岸香樟林子正新叶勃发，火红的一片，浸在四周葱绿色清澈的空气里。辟邪倚着石栏，望着香樟青黄的落叶飞落在江流中，微微出神，人淡丽得透明一般。

明珠上前道：“我是小地方来的，没见过什么世面，不知这里有什么讲究典故，六爷可告诉我吗？”

辟邪道：“这里北岸香樟，南岸枫树，春秋两季都有红叶映日，所以人称‘双秋桥’。”

明珠笑道：“世人也是奇怪，明明是凄凉季节，一年过一次还不够。”

“秋天也有秋天的好处，”辟邪道，“等今年秋天，咱们再来，你看看是不是好。”

明珠道：“就是说六爷还会带我出来？那便一定是好的。”

辟邪指着西边飘夏桥，道：“那廊桥在夏天是个好去处，桥上三座木楼四面聚风，在顶楼品茶乘凉，远看江景，西有定国横锁，东有七桥连环，天气好时，尽收眼底。便是春秋季节，从那里向双秋桥看，总有一岸血红，也是特别的景色，不如现在我们就往飘夏桥去。”

这里到飘夏桥还有些路程，天雨路滑，三人都不愿走路，在桥下雇了游船，荡向飘夏桥筑在离水正中的“暑楼”，拾级曲折而上。这里为的是采风观景，习惯从春到秋，窗棂洞开，一上到第三层的茶厅，顿时清风扑面，细雨沾衣，眺望四处景色，烟雨迷蒙之中只能看清定国桥和双秋桥。小顺子道：“老天爷真是扫兴，难得出来一趟，却瞧不见好景致。”辟邪和明珠都不禁微笑，均觉此时虽看不到七桥连环的盛景，却难得有“好风梳翠鬓，细雨染华裳”的舒畅，于是命小二沏上香茗，静心闲坐。两人才觉清风沁人，忽然一阵浓香扑鼻，一个衣着华丽的青年从他们身边走过，在对面的窗户下拣了个位置坐了。明珠被他身上的香气熏得一皱眉，更见他头发梳得油亮，衣服颜色花枝招展，坐在那里趾高气扬的样子，不禁轻轻一声失笑。

辟邪低声道：“你不要招惹他，那也是个练家子。”

明珠在辟邪耳边笑道：“瞧他油头粉面的土包子样，谁要理他了。”

那年轻人叫了一壶茶，两碟点心，突然对小二皱眉道：“都说你们茶楼在京城赫赫有名，却是怎么开门做生意的？天在下雨，也不知道关窗，把我的衣服都打湿了。”

明珠闻言几乎喷出一口茶来，忙用小顺子递过来的手巾捂着嘴笑。辟邪忍住笑，道：“你万不可替我惹事，别去笑话他，咱们出来也有正经事要办，不如这就走吧。”

明珠好不容易透了口气，道：“是，还是早些走好。”从荷包里取出碎银，命小顺子结账，便随辟邪起身，抬头却见那年轻人正嘴角含情，直勾勾盯着自己，不禁暗暗恼怒，眼中怒意顿盛，凌厉如刃。那年轻人微微一惊，滚烫的茶倾在手上，烫得一跳。辟邪拉了拉明珠的衣袖，低声道：“难不成你要刺瞎他的眼睛？”

明珠笑道："六爷不让我惹事，就且饶他。"

辟邪道："你答应得痛快，倒让我担心。"

不一会儿小顺子追上来，道："明珠姐姐笑话那个人，定是得罪了他，才刚拦着我要问姐姐的名字。我没和他说，还瞪了他几眼。"

明珠怒道："这还不够，应替我好好掌他的嘴。"

小顺子道："我这就回去打他，替姐姐出气。"

辟邪笑道："那个人武功好得很，你打不过他的，等明珠再教你几手吧。"

离都的布厂、裁缝铺、刺绣坊的店面大都集中在金匮大道，辟邪多年前跟着七宝太监常来，知道这里能买卖上万两屏风的，不过三四家，首先直奔最大的"和娟馆"。小顺子一问之下，果然有这件东西。

辟邪道："我们也是慕名而来，想见识见识，若是真好，倒想买下。"

掌柜道："就在二楼的大堂里，各位楼上请。"

偌大的一个大堂，只摆了这一扇屏风，明珠是这一行的宗师，很想看看京城的刺绣水准，失望道："怎么看不见其他的绣品？"

掌柜笑道："姑娘，这一扇屏风在这里摆着，还不够您看的吗？其他东西由它一比，不过徒增丑陋、庸俗不堪，让小店今后怎么买卖？"

辟邪走得离屏风近了些，问明珠道："怎么样？"

明珠点了点头，道："就是这件。"

辟邪对掌柜道："这的的确确是好。不过真的值一万两？你们店里哪里有这些现钱进这种货色？"

掌柜笑道："这位小爷问的是正理儿，小店的确没有本钱买这么贵重的货色来，不过这京城毕竟是天子脚下，藏着好东西的人家多着呢，不瞒小爷说，这是一位贵人府上托小店代售的。"

"哦？"辟邪沉吟道，"你这么一说，我倒有些担心，人家随便开了个天价，你们就照着卖，谁知是不是值得。"

掌柜道："小爷，托我们代售这屏风的，是个说一不二的尊贵人，哪里会信口开河？"

"这便不知道了，"明珠道，"也不知是谁家的东西，说出来好让我们放心。"

掌柜连忙摇头，道："这可不成，那位爷说了，无论如何不能将他的身份泄漏半句。"

辟邪早知底细，也不在意，笑道："那便算了。"不顾掌柜如何巧舌如簧，只管下楼，

楼梯口几乎撞上一个风风火火奔上来的人，忙侧身相让，只听那人口中笑道："一万两一扇的屏风，我也看看。"

明珠听他的声音，脸色一沉，躲在辟邪身后，轻声道："怎么又是他？"

辟邪也叹了口气，自言自语笑道："真是冤家路窄。"见上楼的年轻人由伙计、掌柜作陪围着屏风乱转，便不忙走，想看他到底要做什么。

那年轻人口中啧啧称奇："绝世的精品，不过真的值一万两吗？"

明珠低声怒道："那个土包子，又懂什么了？他若敢碰这《九歌图》一下，我就剁了他的手去。"

那年轻人本来目中无人，没有注意他们，这时听有人说话，回过头来看见了明珠，顿时喜形于色，紧走几步上前道："原来又是姑娘，小生与姑娘有缘，又在此相见，小生沈飞飞，请教姑娘芳名？"

明珠见他一副自命风流的模样，心中厌恶，对辟邪道："六爷，咱们躲他远些。"

辟邪向小顺子使了个眼色，先护着明珠下楼，那年轻人便想跟来，被小顺子拦住道："这位爷这是要做什么？怎么盯着我家姑娘乱看，不觉失礼吗？"

沈飞飞望着明珠的背影，叹道："好个清秀绝伦的姑娘，不知她叫什么名字。"

小顺子道："与你何干！你若敢多事，我们便找官府拿你。"

沈飞飞回过神来，冷笑道："官府？我才不怕官府呢。"

"嘿呦，你口气不小啊，只要你敢跟来，我们就叫你见识见识。"小顺子嘴上虽不肯吃亏，心里却想到辟邪说这人武功甚高，不敢恋战，一溜烟下楼追赶辟邪，在明珠面前又把沈飞飞的话添油加醋地说了一遍。

明珠道："我觉得这名字挺耳熟，六爷知不知道哪里有这号人物？"

辟邪道："二先生跟我提起过这个人，他就是夸州、中阳道上有名的大盗，'沉鱼飞燕'沈飞飞。"

"原来是他，"明珠恍然大悟，"早听说他自诩既有沉鱼落雁的容貌，又有飞檐走壁的轻功，所以自己起了个'沉鱼飞燕'的外号，难怪一副油头粉面的娘娘腔。"和小顺子掩嘴笑了一会儿，突然又道，"他在夸州、中阳道上混的，怎么会到离都来？会不会打这件《九歌图》屏风的主意？"

辟邪眯着眼睛，笑道："他是做贼的，自然不会放过好东西。"

既然怕沈飞飞跟在后面，免不了会泄露他们的身份，辟邪说了句天色不早，便回宫复命。见了皇帝道："这个差事真难，那个掌柜就是不肯说出实情，奴婢好不容易查出个结果来了。

皇上听了倒是会吓一跳，这件屏风是从侍卫统领贺冶年家里出来的。”

果然出乎皇帝意料：“贺冶年？他与董里州素无往来呀。”

“正是，”辟邪道，“他不过从二品的官阶，也不可能替董里州说上什么话，奴婢猜想送这屏风给贺冶年的定有他人。贺冶年知道这屏风其实是件赃物，藏了几个月，这时董里州的事风头已过，就想将它早日脱手。”

皇帝道:“你去查明究竟是谁将这《九歌图》送给贺冶年的,这人的手已经伸到宫里来了,不可等闲视之。贺冶年既然已经信不过，要不要将他撤换？”

“贺冶年在侍卫中定有自己一批亲信，光撤换他，除了惊动他头上人物之外，却无一点好处。姜放与他素来不和，又和成亲王走得近，不如要他暗中注意贺冶年的举动和来往人物，到时皇上要撤他，就连他的亲信一派一并拔起，才是斩草除根。皇上身边没有亲自提拔的侍卫，这些年都是太后选的，不如重开武科，选一批年轻人重用。”

皇帝笑道：“这是件很热闹的事，应让各地武官的世家子弟在直省乡试，隔年再于离都会试，从前都由各地巡抚监场，现在也不必改了，过两天就让兵部发文书下去，不过朕想最快也要到明后年才能重开会试。”

“是，皇上圣明，武举选的是将来的将才，不可仓促急进。”辟邪又道，“奴婢还有件事要请皇上的示下，既然这扇屏风是真品，不知现在应如何处置？要不要买回大内里？”

“你明儿去问成亲王要不要，他若舍不得花一万两，就让御用监买进来放在慈宁宫。太后也很喜欢明珠绣的东西。”

辟邪笑道：“这要赶紧，现下打那屏风主意的人还真不少呢。”

沈飞飞在客栈将夜行衣结束整齐，推开后窗轻轻翻到房顶上，夜里还有小雨，显得有些闷热，穿行不久，就见到金匮大道上黑压压一大片院子。他跳在和娟馆二楼的窗台上，推了推窗户，不出所料，果然锁得结结实实。沈飞飞从腰里取出匕首，轻巧地将窗口插销拨开，无声跃入房中。当晚没有月光，屋里一片漆黑，沈飞飞晃亮火折子，渐渐可以看清屋子正中的屏风木框依然是古朴典雅，安静地竖立在地，上面的九幅绣件却不翼而飞。他不由得使劲揉了揉眼睛，再走近了些，围着木框转了好几圈，最后只觉头晕目眩，扶住屏风的木框，皱着眉长长哀叹一声：“一万两啊……一万两！”他又摇头晃脑半天，蹲在屏风前发了会儿呆，突然恶狠狠道：“是哪个小贼敢和我沈大公子抢生意，出来！”他全身紧绷地等了一会儿，屋里仍是寂静无声，只得“嘿嘿”尴尬一笑道，“原来搞错了啊。”迤迤然起身，熄灭火折，掖回腰里，便往窗口走去，左手轻轻推开窗，右手却向身后急急

一挥，匕首疾射楼梯口的一角暗处。

只听得“叮”的一声，黑暗里细微的金光一闪，随之又是一片死寂。沈飞飞既没听见有人受伤发声，又没有听见匕首落地的声音，实在不敢妄动，人缩在窗边，仔细倾听，屋里却仍无半点动静。沈飞飞笑道：“阁下也是高人，既然想要这破烂屏风，在下拱手相让，后会有期了。”他仗着轻功暗器出众，原是很少将人放在眼里，这便要踊身跳出窗外，突然觉得右手腕一痛，有件细小暗器透肉而过，钉入窗框里。沈飞飞右手一挣，更是痛彻骨髓，原来一根极细极韧的丝线从他的手腕穿过，只要微微一动，丝线便深深割进肉里，鲜血淋漓。沈飞飞忙用左手拽出匕首，想要割断丝线，不料对手仍是如法炮制，暗器犹如电光石火，将他的左手也钉在墙上。沈飞飞双手被制，听得身后有人慢慢踱了出来，渐渐冷汗透衣，道：“英雄！不会真的想要在下的命吧？都是一条道上混的，手下留情啊。”只觉两根丝线又是一紧，更是痛得龇牙咧嘴。身后的人一言不发，忽而香风微拂，从沈飞飞身边的窗口飞掠而出，青袖一动，匕首割断丝线，“哆”地钉在沈飞飞耳边。

沈飞飞为盗成名已久，目光何等锐利，饶是那人身法迅疾如电，仍是被他一眼瞥见纤美如玉的洁白下颌，黑夜中皎月破云般照人双目，沈飞飞心中一荡，不顾双腕还在流血，奋勇追了出去。

前面人影身法优美流畅，行得甚快，但沈飞飞既然号称“沉鱼飞燕”，轻功自有独到之处，渐渐赶上。那人左转右避，在重重屋脊上飞掠，仍不能将他甩脱，前面离水横阻，那人显然是要从双秋桥过江，身形微沉，飘落桥头。沈飞飞锲而不舍，紧随过桥，瞬间已到离水北岸，偌大桥面上却空荡荡的人影全无。沈飞飞只觉离那人相差不过几丈，万万不会跟丢，左顾右盼之际，面前突然一丝锐利的金风袭来，连忙闪避，仍是额上一痛，被什么刺中，顿时吓出了一身冷汗。

“你再追着我不放，小心你的眼睛。”只听清柔的声音从桥栏外传来，一个苗条婀娜的身影仿佛从水中凌空跃出，飘落在桥头栏杆的狮子头上。那人彩裙飞舞，在风中轻舒柔荑，微微绾了绾青丝。

沈飞飞眼前似有电驰青天，心中说不出的愉悦，抢上几步仰头大声道：“原来还是姑娘！我们当真有缘啊。”

桥头的明珠冷冷嗔道：“什么有缘，不过都是打这《九歌图》的主意，遇到也是极平常的事，你若再纠缠不清，我可要不客气了。”

“是是是，”沈飞飞却又向前走了几步，“不知姑娘芳名，是哪位前辈的千金？哪个门派的高足？啊哟！”这回却是脚腕剧痛，被明珠一针射穿，丝线收紧，沈飞飞一跤跌倒

在地。

明珠道：“你我不是一条道上的人，何必多言，可别逼得我急了。”手腕微转，将丝线缠在桥栏上，转身疾行。

沈飞飞一向手脚麻利，割开丝线，向前一扑，拉住明珠的裙角道：“姑娘，慢走，不知今后还有没有见面的时候？”

明珠怒道：“当然没有！你这个人懂不懂‘廉耻’二字？”

“懂是懂得，”沈飞飞居然脸上有些发烧，讪讪放开明珠的衣裳，道，“小生不过仰慕姑娘神仙容颜，不由得想请教姑娘名字，不料惹姑娘如此生气。”

明珠冷笑道：“你武功低微，品行不端，凭什么问我名字，等你至少能和我战成平手，再问不迟。”

“好，”沈飞飞道，“小生这就苦练，姑娘可要等我一年半载。”

明珠从未见过如此纠缠不清的人，当真无可奈何，轻抚桥栏微作沉吟。

沈飞飞亦步亦趋，走到明珠身边，道：“滚滚离水为证，我沈飞飞定当发愤图强，来日再求姑娘青睐。”

明珠微微一笑，柔媚凭生，沈飞飞看在眼里，心神俱醉，正在魂不守舍之际，突然觉得身子一轻，眼前已变作了黑沉沉的江面，早已无处着力，从桥头向着离水坠了下去。

明珠直听到江面上“扑通”一声，才掸了掸衣裳，轻轻哼了一声，道：“凭你也配让我等你一年半载？先练练水里功夫吧。”扭头对着桥头的人影嗔道，“六爷只管袖手在一边笑，任由他聒噪。”

辟邪向桥下水中望了望，笑道：“他虽然招人厌，却不比你偷偷出来闯的祸，这屏风多少人盯着，里面有多少周折，被你盗去，更是乱上添乱。我一晚上多少谍报要看，还要跟着你出来善后，亏你也叫我一声爷，全不知替我打算。”

明珠笑道：“虽说只是件屏风，到底也是我辛苦绣的，若不是为了要常重元举荐我上京，我也不会拿出来让这些利欲熏心的人乱看，如今被那种贼寇盗去，更不知会流落到什么俗人手上，六爷体谅我小心眼儿，别和我计较。”

辟邪道：“不多几日，成亲王就会将它买进王府，你的杰作摆在王府里，总该放心了吧。”

“成亲王是什么好人了，最终也逃不过抄家灭门的下场，但总比那小贼强些。”明珠道，“竟然敢说这是破烂屏风，伤他双腕还不够，真该废了他的狗眼。”

“他的眼睛迟早是你的，”辟邪不禁微笑，睨了明珠一眼，“江湖上人都道，沈飞飞看上的东西，不到手是不会罢休的。”

“六爷！”明珠恨恨跺了跺脚。

“你且慢回宫，”辟邪指了指明珠身后背的轴子，“先把《九歌图》还回和娟馆要紧。”

“是。”明珠转身走了几步，忽而悠然叹了口气，道，“我苦战一场，自沈飞飞手中截下了《九歌图》，六爷不过动动嘴，就让它完璧归赵。六爷这个‘螳螂捕蝉，黄雀在后’的花招耍得高明啊。”

辟邪一笑：“戏法被看穿了啊，哈哈。”

宫里忙了半年，总算景佳公主四月初如期启程，针工局、内织染局也终于有了些清闲日子。好景不长，谊妃宫里却又传出喜信，娘娘的产期就在年末，太后和皇帝都有旨意，宫里各衙门要早做准备，只等小皇子诞生。

皇帝只在十七岁时，由女官邓氏诞下一位公主，大婚之后，皇后曾经有过一位皇子，还未及起名字，就夭折在襁褓之中。这些年来，就是成亲王也添了两个王子，皇帝已经二十五岁，尚无子嗣，无疑是朝廷中的心腹大患，因而皇帝对谊妃此次妊娠之喜十分重视，早命太医院日日看视，近期便举荐稳妇入内，由太后、皇后甄选。

谊妃能诞生皇子仿佛已是大势所趋，谁也不敢多作他想，都跟着主子们一脸喜气洋洋。但在宫内当差久了，人多知道不如意的事总是防不胜防，这日辟邪来问如何办这件差事，针工局管理太监张固不禁叹了口气，道：“宫里也是多年没有这种差事了，虽说谊妃主子年末定能为万岁爷添一位皇子，但凡事总有个万一，咱们做奴才的，讲究的还是滴水不漏，尽管按老规矩，”说着伸出两根手指来，“办两份。”

“是。”辟邪想了想，又问，“按哪个规格儿办呢？若是位皇子，就算不是嫡出的太子爷，怎么也是位皇长子，况且谊妃出身高贵，是正经的主子娘娘，不同从前邓娘娘，您老看从前有没有先例？”

“哪有这种先例，”张固道，“历代万岁爷都是成年登基，在太子东宫里就有长子诞生，你若真要讲究，只得问礼部了。”

“是。”

“万岁爷常常召你，不如想法问问皇上的意思。”

辟邪笑道：“皇上忙于朝政，哪有闲工夫召我，再者，怎么说还有七八个月，现在提了，皇上多半觉得时候还早，不以为意。”

果然被辟邪猜个正着，皇帝听礼部一提此事，便不耐烦道：“那是年底的事，如今朕在意的不是这个，最要紧的，还是母子平安。你们先拟一个折子给太后、皇后看就是了。”

皇帝烦恼的另有其事，景佳公主已经住进凉州驿馆，原本婚期就在五月十五，却因匈奴南下来犯，凉州首当其冲，凉王必隆不得已赶赴重关督阵，只怕婚期要一拖再拖。护送公主出嫁的礼部侍郎窦兢加急的折子来京，请皇帝示下。

皇帝对草拟诏书的霍炎道："让他只管在凉州等着，多会儿必隆回了凉州，多会儿行礼。"

成亲王道："皇上也不能怪他，他是个文官，到了那种边疆之地，听说匈奴来犯，总会战战兢兢。"

皇帝道："边关将士跟他一样有血有肉，他贪生怕死就情有可原了吗？"

"皇上就是这样，"成亲王笑道，"眼里容不得一点沙子。臣这里有个折子，藏了一天了，皇上看了别骂人。"

皇帝接过来一眼就看到"于步之"三个字，脸色一沉，合起折子对周围的人道："你们都下去。"看着殿上人都走光了，才对成亲王道，"你还有脸面提这个人？当年若不是我拦着，这个于步之早就被母后乱棒打死了，现在你又要举荐他做寒州的知府，只要有一点点风声透进母后的耳里，他还有命吗？"

成亲王道："那时候臣年纪小，不懂事，现在改邪归正，早和他断绝往来多年，只是见他的的确确是个人才，这些年他的地方上太平无事，百姓安居乐业，现在皇上用人之际，就不能不计前嫌？"

皇帝道："我和他有什么前嫌？你说他是人才，用他也是不妨，不过话要说清楚，到时候母后要他的命，你别再哭着来求我。"

成亲王道："是，皇上答应了？"

"既然真是要用他，你跟刘远他们说一声，他的学生蔡思齐已经放了寒州的布政使，让他上折子举荐，总比你勾起新仇旧恨强些。"

成亲王笑了笑，行礼而出。

不日，皇帝批复吏部、兵部的折子，擢升吏部侍郎蔡思齐为正二品布政使，即日赴任寒州布政使司，原乐州知府于步之进京听调寒州，原五城兵马司督统杨力和升调镇守寒州副总兵官，原游击将军陆巡升调分守东海道参将。

朝野自然又是一片议论。此次寒州一番调任，除了杨力和还称得上已过不惑之年，其余三人都是重臣从未放在眼里的小字辈。蔡思齐才三十六岁的人，居然已经官居正二品的地方大员，史无前例；陆巡也不过三十出头，尤其是于步之，年仅二十四岁就从边疆小地方调任重镇寒州，在群臣眼里更是皇帝的胆大妄为之举。倒有人私下说，如今府、部、院、寺的重臣，大都还是太后摄政时任命的老臣，有的人倚老卖老，不时令皇帝难堪，皇帝喜

欢提拔年轻臣子，自有他自己年轻人的虚荣心在里面，不足为奇。

“说这种话倒是小瞧了皇上，”成亲王颇不以为然，“年轻怎么了，能堪大用就是了，那些个老棺材瓤子们又做了什么好事？若不是皇上英明，只怕像你这样的人要等到他们都死绝了才有出头之日。你现今既是翰林院的编修，又是中书舍人，今科里面只有你一个和皇上走得这么近，多少人看着呢，可别给皇上丢人。”

“是，王爷说的是。”

这盘棋下到最后惹出成亲王的这通牢骚来，让霍炎始料未及，他见成亲王一早就坐卧不安，心不在焉，又想起下午就要回乾清宫当值，连忙告辞。成亲王也不留他，命人送出府外，在大门前，正巧看到一个正四品服色的官员下马，霍炎见他极是年轻，不由得多看了几眼，那年轻官员也向他微微点了点头，双目中风流无限，让人竟生出炫目之感。霍炎愣了愣，听他的侍从对王府门前的小厮道：“新任寒州知府于步之拜见王爷。”

“果然是于大人来了，王爷今早问了好几次，大人稍候，容小人进去通报。”

——原来就是他！霍炎早就听说这个比自己早着两科的状元于步之，十八岁就殿试高中，原本前途无量，不知犯了什么过错，竟被远远贬至乐州，苦熬了四五年方还。

一时那小厮又奔出来，道：“大人请。”

于步之点点头，跟着小厮进府，前面早有王府的叔师爷等着，领着他往成亲王日常起居的院子里去，远远看见成亲王站在廊下，向他笑着招手。

于步之向前抢了几步，跪倒磕头：“臣于步之给王爷请安。”

成亲王挥了挥手，屏退其他人，院子里静悄悄的，只有落花拂地的声音，成亲王在长廊的阴影里对着他微笑：“于兄，别来无恙？”

“是，臣一切都好。王爷这些年安康？”

一瞬撩人心弦的沉默，令于步之微微战抖着。成亲王慢慢托起他秀丽的下颌，俯视着他的眼睛，低声道：“你为我被贬乐州，我为你思念成疾，五年来岂有一日安康？”

“景仪——”

一种绚丽的玫红从于步之的双唇中透了出来，这声呼唤也有着夺目的色彩般辉映着成亲王眼中的情愫，原本清凉的微风里渐渐飘摇出一股浮躁之气，烤得成亲王口干舌燥，仿佛于步之情意流动的双唇是不竭的清泉，成亲王迫不及待地吮吸了下去。

八

凉王必隆

凉州的时局已远远超出朝廷的预料，原先以为这次南下的仍是近十年来散居雁门以北，不断前来骚扰的小股部族，当时除了凉王一人忧心忡忡以外，满朝文武都不以为意，甚至有人以为凉王置公主的婚期不顾，赶赴前线督阵弹压区区千人的虏匪，除了沽名钓誉的可能之外，便是对朝廷的极大不敬。皇帝也不知从哪里得知的这些私下议论，朝会上将之痛斥一顿，言道："凉州是中原北方的门户所在，凉王必隆恪尽职守，不惜向朝廷请罪延迟婚期，亲自在阵前抗敌，你们在朝中为官的大臣，不知边关将士忧患，反在背后妄加诽谤，今后若再有这等流言传到朕这里，必将其点名配发边疆充军。"

既然匈奴来犯，凉王尚在阵前，皇帝又如何安乐？今年皇帝又未随太后一同前往上江避暑，当时侍卫统领贺冶年领了外差，往各地巡视武举考场，皇帝特命姜放替代，护卫太后、太妃启程，并在行宫侍驾。时局稍有不稳，皇帝只恐太后在途中或行宫受到惊吓，严命姜放重兵守护太后行宫，不得有误。

六月八日，凉州八百里加急军报到京，匈奴约有万人，攻破雁门关，烧杀掠夺一番，三日乃退兵而去，当地将士死者三千，百姓受杀掠者逾两千，粮食牲畜所失无数。凉王必隆不及向朝廷请命，已调动凉州兵马三万人出重关，于雁门、出云一带扎营驻守。

皇帝当即批复军报，准许凉王调动当地兵马，又命兵部、枢密院和户部协商对策，催调粮饷。

六月十五日，前线传来捷报，凉王统一万兵马与匈奴遭遇，匈奴一万人，双方旗鼓相当，必隆身先士卒，血战半日，幸有援兵从匈奴侧翼掩杀，大败匈奴一百里。凉王鏖战中身中一箭，已急送雁门关救治，百忙中还替两名用兵机智、援救及时的大将刘思亥、乌维请功。

皇帝看了必隆的折子，对照辟邪的密奏，道："必隆没有说假话，他至勇至诚，是个统兵的帅才贤王。去年这个时候必隆正在京里，朕当时觉得他年纪虽轻，却多畏缩阿谀，并没有很把他放在眼里，现在听了你的奏报，才知道他骁勇善战，在大节上也没有什么私心，甚是可敬，可惜……"

辟邪道："只要能为皇上所用的，都先只当他是自己人，如今必隆身在前线，粮草军饷都受皇上挟制，已然落入皇上手中，这匈奴南下，倒成了皇上的契机。奴婢此言当真大

逆不道，皇上恕罪。”

皇帝笑了笑，道：“这话有理，私下说，朕不会怪你。不过必隆用兵强悍，这仗也打不长。”

辟邪道：“奴婢觉得这里面还有疑问。往年来犯的匈奴不过零零星星千人有余，为何此次已达万众？凉王本是胡人，在雁门以北有众多耳目，若非知道匈奴行动与以往不同，何以延后婚期，急忙赶赴重关？奴婢觉得不可将这次与匈奴的对峙等闲视之。”

皇帝道：“孝宗爷和先帝爷的二十年间四伐匈奴，上元六年和九年远逐匈奴千里，好不容易才有十五年的太平，难道他们又要卷土重来了不成？”

辟邪道：“单于均成手段酷虐，多年征战一统各部族，现今只怕这塞外千里草原已不能满足他的野心。”

“几年前凉王的述职折子里还提到这个单于，均成已经五十多岁，想必临死前想一尝中原的甜头。北边有他虎视眈眈，这里几个亲王偏又祸心暗藏，真是内忧外患。”

辟邪笑得异常冷冽，道：“匈奴铁骑凶悍犀利，是以为矛；诸侯大军雄霸一方，各自为政，是以为盾，两者都是皇上手中的神兵利器。以彼之矛攻彼之盾，皇上以为结局如何？”

皇帝摇了摇扇子，慢慢道：“咱们也算是玩火的人，要这火不烧进自家院门来，就须速战速决。”

辟邪道：“皇上圣明。”

“别的都好慢慢商议着办，”皇帝道，“就是景佳的婚期总不能一直耽误下去，如果这场仗打个两三年，必隆难以脱身，又或战死，景佳岂非不幸？”

“奴婢这里还有一件事没有回奏皇上，公主已在两天之前启程赴雁门关，要与凉王军前完婚。”

皇帝将扇子摔在桌子上，变色道：“什么！谁怂恿她去的？”

“哪个臣子敢怂恿公主涉险，这种事只有公主自己做得了主。”

比之忧虑，皇帝更觉此事匪夷所思，踱了好几步，最后无可奈何笑道：“凉州至雁门，少说也要十天的路程，路上何等凶险，这些都不顾了，她就这么急着嫁人？”

景佳公主已在草原上急驱了五日，算上在凉州境内的两天，路程已去了十有其七。掀开马车的窗帘，能看见的仍是半角草原，半角蓝天。因最近匈奴闹得厉害，雁门一带已无人再敢放牧，故而景佳公主连看见牛羊成群景象的小小愿望也算落空。

不用说，此时中原朝廷定在怪罪自己的任性，但在凉州，一说到自己要往前线追随凉王必隆，“多少豪爽汉子都要大大喝彩一声”。凉王的侍妾禾蓝挑着拇指对景佳公主大加

赞赏。

“公主若决意前往雁门，臣妾必定侍奉左右。”禾蓝个子高挑，雪白的皮肤在漆黑的长辫映衬下雪一般透着灵气，笑起来的时候带着中原女子少有的爽朗，特别是她卷着舌头说的官话，像音乐般让人沉醉着。

“这是什么？”景佳和她见得熟了，才指着她腰间一只奇异的金色弯钩问道。

“这个？”禾蓝又笑了，“这是我们胡人女子挂刀用的带钩，臣妾不敢带刀觐见公主，所以公主只瞧见这个，便觉得奇怪。”

“你也带刀？这个钩子解下来给我瞧瞧如何？”

禾蓝怔了怔，道：“公主恕罪，这是凉王赏赐的物件，白天解下来不太吉利。”

景佳呼了口气，道：“这还有很多讲究？”

“这带钩叫离别钩，由夫婿行聘的时候与弯刀一同相赠，白天不能离身，离则与夫君分别，自返娘家，永不相见。所以我们胡人只要解下妻子的离别钩，就算休妻了。”

景佳笑道：“凉王向朝廷行聘时，可没有这一件东西。”

禾蓝道：“公主是中原人，又是千金之躯，不能和我们胡人女子相比。”

自那天起，景佳就一直在将这句话细嚼慢咽，此刻马车已将她晃得筋骨欲裂，耳边却又传来禾蓝的歌声阳光般遍洒草原，使女们轻快的合音，像白云在天际流淌。禾蓝腰间的离别钩上穿着柄弯如弦月的腰刀，明珠宝玉反射的阳光刺得景佳睁不开眼。

“公主可知道这个女子乃是凉王最宠爱的侍妾？”

景佳对季嬷嬷的话不以为意，心不在焉道：“是吗？”

“公主可别小瞧了她，凉王府里都叫她禾蓝妃子呢。凉王从前没有正室王妃，不能封她，现今只等公主和凉王完婚，就会给她侧妃的名分。”

“嬷嬷真是爱取笑人，”景佳将窗帘放下，低声道，“这是要我堂堂中原的公主和她一个小胡女争宠不成？”

“奴婢不敢。”

“若不是见你这么大岁数跟我北上，此刻就要掌你的嘴。”

马车突然一晃，顿时停了下来，外面一片马嘶人沸。季嬷嬷掀起前面的帘子，探出头去问：“这是怎么了？”

禾蓝掉转马头过来，指着北方一线滚滚飞尘，道：“这是有四五千的人马，距此不过十里开外。”

窦兢急急赶上来，正好听到这句话，脸色已经惨青的一片，语无伦次道：“公、公主，

如何是好？如何是好？”

禾蓝道：“中原将士两千人，凉州护送的侍卫两千人，勉强能与他们血战，但难保公主周全，现今只得由你们四千人抵挡一阵，我带着公主往东南那座山丘后面躲藏。”

汉将鲁修也拢了过来，点头道：“就依禾蓝妃子所言，窦大人钦命在身，也请一同先行回避。”

“是是是。”窦兢如蒙大赦，对着车夫道，“还不快随禾蓝妃子去。”

禾蓝道：“这时还怎么用马车，公主，请移驾到外面来，臣妾带着公主骑马走。”

季嬷嬷道：“公主千金之体，与外臣相见，与礼数有悖，不妥。”

窦兢急道：“这时逃命要紧，还能讲究这个？”

季嬷嬷立时语塞，回到车内请公主示下，只急得窦兢满头冷汗，围着马车乱转。

景佳公主在里面沉吟了半晌，才戴着厚厚的面纱，由季嬷嬷扶出来。

季嬷嬷道：“公主不会骑马。禾蓝妃子请多照应。”

“我晓得。”禾蓝伸手将景佳提到自己马上，大喝一声，领着自己的使女和窦兢等人，向东南疾驰。公主紧紧环着禾蓝的腰，只管将头埋在她背心里，身体仍在不断发抖。

战马跃上山坡，眼前一带是开阔山谷，身后已传来滚滚马蹄雷鸣。禾蓝回头望了望，喝道：“快走！”

窦兢身若筛糠，忙道：“是。”第一个冲下山坡。禾蓝贴身使女阿琉紧随其后，与窦兢并驾齐驱，从腰中抽出马刀，往窦兢颈中一挥，白光凛冽，伴着骨断筋折之声，窦兢的头颅飞出丈外，断躯尚在鞍桥僵持半晌，才摔落马下。

禾蓝疾驰过来道：“带上他的马。”

公主似乎仍不知发生何事，只顾抱着禾蓝不放。十几骑彩衣骏马，向着草原深处不停飞奔。顷刻众人已经越过两座缓坡，阿琉上前对禾蓝道：“妃子，此间仍不见追兵，难道事情有变？”

禾蓝皱眉道：“带着她总是麻烦，不如趁早就地解决。”回身一把将公主从马上推了下来。

公主一声惊呼，翻滚出好远，伏地哼叫不止。众胡女圈回马，围着她嬉笑。

阿琉在马上道：“凭你这样，怎配做凉王的王妃，还妄想要压着我们禾蓝郡主一头？”

禾蓝冷笑时也有惊人的妩媚，流动着深蓝色的双眸向阿琉使了眼色。阿琉跃下马来，持刀就来抓公主的头发——利刃入体，血光飞逝，一瞬寒芒从阿琉身上透胸而出，倏然即没。禾蓝大惊之际已见公主凌空飘飞，一柄水色长剑从华丽的嫁衣里生出，迅疾无声，挟着冰冷剑气向禾蓝刺来。面纱之后眉目清冽，漆黑得反倒犹如万里蓝天下的一抹白云。

"男……"禾蓝半声惊呼被长剑刺断在咽喉里。

青年仗剑雷霆奔袭，尚在众使女惊愕之际已连杀五人，余下的五个使女疾疾策马向四处逃散，那男子摘下死尸身上背的箭壶，五箭连发，五个使女应声而毙于马下。

禾蓝捧着喉咙，伏在马上兀自挣扎，身前的衣服早已被鲜血浸透。那男子走到她马前，将她拖到地下。"凉王还有句话带给你，"他俯下身慢慢道，"'今天，只当是本王对不起你吧。'"

禾蓝的感叹窒息在胸膛里，在她垂死的眼中，年轻人说这段话时，脸上仿佛带着一种奇异的凄楚神情，以至让禾蓝幻想到凉王无限的凄婉爱意。

鲁修掌持军旗，令四千人退至缓坡上，居高临下散开成新月形，将公主嫁车围在正中，凉州将士多擅控弦纵马，排列在最前，只等一通箭射了，就跃马而出杀入敌阵。随公主来的中原官兵有很多是宫里侍卫或五城兵马司里的人，不擅马战，领命围拢在嫁车四周，以静制动。鲁修虽说官位已至参将，但是多年一直在五城兵马司任职，从未亲历沙场，心里也没有谱，捏着一手冷汗，向凉州的侍卫统领赤胡望去。赤胡会意道："将军布阵甚妥，无妨。"

片刻之后，远远那线飞尘就遮天蔽日地到了眼前，更有一骑脱众而出，当先奔来。鲁修令旗高举，正要发令，赤胡突然大声道："将军且慢！那人手里持的是凉王的旗号。"

"凉王必隆恭迎公主凤驾。"那人将手中杏黄的旗帜张开，高声疾呼。

鲁修喝道："不要动。小心有诈。"

"的确是王爷！"队伍里有凉王府里的侍卫，指着前面"凉"字大旗之下一骑黑色骏马道，"那是王爷的马。"这边四千人方才额手称庆，一阵欢呼。

凉王箭伤已然痊愈，旋风似的赶到阵前，勒住马首，轻捷地跳下来，匍匐在公主嫁车前，叩头请安："臣必隆谒见公主凤驾，公主吉祥如意。"

车内传来公主平静的声音："凉王军务繁忙，尚出城三日来见，本宫足感凉王盛情，凉王请起。"

凉王起来又躬身道："公主千金之体，不远万里至此荒凉边疆下嫁，臣必隆诚惶诚恐，犹感朝廷隆恩。"

"凉王言重了，凉王镇守险要，乃朝廷重臣至宝，朝廷仰仗凉王犹多，请保重贵体。"

他们彬彬有礼地相互致意，既然凉王绝口不提禾蓝，公主也不愿多说一个字，就连窦兢也被人忘得干干净净。

公主平安到达雁门关，与凉王择吉日行合卺礼，凉王的谢恩折子也不日到京。皇帝得知窦兢与匈奴匪徒遭遇之际，为护驾殉国，着实感叹了一番，在窦兢身后追赠犹厚。

至于禾蓝的那点故事，凉王与王妃不提，辟邪也不提，皇帝自然就无从得知。

姜放忍不住问辟邪道："主子爷觉得这件事不用和皇帝说？"

辟邪道："既然公主安然无恙，咱们也没必要去捅破他们皇亲国戚间的丑事。再者，这件事我还没搞清楚原委，说得多了，不知会牵扯出什么来。"

"主子爷在想什么？"

"雷奇峰。"辟邪慢慢合拢谍报，叹了口气。

姜放不免一怔："又是他？"

辟邪将谍报递到姜放手里，道："你看，十二个人在方圆五丈里死得干干净净，你自视有这么快的身手吗？"

姜放匆匆看了一遍，苦笑道："没有。"

"从前有谣传说雷奇峰是洪王养大的人，现在看来，果然不错。"

"何以见得？"

辟邪道："咱们总说天下五分，除了皇帝外，四个亲王各占一份，其实以现今的情形看来，应该说是天下四分才是。白东楼有自知之明，早就投靠了东王，他们杜家占了东南大半的地盘，现在正是咄咄逼人的时候，岂会满足东南一隅？五月中凉王府里的消息说是东王派去凉州贺喜的人和必隆的侍妾禾蓝过从甚密，这个女子在凉王府里以善妒出名，何以六月十三日竟护卫公主去雁门？凉王当时得知这个消息会作何想？"

姜放道："更何况这个禾蓝是从前月氏的郡主，当年凉州归降中原，月氏从中作梗多年，现在也会不安分。"

"正是，"辟邪道，"公主若死，凉王与朝廷交恶，月氏又有口舌作乱。匈奴窥视在外，凉州动荡，无疑使门户崩坏。一旦匈奴南下，凉王和朝廷自顾不暇，洪王的势力与凉州一衣带水，当中只隔着离水，也不会有安枕之日。就算是东王不发兵举事，一样也是扩大势力的好时机，如此一来，这四分之一的天下说不定就变成了半壁江山。"

姜放"嘿嘿"一笑："他宁肯将一半中原白白送给鞑虏，也算他够狠够毒够卑鄙。"

辟邪笑道："这招咱们可要铭记在心，好生学着。"

姜放道："若雷奇峰是洪王布在东边的棋子，他得知这等大事必定亲自回洪州报信。凉王多少还要卖月氏的面子，怎会当众处决或拘禁禾蓝，既然有个现成一等一杀手回了洪

州，这个差事自然就落在雷奇峰头上，这样便说得通了。”

辟邪叹道：“就算禾蓝没有加害公主的意思，只怕凉王仍是要杀她。她是月氏插在必隆肉里的针，又善妒如斯，纵使往昔多少情分，也比不上凉王自己的雄心和公主的体面要紧。”

姜放道：“主子爷既然猜得肯定，为什么还说其中原委不明？”

辟邪道：“就是窦兢了，必隆既然不肯得罪朝廷，应该也会保住窦兢不死才是。为何让禾蓝轻易带走窦兢，搞得身首异处？”

“属下想，凉王要秘密处决禾蓝，在送亲队伍里知道底细的人大概只有雷奇峰，当时不会有其他人阻拦禾蓝带走窦兢。另外，禾蓝死了，总要给月氏一个交代，公主既然无恙，便只有刺杀朝廷钦差一条足够死罪，窦兢也是必隆不得已牺牲的小卒。”

“如你所说就好，”辟邪道，“我就怕另有缘故。假设凉王一心想假禾蓝之手，将窦兢铲除，那么这个窦兢会是什么身份？若他是东王的人，禾蓝不会杀他；若他是洪王的人，以雷奇峰的武功，不会不救他，那么他是谁的人？”

姜放微微打了个寒噤，道：“属下这就着手查明。”

“这里还有要紧的事，既然对匈奴用兵已迫在眉睫，大理的事一定要快办，以保届时南方安定。”

“主子爷的心思属下明白，不过这也是急不来的。”

辟邪突然向外面张望了一下，悄声道：“这件事上东王在明，我们在暗，理应成功。若是大理缺人手，寒州有宋别出身大理望族，有勇有谋，让十六郎打听一下他的意思。”

姜放连忙点头，也向着门外瞥去：“是，属下就办。”

两人急急将话说完，见外面没有动静，才松了口气。姜放笑道：“明珠还是常来？”

辟邪道：“正在沏茶呢。”

姜放道：“她也老大不小了，怎么也不知为自己将来打算？”

辟邪一阵苦笑，道：“我怎么知道。”

这又不知勾起姜放什么感叹，道：“我就不明白她们女子。就说这个禾蓝，既然与必隆同床异梦，又何以如此善妒；要真是两情相悦，她又岂不知出卖凉王，今生再不得相见？唉！她们女人……”他一眼瞥见帘外人影一动，明珠已端着凉茶进来，顿时生生将后面的话咽了回去。

明珠笑盈盈道：“原来副统领也在这里。”

姜放赔笑道：“刚从上江回来向皇帝复命，明儿个就要回去。”

辟邪点头命姜放退出，才端起茶来喝了一口，就听明珠咕哝道：“什么‘她们女子’、

‘她们女人’的，不知在哪里受了气，就把天下的女子都褒贬一通。”

“咳咳。”辟邪凉茶呛在喉咙里，拿出手绢，擦了擦鼻尖的汗。

明珠远远摇着扇子，替辟邪送来细弱的微风：“六爷热了吧？”她望着他抿嘴笑了起来。

必隆新婚不久便回了雁门外的大营，此时精兵三万都在关外营中听调，雁门关内原本还有七八千人，却因公主既已完婚，护送的朝廷军队自然要回离都复命，一同前来的凉州镇守将士也领了必隆之命回凉州城镇守，以防凉州生变。现今的王妃景佳理应回凉州王府，凉王却不知何故没有提及，王妃因此仍留在雁门关，暂住守备衙门。季嬷嬷对景佳言及此事，道：“雁门关内只有四五千人，兵荒马乱的，奴婢觉得甚是不妥。”

景佳笑道：“这也是无可奈何，经过禾蓝一事，你想凉王还敢把我一个人放在凉州王府里吗？这边三万大军保驾，他也放心。他走时对我说，现在边关吃紧，他不得脱身，过一阵定会带我一同回去。”

“这要等到什么时候？”

景佳道：“也快了。”

季嬷嬷笑道：“公主就这么肯定？”

景佳一笑，才要回答，就听到城上角楼的警钟惶惶传来，号角跟着响彻全城。“有战事了。”景佳霍地起身，奔到门外，抬头已见城楼上狼烟峰起。季嬷嬷抓过一个使女，道：“你快去外面打听，到底怎么回事。”

不刻那使女即来回禀，见王妃已换了马装应变，道：“这正好，守备都澜就在外面等着请见，要请王妃弃城避战。”

景佳变色道：“弃城？快叫他进来问个清楚。”

事出紧急，王妃传旨不避外臣，都澜仍是低着头进来，行了礼还未及开口，景佳就急问道：“城里还有四五千官兵，未及一战，就要弃城，匈奴到底来了多少人？”

“回禀王妃，适才探子已经来报，这些匈奴约有八千，一个时辰里就会围城而攻，王爷大军正向东边移动，见到狼烟再挥师来救，只怕要大半天的工夫。臣唯恐这大半天里被虏匪破城，祸至王妃，思量之下决定在围城之前领四千精骑护送王妃避难，这些虏匪意在城中财物，不会穷追，这便保全王妃不致有失。”

景佳道：“若我不在城中，将军会当如何决策？”

都澜面有难色，想了想才道：“臣只会据实回禀王妃，守城乃是臣的职责所在，若王妃不在城中，臣理当领全城军民死守。”

“这便是了，”景佳道，“四千人护送我出城，余下的将士和城中几千百姓岂不任他们鱼肉？为我一己之私竟要将边陲重镇拱手送人，王爷问起来你如何交代，朝廷问起来王爷如何交代？”

都澜叩头道：“王妃教训得是，不过……”

季嬷嬷在一边道：“公主万万不可置身险地，若公主有失，将军如何向王爷交代？”

景佳冷笑道：“嬷嬷多嘴，将军豁出性命也会护我周全，我有什么闪失之时，将军必定早已战死沙场，还有什么可多说的。”她又和颜悦色地对都澜道，“将军实话对我说，要死守这半日，你有几成把握？”

都澜道：“匈奴精骑射，不擅攻城，这一战，臣有六成把握。”

景佳点头，坚定道：“好，我哪里都不去了，我们全城军民就死守半日，等着王爷回来。”

都澜血脉偾张，跳起身来道：“臣知道了！臣定当与他们誓死周旋到底。”

季嬷嬷见都澜大步流星走了，才对景佳道：“公主这是何苦？”

景佳道：“蝼蚁尚且偷生，我又岂不知爱惜自己？可是凉州上上下下、里里外外都是胡人的天下，他们胡人女子见我羸弱，不会骑射，只当我一味懦弱，言语里早有轻视之意，若我此时弃城出逃，这一辈子他们都会奚落我是个汉女，连我将来的子嗣也一样受他们欺负。朝廷宫里早已没有我的亲娘，只有太后将我视若己出，皇上还知疼我，但太后性格坚硬小气，皇帝眼里只有他的江山，知道为我一人断送一座城池，将来也不会为我撑腰，今后还有我的活路吗？”

季嬷嬷叹道：“公主想得太多了。”

景佳道：“咱们宫里的明争暗斗远胜于此，季嬷嬷也是在宫里浸淫多年的人，不会不知道。这里就有一个现成的例子，先帝爷有个大理来的妃子，封号叫段时妃的，嬷嬷还记得吗？我还记得她清丽秀雅、心灵手巧，可惜就是不容于中原宫廷，二十几岁之后就未受先帝爷一幸，现在普圣庵出家。临出来前，太后还特地拿她作了比方，叫我千万别走她的老路。”

不久之后，城里城外喊杀震天，料是匈奴人已经开始攻城，景佳坐卧不安，只听城楼鼓号时紧时稀，自己的心也在七上八下。过了两个时辰，厮杀之声稍减，派出去城楼上打探消息的内监回报道，现在匈奴攻势告一段落，双方均死伤甚多，都澜正往城中征召义勇，补充兵力之后再战。景佳道：“保护这座衙门的只怕还有四五百人，你传我的话，让他们都去城上杀敌。”

此间的驻军一走，只剩下景佳从中原带来的内监和宫女，胆战心惊地在景佳门前挤作

一团，倾听城头的厮杀，伸长脖子望着门口，只盼前去打探的人带回好信儿。不一会儿，就见五个胡人装扮的男子从外面进来。众人都道他们是凉州的守军，向他们招呼道："军爷，现在城上怎么样？王妃正等着消息呢。"

为首一人上前道："原来王妃就在这里，我们有要紧消息要回禀。"

首领太监迎上去问道："什么要紧事？"

那人在他耳边笑道："王妃就要送命了，你说要不要紧？"

首领太监一愣，才觉眼前寒光一闪，已经身首异处。其余的人顿时连声惊呼，四散奔逃，那五个人不过挥着刀撵了几步，见人都逃得远了，便一脚踹开门往景佳屋里跳进去。正房里空无一人，那五个人交换眼色，向屏风后掩去，听得细微的裙角窸窣的声音，为首的汉子面露喜色，挺刀扑了进去——里面正是王妃景佳，见有人凶神恶煞地扑来，不禁放声惊叫，扭身就奔，那汉子一把抓住她的衣裳，往怀里就拽，这时忽听有人在身后轻轻叹了口气，仿佛一条冰凉的长舌在脖子后面舔过，让人起了一身鸡皮疙瘩。那汉子闪回身，只见一个中年女官正从怀中抽出一柄细小的弯刀，秀丽如故的眼里残忍饥渴的笑意一盛，对准他的手腕斩了下来。那汉子惨呼一声，抱着断臂在地上翻滚，断手仍紧紧抓着景佳的衣裳，景佳吓得几乎昏了过去，气若游丝地尖叫："季嬷嬷！"

那中年宫女面不改色地将断手从景佳身上摘下来，道："不怕，不怕，奴婢在这里。"语气虽柔，眼神却在其余四个汉子身上打转。

四个汉子都打了个寒噤，还没来得及有所举动，季嬷嬷的身影已挟着弯刀锋芒鬼魅般闪到四人面前，一线血光飞溅，四个壮汉捧着喉咙倒在季嬷嬷的素裙之下。

季嬷嬷走到仍在惨叫的断臂汉子跟前，反转刀柄将他击昏。

景佳掩着脸，颤声道："季嬷嬷，他们是匈奴吗？"

季嬷嬷望着一地尸首，道："应该不是，倒像与禾蓝是一路的。留着一个活口等王爷回来再问。"

景佳慢慢从袖子后露出眼睛，盯着季嬷嬷的背影，道："嬷嬷，你究竟是什么人？"

"奴婢是从小带大公主的嬷嬷季氏，"季嬷嬷笑了笑，"公主糊涂了？"

景佳叹了口气，喃喃道："以前挺明白，现在却糊涂了。"

雁门关军民一心，苦撑半日，终于盼到凉王回兵来救，匈奴退兵甚快，除了攻城时人员稍损之外，并未让凉王占到便宜。比之城墙上下的尸骸遍地，景佳房中的四具死尸、一只断臂更让必隆心惊胆战，气得浑身发抖。他捏着拳头恶狠狠用胡人的语言不停诅咒的模样，给这个惨淡的傍晚增添了一种惶惑不安的阴谋气氛。

当晚，必隆将折子匆匆写就，向朝廷请命增兵，写到“单于均成势大，虏匪兵力渐结，大有南向窥视中原之祸心，北伐匈奴乃朝廷社稷之大，臣必隆镇守一隅之资，实不可当此重任。臣请陛下另委北伐大将军，屯兵雁门之外，与匈奴对峙”这里，皱起眉不住冷笑。

“王爷，”门口的小厮道，“王妃来了。”

必隆将奏折收在案几下面，迎到门前。景佳的气色已好了许多，握在必隆手里的皓腕也恢复了温暖。“我来请王爷安歇。”

“不忙，”必隆拉住她坐在榻上，从一边取过一只锦匣，“臣有一件物事给公主。”

景佳望了望必隆，又垂下眼帘。必隆慢慢将匣子打开，微笑着从里面捧出弯月般的金刀，用金钩挂在她腰间的锦带上，他的双手宽大坚定，仿佛习惯了主宰别人的命运。

景佳抚摸着金鞘上粒粒珠玉，将头枕在必隆的肩头。

“永不离别。”从她双唇中流出的语调带有中原女子的无限温柔，烛光悦目，必隆在她身上散发的芳香中，一刹那心旌动摇。

九

高以仁

皇帝在八月头上接到必隆的折子，与群臣商议批复之前，先叫了成亲王和刘远来议事。

刘远看了必隆的折子，连连点头，道：“凉王所虑极是，增兵一事已经刻不容缓。”

皇帝早料他有此言，不以为意地冷冷笑道：“也不见得。现在雁门、出云一带的匈奴人也不过三四万，必隆口口声声说的单于均成也没露过面，朝廷随随便便增兵西北，不过劳民伤财。前两天户部也说了，国库空虚呀！”

“屈射氏凶残善战，如不屯兵防范，只恐日后有失。”

皇帝道：“太傅，过虑了。凉王手中有八万兵马，现在前线的大多是汉人将士，镇守北边是他们历代凉王对朝廷的承诺，他还有五万善战胡兵未动用，就要朝廷替他出兵吗？”

“是。”

“他要是粮饷匮乏，朝廷有多少就给他多少，逼不得已，朝廷就从藩地征。太傅从前说过，藩王专擅各地赋税，致使国库空虚，现在国难当头，向他们借一些总是可以吧。”

刘远想到皇帝终于纳谏，不禁大喜过望，“咚咚”叩首道：“皇上圣明。”

皇帝道：“这是大事，太傅回去先拟个章程出来，明天早朝再和兵部、户部议。凉王在前线好几个月了，眼看就要入秋，景侔公主一直陪他在大寒之地，朕于心不忍，让必隆回凉州去办调兵的事，雁门以外的大军交给他手下那个刘思亥带着，加封正二品骠骑将军。朕这里去问太后的意思，太后要是觉得妥当，总能在藩王们面前说上话。”

成亲王“呵呵”低笑了两声，等刘远走了，才道：“早些年是母后将封地赋税悉数赏给了四个亲王，现今皇上要收回，只怕他们不答应。”

“解铃还须系铃人，”皇帝道，“要他们把银子吐出来，只有母后说话了。你跟朕一同去请安。”

“是。”成亲王道，“臣在一旁给皇上跑龙套。”

“这个‘跑龙套’用得好，”皇帝笑道，“你这又是跟谁学的油腔滑调。”

成亲王笑道：“谁和臣走得近，皇上还不是一清二楚。”

皇帝觉得他的笑容里另有些不是味儿的东西，便只管拨弄浮在面上的茶梗，听见外面吉祥尖着嗓子道：“皇上起驾了。”又啜了两口茶，才扔下茶碗起身。

走到慈宁宫外，康健早已得了信儿，抢在御驾前叩了个头，道："万岁爷万福金安。皇后娘娘与谊妃娘娘正在里面给太后请安，不知道成亲王要来，现在正往里面回避去了。"

皇帝更惦记胎儿，回头对吉祥道："一会儿对谊妃说，今后少走动，好生养着少出来。"

片刻就有洪司言出来行礼笑道："皇上快里面请，成亲王也好久不来了，太后主子惦记得厉害。"

成亲王跟着皇帝磕了头，太后向他招了招手，搂在怀里道："瞧着瘦了不少，你府里的人怎么当差的？没有一个尽心的。"

成亲王笑道："母后只是疼儿子才这么说，儿臣最近还胖了些。"

"胡说，"太后笑嗔了一句，命人看座，对皇帝又道，"皇帝最近忙得很，怎么下午就得闲过来？"

皇帝道："这会儿有正经事请母后的懿旨。"

成亲王道："原是今天得了凉王必隆的折子，他那里正要朝廷替他出兵呢。"

"匈奴已经闹得这么厉害了？现在就要动用朝廷的兵力？"

"儿臣也觉得太仓促，"皇帝道，"所以打算驳回他的奏请。"

太后笑道："皇帝要驳就驳了，什么事要来问我？"

成亲王道："还不是为了粮饷的事，必隆要兵咱们没有，粮饷还是要拨的，毕竟对抗屈射氏是朝廷的大事。"

"户部又在叫穷了？"太后的微笑渐渐漫不经心起来，一边叫洪司言从盘子里拣出些粒大的葡萄奉与皇帝和成亲王吃，一边道："皇帝什么打算？"

皇帝叹气道："儿臣也是无计可施。想请教母后的懿旨。"

成亲王在太后身边道："母后，皇上为了这件事寝食难安，单靠朝廷往各地加赋，再收起来，也不过杯水车薪，这么大笔出项，要户部挤出来，也是为难他们。"

太后蹙眉想了一会儿才道："这不算什么难事。亲王、郡王们在藩地舒舒服服的，向他们要百八十万两银子先支撑着，也未必能伤得了他们的元气。不过咱们宫里也须得节省开支，不能让外边人说出些不好听的来。"

"是。"皇帝没有料到太后这么快就说破了利害，大喜之后隐隐生出些忧虑，面上仍笑道，"儿子只怕他们会抱怨。"

"抱怨什么？给他们藩地的十成税收是我破例的恩赏，现在要些银子应急，谁敢抱怨？"

皇帝点头道："洪王原是舅舅家，自然无话。东西两王更是母后加封的亲王，有母后说话，儿臣放心了。"转而对吉祥道，"你传朕的旨意，从今儿个起，除了太后、太妃和

谊妃几处，大内各宫各院各衙门的开支用度一例裁减，就是你们司礼监总管这件事。”

吉祥答应得甚快，道：“遵旨。”

“这便好了。”太后微笑道，“吉祥记得，就算是奉了旨意办事，也要讲究个稳妥渐近，切勿操之过急，不然逼急了各宫的主子娘娘，都要找你们司礼监的麻烦。”

太后的话另有所指，吉祥低着头，尽量不去看皇帝脸色，忙着道：“谨遵太后懿旨。”

太后看起来有些乏了，皇帝和成亲王起来告退，太后向洪司言招手道：“你来。”

洪司言跟着太后进了内殿，望着太后正用晶亮的皓齿狠狠咬着嘴唇，忙走上前轻声道：“主子这是生的什么气？主子自己也说迟早有这么一天。”

太后的声音刻薄无情，缓缓道：“你给我问清楚，到底是什么人给靖仁出的主意。”

“是。”

“他们没一个替我安分守己的。必隆想的是保全凉州兵马；皇帝更是要借匈奴消耗藩王势力。他们个个都在搞这些玩火的把戏，全不想大敌已经兵临城下。你替我研墨，我要给几个藩王写信。”

洪司言见太后执着笔不住思量，轻轻将墨横在砚台上，道：“他们日后兵戎相见，势成水火，主子要站在哪一边，可要早做决断。”

太后冷笑一声：“皇帝是我亲生的儿子，由不得我选择。只是，”她低头望着自己在雪白绢纸上写就的洪王名字，怅然半晌，道，“洪王是我手足，人非草木，岂能自残其臂。”

洪司言道：“奴婢听说皇上最近耳目聪明得很呢，主子写信也要小心。”

太后微微一笑，落笔如飞，将四封信一挥而就，道：“只当是我的懿旨便是了。让皇帝的人看见也无妨，只是要赶在皇帝旨意之前送到，以免生变。”

洪司言用太后的印信火签将信封了，命人加急送出。

离都至洪州快马兼程五天的工夫，太后的信进洪州王府的时候，朝廷那边刚刚将藩地征粮一事议定，旨意到洪州，只怕还是半个月以后的事。

洪王将太后的书信交给身边的参士范树安看了，笑道：“皇帝急了，这便想对我们动手。”

范树安十七岁上追随洪王，迄今已逾二十五年，这些年更是成了洪王主要的谋士。一个人心思用得多了，难免折福，原先清朗矫健的沙场战将，如今瘦巴巴的，昏昏欲睡的眼睛总是眯缝着，连洪王这样铁石心肠的人见了他也难免生出痛惜之感。

“以臣之见，皇帝此举试探之意倒是更多些。”范树安说话也是慢条斯理，有气无力，让听的人百感交集，“大敌当前，谅他不敢此时行险。”

洪王道：“就算如此，也不能掉以轻心，你看如何应对？”

“以太后的书信来看，皇帝心意甚坚，不过几十万两的银子，王爷这边也不便用强。话说回来——”范树安吸了口气，慢吞吞喝了口茶，内监李呈在一旁已经急得朝他直使眼色，洪王倒是习以为常，捋着长髯微笑不作声，听得范树安在书房片刻寂静后又悠悠道，“一味应承只会让皇帝得寸进尺，王爷只管答应朝廷在先，日后捡个软钉子让他碰，不能让他摸出咱们的底细来。”

“说的是，”洪王道，“再者太后亲自开口，驳了她的面子，便硬是把她推到皇帝那一边去。定国在多峰也有些日子了，他手下的人没有见过大场面，不见得能干，这孩子又多刚愎自用，想到原先让他驻守多峰的用意，我只怕他弄巧成拙。现今朝廷多事，多峰东望离都，更趋险要，我想还是你去定国那边督阵。”

“是，臣明日就启程。”

“那边还是按原来的计议行事，只需与顽寇周旋，不得完胜，拖得越长久越好。”

范树安此番行程和他性子一样，慢悠悠徜徉而往，洪王先派去多峰送信的人早已打了个来回，他才刚到多峰境内。洪定国得知他只带着两个家人来的，怕他遭贼寇打劫，便让手下人不住向山下打探，却始终不见人影。

多峰一带临多湖，这个季节从东南的湖面上吹来湿润温和的风使得多峰群山总是云气升腾，黛色山头在烟雾袅绕中若隐若现。洪定国在此剿匪已有一年，知道大雾之时，多有群寇下山滋扰，大军进驻山中以来，他们也是趁着浓雾蔽日与官军短兵相接，思量之下，终于按捺不住，亲自领人到山口观望。

多峰自古只有一条官道，此时也是浸在乳色烟云里。洪定国身后跟着五百骑兵，挨得紧的尚能互相看清面目，稍远一些的，只听得马铃甲胄“叮当”作响，马蹄声倒似云中奔雷，从古道里涌出来。洪定国腰间仗剑，手扶缰绳，遵从洪王的意思走在队伍的中间，隐隐觉得四处暗藏凶险，怎敢有丝毫怠慢。忽听前方先锋大喝一声：“什么人？！”随之便是急促的号角响，金弦蜂鸣，这边已是一通乱箭射过。

洪定国蹙眉问道：“怎么回事？”

“禀世子爷，”回头报信的人纵马在队伍里跑了一阵才找到洪定国，“前面发现了一票人，问话不答，掉头就走，艾参将命人放箭，现在不知对方死伤。”

洪定国冷冷道：“混账！这通箭射着的是范先生你们一个也别活了。看清楚了吗？”

“看清楚了，少说也有百八十人，不会是范将军。”

洪定国心念才转到“响马”二字上，就听山谷里一声响箭尖啸，四处突然马嘶人沸，

借着山中回音，让人只觉浓雾之后漫山遍野都是刀影霍霍。洪王精兵对这种场面早已习以为常，知道强盗喜欢埋伏在高处向下放箭，纷纷举起盾牌挡住身体，头顶上仿佛暴雨乱打，一轮强弩顿时射了下来。众军士等这通弩箭放完，立即顶着盾牌策马向山道边上散开，将弓箭从缝隙里伸出去不断向山上回射。洪定国虽领兵在外，却少涉险地，跟着周围的人一散开，身侧无人护卫，一支乱箭擦着他的肋骨飞了过去，还未及他冷汗出完，雾里又冲出一道黑翎，直扑他面门。洪定国喉咙里"嗬"的一声，要低头躲避已经来不及了，眼角里看见旁边伸出一只宽厚的大手，牢牢将箭头握在手里。

"世子爷可好？"老者的面庞在乳白色空气里显得异常苍白，"小的是范将军宅子里的家人范理福。"

"范先生到了？"

"到了，就在山上。"

山上箭势渐止，有人大笑几声，道："今儿个给小王爷一个面子，来日狭路相逢，咱们再较量。"

四处跟着嬉笑不绝，马蹄声渐向山中隐去。

道上孤零零现出两匹瘦马，听得范树安慢悠悠道："世子爷可在前面吗？"

"范叔叔。"洪定国喜道，从马上跃下来。

范树安也下了马，拉住洪定国的手仔细打量，细目中满是慈爱欢喜："一年没见了，世子爷倒一点没变。"

"总是窝在这种地方，脾气差了许多。"说着向范树安身后道，"适才多蒙范叔叔府上的人相助，这位……"

范树安招手道："理康，过来给世子爷磕头。"

"小的范理康，世子爷吉祥如意。"这条大汉比身材高挑的洪定国还高出一个头，方方正正一张国字脸，厚厚的嘴唇，看来木讷少语。

范理福也过来重新见礼。洪定国这才领军向山内归营，忽而想到一事，忍不住问道："范叔叔才刚在山上做什么，弄得这伙强人立即退兵而去？"

"也没什么，"范树安不住微笑，"不过是打了个招呼，说世子爷在这里。"

"啊？"

"他们早知世子爷在此的心意，既然大家都心领神会，逢场作戏，万一今天误伤了世子爷，跟洪王结下梁子，只怕老王爷一根手指就能碾平他们多峰二十寨，还不如见好就收。"

洪定国笑道："也难怪，这一年来总算相安无事。"

一道金光突然射在队伍跟前，原来大雾渐散，日出喷薄，青色缓坡在阳光下现出一片雪白连营。

范树安眯着眼点头，缓缓道：“背靠山势，水源贯通，出入开阔，不错。再过几年，世子爷也像老王爷一样，是领兵征战的帅才。”

洪定国道：“范叔叔这是在取笑我，父王二十岁上就将兵出塞，与匈奴血战了，做儿子的如何企及？”

“非也，以世子爷的资质，的确称得上是今世的人杰。”范树安说到这里，语气却变得阴郁异常，洪定国甚至觉得他隐隐地叹了口气，让人觉得甚是不祥。

范树安在多峰营中监军不过半个月工夫，朝廷征粮的旨意就下来了。往洪州宣旨的只是司礼监的内臣，洪定国派了五百人迎他进营，问起才知道不止藩地，皇帝向各州各府均派了人监督粮草，征调税银。西边洪州的征粮官姓高，名厚，字以仁，原是户部青洪司郎中。洪定国闻言对范树安笑道：“原来户部还有这个司？这些年来青、洪两州的钱粮一直由洪王自管，我道这个司早撤了呢。”

范树安道：“天下毕竟还是当今皇帝的，世子爷千万别做这等言论。这个高厚我有耳闻，他虽非刘远一党，对撤藩一事，却极为热衷。说起来，这个人年纪不大，倒和老王爷有些过节。”

“过节？”洪定国奇道，“可这个人我闻所未闻哪？”

范树安微笑避开洪定国的话头，只是道：“皇帝派高厚进洪州，是想老王爷有了公报私仇的这个忌讳，不便对他下手——皇帝身边颇有些高人呢。”

洪定国冷冷笑了一声，道：“高人？难道范叔叔也和皇帝一样，以为这天下还有什么是我们洪家不敢下手的吗？”

范树安笑道：“呵呵，只怕老王爷和世子爷是一样的心思。”

庆熹十一年，高厚时年四十一岁，他在乾清宫向皇帝叩头辞行的时候，大太监吉祥就看出他印堂发黑，头上乌云笼罩，虽然吉祥没有料到高以仁的命运是被洪定国这样轻描淡写的一句话就决定了，但是他总觉得这个高家耿直的后裔此行生死未卜，前途堪忧。

吉祥不是多嘴的人，尤其是这种话，就算是对如意和辟邪也不能随便乱说。此时中秋早过，就快入冬，宫里却由司礼监领头，乱糟糟正在裁减各宫用度，就算是主子们贴身的奴婢，一样也是将月例银子裁了三成有多。如此一来，司礼监难免成了众矢之的，就连如意这样任性洒脱的人也开始谨言慎行起来，更何况吉祥从来老成稳重。

往年要忙着做冬衣棉袄的针工局倒是因此偷闲，除了谊妃待产，还须准备些婴儿衣裳

之外，阖宫上下无人再做新衣。整个衙门的人只得将内府供应库里的缎子不断整理挑拣，只剩管理太监张固在宫内值房里闲坐，大晴天暖洋洋的阳光透过窗户晒在身上，张固岁数也大了，渐渐合上了眼打盹儿，突然听见帘子“哗啦”一响，睁开眼正瞧见一个青衣身影往里一探头。

“哪个小猴崽子，滚进来。”

门口小顺子笑道：“张爷爷，您老清闲着哪？”

张固慢慢仰起身，端起茶碗漱口，小顺子抢过痰盂伺候在下面。

“你小子来干什么？你师傅好些了没有？”

“还那样儿，”小顺子叹了口气，“咳喘些，也没别的不好。我师傅让我来给张爷爷请安，问问张爷爷衙门里有什么差事要办。”

“还有什么要办？闲着呢！回去对辟邪说，该养病养病，该调理调理，年纪轻轻的，中秋以后就没瞧见他精神过，今后怎么当差？”

“是。”

“哦，对了，”张固又道，“你去后面房里拿了那个青皮儿的包裹，悄悄地给明珠姑娘，说是给谊妃小公主预备的，请她该绣什么绣什么。”

“哎！”小顺子一溜小跑，走得甚快。

张固笑了笑，忽听外面廊下笼子里的鸟儿“叽叽喳喳”乱叫起来。“哪位呀？”张固从榻上下来，趿着鞋走到门外。

“张老，您吉祥？”廊下年轻人二十五六岁，穿着件杏色宫衣，有红似白的一张圆脸，唇若染朱。

“呦，三哥儿。”张固知道这个七宝太监的三弟子招福是个难缠的角色，心里叹了口气，笑着又向他身后的人打招呼，“四哥儿也来了？”

进宝正逗弄着笼子里的鸟，笑道：“张老，从前可不知道您还喜欢养个活物儿什么的。”

“这鸟儿夏天飞进我屋子里，小子们逮了，就养起来了。”

进宝一阵轻笑：“人都说，一入宫门深似海，想不到对鸟雀也是一样的。”他的语气优雅从容，但在别人听来总是凛凛然有种不祥的寒意顺着脊背爬上来。

张固道：“两位小哥儿在皇后跟前伺候的，什么事得闲上这儿来？”

招福道：“张老是贵人多忘事。我们哥儿俩想着新棉袍该做好了，让手下小子来取是对您老不敬，正好下午没事，顺便过来给您老请个安。”

张固愣了愣，道：“新棉袍？两位小哥儿说笑话，万岁爷的严旨之下，还有谁敢做新

袍子穿？”

招福笑道：“张老，我们哥儿俩可是在初春头上就和针工局说好的，您还记得吗？”

“呦，对不住，倒不是我忘了，只是咱们针工局今年从春至秋就没有消停的时候，赶到能有空做宫人衣裳的时候，偏偏万岁爷的旨意下来了。你们小哥儿俩若能将就，明春我让小子们一早做好，给你们送过去。”

招福轻轻哼笑了一声：“我们将就穿旧衣裳不打紧，就怕皇后娘娘看见我们衣不蔽体，教训我们有失体统。”

张固也是久经沙场，当下笑道：“宫里没有人穿新衣，三哥儿、四哥儿倒是光鲜体面地在御前走动，主子们问起来总是不好，不如这样——反正针工局现在也闲，人手有得是，两位小哥儿的棉袍就从我的体己银子里出，别人问起来便不算是大内的开销。”

招福道：“张老这话就让我们哥儿俩折死了，我们这么多年想着孝敬您还没机会呢，怎么能让您破费？再说咱们带牙牌的人和青衣小子们不同，这么一来，原本名正言顺的事，倒变成了官衣私制，咱们可当不起。”

张固一脸无奈，沉吟道：“这倒是，三哥儿你看怎么办？”

招福一时语塞，突听进宝冷冷喝了一声：“站住！眼里没个长辈吗？”

只见对面廊下小顺子抱着个包裹，正低着头紧往外走，听见进宝叫他，才期期艾艾、拖拖拉拉走过来，纵使知道进宝一贯清雅秀丽、神色和蔼，也不敢抬头看一下，请安道：“三爷、四爷。”

招福冷笑道：“我道你为什么见人就躲，原来穿着新衣裳，不好意思见人哪。到底是针工局大采办的弟子，近水楼台先得月，人人都勒紧裤腰带的时候，你还有新夹袄穿出来招摇。”

张固吃了一惊，这才仔细看清小顺子身上夹袄果然簇新，连折痕都还在，又听招福冷言冷语地指桑骂槐，不禁恼羞成怒，道：“小顺子，你三爷问你话呢！”

“我、我……”小顺子吓得脸色惨白，往后退了几步，也没说出个所以然来。

招福又道：“听说你师傅身子不爽快，整天银耳、奶子的吊命，这不快赶上宫里主子娘娘了？往后你三爷、四爷便给你师傅当差就是了，怎么也有件棉袄过冬。”

进宝微微一笑，也不搭腔，仍是悠闲地在一边喂鸟儿吃米，眼角瞥见院子门口进来一个人，脸色一沉，暗暗拉了拉招福的袖子。

“张老这是在和谁生气？”进来的是如意，转眼看着小顺子呵斥道，“你瞧你，老大个子还淘气，小六是管不住你了，针工局的张老也管不住你了，还要你三爷、四爷教训，丢不丢人？”

招福、进宝知他说的是自己，忙上前打招呼道：“二师哥好。我们不过是在看小顺子

的新夹袄，既然二师哥来了，一定有万岁爷的旨意，我们不妨碍二师哥的正事。”说着两人拱了拱手告辞。

如意道：“别，难得我们哥儿几个有闲聊上几句。”

进宝笑道：“二师哥不是不知道，师弟我现在让皇后差到谊妃那边，也忙。赶明儿再请二师哥喝酒。”

“也好。”如意见他们出了院子，才问，“怎么回事？”

张固道：“没什么，老了，记性不好，把两个小哥儿的棉袄给忘了。偏巧小顺子路过，他们便围着看了两眼小顺子的新夹袄。”

“这才不是新的呢。”小顺子万般委屈，“我一年里长了不少，去年的夹袄、棉袄，就连师傅的旧衣裳也不能穿了，是明珠姐姐找出五爷的夹袄重新缝了给我穿。”

张固笑道：“小兔崽子，刚才机灵劲儿都去哪里了，这话不早说。”

“二爷知道，我老远见到三爷、四爷就大气不敢出，甭提说话了。”

如意听他说这是驱恶留下的东西，不禁睹物思人，勉强笑道：“你小子也长得和我比肩了，今后也出息些。你等着，我问张老几句话，就去看你师傅。”

小顺子喜道：“好。”

“你高兴什么，我过去就叫你师傅教训你，少让你出来惹是生非。”

他们到居养院时，辟邪正倚在炕上看书，如意道：“你别起来了，好些没有？”

辟邪合上书道：“没什么不好，就是想偷几天懒。”

小顺子道：“师傅他着凉就会胸口痛，多亏我替他揉。”

辟邪笑道：“我没断的肋骨已经不剩几根了。快去给二爷倒茶！”

如意道：“我才刚从针工局过来，皇上让我去问问那边准备得怎么样了。”

“应该是差不多了。谊妃生产就在十一月里，到现在谁还敢怠慢？”

“你猜怎么着，我碰上小三、小四了，倒提醒我问你件事。皇后把进宝差到谊妃宫里去了，说是让得力的人伺候谊妃待产，我总觉得不舒服，你怎么看？”

辟邪低声道：“要说宫里最不希望谊妃诞生皇子的人，就是皇后了。”

如意点了点头，看见小顺子端茶进来，便道：“你不是要去找明珠吗，快去吧。”等他走远了，压低了声音问道，“你看进宝会不会……”

辟邪叹了口气：“四师哥的手段咱们都知道，谊妃若是诞下公主，大家太平；要真是位皇子，只怕她的庆祥宫从此不得安宁。到时候一定要盯紧每个人。”

如意道：“稳妇是太后选的，进来看过多次，皇后、谊妃都问她到底是龙是凤，可惜

那婆娘嘴紧得很，死活不肯说句准话。”

辟邪“扑哧”一笑，抚着胸口道：“任谁也不会开口乱说，还要命吗？”

如意皱眉道：“小六，你实话跟我说，你到底什么病？从前可不是这样的。是不是用功太急了？看过太医没有？”

“看过的，陈先生说没事，今冬只管服他的药丸子，开春就能痊愈。”

“陈襄？”如意释然笑道，“他说没事就一定没事。”

天气真的是冷了，十一月里，天空阴霾，大雪垛在乌云之上，就是不肯飘落，琉璃宫顶没有阳光普照，也是颜色尽失。宫里但凡有点身份的人都躲在屋里，甚少出门，火墙暖炉烧着，烤得人口干舌燥，对比户外的阴冷，又是另一番滋味。因皇帝嫌屋里干燥，吉祥、如意便命人挪了十数盆花草进来，顿时吸尽屋中焦躁之气，无论哪个角落，都是沁人幽香。皇帝没事喜欢拿着各地密折走到花草前头读，仿佛这就能压下心头的暴戾之气。

自从向各地遣派征粮使之后，驻外戚藩地的征粮使几乎三天之内必有密奏上京，再加之寒州布政使蔡思齐，一大堆折子里没有说过亲王们一句好话。这些折子连刘远和成亲王也不便看，皇帝只能问辟邪道：“难道真的都有如此反意？未免太嚣张跋扈了。”

辟邪捡出几个细细看了，笑道：“皇上看，这里说西王白东楼私制衮冕，暗藏玉玺，意图谋反，奴婢就觉得不尽不实。白东楼就算大逆不道至斯，也不会让他的衮服玉玺随便示人，朝廷下来刺探的专员如何轻易得知？”

皇帝道：“你看里面有不实之处？”

“这种事自然事宁可信其有，不可信其无。不过皇上既早知他们野心不小，结党为患，现在就算他真的有衮冕玉玺，皇上也不致惊异，不必动怒。”

皇帝笑道：“有你这么一说，朕的确是生了些闲气。不过话说回来，何以这些折子里都说的是亲王们的不忠不敬的罪状？”

辟邪道：“皇上铲除藩政的决心众所皆知，这些官员深晓圣意，自然拣皇上想听的说，有时急了些，难免杜撰。这蔡思齐和高厚的折子就很有些看头。”说着将两人的折子递还给皇帝，“这里说东王杜桓每年所得的税银里大概有五十万两总不归库，去向不明；高厚所奏的却是督州道游击将军日前押运十辆大车径直进了洪州，且打探之下知道每两三个月都有督州的人押送车队到洪州，所运货物为何、去向为何，至今不知。另外，高厚将青、洪两州的赋税、地产、兵力布防研之甚详，颇能为皇上所用呢。”

“这两个人很得力，算是用对了。”皇帝起身踱到花前，叹道，“朝廷里还有这样的人吗？”

吉祥在外面轻嗽一声，禀道："万岁爷，谊妃庆祥宫里的进宝在外面等了有一会儿了，万岁爷要不要他进来禀奏？"

皇帝道："今儿是十几了？"

"回万岁爷，"吉祥笑道，"昨天是十九，今天已经是二十日了。"

"你去问进宝是不是谊妃要生了？若是，就让他快回去，那边要紧。辟邪，"皇帝道，"朕想要你到乾清宫当值，你给朕做密折节略，针工局的差事交接掉。"

"皇上提携，奴婢感激涕零。"辟邪叩头道，"若是……"

皇帝笑道："若是时机更成熟些便更好了，对不对？"

"皇上圣明。"

皇帝叹了口气，道："你回去再想想。"

辟邪退出屋外，看见霍炎在廊下手里拿着件折子，正叫小监们替他匆忙解下斗篷。

"公公。"霍炎拱了拱手。

"探花郎，少见。"辟邪一笑，走近了些，"眼看日暮，霍探花还在当值？"

霍炎笑容十分难看，道："刘太傅让卑职先拿了这个急件到乾清宫来，到底是洪王的急件，成亲王这便也要赶来。"

辟邪一怔，见霍炎身形将小监们挡住，将手中洪王的折子迅速展了展，辟邪一目十行，看了个大概，微微蹙眉，旋即笑道："皇上不刻就要召见霍探花，奴婢这就告辞。"

霍炎等了一会儿，听皇帝叫了，才将奏折递进去。原来皇帝正准备去慈宁宫和太后一起等谊妃消息，连衣裳也换了，现在将厚重衣裳脱了，抢过霍炎手里的折子，问："什么急奏？"

"洪王的参本，参劾高厚在青、洪两州地方上横征暴敛，贪污渎职，地方上人神共愤，避免激起民变，洪王已将高厚在洪州驿馆内软禁，急奏请皇上旨意。"

皇帝将折子匆匆看完，问："刘远看过了吗？"

"太傅正等着成亲王一齐过来请见。"

皇帝对吉祥道："他们到了就叫进来。"

吉祥见皇帝气得浑身颤抖，紧紧抿着嘴唇不作声，便知道大事不好，出去关照当值的内监小心应付。霍炎一个人面对皇帝，手足无措，乾清宫里铜壶清澈的水滴声凉透了他全身，他的眼光不住往门口瞟去，见到成亲王的袍角闪了进来。

"霍炎，你出去。"成亲王声音里是难得的冷峻。

霍炎擦了擦冷汗，看了一眼皇帝的背影，悄悄退出。吉祥正命人秉起明灯，见了他平安出来，也是松了口气。直等到深夜，成亲王和刘远才自乾清宫退下，都是脸色煞青，看

来没有什么良策。皇帝一个人在屋内，只能见他的影子在里面来回踱步。

吉祥遣去庆祥宫的小合子匆匆跑回来，低声对吉祥道："师傅，我看谊妃那儿有险，都说折腾一晚上了，现在还不见皇子的动静，几个太医都在宫外头候着，就怕万一呢。"

吉祥点点头道："知道了，你别跟别人瞎说。"又和如意商量几句，小心翼翼推开门，道："万岁爷，夜深了，奴婢请万岁爷安歇。"

皇帝手里仍执着洪王的参本，回过神，问道："亥时过了吧？"

"已近亥正三刻了。"

"谊妃怎么样了？有信儿吗？"

"问过多次了，还没有信儿。"

"哦。"皇帝走回奏案边，揉着太阳穴，慢慢道，"朕再等一会儿。"

吉祥知他所指，退出之后命在乾清宫当值的小监都往庆祥宫打探，却无一则好消息。直至子时将过，才听到脚步奔进来。

吉祥看见进宝的身影，连忙推开门禀道："万岁爷，庆祥宫来人了。"

皇帝霍地站起来，见进宝疾步进来，伏地叩头："禀万岁爷，谊妃子正两刻诞生公主。"

"公主？"

"是。"

皇帝只觉自己虽为天下之主，然天下之大，却无半点称心如意的事，不由得轻声一记冷笑，将手中折子"啪"地摔在奏案上。

"万岁爷……"吉祥上前一步。

皇帝慢慢坐回椅子里，笑道："谊妃辛苦了，公主诞生，社稷之喜，朕很高兴，今晚夜已深了，朕明天去看她，和公主。"

"好冷！"小顺子将怀中一个小小的包裹掏出来，放在炕上，"好冷！"

明珠道："快去炉子那边把手暖暖，这就快吃饭了。"

"这都什么时辰了，师傅还没用过？"

明珠笑道："就为等你回来，连我也陪着饿肚子。"

辟邪闻声挑开里间的帘子出来，小顺子忙回道："师傅，东西在炕上呢。"

辟邪从包裹里翻出几个白皮儿的折子，明珠低声道："让小顺子从姜放那里拿过来，不要紧？"

辟邪笑道："不是不要紧，是没办法，毕竟西边的折子晚了一两天，再转来转去，等

到我手里，就怕看到也没用了。”

小顺子饥肠辘辘，早斜坐在炕沿上，见明珠这便将几个小菜端上桌，本想拍手称快，转眼看见辟邪神色越来越凝重，小顺子缩了缩脖子，没敢作声。明珠趁着辟邪合拢第一本折子的时候，忙道：“六爷先吃了饭再看，好不好。”

“好，”辟邪心不在焉地答应了一声，只管继续翻看，最后微微皱了皱眉。

明珠见小顺子在一边不敢先动，叹了口气道：“咱们先吃，你师傅还有一会儿呢。”

“等等！”辟邪突然抬起头。

“什么，师傅？”小顺子立即放下才拿起的筷子。

辟邪合上手中的折子，道：“外面来人了。”

“辟邪，”院外已经传来如意的声音，“快出来。”

辟邪对明珠低声道：“收起来。”

明珠将折子卷在包裹里，撩起帘子退到后堂。

辟邪走到屋外，寒风吹得人一个冷战，见如意摇着拂尘侧身进了院子，后面跟进一个颀长的身影，竟是皇帝来了。

“皇上万福。”辟邪领着小顺子跪在院子里叩头，“皇上纡尊降贵驾临，奴婢等不胜惶恐。”

皇帝笑道：“快起来，地上凉得很。”

“万岁爷怎么想起到奴婢这儿来了？”

“这不刚从谊妃那儿出来吗，今天太后似乎有些怪她生了个公主，说是来年要重选秀女进宫，她觉得委屈，哭诉了半天，朕觉得气闷，想散散心，听如意说你这儿晚上总是开小灶，就过来搭个伙儿，喝两杯。”

“这便折死奴婢了。”辟邪见皇帝往正房走去，忙道，“正房是从前奴婢师傅住的地方，空了快两年了，里面实在是冷，奴婢的屋子生了火，皇上若不嫌奴婢那儿脏，就在奴婢屋里歇会儿可好？”

皇帝点头进屋，见炕桌上几个小菜还没动过，放着三副碗筷，笑道：“敢情明珠也在这里，人呢？”

明珠从里面盈盈出来，叩头请安。

“现在才知道你的日子过得不错，朕只道你一直病着，还以为如何凄凉，想不到你自有美人伺候着。”

明珠笑道：“奴婢命薄，吃不惯宫里的山珍海味，有时想到家乡的小菜，便过来借居养院的小灶使使。让万岁爷见笑了。”

辟邪也道：“奴婢师徒只是厚着脸皮沾光。”

如意笑道：“既然皇上已经来了，明珠你只管放开手段，好好做几样拿手菜，皇上见好了，自然有赏赐。”

“奴婢不贪图皇上的赏赐，只要皇上说得一个好字，奴婢就心满意足。”

皇帝在炕上坐了，辟邪已命小顺子烫了银筷子和酒杯，又暖了酒来，道：“这是原先奴婢师傅的藏酒，皇上将就喝着。”

皇帝环顾四周，见屋里收拾得一尘不染，又没有丝毫的装饰，笑道：“你这儿真干净。”指着角落里两大盆龟背竹又道：“原来吉祥、如意的法子是从你这儿学去的。”

“花草也能养人。”

“花草也能养人。”皇帝微微一声冷笑，“朕原以为满室芳草能养人清闲之气，想不到自己还是按捺不住。”

辟邪替皇帝斟上酒，道：“皇上这是为什么？”

皇帝摇摇头，刚饮完这杯酒，明珠又添了四个小菜，还有她在宫里按大理的法子腌制的泡菜，也装了两个盘子上来。皇帝夹起一筷尝了，只觉酸辣中带着微微的甜味儿，着实爽脆可口，赞了一声“好”。

“如意，你盛赞明珠的手艺多日了，别处去闲着吧，朕这里辟邪伺候。”

如意笑道：“万岁爷心疼奴婢，谢主隆恩。”朝明珠和小顺子使了个眼色，退了出去。屋里静了一会儿，皇帝恍惚想着别的什么，又饮尽一杯，辟邪静静执壶斟满。

“你坐吧，”皇帝指着炕桌对面，心不在焉地一笑，“才刚说什么呢？”

“正说到皇上为什么事操心。”

皇帝道：“高厚的事，你知道了？”

“听说了一点。”辟邪放下酒壶，斜坐在炕沿上，“皇上想问什么？”

“他在洪州到底有没有如洪王所参，做了些横征暴敛的事？”

“高厚在洪州克己奉公，白璧无瑕，”辟邪的脸色在灯光下白得透明，“白璧无瑕”这个词从他嘴里吐出时，让皇帝不禁凛凛一惊，“洪州更无民变之虞。”

皇帝挪开目光：“洪王所参子虚乌有，他急着杀高厚另有他因？”

“高厚前几天的密折里所奏，已经触及洪王痛处，不杀，洪王难以安枕。藩地征粮更是干预了藩地私政，不杀，如何能挫皇上锐气？”辟邪说到这里仍是心平气和，“这是奴婢的错，庆熹元年四王兵马勤王入京，加封为亲王之际，只有这个中书舍人据理力争，反对四王加封，他是先帝身边的近臣，官职虽微，却引朝野震动。原以为洪王对高厚有些顾忌，

不便动手，真是没料到他果决专断，竟不以此为意，果然是当世枭雄，奴婢心眼小，错看了他。”

“昨晚和景仪、刘远商议到深夜，他们各执一词，到最后也没有议定此事如何处置，这个高厚保还是弃，如何保得，如何弃得？”皇帝叹了口气，“保住高厚，与洪王翻脸，不用做，光是想想，也有些担心他手中的十万兵马，更不说太后也会从中作梗；弃出高厚，朕的脸面，朝廷的脸面往哪里放，其他在藩地上的征粮使得知必定瞻前顾后，还能办什么差？”

“皇上所虑极是。”辟邪点点头。

“你怎么想？”皇帝突然一笑，“你心里有主意，不要卖关子。”

“是，”辟邪也笑道，“奴婢在想当初遣高厚去洪州，台面上为的是征粮，其实还是朝廷在洪州的眼线，让洪王行事有个顾忌。如今高厚在洪州已遭软禁，无论是台上台下，这出戏他都没法接着唱，洪王气势逼人，自然是弃。”

“弃？”出乎意料，皇帝不禁一怔，“怎么弃？”

辟邪道：“其一，高厚不能死在洪州，须押回刑部论刑；其二，论刑也当有确凿罪证；其三，奴婢猜着皇上会将洪王的参本留中不发，提点洪王和其他亲王一句，藩地向来平安无事，到底是谁在兴风作浪？”

“第一件，不难；第三件，好办。第二件，”皇帝道，“有些不便，高厚这个人清得很，就像你刚才说的，白璧无瑕，”皇帝瞥了辟邪一眼，“朕能办他什么罪名？”

辟邪笑容映着杯中清冽的酒色：“欲加之罪，何患无辞？”

皇帝讶然笑道：“什么？”

辟邪的目光静如止水：“既然高厚已成弃子，什么罪名对他来说都是一样的。”

皇帝在唇边慢慢端起酒杯，凝视着墙边生机勃勃的秀枝扇叶，沉吟中静静点着头。

“啊！”门外如意和小顺子轻轻呼了一声。

辟邪转身推开窗，笑道：“下雪了。”

“是吗？”皇帝也挪到窗前，“好大的雪！”只见院中已是白蒙蒙的一片，银絮乱飘，扑在窗棂之上，青石台阶也细细地湿润过，淡淡反射着幽静的灯光。皇帝笑道：“煮酒观雪，也是有兴致的事。”

七宝太监得太后宠信多年，就算他不贪不敛，居养院仍是藏了不少好东西，这坛陈酒香冽醇厚，皇帝不由得多喝了几杯，最后有些醺醺然，枕在炕上看雪。

如意悄悄进来，轻声问道：“万岁爷，外面已经备好了辇，万岁爷是不是回乾清宫？”

皇帝道：“辟邪执壶对我酌，偷得浮生夜半闲。这便回去吧。”

如意去取皇帝的斗篷，辟邪打起帘子，皇帝在门前将酒杯交与辟邪，跨出门，负手站

在廊下："朕今天才知道，你身边的人都对你真心诚意的好，朕很羡慕你。"

"奴婢不敢当。"

皇帝直视辟邪冷冽的目光，忍受着眼睛微微的刺痛，慢慢道："就算朕富有天下，也是如意的时候少，失意的时候多，看起来什么都是唾手可得，其实朕真正在乎的东西，可能永远也得不到了。"

辟邪笑道："奴婢是个做奴才的，过惯了巴结奉承的小日子，万岁爷的话，奴婢不明白。"

"像这样其乐融融、平静安逸的日子，朕也想过。周围的人不是怕着你、哄着你、算计着你，他们对你会哭、会笑、会说知心的话。"皇帝的嘴角浮起一丝奇特的笑容，"辟邪，明珠聪慧过人、善解人意，太后也很喜欢，更难得她行事大方，不卑不亢，朕身边少的就是这样的人。朕很想纳她为妃，就怕你舍不得呢。"

廊柱后的阴暗里似乎有人倒抽了一口冷气，落雪也被皇帝的气势所扰，纠缠乱飞起来，打在辟邪比雪还白的脸上。世界在昏暗无光的夜里正渐渐褪去华彩，皇帝那瞬目光正从中夺目地刺了出来。辟邪在风中轻轻打了个寒战，向前踱了一步，声音不改平日的清澈平静："明珠不是奴婢的，明珠和这天下所有人一样，都是皇上的，只要皇上想要，明珠即刻就会跟皇上回去。"

"好！"皇帝向如意招招手。

"可是，"辟邪接着道，"居养院的明珠和皇上身边的明珠不会是同一个人，在皇上万乘之尊身边，无论是谁，都不堪与日月争辉，待明珠光彩渐失，皇上又会觉得后悔。皇上，"辟邪慢慢绽出微笑，"皇上要的真是明珠吗？"

"呵呵，只有你真的知道朕的心意，也只有你敢对朕讲上一句真话。"皇帝望着他迸出一阵大笑，"明珠，你暂且就放心在这里待着吧！"他大声道，头也不回地上了步辇。

一大堆人随着皇帝散去，居养院又是寂寞无声，明珠悄然从廊柱后转出，轻唤道："六爷。"

辟邪在寂静中对她笑了笑："我多喝了几杯，便说错了话，"他将玲珑剔透的翡翠杯举在眼前，细细把弄，"你六爷一样也会贪杯误事。"手腕一震，将酒杯远远地掷在雪地里。

明珠"咦"了一声，低声道："这只酒杯，就算六爷双唇从未沾过，我一样也要谢谢它，六爷可不能随便将它掷碎。"

辟邪望着明珠低头在雪地里仔细地寻找那只酒杯，雪片在风中疯狂地打着转，抽打在她身上。

二十五岁的皇帝正在重新估量辟邪的力量，帝王权术的天性使他从木偶般的假面下脱颖而出——有什么东西终于摆脱了控制，纷乱地向自己扑来——辟邪第一次觉得有一种力不从心的惆怅让胸口隐隐痛了起来。

十

李师

燃春桥两岸地势甚高，长桥作拱，起伏三虹，在离都九桥中是最大最高的拱桥，连接两岸豪宅雅舍和两片坡上梅林。长虹自绯色云海中跃出，在今春明媚柔和的阳光下，轻摆长袖，款步拾阶上桥，抬头之际，青色桥顶之上只见无垠的湛蓝天色，正是“长桥贯空倚天碧”的景色。

姜放的府邸就在明堂大道秉环路附近，每日进宫当值，若无急差，从不骑马，都从燃春桥上步行过江，当春时节走到第一拱的桥顶，便会倚栏细看南岸火色花景，多少烦恼都会溶在花香之中。

“驾、驾。”桥那边突然一阵马鞭山响，接着是艰难的车轮轱辘之声。此处桥拱甚陡，很少有人行车，姜放好奇，往下打量，只见一匹鞍辔鲜明的骏马拖着辆破烂板车，后面四五个身形魁梧的年轻人不住擦着头上热汗使劲推车上桥，好不容易登上桥顶，姜放不由得回身仔细往板车上看。板车上躺着个年轻人，身上盖着条棉被，面色苍白，皱着眉忍痛。

“且慢，”姜放心里一动，上前拦住，“我是侍卫统领姜放，你们是不是今科的武举人？”

几个年轻人本来就是满腔窝囊气，被人当桥拦住，正待发作，听他报出名来，都是一惊，更见姜放容仪威严，穿着从二品的服色，身后还有两个挺拔硬朗的小厮替他捧着衣裳包裹和侍卫佩刀，心知不假，连忙上前磕头。

“陈潭府武举人胡动月问大人安，”领头的年轻人口齿伶俐，“小人们都是今科陈潭来的武举。”

“起来。”姜放点了点头，疾步上前掀开那年轻人身上的棉被，车上的年轻人满身是血，左臂骨折，被姜放牵动了伤口，哼了一声，吃痛呼出声来。姜放仔细看了看他的伤势，皱眉道，“这是怎么回事？你们没有在京城惹祸、与人械斗吧？”

胡动月大叫道：“断无此事，大人明察。”指着车上受伤青年又道，“小的们昨晚在椒枝巷吃酒，席间这位古岭古兄虽然说了些狂妄的话，但整晚都在包厢里，也没有见他得罪什么人，古兄临走时言道，要住进他世伯兵部右侍郎梁大人府上，独自骑着马走了。今早梁大人遣人来问为何昨晚不见古兄前去，小人们才觉不好，心想他是不是被这些天风传的那个……”

“不准胡说，”姜放喝住他道，“还是捕风捉影的传闻，不要当街乱说。”

胡动月缩了缩脖子，道：“是，小人们只是心里乱猜，结群出去找寻，最后在定环路后边的水塘边看到古岭的马，人就在边上的草垛里。”

姜放问道：“马还在？钱囊也在？”

“正是的。”

“他瞧见对手了没有？”

板车上的古岭呻吟了一声，艰难道：“小的没看见，那小贼背后偷袭……”

姜放微微一笑：“用的是什么兵刃？”

古岭有气无力道：“剑，又不很像。”

姜放点了点头，笑道：“你的伤，不过皮肉，不碍事的，只是臂骨裂了，接一接就会好的。会试上有些不便固然可惜，能知道‘天外有天，人外有人’这个道理也是件好事。”

古岭在陈潭做惯了呼风唤雨的衙内，听姜放说这个话，自然是老大不情愿，无奈姜放是大内的侍卫总管，自己的父亲虽说是分守一方的参将，离姜放仍差了好几级，就算自己会试得中，也要在姜放手下做官，无奈只得道：“是，大人教训得是。”

姜放还须赶往宫里当值，便对众人笑道：“离会试不远了，你们该疗伤的疗伤，该练功的练功，不要贪图玩乐，记得上进。”

众人连忙答应，抱拳目送他过桥。

姜放领着小厮，从青龙门进皇城，远远看见两个青衣内监一前一后向门里走，当即紧赶几步，笑道：“呦，这不是六爷辟邪吗？”

青衣少年回头笑道：“奴婢给总管大人请安。”

姜放一把托住辟邪的胳膊，道：“免礼、免礼。大采办这是从哪儿回来？”

“才刚在户部。”辟邪回头对小顺子道，“快过来给总管大人见礼。”

不仅小顺子，门口的侍卫也都过来给姜放行礼。人人既知辟邪在皇帝、太后乃至成亲王面前都吃得开，也都笑脸相向，不搜查他身上，只管放他进宫。

姜放和辟邪并肩而行，离众人远了，才低声将刚才燃春桥上所见对辟邪说了。

辟邪道：“这是第九个了。这个人所图并非财物，只对今科武举人下手，到底什么来头？”

“从刚才那小子身上的伤痕来看，这人武功可不弱。”姜放皱眉道，“伤口虽多，却都甚浅，可见此人手下收放自如，十分有分寸，臂骨看来是为钝器所撞断的，都在正面，绝非那姓古的小子所说是背后偷袭得手。”

辟邪点头道：“那人既使的是剑，又能以剑鞘或剑首将人骨骼折断，看来使的也是内

家剑法。那些受伤的武举人都是些什么人？”

姜放笑道：“以我看来，武功不过半瓶醋的货色，倒是个个自视甚高，现在为顾全脸面，没有一个肯说实话。”

辟邪道：“连你也说他们是半瓶子醋，看来是不怎么样了。”

“哈哈，爷的武功高我数倍，这么说我可不冤枉。”姜放朗声笑道，一眼瞥向辟邪胸前，“我倒是怕这个惹是生非的人就是雷奇峰。”

辟邪看见他眼中嘲弄的神色，抓住胸口的衣裳笑道：“若是他就好了，我正想报这一剑之仇呢。”

姜放忙道：“只当我没说，爷可不要意气用事。”

“这是五城兵马司的差事，”辟邪道，“不但是我，连你在官面上，暂时也不要管。”

“是。”

“你仍是暗中打探。此人若是为哪个武举人拔除对手，不过是作弊之类的小事，小示惩戒也就罢了；不过今科武举会试事关重大，此人若是存心拆台，对我们不利，届时一定要将他铲除。”

眼前已近内宫，辟邪和姜放在华东门分手，回到居养院，却见如意已在辟邪的厢房里等了多时了。

“为什么最近总瞧不见明珠了呢？”如意左顾右盼，甚是奇怪。

辟邪笑道：“我也不知道。”

如意道：“别是怕见到皇上吧？”

辟邪神色虽然不变，眼光却闪躲了一下：“她怕什么？眼看秀女们就要选进宫了，比她强的有得是。”转身从小顺子手里接过茶盏奉给如意，问道，“二师哥为什么上这儿来？”

如意叹道：“皇上最近可头痛得很呢。”

辟邪点头道：“我也瞧出来了。”

“昨天成亲王在座，皇上没机会对你说。今天要我知会你一声，无论如何，想个法子让高厚早些认罪，其他的征粮官都在看着高厚，惶惶不可终日，密折里说话都小心翼翼的。”

辟邪道：“我想想，可不保证一定能成。”

“我只管把话传到，”如意笑道，“皇上对你那是没的说，不成也不要紧。”

辟邪一把拉住正要跨出门去的如意，道：“二师哥！”

如意大笑道：“你别急，自个儿兄弟，跟你说着玩儿，对别人，我只字未提。咱们这个宫里敢对万岁爷说个‘不’字的，只有兄弟你了，连我当师哥的也觉得威风了不少。”

如意凑到辟邪耳边，低声道，“话说回来，师哥我倒有个计较，只要随便找个因由让明珠出宫去，在京城买处房子，你只管在那里与她成婚就是了。”

“呸，”辟邪听到最后才知道他拿自己开心，狠狠啐了一口，“二师哥自己不要脸就罢了，还要拖兄弟下水。”

眼见如意在一阵清朗的笑声中扬长而去，辟邪转而对着小顺子冷冷道：“你在一边高兴些什么？”

“没有。”小顺子双手乱摇，低头忍笑，连忙走开。

初春夜里还是很凉，站在院子里，能感觉清冷渐渐沁到骨子里去。小顺子已将灯光熄灭，从居养院卷棚屋顶之上放眼大内——几条大道上火烛通明，谊妃的庆祥宫也是灯火辉煌，想来这个宠极一时的美人此刻竟是孤枕难眠。

“月明星稀，光华满地，可不是出行的好时候。”

辟邪笑道：“看你院子那边已经熄了灯，我道你睡了。”

明珠仿若凌空步来：“六爷这边一点儿动静也瞒不过我的。爷这是要上哪儿去？”

“刑部大牢。”

“上回出宫去，也是在春天里，匆匆一年过了，六爷总该让我出去松坦松坦。”

辟邪笑道：“也好，你去换了衣裳来。”

明珠莞尔一笑：“只当是锦衣夜行便了，没什么要紧。就怕我一转身的工夫，便把六爷丢了。”

辟邪知道拗她不过，叹了口气，领着她往东北走。这一大片绿瓦宫阙是清知宫的地界，向来是未成年的皇子和公主的居所，此时少有人居住，狭长的明知松园贯穿其中，在夜晚更是树影幢幢，凄凉无限。二人从明知园里穿过，远远传来城垣上清澈的铃声，知道城垣上的侍卫刚刚摇铃而过。东北边有个弃置不用的角门，一旁有个魁梧的身影在向他们招手，正是姜放。

“属下两个时辰后来接主子爷回宫。”姜放虽是对辟邪说话，却皱着眉盯着明珠。

“知道了。”辟邪笑道，“明珠也去。”

明珠轻声一笑，微微福了福：“大总管多担待。”

姜放见了明珠就会头痛，不敢和她多说，忙悄声开了条门缝，让二人出宫。辟邪和明珠闪出门外，沿着皇城和宫城的东大夹道，跃皇城青龙门而出。

刑部大牢即在隐环路穿和巷，两人潜至里面，门前早有牢头丁旺守候，见辟邪黑丝袍、

青铜面，竟不以为意，倒是看见他身后还有一个彩衣美貌的少女侍从，哑然笑道："爷，最近可吉祥？这位姑娘是？"

"这是跟我出来散心的，"辟邪对明珠道，"你去别处走走，半个时辰后回这儿来。"

明珠知道他处事机密，微微一笑，自己四处散步。此时月色正浓，花香方淡，眼前忽现一片湛蓝的琉璃穹顶，正如海上粼光，静谧无限。明珠走近了些，才知此处佛殿相望，僧舍比肩，原是一座极宏大的寺院，稍后更有三座七层佛塔，屋檐层层高翘，直冲月华，如鸟斯革，如翚斯飞。明珠唯恐亵渎神明，不敢高攀，只远远站在围墙之上，轻颂了一句："阿弥陀佛，了不得。"心里才刚默默许了个愿，就听远处有人高叫了一声："不可。"顿时吓得她脸微微一烫。

"使不得，你不是他的对手！"远处院子里的呼声更是高了起来。

明珠心念急转，向院墙之内提气跃去，刚到墙上，便听有人呼痛大叫了一声。

"这样便是武举人了？叫京城最高的高手辟邪来吧。"这个人声音灿若阳光，说不出的开朗明亮，一声大笑之后，一条黑影纵身上了对面的墙上，向北而去。明珠听他报出辟邪的名字，不禁大吃一惊，顾不得院里的几个人，情急之下从院子里掠过，疾追了下去。

前面那个人身法硬朗雄健，脚程却不如明珠，到了定环路勾陈大道附近，渐渐被她赶上。明珠好奇心切，跟得近了些，忽见前面的人似乎回了回头，一惊之下忙闪到山墙之后，再抬头，却瞧不见那人的身影了。

次日午后，姜放巡视到东门的时候，看见辟邪带着个不认识的小子要出宫，上来寒暄几句之后，姜放道："主子爷知不知道，高厚今天上了请罪折子，刑部所举的罪状一概供认不讳，称自己在户部的时候贪赃枉法，公饱私囊，赃款不计其数。今早便有人据他折子里所供，再去抄家。皇帝总算松了口气，心里还是有些恼他逞强多时，让皇帝下不来台。看来这便死定了。"

辟邪问："高厚家里安排好了？"

"好了，"姜放道，"早就将赃物安置在他家多月。"

辟邪冷笑道："此人早年陷害我父王，如今身败名裂，也是应得的报应。"

姜放道："今天上值路上，属下还听到一个挺有趣的传闻，都说昨晚有人亲眼看到近来刺伤武举人的那个人乃是个女子。"

辟邪身后的小子远远地忽然"哧"地一笑，姜放惊讶之下，才知那个小太监原来是明珠扮的，忍不住道："我知道了，又是明珠姑娘昨晚惹祸了吧。"

辟邪忙道："这当真是以讹传讹了。她不过瞧见了真凶，我们这便要去捉拿罪魁祸首。"

姜放急道："主子爷不是不管这件事的吗？"

辟邪笑道："那人指名儿要挑战京城最高的高手，无论如何还是要卖他个面子。"

姜放摸不着头脑，喃喃道："什么京城最高的高手？主子爷可别听信明珠的挑唆。"回过神再抬头看时，辟邪和明珠早已走得远了。

辟邪和明珠换过平常衣裳，按着昨晚明珠记得的路，径直来到定环路勾陈大道。这里买卖人家、穿梭行人都是穷苦市井百姓，勾陈大道两边的小巷狭窄阴暗，住户拥挤局促，小小的天井里不但要晾晒衣服，还要养鸡做饭，用过的脏水只管往小巷里一泼了事，弄得污浊不堪。明珠多少也有些洁癖，不禁皱了皱眉，抬头看见这里的房屋怕一家失火殃及全域，都将山墙修得远远高过屋脊，权作隔火墙之用，对辟邪点头道："就是这里了，昨晚我就藏身在这种山墙之后。"

辟邪沉吟道："这里都是住家，听那人口气是外省来的，必然现在客栈。"

明珠道："我是在这里跟丢的，那人当时就在两条街外。"

"这就是了，"辟邪笑道，"前面倒是有间客栈，名叫'鸿运来'。"

明珠奇道："六爷怎么知道？"

辟邪一笑："你六爷来这里砸过别人的场子，还险些栽在那里。"

明珠见他右手不自觉地抓住胸前衣服，不禁笑道："原来这里还勾起了六爷对雷奇峰的一番新仇旧恨，六爷可要小心了。"

到底是此地最大的客栈，鸿运来门前是一条宽阔大街，行人如织，街两边都是小商小贩，拼着命大声吆喝。鸿运来门口也站着一个满脸机灵的伙计，殷勤地向店里招徕客人，看见辟邪和明珠衣衫光鲜，神情清贵，忙奔过来作揖赔笑道："两位哪里远来？打尖，住店？小店是京城有名的大客栈，又干净又清静，价钱公道，童叟……"

辟邪忙笑着打住他的话头："我们吃饭。"

"快请快请，"伙计笑容满面，"阿三哪，楼上雅座两位——"

明珠跟着辟邪进店，低声笑道："雅座？"

果然不出所料，所谓雅座也是一张肮脏的八仙桌，四条板凳，不过拿了帘子与外面相隔。辟邪四处打量一下，点头笑道："嗯，不错。"

阿三搭着条看不出本色的手巾，过来给两人倒上茶："两位用些什么？"

辟邪想了想，道："两荤两素，三两白干，你看着办吧。"

"好咧！"阿三奔出去叫菜，不一会儿便端上一碟酱牛肉、一碟煎鱼，还有烩白菜、炖豆腐各一。

辟邪看着明珠面有难色，拿着筷子懒洋洋在盘子里翻腾，心道此事应当速战速决，对阿三问道："小二，有件事要向你打听一下。"

阿三顿时神情戒备，刚要推三阻四，架不住明珠"当"的一声将一锭银锞子扔在桌上，碰着碗碟，仙乐般好听。"这位爷要问什么？"阿三不由得吞了口唾沫，将银子收在怀里。

"敢问你们客栈里是不是住着个佩剑来的江湖客人？"

阿三笑道："爷可问对了，我们客栈里可不住着的都是跑江湖的人。"

明珠哼了一声，又扔了锭银锞子在桌上。阿三眉开眼笑，刚伸出手去，便被明珠用筷子在指节上狠敲了一记："银子是随便拿的吗？我家爷在问你的话。"

阿三苦笑道："爷，这佩剑来住店的，平日里不多，可最近重开武科，店里住的都是应试的举子，不说佩剑的，佩刀的也有二三十个。"

明珠冷笑道："武举都是从朝廷官宦的世家子弟里选的，你们什么破店，也配让武举子住？你这人不老实，这便拿你到官府，告你讹我家爷的银子。"

"别、别，"阿三慌道，"不瞒这位爷说，小店的确住着两个江湖的练家子，其中一个的确佩剑，不是小的不老实，那两位爷当真凶得很……"

"不要紧的，"辟邪和颜悦色道，"我们是应邀来的，他们住哪一间？现在店里吗？"

"天字丙号，不过那位佩剑的爷，上午出去了。"

辟邪笑道："我们在房里等他回来，明珠，这便结账吧。"

阿三拿着明珠打赏的银子，对着两人背影道："二位，小心啦，那两位爷当真、当真是凶得紧。"

天字丙号在鸿运来二楼，房门紧锁，不似有人的样子。明珠和辟邪相视一眼，心里都道屋里没人，甚是扫兴，却听屋里"噗"地有什么落地，明珠忙上前叩门，还未来得及说话，便听里面有人恶声恶气地吼道："叫你们不要打扰，都聋了吗？"

明珠退了一步，倒抽了一口冷气："六爷，你不觉得这声音好耳熟？"

辟邪早已忍俊不禁，喘着气笑道："没有啊。你觉得这是谁的声音？"

"难不成、难不成……"明珠脸色已变，双颊上飞起一抹嫣红。

辟邪见势不妙，生怕明珠临阵脱逃，一把拉住她的手，对里面大声道："沈兄再不开门，我们可要闯进来了。"

里面人道："你敢！"

话音未落，辟邪便以单掌震开门锁，拽着明珠进门，往里一看，不禁失笑出声。正对门前有张椅子，上面严严实实捆着个俊俏青年，只可惜蓬头垢面，不似以往收拾得花枝招展，

从房梁上悬下一根细线，穿着个馒头，那青年饿得急了，正张大嘴对着馒头猛啃。明珠躲在辟邪身后偷看一眼，笑着低声啐道：“这个沈飞飞也有今日。”只觉他被人如此囚禁折磨，当真大快人心。

“沈兄，”辟邪讶然上前，“缘何被囚在此？”

沈飞飞对他却是视若无睹，充耳不闻，盯着辟邪身后明珠露出来的一角彩衣，笑眯眯道：“姑娘哪位？是来找小生的吗？”

辟邪心知以沈飞飞的好色品性，自己便是问他一万句也不见得能让他向自己看上一眼，忽见地上还有个滚落的馒头，想必是他适才失口落地的，于是微微一笑，上前弯腰捡起。“沈兄，你的馒头掉在地上了。”如此一来明珠便无处躲藏，被沈飞飞瞧个正着。

“啊——”沈飞飞顿时双目放光，早将自己窘境忘得一干二净，喜不自抑、风流无限地道，“神仙姑娘！你还记得小生？”

明珠此时对辟邪的恨意犹胜对沈飞飞，见辟邪迤迤然负手站在一边，一腔怒火无处发泄，只得尽数迁怒在沈飞飞身上，冷冰冰道：“敢问你哪一位？”

“小生就是沈飞飞呀！”沈飞飞不觉挣扎了一下，险些连人带椅翻倒在地，“去年此时，小生与姑娘邂逅，当时有约一年后再见，姑娘不记得了吗？”

明珠沉吟半晌，奇道：“没有半点印象，六爷，你记得有这么个人吗？”

沈飞飞泫然欲涕：“小生为了再见姑娘，改邪归正，千辛万苦再觅良师，这便学成回来，姑娘！”

明珠道：“看你被人囚禁于此，就知你没做什么好事，什么改邪归正？”

“冤枉，”沈飞飞急道，“小生是被一个魔头所囚，那魔头杀人如麻，实是个江洋大盗……”

明珠忍不住笑斥道：“你自己又是什么正人君子了吗？”

辟邪见沈飞飞被绑多时，明珠又不肯好好问话，于是上前笑道：“沈兄，有话慢慢说，我先替你松绑可好？”

“不可！”门里门外顿时有两个声音大声喝道。

明珠自不必说，涨红了脸怒视辟邪。门外却有一个声音恰如阳光破云而出，劈在室内。一个衣衫褴褛的青年仗剑大步走了进来：“你们什么人？竟要放这贼人逃脱？”这年轻人黝黑的面庞上漆黑笔直的浓眉，瞪大明亮的眼睛大声说话时，勃然散发着斑豹般愤怒慑人的野性，连辟邪也不禁倒退了一步，笑道：“这位兄台，千万别误会，我二人并非为了沈兄而来。”

沈飞飞在一旁噙泪道：“难道姑娘不是因思念小生而来的吗？”

“原来你们是一伙的！”青年不过喝了一声，别人听来却犹如猛兽咆哮，他一步踏上，拔出腰间佩剑，对准辟邪当头就刺。

辟邪见他年轻莽撞，盛气凌人，不由得微微多了些怒气，振袖出指，向他剑尖夹去，内劲相交，凛然已有金石之声。辟邪讶然看那青年，忽见他手中长剑锈迹斑斑，足有平常剑身的两倍宽，剑首只是橡木削裁，连漆也未上过，心里闪念，收手飘身一旁，大声道：“你不是在找辟邪吗？”

“辟邪”二字对那青年来说，不啻是句符咒，他剑势顿在半空，脸上戾气顿时变作璀璨笑容，将剑扔在桌子上，奔过来扣住辟邪的双肩，道：“你认得辟邪？”他双手劲力极大，只听辟邪肩胛骨“咯咯”作响。

明珠冷冷道：“你扼死了他，便没有人认识辟邪了。”

年轻人这才松开手，讪然笑道：“对不住。”

辟邪揉了揉肩膀，见他笑容纯真无邪，与适才的杀气腾腾实在判若两人，不禁莞尔：“在下驱恶，和辟邪倒是有些交情，兄台高姓大名？”

年轻人咧着嘴笑道：“我叫李师。”

辟邪点了点头，目光流连在桌上的长剑上：“敢问李兄师从哪一位高人？”

李师“嘿”了一声：“先不说这个，那辟邪住在什么地方？你怎么知道我在找他？”

辟邪从没见过这么直来直去的人，愣了愣道：“李兄到处挑战武举人，放出话要找辟邪，在下也是这些天才知道。”

李师对着沈飞飞笑道：“你的脑筋还挺好使的，多亏你出了这个主意，这位驱、驱……”

“驱恶。”辟邪忙道。

“对，要不驱恶怎么会找上门来？”

沈飞飞干笑了一声：“多承夸奖。”

辟邪道：“辟邪现在何处，在下也不太清楚，不过让人传个话，还是不难的。”

“这就好。”李师大喜。辟邪怕他近身再抓住自己，连忙又退了一步。“你跟他说，我师傅七宝夸说他的武功远在我之上，一样师傅教的，我就不信他能比我强多少。约个日子，我要跟他较量一番。”

辟邪虽略有预感，待听到李师说出七宝太监的消息，仍是喜出望外：“师傅现在何处？他老人家还好吗？”

“不知道，”李师摇了摇头，“他授我一年多的武功，之后就不见了。你也认识我师傅？”

辟邪的喜悦被他当头一盆冷水浇灭，抚着桌上长剑，颤声道：“我受七宝老先生恩惠

颇多，远超常人所想。”

李师笑道：“那就好，我们不是外人！这便叫酒菜来，好好庆贺你我相识。”

辟邪和明珠大吃一惊，忙摇着手道：“酒菜就不必了，何劳你破费？”

李师指着沈飞飞道：“我没什么，破费的是这个小贼。”

沈飞飞对着明珠笑道：“只要姑娘愿意多留一会儿，小生破费又有何妨？”

“真的不必了，”辟邪道，“无功不受禄，待在下找到辟邪，替李兄传到了话，你我再聚不迟。”

李师见辟邪这便露出辞意，一把拉住他道：“且慢，咱们不喝酒也行，你告诉我，那辟邪的武功到底如何？”

辟邪想到适才自己已露出手之意，两人内力相交，这李师却似乎浑然不觉，实在摸不清他的底细，想了想才道：“应与李兄不相伯仲。”

李师脸一红，甚是羞赧。辟邪和明珠看在眼里，大惑不解，只听他道：“不相伯仲是什么意思？”

辟邪道：“就是不相上下，差不多。”

“哦！”李师恍然大悟，“那就好。”

旁边沈飞飞一串猛嗽，向着辟邪直使眼色，颇有乞意，辟邪心领神会，笑道：“这位沈兄也是江湖上赫赫有名的人物，尚且失手在李兄剑下，可想而知李兄的武功一定出神入化，此战应有胜算。不知二位在哪里相识？”

李师怒道：“什么相识！”他发怒时又是一副金刚夜叉的模样，沈飞飞不禁打了个哆嗦，“这小贼胆大包天，调戏我们庄上胡老伯的闺女，我从白羊追了他两千里，到了大京才将他擒住，等我京城的事办完，就要带他回去给那姑娘磕头认错。”

明珠闻言一阵冷笑，吓得沈飞飞脸色苍白，张口刚要辩解，李师已对他斥道：“你闭嘴！”

“原来李兄从白羊来，”辟邪点头道，“李兄原籍白羊？”

“白羊大杉府黑坟县胡家庄！”李师又咧开嘴笑了，跋涉两千里如画江山之后，牛羊遍地、芳草连天的故乡对这个年轻人来说仍是个美丽多情的地方。

“白羊多出豪杰，”辟邪的目光又投在那柄锈剑上，“也难怪李兄会使这么沉重宽大的剑。”

李师道：“这剑不是我的。”

“哦？”

“是我师傅临走时留下的，老实说，这么宽的剑，我使着也不趁手。”

“这便难了，辟邪所用均为宝器，这场决战的兵器，李兄应早做准备。”

“怎么说？”

“工欲成其事，必先利其器。”辟邪抚着李师的锈剑笑道。

“什么意思？”李师瞪大眼睛，不明所以。

明珠没好气地白了辟邪一眼，道：“六爷的意思是说，要宰猪时先磨刀，你的剑太不经使了。”

“早这么说，我不就明白了？”

“笨成这样，只能说粗话给你听。”

辟邪知道她仍在生自己的气，拐着弯骂了自己一句不算，还迁怒在李师身上，只得柔声道：“明珠……”

李师忙问：“明珠又是什么？”

明珠怒道：“明珠就是我！”

一旁默然无语半晌的沈飞飞跳将起来，喜形于色：“原来姑娘闺字‘明珠’……”

“你且不要多言。”

“是。”沈飞飞被明珠冷冷的一句吓白了脸，依旧低头闭口不语。

辟邪道：“不如在下替李兄觅得　柄宝剑相赠如何？”

李师奇道：“为什么？我为什么要占你的便宜？”

辟邪失笑道：“辟邪这个人自负得很，若李兄持了这柄剑与他决战，他心中必然不喜，一怒之下，罢手不战也未可知。李兄和辟邪都算是在下的朋友，更该公平决战。”

李师点着头认真道：“不错，我也不想让他觉得我小瞧了他。”

“这柄剑入手颇为沉重，李兄觉得分量如何？”

“分量倒是正好。”

“那敢请李兄将这柄剑相赐，在下命人按此剑重量另觅一柄宝器，就当彼此以剑相赠，互不相欠。”

李师开心笑道：“真谢谢你啦。”

“如此，决战之前，李兄再不可找那些武举人生事。”

“这不用你说，那些人都是花拳绣腿，没什么意思。”

“好！”辟邪总算放下心，“这里也是个是非之地，李兄和沈兄不要再住了，我会差人请二位去别处下榻，若我得了辟邪的消息，便去那里寻二位。”

“这里不好吗？”李师环顾四周。

"不好！"辟邪截住他的话头。沈飞飞是个贪图安逸的人，早嫌这里简陋肮脏，听辟邪如此说，连连点头，辟邪对他微微一笑，"这位沈兄也不必如此拘禁了，过些天明珠姑娘和在下还会拜访，沈兄想必会和李兄一处吧？"

"是是是，"沈飞飞大喜，"小生就跟着李师，他往东，小生决不往西。"

辟邪道："若他逃脱，在下负责将他擒回来交给李兄处置。"

李师皱眉想了想："好，我信你。"

明珠气得哼了一声，转身就走。辟邪说了句告辞，将锈剑用包裹卷了，紧追了下去。

两人在门前雇了车回去，辟邪抚着怀中锈剑，默默出神。明珠在一旁冷冷道："六爷也太小家子气了，只因这剑是七宝公公使过的，六爷便用经天纬地的能耐从那小子手里讹得来，也不害臊。"

辟邪笑道："知我者明珠。我什么样的小人，只有你知道。"他有所感触地望着明珠红着脸扭头望向窗外，暗暗叹了一句自己失言。两个人尴尬沉默着回到宫门口，辟邪将剑交给姜放，命他带入宫去。直到快晚饭时刻，姜放才得闲将剑送来居养院。

"好一柄沉重的剑！"

辟邪道："你这便按这剑的分量，从库房里选一柄一等一的利器，连同一千两银子，送到鸿运来天字丙号一个叫李师的人手里，让他今晚即刻搬家。"

"鸿运来？"姜放咋舌皱眉，"李师是什么人，没什么要紧的，我不想招惹鸿运来的人。"

辟邪阴沉着脸，道："就是他最近挑战刺伤武举人，还到处报我的名字。若非是我师傅的关门弟子……"

"七宝太监？"姜放只觉其中千头万绪，难得要领。

辟邪对他说明原委，道："这是冲我来的，你不必牵涉其中。你再让西边的二先生打听一件事，白羊大杉府黑坟县胡家庄有个姓胡的老者，看他父女和沈飞飞有什么过节。"

姜放道："是。不过七宝太监用意历来深刻，主子爷此事要小心处置。"

明珠今天在场，见辟邪笑盈盈与李师说话，不料他那时便对李师陡生杀机，不禁凛凛然打了个寒噤，直到姜放领命走了，仍觉得辟邪异常阴郁可怕，岔开话题道："六爷，听你们这么说，鸿运来是家黑店了？"

辟邪"哧"地一笑："不是！鸿运来是大理驻在中原的眼线，从掌柜到伙计都是厉害人物，只怕李师的所作所为早就瞒不过他们。你不觉得今天那个小二远比普通店伙计难缠？若非他以为我们是衙门里的人，不愿多生是非，才不会老老实实说话。"

"呦，"明珠道，"光顾说话，忘了开饭了。"她招呼小顺子端上饭菜，吃了两口，

突然埋怨道："六爷，李师的事也就罢了，为什么还要管那沈飞飞的闲事？像他那样的登徒浪子，不如让李师一剑了结他。"

辟邪道："李师秉性纯真，武功再高也不是沈飞飞的对手，别看沈飞飞在那件事上有些执着，显得疯疯癫癫，其实此人如此年轻，就成名许久，自有他聪明狡慧的地方。单说他给李师出的这个主意——挑战武举人来逼我现身，无疑是想借武举人的手将李师除去，自己便得脱身。嘿嘿，"辟邪不禁摇头冷笑，"也真称得上心狠手辣，机缘巧合的话，将来必成大器。他若对你真心实意，倒也不失为良配。"

明珠红着脸嗔道："六爷胡说些什么，那种小贼，武功低微，贼眉鼠眼，也配！"

辟邪道："那沈飞飞虽然武功仍不及你，却也算是一流的高手，人也长得风流倜傥，我看就不错。"

明珠道："是，他一表人才，谁喜欢谁就自己嫁他，别在我面前饶舌。"

辟邪笑道："你的岁数不小了，总在宫里混，不是办法，不如早些回寒州嫁人。"

明珠道："六爷说到这个就是一味啰唆。"

"你一听到这个，就一味搪塞，难不成自己有了心上人了，只等他来娶你过门？"

明珠微微一笑，道："我喜欢的人，心里只有天下大业，从来都不拿正眼看我，我这么尽心服侍他，他却只想早些把我嫁出去了事……"

辟邪猛吃一惊，手中的酒盏失手落下，脸色惨白地望着明珠。明珠手快，一把抄住酒杯，"扑哧"一笑："六爷喝酒，玩笑不当真的。"

辟邪的脸色稍稍好了一些，忙把眼光转到一边，接过酒杯，道："啊，那就好。"

小顺子一言不发，只管将脸埋在碗里扒饭。辟邪对他道："你也不必装腔作势，你心里幸灾乐祸，我瞧不出来吗？"

小顺子道："师傅别骂我，我只是埋怨师傅，今儿个这么热闹的场面，咋没带我去见识见识，开开眼界？要我在那里，先抽那个沈飞飞几下，明珠姐姐便不必生气着恼到晚上。"

"好甜的嘴，"辟邪也忍不住笑了，"你想出去玩儿，眼前就是机会。明天你随我去一趟东弘愿寺。"

"东弘愿寺？"明珠追问一句。

"你昨晚遇见李师的所在，就是东弘愿寺了，李师这个人的武功到底如何，我还是摸不清楚，那边现成有人与他交过手，我去问问。"

东弘愿寺也是千年古刹，与西弘愿寺并称"禅家正院"，其住持悲寂大师更是先帝封过的国师，远非寻常寺院可比。此寺与官宦人家交往甚密，有几个武举人寄住，也不是稀

奇的事。辟邪不敢造次，与小顺子以内臣身份前往，上过香后，自称驱恶，只道是奉了宫中大太监之命，过来看看故人子弟。小僧弥见惯了大场面，很没把辟邪放在眼里，也未报管事的僧人得知，让他们去后面东院厢房自寻熟人。辟邪来至东院门前，与三个年轻人擦肩而过，院中还有一个年轻人被冷落在廊下看书，抬头望见辟邪进来，放下书拱手道："这位公公，有何贵干？"

这年轻人神情儒雅，体貌端庄，似曾相识，辟邪道："在下驱恶，宫中针工局的人。局中总座听说这里有武举人受伤，担心是不是旧友的子弟，让奴婢来看看。"

年轻人回礼道："小人陆过，和这里同住的几位朋友，都是都国峰人氏，不知公公找的人姓什么？"

辟邪叹道："都国峰？那便不是了。这些天有人闹事，已扰圣听，总座要奴婢来打听一下原委，好在万岁爷跟前应对。现在探视伤者，不知方不方便？"

陆过点头将辟邪让进屋去，受伤的年轻人才喝了镇静止痛的药剂，昏昏睡着。陆过掀开被子，指着他左臂道："已经止血一日，伤口也收敛了，不是很要紧。"

小顺子上前解开绷带，让辟邪细看。辟邪想到昨日李师对自己刺的那一剑，剑法犹如他性格一般，有雷霆之威，现在看这伤口不过在上臂三四寸长，皮肉的外伤，可知他的剑法内力已有收放自如的境界，倒不可小看。

众人退了出来，辟邪问起当夜情景，陆过道："那人剑法甚高，却行事莽撞，应是冲着在下等武举人的名头来的。乍看他剑招平平无奇，却实在迅若闪电，威力极大，应是内家剑法。"

辟邪暗暗称奇，以陆过的年纪和出身，能看得出内家剑法门道的，实在是不多见，心中对他已经另眼相看。

陆过续道："在下这位同伴与他相斗数十回合，不慎为他刺伤左臂，那人怕其他人与之再战，便先即逃脱。"

"他说了什么没有？"

"这倒没有。"

按明珠所述是夜情景，这些人中只怕没有一个能在李师剑下走过三个回合。陆过在大节上毫不讳言，只将李师的武功渲染得颇高，又说他最后脱逃，婉转地替自己人保全了体面。更难得他将李师那句要紧的话隐去不提，少生很多是非。辟邪不禁要赞他深谙为将之道，心智早熟，远超其年龄。

辟邪道："陆公子当时可曾与那人交手？"

陆过微微一笑："没有。在下前来京城为的是求取功名，会试在即，此时万一受伤，于国于家于自身都没有半点好处。更不用说皇上圣明，重开武科，错过会试，当真有负圣恩。再者我们武将子弟出身，素习弓马，这种剑法的事本非我等所长。那人武功既高，又是有备而来，我等抑长扬短与他相争，绝无胜算。在下当时倒是对几位朋友相劝，可惜人人皆有好胜之心……"陆过说到这里赶紧打住，"好在只有一人受些轻伤，也不算大碍。"

辟邪点头称是，告辞回宫。其时早有各地乡试头五名武举人的策论卷子送到辟邪手里，辟邪因对陆过颇为欣赏，特地将卷子翻出来看过。都国峰地界的第二名果然是陆过的名字，两道策论都甚精彩，再看他所述门第，原来是现任分守东海道参将，陆巡的幼弟。辟邪不禁微笑，拿出个崭新的白皮折子，将陆过的名字仔细地抄在第一行上。

十一

陆过

三月初九、十二、十五便是武试之期，辟邪这些天忙着将五百多名武举人事先筛选一遍，把乡试时策论优秀、武艺超群的人列出名单，写成折子。此间便再无闲暇出宫探访李师，只得命姜放着人不断前去住马店照应，只道不久便有辟邪消息，请他少安毋躁。常去的老者姓倪，每次都回说：李师对那柄斜月剑十分喜爱，天天持剑习武，哪里也不去；沈飞飞每日里坐在窗前发呆，望见老倪前去，才会一瞬间神采飞扬，见他身后无人相随立即又是一副百无聊赖的情景。

“斜月剑？”辟邪笑道，“那无论如何也是你的爱剑，怎么送了李师？”

姜放道:“主子爷忘了，斜月是主子爷的剑。爷要送他一等一的利器，只有斜月分量合适，能与爷的对手相配。”

“听你的口气，老倪对李师还十分喜爱。”辟邪苦笑道，“我怎么就没觉得他有一点招人喜欢的地方？”

姜放道：“爷是先入为主，因他到处叫嚷爷的名字，先惹了爷的成见。”姜放心里想的却是另一回事，辟邪着恼的是李师竟分得七宝太监的青睐，还将平生用惯的剑留给了李师，他现在的心情好比一个得宠的幼子，突然间多了个小弟般失落——仍是少年心气——姜放想到这里不由得“哈哈”一笑。

“你笑什么？”辟邪目光犀利地道。

姜放正在为难如何作答，迎面如意过来，大声招呼辟邪：“皇上等了许久了，你怎么还在外面磨蹭？”

姜放对如意的感激之情当真难以言喻，毕恭毕敬作了个揖：“二爷快带辟邪走吧，当真是缠死人了。”

如意笑道：“我们兄弟一个鼻孔出气的，堂堂的侍卫总管可别欺负我们小六。”

姜放连连称是，将他们送入乾清宫。

停试已有十多年了，皇帝重开武试，处置得十分小心，特将初九第一场策论中试的卷子拿来与辟邪同看。虽不似文闱般应试的举子人数众多，第一场仍取了两百名，这般边看边议用了整整一天，直到深夜。

皇帝合上最后一份卷子，才觉得饥火中烧，命人传膳。“如此看来，翁直取得有些滥了。”

辟邪道：“因为要凑足两百人的数目，也是难为了他这个兵部尚书。”

皇帝道：“宁缺毋滥，选了这么多派不上用场的人，将来白食俸禄。”当即删去了五十多份卷子，将吉祥叫进来道，“这里的一百四十二名，是朕选定的，你传旨给翁直，将这些卷子的名字拆开誊抄，明日就发榜吧。”又对辟邪道，“你在这里陪朕吃饭。”

辟邪辞道：“奴婢不敢。”

皇帝笑道：“你不是不敢，是不愿意。居养院里有明珠候着，比在朕这里吃得痛快。”

“皇上饶了奴婢吧，皇上真要记仇，奴婢只好找个地方自己了断了。”

“记仇？”皇帝笑道，“为了一个明珠，还不至于。你要是真的喜欢，朕把她赏给你又何妨？”

“奴婢不喜欢明珠。”辟邪似乎赌着气道。

皇帝点点头：“朕知道。你回吧。”

皇帝的语声是少见的清冷。如意置若罔闻，依旧一本正经地布膳，只在皇帝盯着辟邪不为所动的轻捷背影的同时，得暇一样瞥了一眼，悄悄咽回了一声叹息。

三月十二，武试第二场，先试马上箭，以三十五步为则；再试步下箭，以八十步为则，骑中四矢、步中二矢以上者为中试。如此减杀，三月十五殿试时，将只剩八十五人。

殿试前一天，皇帝依旧前往慈宁宫定省，太后不免也问起今科武试：“如何，可曾有什么能堪大任的人才吗？”

“看了他们的策论，有些是极好的，有些大概因为出身武将家里，书读得少了些，最后剩的八十五个人，倒也能称得上文武双全。”

太后笑道：“明天就是殿试，不过这武试，怎么能在前面大殿里耍刀动枪的，不成体统。”

皇帝道：“从前本没有殿试，不过是儿子年轻喜欢热闹，才想出来的主意。和兵部礼部商量之后，准备将殿试放在乾清门外。”

“我也要去。”一旁的景优公主突然缠着太后道，“这么热闹，我也想瞧瞧，母后答应我吧。”

“成何体统！”皇帝先斥道，“这是朝廷的大事，你以为是看戏吗？自己公主的身份，站在乾清门外，还了得了？”

太后笑道：“这孩子一定是听见‘文武双全’几个字，便开始做梦了。”

“你的婚事，朕早有打算，你不要胡思乱想。”

景优急得涨红了脸，大声道：“皇兄乱说话，欺负我，这便告诉太妃去。”

“呦，”太后搂住景优道，“这是我的不对。景优想看热闹，无可厚非。让她这么一说，我也想去看看。”

皇帝措手不及：“母后！”

“皇帝放心，”太后道，“我们不出去，只命人在乾清门内垂帘，不耽误皇帝的正事。”

这便是懿旨了。皇帝看着太后笑容下阴郁的眼睛，听着景优拍手欢笑，缓缓点了点头。

三月十五这一天，辟邪起得格外早，将列有武举名单的折子又看了一遍，果然自己事先筛选的人都无一落空，放心将折子放在桌上，只等如意来取。辟邪料想今天皇帝殿试，繁文缛节便可忙上一整天，自己却因此得闲，昨日便差人将战书送至李师那里，约定今日巳初在城西静水庵相见。明珠知他今日有事，也特地过来准备早点。辰时未到，却是吉祥甩着拂尘进来，道：“明珠姑娘也赏我碗浆子喝。”明珠笑他客气，转身去了厨房。

吉祥道：“你的名单勘合好了？”

“是。”辟邪将折子递给吉祥。

吉祥笑了笑没接，道：“你自己呈给皇上吧，万岁爷叫你到乾清宫去。”

辟邪皱眉道：“什么事？”

“我哪里知道。”吉祥叹了口气，“我说小六，如意正替你担心，将前一阵子那件事对我说了。我问你，你既然不是真心喜欢明珠，何必当时回绝，如今皇上又在惦记这件事。”

辟邪眼神闪缩了一下：“我自有道理。”

吉祥厉声道：“我看你是把师傅教训的话忘得一干二净了。”

辟邪听他将七宝太监端出来教训自己，连忙垂手站起来。

“为什么要做这种没有半点必要的事？你还想活吗？这个明珠到底给你灌了什么迷魂药，让你胆子大成这样？”

门外初升的阳光下修长的影子在辟邪眼前一闪而过，果决的阴影刻上他微笑的嘴唇：“大师哥不是不知道，我做过损己利人的事吗？只要皇上再提此事，便是真的喜欢明珠，不容易到手的东西，皇上自会爱惜些。她受宠日长，对我们岂非更有好处？那时便是一百个明珠，我也会找来给他。从来没有我不忍做的决断，更别说只是一个宫女。”

吉祥道：“我知道了。我只告诉你，皇上这个人决不会善罢甘休的。”

“是。”

“我话已经传到，你换好衣裳赶快过去。”吉祥催着辟邪进里屋更衣，自己踱出门去，对门口的明珠笑道：“姑娘辛苦了，我这个师弟从小做事讲究的就只有自个儿，只要是他想要的，无论什么他都不计较，这种人难伺候，多亏有姑娘你啊。”吉祥的尾音拖得

又长又响亮，直到他走得不见了，整个院中还回绕着他的声音。

辟邪匆匆系上衣扣，听见身后明珠默默走进来，道："明珠，我要去乾清宫，巳时赶不到了，姜放今天也脱不开身，你替我出宫去趟静水庵，要李师改期。"

他忍受着明珠半晌的沉默，直到她慢慢说了句"是"，才转回身，没有看明珠一眼，揣上折子，奔出屋去。

皇帝已穿好皮弁服，等辟邪行完礼，接过辟邪的折子看了看，道："这件事你比朕清楚得多，此时朕也记不住这么些人。你今天跟朕一起去。"

辟邪和一边的姜放都是大吃一惊，姜放道："皇上，这于礼不合，辟邪只是针工局的青衣太监。"

"有什么要紧？"皇帝欣赏着辟邪眼中一瞬间的诧异神色，笑道，"朕现在提携他见见大场面。"

辟邪跪下叩头："奴婢遵旨。"

吉祥进来禀告道："万岁爷，百官和武举人都在乾清门外候旨了。"

"太后呢？"

"太后早上便在坤宁宫休息，刚才从坤宁宫起驾，不刻驾到。"

"朕去接太后。"皇帝起身，向辟邪招手道，"辟邪跟着来。"

乾清门此时两侧百官侍立，武举人立在空阔的广场中央，五十名服色鲜明的侍卫仗刀将他们与乾清门外的御座远远相隔。一副珠帘垂在门内，内置太后御座，旁有侍座一椅。辰时三刻，乾清门内转出司礼监杏衣五品太监，手持静鞭，"啪啪"鞭地，导引太监出来唱喝："皇上驾到——众臣匍匐——"乐工齐奏吉乐，乾清门内一片脚步山响，珠帘微动，先是吉祥、如意两人倒退出来导引皇帝入座，皇帝身后除了执仗之外，还有一个青衣太监紧随皇帝身边，侍立御座一边。

"圣躬万福。"众臣以成亲王领头称贺，三跪九叩。

吉祥宣道："宣今科武试郁知秋等八十五人觐见——"

八十五名会试得中的武举人齐齐上前跪倒叩头。

皇帝道："中原太平已久，民众弓马荒疏，如今外敌窥视，朝廷岂不励精武治？幸有尔等文武双全，才堪大用，今后军纪肃律，报国杀敌，不负朕望。"

殿试一项乃是皇帝的加试，原无定制，乃命八十五名武举人，各就所长，无论马上步下长短兵器，尽数施展。

此间外臣内臣站满整个广场，兵部中久经沙场的大将不必说，皇帝周围的辟邪、姜

放、吉祥、如意等人更是内外兼修的高手，有人花拳绣腿如何能瞒过他们的如炬目光。直到会试中第十四名游云谣在架上取了一柄长剑，站在广场正中，禀道自己擅长的为剑法，他身材单薄，貌似书生，声音舒缓沉稳，轻轻松松地说话，整个广场却都听得清清楚楚，乾清门内嗡然似有回声，顿时令辟邪等人打起精神。

游云谣手腕轻振，长剑蜂鸣，缓作白龙，悠闲游走。他这套剑法使得缓慢舒展，长剑映日，过处一片连绵的银光闪烁不断，直到酣畅淋漓之时，似乎整个人在放出光彩。

姜放不禁连连点头，猜测这便是失传已久的游家剑法。游家曾是居于少湖以南的世家大户，近三十年门庭凋落，原来后人已经入仕为官，如今才有机会目睹。游家剑气势上须得气定神闲，静逸自如，剑招却是纷繁复杂，每一招内都有三四十个变招，讲究的就是以气御骨，以骨驱剑，脏腑百骸无时无刻不奔动不息，才能驱动剑招变化。游云谣剑招过后仍有余光，正是剑底瞬息变招所致。据说游家真正的高手能将内息变化催至极微，以至一套剑法使下来与寻常剑法无二，才算达到自如的境界。果然听一边的如意低声自语道："好在只有七分火候，不足为惧。"如意等人自小浸淫宫中，却有非凡见识，比之游云谣，姜放此时对如意师兄弟的赞赏倒是更多些。

剑术一项，今科会元郁知秋却也报名，他年纪约在二十二岁，身材矫健，眉目浓郁，白皙的面庞透出勃勃英气，实是少年才俊。他的剑法以外家见长，大开大合，气势磅礴，犹如虎跃龙腾，精彩纷呈。兵部大将中有人颇擅外家功夫，此时面有赞色，若非皇帝在场，只怕便要叫好。

直至最后马上弓法，应者甚多，皇帝命以五十步、八十步、一百二十步为则，分别立鹄，自五十步起，连中三矢者可顺次再射，使内臣记录各人成绩。至一百二十步，仍有五人箭无虚发。皇帝大喜，命五人走近，分别报名。陆过也在这五人之中，抬头回话之时，见皇帝身边一个清丽绝伦的少年宦官正向自己微笑，认出是来东弘愿寺探访的驱恶无疑，不禁吃了一惊。

皇帝道："原来郁知秋也擅骑射。"

"是。"郁知秋竟也报名马上弓法，着实令人不可小觑。

皇帝已经将状元意属郁知秋，点头道："你深谙兵法，无论马上步下，都称得上武艺娴熟，当真是朝廷将来的人才。你们，"皇帝对其他四人道，"可愿与他再作切磋？"

陆过听出皇帝弦外之意，本要禀辞，却见那少年宦官向自己慢慢点了点头，冰冷的目中因充满鼓励之意而变得异常温暖。陆过躬身道："回禀皇上，都国峰武举陆过，愿与会元再比高下。"

其他三人不愿就此将头名状元轻易相让，也都附和。

皇帝笑道："好，不畏强敌，是大将的本色，陆过是会试的第二名，应与郁知秋不相伯仲，现在就让你们分个高下。"

五人再次翻身上马，鹄的已经挪至一百五十步，又淘汰三人，只剩郁知秋和陆过，再试一百八十步时，武臣们已经悚然动容。此时所用的弓早非寻常人能够张开，却仍不能射至一百八十步，姜放命人将自己所用的两张巨弓从侍卫值房里取出，亲自送至两人面前。两张弓俱以腕口粗的遒木揉制，饰犀牛角，几与人的身长仿若，弦有小指粗细，隐然作金色，陆过随手张了一张，顿时目露诧异，对姜放道："此弓绝非俗人可用的神物，小人僭越，不敢领赐。"

郁知秋也道："能开此弓的人定为天下无敌的上将，小人等怎敢相提并论？"

姜放笑道："凡是兵刃都为凶器，极阴之物。用的人少了，戾气久居不散，主人反会身受其害。你们只当帮我个忙，替它们松坦松坦。"

两人感佩他豁达爽快，心生豪迈，相视一笑，持弓再战。这两张弓除了姜放之外，只有辟邪开满过，陆过和郁知秋在马上只能开到八成，也足以射至两百步开外。陆过扣白翎箭，郁知秋张黑翎，战马飞驰，弦作金声，六箭连发。远处传来内臣叫声："六箭都中的。"

百官忘乎所以，轰然叫好。

郁知秋圈过马来对陆过笑道："如此不能再比了，就算我们能射两百步，此处也没有那么大的地方。"眼角转望碧蓝天际，一只燕儿高飞而过，"我们便射这只雀儿分高下吧。"

"不可！"陆过大惊，想要出手阻拦已经晚了。天上悲鸣在空中断绝，燕子翻滚几记，"啪"地落在御前。

群臣大惊失色，姜放忙奔过来用衣袍将燕子盖住。

皇帝神色不变，笑道："这里没有地方让你们再比，就此作罢吧。"

吉祥传旨命武举人重在御前行礼谢恩。皇帝道："武人讲究的是个痛快，要的是速战速决，不必像文闱。现在便分出名次来。"命吉祥拿过刚才所录的成绩，皇帝突然朗声道："拿给辟邪吧，他精通兵法剑术，不妨替朕点出头甲三名。"

乾清门内外一片死寂，过了半晌才有群臣一片低沉的哗然。拜李师所赐，辟邪的名字如今在武举人中间也是广为流传，武举人面上均有诧色。刘远已经气得浑身发抖，喃喃道："不成体统！不成体统！"他甩开身边学生苗贺龄搀扶自己的手，大步上前，正要说话，只见那个青色秀丽的身影已经跪在御前，清澈的声音犹如醍醐灌顶："奴婢谨遵圣旨。"

"原来如此！"刘远狠狠地打了个冷战，那个乘夜色而来的小阎王，如今正在青天白

日下登上朝廷殿堂。

“奴婢僭越，窃以为头甲三名应以陆过、游云谣、郁知秋顺次为宜。”辟邪拿过吉祥手中的折子，流畅地继续禀道，“二甲为唐栋、胡动月、汤加邈……”他用安详镇定的声音从纷乱的记录中将所有的名字报出，“……夏佩等四十二人三甲顺次为宜。请皇帝陛下旨意。”

皇帝问兵部尚书道：“翁卿，你看可有遗漏，可有重复？”

“回禀皇上，没有遗漏，没有重复。”

“翁卿有何异议？”

翁直神色难堪：“回禀皇上，臣无异议。”

“太傅怎么看呢？”皇帝盯着刘远问了一句。

刘远无法忍受辟邪投来的冰冷微笑，知道自己的话一旦出口，朝廷的命运便向另一个未知方向奔去了，他弓起肥硕的身躯，低下头慢慢道：“臣以为合情合理，绝无偏颇。”

皇帝沉静的声音从群臣更大的哗然声中刺出，在刘远心上又狠狠剜了一刀：“如此，准辟邪奏请。”

“皇帝哥哥疯了！”珠帘之后的景优公主低声自语，转脸对太后道，“母后，皇兄怎会任用一个糊涂小太监？明明那郁知秋武艺最好，却只点到探花……”

太后从阴沉的脸色中绽出微笑：“你小孩子家懂什么？郁知秋不知自律，贪功心切，冷箭杀生，不但惊动圣驾，还是大大的不吉。点他探花是因皇帝爱才不计较小节之故，已属慈悲了。辟邪深谙圣意，评点公允——点得很好啊！”

“原来如此。”景优公主的目光徘徊在上前叩头谢恩的郁知秋身上的同时，成亲王也正用饶有兴趣的目光打量着他失望的面孔，没有人注意到洪司言悄悄俯身在太后身前。

“这个辟邪，留不得了。”太后用细若游丝的声音道。

辟邪从乾清宫下值的时候已是掌灯时分，面庞正因背后的灯火辉煌而变得清冷阴郁。

姜放迎上来道：“主子爷……”

“皇帝适才已经有了旨意，将我调至乾清宫，专事密折节略，称内书房掌笔，品级上暂无升迁。针工局和内织染局的差事两个月内交接。”

“我不是问爷这个，”姜放急道，“爷现在的处境不啻燕处焚巢，皇帝到底是什么打算？”

辟邪摆了摆手：“皇帝的想法无错，只是做得过火了。他忌我擅操权术，难于驾驭，如今当众将我挑明出来，要我成了众矢之的，使我今后唯有屈于他的翼下，方能保全。如此一来，他有我出谋划策，我需他安身立命，各有牵制，他才不会吃亏。只可惜他忘了，”

辟邪冷冷道，“他虽为天下的君主，有一个人却仍凌驾于他之上。”

“太后？”

辟邪笑道：“不错，别人都好说，只有太后深刻狠辣，皇帝有没有本事在太后面前保住我，还未可知。”

姜放怒道：“主子爷现在还笑！”

辟邪道：“我也从未想过平平安安藏于幕后便能将大事做完，迟早会有正面交锋的这一天。如今持剑临阵，与他们斗个你死我活便了。”

姜放道：“不错，自今日便处处是沙场，顶多鱼死网破之时，我进去将那妖妇斩毙便是。”

辟邪放声一笑：“真到那时，这件事还须留给我做。”

“主子爷自己小心。”

辟邪点点头：“今日群臣均有恚色，对付他们不外乎威逼利诱。刘远早为我们恫吓住，其他人还需打点。你且批出一笔款项，早晚有用。”

“是。”

辟邪微笑道：“大统领，小的从今往后也在乾清宫行走，请大统领多担待啦。”

姜放在他微笑的余韵中看着他清瘦的身影从日精门而出，消失在东大天道的黑暗里。

狭长的东大天道的尽头正有一队小监手持火烛将两边路灯依次点起，在幽深的夜色里仿佛游魂穿梭。远方城垣之上的铃声随风飘来，皇宫白日的奢华热闹又要被凄楚寂寞的长夜取代。辟邪从灯火中缓步穿过，两边小监们停住走动，向他执礼甚恭。大内的确是消息传播最快的地方，所以也是死亡来得最早的地方。往昔安宁的居养院，今日也变得杀机四伏。西厢之内黑着灯，里面却有细微呼吸之声。辟邪小心扣住门环，慢慢推开房门，十五的明月已然东升，月色投在明珠秀丽的双颊上。

“怎么不掌灯？”辟邪晃亮了火折，点着灯笼，“和李师重新约在哪一天？”

“我没有去。”明珠道，“今日皇城都戒了，没有人能出去。小顺子让针工局的人叫去回话，还没回来。”

辟邪点头道：“也罢了。”

“我回来的时候，”明珠抬起双眸，“听说了那个消息。”

“你也知道了？”辟邪坐在明珠对面，“从明日起，我便少在针工局了，每日都去乾清宫当值，场面上与你再毫无瓜葛，今后只怕再也没法顾暇你了。”

明珠沉默不语，辟邪只得接着道：“我失约于李师，总要有所交代，今晚便要去一趟住马店，与他再约。你要是不想再待在宫中，便和我一起去，让沈飞飞直接送你去大理你

父亲身边。”

“我和六爷一起去。”明珠站起身来。

辟邪想要明珠离开这个是非之地，已非一两天了，但此时听她要走，仍是止不住伤感，勉强笑道：“那好，你快收拾行装，会有人给你雇船，沿寒江直下就是大理。”

明珠摇头道：“不必了，我还随六爷回来。”

辟邪道：“明珠！”

明珠婉转微笑道：“六爷的处境危险，我不想离开六爷。”

辟邪道：“我不是你心里想的那种有情有义的主公，只要能让我成功复仇，便是姜放我也可以随时出卖，何况是你？今后如有人拿你要挟于我，我也不会有半分顾忌；如有人向我一剑刺来，我定会用你挡在身前；我满腔仇恨，再不能容他物，你自己要想得清楚明白。”

“我已经想了一天了，”明珠的声音坚定不移，“爷说的这些都是理所当然的事，无论爷让我做什么，无论爷要我去哪里，我都会听命六爷、保护六爷、服侍六爷到最后。”

“最后？”辟邪喃喃念着这个令人生出许多惆怅的字眼，望着明珠清澈的眼睛——永远也不要有最后——辟邪心中默默轻诵着。

辟邪身佩七宝太监的锈剑，携明珠夜半而出，直奔住马店。此店为颜王当年设在城西的据点，辟邪径直找到李师所住的房间，房中尚点着灯，辟邪推门而入，里面只有一个老者。

“主子爷！”此人正是老倪，见到辟邪脸戴青铜面具，当即上前叩头。

“人呢？”

老倪回道：“今日一早便去静水庵，迄今未回，小的以为……”

“我今早有事，没有赴约。”

“难不成，他们仍等在静水庵？”老倪皱眉道。

明珠笑道：“那小子倒真是实心眼。”

辟邪哼了一声，对老倪道：“若他明晨仍不回来，你便去静水庵替他收尸。”

老倪和明珠心中都是滚过一阵寒意，见辟邪转身出门，明珠紧随出去。

静水庵由五代颜王出资修建，是历代王妃内眷生前礼佛和死后停柩之处，六进的雅丽庵院因颜王灭门，被弃多年，明月之下芳草摇曳，睡鸦无声。

辟邪甩掉面具，掣出锈剑，轻声祝祷：“师傅令李师前来，到底有何深意，只盼及早明示。否则以弟子现今身处险境，只能将其杀毙，以绝后顾之虞。”

大殿之前正是两人相约的地点，辟邪与明珠自院墙上乘月色飘入，凌空大喝：“李师！”

李师从殿前的石阶上一跃而起："来了吗？"斜月剑铮然出鞘，飞身向辟邪冲来。身后猛然传来沈飞飞的大叫："且慢！"

李师剑势往地下微挫，凌空向后飞掠数丈，稳稳落地，讶然道："怎么是你？"

辟邪见他仗剑跃来，本已收住身法应变，此时再度涌力，去势比先前更快，飙至李师身前，身形悠然站于地上，绣满金莲的衣袂仍在鼓动飘飞，衬着雪白的面庞，犹如玉佛立世，早非当日鸿运来中单薄有礼的少年可比。

李师为他气势所慑，瞠目笑道："你的武功很好啊！我睡得迷糊了，还以为是辟邪来了呢。"

沈飞飞虽在问辟邪，目光却系在明珠身上："辟邪呢？为什么失约不来，害我们等了一整天？"

辟邪的笑声比夜色更冷："你们等到了，我就是辟邪。"

"啊？"李师的惊诧远胜于沈飞飞，挠着脑袋道，"等等，你不是名叫驱恶吗？我都糊涂了。"

"不是，"辟邪道，"若非假称驱恶，只怕那天在鸿运来你便按捺不住要和我动手。"

李师犹豫的目光也望向明珠，明珠点头道："不错，我家爷就是你要找的人，要不是今早有急事，早就赴约来了。"

"你口口声声要挑战我，如今还有什么犹豫，"辟邪巨剑一振，整个院落中嗡然回声，"你手中的乃是我朝上将军佩剑，我对你如此礼遇，你可不要让我大失所望。"

"你真是辟邪？"李师双眸渐变凶悍，"我可不想错伤了你。"

"哈哈，"辟邪扬起一阵尖厉的大笑，"你那点功夫还早得很哪。"

"你小心看着吧！"李师怒他对自己欺瞒多日，回手便是一剑自下而上向辟邪胸前削来，在空中劈出一道新月般的锋利光华。

辟邪好整以暇，笑道："这便是斜月剑了。"几乎看不见他的身法，已然退出两丈。

李师气势极为高涨，连人带剑疾追而至。辟邪轻举锈剑，向李师雷霆万钧的剑尖直刺，两剑尚未相交，李师已觉一股冷透全身的寒意自斜月剑涌入，不由得内力急注右臂，拼力将剑势用尽。两柄剑剑头相击，斜月剑弯成飞虹，李师借力荡出。

"这却有趣。"辟邪撤剑一笑，"你的内力功法底子上是大师哥一路，收发运行却不知是什么功法，难道是师傅另创的吗？"

七宝太监虽然宦官出身，早年所习的内功却走的是极为阳刚一路，三十岁以后不知何故，才改修至阴的"安隅六篇"。弟子中除了辟邪之外，吉祥、如意均学其早年的内功，招福、

进宝、驱恶和康健竟未受七宝太监亲传，只由宫中祥福寺的主持立智大师来往教授佛门心法。

吉祥、如意功力已达二十年以上，早能做到韬光养晦，不似李师浑身散发至阳之气，更加李师收发内力的功法却更是迅疾凶猛，以至当日在鸿运来被辟邪早早察觉其内力，及时收手。

李师此剑受挫，怒气勃发，大吼道："那又怎样？"他剑招陡变，刚烈强硬中透出写意自如，揉身轻纵，剑锋暗藏，围着辟邪游走，突然一道光芒照目，是他出其不意的一手杀招。

辟邪将锈剑背在身后，微微晃动身体闪避，仍有闲暇道："你这套剑法是二师哥如意二十岁时所创，你的火候还差得远呢。"

李师却道："我是我，他是他。"剑招越来越快，他的身影渐渐变成一团乌云，刺目的雷霆不断劈出，从辟邪身边急掠。

辟邪身处他剑山中央，身形瞬息变幻，在明珠和沈飞飞眼中，只见他微笑而立，白衣水波荡漾，衣摆的金莲辉映月华剑影，幻化出一片朦胧霞光。他清澈的声音似佛莲从水中绽开，道："够了。"

明珠似乎看见他右臂微微一动，李师的漫天剑气顿时消散。李师向后踉跄了两步，望着斜月剑的剑背上让辟邪的锈剑刺出的一个凹痕，脸上第一次出现骇色。

沈飞飞原本对李师的剑法咋舌叹奇，却见辟邪一招之下便将李师的气势击得粉碎，自己甚至都没看清辟邪如何出手，才知辟邪的功力早已高到自己不能想象的层次，不由得对李师大声叫道："喂，认输吧，你差得太远啦。"

李师怒道："你少啰唆，我还没输定呢。"

辟邪见李师不但能抗住自己的一招直击，还用霸道的内力反震自己，胸口气息微阻，眼中也有一丝诧异，将手中的锈剑抛给明珠："这个人的内力刚强，只恐他震坏了师傅的用剑，你替我收好。"

明珠心中担心，却笑着答应："是。"

李师气得厉害，瞪大明亮的眼睛："你、你这不是欺负人嘛！"

那赌气的神情仍似少年，目光亮得异常单纯——为什么似曾相识——辟邪胸口突然一记猛痛，嘴唇煞白地向后退了一步。

"六爷！"明珠察觉辟邪神色有异，向前奔了一步。

辟邪向她摆了摆手，对李师道："你武功不如我，还敢比吗？"

"比啊，"李师绽开笑容，"就算今天输了，总有一天我会比你还强。"

他的笑容令辟邪只觉天旋地转，周围凄冷的景物正被倒流的时光卷入多年前明丽阳光

下的居养院——“总有一天我会比你还强，不然我怎么能护着你呢？”——这个遥远的声音当头炸开，辟邪全没有听见李师后面的一声大喝：“咱们还没完呢，看招！”

“六爷！”明珠的尖叫让辟邪看清了眼前的锋芒。

“叮！”辟邪双指挟住斜月剑，将剑锋从自己的咽喉前慢慢移开，浑身涌动的血液让他内力奔腾，向李师急催。李师腑脏犹如冰凌乱刺，心血翻腾，说不出的难受，渐渐萎靡于地。辟邪毫无住手之意，眼中悲色无限，恨意横生。

明珠虽然知道辟邪对李师早有杀机，也明白此时的情景绝非寻常。沈飞飞腰中抽出匕首，大声道：“住手！胜负已分，不要杀人！”

明珠将沈飞飞拦在身后，上前柔声道：“六爷，你怎么样？”

辟邪神色又渐渐敛为淡静，松开手指，缓缓站直身体：“没什么。”

李师喘息不定，揉了会儿胸口，才支撑着站起来，上下望了望辟邪，竖起拇指，展颜由衷笑道：“你可真强！”

辟邪背着手，微笑道：“你也不错，师傅只传了你一年武功，便有小成，几年以后必然是一流的高手。”他转身对明珠道，“胜负已分，我们回去吧。”

“等等！”李师将剑还鞘，喘着气奔上来道，“师傅有几句话要我带给你。”

“我不想听。”辟邪淡淡道。

“那可不行，”李师拦在辟邪面前，“跟我有关。”

辟邪对明珠道：“我们走。”

明珠微微一犹豫，捧着锈剑随辟邪跃出静水庵。身后传来李师锲而不舍的声音：“师傅说若我输了，今后就把你当作亲兄弟，照顾你，保护你，听命于你。我已经答应了啊。喂……”

辟邪推开院门的时候，晨曦已经飘洒在居养院中老树郁郁葱葱的新叶上了。“故人犹如三月柳，怎不教人多相思”，辟邪撷下一片新绿，记忆中驱恶生气勃勃的笑脸仍似早春般鲜明清晰。

“你还真会欺负人哪！”驱恶在明丽的阳光下如此用力瞪大眼睛。

“你轻功不如我，就别和我争。”辟邪手腕微转，让丝线缠在手指上，小王爷的霸道专行仍没有完全从他身上隐去。这是辟邪十四岁的阳春，一只来历不明的风筝占据了他和驱恶短暂的快乐，让他们完全忘却了此时攀登的老树早已不能承受他们旺盛的精力。

“小心！”驱恶尖叫了一声，辟邪脚下的枯枝正向他兜头砸来。

辟邪身体腾空，从两丈多的高处摔了下来——一只年轻强壮的手稳稳地抓住了他的手腕：“我叫你小心了！让你抢！”驱恶俯视着辟邪煞白的脸色，放声大笑。

“喂！”更让辟邪担心的是驱恶身下传来的树枝呻吟之声。

驱恶的笑容凝固在脸上：“哟，不好！”

——在他们仰面朝天摔倒在地的时候，描金染红的风筝正被翠绿的树梢重新振入湛蓝的天空。

“呵呵。”驱恶笑得喘不上气。

“你们在做什么？”廊下传来七宝太监的怒喝，“滚起来。”

辟邪记得那种明丽悦目的阳光就在他生命里瞬间闪过，之后的日子就像居养院的正房中的幽暗一样，寂寞而镇静，永不动容。

辟邪慢慢将锈剑奉回正中的几案上，仍用白缎小心覆盖，一如既往轻声祝祷：“师傅孤身在外，一路小心，师傅对弟子恩重如山，定要身体康健，看到弟子成功的一天。”他默默双手合十半晌，最后艰难地喘了口气，扶着几案微微颤抖着。

“六爷。”明珠轻声唤道。

“我不明白。”辟邪重又抚摸着锈剑，“明珠，为什么这世间到处都是我的牵挂？师傅断送驱恶不够，还要送来李师与我使唤？他既然教我的都是斩钉截铁、无情无义的手段，为什么还要让这些人对我不住羁绊？我真的不明白。”

“牵挂？”明珠微微牵动着秀丽的嘴唇，倾听锈剑渐渐随辟邪的心血翻滚透出清啸，仿佛七宝太监深刻的笑声。

十二

康健

春日的上午没有当值，在宫中悠闲走动，对伺候在主子身边的贴身内臣来说，真是奢侈的享受。康健从慈宁宫走出，到西外路的尽头折向东边的居养院。院中静悄悄的没有人声，左手的大树又是一年的浓荫蔽日，令他不知想起什么似的，微微出了一会儿神。

“是七爷吗？”廊下步出一个苗条的身影，以袖障目婉转笑道。

康健惊了一跳：“明珠姑娘？久违了。”

“可不是，”明珠走过来道，“前年从寒州回来之后，只和七爷见过两面。七爷这是……”

“啊，”康健笑道，“听说师哥最近高升到乾清宫去了，今天我得闲，想过来给他贺喜。”

“七爷来得不巧，六爷这些天一早便去乾清宫，晚上也不知什么时候回来。”

康健眼中笑意更胜：“姑娘倒是天天往这儿来？师哥还得姑娘操心。”

明珠脸微微一红：“七爷在说什么？小心你师哥知道生气。”

门外小顺子奔进来，不是时候地大呼小叫：“明珠姐姐果然在这里。”

明珠啐了他一口道：“什么果然在这里？你师叔跟前不知有点分寸。”

小顺子连忙向康健行礼，喘着气道：“不说这个，现在秀女进宫候选，太后的懿旨要姐姐考校女红。师傅从内务府得了消息，要姐姐快回去候旨呢。”

明珠忙向康健告辞，小顺子也要回乾清宫听辟邪使唤，眨眼间居养院又是寂静无人，只有树叶任和煦的微风吹的“沙沙”细声。康健走入正房，景物如旧，一尘不染，仿佛七宝太监就要从内堂步出。康健“扑通”跪倒在七宝太监的正座之前，不禁泣不成声。

从去年八月至今，派往各地的征粮使不负皇命，征得粮饷共计六十万两。因高厚获罪，洪州的钱粮没有按预期征齐，但洪王却一样命人押送二十万两白银，如期送至京城。皇帝不但对洪王甚是嘉勉，还将御用的佩剑赐名“定国剑”，使人奉往多峰大营，勋其子洪定国为上轻车都尉，彰其平寇有功。他们君臣此番做作，朝廷内外一片歌舞升平。户部尚书罗晋和兵部尚书翁直因此上本，奏请将各地征粮使诏还。

以皇帝的意思，仍要征粮使在各地监政，不免问起心腹几个人的意思。

辟邪笑道：“罗晋和翁直两人各有妻弟在藩地征粮，有高厚的前车之鉴，恐怕亲人有失，

想要他们早日回京，也是人之常情。”

成亲王在一边道：“原来如此。”

皇帝道：“朕的意思是让他们再多留一阵。眼看北边吃紧，各地没有人监政，只恐藩地到时会成心腹大患。”

辟邪道：“奴婢倒有别的顾虑。”

皇帝和成亲王都“哦”了一声：“讲。”

“征粮使官职不高，身处藩王险地，犹如身负重荷，能支撑半年，实属不易了，应当召回勉励，使之与家人共聚。藩王那边被人紧盯了半年，早待发作，朝廷再要强施高压，只恐将其激怒。施政有张有弛，弦绷得太紧要断的。”

皇帝尚在沉吟，只听辟邪笑道：“奴婢最担心的，还是藩王们个个精于权术、富可敌国，这些征粮使日子待久了，一旦触及他们的要害，遭其毒手倒也罢了，但人非草木，有欲有望，如要心志不坚，被人收买了去——皇上岂非反遭虎噬？”

成亲王点了点头：“皇上是真心实意当他们大用，若有人不识好歹，在背后与人合谋算计皇上，那真是该死了。”

刘远凛凛一惊，抬头遇上辟邪深刻的微笑，脊背上顿时出了一片冷汗。

“太傅！”皇帝叫了两声不见他回答，不由得提高了声音。

“皇上恕罪，老臣走神了。”

“太傅怎么看？”

刘远道：“臣以为辟邪所虑甚有道理。征粮使还是先召回吧。”

皇帝就此决定，准了罗晋和翁直的折子，拟将四方征粮使召回。此后又议了些别的政事，吉祥忍不住又来催促，道：“万岁爷，今日是秀女进宫待选的日子，太后遣人来催过多次了，要万岁爷驾到亲选。”

皇帝道：“你过去请太后替朕选了便是，乾清宫实在脱不开身。”

“充实后宫也是皇家的大事，”成亲王劝道，“皇上亲眼看一看岂不更好？”

吉祥道：“太后还有懿旨，问成亲王府里缺不缺人，可随皇上一同过去。”

成亲王笑道：“你回禀太后，儿子府里佳丽太多，今年不缺人。”

吉祥领命而出，一个多时辰之后才回来喜滋滋禀道：“恭喜万岁爷，太后替万岁爷选了几个真正绝色的美人。”

皇帝大笑：“绝色的美人？”其时宫中皇妃以谊妃的姿色为首，已是难得一见的佳丽，因问道，“比谊妃怎么样？”

吉祥好生作难，想了想道："奴婢没比过。"言下之意只怕更胜一筹。

皇帝道："人漂亮固然是件好事，不知人品性格怎么样，若是仗着有几分姿色想着专宠跋扈，空有躯壳岂非憾事？"

成亲王在一边干咳一声，皇帝才道自己失言——自己母后正是绝色容颜，专宠十几年不衰。当即道："太后今日有封了什么人吗？"

吉祥道："封了两个，訸淑仪、谐淑仪。"

皇帝道："朕有空去看看，今日不早了，你们都歇着去吧。"

辟邪与小顺子回到居养院时，明珠也正巧才回来。辟邪一天水米未进，口干舌燥，明珠烹了茶来，道："今日选秀，我在一边看见了。中原地大，不但卧虎藏龙，连美人也是个个不同。"

小顺子嘴甜："姐姐说笑，哪比得上大理人杰地灵，能出姐姐这样的人物。"

辟邪喝了半盏茶，才笑了笑，突然挥手将小顺子手中的茶碗拍在地下。

小顺子惊得一跳："师、师傅，我说错话了吗？"

"茶里有毒。"辟邪张口将刚才喝下的茶水吐出，镇静道，"找些水来我喝。"

小顺子已经吓得呆了，手足发抖。明珠虽急，仍心思敏捷，道："不可，只怕是在水缸里投毒。"自己转奔到食柜边，从内取出今早送来的两罐羊奶，喂与辟邪。辟邪饿了一天，腹中空空如也，只强令刚才喝下的羊奶呕出，再喝了大半罐稀释毒性，仍觉毒力渐渐向经络散发，不敢怠慢，当即靠在墙上盘膝而坐，聚敛精神，默运内力周旋相抗。不消片刻脸色渐变晶莹透明，身周白气飘散，发梢衣物之上细密水珠凝聚，正是内力催到十成的征象。明珠见他双手由白转青，那层青气又慢慢消退，知道他将毒力逼至指尖散出，不禁稍觉安心，才刚松了口气，辟邪却嘴唇刹青，猛地呛出一口鲜血。明珠脸色大变，抢上前扶住辟邪的身子。

"师傅！"小顺子急得热泪直迸。

辟邪眼窝深陷，靠在案上猛嗽一阵，艰难道："不要声张，请陈先生悄悄过来。"

小顺子点点头，发足狂奔而出。

辟邪对明珠道："这间屋子毒性太大，不能再待了。"由明珠慢慢搀至东厢，在炕上坐了，咳嗽不止，冷汗层出。

好在不刻陈襄擦着汗，随小顺子奔到，立即被请至房内诊视。

辟邪挥手将明珠和小顺子屏退，明珠放心不下，悄悄在窗外倾听。

房中只传来辟邪阵阵咳嗽，半晌才听到陈襄叹了口气："毒是散出来了，可这内伤再度发作，便再也无法痊愈了。"

辟邪道："是我不知轻重，运功急了些。先生看这伤到底怎么样？"

陈襄笑道："没什么，以你内力修行补足，顶多冬日里咳喘些个。只可惜你年纪尚轻，从此背负这个病根，不能不说是件憾事。"之后片刻寂静，想必陈襄正在开方子，"你也是大人了，记得少和别人打架。"辟邪咳嗽中一记失笑。陈襄突然道："明珠姑娘，进来吧，你那么待着不舒服！"

明珠脸一烫，走进屋去："让先生笑话了。"心中感佩这枯瘦老者总有镇静风度，如此场面便被他三言两语轻松化解。

陈襄拿出一桌子药瓶，向明珠分别指出镇咳和化毒的药丸，特别将一只牛角瓶子递给辟邪道："这药丸极是补益滋阴，是治你内伤的灵药。我炼了六年，才得十二粒，原是打算给你师傅增寿延年的。"他"咳"的一声，笑道，"半个月一粒，记得用内力消化。"

辟邪目送陈襄出门，才服了药丸，运功疗伤。明珠不敢走远，与小顺子坐在外间等候。直至夜半，辟邪睁开眼，似乎精神好了七成，也不咳喘，突然问道："今天什么人来过吗？"

明珠和小顺子相视一眼，神色已变："康健今天一早来过。我被太后传去，那时居养院除了康健，再无他人。"

辟邪沉默半晌，涌起倦色，道："夜深了，明日再说吧。"

次日辟邪神色精神看来大好，他既然不愿声张，皇帝、成亲王自然丝毫不觉有异，只有吉祥、如意两人目光犀利，见他气度散漫，声音虚浮，拉住他正要相询，却有罗晋、翁直等六部尚书奉旨请见，便给辟邪逃脱。早有乾清宫的内臣向外风传辟邪在御前为征粮使颇为美言，罗晋、翁直等人这些日子皆暗中受了辟邪不少好处，大喜之下对辟邪也是笑脸相向。皇帝和成亲王一早驾临上书房，此时在里面叫人。众人商议如何将军饷启运凉州。皇帝道："八十万两的军饷当然不可一次都扑到凉州去。以二十万两为限，分批启运。"此事便交给兵部领头办理。

又说到召回征粮使一事，皇帝道："这些征粮使在外半年，为朝廷奔忙辛苦，此番军饷已有着落，他们不负朕望，堪称人臣的典范，朕准备将他们召回，都有升迁封赏。"

罗晋和翁直大喜，才要替征粮使谢恩，突听有人道："臣有异议。"正是都察院的都御史吴再予，出班道，"臣以为朝廷在北用兵不是一两年的事，藩地征粮万不可中断，这些征粮使在藩地日久，对地方政务所知甚详，仍应驻留当地，以备朝廷粮饷之需。"

这原本也是皇帝的意思，若非也担心征粮使反为藩王利用，定会坚持将他们留在藩地。因此对吴再予道："吴卿所虑朕也想过。但征粮使乃为户部定员，家眷也在京中，他们体恤朝廷，远使多月，实属不易。如今粮饷暂无忧虑，强令他们留守藩地，也非仁君所为。"

罗晋赞叹道："皇上仁慈圣明！"

吴再予道："皇上三思，现在一念之仁，将来多生周折。"

"吴卿，这件事昨日朕和成亲王、太傅、辟邪等人仔细议过了，就此决定吧。"

皇帝不提辟邪倒也罢了，吴再予位在都察院之首，早就想力谏皇帝禁止内臣参政，此时抓住机会，道："皇上，阉宦之祸，始于参弄政事。皇上逞一时之便，姑息养奸，荣宠令其焰张，必有士大夫争先献媚，而羽翼之。日长而生朋党，是乱国之始。皇上更不可听信一两个内臣的挑唆，错定国策。"

皇帝知道这个人迟早要对辟邪发难，见他渐渐说到要害，仍是镇静道："什么叫挑唆？你眼里的皇帝是个受人摆弄的人吗？你眼里的阁臣都是趋炎附势之徒吗？"

吴再予道："臣不敢。只是臣所思所虑都因先日武举会试，皇上命宦官擅择进士一事而起，其时皇上有欠思量，只恐沦为后世笑柄？"

"哦？"皇帝忍住气道，"笑柄？那么今科武进士的名次原当如何？你说来听听。"

吴再予顿时语塞，他只觉自己义愤填膺，全没想过今科武进士还有什么更好的点法。

皇帝又问："你在武进士中听到什么不满的言语了吗？"

辟邪本着息事宁人的心，笑着对皇帝道："奴婢年轻，此番越俎代庖，武进士中有觉不公的，也是人之常情。"

皇帝岂容吴再予放肆，不依不饶盯着又问了一句："吴卿，到底有没有？"

吴再予原本词穷，此时见辟邪笑颜如玉，仿佛多有嘲色，不禁恼羞成怒，喝道："你这阉货！如今惑媚皇上，擅专朝政，迟早必定败坏祖宗社稷。皇上明鉴！"他指着辟邪雪白的面容，对皇帝呼道，"这等贱奴，应及早驱逐治罪。"

辟邪体弱之下不禁心浮气躁，当即脸色一冷，目中杀气顿盛。

"哆"的一声，成亲王将茶盏蹾在桌上："吴再予，你呼喝什么？朝堂上口出秽言，辱及皇上，好大的胆子！"成亲王因吴再予去年参他结交歌女、在新科进士面前炫耀，有失皇家体统，便对都察院的人心怀恨意，哪里肯放过他。

吴再予方觉大大的失言，跪地请罪。

皇帝沉着脸道："打出去！"

吴再予此人平素喜欢做些沽名钓誉的事，人缘极差，这里所有人都遭他参过，加上见皇帝和成亲王都摆明袒护辟邪，谁敢得罪，此时竟无一人为他求情。皇帝怒气稍平，接着议事，不觉已过一个时辰，日至正午。吉祥走到在门前向辟邪使了个眼色。

辟邪抽空对皇帝低声道："万岁爷，只怕吴再予还跪在外面请罪，天气见热，他岁数

也大了……”

皇帝也不想辟邪树敌过多，道：“吉祥，让吴再予回去思过，自己上折子请罪。”

吴再予此气非同小可，回到府中关上书房的门将辟邪一通辱骂，家人知道老爷平素脾气就不好，眼见他雷霆大发，还不吓得退避三舍。可惜下午偏有要客来访，管家不得不硬着头皮叩门道：“老爷，宫里内书房掌笔太监辟邪在府外递了帖子，老爷见是不见？”

正是火上浇油，吴再予大吼道：“不见！你叫门前的小子打他回去！”

管家只得又道：“老爷，他是奉了成亲王的旨意来问话的。还说老爷今天上午还是精神奕奕的，请老爷不要托病不见。”

吴再予怒道：“我还怕了他不成？带他进来。”他在客堂正襟危坐，只等给辟邪一个下马威。不刻门前脚步轻盈，辟邪带着小顺子跨入门来，拱了拱手道：“给都御史大人请安。”

吴再予道：“你一个小小的内臣，在朝廷命官面前就是这点礼数吗？成亲王有什么话，你只管行完礼再说吧。”

辟邪轻声一笑：“吴大人，咱们朝堂上针锋相对，私下里还要来那套虚的吗？奴婢假托成亲王的旨意，不过想见大人一面。”

吴再予怒道：“你好大的胆子，竟敢拟造亲王旨意！”

“大人要发怒，等看完我的礼物再说。小顺子，给吴大人奉上礼单。”

“以为我是什么人，会受宦官贿赂？”吴再予只觉受了奇耻大辱，“你那些金银财物在我眼里不过是粪土。”

“金银财物？”辟邪讶然道，“大人可小瞧奴婢了。这世上有人贪金银，有人好美色，有人嗜书画，大人几样都不喜，大人嘛……”辟邪自己在客座上迤迤然坐了，“喜欢的是一世清名，死后有个漂亮的谥号，对不对呢？”

吴再予被他一针见血地抢白一顿，愣了一会儿才发作道：“你大胆。”

“小顺子，吴大人不收咱们这份礼物，你便远远展开礼单让吴大人瞧瞧。”

小顺子将手中卷轴慢慢展开，吴再予刚看到“桐州”两个大字，嘴角便抽搐了一记，等“桐州黄桥案”五个字全部展现在眼前，不禁长身而起，从小顺子手中夺过卷轴，几把撕个粉碎。

“哎哟！”辟邪掩面心痛地呼道，“大人，奴婢不怎么识字，这可是奴婢花了一下午才写就的……”

吴再予强自振作：“你什么意思，我不明白。”

“不明白？”辟邪道，“大人凭借此案名扬四海，得以跻身都察院，怎么会忘得那么快？小顺子，帮着都御史大人回想回想。”

“十五年前，也就是先帝上元十年，都御史大人尚在桐州任知府，是年十一月，桐州城内黄桥之下发现一具男尸，钱囊首饰俱在，认定是绸缎商人吕某，其遗孀贾氏指认当地富户管双喜为争吕某城郊农地多次使人上门威胁，吴大人便将管双喜索拿到案，重刑逼供。管双喜起初抵死不招，无奈挺刑不过，最后招认是自己雇人将吕某杀害。管双喜富甲桐州，与当时布政使尚芝人等当地显要私交甚好，尚芝人多次遣人至桐州求情，吴大人铁面无私一一严词拒绝，并向朝廷参本，导致尚芝人及当地官员十一人俱被革职查办，管双喜被判死罪，只待秋后问斩。”

“铁面无私，不畏权贵，朝廷栋梁啊！”辟邪感叹万分。

“次年二月，桐州知府衙门捕头蒋小田在城内捕获持刀掠货的强盗金阿顺，金阿顺在蒋小田的拷打之下，不但招供现行罪状，还供认去年在黄桥见财起意，将吕某杀死，因当时有人过桥，不及将吕某钱财掠走，便即逃窜。蒋小田将金阿顺口供据实禀告知府吴大人，吴大人已因此案名噪朝野，三月便要赴任都察院，此时岂容管双喜翻案？吴大人先许以重金，指使蒋小田将金阿顺杖死狱中，又亲自将蒋小田毒毙，这才赴京上任。”小顺子口齿伶俐，任吴再予再三大呼“住口”，一口气说完。

辟邪问：“管双喜呢？”

小顺子道：“上元十一年秋在桐州斩首处决。”

辟邪点头道：“听上去是都御史大人的手段，都御史大人为了成就自己的名声，连亲生儿子的官职也能一撸到底，发配充军，何况是个土财主？老实说大人这样喜欢沽名钓誉的人，奴婢真是挺瞧不上的。”

吴再予浑身发抖，颤着嘴唇道：“无稽之谈，无稽之谈！”

辟邪叹了口气：“奴婢要是早生十几年，当时有幸服侍大人，定会替大人将这种杀人灭口的勾当做得彻彻底底的。话说回来，吴大人这些年也不容易，今后惜福养生，找些个好欺负的文臣武官参参，解解闷也就罢了。奴婢这儿还请大人少费心。”毫不理会吴再予的惨然神色，笑道，“来了这么久，茶也没一盏，这端茶送客、端茶送客的，这茶是大人端哪，还是奴婢端哪？”说罢站起身出门。

小顺子还回头叹道：“吴大人的脸色可不好，大人千万保重，大人有什么万一，奴婢的师傅挺作难的。”

夜已深沉，慈宁宫中只有太后的寝室仍有依稀灯光。康健小心翼翼舒展麻木的双腿，执着地伏身在窗下，紧咬牙关，只怕稍有松懈，便会令牙齿上下打架发出响声来，洪司言

的声音压得虽低，每一字却都让他胆战心惊。

“他今早仍好端端的在乾清宫当值，下午还出宫去了一趟吴再予家。”

“那么就是没成事。”太后道，“难不成是哪个奴才走漏了风声？”

康健狠狠地打了个寒战。

里面有珠玉轻碰的声音，想必洪司言正在用轻柔的双手替太后梳头。“那倒也不是，”洪司言道，“太医院的人说，昨晚有个小太监从内宫出来，风风火火地把陈襄叫走了。”

“难怪他没死成。”

“以奴婢看，这事也简单。太后主子把辟邪叫来，随便找个因由，一顿板子打死就完了。”

“办法有得是，不到万不得已，决不要明着和皇帝作对。朝臣会怎么想？藩王们会怎么想？”

洪司言叹道：“主子要想儿子、娘家两面兼顾，真是难上加难。”

“他们急着兵戎相见——哼，等我死了吧！”

康健只听得洪司言“哧”地一笑，突然有一只冰冷的手从后将他的嘴捂住。康健魂飞魄散，转脸相望，辟邪正将雪白的手指竖在嘴唇上，朝他微微一笑。康健点点头，随辟邪悄悄离开，里面洪司言仍在道：“太后千秋万岁，说这种话没用的。”

两人出了慈宁宫，往北不远就是慈宁花园，几座假山玲珑高耸，辟邪当先走入，康健跟进来，扑倒在地，抱住辟邪的腿泣道：“师哥，我对不起你。”

辟邪“嘘”的一声：“你这是做什么？起来说话。”

康健摇了摇头：“有人要害师哥，我是知道的，我想给师哥通风报信，可是又不敢，我、我……”康健忍不住要失声痛哭，寂静夜里又不敢放声，掩着脸抽泣不已。

辟邪安抚道：“这与你无关，是师哥自己惹的麻烦。你不是来过居养院了吗，你心里替我担心，我会不知道吗？”

康健拉住辟邪的手道：“我原以为明珠姑娘整日在那里，那些人便无机可乘，想不到太后竟将她传走——师哥，你真的没事吗？”

辟邪笑道：“我不是好端端的？你怎么还是跟从前一样实心眼儿？快起来。”

康健擦了擦眼泪，仍是跪在地上：“师哥，这皇宫我是不能再待了。”

辟邪将他拉起来：“说什么傻话？咱们这种人出了宫廷，能去哪里？你才二十岁的人，能有多少家当供你在外逍遥？你一走，几个师哥岂不被你连累死？”

“我想过了，顶多剃度出家……”

辟邪嗔道：“住口，只这一件万万不可。好在我今晚来了，否则不知你会做什么傻事。”

说着从袖筒里抽出手帕，递给康健，“擦擦脸，个子比我还高了，仍是个没出息的样儿。”

康健被他喝住哭声，望着他淡静面容，稍稍平静了些。辟邪道：“我来就是为你指一条活路。从今往后，只当你我从没有师兄弟的情分，无论太后要做什么，你都不要管，也不要打听，更不要给我报信。知道得越少，活得越久。”

“师哥！”

辟邪笑道：“你放心，师哥现在每天与皇上同食，总不成有人在皇上碗里下毒；就算有人来硬的行刺，师哥我还不把他们放在眼里。顶多我不走运被他们算计死了，也是我自己倒霉，你千万不要蹚这趟浑水。你是师傅的关门弟子，他老人家临走时特别嘱咐大伙照应你，你有个三长两短，我有什么脸面到地下见师傅？回去吧。”

辟邪转身就走，被康健一把拉住袖子：“为什么从来都是师哥照应我？从小哪一样吃的用的不是师哥给我？哪一次不是师哥替我挨打？现在师哥说这样的话，真是把我当成没心没肺的畜生了吗？”

辟邪脸色一沉：“你以为长大了就能造反了吗？有这么说话的吗？”见康健满脸悲色，转而柔声道，“咱们师兄弟里没有几个有好心眼儿，你为人良善，定能长命百岁，善始善终，今后大伙儿还要靠你烧香哪。回去吧！”他洒脱一笑，跃出山石向北而去，只留下康健紧握手帕，一个人辗转思量。

辟邪身法迅若流星，眼前景物如飞，不刻回到居养院门前。明珠仍在等候，见他无事回来，迎上前问：“成了吗？”

辟邪刹那间将康健那悲戚感激的神色从心中抹去，笑了笑道：“瞧着吧。”

辟邪此番遭人下毒，饮食上便小心万分，白日在乾清宫均食皇帝赏下来的菜肴，不然便是和吉祥、如意同餐；居养院中也一色换了银筷子，小顺子日夜不离院中，以防他人有机可乘，凡是饭菜、茶水都由明珠先尝过，才奉与辟邪吃。辟邪虽不愿意，架不住明珠坚持，也只得由她。

如此小心翼翼，连着一个多月风平浪静，其间朝中大臣也都重金打点遍了。他既在皇帝面前极受宠信，又和成亲王私交甚好，加上善解人意，执礼甚恭，群臣更无多言，每日在乾清宫候见，必要先和他点头致意，不久便有青袍总管的名声在外。

这时今科武进士的一月省亲之期已满，都回兵部报到。陆过韬略过人，早被兵部选中入仕，游云谣、郁知秋等四十人被调入大内侍卫营中，归侍卫统领贺冶年、姜放分派，其余四十四人先在五城兵马司任职。

纸中包不住火，明珠的《九歌图》由董里州千金购去孝敬了东王，转而又送与贺冶年，

辟邪早已查明，寻了个机会禀明皇帝。皇帝对贺冶年早生戒心，更知他与东王素有勾结，自去年便时不时将他遣出宫去，又因东王世子杜闵这个疙瘩，更不让他护卫太后去上江。贺冶年为官多年，岂不知这种时候避嫌，只管告病在家，因此侍卫营宴请新人的时候，便只有姜放一人主持做东。

想到次日便要进入大内为官，年轻人个个兴奋紧张，面有雀跃之色。门前两个人突然一声欢呼，原是今科状元陆过也被宴请，如期而至。

姜放从内堂步出，众人上前行礼。姜放笑道："今天是你们的好日子，咱们都是武人，不来文绉绉的一套。"对家人道，"开宴！"

众人都是放声大笑，依次入席，相互斟酒祝愿，共抒雄心大志。姜放在各席上筛了一遍酒，连连击掌，众人静下来听他道："拿出来。"

四个小厮抬出两张礼案，上面覆着红缎，瞧不见是什么。姜放道："咱们那天都在场，知道状元和探花郎并未分出高下，今日大喜，不宜再动凶器，只看你们将来战场上谁立功更多，建树更大，不要辜负这两件好器具。"抬手将红缎揭开，正是两张遒劲巨弓。

陆过和郁知秋连忙起身，刚要推辞，被姜放喝住："你们眼里分明说是喜欢得紧，可别在我面前假惺惺的。这两张弓，一名'仁'，一名'义'，乃是分不开的兄弟，你们也当有兄弟般的情谊，将来沙场上并肩作战，共驱鞑虏。"

"'仁义弓'？"陆过和郁知秋神色已变。陆过道："当今圣上还是皇子的时候，与成亲王在上江遭遇猛虎，当时有位将军飞箭来救，竟将所用的两张弓拉折，先帝赞他骁勇，命人特别揉制两张举世无双的强弓，并用两位皇子的名字命名，赐予这位将军，原来……"

姜放倒反而吃了一惊："你们知道？"

席上众人大笑，郁知秋道："大统领，这事虽未传于史，却是武将子弟耳熟能详的故事，只是大统领不爱炫耀，无人知道那将军便是大统领了。"

陆过手抚弓弦，道："承蒙大统领青睐，陆过恭敬不如从命，这便领赐了。"和郁知秋跪倒在地，双双接过。

姜放望着他们生气勃勃的面庞，知道又是一代新人卷入了朝廷纷争的旋涡中，宫墙之内，到处都是谎言陷阱，这些年轻人中有多少能青云直上，又有多少会混沌梦死——姜放不自觉地叹了口气。

年轻人的一阵欢呼倒能驱走姜放许多惆怅，今夜开怀畅饮，直到戌时将过，众人告辞时，姜放又再三嘱咐，明日要在上驷院的校场整队，万万不可迟误，这才散了。

姜放为将众人向各门各处分派，须再看各人武艺，亲自选出现职侍卫中武功出众的

二十人，要他们与新人一试身手。殿试之际，以游云谣、郁知秋二人剑法最高，此时便成了众矢之的，贺天庆上前对游云谣笑道："榜眼，怎么样，赏个脸赐教几招？"

游云谣为人不喜与人争斗，又知他是侍卫总管贺冶年的亲兄弟，见他目光不怀好意，辞道："在下花拳绣腿，怎么能入贺把总的眼？贺把总高抬贵手，在下也免当众出丑。"

贺天庆道："榜眼好大的架子！"

姜放离着不远，对游云谣道："前辈要指教你几招，你还推辞什么？"

游云谣无奈，从兵器架子上取了剑，施礼道："在下得罪了，贺把总手下留情。"执后辈礼先攻一招。

贺天庆使的是刀，举火烧天式自下相格，一招下来，游云谣便知他天生力大，内力根基却浅薄，不便以内力和他硬碰，游家剑瞬息万变，力自心生，剑招微缩，轻松将他蛮力化解。贺天庆轻身功夫也不错，揉身而上与他游斗。游云谣长剑只在他身边翻飞，兵刃相碰之时施展粘字心法，将他单刀荡开，既不能伤到他，又找不到让他知难而退的法子，一时僵持不下。

那边郁知秋也是遭人一番抢攻，剑也不出鞘，将对手一脚踢翻在地。钱越、张出、黄诞等人交情甚好，一人吃亏众人皆怒。郁知秋笑道："你们不服气，只管一齐上来。"他以一敌三，面无惧色，抽空还对游云谣道："那个人不是游兄的对手，何不早将他打发？"

贺天庆此时已筋疲力尽，气喘如牛，见游云谣仍是半点汗也不出，仍有闲暇道："贺把总，既然分不出高下，何不就此罢手？"贺天庆本想说两句体面的话，便打算收招，却听姜放大喝一声："都住手！"

姜放的声音犹如雷霆，贺天庆离他最近，吓得手一颤，几乎将单刀摔落在地。游云谣手快，用长剑在刀背上一托，笑道："承让了。"

上驷院不知何时进来两个内臣，前面的一个身穿杏色宫服，可知是首领太监，后面跟的是个青衣小监，两人在廊下对姜放作揖行礼，姜放也甚是恭谨客气。手脚快的侍卫却早已搬了椅子，沏了茶，请两人坐了。那杏衣太监尖声笑道："不敢当、不敢当，有劳、有劳。"在姜放耳边低语几句，姜放随即道："游云谣、郁知秋过来。"

两人走近，向内打量，廊下垂着竹帘，两个内臣都隐在阴暗里，看不真切，只觉那杏衣太监坐得四平八稳，颇有大将风度。姜放道："你们两人捉对演练。"

游云谣和郁知秋甚是为难，两人自会试那日起，便知对方身手了得，加之最近总相处在一块儿，早生惺惺相惜之感，此间不过两个内臣出来看热闹，如何能让他们拼力相搏？两人心意相同，只将一场比试变作舞剑，上蹿下跳，煞是纷繁好看。

帘内杏衣太监看了一会儿，失声一笑，“大统领，这就是今科武进士中的佼佼者了吗？怎么到大统领这儿没几天就成花架子了？”

姜放笑道：“他们年轻不懂事，不知在大爷面前显露真功夫。”

郁知秋低声对游云谣嘀咕了一句：“一个太监懂些什么？”

帘内有人道：“适才说话的是郁探花吗？请两位上前一步说话。”

郁知秋和游云谣均是大吃一惊，都道刚才那句话声音极低，距廊下又远，不知如何被帘内人听见，只得讪讪然上前。竹帘一掀，那个青衣小监从内步出，咳了几声，才道：“侍卫之职，关系圣上安危，社稷祸福，不可有半分懈怠。万岁爷身边要的是全心全意服侍的人，就算是你们的至亲，只要危及万岁爷分毫，你们一样要拼尽全力、豁出性命搏杀。你们现在就因同科的情谊各自留手，今后万岁爷怎么能将自身性命交托各位？”虽然他咳得厉害破了嗓子，声音微微有些沙哑，但仍是说不出的清雅好听。

郁知秋见他年纪不到二十，又是没有品级的宦官，心中轻视，刚想开口反驳，那青衣小监仿佛知他心思，目光微露喝止之意，郁知秋似猛然被冰凌在脸上刺了一记，不敢平视，垂目不言。

那青衣小监冷冷一笑，道：“我一个小小内臣不懂什么，若非皇上差遣，我们师兄弟怎会到这儿来招各位厌烦？奴婢送一句话给各位：大内里卧虎藏龙，剑法上天外有天，人外有人，各位知道上进才好。”他似乎伸手往郁知秋腰间指了指，郁知秋腰中长剑铮然跳出鞘外，小监青袖一拂，已持剑在手，剑身反射着灿烂阳光，将他的面庞映得犹如透明一般。“宫里的兵刃都是难得一见的利器，你们须得相配才好。”

那杏衣太监此时走出来，端庄的面容显得稳重和蔼，口中笑道：“你才多大的年纪，懂些什么，胡乱议论剑法，也不知脸红。”

那青衣小监这才婉转一笑，丽色夺人：“大师哥教训得是，这剑法上，我还差得远呢！”他手腕一震，长剑“哆”地钉入鞘中，兀自清啸不已。

那杏衣太监见他又咳起来，嗔道：“才变了变天就咳成这样，明知身子不好，也不知保重，这是动什么气？大统领，”他对姜放笑道，“我们哥俩儿该看的都看了，该说的也说了，不碍着大统领正事，这便告辞。”

郁知秋和游云谣瞠目结舌，愣在当场，突听“叮”的一声，郁知秋腰中一轻，那柄长剑竟将剑鞘震得粉碎，落在地上。两人相视一眼，悚然动容，都是手足发颤，满额冷汗。

贺天庆上前笑道：“只要是七宝太监的弟子，别说皇上宠信，就是从未在主子跟前露过面，将来也是总管级的人物。连姜统领见了他们师兄弟都要尊称一声爷。你们第一天便

得罪两个，嘿嘿——真是你们的造化。”

游云谣拱手问：“敢问贺把总，那两位是……”

贺天庆因他刚才手下留情，没让自己丢丑，才诚心诚意道：“你们麻烦大了，那个杏衣的，是皇上身边的尚宝领事太监吉祥，那个青衣的便是替皇上将你们点中进士及第的青袍总管辟邪了。”

“辟邪”这个名字在新科进士中极为响亮，会试那一天众人只管匍匐在地，听见他清澈的声音报出自己的名字，除了陆过，全没有人注意一个皇帝身边的青衣宦官长什么样子，今日见了才知道他不但武功高到骇人听闻的地步，原来竟是如此年轻。众人大哗，议论纷纷。

“可惜他身子不好，”胡动月叹道，“不然可请他留下来再露一两手，吉祥是他师兄，想必武功更高，指点我们一二，便能获益匪浅。”

这句话却触动姜放的心事，他已多日未见辟邪，现在才知他病得不轻，不禁面有忧色。

辟邪最近着实咳嗽得辛苦，不便在皇帝跟前当差，从上驷院回来，径直回居养院，东大天道里静悄悄没有人，只有他的咳嗽四处回声。转过北五所，过了月亮门，他在门后停住脚步，抚着胸口叹道：“你怎么不听我的话呢？”

后面的人紧走几步上前在辟邪耳边低声道：“今天皇后、谊妃定省慈宁宫，太后屏退众人说了会儿话，师哥小心。”他匆匆说完疾疾走了，辟邪看着他的背影，知道唯一的师弟已经如自己所料落入彀中——像康健这样单纯的人，能在宫里活多久呢——辟邪想到这里胸口又是一紧。

十三

慕徐姿

各地征粮使已被召回，密折也少了很多，辟邪因而有空调养，渐渐大安。这日早上被皇帝传去，看他与成亲王下了盘棋，替两人又解说一番。皇帝忽而想起多日没有骑射，便与成亲王前去紫南苑，念辟邪前几日有病，不宜劳累，令他下值回去休息。

四月下旬的天气有些热了，辟邪宽了衣裳，喝了几口温水，才喘了口气，小顺子便慌慌张张进来，结结巴巴道：“四爷、四爷来了。”

“四爷怎么了？”进宝紧跟着跨入门来，“小六，你这个徒弟见了我就像见了鬼似的，枉我从来那么疼他。”

辟邪起身笑道：“四师哥近来可好？小顺子，过来磕头。”

进宝摇头道：“奴才命，还有什么好不好的？起来吧，”他将小顺子拉起来，“你眼里心里只有小六一个人，这个头磕得委屈。”

小顺子被他触到身体，激灵打个冷战：“四、四爷别拿小顺子开心，我去给四爷沏茶。”

“茶就不必了。”进宝正色道，“我带了谊妃娘娘的懿旨。”

辟邪掸了掸衣裳：“奴婢辟邪请谊妃娘娘安。”就要跪下，被进宝伸手拦住。

“到娘娘跟前再请安吧。今儿个訸淑仪到庆祥宫跟娘娘说了会儿话，”进宝说到这里压低声音道，“訸淑仪进宫一个月了，连皇上的面都没见着，万岁爷也是多日不上庆祥宫来了，两位娘娘说起这个想到小六你最近在皇上面前受宠得很，要我悄悄召你过去，问问你皇上最近喜好些什么，爱上哪儿去。”

辟邪微微一笑：“知道了，容我换件衣裳。师哥稍坐。小顺子，帮我把宫服掸掸。”他和小顺子走入里间，一边穿衣裳，一边对小顺子低声道，“我觉得蹊跷得紧，你去紫南苑找大爷、二爷，把这事对他们说了——要快，不然我性命有忧。”

小顺子使劲点点头，又同辟邪出来，送二人出门。

庆祥宫位于东六宫之中，距居养院也是极近，辟邪给谊妃裁试衣裳时常往这儿来，进门便要往正殿去。进宝笑道：“娘娘现今不在正殿，正在西暖阁里呢。”说罢便让辟邪在阶下等着，自己进去通报，一会儿出来道：“娘娘屏退了众人，你进去左手就是。”

“有劳师哥了。”

进宝清秀的脸上绽出光彩，笑容端丽地道："自己哥们儿，不说这种话。"

辟邪淡淡一笑："师哥照顾我，我记着的。"

这是辟邪第一次进庆祥宫西暖阁，此间正中并没有设座，只是空荡荡的，两侧各有一间隔开的小室，房门紧闭，毫无声息，只能听见自己的脚步"沙沙"轻响，更觉此处黑暗而闷热，飘散着的奇异芳香让人渐渐多了一分醉意。辟邪打起十二分的小心，只想沉着应对，拖到皇帝来了再说，此时礼数尤恭，在门前躬身报名大声道："奴婢辟邪奉召给娘娘请安。"

"什么人这么大胆！"门内宫女大喝一声，猛地推门出来，"竟敢擅闯娘娘浴室？"

珠帘被那宫女摔得分飞两边，柔软轻呼漾在粼粼的水波中，洁白修长的胴体正像闪电照亮整个阴暗的殿堂，一瞬间，饱满艳丽的少女躯体带着花蕾绽放的灿烂惊雷般在辟邪眼前炸开，令他吸了口冷气，向后倒退了几步，纷乱的世界正风卷残云地从他的视野中退却，目光只被那白玉般的光华所系，竟无法移开。

"哪个奴才这么大的胆子？"谊妃披着纱衫从右室步出，少女在她这声怒斥中隐在一众宫女身后。

"奴婢辟邪，给娘娘请安。"辟邪惊讶地发现自己的声音竟在颤抖，谊妃的冷笑声听来仍仿佛熟睡中院外的嘈杂，顿时从震惊后的懵懂中苏醒过来。

"把这个奴才带到正殿去。"谊妃一声令下，立时有几个高大的宫女就要上前绑人。

"不必了，"进宝挥手驱散他们道，"小六，我知道你武功高强，区区几根绳索怎能奈何得了你？师哥劝你一句，这时候便乖乖的吧。"

辟邪起身掸了掸衣裳，笑容中已透出锋利气度："我省得，只要我活下来，今后还要多谢师哥提点了。"

进宝的目光毫不畏缩，笑嘻嘻待谊妃升座珠帘之后，指着帘外地下，让辟邪跪了。

谊妃道："这还难办了，这个奴才是在乾清宫当差的，还须请得皇后的懿旨来。"

小太监奔出去不刻便传："皇后的懿旨，调戏嫔妃、擅闯主子帷幄，留不得了。"这道旨意着实来得太快，谊妃点头道："来人，带出去杖毙！"

辟邪知道此时申辩求告都是无用，抬头更见进宝眼中欣喜满足的残忍神色，料到他们想速战速决，就算自己硬挺，不过片刻的工夫必然杖断脊骨，绝无幸免，念头飞转之际，执杖太监已经一杖击下，喝道："快谢恩！"

谊妃见辟邪吭都未吭一声，目光却冰冷投来，令她惊惧犹胜焦虑，不禁拿起手帕，轻轻拭了拭鼻尖的汗珠。

"且慢！"柔和却坚决的声音倒让谊妃猛吓一跳，一个只有十五六岁的华衣少女从殿

外步入，裙袂带着流云的温柔气韵从辟邪眼前飘过，“还没有问明原委，娘娘怎么就要杀他？”

谊妃的笑容带有浸淫多年的贵妇神采，起身将少女拉在身边共坐。“訸淑仪进宫不久，不知道这些奴才们狡诈下作，他敢闯入主子私室，调戏嫔妃，是宫中容不得的大罪，皇后已下了懿旨，此时饶了他，将来是个大大的祸害。”

“娘娘此言欠妥，什么叫作调戏嫔妃？这个人——”少女仍不习惯随便叫人奴才，用温柔语气说到“这个人”的时候，回眸向辟邪望来，微微上挑的凤目因浓密修长睫毛的覆盖浓得像夜色般令人遐想，浴后绯红的容颜遇到辟邪雪白面庞上炙热迷茫的目光，更是红了一红，仿佛湛蓝天空下桃花满开、流红纷飞，浓艳到极致时竟生出无限清丽，“这个人在外分明说是奉召前来，既已报名请见，便称不上‘擅闯’二字，室内伺候的宫女既知不妥还要开门，是大大的失职，怎能反诬他调戏嫔妃？这‘调戏’两字于我清誉有损，不问明白，怎能就将他杖死？”

谊妃被她问得一怔，旋即笑道：“现今皇后的懿旨已经下来了，妹妹这番质疑，难道想抗旨吗？”

少女拂袖站了起来，坚定道：“抗旨是个‘死’字，此事不问个清楚，我名节受损，也无颜面见人，一样是死路一条。皇后那里、皇上和太后面前我自己去说！”

“想不到你小小的年纪，倒颇有骨气！”皇帝大声说着，跨入门来，随后才听到吉祥的一声高呼：“皇上驾到——”

“皇上万福！”谊妃从帘后疾步出来，领着訸淑仪和宫女太监跪了一片，心知不妙，身体颤抖不已。

“万福什么！”皇帝是骑马直闯庆祥宫，手中仍握着马鞭，在空中虚抽了一记，“朕身边的人都快死光了，能有片刻安宁吗？”转而一把将辟邪提起来，见他脸色煞白，衣服沾了杖上红漆，已然受辱，不禁大怒，“连乾清宫的人你也敢杖杀，僭越到这种地步，眼里还有朕吗？”

谊妃勉力道：“这个奴才调戏嫔妃，是皇后的懿旨说留不得的。”

“调戏嫔妃？那要这些人净了身来做什么的？”皇帝随便在椅子上坐了，越说越怒，“啪”地一掌拍在茶几上，“嫔妃？什么嫔妃？朕怎么没见过？”

訸淑仪叩头道：“皇上万福。臣妾慕氏，进宫一月，尚无缘面圣。”

皇帝冷笑了一声：“有人天天见面又怎么样，不见得多长进什么贤良淑德。”

吉祥、如意都劝皇帝息怒，辟邪跪在皇帝脚前，道：“是奴婢不知庆祥宫的规矩，贸然进殿，皇上息怒！”

“到底怎么回事？”皇帝目光灼灼，怒视谊妃。

谊妃叩了个头，却哽咽难言。进宝突然跪爬上前，叩了几个头，道：“万岁爷息怒！原是娘娘传了辟邪到西暖阁右间问话，想是辟邪没听清楚，在左间浴室外报名请见，当时訸淑仪正在沐浴，宫女们慌乱，让辟邪撞见了。娘娘爱惜訸淑仪清名，所以才请了旨意处罚。此间是个误会，辟邪原无大错，娘娘也没什么罪过，万岁爷息怒！”

“那就好。”皇帝话虽如此，语气仍是阴沉，“既然辟邪无心之失，今儿个也就算了。辟邪，给娘娘请个罪，回去吧。”

辟邪跪道：“奴婢年轻莽撞，娘娘、訸淑仪恕奴婢万死之罪。”

皇帝指了吉祥陪着辟邪同回居养院，才对众人道：“都起来吧，你们整天无所事事，也不容易。”

谊妃拭了拭眼泪，垂手立在一边，听皇帝仍在道：“你宫里的人该好好管束了，以后别再让朕听到这么下作的事。”

皇帝余怒未消，走到庆祥宫外，未见步辇，道：“难道还要朕骑马回乾清宫吗？”

如意上前道：“万岁爷，这里距訸淑仪的椒吉宫不远，万岁爷不如先上那儿歇一会儿？”

“哪儿都不去，”皇帝将马鞭摔在地上，“回乾清宫！”

不久吉祥回来禀报，辟邪只受了一杖，没有大碍，皇帝才颜色稍和，传旨命辟邪除了乾清宫，今后不奉他宫传召，这时才觉得后怕，出了阵冷汗。

辟邪得了旨意，对过来探视的姜放道：“挨了一杖，才得了这个旨意，皇帝的弯转得还是没有太后快。”

他宽去上衣，露出后背上一道乌青，雪白皮肤衬托下异常狰狞。姜放不敢怠慢，小心按了按他的肋骨，半晌才松了口气道：“骨骼都没事，万幸。”

小顺子大喜：“那就好，看着怪吓人的。到底是师傅功力深湛。”

辟邪道：“不是我功力深湛，是那个执杖的人手下留情。你去封一千两银子，悄悄地谢他。”

小顺子吐了吐舌头：“一千两！当年小顺子让人救了一命，师傅只给了二百两谢礼，到底是师傅的性命值钱。”

姜放“呸”的一声：“你小子怎么跟你师傅比。要是我，当年就指着那人的鼻子狠狠骂他为什么不让你早早玩完，留到现在没大没小地说话惹人厌。”

辟邪穿了衣裳笑道：“大统领急得失心疯了，跟这小子计较什么？他狗嘴里吐得出象牙来吗？”

“我是着急，”姜放正色道，“宫中处处是暗箭，六爷头上乌云笼罩，一旦有什么闪

失皇上岂不顿失臂膀？现在第一要除的就是那个进宝，有他在难免多生是非。”

辟邪道：“还无须这么着急，他现在明里，不成气候。除了他，对手一样安排别人在暗，反倒不容易提防。况且同门师兄弟相互倾轧，终究让人心酸。”他话虽如此，目光却是别样闪动了一下。

姜放心领神会，起身告辞。

小顺子在辟邪面前说话总是不顾时宜，突然问：“话说回来，师傅今天到底看见什么没有？”

辟邪怔了怔，只觉那抹艳丽光芒仍旧照得他心中一片迷茫，少女惊忙的双眸、纤细的腰身、纤美双臂掩盖下仍呼之欲出的饱满双峰总在他心中徘徊不去，沾满水珠，洁白柔和的背脊在镏金铜箍的红漆浴斛之中，犹如岚山中明月东出的婉丽皓白。为什么想到这里，自己就会热血上涌，全身就像被抽空了一样无力，最后留下的竟是凛冽纯粹的恨意？夜半踱出门外，任晚风拂遍身体，心却还是驿动难安，辟邪坐在廊下，仰头望着天空，忽有将明月揽入怀中轻轻触摸的冲动。

——那少女的身体岂不像明月般圆满无瑕？

辟邪猛地惊醒，难道是自己第一次滋生出了叫作欲望的东西？多年前自己说过，“知道入宫是什么意思”，原来纵使十二岁的少年才智过人、有胆有识，却还是什么都不懂。

流云疾飞，月华顿失，阴影正深深地刻入辟邪年轻晶莹的面庞，他想就在那一瞬间，自己睁开了第三只眼睛，一直在自己眼中飞逝的乱世光阴，现在变得悠然柔和。当明珠伴随晨曦走入院中，辟邪第一次发现明珠竟会如此舒缓婉约地轻挽云鬓，在她仰望老树枝头的霞光时，碧绿的耳坠在她白皙的颈间轻快地晃动着，她转眸望来，双唇也似乎透出莲花盛开的清香：“六爷起得早啊，不要紧了？”

辟邪笑道：“本就没什么大碍，不过后背着在床上有些痛，只睡了一个多时辰，你替我沏壶浓茶来醒神。”

“好。”

明珠走去烹茶，辟邪自去更衣。小顺子年轻贪睡，辟邪又不计较他这个，所以仍是未起，两人都不愿惊醒他，只在廊下坐着吃点心，说了一会儿闲话。日出时还是好端端的天色如今越来越阴沉，乌云乘着东风铺天盖地地卷了过来，明珠起身道：“想必是要下雨了。今儿个还要去庆祥宫教习刺绣，不如趁雨还没下来，先取了我的包裹来。”

辟邪心中一动，刚要说话，明珠已匆匆走了。不刻小雨便淅淅沥沥飘下，明珠将包裹抱在胸前，疾步转回。辟邪笑道：“你也是个懒的，怎么没打伞？”说着从袖中拿出手

绢，替她掸去发间细细的雨珠。

明珠道："没料到雨来得这么快！"她走得急，脸上微现红晕，睫毛也沾了雨珠，乌黑的眼睛映着雨色，有一股宫中女子鲜见的聪慧轻灵。明珠见他望着自己久了，拿着手帕发愣，不禁笑着嗔道："六爷，你在看什么？"

门口有人"哧"地一笑，如意张着袖子挡住头，跑到廊下，见辟邪神色狼狈，更是笑得开心："对呀，小六在看什么呢？"

明珠啐了一口，道："又是这个不正经的二爷。"

如意道："学你说话是不正经，那个盯着你看的六爷就正经了吗？"

明珠脸一红，道："我这就去庆祥宫了，不和二爷说话。"

"等等，"辟邪拉住她的衣袖道，"我和你有几句话说。"

如意大笑道："说吧，说吧，我吃点心等着！"

辟邪将明珠叫入房中，在她耳边低语几句，最后道："交给你办了。"这才送她到外面，亲自打开伞递给她道："小心。"

明珠点点头："知道了。"绿竹伞下迤逦而去。

"可惜！"如意突然道。

"二师哥又要说什么？"

"没什么。"如意摇了摇头，"成亲王正在乾清宫呢，等着要看看你。"见辟邪抄起伞来就要走，忙道，"不忙不忙，皇上说了，慢慢前去就好。也容我吃块点心歇一会儿。"

辟邪也坐下，喝了几口茶，又开始出神。如意偷眼瞥见了，悄悄一笑。

成亲王见到辟邪，几乎是一跃而起，上下打量了他一番，才笑道："昨天我也急得疯了，皇上到得及时，你无事就好。"

"承蒙王爷挂念。"辟邪又对皇帝叩头谢恩。

皇帝想到昨天的事依旧咬牙切齿，明知是太后唆使，却又不能明言，只得道："你今后也小心些，宫里的主子们个个厉害得很呢。"又将两瓶西王白东楼进贡的白药连同十两黄金赏赐了给辟邪，仍觉不能补偿他当众受辱，火气又大了些，"连朕身边的人也敢说杀就杀，你等着，多会儿朕给你出气。"

辟邪笑道："皇上！这是奴婢自己不谨慎，两位主子娘娘不计较，奴婢已经要念佛了，哪里还有什么气？"

成亲王也道："过了就完了，难不成真为一个内臣处罚皇妃？皇上真气糊涂了。来来来，今天早起无事，辟邪替皇上执子，下棋，下棋。"

外面的雨越下越大，皇帝望着他们二人捉棋厮杀，心中反倒生出喜乐平静，局势渐紧，今后不知何时才有这等安逸时光。毕竟辟邪棋力更高，一着下去便要成亲王苦想多时，辟邪只顾托着下颌静静等着。这一着又是成亲王的后手，料定辟邪必定跟着落子如飞，却半晌不见他的动静，抬头一瞧，辟邪早已神游物外，不知在想什么。

“辟邪！”连坐在一边的皇帝也瞧出不对。

“啊，是。”辟邪看了看棋盘，随手落了一子。

皇帝悄悄将如意叫到面前，问道：“这是怎么了？从来不见他这么心不在焉，难道昨天当众受辱，到现在还不痛快吗？”

如意“哧”地一笑，在皇帝耳边低语，皇帝脸上漾起奇妙的笑容，道：“原来如此。”

“什么？”成亲王刚下完一子，也凑过来，“也说给臣听听。”

皇帝笑着对如意点点头，如意将刚才的话又说了一遍。成亲王放声大笑：“你胡说，就算是内臣，这么大的人了，怎么会不知道女人什么样。”

辟邪听见这句话，脸色狠狠一白，仿佛眼圈也跟着红了一红，皇帝哪知是他杀性大发所致，只道他此时在众人笑声中手足无措，却听成亲王仍在道：“早听吉祥说訸淑仪是绝色的人物，皇上昨天看是不是呢？”

皇帝道：“朕进去的时候人已跪了一屋子，她低头回话还能瞧见什么？”

忽听“啪”的清脆一声，辟邪将一粒黑子拍入棋盘，收回手来凛冽地道：“棋下完了，奴婢告退。”

皇帝和成亲王听他语声刺人，气性大作，都吓了一跳，怔怔看着他慢慢退出，才往棋盘里打量，那粒黑子落在成亲王挣扎多时的巨龙之中，两人各自盘算了半天，抬起头来相顾失色，棋到中盘，七十几目的白棋被他一招点死，成亲王在盘面上竟只剩三十几粒活棋。成亲王擦了擦汗，和皇帝都是一笑。

“令辟邪这样的人都举止失措，皇上还不快去看看这訸淑仪是什么样的人物。”成亲王道。

皇帝笑道：“有理。吉祥、如意，现在就传旨给椒吉宫，朕今晚去。”

成亲王还另有主意，将如意拉住道：“你是个风流人物，你老实说，在宫外有几房姬妾？”

如意笑道：“冤枉，奴婢年轻，哪有钱财买房置地，不似奴婢大师哥吉祥，”他低声对成亲王又道，“奴婢不过往兰亭巷多走走罢了。”

“那好，这里有件差事交给你。”成亲王和他密议一阵，不一会儿如意便拿着成亲王装金豆子的荷包笑嘻嘻出来，甩着袖子又往居养院去。

这边明珠也回来了，向辟邪回道："谊妃原是不肯见我，我只说有性命攸关的大事，才见着了。"

明珠和辟邪的交情宫中人尽皆知，从前谊妃还未和辟邪结怨，既喜欢辟邪善解人意，伺候周到，又喜欢明珠爽快伶俐，现今受了太后唆使办事，反遭皇帝怒斥，气得在床上卧病，怎会再见她。只是宫女道事关娘娘性命，说什么也要见，谊妃激怒皇帝，生怕还有后患，只得坐起来叫她。

明珠叩头道："娘娘，事关重大——"

"你们下去。"谊妃挥手屏退众人，明珠才走近了些。

"娘娘莫怒，辟邪有几句话要奴婢转禀娘娘。"明珠趁谊妃还未发怒，抢先又替辟邪请了罪。

"他还有什么话说！现在是皇上眼里了不得的红人，在皇上心里只怕比我们这些嫔妃还尊贵些。"

"奴才还是奴才，还能翻出天去？"明珠笑道，"辟邪心里可没有怪娘娘的意思。"

谊妃哼了一声。

"辟邪心里只恨一门出来的师兄弟怎么闹成这样，"明珠压低幽怨的声音，"心里嫉妒师弟得势也就罢了，为什么还要陷害娘娘？"

谊妃"咦"的一声，终于转眸看着明珠。

明珠笑笑："娘娘是个尊贵慈善的主子，从来待下面人和善得很。奴婢们若没猜错，这回定有他人在背后使坏，这个人心眼儿可不是向着谊妃娘娘的啊。"

谊妃冷然道："你在说进宝？"

明珠不置可否，只是接着道："娘娘请想，这个人当初可是说过一箭双雕的话？辟邪是一件，暂且不论；訸淑仪年轻美貌只怕将来要专宠，不如一块儿……"

谊妃冷笑道："你们反倒想得周全。"

"他们一个师傅调教出来的，也差不了很多，只是，"明珠叹了口气，"娘娘倾国倾城的容色，又替皇上生了一位公主，只要再两年必会诞生皇子，娘娘出身尊贵，将来母仪天下算什么难事？区区一个訸淑仪，出身微贱，能不能见到皇上的面也未可知，要那个奴才操什么心？"

谊妃心中一动，脸上微现笑容。明珠忙接着道："娘娘再想，这件事出面在外的都是娘娘，若昨日辟邪真的死了，那个下懿旨的主儿只管推说听了娘娘的禀报，自己一概不知便是了，皇上天大的怒气只有娘娘一个人承受，只怕今后再也不上庆祥宫来了。那里笑的

又是什么人？”

谊妃打了个冷战，站起来恶狠狠道：“原来如此，这不是一箭双雕之计，原是将我也算计进去的一箭三雕！成了事，上面她仍可以讨好，又犯不着得罪皇上，好个毒妇！”

明珠道：“心眼毒辣也就罢了，偏偏还有众多奴才替她出主意。娘娘妊娠之喜，她理应恨得牙痒痒的，做什么还把心腹的奴才支到庆祥宫来？现在回想，连奴婢也替娘娘捏了把汗。还是辟邪感激娘娘待奴婢们不错，叫乾清宫的人多加留神，娘娘还记得当时吃的每一剂药都由乾清宫的如意亲自来看过，娘娘只道是万岁爷差来的，可万岁爷怎料得到那位主儿的盘算？还不是他们师兄弟两个同气连声地替娘娘护驾？辟邪想到这里还是挺伤心的。”

“我想这个进宝好端端的坤宁宫奴才不做，反倒在庆祥宫忠心耿耿的？原来是个暗藏祸心的畜生！”谊妃雪白的牙齿咬着嘴唇，眉梢已露狠色。

明珠道：“娘娘昨天可见他弯转得多快？皇上一来，就将自己撇得干干净净，这种人圆滑世故，娘娘要多加小心。”

谊妃点了点头，见明珠有告退之意，下了半天决心，才道：“你回去对辟邪说，不是我要和他过不去，只是宫里有人说他整天和皇上同食同行，他容貌也甚出众，就怕皇上动了别的念头，唉，今天他要你传话来，我这里也多谢他了。他现在皇上身边得宠，只要皇上还上庆祥宫来，将来大家都有照应。”

辟邪听明珠讲到这里，笑道：“这便是了，我帮她登上后位，她保我荣华富贵，哼哼，想得美啊。”转而对明珠道，“你这件事办得很好，若你贪个钱财什么的，我倒有银子谢你。”

“不提谢不谢的，”明珠道，“只要六爷不怕我闯祸，再带我出去走走就好。”

辟邪才要答应待天气好了，就出宫游玩，就听如意大叫着进来：“辟邪，咱们哥儿俩出去走动走动！”

辟邪皱眉道：“下着豪雨，做什么到处乱跑？二师哥自己去吧。”

如意笑道：“这是皇上的差遣，师哥我要成事，非你相助不可，皇上已经准了，还不快走？”

辟邪问了几遍，如意只是笑，不肯说是去哪里，催着他披了油衫，系上雨屐。小顺子也忙不迭地要找自己的雨具，被如意叫住道：“跟你小子有什么相干，我们做的事何等机密，你好好看家吧。”明珠不明所以，忧心忡忡地望着两人出门。此时已是申时了，如意仍是不紧不慢，出宫过了承运桥，先去宝石口，两边小店都不看，直奔“红匣”店，掌柜的从里面看见了，奔出来作揖：“二爷！二爷！下这么大雨还惠顾小店，真是给小店贴金，快请快请。”

如意收了伞笑道：“什么小店？什么贴金？除了宫里，就数你这里金子最多了，别寒

碜我。”指着辟邪道，“这是我兄弟，快把你的好头面、好钗钏拿出来，给我们小六瞧瞧。”

辟邪跟进来拽了拽如意衣袖：“二师哥，这要做什么？”

“你是在各宫主子身边伺候惯的，价值连城的珠宝瞧得多了，眼光如炬，先替我选几件好东西。”

掌柜已将店中贵重的首饰一匣匣捧了出来，辟邪看了看，指了一对全绿的翡翠双莲蓬、一双金镶玳惠钏臂，道：“就这几件还看得过。”

掌柜竖着拇指道：“到底是皇上身边的人，好眼光！”

如意道：“既然好，我就要了。”

伙计打过算盘来，道：“一共七十三两整。”

掌柜呵斥道：“什么七十三两，七十两就是七十两！”

如意一笑，摸出两张四十两的银票，往掌柜手里一塞：“只要东西好，不差这点。”

掌柜忙命人用红木匣子装了首饰，包上撒金绢纸，又怕天雨弄潮了，特地用油绢又扎了个包袱，恭恭敬敬送到门口，双手奉上。

辟邪见天色渐黑，催道：“这也算差事？眼看宫门要下匙了，师哥还是早回吧。”

如意笑道：“不瞒你说，皇上今夜宿椒吉宫，用不着我们，特地放了咱们哥儿俩一天假，明早再回也不要紧。”

辟邪听到“椒吉宫”三个字，脸色又是一白。如意已叫了车，拉着他上来道：“难得出来，喝杯酒去！”跟车夫耳语几句，马车便辚辚向北，从双秋桥过江。辟邪嗔道：“二师哥也是个自作主张的，这又是往哪儿去？”如意只管敷衍道：“到了就知道了。”马车已拐了几个弯，辟邪眼尖，望见前面牌楼上“兰亭”两个字，不禁啐了一口：“早料到二师哥不正经，我便不出来了。”

如意不由分说，拉他跳下车：“兄弟年纪不小了，也该出来玩玩儿，有什么要紧？”

吉祥见皇帝折子批得晚了，上前劝膳。皇帝扔下笔，笑道：“早上还说去椒吉宫的，不如在那儿晚膳。”

吉祥也替皇帝高兴，打发人去椒吉宫传信，命人备了轿子，张好雨篷，请皇帝移驾。椒吉宫在东六宫最北，沿途必经庆祥宫，皇帝想到从来都在庆祥门转入，念及往昔情分，不由得要叹谊妃糊涂。到底吉祥善解人意，隔着轿帘道：“万岁爷，前面就要过了庆祥宫了，听说谊妃昨儿起身子就不爽快……”

皇帝一声不吭，只从身上摘下折扇，隔着帘子递出来。吉祥连忙接过，小跑着交给庆

祥宫门前的小太监，低声道："你去和谊妃娘娘说，万岁爷虽还有些个赌着气，到底和娘娘多年的情分，现下后悔昨儿的话说得过了，拿个信物来，要娘娘自己珍重身子，少了娘娘伺候，万岁爷也不高兴。"小太监大喜，忙拿着扇子奔进去。

吉祥又赶上皇帝銮驾，在椒吉宫门口唱道："万岁爷驾到——"

訸淑仪已经久候多时，此刻领着宫中人等叩首接驾："臣妾慕氏恭迎皇上圣驾，皇上万福金安。"

皇帝早闻她容色过人，却从未留意看过，当下亲自上前扶了一把："起来吧。"原本想叫她抬起头来看看，却觉手中纤细柔和的手腕正在战兢地发抖，心中怜惜，便没有勉强。

"传膳吧。"皇帝坐了，向吉祥点点头。这是嫔妃宫中的便膳，只上了十六道大小菜肴。吉祥笑盈盈托着只匀净的玉杯来，才是合卺酒。皇帝接过来饮了一口，又授予訸淑仪，她微微抬头饮完，吉祥喝了声彩，说了些吉祥话，皇帝笑道："坐。"

吉祥见訸淑仪惶恐不安，只是绞着手帕垂首侍坐，笑道："訸淑仪该不是怕见人吧，奴婢要是长成訸淑仪这样，还不整天在大街上逛悠，只怕别人瞧不见。"

皇帝笑道："不用你去臭美，满京城的人谁不知道你是个没皮没脸的。"

訸淑仪这才抬起头来一笑，艳丽容颜顿令华室失色，皇帝一时目眩，竟是怔了半晌，还过神来才觉喜出望外，叹道："难怪……"

吉祥一笑，悄悄退出。訸淑仪更觉局促，飞红了脸，丽色更是浓到化不开。皇帝看着她，饮了杯酒问道："宫里还住得惯吗？"

"还好。"訸淑仪的语气倒是温柔大方。

"想家了吗？"

"有时会惦记。"

"哦？你也是官宦人家的女儿，父亲任职在哪里？家里还有什么人？"

"臣妾的父亲曾是震北大将军司马，十多年前便辞官回乡，如今父母俱在堂上，还有一个兄长。"

"你还有一个兄长？叫什么名字？任什么职？朕今后留心着，也好提携他。"

訸淑仪却莞尔一笑，道："臣妾的兄长名灿，字离姿。臣妾也不知兄长现在何处。臣妾的父亲从前托故人照应他做官，他却不要，一怒之下出走，六七年了也不见回来，现在想是在哪里从军。"

皇帝笑道："姓慕，慕灿，慕离姿，听起来倒是女子的名字。照你这么说，你兄长却是个有骨气的好男儿。"

訸淑仪忙道："兄长的名字虽有些柔弱，却是一位高人送的。那道士看了兄长的面相，言道他命中金气大胜，性格刚硬，必有兵戎之灾，名字里要有火，才能克制。"

"原来你父亲也信这个的？"

"臣妾父亲原是不信，后来见兄长果然喜好个武艺兵法，模样虽然不难看，却是生性刚烈，好比金刚转世，才顿足捶胸地后悔，早知如此当初就该起名叫炭，字火烧便了。"

"慕炭，慕火烧？"皇帝不禁"哧"地一笑，"那么你呢，在家里名字叫什么？"

訸淑仪脸又红了红："臣妾小名徐娑。"

"慕徐娑……"皇帝只觉这名字和她脉脉婉转的风韵极是般配，心里感叹了一声，此刻心神所属全在她身上，随便吃了些饭菜，牵住她的手慢慢往寝宫而去。每走一步，便觉慕徐娑的手便凉了一层，坐到床沿上，将她的手捂在怀中，笑道："好些了吗？"

慕徐娑眼中尽是恐惑神色，十六岁天真的少女尚不知承欢作态，只是双唇颤抖着道："没有。"

皇帝忍不住微笑，搂她在怀中，感到她胸前的柔软贴在自己胸膛上，不禁血流汹涌，情欲难抑，用滚烫的嘴唇吻着她的额头道："一会儿就好了。"

十四

栖霞

兰亭巷在京中赫赫有名，到底与众不同，过了牌楼就是华灯悦目，香风拂人，纵是雨天，也因头上搭了鲜红的竹顶雨篷，一里长街中全无淋漓之苦，倒是每十步开外便有水柱顺着竹渠淌下，流在两边的明沟里，水声淙淙潺潺，平添了些玲珑情趣。一路上游人接踵，两边红袖纷招，眼前珠翠乱摇，真是京中繁华奢靡的气象。如意拂开几个缠上来的女子，转头笑道："瞧我们哥儿俩往这里一站的风流倜傥，早不将路上的人都比下去了？怪不得人人都拉我们。"

辟邪苦笑道："我们一身绿绢油衣，晶亮得蜻蜓一般，哪个不知是宫里出来的，风流些什么！"

如意"哈哈"大笑，挽住辟邪向前，直走到兰亭巷中腹一座大宅院门前，顿时清静了许多，门首两只红灯笼下各站着一个鬓边簪花的小厮，见了如意道："二爷来得正好！妈妈才念叨着呢。"

"谁要念叨这个无情无义的。"门里走出一个华衫美妇，三十多岁年纪，掩着嘴对如意笑道，"二爷多少日子没来了？我才要吩咐小的们，见了二爷只管关门，不叫进来。"

如意拉住她的手道："我不但来了，还带了客人。小六，这是栖霞姑娘。"辟邪在阶下仰头望去，四目相交，和那女子都是一怔。

栖霞旋即笑道："那就是六爷了？是不是？快请！"

引了两个人进院，沿回廊绕过影壁，眼前一院海棠，雨中花瓣飞落，衬在青苔碎石上，经过前边巷中的灯红酒绿，顿觉清雅扑面，神清气爽。正厅门前两个垂髫女童低首拉开雕花木门，一声婉转歌喉先声夺人地涌了出来。

"——芳火无惜欲燃尽，蓝江多愁天际回。"

琵琶滚出水音，袅袅息止，四周垂帘包厢中掌声喝彩声大作，还有人笑道："原来江据放的《燃春赋》也可以这样唱法，呵呵。"

那歌伎这才起身由小丫鬟抱着琵琶往后堂去了。栖霞引他们随便进了间包厢，笑道："那是个新来的清倌人，总有人没见过世面，以为这便唱得好了，二位爷可别见笑。"招呼小丫鬟进来，伺候两人将油衣雨屐脱了，亲自奉了茶来，"我去替二爷扫间屋子出来吃

酒，二位爷这里稍坐，随便听个不入耳的曲儿，我去去就回。”

辟邪等她走了才问：“这位是……”

“此间的老鸨，这间栖霞院就是她的产业，这个女人，了不起！”

辟邪拨弄着水面上的茶梗，只是一笑。

栖霞回来得甚快，又请二人挪步，穿过大堂，后面是个庭院，种得几十株牡丹，一座木楼与两层的正堂相望，匾额上所书“回眸”二字不但恰如其分还添了些多情。栖霞将二人带至楼上，推开一间，笑道：“请吧。”

如意当先跨入，先呼了一声：“好你个朝廷命官，怎么也在这里胡闹？”

里面的魁梧汉子长身起来大笑：“你自己是五品的大太监，就不算有品有衔了吗？”他神情洒脱，虎目含威，正是姜放。

辟邪倒无半分惊讶，上前拱了拱手：“大统领。”

“六爷。”姜放嘴角含笑，请二人入座。席上新布酒菜，栖霞捧过一红一青两本册子，问如意道：“二爷要哪个来相陪？”

如意推开青册道：“清倌人不要，我兄弟第一回来，要那些不懂事的扎手札脚的生厌？”

此言一出，姜放和栖霞都甚是尴尬，不敢看辟邪的脸色。姜放咳了一声才道：“二位今晚不当值？”

“皇上放了我们假，我便领小兄弟出来见识见识。”当下点了名含香者陪酒，栖霞又替辟邪叫了海琳，及至姜放，却见他推开册子含笑望着栖霞道：“我不用。”栖霞收了册子一笑自去，不刻领了两个美姬进来，前面的含香身量丰腴，柳眉儿大眼睛，看来爽快善言，海琳却是从头到脚没有一寸地方不显温柔，轻轻福了福，静悄悄地坐在辟邪身边。

如意拿出丝绢包的红匣，打开给二人看：“这是我兄弟特地选的见面礼，送给两位姑娘戴着玩儿。”

含香拿着钏臂手里看了看，知道价格不菲，笑道：“多谢六爷啦，何劳破费？”却望着如意冷笑一声，“若是二爷送的，就是这价值连城的宝物，也要摔在二爷脸上，为什么这么许久不来看我，只怕早把我忘得一干二净，全不顾人等得揪心。”

如意将她搂在怀中笑道：“你们栖霞院就你这么一个泼辣的，忘了谁也忘不了你。”

含香啐了一口道：“我只将这话告诉小茗儿，赶明儿二爷就知道她的泼辣手段。”

如意只是笑，在她手中喝了杯酒。

海琳将红匣收在身边，柔声道：“多谢六爷，六爷吃酒。”

辟邪从她手中接过酒杯，一饮而尽，觉她体香醉人，脸倒先红了一红。姜放忍着笑看

得清楚，向如意悄悄使了个眼色，这两个都是长袖善舞的人物，如何不心领神会，筛了几遍酒，就忙道乏。如意揽着含香自去，姜放对辟邪凌厉的眼神只作瞧不见，打了个哈哈，跟着栖霞走了。偌大屋里，只剩辟邪和海琳相依而坐，海琳笑了笑，又劝了辟邪些酒，布了些菜。几杯醇酒入喉，辟邪便觉身上暖洋洋尽是温存之意，见海琳柔荑红润，不禁握在手中，将头枕在她肩上。

“六爷累了？”海琳的声音犹如虚幻，眼前清雅居室似乎也泛出红色的光芒来，由这美姬将自己搀至床上，迷蒙中接过手巾擦了擦脸，海琳端过水盆替他烫了脚宽衣，辟邪卧在缎衾之中，看她拆下发簪，散开长发，躺在自己身边。辟邪雪白的手指把弄着她的发梢，见红烛微摇，照得她眼波如画，不禁俯身吮吸她的红唇，海琳一声轻叹，赤裸的双腿慢慢缠上辟邪的腰际，任年轻人渐渐温暖的手指颤抖地抚摸全身温润如玉的肌肤。

——烛光下温美如玉的胸膛犹如岚山明月，当那少女扭转身体之时，那腰肢岂非也像这样纤细婉转；当她惊恐得全身颤抖时，双臂岂非也是这样柔弱无力；在她修长脆弱的颈项仰起透出哦吟的时候，又是在谁的怀抱中——嫉恨就像蛇毒顷刻蹿遍辟邪全身，那丝温存迷蒙的少年意气顿时消散无踪，仇恨与悲伤将他浑身凉透，抚在海琳颈间的手指僵硬地越收越紧。

血色迅速从海琳脸上褪去，她欲呼无力，惊恐万状地望着辟邪锋芒万丈、凌厉如刃的双目，不禁泪如泉涌，手指紧紧嵌入辟邪双臂，满是哀求之意。

“啊——”辟邪听见自己叹了口气，猛地抽回了手，挣脱海琳的身体，抓起一边的长衣从床上跳下地。海琳咳了一声，扑过来抱住辟邪的腿，伏在地上喘着气道：“六爷、六爷别走！六爷走了，妈妈便会将我打死。”

辟邪低声道：“她是个温柔体贴的人，不会的。”

海琳急道：“一个人做了老鸨，身不由己，心肠总是狠的。六爷只当可怜我，不要就这样走了。”

“你说的对，人从来就是身不由己。”辟邪原本一腔刻骨仇恨倒被她说得气馁，见她白衫委地，柔肢微颤，不禁弯下身子拂去她脸上泪水，扶她坐在床上，“你别哭了，只要你不怕我，我就不走。”

“不怕。”海琳破涕而笑时尚有少女纯真的光彩，擦净泪痕，拉着辟邪枕在她柔软的怀抱中。

辟邪只觉多年来心神俱惫，从未有如此安逸，窗外歌韵稀闻，夜雨仍急，眼前红帐上朵朵灿烂牡丹也渐渐迷离起来。

“九爷！”沉睡中有人轻轻晃动自己身体，辟邪猛地睁开眼，红光照目，已是白昼。枕边的海琳早已不见踪影，前来唤醒的却是栖霞。

“什么时辰了？我二师哥呢？”辟邪睡觉从来惊醒，不料昨夜无梦，连海琳起床出门都不知道。

栖霞道：“二爷一早便回宫了，见九爷沉睡，不让惊动，说是皇帝知道，让九爷好好歇着就是。奴婢眼看午时了，怕爷耽误了什么事，才来催起。”

辟邪坐起来道：“是有些晚了。”由栖霞伺候披上衣裳，转眼看见手臂上被海琳指甲刺伤的地方早用小寒绢的丝帕包着，想起些什么来似的，怔了怔。

“九爷是累了，也不知多少年没睡过安稳觉。”栖霞低头替他着鞋，不禁语声哽咽。

“我不再是九爷了，”辟邪微笑道，“叫六爷便是，姐姐也不要自称奴婢，别人听到不好。”

“是。”

“多少年不见了，还没有替母亲给姐姐赔过不是，姐姐过得还好吗？”此问出口，辟邪便觉多余，当年曾手把手教他写字读书的王府女官，只因母亲嫉妒排挤，竟致流落风尘，还有什么好日子可过。

栖霞却笑道：“这话从何说起？是我遇人不淑，怪不得王妃。老王爷出征回来第一件事便替我杀了那个无赖全家，又赎我出来，买了这间院子给我。如今我名冠京华，明着使唤的人便有一两百个，又能替爷分忧，有什么不好？”

栖霞十八年前选入颜王府中，因她有些才女的名声在外，颜王指名服侍教导九子颜久，侧妃郑氏怕她分宠，趁颜王携颜铠和颜久出征之际，将她指婚给礼部小吏隋安为妾。隋安家里正室是个悍妇，将栖霞又打又骂不说，隋安自己也是个衣冠禽兽，好赌成性，欠了人巨债，最后竟将栖霞卖入青楼。辟邪现在猜测颜王将隋安一家杀尽，替栖霞赎身购宅也非全然出于急义善心，最终不过为在京中多布一路眼线，栖霞却不曾有半点怨恚，称得上以德报怨了。

栖霞又道：“这些年只从姜爷和二爷口中得知六爷消息，想不到昨夜一见，爷已经长成这么大了。爷随老王爷出征时不过七岁，临行那天还是我给爷穿的鞋呢。”

辟邪回想颜王书斋窗前，阳春如画，她素手把笔执教，是何等温柔清雅，如今见她容色仍与当年无异，眼角眉梢却多浸风尘沧桑，十多年过去仍是孑然一身，兢兢业业替自己掌管京中八十二处人马，心中早让险恶伎俩占去大半，而自己也变得阴狠狡诈，一师一徒当年那些纯真高贵气韵都已荡然无存，此时都觉面目全非，一时相对无语。

栖霞挪开目光，勉强笑了笑，低声道：“爷今后若还来，我总在这里等着。”

辟邪点了点头："我今后有事要在宫外办，就上你这里来。"

栖霞推开北窗："六爷看。"窗外一片修竹，青翠蔽目，"这片竹子后面墙外，还有两栋小楼，在北街上开了小角门，确实隐蔽。爷要来时，只管从后门进，无人知道。"

辟邪道："这便好，你自己也要小心。"

漱口洗面之后，吃了些清淡茶点，辟邪微作犹豫，才道："姐姐，那个海琳我很喜欢，姐姐今后不要勉强她。"

栖霞不禁一笑："不用爷说，我省得。这里还有一件事，那个紫眸，爷还记得吗？"

"皇帝指给霍炎为妾的那个紫眸？"

栖霞沉着脸点了点头："这个姑娘，最近有些不安分啊。"

辟邪皱眉道："还是那个姓安的？"

"正是，"栖霞道，"原本不用爷来操心，不过我想事关十几条人命，还当回爷知道。"

辟邪淡淡道："你照办就是了。"这便起身出门，外边云雨已过，正是暖洋洋的正午，见小厮捧了昨晚用的雨具过来，只道放在他们院里吧。头顶上花窗"吱呀"一声开了，是海琳听见辟邪的声音，从屋中探出脸来对他嫣然一笑，将手中一朵海棠轻轻抛下，才又速速将窗户关上。辟邪抬头望了一眼，拾起花别在衣襟上，款步而出。

白日里的兰亭巷毕竟冷清，几个老奴在各自门前扫街，路上还有些酒楼的伙计挑着食盒往楼里送台面。纵然竹篷底下荫凉，见这种光景，仍是让人慵懒得打不起精神。迎面倒有个年轻人低头走得甚急，辟邪离他尚有七八步开外，便闻得他身上浓香，心中就觉好笑。果然那年轻人身形突动，闪至辟邪面前，伸手来探他襟上海棠。辟邪手指微弹，劲力刺在年轻人手背上，衣袖拂动，带着他的身子猛转一圈。年轻人好不容易稳住下盘，握着右手，龇牙咧嘴地忍痛。

辟邪笑道："你喜欢，就给你。"伸手在襟上掸了掸，那朵海棠从他怀中跳将出来，"哧"地插在那年轻人的鬓角上，"让沈兄苦候一夜，真是失礼，这花儿只当在下赔罪了。"

沈飞飞讪讪然将海棠摘下，道："你怎么知道小生在此等候？"

"昨晚沈兄跟了一路，在下还是知道的。"

沈飞飞觍着脸上前笑道："前些天你叫人传了信来，说那个胡老头的闺女早就欢欢喜喜地嫁了人，李师才肯放小生脱身，小生承情，这里先谢过了。"

辟邪点头道："那就好。"转身就要走，被沈飞飞上前拦住。

"可惜那李师又逼着小生答应了他一件事，非要小生替他找到你不可。小生寻遍京城，都没有你的消息，还以为今生今世就要流落京师街头，想不到，"沈飞飞将辟邪身上

宫衣上下打量了一番，“你原来是宫里的公公，难怪找你不着。”

辟邪冷笑道：“找不到我，沈兄大可一走了之，沈飞飞从来也不是什么重诺守信的人，只怕里面还有些别的缘故吧？”

沈飞飞只得赔笑道：“明珠姑娘还好吗？”

“好得很哪，劳沈兄挂念了。”

辟邪拱了拱手，再欲脱身，沈飞飞急忙道：“且慢。”

“你已找到了我，只管和李师去说，现下可不要耽误我正事。”

沈飞飞道：“李师这个人虽然凶神恶煞，其实是个实心眼儿的二百五，小生和他说了不要紧，只怕他当真闯入宫中找你，你们怎么说也是师兄弟，能眼看他去送死？”

辟邪笑道：“沈兄，你在江湖上也是个成名人物，十六岁上就杀人放火无恶不作，现今怎么变得菩萨心肠？”

沈飞飞正色道：“若是别人，我才不管他死活。李师天真烂漫，是真正没有半点坏心的人，若他被你坑死了，我和你没完。”

辟邪失声一笑，才要说话，却见沈飞飞望着自己身后眉开眼笑道：“好了，找你的正主儿来了，你和他说吧。”

辟邪暗自后悔让他的缓兵之计拖住，回身果见李师仗剑飞奔而来，口中兀自大喝着：“辟邪，你别跑！”

“真是冤孽。”辟邪不禁长叹一声，上前劈头盖脸就道，“我欠了你银子吗？”

李师璀璨的笑容凝固在脸上，摸不着头脑：“没有啊。”

“那你为什么追着我不放，还不回你那白羊大杉府黑坟县胡家庄去。”

“我和师傅打了赌了，既然我武功不如你，认赌服输，我定要跟在你身边。”

辟邪道：“老实跟你说，我是宫里的太监，你若想整天跟着我，先净了身再说。”

不料李师大声道：“好啊！”倒把辟邪和沈飞飞都吓了一跳。

沈飞飞忙笑道：“你个愣头青。”伏在李师耳边说了几句话。

果然李师一脸骇色：“多亏你先说了，我还以为就是洗个澡呢。”对辟邪皱眉道，“这可不行，还有别的法子吗？”

辟邪冷着脸：“没有。”

“我躲在宫里也不成吗？”

辟邪知道这句话必是沈飞飞教的，瞪了沈飞飞一眼道：“更不行！不等你死，我先被你害死了。你不如先回家，练上几年功夫，再找我较量如何？”

李师笑道：“你这是在哄我，我还是听得出来的。”

辟邪冷笑道：“你还不算傻。我武功高你数十倍，用得着你保护照顾吗？你要听我使唤，先说一件，你杀过人吗？”

李师怔了怔：“没有。”

辟邪微笑道：“你多会儿杀了沈飞飞，就算你心诚，我便放心留你在身边。”

沈飞飞抽了口冷气，倒退一步大声道：“你们师兄弟不痛快，不关我的事，别！”

李师却是大怒，目光灼灼盯着辟邪道：“你这个人太过分！他与你无冤无仇，你要他性命做什么？”

辟邪哼了一声：“你以为他是什么好人？他十三岁偷盗成性，十五岁便开始杀人，十六岁时一把火烧了夸州六河县衙，死了二十七口，现在要他伏法偿命只怕他死一次还不够。”

沈飞飞见李师愤怒的眼神转而投在自己身上，不禁面如死灰，挣扎道：“等等。”

“我说的是真是假，你问这位沈兄就知，自己看着办吧。”辟邪朗声一笑，将两人撂在街上，悠然自去。

回到宫中，居养院里只有小顺子一个人，擦着汗扇着茶炉在廊下烹茶，见到辟邪回来，欢呼一声：“师傅回来了，明珠姐姐快要急疯了，要不是二爷传了信儿来，只怕姐姐就要出宫寻找。才刚庆祥宫传来消息，说是四爷回坤宁宫当差去了，明珠姐姐嘱咐我说给师傅知道。”

“他真是个机灵人，躲得倒挺快啊。”辟邪微微觉得有些失望，坐在一边问道，“明珠现在人呢？”

小顺子往茶盏里倒了茶，奉过来道：“去尚功局了。”见辟邪接茶的手腕上缠着白绢，笑问，“师傅手上是什么？”

辟邪解下寒绢手帕，上面尚留有海琳的芳香。阳光透过纤细的丝绢，仍照得他手指雪白晶莹。

“没什么。”他随手将手帕扔在茶炉里，看着袅袅青烟飘散，慢慢道。

“姑娘，这日头毒了，再往前赶可没歇脚的地方，且容我们喘口气如何？”轿夫在外和丫头白杨紧商量。

“呦，这可要问我们小姐。”

紫眸打起轿帘，笑道：“歇一会儿没事。”

出了城，郊外一片农田，方圆几里之内除了住家，只有这处小亭独立，供往来行人休憩。亭外树荫下已经停了一辆骏丽马车，赶车的小厮懒洋洋靠着车辕剔牙，亭中两个丫头围着一个妇人奉茶打扇子。白杨远远见了，对轿夫道："你们树荫下歇着吧，小姐亭子里坐会儿。"

紫眸由她搀出来，在亭子一角坐了，那两个丫头朝她点头微笑，端了盏凉茶来，道："都是赶路在外的，不嫌弃的话，请用杯茶。"

紫眸忙道："多谢了。"

"呦，这声音怪耳熟的。"那正座的妇人放下茶碗转过身来，讶然笑道，"这不是紫眸吗？"

紫眸和白杨见了那妇人，都是大吃一惊，紫眸"叮"地将茶盏失落在地，站起来颤声道："妈、妈妈。"

"这话怎么说的？"那妇人掩嘴一笑，"你现在是官家的二奶奶，能管我叫声栖霞姐姐，我就要念佛了。你们这是上哪儿去？"

"我们……"紫眸脸色煞白，吞吞吐吐一句。

白杨忙道："我们上香去。"

"上香？"栖霞笑道，"这里方圆十几里可没听说有寺有庵，你们这路可走得长远了，难怪心疼家里的轿夫，自己轿子不坐，雇了人抬着。"

"是。"紫眸勉强道，"我们路远，这便告辞了。"

"别，"栖霞上来拉住紫眸道，"晚一点有什么要紧。长远不见，说会儿话。"

白杨赔笑道："我们真是赶路，妈妈放我们走吧。"

栖霞笑了笑："我和你主母说话，轮不到你插嘴，现下就是有你这种刁奴，撺掇着主人做坏事。自己不想想，卖身契还在我院子里搁着呢，就当能清清白白做人，大大方方说话了？"对自己的两个丫头道，"这还是我们院里的姑娘，你们陪她聊聊。"

两个丫头上前，不顾白杨挣扎，架到一边，先喝了一声："闭嘴。"

栖霞拉着紫眸坐下，叹道："听姐姐我一句话，今后这香咱们不烧了。当初可不是我逼着你嫁人，问了你三遍，是你自己说愿意的。我欢欢喜喜办好嫁妆送你出门，你说喜欢白杨这个丫头，我一两银子也没要你的，便让你带去，为的就是你尽心尽力地服侍探花郎。你到底哪一样不如意？哪一样不称心？为什么现在还在招惹那个姓安的？"

紫眸早就吓得魂飞魄散，低声泣道："当初是我错了，妈妈饶了我。我心里喜欢的，还是安家公子。"

栖霞笑道："你真是个痴情的人，可惜就是有些水性儿，也罢，由得你。"

紫眸听她这么好说话，才觉惊讶，只听两个轿夫已在嚷嚷："可瞧见前面了吗？好大

的烟，敢情是着火了不成？”紫眸奔到亭外，只见两里之外浓烟冲天，正是安家大院的所在，回首望着栖霞，震惊恐惧之间早忘了悲恸：“你、你……”

“姑娘，这不是你要去的地方吧？”轿夫上前来问。

栖霞的丫头出来啐道：“呸，你们嘴里真是晦气。这姑娘是来访我家奶奶的，如今路上遇见，用不着你们啦。”付了来回轿资打发轿夫走人。

栖霞笑道：“这是怎么了，难不成你真是往那里去的？如此也好，你那点丑事再也无人知道，免得探花郎丢人现眼。你不用前行了，我的车大，载你回去。”

白杨听她说到“再也无人知道”，便知自己性命难保，才刚要呼救，已被那小厮上前一记嘴巴扇昏，塞在车里。两个丫头服侍栖霞和紫眸上车，那小厮仍是叼着牙签，懒洋洋甩着鞭子，慢慢赶着回城。

栖霞安置紫眸回家，眼见霍炎家人出来接了进去，才放心回转兰亭巷。车到门前，正赶上姜放按时到了，自己一个人下车，迎上前去，笑道：“姜爷，少见哪。”望着他身后两个年轻人，明知故问道，“这两位小爷是姜爷手下？”

姜放道：“你说对了，这两位是今科武试的榜眼、探花，游云谣、郁知秋，过来见过栖霞姑娘。”

栖霞叹了口气：“要说这天下的才俊总是百川归海，只要是皇上身边的，都是人物，怎不叫人叹服？快请里面坐吧。”

今日乃是重新调派宫中侍卫的日子，新入选的侍卫也点名儿分派到各门各处。游云谣和郁知秋两人因前几日得罪了宫中掌权的大太监吉祥和辟邪，心里十分惴惴不安。果然，新往乾清门调派的名单中连胡动月等人都点到了，只有游云谣和郁知秋被派在宫城当差，做了俗称的紫南门侍卫。姜放见两人沮丧，过来笑道：“有什么！你们还是二十出头的人，来日方长，有得是你们建功立业的机会，不急于一时。怎么说这也是你们入仕的第一天，来，咱们喝杯酒去。”

游云谣和郁知秋年轻豪爽，听他这么说，只将不如意的事抛在脑后，换了便衣，晴日之下跟他漫步而出，哪料姜放转了几个弯，竟拐到兰亭巷来了。他们都是世家子弟出身，家教甚严，从未涉足烟花柳巷，心中正觉大大不妥，却见栖霞从车中低头出来，三十多岁的人，仍是十分秀丽，谈吐文雅，气度高贵，与他们所想的寻常烟花女子自有天壤之别，再见苑中格局悠然宁静，人物风流美艳，一时恍惚不知所至。

姜放笑道：“这是京城里鼎鼎大名的清雅馆子，我是个武夫，懂不太多，只是这里厨子的手艺当真称得上技冠京师，多日不来解馋便觉骨头痒。”

栖霞笑嗔道："姜爷不解风情也就罢了，这话要是让姑娘们听了去，伤心之余定要拆了厨房。"

姜放三人都是朝廷命官，在正厅里露面多有不便，栖霞径直引到后面的回眸楼，上了二楼，廊下已然站了个华服少年，倚着栏杆从身旁的美姬手中的帕子里接过酒盏，笑着一饮而尽，回头对姜放道："等了多时了，大统领怎么才到？"

游云谣和郁知秋见他笑颜雍容，正是辟邪，想到前几日才刚对他出言不逊，自是尴尬。

栖霞笑道："原来六爷也在这里，几位要不要一起坐？"

辟邪道："姐姐不知道，我是等他们来的，早叫人摆好了席面。"

"叫的什么菜？"姜放问道，"可有醋椒的鳜鱼？我去厨房瞧瞧，学了他们的法子回去。"说着竟和栖霞、海琳下楼走了。只剩下游云谣和郁知秋，不得已拱了拱手道："大总管。"

辟邪道："不敢当，这是别人私下的戏言，奴婢现在还是宫中无品级的奴才，两位这么说，可要折煞奴婢了。请吧。"他推开门，打起里面的垂帘，请两人坐了，只空了上座留给姜放，亲自执壶过来替两人斟了杯酒，道，"今天来，是要先给两位赔个不是。"

两人吓了一跳，郁知秋忙道："公公这是什么话，要说到不是，都是我们有眼不识泰山，那日里言语上多有得罪。这杯酒我先干为敬，只当赔罪。"

辟邪见两人将酒喝完后仍是一脸惶惑不解，笑了笑道："二位心里在想，既然因得罪了你们师兄弟，害得我们被派到了紫南门外，如今摆这鸿门宴，不知又要耍什么花招，还是小心为妙——对不对呢？"

"不敢不敢。"两人被他一语道破心事，都涨红了脸。

辟邪道："人之常情，甚易揣测。我也算半个学武之人，二位更不必说，咱们只管爽爽快快的。"

游云谣笑道："听公公这么一说，我也不妨问一句，公公到底有何深意？"

"想不到游兄真是痛快的人，"辟邪笑道，"老实说，我们师兄弟虽然出身微贱，只因在皇上身边伺候惯了，个个都有些古怪脾气。若非是当世的人物，我们师兄弟还真懒得打交道。二位是人中的豪杰，咱们这也算是物以类聚，意气相投。"他说这句话时脸上傲气飞扬，洒脱磊落，游云谣和郁知秋两人虽然性格迥异，但少年人心底都一样的狂傲不羁，立时生出些亲近之意。

辟邪摆手，叫他们不要谦辞，道："万岁爷年轻，一句话就要奴婢代点了武进士，不知里面生了多少周折。不瞒二位，自那之后，我毒也中过，打也挨过。万岁爷皇恩浩荡，顾惜奴婢的性命，不然今天你我也不会坐在一处说话。万岁爷道，宫廷之中，处处都是陷

阱，现在的武进士锋芒毕露，且不说被人压制，有几个显眼点的，不定还会遭人毒手，好不容易选来入仕，无论如何要保全这些朝廷将来的栋梁精英。我已经招了人嫉恨，你们又是我代点的，原本都是为皇上效命，没有什么私心，只怕有些人鼠肚鸡肠，以为我们结党营私，少不得要把你们当作眼中钉，所以奴婢前几日校场上故意得罪两位，免得人多生口舌，二位可要担待则个。”

游云谣和郁知秋恍然大悟，想不到宫中斗争已是如此激烈，都先打了个寒战。

辟邪道：“这回两位派到紫南门，是皇上和姜统领商议的，乾清门侍卫驻守内宫关防，乾清宫侍卫是皇上贴身护卫，不能说不重要，但常人不知道，紫南门侍卫监守前面三大殿，内阁、六部、内务府，整个朝廷都在紫南门侍卫和禁军手里把着，皇上说，虽然过去紫南门的禁军和侍卫都不算是皇上最亲近的人，但二位才堪大用，时日一长，定能替皇上守住这朝廷要冲。”

郁知秋才知道已得皇帝信任赏识，不禁意气风发，游云谣却是凛凛一怔，望着辟邪欲言又止。辟邪看得清清楚楚，向他微微摇了摇头，命他不要说破。郁知秋道：“皇恩浩荡，臣自当倾力效命。”

辟邪笑道：“原是我小心眼儿，对皇上说，他们还年轻，不知体会皇上的重用之意，还是须说明一声才好。万岁爷当时就笑我。现在一看，还是皇上圣明，两位深晓圣意，以大局为重，倒是我白担心，没来由抢了大统领的东。”

“呵呵，六爷手里的银子花不完，不过一席酒菜，就心疼成这样？”姜放大笑一声，从外面进来，招呼使女将鳜鱼放在席中，“三位是不打不相识，六爷也该向我手下的人赔个不是，先罚一杯。”

“我早知道大统领是个护犊的人，这酒不喝可不行。”辟邪端起酒杯向游云谣和郁知秋拱了拱手，抬头饮尽。

郁知秋道：“不敢当！公公的武功出神入化，那天也是让我们长了见识。”

辟邪笑道：“那天拼了命要显摆，弄得上气不接下气，让各位见笑了。”

“哎！”姜放道，“六爷可不要欺负他们年轻，他们目光如炬，怎么不知道六爷的武功已入化境？”

“这两位只怕还大着我几岁，我怎么欺负他们年轻？大统领这话可差了。”辟邪大笑，“两位的剑法出众，今后还要请教呢。”

他怕宫门下匙，替众人筛了一遍酒，就便告辞。游云谣和郁知秋才知他是个颇洒脱的人物，此时有些依依不舍也只能作罢。

辟邪走到苑门前，栖霞赶过来："六爷就要走了？"向外瞥了一眼道，"门外有个人自六爷进来，一直等着，六爷小心。"

辟邪皱了皱眉，出门果见李师靠在街对面的墙上等候。

"你杀了沈飞飞？"

"没有。"李师一反常态地低着头。

"难道是我说的不是实情？"

李师跟在辟邪身后慢慢前行，过了半晌才道："你说的都是实情。"

辟邪回头笑道:"你既没有杀他,又来找我,难道是下定决心回白羊,来向我辞行的吗？"

"也不是。"李师扬起清澈的眼睛，"我也不知道是不是应该回去。"

"哦？"辟邪饶有兴味地望着他犹豫复杂的表情。

李师道："我从师傅那里听了很多你的事。你七八岁的时候就和匈奴交战，从小的志愿就是驱逐匈奴，保护中原太平。"

"我没有和匈奴交战，只是碰巧在那里，任我现在的武功再高，也不可能七八岁的时候就去打仗。世间的变化何其之快，我的志愿早和从前不同了。"

"师傅不会骗我的！他还千叮万嘱叫我不要说给别人听。"

"就算他说的是真的，又和你有什么关系？"

"我是白羊的牧人，在那里，牛羊迁徙的时候蜿蜒数里，兄弟姐妹赛马飞奔，也跑不到草原的边际。匈奴南下之后，我们放牧的谷地被他们强占，牛羊马匹也被他们掠去无数，日日都有性命之忧。我有剑却架不住他们人多，我本想跟着你，赶走这些掠食的豺狼，让我的兄弟姐妹夺回自己的土地，白羊人的后代子孙无忧无虑。"

辟邪笑了笑："白羊已经很好了，出云以北天天都在死人，驱逐匈奴不是我们两个人随便说说就能做的，这是朝廷和军队的事。"

"我也想过从军，"李师道，"师傅却对我说，如果跟着你，比从军强过百倍。就算我战场上能杀百人，也比不上你一句话能击溃上万的大军，所以我便找你来了。可是……"

"可是？"

"沈飞飞说他十六岁以前，一共杀了三十七个人，他虽然知道他们每个人都该杀该死，可是每次杀人以后都非常难过。这三十七个人，都有妻儿老小，就算世上所有的人都恨他们，他们的父母一样会伤心，他们的子女也一样变作孤儿，他们没有招惹谁，为什么要受这样的苦？他们就没有理由来向你报仇了吗？就像我为了自己的家人和匈奴打仗，在我剑下死去的匈奴战士，交战的理由说不定和我是一样的，他们的兄弟姐妹和孩子就不应

该有更多更大的土地放牧他们的牛羊了吗？”

辟邪不料这样的话会从一个莽撞冲动的年轻人口中说出，讶然笑了一声：“你中了沈飞飞的毒了。”

李师却问道：“我们和匈奴这样杀来杀去，是对的，还是不对的？像沈飞飞这样为了报仇去杀人到底是对的，还是不对的？一个人犯了罪，杀了他偿命到底是对的，还是不对的？我从军杀敌，死的是上百个敌人，如果我跟随你，杀的人会不会更多？从来只有师傅教导我道理，现在他不在身边，便只有问你了，如果我不想明白，我就不知道今后应该怎么办。”

辟邪笑得悄然无声：“原来你还是个有佛性的。你这么问，可难住我了。我先问你，”他随意指了个路人道，“这个人要是上前来杀我，你会不会阻止？”

“会啊。”李师大声道。

“我从没有欺负过他，甚至不认识他，他只是看上了我囊中的钱财，就要取我性命，眼看他的刀就要刺在我身上，你不杀他，我就要死，你怎么办？”

李师想了想才道：“我会杀他。”

“这个人要是沈飞飞呢？”辟邪望着李师绞尽脑汁的样子，异常愉快。

过了半晌，李师才道：“我还是会阻止他，但是最好他只是受伤，不必死。”

辟邪放声大笑：“在你出手的那一刻，他就死了。但这个人若是你的兄弟呢？”

李师瞠目结舌，百思不得其解，最后道：“我不知道。”

辟邪叹了口气：“再倘若不是你兄弟贪我钱财，而是我杀害了你的父母，你又会如何？”

李师想也不想：“我不会阻他。”

“这便是了。”辟邪道，“我们做的每一件事，只要站定了自己的立场，便没有什么对不对的。就说刚才，换作明珠，她不会管我是不是和你兄弟有仇，只要是想伤害我的，她一定会替我除去。人要是脱离自己的立场来看浮世众生，倒不如成佛的好。”他说着不禁一声冷笑，“要是说佛祖天神法力无边，世上众生命运因缘都由他们安排，他们要是真的大慈大悲，何以看着人世间杀戮不断，冤冤相报？我虽然是个彻头彻尾的坏人，佛祖菩萨又是什么好心肠，要将我生在这世上害人？再不说人，就是众生都有杀性，豺狼猎狐兔，虎豹食牛羊，我们身不由己杀个把人，有什么了不起，要你愁成这样？”

李师张着嘴盯紧辟邪，一时说不出话来。辟邪道：“你问我，我便这么答你，全因我不是善心的人。你要是跟着我，只怕今后杀的人不止上万，咱们朝中的大将，哪个不是战旗一挥，沙场上就尸骸遍地？我身边驱策的，都是穷凶极恶的人物，我对他们也没安什么好心，只要必要，一样会让他们送死。这样的日子，你想过吗？你要觉得这样也不算什

么，好，我从今天起就授你武功，让你好好地替我杀人放火，满手血腥，哪天因要保命，只当你是弃子，让你死得不明不白，你便称心如意了？不过我可告诉你，你现在就给我答复，我可没有时间天天陪着你消遣。”他继续前行，李师沉默着，仍是紧跟在他身后。

眼看前面就要出了兰亭巷牌楼，李师突然道：“你从前不答应我，就是因为这个？”

辟邪头也不回道：“不错。”

“你是怕我被你害死，所以不答应我跟随你？”

辟邪一怔，不禁转过身来，看见李师目光璀璨，才觉得自己说错了话，向后退了一步，道：“且慢。”

李师带着一脸恍然大悟的笑容，逼近过来道：“你不愿坑我，分明就是个良善的人，像你这样的，还算什么穷凶极恶？”

辟邪身子已经靠在牌楼的柱子上，万没料到自己刚才那席话竟让李师这个直肠子一来一去得出这样的结论，懊丧之余冷笑道：“哪有你这样把善恶分得截然清楚的？你脑子不转弯的吗？不是黑就是白？”

“呵呵，”李师早将困惑抛诸脑后，放声大笑，“我终于明白了，如今你再想赶我走，可不成啦。”

“喂喂，光天化日，竟敢在兰亭巷拦路抢劫！”兰亭巷的游客大多囊中千金，若是无人罩住场面，早就大乱，哪有现在的繁华气象，这个兰亭巷的地保流氓眼见一个衣衫褴褛的壮汉紧握双拳，对着个华衫瘦小的少年大声吆喝，只当是劫匪，领着四五个人上前阻止。

李师大笑道：“杀个把人有什么要紧，你们算是撞在阎王手上了。”腰中剑鞘“咣啷”一响，这便要掣剑出来。

辟邪真只怕李师将自己那番话听了进去，胡乱杀人闯祸，忙上前一把按住，喝道：“你少装疯了，说什么你都当真。”此言出口更是后悔莫及，只觉平时的镇静风度被这天真耿直的青年搅得乱七八糟，一腔无名火尽数撒在几个流氓身上，上前大吼一声：“爷的事也要你们多管，滚！”这声大吼调足真气，连李师也觉五脏震荡，晃了几晃，更不用说那几个痞子，被尖厉声音刺得耳膜剧痛，心血翻滚，抱着脑袋呼痛。

辟邪哼了一声，拽着李师的袖子疾步就走，奔到僻静的地方，在李师金子般灿烂的笑声中突然长叹道：“天意！”

十五

郁知秋

离都的夏天实在不好过，上百万的人拥挤在都市之中就已局促，再加上一条大江蒸腾水汽，更使得细若游丝的风仿佛粘在身上，闷热得喘不过气来。九座大桥中只有飘夏桥还凉快些，但因从这里过江的人多，马也跑不开，对姜放来说无疑是火上浇油，好不容易到了暑楼前，跳下马，将缰绳扔在伙计手里，道："等着。"疾步上楼一打量，仍是不见辟邪和明珠的影子，只是"嘿"的一声，连闷气也没来得及生，扭头奔下去，策马赶往静水庵，在庵门前树上拴了马，大步奔向正殿，果听明珠在院子里道："真是笨，说几遍才会？"

"是，"李师老老实实地道，"你再舞一遍我看。"

明珠对李师叹道："也不怪你，这招是你四师兄进宝创的断魂剑，你是个二百五，怎么学得会这里面的阴狠毒辣？"说着在树荫下持剑而立，腰身柔舒，身子忽地向后仰去，手掌一翻，剑尖从自己咽喉上掠过，"哆"地钉在树干上，叶间透过的阳光照得剑身雪亮，纤细的下颌仰成一条白皙的直线，美得凄绝壮丽。

"好！"沈飞飞在一边高声喝彩。

辟邪用扇子敲敲他的手指："你这棋还下吗？"

"下。"沈飞飞连忙避开明珠犀利的眼神，看着棋盘道，"你走了哪里？"

姜放见他们其乐融融，一片闲情逸致，更是气不打一处来，跨入院中吼道："宋明珠接旨！"

明珠忙收了剑，刚想对姜放笑着说话，却见他眼中似要喷出火来，不知他为何恼怒，紧走了几步，笑盈盈跪道："奴婢明珠接旨。"

"传太后懿旨，尚功局女官宋明珠立赴上江行宫掌教女红刺绣，择日启程不得有误。"

辟邪从廊下站起身来，背着手微笑，看到明珠起来，才道："这是生的什么气，大热天的，先喝盏茶再说。"

既然明珠已执意委屈，姜放气也消了大半，抢过茶喝了几口，道："皇上要你这个月内结清针工局的事务，你却出来游玩，两天没有回宫，这是什么罪名？"

辟邪笑道："那点子事，小顺子办就好了，这里比宫里凉快，住两天避暑。"

"哼哼，"姜放冷笑着从怀中摸出三本白皮折子，递给辟邪，"先看这一件。"

辟邪从沈飞飞身边离开，展开第一本，原是颜王在京的耳目禀说最近有人在静水庵活动住宿，问是否需要查清来历。辟邪失笑道：“大水冲了龙王庙，这些人倒是认真。”

“这里原是王府的产业，自然看得紧些。”

“静水庵不能再待了，”辟邪叹了口气，“京城凉快的地方可不多，想不到我一番苦心经营，现在倒反受其害。”又摊开第二本驻在大理王子段秉身边的宋别的加急谍报，看了半晌，皱眉道：“宫里的一个人？你说他是冲谁来的？”

“他要杀的是宫里的人，那还用说吗？当然是……”姜放一转眼，看见李师神情凶恶地紧盯着自己，忙将“主子爷”三个字咽了回去，压低声音道，“当然是你了。”

“我？”辟邪不禁长笑一声，“来得好！”

姜放急道：“他的武功只怕和你不相伯仲，只要碰到，定是两败俱伤，我宫里见不到你的人，早就急得什么似的，你怎么一提雷奇峰，就来劲了呢？”

辟邪微笑道：“有仇不报非君子。”

姜放无可奈何道：“先不说这个，宋别的折子怎么回？”

“雷奇峰埋伏在大理就是对付段秉，现在东王抽调他上京刺杀于我，定是在大理有了别的决策手段，你回复宋别，先下手为强。大理王只有两个儿子，死了一个，便只有段秉继位，不要怕撕破脸。”

“肯定是东王？”

“雷奇峰不过就在洪王与东王间周旋。洪失昼其人磊落多谋，要对付我，还不屑玩这套暗的。只是东王怎么忽然对我顾忌起来？”辟邪又将折子看了一遍，旋即冷笑道，“雷奇峰，哼哼。”

姜放忙将宋别的折子从辟邪手中抽回来，道：“第三封信更要紧。”

这是北边来的谍报，单于均成平定草原各部，在贺里伦一战中身负重伤，左屠耆王单于长子阿纳将攻打雁门、出云一带的匈奴兵马急调回营应变，此时凉州附近的匈奴正在陆续退兵。

辟邪“啪”地合拢折子，问道：“必隆的加急军报什么时候到京？”

姜放道：“估摸着还有四五天。”

“那就是直接送到行宫了？”辟邪蹙着眉，“看来不得已我还是要去上江一趟。”

“这种天气实在不方便主子爷走动。”姜放道，“况且雷奇峰也在京畿，不如属下替主子爷传话。”

辟邪摇了摇头：“事关重大，还是我亲自去。只是没有旨意我不便出京，你且速回上

江，让皇帝传我过去。你手里的侍卫中有谁闲？”

姜放道：“现都在上江，只有紫南门外游云谣、郁知秋二人信得过些。”

“知道了，你再请一道手令给郁知秋，只说他弓马娴熟，皇帝要他随驾围猎，同我一起启程，以便随扈。”

“游云谣岂不更好些？”

“这一路上若遭遇雷奇峰，恐怕不死人是不成了。游云谣为人机智沉稳，是个人才，我不想这么早断送他。”

两人互视一眼，姜放慢慢点了点头，收了折子要走。李师走过来问辟邪道：“这个人是谁？”

辟邪压低声音道：“这个人就是当今侍卫统领，武功可好得很哪，和你从前交手的武举人有些现在便是他的手下。”

“武功好得很？”

辟邪一边微笑看着李师眼睛开始放光，一边去招呼明珠收拾东西回宫。

“喂，你等等。”李师几步便追上姜放，“听说你武功不错，咱们比画比画。”

姜放笑道：“我是朝廷命官，你是草民小寇，打不到一处去。告辞。”

李师大喝道：“就让你领教领教我草民小寇的剑法！”平端长剑就要出招。

姜放大鹏举翅般后掠一丈开外，足尖轻一触地，人已从门中掠出，尚远远笑道：“剑法？你差得远呢。”

辟邪看着李师一脸惊异艳羡，笑着叹了口气，低声自语道：“可惜。”不料明珠正在远处斜眼看着自己，于是讪讪道，“我不过是想瞧瞧李师最近的武功有没有长进。”

明珠白了他一眼，自去拾掇茶碗。

辟邪对李师和沈飞飞千叮万嘱，叫他们不要再住静水庵，这才分手回宫。明珠次日随姜放去了上江，辟邪命小顺子收拾好行装，只等旨意到了就启程。谁知等了两天，到了第三日的傍晚才接到皇帝的口谕。原来皇帝此时并不在上江行宫，领着侍卫行围之后小住西边猎宫，那里距上江还有小半天的路程。辟邪恐连夜赶路时遭遇雷奇峰偷袭，纵然事关紧急，也只得再等一夜。

次日黎明，在紫南门会同郁知秋，见他神采奕奕，身背巨弓，确有英姿飒爽的风采，心里叫了声好，众人面前仍只是相互淡淡拱了拱手。策马到离都城边，正赶上西望岳门大开，马鞭一挥，两骑骏马奔上官道，直向西行。

辟邪打起十二分的小心，一路上却不见雷奇峰的半个影子，直到上江行宫都是平安无事，

两人换了马继续狂奔。好在此时有些云彩，免去许多烈日当头的酷热，隐约见到猎宫一片湛蓝屋顶时，对面一匹快马迎上来，胡动月招呼道："皇上正在垂钓，两位江边说话。"

江边上飘着一只竹筏，皇帝带着遮阳斗笠，拿着鱼竿恹恹欲睡。姜放佩刀站在一边戒备。辟邪和郁知秋在岸上叩头请安。皇帝转回身笑道："你们这么大声，鱼都吓跑了。辟邪，你上来。"

侍卫这便要搭跳板，辟邪摇了摇手，撩起袍角，轻身跃上竹筏。众侍卫见他凌空似有仙态，都忍不住喝了声彩。

皇帝笑道："你这一手可漂亮得很哪。"

"万岁爷可有收获？"

皇帝摇头："朕大概天生不擅此道，忙了一整天也没一条上钩的，不然就赏你一尾。"

"虽然没有鱼，奴婢还是要谢皇上恩赏。"辟邪笑了笑，目光投在江面上，江水倒映着两岸青山，平静无澜，骄阳忽从云后透出万丈光芒，照得水面晶亮。辟邪望着水底一丝不起眼的微波，瞳中金光迅敛。

"你急着上这儿来，什么事要回？"皇帝将鱼竿交给姜放，却听辟邪在身后冷笑了一声，眼前袖袂微动，姜放的佩刀"锵"地出鞘，凌空飞斩，竹筏被辟邪拦腰挥成两段。一道青色人影从水中夺然跃出，剑势快到巅峰，似有似无的光华直取辟邪咽喉。

辟邪脚下竹筏猛然发力飙前，反震得皇帝和姜放所在的那一半笔直冲向岸边，刀身护体，一瞬间迸出蒸腾的霜痕。

"叮！"

雷奇峰剑尖刺在刀背之上，一击未中，退势仍像箭矢，射向半空。竹筏突然"啵"地震得粉碎。辟邪紧随而上，横刀挥向雷奇峰前胸，刀风中白气飞散，被阳光照出一道夺目彩虹。雷奇峰满身杀气汇至剑锋，从彩虹的拱顶一鼓作气奋力刺入。

水面嗡然一声回响，鼓起一波浪潮涌向江岸，柳荫下的战马躁动不安大声嘶鸣。郁知秋反应最快，早从马上卸下巨弓箭壶，冲到江中张弓搭箭。战团中的两条青色影子又是一合一分，巨鹰般盘旋着向江中落去。郁知秋盯准短衣持剑的雷奇峰，大喝一声，两支黑翎同时离弦，攒向雷奇峰后心。

辟邪看得清楚，冷冷道了一声"多事"，闪到雷奇峰身后，出指疾点，两箭均被他震飞。雷奇峰凄楚的神情中一抹惊讶的笑意飞掠，原本刺向辟邪后腰的剑势微微一挫，只刺破他衣角，眼前水光刺目，立即屏住气息，与辟邪同时落入水中。

江水沉静，波澜不兴，岸上众人被适才的激斗骇得魂飞魄散，只顾瞪大眼睛观望。姜

放大吼道："愣着做什么？护驾！"

"护驾！护驾！"胡动月等人放声吆喝。

"上船，下水，"姜放急得跺脚，"该抓的抓，该救的救！"

皇帝盯着江水，冷汗浸衣，恶声道："辟邪回不来，你们也别活了。"

众侍卫面面相觑，擦着汗道："是。"

半里之外突然水声哗然，江面如沸，一条人影冲天而出，在空中一晃，又栽了下去。

"那是谁？"

姜放摇了摇头："臣看不清楚，这就去下游找寻。"招呼了几个人翻身上马，沿江奔去，却再不见有人浮出水面。

姜放转回和皇帝商议几句，都觉不可惊动行宫中的人，只怕太后和贺冶年得了消息抢先一步找到辟邪，重伤之下一个寻常武夫也能要了他的命，忧心如焚之际却想到一个计较，遣人回行宫传了成亲王及其随从伴当以随猎之名赶赴猎宫，会同一处撒开人马沿着两岸细细搜索，直至入夜仍是消息全无。

皇帝身边只带了郁知秋，一路离行宫渐行渐近。郁知秋耳目聪明，听得前面树丛中似有动静，喝道："什么人？"

皇帝催马一跃，果见草地上仰卧一人，衣襟散漫，白皙的皮肤在月光下犹如冰雪。

"辟邪！"皇帝惊呼一声，跳下马奔去，被郁知秋一把拉住。

"臣先去看看。"郁知秋唯恐是刺客，几步走近道，"果然是辟邪。"伸手要扶，才触到他的身体，猛地缩回手。

"怎么了？"

"冰冷的……"郁知秋骇道。

皇帝抢过来推开郁知秋，抱住辟邪的身体，不禁打了个寒战："死了？"一刹那眼前白光一片，半晌才觉得郁知秋使劲晃着自己身体。

"万岁爷，万岁爷，还有气息。"

"是吗？"皇帝探到辟邪气息，比辟邪更白的脸色上才稍有人色，不禁"噗"地笑了一声，"扶他上朕的马。"

"是。"郁知秋宽下自己的外衣，裹在辟邪身上，隔着一层衣服，仍觉寒意刺骨，连打几个寒噤。

皇帝将辟邪接到鞍前，道："你速去联络其他人，就说找到了。"

郁知秋答应一声，将地上辟邪的东西悉数捡起，翻身上马而去。

皇帝只觉辟邪的身体越来越冷，连忙解开外衣将他捂在胸前，仿若冰山压顶，寒意立时向百骸乱窜，“啊”地呼出声，向后缩了缩，俯首却见辟邪脸上飘散着一抹痛楚，正在咬牙苦撑，不禁心一横，将他紧紧锁在自己怀抱之中。此时皇帝才知什么叫度日如年，时间就如大江缓缓流逝，自己的体温却被辟邪贪婪汹涌地抽走，全身紧缩在一处，冻得骨骼发痛，牙关磕打有声。忽听辟邪长长呼了口气，微微一动。

“好些了？”皇帝喜道。

辟邪迎着皇帝眼睛，似乎有点迷惑震动，突然手足挣了挣。

皇帝双唇铁青，打着寒战，大笑道：“别动，一会儿姜放来了再说。”

此时两人共乘一马，缓向行宫归去，林中夏虫和着水声嘶鸣，带来沁人的闲适。

“看见你的时候，朕只当你已经死了。”皇帝似乎还在震惊中，看见辟邪素白面容上勉力绽开嘲色一笑，不禁怔了怔，抬起头望着远处，笑道，“能和皇帝共乘一马，也是少有的事，景仪只在十岁前坐在我的马前，那也是在上江，跑得累了，还要我抱他下马。”他淡淡环视着丛林大江，“现在也没有了。”

弯月浸江，水面上银鳞翻滚，凉风盘旋，辟邪目光也渐变深远，十五年前无忧的夏天，草原上颜王的骠骑犹如奔雷，红色旌旗滚滚，一眼望不到边际，颜久正坐在父兄马前，时而也会有现在一样的困倦，将身体蜷缩依靠在父兄怀中，是不是亦如这瞬的安然舒适——那种时光，现在也没有了——辟邪望着皇帝峻削的下颌，只觉皇帝身上传来的温暖甚至带着炙热感触，奔流在自己的血液里，不禁脱口而出：“皇上！”

“姜放来了！”皇帝似乎未闻，扬起眼睛道。

“万岁爷！”郁知秋一马当先过来，勒住马道，“带出来的侍卫都过来了。”

皇帝道：“好，你传旨让他们不要靠近，只叫姜放过来。”

辟邪摸索到盖在自己身上的侍卫纱袍，勉强伸手递还给郁知秋：“多谢。”

郁知秋将横在马前的青色宫衣交到辟邪手中，笑道：“保重。”刚要走，突然道，“忘了，这也是公公的。”从怀中掏出一只小小的印信。

辟邪抓住金印上的彩色的丝绦，悄悄和乌木牌一同掖在腰里。

“什么？”皇帝还是问了一句。

“奴婢两局采办的印信。”

“怎么还没交接完？”

“本来是快了，只是有件大事，奴婢急着禀告，才先到上江来的。”

皇帝抄住辟邪的腰将他放在地上，双手仍冻得颤抖，道：“无论什么急事，明儿再说。”

辟邪虽然元气渐复，仍觉困顿，答应道："是。"

姜放已经快马奔到，正要下来请安，被皇帝抬手止住："朕先回去了。天色已晚，刺客明日另行调兵搜索。你们慢慢的，小心。"骏马飞腾而出，远处侍卫们大喝着相互招呼，火把阑珊，沿着江岸驰远。

辟邪将仍有些潮湿的宫衣穿在身上，笑道："好险，虽然将雷奇峰震飞出水，却不料他的掌力也甚是厉害，竟将我内息激得粉碎，险些冻伤我自己的经脉。"

姜放沉着脸道："我就在一边，连郁知秋也开弓相助，主子爷为什么仍只身犯险？下回再这么玩悬的，小心我不答应。"

"是是是，下回不敢了。"辟邪连忙点头。

姜放也不是一味啰唆的人，武人脾气一上来，忍不住问："你们到底胜负如何？雷奇峰死了没有？"

"应该没有，"辟邪迎着江上浮光微笑，"不过他现在的痛楚也不亚于我。"运转一遍内息，奇道，"我倒因祸得福，内息重新聚敛之后，好像比从前还充沛些似的。"

姜放笑道："主子爷少来这一套，就算是武功高了十倍，也不值得冒这个险。只等着回去明珠一顿骂吧。"

辟邪从腰间摸出那枚印信，借着月光看了看，递给姜放："把这个悄悄地放回成亲王宫里。"

姜放接在手里，奇道："这是怎么了？"

辟邪脸色阴冷，道："没什么，你不要多问。"倦意涌来，觉得筋疲力尽，回到行宫，倒头便睡。

若非门前似有人掀帘子往里看了看，辟邪仍会沉睡不醒，见那人转身要走，忙坐起来道："二师哥。"

"醒了？"如意笑道，"罪过，怪我怪我，要不你还能多睡会儿。"

"二师哥打皇上身边来？"

"正是的，皇上要我来瞧瞧你是不是好些了。说是若还歇着就不惊动了。"

辟邪绾起头发，漱了漱口，才走了这几步就觉浑身酸软，倒了杯茶给如意，道："开始搜索刺客了？"

如意叹了口气："昨儿搜了一整天，活没见人，死没见尸，皇上为了这事，还将贺冶年与姜放痛斥一顿……"

"一整天？等等，"辟邪放下茶盏，"今天是……"

“二十八，”如意笑道，“你睡了一天一夜了还不知道？我和大师哥、明珠轮着来叫，都不见你动一动，要不是大师哥说没事，我就要替你出殡了。唉，你这是上哪儿？”

辟邪抓起宫衣披在身上，就往外走：“误事了，皇上御驾哪里？”

“正在倚海阁，刘远和翁直带着兵部几个大将刚从京里赶来，你这时去恐怕要撞到呢。”

“要的就是这个。”

辟邪疾步走在前面，被如意赶上拉住道：“一整天水米未进，你这是奔命哪？哥哥我求你慢着点，好不好？”

辟邪这才觉头晕目眩，头顶上黑沉沉的乌云，更是闷热得难受。如意拉着他坐在倚海阁的偏殿廊下，从值房里端了些点心温茶出来，道：“你先垫垫饥，我去通报。”

辟邪饥火中烧，又怕皇帝立时要传，吃得急了些，被沾了糖面的龙须丝呛得咳了一声，偏殿里有人“哧”地一笑，道：“主子，你看这个小太监的吃相，定是个偷食的奴才。”

辟邪才知里面有皇妃玉驾，忙站起来要躲，珠帘“哗啦”一响，一个十五六岁的宫女端着个托盘出来叫住：“你等等，娘娘赏你粥喝。”

辟邪双手接过，碗中是馨香的鲜莲子红枣，知道是皇帝的饮食，一怔之下，那宫女已笑道：“可别磕头，娘娘不高兴的。”

“是。”辟邪望着她扭身掀帘子进去，屋里一亮，椅子上坐的素色纱衫少女容色炫目，正是訸淑仪慕徐姿。辟邪愣了一会儿，听见如意道：“小六，皇上叫你呢。”

“是。”

如意笑道：“别忙别忙，这碗粥现在恰到好处，喝完再走。”

辟邪匆匆吃完，进去叩头请安。

皇帝向吉祥点点头，吉祥宣道：“辟邪护驾有功，擢升六品乾清宫奉御，赏玉带。特赐御前佩剑行走。”

这是少有的殊荣，不过想到雷奇峰行刺的并不是皇帝，辟邪不禁有些啼笑皆非，口称谢恩接过玉带和赐剑，果然是久违两年的靖仁剑，磕了头起来，旁边成亲王、翁直都在向他微笑，只有刘远仍是脸色青白，目不斜视地盯着地面。

翁直笑道：“原来前儿护驾的是辟邪啊，武功高强，难怪当日皇上委以重任代点进士，臣老眼昏花，竟是瞧不出来，到底皇上识人善用，实是圣明之君。”

皇帝笑了笑，翁直又道：“果然皇上吉人天相，诸神庇佑，那均成重伤之下，再难有觊觎中原的野心，这场兵戎之灾竟是如此消弭，皇上大喜啦。”

皇帝摇头道：“切不可如此掉以轻心，他此番重伤，虽有几年不能南下，难保他不会

卷土重来，兵部还是小心行事。”

“皇上恕奴婢大胆僭越，奴婢有几句话要说。”辟邪上前一步道。

翁直等人虽已知道辟邪在皇帝身边参谋，却从未听他当众直言政事，都是一怔。

皇帝却无不豫，眯着眼微笑：“辟邪，你知道这里在议何事吗？”

辟邪躬身道：“均成。”见皇帝点头，续道，“以奴婢的愚见，均成在贺里伦一战重伤，非但不会暂缓北边战事，这场匈奴大战反而会来得更快更早。”

可谓语惊四座，翁直愣了愣，突然放声一笑，道：“愿闻高见。”

辟邪慢慢道：“均成二十五年前还是屈射国的首领，尚未称帝，上元初年匈奴来朝，他曾经随单于伊次厥到过中原，当时鸿胪寺大夫至匈奴驿馆，问及均成饮食居所可周到，均成遥望清和宫微笑不答。那时均成只有二十八岁，便有在中原称帝的雄心，这些年他吞并草原，大军已成，只怕这个念头更是灼烈。”

刘远道：“这件事史官有记。中华江山如画，物产丰饶，中原一行，定是勾起了他的狼子野心。”

辟邪道：“匈奴历来由各国联盟，到了他这二十年，屈射氏征伐草原，各部落皆归他一人驾驭，他做了这么多年的皇帝梦，铁蹄不踏上中原，只怕他死不瞑目。”

翁直笑道：“可惜他重伤未愈，如何领兵南下？”

“这件事也是两可。均成这次吃下的贺里伦，乃是匈奴北方大国，原本需要抚慰弹压数年，待他国内平定，估计三四年后才会南下，他二十万兵马强壮，又无后顾之忧，恐怕届时会是一场苦战。若均成重伤不治而死，贺里伦定会反叛，匈奴内斗消耗于我中原是再好不过的事，只要皇上遣骠骑数万趁他们内乱将之驱逐，北边定有三四十年的太平。但均成体魄强健，传说凛然有天神之威，虽听闻他受伤极为严重，也会有一时痊愈的可能，”辟邪摇头一笑，“均成有自知之明，毕竟五十二岁的人了，知道受此重伤死期将至，挨不过一两年，待他伤势稍愈必定急于求成了却心愿，这南下之期便会提前到明年。”

皇帝脸色微微一沉，道：“明年？”

辟邪道：“他来势凶猛仓促，奴婢看这也是大破匈奴的最好时机。”

翁直拍了一下手，道：“不错，若他明年来犯，国内未定，自己又伤重，正让我们有机可乘。”

“所以，这中原北境的运数完全取决于均成的伤势如何。”

皇帝道：“难道不能趁他大局未定，现在就增兵雁门、出云，将他一举击破？”

翁直面有难色，看了刘远一眼，刘远只得道：“皇上的意思正中匈奴要害，但是朝廷现在无兵无饷，均成又龟缩在极北的贺里伦，朝廷大军要奔驰千里之外，粮草一个送不

上，就要断送几万精兵哪。”

这一下又触到皇帝痛处，握着茶盏忍了半晌，忽而笑道：“知道了，是朕想得不周。凉王在匈奴境内耳目众多，翁卿连同凉王务必将均成的近况三日一报，与朕得知。军备上只想着开战在即，征兵征饷刻不容缓，各位即刻返京，连同内阁、吏部速速拟个章程，朕回京便要看见。”

成亲王道：“臣也回京。”

皇帝摇了摇头：“你留在朕身边，万事能有人商量。”

众臣退出之后，皇帝起身来回踱步：“他有二十万兵马，朕震北军里不过十二万，加上国库空虚，看来不打藩地主意是不成了。”他望着辟邪道，“可是征粮使回来不过一两个月，再要遣去，藩王们可不会善罢甘休。”

辟邪道：“万岁爷所虑极是，事关朝廷生死存亡，要想个万全之策。”

“京畿兵马还有近十万，都在太后手里，由踞州郑钧海牢牢把持，若连这路人马万不得已也要征发，到时门户洞开，岂不让东王乘虚而入？再加上苗人，内忧外患，我朝的气数……”皇帝慢慢坐在椅子上，皱着眉思索。吉祥忙向辟邪使了个眼色，辟邪一笑，也不出声。一阵闷雷滚过，四处无风，闷得人吐息艰难。皇帝突然一跃而起，大声高喝：“行围去！”

“哎？”吉祥倒被吓了一跳，跟着他走出屋来。

皇帝望着满天压城的雷云，笑道：“强敌虎视中原，国君再无安枕之日，这也许是朕最后一个无忧的夏天了，何苦愁眉不展？叫詸淑仪出来，随朕同去。”

慕徐姿从偏殿里步出，比闪电更加照人双目。大雨“噼噼啪啪”敲打着庭院中的芭蕉，似作铁蹄之声。“下雨了。”她向皇帝笑道，“皇上还去吗？”

“雷阵雨，”辟邪在皇帝身边轻声道，“下不长的。”

姜放正领着侍卫搜查密林，见雨势不止，命众人各寻地方避雨。郁知秋初至上江，到了有遮挡的地方，那些元老侍卫早就站满了，仰头看见山间白亭，策马奔去。不料里面也躲了五六个人，全作侍卫打扮，见他下了马进来，却是一阵慌乱，缩到角上叽叽喳喳笑了一会儿，其中一个上前道：“喂，我说，你没瞧见这里都是人，挤得不成，你另觅地方躲雨去吧。”

郁知秋愣了愣，道：“我看还好啊，都是一样当差的，你们可不能不讲理。”

那几个人都是哄然一笑，笑声清脆悦耳，倒把郁知秋闹红了脸。“听你们说话，不像是侍卫，难道是宫里公公穿了侍卫衣裳出来偷猎？”

那先说话的人啐了一口："什么公公？你小心……"

"和他多说什么？"人群中一人道，"既然有地方，让他躲一会儿也无事。"

"是。"那人微微一笑，转身回去。

郁知秋冲那解围的少年侍卫抱拳笑道："多谢。"

那人白皙的脸上红晕一现，扭头不答。郁知秋有些讪讪的，用袖子擦拭脸上的雨水，听他们压着声音细细议论，心不在焉地四处眺望。倾盆大雨飘洒江中，白烟翻滚在江面上，对岸青山也作黛色，长风带走无限悠长的炎热，令人胸怀舒畅。

树丛中突然有人叹道："这场雨真是时候，不然我就热死了，正所谓：好雨知时节……"

亭中的几个人不禁又是一阵哄笑，果然听他接着道："当春、当……"

旁边还有个凑趣的，一本正经在问："'当春当'后面呢？"

连郁知秋也笑了，树枝"哗啦"一响，却钻出两个穿百姓衣衫的青年，其中一个腰间悬剑，郁知秋等人都大吃一惊，原先在亭子里的几个人惊呼一声，向后便退。

郁知秋不敢怠慢，走出亭外，掣了剑出来，高声喝道："这里是皇家禁地，你们是什么人！"

先头的华衫青年油亮的头发，被雨水一打更是明可鉴人，笑嘻嘻对身后魁梧的汉子道："听见了吗，皇家禁地，看你还说我不识得路。"

"哈哈，错怪你了。"这人声音开朗得没有半点心机杂念，笑道，"要不向这个人打听打听。"

华衫青年摇头道："没用没用，这个人是侍卫，不一定知道，倒是后面几个人都是姑娘家扮的，应是内宫里的人，问他们准没错。"说着眼神放光，向那替郁知秋解围的少年侍卫直勾勾望去。此言一出，郁知秋甚是诧异，不禁回头也看了一眼。

立时有人站出来挡住，喝道："大胆，看什么呢！"

郁知秋恐这二人是刺客，再不多言，长剑突刺，只道："看剑！"

那华衫青年笑道："原来是看剑啊。"身形一晃，人已飞升到白亭的琉璃攒尖上，单足独立，迎风飘摇，身法美轮美奂。亭中众人吓得尖叫，拥出来挤在郁知秋身后。郁知秋知道对手武功高强，暗吃一惊，退了几步护着身后几个女扮男装的侍卫，低声道："你们能打不能打？"

一人哆哆嗦嗦道："不能。"

"那还不快跑？"

"是，将军好自为之。"正要发足狂奔，亭上青年飘身跃下，伸手拦住。

那魁梧青年喝道："喂，你老毛病又犯了？欺负女孩子，小心我一剑先捅了你。"

华衫青年吐了吐舌头，把手缩回来笑道："小生冒昧了，不过想问他们些话。"

郁知秋面无惧色，朗声道："有话问我就成了，让我的剑告诉你。"

魁梧青年见他骁勇，也是赞叹点头，避开一剑对华衫少年道："你一边待着，不许出手。"他身材高大，身法却流畅已极，在郁知秋剑下揉身避了三个回合，疾退半丈，长剑一亮，奋身杀入，只一剑便刮破郁知秋左袖。郁知秋向后退了几步，额上冷汗微现，沉声对身后道："我只能支撑一会儿，你们再不走，等着他们来要命吗？"说罢举剑再战，他的剑法与那青年相去甚远，仗着一股刚强之气勉力支持，几招下来险象环生，右肋上被划破一道口子，虽然不深，血却裹着雨水流下，看来触目惊心。

众女纷纷退却，只那少女一跺脚，奔到自己马前，摘下弓箭，对准魁梧青年就射，却被那华衫青年闪过来一把抄住飞箭，笑道："姑娘的准头不好，可别射着了这位将军。"

郁知秋听他语中有轻薄之意，不禁大急，一个分神，对手剑光在眼前一闪，冲自己咽喉而来。郁知秋心中一凉，只道无幸，却见那剑尖一荡，飞翎激射在剑背上，一骑战马跃入，姜放在马上持弓笑道："真是热闹！"

两个青年面面相觑，都是大笑。

姜放道："郁知秋，护着人先走。"

"大人，他们两个人……"

"再来两个也无妨。"姜放盯着两个青年，气得脸色发青，"你只管先走，下去叫人上来。"

郁知秋翻身上马，带着众人疾驰下山。其中一人并马过来道："郁将军，我们多有不便，这就分手。"

郁知秋点头，回头仍见那少女袅袅婷婷驻马相望，心中一荡，不敢再看，手中马鞭加力，催马下山求援。众侍卫听他道："山上有刺客。"哄然跃起，抄家伙上马就走，还未到白亭，却见姜放单骑驰来，都问："大统领，刺客呢？"

姜放笑道："什么刺客，两个农夫走错了路，见了我转身就跑，钻进林子里，我的马进不去。你们细细搜去，将他们小示惩戒逐出去就罢了。"

郁知秋大急，刚要说话分辩，姜放已向他使了个眼色，拉到一边，待无人了才道："就说你是个新丁，一点不错。你知道你护着走掉的是什么人？那两个人大打出手，像是刺客的作为吗？传出去都有损太后、太妃的体面，多一句嘴，便后患无穷。"转而看着郁知秋马上长弓，叹道："我年轻时和你差不多，也是在上江，射杀了两个刺客，便以为功高盖世，要不是当时有人送了我一句话，只怕早就做了糊涂鬼。"

郁知秋凛然道："是，多承大统领指教。"

姜放微笑道："快掩盖伤口，速速回去休息，你此番有功，皇上不会忘记的。"

郁知秋忙从怀中掏出绷带，低头裹伤，忽而问道："大统领，但不知那人送了句什么要紧的话？"

姜放仰面大笑："将军恐成惊弓鸟，刺客且作猛虎称！"

郁知秋手抚仁义弓，望着姜放纵马远去，清澈的寒意醍醐灌顶，凉透身周。

郁知秋虽对此事缄口不言，贺冶年却略有风闻，抓住机会赶到行宫，要在皇帝面前参姜放一本。到箭亭之外，吉祥拦住道："大人且慢，可不要再往前走了。"往里瞥了一眼，"里面还有娘娘的凤驾。"

"老臣鲁莽了。公公通禀一声。"

吉祥面有难色，道："万岁爷正在兴头上，大人稍等，奴婢见个机会就通禀。"

里面内臣喝彩声大作，原来皇帝箭箭均能中的，觉得有些烦了，叫人将鹄的挪到一百二十步开外，已不能射及，回头对慕徐姿笑道："你来，朕教你射箭。"

"好啊。"慕徐姿笑容如画，从如意手里接过一张精致柔弓，取了手套护指。皇帝问："多少步好？"

"这张弓弱，恐怕五十步以外臣妾便力不能及。"

如意亲自量了距离立鹄，小心翼翼躲在一边。皇帝站在慕徐姿身后，手把手替她张弓，前面三箭只有一箭脱靶，众人都叫了一声好。慕徐姿自己射了两箭，都有模有样。皇帝笑道："很好了，多练练定能中的。"

慕徐姿突然扔下弓，摘下银丝手套，蹙眉道："这个东西碍事。"

皇帝一愣，却见她素手从箭壶里抽出三支长箭，衔了两支用牙咬住，舒臂张弓，"砰砰砰"三箭连发。如意往靶上一看，惊道："三箭均中红心！"

内臣们回过神来鼓掌欢呼。皇帝又惊又笑："你、你敢骗朕。"

慕徐姿脸上还带着用力迸出的红晕，笑道："臣妾才没有骗皇上，是皇上说教，臣妾可没说不会。"

如意举着鹄的过来，道："皇上又冤枉人，奴婢听得清清的，訸淑仪确实没说不会弓法啊。"

皇帝大笑："朕忘了你是武将世家的出身。好，訸淑仪和朕倒有番较量。"

内臣们见皇帝和訸淑仪有比试弓法的意思，都在起哄。皇帝却一眼望见吉祥在一边欲言又止，向他招了招手："什么事？"

"侍卫统领贺冶年在外求见。"

“那是搜到刺客了？叫他廊外说话。”皇帝回身对辟邪道，“你的弓法极佳，先陪訸淑仪玩一会儿。”

辟邪从开始就一言不发，脸色苍白，此时躬身施了个礼，对如意道：“一百步。”他是不僭越皇帝的意思，慕徐姿却道：“六十步，换张弓来。”向着辟邪一笑。

辟邪忙挪开目光，只听如意鸣金，张弓就射。

“两家都中！”内臣们笑道。

慕徐姿身上微微的淡香飘来，犹如雨中落花的芬芳，她探向箭壶的柔荑带着少女特有的一抹透明的粉色，像闪电在辟邪眼前一张一合，令他双目生痛，人群的欢呼渐渐飘离，耳中只有声声金鸣，随之飞箭离弦，向着细雨中那恍惚鲜艳的红心刺去。“中的！”如意每一声高唱过后，那箭尖就像攒在心窝上，一缩一痛。

“啊！不好。”慕徐姿突然轻呼了一声，辟邪不禁手一抖，这箭飞脱，只堪堪插在靶边上。

“訸淑仪中的。”

慕徐姿已微微沁出了汗，笑道：“你上当了。”

辟邪吐了口气笑着：“兵不厌诈，奴婢输得心服口服。”

“万岁爷叫辟邪。”小合子走近道。

辟邪放下弓，向慕徐姿施礼告退，到了廊下，姜放刚从地上起来，向辟邪狠狠瞪了一眼。辟邪大奇，只听皇帝道：“这是第三天了，再找不到，恐怕已让他走脱了。辟邪，你和那刺客交过手，你看他是死是活。”

“应该还活着，那人武功极高，只要他有一丝喘息的工夫，就能脱身。不过他的伤势也不轻，不会再犯圣驾。”

皇帝点头道：“那就好，姜放，你们也辛苦了，今天再将围场净一净，就撤回吧。辟邪，你也跟着去一趟，确保万无一失。”皇帝起来要回，问辟邪道，“怎么样，胜负如何？”

辟邪道：“奴婢输了。”

“你下棋也输，射箭还要输给女孩儿？”

“奴婢也是身不由己。”辟邪笑道。

皇帝大笑着走了。姜放对辟邪仍是怒气冲冲，哼了一声就走。辟邪追上前奇道：“怎么了？”

“怎么了？你的好兄弟、好朋友，两个二百五！”

“李师？沈飞飞？”

“进了行宫地界找你来了！情义深重，一会儿也离不开啊。”

辟邪吃了一惊，怒极反笑："混账！"

姜放叹道："皇上问的就是这个。好在人已让我哄走了，现在上江镇上，明天你再不露面，只怕他们还来。"

辟邪沉吟道："还有谁看见了？"

"郁知秋，他不要紧。要命的是，还有一伙人。"

辟邪冷着脸追问："谁？"

姜放的微笑带着奇妙暧昧的味道，慢慢道："景优公主。"

十六

景优公主

皇帝已决定七月初一便回銮离都，六月二十九便是今年最后一次行围。刚下过场大雨，上江天气十分凉爽宜人，皇帝早早起来，精神抖擞佩了细甲，谊妃赵氏、訸淑仪慕氏、景优公主都是身着戎装，英姿飒爽地在内臣女官簇拥下来了。百多内臣将成亲王和侍卫与宫中内眷远远相隔，号角一响，拥着皇帝当先跃入，谊妃和訸淑仪手持精弩紧随其后。皇帝弓马娴熟，见林丛中鹿角乍现，放马追去，訸淑仪一笑，轻喝一声，蜿蜒随上，马术毫不逊色。皇帝前两箭都落空，第三箭正中鹿颈，再补射一箭，雄鹿仰头悲泣一声倒地，喘息不止。吉祥跃下马，从腰中抽出匕首，割开鹿颈取血。皇帝笑着转回身，却见訸淑仪放开缰绳，双手掩目不忍相看。

“没事，已经断了气的。”皇帝绕回她身边笑道。

慕徐姿仍是遮着眼睛，只顾摇头。皇帝扒开她的双手，见她双目紧闭，眼角微带泪光，柔声道：“弱肉强食就是这样。你今儿不看，以后永远都会害怕……”

她性格就是这样，说不看就不看，任皇帝这么说，只是摇头道：“不，臣妾今天才知道原是不喜欢这种事的，皇上不要勉强。”忽听皇帝大喝一声，“睁开眼。”吓了一大跳，不禁张开双目，眼前芬芳微摇，皇帝执着一束才刚俯身采撷的兰花，笑道，“这个才好看了吧。”

慕徐姿破涕而笑，接过来掖在罩甲的衣襟上：“皇上真会唬人。”

皇帝望着她微笑，吉祥忽然过来，往皇帝手里塞了几枝兰花，向着缓缓过来的谊妃努了努嘴。皇帝心领神会，迎上去亲自插在谊妃鬓上。谊妃受宠若惊，颤着嘴唇道：“谢皇上。”

慕徐姿拊掌笑道：“真美，姐姐羞得脸也红了。”

“小丫头敢取笑我了。”谊妃果真涨红了脸，催马过来从慕徐姿襟前取了一枝为她挽在钗上。

吉祥叹道：“万岁爷瞧，到底是谊妃娘娘亲手簪花，和皇上爷们儿的格调就是不一样。”他的言下之意谊妃如何不知，心里得意欣喜，对着皇帝巧笑嫣然。

皇帝只觉两人容颜如画，赞叹道：“真是美到了极致，朕看着你们说不出地高兴。”

林丛中马蹄响，如意钻出来望了一眼，道：“原来是万岁爷在这里。”

吉祥呵斥道：“这是什么话？”

这么凉快的天，如意却是满头大汗，皇帝不禁问道："什么急事，跑成这样？"

如意脸上尴尬，道："这个……景优公主的侍从才刚说走失了公主，原本不想让皇上操心……"

这边侍卫还不知道，姜放远在内臣的圈子之外，只看见辟邪百无聊赖，懒洋洋放马徜徉，上前招呼，见他脸色困顿，忧道："公公精神不好啊。"

辟邪一笑："昨晚两只疯狗吵得厉害，我直追到上江镇上，将他们打个半死，连夜叫人用船载回京里，等大统领回去剥了他们的皮涮锅子。"

姜放大笑："消受不起，等天冷些再说。"

辟邪叹道："等不到天冷了，有只疯狗就只认准大统领咬，我也拴不住啊。"

"哼哼，"姜放道，"公公调教得好，别故作不知。"

辟邪咳了一声，笑道："大统领试试也无妨，好叫他知道人外有人，他多个历练对你我也有好处。"

姜放沉吟了一会儿，忽见内臣中一阵骚动，辟邪道："只怕有什么事端，我先回去瞧瞧。"奔回队伍之中，如意悄悄向他说了。辟邪笑道："这里都是皇家的地面，围场四周多少人把着，跑不出去，说不定是马累了落在后面，我兜回去看看。"

"可别声张，"如意道，"外臣还不知道。"

"我省得。"辟邪留了个心眼儿，没有带人，只身策马往回一路寻觅，知道这里能歇脚的地方只有内湖的水榭，快将到时将马鞭凌空抽得山响，缰绳紧锁，勒得马嘶鸣不止。湖边小道迎面果有人放马而来，喝道："哪位？"

辟邪笑道："原来是郁探花，怎么不在前面？"

郁知秋脸一红："第一回来，走错了道。公公如何不在皇上身边伺候？"

"乱了套了，"辟邪看着郁知秋罩甲边上露出的一角珍珠巾，伸手在自己身上比了比示意，"公主走失，内臣都在寻找，探花可别乱走了，撞上凤驾可不好。"

郁知秋将珍珠巾掖回怀中，羞得无地自容。辟邪笑道："请快快赶回吧，奴婢去水边看看，告辞。"分开柳荫就见前面两匹马闲着，景优公主坐在水榭栏边，正往水里抛石子。身边的女官见辟邪走近，忙在她耳边低语。景优公主撇了撇嘴，不以为然，曼声问道："你是皇上身边的红人，只怕皇上一刻也离不开，怎么上这儿清闲来了？"

"万岁爷不见公主，惦记着，请公主回皇上圣驾前面去。"

景优公主起身道："四处人围着，一刻自在的时候也没有，看着你们就生气。"辟邪看她马鞭随意抽抽打打走过来，连忙躲得更远了些，只见公主长鞭过处，林中柳叶乱飞，

辟邪跟在她身后，只得小心翼翼挡着眼睛。景优突然停住脚步，问道："今儿是不是挺凉快的？"

辟邪忙赔笑道："正是的。"

"就是说嘛，多好的风。"景优公主伸开双臂，柳叶被风卷过来粘在她的衣服上、脸上、头发上，她不知想起什么了，仰头欢笑起来。

皇帝围猎之后又歇了一天，打点御用事物，才向太后请辞，留皇后侍奉太后、太妃慈驾，带着谊妃、詠淑仪从陆路赶回京城。辟邪因获升迁，得了品级，第一件事便当去内务府递本子请换牌，谁知内务府早得了信，管事捧着雪白的牙牌出来，笑道："六哥儿的牙牌做好几天了，恭喜恭喜。"

"呦，各位大人上心。"辟邪忙叫小顺子奉上谢礼，换过乌木牌。

"这里还有成亲王的贺礼，叫我代交给六哥儿。"管事捧过一根牌穗，提系的丝绦上簪满晴绿翠玉，光华夺目。

辟邪几乎冷笑出口，面上惊喜难抑："王爷费心了。赶明儿要给王爷磕头。"回到屋里"啪"地将牌穗摔在桌子上，对小顺子道："锁起来，别让我再瞧见。"

"是。"小顺子抚摸着粒粒上好珠玉，不知它招惹了辟邪什么气，叹息中依依不舍，放在箱子最底下。

一会儿居养院门前便门庭若市，宫里各个衙门都有些相关的人道贺，吃了杯茶方散，又有谊妃说辟邪护驾有功，差宫里人来放赏，最后悄悄笑道："娘娘要多谢公公在皇上跟前美言哪。"

"回禀娘娘知道，"辟邪道，"皇上的严旨，不让奴婢各宫走动，只在这里多谢娘娘眷顾。只要娘娘今后放宽心，对詠淑仪等人爱护有加，皇上心里定记得娘娘的贤惠，比之他人不啻天上地下，还会有不更上一层楼的道理？"

"公公说的是。"那人见辟邪有些倦了，连忙告辞。

辟邪好不容易得闲，端起茶碗，早已凉透了。他自中毒后旧伤复发，明珠照顾得周到，再热的天，茶水也是温和适口。此时念及明珠还在上江，屋子的空气里少了些什么似的，让他怎么都不自在。

次日黎明起来，卧房外的椅子上照旧搭着新浆洗的宫衣，上面却横着一根崭新的青绿牌穗，如此纤细的丝绦上错落有致地绣着一斜新梅，针法细密，清雅扑面，竟是明珠的手笔。小顺子揉着眼睛出来道："师傅起得早啊。"

“这是哪里来的？”

小顺子看了看：“昨晚整理师傅从上江带回的行李，见着了以为师傅今儿要带，要不我换那根旧的？”

辟邪将牌穗握在手里，仔细看着微笑：“不，这根就好。”

小顺子凑在辟邪眼前道：“我跟了师傅这许多年，难得见师傅真的高兴，是什么金丝银线绣的牌穗？我得好好再瞧瞧，长长见识。”

“贫嘴！”

小顺子“扑哧”一乐，扭身就跑：“师傅赶紧吧，要是迟了，倒霉的又是小顺子的狗腿。”

“知道就好。”辟邪连忙更衣，赶到乾清宫，果然皇帝已起来了，站在外面自己打着扇子，仰头望着天色。辟邪磕过头道：“还没到时辰，皇上就等在这儿，一会儿臣子们知道，还不诚惶诚恐？”

“朕只是心里有事，睡不着。今天从这儿好好地看了看清和殿，日出的时候，穹顶璀璨，宫阙辉煌，难怪多少人垂涎三尺。”皇帝道，“这么好的东西，谁能轻易让人？无论国内海外，想要和朕争的，先准备赔上性命吧。”

如意喝了声彩：“就是这个理儿。”

皇帝对辟邪道：“昨儿刚回宫，刘远和苗贺龄就上了个折子，还是征藩地的银粮，大战在即，各地征上兵源，也不知来不来得及。”

“老戏重唱，只怕不管用了。”辟邪道。

皇帝道：“藩王们不容易对付朕知道。洪州地处匈奴南下要冲，其安危和这件事有极大关系，洪王不会生太多是非。就是杜桓父子心怀不轨，只要拿下了他，其他人都好办。”

话虽如此，真要一时想个良策也是极难，皇帝最后仍是按刘远等人的奏议，此事以苗贺龄为首，往各地加派巡抚，招募兵勇，加增税赋。

“百姓已经很难了，你们牢记巡抚的职责不是把刀架在百姓脖子上逼他们吐银子出来，加赋一事要斟酌当地民情，更要提防有些没良心的人从中渔利。”

翁直道：“朝廷要人，是要多少有多少，但马匹就是另一回事了。”

皇帝道：“青、洪两州，再加上白羊，从来盛产良驹，兵部跟他们商量去。”

辟邪忽而笑道：“白羊民风彪悍，那些牧民吃软不吃硬，朝廷不能强征，派去的人更要机灵善周旋。”

翁直道：“这话有理。”

“你荐个人。”皇帝对辟邪道。

“奴婢看陆过甚好。”

“不会太年轻吧？”翁直倒是有点忧虑，罗晋和他素来交好，忙暗中拉了拉他的衣角，翁直立时会意，笑道，“且让他先试试。”

成亲王坐得近看得清楚，心中暗骂一句老奸巨猾：陆过是辟邪举荐，就算是办事不力甚至于激起白羊民变，也同翁直全无干系，何乐而不为？等到自殿上下来，他悄悄向辟邪招了招手，问道：“这个陆过到底如何？翁直正等着看笑话呢！”

辟邪笑道：“无妨，奴婢自有安排，劳王爷费心。王爷的赏赐昨天奴婢领了，等有空就到王爷府上磕头。就是那件东西太过珍贵，怕别人看见不好，不敢随身带。”

成亲王望着辟邪夺目的笑容，一时欲言又止，只是道：“那就好，你有空就来，我等着。”

巡抚人选仍待拟定，皇帝的意思须等凉王的奏折来了再行分派，只有陆过一人不几日便要离京赶赴白羊。宫里有人捎了帖子来，是辟邪在椒枝巷摆酒，给他饯行。陆过知道此次的差事乃是辟邪的举荐，知道他有事交代，推拖了游云谣等人的宴席，只身前往。伙计引他上楼，辟邪已从屋里迎了出来：“陆兄，久违了。”

“公公一向可好？”陆过见了辟邪也是高兴，寒暄几句落座，直言不讳，“公公这回给我讨了个不好办的差事，想必早已胸有成竹，陆某先要讨教一二。”

“不敢当，”辟邪欠了欠身，“陆兄是个聪明老成的人，我也不绕圈子。这里是皇上的密旨，陆兄拿着，先不要看。”

陆过跪下双手接过，小心放入怀中。辟邪道：“白羊人凶悍却豪迈讲义气，处置得当了，什么都好办，要是得罪了当地人搞出民变来，陆兄的性命、我的性命都是难说得很哪。”

陆过道：“这件事我也思量了许久，以我看来，这个差事不能讲究‘强征’二字，无论钱多钱少，还是朝廷出资购入当地马匹倒有些胜算。”

辟邪笑道：“我没看错人。”

“就是一件事，”陆过皱眉道，“朝廷银两不足，我又是两手空空去的，拿什么买？”

辟邪指着陆过心口，微笑不语。陆过伸手抚到那密旨轴子，顿时恍然大悟。辟邪道：“乐州白羊一带的马贩子首领姓白，我已通过朋友知会他照应陆兄。只怕陆兄在白羊人生地不熟，这里给陆兄引见一位朋友。”耳听得楼梯脚步声响，笑道，“他来得正好。”起身开门拉进一个青年来，陆过一见，吃惊不小。

那青年更是大声道：“什么武状元？这个人是我手下败将，你要我给他跑腿，我不干。”

辟邪一把扣住那青年手腕，任那人身材高大，挣了几挣涨红了脸也未动弹分毫。辟邪

忙对陆过笑道：“这是我兄弟李师，白羊人氏。你们见过的。”

陆过站起来道：“原来公公已经将他……”

“什么已经？”李师满脸不高兴，“我说过了，我不干。”

辟邪将他按在椅子上，冷笑道：“不干也好，你也不用跑腿了。直接回家，别在我眼前晃悠。”

李师立时气馁，嘟着嘴不说话。陆过忙摇着手道：“公公的好意我心领了，这位李兄武功高强，我又吃过他的亏，一路上李兄有点闪失，公公定要怪我公报私仇；我要在白羊出了差错，公公也要埋怨李兄欺负我武功低微，还是算了吧。”

李师跳将起来，抓住陆过衣襟道：“听着，我李师才不会欺负人，有我在你也别想有什么闪失，到了白羊，我包你太太平平的。”

辟邪笑道：“那就好，这件事办得顺利，只消两个月就回。”将两人分开，各斟了一杯酒。李师和陆过互相怒视一眼，“哼”的一声，一饮而尽。辟邪眼见李师这个烫山芋交到了陆过手上，连忙抽身告辞，下了楼却见沈飞飞坐着饮酒，笑道：“沈兄这是在等谁？”

沈飞飞仰头往楼上看了一眼，道：“反正不是那个二百五。”

“那是在等我吗？”

“倒有四成。”

辟邪笑道：“还有六成定是指望见明珠一面。可惜她现在仍在上江行宫，过几天才回。”

沈飞飞一杯闷酒下肚，摇头苦笑道：“我沈飞飞一表人才……”

辟邪忙道：“是。”

“风流倜傥……”

“是。”

“又是个正经男人，哪点不比你强？”

辟邪知他有些醉了，也不生气，只笑道：“天上地下没得比。”

“那你说，为什么她的心意都在你身上？”

辟邪一时语塞，自己也是百思不得其解，摇头叹道：“我不知道。”

沈飞飞怒道：“等她回来，我就去问个明白。”“啪”地把银子拍在桌子上，起身而去。辟邪忙招呼人结账，追到门外，沈飞飞已经走得不见了。

辟邪穿行在火辣辣的夕阳之下，重新掂量着沈飞飞的一席话，越想越觉得胸闷气短，额头脸颊炙热，回到屋里一头栽在床上。有人轻手轻脚将门窗打开通风，床头案上“咯”地一响，灯下彩衣摇动，明珠伏下身问：“六爷喝些热的发发汗可好？”

辟邪仰起身来，讶然道：“你怎么回来了？”

“太后回京，我自然就跟着回来了。”

“累不累？”

“还好，倒是六爷奔过去拼命，又跑回来胡忙，怎么会不病？”

“病了吗？我自己倒不觉得。”辟邪笑道，坐在桌子边接过明珠手里的热粥，“太后没有为难你吧。”

明珠想了想才道：“没有。总是听吴十六嘴上‘妖妇妖妇’的，这几日跟在她身边觉得她人倒和气，也很讲理。”

辟邪道:“我也知道。”转眼一看,天色黑沉沉的,“什么时辰了,敢情我这一觉睡得好长。”

“可不是，已经三更都过了，我晚饭的时候来过，爷还睡着不知道，才刚小顺子觉得六爷好像有些热相，跑过来又把我叫起来。”

辟邪捧着粥的手不自觉地颤抖：“你们费心了。”

窗外“沙”的轻轻一响,两人警觉回头,却见姜放往里看了一眼,皱眉道:“二位都在啊。”

辟邪甚觉蹊跷，道：“进来说话。”

姜放一笑，从窗口飘身而入，道：“今天晚上不太平，有人禀我道宫城东北角上有动静，我赶过去却没见人影。我想爷和姑娘平时就从那里出入，今晚就算要出宫，我也该得着信儿，没让人声张，先过来看看。”

明珠笑道：“我们要出去，就算从他眼前过，也未必会让他瞧见。”

姜放道：“是是是。这就奇怪了，要说是刺客，宫里一点动静也没有……”

辟邪突然道：“啊。”

“什么？”

“难不成是沈飞飞？”

斑斑驳驳的阳光透过头顶的浓荫将沈飞飞画成了花脸，随着迟来的微风在他阴晴不定的脸上摇曳着。沈飞飞被刺痛了眼睛，用袖子挡着头翻了个身，越听越觉得知了吵得厉害，猛地跳起身，对着树干狠踢一脚：“尼姑都死光了，你还念什么经！”知了顿时偃旗息鼓，静水庵内清静无声。沈飞飞倒愣了愣，抚着树干上道道剑痕，紧紧锁着眉，眼角瞥见门口走入一个清瘦的蓝衣少年，只觉他搅了自己难得的惆怅情怀，恶声道：“这里没香可烧，别处去吧。”

那少年白净的脸上清冽的眉毛一展，冷声道：“沈飞飞。”

“明珠姑娘！”沈飞飞听见她的声音，精神陡然大振，喜笑颜开地奔过来，“姑娘不施脂粉，男装打扮竟是这般、这般……”他心中的欣喜一涌而上，不禁哽咽。

明珠退了一步，冷笑道：“你这个胆大包天的狗贼！在外面缠着我也就罢了，竟敢夜闯皇宫！”

“什么？”沈飞飞一腔热血被她当头浇得冰冷，顿时目瞪口呆。

“你闯入上江行宫，多亏六爷的朋友替你开脱，你还不思悔改；要是昨夜闯下大祸，六爷岂不被你连累死？若非六爷网开一面，今天我来先要一剑刺穿了你。”明珠已经怒不可遏，喝道，“你现在赶紧给我滚出京城，再要让我看见，必定了结你的性命。”

沈飞飞痴痴地望着她“啪”地一甩袖子扭身出门，突然醒过神来，追了几步闪到明珠面前：“等等！”雷霆怒火将沈飞飞的眼睛烧得雪亮，“你说我昨晚夜闯皇宫，你看见了？捉住了？”

明珠哼了一声：“你自己和六爷说了些什么不知廉耻的话，现在不要否认。”

“不错，我是打算找你，可你昨晚回京，我怎么知道？”明珠被他说得一怔，沈飞飞已逼近一步道，“我沈飞飞要是想进皇宫，就算万夫当关，一样无影无踪；我要是进宫找你，哪怕翻遍乾清宫，也定要找到为止，决不罢休！你口口声声的六爷，哼哼，进皇宫杀个把人算什么了不起的大事，为了他，你就大惊小怪地跑来杀我，只怕眉毛也不皱一下。我今天告诉你，他配不上你，就是不配！”

明珠大怒，手中扣了两枚银针，皓腕微动，却被沈飞飞一把抓住，拽在胸口上，盯着明珠的眼睛道：“我喜欢你就要得到，造谁的反我也不在乎，我和辟邪争定了、斗定了，你等着瞧吧。”

明珠被他的目光烫得睁不开眼睛，右手挣了挣，袖口彩丝疾飞，一枚银针洞穿沈飞飞手腕而过，“噗”地刺在他胸口的衣服上，他微微皱了皱眉，手里却更紧了紧，道：“痛。”

“知道就好，”明珠切齿道，“放手。”

阳光在她气得煞白的脸上更是亮得耀目，沈飞飞目光闪动半晌，慢慢松开手指。

明珠抽回手来，使劲在衣服上擦了擦，绕过沈飞飞走在阶上。“喂，”她背着手驻足在门中的阴暗里，朗声一笑，竟有些洒脱骄傲的贵族少年气派：“你怎么争、怎么斗？我等着瞧呢。”

“啊？”沈飞飞刹那间只觉天籁传来，漫天飞花，头晕目眩中追在明珠身后：“明珠姑娘，你什么意思啊？”庵门前马嘶一声，明珠兜住马首朝他远远瞪了一眼，分开翠绿的柳林，驰骋远去。

“照你这么说来，昨晚确非沈飞飞。”辟邪听了明珠的回禀，也有些意外，“听他的口气，他竟从没生过进宫找你的念头，他能闯到上江去，为什么不来这里？”

“六爷很盼着他进来惹事吗？”明珠兀自望着自己手腕上的乌青，抢白了一句。

“我瞧瞧。”辟邪拉过明珠的手笑道，明珠看着他眼睛深深低垂，腕上传来他清凉的体温，也不作声，“真是没分寸，只怕要青上几天。”

明珠用袖子掩住手腕，道：“也没什么。”

辟邪轻声笑笑，站起来踱到一边：“不是沈飞飞，又会是谁？到底是哪路的人？要做什么？”沉吟中叹道，“越想越觉得头痛。”

“这种事姜放懂得处置，六爷何必在意？”明珠道，“眼下最要紧的，还是北边均成的消息。”

辟邪道：“对，你说的不错。我们的谍报已经上来了，均成果然渐渐康复，这个人真是了不起。”

“我不明白，”明珠灯光下蹙眉道，“天下服侍爷的人何止千万，何不找一两个好手将均成刺死，中原一场大战便消弭于无形，就算这招落了下乘，也不能不说功德无量。”

“中原的祸端不在外，而在内。”辟邪长叹一声，“现下维持这点太平，全仗有外敌窥视，洪、凉两州才不敢轻举妄动，如此一来制衡东西两王，朝廷才有十几年喘息。一旦匈奴自己溃乱，北边两位王爷没了后顾之忧，一有机会大军南下，南边杜家再划地称皇，这场内战绵延十数载，中原要死多少人？”

明珠道：“难道和匈奴交战，对朝廷倒有说不尽的好处？”

“这个好处嘛，”辟邪莞尔笑道，“只有今后走着瞧了。”

皇帝得到均成的消息还是在半月之后，苗贺龄等人上折子请派巡抚，只有往东王辖地派去的人皇帝不甚满意，便由寒州布政使蔡思齐和寒州知府于步之兼任。

皇帝虽知此番征调军饷已然触到了藩王们的痛处，必生事端，但此时也只得听天由命，暂时搁在一边，与辟邪急着商量另一件要紧的事。两个月过去，除了陆过以外，各地竟不见一丝好消息转来。

先有苗贺龄的折子禀道，有些州府的赋税已经重到无以复加，库银却所剩无几，当地官员多有贪污渎职的嫌疑，苗贺龄力主查办，风风火火连上三道折子请旨。

再有巢州等宗室藩王，家底不厚，上次被征粮使榨出几十万两已是怨声载道，此番硬要强逼也是不近人情，有些亲王急了眼，难免要埋怨匈奴既已退军，皇帝太平盛世之下仍在征粮备兵，有穷兵黩武之嫌。而洪王只是一味拖延，皇帝派去的人对这位威风八面、气

概绝世的老王爷打不得、骂不得、催不得，真是无可奈何。最让皇帝震怒的还是东王杜桓与西王白东楼，他们不但拒缴军饷，更是上折子禀道：倭寇、苗人在他们各自境内作乱为祸，藩兵粮饷尚缺，若军备全都上缴朝廷，这两处边疆吃紧，自己可担不起责任，言语中大有恐吓挟制之意。

皇帝几乎就要将二人的折子捏碎了，辟邪忙上前来道："皇上什么事如此动怒？这两件折子，奴婢可以看看吗？"

皇帝松开手指，从铁青的脸上透出一抹倦色，慢慢道："你看吧。"坐到榻上歪着身子，望着辟邪将折子捋平，飞快地读完。"果然还是杜桓啊，"皇帝仰面吐了口气，"朕恨不得……"

"白东楼只是个为虎作伥的，不足为虑。"辟邪道，"他这道折子来得正好，奴婢先要恭喜万岁爷。"

"这种时候还有什么可高兴的？"

辟邪道："奴婢得了个信，大理最近有点变化。段秉遭人下毒，险些瞎了眼睛，他王府里五百多人义愤填膺，冲入段乘的安王府，竟将段乘杀了。"

皇帝一怔："段乘死了？什么时候的事？"

"九月二十六。"辟邪笑道。

"胡说！"皇帝忍不住也笑了，"今天才九月初八。"

辟邪一本正经道："就在九月二十六日。"

皇帝望了望四周，只有吉祥在外面站着："这件事有多少人知道？"

"很少。"

"弑兄是大罪，"皇帝坐了起来，低声问道，"就算段乘死了，段秉的王位坐得稳吗？"

"大理只剩段秉一位王储，只要中原公主下嫁，皇上明着支持他，大理朝内不会再有异议。"

"还有十八天，"皇帝点了点头，"苗贺龄现在梧州，让他秘密带着朕的国书于九月二十七日务必到大理城，面见大理王议亲。"

辟邪笑着挽起袖子，蘸了墨写下书信："皇上还没旨意，到底哪位公主下嫁？"

"还会有谁？自然是景优公主。"皇帝不禁长起身来，轩眉舒展，"如此一来，段秉按照早先的计议为中原平定苗人，南方少了个心腹之患，白东楼折子里的话，只等着朕好好驳他，看他的军饷如何再拖。"

"东王将成孤立之势，公主又得佳婿，皇上大喜了。"辟邪见他眉飞色舞，也真心诚意地高兴起来。

皇帝笑道："其实还有一件高兴的事，朕在气头上忘了说，陆过这趟差办得极好，明天他便到京复命，朕要亲自嘉奖，你告诉兵部吧。"

此时皇帝要用晚间的便膳，辟邪偷空悄悄会同了姜放，命他遣得力的人紧紧盯住给苗贺龄下密旨的人，务必护得密旨周全，随后并护送苗贺龄平安到达大理，事关重大，决不能泄露半点风声。姜放笑道："得力的人？这里现成有一个，李师傍晚和陆过进了京，爷把那小子再打发出去，我又可以过清静太平些的日子。"

"哦？他们已经到了？"辟邪心中一喜，"不过再要支开李师也难了，大统领包涵他暂且留在京中吧。"待乾清宫差事一完，忙赶回居养院，对明珠道："今天李师回京了，咱们瞧瞧他去。"

"只要能出去散心，看谁都无妨。"明珠笑道，"什么时候走？"

"各宫都安置了，我们这就出门。"

小顺子见他二人都向自己望来，撇着嘴道："吃饭、睡觉、看家。"

"变聪明了。"明珠同辟邪都是一笑。

他们走惯了东北这条道，仍往明知园去，秋风里混着夜霜的气息扑面而来，辟邪禁不住打了个寒噤。明珠跟在他身后看得清楚，低声询道："六爷，怎么样？冷了吧？"

"还好。"辟邪只觉明知园内一草一木都浸着清冷的寒意，慢慢向自己身周透来，秋天真的来了。

"啊——"树影中忽而传来一声悠远的叹息，辟邪和明珠相视一眼，放低身形悄悄掩过去。

巨大的蟠龙松下，紫衣的少女正靠在松树垂地的枝干上，努力而陶醉地向后仰着身子，腰肢弯得就像一张开满的弓，紫色柔软的衣襟中，皮肤在树荫的黑暗里触目的雪白，紧紧用双臂锁住她的年轻人，正将颤抖的嘴唇埋在她的胸膛上。

明珠用几乎听不见的声音呸了一声，红着脸躲在辟邪身后。纠缠在一起的男女仿佛不堪被自己的热情烧尽似的，慢慢放松了双臂，少女清晰地喘了口气，站直身体，倔强俏丽的侧面被月光照得异常皎洁，她绽开温柔的笑容，抚摸着面前年轻人忍耐中激动而痛苦的面庞。辟邪猛地一颤，握住胸口的衣服压制着突如其来的剧烈咳嗽，感到明珠伸手扶住自己，对她摇了摇手，向树影深处的黑暗慢慢退去。

"我身体不适，今天不去了。"辟邪说话的声音有些艰难，极力按捺下偾张的杀意，"明珠，"他叹了口气道，"郁知秋这个人，用不得了。"

十七

李怒

陆过于七月十八日到达白羊州，向布政使递了文书，刚安排好同行的参事下榻驿馆，一路上暗中尾随的李师便登门来见。要说“求见”未免折辱了李师的为人，他不过推开驿馆的差役，大步踏入院中，吼了一声：“陆过，你走不走？”

“走！”陆过连鞍上的行李也没卸下，牵过马整了整挂在一边的巨弓。

“将军，且慢！”参事急忙从屋里奔出来，“这是去哪里？”

“白羊畜马的牧场也有上百，我挨家挨户走走，到底能征多少马匹，心里好有个数。”

“那小人呢？”

陆过笑道：“你把这里官马的数量、状况查明登录，我小半个月就回来。”

“小半个月？”参事是个没主见的人，咋着舌叫难，却被李师拨拂到一边。

“啰唆什么？”李师瞪人的时候的确颇有威势，“我们会吃了你的将军吗？”

陆过倒笑了，二话不说牵马出馆走人，奔过一条街，李师也赶了上来。“我们往哪边？”陆过问这个凶神恶煞的地头蛇。

李师扬起鞭子指着微微斜沉的太阳：“往西！”

出了白羊州，五里之内官道旁还有些树木人家，再向前便是无尽芳草，眼前还是郁郁葱葱的碧绿，远处竟是映着天空的湛蓝，若非还有白云高飞，人便犹入穹庐之中，难辨天之高阔，地之博远。笔直的官道被夕阳染得金黄，渐被碧草掩盖，似断似续地消失在远方。

陆过道：“天色不早了，你打算在哪里过夜？”

“露宿。这个季节，我的牧地总迁到白枝山以北，赶得快明天下午就到。”李师说着忽而侧过脸来问，“我忘了你是南蛮子，草原上的狼可厉害，你怕不怕？”

陆过不禁放声一笑，也不理他。李师却是个认真的人，想了想道：“你要是害怕，咱们就沿着官道往黑坟县城去。”

“不，我听你安排。”

“好。”李师刚一笑，突然长空一声鹰唳，他仰头望着彩云中一点黑影飞近，脸色竟也变了。

陆过伸手摘弓，问道：“怎么，有事？”

李师按住他的手道："不是，自己人。"

"自己人？"陆过看他脸上隐隐有些骇色，更是不解。

那只灰鹰在李师头顶盘旋一阵，又向西北飞回。李师道："跟上它，我妹妹来了。"

"妹妹？"陆过望着李师高大魁梧的身材，想到他金刚夜叉的脾气，不禁先勾勒出一个粗壮少女的模样，忍不住失笑出声。

李师回头恶声道："笑什么？我可告诉你，要是敢打我妹妹的主意，我先要你的命。"

"是。"陆过闭紧了嘴，紧跟着他离开官道又奔了十多里路。浩大的夕阳平静地悬在千里之外的天际，一队人马从霞光中蜿蜒行来，李师大叫一声，快马加鞭箭一般地冲去。一个苗条的影子从马背上跃起，将李师扑倒在草地上，风里传来银铃般的笑声。陆过远远地勒住马，一瞬间只看见她的辫子飞扬在空中，却分不清是她穿着红色的衣裙，还是让夕阳的霞光染成如此灿烂的颜色。

"你出来接我，那马场怎么办？"李师揽着那少女的肩膀道。

"乐子儿管着呢，没事。"少女把辫子甩到身后，突然冲着李师的大腿狠狠踹了一脚，"你还有脸问！悄没声地跑了，害得我和乐子儿忙里忙外，你还记不记得下个月是什么日子？你若到时不回来，今后别想再踏上白羊一步。"

周围的牧人都是放声大笑，一个花白头发的老者道："姑娘放心，少东回来就是惦记这件大事呢，这不还带了朋友来，到时候一定热热闹闹的。"

陆过这才下了马上前，李师挠着脑袋道："忘了忘了，这是陆过。"

陆过冲着众人抱了抱拳，还没来得及开口，那少女已抢着道："我是这个人的妹妹，李怒。这些都是我们马场的伙计。"拉住那老者道，"这是詹老伯。"

"詹七。"那老者朗声一笑。

陆过躬身施礼："在下陆过……"

"知道知道，"詹七笑道，"白老二已经传了信来，将军远来辛苦了。"

"别客气啦，都想摸黑赶路吗？"李怒不是个善客套的姑娘，不耐烦地撇下陆过和李师，飘身上马，"伙计们，再赶十里咱们就在胡家的牧场歇。"她大声招呼同伴，竟抢先就走。

詹七摇头笑道："将军可别笑话，这位大小姐就是个急性子。"

落日完全沉入草原时，远方却多了几点星芒，奔近了，才知道是雪白帐篷门前的熊熊篝火，几个大汉从黑压压的马场里走出来，欢喜地勾住李师的肩膀，李师指着陆过大声笑着说了几句话，牧民们走过来拍着陆过的后背，一样大声道："好朋友！好朋友！里面坐。"陆过几乎是被大汉们架入帐篷中的，刚在地上的羊皮褥子里坐稳，花白头发的主人

胡老伯便将酒斟满了海碗，李怒随着女主人端着牛羊肉和烙饼进来，褐色泛红的脸庞上漆黑的大眼睛快活地转动着："喝酒！"她劝酒的声音倒像是在吆喝离队撒欢的马驹，陆过在她的目光下接过酒来一饮而尽。

"咳，"他猛呛地咳了一声，"这酒、真烈！"

牧民们哄堂大笑，李师嘲道："南蛮子，哪里知道这酒的妙处。"

李怒瞪了李师一眼，对陆过道："别理他。"

"这酒有股柔和的醇香，是不是用羊奶酿的？"

胡老伯道："不是羊奶，是马奶酿得的，又掺了十年的烧刀子。"

陆过举起海碗，赞道："好酒。"

胡老伯大喜，又给他斟满。李怒将烧羊肉放在陆过面前："就着酒吃。"辫子在她弯腰的时候轻轻拂过陆过的膝盖，陆过向后微微缩了缩，她已笑着把辫子甩到身后，依然兴高采烈地扭身走了出去。

胡老伯对李师道："大哥儿，等怒姑娘嫁了人，李家马场里只剩乐子儿一个小孩子，你到底打算什么时候回来？"

李师道："我上京为的就是对付匈奴，眼看他们有明年南下的意思，总要等仗打完再回来。"

詹七道："马场里不能少了当家，大小姐已经说过，就算嫁了人，马场一样管，等少东回来再交还给李家。"

李家的伙计笑道："我倒情愿让大小姐管着。少东是个眼里瞧不见银子的人，少东当家有出无进，这里谁不知道。"

众人大笑称是，李师"嘿嘿"笑了两声，胡老伯狠狠拍了拍他的后心，道："好男儿可别输给大姑娘！生意上多学点。"

"这我赶不上她。"李师真心诚意道。

"别议论我！"门外李怒往篝火里扔了块柴，就着干柴爆裂的"噼啪"声忽然大声唱起歌来。胡家的孩子围在她身边，跟着放声高歌，拍着手嬉笑。牧民们用烙饼卷着羊肉送到陆过手里，一杯尚未饮完，醇酒又溢满海碗。陆过渐渐觉得不胜酒力，李怒的歌声和牧民的笑声也渐渐缥缈，他放下酒碗，端详门外篝火，恍惚着。

"四月里被匈奴抢了五六十匹马，好在伙计们拼命，向南回缩了百里，牧场大部分才得以保全。"

"有没有人受伤？"李师问道。

"任佳死了。"

陆过在沉睡中微微一惊，眼前淡淡的红光浮现，晨曦中李氏兄妹的背影一片阴暗，李怒道："五月里白老二过来了一趟，十五两三钱一匹的价钱，牵走了一百四十匹。六月上旬还来了一伙马贩子，十六两一匹，共八十匹。上等的好马现在还剩六成，次一点的，还剩三成。开春的时候马驹还多……"

"好了好了，知道了。"李师站起身来。

"你怎么就这么不耐烦啊？"李怒跳起来掸掸裙子，道，"二十多岁的人，也不想想成家立业？走了几千里路，有没有碰上好姑娘？快娶回来打理家业。"

"没有。"李师背过身，赌着气说。

"真是没用。"李怒伸手扇了李师后脑勺一下，"眼里除了刀枪棍棒，就看不见别的。"

李师一句也没敢吭，只是捂着头跑远了。陆过起身走出帐篷，在篝火上的吊壶里取了水洗脸，看着李师的伙计们正帮胡老伯一家将马群从围栏中赶出来，千匹良驹撒了欢似的奔入草原里，马蹄声"隆隆"响成一片，根本听不见人声。忽然有人拍了拍自己的肩膀，陆过回头见詹七指着胡老伯的帐篷，李怒和李师正在那儿对着陆过招手。

"原来是今科的武状元。"胡老伯也迎出来笑，"那就是朝中的大将了。"

敢情他现在才知陆过身份，请了他帐中坐定，问明此行目的后，沉吟了半晌，冷笑道："征？匈奴抢，朝廷征，不过是一样的。官督民养了这些年，白羊的牧户十匹马里就有两匹白给了朝廷纳赋，如此还是不够吗？白羊地面上最大的牧户，养马不过两千匹；就算你征去了整个白羊，也只是三万多。这在朝廷用兵是杯水车薪，对我们牧户却是生杀大计。"

陆过道："朝廷在白羊的官马只有七八万，白羊牧户的三万良驹怎能说是杯水车薪？再者当今皇帝是通情达理的君主，在下离京时皇上再三嘱咐，不得强征。"

"不得强征？"胡老伯大笑道，"难道朝廷要买去这三万匹马吗？"

李怒笑道："只当这三万匹都是中马，十二两一匹的最低价钱，好歹也要三十六万两白银，你身上可带足了吗？"

陆过道："没有。"

胡老伯道："将军是消遣小人来着？"

"不敢。"陆过忙道，"国库空虚，外敌觊觎，朝廷的银两也有限，现大多发到凉州前线去了，皇上和朝中的大臣为这点银子寝食难安。若是白羊马价不低于十二两，只怕国库就掏空了。"

胡老伯道："将军的意思呢？"

"以老伯看，朝廷买一半，借一半，六两一匹是否可行？"

"哼哼！"胡老伯只是气得冷笑，也不说话。

"在下先打个包票，这拖欠的一半银两，等打完仗，朝廷一定会还的。"

"那也是打胜了，若是败了呢？"

陆过道："胡老伯，咱们诚信之人不说假话。如今匈奴控弦之士二十万，铁蹄岂止于雁门之北？这场大战若败了，清和宫定是付之一炬，万里山河任其蹂躏，国破家亡之际谈什么十八万两银子？"

胡老伯沉默了片刻，突然道："将军多说无益，让老朽再想想。请吧。"

这便是逐客了。陆过到底有些沮丧，说了句告辞，退出帐外。李师上前道："别着急，这里说不通，且去别的牧场看看。"

陆过心中却有别的计较：胡、李两家已是白羊最大的牧户，要说是群龙之首也不为过。要是开始便被胡家严拒，其他的牧户看在眼里，自更不必说了。心中十分踌躇之际，听得李怒道："喂，你们！这里既然不成事，还不快上路，去别家牧场游说？磨磨蹭蹭的招人厌。"她响亮地吹了声口哨，才伸出左臂，那只灰鹰便扑腾腾扇着翅膀落在她鲜红的衣袖上。

"好！"陆过笑道，"等我片刻。"

"也等我一会儿。"李师生怕李怒将他扔在这里似的，忙跟着陆过跑去收拾行李。一路往更西行，两天之内也走了五六家牧户。听得陆过是征马来的，最后都不免不欢而散。陆过早有准备，竟不急不躁，到了第三天，依旧客客气气地拜访吕家。

吕家的东主吕彤早听到了风声，笑盈盈迎了陆过进来。吃着酒，陆过又将正事问了吕彤一遍。

"半价吗？"吕彤笑了，"总比什么都没有强！"

倒是出乎陆过意料："吕庄主……"

吕彤摆了摆手道："这件事我已听说两天了，我好好地掂量了一番，觉得此事关系中原气数，我们一己私利不可与之同日而语。"

陆过大喜，道："难得有吕庄主这般重气节顾大局的人物。"

"过奖了。"吕彤朗声大笑。

李怒白了他一眼，道："吕叔叔算什么顾大局的人物？还不是因为胡伯伯不让征，他便一定要献马出来；若胡伯伯早两天答应了陆过，吕叔叔此时定咬紧牙关，死活把着他那几匹瘦马便了。"

吕彤却不以为忤，红了红脸道："小怒姑娘真是看得透透的。我和胡老头势不两立，就要和他对着干。话说回来，换作是李家牧场，该怎么着？"

李怒道："能怎么着？出关的将士没马骑，难道要他们眼睁睁看着匈奴打进来吗？"李师听着忍不住叫好。

吕彤转而又问陆过："陆将军言道，此战之后就将欠款补齐，可有此事？"

陆过微一犹豫，李怒已道："他是我哥哥的朋友，我信他！"

陆过胸口一热，冲着李怒点点头："我以性命担保。"

吕彤击掌道："好！"刚长身而起，詹七撩开帘子冲了进来。

"匈奴！已蹚过放马河，过来了！"

吕彤脸色一沉，踢开帐篷角上的箱子，里面七八柄弯刀落了一地。他抛给李怒一柄，道："多少人？"

"三十多个。"

"詹伯，你且带着人护着马群先走。"李怒抄起刀抢先奔了出去。

陆过一把抓住李师问："我们有多少人？"

"二十七个。"李师不耐烦地甩开他的手吼了一声。

陆过随他跑到自己的马前，扯下行李包裹，急道："你想硬拼不成？"

吕彤已上了马，挎着弯刀怒道："他们是狼！不杀便要咬人。"

陆过道："如此冲上前去，短兵相接，岂不是自寻死路？且听我调派一回如何？"

吕彤一怔："我倒忘了，你是朝中的大将。"

"说吧，"李师出人意料地爽快，抽出长剑持在手里，"我听你的。"

陆过当下指了七个人，命他们将牧场中的六百匹马速速护走，仍留了五六十匹在栅栏里做饵。帐篷、辎重一概不顾，只留在原地。其余众人拉着坐骑隐藏其后，凑齐了两百来枚箭，张弓设伏。陆过在几处奔走，猛见草垛后红衫的影子："怒姑娘，你还在这儿？"

"怎么？"李怒流动着漆黑的眼神瞥了他一眼，"我是大当家的，我不在这里，我的伙计听谁的？"

陆过知道她是不听劝的，沉声道："你小心。"

吕彤突然跑过来问："瞧见小伍子没有？"

"没有。"李怒奇道，"没跟着走吗？"

"这孩子！"吕彤心里担忧孙子，急红了脸跺脚。

李怒朗声道："吕叔叔，他也是草原上滚爬大的孩子，自己能照顾自己，不会给你丢人。"

“说的好。”吕彤眺望远处一线黑影，“先杀尽这些强盗再说。”

陆过见匈奴人马逼近，大声道：“各位沉住气，听我号令。”

“好！”牧民们放声大喝。

陆过血脉偾张，心怦怦乱跳，整了整箭壶，握紧手中巨弓伏身在车后，听见马蹄声中匈奴骑手猖狂吆喝大笑，场中牧马受惊狂奔乱嘶，再探头观望，只见一片弯刀在空中挥舞，被阳光照得雪亮刺目。陆过心头气血一涌，跳将出来张弓便射：“放箭！”

一阵乱箭杀得匈奴措手不及，陆过分派得当，二十个牧民这阵扇形箭雨格杀两翼，顿时便有十多匈奴骑手中箭落马。

“杀！”李师放过两轮箭，高叫一声，仗斜月剑当先冲入敌阵，他一跃冲天，当即斩毙两人，夺过一匹坐骑，兜转马头从后掩杀。这边其他的牧民没有他那么好的身手，被匈奴骑兵居高临下冲过来，先伤了两个。陆过见势不妙，冷箭连发。以仁义弓的遒劲，箭箭穿喉，顷刻便了结五人。牧民们有他解围，士气大振，三四人集结一处，奋力相抗。匈奴毕竟骁勇善战，战马奔腾之际弯刀猛劈，牧场上处处是险情。陆过连上马的间隙也没有，立在乱军中只镇定施射。眼前突地银光一闪，一支黑翎箭擦着手臂钉在他身旁的车辕上。陆过顺手抄起来搭在弓上，面前匈奴骑兵奔驰而来，正要放箭，却见那人身后不远吕彤被人逼至帐篷边，险象环生，不禁长弓微沉，洞穿吕彤对手的头颅。待他再要自救，早已不及从箭壶中取箭，那骑兵咧开嘴大笑，弯刀高举——“砰”地血线喷出，弯刀连同主人的胳膊飞在空中，重重摔在陆过脚边。陆过侧身让开奔势不减的战马，刚才挥剑来救的李师猛夹马腹，又冲到别处去了。

匈奴骑兵转眼间只剩十七人，为首的大汉大声呼啸，领着人向北退却。其中一骑跑得慌忙，踢翻了草垛，一个小童惊叫着从草里滚了出来。李怒离着最近，伸手将他猛拽了回来，扔回牧草堆里。

“埃穆艾！”她身后有人阴桀大笑，李怒只觉身子一轻，一条硕壮臂膀从后抄起她的腰，横放在鞍上，追着前面的匈奴人而去。

“哥——”李怒的呼救猛地断绝。

陆过看得清楚，大吃一惊，高声大叫那边杀得兴起、尚未察觉的李师：“你妹妹被掠走了！”

“什么？”李师一怔，见陆过翻身上马疾追下去，连忙策马赶来，不刻与他并驾齐驱，“喂，你说什么？”

陆过指着稍稍落后于众匈奴的那骑，道：“你妹妹被他们掠走了！”

“畜生——”李师双眦欲裂，大吼着猛挥了一下手中的长剑，“等老子要你们一家狗命。”

李师的马快，后来居上将陆过甩在后面。陆过忧心如焚，狠狠鞭马，眼见与匈奴的距离越来越远，当机立断从身后卸下仁义弓。李师正回过头看见，叫道：“这么远也射？误伤了我妹妹，我和你没完。”

“少啰唆！”陆过怒吼一声，竟涌力将仁义弓开满，眼中盯着那骑微露红衫的背影，手指一松，金弦嗡然震得他浑身颤抖，那抹黑翎似乎还在金色的风中微微飘摆了一下，只瞬间匈奴骑手的背影便顿了顿，从马背上摔了下来。红衫少女轻灵地长身而起，翻到鞍上，向南驰回。余下的匈奴士兵勒住马怒骂，似乎忌惮陆过的弓法，也没有追。

陆过这时才觉双臂酸胀，早已余力用尽。右臂上被匈奴冷箭擦破的伤口静静地淌着鲜血，浸透战袍。他慢慢勒住缰绳，将胳膊揣到衣襟里。李怒停马在他面前，擦拭着嘴角边的血迹，笑道：“多谢了。”

“不……”陆过有点口吃地道，他觉得自己定是痛得连话也说不出了。

李怒的眸子仍是转得快活：“你的弓法极好，可惜马太慢了。”她抬了抬下巴，道，“回去吧。”

迎面黑压压一票人马狂奔而来，领头的竟是胡老伯。众人见他们平安无事，都松了口气，相问之下才知道，过马河以北最近多了百多匈奴盘踞，首当其冲的是吕家，胡老伯得了探报，领着几个牧场的六十多个伙计赶来援手。众人议论纷纷，胡老伯望着陆过揣在怀里的手臂，狠狠点了点头。

日头渐沉，此处不可久留，牧民们帮着吕家拆去帐篷，治疗伤患，掩埋尸体，拖着辎重向南回撤，途中会合了吕家的马群，天黑后在河边扎营。陆过取水擦清伤口，原本不深的口子，因为用力过度，绷得血肉模糊，更不用说精疲力竭，眼睛也睁不开了，才睡了一会儿，便觉有人踢动自己身体。

“吃了饭再睡！”李怒托着晚饭进来道。

“累坏了吧？”吕彤道，“到底不比我们草原上铁打的汉子。”

陆过坐起身来，旁边已坐了一屋子的人。有个七八岁的男孩子双眼放光，盯着仁义弓猛看。

“你就是小伍子了？”陆过笑问。

那孩子红着脸一笑，钻到吕彤的怀里。

吕彤道：“将军，今天要不是多亏了你，且不知会死多少人，我还没道声谢，你怎么可以倒头就睡？”

陆过笑道："匈奴不料我们设伏，原是我们捡了个便宜，今后再不能如此行险。"

吕彤道："用不着啦，我想好了，我牧场里的马，就照五两一匹的价钱卖给朝廷，自己回县城宅子里住。匈奴一天不灭，我等一日不得安生，何必计较几千两银子？"

胡老伯道："你这老鬼，为什么要抢了我的话说？陆将军，我胡某人别的没有，好马倒有千匹，远比这老鬼的马壮，朝廷打仗且牵了我的马去用。"

陆过笑道："两位，六两的价钱是议好了的，不要客气。两位都是重气节的英豪，陆某在此多谢了。"他起身一揖到地，被吕彤伸手拦住。

其他牧民也道："既然胡、李、吕三家都答应献马，我们也没什么好说的。只是我们小本经营，比不得他们大户。将军说战后朝廷会归还马匹的银两，可是当真？"

吕彤道："各位，我虽然是个粗汉，却也是生意人。我做这笔买卖，不为别的——陆将军说的话，我信得过。他豁出自己性命不要，飞箭先来救我，我吕彤瞧得清楚。这样的汉子，难道不是诚信之人吗？"

众人都在喝彩，陆过不料这么快就大事商定，兴高采烈地喝了几杯，闹到夜半实在难以支持。牧民们尽兴而归，扯开嗓子围着篝火歌唱。吕彤和胡老伯还在抬杠，气哼哼道："你家的母马拐了我的马，生的良驹都被你占去，这笔账我还没跟你算呢！"

"嘿嘿，"胡老伯脸上泛着红光，"不提这个也罢，你儿子拐了我大闺女做了媳妇，我却说什么没有！小伍子，外公家里大，回去跟外公住，你黑子哥哥等着你去玩呢！"

李怒"扑哧"一笑，赶了两个老头出去，在外边静静替陆过放下帘子。篝火被隔在外面，帐篷里又是一暗，李师瞪大眼睛仰面朝天躺着。陆过透了口气慢慢道："今天，是我第一次杀人。"

李师默默眨了会儿眼睛，在欢快的歌声中翻了个身："我也是。"

此后一个月里，陆过、李师连同胡、吕两家的东主伙计四处奔走，劝说牧民献马参战。八月头上，各处牧场便陆续回撤至白羊府内，将马匹交入白羊牧苑，陆过命同来的参事调了人，把牧民所献逐一登记在册，除去种马、马驹等，最后陆过在白羊征得的战马共有两万五千多匹。剩下的，只是银两这一件事了。陆过抽空关上门，独自取出皇帝的密旨，解开明黄的油缎套子，里面先落出了一封书信，信封上字迹端正，却浸透冷然的寒意。

"白羊州盐政？"陆过一怔，再展开密旨卷轴，仔细观看，更是大惑不解。

次日连同了参事和李师，陆过来到白羊州盐政衙门，求见盐政徐累。李师不是官场上的人，把三人马匹拴在桩上，便走到树荫底下抱着剑等候。才小半个时辰，徐府正门大开，

徐累恭恭敬敬送了陆过出来。宾主客套一番分手告辞。

“怎么样？”李师问。

陆过皱眉道：“银两已有了。”

“十五万两？”

“正是。”

李师也咋舌道：“我糊涂了。这买马一事与盐政何干？十五万两说给就给，一点也没含糊吗？”

陆过摇头道：“我也不明白，只怕问了六爷才知道。”他命参事带着徐累的银票，去钱庄调齐银两，明日起向牧民支付征马银，自己便和李师出城前往白羊牧苑。行到途中，忽见西边飞尘冲天，黑压压的马群顷刻到了眼前。陆过和李师驻马一边相让，三千多匹马潮水般奔腾，年轻牧民往来奔驰，清亮的吆喝从荡人心魄的马蹄声中透出来，手中的鞭子打着转在空中“噼啪”脆响。一个彪悍青年转脸望着陆过，石雕般英俊坚韧的脸上突然绽开大笑，向他们挥手：“哎——”

“哎——”李师也兴高采烈地摆动胳膊。

远处一个圆脸的少年更是发疯似的在漫天尘土中挥手欢笑。

“认识？”陆过问。

“呵呵，怎么不认识？那孩子是我兄弟乐子儿。”

“另一个呢？”陆过觉得自己好像不喜欢那个英俊青年，懒洋洋地问了一句。

李师笑道：“那是陶铮，过两天他便和怒儿成亲了。”

“是、是吗？”陆过被灰尘呛得咳了一声。

李师仔细地打量他的脸：“你怎么了，嘴唇也是白的。”

陆过笑道：“我的伤口痛。”

“少来吧你！都好了一个月了。”李师也笑了。

八月二十二，李家的大小姐怒姑娘出阁的好日子，草原上的亲朋好友聚在陶铮簇新的雪白帐篷前，在夕阳下高唱赞歌，新娘从西骑马徜徉而来，犹如晚霞拂地。陶铮揭盖头的双手不住颤抖着，惹得众人一阵大笑。李怒绯红脸庞上漆黑的眼睛慢慢抬起来的那瞬，陆过就知道，今天必定要醉了。烈酒烧喉，心痛欲裂，让他不知何时离开了热闹的人群，伸开四肢仰面躺在地上，芳草带着天空无垠的气息，让他倍感孤单。

“在这儿干什么呢？”李师手里提着酒壶坐在他身边，凝望银河。

陆过道：“不成了，我已闻不得酒气了。”

“南蛮子！”李师笑了起来。

远处仍是歌声不断，李师仰头又干一杯。“我说陆过，”他道，“明儿我们就回京了，你可有什么要紧事还没办成的吗？”

陆过想了想，摇头道：“没有，白羊的事都办完了，不必再留。”

“听你口气巴不得早些走似的。”李师略有不豫之色。

“我是南蛮子，”陆过道，“你知道的。”

李师“呵呵”地在笑，只是自那之后，再也没有嘲笑他是南方人，以至陆过觉得回程的一路上竟有些心虚和无趣。

九月初九，重阳。皇帝侍奉太后登城北玉指山礼佛，朝中府寺部院大员均都随行。陆过才回京，以为今日得闲歇假，却不料一早收着了辟邪的帖子，忙驱马至飘夏桥赴约。伙计殷勤地接了缰绳去拴马，陆过抬头，辟邪已在暑楼顶层的窗口看着他微笑。

“好马！”辟邪一见他便赞道。

李师也在座等着，道：“那是我妹妹的马，陆过原来的那匹又老又丑，不像话，我妹妹受了他的恩惠，便送他骏马还情。”

“陆兄此行顺利，差办得极好，皇上都甚是嘉许，陆兄一举成名，今后飞黄腾达，可喜可贺。”

“公公取笑在下了。”陆过道。

辟邪举杯道：“重阳登飘夏，青云瞰京华。说的就是陆兄今日的得意，且干了这杯。”

三人入席，陆过道：“有几件事，在回明兵部之前，想先请教公公。”

“哦？”辟邪用帕子捂着嘴嗽了一声，笑道，“不敢当，陆兄的见解总是高明的，我在此领教。”

陆过从怀中取了个折子给辟邪道：“公公请看。”

辟邪飞快地读完，微笑道：“茶马制？”

“正是。”陆过指着李师道，“还是多亏了他。她妹妹李怒成亲那天，白二哥也来道贺，他驮的都是中原多峰一带的粗茶，一问之下才知道西北诸国素喜中原茶，每七十斤便可换得一匹中马。我想，匈奴之战迫在眉睫，国家财赋大半尽于用兵；中原国库空虚，但茶还是要多少有多少，如与西蕃易马，这大半年内又是万匹良驹入苑，岂不是好事？”

辟邪点头道：“甚好！这个折子我留着。陆兄再另拟一个，呈给兵部翁大人。”

“是。”

辟邪将折子揣到怀里，另拿了本册子出来，递给李师：“我最近忙，你留在京中，好

好好练练这上面的内家心法，到时我还等你大放异彩呢。”

李师当着陆过的面翻了翻，陆过只见上面图多字少，却笔笔清冽无情，心中一动，再见李师翻到最后，却显那笔力不足，气势散漫。辟邪猛嗽了一阵，小顺子端水过来伺候。

李师道：“这便是你的字了，怎么越写越差？”

辟邪笑道：“呦，对不住。”

小顺子趁辟邪忙着喘气，怒道：“你真是个不识好歹的，师傅卧病之际还连夜为你赶出这本书来，你还嫌这个嫌那个。你却不知师傅咳到最后，连笔也拿不住了吗？”

“你啰嗦什么？”辟邪有点恼怒了，呵斥了小顺子一句。

李师道：“生病就要躺着，他自己不知保重，要谁来可怜他？”

小顺子已气白了脸，辟邪也不理他们，陆过忙岔开话道：“这是白羊州盐政徐綮致公公的信件。在下还有一事不明，征马是朝廷的事，银子为何要盐政私产里出来？”

辟邪笑道：“将军有所不知，白羊地方上，盐政历来是最肥的差。课税到了他手里，先不忙着解上京，拿这些银子放利，一年里少说也有近十万的入项。白羊州内五家钱庄，七家当铺，都是徐綮用皇上的银子开起来的。眼见他富得脑满肠肥，这征马银，不找他要找谁要？”

陆过讶然道：“这种贪官，为何不禀明皇上，索拿治罪？”

辟邪道：“他年年解到库里的银子分文不少，就是了。再者，国库里的银子再多，不过是白放在那里生霉落灰，有什么益处？倒不如让这些敛财贪官拿去经营，有用时皇上再要回来。万岁爷是个明眼的君主，现在大敌当前，没空和他们计较，等过些年这些个贪官污吏难免抄家灭门的下场，届时银子连本带利都回来了，不知是多少收益呢！”

“啊？”陆过震惊之下啼笑皆非，道，“我明白了。”

“这也是权宜之计，照万岁爷的脾气早就要你带兵抄了徐綮的家，还颁旨嘉奖他拿银子出来体恤朝廷？可当官的，哪个没做过亏心事？现今这个局面，一举杀伐之旗，逼急了大臣，朝中大乱，还说什么北伐匈奴？”

“是。”

辟邪将信递给小顺子：“拆开看看。”

信封中别无他物，只有一张两万两的银票落在桌上，辟邪“哧”地一笑：“敢情十五万两还没有动其根本。”他拈起银票，送到陆过眼前。

“这是做什么？”陆过惊道。

“你还欠着白羊百姓十五万两白银，皇上可没有旨意要朝廷替你还这个人情啊？”

陆过惭道："公公知道了？"

"万岁爷看了你的密折，也体谅你的苦衷。不用这种手段，他们怎么会献马出来？"

李师正埋头看书，这时嗯了一声，突然道："陆过，你说仗打完了朝廷会还债，原来是骗人的？"

辟邪冷笑道："骗你们？区区十五万两银子，就算朝廷没有，不见得难得倒我了。"

"公公！"陆过道。

辟邪摆了摆手："这件事没什么大不了，我会替陆兄撑着。明日且等着乾清宫叫吧，万岁爷还有些话要问你呢。"

陆过有他这句话便放了心，次日等到皇帝召见，翁直也在场。皇帝说了些嘉许的话，问道："别的都好，只擅自调兵这一件，还是要问你。"

"是，臣调兵之前未得兵部准许。八月中，白羊牧户缴马入苑，一时马有上万，远近却无重兵驻守。臣恐匈奴骚扰打劫，擅自调了白羊州一千官兵守护白羊牧苑。臣擅作主张，罪该万死，皇上降罪。"

"卿何罪之有？"皇帝笑道，"翁卿才刚还赞你当机立断，有大将风度，再者事后及时通报兵部，并无不妥。这里要问你的是，匈奴大军现正在贺里伦，你说的，又是哪路的人？"

"这些是匈奴的散兵游勇，白羊之北大约共有六股百人部族，每月里总有上百匹马为他们所掠，甚是扰民。"

皇帝道："翁卿今日的折子要议'茶马制'，朕觉得很好。与西蕃诸国开市易马，难保小股匈奴不南下骚扰。朕要遣兵马维护茶市，输送马匹，多少人马为宜？"

陆过见翁直老实不客气地将自己的"茶马制"占作己有，虽有些不高兴，但知道为将之道，绝不可与上司争功，故神色不变道："如今匈奴不成气候，三千骑兵足矣。"

翁直道："甚妥。"

皇帝点头，"那么，此事翁卿即刻着人去办，调动三千骑兵出白羊扫荡小股匈奴，户部须在十月中征齐课茶，供兵部调用，不得有误。"

翁直道："皇上，这三千人马，由谁领兵好？臣举荐陆过。"他这是在还陆过的情，不料皇帝摇了摇头，吉祥会意，从奏案上拿了个名册给翁直。

皇帝道："前一阵子看你兵部的考绩，朕圈了这些人，里面也有陆过，你发兵部的文书，将这些将官在正月过后调入京城候旨。"

翁直接过名册发了会儿呆。皇帝又接着道："再有，你命各道各府参将，举荐标下得力的将士，两者对照，有未列在朕名册上的，禀于朕知。"

“是。”翁直被皇帝几道口谕搞得应接不暇，出来问陆过道，“你看万岁爷是什么意思？”

“下官愚昧，焉知圣上心意？大人想要知道得确切，倒不如问问内书房的辟邪了。”

“说的不错。”翁直点头，找了小太监打听。

那小太监却笑道：“大人，真是不巧，奴婢六师叔昨儿晚上就病倒了，奴婢才刚奉万岁爷旨意去问，说是要歇好一阵哪。”

陆过才知道辟邪在飘夏楼所说的“忙”是什么意思。出得宫来，牵了马缓行，摸着马颈光滑如丝的鬃毛，心里有些感激辟邪为皇帝拟定的那个名单——他实在不愿再回到那片夕阳如画的草原上去。虽然此时相伴自己左右的，是李怒出嫁时的座马，但自己总在拼命遗忘那艳夺明霞、美目飘飞的一刻。

——白羊的草原，他怕了。

十八

宋别

庆熹十二年九月二十九日，大理谍报飞传至京。

千里飞鸽带来的只有两个字：“事定。”

宋别的笔迹没有半分仓促或骄狂，清淡得不像在总结一场血腥杀戮。

九月二十六日，段乘的府中上上下下近千口人，被深夜涌入的五百名段秉的精兵杀得一个不留。段秉闻讯大惊，尽管双目因残毒未消尚不能视物，仍摸索着前来兄长府中磕头谢罪。段秉标下带头政变的大将马叙大哭三声，只道：“不料陷主公于不义，以死相谢。”便拔剑自刎于段秉脚下。段秉抚尸恸哭半晌，乃枭其首于段乘灵前。待段秉清晨进宫向大理皇帝领罪时，却有一乘绿缎大轿抢先停在了皇宫门前。苗贺龄捧着中原庆熹皇帝的和亲国书低头从帘后行出，正好迎上段秉的目光，传言中被王长子段乘毒眇的双目此刻辉然映着旭日，意气风发地光彩夺目。

苗贺龄因此在当日的奏章中写道：“段秉其人锋芒已露，志不在小，今窃得大理皇位，臣恐其得陇望蜀，不甘人下，将成中原隐患。”

而当十天后他的奏折到京时，皇帝却刻意忽略了这句话，合拢了折子，对吉祥道：“去杨太妃宫里。”

銮驾在寿宁宫门前刚停稳，就听拐角后面急促的脚步声，吉祥望了一眼，笑道：“公主殿下，这是着什么急？”

景优公主额上都是细细的汗珠，像是跑了一段路来的，见御驾在面前，收住脚步怔了怔，扯平身上的夹袍：“皇上万福金安。”

“真是欠礼数、没规矩。”杨太妃得了信，从宫里出来相迎，见状呵斥了景优公主一句。

“母亲……”景优公主急得脸也红了，望了望皇帝欲言又止。

“别淘气。”杨太妃将她拉在身后，请了皇帝在正殿里坐，“最近皇帝政务繁忙，怎么得闲来？昨儿个还听说大理局势动荡，皇帝很是关切，现今都安定了？”

——宫里的消息传得真快，杨太妃和景优公主只怕都已知道和亲一事——皇帝不禁笑了，对杨太妃道：“不但安定了，还多出桩喜事，这便是来恭喜太妃的，大理王子段秉早两年就向朕提过亲事，朕听人说过，这个王子一表人才，行事果断，是个人君的材料。如

今他已是大理的王储，朕想公主嫁过去今后便是大理的王后，两国结为秦晋之好，于国、于家、于公主和太妃都是件幸事。”

杨太妃对这门亲事似乎很是满意，特别是听到“王后”两个字时，瞬间脸上颇有喜色，最后仍叹道：“皇帝想得不错，只是景优远嫁，比不得景佳公主还有回来省亲的时候，从此，我们母女便再不得相见了。”

“景优，你看可好？”皇帝见杨太妃并无异议，转而问景优公主。

景优公主一直低着头，这时才慢慢道：“回皇上，景优不想嫁。”

“什么？”皇帝和杨太妃都是大吃一惊。

“不想嫁！”景优公主站起来道，“这个段秉弑兄夺权，没有一点的忠孝纲常，为什么要我嫁这种人！”

皇帝笑道：“你懂些什么？若事事循规蹈矩，瞻前顾后，还算什么大丈夫行事？”

“他们蛮子国，都是这般……”

“住口！”杨太妃怒道，“皇帝面前，你这是成何体统？”

景优公主却是一声冷笑：“原来母亲也不向着女儿。我说了不嫁，谁也别想逼我。”

“造反了！”杨太妃看着她扭身冲出门外，叹了口气，“为什么生的是这样的冤孽。”

皇帝对杨太妃笑道：“妹妹是舍不得太妃，不想远嫁，过两天想明白就好了。”

这件事全在杨太妃做主，皇帝定了心，回来的时候去了趟坤宁宫。皇后迎出来时，脸上甚至有些惊讶。

“你这儿长远不来了，还是这么素净，也不想着添置点？”这种坚硬的椅子，恐怕只有坤宁宫还留着用，皇帝已经很不习惯，别扭地转了转身子。

皇后更瘦了，竹枝般的手指安静地放在膝上，声音冷淡得掺不进一丝感情：“臣妾觉得这样倒安逸，有劳皇上挂念。”

皇帝又向四处打量了一会儿，觉得有点尴尬和无聊，笑道：“这里有件事请你出面。”

“不敢当。”皇后也是极聪明的人，只是道，“皇上要臣妾规劝景优公主，臣妾这就照办。”

皇帝有些脸红，讪讪道：“那就好。朕走了，你也多保重身子。看你，瘦成什么样了，你自己不心疼，朕还心疼呢。”

皇后依然毫不动容：“是。恭送圣驾。”

皇帝从坤宁宫幽暗的殿堂里出来，被阳光一照，才觉得悻然。“有这么格格不入的吗？”皇帝对吉祥道。

“嘿嘿。”吉祥十分为难，勉强赔笑了一声，不敢搭腔。

到了夜里，皇后却亲自上乾清宫来了，皇帝正打算去椒吉宫，也只能作罢，赐皇后在榻上坐了，听她道：“这件事臣妾没有办成。”

“没关系，今天说不通她，明天再接着劝说。她不过年幼，脸薄胆小……”皇帝看见皇后缓缓摇头，问道，“怎么？”

“依臣妾看，公主是铁了心不想嫁到大理，恐怕不是臣妾能劝得动的。臣妾见她斩钉截铁，真怕逼出人命来。所以来请皇上示下。”

皇帝不以为然：“你明天再试试。”

皇后却突然笑了：“皇上可真不明白女孩儿。”

“什么？”皇帝一愣。

皇后已经站起来福了福：“臣妾告退。”

“什么意思？”皇帝望着她的背影问吉祥道。

“奴婢不知。”

“不知？”皇帝终于觉得有些不是味儿来，“这宫里上上下下没有你不知道的，说！”

吉祥笑道：“的确不知。”眼见皇帝沉下脸来，忙道，“奴婢确实不知底蕴。皇上忘了，这宫里要称得上无所不知的，只有……”

“辟邪，叫辟邪！”皇帝站了起来。

话由小合子传到居养院，辟邪听完止不住一通剧咳，蜷在床上似乎一时气绝。

明珠挥手让小合子退下，端过药来，送在辟邪眼前，却被他一掌推开。

“雷奇峰，”辟邪捂着胸口恶狠狠喘了口气，“下回遇见他，一定要他的命。”

明珠却“哧”地一笑：“六爷要的是别人的命，可别迁怒在雷奇峰身上。先喝了药再说。”

辟邪皱着眉接过药一口喝干，指着桌上放冰糖的罐子，说不出话来。

“苦？”明珠笑道。

“陈先生的药，最近越来越霸道了。”辟邪转脸问，“皇上现在哪儿呢？”

小合子忙上前道：“侄子出来前万岁爷正要去椒吉宫。”

“你回禀皇上得知，辟邪实在病势沉重，起不来床。”

“师叔，侄子会为难……”

“去吧、去吧。”明珠推了小合子出门，“和你师傅说一声，没事的。”

小合子转过身来问：“明珠姐姐，我兄弟还好吧？怎么没瞧见？”

“好着呢，”明珠柔声道，“这不抓药去了吗，一会儿就回，我告诉他你来过。”

“哎。”

明珠看着小合子出了院门，听见廊后的黑暗里窸窸窣窣的声响："走了。"

小顺子探出头来："真走了？"

"你也懂得行事小心，算是一个长进。你哥哥可不真走了。你师傅正等着呢，快进去吧。"

小顺子笑道："有些事，他不知道更好。见了面保不定我就要乱说。"

辟邪已经披上衣服坐了起来，小顺子凑到他身边道："问过了，就是今晚，还是三更天。"

"姜统领安排好了？"

"说是万无一失。"

辟邪又慢慢躺下，道："我再歇会儿，你准备准备。"

皇帝的銮驾已至椒吉宫，小合子往里悄悄招呼了一声，见吉祥溜出来，忙将辟邪的话说了一遍。吉祥笑道："没来也不要紧。皇上正忙着呢，这时敢情都忘了。"

隔着珠帘果见皇帝笑盈盈望着慕徐姿忙前忙后地斟酒布菜，酒才喝了一盅，就似乎已经沉醉着了。

"皇上尝尝这个。"慕徐姿将碟子推在皇帝面前。

面儿攒的小茄子、小南瓜等四季瓜果，烘烤得金黄。

皇帝笑道："什么玩意儿？倒新鲜。可惜不是吃点心的时候。"

慕徐姿支着下颌仿佛在窃笑，努努嘴道："有什么要紧，吃了就知道了。"

皇帝尝了一个，笑道："里面包的什么，甜的，甚香。"

"当然是甜的！"慕徐姿道，"是番薯。"

"番薯？"

"臣妾宫里的小太监说，从前他家里吃不上饭，就在地里刨番薯吃。却不知道在宫里，连番薯也能做得这么别致。"

吉祥忍不住打了个寒噤，而皇帝却半点生气的意思也没有，笑道："你这是劝朕体恤百姓吗？"

"没有。"慕徐姿摇了摇头，"臣妾只是想皇上平时进的都是山珍海味，换个口味也好。"

皇帝道："这酒也是天天一个样，怎么换个口味？"

"要不臣妾陪着皇上划拳！"慕徐姿笑着撸起了袖子，攥着拳头伸在皇帝面前，红袖下露出半截雪白的玉臂，被皇帝伸手捉住。

"皇上！"慕徐姿羞红了脸。

皇帝轻轻扳开她细巧的手指，亲吻她温暖柔和的掌心。

慕徐姿脉脉望着皇帝的面颊，道："臣妾……真喜欢和皇上在一起。"

皇帝闻言，无限的喜悦竟让心微微痛了痛：“朕也喜欢上你这儿来。”

吉祥知情识趣，向宫女暗暗挥了挥手。众人衣摆拂地的声音犹如清风吹过落叶庭院，门，清澈地“吱呀”一声关上，慕徐姿红着脸和皇帝相视一笑。皇帝将她拉到膝上，埋首在她颈项里呼吸着她甜蜜的体香。

“噗。”

慕徐姿嘟起红唇吹灭了桌上的红烛。

本应是夜半人静，门外却传来“沙沙”的脚步声。皇帝极易惊醒，猛地睁开眼。

“万岁爷。”吉祥压低了声音，轻轻叩门。

皇帝松了口气，见身边的慕徐姿梦中仍在微笑，只轻轻挪开她的手臂，披上衣服起身。

“什么事？”开门见到吉祥跪在地上，皇帝仍是恼怒，“半夜三更的。”

“奴婢罪该万死，”吉祥叩头道，“辟邪求见。”

皇帝怒极而笑：“朕倒忘了，传了他几个时辰，这时却到了。”

吉祥捧来袍子，道：“皇上，外面凉。”

“这是干什么？”皇帝摆了摆手跨出门去，辟邪已在廊下跪候，虽然裹得严不透风，仍在微微寒战。皇帝原本想要呵斥一句，见状却也不忍出口。

“奴婢打扰万岁爷安枕，罪该万死，皇上恕罪。”辟邪道，“夜深风寒，请万岁爷多穿件衣裳。”

皇帝由吉祥伺候着穿上夹袍，疑惑道：“这是去哪儿？”

“事关重大，奴婢斗胆，请万岁爷跟着来。”辟邪站起来侧身引路。

夜凉似水，白霜满地，东大天道里一路火烛也颇显黯淡，回声的只有皇帝自己的脚步，辟邪紧跟在他身后，却仿佛不存在。皇帝深深吸了口气：“原来宫里还是可以这么安静的。”

辟邪微笑得甚至有些空灵，皇帝瞬间以为那只是他的魂魄。

“万岁爷说要静，哪个敢出口大气？”他说话的时候唇边也是静悄悄的，如此清冷的空气里也没有吐出丝毫的白气。

皇帝将他往前拉了一步，触及他的胳膊，才觉稍稍安心。“你走在朕身边，这么说话太累。”

“是。”辟邪答应得甚快，仍落后皇帝半步，不敢比肩。

眼前就是奉先殿，值房里还亮着灯，皇帝驻足向正殿行了礼，辟邪也毕恭毕敬地默默祝祷。

“想什么呢？”

“先祖保佑我朝昌盛。”辟邪笑道。

皇帝也笑了。值房里的人似乎听到了动静，咳嗽两声站起身来。辟邪在唇边竖起手指，牵住皇帝的衣袖悄悄从影壁的阴影里穿门而出。将深宫灯火甩在身后，轻柔光华顿时扑面而来。此处松海之上繁星如织，天际犹如江水浮动，倒映凡世众生。

而辟邪此时却在树影里使劲拽着皇帝的袖子。“万岁爷，请移驾在此稍候。”

“这里不是明知园吗？”皇帝伸手拨开眼前的树枝，忍俊不禁，“朕为什么要鬼鬼祟祟的？”

辟邪嘘了一声。“三更。”他突兀地道。

“嗯？”

远处城垣上的巡铃飘了过来，深宫里的更声也随之唱和。皇帝见辟邪执着地摇头示意噤声，任心中诸多疑惑好奇，也只得静悄悄站着。不刻明知园南门衣裙娑娑拂地，皇帝一怔之下，已见一个二十五六岁的宫女步入，环顾园内，又连连击掌，最后叹了口气道：“偏是要紧的时候，他却迟了。”

“等等也无妨。”又是一个宫女打扮的少女走了进来，倚在树枝上，遥望星辰。皇帝听她声音熟稔，却全不记得识得这样一个宫女，转脸看着辟邪相询。辟邪却只微微冷笑，咬紧牙关半字不吐。

“难道今夜宫里侍卫都有什么急差？”那少女静了半晌，终于叹了口气。

皇帝闻言大怒——以侍卫之职，竟敢擅入大内与宫女私会，欺君罔上，毫无廉耻，实可当诛。皇帝已气得发抖，只等着那侍卫前来便要辟邪将之索拿。谁知那少女渐渐有些不耐，慢慢在庭中踱步，转回身来，面庞被星光映得清楚，正是景优公主。

皇帝哪料是公主与人私通，怒血尽数涌上额头，身子一挣，却被辟邪握住了手，向着皇帝摇头。他的手指凉得刺骨，皇帝畏缩了一下，向后抽回手去，辟邪却偏偏不依不饶，拉着他悄悄退出明知园。

“你放肆！”皇帝甩开他的手怒道，“为什么要拦着朕？”

“万岁爷息怒，”辟邪劝道，“公主终究是要远嫁的，夜深人静，皇上这一闹了出去，于大理那边没办法交代。”

皇帝点着头冷笑：“好好好！就给她留个体面，你跟朕说，她私会的侍卫是谁？明天朕就要了他的脑袋。”

“奴婢不知。”

“不知？”皇帝气得手脚冰冷，指着辟邪道，“你们师兄弟都是一问三不知的吗？你

不说，好，朕这便回明知园，等着那个畜生露面。”

辟邪赶上来笑道：“皇上，皇上留步，今晚那人不会来的。现下里所有当值的侍卫都在侍卫统领眼皮底下，一个也不能擅自走动，他定不得脱身赴约。”

“你这是让朕姑息养奸？”

“这个胆大包天的侍卫实应千刀万剐，他死了倒一了百了。可皇上请想，以景优公主的脾气，逼急了她，还会太太平平、欢欢喜喜地嫁至大理吗？”

皇帝被他说得愣了一会儿，才道：“这件事，有多少人知道？”

辟邪道：“除了公主宫里的人，就是奴婢了。”

“知道了。”皇帝抿起了嘴唇。

“是。”辟邪也领悟到什么似的躬了躬身。

就这样默然无语地回到椒吉宫，吉祥迎上来搀着皇帝上了台阶。“你身子好些了吗？”皇帝进屋前问。

“还是那样。”辟邪道。

“朕看也不怎么咳了，明日乾清宫当值。”

辟邪笑了笑，只是叹气。回来时小顺子已经睡了，只明珠还等着，听辟邪说完，嗔道：“六爷好不容易得闲养病，就因这个郁知秋惹祸，又要辛苦。爷好大的耐性，容得他胡闹。”

辟邪咳了一阵，冷笑道：“我如何不想杀他？是姜放劝我道，且不说郁知秋一死，几个月来在紫南门的苦心经营便化作流水；就说他是我点出来的探花，平白无故死于非命，我如何脱得了干系？唉！”辟邪叹道，“在上江时便觉他们不安分，只道回京后宫墙相隔，也没有什么。谁料他色胆包天，擅入禁帷，竟如此把持不住？”

明珠怕他生气，忙劝他安置。辟邪勉强合了一会儿眼，早起赶至乾清宫等了，不刻，皇帝便从椒吉宫回来，进门便道：“辟邪留下，其他人回避。”自己坐在棋案边，在寂静中敲击着棋子思量。

“景优公主到了。”如意在外推开门，景优公主脸色苍白地走入，身后带的宫女被如意一并远远拦住。

“皇上万福金安。”

“你脸色不好，眼圈也是红的，睡不好吗？”皇帝柔声关切道，指着凳子让她坐了。

景优公主勉强笑道：“还好。”

“昨儿个说的那桩亲事，你可想好了？”

“景优不想嫁到大理去。”

“别说小孩子的话，姑娘家都是要嫁人的，到了大理就是王后，就算是景佳，也比不上你。”

“王后又如何呢？”景优公主道，“我朝历代皇后加起来也有十五六位，哪个善始善终？皇帝哥哥凭良心说，嫁我去大理有没有一分是为我着想的？”

皇帝笑道：“不错，你去大理还是为了西南安定。如今社稷动荡，四面楚歌，你就不能为朕、为祖宗传到今日的江山想想？”

“这是皇帝哥哥的事。”景优公主赌气道。

“错了，”皇帝仍是微笑，“中原几万万百姓锦衣玉食地养了你十几年，现今他们水深火热，别说要你去大理做皇后保他们几年太平，就是现在要你的性命，也没有什么过分。”

景优公主一惊之后大怒：“凭什么？”

“凭什么？”皇帝道，“我们皇室子女，生而为了江山生，死而为了社稷死。历代公主远嫁蛮夷的数不胜数，皇子战死沙场的还有多位，正供在奉先殿里。远的不说，靖德太子不就为国捐躯了吗？”

景优公主冷笑道：“皇上不提靖德太子也就罢了，这宫里上上下下，谁不知道先帝太子爷是怎么死的？”

她一句话戳到了皇帝的痛处，皇帝握紧了手中的棋子，忍了一会儿才道：“这件婚事太妃已经答应了，你再执拗，太妃脸上也挂不住。”

“太妃虽然是我生母，可是从没有喂过我一口奶，我也从没有在太妃身边待过一天，皇上拿太妃压我，没有用的。”

皇帝大笑道：“从没见过这般不忠不孝的。到底是什么迷住了你的心窍？”

景优公主一愣，道：“什么？”

“朕在问你是什么迷住了你的心窍！”皇帝“啪”地把棋子摔在棋盘上，“朕处处保全你的体面，对你事事睁只眼闭只眼，你倒猖狂起来了？难道要朕翻遍整个清和宫，把那个狗胆包天的混账找出来不可吗？”

景优公主涨红了脸霍然起身，向外要走，辟邪上前一步，微微挡了挡：“公主殿下，万岁爷的话还没说完呢。”

景优公主拭着热泪，吼道：“你们到底想怎么样？”

“只要你高高兴兴和亲大理，朕保证不追查你的事，大家都留个体面，好不好？”

“不好！”景优公主跺着脚大声哭泣，伸手对准辟邪就是一记耳光，“滚开！”她推开辟邪想要夺门而出。

皇帝勃然大怒，拍案而起，上前几步道："放肆！"

景优公主从没见过皇帝生这么大的气，吓得止住哭声，盯着他铁青的脸。

皇帝慢慢松开紧握的拳头，叹道："是朕对不住你。朕也有女儿，今后一样会一个一个地往虎口里送，这'对不住'三个字，还不知要说多少遍。你就算体谅体谅兄长，行不行呢？清知宫你也别住了，就去寿宁宫太妃那儿。"

他望着景优公主掩面痛哭走得远了，叫了如意进来，道："公主宫里的人一概不得走动，不得与别宫的人说话。跟着去寿宁宫的两个宫女，也叫回清知宫，你亲自监管，一个也不能走脱。"

"遵旨。"如意道。

皇帝看了看辟邪脸上几道血红的手印，道："痛吗？"

"有一点儿。"辟邪伸手揉了揉，却将整张脸搓得通红。

皇帝笑道："行了行了，煮熟了似的。"话锋一转问，"你看景优会答应吗？"

"应该会吧——"辟邪道，"奴婢不是很明白。"

"朕也不明白。"皇帝不住皱眉，"只盼大理来人行聘的时候，不要出什么事端。"

在辟邪而言，到那时要担心的事端倒不是景优公主了——此刻大理行聘的使节已然溯寒江启程，一行人中不但有大理礼部的官员，还因段秉恐这些人背着他拆台，为作监视，特遣来了他的心腹谋士——宋别。

虽然眼下听从自己调派，但既是明珠的父亲，又是颜王的知交老友，当年在大理更是世袭肃海公的贵胄，无论从哪里论起，都是辟邪的尊长。他既执拗地将女儿送在自己身边，此时要驳了他的面子和好意，请他收回成命，将明珠带回大理，辟邪一时也不知如何开口。

转眼十月二十一，大理使节奉国书到京，除了鸿胪寺遣人照应之外，皇帝内书房还派了辟邪前去问安。辟邪趁着明珠不在，带着小顺子就想悄悄地溜出宫去。到了宫门前，亮了亮皇帝手谕，侍卫们只是笑嘻嘻点头，无人盘查。待出得门来，辟邪已忍不住叹气，道："宫门内外不过十几步路，片刻之间却又多出条尾巴来，小顺子，你说是怎么回事啊？"

小顺子缩了缩脖子，道："师傅……"

他身边的明珠宦官装束，上前来笑道："不怪他，我想念父亲，六爷带我一起去。"

小顺子顿时精神抖擞，道："师傅去见宋先生，却瞒着姐姐不说，使得他们亲人不得相见，师傅好狠的心。"

辟邪也不理会，摇头不语，感叹哪里是自己心狠，今日见了宋别，倘若明珠在场，有些话要自己如何启齿？

宋别并非正使，辟邪只得先与两位使节寒暄一番，出来对馆役说了宋别的化名，问清所在，才领着两人寻到驿馆后厢房。明珠快走几步，推门笑道："父亲大人。"辟邪和小顺子也紧随入内，只见宋别枯瘦的手指摘去明珠的发冠，抚着她的发髻道："好端端的，做什么男子打扮？"

"陈先生？"一旁另有一位老者，正拈髯微笑，辟邪乍见之下甚是意外。

陈襄笑道："六哥儿不知道，老朽和宋先生二十年前就是至交了，此番老友重逢，大快平生。"

宋别抱了抱拳："公公，别来无恙？"

"宋先生。"辟邪忙躬身执礼。

陈襄笑道："宋贤弟此话差矣，才刚还在议论六哥儿的内伤，他嗽病缠身，怎能说无恙？"又对辟邪道，"'金针素手'宋别可不是浪得虚名。他针艾之法已至神仙化境。当年他在离都小住，和老朽谈论医道，都觉投契不已，相见恨晚。可惜一别二十载，只有书信往来，今天重逢，才知道当年翩翩浊世佳公子，现在也成老头子了。"

宋别望着明珠："女儿也这么大了，你我还称什么英雄年少？陈兄此来不是望我的，"他笑道，"才说了两句闲话，就问及公公的病症，直说了一个时辰。公公既然来了，能否让老朽试脉？"

辟邪原本有数件大事与宋别相商，见陈襄在此只得作罢，无奈伸出手腕。宋别搭上手指，凝神思索，明珠仔细盯着他的神色，宋别又望了望辟邪气色，问他饮食起居，最后道："现下还无妨无妨。"

明珠大喜，道："父亲大人如何诊治？"

宋别道："以我内力借针艾直驱病灶，刺灸肺俞、太渊、太溪、照海，陈兄以为如何？"

"英雄所见略同。"陈襄点头。

宋别也是个极洒脱的人，站起身道："如此，公公里面请。"

辟邪得了机会与宋别单独说话，正中下怀，便要跟进去，明珠却抢上来与宋别耳语几句。宋别微微蹙眉，点了点头，才从边上柜子里取出一只楠木匣子，放定在桌上，从中取了十二支毫针，道了声'请'，与辟邪走入内间。

小顺子正闲极无聊，转到桌边，怯生生伸手从木匣中拈了一枚针在手中把弄。

陈襄道："小顺子，这'金针素手'有个现成的传人在眼前，你也闲，不如跟着明珠学点。"

小顺子喜道："只怕明珠姐姐嫌我笨。"

"我的火候还差得远，"明珠道，"不过教你只怕太高。"

"姐姐是答应了？"

"悄悄的，不告诉你师傅。"明珠话说得轻松，却是坐卧不宁。过了约有一顿饭工夫，忽听辟邪猛嗽了一声，又是寂静半晌，宋别和辟邪相继而出。

"如何？"明珠上前问道。

宋别笑道："甚好。陈兄，烦你开张补益的方子。"

陈襄为人谨慎，将辟邪拖到一边，再请脉相诊，半晌后点头赞叹道："到底是宋贤弟。"

"那是痊愈了？"

宋别、陈襄都道："差不多了，调养一阵就好。"

"且不说这个。"宋别又牵着明珠的手，坐到一边对她道："这两年在宫中如何，可有人欺负我宋别的掌上明珠吗？"

小顺子见明珠的眼光向辟邪和自己投来，吓了一跳，忙道："没有没有。"

"没有就好，我便放心留明珠在京城。"

"宋先生，"辟邪道，"晚辈再请宋先生三思。"

"不必了，我的女儿，定能照顾好自己。"宋别微笑看着明珠，父女二人又说了会儿闲话，辟邪见时候不早了，起身告辞。明珠拉着宋别的手，依依不舍地道别。

陈襄也站在廊下，送了他们出门，问："六哥儿可是要贤弟将明珠带回大理去？"

"正是。"宋别点头道，"不过离都虽险，却比不得我在大理是龙潭虎穴，自顾不暇，哪里再有精神照顾女儿。"

陈襄笑道："非也，非也。贤弟为人不畏天地、不敬鬼神，是个说一不二的当世豪杰，怎么会怕大理那些跳梁小丑？定是另有隐情。"

"隐情倒也是有的。段秉这小子脑筋确实不坏，娶了中原公主不算，听说我有个女儿，竟上门提过亲事。他这番做作拉拢，明珠跟我回去，岂不是羊入虎口？"宋别不住冷笑，"他却不知，我宋别和大理血海深仇，恨不得学了伍子胥，将大理皇帝掘墓鞭尸……"突然和陈襄都愣了愣，才叹道，"——只可惜那老儿还没死罢了。"

陈襄放声大笑，最后长叹一声："你既耿耿于怀，那个所在近在咫尺，为何不去相见？"

宋别伸出双手，道："就凭我从前的'金针素手'如今竹枝一般？就凭我从前的热血淡极了、冷透了？这咫尺便是天涯，相见便是永别，竟添无穷烦恼，回头是岸啊。"

两人望着落日向城外沉去，都觉多年来意兴萧索，心气远比长天更空阔落寞。

此时离水万里艳红，辟邪驻足奉天桥，回首指着双秋桥南岸，对明珠道："瞧见双秋桥的红叶了吗？去年春天还说要再来的，现在不过匆匆一瞥。你在宫里照顾我两年，我却

连这么一个愿望，也不能为你满足。”

夕阳中青衣浴血，芳唇染朱，明珠美得有些不吉祥。“我却已经忘了，”她眺望一江血色浓秋，笑道，“六爷真是个啰唆的人。”

“是吗？”辟邪语气静谧，垂下了眼睛。

“前面是六爷吗？”白虎门边早候了一个簪花小厮，手执了大红的帖子，见辟邪已近宫门，紫南门侍卫上来要挡，便不敢再向前了。

辟邪认得他是栖霞院的人，走了几步，接过帖子道：“你妈妈可好？”

“好得很，说是六爷长远不来了，请六爷什么时候得闲来吃酒。”那小厮是个伶牙俐齿的，一句话说得清脆响亮，周遭的侍卫都笑了起来。

“知道了。”辟邪点头，摸出一角小银赏他，再看明珠已过了宫门，“我今晚就去。”他匆匆进宫，对皇帝回明差事，告了假，赶在宫门下匙之前出了清和宫。

栖霞等候多时，仍请他至回眸楼上，斟了茶道：“原本不想惊动六爷，只是西边的谍报突然断了，姜放也问了两遍，竟没有回音。他道六爷染恙，不敢惊动。我只觉得其中有点蹊跷，还是回明六爷的好。”

“的确有半个月了。”辟邪点头道，“实在必要，你派个可信的人去一趟，看看二先生到底在干什么。”他对栖霞笑道，“倒不是信不过姜放，只是他与二先生出生入死这么多年，十几场仗打下来，难免有些私人的情谊在里面，就算不是故意，心里还是会替他开脱些个，倒不如你旁观者清。”

“是。”栖霞微笑道，“既然如此，明天我就悄悄地派人上路。”她说了句告退下楼，不刻海琳带着使女端着酒菜进来。

“酒不用了。”辟邪道，“今儿看过大夫，劝我少饮。”他随便吃了些菜，便歪在床上。

海琳坐在他身边梳头，笑道：“六爷今日看的是哪位神医？自打来了，却也没咳过。”

辟邪抚着她的头发，漫不经心微笑道：“神医？那倒也不是，不过会说真话罢了……”

海琳放下梳子，靠在辟邪怀里，道：“我也想听六爷的真话。”

“什么？”

海琳握着辟邪剔透的手指在灯光下细看：“六爷为什么喜欢上这儿来？”

辟邪大笑道：“因为宫里冷，冻得我睡不着。”

“果然，”海琳叹了口气，“六爷的人就是块冰，任是谁都不过在六爷心里照个影儿。”她突然回身揽住辟邪的腰，“这样可暖和了吗？”

“暖了。”辟邪在她身下喘着气笑，笑容还在脸上的时候，便睡去了。

海琳替他捂暖了双脚，时候却还早，她睁眼安静地躺了一个多时辰，才迷迷糊糊地睡着。梦中还闻更声几处，却有金风“哧”的一声，夹在秋风里分外清冷。海琳睁开了眼，迎面就是一段雪亮的锋芒，正夹在辟邪素白的双指之中。未及她呼出声，辟邪左手已掩上了她的嘴唇。

红帐之外有人闷喝，猛力抽出那柄长剑。辟邪轻轻一笑，双指微震，剑尖便“叮”地折断。帐外的人顿时失力，向后倒去，碰得桌凳“哐当”乱响。辟邪手腕刚要发力，忽而心念飞转，手抚帐绡笑起来。只听窗棂“咯”地一响，室内再无声息。

“什么事？”栖霞在隔壁听到动静，命人踢开门进来。

海琳颤抖着挽起帐子，道：“没什么，没什么。我起来倒茶碰翻了桌椅。”

“怎么不知小心？”栖霞嗔道，她见满室狼藉，辟邪仍夹着那断刃，已明白了七八分，“都是淘气的。”她掩嘴笑着，却朝身边的年轻人使了个眼色，那年轻人点了点头，推开窗一跃而出。

十九

招福

次口清晨，辟邪起身时栖霞已等在外面，请他到了僻静的所在，在他耳边悄声道："郁知秋。"

"正是。"辟邪点头笑道。

栖霞的职责在宫外，还不知原委，问道："他是爷提拔上来的，怎么想起刺杀爷呢？"

辟邪道："景优公主不愿下嫁大理，还不是因为和他有了私情？他以为我在上江行宫撞破他和公主私会，如今公主不肯嫁人，他担心东窗事发，急着找我灭口泄愤呢。"

栖霞道："是我鲁莽了，竟将帖子送到紫南门侍卫眼皮底下，可不是巴巴地告诉他六爷夜间宿在宫外。有他心怀叵测，爷要小心。"

"不妨事。"辟邪道，"昨晚追踪下去的小子是谁？轻功很好。"

"那是我的义子，小名就叫优官儿，"栖霞道，"他是戏班里的出身，后来父母养不活了，卖在院子里，我看他聪慧，一直带在身边。"

"很年轻啊。"

"可不是，只有十六岁。本来倒是想让他过来给爷请安，但是今天一早就遣他去西边了。"栖霞见辟邪点了点头要走，忙道，"爷，这个郁知秋胆子也太大了，对六爷又是记恨，放着实在是麻烦，要不要……"

"只等大事稍定，必要了他的脑袋。"辟邪叹气道，"这个人冲动难自持，心胸既窄，又喜欢做蠢事，可惜了他那么好的身手，要是他那点热血洒在战场上倒好了。"

栖霞笑道："六爷既是这么说了，还不容易吗？"清早天气冷，栖霞交代人掸出一副猞猁裘给辟邪穿。那仆妇笑道："妈妈可别骂我懒，这皮裘不掸也罢，宫里已经有人捧着衣裳包袱来接六爷了。"

"快请进来。"

果然是小顺子挟着包袱眉开眼笑、东张西望地进来。辟邪道："怎么找到这里来了？"

小顺子背着栖霞暗使眼色，道："明珠姐姐想着师傅衣裳单薄，让我宫门一开就拿着羊绒袍子来。"

辟邪会意，忙告辞出来上车。小顺子挤在他身边道："了不得了，宫里乱了套了。"

辟邪嗔他夸大其词，道："能有什么了不得的大事？"

"昨晚万岁爷幸椒吉宫，去了没一会儿，西王的折子便到了，乾清宫当值的是二爷，也没敢惊动圣驾。谁知半夜里康健师叔悄悄地到了居养院，说是西王另有一封密信呈到慈宁宫，太后看后很是不悦。果然一大早就遣人请皇上，却碰上椒吉宫风风火火地急召太医，现在也不知是不是圣体违合。宫里乱得粥一样，二爷命小合子来送信，叫师傅快回。"

辟邪微吃一惊，道："知道了。"小顺子已探出头去，催着车夫急行。

他们赶回乾清宫时，只有御前太监李及站在门外，被辟邪一把抓住手臂问道："万岁爷龙体安泰？"

"好着呢，圣驾正在慈宁宫。"李及是个嘴快的人，忍不住压低声音道，"六哥儿定还不知道，叫太医的是訸淑仪，听说是一早起来就在万岁爷眼前昏死过去了，把万岁爷吓得不轻。"

辟邪松了口气，不及细想，便道："万岁爷无恙就好。我这便去慈宁宫候旨。"

李及咋舌道："那可要小心了——今儿个两位主子都不痛快着呢。"

辟邪自然是万分不情愿去慈宁宫，只因不放心西王白东楼的那封密信，不得不悄悄走至慈宁门里，院子里已站满了人，黑压压的一片寂静。如意向他微微招了招手，才低声说了一句"里面似乎争起来了"，便听见宫内"咚"的一声，皇帝煞白着脸，竟自己推开门走了出来，下台阶时一个踉跄，让吉祥手快扶住。

"走！"皇帝咬着牙道。

吉祥见势不妙，哪敢做出平日里半分的扬眉吐气，只低喝道："万岁爷起驾了——"

辟邪讶然望着如意，见他只是苦笑，也不敢多言。此处人人噤若寒蝉，眼睁睁看着皇帝撩起衣摆上了步辇。

"皇上且慢，皇上留步。"洪司言从正殿里小跑着出来，抢住銮驾的轿杆，低声哀求道，"皇上，且去里面认个错吧，皇上如此走了，今后还能进这慈宁宫吗？"

"你要朕认什么错？"皇帝冷冷看着她。

洪司言急得跪在地上，苦苦道："皇上误会了，奴婢在太后主子身边伺候了三十年，怎么不明白太后的心意？天下哪里有不护着自己儿子的母亲？哪里会有帮着别人对付自己儿子的母亲？"

皇帝怔了怔，锐气稍减，道："洪姑姑言重了。"

洪司言正要讲到要害，却见众人目瞪口呆地在一边看着，喝道："你们还不退下。"

皇帝既已说了起驾，还有谁敢停步，听洪司言如此说，都面面相觑。偏偏皇帝也是极

要面子的人，不肯开口说留。吉祥在一边赔笑道：“是，洪姑姑有体己话儿要说，奴婢也请万岁爷留步。”说着向众人暗暗摆手，随侍人等即刻风卷残云似的退出门外。

皇帝无可奈何，叹道：“洪姑姑起来说话。”

洪司言起来在皇帝耳边嗔道：“皇上太鲁莽了。怎么话才说了个开头就发起火来了呢？”

“白东楼一封书信过来告状，母后便急急传诏多次，见了面就是一通责备，朕只看见母后极力维护他，却全不体谅朕此刻内忧外患，殚精竭虑……”

“皇上住口！”洪司言怒道。

“你说什么？”皇帝怒极，霍然站了起来。

洪司言道：“皇上这么大了，不要再说小孩子的话。皇上在外殚精竭虑不错，太后在这慈宁宫里哪一天不是寝食难安？皇上只道太后维护娘家人，却不知当年四路亲王进京勤王，对朝廷是多大的功德？别的人且不说，奴婢却知当年洪亲王实是一点坏心也没有，不然，十年前这江山便姓洪了，哪有今天的万岁爷？”

皇帝本来还要喝止她，听到最后一句，顿时语塞。洪司言柔声道：“皇上且想一想，哪里会有人好端端的正经真太后不做，把自己儿子的江山拱手让给娘家人的道理？太后若要偏袒四个亲王，为什么替皇上选后的时候，放着娘家那么多的适龄郡主不选，却选了重臣王家的女儿？要说皇上撤藩的心意虽坚，又怎比太后多年前的预见？不然其他的皇子都放出藩地为王，独独成亲王留在京里不封？还不是怕今后皇上手足相残吗？”

“手足相残？”皇帝一个冷战，“不会的。”

“皇上手足情深，就没想过太后主子也有手足？”洪司言叹道，“洪王当年为了太后……”她转而苦笑，“不提也罢了。奴婢这里悄悄地对皇上说，别人还不知道：前两年太后凤体违和，太医院的陈襄来看过，怕也只有四五年的寿数了……”

“什么！”皇帝大吃一惊，颤着嘴唇握住洪司言的肩膀，“洪姑姑说什么？”

“皇上！”洪司言止住他，往宫内看了一眼道，“太后还不让皇上知道伤心，主子只盼这几年太太平平的——儿子是自己的血肉，兄长又有多年的恩义，都是割舍不掉的牵挂。两面整天算计着，主子还能安心地去吗？”

皇帝捂着脸坐在步辇上，沉默了半晌才道：“洪姑姑，不是朕不想太平，是他们逼得朕太紧啊。”

“奴婢知道，”洪司言一如多年前抚着皇帝的肩膀，道，“杜桓和白东楼两家狼子野心，太后主子何尝不看在眼里？”她见皇帝猛地抬起头来，神色异样，知道他又想起了杜闵那件事，忙接着道，“主子她又如何不怒白东楼那厮言辞狂妄，肆无忌惮？可这些人都

是好惹的吗，太后三十二岁守寡，替万岁爷将朝廷把握至今，还不是靠个‘忍’字，要照万岁爷现今这般抓个把柄就是上谕怒斥一番，那两家藩王早便反了。更何况，为人君者，怎能将胁迫的话轻易出口，太后责备皇上，也是为劝皇上多加忍隐，做事定要有十足的把握，不然稍一失足，便要引火烧身的。”

皇帝低头不语，洪司言只得搀他起来，道：“快进去，向母后磕头认个错，便好了。”

皇帝甚是执拗，仍道：“朕不去。”

洪司言冷笑道：“皇上从来都不是这样的，定是哪个奴才挑唆，教皇上这些不孝顺的举动。”

“没有！”皇帝倒抽了口冷气。

“皇上一道上谕写得朝野大哗，藩地亲王跳着脚要上吊，定是身边能人多了，出的好主意。”

“不关奴才们的事。”皇帝拉住洪司言道，“是朕随便写的。洪姑姑说的都对，朕这便给母后磕头去。”

饶是他们压低声音说话，辟邪师兄弟三人耳目聪颖，隔着慈宁门，仍是听了个大概。如意听到最后，脸也白了，对着辟邪不住使眼色。辟邪知道此时避其锋芒要紧，声色不动间退出人群，回到乾清宫内书房，果见白东楼的折子在奏案上放着。他是专事节略的内书房掌笔，看了也非僭越，速速浏览了一遍，见西王文中有恃无恐地哭闹逼迫，不禁牵扯嘴角，笑了起来。将折子放还原处，才感到身周一片寂静，走到廊下望着落叶纷飞扑在脚前，忽而发现，生命的凋零竟是如此迅捷，一旦那个蛇蝎般的灵魂分崩离析，自己又将何去何从？辟邪被突如其来的恐惧和迷茫的冷汗遮蔽着眼睛，力不从心地靠在柱子上微微喘息。

李及走过来赶他，道：“六哥儿，娘娘到了，接驾、接驾。”

辟邪笑道：“李公公说笑，这时候哪位娘娘会来。”

“訸淑仪。”

辟邪这才想起椒吉宫急传太医的事来，道：“不是病着吗？”

“是啊……”李及用力抓着鬓角，也是不明白。

但慕徐姿就突然从日精门里走入，华服飘动曼妙难言，艳色如同彩云扑面。乾清宫一众人等跪倒叩头。

“圣驾在宫中吗？”

辟邪很少听到她说话，但仍能分辨出她的声音有种不寻常的温柔之意。李及笑道：“万岁爷正在慈宁宫定省，这便要回来了。”

慕徐姿不知所措地红了红脸，不知道该留该回，握着手帕道："那……"

她身边的宫女道："娘娘既然来了，稍等片刻也无妨。"

李及担心乾清门侍卫走动冲撞凤驾，忙道："娘娘不如侧殿稍等，吃杯茶的工夫万岁爷说不准就回来了。"

"不，"慕徐姿腼腆地微笑，"我回去了。"

"娘娘留步，娘娘留步。"李及慌了手脚，正要挽留，对面月华门已是脚步声一片。皇帝从步辇下来，全未注意到慕徐姿也在，开口便道："辟邪你来。"

"是。"辟邪诧异之下跟着皇帝进了书房。

皇帝坐在奏案后，道："白东楼的折子你看了吗？"

"刚看过。"

"朕前些时日有道上谕给他，若他再不上缴粮饷，便借大理的兵马入境平苗，他只专心军饷一事便好了。"

"奴婢没见着这道上谕。难怪西王折子里哭叫不休。"

"最可恨的是，他竟敢密信呈到太后面前告朕的状！"皇帝气得发抖，"太后今日出面说，从藩地征收军饷是不错的，只是要给个定额，征齐就罢了。你看可行吗？"

辟邪想了想道："太后言之有理。"

"言之有理？"

辟邪笑道："太后和藩王周旋了多少年，想得比谁都周到。这么无止境地征下去，看似多多益善，其实倒给了藩王借口推诿。倒不如皇上给他们个额度，让藩王们看是否妥当，不妥的，自己报个数上来，省去了好多口舌。"

"原来如此。"皇帝眉头稍展，对外面道，"叫户部、兵部的人进来。"

吉祥上前道："万岁爷，訸淑仪正在殿外呢。"

"她不是病着吗？怎么上这儿来了？快叫进来。"皇帝皱着眉站起身来，匆匆走到门口，迎上去拉住慕徐姿的手，道，"什么急事？"

"不是急事……"慕徐姿红着脸道，"臣妾本不该上这儿来，只是……"

皇帝有些着急了："快说快说，你身子要紧吗？"

慕徐姿踮起脚尖，伏在皇帝耳边轻声细语了一会儿，皇帝全身猛地震了一下，握住慕徐姿双肩，瞪着眼睛问："真的？"

"真的。"慕徐姿温柔地笑着。

辟邪望着他们二人喜不自抑相视而笑，渐渐觉得十分不适，静静退至角落里垂下眼睛。

“訸淑仪遇喜？”明珠放下针线有些感慨，“她自己还是小孩子呢。”

“不算小了吧……”辟邪仰头想了想，“十六？十七？倒是你……”

明珠忙截下辟邪的话：“别，别提这个。”

“好，不提。”辟邪笑着又低头疾书。

明珠道：“她一个人在宫中，也不知有谁照应。要说这宫里听说这个消息最不高兴的人就是……”

“皇后。”辟邪头也不抬地道。

明珠端详着辟邪的神色，微喟道：“这倒也不见得。”

“哦？”辟邪抬起眼睛来笑问，“那你说会是谁？”

明珠的目光在辟邪脸上闪烁半晌，嫣然道：“我。”

辟邪“扑哧”地笑出声：“我忘了，你还在尚功局，待过两三个月你们又要忙了。不过若是位皇子，上回谊妃没用上的物件倒有得是，所以，你还是盼着皇子诞生吧。”

“师傅，”小顺子期期艾艾贴着墙走进来道，“和师傅商量件事。”

辟邪看他的脸色就知他又输光了银子，笑道：“师傅最近手头紧，除了银子一件，其他都好办。什么事？”

“别理他。”明珠白了辟邪一眼，向小顺子招手，“过来，要多少跟我说，你师傅心里不痛快一整天了，你还招惹他。”

小顺子眉开眼笑，挤在明珠一处问：“师傅心里不痛快？为什么？”

辟邪心里一颤：“没有的事。”走到一边喝了杯茶，“你在西边廊下家混了一整天，听见什么消息没有？”

“消息称不上，”小顺子道，“只是听说太后宫里有人与紫南门侍卫过从甚密，西王那封信是侍卫悄悄传进来的，不是正经路数。”

“哪个侍卫？有没有问明是谁？”

小顺子道：“没有。”

“也罢了，凭你也就这点斤两。”辟邪笑道，“你输银子给他，他自然不会领情。”

明珠也道：“他又不欠你什么，怎么会掏心窝子和你说话？”

小顺子想了想道：“姐姐的意思是……”

“这也要师傅教的？自己想去吧。”明珠笑道，“柜子里有五百两银票，你兑了银子，想着花在刀刃上。”

“是。”小顺子拿了银票，急着出去翻本。

辟邪道：“侍卫里哪些人是太后的，哪些人是藩王的，本来倒也清楚。这封信没让我们截到，定是哪里出了差错，难道还有我们没看清楚的人吗？”

“紫南门有多个六爷的人在，不如问问他们。”

“正是，眼看就要干戈大动，我不希望拖泥带水，要动便要连根拔除。”

辟邪的语气安静而清澈，令明珠微微笑了笑，她总觉得，有一股暗流正从居养院弥漫到整个宫廷里，有的时候，走在狭长的夹道中，也能够清晰地感觉到这股暗流缠绵黏滞在自己身周，随时间缓缓流动着。正如后面两个月，眼前暂无匈奴威胁，藩王粮饷按额缴纳，景优公主和亲大理良辰在即，訸淑仪遇喜，事事安定祥和，宫里的一切就像静止了似的，连第一场雪，也是飘得悠长缓慢。

“你的嗽疾就这么好了？”皇帝看着雪花疏疏落落，声音有些遥远。

辟邪一边躬了躬身，道：“是。万岁爷垂问，奴婢惶恐得很。”

皇帝微笑着，心思似乎已经飞到别处去了。辟邪默默收起案上的折子和节略，最后道：“皇上，小合口的银两补给都已备齐，兵部又在问怎么调派，是不是先留中，等正月后再批。”

“好，知道了。”窗前的皇帝转身对吉祥道，“朕去椒吉宫。”

吉祥笑道：“回万岁爷，訸淑仪现在御花园呢。”

“下着雪到处乱跑什么？”皇帝有些不豫了。

“今年也怪，御花园里有两株梅花年前就开得热闹，皇后娘娘说，这是上上的吉兆，让各宫的娘娘都瞧去了。”

皇帝皱眉道：“訸淑仪也去了？也不想想自己什么身子？”

“淑仪主子定是想沾点花神的喜气，稍稍走动也好。”

“你让谁过去看看，什么情形让朕得知。”

吉祥领命出去嘱咐了小合子，皇帝只得把刚才那点柔情收拾好，与辟邪接着议事。下一件是洪定国正月回洪州省亲的奏请，皇帝听了笑道：“让他回去。总不能拦着他们父子相见吧。反正他得了洪王面授机宜，还会颠颠回去。”

辟邪道了声“是”，将折子摊在皇帝面前，奉上朱笔。皇帝写了个“准”字，抬头看着辟邪已经站着合上了眼睛，道：“你怎么回事？”

“万岁爷恕罪，奴婢睡得少了。”辟邪被皇帝看出困顿来，激灵醒了神，忙跪在皇帝脚边叩头。

“睡得少了？”皇帝奇道。

辟邪支吾道："年前请安折子多，各地的密折也是年关时候多做文章，再加上小合口那件事，白天总在兵部、户部，晚上……"

皇帝吓了一跳，道："这里用不着你了。回值房里，多会儿睡足了再到御前伺候。吉祥，剩下的你来。"

辟邪有点不情愿，慢吞吞退到门前。

"辟邪，你等一下。"皇帝背着手踱到他面前，微笑轻声道，"如今你是朕的左膀右臂，为了那些琐碎的事，累着了你是不值当的。今后该歇着的时候就歇，只要你告假，朕没有不准的。"

"是。万岁爷隆恩，奴婢感激涕零。"辟邪点点头，这句话让他真的疲倦了，因而耳中廊下急促的脚步声也不显刺耳。

"万岁爷。"小合子匆匆走近，匍匐在御前，"訸淑仪……"

"怎么？出事了？"

"訸淑仪从梅亭下来，台阶上滑，失足……"小合子却不料一句话便让皇帝急红了眼，被皇帝抬脚踢了一个跟斗，忙滚身一把抱住皇帝的腿拦住道，"万岁爷，奴婢的话还没禀完。訸淑仪站得原本不高，更是让皇后娘娘宫里的招福扶住，没有摔着。皇后娘娘唯恐有失，现正让太医看呢。"

"哦，"皇帝稍稍松了口气，"现在哪里？"

"淑仪娘娘已回椒吉宫了。两位太医都在。"

"你速去椒吉宫，待太医看好了，叫到乾清宫来回话。"

"是。"小合子一溜烟走去传旨。等了片刻，包、何两位太医便来回说，慕徐姿脉象平和、滑疾流利，气色也好，并无跌扑伤胎之虑，皇帝才放了心。此时才是午后申时，皇帝晚膳后还去了一趟椒吉宫，慕徐姿神色如常，虽被皇帝嗔说了几句，仍是笑妍动人。宫女奉上水果，皇帝分了半只苹果与她，说笑了一阵才回。

到了次日凌晨，天仍是漆黑的时候，皇帝还在酣睡，听得吉祥在帘外呼了几声："万岁爷，万岁爷，急事容禀。"

皇帝心里突一跳，坐起来道："进来说。"

吉祥掀帘子疾步走入，外屋毕竟比里面凉些，风蹿进来让人起了个冷战。"椒吉宫来人，说訸淑仪半个时辰前血行不止，小腹坠痛……"

皇帝脑中"嗡嗡"作响，半天才道："太医呢？"

"陈襄早被叫了进去。正看着。"

“胎儿呢？”

“尚不知道。”吉祥此刻万般小心，生怕说错了一个字，“椒吉宫的人道，訸淑仪已昏厥数次，请问万岁爷是不是移驾过去。”

“到这种地步了吗？”皇帝大惊失色，道，“更衣，这便去椒吉宫。”

吉祥忙去外面叫步辇，好在昨日雪并不大，地上只是湿，还没有结冰，太监们抬着步辇一溜小跑，皇帝还是催。到了椒吉宫门前，宫女太监迎出来，奉驾在正殿，皇帝急得跺脚：“怎么样？怎么样？”

众人不及回答，便听帘子后面的暖阁里慕徐姿一声惨叫。皇帝手心里尽是冷汗，要往里迈步时，被两个嬷嬷拦住。吉祥也忙劝：“万岁爷，进不得，再稍等一会儿。”

“陈襄呢？他死了吗？”皇帝忍不住咆哮。

正乱作一团，外面的太监高声欢呼：“来了，来了。”

正殿门一开，却是辟邪当先走入，看见皇帝在，有些意外的样子，叩了头道：“皇上万福金安。”

皇帝奇道：“你来做什么？”

“陈太医叫了奴婢来，奴婢也不知何事。”

暖阁里宫女探出头来请辟邪，皇帝挥了挥手，任他进去。隔了小半个时辰的光景，后面赶过来的太医站了一屋子，见皇帝震怒，都噤若寒蝉。包、何二人更是身若筛糠，匍匐在地，不啻魂飞魄散。不刻陈襄和辟邪从内出来，皇帝急问：“怎么样？胎儿保住了吗？”

陈襄叩头道：“臣无能，未能保住皇子，罪该万死。”

“唉！”皇帝掩面长叹了一声，半晌无语，只是紧握衣带，手背上青筋暴起，最后慢慢问道：“什么缘故？”

陈襄面有难色，回道：“跌扑伤胎之故。”

皇帝忽地指着包、何两个太医：“你们，昨儿下午不是说还好好的吗？现在这是怎么话说的，嗯？！”

两人捣蒜般叩头，道：“昨天下午，的确脉象平和，臣等唯恐有失，尚请进圣愈汤一服，娘娘晚膳前臣等再次请脉，依旧无恙……”

皇帝切齿冷笑道：“好、好。你们三个各执一词，朕看皇子就是你们这等奸臣所害，也不必多说，现在便要了尔等性命，再无后患。来人！”

陈襄纵有万般难言之隐，此刻性命攸关，不由得爬上一步道：“皇上！容臣密奏！容臣密奏！”

“都出去！”

陈襄拉住辟邪的衣服，道：“皇上，辟邪却要留下……”

辟邪神色异样，怏怏侍立一边。

陈襄见众人退出，方道：“臣昨夜当值，至寅正时，椒吉宫来人言道，娘娘腹痛难忍，呼叫不绝，臣急奔至此，嬷嬷却道，娘娘已有下血之相。臣在帐外请脉，脉弦滑涩，尺脉转急……”

“那还用说吗？”皇帝不耐烦道，“只管拣最要紧的说。”

“是。”陈襄道，“臣在娘娘虎口合谷穴处，发现肤下隐有青紫，再请嬷嬷为娘娘验伤，果然肩井、三阴交两处穴位都有紫斑，触之冰冷。此三处穴位，针之用以催产，娘娘妊娠只有四月，此时用内力逼迫三穴，分明是要娘娘……”

“等等！”皇帝喝住他道，“你说有人故意逼迫这三处穴位，乃是要詸淑仪流产？”

陈襄叩头连连，不敢答话。

“那么是谁？”

陈襄踌躇半晌，才道：“臣与七宝太监素有旧交，以臣看来，那人的武功确是七宝太监一路的。”

皇帝大惊，转而望向辟邪，辟邪忙跪倒道：“下手那人所用的，乃是奴婢师傅晚年修习的武功。弟子中只有奴婢一人承继，可奴婢最近寸步不离皇上，皇上明鉴开恩。”

皇帝怔了怔，陈襄接着道：“以臣所见，虽然当时内力不曾发作，掩人耳目，但是寒阴之气聚于肤下不散，可见那人功力不过一二成，且所用不当，应是偷学不得其法。可此人对娘娘刻骨仇恨，使足劲力，若非辟邪出力逼出娘娘体内至寒之气，只怕娘娘也熬不过来了。”

“够了！”皇帝指着他们二人，颤声怒道，“不要和朕绕圈子了，到底是谁？”

陈襄立即道：“臣不知。”辟邪却是闭紧了嘴，不作声。

皇帝盯着辟邪想了想，片刻恍然大悟，点头狠声道：“招福！对不对？皇后宫里的招福！”

辟邪叩头，不敢言语。皇帝霍然起身，道：“来人！”

吉祥、如意忙奉命入内，皇帝仍叫：“李及。”李及看见吉祥、如意跪在一边，不敢上前，只跪在二人身后。皇帝道：“你即刻带上人，前往坤宁宫，拿住招福。”

“是。”李及领命去了。留下吉祥、如意惶恐不安，吉祥壮着胆子问道：“万岁爷……”

“哼哼。”皇帝冷笑道，“七宝太监的弟子，个个有过人之能，如今算计到主子头上

来了，断朕子嗣，毁朕江山，所谓阉宦乱国，以此为甚！”皇帝不禁拍案怒喝，“朕不想看见你们。滚出去！从今往后，你们师兄弟再不许踏进乾清宫。”眼见吉祥、如意、辟邪都是叩头无言而退，皇帝觉得怒火冲天却又满腹懊丧，只想把身周物事都捏个粉碎。

椒吉宫的嬷嬷战战兢兢从暖阁里出来道：“皇上，娘娘现已苏醒。”

“朕进去看看。”皇帝忍住怒气，举步入内，见床上的红帐已经打起来，慕徐姿失神仰卧，那抹永驻双颊之上的绯红笑意早褪成了惨白，因而双目更加显得幽深黑暗。

“皇上。”

皇帝握住她的手笑道：“可好些了？”

慕徐姿微微颔首，道：“臣妾不小心，让皇上失望担忧……”

仿若针刺心房，皇帝痛得一个激灵：“不怪你。”握着慕徐姿的手又紧了紧，道，“再说了，你还年轻得很，早晚会有朕的子嗣，现今养好身子要紧。”

“是，臣妾明白。”慕徐姿勉强透出个微笑，一如既往的艳丽，眼角滑出泪水透明得不着痕迹，淌进秀发的乌云里。

隆宗门外正对寿宁花园，有一溜卷棚顶大房，便是司礼监管掌处。再向西行，过了慈宁门，在仁寿宫对面，更有一处院子，坐南向北，门前立两大椿，宫中都将此处称作“里马房”，是监官典簿等奉旨问刑拷问内犯之所。院内青石铺地，瓦房横开两间，纵深却有三间，前面是刷得雪白的墙，后面被隔成四间囚室，铁条为栏，自清和宫落成以来，这里便没断过死人，宫里人均觉此处阴魂不散，戾气绕梁，故在堂前供奉玉佛九尊，掌管太监添香不断，日日诵经，指望亡灵早日超度，不去司礼监索命作祟。

这日的下午，雪下得大了起来，各条道上都是白亮，静悄悄无人走动。在此看管内犯的小太监烤了一会子火，便闲不住走到廊下袖着手看雪，一时也不觉得寂寞，就要张开嘴笑，忽觉腰里一麻，却呼不出声，一头栽在雪地里。

屋里的掌管太监听得外面“扑通”一声，还有人呼痛道：“哎哟！”抬起头来笑道：“闲不住的小猴崽子，定是滑跤了。”回头看见囚室中招福裹着猞猁裘，百无聊赖地围着小暖炉发呆，放心大胆招呼了身边的小太监一起出门去看。两人踏出门去，见地上的人声息全无，顿时慌了手脚，奔下台阶要扶，眼前却都是一黑，倒地不醒。

屋顶上有人一声轻笑，修长的手掌搭住房檐，青衣少年飘身而下，从掌管太监腰里摘下囚房钥匙，掸了掸身上的雪珠，静静等了片刻，才挎着食盒悄然入内。

招福听见锁响，凛然一惊，浑身颤抖着，抬头看清楚了方笑道：“你怎么来了？”

青衣少年道："娘娘遣我来看你。"

招福见他身上衣服单薄，忙拉过他的双手，焐在怀中，道："你胆子也太大了，他们不曾拦你吗？"

"百两银子便打发他们院门前替我望风去了。"少年慢慢抽回了手，垂下眼睛道，"哥哥先吃了饭吧，好不容易带过来，冷了伤胃。"他低下头在桌上排开酒菜，暖炉里的火光照得他清雅面庞上青红不定。

招福斟了杯酒，授予他道："小四，却不知娘娘什么旨意？"

进宝仰头饮尽，笑道："娘娘还有什么旨意？只是说你放心便是。"

"我如何放心得下？"招福红唇一展，苦笑道，"主意都是兄弟你出的，如今成了事，难道要我一个人顶缸？"

进宝"扑哧"一乐，道："哥哥放宽了心，哥哥的手段我知道，宫里人都是瞎了眼的，哪里看得出什么破绽？我才刚打听过，太医们到现在还不知底细，不过宫里主子出了事，总要装个样儿问问。你我都是皇后娘娘跟前一等一的人，谁敢拿哥哥怎么着？再者，就是要问，也是大师哥、二师哥奉旨来问，"他眼睛瞥在外堂一溜红漆柜子上，"指不定连柜子也不开呢。"

招福顺着他的眼光望去，打了个冷战："不开柜子就好……"

"放心，放心。"进宝坐在他身边替他斟满酒，"娘娘等抽空就去乾清宫理论要人。哥哥瞧，皇上说问话，不是到现在也没个动静吗？"

招福点头一笑，就着菜吃酒，进宝笑盈盈作陪，说了一会儿闲话。

"这儿还挺冷的。"进宝站起来踱步，背着招福慢慢松开自己的腰带。

招福点头道："可不是，这儿住一晚上，岂不是要我的命……"突然喉咙一紧，气息猛窒，口中的酒喷地吐出，双手抓住颈中青色腰带，疑惑地瞪大眼睛仰头，一滴热泪"噗"地落在自己的额头上，进宝咬着牙，杀意从泪眼中喷薄而出，秀丽的额头青筋暴起。招福惊恐万状，嘶声道："住手！我是你……"

进宝翻身而上，将招福压倒在床上，膝盖顶住他出水鱼儿般活蹦乱跳的身子，手中更紧了紧，哑着嗓子不住劝道："忍一忍……哥哥忍一忍，就好了……"

招福双腿乱蹬，拼尽全力大呼，却是细若游丝："为……什么？"

"哥哥定活不过今夜，只怕你招出皇后和我，却要大家一起死……"进宝咬牙道，"哥哥只管选个好人家投胎，谁害了你，我替你索命！"

招福喉咙"咔咔"作响，指甲里抓的都是进宝的皮肤鲜血。进宝闭上眼睛不去看招福

紫青的脸。招福再无言语，渐渐无力挣扎。良久，进宝耳中只有自己的啜泣声，再听不见招福的动静，睁开眼睛，见招福双目怒睁，布满血丝，不知是谁的泪水，弄得他圆润的脸上湿淋淋地反射着暖炉里忽明忽暗的光芒。进宝伸手替招福合上眼，泣不成声地抚着他的面颊，擦去交错的泪痕。

吉祥与如意一早被贬出乾清宫，回去值房收拾了东西便转回居养院。吉祥服侍皇帝多年，早在宫外买房置地，娶了两房姬妾，家产便悉数移到宫外，只与小合子收拾了两个包袱。如意是个极懒散的人，不喜欢敛财，就是手头从不缺银子，一样也要花得干干净净，因而行李也是简简单单卷了几件衣裳，趁着皇帝尚未回宫，与吉祥悄悄地出来。辟邪已等了多时，命小顺子收拾好东厢两间房，生火暖屋子。

吉祥、如意先去七宝太监正房叩了头，方在辟邪屋里叙话。辟邪因夜间助慕徐姿疏导体内阴寒内息，不免稍觉伤神。吉祥处事小心，便命他静卧，问他脉息。如意见插不上手，便去廊下围着茶炉坐，静静等着大雪飘下。眼前阴冷潮湿的空气里突一抹明亮，明珠揣着手炉，里面绣金的团花红袄，披着件宝蓝琉璃斗篷，穿门而来，见了如意，清柔眉目不禁舒展，道："二爷怎么在这里？"

"岂止我呢！大爷也来了。"

"今儿都得闲？"明珠坐在如意身边的椅子上，小顺子忙从屋里拿了皮褥子盖在她膝上，壶里倒了茶，她接过来微微吹了吹，回眸笑道，"六爷也回来了吗？"

"都回来了，"如意道，"这些日子皇上准了我们师兄弟的假，敢情能一块儿在这里过年。"

明珠微笑道："皇上准假吗？二爷倒是会住居养院，可大爷却是有家有室、有产有业的财主，得了假还不宫外逍遥去了，要在这里受罪？二爷欺负我愚笨，尽拿这种话来搪塞。"

如意仰头大笑："姑娘聪慧过人，我可招惹不起。不错，皇上今早将我们三人逐出乾清宫，现在脖子上雪亮的剑架着，在此幽禁，哪容我们出宫逍遥。"

明珠惊道："什么天大的事？何至于此呢？"

如意将慕徐姿的事对她说了，明珠蹙眉道："那敢情是三爷招福下的手了？可惜连累了自己师兄弟。"

如意笑道："姑娘聪明，猜得不错。"

明珠道："一事不明，二爷指教。"

"不敢。"

"七宝公公的修为我虽不曾见识过，但从六爷的功力来看，老人家定是位绝世的高手。"

“哦？姑娘也懂武功？”

“近墨者黑。六爷不必说了，就是常来常往的二爷，也是顶尖的高手，不由我不懂些皮毛。”如意看了明珠一眼，两人心照不宣，都是一笑，明珠接着道，“先前在寒州见过七爷出手，内力修为也有七八年的工夫。如此算来，三爷招福的功力也要在十五年以上，何以出手之后竟留下紫斑，为人识破？”

如意一怔，叹了口气：“姑娘问得好，这可说来话长了。”

帘子一挑，吉祥走出来，对如意道：“小六好不容易睡了，你也轻悄些，少啰唆这些个陈年往事。”

如意抢白道：“你自己是个一本正经的也罢了，却眼里容不得人自由自在。”

吉祥摇头笑道：“随你，随你。”自领着小合子东厢去了。

如意对明珠道：“不理他，咱们说咱们的。”

“是。”明珠亲自给如意倒上茶，“我却还有件事不明白，六爷和大爷、二爷、五爷、七爷兄弟们一贯同气连枝，怎么只有三爷、四爷和大伙儿远着些？”

如意道：“姑娘只知道我们七个是师兄弟，却不知招福和进宝原是亲兄弟。”

“亲兄弟？”

“可不，一母同胞的兄弟，祖籍台州。那地方自古产玉，他们吴姓一族原来也是琢玉的世家，甚是殷富，后来市面上作坊相互倾轧，吴家被人骗得倾家荡产，老爷子一病不起，他们母亲也是心狠，全不顾两个小的，一脖子吊死了事。兄弟二人被债主卖了还债，流落到了京城，辗转进了宫。”

“那可是比六爷进宫早了？”

“早多了，”如意想了想道，“那还是上元九年的时候，招福、进宝比辟邪早了五年吧……”

“那时三爷和四爷就和大爷、二爷疏分了吗？”

“不是，”如意似乎回忆起什么来，不禁微笑道，“那时候兄弟们倒是亲热，招福、进宝一母所生，性格却不一样，进宝淘气得出奇，不过比你的六爷还差着些。”

明珠红着脸啐了一口：“谁的六爷？二爷就是这样不正经。”

如意笑道：“招福虽然听话，却是个没主见的，事事都让进宝拿主意，跟着闯了不少祸，他又是兄长，师傅的责备都是他担着，没少挨打。后来驱恶、辟邪也进了宫，招福和进宝岁数既长，已知沉稳，兄弟间都有看顾。后来，”他望着院中第一滴雪珠溅湿廊下红漆栏杆，不禁喃喃道，“便到了皇上大婚那年……”

小顺子在一边低下头去，没了平时的雀跃，神色闪烁缩在角落里。明珠在寂静中转眸

相看，忽而发现，当如意不笑的时候，嘴角原来是这样抿成静静的冷酷。

“二爷……”

“哦。”如意缓过神来，仰头看了看天色，“后来便是庆熹四年，皇上大婚，重置坤宁宫，内府供应库少不了采买玉石，想到招福是玉匠家出身，又极会赏鉴，便遣他去了台州。那年招福只有十八岁，得了这个差事便魂不守舍，关起门来和进宝商量了一晚上。师傅觉得不妥，叫辟邪暗中相随，将招福所作所为报与师傅知道。”

明珠抽了口冷气：“难道三爷是回去报仇的吗？”

如意点头道：“正是。他到得台州，将仇家蒙冤下狱，杖死堂前。如此还不算，竟索拿了几个仇家十多个童子，自开刑堂，私宫良家子弟。辟邪见他逼得仇人家破人亡，尚念及冤冤相报，也是对方活该，但见他要……”如意长叹一声，“我等宫里人，知道这是缺德阴损的手段，自己九死一生，受了多少苦熬过来，又在这种见不得人的地方提心吊胆地挣命，如何还要强加于幼童？纵然与上一代有何等仇怨，也不至于白害了十几个少年。就算我们多年的兄弟情分，在这件事上，我还是挺瞧不上招福、进宝。”

明珠掩面颤声道：“六爷他可阻止了吗？”

“呵呵，”如意摇头苦笑，“辟邪不懂事，气红了眼，踊身入内，三言两语不合，便与招福大打出手，到底那时只有十五岁，不知轻重，最后竟下重手将招福数条经脉震断。”

“原来如此！三爷的武功就这么废了？”明珠叹道，“自那以后兄弟之间便结仇了？”

如意道：“不止如此。你想招福入宫比辟邪早了五年，何以十数招后便被他重伤？自那日起，招福、进宝才知辟邪所学的和众人不同，师傅原来竟是如此偏心，有了这个念头，还能和师傅亲近吗？当日他们从台州回来，招福已是废人，还能对他如何？师傅便恼怒辟邪，将其重责。”

明珠讶然道：“为什么？”

“只看今日我们兄弟的下场便知了——一个师傅教出来的，总是一荣俱荣，一损俱损。就算招福在外做了什么十恶不赦的事，同门师兄弟只能替他遮掩，大事化小，小事化了，怎么能吵得惊天动地？师傅怒辟邪，是因他恼怒之下便冲动伤人，师傅伤心自己几年心血白费，对我道，想不到他也是个不成器的庸才。”

明珠打了个寒噤，道：“不知二爷说的重责，是什么意思。”

“那还用说吗？”如意道，“任是辟邪当年内功底子不弱，又加血气方刚，也不过挺了一半责罚，驱恶和他本是拴在一起的蚂蚱，另一半便是驱恶替他挨打。正值盛夏，师傅不许辟邪进屋，不许辟邪吃饭，都是驱恶在一边陪着。那天我就在这廊下站着，看见驱恶

被师傅打得走不动路，只抓着辟邪的衣服，想把他拖到树荫底下去，这么一段路，便让他忙了小半个时辰。”如意展颜微笑，轻叹道，“唉，驱恶……”

明珠微微有些哽咽，俯首拨弄水面上的茶梗，道：“无论如何，六爷能救得十几个幼童，也是功德无量。”

如意道：“也没有都救下来，还是有四个孩子净了身。一个在进京路上便死了。那时大师哥已在乾清宫当差，活着的孩子里，最大的一个便给了他做徒弟，那便是小合子……”

“什么？”明珠吓了一跳。

如意接着道：“第二个叫小旺子，本来要给我，我是个懒散的人，照顾好自己便不错了，哪里还有闲心带徒弟？所以便给了招福。”

明珠道：“那岂不是羊入虎口？”

“要是招福心眼豁达些，那孩子还能活到今天，可惜进宫头一年便说他偷了坤宁宫的东西，被招福活活打死。最后一个不过八九岁，不知为什么，死活拉住辟邪的衣服不放，也不说话，也不哭，听这埋汰样儿，便知道是那个兔崽子无疑了。”

明珠顺他手指的方向，果见小顺子躲在角落里偷偷用袖子抹眼泪。如意道：“哭什么？真是个没出息的。这里进来的人哪个身世比你强？你见过别人整天哭天抹泪的吗？小心你师傅看见。”

“是。”小顺子红着眼睛替如意和明珠换了新茶。

如意看着大雪终于飘下，缓缓道：“给姑娘讲了个不好听的故事，别怪我。姑娘只是记得，这回招福倒霉，要说兄弟里最不是滋味的，便是辟邪了。”

“也许吧。”明珠黯然叹息，和如意一样望着天空出神。

到了掌灯时分，明珠在西厢炕桌上布下酒菜，辟邪已醒，懒洋洋地拿着筷子把弄，一会儿吉祥和如意也来了，不知哪里来的兴致，吃了几盅酒，两人便拉着辟邪划拳，辟邪不擅这个，连输了几盘，逃酒不过，被如意按在炕上灌酒，吉祥难得也在凑趣，屋里笑闹成一片。小合子出去了一下午，这时打起帘子进来，抖掉斗篷上的雪，上前道：“师傅。”

原本闹得厉害的三兄弟都突然静了下来，吉祥回头道：“说吧。”

“三师叔下午在里马房自缢死了。”

屋内的人似乎早就料定了招福的命运，只是“哦”的一声。吉祥将手中的酒饮尽，忙着穿鞋：“我去找进宝，替招福收殓了，安排人发送回台州落葬。”

小合子道：“师傅，这便不用了。万岁爷已得了消息，十分震怒，命里马房的人用席子卷了三师叔的尸身，弄到小西门外的墙根下火化，挫骨扬灰……”

“什么时候去的。”

“有一会儿了。”

如意扶住辟邪的肩膀道：“你去不去呢？还能见上最后一面。”

辟邪撑着炕沿似乎有些晕眩，道：“小顺子，拿二爷和我的衣服来。”说着也下了炕。小合子又转身出去给康健送信。

外面雪是下得大了，天黑得伸手不见五指。兄弟三人各执了灯笼，在雪中往西跋涉，静悄悄无人说话。吉祥在最前，和门前侍卫招呼了一声，三人穿过小西门到了皇城和宫城间的西大夹道里。这边虽叫夹道，却是地面开阔，又没有房舍，此时灯笼举高了，也照不出什么前途来，只是天地混沌幽深一片，不知身在何处。摸着墙根，三人再向北行，朦胧见前面火光照亮眼前纷飞白翎，都是一惊，忙展开身法飞奔掠去。

辟邪被风呛得微微有些气喘，火堆前收住脚步，见火里的尸首早缩成了一团，没了人形。康健在火前悄悄地拭泪，无声自语着什么。

远远的，进宝转过脸来，冷冷地看了辟邪一会儿，一言不发地转身走入大雪白花花的黑暗里。

“稽首本然清净地，无尽佛藏大慈尊，南方世界涌香云，香雨花云及花雨，宝雨宝云无数种，为祥为瑞遍庄严，天人问佛是何因，佛言地藏菩萨至，三世如来同赞叹，十方菩萨共皈依，我今宿植善因缘，称扬地藏真功德……”

康健冻僵的手指拨弄玛瑙佛珠，轻细的咏颂声在烈风中断断续续飘来，辟邪顺着冲天火光仰头相看，觉得似有阴魂被雪天摄入苍穹之中。

“慈因积善，誓救众生。手中金锡，振开地狱之门。掌上明珠，光摄大千世界……”

地狱吗？辟邪微笑，他不知招福的灵魂会去哪里，但是自己的灵魂早已注定了去向，他慢慢张开双唇，用自己也听不见的声音道：“智慧音里，吉祥云中，为阎浮提苦众生，作大证明功德主。大悲大愿，大圣大慈，本尊地藏菩萨摩诃萨……”

二十

黎灿

十三年元月初一，皇后王氏仍如往年，升座坤宁宫受皇妃、外命妇朝贺。王皇后神色安详平淡，浅含微笑，仪态万方，任谁也看不出只在几天前，宫中还出了一件了不得的大事。

招福自缢当日，皇帝闻讯自然雷霆大怒，当即草书了废后诏书，交于太傅刘远，道："猖狂至斯，没话好说，太傅看着办吧。"

刘远道："这个……没凭没据，皇上又语焉不详，怎么向天下人交代？还是先问太后的意思如何。"

"随便！"皇帝气出一身热汗，拂袖而去。

刘远捧着诏书，未回内阁，直接去了慈宁宫请见。

太后听完，笑道："刘卿啊，选王氏为后，刘卿也是极赞成的，却是为什么？"

皇后的父亲现仍是统领十万骑师的震北大将军，长兄随侍在震北军中，已勋至上护国将军，次兄在西边戍防，是正三品的上将。王家一门都是功勋盖世，当年择后即是拉拢朝中重臣，牵制藩王的意思。刘远对其中利害岂会不知，此时这话却不能出口。踌躇间，听太后道："如今大战在即，别说皇后没做错什么，就是千错万错，岂能说废就废？皇帝的心思和太傅是一样的，不然连问也不问一声，就容那奴才轻易了断？刘卿就是不明白皇帝的孩子气，皇帝吓唬人玩儿罢了。"

"孩子气？"——那这诏书不过就是皇帝赌气了——刘远跟着太后苦笑。

太后从他手中接过废后诏书，命洪司言投入暖炉里，一烧了事。

皇后无恙，皇帝却气得病了起来，大冷的天来回穿梭在宫里，稍稍染了些风寒，正旦节也不是很有精神。皇后来探望，被挡驾在外。皇后也不生气，淡淡一笑领着人自回坤宁宫。皇帝病中仍然要务缠身，年前接了兵部文书的各地年轻武官已经陆续上京，兵部奏请众人安置。皇帝叫了翁直进来，出了一道上谕。

翁直展开看了，不禁大惊道："重设京营？"

"正是。前一阵辟邪和兵部、户部商量的那笔银饷辎重年前已经备齐，直接调入小合口兵营。"

翁直悄悄往四周打量了一圈，没见着辟邪的影子，吉祥、如意也不在御前，不知什么

变故，也不敢问。心中疑惑惊讶，却无人相询，只得觍着脸赔笑道："圣上重建京营，臣愚昧不明圣意，反烦圣上万事亲躬，如今诸事皆备，倒让老臣捡了个现成的便宜。"

皇帝微微一笑，嘴角动了一下，却忍住了没说话。

翁直道："臣只是一事不明，圣上赐教。"

皇帝咳了一声，道："讲。"

"重设京营，现今粮饷、兵器、马匹都不缺，武官正月过后也都会到京。可是兵士从何而来？兵部是调动地方守军，还是另行招募？皇上明示。"

皇帝一笑，道："李及。"

"万岁爷。"李及躬身相问。

皇帝正要咳嗽，一时说不上话来，只摆了摆手。李及不解，仍是等着。皇帝换了口气，不耐烦道："叫姜放。"

"是。"李及这才恍然，迅疾地出去了。

不刻姜放进来请安，皇帝笑道："重设京营，翁卿已得了上谕，正向朕要兵呢。"

姜放笑道："臣这就把四万精兵交给翁尚书。"

翁直吃了一惊："难道姜统领已经招募了军士？为何兵部不知？"

姜放道："这四万人尚书怎么会不知道？那原本就是上江行宫的禁军。上江地面大，守军共有六万人，一年里派上用场的时候不过一个月，放在那里白吃粮饷，军纪糜烂，游手好闲。去年皇上驾临行宫，已命臣将上江围场的四万兵马集结一处，时时操演，这半年来，不断遣宫中侍卫来往监督。这四万人未曾调动，故兵部不曾留意，只是禁军统领和侍卫统领知道罢了。"

翁直勉强笑道："上江禁军调入京营，那么上江的戍备又将如何？"

皇帝道："上江不过是个避暑的行宫，本非什么兵家必争之地，放那么些守军在那里做什么？行宫到底多大，谅你们两个也说不清，朕一年里不过去一两个月，这么些年来，走过的地方不到三成，不如将行宫周边的地界交内务府，准许外面经营，朕只要中间的那点跑跑马就行了。如此行宫的开支少了好些，守军人数也可削减。不好吗？"

翁直老泪盈眶，道："圣上体恤臣子的艰难，宁可自己委屈，皇上圣明！古来这样的贤君又有几位？"

皇帝失笑道："好了！两位爱卿自去调动这路人马入驻小合口，有事速回朕知。"想了一想，又道，"姜放，你留一下。"

"是。"

皇帝揉着太阳穴，看着一边堆积如山的奏折和文书，叹了口气：“你和辟邪师兄弟们的交情还不错？”

姜放脸色一变，忙躬身道：“臣不敢。辟邪是内臣，况且现在……”

皇帝不豫道：“问问罢了，下去吧。”

姜放叩头，道：“臣明白了。臣告退。”

皇帝闻言喜不自抑：“明白了？”

“是，明白了。”姜放强忍着，没有笑出声来。

姜放将上江禁军启程、行军、入营等事项与翁直商议完毕，抽了空从值房里出来。外臣不能从内宫几条夹道过，姜放绕道最东边的廊下夹路，到了居养院门前。这天正月十五，小顺子和小合子正爬在门边上挂灯，见他来了，就要从梯子上下来请安。姜放笑道：“免了免了，小心摔着，你们三位爷都在吗？”

“都在东厢房里下棋。姜爷晚上这儿看灯吃酒来。”

“没这个享福的命。”姜放摇头笑叹。

明珠已经听见动静走到廊下相迎：“大统领来了，东厢里坐，我这儿一会儿就得了点心。”

这时居养院廊下已经挂满了彩灯，灯下的红穗儿微微飘动，瞧着喜庆洋洋，可院子里一尺厚的雪却无人清扫，零零星星落着些爆竹的红绡，无人无声，静得妖异。

姜放掀帘子进了东厢，吉祥和辟邪在炕上安了棋桌，正在对弈，如意歪在一边的榻上，像是睡着了，等姜放进来，他倒是第一个站起来笑道：“这是个不速之客，兄弟们可看见了？清闲日子到头了。”

吉祥和辟邪扔了棋子，下了炕，众人围着桌子坐了。姜放道：“你们兄弟倒是逍遥快活，全不想万岁爷平日里的眷顾。我今儿来问问，你们可有悔过之意了吗？”

吉祥正色道：“早已悔过了。全指望大统领在万岁爷面前替我们兄弟美言几句。”

姜放摇头道：“我怎么敢在皇上面前提起，不如你们写个悔过求赦的折子，我替你们递上去也罢了。”

吉祥一笑：“那就联名写一个。”他看了看如意，道，“如意，你写。”

如意忙摇手：“我不识字，辟邪写。”

辟邪淡淡道：“我病才好，提不得笔。”

门帘一响，明珠托着几只细瓷碗儿进来，道：“几位爷吃点心。”

兄弟三人面面相觑，都笑了。明珠冷笑道：“我在外听见了，可别指望我。不如这样，这元宵的馅儿里包着金钱一枚，谁吃到了，谁写。”

“甚好。”众人都笑，纷纷伸手去抢。

这元宵里裹的是核桃仁和玫瑰馅，甚是香甜，如意吃了两个，才要叫好，牙里硌着了什么，知是金钱，顿时不敢出声。

吉祥吃得甚快，放下碗笑道：“如此，我便回家过节，好歹也大半个月没回去了。”

姜放道：“六爷如何？天色尚早，不如出去走动走动。”

辟邪笑道：“正合我意。大统领稍等。”

他进去换衣裳，明珠拾掇了碗，笑嘻嘻对如意道：“二爷，大吉大利啊。”

如意跺了跺脚自回房中，在外面喊：“两个小兔崽子过来，给二爷磨墨。”

众人笑了一会儿，辟邪已穿了件素净蓝缎皮袄，遮了宫衣，同姜放从震北门出宫。京都繁华，似要在这几天里一起绽放出来，一路上灯彩招摇，轻车翩驰，都是崭新的气象。两人拐进兰亭巷，新年伊始，原先红色的竹篷，也早让人用新篾换成了翡翠顶子，底下密密麻麻都是各家的元宵灯，不必点燃，便觉得灿烂纷呈，眼花缭乱了。

好在正旦至上元节，兰亭巷一向萧条，行人不多，辟邪和姜放来到栖霞院门前，两个小厮正冻得跳脚，见了忙上前请安。

姜放道：“大冷天的不在屋里，又没什么客人，站在外面吃风吗？”

小厮笑道：“爷不知道，妈妈叫我们两个看着那盏灯呢。”

姜放和辟邪回头，果见竹篷正中挂着盏一人高的水晶透明的跑马大油灯，四面彩缎的宫灯围着，煞是辉煌。

辟邪笑道：“灯固然是好的，也不至于冻坏人。”

小厮道：“六爷心疼小的，小的们更该门前候着爷来，方便伺候。爷快里面请。”另一个一溜烟地进去请栖霞。

栖霞穿着簇新的紫貂袭，六枚金钗绾发，玉蝴蝶簪头，飘飘洒洒地迎出来，盈盈万福。三人互贺新年，请入回眸楼。丫鬟排下八样小碟，烫酒奉上，垂手退出。

栖霞对姜放道：“厨子翻了新花样，你不去学个新鲜？”

姜放喜道：“他却没有回乡去吗？”

“我把他一家都接了来，正欢天喜地呢！回哪里去？”栖霞推他出门，回来对辟邪道，“忧官儿来信了，二先生先前确实脱身去了洪州，没几日又回去了。”辟邪不料栖霞遣去洪州地界的小厮如此能干，竟这么快便查得消息，有些意外，笑道：“那孩子虽年轻，却是个可造之才，待回来了我要见见。他可知二先生那些时日做了些什么？”

栖霞摇头道：“不知道，进入洪州地界便失了消息。忧官儿还在查。”

辟邪颔首道："也难为那小孩子。"

栖霞抿嘴一笑："六爷自己也是小孩子呢，还说他？"

两人听见姜放上楼，便说些别的闲话。姜放进屋道："嚼鬼！爷要不要来点儿？"

栖霞嗔道："又是在说什么我听不懂的胡话？"

辟邪笑道："他说的'嚼鬼'，不过是驴头肉罢了，宫里难得有人腌得好，我是不吃的。"

栖霞起身恨恨道："那老申，怎么把这种东西弄进厨房？"

姜放见她慌慌张张下楼，不禁笑她。辟邪道："宴无好宴，大统领什么吩咐？"

"主子爷别寒碜我。"姜放坐得近了些，笑道，"我是替皇帝赔不是来的，六爷给个面子吃杯酒。"

辟邪仰头大笑："不敢当，要不要我叩头谢恩呢？"

"哈哈！是我说错了话，先罚一杯！"姜放吃了杯酒，从怀中拿出谍报，"最近爷那处人杂，谍报总是耽搁，爷恕罪。"

"什么话？"辟邪笑道，接过来看完了，叹道，"贺里伦冰雪万里，苍鹰不飞，难为他们北边的人三五日便传谍报到京，辛苦了。"又道，"均成的伤势渐愈，无奈风雪之下兵马只得扎驻贺里伦，到了开春，正是他们锐气满盈，中原朝廷用兵，不能再拖了。"

"是。"姜放道，"震北大将军要不要叫回京中议事？"

辟邪笑道："这个人清高自负，叫回来了，我们又能将他如何？"他执杯在手，饮了一口，忽道，"你听。"

隔了两间房，不知坐了什么人，突然哄地嚷了一声，放声大笑。栖霞院的姑娘在内高叫："如此扭扭捏捏，也算是探花郎吗？"

更有人道："且拿住那个姓游的，他是榜眼，如何能放过他。"

辟邪和姜放不禁相视失笑，原来吵吵嚷嚷的竟是宫中一干心腹的侍卫，两人本来无事，姜放便请辟邪一起移步过去凑凑热闹，却见游云谣、郁知秋和胡动月带着四五个辟邪点中的侍卫叫了八九个姑娘吃酒，见有人进来，先是颇为诧异，待到见是侍卫统领和青衣总管，不由得吓了一大跳，见他二人面色和愉，不必顾虑被他二人申饬，顿时打起精神纷纷站起身，请安的请安，问好的问好，七手八脚让了两个上座。栖霞已将辟邪和姜放的席面送至此处，重上新菜。辟邪对她道："我们坐坐就走，难不成在这里招人厌吗？"

"公公说的什么话？"游云谣笑道，"难得这么巧，天色尚早，多饮几杯再走。"

辟邪四周打量了一圈，见其中有个年轻人颇为面生，于是问道："这位是——"

"这是新朋友，"郁知秋道，"梧州总兵举荐的游击将军，奉旨近日到京。"

“在下黎灿。”年轻人起身笑着抱了抱拳，他二十四岁上下光景，体态颀长，举止潇洒不羁，俨然是个世家子弟的模样。

辟邪笑道：“在下辟邪，是在宫中做事的。”

黎灿这才竦然动容，道：“原来是宫中的大总管。”

“这是别人的戏言，将军切勿当真，”辟邪笑道，“在下只是宫里的使唤奴才罢了。”

“在下在梧州就听说公公替皇上钦点武进士一事，原来公公的武功修为也甚高强。在下从小痴迷刀马，倒很想向公公讨教。”

“武功的事，我是不懂的，只是各位武进士确实身手不凡，外行一望便知罢了。”

郁知秋道：“公公可知，这位黎兄的功夫极其了得，我等六个人都战他不下。”

胡动月道：“游兄却未出手，不然结果如何，也难说得紧。”

游云谣笑道：“不要提我，大统领与公公都知道，这些人哪个是省油的灯。不过是口角之争，就要蜂拥而上，大打出手，好在黎兄也朝廷命官，不然传了出去，岂非有失体统，丢了朝廷颜面？”

辟邪朗声一笑，心中暗自诧异，饶有兴味地看着黎灿，道：“原来黎将军竟有如此神勇。不知将军使的是什么兵器？”

黎灿转眼看来，眉目黑得清冽，夺目地骄扬跋扈，道：“在下平时不携带兵刃。”

“哦？”辟邪目光在众人脸上流转一遍，笑道，“原来黎将军赤手空拳独斗六名大内侍卫，壮哉。”

郁知秋道：“公公的武功，我们都见识过，不知道黎兄和公公有没有得一比。”

众人知他挑唆黎灿，都笑嘻嘻等着看好戏。黎灿果然道：“公公何时得闲，万请赐教。”

辟邪见黎灿的目光停驻在自己脸上，傲然而更有深意，一时微觉诧异，便忙着推托道：“在下不谙此道……”

姜放见势不妙，圆场道：“都是为皇上效命，自己人有什么好争的？来，我敬各位英雄一杯，愿各位今年少惹祸，多吃饭，少打架，多睡觉，让我太平自在，少在皇上跟前挨骂。”

众人哄堂大笑，将面前酒吃尽，姑娘们又穿梭上来斟满。辟邪、姜放和众人玩了一会儿，托了缘故，告辞先行。

今日既是十五，离都两大禅院——东、西弘愿寺香火旺盛，姜放陪着辟邪散心，渐被人群卷入西弘愿寺的庙会洪流中，向北走出几里，喧闹的尽头却是一连黄墙琉璃瓦。西弘愿寺殿有七进，塔有两座，木楼斗拱，漆得鲜亮的红漆，盖着素净的冰雪，自有一种清秀自在的神韵。辟邪游览至正殿，姜放突然道：“这里的签很准，爷不妨问一问今年大军北

征的凶吉？”

辟邪摇头微笑道：“人是世间的蠢物，不分事物是凶是吉，凡是觉得有利可图，都会不得已去做的。就说这次北征，再凶，二十多万大军一样要往匈奴虎口里送；再吉，也不会兵不血刃就凯旋。谋事在人，成事在天，问了反而平添烦恼。”

一个三十多岁的沙弥转过头笑道：“听这位小施主的话，就知是位既矜贵又豁达的人，二位若不嫌弃，请至禅房用杯茶，贫僧的师傅爱交朋友、结善缘，不妨一见？”又向辟邪身后看了看，“这位施主也是同来的吧，也请进来。”

辟邪一怔，转身便见青年的浓烈眼神，对自己笑盈盈看着。姜放已道：“原来是黎灿。”

“大人。”黎灿拱了拱手，“巧啊。”

辟邪知他有意与自己交手，一路跟了下来，自己和姜放却无半点知晓，不由得暗暗打起了精神，也要探他虚实，道：“黎将军走了不少路，一起喝杯茶可好？”

“好，多谢。”

三人跟着那沙弥去了后面禅房，里面一尘不染，淡淡飘着茶香，三人在客座随便坐了，不刻那沙弥捧着茶进来，后面跟着一位五十岁上下的僧人。那沙弥道：“各位施主，这位是贫僧的师傅，法号闻善。”

“阿弥陀佛。”闻善上前与众人见礼。那沙弥为众人奉茶后掩门自去。闻善与姜放寒暄几句，这时走到辟邪面前，才要合十说话，突然瞪大了眼睛，脸色青白，向后倒退了几步，“原来，原来是当今圣上……”

辟邪和姜放如闻雷霆，猛地大吃一惊，姜放喝道：“不许胡说！我们是在朝廷里当差的。”

闻善慌乱道：“不会错的，这位施主出身亲贵无比，眉宇凝聚天下之气，举止间社稷震动，不是当今圣上，又是什么人？”

姜放腾出手来，拿住闻善的衣襟，颤声怒道：“住口！”

辟邪变色道：“这位大师看错了，在下是个微贱之人，怎敢和皇上相提并论？”

黎灿却在对面看热闹，不料姜放将闻善一掌推至自己面前，闻善又怔怔看了他半晌，最后长叹道：“原来这一位也是九五之尊，人中蛟龙。”

黎灿放声大笑：“大师，一山不容二虎，若如你所说，我和这位兄弟如何能同处一室？”

闻善道：“施主的龙气直在极北，业祚十年尚成。”

黎灿不以为意，笑道：“我才知道，这位大师，竟是有些糊涂的，见了谁都认作是皇帝，岂不找死了吗？”

辟邪和姜放神色稍缓，道：“喝杯茶歇足，却惹出这个麻烦来，告辞了。”

闻善拉住辟邪和黎灿的衣服道："二位，贫僧适才失言，不要见怪，只有一件事，二位切记，北方大凶，正是二位的死劫。既然势在必行，贫僧多言无益——二位小心的，就是一个'水'字。"

黎灿一怔，皱眉道："我奉调上京，要做京官儿了，谁去北边？"甩脱了闻善的手，潇洒而去。

辟邪和姜放走到外面，黎灿已经走远，辟邪问姜放道："你可知黎灿住在何处？"

姜放道："属下就去查明。"

"查明之后，不必回报我知。这个闻善，也是一样。"

姜放知他所指，不由得追问了一句："要不要问明闻善和尚的来历？"

"不必了。"辟邪道，"我认得他。"

次日傍午，明珠掩了自己的屋子，往居养院去，过了月亮门，却看见辟邪一个人从雪地里迎面走来，当即上前道："六爷，怎么出门了？今日有差事？"

辟邪笑道："今日我不在居养院吃饭，小顺子也早去了廊下家吃酒赌钱，不必准备晚饭了。"

"好。"明珠有点失落，毕竟吉祥、如意也都不在居养院住了，自己一时倒无处可去，犹豫了片刻，要往回走。

"明珠！"辟邪叫住她道，"不去居养院了吗？"

明珠道："一个人有什么意思？"

辟邪笑道："谁说一个人，我不也在？"

"六爷不要和二爷学，没正经话，六爷若在，这是又去哪里？"

辟邪道："我们看灯去。"

"看灯吗？"明珠喜出望外，"爷什么时候变得这么大方？"

辟邪笑道："小顺子不在，我只需看住你一个，为什么不去？"

正月十六日，上元节的灯会更盛，无论大街小巷，都是火作游龙，蜿蜒不绝。灯市最旺之处，还是在燃春桥一带，两岸梅林里张满彩灯，桥心望下去，龙宫珊瑚般辉煌一片。明珠笑道："这才是燃春的意思了。"

辟邪道："被你这么一说，倒要怀疑江据放作《燃春赋》时是不是解错了此桥的意境。"

此时南北城池纵横数十里灯火撼天，鼓乐穿云，四周一线火色明亮的天空，照得人面目清晰如画，明珠笑容围在亮泽的猞猁裘中，看来华贵出尘。她忽而击掌道："爷看江面上。"

离水沿江都是火盆照岸，水中更是万舟灯火，仿佛银河泻地，此时一条大座船悠闲驶

来，船上一色色的焰火不住燃放，仿佛蓬莱楼阁的剔透，船头一众锦衣彩裘的随从，围着正中贵公子，往两岸指指点点。

“那不是成亲王的船吗？”

辟邪笑道：“正是的，他这个王爷做得倒舒心。”

成亲王抱着手炉，这时抬起头来望向燃春桥，辟邪明知他未必看得见自己，仍是往后退了几步，拉住明珠走开，道：“东弘愿寺门前搭了一座鳌山，我们去那里。”

他二人沿着隐环路前行，路上人流汹涌，穿新衣、簪闹蛾的出行妇人也甚多，两边楼上还有京内大臣的内眷，年里只今一夜，扶栏玩看，了不畏人。楼下百戏竞陈，一阵叫好声过后，铜钱便雨点般打下来。

明珠男装打扮，行人也不避她，辟邪要为她挡住撞过来的人，倒被碰了几下。明珠道：“六爷不必理会，他们撞不到我。”

“那不好。”辟邪回头笑道，“我不知人这么多——若走散了，你便自回。”

“不会走散的。”明珠脸红了红，柔暖的手悄悄挽住辟邪。

辟邪心头也是一热，扣住她纤细的手指，大街两边来回穿梭，一时松了手跑远，明珠原地等了一会儿，见他提了个冰壳的花灯回来，四面是模子套出的四季花朵儿，烛光照得更是晶莹，“就是一会儿，点完就化了。”他道。

明珠点点头接过，笑道：“爷高兴吗？”

“高兴。”辟邪点头，“以前王府里出来看灯，家人伴当怕哥儿们走失，围得水桶似的，方圆几丈里不让人近身，哪里有今日这么自在。”

两人四处灯楼下观看，说说笑笑，明珠衣着极华贵，辟邪又是气度不凡，路上十分抢眼。正是高兴时，辟邪突然回身，出手如电，抓住往他腰间荷包伸来的手腕。明珠回头一看，捉住的小贼却是个熟人，身穿貂尾裘，油亮的发髻上颤巍巍簪着草里金的小葫芦，鼻子冻得有些发红，咧嘴忍痛时，更是鲜艳。

“沈兄？”辟邪笑道。

沈飞飞诧异道：“怎么是你们？”他眼光立即落在辟邪和明珠牵在一起的手上，神情顿时黯淡了下来。

辟邪有些不好意思，慢慢松开了手，抱拳道：“沈兄，久违了，新年好。”

沈飞飞神色稍和，全没有听见辟邪说话，只是笑嘻嘻上前对明珠道：“姑娘，新年里大吉大利，小生有礼了。”

明珠淡淡一笑，低头看看自己身上的装束，嗔道：“什么姑娘？”

沈飞飞恍然道："明珠兄，新年好。"

明珠拱了拱手："沈兄，新年好，今晚是沈大公子发财的大好时机，可有斩获？"

沈飞飞闹了个红脸，仍锲而不舍，围着明珠献殷勤。远处李师两手各举一根冰糖葫芦，咧着嘴又笑又叫："辟邪也在这里！"奔到众人面前，仔细看了明珠半晌，突然把冰糖葫芦塞在她手里，"姑娘吃。"

"谢啦。"明珠笑盈盈道。

沈飞飞恶狠狠瞪了李师一眼，冲入人群中，各个小摊上搜刮了一遍，将手头的散碎银钱买了无数的小吃、玩意儿，统统双手敬奉在明珠眼前。

明珠微笑道："沈兄破费了，我不喜欢这些东西。"

辟邪见沈飞飞气馁不已，忙替她接过来，道："多谢，多谢。明珠收好了。"

明珠哼了一声，不情愿地收了，问李师道："可有喜欢吃的？"

"有！"李师欢天喜地跟在明珠身边大嚼沈飞飞的一番苦心，辟邪又不敢多嘴，落在他们身后几步，接着往东弘愿寺行去，目光不经意扫到街边角落，却见姜放府里的一个亲随小厮在向自己暗打手势。辟邪皱眉，慢走了几步，才向他招了招手。

"六爷！"那小厮压低声音跟在辟邪身后道，"我家老爷在府上有请。"

"急吗？"

"急甚。"

辟邪点了点头，抽身退到街边，回头往街心里看，明珠身处琼楼玉阁之间，美目流盼地焦急张望，辟邪叹了口气，跟着小厮躲进小巷的黑暗中。

他们从姜放府第的角门入内，来到东厢书房，这里是姜放平时处事办公的地方，姜放的夫人也是非请不入。小厮推开门，替辟邪打起侧室的帘子，辟邪微微弯腰进去，顿时一惊。

"这是怎么了？"

姜放一面从榻上仰起身来，道："败了。"一面敞开棉衣，左肋下一条伤口深可见骨，虽然已经止血多时，仍觉骇人。

"谁？"辟邪心痛得连声音都有些变了。

小厮用绷带缠住伤口，姜放用棉衣掩住，吃力道："是黎灿。昨夜手下人去寻闻善和尚，不料黎灿就在禅房门前守候，伤了多人，我们没有得手。我今晚去会他，轻敌而败。"

辟邪道："不用说了，此二人不除，终是心腹之患，我须得亲自去一趟。你这样的身体，明日万万不可再当值了，歇一歇吧。"

"爷小心了。"姜放唤住他道，"他的枪霸道得紧……"

辟邪见他说话勉强，忙点头道："知道了。"顺手从他书房墙上摘下一柄长剑，说道"借我一用"，飘身跃入火天月色里。

虽然此时已过三更，街上行人仍未稍减，辟邪持剑踏上江边的浮冰，在堤下的阴影里飞奔，顷刻便到了飘夏桥下。从此上岸，绕道小巷，不远处已见西宏愿寺门前鳌山。辟邪自庙后越墙而入，寻到昨日正殿旁的禅房套院，才跃至墙头，便觉一股狂傲杀气扑面而来，辟邪不及看清对手，抽身疾退，松枝上轻踏积雪，遥升一丈，驻足禅房飞檐的冰雪之巅，俯下眼睛微笑道："将军缘何在此？"

黎灿将手中铁枪挥在身后，颀长体格不动如山，仰头笑道："与高手切磋，吾辈之乐，公公请赐一战。"

"黎兄，那屋中的闻善和尚口出大逆不道之言，我奉皇命而来，不如让我先杀了他，你我再战不迟。"

"且当他是个彩头，"黎灿道，"若公公赢了我，不消说他，便是我也任公公处置。"

辟邪早存杀机，只笑道："好！"剑光便戳破一天繁华浮光，顿在语声之前杀到。

黎灿扎住步伐，长及一尺一寸的笔直枪锋迫不及待汇聚主人杀伐之气似的，在尖端用两条凶恶的弧线猛地敛成一道漆黑的锋芒，在他弓身蓄势时，辟邪发现自己肺里的呼吸一下子好像抽离了身体，跟着禅院中所有的声音卷入了他的枪势中。

辟邪凌空的杀势便被如此挫了挫，黎灿却在此时张臂出枪一击，枪势凛冽浩大，一去不回，肃静的禅院便随之虎口般放声一啸！

——那锋芒并非刺来，而是突然炸到了面前，使得扑在脸上的夜风，都带来灼热的疼痛，这么暴烈的枪势之下，辟邪也惊了一惊，卸去全身激涌向前的内力，凌空一滞——枪锋的杀气擦着他的腰际惊雷般滚过，辟邪难得生出一种摧肝裂胆的惊悚，剑尖荡地，身形猛缩，黎灿的枪锋龙尾一摆，突然往辟邪腰间横扫，辟邪在这一瞬间射回屋檐，低头看看被枪锋划破的皮袍，一声轻笑。

"好一招不动如山，动如雷霆的枪法。"辟邪赞道。

黎灿收住枪，月光照得他面庞上的洒脱骄纵更是醒目，浑然天成的跋扈气势，正不带半分掩饰地迅速蹿到禅院每个角落。"能在我这一枪之下全身而退的，屈指可数。公公年纪轻，武功却高得很啊。"

辟邪和颜悦色地谦道："过奖了。"心下却已有些恼怒之意——面前这个年轻人绝非寻来切磋武艺的梧州游击将军，两次截杀的猛烈凶狠，已将他的来意说得再明白不过。辟邪仔细看了一眼黎灿的铁枪——锋利坚实的侧刃实在是斩人头颅的利器，这就是长枪横扫

之时，自己竟感到浓烈剑意的原因。“黎兄的枪刃长阔，有古剑之风，雷霆一击之后却是剑法的变化，应在当今枪法中独树一帜，难道黎兄原来所学的竟是剑术吗？”

黎灿目光甚是喜悦，笑道：“公公明察秋毫，在下佩服。在武学上，公公倒可称得上是在下的知音。”

“不知黎兄的剑法师从哪一位前辈？”

黎灿颜色微寒：“不足为外人道也。以公公的见多识广，下来再战，片刻便知。”

辟邪笑着摇了摇头：“我与你交战，只为了闻善。他既已现身，我为何还要与你纠缠？出来！”他说到最后，对着山墙后清叱一声。

“阿弥陀佛。”闻善战战兢兢步出，仰面高叫，“小王……”

辟邪“咯咯”轻笑将他语声打断，雪白的手指竖在唇边，嘘了一声：“道长，你这张嘴，可是一点也没变啊。小心天机泄露太多，可要折寿的。”

闻善垂首道：“施主说的是……”

辟邪道：“知道就好！”剑光一闪，直取闻善眉心。黎灿措手不及，铁枪发力截他，辟邪的身法似被冷风吹得一记飘摇，陡然回缩了五尺开外，黎灿双臂力尽，却仍未刺到辟邪身周。那道剑光脱手而出，笔直干脆地贯过闻善头颅，随着尸首轰然倒地，兀自在月光下闪动。

黎灿不禁大怒，八尺长枪将森森剑招泼洒禅院，辟邪手中无剑，仗着身法绝伦，在枪锋下游走，忽然绕在院中树后。“别躲！”黎灿大吼，长枪立时将树干摧断，一刹那枝上积雪遮天蔽日。黎灿只觉枪尖微沉，椆木枪杆在飘雪中弯成新月——辟邪竟在他长枪刺到之时闪身立于刃上，俯下晶莹的面庞“咯”地一笑。黎灿大惊，长枪疾摆，却见辟邪出手向自己指了指，顿觉眉目间锐利寒气的刺痛，不禁大叫一声，奋力将长枪掷出，仰身相避。辟邪一击未中，伸手捞住尸首上的长剑，转身再看，黎灿已跃身而起，抄起长枪，枪杆支地，一掠数丈，向寺外灯海逃逸。

“逃？”辟邪冷笑一声，还剑入鞘，直追了下去。

黎灿择路向南，以枪杆借力，如轻舟荡水而行，逃出五里开外，惊心稍定，才空出口气来回头相看。不料那乘月华扶摇而上的人影顷刻又近数丈，黎灿不禁脸色大变，纵身落在兰亭巷后，扯下一幅袍角，裹住枪刃。转了个弯，眼前灯红酒绿，繁华荟萃，黎灿低了头隐入人群之中。辟邪将剑悬在腰里，看见裹了黎灿衣袍的枪杆在人群中高挑地匆匆前行，不禁暗笑，分开人流静静逼近。

“辟邪！”身边冒出只大手抓住辟邪的胳膊。辟邪扭头一看，原来已在栖霞院门前，

李师正在眼前开怀大笑，道：“你果然在这里，等你多时了。”

辟邪甩开他的手道：“我有急事。”

沈飞飞从一边探出头来，冷笑道：“急事？将明珠姑娘扔下不顾，自己寻欢作乐，亏她对你如此。”

辟邪眼看黎灿持枪越走越远，寒着脸道：“我不与你们啰唆。”却在人丛中听得一声尖厉的金风，头顶“咔”地一响，李师叫道：“小心了。”魁梧身躯将他二人撞在一边，栖霞院门前竹篷上的水晶大油灯轰然砸在地上，油火溅着李师皮袍，顿时烧了起来。辟邪和沈飞飞忙着替他掩熄火苗，这一处竹篷下的彩缎和路边花灯却都受波及，火势一路飞蹿，攒住行人，大肆其虐。两边的院子怕火苗被人带入，都慌忙关了大门，再加上竹篷遮顶，除了巷口，人群根本无处逃脱。街内人众被火势堵住去路，相互践踏，哀声不断。辟邪三人纵然武功高强，也被人群拦在火中，无法走脱。

栖霞这时从门内出来，叫道：“六爷，两位小哥儿，这边走。”

辟邪从行人脚下摸索到一支利镞，抢身入内。栖霞忙命人掩门，无处可逃的行人便在门外狂乱捶打。

李师道：“行人多有伤亡，为何不让别人进来？”

“小哥儿，我这院子虽小，倒也精致，一干不相干的人进来，只怕趁火打劫，抢了我的细软。祸是你们闯的，还顾得了别人？快走吧。”栖霞说着带同三人穿过正堂，来到回眸楼后的竹林里，从衣襟里摸出一串钥匙，开了暗门上的锁，道，“三位，后面院子出去就是北街，保重。”

辟邪道：“你不避火吗？栖霞院正在兰亭巷正中，只怕殃及院内时，已无处可走。”

栖霞道：“好在屋顶上都是积雪，想烧起来也难。”

“那灯是栖霞院的，衙门里少不了有人来问。若有难处，尽管和我说。”

“知道了，多谢六爷担待。”栖霞笑盈盈推了他们出门。

这个院子里两幢小楼，一泓池水，厚厚白雪覆盖，像是很久没有人涉足。三人为脱火场，不及细看，从后墙跃在小巷里。

辟邪问道：“明珠呢？”

“回去了。”李师道，“我和沈飞飞都想你在这里，前来兴师问罪。”

辟邪笑道：“我何罪之有？沈飞飞哄不得明珠高兴，迁怒于我，你又凑什么热闹？”

李师道：“我最近武功很有长进，想与你交手一试。”

“那倒好。”辟邪不禁笑道，“我有个朋友，武功与我不相上下，也是个武痴，什么

时候定了日子，邀你们相见。”说罢辞别两人，回至宫中。

明珠仍在等候，见他腰间皮袍被人斩裂，袍角也烧得焦了，不免又嗔怪他孤身行险。辟邪只是笑笑，道：“我和那闻善的旧账欠了多年，今日偿还清爽，当为一喜。”

明珠道：“又是个闻所未闻的人。”

“闻善原本叫作仰天道人，多年前便出入公侯府邸，招惹了一众人信他，我母妃请他入府做法事，不巧撞见了父王，很说了些妖言，渐渐传了出去。父王使人除他，却被他逃脱，想不到竟摇身一变，做了和尚。颜氏一族受皇室忌惮，和这个人颇有些干系，今日杀了他，日后少了很多事端。”

明珠忽道：“不曾听六爷说起他，难道是这两天才碰到的？他又说了些什么，惊动六爷亲自出手？”

“还是瞒不过你。”辟邪叹道，“一些胡话，不提也罢。”

“是。”明珠微笑，起身告辞，“爷歇吧，明日里乾清宫不定有差事呢。”

次日，吉祥、如意一早便从宫外回来，吃着茶，就见李及颠颠儿地走入居养院，奉旨传他们师兄弟三人乾清宫见驾。辟邪等三人叩头领命，各去更衣。李及已忍不住道：“哥儿几个一走，万岁爷身边无人贴心知意，脾气不顺，总是教训奴婢们不懂事，远不及你们机灵。你们倒好，圣体欠安的时候也不见磕头问个平安，倒真是狠得下心来。”

吉祥笑道：“罪过，我们这儿天天诵经烧香，求佛爷保佑万岁爷龙体安康，外人不知道罢了。皇上可大安了？”

“已大安了。”李及点头道，“不过这两天又在忙小合口什么的，安置得极晚，又睡不安稳。”

吉祥陪着他又叹息了几声，一同赶往乾清宫。李及进去通报，三人匍匐阶前，听得脚步响，竟是皇帝自己踱出门外，看了他们一眼，压抑不尽的喜悦，淡淡道：“起来吧，里面伺候。”

“是。”辟邪跟着吉祥、如意叩头谢恩，感觉皇帝的目光正投在自己背上，“皇上……”

“什么？”

辟邪问：“皇上龙体安好？”

皇帝微笑道：“不被你们气出病来就好了。”

吉祥跟着赔笑，皇帝坐在奏案后面，道：“如意，朕给你个差事。”

“是。”如意跪在皇帝脚下。

皇帝道：“景优公主启程的日子定下来了，就在二月初一。朕命你为司礼监提督太

监，内廷和亲御使，沿途护送公主和亲大理。公主合卺礼后，留在大理看顾公主起居，引导公主礼仪，直至奉诏返国。”

如意大吃一惊，爬上两步，拉住皇帝的袍角，失色道：“万岁爷，是不是奴婢做了十恶不赦的事，万岁爷厌恶奴婢伺候，要打发奴婢出宫去呢？若是如此，请赐奴婢自裁宫中，就是最后也让奴婢离着万岁爷的浩荡皇恩近些……”

“如意！正月里胡说什么！”皇帝喝止他，“不要胡思乱想，你是朕最亲信的人，你此去大理，朕有机密的要差交给你，别人朕不放心。”

如意耍赖道：“皇上最亲信的人明明是吉祥和辟邪，皇上遣他们去，奴婢只想留在皇上身边伺候。”

皇帝低声笑道：“你少和朕来这套。你不如说是和朕一起长大的，他们怎么和你比得？若非深知你聪明过人，长袖善舞，极会周旋，朕怎么舍得让你出宫去？朕要你在南边监视西王白东楼，说服大理王出兵剿灭苗人，牵制西王。你能做到吗？”

如意想了想，道：“这原是极难的差事，何况奴婢又是内臣。但求皇上的旨意傍身，给奴婢壮胆。”

“这不难。”皇帝道，“你在南方，事无巨细或有什么难处，都做好密折直呈御前。执朕的手谕办事。”

“是。”如意噙着泪道，“奴婢谨遵圣旨。不过……”

“不过什么？”皇帝问。

“万岁爷可不要把奴婢忘了，奴婢不想一辈子待在大理。”

皇帝放声大笑：“放宽了你的心！朕身边少不了你。朕的手谕已经交给内务府和司礼监了，你快去太妃、公主处谢恩，早做准备。”

如意磕了头出来，各处走动了一天，夜里回到居养院，辟邪已坐在廊下等着他。

“皇上的旨意你知道，还是你想出来的？”如意坐在椅子里道。

“我曾提过一句。”辟邪笑道。

如意看了看四处：“其他人呢？”

“我让他们走远了。”辟邪倒茶递在如意手中，“二师哥有话说？大理差事的事？”

如意摇头道：“差事嘛，船到桥头自然直！我不过是个废人，最不济，搭上一条命，何必多想？”

“那又是什么缘故？”

如意叹了口气，嘴唇静静地开合，语声犹如飞雪溅水：“皇上对喜欢的人，总是好上

一万分。可是对憎恶的人，却是毫不容情，你看招福——人死了，又追究不到皇后，不赏全尸也就罢了，还要弄得灰飞烟灭——便知道惹急了这位万岁爷，他一定是绝情绝义，手段狠辣。你折腾太过，就怕有惹他急眼的一天，那时莫说朝堂之上，连我们兄弟，也是忠忠义义，不堪得很。我此去大理，不知你我兄弟何时才能相见，这句话是哥哥把脑袋摘下来说给你的，千万小心。”

辟邪在寒夜里轻轻吹着茶上的热气：“是，多谢。”

二十一

皇后王氏

正月十六火烧兰亭巷，已经闹得京师不安，朝廷震动。且不说烧伤、踏伤的不下百人，三十多死者中竟然还有一位户部正六品的主事，重伤不治，次日气绝。

皇帝震惊之余，甚是迷惑：“朝廷命官，流连勾栏，以至于丧命，什么缘故？什么样的声色，让他不顾朝廷纲纪，不顾自己的脸面，不顾自己的前程性命？这样的人死了正好，省得朕亲自拿他开刀。”

罗晋只怕被牵连在内，惶恐不安，衣袖不住颤抖；姜放紧紧闭着嘴，脸色也很不好看。成亲王刚要开口，皇帝已看着他道：“不必说了。可知道肇事的人是谁？五城兵马司还不将其索拿？”

“是。”五城兵马提督袁迅低头领命，“肇事的人虽不曾拿住，但兰亭巷栖霞院门前失火，定与肇事者有所牵连，已索拿审问……”

“好了！”皇帝觉得再说下去实在有辱朝堂斯文，不耐烦地喝止：“卿速速去办就是了。”今日原本要安排京营的诸件大事，皇帝一早便喜悦兴奋，想不到竟被兰亭巷一案搅了局，此时看着袁迅退出去，十分扫兴。

刘远道：“皇上息怒。今日内阁都在此地，想必万岁爷有要紧的谕示……”

“正是。”皇帝道，“小合口重设京营，至今尚无统帅，朕欲命侍卫统领贺冶年总督京营戎政，各位爱卿可有异议？”

贺冶年不受皇帝宠信，众所周知，不知为何今日竟要将四万精兵交给他。众人十分意外，一时面面相觑，不知皇帝的真意，都不肯先说话。

只有刘远道：“贺冶年身经百战，忠心耿耿，多年来拱卫圣驾，万无一失，臣看很妥。”

皇帝喜道：“那就好。不过去年里贺卿时常抱病，朕心甚虑。贺卿乃肱股之臣，朕不忍其强堪军务重负。姜放，你与贺卿同领侍卫和两宫禁军多年，相处和睦，朕欲命你协理京营戎政，你意下如何？”

姜放有点吃力地站起来道：“臣出身卑微，亦无大才可堪重任，自当粉身碎骨报效。”

“好。”皇帝点头微笑。

姜放接着道：“只是两宫戍卫之职繁重，臣二人调离之后，谁人继任？”

刘远已摇首道：“皇上，侍卫之职事关圣上安危，不容有失，贺冶年和姜放同时调离，万万不妥。”

皇帝皱了皱眉：“姜卿，那只得你辛苦了，暂且留职领侍卫和两宫禁军，京营的差事兼着，如何？”

罗晋看出了端倪，忙道：“正是，皇上圣明，如此极妥当。”

皇帝道：“好，那么内阁拟旨。”

姜放仍不识时务般地抢了一句：“皇上，京营中外省军官众多，臣和贺统领与之生疏，可否调动一批宫中资深的侍卫，用其传达军令，检视军纪？”

皇帝道：“准卿奏请。”

翁直此时也品出味来，道：“京营历来统以总督，监以内臣，此次重设京营，是否按旧制，以内臣监军？”

罗晋也道：“京营随护圣驾，在内守备京师，在外随驾征讨，若京营开拔在外，皇上安危悉系军中，监军一职不可等闲视之，当以圣上身边最亲信的内臣担当。”

皇帝大悦，难得冲着罗晋微笑：“卿此言有理。辟邪，”他扭头问角落里的少年道，“你可愿为朕监军京营？”

辟邪笑道：“回皇上，奴婢年幼无知，不懂这个监军是什么差事。”

皇帝道：“你能办什么差事？不过让你跑腿传个消息罢了，省得总在朕眼前惹厌。”

“既是如此，奴婢谨遵圣旨。”

众人都重重出了口气——两宫戍防名正言顺地交到了姜放的手里，贺冶年体面地被皇帝赶出宫城，明为总督京营，实际却被姜放和辟邪架空于虚位。等到调遣至京营的侍卫名册交到内阁，皇帝的心意更是明白不过。这些奉旨调离的侍卫都是贺冶年多年的旧部和心腹，如今这座清和宫终于成了皇帝自己的宫廷，从前利刃般从宫外直透乾清宫的藩王、太后两派势力被一举肃清。这三十五个侍卫，较京营中数百位皇帝破格提拔的将官来说，不过是小小的一撮，一阵子不予重用，就会在这座军营中默默沉寂。

皇帝的心情因而好了起来，留下了成亲王在紫南苑骑射。成亲王见辟邪不在左近，提不起什么兴致，敷衍了半日才告退回府，骑马走在朱雀大道上，远远看见五城兵马提督的仪仗偃了旗正要回避，忙命人快马请了袁迅过来。

“免礼、免礼。”成亲王见他就要跳下马行礼，忙催马上前挽住，两人并驾齐驱，成亲王渐渐讲到栖霞院上面。

袁迅笑道：“王爷说得晚了。今儿下午就开释出去了。”

“放出去了？”成亲王一怔，“为什么？”

袁迅神色间有些尴尬：“王爷也说火烧兰亭巷本与栖霞院无关，既然如此，何必押着这些妇道人家在衙门里受罪？”

成亲王立即笑道：“正是。那么可拿到嫌犯？”

“内书房的辟邪晌午后来了一趟，倒是提点了臣一句：若是不慎失火，自然没有嫌犯，闹得京师不宁，皇上也不喜。”

“是啊，”成亲王点头感叹，“他是懂得皇上心意的人。他就为这件事特地跑出宫来的吗？”

“大概吧。”袁迅笑着，打了个招呼告辞。

成亲王心中一动，回到府中叫来了最心腹的赵师爷，命他亲去栖霞院一趟，打听清楚辟邪在栖霞院里通常和谁来往，和哪个姑娘最好等等。

栖霞不敢将此事等闲视之，一样叫姜放报于辟邪得知。辟邪皱眉道：“什么意思？”

姜放笑道：“成亲王以为爷特地跑去五城兵马司说情，定是为了哪个姑娘。他不是个安分的人，早想拉拢爷，打听清楚了，今后好做什么打算吧。”

“倒是让他费心了。”辟邪不禁笑道，“一个海琳，他爱怎么着怎么着吧。”

“是，我告诉栖霞。”姜放道，又捧来京营的军册，“现今奉调进京的武官差不多到齐了，核对兵部出的手令，都是无错。”

“贺冶年呢？”辟邪问，“没有找麻烦吗？”

“他乖巧得很，接了差事，还是在家养病。”

辟邪一页页翻看军册，突然仰面放声大笑。

姜放奇道：“爷笑什么？”

辟邪道：“笑我自恃聪明，只道是他胡编了个名字，也未想到在军册上细察，不料当真有这么个人。难怪京中这么多的耳目两三天寻他不见，原来竟是躲在京营中。”

姜放往他手指的名字望去，见端端正正的“黎灿”二字下面，有人龙飞凤舞地签了到，不禁大笑：“难不成是一个人？”

“看这字霸道至斯，便知不错了。”

次日，辟邪奉皇命前往京营巡视，一早会同姜放，从抚民门出城，再驰四十里，便至小合口。兵营依山傍水，条石筑城，东西各辟砖砌城门一座，南北水门贯通，四角箭楼炮眼俱全。姜放命人执令旗先行，叫开城门。坐营官出来躬身引入，众人放缓马蹄，至中军衙门前下马，姜放和辟邪在后堂稍歇。辟邪对坐营官道：“烦将军请梧州游击黎灿至后堂

说话。”

姜放摇头苦笑：“公公又待如何处置他？”

“处置？”辟邪笑道，“如此大将，求之不得，怎么谈得上‘处置’二字？”

门外脚步轻响，有人报名道：“末将黎灿求见监军大人。”

辟邪让姜放回避，道：“请。”

“标下黎灿问监军大人安。”颀长潇洒的年轻人进来抱拳施礼，漆黑的眉间竟然是无辜的端正肃穆，辟邪嘴角已透出笑意，不由得赞他的镇定无畏和厚颜无耻。

“奴婢在宫中是个微贱之人，将军不必客气。”辟邪欠了欠身，“请坐。”

“是。”黎灿恭恭敬敬地坐在辟邪手边，道，“监军大人叫末将前来，有何训示？”

“哪里有什么训示？习武之人，只当交手切磋是乐事，”辟邪笑道，“当日你我还未分出胜负，今日分个高下如何？”

黎灿见他痛痛快快地单刀直入，反倒有些诧异，想了想才叹气道：“公公的意思我明白了。但我已洗心革面，今后甘愿为公公座下差遣，请公公手下留情。”

辟邪奇道：“你身为朝廷命官，却刺杀皇上心腹的内臣，事已败露，定是死罪，凭什么讨价还价？”

“也不见得。”黎灿凑近了些，“这件事可是因公公滥杀闻善和尚而起，说什么奉皇命除奸，公公当我小孩子吗？”

辟邪一笑：“说到这个，你我可是一条绳子拴的蚂蚱。就算我不杀他灭口，你事后也不会放过他。好歹你也是闻善法眼中的万乘之尊，想来不笨，不会不知道拿这个要挟于我，可没有用的。”

“是是是，”黎灿忙点头道，“你说的对。再者我现在攥在你的手心里，只要在这个京营之中，你便有一千个法子要我的命。”

辟邪眉尖微蹙，道：“你履历上写的是父母双亡，无亲无故，并无后顾之忧，以你的本事，逃出京城易如反掌，何必滞留京营之中不去？”

黎灿朗声道：“在下是朝廷命官，身受皇恩，敢不倾力报效皇上？怎能因和公公的私怨就……”

“呵呵。”辟邪静悄悄喝着茶，突然笑起来，顿时打断他的激昂陈词。

黎灿道：“公公？”

辟邪专注在碧绿的茶色里，映得他脸上浮光飘摇，寒意逼人，冷冽的眼神随着微笑的眼睛转来，黎灿第一次不由自主避开了目光。

“京中可有一定要办的事吗？”

“没有！”黎灿脸色一变，低声道。

“没有就好。”辟邪好像也松了口气，笑道，“我只是奇怪，你这样的人怎么会低一低头求我容情。才刚说什么来着？你愿为我座下差遣？”

“还是算了吧。”黎灿苦笑道，“你这样的人，糊弄不得。你要想杀我，尽管动手，我等着便是了。何苦让你把持在手中，今后死得不明不白。”

“好！也算你有些胆色。”辟邪击掌而笑，端正了语气，又道，“将军过虑了。今儿请将军来，原是奴婢已对姜统领禀说，黎将军枪法出众，海内未逢敌手，与姜统领商议之下，觉得京营将士如由将军调教指点枪法倒不失为上策。将军意下如何？”

仿佛上元灯会杀气冲天的青年与他全无干系似的，黎灿依旧神情自若，语声骄傲，微笑领命：“受命于军前，安敢不从？”

辟邪点头不语。黎灿迤迤然退回营中，果然接到命他教习京营枪棒的手令。京营操练甚紧，姜放在离都、小合口之间往复奔波，虽然辛苦，却无一日放松。辟邪奉驾内书房，只是隔三岔五巡视一次，再也不来理睬黎灿。

庆熹十三年二月初一，景优公主启程和亲大理。晨，公主礼服辞奉先殿，再至乾清宫诣太后、太妃、帝、后。公主面上冷冷的，任杨太妃低声啜泣地揽她在怀中，也是无泪。皇帝知她苦楚，一时也是无语相对。

太后只道：“尔往大理，当勉之敬之，夙夜恪勤。”

景优公主垂首领训，道：“是。”又拜了四拜，起身退到门口，突然甩开内命妇的手，“皇上！答应臣的事，不要食言。”她抬头噙泪叫道。

擅闯禁宫，私会公主，这样的人如何能留他不杀？皇帝想到这里，还是极怒。景优公主见皇帝不出声，扑在他脚下，泣道：“皇上如果反悔，臣也不嫁了。”

“胡说。”皇帝搀她起来，微笑道，“谁说朕反悔？放心去吧。”

皇后忽然起身道：“臣妾相送。”向太后与皇帝行了礼，扶着景优的手，缓步而出。

皇帝站在殿门前，看着景优公主和皇后相拥而泣半晌才升辇而去，心中感伤之余，却有些疑惑，见皇后转回来，不禁问道：“你对她说些什么？”

皇后笑道：“才刚公主对臣妾言道，如果皇上食言，一定要臣妾急告她得知。臣妾答应了。”

“你在给朕添什么乱！”皇帝对她有万般的怨恨愤怒，不过一句话便气得大吼。

皇后讶然道：“臣妾虽然不知皇上和公主打了什么赌，不过既然是皇上亲口答应的，臣妾就算是答应了千件万件，也是无妨吧？只是让公主放心罢了。”

皇帝当着这么多奴才的面，实在不便与皇后争吵，忍住气道：“也是。公主嫁在千里之外，又能怎么样？”

皇后脸上有些挂不住，赌气淡淡道：“也是。她已贵为他国皇后，想怎么样，就怎么样，皇上也管不到她。”她看着皇帝的脸色由通红变成了铁青，不由得快意地微笑，胳膊上却是紧箍的剧痛，身子一轻，被皇帝直拽过了几道门槛，羽毛般扔在暖阁的地上。

“朕早该废了你，废了你！”皇帝压抑的低吼像一根快要绷断的琴弦似的颤抖不已，“朕还想给大家留层脸，你还要上赶着逼朕吗？你对朕的骨肉狠下毒手，还要挑拨公主和朕作对。说什么贵为皇后，想怎么样，就怎么样，你那点坏心自己收着吧，要景优跟着你造反吗？”

“皇上既然这么认为，不如干脆废了臣妾。”皇后在晕眩过后迅速站起身，微微喘息着盯着皇帝的眼睛，“不如把臣妾从坤宁宫轰出去，将臣妾的全家一同治罪。”她笑道，“皇上这是在怕什么，等什么？”

皇帝从来没有让人这么顶撞过，蒙了一会儿，才指着她的脸，狞声道：“你滚回你的坤宁宫去！若不是看在你父亲的面上，此刻朕便扼死你。”

“皇上以为此刻臣妾还在乎什么生死？”皇后道，“为什么臣妾要担着这个虚名天天在太后、太妃面前承欢？倒不如冷宫里住着，少受多少罪？倒不如让皇上扼死在手中，少忍多少寂寞？”

“你这是说朕的不是了？朕哪里亏待过你？不可理喻，出去！”皇帝忍无可忍，伸手来抓皇后的胳膊，却被皇后一掌挡开。

“臣妾自己出去。”皇后以惊人的倔强，冷冷地道。

皇帝的震惊倒多过愤怒，睁大了眼睛。

“这倒让皇上正眼瞧臣妾了？”皇后的表情似乎是啼笑皆非，“自从皇长子夭折了之后，皇上还是第一次正正经经看上臣妾一眼呢。”她躬身福了福，“臣妾告退了。”

“等等，”皇帝道，“你是不是觉得皇长子夭折，是朕的错？”

“难道是臣妾的错？”皇后灼灼反问道。

——就是这种眼光！皇帝猛然一惊——躲了这么多年，这道目光还是刺得自己冷汗涔涔，羞恼交加。他勉强道：“这是天命，怨不得谁。”

皇后仰头冷笑了一声：“皇上就当訸淑仪也是应了天命吧，怨不得任何人。”

“不要提她！”皇帝恼羞成怒的声音像远处的奔雷般沉闷愤怒，劈手抓住皇后的衣襟，狠狠推倒在炕上，“你还有什么脸面在朕面前提她？”手中握着皇后纤细的腰身，陌生的记忆让皇帝想起他曾经是如何爱慕和贪恋着眼前的女人，有别于妃嫔们的承欢作态，

年轻的皇后恬静聪慧，当她盛装朝服地出现在坤宁宫的正座上，他总是不由自主地沉迷在她圣洁的光晕里。“为什么会变成这样呢？”他微微摇着头咬牙切齿地道，“你从前不是这样的。”乖僻狡诈，连嘴角悦目的微笑也变成了阴桀的冷笑，这难道是同一个人？皇帝的伤心和憎恶交织着，“朕从来没有像这样恨过一个人。”他无可奈何地道。

“臣妾也是。”皇后的脸上涌起病态的血红，凶恶的眼睛攫住皇帝心底的愧疚不放，仇恨似乎撕裂了她的咽喉，她哑着嗓子道，“儿子还来不及吃上我一口奶，还没有来得及抱上一抱，就让太后和皇上抱走了，又那样莫名其妙地死了，连最后一眼也没看着……”

“住口！”皇帝心里翻腾得难受，忍不住喝道。

皇后静了一会儿，才轻声道：“皇长子到底是怎么死的，求皇上给臣妾一个交代。”

“朕也不知道，朕没有照顾好他。”皇帝涨红了脸，说出这句话，突然觉得好受了很多。

皇后吸了口冷气，怅然无声，在她哀伤幽怨的目光里，皇帝似乎找到了些旧日的影子，伸手抹去她脸上的泪水，感触到柔软的体温，他的鼻息有些粗急起来。

皇后脸色一白，猛地弓起身挣扎。皇帝回手将炕桌掀在地下，抓住她的身躯：“朕这么说，你如意了？解气了？咱们可算扯平了，从今往后，朕犯不着躲着你——躲了这么多年，还是没有躲过。”

“为什么要躲呢？”皇后冷笑，“臣妾就算死在皇上手中，也是愿意的呀……”

那就死吧，皇帝心中忍不住这么想，就算是时隔七年之后再次得到这个女人，就算再次发现她惊人的美丽和至深的情意，他的恨意仍未有一丝一毫的减退。就像要吞噬掉对方，帝后剑拔弩张地相互挑衅，凶狠的目光彼此流连转动在对方的脸上，自始至终都未从沉重的喘息中透出半点哦吟。

皇帝终于有些冷静和清醒，才发现皇后已经咬破了嘴唇——殷红犹如胭脂——他俯下头去吮吸艳丽的血珠。

“哼！”他吃痛地仰起了身子，捂着被皇后咬中的嘴唇，快意地冷笑，“胆子不小。”

皇后迅速掩上了赤裸的长腿，披着衣服踉跄走到门边，颤抖着用金簪重新绾起散乱的长发，才又平静地道：“臣妾告退。”她依旧静静地福了福，抽身转出门。

皇帝从一瞬的疲惫中回过神来，只觉胃里恶心地抽搐，伸手将掉了一床的珠玉拂到地上，叫道：“吉祥、如意。”

吉祥乐呵呵地进来，道：“万岁爷，如意才刚跟着公主南下了。”

“朕忘了。”皇帝道，由着吉祥替他整理衣裳，“姜放可去小合口了吗？”

“还未，”吉祥道，“正带着奉旨调离的侍卫在外等着磕头谢恩，然后才一起走呢。”

暖阁里还飘散着皇后身上独有的淡香，皇帝一刻也不想多待，用手巾擦了擦脸，道：“朕去上书房。叫吧。”

奉调京营的侍卫三十五人，跪候在上书房，皇帝坐了，勉励劝诫了几句。最后问贺天庆道：“你的兄长为何不曾进宫谢恩？”

贺天庆叩头道：“臣的兄长近日抱恙，对臣言道，京营重任，只怕难以独支，加之重恙缠身，就算是有再多的感恩报效之心，也无机会为皇上肝脑涂地了。”

皇帝感叹了一声：“叫太医去贺卿府里看看，等天气一暖，什么病都会好的。”

“谢主隆恩。”贺天庆的声音哽咽，弄得奉调的众人都有些凄凄恻恻起来。

“都去吧。”皇帝见其中还有几个从前的近侍，不忍再说什么，挥手打发他们退出，跟随姜放前往京营赴任。

姜放命小合口的坐营官将这三十五人在军册上登记，到今日总算所有的军官都已到任。将军册做了副本，授命黎灿递至兵部。黎灿并非闲人，得了这么个差事，有点意外。他进城时已是下午，递上军册，等着回复，里面的小吏出来打招呼道：“尚书大人说了，今日里只怕核对不完，反正明日还有好些公文要送至小合口，将军不如在驿馆歇下，明日一起捎回小合口。”

这倒正中黎灿下怀，骑马径直奔青龙大道驿馆，这一路红红绿绿无数酒馆饭庄，他在马上挥手分开拂面的酒旗，在驿馆门前轻捷地跳下坐骑来。

驿馆对面的酒楼之上，小顺子滴溜溜转着眼珠，打量着他把缰绳抛给馆役的公子哥气派，羡慕地咂了半天嘴，才觉得嘴也干了，含了半口酒，再往窗下看，好悬，没将酒喷在袖子上。“小二，结账。”他扔下铜钱，用风帽遮去半张脸，悄悄溜下楼赶往宫中。在内书房值房找到辟邪，道：“师傅真是料事如神，来找黎灿的果然是郁知秋。”

“郁知秋是一个人去的吗？”辟邪又追问了一遍。

“铁定是一个人，”小顺子比画道，“鬼鬼祟祟的，这种天气了还戴着雪笠，挡着脸。”

辟邪笑道：“那样你也看清了？”

“师傅早叫我小心留神他，他的身材、声音，我都记得清清的，化作灰我也认得，绝不会有错。”

“果然上了心，这才是好孩子。”可能再过一阵，都不能叫他孩子了，辟邪看着小顺子得意飞扬的神色，微笑道，“收拾我的东西，咱们这便回去。”

“是。”小顺子麻利地把辟邪惯用的几件笔墨书本和茶具包起来，高高兴兴尾随辟邪回居养院，又请了明珠过来，居养院这才有点难得的人气。

热闹到半夜，辟邪放下笔，叫小顺子取来斗篷。

明珠道："不就是盯个梢吗？我去就是了。"

辟邪忙摇头道："他的武功远在你之上，伤了你倒不划算。"

"我就是个惹祸的主儿，"明珠在灯光下浅浅微笑，"爷怕我误事才是真的。"

"也是这个话。你们都早歇。"

小顺子开了门，面有忧色道："师傅千万小心，上回……"

"什么上回？"辟邪嗔道，已飘身出门。东行片刻，落身在明知园东北角的宫墙上，巨松冲天，松枝徘徊，将他身子挡得严实。由此不远，就是宫城的东北角门，辟邪裹紧了斗篷，藏身高处，仗着过人眼力，将门前动静尽收眼底。

朔夜无月，黑天压城，转眼更过三遍，便见角门悄然打开，颀长人影一闪而入，身法洒脱绝伦，衣袂也带傲气，飘行向西，正是黎灿无疑。辟邪仔细打量，见他手中未携兵刃，知他并非为行刺而来，稍稍放心，将斗篷微展，飘忽紧随而去。

黎灿武功虽高，也不敢在宫内道路上堂而皇之行走，跃身在针工局内值房的卷篷顶上遥遥西望，认定了方向。辟邪见他的背影微微颤抖，不知他此刻什么心情，令他踌躇半晌，逡巡不前。值房向西，只有永秀宫、椒吉宫两座宫院，永秀宫此刻更是无人居住。

——他此去的果然是椒吉宫——辟邪露出贝齿，无声地笑了。

黎灿终于慢慢松开紧握的双拳，一涌向前，直奔椒吉宫正殿。辟邪不敢跟得太近，等他在椒吉宫内院落定身形，黎灿已然不见。

"好快。"辟邪暗自一笑。

满院寂静，几乎能听见白霜铺地的声音。片刻之后，才有秋虫私语般的人声从侧殿隐隐透出。辟邪在树后凝神细听，却一无所获。突然窗棂"咯"地一响，那温柔的少女轻呼道："别去！"

黎灿已一跃而出，脸上的神色却非平时的嬉笑骄傲，竟是慑人肝胆的狂怒，满面杀气将眉宇纠缠在一处，看来比夜色还冷暗上几分。

辟邪心中一紧，急追了下去，只怕他抢先赶到坤宁宫，凌空出指，直透黎灿后心。黎灿狂怒之下仍是机警，听得内力破风之声，瞬间拔起半丈，转身扑来。

"是我。"辟邪沉声呼道。

黎灿一言不发，目中凶光毕露，杀意已决，伸手往腰间一探，兵刃似白虹跃海，直取辟邪咽喉。辟邪只道他空手而来，竟毫无防备，来不及看清兵器，不得已双指硬生生夹取。那锋芒却猛地一缩，"哧"地反抽回来，几乎削去辟邪手指。

“金蛇剑？”辟邪大怒，低喝道，“不识好歹！”抽身退出五尺开外，被逼退至东大天道的灯火甬道中。黎灿柔剑纠缠而来，招招不离辟邪要害。辟邪身周银光飞溅，已连退三丈，不禁脸色微沉，反手扯下斗篷，迎着剑风如胶似漆地缠去。

黎灿的软剑立时犹如金网困龙，被辟邪绞住剑身，见他雪白的手指轻引，将软剑抻得笔直，不禁大惊，内力激涌于剑上，反向用力，意图将斗篷扯碎。不料辟邪冷笑道：“差得远呢！”手臂轻震，腕力疾透，黎灿胸口顿时似被冰山铺天盖地撞中，痛得眼前一黑，强自压下咽喉一口鲜血，剑却说什么也握不住了，白龙冲天，脱手而去，“叮”的一声，在空中断成三截。辟邪轻身一跃，将断剑抄在手中，掸掸斗篷重新披在肩上，冷冷看着他道：“你进宫做什么，只要碍不到我的事，我便由你。杀人却是不可，更不用说你要杀的人竟是皇后了。”

黎灿冷笑道：“今天被你窥破，只有你死我活一条路，不要废话，再战！”

“你不是我的对手。”辟邪“噗”地一笑，“我无意伤你，也无意擒你，这是何苦？跟我来。”

黎灿气得浑身颤抖，无可奈何闭紧了嘴踉跄跟着他，眼看宫城在望，恍惚里见辟邪转回头来，雪白的容色仿佛黑夜里苍白的闪电，照得他一阵晕眩，幸得辟邪及时出指抵住他的膻中穴，胸口中郁积的寒气顿时被丝丝抽离，终于顺过一口气来。

辟邪道：“此处不是你久留的地方，你还从角门出宫。明日我自会来找你。”

黎灿狠狠盯了他一眼，道：“好，我等着。”

“那个郁知秋，”辟邪忽而跟上一步，道，“我留着他还有用。你可别杀他灭口。”

黎灿被他说中心事，微微吃惊，却只点点头，声色不动。支撑着回到驿馆，周行内息，将胸口内伤渐渐发散，猛嗽出一口鲜血，才和衣而卧。

次日从兵部接了公文出来，却见辟邪在门外青衣白马，于早春阳光中菩萨般端坐云端，俯下眼睛微笑道：“黎将军，此去小合口，你我同行如何？”

“随侍监军大人座侧，荣幸之至。请吧。”黎灿翻身上马，与辟邪比肩前行，低声冷笑道，“你想要如何？玩什么把戏，我都奉陪到底。”

辟邪笑道：“我的对头少说也有千万，要我对付你，还请先排个号吧。”

黎灿怒极反笑，道：“什么样的人才能够格称得上你的对头？”

“我替皇上办事，皇上的对头才是我的对头。”辟邪道，“不瞒你说，我原以为你是藩王遣来的刺客。不料你战败而走，在兰亭巷接应你、放箭阻我逼近的，却是郁知秋，倒是出乎我的意料。”

黎灿透了口气，才慢慢道：“郁知秋施射冷箭，并未露面，你怎么知道是他？”

辟邪道："我确实没有看见他的人，不过拾到了他的箭镞。他所用的弓箭与常人不同，人称'仁义弓'，原为侍卫统领姜放所用，奉旨转赐一张予他。此弓霸道强劲，用的箭镞也是奉先帝之命以精钢特制，可透铁甲三重，当年只得了千枚，分赏了随护上江的近侍和皇子。后来因它威力极大，怕用以逆上行刺，渐渐都回收到侍卫统领的手里，只剩了百来枚，去年在上江，皇上都赏给了郁知秋。可惜他却是个粗心的人，没仔细瞧出此箭的厉害，随便带出来遗弃在外，明眼人看到这箭镞便知是他了。"

黎灿哼了一声，道："照你这么说，我是什么人，想必你也已经猜到了？"

"不止是猜到。上次小合口相见，我回来已将你的底细查得一清二楚，你想进宫做什么，我也明白个八九分。只要你去的不是坤宁宫，我才懒得伸一根手指头阻你一阻。"

被一针见血地说到了要害处，黎灿这才觉得有些后怕，悄悄打了个寒战，道："我去兵部的差事，是你派下来的？"

"总要确定你和郁知秋在玩什么勾当。昨日你入住驿馆，郁知秋即刻前来相见，被我手下人看见，我只好夜半等着你入宫。你才进京不久，就和他打得火热，郁知秋活动的本事也是不小啊。"

黎灿凝结着些痛楚似的微微蹙眉，低声道："我的确不是你的对手，但事关重大，若你有半点泄露的意思，我只得豁出命去封上你的嘴。"

辟邪轻声一笑，道："我不过奉皇命守护坤宁宫，你之前去了什么地方，我没看见，也不想看见。"

黎灿长长松了口气，道："你所负皇命倒是不少。"

辟邪道："这话怎么说的，我也算是个忙人呢。不过你忙你的，我忙我的，你不知道我，我不知道你，两不相干罢了。"

黎灿听得明白，仍是有些疑惑："你倒是挺好说话啊？"

"你武功之高，在我见过的人中，屈指可数。国家用人之际，你我为这么点小事打打杀杀，也是无趣得很。"

黎灿沉吟道："郁知秋答应放我潜入宫中，我答应替他杀个人，都是掉脑袋的买卖，我既做不到，只怕他不会善罢甘休，迟早走漏风声。除非……"

"那由不得你。"辟邪道，"你要的这两条人命都先记在我这里，等我派完用场，你取之自便。"

"郁知秋此人能派上什么用场？"黎灿冷笑道，"雇凶杀人，最要紧的是灭口一件事。如果郁知秋聪明，那晚一箭射的应是游击黎灿，而不是青衣总管了。"

“你原是比他聪明狡诈，行事不择手段，武功又是极高。”辟邪不禁笑道，“奈何你胸无大志，随波浮沉，又能如何？”

黎灿黯然道：“不错，我这些年来唯一的念头就是再见上她一面。如今见到了，日后又是如何？不过……”他转而睨着辟邪，“你又有什么雄心壮志了？”

辟邪“扑哧”一笑：“算有吧。”

“等你大志得酬，你又能怎么样？”

辟邪被他问得一怔，黎灿看着他的脸色渐渐变得惨白透明，不禁放声大笑。辟邪就此不再作声，策马快驰，抢先出城。黎灿紧跟不放，狂奔二十余里，见辟邪勒住马向他招手，才一同退在路边。黎灿在马上远望，只见官道上滚滚飞尘，一线黑底红字的旌旗，问道：“怎么，震北大将军王举回京了？”

“正是。”辟邪点头，跳下马来，“皇上召他回京。”

“难道朝廷就要对匈奴用兵了？”

“匈奴历来总在秋高马肥时南侵，朝廷此次想趁春夏两季持续用兵，不予其喘息的机会。”

转眼千骑良骏整齐奔到面前，旌旗下一位五十岁开外的老者，满面肃杀，不怒自威，双目永远凝视着遥远天际似的，不肯有一丝的低垂妥协。

“人说王举性子刚直，看来不错。”辟邪的声音却似乎微微的叹息。

“他从来就像一柄剑，直来直去，前些年带着震北军千里远逐匈奴，算是个敢拼命的角色。”黎灿喟道，“不过均成不是游兵散勇，王举日后若要起老性子，大军深入，也是极凶险的。”

马队里一个魁梧汉子不知是不是听到了黎灿的话，老远就对着他们狠狠瞪了一眼，又从他们身边呼啸着远去，马蹄扬起的沙尘扑在辟邪脸上，令他觉得火辣辣刺痛。

开春之后，二十万大军就要交在震北大将军王举手里，而千里之外的单于均成似乎对努西阿河以南的中原部署无动于衷，只是静静地缓缓地等待着预定的结局。辟邪恍惚记起了均成的目光——安静的时候，大单于蓝色的眸子会转成无穷无尽的深邃，那是一个望不透的黑暗的将来——他思忖着，微微一个寒噤。

“凶险啊——”黎灿望着那千众骑师扬起的烟尘，又道。

“是啊。”很久，辟邪才跟着他叹了口气。

二十二

贺冶年

庆熹十三年二月初五，朱雀大道上，黄土垫道，净水泼街，数十里黄帷和上万禁军将离都分割得支离破碎。辰时，大驾自朱雀门而出，皇帝乘白马，箭袖常服，火赤皮弁拢发，神采飞扬，实有些英武风范。在皇帝坐骑旁随侍的大将，焦黄的面庞上，清高难掩，峥嵘凝聚，正是当今国丈、震北大将军、卫宁侯——王举。随行的自然少不了兵部众将、京营监军，另有两千侍卫禁军拱护，初春清寒之下缓行前往小合口京营阅兵观礼。

重设京营后，皇帝第一次驾临，贺冶年就算是明天咽气，今日也不得不在小合口露面。初四里他便和姜放顶着寒风预肃校场，监看司设监于将台上陈设御幄。至初五正日，日出之际，更在校场立明黄金龙大纛、牺牲以祭旗纛之神。

贺冶年裹紧了斗篷，只顾注视晨曦中飘摆的旗角，在冰冷的风里微微颤抖。

“总督大人，”贺天庆虽然是他的亲兄弟，但在军中却仍以官职称呼，抱拳道，“天太凉，圣上只怕要在两三个时辰后才驾到，何不回帐中稍歇？”

贺冶年仍怔着，半晌才道：“也好。”转回身，见姜放远远地看着自己，更是勉强挺了挺腰杆，扶紧了佩刀。

快马一拨拨地来报，到巳正时皇帝已在五里之外。贺冶年领姜放与京营众将在校场辕门外跪迎，见皇帝的仪仗旗纛遮天蔽日地到了眼前，高呼万岁，伏地四拜。

皇帝在马上颔首：“平身，两位爱卿辛苦了。”回头看着王举，又道，“震北大将军随朕一起来的。大将军领兵数十载，京营众将好生操演，得大将军指点一二，是京营的福气，也是朕的福气。”

“是。”贺冶年和姜放向王举行了礼。

王举只在马上欠欠身，也不答话。贺冶年同姜放在前导引，驾进辕门，便有内中军举号炮，平川之上惊雷三声，遥闻校场内钲鼓振作，顿时人声寂肃，营中只有皇帝一行马蹄如同暴雨，拍打不休。皇帝在将台下勒住缰绳，踩着内监脊背下马，携了王举的手，共登将台。

又是三声号炮，皇帝升座。台下黑压压两万精兵，持红缨长枪，单膝跪地放声大喝：“吾皇、万岁、万岁、万万岁！”

阳光在这瞬间似乎暗了一暗，贺冶年体虚气短，不禁心神动摇，身子颤了颤。听到皇

帝平静道了声“免”，忙稳住声音，御前躬身请阅阵。

皇帝点点头，贺冶年传令下去，台上吹号笛，麾黄旗，鼓声一作，校场内嗡然一片甲胄摩擦的金戈之声，两万重甲将士如夜色中漆黑海面的潮汐，岿然挺起身躯。鼓声再作，黑旗疾摇，台下骤然杀声冲天，枪刃在阳光下凛凛耀目，似乎蛟龙鳞甲，滚滚翻腾，方阵瞬间已变为曲阵。

军威雄壮，皇帝大喜，心中热血冲动，握着拳转脸要对王举说话，却见他花白长髯之下微微的倨傲笑意，不禁忍住不语，向辟邪使了个眼色。

辟邪上前伏在皇帝嘴边，听他交代了几句，微微一笑，点头道：“皇上圣明，奴婢这就去办。”他悄悄走到贺冶年与姜放身边，传了皇帝口谕。

不刻校场中已连变锐、直、方、圆诸阵，姜放喝令鸣金止鼓，复吹号笛，麾黄旗，钲声刚作，数万人顿时鸦雀无声。

皇帝起身高声赞道：“好！”

翁直等兵部众官也跟着喝彩。

皇帝回头问道：“大将军看如何？”

王举傲然道：“皇上的亲兵，果然行止有度，静如踞虎，动若奔龙。如此虎狼之师，驻守京师，绰绰有余。”

皇帝知他所指，顺着他道：“震北军军纪严明，奔袭大漠，据敌千里。京营眼下这些阵法，在真正的大将面前不过班门弄斧。但，”他回头对贺冶年道，“京营重建不过一两个月，就有如此军威声势，到底是贺卿操演有度，节制适法。”

众臣立即随声附和，哄得皇帝十分高兴。

贺冶年脸色青白，冷风下额头还微现汗珠，勉强笑道：“皇上过誉了。臣一直抱病家中，京营诸事均由协督姜放和监军辟邪掌管。臣无功受禄，寝食难安。”

皇帝道：“不然。贺卿鞠躬尽瘁，朕如何不知。”他向吉祥点头示意，吉祥捧出一道上谕，京营总、协戎政贺冶年、姜放即日擢升正一品，各赏玉如意一双，金钱百枚，赐宝剑一柄。京营诸将另外均有赏赐。

贺冶年谢恩叩头，伏地半晌没有抬起头来。

皇帝道：“贺卿？”

“是。臣谢皇上恩典。”贺冶年站起身来，退在一旁垂手不语。

一时吉祥出来，传赐将士酒饭。皇帝号炮声中上马回銮。

“你看王举靠得住吗？”皇帝坐在寝殿炕上，忧心忡忡地问。

辟邪道："万岁爷觉得有些不妥吗？"

皇帝蹙眉道："王举随颜王、洪王征战匈奴多年，当年也的确是独领一方军务的大将。自上元九年以后，匈奴一直内里吞并不已，南下来犯的，最厉害的时候也不过万人，加上戍北的军务都交在凉王手中，震北军一直守备在乐州、白羊，论起来也是多年没有打过硬仗了。"

"万岁爷说的有理。"辟邪道，"但王举领兵极为苛严，震北军十二万骑师军纪整肃，士气高涨，他的功劳还是不小的。"

"正因为如此，他才异常倨傲。"皇帝叹气道，"朕两日后要拜他为将，只怕他的脾气，和凉王处不到一处去，届时若军心分裂，岂不令人担心？"

"万岁爷的意思是……"

"朕也没有什么别的意思，所谓用人不疑，"皇帝道，"更何况现今朝中还有谁能和凉王一较长短，把持得住凉州八万精骑？"

"皇上说的是，现下能当此重任的，只有王举一人了。"

话虽如此，皇帝仍是忧虑，思索半晌，无奈转而问道："校场上，朕让你传旨取消了骑兵演阵，姜放可说什么了？"

"他原不知是为了王举，后来才有些明白。"

皇帝道："王举领骑师十二万，不会把京营骑兵演阵放在眼里，以他的高傲，且不知会说出什么不中听的来，白白地让他挫伤京营将士的锐气。你去和姜放说明白朕的用意。"

"是。"辟邪领命，次日又前往小合口巡视京营，见了姜放的面，说明皇帝的话。

"这我明白。"姜放道，"王举这个人清是极清的，但就是傲过了头。匈奴现在的兵力战法早和多年前有天壤之别，他若还是翻那些个老花样，只怕要吃亏。"

"皇帝也正担心这个呢。"

"这里原本有个法子。"姜放微笑道，"只要皇帝身边指派个人过去监军，协调王举和必隆，不就行了？"

辟邪摇头道："皇帝对内臣总有一万个戒心。我能在京营监军，已属不易。内臣在外掌兵——这个事无论是谁提出来，对他将来都是无穷的后患。我们切不可急于这一时。"

这时有人进来禀报，贺冶年的车马已经备好，这便要回京了。

"怎么备下了车？"辟邪问。

"他这两天吹足了冷风，病了，骑不得马。"

姜放同辟邪起身出去，贺冶年已由贺天庆搀扶着从后堂出来，蜡黄的脸色，嘴唇也是惨白。两人上前告别，贺冶年静默了一会儿，才微笑道："这里，就交给你们了。"

“是。”姜放觉得有些伤感，躬身施了一礼，“总督大人保重。”

贺冶年点点头，喘了几口气，让人服侍着在车中躺下，贺天庆也告了假，向姜放、辟邪施礼，护着马车缓缓出城。

辟邪并不喜欢在毫无兴致的人的耳边喋喋不休，故而撇下了姜放，自己寻陆过说话。走到骑兵营副将的官厅外，便见黎灿坐在台阶上懒洋洋地晒着太阳，仔细擦拭枪锋。

“怎么在这里？”辟邪低头看着他用雪白的长绫将枪锋绑在枪杆上，不禁又道，“你是天子的亲兵，怎么用起白色来了？大大不吉。”

黎灿终于抬起头：“那用什么颜色的？黑的？”

“赤。”辟邪道。

黎灿大笑：“染血之后自然是红色的。”他手腕一抖，枪尖嗡然作响。

“那可要等一阵子了。”辟邪道，“京营戍备离都，谁要是想打到这里来和你交上手，可不容易呢。”

辟邪这么说，难得黎灿也是这么想，陆过从里面迎出来，刚好听见，也没觉得这话有半点错。初春稀薄的阳光照在众人的脸上，仰头越过城墙望去，外面似乎应该是晴川万里，可天空正有些不透明，凛冽的风卷着薄云低飞，迷迷糊糊的，看不清什么。

这样似晴非晴的恼人天气到了初七那日却变得暖阳普照，青霞洗空。皇帝一早身着武弁服，传王举乾清宫觐见，不住叮嘱道：“此时塞外寒冷，冰雪未消，大军切不可急进索敌，只需步步为营，占据水草丰足之处，不予匈奴春后休养生息的机会，待粮草充足，征勇发北之后，卿再率大军讨之不迟。切记。”

王举领命，皇帝见时候到了，才御清和殿，以节钺授征北大将军王举，命其节制震北军及凉州骑兵共二十万出雁门、出云，征讨匈奴。

皇帝步出殿外，神清气爽地看着天色，问身周内臣道：“你们看这算不算吉兆呢？”

这里还能听见紫南门外的鼓乐，卫宁侯王举擎节钺，奏乐前导，旌旗环护，由百官依次送出，至武神庙献牲祈福。

清和殿左近却是寂静无声，仿佛朝廷的繁华一下子被抽空了似的。多少钱粮人马都扑给了征北大军，倘若这骑师二十万一战而溃，必定社稷崩动。

李及于是干脆利落地道：“上上大吉。”

皇帝却不说什么，放声大笑而去。

李及望着吉祥，疑惑道：“我可说错话了？”

吉祥摇头笑道："皇上受命于天，大军北伐必胜，何需吉兆昭示？"

"我的大爷！"李及后悔莫及，给了自己一嘴巴，跺脚道，"您老倒是抢着先说话呀，这不把我坑死了吗？"

"万岁爷是什么样的明君，哪里会和你计较？"

"吉祥！"皇帝已在前面唤，等吉祥趋步上前，才低声问道，"朕有多久没去椒吉宫了？"

"回皇上，少说也有两个月了。"

"她身子不知好些了吗？朕今天去看看她。"

"是。"吉祥笑道，"奴婢这便给訸淑仪报喜去。"

"不必了。朕现在就悄悄地去。若她身子还好，就陪朕看看花，散散心。"

"万岁爷这么想着訸淑仪，娘娘一定高兴。"吉祥说着，已经有些奇异了。皇帝并不是那种懂得体贴的人，但凡宫中的妃嫔露出一点哀愁怨怼，便会惹来皇帝的不耐烦，继而就是回避冷落了事，却不知什么让皇帝转了性，事隔两个月以后才想起好好安抚訸淑仪，陪她赏花散心起来。

皇帝换了衣服，带的人也不多。吉祥笑眯眯叫住了椒吉宫门前的小太监，问道："娘娘在做什么？"

"娘娘刚歇了午觉，倒是起来了，不过……"

"不过什么？"皇帝已笑着当先跨入院子，快步走到寝宫外，吉祥忙替他推开门，皇帝打起珠帘，吓了里面的人一跳。

慕徐姿面色已恢复了七分红润，比起从前清瘦了一些，双目因而显得更加浓丽深远："皇上。"她绽开笑容，丽色仍让皇帝不禁一瞬窒息，柔软的身躯已经扑在他的怀里，皇帝锁紧了双臂，心怦怦直跳。

"皇上恕罪。"慕徐姿挣扎了一下，想要行礼。

皇帝却没有放松半分，只管把脸埋在她披散着的浓密长发里。等周围的人都跪倒叩头，山呼万岁，皇帝才回过神来。

"才刚起来吗？"

慕徐姿红着脸道："臣妾正在梳头。这是桂合宫的谐淑仪。"

一边站起来的少女只穿着湛蓝的长衣，雪白的手中仍握着鲜红描金木梳，卷曲的长发围着脸庞，阳光里有种不真实的清秀，仿佛正在消融。

"臣妾卫氏，给皇上请安。"

皇帝有些晕眩，一股无名的欲望猛然偾张："这是……"

“回皇上，这是桂合宫的谐淑仪。和臣妾同一天入宫的，皇上没见过。”慕徐姿耐心地在皇帝身后微笑道，“这些天臣妾睡得不安稳，她陪臣妾小住一阵。皇上？”

“啊，什么？”

“皇上外面稍坐，等臣妾装束完毕可好？”

皇帝的目光却仍然系在卫氏身上，有些紊乱地问道：“你叫什么？”

“臣妾卫氏。”谐淑仪道。

“好，好。”皇帝退了两步，“你们接着梳洗，朕在外面坐着。”

“万岁爷还好吧？”吉祥端着茶低声问道。

“怎么会不好？”皇帝魂不守舍地笑了。

吉祥远远打量了谐淑仪两眼，笑道：“谐淑仪是极美的。”

“像哪里见过似的，你觉得呢？”

“回万岁爷，奴婢不觉得。”吉祥随随便便道。

谐淑仪随着慕徐姿再露面时已施了粉，玫瑰色的胭脂和发间珠翠掩去了许多冷素，红袖拂地重新见礼，皇帝伸手将两位妃子都挽起来。

“你进宫也快一年了，倒是冷落你了。”皇帝对谐淑仪道，“今日难得，你们都陪朕说说话。”

谐淑仪神情中很少有动人的娇妍，平静地应了。

吉祥见皇帝目光所系都在谐淑仪身上，唯恐冷落了慕徐姿，连忙凑趣，逗得皇帝和妃子们笑声不断。用过晚膳，到了安置的时候，皇帝原本是要留在椒吉宫的，慕徐姿却红着脸为难，细若游丝的声音道：“臣妾的身子还不是很好，太医也说了……不如……”她冲着谐淑仪俏然一笑，“皇上去桂合宫吧。”

“也好。”皇帝几乎忍不住要称赞慕徐姿的善解人意。

谐淑仪天生一股听天由命的温柔，也不见有什么特别的惊喜，起身前导，请皇帝移驾。慕徐姿恭送皇帝到宫门外，回来命人开了抽屉，封了二十两纹银交给椒吉宫首领太监：“赏给乾清宫李及，”她微笑，“记得说声‘多谢’。”

此时夜已经深了，乾清宫内书房的蜡烛也点完了第一遍，辟邪揉了揉眼睛，趁着小顺子添新烛的时候，放下笔走到宫门外透气，寂静中能清楚听见李及在远处角落的阴暗里和椒吉宫太监低声说笑。

“……如此一来，皇上可再不上谊妃宫里去啦。”

“那卫娘娘看来是个安静无欲的天仙，想必好摆弄。”李及笑道，“慕娘娘快养好了

身子，再得宠幸时便是我们奴婢的好日子了。”

“李爷说的正在理呢。”那小太监不便久留，“嗒嗒”的脚步声远去。

“师傅，蜡烛换过了。”小顺子出来请辟邪，“师傅在看什么呢？”他一样抬头看着狭窄的天空，“流星？”

辟邪“扑哧”一笑，沉默了一会儿道：“小顺子，你可要记得，凡是美丽纯洁的东西，都和这流星一般，不会持久。你为它迷惑依恋的时候，它已经消逝沉沦了。”

“啊？”小顺子挠着脑袋，“什么算是美丽纯洁的东西？”

“春花、秋月……”

小顺子“呵呵”地笑：“师傅，你这话说得，连我都要起一身鸡皮疙瘩了。”

“人心。”辟邪转过目光道，“纯良的人心是世上最易腐朽的东西，所以……”

“所以，不可轻信。”小顺子道。

“孺子可教。”

“六爷吗？”司礼监提领乾清宫关防的太监听见辟邪的声音，上前道，“姜统领要我传个信来——总督京营戎政贺冶年府里传来消息，贺大人病危。”

贺冶年的病来来回回折腾了小半个月，辟邪因同在京营当差，不但自己去看过一回，又奉皇命探视了多次。因太医说了实话，贺府便早悄悄备下了寿木，家中人等都围在病室附近，等着他交代后事。到了二月十九日，贺冶年却突然精神了起来，张目能言，叫人替他擦了遍脸，支撑着坐起身，还喝了些参汤。

他第一句话，却是问伺候在床边的贺天庆：“朝廷里……有谁在吗？”

“姜放在。这些日子每天都来。”

“难为他了。”贺冶年吃力地道，“请进来，我有话说。”

贺天庆微作犹豫，才出去相请。姜放大步流星迈进屋来，一望之下道：“总督大人看起来是大安了。”

贺冶年摇头笑道：“回光返照罢了。”

姜放坐在他身边道：“贺兄有什么吩咐，尽管直说。”

“姜兄，”贺冶年见众人都退出了，才道，“你我同年从军，共击匈奴，算不算有些同袍之谊？”

“当然。”

“你我一同选作大内侍卫，相互扶持，也有联手退敌的时候，算不算有些同僚的情分？”

“有。”

“既然如此，你告诉我，我领兵尽责二十余载，所向披靡，今日里，只求战死沙场却不得，反而手中无兵无将，无剑无枪。上，主公猜忌；下，旧部离散，是为何故？”

他娓娓道来，不见有半分怨恨质问，令姜放迟疑不定。贺冶年微微一笑：“姜兄，十几年前，你、我再加上刘思亥，也能称得上‘北军三俊’，也曾惺惺相惜，引为知己，是何时开始生分的呢？”

姜放道：“只因贺兄真正服侍的，不止当今圣上一人，你我拱卫不同，故而渐渐分歧。”

“不错，你我并无私怨，然而朝中激流湍涌，择主犹如择木，我抱错了一根朽木，所以沉沦，怨不得人。”他喘了口气，再度振奋精神，“我贺氏一门，五十年间上将七员，到我这一代，只剩下我们兄弟二人从戎，我眼看是不行了，而我兄弟天庆，却不是个很懂事的人，仗着我的官职，从来都有些不知轻重。姜兄与我同僚二十载，就如他的兄长一般，请姜兄替我照顾管教于他。”

姜放道：“贺兄既然这么说了，我本不应推辞，只是天庆兄弟早已成年，不一定愿意听我的话。”

“你是他的主将，以军令约束他，不会不从。我只求他不要像我这般，卷在朝廷纷争里，但愿他能一心一意地做他的军官，杀敌报国，就算有朝一日为国捐躯，也是死得其所，比我强上万分。”

“原来如此。”姜放点头道，“贺兄的意思我明白了。”

“好。”贺冶年不住微笑，精神又开始涣散。

姜放见状，忙叫了大夫和贺冶年亲属进来，贺府顿时一阵忙乱。姜放坐在不远的小客厅里，听得出来进去的脚步声不断，小半个时辰后，似乎是贺冶年大叫了一声：“他忘了我了……”病室那处猛一静，之后便是抢天恸地地悲号。

姜放默然走出贺府，哭声已透过几重院子传出，门前小厮似乎带着树倒猢狲散的茫然，愣了半天才赶着替他牵过马来。

天气还真是暖和，姜放放纵缰绳任马缓行，心中被阳光烤成一团懒洋洋的炙热——明知是火烧般的难过，却又没有气力发作——姜放被无奈纠缠许久，抬起头，发现坐骑已将自己带过了双秋桥。兰亭巷前百废待兴，牌楼烧去，却改作了三层的花楼，工匠正细笔在梁枋上绘彩；一路翠顶竹篷也恢复了旧观，将阳光映成了葱绿，照得行人都是一脸森然的鬼气。

栖霞院的人远远便来相迎，栖霞闻讯连忙重新点了胭脂，新梳了头，才赶过来。

“怎么最近不见你的人？小合口可忙？”她从姜放身后抱住他坚实的后背，轻声道。

姜放望着窗外新竹，仍是无语。

“贺冶年病殁了？”

姜放浑身一颤，点了点头：“他早年也可称得上是万中无一的大将，到头来却是遭皇帝猜忌冷落，抑郁成疾，抱憾而终。我与他也是一样，身不由己卷在朝廷纷争的旋涡里，现今这个世道，想做一名纯粹的武夫，也这么难吗？”

栖霞的脸庞摩挲着他的背脊，叹气道：“切不可这么说。乱世才出豪杰，各人自有各人的天命。”

“栖霞，”姜放转身揽住她道，“我生来便是武夫，并无经天纬地的资质，你告诉我，到哪一天，我这样的人才能一心一意，为战而战，心中没有半点愧疚遗憾？”

栖霞嗔道：“你怎么又有愧疚遗憾了？”

“原先王爷征北时的爱将，也只剩刘思亥和我还在军中，说来却又各为其主，谁知道今后战场上会不会相见？你、我、主子爷每时每刻所想的，都是中原人自相残杀，就算我举手歼敌万众，立下不世战功，又有什么荣耀自豪？”

“你啊！”栖霞掩上他的嘴，微笑道，“你也是四十岁的人了，何以还是这么想不开？人的性命会消亡，人的名誉会谤损，人的贞节会玷污，只有人的争斗永永远远不会停止。征战，因人的贪欲戾气而生，从来谈不到荣耀自豪，更没有愧疚遗憾。枉你从军多年，你刀下的亡魂听你这么说，岂不要抱怨死得冤屈？”

“是我庸人自扰。”姜放笑道。

“知道就好了。”栖霞抿嘴笑，“今晚……”她道，“你留在这里吗？”

她的嗓音正如此时春日里轻拂竹林的风声，微微的沙哑和浓郁的慵懒，让姜放不由自主地点头。

“我差个人去府上跟太太说一声。”栖霞整理衣襟，恋恋不舍地放开姜放的手吩咐门前小厮速去报个信，又叫小丫鬟捧着净手的水盆服侍姜放更衣。才过片刻，便有人急急向栖霞禀报，栖霞脸上欢愉顿失，转回来道：“府上人正满世界找你呢！宫里急召。”

“是吗？”姜放跳起来佩上腰刀，一把抓住栖霞，“你不高兴了？”

“还好。”

纵使难舍难分，却仍还未到长相厮守的时机，栖霞转开脸无奈地赌气。姜放将她的手紧紧一握，飞似的走了。

“冤家。”栖霞啐了一口。

“姜老爷怎么走了？”小丫头们围过来惶惶地问。

贺冶年一死，皇帝急召姜放进宫，想必京营总督的职位已非他莫属，这么一来便不能再兼着领侍卫的正差，从今往后常驻小合口，相见自然更难了些。

栖霞于是叹道："姜老爷急着升官，等升了官这里就不得常来了。"她心里未免有些委屈——自己还在念叨不休，却只怕这种顾虑从未在姜放的心里闪过一闪。

姜放和辟邪此时都在为侍卫统领一职的人选绞尽脑汁，御前商量下来，只有姜放的副手郑璧德顺序升任。皇帝道："此人的才干虽不足以与贺、姜两卿相提并论，但也中规中矩，这些年来没有出过错，就是他吧。"

心腹的人似乎还都太年轻，就算提拔上来，能否服众也难说得很，连辟邪在私下里也不禁叹道："真是多事之秋。原打算贺冶年能替我们挡一阵子风，我们也好京营、宫内两头都抓住，现在看来指望别人都是靠不住。"

姜放道："别人？郑璧德虽然才干平庸，却也是老王爷的旧部。主子爷指的自己人又是谁？"

"这便是他的致命伤。除了你，我实在不愿意把这大内里里外外的戍防让到别人手上，京营方兴，又须得有你这样的人压阵，游云谣难得聪明，本来可以暗中协助郑璧德，现在却只能放在紫南门外不动。凡事难得两全，只好我多往侍卫值房里走动。"

"内臣插手侍卫的事，官面上总说不过去，更何况还有司礼监的提督太监呢。"

"我不会平白无故招惹他们。侍卫戍防平日里自有惯例调度，想来不会有错，就怕有什么特别的情形，郑璧德乱了手脚。"

姜放点点头，既然辟邪亲自要管这件事，那再好不过。他便放心领了皇帝的旨意，至小合口上任，由辟邪来往两地亲自带来大内消息。

此时大军在凉王必隆的统领之下，早已出雁门五百里，在出云隘口驻扎，王举在二月二十六日会合大军，继续推进一百里，二十万骑兵分成四路，于努西阿河以南分筑壕营，守护相望，阻击开春南下的匈奴部族。

同日，如意也顺寒江到达大理境内，大理太子段秉亲至码头迎接，公主隔帘答礼，并无失态之处。

辟邪看了如意的密折，也算松了一口气，拿着折子从值房里出来想禀奏皇帝知道，李及上前笑道："六哥儿别费这个劲儿了。"

"怎么？"

"万岁爷在桂合宫呢。"

"昨晚不就在那里吗？这还是大白天呢，又去了？"

“是还没回来。”李及“哧哧”地笑，“自去年夏天，万岁爷就没个清闲的时候，现今有空歇口气，多好。”

辟邪点头，道：“对，你说的对。”说罢转回值房，将折子扔在案上，“小顺子，收拾咱们的东西，回居养院。”

“好啊。”小顺子大喜，“在这里吃不好，睡不好，我早就想回去了。”

辟邪吩咐李及找人传递来往的公文折子，带着多件没有看完的密折搬回居养院自住。李及不知他什么意思，忙告诉了吉祥。吉祥摇头笑道：“他一天见不到皇上，便有百件大事无人定夺，时日一长，当然会焦躁，不如让他回居养院一边办差，一边养着身子，他也极累的。”

“是。”

“告诉他有急事便上桂合宫来，万岁爷最近在这里批折子。”

李及颠颠地又来找辟邪，听他回答得干脆：“我不喜欢往嫔妃宫里走动。”

“哦，好。”李及被他一盆冷水泼将出来，摸不着头脑，对着明珠捶胸顿足，“姑娘替我评评理，我两头跑来跑去，是为了什么？”

“呦，”明珠言辞犀利，“扑哧”一笑，“难道是为了六爷吗？您老心里装下自个儿就不错了。”

“话是这么说……”

“知道了，知道了。”明珠笑着赶他出去，“该说的，我都会说的，您老放心当您的差，没人敢挤对您。”她折回来替辟邪屋里开了窗，明亮的阳光下，辟邪似乎有些不堪重负的脆弱。

“明珠。”辟邪放下笔，转过头道，“我最近很累。”

“我知道。”

“脾气也不好……如果冒犯到你，你可不要生气。”

明珠笑道：“六爷真是狡猾——说了这样的话，以后就能随便地言语冲撞了吗？”

辟邪被她说得笑起来，又要取笔，让明珠按住道：“我是没什么，不过那李及，六爷可就已经冒犯了。”

“不要拿自己和他比，”辟邪有点不高兴地道，“他是活该。”眼见明珠一副无话可说的气恼样，不由得柔软了语气，“我昏了头了。”

他对着一桌子折子公文，捂住疼痛的眼睛道：“十万征勇从各地屯营陆续开拔乐州，白羊西域的马匹和粮饷辎重业已源源不断送上前线，这些便是我做的事。有的时候，我觉得自己无所不能，可有的时候，看着这一堆折子，我也会觉得惊悚。一个批复出去，会有多少人担上干系，一道调兵的手令出来，又会有多少人前仆后继地送死？要是皇帝在一

边，假想这些都是为辅佐他，不过是为我朝的社稷，不得已而为之，我倒还平静些；我一个人的时候，就会不停地疑惑，这些是不是都为我的私心，是不是都为我一门惨死所做？那几百口人命值不值得天下的纷争？”

“六爷……”明珠道。

辟邪摇摇头不让她说下去，看着她道：“我只想你坐在一边就好。”

“好，我坐这里。”明珠顺从地坐在炕桌的对面，轻声道，“六爷何必这么勉强？说到底，六爷也不过和我一样的年纪……”

“是吗？”辟邪瞬间又是一贯的平静，“你我同年吗？我却不知道。”

明珠敷衍道：“六爷哪里顾得上这些？快快看折子吧，别让我白坐在这里。”她沏了酽茶，又命小顺子取了自己的针线绣架来，静静陪了辟邪一整天，至夜方还。次日清晨过来，却见烛光仍未熄灭，小顺子和衣卧在外面的榻上熟睡，便知道辟邪又是一夜通宵达旦。刚想上前劝，却见辟邪放下笔，笑道：“好了。小顺子送到乾清宫去。”一眼也没看明珠，倒头便睡。明珠不禁失笑，轻轻叫醒了小顺子，拿着节略奏折去乾清宫，又将院中不住鸣唱的晨鸟撵走，才关上院门回去。

辟邪正睡得安稳，周遭一片寂静中忽闻院门“嘭”地一响，接着是“噔噔”的脚步声。他道是小顺子招了朋友回来玩耍，十分不耐烦，迷糊间随手将炕桌上的笔拂在地下，道：“出去！”

笔正落在那人脚前，吓了那人一跳，向身旁人招招手，命人拾起来悄然转身走了，辟邪尚不觉，直到被小顺子叫醒，才知自己已连睡了四个时辰。

小顺子道：“本来不想叫醒师傅，可是怕再晚了宫门一关，师傅就不得出宫了。”

“我为什么要出宫？”辟邪奇道。

“师傅不知道吗？上午皇上到这儿来过了，本要叫上师傅一起去上江行宫的，却让师傅惹恼了。”

“这么说来那个人是他？”辟邪一怔之下，不禁笑了，“皇上怎么要去上江？”

“今天一早来了捷报，震北军歼敌两千余人，皇上高兴了一会儿，突然想起军报到上江，比之到离都要早上半天，便决定今天启程住到上江去。大驾已在两三个时辰前出发，让师傅醒了赶上。”

辟邪摇头道：“不过半天的路程，犯不着特地搬到那里居住，皇上没有别的意思？”

“我听见几位娘娘宫里的人说，皇上最近一直宠着桂合宫的谐淑仪，谊妃十分不悦，在太后面前多了几句嘴。”

辟邪冷笑道：“年前訸淑仪病了之后，皇上不只上她一个人宫里去吗？她比起皇后来

可要好到天上去了。"

"主子们可不是这么想，反正太后像是把皇上请到慈宁宫说了几句，又说皇后最近身子不好，怎么不见皇上问上一句什么的，皇上不胜其烦，为了这个到上江躲清净，也是会的。"

"说的有理。"辟邪换了出门的衣裳，小顺子早已和明珠把行李准备妥当，两人拿着手令要了马匹，奋起直追。

此时春光扑面，细柳飞掠，柔风带走无数烦恼，说不出的惬意，眼看夕阳渐沉，更是追心似箭，只管往前冲罢了。直到天漆黑了，才顶着飞云中若隐若现的弯月赶到上江地界，胡动月迎上前挽住辟邪的马匹，向着倚海阁指了指。辟邪掸掸衣裳，见了吉祥请他通报。

"滚进来吧！"皇帝在里面道。

辟邪撩起袍角，叩头请罪。

皇帝道："想不到你比如意还会赌气。什么不喜欢往嫔妃宫里走动，是不是见朕舒坦几天，你就不自在了？"

"不敢，奴婢没有半点这样的意思。不过，"辟邪笑道，"皇上不是舒坦了几天，是舒坦半个多月了。"

皇帝走到辟邪面前："你这算什么？想学做死谏的忠臣？"

辟邪因早上冲撞了他，此时随便拣了中听的话乱说，道："奴婢没有这么想。奴婢生气的是自己，为什么见不到皇上就没有主心骨儿似的，不像是能为皇上办什么大事的人。"

皇帝果然大悦，笑道："虽然知道你是在胡说八道，不过偶尔听你这么说还是挺高兴的，起来吧。"

"是。"

"震北军小捷，知道了？"

"知道了，恭喜万岁爷震北军首战告捷。"

皇帝看来还是非常喜悦，辟邪忍住了想说的话，转而道："奴婢从宫里出来的时候，还带了一个寒州布政使蔡思齐的密折。从前盘算东王杜桓每年有五十万两白银的出项不明不白，如今竟被蔡思齐查到了去向。"

皇帝忙接过来看了，不禁冷笑："原来那五十万两白银，就干了这个勾当！查得好！"他对辟邪道，"你给蔡思齐的回复里务必褒奖。东王杜桓有这么个勾结倭寇的把柄落在朕的手里，岂不是天意？"

"皇上，如今看来倭寇从来就不曾安分，倭人自海上登陆，首当其冲的便是黑州，凡是不利东王的，便是朝廷用得着的势力。皇上看是否也要给陆巡一道特别的手谕，应对倭

寇事宜？”

皇帝想了想道：“难道你想……”

辟邪不住微笑，目光却冷下来：“正是。”

皇帝坐在案前，沉吟半晌，才下定决心：“告诉陆巡，倭寇与屈射人不同，虽也觊觎中原水土，却大都是海盗出身，行事卑劣，无信无义，一旦要用，必定要用之遏之。”

“是。”

“但愿祖宗宽恕，”皇帝喃喃道，“若非此时鱼死网破，儿孙怎会出此下策。”

辟邪劝道：“说不定结果是他们两败俱伤，岂不好？”

“话虽如此，却非王者所为。”皇帝挥挥手，“你也累了，明日再说。”

辟邪叩头告退，走到屋外，却见四周侍卫虽然不少，远处禁军的火把却较从前上江的情景黯淡了许多，忙找到郑璧德询问，才知道皇帝出来得突然，只叫了一班亲信的侍卫随驾，禁军还在调动。

辟邪笑道：“皇上只怕要在这里常住，那些留在上江的禁军多数都不顶用，京营那么多精兵放着，不如请兵部再调些人手来，只当操练操练。”

郑璧德正在为此事忧虑，闻言大喜，这便去给兵部写禀帖。辟邪又修书给姜放，说明只要长枪手和弓箭手各五千人调至上江即可。如此一闹，也差不多要半夜了，由小顺子服侍着睡下不一会儿，一顿闷雷下来，便听窗外淅淅沥沥的春雨声。辟邪翻身坐起来，支开窗，向东首打量，果见一条人影没头苍蝇般乱撞，想是自己才刚听得没错。

“师傅，怎么了？”小顺子迷迷糊糊地问。

辟邪披上衣服道：“我去去就回，你千万别动。”他翻窗而出，跟在那人身后，越看越觉得眼熟，紧追几步，那人已腾地回过身来，被辟邪一把捂住嘴，拖回房中。

小顺子忙着披衣起来，看清面前的人，吓得魂飞魄散：“你、你、你，你怎么来了？”

年轻人咧开嘴笑：“我找辟邪来的。”

辟邪气得无可奈何，命小顺子关严了门窗，压低嗓子厉喝：“你疯了吗，李师？”

“我没有疯！整日里憋在京城，腿脚都施展不开。你看震北军已然出塞，为什么我不能跟去！你去给我安排，我要去北边！我要……”李师声音刚拔高，便被辟邪一掌扇倒在地。

“你先杀了我吧！”辟邪几乎被他气得又要咳嗽，小顺子呼了一声“打得好”，端过水来让辟邪消气。

李师瞪大双目，紧握拳头逼近过来，怒道：“你想我是为什么上京找你来的。”

“我知道了……”辟邪叹息，“你是个闲不住的闯祸大王。怪我把你扔在京城不管。”

李师听他这么说，怒气顿消，缠着辟邪道：“震北大将军上个月就发兵出塞，我急得什么似的，却不敢进宫找你，今天街上看到皇帝摆驾出京，听说是到上江来，我想这里好歹也来过，所以找来了。你给我想个法子，让我跟着震北军吧。”

“知道了，知道了。”辟邪道，“你老实说，就你一个人来的吗？沈飞飞呢？”

“他不肯来，他上回让明珠姑娘教训了一回，说是再也不惹祸了。”

“怎么没有你怕的人？”辟邪笑道，“这里的侍卫都是你的手下败将，多半认得你，你先不要走动，今晚躲在我屋里，明日我给你安排个热闹的地方。”

辟邪原本最担心的是让吉祥察觉到动静，好在吉祥侍奉皇帝在倚海阁，当中隔着密林，有些路程，别的侍卫论耳目聪明尚不及李师一分，暂且放下心来。次日一早让小顺子找出替换的宫衣，强令李师穿上。

李师道：“我不穿太监衣服。”

“呸！”小顺子怒道，“师傅不是宦官？师公不是宦官？美得你！不穿拉倒，省得白糟蹋了我的衣裳。”

李师嘟着嘴勉强穿了，小顺子已赶上他的身高，却不如他魁梧，衣裳紧紧绷在李师身上，十分滑稽，逗得小顺子拍着手笑。

辟邪嘱咐道：“李师没有腰牌，不能出门。小顺子，今日你就哪里都不要去了，给我看着他。”

“是。”小顺子见李师还紧跟着辟邪，忙一把拉住，“我的师叔，我的爷，你以为这是什么地方？饶我一条小命吧。”

辟邪打起伞抽身就走，转眼消失在林中小径里。李师坐卧不安地等了一天，有人前来送饭时还让小顺子撵在里屋，直到天黑了，辟邪方才回来，命小顺子解下腰牌给李师，又将油衣裹得结实，戴上斗笠，左右打量了一会儿，笑道：“也能充个数，跟我来吧。”

李师跟在他身后一迭声地问：“去哪里，去哪里？”

“闭上你的嘴。”辟邪被他粗豪的声音吓得一个寒战，“物以类聚，人以群分，你这样的人就该和那闯祸的祖宗凑在一块儿。”他拣了人少的小路，蜿蜒了半天，才到了江边一片连营，亮了腰牌，辕门前守营的军士都认得他，行了礼放人。

辟邪带着李师直奔中军帐，掀开帐帘，里面只立了一个青年，脸上仆仆风尘，目光飞扬骄傲，向着辟邪懒洋洋地抱了抱拳。

“这是京营枪棒教头黎灿。”辟邪对李师道。

李师摘了斗笠，上下看了看黎灿，道：“怎么是个小白脸儿？”

黎灿指着他问："这个愣头青是谁？"

"你这个人心眼儿也忒小。那日让我撞破了你的事，总让你惦记着杀人灭口。你我如今都是京营中的人，低头不见抬头见，我见你在身侧，总有些寝食难安。不如这样……"辟邪轻松写意地往椅子上坐了，"这是我的兄弟李师，惹了无穷的麻烦，不能在侍卫面前露脸，求你照顾一二。这个大把柄抓在你手里，你我各有牵制，今后能放心了吧？"

黎灿道："这不叫各有牵制，只是你要挟我罢了。他什么官职？"

"没有官职，想给你做个贴身的亲随，还须给他弄个腰牌。"

黎灿冷冷道："那不容易吗？门外就是一万张腰牌，随便杀个人，就有了。"

"你敢？"李师立时大怒。

"交给你想办法吧。"辟邪摆脱了李师，把棘手的事扔给黎灿，当真浑身轻松，心神俱爽，从李师腰带上摘下小顺子的乌木牌，道，"我兄弟与陆过很熟，找他帮忙也可。我走了。"

"且慢！"黎灿和李师都是大叫。

"这就完了？"李师更是大怒，"你又是把我往外一推了事？"

辟邪将他拉到一边，低声抚慰道："怎么会？这是你能距我最近的地方了。我每隔两三天便会往这里来。再说，"他眯着眼睛瞥了黎灿一眼，"这个人的武功比之姜放尚有过之，绝对是高手中的高手，不妨拿他喂喂招。"

"当真？"

"我和他交过手，你一试便知。"

李师不住搓掌打量黎灿，黎灿被他看得一身冷汗，道："干什么？"

"嘿嘿。"李师喜不自抑地笑。

辟邪又道："我和姜放有很多十分机密的书信，件件都事关中原气数，百姓安危，想找个武功极高又亲近的人来往传递，保护信件不失，除了你似乎无人能担此重任，你愿意帮这个忙吗？"辟邪来得匆忙，上江至京营姜放处一时消息传递不便，正在头痛，正好有李师闯来，倒多了个帮手，此时不遗余力地哄着他，李师不禁心花怒放。

"好！我来。"

"那些信件，都会夹在京营和我往来的公文里。此事极其机密，无论陆过、黎灿，还是沈飞飞，你都不要透露半分。"

李师整肃了精神，认真道："是。"

辟邪心中暗笑，嘱咐黎灿教给李师军中礼节。李师每两天在小合口和上江之间往返一次，带来各地谍报。辟邪除了让小顺子取信，有时自己也抽空来，总见黎灿笑嘻嘻心满意

足的样子，李师脸上、身上轻伤累累，知道黎灿又将满腔怒火尽数撒在李师头上，李师却甘之如饴，追着询问黎灿枪法的破解之法。

辟邪道："我们这一门到了师傅一代已经传承了近百年，历代都侍奉皇室。我们身处大内，如何大开大合地习武？故而比之招式，更注重内功心法。你要我在招术上指点你，还不如寻姜放、明珠抑或沈飞飞更好。"

李师疑惑道："可黎灿却说你的招式精妙得很哪？"

"不然，这是我的内功修为到了，就比方我在楼上往下看你，你的一举一动我尽收眼底；你在楼下看我，却只能看见我露了露脸罢了。内力修为也是一样，到了一定的层次，所谓招式不过是一时应变的机巧，看去都一目了然。黎灿的枪法虽然霸道，却无诡异之处，纯粹的一股刚强之气，悉由内力发送。如果你的内功能够练到他的程度之上，也能想办法克制。要论到招式，黎灿的枪法中剑意盎然，再者他的软剑也有独到之功，我要你和他多交手，就是为了弥补你招式上的不足，机会难得，好好把握吧。"

"我明白了。"李师点头道，"可我什么时候才能出塞北呢？"

"快了快了，你现在军中挂了号，将来找个因由调到震北军中，也方便得很。"辟邪敷衍他，"你的伤不要紧？"

"不要紧，不要紧！"李师大笑。

"你看来很高兴啊。"辟邪道，"现在可闲不住了吧？"

李师挠着脑袋："算是吧。别说是我，就是你不也很高兴？看来少了很多心事似的。"

"是吗？"辟邪想了想，"你说的没有半分道理，最近千头万绪的事情已让我焦头烂额了，怎么会没有心事？"

他又找黎灿说了几句闲话，告辞沿着江岸缓缓转回行宫，一路江山似画，烟雨如织，小顺子替他打着翠竹伞，仍有细雨随着江风扑在脸上，没走多远，青苔碎石的小径上透亮的雨水也渐渐沾湿了鞋面，他忽然驻足，问道："小顺子，你喜欢上江吗？"

"喜欢。"小顺子干脆利落地道，"少了好多额外的烦恼。要是明珠姐姐也在，就更好了。师傅呢？"

"我也喜欢住在上江。"辟邪点了点头。

从林江水似乎隔开了太后，隔开了家仇，隔开了嫔妃的纠缠，隔开了朝臣的喧嚣，全心全意忙碌在烦琐的政务中，倒使他平静喜乐。

"大捷！"大路上骏马飞奔的蹄声，报捷的军士不住欢呼，"震北军大捷——"

辟邪和小顺子转过头去，正见快马一掠而过，欢声在细雨中渐行渐远。

二十三

王举

时值三月初一，王举在努西阿河以北百里，主动迎击南下匈奴部族七万人，震北军东西两路各五万轻骑，趁匈奴立足未稳之际，两翼夹击，杀得敌众措手不及，仓忙逃窜。震北军一路掩杀，斩得敌首五千有余。凉王必隆恐大军深入，易遭伏击，追了两百里，仍收兵回努西阿河南岸的营中。

皇帝自然龙颜大悦，除了犒赏震北军外，王举的家人，以至于皇后都有赏赐。至于凉王必隆，因他的王妃——景佳公主的嫡长子诞生，皇帝取“战胜”之意，亲自赐名“多兴”。

辟邪收到的密报却不容皇帝喜乐，必隆与王举两人在撤兵一事上有绝大的分歧，甚至在军前口角，最后凉王搬出皇帝的旨意，才把王举拦了回去。

皇帝听了他的禀奏，叹道：“必隆却比王举更明白朝廷的意思，但要朕支持了他，便是削了王举的权，我们借机遏制凉州势力的目的自然更不要谈了。”

“震北军是进是退，要请兵部诸将再议决策，但是目前努西阿河以南的草原决不容有失。皇上若担心必隆，不如给王举密谕要他固守。”

皇帝点点头：“现在不能挫了震北军锐气，这是最稳妥的法子。”他亲笔书写了谕书，从腰上摘下一枚小小的金印，用于密谕最后，乃是鲜红的“靖仁”二字。辟邪小心封了，命人加急送出。

次日翁直领着兵部重臣赶到上江，就震北军进退争论不休，皇帝听了一下午，也是未得要领。命众人散了，各自择地休息，然后问辟邪道：“你看翁直很少说话，什么缘故？”

“翁直很学会了一套揣摩圣意的法子，奴婢听他言语里似乎是猜错了皇上的意思，以为皇上气恼必隆退兵，心中却又觉得贸然进军极不稳妥，一时思量不下。”

“原来如此。”皇帝恼道，“事关重大，他还藏着什么私心。请他来陪朕晚膳，朕有话说。”

不刻翁直战战兢兢到了，浑身不自在地坐在皇帝下手。内臣川流不息地捧上菜肴，“啪”地打开盖子，吉祥每样尝了些，恭请进膳。

“用吧。”皇帝对翁直微笑道。

“是。”翁直哆嗦着拿起筷子，等皇帝先动了，才小心翼翼吃了两口。

一时寂肃无声地用毕，皇帝坐回榻前，赐了椅子给翁直坐，赏茶。皇帝歇了一会儿才

道："翁卿，你自先帝时便在兵部任职，当年主理震北军兵马粮饷，上元年间多次对匈奴用兵，大捷还军，卿功不可没，先帝驾崩前向太后指了多位才能杰出的大臣今后重用辅佐朕，翁卿也是其中的一位。"

"是，先帝对臣的浩荡皇恩，臣没齿难忘。"

"朕年轻，"皇帝叹道，"不如先帝目光如炬，多年来除了对各位老臣客气些，却全没有给你们如鱼得水施展抱负才华的机会。这么说来，贤才不得尽其才，良将不得将其兵，也是一种亏待，朕有错。"

"皇上！"翁直大惊，"臣等何德何能，皇上请勿出此言。"

皇帝摇头，恳切道："不。朝中并无庸才，为君者不使臣者各尽其才，对朝廷对祖宗都是大罪。朕刚才还想起十多年前翁卿在先帝御前是如何的擅断好谏，如今却忧虑重重，少有直言。如果是朕什么地方让你们有所顾虑，今天不妨都说出来，朕好好改。"

"皇上。"翁直跪倒在地，汗泪交加，不住叩头，"臣没有全心全意地侍奉皇上，臣罪该万死。"

"快起来，快起来。朕没有怪你的意思。"皇帝忙站起来搀起他，语声不禁颤抖，"翁卿，这江山不是朕一个人的，天下百姓的钱粮养着朕，也养着朝中的大臣，朕和翁卿，和几千朝廷臣工，不为了他们，就算为了自己良心安宁，不也应该尽心尽力吗？"他沉默了片刻，在翁直微微的呜咽声中强令心情平复，"朕有多少能指望的人，如果翁卿都不肯说句实话，朕还有什么盼头？今天我们君臣好好说开，不行吗？"

"是。皇上既然这么说了，臣冒死直言。"翁直只觉多少年的委屈悉数涌上心头，料想皇帝这些年也是一样，掏出手帕，擦拭脸上的泪水，脱口而出道，"皇上登基伊始，太后下诏先诛杀了叛逆的颜王，当时连坐的十几员大臣虽然死有余辜，但其中也不乏平日的直臣。逆王势大，又兼统领震北军多年，朝中的官员多少都与逆王有千丝万缕的干系，尤其是兵部的大将，几乎都由逆王提拔，如何不人人自危？再者……"翁直说到一半，连自己也吃了一惊，犹豫半晌。

"再者，当年勤王的四家藩王已成朝廷心腹之患，大臣们无论往哪边靠，今后都是莫大的后患。为藩王说句话，就怕惹恼了皇帝；站在皇帝这边，只怕被藩王翻出些陈年旧事，难以自保。"皇帝叹气，"对不对？"

"皇上……圣明。"翁直低下头。

"朕给你打个包票。"皇帝道，"这么些年了，都不见颜王的旧人作乱，难道还不足以说明你们的清白？以后谁要是敢拿这件事挑拨离间，朕绝不轻饶。"

“谢主隆恩。”翁直“扑通”跪倒，“吾皇仁慈圣明。”

皇帝安抚了一番，渐渐说到正题上：“今天的议论，翁卿什么主张？”

翁直道：“以臣看，大军还是固守努西阿河为妥。”

“为什么？”皇帝追着问。

翁直道：“现在的震北军，与先帝时的震北军不可同日而语。上元六年、九年，两出雁门，三十万大军都是精骑轻甲，粮草充足，可做长途奔袭。自逆王伏罪之后，震北军四分五裂，多数精兵马匹被藩王瓜分，留下的骑兵只得十二万。朝廷征收的粮饷，虽足够三十万大军一年的军备，但是马匹尚缺，就算是调至乐州的征勇悉数开至前线，仍有多数是步兵。较之匈奴的轻骑，恐怕追之不及，一旦前锋遇伏，更是远水不解近渴。皇上让震北大将军王举固守，截断匈奴南下必经之路，封锁肥沃草原，不予其休养生息的机会，是上上之策，臣开始便赞同得很，没有异议。中原和匈奴纠缠了百年，皇上不可心存一战而破的侥幸，要有长期苦战的决心。”

“你说的对。”皇帝大喜，不住点头激励，“现今王举和必隆分歧甚大，你看有何良策？”

“必隆是亲王的身份，王举又是擎节钺的授命大将，自然僵持不下。以臣所见，应当遣一名德高望重的皇室贵胄，领皇上的严旨监军才好。”

“德高望重的皇室贵胄？”皇帝思量，“朕的皇兄景佑亲王如何？”

翁直道：“皇上信任景佑亲王，自然是好的。臣想的却是巢州王良涌。”

“哦？”皇帝微微一笑，“翁卿直言无妨。”

“是。景佑亲王才干既佳，在当年不免也是储君之选，将他派至军前，会有些议论纷争。亲王多了顾虑，如何领兵？巢州王是皇上的叔辈，论身份更重；论才干……”翁直笑，“监军一职，只要一心秉承皇上旨意，才干嘛……”

皇帝点头，君臣二人都心照不宣，闭口不谈成亲王景仪，当即敲定了良涌。此时夜深，翁直告退，皇帝向屏风后招手：“你看如何？”

辟邪踱出来笑道：“万岁爷圣明，奴婢无话可说。”

他的身子还在微微地发抖，皇帝问道：“你累了吗？”

“是有些累了。”

从倚海阁退出，脚下林海汹涌咆哮，从海底的深渊里只传来一句垂死的尖叫，模模糊糊像是那有些忘却的声音。的确是很久没有人提及了，“颜王”二字就像是点燃的引线，仍然可以随时随地将辟邪的心炸得粉碎，好让血液中流动的利剑脱鞘而出。他觉得自己的双手在杀气腾腾地颤抖，空旷夜中血雾飘浮，身只影孤无处可去。

“怎么还在这里？”皇帝站在廊下问。

“今天歇得早，奴婢在想去哪里。”

“没地方去，就陪朕待一会儿。”

辟邪笑道：“还聊政务吗？”

“不想说话吗？下棋也好。”

“啊……好。”辟邪怔了怔，“遵旨。”

断断续续下了小半个月的雨，等终于放晴的时候，传来了好消息。景优公主与大理王子段秉终于圆满成婚，而良涌也欣然奉旨，择日上京面圣。北方虽然并未大胜，但仍捷报频传。

据如意的密折，段秉不但在官面上与如意甚是融洽，还遣了心腹常常往来。辟邪看后，总觉那所谓的心腹正是宋别无疑，但自己并不喜宋别与如意往来，多生枝节。隔日宋别的谍报也到了，原来是段秉授意所为，料想这位太子也是蠢蠢欲动。事已至此，辟邪只得回复请宋别对如意多加照顾，小心他落入段秉彀中。

他打发小顺子将京营的公文和密信带给李师，眼看是皇帝起身的时候，整理宫服至倚海阁前，只见小合子一人在外。

“我来得迟了？”

“不迟，不迟。”小合子上前给辟邪行礼，道，“万岁爷去河边钓鱼了，叫师叔也过去。”

辟邪笑道：“皇上还钓鱼？屡战屡败也不觉得腻。”

“可不是。”小合子也笑。

河边果见皇帝便衣坐在椅子里，四周一片肃穆，众人大气也不敢出一个。辟邪只得悄悄走近，轻轻道：“皇上万福金安。”

“嗯。”皇帝回头，“坐那边吧，折子都拿到这儿来了。整天在屋里，白糟蹋了这么好的春日。”

东方曲折的河面上是明亮的绯红，林中的青鸟感受着春光恬静的温暖婉转歌唱，渐升渐高的阳光投在辟邪身周，蒸腾着他清晨的寒意，奏折上明亮的阳光渐渐灼痛了他的眼睛，抬头看时，皇帝仍平心静气、目不斜视地盯着河面。

“还没有上钩的？”辟邪悄悄地问吉祥。

“没有。”吉祥笑道，“等午膳了以后再说吧。”

“午膳以后？”辟邪恍然大悟，和吉祥偷偷地笑。

午膳摆在河边，皇帝心不在焉抽空问了辟邪几件事，最后皱眉道："朕就不信没有上钩的。"拂袖又坐回原处。

胡动月持着急报上前，一时不敢打扰，只得递给了辟邪。

这是王举的急奏，辟邪忙打开看了，走至皇帝身边，轻声道："皇上，王举的急报，震北军又是大捷，歼敌一万一千人……"

"有了！"皇帝大叫一声。

此时鱼线一动，果然有一条青色鲤鱼上钩，皇帝将上前帮忙的内臣赶开，忙着起竿，鲤鱼在地上跳了两下，皇帝将它从鱼钩上卸下来扔回水中，站起来喝道："看这鱼半死不活的，就知道你们捣鬼，都给朕出来。"

水下鼓出一串气泡，原是潜在水底给皇帝钩上挂鱼的小太监闻言大惊，竟呛了几口水，蹿出水面咳嗽得满脸鼻涕眼泪，还勉强道："万岁爷恕罪。"

皇帝笑道："你们以为朕就是个没有自知之明的人吗？朕什么时候在上江钓得过鱼？你们这些马屁本事怎么早没想起来？都是些蠢货。"

"瞒不过万岁爷，"那小太监被风一吹，冻得发抖，可口齿还很伶俐，"奴婢原说不顶事，万岁爷想钓的哪里是这几条鱼，万岁爷是姜太公钓鱼，意在沛公。"

皇帝气得笑起来，身后似乎也传来辟邪的欢笑声，此时春日下的蓝江、远岭上的残雪，无不鲜明透亮，清澈动人，皇帝心中满是勃勃欲动的欢畅，扔下鱼竿，对辟邪道："我们骑马走动走动。"

"是。"辟邪揣着折子紧追上前。

皇帝的马甚快，沿着江岸狂奔了一阵，才扬鞭大笑，"好！"

"皇上。"辟邪跟上来叫，"皇上，奴婢的话还没说完。皇上听了别扫兴。"

皇帝扭头笑道："什么？"

"王举折子的后面，是力请进军……"

"朕看看。"皇帝劈手将折子抢过来，看完大吃一惊，再仔细看了一遍，将折子摔在地下，"老匹夫！打了几个胜仗就忘乎所以。什么将在外君命有所不受！造反了！"

辟邪跳下马，拾起折子擦去上面的尘土，见皇帝要下马，衣裳下摆却挂在镫上，连忙上前替皇帝解开。"皇上息怒。"

皇帝余怒未消，将马鞭狠狠掷在河里："给王举加急手谕，只得坚守，不得冒进。"他叹道，"兄弟姊妹也好，夫妻也好，臣子也好，没有一个能顺从朕心意的。想来似乎只有你们师兄弟三个，还从未让朕失望过。从前几代先帝祖宗里也有宠信宦官的，朕从前听

了还要笑他们，现在才知道，那些臣子、妃子、皇亲国戚，只要不在眼前，就想方设法地和朕作对，难以把握。”

辟邪却怕他将怒火扯到自己头上，忙道：“百官中有很多都能只想着皇上圣意办差，也不都是皇上说的那样。”

“算了，这是朕一时的气话。”皇帝道，“无论如何，王举大胜，还是要褒奖的。”他回过头来问，“你听见了吗，远处那是马蹄声吗？”

“好像是的。”辟邪往东边路上眺望，“像是宫里人骑马过来了。”

“会是什么事？”皇帝奇道，走到路中间。

马队前领头的内臣勒住缰绳，跳下马，顾不得喘气，便上前请安：“皇上万福金安。”

“你是哪个宫里的？”皇帝问。

那内臣还来不及回答，马队中红色骏骑便到了眼前。“皇上。”鞍上头戴帷帽身穿大红织桃花箭袖的少女跳下马来，叫道。

“你怎么来了？”皇帝看着慕徐姿摘去帷帽，盈盈叩首，却十分不悦，“太后准了？”

“回皇上的话，臣妾蒙太后准许，前来上江侍驾。”

“你以为朕在这里玩闹吗？不知你们都在想些什么。”皇帝拂袖而去。

慕徐姿咬住嘴唇，脸色涨得通红，辟邪看着也不知所措。皇帝已在前面道：“辟邪，你愣着做什么？”

“是。”辟邪回过神来跟上皇帝。

“皇上！”慕徐姿站起来紧走几步，在皇帝身后呼道，“见不到皇上，臣妾的心就是那样绞着疼。臣妾就住在上江，远远地看皇上一眼，知道皇上吃得怎么样，睡得怎么样，也不行吗？臣妾只是不知道要怎么样说，皇上才明白臣妾的思念？”

皇帝驻足，回头道：“你骑马来的？”

“是。”

“倒是挺快的，”皇帝笑道，“过来吧。”

“是。”慕徐姿挽住皇帝的臂膀，“皇上吓坏臣妾了。”

“你才吓坏了朕。”皇帝道，“有哪个嫔妃自己骑马跑这么远的路，出了事怎么得了？”

慕徐姿笑容骄傲，浸透了粼粼春江的耀目，声音里是掩不住的小小的得意：“那么一堆人围着呢，没什么要紧。”

皇帝挥了挥手，内臣们都慌慌张张地退出老远。辟邪叹息不迭，就那么一会儿的工夫，眼前清静的日子顿时乱得像一锅粥似的。

给王举的谕书当日送出，一时还得不到回奏，过了六七日的工夫，辟邪却先收到了埋伏在匈奴朝中细作的密报，言及均成伤势刚复，尚在整顿人马，自二月里陆续南下的，并非主力，只是诱敌之兵。密报里特别提醒，中原大军切勿随便深入，以免中伏。辟邪知道此人在均成身边也是深得器重，估计消息不假，转而想到王举的骄傲脾气，更是忧心如焚，径直去倚海阁向皇帝禀奏。

“依奴婢看，现在已等不得巢州王进京了，先要派一员钦差敦劝王举固守。”

皇帝道：“此时容不得细想，就是翁直。着人速速拿着朕的旨意，叫他明日启程。”

“是。”

辟邪刚接上话，吉祥便匆匆拿着军报进来，呈到皇帝手里：“万岁爷，八百里加急。”

皇帝看了吉祥青白脸色一眼，低头展开折子，一声不吭地看了两遍，慢慢递到辟邪手里。“翁直先不用动了。”皇帝的声音没有什么波澜，“即日召王举进京，朕要给他庆功，必隆不能理事，震北军由王举长子，护国将军王骄十暂领。”

辟邪忙打开看，便只“死伤四万，退守雁门以北三百里”一句，就足够触目惊心了，更不要说“凉王必隆重伤”等等的小事。

“朕挥师北上的决心虽然没有动摇，但这样的消息传遍天下，有损中原的士气。”皇帝站起来道，“你明白吗？”

“奴婢明白了。”辟邪道，“王举虽败，一样要凯旋还朝，一样要加封授爵，特别是要热闹。”

“就是这个话。”皇帝道，“朕明日回京，你们早做准备。”

三月二十五日，皇帝回銮离都。姜放奉命至乾清宫议事，先碰到了辟邪，问道：“震北军到底怎么回事？消息都让内阁扣下了。”

“王举追击匈奴诱兵，令八万人马落入埋伏，匈奴合围，苦战不脱。倒是凉王必隆引军来救，王举毫发无伤，必隆却背上中了一刀，抢回雁门救治去了。此战死伤四万人，震北军元气大伤。匈奴已在努西阿河以北，抢着渡河。必隆颇受凉州骑兵爱戴，此番受伤，凉州军大有嗔怪王举的意思，军心动摇，何以为战，只得先退到雁门以北三百里的旧壕营内，再做打算。”

姜放脸色很不好看，叹道：“爷怎么想？”

“这种局面只能称胜，不能言败，王举替换不得，只能先召他回来，然后选一员大将，充作他的副手，再让巢州王良涌监军，调停凉州兵马。”

“朝中大将多年未经战事，还不如王举呢。”姜放愁眉不展。

此时皇帝已在乾清宫叫人，兵部再加阁臣，个个面如土色，鱼贯而入，说的大体也是这个意思。争执只在遣将一事上，有的说王举领震北军多年，不应一败而撤换；有的说王骄十子继父职也很好，种种说法，不一而足。

皇帝静静听完，众人退去，只独留下姜放。皇帝默默喝了几口茶，一时也不说话，姜放在寂静中等了半晌，浑身不自在起来。不料皇帝最后笑了笑，“去吧，没什么事。”

姜放摸不着头脑，出来看了看辟邪，极低的声音问：“难道皇帝是要我……”

辟邪点了点头：“好像还没拿定主意。”

姜放领震北军，对辟邪来说无疑是最好的结果，只是皇帝还在犹豫不决。但北边飞传来的谍报却是火上浇油，不容辟邪喘息。均成和长子阿纳似乎等不及秋季南侵中原，已有十万匈奴铁骑先行出发，为均成大驾南下抢夺努西阿河渡口。必隆也得细作禀报，带伤与王骄十督战，双方只隔了百里，虎视眈眈对峙。兵部奉皇帝谕旨，自洪州另调骑兵两万，会同乐州十万新兵，严阵以待，只要一声令下，即刻开拔雁门。

四月初八王举到京，百官俱往离都正北攘狄门迎其凯旋，鼓乐吹打加之繁文缛节，十分热闹。辟邪料定王举见了皇帝，日子绝不好过，不愿看着他们君臣吵闹，请了旨意，由小顺子捧着素衣随侍出宫。

今日是贺冶年七七，正是发引出殡的日子，赶上王举进京全城欢腾之际，不免减了很多排场，送殡的世交之家的车马也少了许多。贺天庆与贺冶年三个儿子扶柩，清冷街头嘈杂丧乐中，白花花的一片渐向南去。辟邪和小顺子着银白的素衣，绕道迎头赶上，勒住黑马，跳下来向灵柩施礼。贺天庆上前寒暄，辟邪道：“前些日子在上江侍驾，未到府上祭拜，礼数有亏。皇上特命我今日来拜一拜，送先贺将军一程。”

贺天庆向北跪了，叩头道：“皇恩浩荡，无以为报。”

“贺兄请起。”辟邪自己上前扶了，“节哀。”

“是。”

辟邪握着他的手，点点头，重新上马，默默跟在灵后。一路上都是各家大臣的路祭，行人回避得甚远，几个年轻人站在路边瞧热闹，盯着辟邪看了一眼，也匆匆地走了。一个小厮打扮的人悄悄挨到辟邪马边，递了个帖子给他，道：“妈妈说了，爷定会在这里。虽说不是时候，却是顺便，就不打扰宫里了。”

“回去告诉你妈妈，费心了。”辟邪收好了栖霞的帖子，正好贺天庆几次三番地请回，才又作了揖，拨马回程。

栖霞只说了三件事：海琳已被成亲王府里的人赎了出去；栖霞的义子忧官儿混入洪王府做了一名杂役；而忧官儿传来的第一个消息是，洪州兵马正在向东调动，去向不详。辟邪命小顺子找地方将帖子烧了，才回宫中，对皇帝道："洪州兵马正在悄悄调动，只怕也是为了匈奴。"

"洪王那些兵马是觊觎中原的本钱，岂会与匈奴交战？"

"匈奴就算在关外得胜，也会伤了元气，打进来正碰上洪王在乐州以北的兵马，洪王乘机大败匈奴，捡个便宜。"

"除了震北军，朕手里并非无兵可用。"皇帝不解，"他做这样两败俱伤的事，不怕朕从中取利吗？"

"奴婢也不明白。"辟邪道。但无论如何，倘若皇帝的震北军败，洪王的洪州兵胜，对洪王洪失昼的声望来说，总是了不得的好事。"除非洪王防的，既不是皇上，也不是匈奴。"

"难道是东王？那也太远了些。"皇帝蹙眉，"中间差着几千里路，如何遏制东王异动？"

辟邪笑道："奴婢也糊涂了。"他细细思索了半天，等见到姜放传递进来的谍报，才证实洪王调兵的事果然确实。

姜放也道："看二先生的口气，他也是百思不得其解。调动了多少兵马他确实不知，只知道去向的确是乐州、洪州的边界。若兵马再往东去，就是离水、京畿一带，不知于朝廷是何打算。"

"知道了。"辟邪点点头，"东王杜桓那边什么动向？"

"近几个月不断宴请蔡思齐、于步之与杨力和，来往频繁。"

辟邪笑了笑："这三个人还干净吗？"

"属下着吴十六去查。"

"雷奇峰呢？"辟邪突然问道。

"这个……"姜放迟疑道，"果然从去年夏天以后，就再没有他的消息了。"

辟邪深为忧虑："速速查明。洪王调兵突然，朝廷里并没有多大的变故，无须他如此仓促应对。除非是东王在背后做了什么手脚，令他不得不防。只怕这就有什么我们猜不到的事情突如其来，令我们措手不及。"

"是。"

姜放也是极忙的，领命即行。从辟邪值房里出来，撞见成亲王也从上书房下来，他揽住姜放道："皇上要我在家里摆宴替王举和巢州王庆功饯行，你说说什么花样儿热闹？"

姜放笑道："两位都是王爷的长辈，胡闹大概不行吧。"

“说的也是，说的也是。”成亲王接着冥思苦想。

姜放道：“却不知王爷日子定在哪一天？”

成亲王道：“自然是四月十五，明月当空的时候。”

“不知是不是晚了，王爷府里的牡丹也该过了吧？”

成亲王拊掌笑道：“没过，没过。他们搭了棚子蔽荫，好花儿刚开，到十五正是盛时。牡丹夜宴，也是风雅得紧啊。”

姜放忙道：“王爷可别高兴得太早，此番宴请的兵部的大将，我这般的粗人多，多半还不领情。”

“这却不去管他。”成亲王道，“我犯不着替他们操这个心，有人领情便好。”

他是个爱热闹风流的人，回去命王府长史等极力操办。至四月十五日傍晚，朝臣多奉命至成亲王府助兴，王府的长史、内臣忙不迭迎入，在外堂奉茶。及人通报良涌和王举联袂而来，成亲王才迎了出来，笑盈盈寒暄。

王举一样气宇轩昂，只是面上失了几分锐气，很少说话。众人也不敢揭他的短，敷衍几句便退在一边。良涌和成亲王归座，百官先齐齐叩头问安，才按品级各寻位子坐了。

此处是成亲王的牡丹院，南北“夺霞”、“剪云”两座翠亭，盛宴铺张，席下歌俑无数，拥簇着一园富贵。成亲王点头示意，乐班先奏得胜之歌，百官举杯遥祝皇帝万岁，饮尽了才传席开宴。才刚筛了一遍酒，成亲王还不及开口，便有内臣凑过来说了几句话。

成亲王喜不自抑，道：“他果然来了！”

话音刚落，辟邪便领着小顺子悠然步入，向两位亲王磕了头，被成亲王搀起来。

“皇上肯放你出宫？”

辟邪笑道：“奴婢是替皇上来凑个趣儿。万岁爷原本预备下给巢州老王爷和大将军的赏赐，想到好端端的宴会，又是磕头又是谢恩的，怕扫了大家的兴致，就作罢了。老王爷和大将军明儿请宫里来，万岁爷还要和两位多亲近。”

“是。”良涌和王举垂着手听了。

辟邪忙上前要给众人行礼，却被百官闪在一边，将他按在成亲王一席上。众人因他是皇帝最宠信的人，平时待人也和气，又加之受了他不少好处，都上前敬酒，闹哄哄围了一堆人。

小顺子见了道：“各位大人，奴婢的师傅病刚好，太医说了戒酒，各位大人包涵则个。”

辟邪皱眉道：“多嘴。”

成亲王笑盈盈将面前的酒杯授予辟邪，道：“既如此，小王代在座高朋敬一杯。”

“恭敬不如从命。这杯也祝震北军驱逐鞑虏，凯旋还朝，社稷安宁，金瓯永固。”辟邪接过来饮了，夕阳似火，正照得他双唇啖血般鲜红，眸子里流转的，也是玫瑰色的目光，似有妖邪附身，丽色异常。成亲王一边静静看着，冷不丁一记寒战，总算众人轰然共祝，才转过神来，连连击掌。乐声再起，顿时仆人内臣川流不息，一片觥筹交错。

成亲王和良涌都是作乐惯的人，此时听席下文臣以牡丹联诗作对，少不了凑趣，反倒冷落了王举。辟邪因笑道：“大将军启程吉日可定了？”

王举自重身份，为人清古，不屑与内臣结交，故而板着脸，道：“只要皇上一声令下，为臣的即刻赶赴前线。小公公总在皇上身边伺候，应该知道得比我清楚。”

“这倒也是。”辟邪声色不动，“大将军此次又多领乐州新军十万，军务劳顿，皇上言及此事，也十分牵挂，言道：倾朝廷所有，助将军功成。看来这满朝的大将，只要是大将军看得上眼的，皇上都准大将军携其北行。不知大将军看这朝中，哪位才能为大将军分忧一二？”

皇帝为遣副将，一直拿不定主意，先前王举面圣，皇帝除了宽慰一番，实在懒得和他多言，现在想起来，才叫辟邪问问王举的意思。

不料王举道：“老臣一把岁数，披肝沥胆，军中独断惯了，这些皇上身边的京官只怕受不了老臣的脾气。小公公回禀皇上知道，老臣只管将一腔热血洒在关外，不叫匈奴掠得寸土，以报皇恩。”

辟邪笑道：“保存疆土是一件，保存三十万将士也是一件……”正说到这里，一朵银粉牡丹“噗”地落在他的怀中。

众人大笑道：“原来这个酒令行到辟邪公公。”

隔席一位头簪红牡丹的文臣当即吟道：“琼葩到底羞色艳，国色原来不染尘。昨夜月明浑似水，只疑瑶岛集仙真。”又叹道：“辟邪公公人清似冰雪，恰如这白牡丹的精神。”

席上礼部郎中杜豫笑道：“此比有错。你道小公公似这白牡丹，其实不然。”

众人奇道：“你说呢？”

杜豫道：“只是这牡丹似公公耳。”

辟邪怔了一怔，忽而放声大笑：“多承美言。”

成亲王道：“这个酒令要簪花于帽上，然后或诗、或赋、或歌、或舞，再见那牡丹掷到谁身上，将那人与这花一比，才算完了。”说着拿起花要插在辟邪帽上。

辟邪忙接过花来，笑道：“这酒令着实风雅。但奴婢不比各位大人，没念过几年书，诗赋歌舞都不会，不如变个戏法，各位大人看了笑一笑就饶了我吧。”他拈住花茎，内力

暗透，才在花上轻吹了一口气，便见白牡丹的重重叠叠百多枚花瓣片片飞落，飘飘洒洒飞向席间，沾人襟前，拂拭留香。

众人目瞪口呆了一会儿，才想起叫好来。成亲王见此辉煌火烛之下，素白的落英美景，也是感慨，却听王举对良涌低声道："此乃妖邪，皇上宠信这样的人，并非吉兆。"

成亲王不禁大怒，口中却笑道："这个不算，这个不算。"

辟邪为难道："奴婢再也不会了。"

"你师傅七宝太监歌舞皆精，我还记得七宝太监多年前持剑起舞，洒脱绝世。你定会上一手。"

辟邪笑道："王爷既然这么说，奴婢倒想起来了。这舞奴婢是不会的，曲子倒还记得。请王爷赐琵琶一柄。"

众人见他持了琵琶端坐园中，都停下手中杯箸，屏气凝神看过来。

辟邪调定琴弦，道："说起来此乃武曲，正应了景儿，奴婢献丑，为老王爷和大将军一壮军威。不过奴婢指法生疏，但求哪位击鼓相和。"

霍炎风流不羁，好为人前，当即从席中出来，道："我来。"

辟邪见是他，道声"好"，轻击琴首，泼雨般长轮琴弦，鼓声轻细相和，似乎远山尽头的金鼓骑师奔涌，隐隐引人忧虑，此时琵琶转调放肆大作，百万铁骑扑面而来，鼓声摧残，万众奔走呼号，妻离子散的哀伤，国破家亡的愤恨，令人血脉偾张，双拳紧握，只想奋身杀伐。俄而无声，渐渐似有妃子离别的婉转悲泣，湘水飘雨般泣泣噎噎，绕指尤柔。

众人皆有悲色，只觉肝肠寸断，去意流连。霍炎强忍悲戚，却听辟邪连煞三声，割袍而去般的决断振奋，霍炎一吓之下咬破下唇，犹如剜出心肝地疼痛，顿时精神凛肃，鼓声又起。琵琶与鼓声磅礴飞坠，轰然声动天地，金鼓乱作、刀剑相击、人马纵横，如雷如霆。辟邪神情不动，只在唇边透出一抹锋利冷笑，霍炎却已觉身周杀意陡升，气势冷冽，不禁悚然心惊，操鼓颤栗，渐渐落在下风，只有琵琶肆虐妄为，穿云而出的长轮高到巅峰，拟作凄凉胡笳，又顿时被金骑践踏无声。

所谓"单于蹂践死，胡骑溃泄崩"。单于伊次厥脱逃被杀，匈奴父子沙场上相抱而死，中原蹄下血肉翻飞，十七年前塞外漫天烟尘犹在眼前。王举瞠目欲裂，霍然而起，衣袍撕裂尚不自知。

此时突然琴弦峥嵘崩断，仿佛长剑在空中挥过，不知是否斩得敌首，便戛然而止。满座失色，肝胆俱裂，相顾涕泪无从。满园花雨潇潇而下，摧尽繁华颜色。霍炎弃下鼓槌，掩面归席。

辟邪起身笑道："王爷，对不住，弄断了琴弦。可这花儿凋零却与奴婢不相干。"

成亲王半晌才道："与你不相干。战血流依旧，军声动至今——果真是好曲。"

百官皆拊掌称妙，这方喝彩声大作。辟邪将仆人奉来的牡丹随便掷了，敷衍了几句才算作罢。

王举道："若非经历战事，如何知道此曲的慷慨激昂？小公公奏得好啊。"

辟邪笑道："奴婢和师傅学来的，不过觉得好听罢了，哪里知道其中寓意。"

"也罢了。"王举点头，"十几年前大战时，你却还不知在什么地方。"

"是，大将军说的是。"辟邪恭恭敬敬地道。

夜色已深，通臂大烛燃去大半，百官又敬了两位亲王和王举一杯，渐渐散去。辟邪告辞出来，小顺子道："师傅今天可吓死我了。师傅弹那琵琶时，我还以为师傅要杀人了呢。"

辟邪冷笑道："我今夜确实想杀人。你可不要惹我生气。"

小顺子闭紧嘴不住点头。

"辟邪公公留步。"王府里奔出来一个内臣道，"王爷请公公稍留片刻。"

辟邪道："是。不知什么要紧事？"

"王爷问，宫门已经关了，公公宫外可有住处？"

"奴婢大师哥今日不当值，在家住，奴婢正要去叨扰他。"

"这便不必了。"两人身后轻车停驻，伴当打起帘子，成亲王在内端坐，笑道，"上来，我带你去个地方。"

辟邪道："王爷操劳了一天，勿以奴婢为意，早些休息才好。"

"上来吧。"成亲王道，"我不累，就是今晚要去。"

辟邪无奈，在他身边坐了，小顺子随侍车后。外面放下帘子，车内只有成亲王与他两人，辟邪垂下双目，端正神色肃然正坐。成亲王看了看他，欲言又止，车内似乎渐渐热起来，成亲王掀开旁边的车帘，向外打量着夜色。"今儿还高兴吗？"成亲王曼声问道。

"王爷府上肴馔俱美，歌舞皆佳，自然高兴。"

"那就好。你道我这么操持，是为了让谁尽兴？"

辟邪道："老王爷和大将军尽兴而归，王爷没白辛苦。"

"我看王举就板着脸惹人厌，若不是你一曲琵琶，他连眼皮也不会动一下。"

"王爷，到了。"伴当停了车，过来道。

成亲王面上微有失望之色："这么快？"

原来马车已过了慕冬桥，眼前是秉环路内的一带精致雅舍。成亲王搭着辟邪的手下

车，顺势攥在手里不放，命人上前叩门。内里一位老仆，颤悠悠迎了众人进去。辟邪想挣脱成亲王的手，不料让他握得更紧，身上已是一身冷汗。

成亲王故作不知，对老仆道："叫你家姑娘出来。说是老爷家来了。"又将辟邪拽过二门。

但见眼前庭院清幽，靠墙的翠竹，一地的青草在月光下泛着水色的银辉。厢房里步出的华衣少妇也水灵灵柔似月色。

"给六爷请安。"海琳福了福。

"怎么搬在这儿了？"辟邪明知故问。

成亲王笑道："我赎了她出来，连这宅子都送与你。这儿离王府不远，你什么时候不当值便住这边，我找你下棋。"

"王爷，这万万使不得。"辟邪忙着推辞。

"难道你不喜欢海琳？"成亲王问。

辟邪笑道："不瞒王爷说，奴婢确实是喜欢的。"

"那么你不喜欢我……亲自为你挑的宅子？"

"也是喜欢得了不得。"

"那么便收下。"成亲王回头对海琳道，"糊涂的姑娘，现在还叫六爷？快服侍你老爷屋里坐。"

"王爷！"辟邪稍稍提高了声音，"不是奴婢给脸不要脸，只是侍奉在大内里的人总要多担小心……"

成亲王不悦道："我并不求你回报，只要你高兴，我便高兴了。只要能常常……"突觉辟邪瘦细的手掌将自己的手握得紧了一紧，他不免仿佛喜从天降，讶然望着辟邪说不出话来。不料眼前一花，辟邪指间已多了一枚黑翎飞镖，蓝汪汪的利刃还在散发杀气。

成亲王抽了口冷气，已想不到呼救，辟邪将他和海琳都拉在自己身边，环视四面墙头，笑道："一击未中，还是全身而退的好。眼看明月照人，良宵苦短，几位如欲再战，不如趁早。"

有人"咯咯"直笑，蹲在墙头，持剑望下来道："你一个小太监说什么良宵苦短，笑掉了我的大牙。"

辟邪向他招手道："不如这里来笑。"

那人不见半点征兆，已闪下墙头，人剑似一条出水青鲤，猛地弹到三人眼前。成亲王见雪亮的剑锋刺来，更是大惊，未及呼救，却见辟邪手指拂了拂，手中飞镖打断那人的门牙，从后脑洞穿，直透出两寸才罢。那人被一刀斩断了似的，"咚"地拍在地下。辟邪从他手中接过长剑，冷冷道："还有喜欢笑的吗？"

话音未落，四方伏兵突起，六七条彪悍人影一跃而出。辟邪拍了拍成亲王，道："王爷，伏低了。"

成亲王立即蹲下身，闭目将瑟瑟发抖的海琳掩在怀中，头顶上人声肃寂，剑气微微作响，寒意浸透身周。片刻便听辟邪道："王爷请起。"

成亲王扶起海琳来，见辟邪立在遍地尸骸之中，甩落剑上的鲜血，刚刚勃发出的杀气给他的微笑蒙上一层锐利的光芒："王爷受惊了，王爷才刚说什么来着？"他回头问。

"没什么。"成亲王抿上了嘴。

小顺子缩在翠竹的墙根底下，现在连滚带爬出来，觍着脸问辟邪道："师傅下手是不是太狠了？怎么一个活口不留？"

"同伴先死，却无一人有半点退缩，分明是死士，带回去也不会开口的。况且……"辟邪用脚尖转过死者的面庞来，月光下看得清楚，"这几个人那天送殡路上就盯上我了，应早知我的底细。"他突然问成亲王道，"大将军和巢州王现住哪里？"

"巢州王在京没有府邸，现住王举府中。"

"原来如此。"辟邪切齿一怒。

冰冷的面庞上不似人的雪亮目光令成亲王不禁后退几步，望着他一掠而出，消融不见，像是剜了自己的心去了似的，空落落无限寂寞。

王举的京邸距此不远，以辟邪的身法，片刻便到。他远远听得府中喧哗冲天，灯火通明，便知自己来得晚了。飘身在花园中，石亭那处人挤得水泄不通。

辟邪高叫道："我是宫里的人，闲杂人等闪开了。"大将军府中的家人纷纷退避，辟邪走入亭中俯首看去，良涌已气绝多时，眉心一处薄薄的伤口，几乎没有鲜血渗出，正是雷奇峰的手段。王举胸前剑伤直通后背，尚未就死，家人见伤势险恶，不敢搬动，正急传大夫。亭子别处倒毙了三个大将军的挎刀侍卫，皆由匕首割断咽喉，不似雷奇峰所为。辟邪暗自诧异，低头微微思索之际，被人一把抓住脚踝。

王举双眦欲裂，月光更照得他满面狰狞，凶光毕露，他紧扼住辟邪的脚腕不放，决心要带他同去地府："那、那曲《定凉州》……嘿嘿……"他不顾喉中血沫飞溅，执意嘶着嗓子冷笑，"妖孽！我认得你……我认得你……"

辟邪看着他目中杀气随瞳孔渐渐散开，不禁想放声大笑："迟了。"他慢慢退了一步踢开王举的手掌，最后还是叹息。

二十四

洪定国

辟邪喝住王举府中家人，一个也不许随便走动出门。成亲王也骑马赶到，拿出亲王印信叫人往五城兵马提督袁迅处调兵，封锁将军府，他又亲自坐镇，隔绝内外消息。辟邪连夜赶往宫里，紫南门遇见游云谣当值，匆匆向他说明事关紧急，郑璧德闻讯也赶出来，开了宫门容他直进乾清宫。

值宿的李及却素来是个不知好歹的人，听见声音从值房里出来，挽住辟邪，口中笑道："万岁爷？自然在椒吉宫慕娘娘那里。"

小顺子上前一把将他推开："李爷，对不住，一会儿再和你闲聊。"

辟邪心倒全静了下来，先嘱咐李及道："我深夜回宫的事，你切不可向别人多言。"

李及怔住道："六哥儿看我平时是这等人吗？"

辟邪笑道："小顺子，你给我服侍李爷，等着天亮万岁爷回乾清宫。"

"哎！等等。"李及不明所以，上前纠缠，被小顺子拦住。

辟邪在椒吉宫门前整理宫衣，请吉祥通报，片刻的工夫皇帝便在里面叫。寝殿里火烛才点起来，尚觉昏暗，帘后美人衣裙不安地飘动，想必慕徐姿也惶恐地起身了。皇帝披着衣裳俯下身道："快起来说。"

"王举和良涌在王举府中被刺。两人都已身亡。"

"都死了？"皇帝在一瞬的沉默后有点茫然地追问。

"是。"

皇帝裹紧衣裳，靠入椅背里闭目不语。

"皇上，"辟邪道，"现今两人被刺身亡一事尚未泄露，到了天明，纸里包不住火，京城轰动，再做补救就难了。"

"知道了！"皇帝道，"朕要想一想。都出去。"

辟邪和吉祥退到门外，相顾无语。明月照人，原本是温润甜美的春夜，不料瞬间斗转星移，无数人的命运就在今夜皇帝的一念之间翻天覆地。门内传来皇帝焦躁的踱步声，良久之后愈为沉重，最后猛地停在门前，再无动静，仿佛心跳猝然休止，让人愕而透不过气来。

更声在死寂中惊起涟漪，渐透深宫，原来已是三更天了。

“哗啦”一声，皇帝拉开了门，微微发紫的嘴唇中透出安静的声音：“辟邪，你进来。”

四月十五日深夜，华东门在寂静中洞开，沉沉甬道另一端的白玉天庭，恰是满地月华如水。挎刀侍卫游云谣眼下职位尚低，但俨然已是紫南门侍卫的领袖，平时微笑的嘴角今晚却让灯火下的阴影刻上一派杀伐决断的威严。他扶剑相望，两匹骏骑正从御马监方向喧嚣飞奔而来，从华东门一掠而过。游云谣目送他们穿出青龙门，才翻身上马，放声高喝：“关门！皇上旨意，除紫南门、朱雀门外清和宫诸门严禁出入。”聚在他身周数人手持火把，拨转马首，响鞭急作，四处飞传皇帝严旨。

此时那两骑已过奉天桥，赶至城南时，抚民门守军听得鸾铃大振，忽明忽暗的火把之下望到明黄的王旗招展，忙不迭开闩放桥。马上人验过火牌，毫不迟疑，从门缝里一前一后蹿出，跃到桥头，不顾桥未放稳，狠抽一鞭提马腾空跃至护城河彼岸，立即分道扬镳。吉祥手持王旗直奔小合口大营，辟邪士卒服色，背负靖仁剑转向西南官道疾驰。

直至晨曦微现，官道汇与金回港相齐。路上行人已很多了，见他飞驰狂奔，纷纷往岸边树林里闪避。辟邪向南而望，果然有两骑战马正在此涉浅滩渡河而来。两人衣着、马衣、鞍辔都已除去京营字号，李师负剑当先，黎灿长枪挂于马腹，紧随其后，裹蔽枪尖的红缎被水溅得滴血般深红。两人在行人惊呼中冲至岸上，见辟邪仅一箭之遥却不肯稍减马速，都是不住高骂。再行二十里，便是驿站，辟邪换马之际被两人赶上。他喝了几口水，用长巾裹住口鼻遮风，拍马便走。黎灿和李师眼睁睁看着，已顾不上喘口气，换了马紧追。

如此换马四次，疾驰六百里，日暮时已至桐州西境，再向西便入夸州。辟邪在驿站稍歇，叫下饭菜等不多时，黎灿与李师各持兵器也走了进来。李师将斜月剑拍在桌上，伸手抓起馒头狼吞虎咽，黎灿松散筋骨走动几圈才坐下。驿卒十分周到巴结，围着三人不住赔笑伺候，盯着黎灿和李师的长枪利剑乱看。辟邪和黎灿都是一言不发地吃毕，李师也顾不上多嘴。此时门外马也已备好，辟邪起身笑道：“两位外面稍等，我一会儿便来。”

黎灿应了一声“好”，走出门外。李师早上了马，不耐烦地左顾右盼，忽听驿站内有人一声惨呼，不由得惊而转眼看着黎灿。黎灿恍若未闻，正将长枪挂在鞍旁，整顿行装。

李师急问：“里面可是出了事？”

在外伺候马的两名驿卒脸色已变，转身想奔，被黎灿长枪闪出，搠杀在地。

李师阻之不及，勃然大怒，长剑出鞘指着黎灿喝道：“住手！”

辟邪袖着手出来，往地上望了一望，确定两名驿卒已然断气，飞身掠上鞍桥。

李师见他二人若无其事，不由得惊怒得浑身乱战，尚未开口，辟邪已道：“不必啰唆，

不然就回离都去。”

“为什么胡乱杀人！”李师大声怒吼，跟在辟邪马后不住追问。

片刻便至夸、桐两州边界，辟邪在界碑前勒住马：“此去便是夸州，自适才驿站，到处都是藩王耳目，我若不杀了那些驿卒，不出小半个时辰，我等的动向就会传遍夸、青、洪三州，你我想保住性命机密，都不可再投官驿换马，须弃了官道，转投小路。”他看着李师又冷冷道，“我并不喜欢杀人。”

李师正想张口争辩，黎灿一笑，忙上前道：“今日传旨到京营的可是吉祥？”

李师闻言奇道：“那便是吉祥？”

辟邪道：“正是大师哥。若非事出紧急，你怎么见得到他？”

“皇帝最亲信的总管大太监亲至京营传我们随你西行，必有大大的勾当，忍了一天，不知现在可以问了吗？”

“我们现已到了鬼门关前，自然不必再瞒。”辟邪抬起眼睛笑道，“只问你们，五千铁骑之中，以我三人之剑挟持当今枭雄性命，你们可有胆为之吗？”

当日上午卯时一过，百官纷至朱雀门内各部正堂归班，有人领了差事外出，却被朱雀门当值的首领郁知秋拦下。

他轩眉冷笑，比平时更为英俊骄傲，朗声道：“各位大人，今日领了皇上的旨意，朱雀门只入不出，内外严禁传递私物，见谅吧。”

“难道是出了大事？”小吏之中也有消息灵通者，联系到昨夜五城兵马司圈围大将军府，不久便有王举犯禁，遭皇帝查抄府第的谣言传遍朱雀门内府部院寺。后见紫南门也戒备森严，不容出入，更有人猜测皇后已然被废。几百朝廷命官既然无处走动，难免私下议论不禁，如此一来，辟邪悄然出宫的事，反倒淹没在朝臣不安的动荡里。

针工局管理太监张固得知此事，已过巳初，耳听得这个消息从李及嘴里说出来的时候，只觉明晃晃的太阳照得自己眼前煞白一片。

他喝了口水问道：“去向哪里？他不是最近兼了小合口的监军吗？”

“断不是小合口。”李及道，“吉祥才从小合口宣了姜放回来，两个最亲信的人都奔一个地方，断没有这个必要。”

“知道了。”张固点头，拉住李及的手，袖子里递过银票去，口中道，“辛苦你跑了一趟。”

李及笑嘻嘻地自回乾清宫，张固见他走远，忙拉开椅子坐下，以蝇头小楷细细写清了十几个字，搓成卷，塞在细竹管内，拿出来开了廊下的鸟笼，将竹管系在鸟儿足上，松开

手放飞。张固用袖子蔽日，目送那鸟儿振翅蹿上晴空。不料它还未越过屋脊，突然一记疾风，“啪”的一声，羽飞血溅，连哀鸣也未有半声，直挺挺摔在院子地上。

“谁！”张固大惊。

“张爷爷，您老可好啊。”小顺子从院子月亮门处探出头来，嬉皮笑脸地讨好。

“混账！怎么射死了我的鸟儿？”张固又急又怒，不禁开始破口大骂。

小顺子忙道：“张爷爷别怒，早知道您今儿放生，我就过来报个信儿。皇上、皇后都是身子不爽快，歇着又嫌春天的鸟儿叫得心烦，叫我们一众小子拿着弹弓赶尽杀绝呢。”

小合子这时又兴冲冲地提着弹弓来唤小顺子，张固听见“赶尽杀绝”四字已然魂飞魄散，挥手烦躁道：“都滚、都滚。”

“是。”小顺子哭丧着脸道，“要不小的替您葬了这只鸟，给您赔个不是？”

“别动它！滚！”张固抢回鸟儿的尸首，扯下竹管掖起来。

小顺子拉着小合子连滚带爬逃了，到了远处，才笑道：“老棺材瓤子，果然不安分。”

小合子道：“如今六师叔所说的几个要紧地方和人物都已肃清，我要速回乾清宫禀告师傅。你仍悄悄地盯着。”他转回乾清宫，据实禀明了吉祥。

吉祥点头道：“现在阁臣都要进来，等过了今天再与宫里的那些奸细理会，你们只管看紧了，等万岁爷旨意。”

此时刘远、翁直和姜放三人都大约知道了消息，神色凝重地鱼贯而入。吉祥迎过去请他们地下站住，通报后引他们入内。

皇帝在侧殿的深处，阴暗中微微侧着身坐在榻上，静静看他们行礼。

“你们都知道了？”

“各处消息把得紧，”刘远道，“臣只是略有耳闻。”

“震北军两员统帅一夜间皆被刺身亡，你们看今后震北军交给谁？”

刘远等人面面相觑，翁直壮着胆子道：“皇上，臣得知这个噩耗之后不住思量，此刻仍未有良策。”

皇帝见刘远和姜放无语，坐直了身子，慢慢道：“朕，已决意亲征。”

“皇上！”刘远大惊失色，被皇帝抬手阻住话头。

“你们都是朕最亲信的人，朕的心思想必你们也知道。”皇帝道，“原本匈奴大举南下，朕只需坐纛中原，遣功高权重的亲王出征即可，洪王、凉王都是盖世英杰，无一不佳。前朝几代都是如此，却捧出个颜王来，把持震北军及旧京营多年，最后竟要弑上篡位。说起来当今天下藩王拥兵自重，割据为政，都与颜王有脱不了的干系。前车之鉴，何

以再重蹈覆辙？”

刘远急道：“皇上的意思老臣明白，可皇上轻涉险地，仍是万万不可。皇上若有半点闪失，必然社稷动摇。最坏的情形无非一战而败，皇上还年轻，今后的威信何在？”

皇帝一阵冷笑：“朕本非先帝长子，更非嫡子，年幼即位，至今一事无成，说什么海内众望所归，嘿嘿，绝非如此。若无必胜的勇气决心，只是委屈在藩王膝下，今后还有何威严体面可言？”

“皇上，”翁直出人意料地平静劝道，“现今并非意气用事之际。皇上亲征，须有必行的缘由，拿皇上刚才的话，是说不通太傅的。”

皇帝喘了口气道：“现在的北方前线只需一个人压住阵脚，把持住必隆就好，原来王举加上良涌才差不多能担此任，不料死得如此突然，环顾朝中，善战多谋者甚众，但位尊权重，能抗衡必隆、洪失昼者似乎除了朕，再无他人。”

“成亲王呢？”刘远忙道，“皇上的同胞兄弟……”

皇帝摇头：“景仪年纪尚幼，又喜沉迷声色，散漫惯了。他这样的人，在京中尚有作为，军前绝不能重用。”

姜放此时插口道：“皇上如果决定亲征，就是活生生往虎口里送，即便本来能胜，也必遭凉王和洪王暗算，诱震北军与匈奴火拼，大军一败，必隆与洪失昼各领藩兵南北夹击，全歼匈奴，届时皇上已遭不测，洪王携胜利之师南下，空虚中原岂不是他的囊中之物？更不要说东王、西王窥视中原已久，皇上亲征之际，难保他们不起异心。”

“那么朕不亲征呢？”皇帝问，“二十万中原兵马给了必隆，送给他容易，要回来却难了。只怕到时候吃得连骨头也不剩呢。”

翁直道：“臣这么想，如果将必隆撤回凉州，朝廷再遣大将……”他看看姜放笑道，“比如姜放，也不失是稳妥的法子。”

“少了凉州八万善战骑兵，只有震北军八九万残军，和十万新勇，此战有必胜的把握吗？”

翁直闭紧了嘴，刘远也是一筹莫展。姜放道：“皇上亲征有两件必备之事，一是中原安定，二是有必胜的把握。”

刘远阻拦道：“姜放你这是在说什么？此时切不可再撺掇皇上轻举妄动了。”

“你讲。”皇帝瞪了刘远一眼。

姜放接着道：“中原还有零零碎碎屯兵数万，踞州大将郑钧海领兵七万有余，一直在侧守备京畿，以这些兵力确保东南两边安宁，并非不可为，只需好好掂量。匈奴再凶残善战，中原毕竟与他周旋了百年之久，况他如今内局不稳，仓促南下，并非不可大破。皇上亲征，

京营可随驾北上，臣虽不才，愿豁出性命保圣上平安回京。现今最最要紧的，只是洪王一件。"

"此话有理。"翁直也道。

"不错。"皇帝道，"无论朕亲征与否，处置好洪王都是当务之急。"

刘远知道皇帝年轻气盛，此时的心意不是一时半会儿可以劝回来的，不禁叹道："就算翁直与姜放都说得不错，可是鞭长莫及，又如何把握洪王呢？"

皇帝笑道："洪王一生谨慎多谋，无懈可击，只有一件不算称心如意的事。"

刘远惊道："难道皇上要……"

"人多贪念，"皇帝冷笑道，"谁叫给他些便宜，他便将手伸得长了？"

四月十八日清晨，洪定国率亲兵五百，轻骑悄悄离开多峰大营。西去的官道上一片青白冷素，潮湿的晨雾让洪定国浑身不自在，他扶辔蹙眉，满面阴郁。

夸、桐边境驿站是离都、洪州两地之间的必经之路，更是洪王指向京城的重要枢纽，多年来传递密报从无差错，不料昨日细作竟飞鸽报知安设多年的耳目被人杀得一个不剩，而王举确实身亡的消息也足足晚了半日，深夜才传至多峰营内。洪王遣来的贴身内监李呈，催行了多次，无奈夜间不便行军，和范树安商量下来，只得拖到次日天明。

洪定国将几件事摆在一起，不禁莫名焦躁，隐隐不安。他见周围都是亲兵环护，李呈的坐骑不住擦着自己大腿，更是郁闷，便催马赶在队伍最前，仰面深吸了口气。

前方狭隘处人称"摄魂口"，东风飙急，山岚萦绕身周，飞卷而去，如丝丝白色游魂飞蛾扑火般抢入山魅血口之中。

"前面隘口里是有人吗？"洪定国回头问。

李呈紧跟在他身旁，道："世子爷看得不错。"

不过又向前走了几丈远，大雾便被风吹入旷野，眼前一片清明。黯淡的山阴里，孤零零三骑伫立，静静看着洪定国一行。洪定国勒住了马，李呈高声道："昭勇将军洪王世子正在军前，前面什么人？"

"御前内书房掌笔，辟邪。"正中青衣少年宦官催马迎面缓缓而来，每近一步，神光流动的双目便更清冷一分。

——这是最近最赫赫有名的人物，年纪虽轻，却自有一股超然决然的静谧气势——洪定国收缩起瞳孔，仔细看了看。

辟邪跳下马，怀中解开皇帝谕旨的黄封套，占据北首，笑道："既是洪州世子爷，那正巧了。奴婢奉圣上手谕，正要往多峰营中宣示，世子爷听旨意吧。"

洪定国见到他便知离都已然生变，微微一笑，跃下坐骑。随从的五百亲兵跟着下马行跪礼，山谷里甲胄响成一片，嗡嗡回声。

“奉谕平羌洪州亲王世子，上轻车都尉洪定国：”辟邪宣道，“洪州亲王世子洪定国功勋世家出身，谙熟军务，近年镇守多峰剿匪，战绩骄赫，着为御前参详军机，衔领军务要职。克日启程赴京任事，断不可拘泥家务藩务，稍涉迟延，致北伐大局或有变迁贻误，钦此。”

如此风风火火召至离都，便是挟持进京的意思了——洪定国抿着嘴冷笑，叩头谢恩——原本要提出洪王病重，叩请回洪州探视的打算，也让这道旨意算计在里面。洪定国接过旨意，一边看着辟邪行礼，一边笑道：“既是如此，小公公随我回多峰大营，安排好就启程。”

辟邪道：“世子爷请上马。向西隘口出去，便出了多峰，奴婢已奉旨在离水边上备下船只，顺流而下，不过两三天的工夫就到京了。多峰大营皇上自有圣命安排，何必辛苦世子爷特意转回去延误行程？这要是让皇上知道了，不怪世子爷谨慎尽责，倒要责备奴婢伺候不周，多此一举，累着了世子爷。”

寄望于拖延时日，也是不行了。洪定国有点微微的恼怒，让李呈捧过圣旨，上了马对他道：“你是父王身边来的人，你看呢？”

洪王只有洪定国一子，自小寄予厚望，珍爱异常。若为皇帝挟持在京畿，无疑牵动洪王心肺，掣肘将来的布置。洪王在离都生变之前急遣李呈召洪定国回洪州，也是担忧朝廷此举。不料皇帝应变竟然这么迅疾，最后还是让辟邪星夜急驰堵截在此。

但多峰古来就是匪穴，钦差不过三人，就算死在当地，也只是剿匪不力的罪名，总比进京受制于人强上万分。

李呈心领神会地走过来，握住辟邪的手，缓缓拍着他的肩膀道：“在洪州就久仰小公公的大名，是我们这行拔尖的人物，一定聪明绝顶，怎么会不明白世子爷谨慎从事的苦心？”他用上了十分的功力，指望将辟邪心脉一举震断。辟邪目中金光大盛，手上也紧了紧，内息奔转，直透李呈丹田。李呈顿觉气血翻涌，开始时声音还很高亮，后面却渐渐气馁般低沉了下去。

辟邪微笑道：“早听说老洪王爷身边伺候的人都是人杰，藏龙卧虎，皇上也十分艳羡，今日见了李公公，才知道此言不虚。”

李呈听他报出自己的姓氏来，吃了一惊，强忍胸口的疼痛，慢慢松开手，退回洪定国马前，趁着辟邪上马的工夫，向洪定国摇头使了个眼色。洪定国见他脸色煞白，转瞬的工夫便愈见难看，这才动容。既然连李呈这样王府中绝顶的高手也奈何不了他半分，只得出下策以五百骑兵剿杀眼前三人了。洪定国抬手坚定一挥，五百精骑立时整齐压上。

辟邪"哧"地一笑："世子爷，皇上的旨意里只召世子爷一人，可没有说要世子爷带兵进京啊。"

远远伫立良久，一直不出声的黎灿和李师，此时提马上前立定辟邪身后。黎灿解开了所覆红缎，漫不经心地用雪亮的枪刃照着自己疲惫的脸色，唉声叹气。李师似乎是看到了什么嗜好的佳肴，咂着嘴上上下下不住打量着洪定国，眉开眼笑。

辟邪扭头呵斥道："世子爷面前不得无礼。"

"噢。"李师闭紧了嘴。

三个人好整以暇等着洪定国开口说话。洪定国展开薄薄的嘴唇，冷笑道："如此……"话音才起，便被一声尖厉的响箭截断，山谷之上顿时是泼雨般的铁蹄声，隘口东首一人响亮地呼哨，刹那间又归复沉寂。

"世子爷。"押后的参将艾生悄悄上前对洪定国道，"两面山顶上少说也有两三千人。只怕是白大亲自到了。"

隘口东首乳白色的云雾里更有一骑白亮得刺目。高大的汉子裹在银色的盔甲中，斜着身子坐在银鞍白马上，阳光还是稀薄的时候，便觉他满身生光。看这副行头和吊儿郎当的嚣张气焰，应是多峰匪首"出海银龙"白大无疑。洪定国在此驻守近两年，还从来没有和这个神龙见首不见尾的人物打过照面，此时虽然仍看不清他的面目，也能感受到他流露出的轻屑冷笑。

辟邪的脸上没有半分的错愕惊讶，令洪定国顿时悟到了其中绝大的干系。"原来如此。"他道，"朝廷用心良苦，小公公的主意也不少。"

辟邪奇道："奴婢人微言轻，有什么主意？就说现在，世子爷踌躇不前，贼寇虎视眈眈，奴婢早就方寸大乱，没了主意。正要请教世子爷该怎么办。"

满山精骑利箭笼罩之下，此事已无转机，洪定国大大方方道："只有让标下五百骑兵抵挡片刻，我遵上命即刻赴京才是要紧。"

辟邪终于心满意足地点头："世子爷的精兵，以一当百，必能全胜回营，世子爷大可放心。"

洪定国对艾生低声道："你领兵回去，贼寇不会阻拦，见着范先生，请他设法处置。"自己只带了李呈和两名亲兵，向辟邪点头，"小公公，请吧。"

辟邪欠欠身，拨马让出路来。艾生眼睁睁看着辟邪三人从五百骑兵中挟持洪定国缓缓出了摄魂口，不住跌足叹气。

"艾将军请回吧——"山头众人嬉笑，谷中回音不绝。待掉转头来，隘口东边白雾依旧，白大却已悄然不见。

艾生整顿队伍急驰回营，将事端禀报范树安。范树安大惊，派人急报洪王，自己亲自领了千人，在离水一带撒开人马，追寻世子行踪。这七个人不过先行了小半天，在离水边上了官船，不料当日就销声匿迹，洪州兵马在离水上下几百里四处寻找，竟是半点消息也无。

辟邪一行乘坐官船行了不过三十里，便换了轻舟顺流而下。寒江承运局二当家李双实正在离水一带行走，亲自调度人手领头前来接应。

李呈见船舱狭小，故作不悦，责难道："世子爷什么身份，怎能挤在这样的小船中？"

辟邪道："您老多包涵。奴婢奉旨出来的时候，京中出了件大事：王大将军和巢州亲王遭人行刺。这快船上不张世子爷旗纛，也是奴婢孝敬小心之意。不过是以策万全，世子爷千万体谅。"他回头招呼官船上的船工，命他们寻找港口，将官船藏匿起来。又安排黎灿和李师轮番"保护世子爷安全"，坐班在舱口，方才请了李双实过船说话。

李呈见左近无人，终于有机会问道："世子爷，我等已经换乘轻舟，按理当使官船照常行走，掩人耳目，何以叫人藏起来？"

洪定国道："官船照常行走，以范先生的本事，一天便追上了。见其中无人，必定知道我们换船或是走了陆路。现在我家的兵马都在上下寻找那官船踪迹，趁这时机这轻舟直下，又是领先了几百里。"

"原来如此，"李呈道，"那小子当真阴险毒辣。"

"不止如此。"洪定国不禁冷笑，"皇帝将我放在多峰，孤悬洪州之外，原来早有要挟父王的图谋。而我以为直透中原腹地，身处多峰贼兵的囹圄之中，尚在沾沾自喜，不料早就被人算计了。这等深刻的心机，不是毒辣可一言蔽之。"

"世子爷适才所言，难道也会是那辟邪的毒计？"

洪定国沉吟道："多峰的贼人怎么会和朝廷扯上关系？皇帝是深宫中的贵胄，不知世俗事，定有人与他谋划。刘远、苗贺林等人都是书呆子，怎会折节下交匪寇？姜放是行伍出身，结交草莽倒也情有可原。"

李呈道："世子爷是在担心辟邪吗，宫里长大的穷孩子，要能随意掌控这许多匪众，岂不是骇人听闻？"

"就怕是如此。"洪定国突然惊出一身冷汗，道，"会不会是那个孩子？"

"世子爷说的可是颜王的儿子？"李呈将声音压得极低，道，"两年前就死了。世子爷不记得了？太后娘娘亲自来信说与王爷知道。再说那辟邪没有一点英武气派，全然不像老颜王爷。"

船向东行了两天，辟邪又请洪定国移驾，另换了一只宽敞快船。眼看距离都不过一天

的路程，业已进入上江地界，洪定国却十分沉得住气，在船舱内静静看着江水，显得一样自得。

李呈在船外站了一会儿，进来在洪定国身边低声微笑道："世子爷，迎面船上是雷奇峰。"

"见到他的旗号了？"洪定国大喜，站起身来向舱外走，被黎灿一如既往地拦住。

李呈上前怒道："世子爷不过想透个气儿。"

"透气就罢了，"黎灿笑道，"只怕世子想看对面船上的奇景，刺痛了眼睛。"

"什么就刺痛了眼睛？"洪定国一笑，透过舱门望去，七八丈开外一艘小船吃满东风迎头逼近，白帆顶上有面镶满珠玉的三角小旗，烈日下光华夺目，正是洪王赐予雷奇峰的旗号。

辟邪从后面舱中出来向黎灿使了个眼色，掣出靖仁剑立在船头。李师扶着船舷，向水下不住察看。既然找上门来了，自然也无须躲避——这边剑拔弩张，只等小船撞来就率先发难。

"只怕要撞上了，世子小心！"黎灿转身扑在洪定国身上，将他按倒在船舱中。

船身猛地震荡，狠狠斜倾，对面快艇立时抛出五六条精钢飞爪，抓住洪定国座船船舷。六条大汉一跃而出，直取辟邪和李师两人。

辟邪一眼望去，见其中绝无高手，转身向舱内掠回，叫道："黎灿，里面！"

黎灿松开洪定国，不及解开腰间软剑，刚顺手抓起一边的长枪，便觉剑气从大江深处直透双膝。他急撤一步，张臂疾搠舱底，枪锋的咆哮扼人咽喉，杀气像黑云压顶，让人眼前一黑。

"噗！"

座船几乎为上下两股杀气截断，江水自船底大洞狂涌而入，和着木片木屑飞溅，冰凌般打得人脸生疼。水雾里一柄长剑吐出蛇信，噬向黎灿咽喉。

船舱狭小，长枪如何周转？黎灿一击之后便失先机，以枪杆挡住咽喉要害，向后仰避。剑锋顿时刺穿椆木枪杆，更是长驱直入。

剑声铮然！几欲刺破黎灿耳膜。靖仁剑一边抢出，荡开对手剑势。

"这里交给我。"辟邪闪身在前。对面黑衣蒙面的青年胸前衣襟被黎灿枪锋斩裂，苍白的胸膛上尺长的一道血痕，想必在水下也是堪堪躲避。

"呵呵。"雷奇峰似乎笑得愉悦，漆黑眉目难得一展，就在他轩眉之际，已连出十一剑。

辟邪与雷奇峰交手两次，知道他的剑法走的是一击必中、极凄烈的路子。不料今日在狭窄船舱之内，又以救人为首，用的却是精巧绝伦的快招，辟邪不备，被逼退多步，纵身在舱门前，缓过气来。战距一长，雷奇峰轻巧的剑法也奈何他不得，想要一击取他性命，

偏偏舱室掣肘，他唯恐剑气波及洪定国，一时投鼠忌器，反让靖仁剑以逸待劳。

舱中水已没膝，两人剑势渐渐凝练，身周杀气砭肤，洪定国见状对李呈冷冷道："有人行刺，辟邪挡在前面，你还在此做什么？"

李呈应了一声，将洪定国护在身后，慢慢向舱门移去，趁辟邪稍落下风，突然一掌拍向他右肋。辟邪对他早有防备，掌风未到，人已飘出数尺，迎着在眉心间晃动的剑锋闪到雷奇峰面前。那剑刃贴着他脸颊而过，只擦破耳郭，雷奇峰却微吃一惊，胸腹肌肉猛缩，辟邪一掌印来，被他先卸去了七八分劲力。饶是如此，雷奇峰仍觉冰凌透体，说不出地难受。但这一刹那，李呈已夺到舱门出口，将洪定国一把推了出去，自己转回来以掌法夹击辟邪，口中仍笑道："小公公，我来帮帮你。"

斗室里三人浸在齐腰深的江水中，转身都是极难，辟邪左边是雷奇峰连绵剑锋，右手长剑此时也变得累赘，反不如李呈的掌法实用，招法上又本非他所长，顿时落于下风，不过一两招之内便有性命之忧。辟邪心思如电，靖仁剑下卖出一个破绽，让李呈欺身在他臂长所及之处，左手如电，劈手抄住雷奇峰的剑尖。雷奇峰冷笑，剑身翻卷，想绞落辟邪手指，不料纹丝不动，连李呈也是一怔。辟邪趁这一瞬，右手弃去长剑，对准李呈眉心指了指。

李呈没有防备，被辟邪偷袭得手，顿觉寒气痛入脑髓，大叫了一声，倒于水中。

"叮！"

雷奇峰极敏捷，决然震断长剑。辟邪勉强转身，仿佛雷奇峰的胳膊突然长了两寸，断刃刹那间刺到，带着一种迟钝的疼痛，从肋骨的缝隙里刺入，贪婪地攫取心脏。

"咳！"

辟邪闷哼一声，双手抢住剑身。清冷的江水迅速淹没了伤口，稍稍减轻了火烧般的伤痛，他挣扎着试图将剑刃从自己体内推出，身周不知是江水的波澜还是颤抖激荡的涟漪。

雷奇峰好奇地观察着他的努力，又静静将剑身推入了一分，看着辟邪嘴唇上的血色慢慢褪了下去。

辟邪喘了口气，目光开始散漫，颓然滑入水中。

"哼。"雷奇峰猛地吃痛哼了一声。水下靖仁剑陡然洞穿了他的右腿，吃力地收剑，便再无动静。

雷奇峰带着清澈的笑意，慢慢撤回了断剑，踉跄退出几步，震碎船篷，携剑跃出，瞥见身下一片晶亮水波里，却有一道乌黑的锋芒杀来，急忙闪出半丈开外，高高飘摇在船帆之巅。

黎灿收回长枪，盯准雷奇峰，只见一丝血线自雷奇峰身上飘洒下来，沾得白帆斑斑血

迹，知道舱内激战惨烈，口中急叫：“辟邪！出来！”

此时李双实的船及时靠来，四面号角乱作，上江水师前来接应的战船张满弓弩，也涌了出来。雷奇峰带来的六名杀手早都为李师和黎灿所杀，洪家两名亲兵也被黎灿制住。洪定国被簇拥到李双实船上，眼中一团阴冷的怒气，雷奇峰在他的目光里蹙了蹙眉。

“放箭！”战船上姜放大吼一声。

一通蝗箭如雨，遮天蔽日地射过，船帆顶上的雷奇峰和那面珍宝号旗倏然无踪。

四月二十二日，洪王世子进京的消息已传遍朝野，却没有引起多少震动。如今大臣们议论最多的自然是皇帝亲征的念头。皇帝与阁臣、兵部的争执已是如火如荼，加之均成自贺里伦开拔南下的消息火上浇油，清和宫更是沸腾不止，外朝的波澜也迅速地透入内宫。

皇后丧父之痛，加上连月欠安，已是卧床不起。嫔妃自然更是六神无主，惶惶不安。

“你怎么看呢？”皇帝来椒吉宫的日子又多起来，不经意问及慕徐姿的见解。

“臣妾不懂，不敢妄言。”

“说吧。”皇帝笑道，“朕不怪你。”

慕徐姿有些赌气地道：“臣妾当然不希望皇上亲征啊。”她转而一笑，“不过，臣妾马也快，箭也准，不会拖皇上的后腿。皇上要是觉得有亲征的必要，何不带臣妾一起去？”

皇帝放声大笑：“带你一起去？”

“正是。”慕徐姿正色道，“臣妾只要和皇上在一起，什么都不怕。”

“那么，你在宫里，又怕些什么？”皇帝犀利地问道。

慕徐姿抿起嘴不说话。红唇鲜艳欲滴，极是美艳，倒让皇帝忘了刚才的问话。

“皇上。”吉祥很不识趣地进来禀道，“太后在慈宁宫召见。”

皇帝急忙起身：“什么事？”

“太傅刘远才刚在慈宁宫急奏。”

皇帝不禁冷笑：“劝不动朕，就惊动太后。”

“万岁爷的软轿已备在外面了。”

“不用轿子。”

皇帝一股怒气充盈，走得甚快。太后也不料他来得这么快，正在和洪司言开箱子找东西，见皇帝进来行礼，拉着他的手坐在榻上，问道：“皇帝想要亲征？”

“是，儿子是这么打算。”

“大臣里有多少人赞同，多少人反对？”

皇帝道："赞成的人不多，反对的自以太傅为首，倒占了七成。"

太后微笑道："皇帝为什么要亲征呢？"

皇帝急着辩白："自然是因为王举和良涌被刺，前方无人督军……"

太后转动着深刻的目光，轻声笑起来："不要对做母亲的扯谎。前方战事虽紧，仍有一万个解决的法子。皇帝心里必有自己的打算，只要不是什么人撺掇，什么都好说。"

"母后！"皇帝突然涨红了脸。

"你看看。"太后对洪司言道，"皇帝还像小孩子一样，说两句便急了。"

洪司言也在微笑："年轻人的心，都是一样的。皇上有什么话，只管对太后说吧。"

太后道："若非中原群雄有割据之象，皇帝何必急于在军中立威？一场大战，声名无穷，皇帝年轻，尚未取信立威于天下，如此大好机会，何必拱手让人？"

"是……"皇帝被她一语中的，不禁低下头去，"儿子亲信的人都争不过两位亲王，儿子也是万不得已出此下策。"

"万不得已倒也未必。"太后冷笑，"我倒不如闭了眼干净，省得看自己人争来争去。"

洪司言急忙道："主子别说这样的话，吓坏了皇上。"

皇帝有点无地自容的意思，双手乱摇，道："儿子有错的地方，母后别生气。"

"我不生气，是有些人闹得不像话。"太后看着皇帝柔声道，"皇帝想要做就去做吧。刘远已经老了，胆气不足，不明白皇帝的意思。"

这出乎皇帝意料，他一时无话可说，看着太后怔住了。

"可是皇帝心中也有犹豫吗？"太后问，"要是下定了决心，何必要和大臣们议论这么久？"

"儿子有后顾之忧。儿子亲征第一要有必胜的把握。"

"洪定国都叫你请进京城了，洪王还会把着他的兵马不放吗？你携定国北上，败，必殃及于他，洪王不会坐视不管。此战你必胜。"

皇帝大喜，颤声道："母后也这么想吗？"

"第二呢？"

"中原安定。有稳妥的人监国理政，操办粮饷。"皇帝犹豫了一会儿才道，"还有就是没有内乱。"

"景仪监国很稳妥。"太后点头道，"我虽然不愿意管俗事，但今次就替你看家，也没有什么。"

踞州郑钧海从来对太后死心塌地，太后既然应允，他的七万兵马自然就为朝廷用以遏

制东、西两王。一时所有踌躇顿时烟消云散，皇帝喜不自抑，跪在太后面前口头称谢："天下对儿子最好的，只有母后。"

太后搀起他来："现在才知道吗？还有好东西要给你。才刚找的那件东西得了吗？"

"得了，在这里。"洪司言捧过一个沉重的包袱，在皇帝面前展开。

里面是泛黄的手札，一共二十五卷，封面上的字迹洒脱不羁，气概难言，只写明了日期，最早的一卷竟是全圣十六年，更在上元帝登基以前，是孝宗皇帝时的事了。

"这是……"

太后喝了口茶，才曼声道："这是从逆王颜湛家中抄出来的，都是他当年行军的日记，多看看，必有增益。"

"是。"皇帝如获至宝，转念又不免疑惑，何以抄出这等东西，太后还保留至今。

"不必多问了。"太后见他欲语，先开口阻止。

皇帝从慈宁宫出来，吉祥禀报洪定国的船已靠了上江御道的码头，这就要觐见。

皇帝道："先不忙着见他。辟邪呢？怎么不见他前来禀报？"

"这个……"吉祥为难道，"他若和洪定国同船而来，必定还未到呢。"

直到见了洪定国，在京中赐府，诸多事宜办妥，仍是未见到辟邪。皇帝发了急，不顾吉祥一再敷衍，厉色道："你再不说实话，便先打死，再去问别人。"

吉祥吓得跪下，叩首道："不是奴婢不说实话，只是别人回禀辟邪受了点伤，暂时不能见驾。奴婢不知他伤势如何，不敢胡乱禀报。"

"胡说！"皇帝脸色已变，霍然而起，"人呢？现在哪里？"

"上江。"

伤势沉重到不能搬动回京的地步了吗？皇帝冷汗浃背："备马。朕去上江。"

吉祥抱住他的腿苦劝道："万岁爷这一去，朝中大事如何处置？辟邪见了万岁爷，只得起来，累一点倒罢了，真要创口迸裂，岂不是有性命之忧？"

皇帝想了想，坐回椅中，叹气道："你说的有理。叫人去看看，陈襄也去，什么情形据实禀报。"

皇帝见天色已晚，料定今日得不到辟邪的消息，只是坐卧不安，也不愿见大臣。次日召成亲王先商议亲王监国一事。成亲王极是为难，推辞了半天。皇帝心情烦躁，自然不会给他好脸色，一言不发静静等着他一通表白说完。房里顿时一阵沉默，成亲王不自在地盯着自己的衣摆看。

"皇上，"吉祥笑盈盈进来道，"辟邪回来了。"

“快叫进来。”皇帝一迭声地道。

那身影还是一如既往地轻捷，皇帝上下仔细看了看，问道：“伤在什么地方？”

“只是小伤，现在已能行动自如，不劳皇上惦记。”

成亲王也十分关切，问道：“皇上问你伤在什么地方，照实禀奏就是了。”

辟邪伸出双手，赔笑道：“这儿。”双手上缠着雪白的绷带，掌心中隐隐仍是血红。

“说实话！”皇帝将茶碗墩在桌上。

辟邪吓了一跳，颇为难地慢慢指了指心脏的位置。

皇帝一阵后怕，浑身乱颤，稍稍转念不禁勃然大怒。

“混账！你要是以为自己不过是个内臣罢了，可以随便豁出命去，那是朕白白器重了你！”

“皇上息怒。”成亲王从未见皇帝如此咆哮，先慌了手脚。

“你不是带了两个好手去的吗？既然是好手，你为什么又亲自动手？你临走的时候朕怎么嘱咐的，是什么让你鬼迷心窍，一出门就忘得一干二净？”

“姜放也是这么痛责奴婢的。”辟邪低下头——只要遇见雷奇峰，就管不住自己的杀意，就忍不住在他凌厉的剑风里迎头而上，那一瞬灵台空明，职责家仇抛在千里之外，自有一种飞瀑击肤的畅快。想到这一层，辟邪不禁惭愧，最后下定了决心，“奴婢错了，今后再也不这么着了。”

“只怕半点差错，就没有今后了！你要是死了……”皇帝打了个冷战，猛地闭上了嘴。

“怎么会呢？”成亲王出来圆场，“既然办成了差事，皇上就别生气了。”

“算了，”皇帝慢慢消了气，“好些了？”

“没有大碍。”

“给他个凳子坐。我们接着说我们的。”

辟邪走在奏案边，一眼瞥见案头陈旧的手札。

“这是什么？”他颤声问。

“颜王当年的行军手札。”皇帝从上面取了一本，“朕才看到全圣十八年的笔记，颜王说他那时不过二十一岁，已经领兵两年了。”

“这可是不可多得的宝物。”辟邪牵动嘴角笑道。

“正是的。”皇帝随便向后翻了翻，忽见一页上题了几句话：

斜月振冬柳，霜风扼关楼。

皆为匈奴纷乱事，玉带仗剑出凉州。

顾盼鞍沾同袍血，辗转马踏妃子愁。

颜王莞尔笑生死，单于敢窥亲王头？

见笔迹与颜王截然不同，却也谙熟，心中一动，找出一旁洪王的折子，对比之下，果然是洪王的字体，不过当时笔迹矫健挺拔，少有现在的圆润内敛。“从这诗里看，当年洪王和颜王交情好得很呢，想不到最后竟是洪王带兵进京，将颜王索拿。颜王皇室一脉，功高盖世，富有四海，朝廷上更是说一不二的人物，为何还不足够，以致叛乱？”

成亲王沉吟不语，辟邪淡淡道：“身为人臣，一旦有了远大的抱负，职位越高，便越将朝廷看得清楚，越觉得处处掣肘，雄心不得伸展，最后只有这条大逆不道的路可走。颜王当年也有铲除藩政的念头，朝廷富足，兵权一统，进而北上驱逐鞑虏，南下吞并大理，我朝便有三四百年的昌盛。”

“你对颜王所知甚详？”

“奴婢的师傅曾提过几句。”

“这便怪了，”皇帝道，“为什么朕登基之后，就少有人跟朕提过颜王这个人呢？”

辟邪笑道：“这其中必有缘故，倒是奴婢适才多嘴了。”

皇帝笑了笑，忽然问道：“说到这个，你一不求升职，二不求发财，也谈不上家室后代，你又是什么抱负呢？”

辟邪想了想，道：“回禀万岁爷，真是把奴婢问住了，奴婢自己也不知道。”

皇帝大笑道：“要是如意在这里，一定会说只要能在朕身边多伺候几年就心满意足这种话呢。”转而却见辟邪似在沉吟，不禁讶然道：“难不成你也这么想？”

辟邪回过神来，笑道：“奴婢就算这么想，也没有奴婢二师哥那般厚的脸皮堂而皇之地说出口，只怕皇上听了，起一身冷战。”

皇帝对成亲王笑道：“你看宫里还会有人和他一样说话吗？”

成亲王好像也刚从梦中醒来似的：“什么？皇上说什么？”

二十五

寒江妃子

辟邪肋上一剑固然凶险，但因没有伤及内脏，只在床上休养了一天，便可下地行走。之所以未随洪定国一起进京，倒并非伤势严重。那日从沉船中捞出李呈，为李双实接应到船上，环顾四处，独独不见了一个人。

“李师呢？”他按住胸前的伤口，质问黎灿。

黎灿也是一怔：“没看见，我从船舱中出来，外面只剩了三个人，却没见到他。”

“只怕是落水了。”李双实道。

辟邪扶着船舷，望着江水皱眉：“他是白羊人，不见得识水性。”

众人这才慌乱拿着竹竿捞人，辟邪匆匆包扎过伤处，也站于船头不住向江心眺望。直到鲜血从胸前淋漓渗了出来，才觉得昏沉。姜放靠船过来，见状自然是一顿痛责，不由分说，将他接回上江水师。黎灿自领了人护送洪定国先行。江面上水师的战船、与承运局稍有往来的船只都是忙碌异常，一直打捞至入夜，仍没有李师的消息。

“活要见人，死要见尸。”辟邪咬牙道，“我等有了他的下落再回京。”

姜放不悦道：“爷不是打开始就不喜欢这个人吗？放着那么些大事不做，独独等一具尸首，爷也恁不像话了。”

“就算是招人厌，这么死了也可惜。”辟邪道，“他下水不久就开始捞，此地水又不急，这半天没有影子，何不去岸上看看？”

姜放不住点头：“十分有道理，我这就吩咐上江的禁军在两岸寻找。”

辟邪半夜里被姜放推醒，告知已找到了李师，安然无恙，不过喝了几口水。

“那便启程回京吧。”辟邪披上衣服起来。

“要不要见李师问问？”

辟邪微笑，看起来似乎对李师的尸体更感兴趣：“既然知道没事，就不见了，叫他回京营黎灿处，总有时机问的。”

辟邪到京的次日，皇帝便颁下亲征诏书。紫南门外设大乐，诏书用宝之后，云盖里由校尉擎出紫南门外，刘远一边当众咏颂，一边不断哽咽，仿佛当今已然驾崩。御清和殿宝座的皇帝听人回奏后，自然是极为恼怒。

既然皇帝诏书已下，群臣自然无可争辩。但阁臣对后面要拟的两道旨意却十分困惑。皇帝既没说明成亲王监国一事，也未叫钦天监择定出征吉日，反而说了两件小事。

其一，礼部郎中杜豫奉调龙门越海府同知。

其二，责郑璧德遴选乾清门侍卫三十名，预备随驾北上。先钦定了一名郁知秋。

“皇上是什么意思？”霍炎正要写旨，见了成亲王道。

“给杜豫的那道旨意写了无妨，郁知秋的且等等。”

“越海府？我怎么都没听说过？”

“那是在龙门最南，穷乡僻壤，瘴气十足，苗人猖獗作乱，实在是个好地方。”

“那岂不是……”霍炎吃了一惊，见四周无人，低声道，“那不就是贬黜了吗？京官这么多，皇上都不定认识这个人啊。”

成亲王俯在他的耳边，清风般笑道：“白牡丹……”

霍炎恍然大悟。

前几日牡丹夜宴上杜豫一句自以为是的恭维话，正触及了辟邪的忌讳，只怕皇帝听出讥讽的味儿来，更是龙颜震怒。

成亲王一笑：“心里有数便罢了。那人不知死活，不必谈他了。”

他翩翩入内，找到李及，一问之下，李及神神秘秘看了看左右，道：“王爷猜得不错。辟邪立了大功，皇上问他要什么赏赐，他便请下了这两道旨意。”

既然其中一道旨意贬黜了杜豫，那么另一道虽看来全不相关，却也不见得是好意。

“还是你消息灵通。”成亲王叹道，递了银票去，“好生当你的差吧。”

“王爷，”李及收好了银票，跟上来道，“皇上亲征，侍卫自然要跟着北上，这宫里的戍防恐怕要交到游云谣手里呢，皇上正打算破格给他个升迁。”

“是吗？”成亲王瞥了他一眼，“这你也知道？”

“皇上器重的就是这么两个人，一个随驾，一个留守，不是正好吗？”

“可有提拔郁知秋的旨意？”

“没有。皇上倒是问了一句，是不是要给个衔头，辟邪说寸功未立，就有恩典，恐怕人说闲话。”

“说不定真要给他个立功的机会呢？”成亲王问。

“不过是三十个贴身侍卫中的一个，郑璧德在前面，谅郁知秋也迈不过去。”李及侃侃而谈，十分得意。

“唉！”成亲王叹了口气，“那比之游云谣可是天上地下了。”

“紫南门侍卫这一块儿，万岁爷还不是听辟邪的？”

成亲王大笑：“说的不错。”

“王爷这是在高兴什么？”郁知秋走了过来。

成亲王向李及使了个眼色，李及连忙一揖，快步走开。

“你已在乾清门当差了？”成亲王和颜悦色道。

“是。等皇上亲征，自然要随驾北伐。”郁知秋已略有风闻，想到就要在军前立功，不禁有跃跃之色。

“也是个不知死活的。”成亲王不禁感叹。

“王爷？”郁知秋愕然。

成亲王眯起眼睛微笑：“你老实告诉我，你和辟邪有过节吗？”

“没有！”郁知秋吓得退了一步，“王爷此话从何说起？都是为皇上当差出力，更何况臣还是辟邪替皇上点中的探花……”

“那就好。”成亲王吁了口气，“不过告诉你，同样是皇上喜欢的人，游云谣就要擢升，你却要军前拼命，都是辟邪一个人说了算。真刀真枪，万军纵横里，他一句话，要你死一万次也够了。”

“王爷明察秋毫。”郁知秋见大事不妙，“扑通”跪倒在成亲王脚下，惨白着脸颤抖，拉住成亲王的袍角道，“王爷救我！”

“那还不容易吗？”成亲王俯下身，捏住他的下颌，不住地笑。

郁知秋冷飕飕打了寒战，朝野有关成亲王的传言一涌而上，不禁羞恼交加，一声不吭，咬着牙扭过脸去。

成亲王拉下脸冷笑，双手捧住他的面颊，盯着他的眼睛：“顶撞我？你要是有这种胆识，就去军前送死。如果没有，就老老实实把话说个明白。”

阳光有些火辣辣的，郁知秋汗流浃背，目中的怒火慢慢消退，不自觉地吐出虚弱的声音：“王爷，一边细禀。”

成亲王迤迤然收回了手：“好啊，我们聊聊。”

天气一热，飘夏桥的暑楼又是宾客盈门，掌柜放着满楼的客人不理，站在门前不住往北张望。

“您老这是看什么呢？”小顺子便衣走到他跟前。

“呦！小公公到了？”掌柜赔笑道，“我道辟邪公公骑马来的，正望着呢。”

“我师傅身子不好，您老看看楼梯上人多不多，别碰着了我师傅。”小顺子一边替辟邪打起轿帘，一边不住叮咛。

楼梯上果然被掌柜清开了道，辟邪拾级而上，道谢连连。预先订好的包厢里，黎灿、李师和陆过都到了，已先吃起酒来。

辟邪笑道：“这是庆功宴，怎么不等我来就开席了？”

“你怎么样？”李师跳起来问。

“好了大半了，只是手上还不方便，也懒得动。陆兄是我的陪客，烦请替我筛遍酒。”

席上自然说起挟持洪定国进京的经过，陆过叹息道：“太过行险了。”

“说险不险，”辟邪道，“只是上江水师不料我们的船快，接应迟了些。你呢？”他问李师，“怎么会落水？那六个人摆在一起也不是你的对手，出了什么变故吗？”

“还有第七个。不是正面上来的。”李师道，“我觉着是从水下潜上船的，从我身后捞住我脖子，用……”

“匕首？”辟邪插口道。

“你怎么知道？”李师讶然。

“然后呢？”

“自然是我挣脱转身。那人倒愣了愣，扭在一处掉在江里。”李师脸红了红，“我灌了几口江水，醒来就在岸边了。”

他轻描淡写，别人想来却是惊心动魄，异常凶险。小顺子笑骂：“旱鸭子！”

李师面有惭色，低声咕哝：“白羊水面不多，水面不多。”

小顺子不喜欢李师惹祸，自然不会放过他，絮絮叨叨道：“好在上江水势不急，不然真淹死了你这样的高手，离水却要改名叫作‘李水’了。”

“行了。”辟邪喝住他，“看来雷奇峰手下还有一名高手，今后不得不小心了。”

又喝了几杯，陆过问道：“皇上亲征的诏书已下，京营也要北上吗？”

“只怕要悉数开拔。陆兄、黎兄自然不必说，李师也跟我去吧。”

李师大喜：“好好，总算盼到了这一天。”

黎灿懒洋洋地倚在一边：“不久前还说京营虽精，却少有用武之地。不过两个月的工夫，时局便起了翻天覆地的变化。”

“不如喝一杯，预祝我们凯旋。”陆过举起杯来，众人也跟着道了声好，辟邪也难得跟着饮尽一杯。

“开拔前京营会给假，有什么亲戚不妨多走动。”辟邪看了看黎灿，“有些不容易见的，

也罢了。”

黎灿恨恨转过头去，窗外一天江水，一角灿烂的琉璃如同天界，正是清和宫层层深院。

辟邪回宫才知道皇帝已然改了主意，留守离都的侍卫副手换作了郁知秋。

“郁知秋弓马娴熟，定擅野战，随驾北伐正是立功的机会。”

“朕也是这么想。”皇帝不是很在意，“不过景仪留守离都，他爱用什么人就用吧。”

“是。”

“叫钦天监、成亲王和阁臣进来吧。”皇帝道。

今日就要定下亲征的日子，钦天监禀道吉日就在六月初二，而后是六月二十八日和闰六月十日。

“五月里没有吗？”皇帝问。

“五月里只有初六。”

“用兵贵在神速，事关中原苍生，不能等朕一个。就是初六。谕知礼部，祖宗定下的规矩虽不能少，但其余一切从简，奢靡之物一概不用，都去准备吧。”

“太急了些。”成亲王劝道，“不如让乐州集结的兵马先行开拔，皇上的大驾六月里再出发？”

“均成呢？”皇帝反问，“他行辕一起，岂会等我们摆好仪仗，敲锣打鼓地前往？”

“臣看五月初六也好。”翁直道，“旗纛盔甲等都有现成的，也足够京营整装待发，又过了端午节。朝廷中样样能缓，只有战事刻不容缓。”

“这便是了。照这个意思写旨。”皇帝十分满意，“都散了吧。”

成亲王在外招呼辟邪，道：“我劝皇上改了主意，留了郁知秋下来，才刚听说他是你荐的，倒不该不先和你商量。”

辟邪道：“王爷这话从何说起？奴婢只是想他趁这机会立功，不知道他是王爷的爱将，另有重任。冒昧了。”

“哪里话！”成亲王拉住辟邪笑道，“都是为了抬举他，怎么都行。”

辟邪也笑了起来：“王爷总是体恤下面人，奴婢还仰仗王爷照应，王爷可不能偏心啊。”

这句话借风轻送了过来，成亲王有点飘飘然。

“怎么会？”他连忙道，“他那样的人，图个太太平平的日子就够了，没什么大志，抢不去你的风头。”

“这倒也未必，”辟邪曼声轻叹，“他的主意多得很，王爷今后看着吧。”

两人都是心窍剔透，都体会了一个按兵不动的意思，便客客气气地分手。

辟邪只是觉得有些对不住游云谣，只得在旨意下来之后又劝说皇帝给了游云谣十天假。他的着恼并不瞒着明珠，见小顺子出去了，道："郁知秋此番又勾结上了成亲王，听成亲王的口气，似乎知道不少内情。郁知秋此人不除，迟早会成大患。"

明珠点头，却道："话虽如此，皇帝亲征的日子就在眼前，京中无论如何不能再死人了。"

"心有不甘，却无可奈何。"辟邪禁不住笑了，"我倒从未碰上这么棘手的人。"

明珠笑道："要不是我也随六爷北上，倒可以把这人交给我。"

"什么？"辟邪吓了一跳，"你说要随我北上？"

"不行吗？"明珠正色盯着辟邪。

"不行！"辟邪断然道，"女子随军，军法不容。我又是什么身份，怎么护得住你？"

"我扮作小子，混在太监堆里，谁能知道？"

"不要说了。"辟邪沉下脸，"宋先生已从大理启程，月内就到离都，到时和皇帝禀明，随便想个缘由，放你出宫，你跟在父亲身边我才放心。"

明珠怒道："这件事为什么不问我的意思？爷独断专行惯了，容不得我有主见。"

"你这算什么主见？一个人在宫中，若为人挟持，你觉得我会以你为意，听人摆布吗？"

"我原不指望你会以我为意。"明珠冷笑，"谁说我不是回父亲身边，就是留在宫中？我就一定要听你的，围着你转？"

辟邪一笑："别赌气。"

明珠看了辟邪一眼，站起身，头也不回地拂袖而去。

这一眼看得饶是深刻，辟邪失了头绪，茫然目送她出了院子。可见安排好明珠已是当务之急，辟邪次日见了皇帝，就等待时机开口求皇帝的恩典放明珠出宫。不料李及抢在前面进来道："万岁爷，太后娘娘在慈宁宫叫辟邪呢。"

"什么事？"皇帝站起来问，也有些担忧起来，"你跟着去。"皇帝对李及道，"有什么事快回来告诉一声。"

太后身边只有洪司言，看着辟邪行礼已毕，仍是一句话也没有，似乎在等什么人。

宫女在外拉开门，衣裙婆娑的女官跪在辟邪身旁，叩头道："奴婢明珠请安，太后万福。"

"都起来吧。"太后吁了口气，"宫里的事我都知道个大概，明珠是你从寒州带回来的，一直走得近，宫里的孩子们可怜见身只影孤地挣命，想有个依靠，无可厚非。"

明珠红着脸低头不语。洪司言笑道："太后主子说得她羞了。"

"羞什么？"太后拉住明珠的手，"可惜我没有生个女儿，自打她一进宫就忍不住地喜欢。

宫里人的女红由她调教下来，不知长进了多少，这样的女儿家和小子们玩在一处可惜了。”

洪司言瞥着辟邪道：“太后喜欢就放在慈宁宫使。”

“也好，今天就搬过来，从今往后我疼着。”

“这你可放心了吧？”洪司言对辟邪道。

“太后抬举明珠，是她的福分，奴婢也替她高兴。”辟邪避开她的话头，随口敷衍。

“你跟着皇帝北上，小心伺候着，别让我知道你耍心眼偷懒。”

“是。”

“都谢恩吧。”洪司言欢天喜地，不住催促。

辟邪叩头，缓缓退出，明珠执拗地低着头，没有看他一眼。

太后的眼力还是精明——辟邪的心揪在一处，说不出的空荡荡难受——真要像昨晚说的那样，自己又能放开手不顾她吗？毕竟是明珠啊，就算是没有那样的明眸，那样的秀眉，只要动其一发，仍会像斩断自己手足般剧痛。

可是比之利剑穿心的疼痛又能如何？十个亲兄弟的鲜血浇铸的心肠，岂容太后小觑？辟邪微微冷笑。

“什么高兴的事？得了恩典了？”李及凑过来问。

“没有什么事。”辟邪出了慈宁宫放声大笑。

五月初一，皇帝开始有点坐卧不宁，翻着颜王的笔记，目光却显得魂不所属。

“宫里有座佛院，你知道吗？”皇帝合拢了手札。

辟邪想了想：“寿宁花园后面何止一座，道观也有。”

“从未去过，”皇帝一笑，“今日初一，去看看。”

唯恐僧道妖言惑主，历代祖宗的家法都不许僧道侍驾，最后演变成不许皇帝参礼庙观。

辟邪婉转道：“近日事务繁多，皇上是想清净一会儿，自然不必带什么人。”

“极是。”皇帝笑道，“你跟着就行了。”

辟邪传话给吉祥，命人一路上回避，侍奉皇帝悄悄行至寿宁花园后的大佛堂里。出家在此伺候香火的也是年老的宦官，此刻退出老远。佛祖金面安详垂视，悠然无声。

“上香。”皇帝道。

辟邪拈香奉在香炉里，见皇帝背着手仰面望着，目光沉静，青烟中嘴角的阴郁更是鲜明。

“你不祈求些什么？”

辟邪微笑道：“有皇上在就行了，别的都是虚妄。”

“你倒轻松写意。”皇帝“噗”地笑了，“我何尝不想能依靠什么人？”

佛堂外窸窣的脚步，似是三五个女子。皇帝皱眉，向辟邪招手，隐身在帐幔之后。

“奴婢替娘娘上香。”那宫女的声音煞是清脆，皇帝听着耳熟，好像是椒吉宫里的人。

果然听慕徐姿道：“不用，我自己来。”

宫女挪动跪垫之声、衣裙脚步交杂之声，颇为热闹。一会儿静下来，只有慕徐姿拨动佛珠的声音清晰可闻。

“佛祖保佑皇上北伐凯旋。”慕徐姿默诵完佛经，轻声祈福，随后又默然半晌。

皇帝一笑，正要走出去，慕徐姿却接着颤声道：“如果皇上有什么意外，佛祖可怜见，千万别让信女知道，只求能在皇上之前一刻，抛却这孤独尘世，地下能对皇上笑脸相迎。信女只求这一件，其他荣华子嗣一概不要，就算皇上从此再不眷顾临幸，也没有什么……”

“娘娘！”一旁的宫女已然惊呼起来，“不吉祥的话，千万别说。”

“说也说了。”慕徐姿如释重负，“磕了头走吧。”

抛却所有的尊贵幸福，只祈求早死——皇帝觉得慕徐姿有点痴了，傻了，掏空了一切都给了自己——倾听着她的脚步远去，他撩起帐幔走到佛堂外的阳光下，百般的忧虑中又多了一件心事。

“朕打算抬举訸、谐两个淑仪。”他道。

辟邪对这种事提不起兴趣，懒洋洋地敷衍：“是。奴婢给皇上道喜了。”

女人想要的东西，男人通常都给不了。长相厮守，白头到老，哪怕是死在一处，对此刻的皇帝来说都没有斩钉截铁保证的勇气。

“都册妃。”皇帝的声音明朗起来，与其说一瞬间摆脱了些微内疚，倒不如说是尽其所能，给喜欢的人恩典和依靠，忍不住有无限的欣慰。

“那么今日就得交给内务府预备。”辟邪道，“至少金册少不了置办。”

“快去吧，谕知内务府之后，两个淑仪的宫里都去报个喜。”

“皇上，奴婢领过旨意，不得往嫔妃宫里走动。”

“眼前没有别人，就是你了。”皇帝笑笑，“给你机会发财，还要挑三拣四的吗？”

辟邪无奈，去过内阁和内务府，不情不愿地拖着脚步向椒吉宫走去。门前的小太监看见他不住点头哈腰，一迭声的“六爷”请入宫内。

“给娘娘道喜。”辟邪笑盈盈叩头，“万岁爷的旨意，也请得了太后娘娘的懿旨，就要册封娘娘为妃呢。”

“是吗？”慕徐姿在喜讯之下茫然，漆黑的眼神遥望着远方，更显深邃。

“娘娘大喜啊！”椒吉宫的宫人开始欢呼雀跃，奔走相告，一瞬间便跪了一屋子的人，齐刷刷叩头贺喜。

“皇上怎么想起来的？还说了什么没有？”

辟邪掩饰自己的冷笑：“娘娘圣明，不用奴婢说，也明白的。”

“你们都出去。”慕徐姿向众人微笑道，“一会儿好好乐。”

这便是有要紧话说了，众人风卷残云似的退出门外，殿上只有辟邪一人仍跪在地上。

“有一件事麻烦公公。”慕徐姿道。

“不敢。娘娘有什么差遣尽管吩咐。”

慕徐姿站起身慢慢踱着步，裙摆流云轻拂，在辟邪眼前飘忽。

“娘娘。”辟邪觉得有些眼晕，忙道。

“啊，公公起来说话。”慕徐姿回过神来，“我有位兄长，名灿，字离姿。现在京营里当差。”

“京营里没有这个人，”辟邪道，“娘娘确定？”

“的确在京营里，不过改了什么名字，便不知道了。他这次一定会护驾北上。”慕徐姿道，“公公！无论如何，请将他活着带回来。”

“奴婢斗胆说一句，娘娘此言差矣！这件事只要和皇上一提，万岁爷定会将娘娘的兄长调至御前当差，要不留下紫南门当差，这便绝无有闪失的道理，岂不是稳妥？再说，奴婢是个微贱之人，也无什么本事，京营中不过是监军，插手不得调防的事，如何能替娘娘效劳？”

慕徐姿道：“不，这件事怎么能惊动圣上？公公，你有多大的本事，宫里没有一个人说得上来，如果这件事公公不能办，天下便没有人能保住我兄长性命了。”

辟邪极快地回味了一下慕徐姿话中的意思，笑了笑道：“娘娘这是难为奴婢了，奴婢办不到的事，不能随便答应主子娘娘。”慕徐姿眼中异常深远的神色凛凛逼近，他说了句告退，竟有些顾不得礼仪侧了身要走。

“辟邪，等一下。”慕徐姿抢上一步，拉住了辟邪的衣袖。

“放手！”辟邪心中突有一股无穷的厌烦嫉恨之意，猛地挥袖甩开慕徐姿的手，慕徐姿被刺痛的表情让他霎时冷静下来，缩回手躬身慢慢道，“娘娘，放手。”

两个人微微喘着气对视着，彼此眼中的恼怒让双方渐渐有所领悟。

“原来如此。”慕徐姿明白得更快些，轻柔地绽开笑容，一如既往地桃花扑水，秀霞满天，她坐回椅子里道，“算我求你帮这个忙。”

辟邪仍在迷惑着“原来如此”的含义，冷冷道：“不敢，奴婢只能尽力去办。”

“那就好。”慕徐姿慢慢收回了刺人的目光，静静垂着眼，“去吧。”

辟邪磕了头出去，身后椒吉宫的小太监追上来：“这是娘娘的赏赐。”

“奴婢谢恩。”辟邪接过那二十两银子，道，“要紧话忘了说，等旨意下来，娘娘可要准备着沐浴斋戒。”

“小的们会伺候，六爷放心。”

眼看就是大日子，皇帝为册妃和亲征两件事，共要斋戒三日。自五月初二起，就挪在斋宫里住。各府部院寺早忙得足不沾地，奏折反而少了，只有各地的谏书仍在源源不断地上来，指望皇帝在最后一刻改了主意。

“都当朕是儿戏，不看也罢。”皇帝看着送折子来的霍炎，突然道，“跟朕一起出征的人里面有没有你？”

“回禀皇上，臣算是个文臣，内阁里各位大人都没想起臣来。”

“也好。成亲王监国，政务繁多，你要鼎力相助。”

“臣虽不才，皇上从前对臣说过的话，臣总是记在心里的。”

“好。”皇帝颇为赞许，“你的老母和发妻什么时候接到京里来，儿子不在跟前，总不能称得上孝顺。”

角落里窸窸窣窣的，是辟邪在偷偷笑。霍炎涨红了脸，道：“皇上教训得是。不过皇上亲征之后，臣身处要冲，京中事务繁忙，一样冷落臣母，反而不美。”

“你是极聪明的。”皇帝叹道，“没有后顾之忧，办事更方便。去吧。”

皇帝看着他退出，扭头对辟邪道：“你说的不错，他既然不肯接家眷过来，必对景仪心存戒备，可见还是靠得住。可是话说回来，天高皇帝远，到时离都就是景仪的天下，他一旦有什么异动，我们拿得出什么良策？”

辟邪摇摇头：“凡事只能先仰仗太后娘娘做主。”

从来太后似乎就更偏爱成亲王一些，要是闹出武姜共叔段的风波来，倒颇是棘手。皇帝丝毫没有宽慰。

五月三日，皇帝祭告天地神祠行禡祭礼。五月四日，服通天冠、绛纱袍，省牲视涤。五月五日，端午，皇帝告太庙、世庙，皮弁御清平殿宝座，承制官奏发皇妃册宝，降自中陛，宣道：“册慕氏、卫氏为妃，命卿等持节展礼。”女乐丝竹中，詠、谐两位淑仪具六龙双凤冠，服袆衣，至殿上受册。

几日未见，此时不过匆匆一瞥，一双绝代佳人便在紫烟的朦胧中被女官簇拥而去，叩

谒太后、皇后之后，又是外命妇朝贺。皇帝咀嚼着慕徐姿忧郁的神色，也是怅然若失。

“皇上。册妃已毕，大臣们都候在清和门外，是不是传宴？”

“赐宴，赐糕粽。”皇帝起身，“看太后、皇后那边赐宴差不多了，来告知一声。”

皇后连月来一直病重，端午赐宴命妇也只由太后主持。外朝内宫各敬酒九行，繁文缛节才算告一段落。皇帝换了武便装，神采奕奕地出来，这一日的热闹气象才真正开始。

京城水面宽阔，民间端午赛船一向都自双秋桥始，迄于飘夏桥。而往年皇帝只驾幸西苑福海，观看内廷侍卫的龙舟赛。今年因大战在即，特意在侍卫、禁军、京营、水师、五城兵马司中选拔了三百多名好手，逆水竞渡，只为激励京师民众竞胜的士气。故而虽銮驾在此，也不禁百姓沿江围观。京中市民早在五六天前得了消息，知道这是千载难逢的大事，为一睹皇帝龙颜，有的甚至在两天前便拖家带口在江堤上铺展竹席，抢了视野开阔的好地盘。这日一早，京营两千铁甲枪手驱赶人群布防，结绳为界，三步一人横转铁枪，犹如城墙矗立，不许百姓趋前。饶是这般扫兴，中午以后两岸仍是熙熙攘攘，人头攒动，层层叠叠厚达里许。

未初时，皇帝骏马奉太后慈驾出清和宫，漫天旌旗伞盖，繁花泻地的锦绣官员扈从两宫过奉天桥。皇帝在上江御道码头下马，恭送太后前往一里外的双秋桥枫林，内务府早两日已在两处临江开阔处搭了彩台，凉棚遮顶，眼界开阔，江面一览无余。

离水之上，京都水师已在上江御道码头备下九条十彩衔珠龙舟，各插本营旗号，每船三十六名虬虎壮汉，皆赤着黝黑健硕的上身，持桨肃穆静候，舵手一人体格伟岸雄壮，披红花操大桨，安稳立于船尾，压得龙首微昂，更有出水飞扬之姿。皇帝赞了声好，号炮声中登上彩台宝座。沿江河岸十数万臣子百姓黑压压跪倒称贺：

“陛下万岁，万岁，万万岁——”

皇帝颔首，又是号炮一声，百姓哄然欢呼，你推我拥，拼了命地向江边挤来。

吉祥在喧闹中不由得拔高了声音，站出来躬身道：“恭请万岁爷钦点各船龙鼓手。”

这个位置一直是留给朝廷中出身亲贵的少年，不然就是皇帝宠信的年轻臣子。在船上虽用不着满头大汗地出苦力，但因兼着龙头标手的职责，往年颇有在最后落水的。

今年除了五城兵马司外，京营、禁军、侍卫营、水师各有两条龙舟竞渡，皇帝当下在各营中点了几员爱将。京营中是陆过，侍卫里是游云谣和郁知秋，五城兵马司的是袁迅的嫡长子，也是太傅刘远的爱婿，均不出众人所料。只是最后京营和禁军还各差一人。

“万岁爷，这是……”

皇帝道：“京营随朕北上，禁军与成亲王留守京师。你们说这两个位置是给谁留着的？”

原来皇帝和成亲王要亲自掌鼓斗龙舟，一句话被人交头接耳地传开，京营士卒都是大

感脸上有光，相顾欢笑，不由得让消息层层透了出去，一会儿便轰动全城。

“这是怎么了，突然这么闹？”太后在终点的彩台上，深坐珠帘之后，被外面百姓这一阵沸腾吓了一跳。

洪司言叫人下去问，不刻上来禀道：“皇上和成亲王要亲自斗龙舟呢。”

“胡闹！”太后笑道，“这是天子做的事吗？”

太后年年在福海看划船，不过是应个景儿，早不觉得新鲜。今天兴师动众出来，也是因为若自己不来，两位太妃和几个年轻的妃子便不得出来了。正在闲坐，听了这个回禀，也觉十分有趣，话是那么说了，仍叫人打起帘子，往明晃晃的江心里看。

“还没动静吗？”妃子们笑问。

洪司言忙道：“娘娘们心急了，要等响了号炮才开始呢。”

这号炮就是迟迟不响，百姓焦急万分，踮着脚伸着脖子向上江御道方向观望，猛听御驾前喝彩声大作，原来是皇帝起身，宽去上衣，赫然露出一条彩绘的斑斓翔龙，金鳞云爪，环绕身周，背后龙颜凶恶，恣行无忌，凛凛然煞气冲天。不知是因这金龙威武，还是皇帝体格出人意料的雄壮，群臣喝彩声脱口而出，内臣们更会起哄捧场，将个“好”字叫得震天价响。

“你怎么样？”皇帝的骄傲威严今日锋芒毕露，微笑着问成亲王。

“不。”成亲王脸色惨白，竟不顾礼仪贸然出口拒绝。

皇帝不料他如此扫兴，沉下脸问：“你说什么？”

“臣不擅这个。”成亲王浑身颤抖不已，跪倒叩头，“皇上饶了臣吧。”

群臣大哗，皇帝更是气得眼前一黑，不过正该高兴的时候，不能发作弄得不欢而散。皇帝垂目下顾，此时能及得上成亲王身份的只有洪王世子洪定国。

“世子，”皇帝很客气地道，“愿意代劳吗？”

洪定国跪奏道：“皇上有命，乐意之至。不过臣在洪州有一班耍龙舟的伴当，这几日正好到京，臣在此替他们乞求个恩典，能在皇上面前、在京中各位王侯将相面前露个脸儿。”

皇帝自然不会驳回，笑道：“准卿所奏。”

洪定国吩咐了李呈，不刻有一条红鳞龙舟，自对岸下水，桨手舵手一色的金粉抹身，雄健无比，金身罗汉乘龙而来的气势，阳光下灿烂夺人双目。

皇帝按捺住冷笑，喝彩道：“好！”

吉祥恐不懂事的人跟着起哄，惹得皇帝更为不悦，忙上前高声道：“万岁爷，这禁军一只船上，尚且无人操鼓，请万岁爷示下。”

“你看呢？”皇帝问成亲王，“既然你不擅长，荐个人总行吧。”

成亲王的脸色才缓过来，这时又涨得通红，道：“臣看还是皇上喜欢的人才好，辟邪如何？”

“好啊。”皇帝总算高兴起来。

辟邪忙道：“奴婢什么身份，敢与皇上和众位英杰同场竞技？”

“玩耍而已，有什么打紧。”皇帝大笑，当先走下彩台。

此时陆过等人都赤了上身，腰扎红缎，顺序登舟。京营的龙舟也已靠岸，皇帝轻捷跃上船首，身上金龙跟着张牙舞爪，直欲飞去。四周京营士卒喜不自禁，高呼万岁。

辟邪跟在后面甩掉宫衣，胸前一道寸许伤痕依然鲜红。

李呈趁他走过身边，不失时机嘲道：“原来竟是如此凶险，要不要紧？”

“已好了。”辟邪道，“承蒙您老费心了。”

“小公公危急之下，还记得救我出水，我很承小公公的情哪。”

“虽然公公只会帮倒忙，”辟邪笑道，“但公公若死了，我这个差事就办得不漂亮了。”

李呈恶狠狠道：“小公公年纪轻轻，武功就高到这种妖邪的地步，只怕难得永年呢。”

“彼此彼此。”辟邪一笑，“洪王座下高手，年纪也不大啊。”

“公公赶紧了。”禁军舵手呼道。

辟邪轻身掠上龙舟，缓缓荡向江心。十条龙舟在水面上一字排开，舵手牵住缆绳，堪堪停在起点红线之后。

万众屏息，只听号炮一声巨响，鼓点急催，短桨急划，顷刻间十条龙舟冲破红线，直扑双秋桥前龙门。冲出十丈，鼓声渐缓，洪定国的龙舟飙于最前，皇帝紧随其后。民众认出正中的皇帝，随着京营将士高声助威，两岸“万岁”之声连绵起伏，声势撼天。

辟邪担心有人行刺生变，不住向两岸打量，扭头相望，见他二人两只船都行在江心，咬得甚紧，唯恐皇帝有失，抬手示意舵手，摇动大桨，急追上前，衔住洪定国船尾。洪定国冷笑，鼓声加紧，又将两船甩在后面。皇帝仍十分沉得住气，不管船上桨手神色焦急，鼓点只是不变。洪定国、辟邪、皇帝，三条龙舟连成一线，笔直飞驰向前。

欢声已动至双秋桥。妃子起身遥望，问道：“只看得见最前面金灿灿一条龙，可是皇上吗？”

“大概不是。”洪司言笑道，“应是成亲王的船，他平素就喜欢惊世骇俗的玩意儿。”

“好是耀眼啊。”太后道，“要把皇帝比下去了，又要在我跟前闹了。”她对这两个儿子之间的竞争也极为关注，终于放下茶盏，起身观战。此时赛程过半，十条龙舟渐渐向

江心汇聚，又有郁知秋一条船鼓声猖狂，冲在辟邪左侧，纠缠在战团之中，转眼又向上游抢了十多丈。一里竞渡，十停中已赛去六停，皇帝将鼓声舒缓，由得桨手稍作休息。洪定国的鼓声只是越作越紧，那班桨手也极是坚韧，整齐划一，犹如机栝铜人行舟，竟不露一点疲劳之态，仅这一瞬，又领先了三四丈。辟邪不会计较输赢，万事只求太平为上，紧贴皇帝座船。如此却让郁知秋超出，占到笔直的航线，挡在皇帝之前。

“不知死活的混账！”辟邪对他这股狠劲哭笑不得，不禁暗骂，伸手一指，向舵手示意。舵手心领神会，助桨逼上前去，龙首撞在郁知秋船侧，硬生生挤开丈许。

皇帝的桨手虽在调息，船尾的舵手却猛然发力，大桨一摇，便沿辟邪开出的航道，向前猛蹿半丈，三十八人的龙舟竟像飞叶轻滑水面，倏然荡前，不一会儿便与辟邪齐头并进。那舵手将脸上的油彩抹去，向皇帝和辟邪露齿微笑。

“姜放？”辟邪恍然，难怪神力如斯，原来是上将军亲自掌舵。

皇帝与辟邪相顾大笑，水光、阳光照得人满眼生花，只觉这一刻君臣投契不已，说不出的欢喜愉悦。皇帝大喝一声，高举鼓槌，疾风暴雨般地打了下来。这船上的桨手早就憋足了气，听鼓声催动，都是放声吆喝，飞轮般使桨，借着洪定国龙首破开的水流，顷刻追上洪定国船尾，咬住不放。

皇帝一直落后，百姓大为骇异，眼看只剩五十丈开外的水面，以为皇帝获胜无望，沮丧中声音也低了下去。不料此刻皇帝骤然冲刺，数万人又来了精神，助威声如海潮拍岸，一浪高过一浪。后面六条船上众人也是精神大振，不甘示弱，咬着牙豁出所有气力，奋力赶来。

双秋桥前龙门在望，正中悬挂的大红花球也看得极清了，姜放轻轻巧巧摆舵，皇帝的龙舟顿时抢到洪定国船边。辟邪转脸看了看，见他们两船并驾齐驱，一时难解难分，忙加紧鼓点直欲上前。水波忽而一分，郁知秋的船又斜里驶来，占据直道，向着辟邪笑。

百姓哪里知道其中那么些缘故，只见四条龙舟结对儿相争，精彩纷呈，都拍手叫好。

皇帝和洪定国距龙门也不过就是十丈开外，都抛了鼓槌，攀上龙头。辟邪虽离着还远，只怕皇帝着了洪定国算计，也连忙反身掠上龙首，手中提着鼓槌，只要见一点意外，便出手偷袭洪定国。

“到了到了，可看得清了。正登上龙首要夺标呢。”双秋桥这边的宫女太监击掌欢呼。

太后看了一会儿，突然问道：“那个是景仪吗？”

“主子说的是哪个？”

“红鳞船上的那个。”

“不像。”

“禁军旗号下的金蓝鳞片的那个呢，怎么如此行险，站在龙头上？”

“成亲王身量更高些，看着也不像。”

太后尚在迷惑，太监来说上江码头侍驾的大臣们都挪到这儿来了，成亲王求见。

“你不在船上吗？”太后见了他大惊。

成亲王面有惭色，道：“乾清宫的辟邪替臣上船了。”

“那么红鳞龙舟上的又是谁？”

“洪亲王世子洪定国。”

太后原以为就算争得热闹厉害，不过是为场面好看，最后总是皇帝有惊无险取胜。但对手若是洪定国，那就什么都保不定了。皇帝若在十数万百姓面前栽这么大一个跟头，颜面尽失，何以立威？太后指着成亲王低声怒道：“上阵亲兄弟，你又怎么临阵退缩？你心中那点业障何时才能消退？真是没出息。”

成亲王被她骂得抬不起头来，太后拂袖道：“去吧。”

回避在内的妃子们也听了个大概，待成亲王退去，一涌而出站在彩台边上，扶着栏杆忧心如焚地观望。猛听两岸齐声惊呼，原来洪定国的舵手突下狠手，硬让两船龙头相碰，皇帝身子一晃，有落水之虞，观众都是惊叫出声。

谆、谊二妃都是抽了口冷气，谆妃更是胆小，捂着眼睛不敢再看。慕徐姿紧捏着手帕一脸以身相代的决心，又向前冲了一步。谐妃卫氏颇冷静，暗暗拉了她一把，却不作声。

洪定国的船趁机领先了三尺开外，龙首将进龙门。辟邪距他不远，手持鼓槌，正要掷去，却见皇帝仍在奋力攀登龙首，一个转念垂下手来。

洪定国此时胜利在望，伏身在船头龙首之上，标的花球已触手可及，想到今日给了皇帝一个下马威，不禁扬扬自得。不料眼前金鳞闪烁，蛟龙飞掠，正是皇帝奋身登上，驻足龙头，探身伸长手臂，堪堪比洪定国早了一分，稳稳摘走花球。洪定国的舵手大怒，想趁皇帝正立足不稳，一举将他撞于水中，也叫他出个大丑。姜放眼光老到，抽手抢过面前桨手的木桨，贯足劲力掷去，将洪定国的掌舵大桨拦腰斩断。

辟邪松了口气，才发现郁知秋已然赶到前面，忙命人加紧。郁知秋虽不能与皇帝争胜，能赢了辟邪也十分高兴，却见游云谣的龙舟碎浪追来，人探出身子高叫：“郁兄，那是成亲王的船！”

郁知秋冷然一个寒战，想缓下龙舟去势已是不及，还是比辟邪先到一步。

待十条龙舟全部过了龙门，皇帝的龙舟已经悠悠转回，沿江缓行，百姓见他赢得结实

漂亮，惊雷般的欢呼回声直要摧裂整座京师。皇帝手持花球，浑身金鳞耀目，稳稳立于龙首之上，肃然望着远处的洪定国。那目光绝非锋芒可以形容，洪定国在这浩瀚气势之下，也不免低了一低头。

“万岁万岁，万万岁——”刘远伏地赞拜。

“万岁万岁，万万岁——”仿佛静水惊石，礼赞跪拜之声从此波澜般漾至十数万人群中。

风翔江面，令人心境飒然浮空，为君之乐就在这城池折腰、江山共赞的一瞬——皇帝慢慢环顾，远眺明媚阳光下彩虹般飞跃离水的九座长桥，悠然品味着半座京师喧哗之后突来的悄寂无声。

端午深夜流逝如常。明日，京营四万将士将在离都攘狄门外集结列队，恭候皇帝銮驾启程北伐。京营统帅姜放却未曾与家人共聚，反而屏退了所有家人仆从，此时姜府内外都是颜王最亲信的眼线，布防森然。姜放巡视一圈，回到东厢院中，仰头看了看天色。

“是不是太着急了些？”辟邪在书房内笑道，“还不到时候。”

“是。”姜放进屋道，“主子爷比我沉得住气。”

辟邪着月白丝袍，手里摇着团扇，悠然道：“这有什么沉不住气的。都是自己人。”

姜放喝了口浓茶，道：“今日热闹了一天，我都觉得累了，主子爷倒仍是精神奕奕。”

“若不是成亲王临阵退缩，哪里就要你我亲自操鼓执桨？说到这个，”辟邪皱眉，“就是一件事不明白，成亲王凡事都洒脱，怎么今日在大庭广众之下畏缩起来？”

姜放长叹一声：“这里面是有个缘故的。”

辟邪奇道：“难道他不识水性？”

“这倒不是。凡是皇子每年在上江避暑，水里山上都去得，从小水性就不错。只是爷还记得我曾在上江射杀过行刺皇帝兄弟的刺客吗？”

“记得。”

“那刺客极聪明，避免别人识破皇子为人所杀，竟要溺毙那兄弟二人。等我赶到时，两兄弟都被他按在水里，救上来的时候，成亲王几乎没了气息。”

“难道为这一件事就怕了水？”辟邪失笑，“断断不会，上元节的时候还见他乘船在江中游玩。”

“要说那件事都因当今皇帝少时不经事，避了人带着成亲王独自乱走才起。经此一事，恐怕懂了个千金之子坐不垂堂的道理。龙舟夺标并非没有风险，想起少时遭遇，有些恐惧，也是人之常情。”

辟邪道："但凡有人之常情，就会被人有可乘之机。他这么爱惜性命，没有半点冒险的勇气，只怕难成气候，亏我还在为他发愁。"

"有我吴十六在主子爷愁什么？"门外人朗声一笑。

"十六哥到了吗？"辟邪大喜，迎出门外。

吴十六和宋别二人都已翩然而至，吴十六撩起衣袍给辟邪叩了个头："小主子爷安好？"

"十六哥快起来。"辟邪伸手相扶。

宋别不似吴十六和姜放一般是颜府家奴出身，只是口称"小王爷"，拱手躬身行礼，辟邪还礼不迭。

姜放请众人入席，盛宴早就铺张开，应节气奉上朱砂雄黄菖蒲酒，粽子并非人人爱吃，姜府还是摆了各色玲珑的小粽子，算应景。

"小姜，让你破费了。"吴十六笑道，"怎么还不举杯预祝小主子爷马到功成，凯旋还京？"

"且等一等。"姜放道，"还有一位稀客。"

吴十六吃了一惊："难道那厮得空也来了？"

忽听门外一人慢条斯理冷笑道："吴胖子狗嘴里还是吐不出象牙来，臭毛病一样没少。"

那人病恹恹地走入，目光煞是犀利，盯着辟邪看了一眼。

姜放起身道："主子爷没见过，这是二先生。"

辟邪气度雍容，端坐一笑。

那人目光中颇有欣慰之色，欣然跪倒："范树安给主子爷叩头。"

辟邪这才起身相避，微笑道："二先生请起，书信往来这么久，今日才得相见，甚是失礼。"

范树安道："虽然十七岁上就离开王府，但算起来还是王府家养的孩子，小王爷切勿跟我客气。"

辟邪谦道："二先生身处虎穴，多年来不断周旋，其中辛苦非我可以想象，在各位面前，我后生岂敢托大？"

"别客气啦。"吴十六这些年来沾了不少江湖气，大大咧咧道，"小王爷和四方领袖今日都在，先干一杯要紧。"

"胡说。"范树安笑道，"伦零尚不在此，不然倒也可以说齐了。"

众人说说笑笑，入席举杯。

吴十六问道："你不是在多峰吗，怎么跑出来了？"

"洪王世子叫小王爷劫走，洪王怎会不动怒？先前调动人马正要往少湖方向去，这便转扑多峰，要剿灭多峰二十寨，连我也是吃了一惊。好在我已命白大统领人马下寒州去

了，让他们扑了空。”

“白大、白二也是好久不见，等我回了寒州，爷们儿好好乐乐。”

辟邪问道：“这两万洪兵而后还是依计去了少湖？”

“正是冲着东王去的。”范树安道，“洪王在少湖中还有一座水寨，这两万人潜伏其中，一旦东王有所异动，便出兵相抗。”

辟邪笑道：“二先生就是领着这两万人南下的吗？难怪今日洪定国突然叫出一班龙舟好手，想必也是这里面的人。”

“那些都是洪州水师的参将游击，颇为了得。”

“这却正好。”吴十六道，“多峰两万人、洪王两万人足以让东王自顾不暇。”

辟邪道：“朝廷在东边也埋伏了一着棋，十六哥可知道陆巡这个人？”

“分守东海道参将。”吴十六答道，“陆家原来和京营也颇有关系，他的父亲还和我有点交情。”

“很好，十六哥回去之后，尽快和这个人结识。”

宋别道：“如此看来，东王现在已不足惧。唯一忧虑的，还是他和西王勾结造反，东南两地乱起来，再加上苗人，不是几万人弹压得住的。”

“这就要仰仗宋先生在大理周旋了。”

宋别微笑道：“段秉此人野心勃勃，已按捺不住，倒是可以利用。”

姜放道:“要说性子急,没有比东王更急的了。龌龊手段层出不穷,竟然刺杀王举和良涌。”

“嘿嘿。”吴十六冷笑道，“这两人一死，朝廷没有统兵的大将，和凉王分歧一起，北境自然空虚。东王和月氏早有勾结，自坏门户的事还是做得出来的。要是皇帝亲征，更是他作乱的好时机。”

“刺客既然是雷奇峰，洪王不会不知，想来王举与良涌一死，也是正中洪王下怀。”

“不错。”范树安拈着几根长须，不住点头，“洪、凉两州一衣带水，同气连枝。王举一死，岂不是凉王夺取兵权的好时机？就算是皇帝亲征，以洪、凉两王前后呼应，必要皇帝断送在雁门。只可惜洪王算错一着，竟让小王爷挟持了洪王世子去，如今投鼠忌器，北伐成败直须他好好掂量掂量了。”

姜放笑道：“可见皇帝亲征是民心所向，大势所趋。主子爷尚愁手中无兵，此次随皇帝北上，正是在震北军立威的机会。”

众人放声大笑，吴十六更是连连拊掌：“到底是小主子劝诱皇帝亲征，才有了这个‘皆大欢喜’的局面。”

五个人又商定了几条计议，夜色已是极浓，酒到尽兴，人言畅欢，范树安行动须极小心，先行告辞。

吴十六笑问姜放：“你呢？今晚和我们粗人混在一处，此刻定是想飞了吧？”

姜放向内宅一瞥，道：“拙荆一直病，又担心着，今晚只得哪里都不去。”

吴十六叹道：“栖霞也是奔四十的人了，就算你们一时不能厮守，眼看就要打仗拼命，怎么也要给人交代一两句话吧？”

“十六哥教训得是。”姜放忍不住叹了口气，“我总会给她个交代，一切只好等回来再说了。”

“嘿！”吴十六气得拂袖，“老宋，走吧。”

“宋先生请稍候。”辟邪上前道，“明珠那件事……”

“怎么？”宋别微吃一惊，“她说什么了？”

辟邪笑道：“那倒没有。晚辈只是觉得她在宫中着实凶险，若先生可以在京稍驻，我总能想法将她接出宫来，宋先生有女儿服侍，不也好？”

“这个……”宋别沉吟半晌，无奈道，“老实对小王爷说，这个老朽做不了主。”

辟邪为之气结，怒笑道：“宋先生，事关令千金安危，正要您拿主意的时候，怎么如此推托？”

宋别叹道：“这里有个难处……”

“什么难处？只要是晚辈力及，都会替宋先生办妥。”

“不提也罢。”宋别匆匆想走，被辟邪一把拉住。

辟邪急道：“此事还请宋先生定下个计较。”

宋别垂目看着一阶月色，仍在沉吟。

“宋先生！”辟邪拔高了声音。

“唉！冤家！”宋别跺了跺脚，“两个人竟要生生逼死我。”

辟邪大觉蹊跷，此时只是拽住宋别不放。

“小主子，别着急。”吴十六赶紧过来分开两人，“老宋，既然到这个地步，还是说明了好。”

“说明什么？”辟邪隐隐感到不妙，冷汗已经微微沁出。

宋别神色一狠，下定决心道：“小王爷不是不知道，我的发妻是大理公主，只因被大理皇帝拱手送人，又怕我造反，杀了我的全家，逼我流落中原。”

辟邪干干脆脆道：“知道。”

“承蒙老王爷相救，那一年我带着明珠辗转到了离都，就落脚在颜王府上。明珠不过

一岁，被小王爷的生母郑王妃接入内廷抚养。”

辟邪笑道：“难道我小时还见过明珠吗？”

“想必是忘了。”宋别叹道，“郑娘娘见了明珠十分喜爱，叫我抄了她的生辰八字进去，一看之下才知道和小王爷同年、同月、同日的生日。”

辟邪猛地退了一步，宋别抢着续道：“老王爷看了，也觉十分有缘，明珠出身又高贵，当下便替小王爷下了聘礼，以为小王爷选作未来的王妃。”

“等等，等等。”辟邪满身冷汗，扶着桌子坐下，“宋先生，你别取笑我。”

吴十六道：“宋先生说的句句是实，主子爷好好听着。”

“后来颜氏灭门，我道小王爷身故，没怎么将此事放在心上。不料小王爷两年前竟到了寒州，这才知道那个颜久，就是现在的辟邪了。”宋别苍凉神色中勃发一股傲气，道，“我身经那样的变故，原不将什么贞节操守看在眼里，想赖了便算了。明珠见我踌躇，便对我道，跟着小王爷上京，服侍小王爷两三年，若能替小王爷立下些功劳，也算没有辜负老王爷的恩情，那时再回寒州，父女二人还清了债，心里再没有愧疚。只是跟了小王爷两年，明珠一时也割舍不下，我此时说出来，她定会不住埋怨。”

“退婚！退聘！退！退！退！”辟邪大叫一声，“纸笔呢？写休书也可以！”

“主子爷！”姜放按住他道，“什么休书？主子爷糊涂了吗？”

“那就退聘。”辟邪脱力，喘息半晌，黯然望着宋别，乞求道，“求宋先生做主。”

宋别看他，也是怜惜，默默摇了摇头。

“宋先生！”

“老王爷当年下的聘礼绝非玩笑。除了珍宝信物，还有万两白银，连封号也定好了为‘寒江妃子’，白纸黑字写着。现在我两手空空，拿什么还给小王爷。要说两年前撷珠绣坊还有人出价一万两强买，现今就是白给他，他也不要呢。”

吴十六怒道：“这点事记仇到现在！小王爷这样，你还说笑！”

宋别抚着辟邪的肩膀，心中也是十分伤感：“小王爷当然不会在乎区区一万两银子。只是贵重的信物都在明珠手上，想要退聘，只好对她当面说。”

“知道了。”辟邪霍然起身。

吴十六拉住道：“难道今夜就去？也算是二十多年的缘分，主子爷就要启程，临行还要伤明珠的心，伤明珠的脸面吗？”

“不要管我！”辟邪甩脱他的手，踉跄冲到门外，从院中一掠而出。

凉风灌耳，辟邪烧得通红的脸才渐渐凉下来——原来明珠的心竟是全部在自己身

上——辟邪大喜大悲，驻足在慈宁宫墙上，欲哭无泪，只想放声大叫明珠的名字，要她说明道清，然后一刀斩断，永绝后患。

"明珠、明珠！"辟邪心中默念，这名字就分明是清灵温润的寒江水波，又如何斩得断？想到居养院暖春新绿，严冬白雪，就一时心乱如麻，想一句开口说的话，竟没有半点头绪。

"六爷？"

辟邪猛惊了一跳，看清那清秀绝伦的少女正微微侧首笑道："原来宫中还有六爷牵挂的人？"

辟邪头痛欲裂，不住向后退却。

"今夜见到我父亲了？"明珠悄声问，"怎么了？六爷还在生气吗？"

"跟我来。"辟邪拉住她的衣袖，向慈宁花园行去。一路景物全是浓浊的黑影，辟邪眼里耳里只是那侧首的风韵，柔软的"牵挂"二字。

算了吧，见了面才知道原来自己也割舍不下，明日分别，又何时再见？就留一点牵挂，留一点心，留一点脸面又能如何？

辟邪看着明珠，只觉得二十多年的缘分无从说起，明珠所有的不幸，都是为自己一人所生。如今所有的心思只是想对她说一句"一切等我回来再说"，却在她轻柔的微笑下踌躇：如果自己一去不回，死于沙场，对明珠来说难道不是最大的幸事吗？

如果两年前自己没有亲下寒州，明珠是不是也该择定良婿，在细柳阳春下的闺楼中织绣嫁衣？

如果当年自己也追随父王而死，明珠是不是早就嫁作人妇，过着子行膝下，举案齐眉的日子？

幸与不幸，有时并非一个机缘巧合就会翻天覆地。有些就像是从胎盘中带来的蛊毒，纠缠着，牵绊着，洗刷、挣扎都是无济于事。颜久已成废人，固然是明珠的不幸；但若颜氏一门荣光犹在，圣眷如初呢？锦衣玉食的跋扈小郡王和寒州亡国的清高少女注定是一双怨偶，怎能生出如今这般相依为命、体贴怜惜的缘分？

宿命没有给过两人半分机会，辟邪此刻才突然发现它的利爪一直扼着自己咽喉，愤怒和无奈争夺着他的神志，心像是要挣脱桎梏，怦怦跳得厉害。

"六爷……"明珠发现他眼中凶恶的目光，不禁后退了一步。

"一切等我回来再说。"——这句话盘桓良久，辟邪张了张嘴唇，却没有说出一个字。

明珠望着他的脸，"哧"地一笑。

"别笑！"辟邪低声道，张臂将明珠柔软的身体锁在怀里，注视她温柔的面庞。

明珠在不知所措中发抖，目光流转了许久，慢慢闭上了眼睛。辟邪俯下脸，能感觉到她温馨纤细的气息，明月一般皎洁的额头下，漆黑修长的睫毛就像她的心情，不住颤动。

“明珠。”辟邪喃喃道，嘴唇终于触到了她的额角——这就是明珠——清凉的肌肤下有种特别的温暖气韵，却正像烙铁般烫伤了他的理智。

辟邪浑身战抖着松开双臂，慢慢向树后退去。

“辟邪！”明珠拉住他的手。

平时光彩夺目的少年容色愈见惨淡，只有瞳孔烧得赤红，清冷的手指仿佛冰雪消融般从她的指间挣脱。

——无可挽回了——明珠独自在弯月下轻泣。

歌者均成

天水

八月会天水，一地金黄。

天既广，云飞万里卷苍茫。

牛羊乃作银河水，奔流只为大王忙。

屈射王旭逯冷着脸，静静听歌手把赞歌唱完。秋日的阳光极浓烈，旭逯的面庞被照成一团雪白的光芒，歌手敬畏地看了一眼，低头跪爬到旭逯的脚下，亲吻他的靴子五遍，才退到自己的主人身后。

阙悲甩着袖子，走到旭逯面前，深深一躬。

“兄弟。”两人都笑道，抱着对方的肩膀，又使劲搂了搂腰。

寒暄了一番，旭逯才放开手，朝阙悲身后的马队里看：“你那姑娘闼穆阿黛可好？”

阙悲忙向后道：“快来，大王想见你呢。”

右谷蠡王的女儿闼穆阿黛不过八岁，秀眉大眼，已很有些英气勃勃的美貌，端端正正走上前来，跪了一跪。“大王，闼穆阿黛祝您弓马快利，福寿绵长。”

清澈娇人的声音，令旭逯大喜：“好孩子，好孩子，越来越出众了。都过来，见见妹妹。”

旭逯最长的两个儿子不过微微点了点头，闼穆阿黛自然非常不高兴，把辫子一甩，跑回马队里。

这让阙悲有点尴尬，不过旭逯仍宽厚地笑了。众王在旁冷眼看着，连阙悲自己也是忧心忡忡。

屈射氏的王位历来传与兄弟，旭逯也不例外地在长兄伊屠身后接过王位。自屈射王以下，旭逯的兄弟尚有左屠耆王、左谷蠡王、右屠耆王以及右谷蠡王阙悲，位在顶天四角大王里，都是名正言顺的储君。不过这两年看起来，旭逯的儿子们渐渐长大，虽然还未成年，不得封王，但旭逯将王位传给儿子的决心似乎已定了下来。众王内怀猜惧，庭会稀阔，旭逯也深以为患。他见众王中阙悲最和气，便意欲子女联姻，拉拢阙悲的意图已再明显不过。

要论继位的顺序，阙悲自然要排到第四，因而从来对王位没有过多的奢望，但对旭逯坏了规矩、一意孤行的做法，阙悲还是很赌了一口气。

屈射氏八月会于天水，大王校计民众、牛马、奴婢数，十王诸侯俱率本部奔千里赴会，是国中最盛大的节日。大王与诸侯的联帐居于正中，从日出到月明，各王的盛宴，连着铺张十日。贵族少年摔跤斗力、赛马试弓，跟着他们满地跑的都是衣着光鲜的奴婢，和为他们导前唱赞歌的画着小丑脸的歌手，笑声、歌声的喧哗此起彼伏，热闹到了极致。待第十一天，又逢旭逯长子忽勒的生日。

这一年忽勒十一岁，正是成人的年纪。屈射人素来看重成年的仪注，既然是大王的长子，自不必说的，忙忙碌碌搭起祭坛彩帐，武士飞传大王的邀请，到正午时来自各部的贵族及其子弟坐满了八十个大火盆边的狼皮毡毯。

“父王。”闼穆阿黛跑过来缠在阙悲的身上，“哥哥们在说什么？杀什么人？”

阙悲把她抱在膝上，笑道：“成人时向天神献的祭品，当然是人牲了。”

“要献奴婢的头颅吗？”闼穆阿黛兴奋地睁大了眼睛，向着彩帐里端坐的忽勒左右打量，“会是哪一个？”

这件事从来都不容易看出征兆，阙悲摇摇头：“不知道。”

王子忽勒的歌手大概十五六岁年纪，扎着双髻，颊上涂着浑圆通红的胭脂，直画到腮上的嘴角时时在笑，此时正躬身在忽勒的面前领命，最后点了点头，跨前一步，高声赞道：“大王福寿绵长。”

“福寿绵长！”底下贵族的歌手们跟着唱和。

那歌手面朝旭逯，替王子向父亲唱颂赞歌。歌毕，宴会就要开始，贵族们等待着杀人献头的仪式，打起了精神。

闼穆阿黛眼尖，看见忽勒身后有人伸手动了动。

“干什么？”忽勒回过头来给了那人一记嘴巴，“一边去。”

小王子在宴会上突然大发雷霆，他身前正在高颂赞辞的歌手正待拔高的声音因此在喉咙里微微一顿，不过转隙的嘶哑，却让忽勒更加不快。

“别唱了。留着你有什么用？”忽勒对歌手道，“我们的兄弟追逐马群，我们的战士血洗草原，他们吃的烙饼、奶茶一样给你们吃，他们住的帐篷毛毡一样给你们睡，现在连首歌也唱不好。”

贵族们那一刻都以为要送死的奴婢会是忽勒身后挨打的孩子，但看来今日的人牲已在瞬间变了人，席间微微有些骚动。

“难道是我？不是我！”歌手大吃一惊之后，浑身战抖着伏在忽勒脚下，不断咕哝求饶，亲吻忽勒的靴子。

“带他走。”忽勒踢开歌手道，“我不要他了。”

“那么谁替你唱歌呢？”旭逯的次子巨离忽“哧哧”地笑。

忽勒拉了身后的孩子一把：“你来唱。”

瘦巴巴的孩子便突然从高帐内的阴暗里冲入了明亮的阳光下，一般的涂满胭脂白粉，八九岁的样子，显然也是王子豢养的歌手。他回头，忽勒正瞪着他，长大的王子愈来愈像屈射王旭逯，厚重的眉毛压着眼睛，抿着嘴看人的样子已有七分阴桀乖戾的气势。那孩子还在不知所措，武士已端上了适才歌手的首级，奉与旭逯和忽勒审视。

忽勒点点头：“很好。”

旭逯对忽勒自始至终的冷酷和镇静十分满意，笑道：“祭品奉在神前吧。”

席上的贵族见这么快便斩了奴隶的头，都痛快地吁了口气。

“这不再是少年人的口角，这是男人的雷霆之怒。”大祭司赞美不迭。

全场像是滚过了一声巨人的叹息，人人面露欣慰的喜色。

“唱歌。”忽勒拉了拉发呆的小歌手，低声道。

小歌手走向忽勒面前宽大宴桌的脚步仍然有些紊乱。卫士斟满了巨大的海碗，交在他手里。四周的人见他捧得吃力，都笑起来。他端着海碗，慢慢低下头往酒色里看了半晌，似乎轻轻抽了口冷气，画成弯月般的血唇随之在正中开了道小缝，微微张了张。

旭逯有些不耐烦了，动了动身子，道：“歌手！为你的主子唱吧。”

“是。”小歌手躬了躬身，声音虽然在发抖，但咬字却极清楚，随后便猛地放开了喉咙。

屈射！
百万贵胄居安乐，
居百万里，
未见山峨。
屈射！
千万牛羊饮敕勒，
饮千万日，
未有干涸。
地之广，

大王一臂所长。

海之远，

大王双臂所长。

天之高，

大王展臂所长。

屈射王，

福寿绵长。

童声异常地清亮，铮铮然甚至有了刀锋的锐气，席间的人都不禁坐正了些。

“好大的胆子，好漂亮的嗓子！”阙悲悄声赞了一句。

闼穆阿黛却撇了撇嘴：“有什么了不起。爹没看见，他还在抖个不停呢。”

阙悲抚摸着女儿的长发，没有说话，他只是在疑惑，在那样的一刻，小歌手能从那碗酒中看到什么令他惊异的东西。

这件事没有困扰阙悲很久，不但是因为到大会的第十五日，屈射各部便流云一般分散，更是因为一位右谷蠡王没有必要为一个奴隶出身的歌手多费心思。在那些年里，屈射王侯贵族豢养的歌手不下三千人，但很少有能活到二十岁以上的。

一个屈射的贵族男子自出生、成人、征战、婚嫁、生子、生孙以至死后，一生要经过无数重大的仪式和祭祀，虽然并非每一次都要向天神奉献人牲，但是人喜攀比，渐渐就成了国中的风气。强壮的劳奴不在候选之列，只有自小豢养、不事劳务的歌手才通常被牺牲。至主人成婚，矫揉造作的少年歌手出入帷幄，招致主人猜忌，死得就更快了。即非如此，待年纪一大，失去主人恩宠，贬为劳奴，又何曾吃得起苦，不是病死累死，便是被心怀嫉恨的奴隶们折磨致死。

因而阙悲在次年天水盛会上没看见忽勒的小歌手，也未觉得奇怪。及至后两年，连忽勒和巨离忽也不见了人影。风传这两位王子早已不和，见面就要拔刀相向，动辄便是数十人的奴仆歌手群殴，死者甚众。

阙悲对左屠耆王道：“看来大王传位给儿子的心意已决，不然两个王子之间的争斗何至于此？兄长若无争胜的把握，还是小心退让为上。”

左屠耆王道：“我为王如此，逍遥自在，何必争那王位？但大王又待如何作想？只怕心中猜忌，难免一场动荡。”

左屠耆王所虑不无道理。八月之后，阙悲一部又转向南方，到了次年春天，便闻左屠耆王征战失利，死于军中。

对手东胡不过区区四五千人，左屠耆王部下骑兵便有两万，何至于战死？诸王心领神会，以至后面的顺序晋封，也都极力推辞。储君左屠耆王的位置，就这样一直空着。

无论如何，仇还是要报的。阙悲领着本部人马，向东寻找东胡人的踪迹。这年夏季，却先遇上了忽勒的人马。忽勒与他本无特别的交情，同族人相逢，不过是淡淡的意外。两位贵胄的歌手随主人跳下马来，唱颂赞歌。忽勒已近十五岁了，高壮的身形，神色更加阴沉，似乎并不是很高兴。好在他的小歌手却有一把璀璨宽阔的嗓子，音色犹如阳光，暖洋洋的，仿佛在草原上遍洒金色的光芒。

阙悲的心情被这歌声洗涤成无限的平静和宽广，微笑道："在你主子成年祭祀上，是你唱的歌吗？"

"是。"小歌手笑道。

涂满胭脂白粉的面庞因为微笑愈见其丑，但阙悲还是很喜欢他不卑不亢的性情。

"几岁了？嗓子不错啊。"

小歌手腼腆地道："不知道。从小就在王子身边了。"

"哦。"阙悲回过神来，才对忽勒道，"王子怎么也在这一边？"

"奉大王之命，寻找东胡的骑兵。"

"那么巨离忽呢？"

"他也带着人四处寻找。"

阙悲顿时明白，左屠耆王的王位已然成了两个王子的赌注，谁先歼灭东胡骑兵，谁就可能继承王位。难怪看到自己的部族面有不悦之色，是怕自己抢功呢。

阙悲笑道："后生可畏，左屠耆王的仇看来是你们报了。是大功一件啊。"

忽勒这才神色稍缓，道："有仗叔父了。我还年轻。"

两部人马家眷隔着一条溪水扎营，命各自的快马骑手搜索草原，打探消息。不几日便回报道，东胡一支部落四千人会同汉军正在南方百里处交易马匹粮食，没有防备。

"偷袭。"忽勒道。

阙悲道："偷袭自然好。不过他们人马也不少，想个万全法子要紧。"

"什么叫万全的法子？"忽勒问，"我帐下六千人，冲过去，一顿砍杀就好了。"

此时天色已极晚了，阙悲的意思是次日黎明拔营不迟，不料睡至夜半，却有武士禀报，忽勒已率部悄悄离开，奔袭东胡连营去了。

"怎么不早来告诉我！"阙悲大惊，忙着穿衣佩刀。

武士道："是悄悄走的，避免惊动谷蠡王，只怕带的人也不多。"

阏悲顿足："年轻人求功心切，定要栽个跟头。"

他领着四千精骑，星夜狂奔，接应忽勒。行出五十里，便见前方潮水般的退兵。两军迎面会合，只见忽勒横卧在那小歌手的马前，身中数箭。

"王子的马太快，甩开了后面的人马。"小歌手抬袖擦着额头的汗，脸上的胭脂糊成一片，"汉军的弓箭着实厉害，我们见王子中箭，又失了先机，只好退兵。"

"还活着？"阏悲急问。

"是，不碍大事。"

然而如此一来，东胡和汉军都有了防备，偷袭之计只得搁下不谈。阏悲虽然恼怒忽勒擅断独行，仍忍着怒气前往探视。到得忽勒帐前，只听忽勒的怒吼："不碍大事？我死了你才高兴吧？"

"怎么了？"阏悲环顾左右。

奴婢们唯唯诺诺躲在一边，轻声道："王子正在责罚人。"

"这种时候又是谁应当责罚？"阏悲不禁冷笑，当先跨入帐中。

一个孩童突然蹿到阏悲身后，忽勒提着钢尖马鞭猛抽过来，几乎打在阏悲身上。

"够了！"阏悲喝了一声，又缓下语气道，"王子怎么样？"

"不碍大事。"忽勒赌气道，垂下鞭子坐回褥子里。

那孩子又跑了回来，服侍忽勒躺下。

"歌手，不要再惹你主子生气。"那小歌手被忽勒打得浑身血痕，仍然笑嘻嘻地奉承。阏悲待下素宽，有点看不下去了。"现在偷袭自不必说了，"阏悲对忽勒道，"但仇还是要报的，只有带人马开拔，压上对峙吧。"

"是。"忽勒颇气馁，低头道，"什么时候走呢，叔父？"

"现在。即刻开拔。东胡也好，汉军也好，要说独斗一路，我们都有胜算。但那两家合兵，我们就要吃力了。好在汉军只在此易马，不会多管闲事，我们对峙时日一长，汉军一撤，东胡自然落在我们掌心。"

忽勒急问："时日一长？巨离忽距此也不远呢。"

"要胜，就要有耐心。"阏悲站起身来，"要赢，也要赢得漂亮。这是服众的根本。"

"是。"忽勒点了点头。

入夜时分，屈射兵马与东胡营地相隔二十里驻扎。阏悲巡视完毕，夜已深了，回到帐中，闼穆阿黛上前道："说个笑话给父王听。"

"什么啊？"阙悲对这个女儿爱如明珠，笑着将她揽在膝上。

"他们都在说，今天忽勒到了阵前，见了汉军的弓箭厉害，掉头就跑呢。"

"胡说。"

"他单枪匹马走在前面，只受了点轻伤，父王以为是他运气好吗？没死就不错了。他们都说，是他养的歌手快马将他抢回的。手下这么多武士，独独只有一个歌手忠心耿耿，岂不好笑？"

"不管是谁议论，你不要再到处乱说。"

"知道了。"闼穆阿黛笑道，"不过，父王要是答应大王，让我嫁给忽勒，我可不干！"

"好了，"阙悲道，"天天说，天天说，不嫁人才好吗？"

闼穆阿黛瞪大眼睛道："要嫁就嫁盖世的英雄。"

阙悲"呵呵"大笑，忽而听见帐外脚步乱作。"吵什么？"他出帐问自己的武士。

"忽勒王子最喜欢的歌手走失了，正在满世界找呢。"

定是今天挨打的小歌手了——阙悲一笑，着实懒得管这种闲事，只命人不得骚扰贵胄家眷，便径自休息。睡了不过两个时辰，便隐隐听得一阵喧哗从营地的南方炸开，他陡然一惊，翻身而起，那阵喧哗却渐渐透入连营腹地，细听却不似交战之声。

"王！"武士掀开帐帘，探头咋舌道，"王子忽勒请您过去看看，似乎有件奇事。"

阙悲对忽勒已有些不耐烦了，穿了衣裳，领着人微微带着怒气闯入忽勒帐中，却顿时怔了怔。忽勒正拿脚尖拨撸着面前一堆人首，地上珍贵的皮裘被血液脑浆染成一片污秽。

"是东胡首领的首级。"忽勒眼中放着光，对阙悲微笑。

阙悲提起一丛长发，几具发髻缠在一起的首级被一同带起来，又骨碌碌滚在地上。分明都是汉女清秀的面容，面貌甚美，还有一个满面须髯，四十岁的样子，也不似胡人。

"难道连汉军将领也杀了？"阙悲吃了一惊。

忽勒笑道："汉军群龙无首，自然忙不迭地退兵，明日我们就可以大破东胡兵马。"

"这女子倒长得不错。"阙悲的武士憾然道，"谁下的手，可真狠。"

阙悲瞪了他一眼，环顾帐内，问道："谁下的手？"

"是我。"忽勒身后的声音铮然落地，在阙悲听来，却有种置身事外的悠然平静，今晚风闻走失的小歌手露出脸来，面颊上飞散着几点暗红的血滴，道，"王，有什么不妥吗？我只是想成全王子速战速决的决心，一个人擅自闯的祸，与王子无关啊。"

阙悲轻轻吸了口冷气，怔了一会儿，继而大笑："呵呵。没有不妥，今夜就进兵！"

忽勒大喜，早不顾伤痛，也披挂上阵。那小歌手一夜奔袭，来往两军营中，仍是没有半点困顿，将忽勒服侍得极妥帖，静静追在忽勒马后。

大军压至东胡营前时，天正蒙蒙亮，东胡和汉军连营早乱成了一团，阙悲的武士向对面喊下话去，不久汉军便拔营溃退，东胡人众甚是硬气，矢志为首领报仇。双方在烈日尘土中僵持了片刻，忽勒马鞭一挥，刀箭并起，东胡没有汉军强弩支援，寡不敌众，一场血战之后，草原上遍地死尸。忽勒一军斩敌首级三千多，东胡妇孺皆虏作奴婢，算是大胜了。

忽勒既然得了手，急着回旭逯处报喜，休整了一夜，次日向阙悲辞行。小歌手上前又颂得胜离别之歌，阙悲安详地倾听，欣赏着小歌手没有半分波澜的深蓝色眸子，极力想把深夜孤身持刀潜入敌营杀人如麻的鬼魅和眼前犹如木偶般恭顺的少年联系在一块儿。

"唱得真好，"阙悲最后道，"这迟早会是屈射首屈一指的歌手。"

"王过奖了。"

阙悲瞥了一眼神色急躁的忽勒，忽然浮现了一个奇妙而不祥的念头："歌手，告诉我，你叫什么名字。"

小歌手偏着头愣了愣："我？"

"就是你。"阙悲微笑道。

"均成。"小歌手不自觉地笑了，浓墨重彩的脸庞像在阳光下绽开了一朵茫然的鲜花。

闼穆阿黛从父亲阙悲处听说了许多他对均成的预言，至少有一个不久便兑现：不出两年，变声以后的均成便成了草原上远近闻名的歌手。这一把金色透亮的嗓子，即便在乌云狂风之下也能令人如沐春风，煦煦然有暖阳普照之感，每次忽勒出行，都能引来众人群聚，争闻均成歌喉的盛况，竟无意间给忽勒添了不少声势。

"当真醇如陈酒，壮如烈日。"

"哼。"闼穆阿黛对父亲的赞美之词总是不以为然。

阙悲笑道："我知道，我知道。男子当有拔山之力，只会唱歌，算什么好汉？"

"父王记得就好。"

旭逯的武士跑来打断父女二人的欢笑，道："右谷蠡王，大王有请。"

这一年八月天水大会之际，旭逯的两位王子业已十九岁了，虽然姬妾无数，却都还没有正式的王妃。阙悲知道旭逯对儿子迎娶闼穆阿黛一事一直念念不忘，多年来只是敷衍，可眼看闼穆阿黛就满十六岁，说什么年纪小已是搪塞不过。阙悲正满腹忧虑，不料刚到天水，就被旭逯召见，可见旭逯已不肯再拖延了。

大帐中有些幽暗，两位王子坐在地上，看着阙悲点头示意，都不说话，只有旭逯凄厉的咳嗽声震得帐中瓮瓮回响。

“大王。”

“兄弟近来可好？”旭逯早年也是草原上的骁将，此时干涸苍白的嘴唇吐出的话语却虚弱无力，大概是病人膏肓之相。

阙悲仔细看了看床上旭逯的脸色——这个病虽非急症，却也拖不过冬天了。病人爱静，阙悲尽量用最平和的声音回道：“我很好，大王看来也不错啊。”

旭逯迸出一阵大笑：“胡说。过来。”

阙悲坐在他的身边，旭逯抓着他的手，道：“你看我这两个儿子，哪个更好些？”

忽勒和巨离忽猛地转过了脸，盯着阙悲。

“都很好。”阙悲无奈道。

旭逯锲而不舍地追问：“哪个配得上你的闼穆阿黛？”

“是闼穆阿黛配不上王子，大王说笑了。”阙悲很习惯地在后面加了一句，“再说闼穆阿黛还小呢。”

旭逯仰起身子，狠命一挣：“不小了，十六岁，别人家的女儿都生了儿子了。”

“她一味任性，不是服侍丈夫的性格。”

“今年就定下来。”旭逯吃力地躺回衾衾之中，喃喃道，“今年一定要有个了断。来人，现在去问闼穆阿黛的意思，两个王子之间，她选哪一个。”

阙悲大吃一惊，却苦于不得脱身，坐在旭逯的身边，忐忑地等着闼穆阿黛的回音。那武士不刻便转，笑道：“王，闼穆阿黛姑娘说了，草原儿女，弓马定胜负，谁能追上她的快马，射落她头上红花，谁就是她的夫婿。”

“哈哈哈，”旭逯一阵大笑被咳嗽呛在喉咙里，“不愧是王室的子女，就这么办！”

巨离忽看着忽勒，又“哧哧”地笑了。忽勒转回了头，阴暗里一条高挑的人影慢慢踱出来，伏在忽勒的嘴边，听他说着，不住点头。

“是。”

听这宽广浑厚的声音，便知是均成了。阙悲有些讶然地发现，这孩子竟然已长到如此高大了。仿佛刻意掩盖着自己的光芒似的，均成微微弯着腰，低声道：“王，忽勒王子觉得巨离忽王子不是自己的对手。”

旭逯脸上没有什么表情，淡淡道：“是吗？又待怎么样？”

“王子觉得他豢养的奴隶也比巨离忽王子强些。”

巨离忽冷笑道：“少来这一套！”

旭逯出人意料地欣然点头：“那就由忽勒的奴婢代替，巨离忽不会退缩吧。”

“哼！”巨离忽霍然而起，凶恶地环视帐内诸人，忍耐了片刻，愤然拂袖而去。

这个变故让阙悲着实惊异了半天，回到帐中，叫来长子夺琦，说了今天的事，问道：“你和王子们常在一起玩，你听说什么传闻没有？”

夺琦道：“自小时见他们兄弟争斗，总听忽勒讥嘲巨离忽，说他的父亲是谁都不知道，还有脸在外走动什么的。”

阙悲恍然大悟：“原来如此。巨离忽的母亲是先伊屠大王的爱姬，又嫁给大王为妻，很快就有了巨离忽。难道巨离忽是伊屠大王的儿子？”

“大概吧。想来大王也十分疑惑，不免偏心忽勒多一些。”夺琦年纪不大，却继承了阙悲的沉稳，显得少年老成，和父亲说话也很留有余地。

阙悲很满意，微笑点头，又问：“明天的事都准备好了？”

“好了，已打发人先走了大半天，给舅舅送信去了。那匹逐月马，也收拾好了，风一样，无人能及。”

闼穆阿黛掀起帘子走进来，挽住兄长的手臂，静静垂泪。

夺琦道：“别哭！走了是好事，那两个我都看不上眼，何况是妹妹呢。躲个一年半载，哥哥替你找个英雄汉子，保你称心如意。”

闼穆阿黛“扑哧”一笑，捶了兄长一拳，继而与亲人离别的伤心又袭上心头，不禁大哭起来。

次日晴空万里，闼穆阿黛公主赛马择婿的消息早传遍了全国，万多人众围观，从大王帐前分立两边，在无垠的草原上，凭空隔出一条通向天际深处的金色大道。闼穆阿黛微微皱着浓丽清晰的双眉，油黑的辫子上簪着一朵硕大无朋的红花，略为黝黑的面庞因而映出两抹红晕，看来有种勃勃的喜气。

“王！”她在马上躬了躬身，笑道，“福寿绵长。”

“福寿绵长！”万众齐声高呼，喜笑颜开。

旭逯十分高兴，少了很多病态，坐直身子点头。

均成此时也从忽勒身后放马缓行而来，道：

姑娘马快如风，

却不知那是英雄男儿的气息；

姑娘箭利如电，

却不知那是英雄男儿的眼神。

姑娘注定是王子弓背上的宝石、箭囊上的珊瑚，

何必磨破了红靴，累坏了宝马？

他用奇特骄傲的节奏吟唱，流利得像淙淙的河水，清冽冽洗人心肠。

众人都忍不住起哄叫起好来。闼穆阿黛在笑声中冷哼一声，望着靠近的巨离忽道："你又有什么话说？"

巨离忽淫秽地嬉笑："到了晚上，你在我身子底下，就知道了。"

闼穆阿黛紧了紧腰里的短刀，笑道："想死的，都来吧！"她拨转马头，狠抽一鞭，那绝世逐月马在阳光下更似绚烂的流星，在众人面前一闪而过，向着湛蓝的天际飞奔。

"嗒！"巨离忽不及闼穆阿黛跑过立旗，便拍马急追，均成身负主人的严命，怎敢怠慢，不刻便与巨离忽并驾齐驱。数里连营飞掠而过，闼穆阿黛红色的影子不住西行，在无尽的草原上已成了一点明亮的斑驳。

"妈的。"巨离忽不料逐月马竟如此之快，不久便失了锐气。扭头之际，均成却猛地抢到了他前面。"贱人！"巨离忽与忽勒交恶多年，在均成手下也吃了不少亏，此时便是追不上闼穆阿黛，能杀了均成一样也大快人心，他毫不犹豫抽箭张弓，射取均成的后心。

均成轻松回手抄住箭矢，笑道："这可是你先动手的。"

"怎么样？"巨离忽马上迎风冷笑。

均成不言，只狠勒缰绳，黑马直立而起，狂嘶一声，巨离忽的马便冲在了均成身侧。

"你干什么？"巨离忽只见他腰间白光疾闪，不禁惊呼。

一腔热血喷在巨离忽脸上，均成在两马相并的一瞬，弯刀挥出，斩断了巨离忽的马首。那马仍向前跑了两步，带着巨离忽摔在地上。

"回去还不远，王子走走吧。"均成大笑，策马在巨离忽身周奔了几圈。

巨离忽抹去脸上的鲜血，拼力从马尸底下抽出腿来，恶声笑道："我追不上，你也别想。"

"不见得。"均成夹紧马腹，转向西南而去。

闼穆阿黛不停狂奔了百里，一路回头观望，果然人影全无。她放缓缰绳，轻轻抚摸着逐月马的脖子，微笑道："好孩子，送我到舅舅家，我喂你酒吃。"

逐月马颇通人性，在夕阳里颠着步伐撒欢。如此时缓时疾，闼穆阿黛孤身一骑走到了明月高悬的时候，再往南不远，舅舅便会在河边接应。她放宽了心，俯仰远瞰，只觉这天地之自由从所未见，世界之浩大浸透心胸，不由得在银色的夜风里放声欢歌。

能建万层高楼，

使手摩天。

能筑千里宫殿，

使足浸海边。

却不知……

“铮”的一声弓弦响，耳边金风掠过，吓了她一大跳，冷汗顿时透衣，伸手再抚摸发辫，那朵择婿的信物红花，已然被人射落不见。闼穆阿黛怔了怔，转眸向南方望去，歌声却于那骑孤零零的影子之前，在月色下飘来。

却不知碧浪浣其骏马足，

白云悬其腰中剑。

什么样的高楼能蔽其心胸，

什么样的宫殿能锁其行前？

烈日冰轮照天界，

才知是其双眼……

月光似乎被这歌声染成了金色，滑稽的小丑却用烈日冰轮般的双眸盯着闼穆阿黛，微微低了低头。

“王妃，回去吧。”

“不。”

“我已射落了你的红花，你是忽勒王子的人了。”

闼穆阿黛轻笑：“笨。”

“笨？我不笨，不然怎么会先渡河抄近路截住你呢？”

“射落红花的是你，不是忽勒，我怎么会是忽勒的人？”

“我是王子的嗓子，王子的手臂，就和他射落红花一样。”

“你不是他的嗓子，也不是他的手臂。”闼穆阿黛哼了一声，“他哪里配有这么好的嗓子，这么强的手臂？”

均成突然愣住了。小丑张口结舌的样子让闼穆阿黛不禁要发笑。

“不和你多啰唆，接我的人来了。”闼穆阿黛跑马过去，俯身捡起了远处的红花，扔在均成的怀里，“带回去告诉忽勒，不结这门亲，我父王也会扶持他继位。至于你，”她笑道，“你追到了我，我会记得的。”

“记得？”均成茫然道。

闼穆阿黛看了看远处驰来的一线火把，哼了一声：“笨蛋！”

“笨蛋？”

“笨蛋、笨蛋、笨蛋……”闼穆阿黛欢笑着奔远。

“笨蛋……”均成喃喃着将红花揣在怀里，垂首半晌，突然放开喉咙大叫，“笨、笨、笨……”

以他的嗓子咒骂出的声音也有骇人的浑厚气势，逐月马在他的长啸中惊嘶了一声，闼穆阿黛勒住马，侧着头看着皓月下如狂似癫的少年，讶然失笑。

虽然只有红花没有美人，忽勒也未生气和不满，毕竟这次赛马抢亲抢来了他想要的东西。因而当旭逯大发雷霆的时候，忽勒反倒竭力相劝。

旭逯的身体一天不如一天，天水大会还只到一半，他便卧床不起，不能走动了。十王诸侯都知道大王薨逝就是在这一两个月的事，当大会结束的时候，都聚留未散。转眼到了十月里，大雪飘落之际，旭逯似乎也自知走到了尽头，终于决定立长子忽勒为左屠耆王。巨离忽听旭逯亲口说完，只是点了点头，转身就走。左谷蠡王、右屠耆王默默站起身来，跟着巨离忽摔开帐帘走了出去。大雪一涌而入，忽勒打了个寒噤。

“你要小心。”旭逯对忽勒道。

阙悲也点头，道：“王子应寸步不离大王身侧，以策万全。”

“是。”

阙悲当夜嘱咐夺琦在各王营地打探消息，并命本部武士集结备战。然而巨离忽的动作却比阙悲想象的快得多。夜半时分，便有巨离忽与左谷蠡王、右屠耆王领三部武士包围王帐的急讯。阙悲赶到王帐时，旭逯在床上猛嗽不止，忽勒神色闪躲不定。对峙的巨离忽冷笑着俯视父兄，听见阙悲进来，点头道：“顶天四角大王都在这里了。”

“巨离忽！”忽勒像被人掐住了嗓子，嘶哑道，“你要干什么？”

“我要和大王说话。”

“咳咳咳。”旭逯只是咳嗽，盯着巨离忽的目光血红凶恶，倒令巨离忽微微有些畏缩。

左谷蠡王、右屠耆王伸手推了巨离忽一把，巨离忽便抢到了忽勒面前，逼视忽勒的眼睛。

“要说就说吧。”忽勒挪开了目光。

巨离忽大声道：“大王立忽勒为左屠耆王，我不服。以兄弟言之，左谷蠡王顺次当立；以子言之，我是前伊屠大王之子，我当立。”

旭逯放声大笑，继而呛出一口鲜血：“我儿，”他拉住忽勒的手，“你看当如何？”

“杀。”忽勒颤抖着站起身来。

“杀？”巨离忽“哧哧”轻笑，“帐外都是我的武士，你敢？”

忽勒虚张声势地瞪着眼睛，帐内顿时寂肃无语。

“有何不敢？”

有人冷笑了一声，幽暗的火光被刀锋映得倏然一亮。均成手中的弯刀刹那间劈入巨离忽头颅。左谷蠡王、右屠耆王不过一怔，雪亮的锋芒已透体而出。两位贵胄仿佛在最后臣服于人似的，任尸体谦卑地跪倒在高大的小丑脚下。

旭逯突然止住了咳嗽，震惊地望着儿子青白的脸色。

“哈哈哈。有何不敢？”忽勒迸发出一阵虚弱的大笑。

阙悲轻轻舒了口气，这一刻，他觉得应该重新构造自己和子嗣的未来了。

“杀了他！”旭逯指着均成安静冷酷的湛蓝眸子，喷着血沫吼道。

忽勒大惊失色：“大王，你说什么？”

“杀了他，杀了他。”

“不可。”阙悲厉色将均成拽到身后，“他为你立下大功，怎可胡乱就将他杀了？是非不分，何以服众？”

均成坚忍地闭紧嘴，用最卑微顺从的目光望着忽勒。

忽勒在旭逯和阙悲的怒喝中失了主意，爬在旭逯床前，低声道：“父亲，他是我最喜欢的歌手，他也是我最强的奴仆，他还是我最早的朋友……”

“王者的朋友？呸！”旭逯将一口浓痰啐在忽勒脸上，用最后的气息咬牙道，“懦夫！”

断琴

忽勒在位的前三年，屈射国内风平浪静。大王忽勒一部向西不断迁徙，因而时常与右谷蠡王阙悲合兵一处，辗转攻下带林、昆丁，直至断琴湖畔。一湖相隔，便是山戎国。

山戎国小人稀，却占尽了湖光水气，国内颇出美人。山戎国王爱女车琴，更是名动千里的佳丽。

忽勒打惯了胜仗，为人十分倨傲无礼，使人往山戎国强求车琴为妾，如若不允，自然十日之内铲平山戎国。

使臣活蹦乱跳地出发，却是身首异处地回来。山戎的使者红孤儿立于忽勒帐前，高声笑道："夺我车琴公主，等断琴湖干涸了再说吧。"

忽勒大怒，领兵强取山戎。断琴湖后一带山脉险要，易守难攻，忽勒在此遭伏，大败而归。

"山戎我也要，车琴我也要！"忽勒在王帐中暴跳如雷。

阙悲道："连着两季用兵，人马都乏了，他们以逸待劳，此时我们难以取胜。"

忽勒冷笑道："没有车琴也可，闼穆阿黛也算是草原的美人，如今又在哪里？"

阙悲和夺琦紧紧闭上了嘴，帐中的贵胄武士都觉十分难堪，低头不语。

"大王。"均成站在忽勒身后，伏在他耳边道，"你要的两件东西都不难得。"

夺琦听得清楚，笑道："快说，你总是有好主意。"

"断琴湖山势虽险要，却非不可攀登。没有一定要精骑强攻的理由。"

"弃马？"夺琦讶然。

在屈射氏，没了马匹就像剁去了英雄的双足，这种念头对屈射的贵胄来说，仍是不可思议。

均成道："并非弃马。山戎虽小，几千良驹还是有的。我们步行翻山进入山戎，夺其马匹，直取他的王帐。"

阙悲已然拊掌称妙。但此计说来不过两句话，做起来却远非如此的轻描淡写。由谁领兵徒步翻越雪山，到哪里夺取战马，都是眼前的急务。贵族们面面相觑，忽勒懒洋洋打了个哈欠，道："均成，你去吧。山戎这么不识好歹，不配惊动屈射贵胄。由我的奴婢征服它，由我的歌手夺来车琴公主，足以羞辱他们了。"

阙悲欣慰地发现，在座所有人都没有半点惊异和不满，只是纷纷点头。当说及山戎王将臣服在屈射贱奴脚下，人人都忍不住放声大笑起来，仿佛山戎已是势在必得。

均成道："即便是奴婢出兵，也需祭告天神，我要一个人牲。"

"人牲？"阙悲不禁回想起初见均成时，那孩子在人牲头颅前不停战抖的情景。

均成谦恭地向阙悲微笑："我要红孤儿。"

红孤儿被囚屈射已逾半月，提出牢笼驱至祭坛前时，脚步显得十分虚浮，人却豪气不减，对面前的铡刀视而不见，只是破口大骂。两旁的奴隶抄起马粪，上前要堵他的嘴，被均成喝住。

"留住他的声音。"均成瞥了一眼红孤儿的随从，轻声对刽子手道。

刽子手转回头来问："一定要那样吗？"

"一定。"

均成此刻流露的坚决和冷酷，令观刑的阙悲也有些意外。他一直觉得，战场上的杀人如麻，和刑场上的残酷折磨根本是两回事。所以，当刽子手用重棍击碎红孤儿双臂的骨骼时，阙悲不禁微微皱了皱眉。

"哼哼。"阙悲听见忽勒在红孤儿凄厉的嚎叫中满意哼笑，便再没有久坐。晚间据夺琦禀道，红孤儿受尽酷刑，足足惨叫了三个时辰才咽气，连刽子手最后也累了，又换了两个人，才最终将红孤儿的头颅铡下。当均成把目光又挪到红孤儿随从身上时，那汉子已吓得如同一摊稀泥，自然是问什么，答什么。不一会儿便将山戎地理人情以至军务交代得一清二楚。

"可真狠。"夺琦最后道。

阙悲恍惚记得有谁这么说过均成，很遥远了，还是均成会腼腆微笑的年纪。

"你也去吧。"阙悲对儿子道，"我恐屈射内有人对他不利。"

夺琦笑道："父王对他太爱惜了。我也算他半个朋友，却没有像父王这样记挂。"

"不是我记挂他。"阙悲笑道，"记挂他的人在远方。"

夺琦恍然大悟："这就是了。"他欣然遵从父命，混在均成统领的五千奴隶中，次日出发。

这支人马用了三天时间翻越雪山，均成当先进入山戎境内，白云在脚下低飞而过，雪岭环抱之下的葱郁原野，如同无双的翡翠，顿时跃入眼帘。静谧狭小的境界与高歌纵马的空旷草原大相径庭，透亮的国度，仿佛一根手指便会捅得它支离破碎。均成听见自己颤抖着呼了口气。

均成将红孤儿的随从提到面前，道："据你所说，山下不远便是你们阿拉坦亲王的牧场。如果我们下去扑了个空，便拿你是问。虽说是行军途中，但处死你的时间还是有的。"

那随从颤个不住，道："绝对无错，英雄下去就知道了。"

山戎的武士都在雪山隘口驻守，国内空虚无人。均成人马轻而易举便夺得阿拉坦的牧场，马是少了些，不过三千骑，另有两千人只得继续步行。饶是如此，均成仍一日之内杀过山戎半个国境，待到山戎王帐所在的湖边时，五千人都是精弓良马，锐不可当。

山戎国此时战火连天，国境边的驻军一撤兵回守，便被阙悲乘虚而入。国破不过是指日间的事，山戎王知道忽勒意在爱女，急命车琴与青梅竹马的阿拉坦亲王成婚，并备下千里马，待婚礼结束便逃离山戎避祸。所以，当均成率兵闯入山戎王帐时，第一眼便看见山戎王身前那双素衣雪白的新人，紧紧相握的手上用触目的红丝线系着。

山戎王冷笑道："你们来晚了，车琴已经嫁了人。"

“杀了他。”均成指了指阿拉坦。

英俊的新郎“唰”地抽出了腰刀，新娘被他拖得一个踉跄，随后便淹没在屈射人的刀光里。

阿拉坦在人丛中猛哼了一声，屈射人拖着受伤的同伴慢慢散开，车琴公主跪在丈夫的尸体边，努力地解着手腕上的红线。

“公主是屈射王的。”均成向山戎王道，上前挥刀将丝线斩断，车琴猛地抬起头来，顺着刀光向上，注视着均成的面庞。

美人犹如江山，就像翡翠山峦中淙淙的融雪，像明亮的湖面倒映着飞掠的白云。均成抽了口气，更逼近了些。那漆黑眸子晶亮如镜，映出均成丑陋可笑的面容。他自惭形秽地直起了身子。

“你是屈射的歌手？”山戎王在他身后问道。

“不错。山戎无礼，冒犯我王，我王言道：迎娶车琴公主的使者，一名贱奴足矣。”

山戎王气得发抖，均成毫不理会，对手下人道：“带上山戎王和车琴公主，与右谷蠡王会合。”

“等等！”山戎王拦在女儿前面，低声对均成道，“只要你不将山戎交给忽勒，我愿封你为亲王。想想，你在屈射不过是奴隶罢了。在这里，你坐享荣华，美丽的女人、美丽的山河……”然后他便发现均成异样地沉默了，湛蓝眼眸中些微波澜稍纵即逝，随后在狭长的红唇正中透出个微笑。

“我是屈射人。”

“哈哈哈……”山戎王大笑，“你只是屈射掠来的奴隶，你究竟是哪里人，又有谁知道？”

“我是屈射人。”均成道，语气平静，并没有少年人受辱后的执拗。

“你们！”山戎王抢到均成前面，对屈射奴隶大声道，“只要你们不将山戎交给忽勒，我愿将山戎一半的土地分给你们，人人有自己的马，有自己的女人，有自己的牧场。”

奴隶们脸上的雀跃和迷惑却被均成淡淡的一句话轻拂到烟消云散——“屈射的大军已然进了山戎了。王。”

山戎王再没做垂死挣扎，均成擦了擦额上微微的冷汗，看着奴隶们将山戎王族锁上囚车。车琴转回头，以粼粼湖水般的眼波凝视了均成片刻。

“车琴公主是大王的人。”均成掰开拉扯车琴的奴隶的手，有些迷迷糊糊地道，“给她一匹马。”

车琴微笑了，向着均成点了点头。均成转开了脸，狠狠掐了一下自己的胳膊。

半日行军便会合了右谷蠡王，均成将山戎王交给阙悲，自己带着五百人护送车琴兼程赶回屈射王帐。直至入夜，才扎营休息。均成和衣卧在狼皮褥子里，辗转反侧，天蒙蒙亮的时候，才觉睡意。帐帘“哗啦”一响，晨曦里两条壮实人影猛扑进来，均成激灵清醒，反手抓起枕边的弯刀。随后蹿入帐中的人却比他还快，劈手斩去一个刺客的头颅。均成在此时向后闪身，另一个刺客的刀擦着他的肋骨钉在地上。头颅骨碌碌滚在刺客脚前，在他怔了怔的瞬间，均成已捏碎他的手腕，扼住他的喉咙按在地上。

“你们发什么疯？”身下的人居然是自己最好的朋友库勒莫，均成更是大怒，低吼了一声，弯刀刺透了库勒莫的胸膛。

库勒莫眼光直愣愣地盯着穹顶：“自己的马，自己的女人……”

“这些你都会有的，”均成道，“可惜你没有耐心。”

相助均成的那条汉子蹲下身，看了看库勒莫最后的神色，道：“谁会给他马和女人呢？”

“不知道。”均成摇了摇头，“王子怎么在这里，还是这身打扮？”

夺琦笑道：“父王叫我跟着来的，看来我也没有白走这一趟。”

“车琴公主……”有人高呼了一声闯进来，看着地下两句死尸咽了口唾沫，“跑了！”

车琴不可能再回山戎，唯一的去向只有沿断琴湖岸向西，躲避屈射人。夺琦见均成背上长弓，佩上腰刀，带上绳索，只身跃上马背，当即跑上前挽住他的缰绳，道：“你一个人去？”

“一个人够了。”均成点了点头。

等他飞奔出二十里，才迷惑自己为什么要那样回答。他不知她领先了多少时间，也不知会不会有人接应，他只觉得茫然没有头绪，为什么女人就喜欢别人不停在身后追赶呢？

他环顾无垠草原，忽而眼前眩然一片血红，原来红日已从身后升起，灰蒙蒙的天空不刻湛蓝如洗，天边一点洁白在碧湖和蓝天之间格外触目。

“嗒！”均成大喜，以靴刺狠扎马腹，紧赶了上去。

红光消散，湖水耀目时，均成已能清楚看见车琴飘飞的衣袂。车琴听见了马蹄声，扭头相望。双目美至如斯，远远似有馨香透人心肺，吃了一惊的反倒是均成。车琴的马又加快，均成从腰上摘下绳套，半空里绕成一个漂亮的圆圈，待马靠近，便松开手，绳套精准地圈住车琴的身子，均成恶意地使劲一拽，车琴顿时狠狠地摔在地上。

均成觉得她是摔得蒙了，紧闭着眼，胸膛一起一伏地不住喘息。均成松开她的领口，躺在一边看着天空舒展筋骨，等着车琴清醒过来。

车琴轻轻动了动，随即跳起了身子，她有那么一刻惊惶的时候，让均成终于能正视她。公主跑得不慢，均成忙拽住了绳套。

“看你还跑？”均成笑道。

车琴瞪着眼睛拼命地挣扎，狂奔中飘飞的辫子更被晃得散开，漆黑的发丝沾在她汗湿的额头和鲜红的嘴角上。

均成看着她的狼狈样，悠然放声歌唱，取笑她起来：

抛出我白云织成的细白绳套，
只套蛟龙变的骏马……

“闭嘴！小丑！”车琴尖声怒吼。

他笑着瞥了她一眼，猛地把她拽回身边：

愿你越过它野狼般的肩膀，
愿你擦过它俊美的脊梁，
愿你掠过它乌黑的胸椎，
愿你飞过它秀丽的鬃毛，
愿你冲过它剪刀般的耳朵，
愿你闪过它平直的下巴，
愿你扣住它钻柄似的脖颈。
小母马啊，生格子小母马，
我用膝盖顶住它的下巴，
如果你还不大听话……

“你能怎么样？”

车琴贴着他的身子，忽然平静了下来，侧着头倾听他的歌声，乌黑的眼珠深处有那么两点烫坏人的火苗。

均成在厚重的胭脂底下猛地烧红了脸，嗓子像透不过气来似的，从来透亮的歌声也渐渐变得沙哑晦滞：

我就将你牵回家，
交给你的主人责打，
如果你还爱使性子，

我就把你当作贺礼，

送给山里的猛虎、水中的蛟龙磨牙……

“哼哼——”车琴轻声笑，突然吐出的芬芳气息，飘送在均成的唇边。

真是火辣辣地撩人！他不自觉地慢慢松开手中的绳套，双髻之下，涂满胭脂白粉的可笑面庞因为津津的热汗和欲望的熏染，扭曲成一朵狰狞的食人花。他伸出手，拨弄着她的睫毛，想掩盖她眼中令自己不安的神色，可是又舍不得，就在轻轻触抚中消磨自己的踌躇。

车琴抬手，漫不经心地理着自己的长发。“马都拴好了吗？”她用最柔、最轻、最暗的声音问。

均成扭转了头，两匹马都在白云下安静地吃草，不用担心它们乱跑，再回过头来，车琴提着裙子，已跑出去两个马身。

“该死！”均成咒骂一句。

白色的衣裙扑到映着蓝天的碧湖中，像一丝纤细的云，车琴拍打着水面，奋力向湖心游去。

“回来！”均成的身量比她高出许多，赶上她的时候脚还能沾到湖底的细沙，他伸出手臂，一把捞住她的脖子。

车琴的四肢在水中狂乱地击打着湖水，层层波澜就从他们身边漾开，湖中的蓝天颤抖着，慢慢荡起笑意。

“咳咳咳。”她呛了几口水，筋疲力尽地倒在岸边，两条长腿还浸在湖水里，衣服紧巴巴地缠着身体，均成抓住她两只手腕，右手能抚摸到她细柔的腰肢。少女炙热的体温挣破饱满的肌肤透入均成的手掌里。均成喘着粗气，没有掩饰自己的欲望。

车琴咬了咬嘴唇，小小的尖齿像母狼的獠牙，白森森闪光。

“给你，也不给他。”她决然地道。

“好啊。”

这男人应该正在冷笑——车琴猜测着——鬼魅般的花脸上只能看清一双深蓝色的眼睛，深得平静，就算是在撕裂自己身体的时候，也没有一点满足的狂喜，瞳孔里放大的，是攫取的冷酷。深蓝的眸子就像天空，想必永远也填不满——车琴痛出一身冷汗，挪开目光。

车琴醒来，正午的阳光刺得她睁不开眼睛，她仰起身，闪光的湖水中，均成披散着头发，默默盯着平静的湖面。车琴脱去白衫，缓缓向水中步去。

“你在发什么呆？”车琴尖刻地道，用雪白的手指绕动均成卷曲浓密的黑发，望向均成紧盯的水面。

湖水颤动又静止，人面破碎又复合。车琴倒抽了一口冷气。

均成洗去胭脂白粉的面庞倏然转过来，车琴抚摸着他的面颊，初次真切地看着他神祇般浓郁华丽的五官。

“你不过是个小丑而已……”车琴迷惑而震惊。

“我确实是个小丑而已。”均成茫然地冷笑。

“真漂亮……就像我寝宫中供奉的太阳神。”车琴轻轻地碰触他的嘴角，被湖水的反光炫目，眯着眼睛埋首在均成的胸膛上，“他们说：在他的头顶上，闪烁着三道迷人的虹光；从他的背后观望，放射着太阳的光芒；从他的胸前观望，散发着月亮的光芒；在他散发的光辉下，牧人可以牧放马群；在他洒出的辉光下，妇人可以穿针引线；他就犹如太阳照耀的玛吉玛黄金坡一般的宏伟，他就像月光俯照的玛楚克雪山的巅峰一般圣洁。”

“我不知道……”水中夺目的青年也正望着均成，似乎看到了更遥远的东西，“我才刚刚认识自己……”

车琴公主次年便为忽勒诞生了一位王子。均成风尘仆仆赶回屈射王帐时，正逢小王子护露孤周岁的洗儿节。

“均成，歌手，唱首赞歌吧。”忽勒坐于高台上，懒洋洋道。

“什么？”均成的大将先闲昙闻言只觉奇耻大辱，已忍不住伸手往腰里拽刀。

均成一把按住他的手，望着忽勒笑道：“大王降命，我自然豁开嗓子唱了。”

均成一直征战在外，快两年没有听过草原第一歌手的歌声了。“好！”四周的贵族掌声一片，骚动了整个连营。

夺琦举杯站起来大声道：“唱吧！均成！你的歌声是屈射的狮吼，是屈射的鹰唳。”

先闲昙很承夺琦的情，转脸向他点了点头。

夺琦向他道：“没听过均成唱歌吗？你白跟着他一年啦。”

连阙悲也大笑起来。

均成从忽勒桌上取了一碗酒，俯视全场片刻，唱道：

天神的儿子，生在什么地方？
四个金色大海环绕的土地，
穿流着滔滔流淌的清泉，
铺满了鲜花和沉香、芳草和牛羊。
清泉东面的河岸上，放牧着百万白云般的骆驼，清泉西面的河岸上，放牧着千万火焰般的骏马。

舒缓悠扬的歌声，盘旋在阳光里，最黑暗的角落里也能看到歌声炫目的色泽。忽勒背后，车琴扶着帐柱，几乎冲到阳光下。均成感受到她火辣辣的目光，却不敢回头。

天神的儿子，长得什么模样？
在他的头顶上，闪烁着三道迷人的虹光；
从他的背后观望，放射着太阳的光芒；
从他的胸前观望，散发着月亮的光芒；
在他散发的光辉下，牧人可以牧放马群；
在他洒出的辉光下，妇人可以穿针引线。

先闲县在金色歌声笼罩下张口结舌：“我只看见过他马上征战，不知道他还会唱歌。”

夺琦道：“那你以为他涂抹胭脂白粉是为了什么？”

“吓唬人。”

“哈哈哈……”夺琦摇头笑，最后叹了口气。

忽勒在震天动地的喝彩中站起身：“你们都来吧。”

帐中的车琴还来不及躲避，忽勒从她手中抱过护露孤，将孩子雪白粉嫩的圆脸露给均成看。

“和我多像。”忽勒拨弄着孩子的下颌，瞥着均成微笑。

均成点头：“是，和大王很像。”

“多俊的小王子。”夺琦带着先闲县跨入帐中，连忙打破他们主仆间片刻的沉默。车琴接回孩子，匆匆离开王帐。均成垂着头，尽量凝视忽勒的靴尖。

“坐。”忽勒向阙悲领头走入的贵族们点点头，盘膝坐在豹皮毡上。先闲县本已随夺琦坐下，见均成仍站在一边，大惑之下也站起来立于均成身后。

忽勒的脸色很难看了。阙悲故作不觉，和贵族们交换着烟丝，就着正中烤羊下的火，“噼噼啪啪”地抽起烟来。

“回来做什么？”忽勒问均成道，“听说你打不过去了？”

均成道：“最终还是遭遇到了戎翟。我们军前不过两万人，他们控弦者二十万，不能相提并论。”

“原来他们也有东扩的意思。”夺琦点头。

忽勒冷笑道：“那么你怎会毫发无伤地回来了？听说……”他白了先闲昙一眼，“你手下有不少人敢为你战死。为什么没有血战到底？”

“为谁血战到底？为你？”先闲昙脱口顶道。

夺琦忙喝止道：“滚出去！”右谷蠡王的待命武士二话不说，将先闲昙拖了出去，没有给忽勒发作的机会。

均成松了口气，道：“戎翟单于伊次厥要与王议和。”

“议和？”忽勒大笑，“绝不。”

阙悲道：“大王，正逢春季，人困马瘦。均成苦战一冬，很不易了。他那里不到两万人，又多数不是屈射国人，这样逼迫他们送死也不是办法。要与戎翟争地，是屈射举国的大计，不能推诿到一个歌手身上。”

忽勒不怀好意地道：“举国的大计？那么右谷蠡王带兵会同均成征讨戎翟。”

“咳咳咳。”夺琦还不习惯抽烟，呛得咳嗽起来，笑道，“王，这不是一场决战就能解决的事。”

“怎么解决呢？”忽勒学着夺琦的腔调，笑道，“要屈射屈服在伊次厥脚下吗？”

“议和算是一个办法。”阙悲道，“戎翟征战连年，伊次厥也累了，借此时机屈射和戎翟都能太平几年，休养生息一阵。”

忽勒问均成道：“你看呢？”

“王要战，我愿为王而战。”均成坚定地道。

忽勒完全忽略了均成的弦外之音，他为这坚定的语气勾起了很多儿时的回忆，无论何时何地，这歌手总是坚定站在自己身后，勇敢冲在自己身前。

忽勒原本奇怪的兴致倏然消减，变得不耐烦起来，会议最终也没有结果。阙悲和夺琦夜里叫来了均成，对他道：“王的意思很明白了，屈射国内论到威信，我们父子自不必说，连均成你也俨然在他之上，王对我们猜忌颇深。在这里杀你，他没有这种胆量。这两年叫你领着几千奴隶辗转征战，只是盼着你为敌所杀，却不料草原上归降你的人越来越多。现在要右谷蠡王一部与伊次厥对决，更是一招借刀杀人。你千万不要被迷惑了。”

均成沉默不语，阙悲和夺琦面面相觑。“均成？”夺琦询问。

“我们又能如何？这既然是王的意思，我们又有多少机会能够改变？”均成苦笑。

“异想天开！”帘子“哗啦”响个不住，与阙悲交好的贵族鱼贯而入，“王才刚有了决定，要夺琦会同均成务必取下戎翟呢。”

屈射的贵族早就不满忽勒的喜怒无常和盲目冲动，不少人掀开阙悲的帐帘，第一句话便是抱怨。

“戎翟何其之大，岂是我一部能取？大王有意西进，为何不举国开拔？”

“大王这是懦弱！懦弱！”有人急得跌足，“白白损我精锐，却无寸土相报，更是愚蠢。”

阙悲静静抽着烟，听着众人的牢骚抱怨，并无一语。一场大战下来，夺琦会不会死？阙悲打了个寒战，整夜没有熟睡。帐外火烛通明，右谷蠡王一部的战士彻夜打点行装，清点马匹数，喧哗不止。黎明时，夺琦向父亲辞别，阙悲在他马前摩挲着他的头发，爱惜无限。

均成走到阙悲身边，低声道：“无论如何，我会带夺琦回来，我也许不配说这个话，但他如同我的兄长一般。”

“这就对了。”阙悲微笑着拍拍他的肩，“你们都要回来，不然有人会终生哭泣。”

均成侧着头想了想：“没有人为我哭的，我不在乎。”

戎翟无愧是草原上第一大国，单于伊次厥帐下，控弦之士二十万，疆土更是屈射的三倍。这场争斗真是无胜算，无希望。夺琦和均成一路不停商议，苦于技穷。在两国边境均成屯军之处，戎翟的使者早已等了多天，等着屈射的答复。

“开战？”戎翟使者听到夺琦的回答也是一怔。

夺琦道：“大王有命，逆水须行。请回复伊次厥单于，如果戎翟退兵一百里，双方休战也可。”

戎翟使者冷笑道：“你们好生狂妄，不知这是飞蛾扑火罢了。”

“等等！”均成叫住拂袖而去的戎翟使者，“想走了？”

那使者变了变脸色：“我是使节。”

均成从使者的腰间抽掉他的佩刀，道：“开战的消息我会亲自告诉伊次厥单于。用我的剑和火，不烦你劳累了。”

夺琦笑道：“你打算不宣而战？”

均成道：“敌众我寡，正面交锋就是徒然送死。我们不声张地给他迎头一棒，然后分散游击敌后。纵然不能胜，也能给戎翟添点麻烦。你看怎么样？”

夺琦点头：“眼下只得这样。”

当即命所有战士不必下马扎营，仍结束整齐，携强弓，向敌营冲阵。戎翟领兵的骨都侯早闻细作回报屈射增兵一事，已觉不妙，正坐立不安等待使者回来，不刻帐柱微微颤抖，奔雷一般的马蹄声已杀了过来。

均成领兵不过五六千人，从来战法诡异，极其注重弓矢，少有与敌正面交锋的时候。此时人人将弓弦张满，蝗箭如云，铺天盖地射过，夺琦一部马却更快，从均成战士缝隙中水银泻地般直透戎翟连营，到处放火，抢夺马匹。

戎翟骨都侯虽然一时措手不及，但手下毕竟都是久经沙场的精锐，在此人数更有五万之多，听前营战声大动，都毫不迟疑，持刀上马准备对均成和夺琦层层截杀。均成却在此刻大声呼啸，先闲昙会意，急吹撤兵号角。这近两万骑就这样箭云中来，烟尘中去，掠得戎翟马匹足有两千。这第一仗屈射虽斩敌不多，但对戎翟来说，自恃大国的体面不啻让人泼了污水，伊次厥自然十分震怒，命其右屠耆王东进，讨伐屈射。

这两国王帐实在相距过远，戎翟大部仍在休息，右屠耆王孤军一旦深入，便为均成和夺琦不断骚扰蚕食。这样辗转的征战，零零碎碎也打了一年多，两国战士厮厮杀杀，虚耗时光。戎翟右屠耆王没捞到什么便宜，向伊次厥单于交代不过去，对均成和夺琦更是说不出的痛恨。

次年仲夏，均成和夺琦两部已经分开了三四个月，相隔百里开外，分成犄角之势。这日先闲昙禀说，在河岸放牧的武士捉到了戎翟的奸细。带上来一看，却颇觉面熟。

“你不是戎翟的人。”均成开口便道，“你是屈射人，我见过你。”

那人一吓之下，脸色大变，紧闭着嘴不说话。

“他从哪个方向来？”均成问先闲昙。

“从戎翟过来的。”

均成霍然起身，道：“带上他，立即拔营，会同夺琦。遣一个马快的，先去告急。”他瞪了那人一眼，“我们屈射出了内奸了。”

若此人将自己和夺琦两部扎营地点通告戎翟，必然会有大军来攻。均成命手下五百人护辎重囚犯远避，其余只带快马。百里狂奔之下，马总有快有慢，五六千人绵延十里，早不成战列。远远夺琦大营依稀可见，烈日之下也见火光冲天。均成更加紧，一马当先冲入战团。可惜均成一部陆续赶来，对戎翟毫无冲击之力，只是越来越多的人卷入混战。均成在火光中乱窜，不停找寻夺琦。

“均成！”夺琦在远处却先望见了他，大声疾呼，“撤了！”

“吹号。”均成急命先闲昙。

号角一起，均成和夺琦两部潮水般败退。戎翟兵马紧追不舍，屈射又败出二百里，才刹住败势。均成勒住马，刚喘了口气，身边先闲昙却吭了一声，栽下马来。

均成和夺琦大惊，不知他受伤极重，急忙跳下来抢住他身子。先闲昙拽住均成的衣襟，勉力笑道：“我不愿为忽勒死，丢人！”

均成看着先闲昙撒手气绝，脑中嗡然作响。四周的战士慢慢围拢，却没有一个人上前，像夺琦一样抱着肩，静静看着他的沉默。

均成在夕阳下颤抖了半晌，慢慢道：“你们也是这么觉得？”他放开先闲昙的手，站起来问周围的人，人们在他灼灼目光下，吓得退了一步。

“你们不是屈射人吗？”他阴郁地问与自己出生入死多年的朋友。

人们沉默，屈射士兵纷纷走到了夺琦身后，与均成的部下站得泾渭分明。只剩均成一人孤独地站在先闲昙尸体边，他被眼前的局面困扰，迷惑着自己的命运。

“的确，”他垂下头，“你们不是屈射人，不值得这样懵懂为忽勒去死，都走吧。”

夺琦意外地怔了怔：“均成？”

均成却甩脱他奔开，抹去唇上的胭脂，翻身高坐于马上，擎刀对几千满身血污的败兵伤残高呼道：“我会为死掉的人报仇。想和我一起去的，以后就是我的人！”

人们面面相觑，却猛地爆发一声欢呼：“跟你去！”

“你呢？”均成催马，在部下震耳欲聋地咆哮中俯身看着夺琦。

“与其受忽勒背叛而死，不如背叛忽勒而生。”夺琦上马笑道，“我本来就要去。”

均成抓住夺琦的胳膊，紧了紧，向他感激地点头。

“把戎翟的使者带来。”均成命人道。

人们欢笑着拥上前，在血色长风里挥刀高叫：

“跟均成去，跟均成去！”

——幸，还是不幸？

夺琦笑着退到一边，不知道这一仗最后的胜者又是谁。

均成和夺琦在忽勒王帐五十里外驻兵，仅他们二人悄然潜回右谷蠡王连营。阙悲的帐中却不见人影，四周一片死寂。均成与忽勒互视一眼，才知屈射国内已然巨变。抽身想退，帐外已火炬通明，忽勒的脸色被火光照得阴晴不定，冷声道：“你们私交戎翟使者，卖国割地，天神再慈悲也不会原谅你们。”

忽勒等待着均成和夺琦的大骂，但他们只是冷淡地看着他，似乎没有开口的兴致。

“为什么不说话？为什么不说话！”忽勒抢过一条铁鞭，劈头盖脸向均成乱挥，“小丑！贱奴！贱、贱、贱！”

夺琦拦身在前，劈手抄住钢头鞭尖。“啪”的一声，右臂上顿时皮开肉绽。

“王，够了。”忽勒的武士小心翼翼地从忽勒的手里抽走鞭子。

四周是诡异的寂静，忽勒面颊上的肌肉不自觉地抽搐：“关起来。都关起来。”

均成被人从夺琦身边推搡开，跌跌撞撞地拉至祭坛，锁至坛上铁笼。武士们默然退走，像消失在黑夜里，均成在一天繁星之下轻拂伤口。

“均成，均成。”

均成想自己肯定是睡着了，呼唤遥远又真切。

车琴在黑暗里扯着他的衣袖轻泣：“他们明天就要处死你，就像红孤儿一样。”

均成也不料自己会笑，愣了愣才伸手抹去车琴脸上的泪痕。

“忽勒会知道你跑出来的，回去吧。”

车琴从怀里抽出一柄细小的匕首，塞在他的手里：“你小心。”

“知道了。”均成握住她的手指，“夺琦呢？”

“他很好。忽勒要用他和阙悲议和，不会杀他。”

“右谷蠡王还好？”均成精神一振。

“他早悄悄将人马移走，右谷蠡王连营一天前已成空城。忽勒很害怕。”车琴慢慢闭紧了嘴，此时的均成就像舔干净伤口的困兽，被夜色浸透的眸子黑暗而充满掠夺的渴望。

日出的时候，忽勒在祭祀和武士的拱卫下升座王帐。打开牢笼的刽子手带着肃穆的敬意，将手伸给了均成。

祭司上台吟唱刑歌，唱到一半，却听有人起哄道：“别唱啦，让均成唱！”

“让均成唱！”

周围的人哄笑起来。忽勒在均成的笑容下嘴角抽搐，挪了挪身子。

均成悠然自得地放开嗓子：

能建万层高楼，
使手摩天。
能筑千里宫殿，
使足浸海边。

均成向前跨了一步，吓得刽子手倒退连连。被按在地上盘膝而坐的夺琦不禁放声大笑。奴隶们远远地聚来，随着均成大声歌唱：

却不知碧浪浣其骏马足，

白云悬其腰中剑。

什么样的高楼能蔽其心胸，

什么样的宫殿能锁其行前？

歌声震耳欲聋，连远处雷鸣般的马蹄声都不能夺其气势。“谷蠡王回来了！”连营西方的欢呼波澜般荡漾而来。

“够了！”忽勒霍然而起。均成袖笼中的匕首脱鞘而出，“哆”地钉在忽勒脚下。全场人都倒抽了口冷气。均成已从刽子手腰中夺得弯刀自祭坛一跃而下。忽勒大惊，向后一退，顿时撞倒了大王宝座。

人们木然欣赏着忽勒的惊惶。均成持刀跟着忽勒闯入王帐，姬妾奴隶飞奔逃散，只剩下车琴抱着护露孤在一边冷笑。

忽勒抽出腰刀，切齿吼道：“来吧，终有一天要和你刀剑相向。”

“给你刀，你也不会用。”均成打掉忽勒的刀，又逼近一步。

忽勒看了看车琴，突然冷笑：“杀了我要什么紧？我还有儿子，总有一天，你会死在我儿子手里。”

“一个也不给你留。”均成只觉耻辱烧痛了眼睛，弯刀不再迟疑，刺透忽勒胸膛，“我喜欢赶尽杀绝。”

忽勒咳得呛了口血，均成把他扑倒，手腕再用力，将他钉在地上。忽勒喘了半天，抬手恶狠狠捏住均成的下巴，口中喷出的血溅得均成一脸斑驳：“早知道你会看着我死，就应该把你的蓝眼睛剜下来，镶在刀上……带走。”

均成扭开了脸：“我不记得了。”

忽勒“哧哧”地笑：“蓝眼睛……”

均成看着他咽气，有那么一会儿失神，随之突然跳起身来，盯住车琴怀中的护露孤。

“均成！”车琴尖叫，“你要干什么？他是你的儿子啊。”

均成抿着嘴，想将护露孤从车琴怀里夺来。护露孤开始大哭，母子俩拼命地抓住对方的衣服。

“放手！”均成踢开碍事的车琴，将护露孤举在阳光下。狰狞的面容令护露孤止住了哭声，瞪着湛蓝的眼睛，注视均成湛蓝的眸子。

均成咧开嘴角，嘶着嗓子笑道：“蓝眼睛……”

车琴扑在均成脚下苦苦哀求："他是你的儿子，你的儿子，求求你，求求你。"

均成只是喃喃念着"蓝眼睛"，手上却越收越紧，护露孤使劲抽气，哭声细弱，手脚不断挣扎。车琴发了疯似的上前撕打啃咬均成的手臂，均成很久才觉得痛，慢慢松开手，让孩子掉在车琴的怀中，踉跄地冲入帐外的阳光里。车琴轻声祝祷了一句，却不见孩子的动静，连忙伸手探他鼻息。

"你扼死他了！"车琴在他身后，冷冷地道。

忽勒人心背离，子女一概被夺琦和均成处决，却没有一个人出来吭一声。姬妾中很多是贵族女儿，放还回家，另择人改嫁。只有车琴国破家亡，无处可去，让夺琦送至均成帐中。

车琴一如既往，新月般纤细皎洁，她在帐帘前慢慢打开紧束的头发。

"像神一样美的人。"车琴微笑着抚摸均成的面颊。

均成沉浸在三年前断琴湖的绮丽，欲望汹涌澎湃，将车琴搂在怀中。

车琴在他耳边轻送气息，悠然道："谁知道你却像豺狼一样凶恶。"

均成身子随之一僵，车琴挣脱开他的双臂，向帐外跑去。

"车琴！"均成追上她，胸膛贴住她瘦弱的后背，脸庞摩挲她的长发，"我终于得到，怎么会让你逃脱？"

车琴的身子在慢慢地融化，轻声道："我不逃。"

均成心中一荡，腹间却猛地一记剧痛。他捂着腹部的伤口，茫然地倒退。车琴的身子无助地摔倒在地，山戎王室的利刃从背后透体而出。

融雪般的美人，连流出的鲜血也是纤弱无力。均成跪在她身旁，就如初见她时的那瞬一般，手足无措。

贺里伦

"草原的雄鹰，屈射的雄师，身经百战，毫发无伤，却最后伤在女人的手上。"

黑暗里有人轻声地笑。均成睁开眼睛，双十年华的闼穆阿黛正是浓丽到最盛的时候，漆黑的眉毛，像鹰翅般快乐高傲地飞展。

均成被她的笑眼迷惑，半晌没有说出话来。

"均成。"闼穆阿黛支着下颌，侧头微笑。

"公主？"

“你还记得我吗？”

“你还记得我？”均成吃了一惊。

闼穆阿黛脸红了红：“我说过不会忘的。”

均成似乎看见鲜花瞬间绽放，令他反而糊涂了：“不会忘了什么？”

“笨啊！”闼穆阿黛使劲扯动均成的卷发，看到均成皱起眉，才又拿在手里把弄起来。

均成笑道：“这个我记得，有人是骂过我笨。”

“还有呢？”

“还不够吗？”均成讶然，“是你告诉我的，我比忽勒强，应该得到更好的……”

“笨死了！”闼穆阿黛跳起来跺脚，“亏我父王在你那么小的时候就不停夸你。”

均成艰难仰起身：“谷蠡王还好吧？”

“不是谷蠡王啦。”闼穆阿黛脸色阴沉了下来，“已经是大王了。男人的脑子里都塞的什么啊。”她甩了甩辫子，扭头就走，在挑起的帐帘外，恨恨大呼，“红花、红花、红花！”

这一年屈射易主，阙悲称王，屈射与戎翟议和，将王帐东撤至断琴湖一带，几乎将均成两年所得疆土全部放弃。但伊次厥的胃口似乎不在东方，而是统领大军，不断骚扰中原，断琴湖以西仍许屈射人放牧，屈射因此喘了口气，得以在连年征战之后休养生息几年。

夺琦被封左屠耆王，屈射国内众望所归。阙悲继而又免除了均成的奴隶身份，将公主闼穆阿黛下嫁，晋封其为左谷蠡王，地位只在夺琦之下。贵族们开始的惊愕过去后，都忍不住高兴，兴高采烈地来吃喜酒。没有献人牲祭天虽然有些遗憾，但当均成在手下将士簇拥之下行来，众人才觉天神原来处处眷顾。

均成卷曲的黑发在清风中飞瀑般披散肩头，这日傍晚，青年更是英俊夺目，夕阳的辉光此时也不能与其争锋——就像从灰白的虫茧中振翅飞出烈火般的凤凰——人们一阵骚动。

闼穆阿黛从王帐中缓缓步出，黄金珊瑚的衬托下，浓丽到炫目。祭司用红线系紧了两人的手腕，宣布公主和左谷蠡王成婚。新人向宾客们举起系在一起的手，人群顿时欢呼沸腾。

夺琦为姊妹的幸福微笑，转而望见均成浩大沉毅的双目和不为所动的面容，不禁沉思不已。

阙悲在位三年，主张休养，竭力避免卷入戎翟与中原的纠缠。戎翟单于伊次厥这四年中数次南下，均为中原大军阻扰。他兵马众多，却架不住中原精枪强弩以逸待劳，数次争夺努西阿渡口，均告失利，只有小股人马能从中原大军缝隙中透入出云、雁门一带，虽然掠夺牛羊奴隶不少，但对中原来说，伊次厥仍然不成气候。伊次厥多次遣使者要求与屈射合兵南下，都被阙悲婉言拒绝，要不就是敷衍了事。伊次厥对阙悲极度不满，下令将断琴湖以西的屈射人悉数赶回，杀掠众多屈射国的牛羊。两国剑拔弩张，又有兵戎相见的危机。

正值中原全圣十九年，伊次厥整顿二十万大军，八月里再次南下，之前遣使者向阙悲最后通牒，如果阙悲不发兵协同戎翟南侵，那么这二十万大军的去向不是南方，而是东方的屈射。阙悲与夺琦、均成商议之下，以均成领五万骑助威伊次厥，暂作妥协。

均成和夺琦不到两万人与戎翟大军周旋一年不落下风，在戎翟贵族中已是赫赫有名，伊次厥久闻均成善战，在他到达的当晚便摆盛宴接待。这是均成第一次见到鹰目虬髯的伊次厥。满身暴戾之气的大单于对面前这位犹如神祇降世的辉然战士，竭尽全力才掩饰住讶然的神色。

“屈射的均成将来定是戎翟的心腹大患。”伊次厥此生对均成只有过一句评价，却让人辗转透给了均成。

均成对大将郅支道：“伊次厥对屈射本有戒心，听这种话，更知道他视我们为眼中钉。此番我们决不可轻举妄动。我对你说这个，希望大家不要看见眼前一点便宜，便孤军深入，腹背受敌。”

郅支对均成十分敬慕，点头称是。整个秋季的混战，均成一部拖拉在后方，极少出击。伊次厥深以为患，无论如何出言挑衅，均成始终不为眼前小利所动，任伊次厥与中原精锐冲突。

伊次厥称霸草原十九年，自有他极凶悍的道理，均成对他也颇多赞誉。然而整个秋季，伊次厥损兵折将，寸土未得，均成最后也不禁讶异，询问戎翟的贵族，才知道中原此时领军的将领都是贵胄，一人二十三岁，是洪州亲王世子，洪失昼；另一人二十二岁，已是亲王，名叫颜湛。这两人虽然年轻，却领兵已达五年之久。

想来是和自己差不多的年纪，却已名动天下——均成第一次有种跃跃欲试的求战冲动。他当即与郅支定计，准备绕过山脉，偷袭颜湛和洪失昼的大帐。郅支见他改了主意，自然十分意外。他虽对均成一贯言听计从，仍忍不住问了句“为什么”。

均成便是一愣，笑道：“想较量。”

“好啊。”郅支好战，无奈憋了一秋，此刻闻言大喜，连忙传命备战。次日均成亲领轻骑两万，在日出时向东南方的群山行去。一天之后，还尚未攀山，却被郅支从后赶来。

郅支一夜未睡，看来憔悴不堪。马到均成面前时，悲鸣一声，颓然倒地。郅支跳在一边，颤着被冷风吹得铁青的嘴唇，道：“大王病危，急召左谷蠡王回国！”

均成跨入阙悲王帐时，屈射王身边只有夺琦静候。阙悲气色并不难看，双目仍然烁烁有神。夺琦拥抱均成，在他耳边轻声道："是回光返照。"

均成点了点头，上前让阙悲握住自己的手。

"我儿！"阙悲叹道，"竟能再见，天神眷顾。"

均成埋首在他双手之中，亲吻他的掌心。

"我与夺琦商议已定，"阙悲看了看夺琦，道，"夺琦决定放弃屈射王位。"

"什么？"均成愕然抬起头来。

阙悲抚摸着他的长发，喃喃微笑道："明天，明天……你就是屈射王啦。"

"可是……"均成茫然环顾阙悲和夺琦，心中莫名惊恐，"为什么？"他几乎是大吼着问夺琦。

夺琦坐在他对面，慢慢道："伊次厥久战中原不下，若知难而退，将眼光放在草原上，迟早会对屈射发难。"

"那又如何？"

"这样的局面，我撑不住。屈射之主，应该是你这样的狠角色。"

"你做大王，我替你撑这个局面，有何不可？"

夺琦摇了摇头："无论王位是谁的，屈射最后都会落在你手中。"

均成惊了一惊，默然看着夺琦。

夺琦在均成耳边低声微笑道："我也许是个懦夫，但我不想为朋友所杀。"

连阙悲的喘息声也渐渐静了下来，均成第一次觉得无地自容地难堪。

"你去吧，"阙悲对夺琦道，"我有几句话对均成说。"

"是。父王。"夺琦最后拥抱阙悲，阙悲拍拍他的背心，都知道此刻是诀别。

夺琦站起身来，撸了撸均成的头发，笑道："兄弟。"他抽回手，又肃穆地低头，"王。"

阙悲目送夺琦出帐，才慢慢对均成道："你不爱困穆阿黛吗？"

均成在他透彻的目光下不敢说谎，只是抿起了嘴。

"困穆阿黛爱着你啊。"阙悲叹道，"她在第一次看到你的时候就爱着你。无论你是奴隶，还是远征的大将；无论你是歌手，还是屈射王；无论你是小丑，还是太阳神；她都爱你。有一天你一无所有，她仍会跟随着你。"

均成紧握着拳头，沉默许久，才抬起眼睛。

"王。"均成道。

阙悲微笑，却无声。

"王？"均成看着阙悲的脸色逐渐灰白，捧着自己的脸低沉地啜泣起来。

中原上元初年，伊次厥与中原朝廷议和。上元帝登基伊始，欲彰国威。诚邀之下，大单于伊次厥决定赴离都朝觐中原天子。塞外草原诸国，以戎翟为首，又以戎翟和屈射为最大的两国。伊次厥无论出于什么目的，都要携均成同往。均成随大单于第一次渡过努西阿渡口，遥望雁门，长风烟尘中，城头红色的旌旗飘飞不息。

“颜湛还在雁门？”

戎翟的骨都侯道：“是。我们却不入关。”

“那是见不到了。”均成有些遗憾。

伊次厥一行先入凉州，自离水登舟东行，两岸层峦叠嶂，高城如云，江面涛浪飞卷，千帆竞发，道不尽的雍容清丽，繁华沧桑。一望无垠的草原此时恍若隔世，均成手扶船舷，被这穿梭不息的盛景压得透不过气来。到达离都那日，千斤过龙门在前缓缓开启，九道飞虹跃入眼帘，夏日蓝江与黑压压的城池扑面而来，一片阳光般的宫阙犹如天帝的神殿，仿佛白云的九层石阶，将他轻轻托举，高飞直上天际。在离都的十五天，均成流连在无穷的惊骇和激动中，当登上燃春桥顶，一个人静静放眼滔滔江水，均成才发现心中如此饥渴，想凌空攫取什么，又不知道如何才能到手。

人闲步向北，本该喧哗的都市，突然悄寂，一根冲天的旗杆，立在一片绿色琉璃瓦的府邸门前，红色的旗纛因而更加触目。大门上匾额里的字，均成只认得一个，想开口询问，却没有传译在侧。门前的卫士见他体貌宏伟，心中惊异却仍十分沉得住气，竟无人搭理他。他在大门前逡巡半晌，却听有人在背后用匈奴语叫道：“屈射王？”

均成认得那素衣的青年，刚到离都时，他也是六个传译官之一，后因染恙，便不再当差。中原名字都拗口，均成已不记得了。

“我认得你。”均成道，“你是谢什么……”

“谢伦零。”那青年的笑容清秀，单薄到让人担心的程度，“屈射王在此做什么？”

均成抬手指着匾额：“这是什么王？”

“啊，这是颜王湛的府邸。”谢伦零向着走过来的颜府卫士摆了摆手，又问道，“屈射王在塞外没有和颜王打过照面吗？”

均成憾然：“没有。”

谢伦零笑道:“主人不在家,不方便拜访。不过,屈射王要是想喝上一杯,我倒可以做东。”

“中原的酒不好。”均成大笑，“水一样。”

谢伦零拊掌道：“屈射王爱烈酒就极妙了，我想到了个好去处。”

他们在燃春桥下雇船，经受命、奉天、承运、双秋四桥，直抵飘夏桥暑楼。正值夏末，暑楼人满为患，三层飞楼，充斥着低低的嘈杂人声。谢伦零领着均成上楼，人群自然地分出一条通路，纷纷向着谢伦零点头。暑楼的掌柜迎出来，笑着和谢伦零飞速地低语。掌柜的神情极是恭敬，均成即便对中原人情再不熟悉，也能觉得谢伦零在京的权势很不一般。两人跟随掌柜穿过坐满了人的雅座，登着狭窄的木梯上了阁楼。掌柜支开窗，均成一眼向外望去，只见水雾浸透的蓝天，凉风顿时撞入胸怀。

“这是离都最高的地方了。”谢伦零在窗边盘膝而坐。

一时掌柜送酒上来，拍开封泥，醇香四溢。此酒入口温和，醇厚无比，并不觉其烈。均成一笑，酒入干喉，却立时将心脏炸得生痛欲裂。

“好酒！”均成大喜。

谢伦零不但口才出众，谈吐风趣，连酒量也是极佳，一点也不逊于均成。几杯之后，两人便袒腹相谈，说的都是中原风土人情。均成只觉与谢伦零投契不已，饮至入夜，才大醉而回。谢伦零与其相互搀扶，醉醺醺踉跄上了船，回到谢伦零在燃春桥附近的住所。那是一座破烂屋子，门前却有一副对联。均成看了看笑道：“什么风雨雷电的？”

“你识得汉字？”

“一路上有汉人教了些。”

谢伦零侧头微笑，似有领悟，出神了一会儿，便用汉话念道：“感风伯真情，危楼层层生瑞霭；蒙雨师错爱，陋室处处沐甘霖——通天气象。”

“什么意思？”

谢伦零大笑：“破屋子冬不能避风，夏不能遮雨，”他领着均成上了阁楼，仰面倒在地上，从屋顶破瓦的缝隙里，能看到满天星辰，“晚上夜观天象，大乐。”

均成并不是很明白，但看到谢伦零潇洒豪放，也觉十分畅快。

次日均成禀明伊次厥，与谢伦零结伴顺寒江南下，游历神州，直到少湖寒州才止。返程途中，均成先前目中的雀跃已变成了深沉寒潭。谢伦零在船舱中自斟自饮，目光却不离均成片刻，因而在均成回头望向他的时候，吓了一跳。

“谢伦零，跟我回草原去！”

谢伦零被酒呛得咳嗽不止，瞪着眼道：“你说什么？”

“把中原的大好江山说给我的臣民听，把中原的汉字教给我的儿子们认识，把中原的兵书讲解给我的大将……”

谢伦零拦住均成道：“屈射王！你想做什么？”

谢伦零的笑容深刻异常，已不是平时飞扬潇洒的青年可比，均成坦然答道：“不错，我喜欢这中原的江山。迟早有一天，中原就会像屈射一样落在我手里；迟早有一天，中原就会像戎翟一样落在我手里；迟早有一天，中原就会像草原一样落在我手里！”

草原第一歌手的金色嗓子，飞快地吟唱出他苍鹰般高远的志愿。谢伦零支着下巴，讶然倾听。

“怎么样？”

谢伦零想了想，慢慢道：“我有病，草原对我来说太冷了些。”

均成一笑。

“如果，”谢伦零望着江水，“你能保证我活到四十岁，我就跟你去。”

“你现在多大？”

“二十。”

均成摇了摇头：“二十年，征战，疾病……你这样的人，恐怕从马上摔下来也会死。”

谢伦零“哧”的一笑。

“不过，就算你不答应，我一样可以将你绑回去。”

谢伦零放声大笑，咳了几声：“那么，唱首歌吧！替我唱首歌，我就去。”

“好！”均成袒露左臂，跃至船头，放声歌唱：

天神的儿子，生在什么地方？
四个金色大海环绕的土地，
穿流着滔滔流淌的清泉，
铺满了鲜花和沉香，芳草和牛羊。
清泉东面的河岸上，放牧着百万白云般的骆驼，
清泉西面的河岸上，放牧着千万火焰般的骏马。

天神的儿子，长得什么模样？
在他的头顶上，闪烁着三道迷人的虹光；
从他的背后观望，放射着太阳的光芒；
从他的胸前观望，散发着月亮的光芒；
在他洒出的辉光下，妇人可以穿针引线；
在他散发的光辉下，牧人可以牧放群马。

天神的儿子，休憩在什么地方？

水晶宫的宫顶，直插九霄云上，与白云相抱；

水晶宫的城脚，覆盖无边大地，与大海相望；

在水晶宫的里面，亲近的英雄，肩擦着肩，肘碰着肘；

百万人共唱赞歌，衣襟飘舞。

天神的儿子在歌声中度过了九十九年，

在舞蹈中欢庆了九十九年，

耳中从没有听到人们的哭声，

眼睛从来没有看到人们的死亡……

均成的歌声意外地渐渐息止，初秋金色的阳光在寒江水面上粼粼悦目，千帆停驻，只为了这广阔无垠的天籁歌声。

谢伦零走至均成身边，问道："天神的儿子，最后怎么样了？"

"战死了。"均成笑道。

中原上元六年，伊次厥撕毁和约，趁中原没有防备，轻易渡过努西阿河，先下出云，直奔雁门。均成出人意料地领屈射半数精骑，携夺琦同行，相助伊次厥侵犯中原。均成行军中对夺琦道："不为别的，只为再见中原。"

"你着了魔了！"夺琦笑道，"谢伦零这个家伙！"

却听后面军中突然喧哗大笑，均成和夺琦连忙拨马回去，只见一个孩子从均成行囊中滚出来，满地乱跑。夺琦策马过去，一把捞住那孩子的衣后领，提到均成面前。那孩子绽开笑容，湛蓝的眸子滴溜溜乱转："父王！"

正是均成年仅六岁的第五子知牙师，知牙师是均成来自乌桓的侧妃所生，颇承继了乌桓人的机灵劲儿，淘气异常。

均成训斥道："这是要去打仗啊，你怎么来了？"

"念书、念书，谢伦零烦死了！"知牙师大叫大嚷，"还不如让我跟随父王打仗去呢。"

此时均成大军离开王帐已有九日，眼看努西阿河在望，兵荒马乱的，均成也不放心只有百多人护送知牙师回去。他看了看知牙师肮脏的面庞，感兴趣的另有其事："你这些天吃的是什么？睡在什么地方？”

“睡在父王的行囊里，吃就随便啦，偷点什么吃剩下的就行。”

均成笑着将他提到自己马前：“傻孩子。”

戎翟、屈射两路大军围攻雁门关，城头强弩石木雨点般打下来，伊次厥三日攻城不下，已折损千多人。

快马报来的消息更是雪上加霜，洪、凉两州的骑兵共十五万，星夜疾驰来救。伊次厥命均成一部八万人迎头阻击。均成倒是欣然允诺，在山口设伏。不料中原兵马并不上当，前军一万人将均成伏击识破，且战且退，把屈射人诱至开阔地带。中原兵马结阵以待，十五万对八万人，将天地战成一片血光。

混战之中，均成身边只剩百来人，这支人马极其精锐，所到之处，见者披靡，竟渐渐透入中原中军，隐约能见远处翡翠色旗纛之下，有人杏黄的战袍，十分抢眼。均成知他正是统兵的大将，镇静抽弓搭箭，弓弦响处，那人应声倒于马下。中原中军的将领十分机警，立即还以蝗箭，均成腰间一痛，精钢箭头透甲入肉。均成的武士连忙将他挡在身后，他咬牙再射，将中原擎旗的大将射倒。旗纛一倒，中原骑兵顿时大乱，屈射人因而趁机死里逃生。两日苦战之后，败兵五万人退回出云一带，却不见伊次厥接应。

探子来报，原来伊次厥早两日便放弃围城，退回草原去了。

“只是奇怪，”那探子道，“去向却是偏东。”

“偏东？”均成和夺琦相视大惊。

伊次厥早走了两日，屈射败兵豁出性命苦追，断琴湖已在眼前，湖水那边早就烈焰冲天。均成双眦欲裂，屈射援军困兽出笼般杀入战团。伊次厥占了大便宜，就势退兵，留下的，遍地都是屈射妇孺战士的死尸。

均成家眷死在最前，阏穆阿黛所生的长子阿纳不过十一岁，死前仍是手握弯刀。

“阏穆阿黛！阏穆阿黛！”夺琦放声大叫。

“这里。”谢伦零气息微弱，手握长剑倒在地上呼唤。

均成和夺琦扑过去，只见阏穆阿黛伏在地上，背后的伤口流血不止。均成浑身颤抖，将她翻过身来，她身下所护的两岁的儿子乌达，却是刀伤透胸，早已气绝。

“我帮不了她。”谢伦零腹上的伤口已能见肠，呕血不止之下，惭愧不已。

均成五雷轰顶般的迷茫，抱着阏穆阿黛，半晌才摇摇头：“不怪你。”

阏穆阿黛动了动，换了口气，却气弱不能回首相视，问道：“乌达还好吗？”

“很好，很好。”均成低声安抚她道，“睡着了，是个有胆色的孩子。”

阏穆阿黛骄傲道：“我的儿子。”

“不错，你的，我的。”

夺琦手中弯刀“锵”地落地，踉跄走到一边，扑在湖水中，掩面痛哭。

阏穆阿黛喘了一会儿，才笑道：“再唱首歌给我，最后一首。就是那一首。”

“好。”均成擦去她嘴角的血迹，轻声吟唱：

能建万层高楼，
使手摩天。
能筑千里宫殿，
使足浸海边。
却不知碧浪浣其骏马足，
白云悬其腰中剑。
什么样的高楼能蔽其心胸，
什么样的宫殿能锁其行前？

阏穆阿黛凝视着他湛蓝的眼睛，曼声和道：

烈日冰轮照天界，
才知是其双眼。
阴山昆仑横霞里，
才知是其趾尖。

均成的声音渐渐嘶哑，埋首在她的颈间，不能作语，耳边只有阏穆阿黛轻细的声音，只能感到她冰冷的手指恋恋不舍地拂在自己的脸颊上，又轻轻把弄着自己的发梢。

愿作顷刻迷雾，
为君白裘衫。
愿作不息长风，
为君策马鞭。

阂穆阿黛急吸了一口气，努力地微笑，一字字唱道：

任君只骑天涯尽，
也作蹄下烟尘盘旋。

断琴湖一役便使均成折损了五成人马，家眷子女被屠殆尽，只有知牙师幸免于难。屈射人元气大伤，被迫退回原来山戎的国境。均成能保全一半部族，还是多亏谢伦零机警，得知伊次厥大军压境，绝不存半点侥幸，协助阂穆阿黛领国民先行退避，逃了两日才为伊次厥追上，不然必是全军覆没。

均成勉强安定国内，才有空照应日日酗酒消愁的夺琦。

“要醉就一起醉吧。”均成抢过他手中酒碗，一饮而尽。此夜屈射顶天立地的两位英雄在月色下酒醉痛哭。

哭声就这样蔓延开来，举国同恸，山湖失色。

谢伦零扶着帐柱，推了知牙师一把，道：“父王在哭，你却不能哭。”

“为什么？我娘也死了啊！”

知牙师暴怒，狠狠还了谢伦零一拳。谢伦零伤口剧痛，脸色也变了，伏地喘息。

“老师！老师！”知牙师大惊，围着谢伦零乱转。

“你父王哭的不是妃子，不是儿女，他哭的是心中的悔恨。”谢伦零拉住知牙师的手，道，“你心中何来悔恨？为什么要哭？”

“是。”知牙师似懂非懂，却十分听话地抹去眼泪，跑去均成帐中，拔出均成常用的佩刀，站在月色下以金色的童音高叫：“不许哭！都不许哭！有我在，就要报仇！”

只有均成和夺琦听见了他的高呼，均成讶然之下，看着夺琦：“你能爱惜他，犹如爱惜阂穆阿黛的儿子一样吗？”

“也许吧。”夺琦想了想，“改个名字，就叫阿纳，他就是阂穆阿黛的儿子。”

屈射从此再也不被伊次厥放在眼里，此后三年，伊次厥将全部精力放在整顿兵马，南侵中原之上。而均成也利用这三年恢复元气，暗中与乌桓、羌胡、卢芳诸国结盟，共议抗翟之事。

中原上元九年，伊次厥再次南下。中原皇帝荒淫，对伊次厥掉以轻心，凉州竟然毫无防备，被伊次厥连下出云、雁门，直逼凉州城。中原朝廷这才如梦初醒，拜颜王湛为大将，再次领震北军北伐。这场仗打得艰苦异常，鏖战五个回合，才将伊次厥逼退至凉州界外。两军共六十万骑，黑压压在努西阿河两岸摆开数十里连营。

乌桓、羌胡、卢芳等国公推均成为首，诸国联军秘密南下，欲享渔翁之利，定计将联军共十万，藏身于杭格勒沼泽，企图抄断伊次厥退路。

这日黎明，雾气缥缈的时候，有孤身一骑穿越沼泽而来，马上少年手持红色旌旗，惨淡的阳光中十分触目。屈射前哨大骇，只当被伊次厥发现了藏身之地，暗暗搭上箭，准备取他性命。

"且慢！"谢伦零不知何时来到他身后，按住他的手，"那是中原的旗帜。"

果然那少年朗声道："颜王震北军麾下使者求见屈射王。"

"放他过来。"均成也闻讯赶来，认明了颜湛的旗帜，命道。

那少年快马奔近，在均成面前施礼："颜王在南二十里外设宴，请屈射王携王子同往。"十四五岁的少年，举止不卑不亢，平静得骇人，双目望向均成时，甚至凛然有些威严。

"知道了。"均成早年的兴奋被时光消磨了许多，只微微点了点头，"必定赴约，请回。"

夺琦与屈射贵族都道："宴无好宴，王要赴约以示屈射之勇，王子便不必去了吧。"

均成此时仍只有阿纳一子，夺琦自然不放心。

谢伦零笑道："王子还是去得好。"

"为什么？"夺琦大奇。

"那个邀约的使者，就是颜王的嫡长子颜铠。他的儿子敢涉险地，王的儿子也不能示弱。"

均成终于动容，命人叫上阿纳，带了谢伦零和五名屈射贵族出身的勇士，欣然赴约。

向南二十里的矮坡之上，只有孤零零一座白帐，中原士卒虽有百来人，大多却是准备盛宴的仆役，只有一位五短身材的青年将领，远远抱拳，便策马给颜王报信去了。四周安静得难受，谢伦零不失时机地咳嗽起来。

"来了，那便是颜王。"他捂着嘴微笑。

颜湛坐于黑马之上，不疾不徐行来，修眉轩展，微笑道："这便是射落我中原大将洪失昼的屈射王，久仰了。"

均成大笑道："'久仰'二字本是我想说的话呢！"

在均成的灿烂光辉下，颜王却有月华般的镇定气派，白帐之前，塞外与中原的主宰者的恢然气势似动天庭，飞卷流云也行得慢了，稀薄的阳光隐去，天空阴霾。

颜王请均成至白帐内入座，共尽一杯之后，直截了当道："中原与伊次厥纠缠已久，此番既然来到军前，我拟永绝戎翟大患。努西阿河无论对中原还是匈奴，都是必争的天险，我欲击溃伊次厥，必然要渡河决战。”

“然。”均成点头。

颜王道：“只恐渡河时为他所乘，望屈射王能相助一臂之力。”

“要我先出击戎翟侧翼，中原趁他混乱，过河击溃他？”

“正是。”

屈射贵族面面相觑，都望着均成。

均成一笑：“正中下怀。”

“王！”屈射贵族都是大惊。

颜王亲自奉酒在均成手中，道：“如此一言为定。”

“但有两件事，”均成却不急着饮酒，“其一，伊次厥的人头归我。其二，此战之后，中原大军须退回努西阿河以南。”

“又有何妨！”颜王仰头饮尽杯中酒。

均成起身饮干，道：“我信你。”与颜王一同将酒杯击碎于地，都是微笑。

“如此我便不再久留。”均成道。

颜王却拦了一拦：“屈射王留步，我请王子见个人。”

“谁啊？”阿纳听不懂正事，正觉无聊，此刻睁大了眼睛。

“阿九，过来。”颜王向后招手，“认识你今后最好的朋友，最强的对手。”

一个锦衣孩童步出，走到阿纳的面前，拉了拉阿纳的手：“我叫颜久。”

白皙的孩子，像新雪垛出来的人物，阿纳觉得指间纤细无力的体温传来，不禁笑道：“阿纳。”

颜王耐心地对颜久道：“只需二十年，屈射王便能一统草原诸强，届时为屈射王南下攻打中原的，就是你面前的小王子了。”

两个孩子还都有些茫然，但均成却知道，颜王所说的，正是他今后笔直的人生轨迹。

“我会再遇到他？”颜久仰头看着父亲，“哥哥呢？”

颜王笑道：“哥哥自然在朝中啊。”

“哦。”颜久使劲晃了晃阿纳的手，“你和我。”

“阿纳就留在这里吧。”均成道，“让他告诉你中原究竟是什么样的。”

颜久大喜：“留下来，留下来，我有一匹好马，你也骑。”

阿纳嗤笑他：“我的马更好。”

父亲们大笑起来，谢伦零看着两个仍像玩偶般的孩子，不自觉地打了个寒噤。

中原与伊次厥又僵持了一个月，此间均成统领人马悄悄绕至戎翟侧翼。就在努西阿河流凌的前夜，均成一部臂缠白绫，高举弯刀，十万精骑直扑伊次厥连营。一瞬间漆黑的夜色被火光染成黯淡肮脏的血红。杀声之间，对岸鼓声闷如雷霆，颜王铁甲隆隆逼近，马蹄带着努西阿冰冷的河水，踏上北岸。杀戮连天，战火不绝，伊次厥乱军中几度重整人马突围，都被冲散，三十万大军战成二十万，就在次日傍晚一溃而崩，败军四散奔逃，颜王铁甲和均成轻骑紧追不舍，千里败退之路，处处是戎翟的白骨尸骸。

伊次厥仓皇逃往原来王帐所在带林，均成抄山路迎头阻击，终于遭遇。伊次厥身边只余五千余骑，被均成大军冲击，顿时溃不成军。伊次厥身中流矢落马，乱军中被马蹄蹂践，踩断脊骨，奄奄一息。

均成跳下马，从夺琦手中接过利斧，走到伊次厥面前，阳光中俯视的脸庞就像主掌地狱的神祇。

“不过一死……”伊次厥拼力咬牙道。

均成沉默，巨斧切断长风，清脆地斩下伊次厥的头颅。

这便是上元九年定凉州一役。均成与颜王大胜后最终在努西阿河握手道别，两人远眺大河南北，对今后的路程无不了然于胸。唯一让均成吃惊的是阿纳，与颜久分别后，在马上悄然抹着眼睛。

“你在干什么？”均成问道，“怎么哭了？”

阿纳扁了扁嘴，惭愧无语。

“为了那个孩子？”均成惊讶道，“那个孩子今后回来杀你的时候，连眼皮也不会眨一下呢。”

阿纳似乎没有为父亲的箴言所动，只是缠着谢伦零学写汉字，说要给颜久写信。直到阿纳的汉字汉语都炉火纯青的时候，这封信也没有写成，而颜久也从来没有只字片语的消息传来。

均成此后十七年再也没有渡过努西阿河，辗转纵横多年之后，屈射征服四方二十八国，草原几乎为其一统，均成也在庆熹二年称帝，从此之后，再无戎翟单于，取而代之的，便是屈射的均成大单于了。

至庆熹十年，均成的疆土已扩展到北方贺里伦边境一带，其时东方尚有斡陆，均成正亲自领兵征讨，而贺里伦人游牧不定，性格凶悍，经常放牧至屈射境内，一旦与屈射人兵戎相见，四处游牧的贺里伦人便蜂拥而至，十一岁以上男子都挽弓上阵，直战到最后一人。如此消耗分散屈射的兵力，渐渐成了均成的大患。而斡陆激战正酣，均成分身无术，北方征服贺里伦的战事，便交给了夺琦。

左屠耆王夺琦五月兴兵，至七月中便退出了贺里伦。均成闻讯，自然大惊。

“为什么退兵？”他问夺琦遣来的人。

“左谷蠡王重伤，只怕不行了。”

均成霍然起身，碰翻了手边的水盏：“什么？”

均成五十岁的时候，早年共同征战的朋友大多已去世，而夺琦与他并称屈射的雄师，却总能化险为夷。他似乎从来没有想过死神的利斧终于有一天会落在他和夺琦头上。

“将前方十万人悉数调回，转攻贺里伦。”

“父王。”阿纳呼了一声。

谢伦零道：“单于，只需三个月，斡陆就为大军攻下，此时撤回，岂不是前功尽弃？左谷蠡王还在世，现在就说报仇，不吉祥。”

均成道：“贺里伦人早成我大患，若我不取下它，留在身后总有后顾之忧。”

谢伦零道：“暂时消除贺里伦之患并非一定要动用大军。我愿意为单于做说客，使两国暂停干戈。”

均成摇了摇头：“不会的，贺里伦人的性子决不会投降息兵。”

“不试试怎么知道？”谢伦零笑道。

谢伦零次日就启程了，而阿纳则奉命接管夺琦辖下大军，一旦谢伦零说降贺里伦不成，便立即提兵北上，不计死伤，必须攻陷贺里伦全境。

谢伦零去了十日，却带回了好消息：贺里伦愿臣服均成大单于足下，并将公主送往均成王帐和亲。无论是均成还是阿纳，都觉大出意料。相问之下，谢伦零总是笑眯眯用中原话道：“不足为外人道也。”

八月金秋，贺里伦已然下霜，清晨走出帐外，满眼都是白花花的，清冷的风能吹人一个寒战。阿纳立于帐外，在冷风里跺着脚，一地白霜溅湿了他的牛皮靴子，他伸着懒腰，向北边眺望。

贺里伦和亲的队伍正慢吞吞而来，如同深秋仍找不到洞穴的僵蛇。

“啊，来了。”身后夺琦笑道。

这两天他的身子似乎好了很多，有时能在奴婢的搀扶下出门走动。

阿纳心不在焉地点头，没有比这种事更让他觉得索然无味。

降国的公主不受屈射人的礼遇，贺里伦公主慈姜在一片寂静中下了马车，抬起冰蓝色的眼睛，默默环顾周围夺琦下属的敌意，忍耐着向夺琦和阿纳跪拜。

阿纳向她微微颔首，算是行过了礼。慈姜在使女的簇拥下又回到马车中。

“启程。”阿纳吻过夺琦的手，上马吆喝。

车轮辘辘，马蹄刨起惨白的泥土，夺琦向他们慢慢挥着手，雄伟的身躯却在晨光中倒了下去。

“舅舅！”阿纳吓了一跳，奔到夺琦身边，“快抬进去，抬进去。”

夺琦在温暖的空气里才缓过来，胸腔里“呼噜噜”翻滚着浊气：“均成娶得太多了。”他抚摸着阿纳的脸庞，“生的儿子却没有一个能比得上你。”

阿纳急于检视他的伤口，吼道：“舅舅！不是说这个的时候。”

夺琦微笑，只是将要讲的话一口气说下去：“你喜欢那个贺里伦公主，却也不要急。”

“我没有。”阿纳被他道破心事，涨红了脸。

夺琦看着穹庐顶上即将燃尽的油灯，慢慢道：“他和我一样，也快了。以后都是你的。”

八月，左屠耆王夺琦在贺里伦边境薨逝。均成听着阿纳亲口说出噩耗，只是茫然。他拨弄着以伊次厥头盖骨做成的酒碗，静静地出神。

“夺琦最后说什么了？”均成在阿纳背后问。

阿纳从门前转身回来：“舅舅说，阙悲王和已故大阏氏阏穆阿黛，还有舅舅自己，都想问父王一句话。”

“什么？”

“在忽勒成人礼上，父王盯着酒碗里看，他们都想知道，父王看到了什么。”

均成微笑，他似乎能看见阏穆阿黛和夺琦在阙悲膝下争论不休，阏穆阿黛那时应是红扑扑的面庞，夺琦那样地让着她，却永远不会放弃自己的主张。

“看到了什么？”均成仰起头回忆，他还记得人头被端走时，脖腔里的血滴滴答答打在自己的靴子上，歌手黑油油的发辫拂过自己的脸，厚重胭脂白粉的覆盖，让人看不清歌手最后的神色，直画到腮上的嘴角似乎仍在笑，连眼睛也安详闭着，像是一头心安理得挨刀的牲畜。

均成记得一开始自己只是惊异于天空的湛蓝，这样浅的一碗酒，居然也能映出无穷的天际，一朵白云在清澈的酒色中飘过，当他慢慢正视，那狭小的倒影中妖魔般丑陋的面庞令他倒抽了一口冷气。可笑的双鬟，面颊上通红的两块胭脂的圆斑，他颤抖着，抬头重新打量祭坛上歌手的头颅——歌手的面庞总是一样。

均成熄灭了为夺琦祈福的长明灯，转过脸看着阿纳。“是命运。”他道。

庆熹十二年初夏，均成发兵贺里伦。在极北，这个季节的夜晚稍纵即逝，而晚风仍是透入骨髓般地冷。

贺里伦国王以利刃割破脸，面目狰狞如狂，在阵前对均成高声诅咒：“我将公主嫁你，换来的只有两年的太平吗？背信弃义的，不得好死！还我的女儿来，还我死去的臣民来！”

均成丝毫不为所动，这些年，他连冷笑也极少有了，只静静开启嘴唇：“为夺琦。”

“踏平贺里伦，不要俘虏。”阿纳奔袭阵前，传令全军。

肃穆的夜里，黑云蔽月，寂静中只有大单于数万强弓挽开的声音。贺里伦人似乎知道下一瞬便是国破家亡，从四面八方赶回国效命的战士们挽着手，击打胸前铠甲，在风中大声悲歌。

> 生于贺里伦，
> 融雪淙淙新草芳；
> 长于贺里伦……

“呸！别唱啦！”——什么样的歌声能动屈射人心弦？屈射战士大肆辱骂，嘲笑不止。万军中，只有均成牵动嘴角。

“父王？”阿纳见他松开缰绳，缓缓向前行去，大惊失色。

“这歌声……”均成木然仰起脸，望着黑暗的北方，像要拼力看透什么。

阿纳提马跃出，贺里伦的箭雨已劈头盖脸打了下来。

“父王小心！”

恍惚在最前的均成浑身轻轻一颤，捧着胸膛，贺里伦的利箭攒在心窝上。

怎么这么痛？均成讶异，痛到四肢百骸无不颤抖，痛到眼前忽暗忽明，痛到战声远去，只有一个最遥远的声音，在死神的利斧下，雷霆袭来。

——“看！蓝色的眼睛。”

“看！蓝色的眼睛。”七岁的忽勒捏住了均成的下巴指给周围的人，“宝石一般，少见。”

“不是这里的人吧。”忽勒的卫士踩在新草中的血泊里，弯下腰来，仔细端详。

均成扑簌眨着眼睛，因为听不懂他们的话，微笑起来，眸子像最遥远的天空似的，转成无穷的深蓝。

“剜下来，镶在我的刀上。”忽勒使劲拔着掖在腰带上的匕首。

“剜下来就不好看了，毕竟不是宝石啊。”卫士大笑，“王子要天天看着这样的蓝眼睛，就要把他留在身边。”

忽勒嘟起嘴：“他能干什么？还没有我高，能帮我上马吗？能和我摔跤吗？”

“嗯……”卫士想了想，“王子七岁，应该有个歌手了，等他再大一些，骑马、摔跤都可以。”

“喂！你会唱歌吗？”忽勒用刀柄捅了捅均成的胸口，“唱歌。”

“唱歌。”卫士跟着忽勒哄均成，“唱歌。”

均成迷茫地退了一步，依然缩在草垛里。

“笨蛋。”忽勒骂了一句，不感兴趣地走开，细细的歌声却突然传来，忽勒慢慢转回了头，“好像还不错……”

“是还不错。”那卫士笑道。

均成在母亲的尸体边摆弄着草枝，正自得其乐地哼着歌：

生于贺里伦，
融雪淙淙濡我草芳；
长于贺里伦，
山峦迭迭驰我牛羊；
成于贺里伦，
黄草瑟瑟饲我马壮；
死于贺里伦，
白冰皑皑为我尸床。
莫断肠！
天极夜夜指故乡，
儿郎！
归来战北方……

二十六

听时

庆熹十三年的五月十五，月儿出人意料地圆得骇人，浩然缓缓东升。清和宫浸在它绯红的光芒里，琼树玉花的繁华，被照出瑰丽的凄凉。

“怎么这么圆，这么大？这月儿像是疯了。”

伺候明珠的慈宁宫宫女名叫子萕，对明珠极是倾慕，前前后后“姊姊、姊姊”地不停奉承，明珠的饮食用度，竟不许小太监们沾上一沾，都是亲自奉到明珠面前。此时将夜饭在桌上摆开，一眼望出去，慈宁花园的重重楼阁也挡不住月色，红光将眼睛照得难受，不由得叽叽喳喳地抱怨起来。

明珠放下笔，走来道：“红月不是好兆头，不要说它了。”

“是。姐姐吃饭。”

面前盖子打开，却是碗清爽的面，只漂着几片碧绿的葱花。明珠怔了怔，对子萕道：“这面我不吃，拿走吧。”

最终连菜也没吃几口，明珠便叫子萕预备香案，摆在院中的月光下。她合十对月而拜，也不知祝祷些什么，默默上了香。

“呦，竟忘记明珠住在此处了。奴婢真是老没记性。”洪司言手捧香炉从花园门洞外服侍太后进来，见明珠院中站着，忙对太后道，“要明珠回避吗？”

“不用。”太后看着粗使的宫女们支起香几，淡淡的没有什么兴致，随口道，“有什么神魔鬼道的？犯不着避人。”

话虽如此，宫女们已悄然退走，明珠才要告退，太后却问：“求什么呢？”

明珠摇了摇头：“香是上了，却不知道自己要什么。”

“这是个聪明的孩子。”太后道，“有些愿望注定落空，不提也罢。”她仰头看了看月色，静静立了一会儿，向洪司言摆了摆手。

洪司言念念有词，将香插在香炉里：“您受用着。”

明珠微笑地看着，太后回过头道：“你笑什么？”

“原来太后也不是许愿来的。”

“天下这么多人，神佛怎么照顾得过来？”太后道，“偶尔能满足你一个愿望，就很好了。愿，我是不会再许了，只不过想起些故人。”

“故人？”

“身在我这个位子，一生杀人无数。有些人死了，我连名字也记不得；有些人，恨不得将他碎尸万段，待他真的死了，却觉得不如自己也死了好；还有些人……”太后幽然透了口气，“只望自己替他去死，也留不住他稍息的性命。”

明珠想了想道：“奴婢尚体会不到太后的心思，奴婢只是想有那么一刻无忧无虑的快乐，能永永远远地停驻。”

洪司言笑道：“太后可要说姑娘心中尽是奢望了，有那么一瞬够姑娘今后嚼着，消化着，就不错了。”

“她还年轻，往后择良婿而配，日子美着呢。”太后笑着打断洪司言，对明珠道，“我去你屋子瞧瞧。”

明珠侧身引路，她屋里的奢华之物都是从前的摆设，只有临窗的大绣架能入太后的眼。

“最近在绣什么呢？”太后问。

“绣的都是佛像，太后娘娘说要拿到普圣庵去的。”

太后笑道：“佛诞节的时候随便一说，你倒记得了。我看看。”

“才打了样子。”明珠将绣架上所蒙的白缎揭开，内里是赤足悠然站立的观世音，正用柳枝蘸取净瓶中的清水，从万里沙尘中点化出一朵摇曳金莲。

“这就极佳了。”太后点头，“所谓神佛奇迹，不过如此。说到这个却想起很久没去普圣庵进香了，要不明天就去一趟。”

“今天十五啊，娘娘。”洪司言埋怨道，“怎么不赶着日子去？”

“这是凡夫俗子的计较，佛祖哪里在乎初一、十五？想着佛爷了，就磕个头，是我们的虔诚。就是明日吧，明珠也去。”

“奴婢也去？”明珠微微一惊。

太后道：“带上这观音像，让段太妃看看，既然要绣给普圣庵，听听她怎么说。”

“是。”明珠恍恍惚惚接口，不知所措地绞着手帕。等太后走了，才心神不定地来回踱步，有时想想已行军在千里之外，却又萦绕心头不去的辟邪；有时想想近在咫尺，却仿佛天涯般遥不可及的普圣庵，一夜里望着明月，辗转难眠。

太后慈驾次日一早便从清和宫玄武门而出，行到隐环路前，成亲王便赶来在轿前磕头。洪司言出来道：“知道了，请回。”

从前听说太后至普圣庵进香，成亲王必然撺掇太后下山时游幸清澜行宫，荡舟福海之上。现今他每日清晨便至紫南门里佑国殿理政，千头万绪着实辛苦，此时只恨分身无术，又叩了头，便急急赶回清和宫。

福海就在西北城中，水面不大，却难得有一处小小的石山颇为清峻。至上元帝时，方在这里兴建清澜行宫，疏疏朗朗的水中楼阁，像懒洋洋的世外桃源，很不似先帝浮夸嚣张的性子，却不料先帝晚年极喜居住在此，当时在清澜行宫侍驾的，也只有段时妃一人而已。所以先帝驾崩后，段时妃出家在清澜行宫后山上的普圣庵，似乎早就是宫里预料中的事。

上山的路极窄，太后最后也不得不下轿步行。一众人浩浩荡荡，旌旗伞盖地上到山顶，都累得有些晕眩。住持老尼姑端上的茶恰到好处，太后饮完，才缓过气道："罪过，已没有力气上香了，先请段太妃出来一见，说会儿话再去正殿。"

老尼姑笑道："只怕还是一样，说破了嘴，太妃也不会出来。"

太后拉过明珠，道："这回不同，禀告太妃说，有位大理来的姑娘，手巧得很，请太妃出来指点一二。"

她又命老尼姑将明珠所绣的素净花样一同带去，很久之后，那老尼姑才转来。

"这位姑娘定与太妃有缘分，太妃竟要出来了。"

明珠浑身一颤，红晕顿时褪去，焦灼盯着大门。

门前的中年尼姑微微驻足，似乎踌躇了一瞬，才缓步而入。虽然光头缁衣，却越发显得她眉目如画，清雅绝伦，脸上悲天悯人的平静，令人惭秽不敢平视。

"施主别来无恙？"她默默看了明珠一眼，才颤着声音向太后道。

太后忙起身合十："听时大师安好？"

"得过且过罢了。"段太妃避开众人的叩首大礼，静静落座，仍是望向明珠。

洪司言忙携明珠上前，道："这便是明珠姑娘了，也从大理来。"

"娘娘万福金安。"明珠叩头。

段太妃无语相对，当明珠举眸望来时，竟微微一个寒噤。

禅房刹那的寂静中却有一股汹涌激流。太后在先帝身侧为妃时，与段时妃最为交好，对她的出身来历所知极详，此时虽尚不明所以，却渐渐有些领悟和惊讶。洪司言打破冷场，笑道："到底都是大理的美人，竟是一个格调……"她突然收住了语声——虽然秉承了父亲的潇洒豪放，嘴角神情颇显骄人清贵的气度，但灵动的双眸，幽远温柔的眉梢，仍是像极了母亲——看清了明珠目中勃发的怨意，太后和洪司言都是恍然，轻轻抽了口冷气。

"快起来吧。"太后道，"老跪着像什么话？"

段太妃看着明珠默默起身退去，不禁在椅子上一挣，她从容平静的面庞上些微地动容，也似拼力地挣扎。太后不忍地将目光挪开，道：“让听时大师看看那观音像吧。”

“是。”洪司言见明珠执拗地站着不动，连忙命人呈上绣架。素白的小寒绢上，只绣完了那灿然夺目的金莲，却已有辉辉然佛光普照之意。段太妃手指轻触花瓣，思绪不知飘摇在何处，缓缓道：“原来已是这样了……”

太后道：“你看怎么样？”

“很好。”

洪司言急着让明珠开口，便问道：“不知明珠的绣功是和谁学的？”

“奴婢的父亲。”

“哦，”太后道，“原来家中还有人，现在何处呢？”

明珠淡淡道：“奴婢也不知道。”

段太妃一怔，抬起头来，欲言又止。

“你父亲也是个狠心的人，将女儿往宫里一送，自己却逍遥去了。”

“奴婢大不敬，却也要说父女相依为命二十年，里面的深情不是外人能体会的。太后娘娘说错了。”

“呦，是我说错了。”太后笑道，“这么说来你父亲也真是不容易。你母亲不在身边吗？”

“不知道奴婢母亲身在何处。”明珠轻轻冷笑一声，“依稀记得最后见着母亲时，只是跪在地上哀求她回家，后来就再也没有消息了。如今连面貌如何，也不记得。”

“可怜见的孩子。”太后道，“不过那当娘的，若非不得已的苦衷，怎么会扔下孩子不顾？”

洪司言唱和道：“要说可怜，孩子有人疼也罢了。当娘的牵肠挂肚的揪心，又是怎么熬过来的？”

太后和段时妃都默然无语，望着观世音的微笑各自想着心事。

住持老尼姑却笑道：“太后从前来，一直都说没生个贴心的女儿也是憾事，现今这位姑娘端丽聪慧，替皇上、亲王服侍在太后身边不也是美事？太后还有什么着恼？”

“对呀！”洪司言拊掌道，“娘娘整天‘明珠明珠’的挂在嘴上，怎么没想到将明珠收为义女？”

太后道：“这是正经话，我替你母亲好好地疼你。”

段太妃目中颇有感激之意，向着太后微微颔首。

明珠忙道：“奴婢什么身份？太后平时那么相待，就折煞奴婢了，怎么还痴心妄想地高攀？请太后收回成命。”

“身份有什么要紧？”太后道，“挑个吉日，就给明珠封号。”

“不妥吧。”段太妃幽然道，“有了封号头衔，就有无穷的烦恼。人说不幸生在帝王家，一点无错。一个人由天下养，就要担天下事；由百姓供奉，就要为百姓牺牲；由父母兄弟爱护，就要克尽孝道仁义，再没有自己的心思愿望，逍遥快活……”

“今儿是好日子，说这些伤心的话做什么？”太后看了沉思的明珠一眼，道，“人都是这么过来的。”

“也是。”段太妃垂下目光微笑，“想必人人都有明白这个道理的一天。”

洪司言道：“明珠，快给母后磕头。”

明珠推辞不过，被洪司言按在太后膝下，顿首唤道：“母亲大人。”

“好孩子。”太后抚摸她的发丝，望着段太妃，慢慢道，“有的人等这一声呼唤多少年了，只怕梦里听到，也会流泪惊醒，继而环顾四壁，只觉再如何辉煌灿烂的宫阙，又怎么比得上梦中瞬间的喜不自禁？有那么片刻的亲情快乐，哪怕是梦境，也够寂寞的人咀嚼半生。明珠，你明白这深宫廷院中的无情吗？你能试着体会家国束缚的无奈吗？要是愿意多想想，多体谅，就再叫一声吧。”

“是。”明珠的语声哽咽在胸膛里，半晌才重新行礼，用尽全部的怨恨和思念，用尽所有的踌躇和激湃，清朗唤道，“母亲大人。”

一旁的段太妃以缁衣的广袖掩住苍白的脸色，终于诱出一声啜泣般的叹息，她浑身轻颤，勉强道：“清修在此，不便久坐……”她起身良久，才转身走向门口，忽而回首道，“这观音像，我留着绣吧。”

“那就更好了。”太后道，“等开光佛事时，我带着明珠还来。”

“也罢了。”段太妃摇了摇头，飘然而去。

普圣庵进香，最后竟多出这么个故事来，不知太后何等感触，回宫之后，除了和明珠聊聊天，看看奏折，一直没什么高兴。

转眼便至五月下旬，内务府、礼部和钦天监都上折子问太后今年是否一如既往地驾幸上江避暑。

太后对洪司言道：“就算是我懒得走动，上江还是要去的。”

洪司言问道：“这又是为什么？”

“还不是皇帝亲征在外的缘故。只得我们在京中做一番歌舞升平、繁华依旧的太平气象出来。”

“原来避暑给别人看哪。”洪司言笑道，“带谁去呢？明珠是肯定的，妃子们自然要去，只有皇后病着，恐怕没有这个精神侍奉太后呢。”

“什么病啊？”太后皱眉道，“从二月里到现在，节气也交过了，什么病能从春拖到夏？又不肯叫太医看。年纪轻轻的，不是好兆头吧。”

“好兆头，好兆头。”洪司言“咯咯”地笑，伏在太后耳边轻声说了一句。

太后大惊：“怎么会？何时的事？快叫敬事房的人来。”

洪司言忙道：“别，这事奴婢也知道，不用查了。就是景优公主出嫁那日，乾清宫里小两口闹别扭，结果倒闹出个喜事。”

太后埋怨道：“这么大的事，为什么瞒着人？出个差错如何是好？”

“她和皇上别扭着，不免有她自己的顾虑。娘娘看她辛苦，可别说什么。”

“我还能说什么？”太后当然还是欢喜，“我们只当不知道。叫陈襄多看看，等过几个月确实了，再和皇帝言明。”

“是。”洪司言应道，“话说回来，现在和皇上通个消息也越来越不容易。一个往返，只怕就是七八天。”

“到哪里了呢？”太后仰起脸，计算皇帝的行程。

“四日前到了凉州边上，大驾走得慢些，想必现在刚进凉州城。”

“那是差不多。”太后道。

待收到军报，才知征北大军行得极快：皇帝五月十七到达乐州骄阳关大营，洪州骑兵四万早已整装待发，加之皇帝京营四万人马和征勇十万，总共十八万大军，集结清点，配备马匹军械，忙了五日，便又向北开拔。这一路过凉州城不入，皇帝大驾直奔重关，拟在五月二十九日，便在城外扎下连营。

洪定国自然统领洪州骑兵，原以为他重掌兵权，会更加不安分，谁知却礼数尤恭，少有言语。皇帝反倒不放心，马上行军之际，问辟邪道：“洪定国越是恭谨，朕越感其中有什么花样，你看呢？”

“奴婢觉得洪定国孤身在皇上驾前时，一直神色阴郁，自到了骄阳关才面有喜色，大概是洪州军中有人对他面授洪王机宜，心中有了准主意。”

“朕看得没有你仔细，想来也是如此。”皇帝明知看不见，仍不禁转头向后望去。

身后铺遍原野的尽是明黄的大旗，洪州旗帜在极远处映出翡翠色的天界，中原大军在骄阳之下，金灿灿似乎天河的降世神兵。

皇帝扬鞭朗声一笑：“天必佑我，任他翻云覆雨。”

此时重关在望，前军通报道：“凉王必隆已在关外扎营，正要前来叩见圣驾。”

皇帝问道：“凉王的伤势如何？”

“不佳。从雁门坐车来的。”

“传旨必隆，只在营中候驾即可，等这边扎下营，再见不迟，不必赶过来了。”

看来皇帝打算当夜召见必隆，辟邪有些额外的不便，对皇帝道：“凉王为人小心谨慎，见皇上和洪定国都在军前，必会托伤重之故，退回凉州城，凉州兵马多半会交给他手下大将。皇上听他交托骑兵，应下来之后，还是叫凉州独立成军为好。”

“听这个意思你今晚是要去躲懒了不成？”

“姜放一定是要侍驾同见凉王的，奴婢便打算往京营里巡视。”

“也对。”皇帝甚觉有理，没有听出什么奥妙来。

如果必隆回凉州养伤，那么就见不着了，如此看来，先前的顾虑倒是多余了，辟邪暗中松了口气。

夜间皇帝召见必隆时，辟邪悄悄避在京营中，夜深才还。先看到栖霞的密报，将太后、成亲王近日一举一动详细报知。皇帝不刻也回来了，举着太后的书信道：“太后仍是往上江避暑，携明珠同行，这里有件喜事，你竟料不到太后将明珠认作义女了。”

这件事栖霞尚不知晓，从皇帝嘴里说出来，让辟邪不禁一怔。

“给太后、皇上贺喜。”

皇帝笑道：“可惜没有封号，看来也是一时兴起。”

想必明珠在普圣庵见到了生母，才有这么个动静出来。辟邪不知太后什么企图，替明珠忧虑却又接不到她只字片语。

明珠想明白了吧——辟邪心里剜去一块似的绞痛。

小顺子待到左近无人，嘟囔道：“沈飞飞真的没有跟着李师来吗？”

“他好逸恶劳，怎么会千里迢迢地跟来？”

“他留在京中多半为了明珠姐姐，师傅就眼看着他将明珠姐姐抢去？”

辟邪一把无名怒火顿时被他烧得冲天而起，喝道：“胡说什么！他要和谁抢？谁又要和他争？搬弄是非的功夫学得不错啊。你皮痒了不成？”

“是。”小顺子吓得顺口应道，回过神来连忙双手乱摇，“啊……不是！”

辟邪笑道：“一边去。”

他却不料小顺子大了，自己的主意不少，背着辟邪修书给明珠，替辟邪诉说了一通无端的思念之情。他又有一班朋友助他成事，竟将书信辗转递到明珠手中。明珠仔细察看信封，果见拆过的痕迹，知道书信途中除了落于太后之手，更不知由多少太监军吏验查过，看了小顺子信中的胡说八道，更是气恼。她自然不会回信，只是知会栖霞转告辟邪务必阻

止小顺子私递书信。

谁知小顺子的信却不断，说的都是塞外风光，草原民风，没有半句要紧的话。想必辟邪另有盘算，明珠便不再做理会。

这边又是忙忙碌碌地打理太后避暑的用度物品，等六月初六启程那日的一早，普圣庵的住持老尼姑却送来了段太妃的一件包袱，说得明白是给明珠姑娘的。明珠携至船上，打开看时，才知是大理公主亲笔所书的《绣经》，其中夹注的都是父亲宋别的笔迹，想来是当年的肃海小公爷新婚甚笃，军事政务之余，只与娇妻钻研女红为乐，兴致盎然地要将肃海公府老封君的夺命针法与皇家独到的刺绣融为一体，为妻子创出无双传世的绣艺来。谁知去国离乡之后，竟以此为生二十载，当真命运弄人了。

这隽永悠长的爱慕相思终被摒弃，只怕段太妃在见到女儿的那瞬便了无牵挂，这心是死透了，从此绝无再见之日——明珠苦笑一声，将《绣经》锁入箱中，支开窗向外眺望，只见空荡荡的江面和两岸黄帷，浩荡的繁华之下，尽是这般萧条无趣。

“太后做什么呢？”明珠问子萏道。

“领着娘娘们看江景，挺高兴的样子。”

“那就去慈驾前伺候吧。”

明珠领着子萏步出船舱，慕徐姿迎面过来，悄声道：“姐姐。”

“不敢当，”明珠施礼，“娘娘什么吩咐？”

“听人说姐姐这里常收到北边的书信？”

明珠笑道：“这可冤枉了，宫里怎么私递书信？”

“也是……”慕徐姿踌躇一阵，慢慢叹息道，“也不知皇上起居是否安乐，车马是否劳顿。”

“御前自有内臣和太医们服侍，一天一个折子给太后报平安，皇上怎会有恙？娘娘太过担忧了。”

慕徐姿摇头道：“只有皇上身边的人说了，我才放心。姐姐可怜我，就问一声吧。”

明珠思量着她的话，夜里窗棂之下提笔，却无话可说。

“明珠姑娘睡了吗？”洪司言在屋外问。

子萏迎出去道：“还没有，姑姑有事？”

“忙了一天，没照顾到明珠姑娘。太后娘娘说了，明珠姑娘这个地方太过吵闹，特别将水榭扫了出来，姑娘挪那边去才清净，不但凉快，整日里都亮堂堂的，绣花才不伤眼神。”

“太后惦记了，那就挪吧。”明珠看着洪司言已挥手让小太监搬东西，便命子萏拿着要紧的小箱子，跟着洪司言前行。只觉望野别墅这一带侍卫、太监较之别处都少，知道太后为了方便行事，将自己也支得远远的。

“既然来了，就是为了寻个开心。”洪司言搀住她的手道，“姑娘该歇着就歇，人生在世，何必太辛苦了？”

“是。”明珠点了点头。连太后也有些快乐的企盼，何况是才二十出头的自己呢？明珠坐在书案前，看着面前雪白的信笺低头沉思，“咔嚓”一声脆响，手中的笔杆在瞬间的决心中断成两截。

小顺子的信还是如影随形地跟到了上江。六月八日收到的信里说到督州的铁炮已运到军前，万岁爷试炮时是何等的势震山河，有这一件利器定能杀得匈奴人仰马翻云云。太后也接到了成亲王送来的军报，消息在上江传开，人人都面有喜气，听戏荡舟，围猎巡游，着实热闹轻松了一番。

太后白天跟着人高兴，晚上由明珠和洪司言陪着在月色下乘凉，却蹙眉道：“这也是六月中了，说是均成王帐已然南下，也是该抢渡努西阿河的时机，怎么匈奴那边一点动静也没有？”

洪司言对军务一无所知，转脸看着明珠。

“女儿也是不懂的，”明珠为难道，“但想来努西阿河天险难渡，匈奴人也要想个取巧的法子。”

“就是这个理。”太后叹道，“皇帝的銮驾还在重关，大军再往前一里就多出一里的军饷，这是个难处，但这么僵持着，难保不被人所乘，还是不要掉以轻心才好。”

太后的忧虑确有道理，正是军前不断争执踌躇之处。

均成的王帐六月头上便距努西阿河渡口三百里处驻扎，与渡口的前锋之间是连绵的二十八国连营，牛马放牧如常，似乎下定了决心要将战事拖入秋季。如此一来，皇帝倒有些进退两难的尴尬。进，出重关向前，再无官道，护卫粮草的兵力也要大大增加，粮道便几是用银子一寸寸铺起来。退，诏告天地、传谕万民的亲征便成了笑话。就算是大军压到努西阿河边，这样反攻过去，拉开阵势渡河决战，死的又是多少人？不少大将原先便不赞同皇帝亲征，此时抓住机会，力谏皇帝回銮。皇帝一时没有决断的必要，只是听着群臣的争论不动声色。

“万岁爷竟这么沉得住气。”吉祥服侍皇帝下来宽衣，口中笑着奉承，“大臣们窥不透万岁爷的心思，倒说了许多实话。”

“没什么可和他们争的。”皇帝坐下来喝了口凉茶才道，“叫辟邪进来吧。”

吉祥道：“他恐怕去了京营里。皇上大概要等一阵。”

“那便不等了。”皇帝站起来道，“姜放禀说最近京营操练极紧，朕也去看看。”

他换了便服出帐，吉祥笑道：“皇上是想微服私访了？这么可走不远，没有腰牌不几步便会让巡哨拦住。奴婢等人更是要请了王旗，才能走动。”

“那就大大方方地去。”皇帝道，“拿着王旗，见人再亮出来。”

果然没行多远便被巡哨阻拦，吉祥出示王旗，等他们行完军礼，问道：“你们监军在哪座营里？”

“想是在铁枪营教练枪法，这几日都热闹得很。”

皇帝顿时兴致高涨，带着吉祥赶去铁枪营，在营门前亮出身份，喝令不得通报。两人悄悄走入，猛听营内杀声大作，洁白的营帐之后，烟尘平地而起。皇帝紧赶几步，绕过营帐，前面兵士围得水泄不通，竟是挤不过去。

“皇上。”

皇帝回头，姜放正笑盈盈低声请安。

“这样是看不见的。”姜放牵过马来道，“臣请皇上登高一望。”

皇帝大悦，翻身上马，越过黑沉沉一片铁甲，只见校场之内百多人马乌黑的江水般卷成两股激流，两员大将厮杀其中，见者披靡。

“这是做什么？”

“京营官兵职责在拱卫圣驾，操练也当以防守为重，这正在演练敌将冲阵呢。那两人会合，便当破阵。”

吉祥道：“难不成只有两人冲阵？”

姜放大笑：“也够了。”

操练时铁枪去其枪刃，以白布裹了枪杆，才不致误伤同袍。饶是如此，东首那员大将的枪势却凛冽如锋，杀到兴起之时，将眼前阻挡的木盾牌一击而碎。阻者惊退，观者大哗，被那员大将从溃乱人群中突出重围。

姜放叹道：“这是京营的枪棒教头黎灿，从不忌讳伤人，真真是无可奈何。”

那西首冲阵的人却淹没在身周旋转不止的人马中，看不甚清。

皇帝问道：“那又是谁？”

突然似深潭旋涡中腾龙出水，重围正中的枪士猛然崩散，那人持枪独立，方圆一丈之内除了败兵伏卧，竟无人再敢近身，烈日之下只觉这条漆黑铁甲的人影辉光无限，是皇帝从所未见的威风凛凛。这一刻几十人的重围固然不足道，就算是千军万马也当在他勃发的威严气象之下俯首。

皇帝倒抽了一口冷气，尚在为自己一瞬的自惭形秽讶然不已，那人却清清朗朗地道："这便唬住你们了吗？战场之上，你死我活，便是拉扯撕咬，也须要了对方性命。换了人再来。"他伸手摘下头盔，拂拭脸上的灰尘，皎洁面庞上双目环顾，更令四周人众后退不迭。

"原来是辟邪……"皇帝慢慢微笑。

姜放大声喝道："且住。圣驾在此。"

校场上的官兵都忙着跪倒行礼。辟邪抛下枪，赶在皇帝马前叩头。

"起来吧。"皇帝笑道，"朕原本不想打断你们，就是姜放喝将出来，扫了兴。"他举目望着远处的黎灿，道，"那冲阵的将军朕没见过……"

"是。奴婢这便召铁枪营游击将军黎灿过来见驾？"

"叫过来吧。"皇帝点点头，似乎意不在此，问了黎灿几句闲话，忽而道："你的枪法很好，朕虽然是外行，却也看得明白。不知你和辟邪，谁的枪法更高些。"

"回禀皇上，"黎灿道，"臣自幼研习枪法，二十岁后海内未逢对手，在枪法上，可称中原无敌。"

皇帝大笑："好个傲气逼人的将军。"

"不过……"黎灿一本正经地绷着脸，"臣若与监军相争，臣必败。"

"却是为何？"

"是气势。"黎灿道，"臣在气势上先输了。"

皇帝饶有兴趣地相问："这话怎么说？"

"这气势之差，就犹如极北蛮夷的凶狠气焰与之中原浩然沉着之差。"

他的话听来极得体，周遭的人都不住点头。只有辟邪和姜放知他指的是闻善和尚的疯话，姜放已忍不住出了身冷汗。

黎灿向着辟邪点头微笑："臣得监军指点颇多。"

"军中竟无大将可胜辟邪？"皇帝摇了摇头，"看来高手仍在大内。吉祥，"皇帝恶意地笑着，"你们同门师兄弟，应该差不多，你替朕与辟邪比画两下。"

辟邪和吉祥都躬身领命，立时有人过来服侍吉祥佩甲，两人思量着此战该是个什么打法，慢吞吞持枪执盾走入场中。

围观的官兵都在窃笑，喧喧嚷嚷地挤了上前。

辟邪对吉祥一躬到地："师哥请。"

"兄弟请。"吉祥还礼不迭。

两人客客气气将枪拄在地上，辟邪垂目沉思，吉祥更是仰头看着天掐指盘算，不住摇

头。连皇帝身边的姜放见此情景也撑不住笑了。

皇帝笑道："朕看着呢，你们敢留手，便小心了。"

"哦……是。"吉祥心不在焉地应着，将枪杆在地上猛然一顿，靠得近的人顿觉烈焰扑身，心神动摇，皇帝和姜放的战马嘶了一声，连连后退。

对面的辟邪揉身在盾牌之后，跟着大地微微颤了颤。

"了不得。"姜放挽住缰绳，惊道，"来真的。"

黎灿大喜，将身边的人推开，凑得更前，只见吉祥提枪，将盾牌护住前胸，缓缓前行，每一步都沉重犹如山行平川。辟邪只是藏身盾牌之后，声息皆无。

吉祥已在辟邪身前数步，以拔山之势举枪，凝神刺下，枪尖凝滞着夏日缓慢灼热的风，慢得让人透不过气来。

"泼！"盾牌破碎的声音也闷得扼人咽喉，盾后的辟邪却倏然不见。

吉祥将盾牌疾转身侧，身形随之荡出半周，迎着辟邪的枪尖硬接一记。眼见迅雷般的枪势击于盾上，却是风拂青山，寂然无声，倒是围观者吓得哗然一退。

吉祥趁辟邪收转枪尖，将盾牌向辟邪劈面摔去，一瞬间又扎住身形。辟邪枪杆荡开重盾，枪尖带出一道疾风，刺入吉祥饱满威势之中。吉祥微微摇动身躯闪避，隔挡之际，那一枪却变得轻灵飘忽，飞扬取吉祥面门，出人意料地刁钻。人们眼见吉祥避无可避，惊呼间只见辟邪的枪尖刺出又缩回，吉祥似动未动，安然无恙。

但只这一招间，吉祥便从攻势转为守势，辟邪的枪招更快，身形犹作黑光，流连在吉祥伟岸身躯周围。吉祥虽处守势，却因步伐迅疾诡异，在辟邪凌厉攻势之下丝毫不落下风。两人越战越快，开始时姜放和黎灿还能辨清两人攻防招法，后来渐渐不能领悟，离着近的黎灿更觉吉祥慢慢被辟邪逼出冲天的煞气，两人四周翔风黏结，辟邪就仿佛扑火的飞蛾，虽辗转奔驰，却势必与夕阳的光芒一同卷入吉祥那日转天界般的真气之中。

"要分出胜负了！"黎灿心念闪过。

辟邪的枪势却猛然一挫，看似漫不经心地向地下搠去，也不甚快，原本镇定自若的吉祥反倒大惊，那股煞气猛然消散，人一掠而去，手中长枪破空掷来。辟邪似乎也有些意外，本要踊身相追，此时不得不稳住下盘，以枪尖点刺吉祥掷来的长枪。

"当"的一声，是吉祥的长枪落地。

辟邪看了看自己手中前端粉碎的枪杆，出了口气笑道："我却是输了。"

周围的人看得不明，只是不住议论感叹。两人交托了枪，摘下头盔，向皇帝重又施礼。

皇帝笑问黎灿："你看怎么样？"

“太高深。”黎灿摇头，“臣没看明白。”

“姜放？”皇帝又问姜放。

“臣看是吉祥胜了。”姜放也不明白其中奥妙，只是吉祥替皇帝下场比试，自然是必胜。

皇帝很高兴，将身上的荷包分赏给了吉祥和辟邪，对黎灿也另有赏赐：“你们都来，朕有话问你们。”皇帝对姜放和辟邪道，随后想了想，“陆过不也在京营里吗，也叫他来。”

皇帝在姜放的帐中坐了，一会儿辟邪卸了甲，和陆过一同请见。皇帝很随和，连辟邪也赐了座位。

“这两天议的都是进兵与否的事。你们怎么看呢？”皇帝环顾四周，目光最后停在陆过身上。

“臣……”陆过起身，躬着身为难，目光瞥向姜放和辟邪，却见那两人都是微笑不语，丝毫没有替他圆场的打算，无奈道：“臣人微言轻，但在皇上面前，不敢有语不吐。臣看……”他想了想，“大军当进，且需急进。”

“什么缘故？”皇帝问。

陆过走至姜放帐中的军图前，道：“皇上请看。努西阿河上下千里，两岸雪山耸立，江面狭窄，河床深险，水流湍急。臣自小所读兵书，都言道：努西阿河乃是中原北方的天险，千里长河，只在百里渡口可行大军。是故中原与匈奴交恶百年，都是反反复复争夺努西阿渡口。”

“此话不错。”皇帝点头，“但大将中也有人觉得震北军和凉州军十六万兵马守住渡口绰绰有余。均成的人马分散，没有异动，如此僵持之际，现在重关的兵马倒不如休整一季，以备入秋大战。”

陆过道：“臣却很赞成监军的见解。”

皇帝看了看辟邪笑道：“他的见解极多，且不知你说的是哪个呢？”

“臣也以为均成急于南下，绝对不会拖到秋季。”

姜放笑道：“臣也这么以为，就等着人抢着说呢。”

陆过哭笑不得，接着道：“均成觊觎中原多年，此前虽然忙于扫平草原内患，但这十几年下来，必有一战而胜的韬略。”

姜放哦了一声，追问道：“你看他会如何突破努西阿渡口？”

“强夺渡口是两败俱伤的战法，均成不会行此一招。”陆过笑道，“但要说他的谋划，臣才疏学浅，真的猜不透。”

辟邪一笑，转脸不语。

皇帝不豫道："看来我中原无人，几万万中原子民，多少年才出一个武状元，还是不如一个北狄均成。"

姜放道："省之，且不说均成如何南攻，若你掌握震北军，又当如何防守努西阿河？"

陆过透了口气："一春交战之下，震北军和凉州军的残兵仍有十五六万，再派重兵防守努西阿渡口，功效也不过如此。"

"你这话说得倒似劝朕退兵呢。"皇帝拂袖而起，看着军图皱眉，"均成到底是个什么打算……"

辟邪站在皇帝身后，笑道："皇上，陆过才刚说了，大军应急进……"

"对啊。"皇帝被他提醒，抚着军图转脸看向陆过，"既然大军屯于努西阿渡口功效不大，那么所谓急进，又向哪里去呢？"

陆过指着渡口以南百里的出云隘口，道："当以重兵防守出云城隘口壕营。"

"为什么？"

"一旦匈奴开始强夺努西阿渡口，此处的重兵可以进而守之；哪怕最坏被匈奴夺下渡口，也至少可以保证渡口的残兵可在此止住败势。"

姜放已开始点头，皇帝想了想，道："这是'当进'的缘故。那么何以要'急进'？"

话又兜了个圈子，陆过被逼得走投无路，只得笑道："臣觉得匈奴那面太安静了。要发难的话，应已有动作了。再者……"他低声对皇帝道，"皇上身边自有高人，知道的比臣多得多。"

"好。"皇帝点了点头，"你这个武状元名副其实，才堪大用，朝廷没有选错人。"

陆过退出，帐中片刻沉默，皇帝看着姜放和辟邪冷笑："你们两个，好得很啊。"

姜放赔笑道："皇上，陆过大才，臣要说的话都让他说尽了。"

"辟邪，朕只问你，"皇帝瞪了姜放一眼，"陆过说的急进究竟是什么意思？"

"回皇上，"辟邪道，"陆过的意思奴婢猜个八九分。其一，匈奴抢夺渡口已有成算，也就是在这几天；其二，匈奴不会强夺渡口，必然已自均成王帐分重兵南下，此时突袭均成王帐，倒也有可乘之机。"

"你为何不劝谏朕进兵突袭均成？"皇帝讶然。

辟邪笑道："奴婢请教皇上，突袭均成王帐应遣哪支骑兵？乐州军中骑兵不过两万；京营拱卫圣驾，不可轻动；震北军与凉州军就在前线，稍有调防便易为匈奴所觉；剩下的只有洪州兵马四万，可有胜算？"

皇帝想了想，笑道："若以乐州骑兵与洪州军共进，又当如何？"

“恐怕皇上便再也见不到乐州两万骑师了。”辟邪道，“洪定国多半会带着这六万人远遁，待匈奴击破中原王师，他与洪州军一南一北夹击，倒成就了洪老王爷的盖世奇功。”

皇帝叹道：“无论如何，放弃这一大破匈奴的机会，也是可惜。”

“大破倒也不见得。”辟邪道，“匈奴此番营地散落，如此偷袭最好的结果是斩毙均成，却伤不到匈奴精兵。皇上劳师动众地亲征，若不杀得匈奴二三十年抬不起头来，岂不亏了本？”辟邪一笑，“若不将洪、凉两州兵马的元气耗尽，岂不白辛苦皇上走了这一趟？”

“你已胸有成竹，朕不逼着你说明。”皇帝点了点头，“朕信得过你。”

“是。”辟邪微微分了分神，旋即撩起袍角，跪在皇帝脚下，叩首道，“皇上放心，皇上绝没有错信奴婢。”

“那就好。”皇帝点头，转脸对吉祥道，“回去吧。”

吉祥侧身让皇帝先行，看了辟邪一眼，袖着手急急地跟了出去。

姜放微笑道：“对皇帝而言，破匈奴、耗藩王是两件首要的大事。主子爷呢？若不将震北军握到手里，主子爷也岂不白跑了这一趟？”

辟邪“哧”地一笑，扭头不语，端起茶喝了一口，才道：“从均成王帐驻扎的日子算，要有动静也就是十日之内的事。今日该说的话都说了，皇帝是个急性子，晚上就会出个计较。”

姜放点头，却见辟邪望着水面上漂着的茶梗出神，笑道：“主子爷？”

“啊。我倒是在想着阿纳。”辟邪回过神来，道，“谍报里说阿纳并未跟随均成王帐南下，自断琴湖一带便与大军分道扬镳。屈射氏里人传均成父子为争贺里伦公主反目，我却觉不然。均成、阿纳何等英雄，又是至亲的父子，岂会为一个女子生分？”

“主子爷这是在疑惑阿纳的动向？”

“正是的。”

一时小校进来请开夜饭，姜放和辟邪又请陆过、黎灿、李师同来。姜放领兵时律己极严，照例是没有酒的。黎灿不尽兴，冲着陆过使了个眼色。李师匆匆吃完，扔下筷子道：“你和吉祥究竟谁胜谁负？”

辟邪瞥了他一眼：“你说呢？”

“你赢了。”李师咧开嘴大笑。

“何以见得？”

“吉祥的真气当真了得，周行运转起来的时候，连他自己也不知不觉被真气带着一招招一步步演下去，你那最后一枪，刺的就是他下一个踏位。我倒是佩服他竟能及时散去真气，退却的一刹那又能重新聚集，仍有余力将手中枪杆掷出。但在我看来，你已用巧招胜了他。”

辟邪却摇头：“不对。”

李师大吃一惊，侧头想了想：“难道你败了？从头到尾没见你有丝毫败象啊。”

“也不对。”辟邪笑道，“黎灿看得清楚，问他去吧。”

“快说快说！”李师缠住黎灿。

黎灿拂开他，不顾他抓耳挠腮地着急，又扒了两口饭才慢吞吞道：“吉祥若要胜辟邪，第一招已胜了。辟邪若要胜吉祥，第二招便胜了。后面的，不过是闹着玩。”

辟邪朗声一笑：“不错。”他掀起左臂的衣袖，露出挽盾的左肘上青黑的一片，“想必我大师哥也差不多。”

“原来并非真较量……”李师垂目将此战又细细从头想了一遍，道，“还是学到了几招，没有白看你们这出戏。”

“戏？”辟邪冷笑。

“总督大人，监军大人。”小校禀报道，“皇上急召。”

姜放起身道：“好了，我这里无酒，黎灿定还馋，刚才眼色使尽，你们快随他撒疯去吧。”

他同辟邪出得帐来，身边没有带人，走了一段路，才问：“照主子爷的意思，今日和吉祥一战，当真是想试探能否置对方于死地吗？”

“师兄弟们交手虽少，却比不得大师哥从来深藏不露。他的武功路数与我不同，今日试探之下才知道两人功力不相伯仲，一旦交手，只怕是你死我活，对他对我，都是极大的麻烦。”

姜放沉吟半晌，才道：“主子爷觉得有这么一天吗？”

“大师哥俨然就是七宝师傅转世，骨子里血里浸透的都是师傅的言传身教。你别忘了，我们这一门，多少代浸淫宫中，是为了什么。”

姜放终于领悟：“我道主子爷随驾北上，怎么没有人多费口舌，原来是将密旨给了吉祥。”

辟邪幽然叹道：“若要见个分晓，就是斩得均成首级的那一天吧。”

这时已能看见皇帝銮帐里灯火辉煌，小合子迎面走来，指了地方让姜放等候，又道：“师叔先进去不妨，皇上已叫过了。”

辟邪走入帐中请安，皇帝点了点头：“今后凡有议事，你都在朕身边听着，京营固然重要，也比不得全局。”

“是。”辟邪思量着皇帝的话，觉得不能不辩，笑道，“奴婢微贱，在皇上身边听大将们纵横谈论，有自己的意思时，只怕会忍不住插嘴，皇上素来疼奴婢，只怕要训斥奴婢无礼，又会为难。”

皇帝大笑："有什么为难？不过你要是有见解，不妨当作替朕说的，朕先给你打个包票，不会怪罪你。"

"奴婢谢皇上恩典。"辟邪道，"皇上到时候可别嫌奴婢话多。"

正说笑间，传来议事的大臣都到了，以洪定国为首，鱼贯而入。

皇帝赐了众人座位，开门见山道："众卿，大军在重关日久，无所作为消耗粮草事小，贻误战机为人所乘事大，进兵与否当有定论，就在今夜，必要有个计较。"

大臣们一片沉默，戍守乐州道总兵曾廷是个急性子，悄悄地左顾右盼了一会儿，忍不住道："皇上，臣以为大军需进便进，兵士将官当奋身为国而战，没有固守后方的道理。"皇帝才要点头，却听他话锋一转，又道，"只是开拔向前，寸土寸地都是战场，皇上督战，激励士气固然不错，但若为匈奴所乘，稍有闪失，必导致大军崩坏，臣以为……"

"好了。"皇帝大怒，尽量平稳了语气，道，"卿的意思是进兵，不必再扯到其他。"

"臣……"

"还有呢？"皇帝截住他的话，又环顾其他大将。

曾廷的话虽然说得不中皇帝的意，却开了个头。立时众人中有的认为匈奴仍会如往年一般秋季开战，因而主张按兵不动；有的却反驳说既然秋季开战，何以均成自春季以来不断抢渡，损耗兵力，更将王帐移至努西阿河一带。双方争得面红耳赤，就如平时的吵闹。皇帝渐渐不耐烦，正要下令进军，洪定国却站起身，朗声道："各位将军！"

众人顿时一静，洪定国转向皇帝道："皇上，臣以为大军应当即刻开拔，驻守出云隘口。"

皇帝怔了怔："世子前几日议事时惜言如金，此时有了计较了吗？请讲。"

洪定国笑了笑："均成以何种策略攻下努西阿渡口尚不得而知，但以重兵驻防出云隘口，进而可战努西阿渡口，守而可借狭窄地势，止住渡口败势。先立于不败之地，再求索敌北进。"

皇帝看了辟邪一眼，不禁苦笑。

大将中有人问道："以世子所见，均成何时会开战抢夺渡口？"

"至今未得均成王帐有异动的消息，只怕早已分奇兵南下。"

皇帝反诘道："所谓奇兵，去向哪里？"

"虽然一定是奔着渡口来的，但努西阿河两岸雪山对峙，这个季节也是积雪深达数尺，难以飞渡。臣实不知均成如何突破渡口，但以精兵不断巡逻努西阿渡口以外的河岸总是不错的。"

皇帝将抢着点头的大将逐个仔仔细细看了一遍："可有人附议？"他端着茶漫不经心

喝着，能看见碧绿的茶水正随着自己的怒气微微涟漪。

“奴婢虽然不懂军机大事，但听世子的说法，极有道理。”辟邪的声音却似清凉的细雨飘洒在皇帝头顶上。

“连你也听出道理来了？”皇帝瞥了众将一眼，“你可有见解？”

“奴婢有什么见解？”辟邪笑道，“只是今天见皇上和姜总督不住在军图上指点出云隘口，想来皇上和世子英雄所见略同。”

“正是，”姜放也道，“既然皇上也有此意，臣附议洪王世子。”

两人几句话便烘托出皇帝的先见之明，将洪定国的光彩剥去了不少，皇帝怒气已平。诸将中有本来主张进兵的，也有攀附洪王的，一时纷纷附议，占了多数。

皇帝又问姜放：“进军一事已然议定，卿看兵力如何调配？”

姜放道：“洪王世子既然以为须不断巡视努西阿河岸，说到精兵，中原里以洪王麾下骑兵最精，臣以为遣洪州骑兵驻防河岸，索敌示警，不失为上策。”

皇帝转脸看着洪定国：“如何？”

这便将洪州骑兵摆在了最前线，洪定国冷笑，迤迤然躬身道：“臣与洪州子弟为国捐躯在所不辞。”

皇帝占到了便宜，不吝溢美之词，道：“世子一腔热血，一片赤诚，朕看得明白。那就准姜放所奏。”

当即议定明日大军开拔。洪定国率洪州骑兵会合凉州震北军戍防河岸，又遣两万步兵护送三十门铁炮分别调动至努西阿渡口和出云隘口。皇帝大驾与乐州、京营兵马共十二万押后，次日正午点炮祭旗，浩浩荡荡北进。

二十七

杜闵

皇帝銮驾北进的军报自重关飞传而出，六月十二日送至离都时，成亲王景仪正拈着棋子看着一池莲花出神。对弈的霍炎落了一子，抬头道：“王爷。”

“啊，知道了。”成亲王道，“你可别介意。”

“怎么会？”霍炎道，“王爷定是惦念着皇上呢。”

“皇上在北边栉风沐雨，我们为臣的在此弈棋对饮，如何心安？想到这里，心就乱了。”

霍炎笑道：“有王爷这句话，无论别人说什么，皇上都会欣慰。”

成亲王的笑容藏在浓密的树荫里，幽幽地道：“不是每个人都能体会我的苦心哪……”

“京里谁不知道自皇上亲征以后，就是王爷殚精竭虑，皇上凯旋之际，百姓必铭记王爷的功劳。”

成亲王微笑：“想必军报是到了。”他抬眼看着赵师爷匆匆走近，随手将棋盘拂乱。

赵师爷请了个安，将一摞折子放在棋案上，笑道：“宫里传过来的。”

霍炎仔细盯着成亲王翻动的折子，见其中不伦不类夹杂着一封信件。成亲王的手指抚着那信封的一角，最后还是先拿起北伐的军报。

“皇上已进兵出云了。”成亲王看得极快，合上军报，对霍炎道，“距大破匈奴又近了一步。皇上凯旋指日可待。”

“可喜可贺。”霍炎向北拱了拱手，“愿皇上尽早凯旋。有皇上在京中一日，才有我等人臣平安喜乐的一日。”

成亲王笑道：“说了半天，还是你自己的平安喜乐。去吧，我看折子了。”

两人静静看着霍炎走远，成亲王才将那封信从折子里拣出来。

“咚！”

——是蛙儿从莲叶间跃入寒潭的声音，成亲王的心跟着颤了颤，将素白的信笺拿到树荫下，眯起眼睛看。

“他们已自寒江上来了，这便要过桐州。”成亲王对赵师爷笑道，“该准备了，总不成让人住在王府里吧。”

“王爷不必操心，东边来的人自有地方住。只是于大人呢？”

“安置在驿站里，他是朝廷命官，不必偷偷摸摸的，稍安静些的地方就好了。”

“是。”赵师爷晃亮了火折子，凑到成亲王面前。

成亲王将那秀媚到骨子里的字迹又看了一遍，才在火折子上点着了书信，投在香炉里慢慢烧去。

这一夜竟然没怎么睡着，浑浑噩噩到了佑国殿，一屋子阁臣作揖拱手，老气横秋、慢条斯理的样子更是让成亲王恹恹欲睡。霍炎打了个冰凉的手巾，递到成亲王面前，笑道：“王爷看折子真是快。一会儿就是五六件。”

“看的什么都忘了。”成亲王低声笑道，“我们办差的，和皇上不同。请安折子自不必看了，诸事也是拣自己能办的办，能批的批。比之皇上日理万机，不可同日而语。”

他接过手巾擦了脸，觉得精神一振，回头问跟来的王府小厮道：“晌午饭递进来了吗？”

“递进来了。”

“摆在东边吧。探花也一起来。”

“是。”那太监笑道，“递来的时候就预备下了探花爷爱吃的酿百花海参和烤樱桃。”

所谓烤樱桃就是只取田鸡两只后腿，上了清汤、糖色，温火烤制，直至腿肉向上缩成一团，露出一段骨头，很像带梗子的樱桃。

霍炎因而笑道：“上回说了一句，王府里倒记得了。两只樱桃，一条生灵，罪过。”

那太监道：“就是探花爷说，朝拨碧水莲蓬绿，夜点绛唇樱桃红。奴婢们才记得。”

“那还是我的错了。”霍炎大笑。

一时将赐给阁臣们的饭也在西暖阁里摆好了，成亲王才携霍炎用饭。大热天的，成亲王也只用些清淡饮食，最后上来的点心，是冰镇的银耳羹。那太监将冰盒子捧到成亲王面前打开，成亲王看清了盒盖子里赵师爷写的一句话，微微蹙眉，将里面透了明的白瓷碗接了过去。那小厮蘸了冰上的水，将字迹抹去，悄悄擦了手，才将另一碗奉与霍炎吃。

成亲王下午坐卧不宁，敷衍了一会儿，便称天热头晕，交代了霍炎几件事，匆匆回府去了。赵师爷迎在门前，躬身施礼。

“怎么回事？”成亲王甩去朝服，拿着手巾擦脸，“怎么到了双龙口就不走了？”

“这里是于大人的密信。”赵师爷从怀里摸出信交给成亲王。

成亲王展开，按一四七、三六九的顺序在各行中取字，最后读出来的竟是“去耳目，杀霍炎”六字。

“王爷，”赵师爷凑上前，“于大人怎么说？”

成亲王道：“东边的人要我拔清皇上的耳目，才肯过京。”

“所谓耳目，指的是霍炎无疑。”赵师爷道，“王爷当如何处置？”

“霍炎杀不得。”成亲王道，“所谓欲盖弥彰，不过如此。”

“那么弄到京城外面去如何？”

“京城外？”成亲王道，“那只有让他回寒州了。不过皇上正在前方开战，要他回去省亲，必遭人非议，他定不会从命出京。”

一时说得赵师爷也十分为难，想到霍炎从未领过正经差事，要派他外省办事，只怕阁臣嫌他年轻不让去。

两人一筹莫展，正商量间，王府小厮来问：“王爷，说好了明儿个要去上江，是坐船还是骑马？”

“骑马去。”成亲王觉得头痛不已，“事情都赶在一块儿了。去宫里，把北边随驾太监递来的折子拿过来，明日带给太后看。”他回头又对赵师爷道，“一个霍炎，什么了不得的人物。他们盯着这个不放，是存心给我下绊子。你叫步之告诉东边来使，我这里正想别的避人耳目的法子，务必劝动他们继续西进。”

“是。”

成亲王夜里不住思量，难以入眠，披上衣服起身，身边的侧妃迷迷糊糊也醒了，问道：“王爷哪里去？叫人进来吗？”

“不必。你睡你的。”

成亲王走到外屋，值夜的小厮已爬起身。

“请赵师爷过来说话。”成亲王道，“我在园子里等他。”

小厮们忙匆匆地去将亭子的碧纱支起来，先熏香赶尽了蚊子，才请成亲王入座。

“把新酿得的梅酒用冰镇一镇。”成亲王赏了座位给赵师爷，吩咐道。

这时候月儿已近圆了，辉光如水，远远地能闻蛙鸣阵阵。甜滋滋的冰酒入喉，成亲王摇着扇子，惬意地吁了口气。

“说起来还是霍炎的事。”成亲王道，“东边的人为什么盯着他不放，存心给我出难题？”

“以学生所见，”赵师爷微笑，“其意并不在霍炎。”

似乎说到了成亲王的心意上，年轻的亲王扬起面庞，“呵呵”地笑了起来：“师爷也觉得？”

“当是为了试探王爷。”赵师爷道，“此事于两家都是干系重大，利益无穷。王爷若不由分说将霍炎杀了，便知王爷急不可耐。对他们来说，讨价还价的余地也大了。”

“我急？”成亲王冷笑，“急的是杜桓父子吧。”

"正是的。皇上北伐，朝廷空虚，正是他们千载难逢的好机会。这几个月他们与于大人来往频频，已露浮躁之相。王爷稳坐京师，是他们求上门来，王爷何必迁就他们？"

"说得好。"成亲王道，"今天要你写的信可发出去了吗？"

"尚未。学生觉得有待商榷，正要次日再问王爷呢。"

"那就这么写，"成亲王道，"霍炎我是绝对不会杀的，要拔除皇帝的耳目，固然不错，但是皇帝的耳目何其之多，除之不尽。倘若东王心有顾忌，不敢西顾，那便请回。我这里虽京师一隅，却自有逍遥自在的好处。就算想成大事，也须和有魄力为之的英雄共襄共举。请东王来使自己看着办吧。"

"就是如此。"赵师爷拊掌大笑，"学生这就修书。"

"夜着实深了。"成亲王透过纱橱，望着朦胧的天色，"明天吧。"

因这一晚长谈，成亲王次日再没有精神骑马，命人备下轻车，睡了一路。到了上江行宫，已精神抖擞，跪拜大礼行得潇洒漂亮。

太后指着他对洪司言笑道："看看，准是遇上高兴事了。"

"虽然不算大喜事，但也差不多。"成亲王笑道，"皇上大兵北进了。儿臣听着极是振奋。"

"你自然是振奋了。想想你哥哥又在吃什么苦。"太后嗔道，"吉祥的折子带过来了吗？"

"带过来了。"成亲王自怀中取出黄皮折子奉给太后。

太后看了一遍，叹道："样样都好，就是睡得晚。京里的折子节略加上军报，总要批到深夜呢。"

"那是太辛苦了。"洪司言也叹了口气，"皇上眼前都是些什么人哪？怎么没有人分忧？"

成亲王心中一动，道："皇上极依赖的不过就是一个辟邪，其他带过去的人，只得两个中书舍人。平时京里办差就忙不过来了，人手似乎是少了些。"

"那再多加两个人。"太后把折子放在茶几上，"有谁是皇上用惯的，就遣过去。虽说是文臣，这个时候却都要效力，不拘是谁，都可以。"

"是。"成亲王笑道，"母后给个懿旨吧。儿子调动人手到军前，皇帝哥哥会说我擅作主张。"

"说的在理。"太后道，"就说是我的口谕。"

"是。"成亲王笑了。

太后看着他心满意足地离去，扭头问洪司言道："怎么觉着上了他的当似的？"

"太后主子这么说，奴婢看着有些像。"

“搞什么花样呢？”太后低头想了想，“他这是看不惯京里哪个人，忙不迭地要往北打发？”

“就是内阁里办差的中书舍人吧。”洪司言道，“不过，听说小亲王和他们交情都不错。尤其是前一科的探花霍炎，和皇上、小亲王兄弟都走得近，经常出入亲王府邸呢。”

“和他俩都走得近，就不对了。”太后摇了摇头，“景仪对皇帝身边的人，从来都是挺戒备的。你瞧着吧，这回出去的人，少不了这个霍炎。”

“霍炎是皇帝设在小亲王身边的棋？这时候想把他搬走，难道是小亲王想动作了？”

太后的脸色极难看，冷着声音道：“叫京里的人盯着景仪。”

“娘娘是怕小亲王惹祸？”

“这有什么可怕的？一个毛孩子还能翻出天去？”太后冷笑，“我只是担心，他的黄粱梦还没醒，就不明不白死在他哥哥手里了。”

洪司言吃了一惊，道：“奴婢这就交代人暗中守护小亲王。”

“也别跟得太紧了。”太后停下罗扇，掩着半张面庞，连双目也沉浸在幽深的黑暗里，似乎尽力掩饰着自己的神色，“不给他点教训，他是不会本分的。”

六月十六日，内阁传出太后的懿旨，霍炎与另一中书舍人奉调皇帝亲征銮帐伺候节略笔墨。因旨意上说“即刻启程，不可迟误”，所以领旨之后两人都急着回家收拾行装，却在朱雀门外让成亲王拦住。

成亲王等了有一会儿了，替他打伞遮阳的小厮像从水里捞上来似，浑身都汗湿了。成亲王也热得很了，拿着扇子挡住地上白花花的反光，口中叫道：“燎原！”

“是。”霍炎紧走几步，在成亲王脚下叩头。

地上炮烙般烫手，霍炎懒洋洋抽回手来，笑道：“王爷有什么吩咐？”

“这就回去收拾了？”成亲王道，“懿旨上虽催得紧，但凡事有我，准你们两个一天假，后天启程不迟。”

“王爷！”另一个中书舍人郭亮哆哆嗦嗦捣蒜般叩首，哀求道，“王爷，开恩向太后求个情，可否收回成命？”

成亲王怒道：“胡说！你拿太后旨意当玩笑吗？”他瞥了一眼霍炎，见他神色平静，并无半点慌张惆怅，不禁诧异。

“燎原，你不会像他似的，临阵退缩吧？”

“蝼蚁尚且偷生，何况我们都有家有室？但比起前方将士，我们不过是伺候笔墨，抛头颅、洒热血都轮不上我们，更无退缩之理。”

“好！大丈夫当如是。”成亲王赞了一声，“不拦着你们和家人相聚。等后天，我送你们。”

“是。”霍炎爽快一笑，拽着郭亮躬身退下。

霍炎文采精奇，风骨超然，年纪虽轻，却已露一代风流人臣之相，成亲王素来爱慕。虽然他为皇帝指使，在自己身边不住刺探，但一样有不少笃笃相交的日子。想到几日后，这样的俊杰人物就要抛下娇妻美妾，身处险地，生死难卜，成亲王心下反倒生出些愧疚之意。六月十八日一早，起了车，赶到霍炎家里相送，前面走的伴当奔回来，车前禀道：“王爷，霍府的大门关着，敲了也不开。”

成亲王奇道：“说好了今天走的，这时候不见动静，难道是临阵脱逃？”他敲了敲车窗，命车夫快行。

“把住街口！”成亲王喝道，“你们两个上去打门，就说是坐纛的亲王来了，要霍炎出来叩头。”

二十几个伴当“砰砰”地敲门，不一会儿门里面有人慌慌张张地道：“做什么？青天白日的打家劫舍，没了王法了？”

“再胡说撕了你的嘴！”王府伴当又好气，又好笑，道，“成亲王见你们老爷来了，叫你们家主出来磕头。”

这门才算开了，出来答话的是老家人霍瑞，本要觍着脸上来赔笑，却见成亲王放下了脸色，顿时吓得不敢吱声。

“霍炎呢？”成亲王厉色喝问。

霍瑞磕头回话：“主人奉太后的懿旨，军前伺候笔墨，已走了一天了。”

“走了？”成亲王有点发蒙，“不是说好今天才出发吗？”

“说实话！”王府的伴当上前助威，大声呵斥。

霍瑞哪里见过这种场面，加之年老体弱，素有昏厥之症，顿时白眼一翻，昏倒在地。霍府的家人大乱，有人向后报信，直唤道：“瑞爷爷死了，瑞爷爷死了！”

成亲王看着手下人手忙脚乱地解救霍瑞，也是哭笑不得。内里门一响，窸窸窣窣的是女子的脚步声，两个丫鬟陪着紫眸慌忙出来察看。霍府的家人都口称姨奶奶，躲在她身后。

就算是不拘小节，成亲王却还没有准备纡尊降贵到和歌女打交道的地步，因而从前看见紫眸，不过远远的，只是知道她的歌喉名冠京师，面目却不怎么记得。现在走近了细看，才知所谓“紫眸”二字，当真名副其实：奇异的紫焰，燃烧在瞳孔的深处，嵌在楚楚可怜的苍白面庞上，令人更觉动人心弦地不安分。

果然是见过世面的女子，她盈盈地拜下去，口齿落落大方：“王爷万福。”

“起来吧。”成亲王微微俯下身，可以看到她水红衣领中的雪白后颈，“你家老爷呢？”

“昨日便启程北去了。”

“我和燎原说好，给他一天假，与家人多多惜别，今日我会亲自来送。怎么昨日就走了？是不是京外还有什么事要办？”

紫眸道：“家里人也是如此相劝，望他多留一日。我家老爷却道，这是从军侍驾，刻不容缓。昨天一早便带着霍祥，会同郭家老爷，一同出京。小女子也送至攘狄门长亭，决计不会有错。”

“什么叫决计不会有错？”成亲王听出点不是味的东西，笑道。

“这个……”紫眸眼波流转在成亲王的脸上，“自然是说我家老爷真真地去了凉州。王爷觉得小女子话里有什么错，便包涵吧。谁让王爷一早气势汹汹地来了，只道是兴师问罪，吓坏了人。”

这句话说得又低又柔，带着异乎寻常的轻浮之意，让成亲王怔了怔。

“怎么就吓坏了你？”成亲王有些茫然地低声道。

紫眸笑得很慢，很轻，将晚霞般的目光挪向一边，回头道：“看看瑞爷爷怎么样了。”

才静了一会儿的小院子顿时又闹哄哄的，成亲王在喧嚣中透了口气——霍炎竟不肯多等一天，抛下美妾不顾，急急出京，看来对自己的戒心着实不小。他望着众人忙碌，不住沉吟，却见紫眸扭过头来，缓缓地瞟了自己一眼。成亲王不禁微笑。

“醒了醒了。”王府的伴当欢呼。

紫眸道：“瑞爷爷，可别吓唬人了。您老要是有个好歹，让王爷对咱们老爷怎么说得过去。”

“好了，知道你家老爷出京我也没什么了。”成亲王掸了掸衣襟，“走吧。”

“王爷回府了。”伴当们吆喝，忙着赶车掉头。

霍家人在内施礼相送。

“瑞爷爷，您老身子还好？今儿个下午我可要去末明寺给老爷祈福，您身子骨不行，可要交代给别人。”

成亲王迈步向外走的时候，听到紫眸大声道。他回头，那飘飞的紫云仍流连不已。

“末明寺？”成亲王在车上撩起车帘，“在哪儿？”

“回王爷，离这儿不远，靠近玉堂大道西城墙。”

“知道了。”成亲王道，“打起帘子来，里面热。”

次日傍晚，成亲王自宫内回府，赵师爷笑嘻嘻相候，道：“接到于大人消息，昨日出了双龙口，明日就到京了。”

成亲王点头：“步之还说什么。”

“于大人转述了王爷信中的话，果然杜闵使者为难，犹豫了一阵，气焰消退了好些。知道王爷到底还是将霍炎遣出京去，给了他们一个台阶下，巴巴地就来了。”

成亲王笑了笑：“今天让人跟着霍炎的小妾，怎么样？”

“没什么异常。”赵师爷皱着眉道，“不过礼佛进香，倒是徘徊了好一阵，一个多时辰才回。”

成亲王摇了摇头。

“王爷什么意思？”

“没有什么。”成亲王回过神来，“哧”地一笑。

赵师爷又道：“上江驿站的人也来报，霍炎确实已过上江，算起来明日就进乐州了。”

“嗯。”成亲王躺在凉榻上，“去吧，我歇一会儿。”

贴身服侍的小厮连忙低声吩咐人：“打扇子、打扇子。”

成亲王合上眼，听着小厮轻悄退到门外，悬在房梁上的大扇叶在人牵动下“吱呀吱呀”地响，拂在身体上的风黏糊糊的，也不是很凉。成亲王细细将这两天的事想了一遍，更觉疲惫，一时迷糊，便睡过去。

梦里若隐若现的都是映着紫藤的明泉，花间的人面目不清，只是从那纷飞落英中伸出雪白的手来，不断拉扯自己的衣裳。

“王爷。”

——伴着呢喃，紫色的目光从水红的衣袖后透出，让成亲王微微一个寒战。

“王爷。”那声音却拔高了些。

成亲王顿时惊醒，眼前的人风流清秀，正欣喜不已地微笑。

“怎么早到了一天？”成亲王伸手抚摸他的面颊。

于步之垂下眼睑，用手巾擦去成亲王额上的微汗，慢慢道：“臣归心似箭。”

成亲王夺过手巾扔在一边，拽住他的衣襟。于步之顺从地俯在他的胸膛上，任他打开自己的发髻，用发梢抚弄自己的嘴唇。

天气似乎也不怎么热了，打扇子的小厮已躲得远远的。

“但愿有朝一日，不用再远离京城。”

成亲王盯着屋顶微笑："快了。"

六月二十日晨，成亲王仍是照往常一般起轿往宫中理事。王府西北的角门不一会儿也开了，于步之带着个小厮，摇着扇子翩然而出，上秉环路，往慕冬桥下的码头去。大热天的，清早的行人反而多，主仆二人片刻工夫便汇入人流中。离着他们不远，一个年轻的汉子抖擞了精神，压低草帽，慢慢跟了上前。待于步之到了码头，那汉子只作往江心里看船舰，悠闲背着手，在岸上来回踱步，见于步之从一只快船中迎出三个人来，才驻足，默默看着他们相互拱手致意。

于步之和那三人寒暄几句，便分道扬镳。那汉子微一犹豫，尾随了自快船上岸的三人，穿过小巷，往天刑大道方向行去。这里的小巷行人稀少，那汉子不敢跟紧，再转了几个弯，前面的人却已不见。那汉子疾步又走了两条街，仍是寻不到那三人的踪迹，不由得顿足叹了一声。

"哼。"高处有人轻笑。

那汉子抬起草帽仰头，只见一条消瘦人影手持利刃一跃而下，不禁大惊失色，扭头咬牙便跑，不过几步，便绊到了前面的袍角，一跤跌倒在地。

"啊！"他道性命必然不保，奋而翻过身准备拼命，却只见空荡荡的街头，刚才的刺客连人带剑消失无踪。

他惊异之下，怔了一会儿，在几个街口乱奔乱看，忽听有人叹息了一声。

"探花郎这是何苦呢？"街角拐出的人腰肥体宽，用凉帽遮去半张脸，踱过来站在墙下的阴地里，"若非我出手，探花已然送命。此时还不知逃出京城要紧，一定要送了性命才肯罢休？"

"多谢英雄救命之恩。"那汉子摘去草帽，正是霍炎，"我身负皇命，不敢不舍命报效。"

那人大笑："探花的职责是在朝内，是在王府。这拿刀动枪、飞檐走壁的买卖，还是交给我们粗人的好。"

霍炎笑道："且不知刚才那人是谁，又怎么发现我跟了他们过来。"

那人摇头："东王座下高手如云，上京办事，耳目不离左右。探花衣着光鲜，顶的草帽却是破破烂烂，一看就知有诈。更不用说他们做贼心虚，小心谨慎，怎么会猜不出探花的雅意？"

霍炎低头思量道："果然是东王的人上京。我更不可离开京城。"

"唉！京城到处都是皇帝撒的网，少了你这根鱼线，一样跑不了大鱼！"那人狠狠叹

气，“你留在此处，若被人识破，便是一个违抗懿旨的罪名，真真是活不得了。你放心去北边，这里有我，何必你一个书生劳神？”

霍炎笑道：“吴大老板也为朝廷做事？”

那人干咳了一声，道：“看在银子面上罢了。”

霍炎道：“既然吴大老板已有成算，我就不在离都碍事了。别人的话或可不听，只有吴大老板于我有两次救命之恩，好言相劝，自当从命。”

“盼着探花郎凯旋。”吴十六松了口气，拱手道，“后会有期。”

霍炎走了几步，回头道：“吴大老板，那船中可还有人哪。”

“我晓得。”吴十六笑道，“行船十几年，船该吃水多深，还是知道的。”

霍炎这才放下了心，乘快马日夜兼程，一路上不敢投官驿，用了五天才在乐州城赶上郭亮一行。再往前去便入凉州境内，霍炎终于得空喘息，躺在驿站床上，精疲力竭之际仍在不住思索那船中的身影又是何人。

此时那只快船早已自过龙门西进，六月二十日深夜停泊上江镇码头。岸上一乘遮得严严实实的小轿，等候多时。领头的汉子见那船上熄了灯火，方才靠近。

“爷。”他躬身施礼。

船舱中走出来的东王世子摆了摆手：“不是多礼的时候。”

“是。”

雷奇峰在船头懒洋洋松动筋骨，一边向两岸环顾，随即向杜闵点了点头。

“走吧。”杜闵让贴身服侍来的小厮打起轿帘，低头坐了进去。

雷奇峰跟着慢慢走上岸，顷刻消失在岸边垂柳深处。

东王早在多年前便在上江镇外购置一处庙产，东王在此耳目众多，却从来不擅自与庙中人来往，只有杜闵到了上江，才在此居住。庙中主持一新和尚开了后面的角门，将杜闵的小轿迎入，伏地叩头。

“大师请起。”杜闵亲自上前搀了一把，“最近香火可旺盛？”

“托爷的福，好得很。”一新笑道，“爷远来辛苦了。小的们都想念得紧。离都有人连夜赶来，似有急报。”

“那就叫到这里来。”杜闵道，“我换了衣裳就见他。”

寺中早已备下沐浴的香汤，杜闵洗去几日风尘燥热，才有胃口吃些清淡食物。用饭时一新来禀，离都的探子已到了。

"放下帘子来。"杜闵道，"你在外面问他，我听着。"

不刻进来一个精干汉子，对一新道："急报。"

"讲。"

那探子瞥了一眼垂帘，提高了些声音，道："看护长史大人的好手中，有一人去向不明，翻遍了整个离都活没见人，死未见尸。"

"最后瞧见他是什么时候？"

"就是长史大人上岸时。他应是暗中护着长史大人，直到长史大人下榻为止。"

"长史大人有没有说法。"

"没有。"

"知道了。"一新道，"下去歇一歇。"

他见那探子走了，转身掀开帘子，垂手立在杜闵身边道："看来有人已盯上了马长史。"

"嗯。"杜闵一笑，"这些人的功夫也恁地不济，怎么让人轻易除掉，连个声息也没有？"

"爷看如何处置？"

"依计不变。"杜闵道，"离都仍只是我们的幌子，真正交手的地方，是在上江。"

"是。"一新不禁微笑。

杜闵在庙中深居简出，至二十一日傍晚，有上江行宫的小太监前来，向一新说明了进宫的路线。那小太监是一新的老相识，照旧拿了千两的银票，兴高采烈地回宫。

杜闵这才带着小厮便装出门。穿过上江镇，眼前一纵青岭，杜闵对此处的路径已是极熟，蜿蜒攀山向行宫而去。一路用去两个时辰，那小厮在杜闵身后已吁吁直喘。

"这里稍歇。"杜闵道，"等亥初侍卫换班时再进去。"

望野别墅的灯火透过林子照在杜闵的脸上，他仰头看了看天色，知道时间尚早，转身向西，取了池塘中的水，仔细擦去身上的汗渍，净了脸，才从小厮手里接过干净衣裳换好。一时收拾得英俊利落，向小厮笑道："你就等在此处。"

"祝爷一帆风顺，快去快回。"

杜闵笑道："快去快回倒也未必。"

林子底下传来侍卫们换班时的低语，正是亥初。杜闵绕在望野别墅的西北角，从侍卫换班时扯开的空当里穿过。再向前去，守值的都是太后亲信内臣，今夜奉旨远避，容杜闵自西门而入望野别墅。

院子里洪司言悠然乘着凉，向他笑笑，也不说话。

"姑姑辛苦了。"杜闵从怀中摸出一只小小的锦匣，打开给洪司言看时，原来是两只剔透的抢珠翡翠簪。

“破费了。”洪司言顺手放在身边的凳上，笑道，“叫我姑姑，那么管里面一位叫什么？”

杜闵怔了怔，笑道：“这个……”

太后的轻笑声从屋内传来，洪司言道：“去吧，别到时候她怪我多嘴。”

“是。”杜闵故作恭敬，洪司言却挪开目光不理睬。

杜闵推门进屋，太后侧身坐在正殿座位上，一边轻轻扑着扇子，一边拨弄着玉盘中的鲜莲子。

“太后万福。”

杜闵跪得很近，太后伸手就可以抚摸到他的面庞。

“晒成这样。”她用扇子托起杜闵的脸，仔细打量，“最近又去了海上？”

杜闵微笑道：“没有。”

“那么是在操演兵马？”太后收回扇子，又看着指尖碧绿的莲子。

杜闵抱住太后的双膝：“现在说这些做什么？”

“这倒也是。”太后终于笑了，四十五岁的美人，笑起来仍清新犹如晨曦。

杜闵不知为什么，微微叹了口气。太后“啪”地将扇子扔在椅子上：“尚有一夜逍遥，又何必叹息？”

“一夜逍遥——说得好！”杜闵大笑起来，将她横抱在臂弯里，甩开珠帘走入内殿，放在床上。

太后等不得他解开衣扣，勾住他的脖子，亲吻他的双唇。杜闵抚摸着她裙下光洁的皮肤，笑道：“这辈子见过的女子中，没有一个能及上太后半分的。”

太后因动情而双颊飞红，迷蒙着眼睛，道：“何以有此一比？”

“比不得。”杜闵让她有暇透出一声悠长的呻吟，吻着她的肩头，低声道，“无论哪里，都比不得。”

“这时候还多嘴。”太后笑嗔。

杜闵想好的话被她硬是挡了回去，情欲熏红了眼睛，已顾不得别的，匆匆甩去衣服倒在她身上。

院子里的洪司言掩着嘴，在屋内传来的呢喃声中悄悄打了哈欠。月上中天的时候，院子里已有些凉了，洪司言起身想回房添件衣裳，却听太后在内道：“水。”

“是。”洪司言将盛着玫瑰露的茶盏放在帐外的小几上。

杜闵帐中伸出手来，取了一盏喂与太后吃。

“世子要走了。去看看人。”太后道。

“别，”杜闵忙道，“我还有话说呢。”

洪司言静静地等着，半晌才听太后道：“你先去吧。”

杜闵待洪司言掩上门，俯身看着太后道：“皇上最近可好？”

太后不耐烦地翻了个身：“好得很。”

“听说大军北进至出云了？”

太后笑道：“这是朝廷的事，不如直接问内阁。”

“我只想知道太后的意思。”

“我有什么意思？”太后转身瞥着他。

杜闵轻柔地抚摸着她的手臂：“太后觉得皇上什么时候会回朝呢？”

“不过两三月吧。”太后道，“等皇上新鲜劲过了，无论胜负，都会回来的。”

“就是问胜负。”杜闵道，“匈奴控弦之士三十万，堪堪只有努西阿河挡着。一旦过河南下，皇帝的大军扛得住吗？”

“扛不住也好，扛得住也好，你们父子都不会有一兵一卒相助，现在又何必多问？”

“谁说我们杜家不会相助？”杜闵道，“历来太后要的，我都是豁出本替太后去办。上至兵马粮饷，我心甘情愿双手奉上；下至一个御前的小小宦官，太后留不得他，便有我最得力的人直派上江行事。只要太后一句话，更不要说这种国难当头的时候，我们父子立即起兵护驾，赴汤蹈火，在所不辞。”

太后一笑：“一句话就让你们父子赴汤蹈火？看来是句极要紧的话，你倒是教教我该怎么说。”

她的目光就在这瞬间亮得骇人，杜闵浑身一凛，顿时打起十二万分的小心，慢慢道：“这场大战中原并无胜算，皇上置天下不顾，贸然亲征，一旦大败，祸及中原全局。如此莽撞行事的君主，太后怎能将江山悉数托付于他？”

“将社稷交给他的，不是我，是先帝。你要是想理论这个，不如找先帝理论去吧。”太后摩挲他的胸膛，在他心脏的位置用指甲不住相刺，见他皮肤上不刻都是血红的指甲印儿，忍不住快意地冷笑，“在这里别吞吞吐吐的，有话只管说。”

杜闵捉住她的手腕，柔声道：“努西阿以南的屏障，就是离水，我父子愿为太后据守江阴，如何？”

“北方胜负未分，现在说这个是不是太早了？”

“北方大军内钩心斗角，人心涣散，在我看来已经败了。”杜闵的嘴角渐渐浮上狞笑，“皇上和洪定国乱军中难免一死，后面的仗，难道让景仪打吗？”

“皇帝不会败，更不会死。”太后仿佛重复第一千遍似的，将这句话说得索然无味。

“太后……”杜闵摇头，“就算匈奴人不想要皇上的命，也保不定军中万众一心啊。”

“嗯。”太后出人意料地平静，只是问，“你已安排好了？”

杜闵不禁向后仰了仰身，避开太后无形的锋芒：“这我可不敢妄谈。”

“你已妄谈良久，这时候充什么忠臣？”太后披了衣裳，起身坐在床沿上，认真喝起水来。

杜闵缠在她身上，笑道：“我看匈奴人十有八九会打进来，到时候太后就景仪一个儿子了，怎么舍得再让他独撑残局？我和太后多少年的情分了，只要太后不加阻拦，我们杜家再次进京勤王，还不是分内的事？”

太后曼声道：“我替你说穿了吧。你们父子想趁国难当头的时候提兵北上。若我手头的兵马阻拦，你便有胆量、有计谋、有把握让震北军大败，届时匈奴南下，景仪无暇东顾时，你便借离水与匈奴分庭抗礼，那时靖仁、景仪都已战死，中原朝廷灰飞烟灭，你却称心如意地占着一半江山；若我爱惜景仪的性命，准你兵马出寒江，你便可允我驻守离都，保住中原朝廷，就算景仪在位，这天下也算落入你父子手中了，对不对？”

“太后说得太难听了。”杜闵道，“哪怕我有些私心，却还是为了太后着想。”

“为我着想？”

“正是。”杜闵衔着太后的耳垂，轻声道，“难道太后不想我在京城，与我朝朝暮暮相对？难道太后不想一如既往母仪天下？难道太后不怕城破国亡，落入匈奴魔掌中？无论如何，我总算也为太后保全了一个儿子啊。更何况太后从来都不喜欢皇帝的……”

太后“扑哧”笑出声。

“太后笑什么？”

太后伸手抚摸杜闵的脸：“我笑你们父子一点人情世故不懂，眼中没有半星的伦理纲常，难怪胆大妄为，犹如疯狗咬人。”

杜闵的笑容僵在脸上，掰开太后的手，冷声道：“什么疯狗！”

“哼。”太后冷笑，“也只有你们父子才会妄想我将自己的大儿子出卖，将小儿子拱手交给你们充作傀儡，丧心病狂到这种地步，还能称得上是人吗？”

杜闵忍住怒气，道：“太后先别急着骂我，太后且想一想，就算太后用尽手中的兵马，能拦得住我杜家的精兵吗？”

“你也想一想，凭你们父子真能在千里之外弑君吗？”太后道，“凭你们父子真有能耐和匈奴隔江而治吗？”

杜闵仰面大笑一声：“我就是有这个能耐！”

“你啊……”太后摇头叹息，“明白告诉你，皇帝此战是不会败的，你的兵马也不可能渡过寒江。”

杜闵道：“你怎么这般执迷不悟，我要靖仁今日死，也不过一句话。”

太后抬起眼睛：“你不妨试试。”

杜闵缓和了口气：“如果我确保靖仁的性命，你肯不肯放我出寒江呢？”

太后扭头，在他耳边柔声笑道：“你先确保了自己的性命再说吧。”

杜闵仍是努力：“只要你不拦着我，我不但不伤了靖仁、景仪的性命，待我登基大宝，何尝又不能立你为后？”

“哈哈哈……”杜闵第一次看见太后大笑，那笑容居然是说不出的天真畅快，就像满室繁花顷刻绽放，令人炫目欲醉，杜闵抽了口气，一时说不出话来。

“唉。”太后最后压抑住笑声，微微喘息，掐着杜闵的面颊，道，“你立我为后？你是什么身份，能立我为后？”

“我……”

太后伸出手指，按在杜闵欲言又止的嘴唇上：“说远的，你不过是我姐姐所嫁藩王的庶子，你我没有半点亲情牵挂，转脸即成陌路人，你为什么要立我为后？”

杜闵脸色本已很难看，听她这么说，反倒缓和了神情，笑问：“那么说近的呢？”

“说近的，”太后微笑，“你只是我裙下承欢的男宠罢了。要说你这一行，我还见过更好的，排排号，你都未必在三甲之内呢。一个小小的面首，说什么立我为后，不可笑吗？”

杜闵勃然大怒，“腾”地跳起来，抓住太后的衣襟，捏住了拳头举在空中。

“怎么？要动粗？”太后故作讶然，看着他的青筋偾露，失笑道，“这一拳下来，你要办的事就全无转机了，想想吧，今后还有要用得上我的地方吗？”

杜闵煞青着脸，慢慢抽回了手。太后悠然抚平胸前的衣服，道：“我和你打个赌，就算我不动用踞、寒、巢三州的屯兵，你亦出不了寒江一步。”

杜闵跳下床，穿上衣服道：“臣是什么身份，自有人和臣沆瀣一气，不劳太后费心。太后还是替皇上祈福吧。”

“好啊，我看着。”太后拍了拍掌，“送世子走。”

洪司言立即推门进来，一脸逐客的冷淡神色，杜闵将衣裳披在身上，愤愤拂袖而去。他怒气勃发，这一路走得甚快，天不亮已回到落脚的庙中。

一新尚不知缘故，笑脸相迎："如何？世子爷可说动了太后？"

"哼哼！"杜闵冷笑，"这个妖妇是绝不会罢休了，现在只能指望离都，她不放我出寒江，却有人心甘情愿地让我大军西进。叫雷奇峰进来。"

一新急急开门冲外招手，雷奇峰飘然入内。

"世子什么吩咐？"

杜闵微微犹豫，才道："你我早年相识之际，我慕你绝世武功，几件天大的案子，你都为我做得滴水不漏。我还记得当年你说，你这个买卖，上不弑君王，下不戮孤小，方得永年。我一直赞你有自知之明，也从不勉强你做你不愿做的买卖。"

雷奇峰沉默着，看来正如他一贯的那样不善言辞，笼罩在他面庞上不去的迷蒙渐渐停止了浮动，因此痛苦终于从茫然的神色里显露出来，他的微笑愈发黯淡。

"诸王争雄，我其间奔走，见的人也不少，身居上位的人里，能记得我这一句话的，也只有世子一人了。"雷奇峰道，"无论世子的心是真是假，我都念世子的情。"

杜闵望着他的神色，叹了口气："是我唐突了，我不忤你心意。只当我没有提过吧。"

"多谢世子爷。"雷奇峰慢慢道，"若你我早些相识结交，我定不发那毒誓了。"

二十八

祝纯

东王使者没有相邀密谈，成亲王便不动声色地等着，因而离都还算平静，只有监视紫眸的人报来的消息让赵师爷十分迷惑，只得惊动成亲王。

“霍家的姨奶奶自六月十八起便日日都去末明寺，也没见和什么人打交道。学生吃不准她的路数，若真是她闲极无聊地逛，看着她的人要不要撤回来？”

成亲王想了想才问：“都是下午？”

“是。”赵师爷道，“午正出门，申初过了才回。日日如此。”

“难道霍炎藏身在京里？”成亲王吃了一惊，“这倒要仔细看一看。”

“是。学生这就吩咐人去。”

“不必了。”成亲王起身道，“我自己去！看他们在弄什么玄虚。”

成亲王当下换了件普通的白地纱袍，命人套车。大太阳底下几乎穿越了整个离都，才到了城西。离着末明寺还有一段路，成亲王便下车步行。路两边的民宅低矮拥挤，巷子里的穿堂风也黏糊糊的，成亲王觉得所谓庶人之风就是如此，塕然所起的穷巷，也定是指脚下的小街了。

“热。”成亲王使劲打着扇子。

打伞的伴当道：“王爷怕热，不如这就回去吧。那庙里一棵树也没有，地方窄，也不凉快。”

“既来之，则安之。”成亲王皱着眉，极不情愿地道。

已能看到末明寺青色升腾的香火，成亲王接过伞，挡去面庞走入。在此盯梢的人迎上来悄悄道：“王爷，那女的还没到。王爷不如大殿里面躲躲？”

“我为什么要躲？”话是这么说，成亲王仍然贪恋大殿里的阴暗，没有上香，径直转入释迦牟尼背后。

伺候的伴当怕他闷，拣着笑话乱说替他解闷，成亲王不耐烦道：“你那点浅薄俗陋的东西，少在爷面前抖弄，小心回去掌你的嘴。”

伴当立时住了嘴，好在紫眸正从外面进来，被他探出头看到，忙对成亲王低声道：“王爷，那女子来了。”

成亲王仔细打量着亮处的紫眸，细细的汗珠沾在她雪白的额头上，似乎被大殿中青烟熏过，眼睛蒙着一层寂寞的雾气，上香、叩拜、诵经，只是心不在焉地重复着。

“奶奶，今天还去后殿吗？”丫头看她起身，问道。

紫眸茫然笑了笑：“去啊，为什么不去？”

“王爷。”伴当扯了扯成亲王的袖子，“过来了。”

成亲王忙挡着脸往外走，最后却忍不住回头望了一眼，却见紫眸的眼神正落在自己的身上，这就不方便再走了。成亲王收起扇子，向紫眸笑道：“紫眸也在这里？”

像是大殿内一瞬间亮起来似的，紫眸的脸上顿时光彩夺目。

“民女是日日来的。”紫眸口齿本就很清楚，此时将“日日”两个字认真地说了，更有些别样的滋味。

成亲王笑道：“是为燎原祈福吧？你倒极心诚的。”

紫眸目光流转，想了想：“大概吧。佛祖知道。王爷在这里干什么呢？礼佛也须去东西弘愿寺，那里至少也凉快些。”

成亲王语塞，半晌才道：“前回听见你说末明寺，觉得这庙名字有趣，今日得闲来看看。原来……”他见紫眸摇曳生姿地走过来，那勾人的眼神烧得自己的心怦怦地乱跳，便故意抬起头四处环顾，笑道，“是这个样子。”

紫眸的脸红了，因被成亲王极近地看在眼里，更觉羞惭，转开目光，低声道：“小老百姓的去处，和王爷去处，自然不可同日而语。”

“我原是不知道的。”成亲王冷笑，“多亏姑娘提醒啦。”

紫眸心虚地抽了口气，锲而不舍地道：“我却知道一个去处，是人人都去得的。”

“噢？有这种地方？”

“六月二十六江里放焰火，坐船看花，想来人人都去得。”

成亲王意兴阑珊，淡淡道：“还不知道呢，皇上亲征，我们这儿歌舞升平，说不过去。”

“也是。”紫眸叹了气，转身的时候衣袖轻拂过成亲王的手指。

成亲王为自己心里呼之欲出的龌龊念头烦恼不已，见伴当笑眯眯看着紫眸，更觉烦躁。

“走吧。”他拂袖出门。

待上了车，那伴当打横坐在车辕上，回头笑道：“爷，那霍家姨奶奶可不是很正经啊。”

那伴当听成亲王笑了一声，更不知死活，接着道：“她的眼神可总是瞟在王爷身上，难道是癞蛤蟆想吃天鹅肉？”

成亲王只觉身上被泼了一盆冰冷的脏水，起了个寒噤之后不禁勃然大怒，抄起扇子往他颈上抽去。那伴当被他直打下车，跟着车跑，不住求饶。

“看回去让谁收拾你。”成亲王“唰”地放下车帘，独自在车中生气。回到府中，见到赵师爷第一句话便是：“撤回来，撤回来，谁也不用去盯着了。”

“王爷这是怎么了？”赵师爷有些疑惑，“那紫眸在搞什么名堂？”

“没有什么。”成亲王咬着牙，冷笑了一声，“贱！”

时值六月二十三日，戍海黑州亲王杜桓的王府长史马林，终于向成亲王递上了帖子。

“今天忙，”成亲王微笑道，“就不见了。明天再说。”

话传了出去，马林对赵师爷道：“王爷真沉得住气，我们却等不得了。就说好是明晚吧，赵师爷想办法说两句好话。”

赵师爷接过他递来的银票，顺手掖在袖筒里，笑道：“那是自然的。”

“什么地方合适呢？”马林想了想道，“想必王府里也不方便吧。”

“见面的地方嘛，王爷会定下来，却不知马长史现在下榻何处？明晚去哪里相请过府？”

“我们人生地不熟的，不过住在客栈里罢了。住得腻了，就随便换个地方，明日里却还不知在哪家客栈呢。”

赵师爷微笑：“这就不好办了。”

“好办好办。”马林道，“我们几个酉初在燃春桥梅林相候，定不会误事。”

“我这里是一万个答应了，只看王爷怎么说。”赵师爷道，“我进去问问。”他临转身，仍不忘仔细看了一眼马林身后的青年，嘴里“哧哧”地低笑，摇头而去。

成亲王摆足了架子，不会再冒险故作姿态，当下答应次日面谈。酉初时，命于步之去梅林与马林等人相会。

火热夕阳里，众人坐在酒庐翠绿的大竹伞下，却不见于步之有丝毫挪步之意。马林忍不住问道：“于大人，这是等谁？”

“当然是等王爷了。”于步之笑道，“王爷酉时从宫里出来，回府更衣，总要大半个时辰。各位少安毋躁，相会的地方离此不远。”

“哦。”马林十分领会似的点了点头。他身边的青年目中微有怒意，扭头抿紧了嘴。

果真等到了酉正，却见江面上一只大船缓缓靠岸，船头的人向着梅林方向挥舞红手巾。于步之站起身道：“各位，王爷的船到了，请吧。”

两层的座船，没有刻意地雕梁画栋，竹帘挡着窗门，里面早早地点起灯火，影影绰绰有人走动。

“还是王爷想得周到。”马林见状大喜，“船上都是王爷的人，说话方便。”

于步之引众人到了码头，船夫搭下跳板来，赵师爷翩翩然走下来，笑眯眯拱手："马兄，我家爷在内等候，请。"

马林当先而行，身后的两个人却被赵师爷伸手拦住："这两位是……"

马林低声道："这是王府武官祝纯，对寒江一带的军备戍防极是熟稔，说不定可为王爷参详军务。那个是下官的小厮。"

"我家爷指了名要见的是马兄，带这两个人上船，恐怕我家爷怪罪呢。"赵师爷一边有意拔高了声音，一边侧身回望船舱。

果见竹帘动了动，成亲王露出眼睛来向外打量，那青年似乎为了让他看得更清楚似的，冲着灯光扬起脸来——少见的端丽青年，线条清朗的下颌和饱满的红唇，混合出奇特的阴桀气质——成亲王对着赵师爷微微点了点头。

"如此，祝将军请上船。"赵师爷为他让开了路。

"你留在岸上。"马林不等赵师爷开口，对自己的小厮道，"回去等我。"

"我便告辞了。各位尽兴。"于步之知道自己的职责已尽，望着祝纯矫健的背影，黯然笑了笑。

这是马林第一次见到成亲王，人都道这位小亲王风流不羁，此时端坐在灯光下的青年，却是辉辉然宝相端庄，比之在外领兵的东王父子，更多了一派精明的贵胄华彩。马林带着祝纯报名叩下头去，成亲王已一迭声地叫请起。

"开宴吧。"成亲王道。

船身微微一荡，起锚向江心行去。丝竹清音渐渐从后舱飘来，两个青衫小厮顺序搭出四桌酒席，布好箸盏，悄然退下，偌大船舱中只剩了这密谈的四人。赵师爷执壶筛酒，道："马长史远来，王爷不得在府中款待，甚觉不安，两位见谅。"

"哪里话。"马林笑道，"有幸见王爷一面，得陈东王肺腑之言，无论是小人还是鄙上，都足感王爷盛情。"

杜桓还是成亲王的长辈，景仪欠了欠身："老王爷安好？"

"甚好。"马林站起来答道，"鄙上只是忧虑前方战事，寝食不安。"

"是啊。"成亲王知道他正将话引入正题，接口道，"我等臣子不能为皇上分忧，却让皇上亲征在外，赐我等一片太平，得以在此闻雅乐，饮夜宴。唉，"他叹了口气，"虽说我坐囊京中，仍觉愚臣掣肘，替皇上办的事还是少了。若京中大臣都似老王爷般深明大义，岂不少了我许多烦恼？"

一番话说得冠冕堂皇，却又将其心志讲得明明白白，马林暗赞一声，道："王爷在京师操劳，定有自己的决断，皇上从前日理万机，想来能体会王爷的苦心。现在既然坐纛，可谓游龙得水，王爷何不放手重整朝纲，博得一番大事业？”

成亲王笑道：“所谓一个‘博’字，当有可争之利益，必争之生死。就算匈奴踏境，朝廷里还是万众齐心。马长史的话，小王却有些不懂了。”

“王爷所说可争之利益，必争之生死又当何解？”

“庙堂虽高远，我却独在一人之下，由海内百姓奉养，为朝廷百官恭敬，何来更大之利益，值得我去争？生死虽重大，我却逸居一隅之内，入则惜福养生，出则精兵拱卫，何有不测之生死，须得我去争？”

马林笑道：“王爷只说了现在却没有提到将来啊。”

“将来如何？”

“将来吗，”马林想了想道，“论利益，圣上有嗣，社稷序传，王爷于子侄子之辈行君臣之礼，何以独居一人之下？论生死，以王爷风度华彩，远见卓识，如何不引人猜忌……”

正是成亲王想听的话，他觉得已然足够，举起手来，拦住马林，道：“太远了。”

“是。”马林心领神会地笑，“只说近的。匈奴破关南下，中原生灵涂炭，百姓为其夺，群臣为其辱，还有什么利益可言？更不要说离都攻陷，两江沦丧，王爷安处无处，生死难卜。”

“何以算定匈奴会胜？皇上幼读兵书，驭将有方，洪、凉两州精兵数十万，震北军中上将千员，更有些人卧虎藏龙，想必杜老王爷不会不知道吧？”

“微贱者何足挂齿？”马林冷冷道，“虽仗皇上庇护，却自有他的死期。”

成亲王安详放在桌上的手指不禁微微动了动，赵师爷忙向马林使了个眼色。马林极聪明，虽不知其中的底蕴，仍立即将话引开。

“王爷却不知皇上亲征实为莽撞，仅臣所知，便有五大必败的缘由。”

“讲来听听。”

“是。其一，军中兵源混杂，洪州、凉州、震北、乐州、京营，五股人马混编一处，以何人为将？令由何人而出？何人执掌令行禁止之事？现今看来，军中纷争尤多，军心涣散，如此必败。”

“马长史。”成亲王摇了摇头，“此一件皇上已料到，正为了这个，皇上才决意北上，协调各军将领。有皇上在，这个缘故也不成缘故了。”

“这便要说到第二个缘故了。”马林道，“洪王、凉王拥兵自重多年，其居心叵测，朝廷也非近年才得知。论军务，洪王、凉王与匈奴征战多年，皇上岂是他们的对手？论政务，皇上在明，他们在暗，处处均可暗箭伤人，皇上难以自保，气势上，便先给他们压了下去，如何统率三十万大军？”

成亲王道：“皇上有个闪失，便关系全局，必导致大军崩坏。匈奴南下，首当其冲的便是凉州，洪州与凉州一衣带水，之后洪州覆灭，对两位亲王来说，并非好事。据我所知，凉王必隆已然伤重，回凉州城内去了。洪定国孤掌难鸣，翻不出什么花样。”

马林道：“北方万军一心，自然必胜。但军中却有人盼着震北军大败，此正是第三个缘故。”

成亲王在灯光下微笑起来，锐利的目光盘旋在马林和祝纯的脸上。

“难道是洪王想震北军大败吗？”

“王爷熟知朝中政务，不会不知道震北军实是朝廷手中唯一最后的强悍大军。震北军损伤元气，今后朝廷拿什么来应付藩王？再者，匈奴与震北军一番激战之后，就算进入雁门以南，也是强弩之末，洪、凉两州的精兵伺机相候，必能大破匈奴。洪王携此军威声势南下，还有王爷偏安之处吗？”

“洪定国正在军中，”成亲王道，“他是洪王的独子，北方溃败，难免波及于他，洪王会行此险招吗？”

“此话足见王爷之仁。”马林的神色却是在说“妇人之仁”般的不屑，“洪王一代枭雄，不见得定会爱惜儿子的性命。”

成亲王极力克制着厌恶之心，慢慢道：“舐犊情深，洪王对洪定国的珍爱，我早有所知。洪王绝非你想象的那种人。皇上说过，北方成败很大一部分都牵扯在洪定国身上，早就想好了掌控他的法子。马长史在这一件事上，可不要有什么错疑了。”

“是。”马林毕恭毕敬地道，“臣刚才所说的，才是北方军中的隐患，还有南方……”

“南方？”成亲王反问了一句，缓了口气，振作起精神来。

“是。南方。”马林道，“中原江山多娇，觊觎的，又何止均成呢？东南有倭寇侵扰，西南有苗人作乱，更南一点，大理的段秉也非安分守己之辈。现在中原空虚，若这几处烽火同举，朝廷可有暇顾及？”

成亲王自然不受他威胁，冷冷道：“东、西两王号称戍海、征蛮，先帝将这两处戍防交给两位亲王，自当恪尽职守，马长史何以有这等言论？”

马林才觉自己急了些，转脸看了看祝纯。祝纯会意，道：“王爷，这有关黑州、龙门两地的军务，王爷不介意，臣愿回禀王爷得知。”

嗓音阴沉沉的动听，配以神采飞扬的目光，似乎是阴郁的性情和不谙世事的年龄纠缠出的一个人。成亲王倒情愿听听这把嗓子透出的呻吟和喘息，瞬间神游物外之际，不自觉地道：“不必了，想来也知道。”他听见自己的声音，却是吓了一跳。

祝纯在他的目光下腼腆地低下头去：“是。”

打了个岔，马林已重整旗鼓，接着道：“且不说这些蛮子，王爷可曾想过，军粮也是极要紧的？”

“自然是要紧的。”成亲王道，“皇上准备这些粮草辎重，足足花了两年的时间。你们藩地的王爷们不都跳脚叫苦了吗？”

“与匈奴鏖战，绝非一日之功，待这些粮草用尽，再行征收时，可不是藩地亲王们叫苦，而是百姓叫苦了。抱怨的也不是皇上，却是王爷了。想想却也替王爷头痛。”

“这倒是真的。”成亲王沉住气，等他的下文。

“挤得出粮草时也罢了，真要是拖上个十年八载的，岂不是要百姓生变了吗？”

“这确也算一个缘由。”成亲王点头，他身在坐纛亲王的位置，最怕的就是这个情形。

赵师爷见他们将话扯得开了，插口道：“说起来这五大败因都有道理。若皇上败了，杜王爷当如何处置局面？”

“无外乎两条路：一，固守寒江以东藩地，据寒江与匈奴相抗；二……”马林小心翼翼观察着成亲王的神色，“若王爷有意，东王愿调兵北上，于离水之南，助王爷与匈奴分庭抗礼。”

“这个……”成亲王和赵师爷早将东王的来意猜出八九分，此时须故作沉吟，想了一会儿，才道，“擅自将藩王大军放入京畿，皇上不会答应吧。”

“皇上？”马林一笑。

“正是。”成亲王沉下脸，“你说了诸多种种，都是皇上大败，不能回銮的情形。皇上吉人天相，祖宗庇佑，自然是奏凯回銮。自然是大破匈奴，不可不虑。”

“王爷，”马林道，“皇上能不能回来，都是王爷的主张。”

赵师爷知道成亲王断不会回复这句话的，不得已接口道：“马长史，这话妄谈了吧。”

“妄谈不妄谈，全在王爷权衡。王爷请想，皇上回銮，王爷有什么好处？王爷的爵位已是顶了天了，就皇上的意思来看，削藩势在必行，王爷也绝无藩镇为王、划地自治的机会，就算皇上看在王爷坐纛辛苦，给王爷加上百万石的俸禄，对王爷来说，也不过是沙石草芥。原先皇上那里还有些手足之情，再过一两年，皇上宠爱的妃子诞下皇子，继了位，隔着一代人，圣眷还能如初吗？”

成亲王静静地听着，面目上瞧不出波澜。马林一鼓作气，接着道：“反之再看皇上为匈奴所弑……”

这话已够诛灭九族，赵师爷不由得出了一身冷汗，瞥见成亲王毫不动容，才定下心来。

“皇上没有子嗣，继位的必然是王爷。”

“继位？”成亲王叹道，“太远了吧。匈奴还在门口呢。”

“王爷可想过和匈奴划江而治？”

“京畿、乐州、白羊、凉州、踞州，都不要了？”成亲王笑道，“我有何面目去地下见祖宗？”

马林摇头：“王爷，凉州本非中原所治，乐州、白羊更是洪王势力所及，踞州尚有寒江可仗，失地不过小半。王爷所失，不过部分京畿而已。”

“这个说法新鲜有趣。”

成亲王对着赵师爷大笑，神情却冷冷的，马林在他笑声中微微寒噤了一记。

“再说划江而治，”成亲王转过脸来对他道，“匈奴势如破竹地下来，挡得住吗？”

“离水不似努西阿渡口般蹚马可渡，滔滔大江，除了桥梁，只有战船可以行军。鄙上东王的水师，岂不比他虏匪的精强万倍？”

“嗯，也是种说法。”成亲王道，“要是这仗打个十年八载的呢？半壁江山，几若残羹剩饭，却也食不安宁。”

“王爷不必忧虑这个。只要王爷撑过一年半载，匈奴就会退兵。”

成亲王奇道：“为什么？”

“匈奴逐水草而徙，居无定所，不事稼穑，以夺牛羊掠奴隶为乐。中原水土并非他们所喜，此番所以南下进犯中原，实是因均成之故。此人窥伺中原十七年，做足了中原梦。但他年老伤重，寿数也就是一两年了。待他薨逝，匈奴进退两难，必起纷争，识相一点，当以退兵为上，不识相而固守的话，东王自会从王爷兴大军，渡离水，收复失地。”

成亲王终于长出了一口气。

“所以，两面权衡，王爷当然知道利弊。”马林接着道，“现今皇上的命脉就是粮草，这条线牢牢捏在王爷手里。王爷松松手，才有皇帝的活路；王爷紧一紧，就是牵一发而动全身。中原的将来可是把在王爷手里。东王虽有精兵，却只指望与王爷共襄大事，若出寒江时遇阻，消耗实力，为匈奴、洪王所乘，想来也不是王爷愿意看到的局面。”

成亲王道：“东王相助小王，最好不过。看来你此行就是为了说动我放东王大军出寒江了？”

“王爷英明，正是臣的意思。”

成亲王笑道：“老王爷真有这番诚意，出寒江不难。”

“当真？”马林喜道。

“只是小王不明白。”成亲王蹙起眉尖，“老王爷又是兵马，又是战船，人力、财力扔了无数，就为了助小王固守中原？”

这便要讨价还价了，马林抖擞精神，道：“鄙上倒不贪图什么，只是当今撤藩心意已决，各地藩王不堪其虐，待王爷登基大宝，鄙上只要仍在黑州为王，为朝廷戍防海务，就可以了。”

“哦……”成亲王慢慢靠回椅子里，反而不说话了。

“王爷？”马林追问道。

成亲王笑道：“两位带着杜老王爷的心意远来，我们只顾畅谈，却忘了两位酒未尽兴。不如先痛饮两杯。”

赵师爷连忙起身筛酒，道：“王爷说的是。来来来，马兄，我敬你一杯。”

“有劳有劳。”马林趁赵师爷挡在身前，悄悄越过他的肩膀，打量成亲王的神色。

成亲王正盯着祝纯看，嘴角浮着笑意。“乐工。”他击了两下掌，后舱的乐声振作出来，“铮铮镕镕”的是一支琵琶。

“有乐当起舞。”马林使了个眼色给祝纯，“祝纯擅做剑舞，不如此时为王爷助兴。”

“是。”祝纯起身，走到成亲王席前，深深一躬。

成亲王道：“既然是剑舞，须有剑才好，只是此处不动干戈，一时找不到佩剑。这里有件器物，不妨拿着比画比画。”

他自身上解下一管细小的玉箫。赵师爷道声好，忙接过授予祝纯。这管碧玉箫，通透的玉色，看来珍贵无比，祝纯接过来道：“谢王爷赐剑。”他将玉箫凌空虚刺，风之过箫，轻吟绕梁。

“请王爷观舞。”

随他身躯蛟龙般流动，夏日轻薄的衣袍满室飘飞，舞成蝴蝶般翩然好看，玉箫透出的声音渐渐尖厉，在他一停一驻间，能觉他身周有勃然的杀气张弛，看来已从剑舞变成了舞剑了。成亲王笑意更浓，目光却转为深刻幽远，显然魂不所属地想着别的事。

直到乐止，祝纯收回身形，成亲王才绽开笑容，拊掌道：“好。”

祝纯鼻尖微微沁着汗，大概这一舞畅快淋漓，他意犹未尽，丝毫不在意这价值连城的宝物，只将玉箫在指间绕弄，一连串清朗音律倾泻而出。成亲王体会着他嘴角阴郁的笑容，觉得那与其说是少年的玩世不恭，倒不如说是黯然的自暴自弃。

赵师爷诚惶诚恐地收回玉箫，忙归还成亲王。成亲王亲自斟了一杯酒，授予祝纯：“辛苦了。祝将军不但舞姿飒爽，剑法想来也不错。”

“王爷文武双全，看得明白。”

成亲王摇头笑道：“小王可说不上文武双全，剑法上更是一窍不通，只是见将军持剑之际，神采飞扬，隐有高手风范。这个气势，小王还是看得出来的。”

“王爷说中了。”马林附和道，“祝纯在王府侍卫中已是一等一的高手，剑法上秉习家传，更有独到之处。”

“唉，天下英杰虽多，却非为我所用。”成亲王叹道，“去年皇上重开武科，择中的进士人人都是大将之才。现今都随皇上亲征去了，离都皇宫甚空虚，没有压得住的大将啊。”

马林道：“这有何难？王爷若不弃，祝纯当愿为王爷府中侍卫，拱卫王爷出入。”

成亲王笑道：“马长史此话差矣。祝将军是杜老王爷的爱将，小王怎敢掠美？再者，祝将军家眷父母当在黑州，命他骨肉分离，进京为官，小王于心不忍。况且……”他看着祝纯的神色，“祝将军自己的意思呢？”

祝纯毫不迟疑，道：“能为王爷效命，是祝纯的福分。”

“原来如此。”成亲王笑了笑。

马林向成亲王敬酒：“恭喜王爷麾下又添虎将。”

“正是的。”成亲王很高兴，“当饮一杯。”

马林道：“鄙上东王愿与王爷同领天下英杰，凡王爷所需人才物力都会竭力奉上，如此诚意，王爷明察秋毫，想必明了。”

“当然。”成亲王将祝纯携到身边坐下，目光不离祝纯左右，口中随便敷衍。

“如此，刚才臣所陈之情，王爷也会体谅。”

“什么所陈之情？”成亲王仿佛才回过神来。

马林极耐心地道：“东王仍驻黑州，不撤藩。”

“这是自然的。”成亲王坐正了身子，“不过，以小王看，杜老王爷委屈了。”

马林笑道：“王爷体谅鄙上，最好不过。”

成亲王慢慢道：“老王爷深思熟虑，不计小利，一旦功成，甘居藩地一隅，小王是极佩服的。日后驱逐匈奴，复我中原疆土，怎可忘记老王爷的功劳？”

“是。”马林道，“鄙上听见王爷这么说，定觉安慰。”

成亲王道：“不过这都是后话。就说迫在眉睫的事，朝中大将俱已随驾北上，小王对兵法军务甚觉生涩。一旦与匈奴隔江对峙，中原屯兵由哪家统领？”

马林见成亲王毫不迷惑，一针见血直击要害，才知道这位小亲王绝对不好对付，因而打起精神道：“朝廷留守的总兵大多从未与外敌交战过，也只有鄙上与西王的大将素与倭寇、苗人周旋，战时定能当此重任。届时可于这些人中择一位善战英勇者拜将，统领兵马与匈奴对峙。”

成亲王微微摇了摇头：“马长史，匈奴与苗人倭寇决然不同。匈奴军中都为骑兵，擅在开阔平原作战；苗人久居丛林高山，喜奇袭擅伏击；倭寇自海上登岸，从来以步兵为主，除却枪械，均以长刀纵横砍杀。此三者战法不同，中原守军也有不同的对应之策。故北军擅骑射，西军耐潮热，东军精水战，三军如何混编，是绝大的难处。以我看，既然苗人未平，西王还是按兵不动为上。而既然要与匈奴隔江对峙，自然有劳东王水师沿江北进。但是京畿、夸州、桐州、督州的屯兵，仍当以朝廷大将统领。”

“王爷，臣虽然是一介文臣，却也知道大军征战，将令一统。这样将水陆军制生生隔开，两军如何呼应？”

“朝廷屯军也没有藩地将官统领的先例，”成亲王不以为然，“若马长史有这等顾虑，那么可在朝廷总兵中择人拜将，将东王水师一并交给他。”

马林被他说得语塞，一时想不出如何反驳。赵师爷向外看了看，道：“王爷，这眼看就到暑楼之下了。”

“知道了。”成亲王点头，“马长史，你我在此纸上谈兵，倒不如听听杜老王爷的见解。想必老王爷对北上戍守离水早已谋划周全，选何人为将也早就胸有成竹。”

“这个……”马长史见他有逐客之意，有些意外。

“马兄，”赵师爷笑道，“王爷的意思是，如果没有周详部署，就算王爷让东王出了寒江，也是于事无补。哪家大将统率全军并不值得争论，只要有利全局都是可以的。所以还请马兄知会老王爷，能提个详细的谋略出来，我家王爷看了，自有答复。”

“是。”马林点头，“臣自当禀报鄙上。不过王爷也请点个头，臣好有所回禀，鄙上知道王爷的意向，才能进而安排。”

成亲王道：“请马长史禀报杜老王爷，小王已知老王爷诚意，两家于离水合兵势在必行，为之。”

马林大喜，道：“有王爷这句话便好。鄙上得知之后，必将部署全盘托出，届时请王爷与鄙上再细细商谈。”

“暑楼。”外面的船工大声道。船身轻震，显是靠泊暑楼码头。

成亲王点了点头，马林便起身告辞，见祝纯起身，道：“祝纯，王爷回府尚有路程，你今晚要好生守护。”

“是。”祝纯的脸色在灯光下惨白，垂首抱拳相送。

成亲王走到窗边，掀起竹帘向外看了看，只见两岸灯烛蜿蜒，江中渔火粼粼，凉风轻拂衣襟，正是夏夜悠闲时光。

“让伶人们都下船。”成亲王对赵师爷道，“回去告诉王妃，就说我今天住在船上，明早自慕冬桥码头上岸，回府换衣裳。”

“是。”赵师爷瞥着祝纯，“王爷，船还往前开吗？”

“祝纯第一次进京吧？”

“是。”祝纯的瞳孔微一收缩，全不似刚才夜宴时自在，语气里隐隐有戒备之意。

“离都九座飞桥，都是盛景，白天看有白天的壮丽，夜里看却也有夜里的妙处。”成亲王道，“不如随我趁这清凉夜色，自定国桥直到抚疆桥，走马观花一番？”

“王爷美意敢不从命？”祝纯僵硬地微笑道。

“学生告退。”赵师爷道。

成亲王恹恹地道：“去吧。”

船舱中只剩成亲王和祝纯，舱外尽是伶人们杂乱的脚步声，一时铮然，大概是碰到了琴弦，却无人喧哗。片刻，四周再无声响，船身又荡漾起来，向前缓行。祝纯透了口气，身边的成亲王却执着地不说话，静静看着船外夜色。

船行了两刻钟，小厮进来禀道：“王爷，前面就是定国桥。”

“好。”成亲王淡淡地道，此时不再有什么顾忌，拉起祝纯的手，“跟我来。”

剑法精湛的祝纯反倒跌跌撞撞的，被成亲王牵着，登着梯子走向二层上的船舱。竹帘子已卷起来了，船舱就像湖中的木亭，四处环顾，所见都是繁华灯火。船过定国桥下，缓缓掉了个头。成亲王坐在凉榻上，啜了口茶，向着定国桥努了努嘴。

“按你家王爷引狼入室之计，离水迟早满江沉血。一旦离都北城攻陷，这九座长桥定会折腰，东、西水门城墙也当焚毁。不如现在多看看吧。”

“是。”祝纯凭栏而立，让夜风吹得发鬓蓬松。端坐的成亲王却是无声无息，仿佛幽灵，令祝纯身周寒意陡生。

“比黑州如何？”不知什么时候，成亲王已站在身后，伸手摘去他束发的头冠，将散发绕在手指上。

“黑州自然比不得离都。”

祝纯强忍住寒噤，成亲王温热的嘴唇却落在他的颈间，轻轻啃噬着他的皮肤，感受着他说话时嗓音的颤动，轻笑起来：“你我并非同道中人啊。”

“那又如何？”祝纯慢慢靠在成亲王怀胸膛上，淡淡地抱怨。

"你情我愿才好。"成亲王出人意料地推开他，扳正他的身子，两个人差不多高，成亲王正好可以凝视他的眼睛，"空有身躯的床伴，我府中有得是。"

"臣并非空有身躯。"

成亲王放开他的肩膀，笑道："你还有什么？"

"臣有利剑，可助王爷功成。"

成亲王摇头："利剑俯拾皆是，就算你锋芒最利，然鞘中无魂，也称不上神兵。"

"魂？"

祝纯很是时机地咬了咬嘴唇，惹得成亲王不禁凑近亲吻，喃喃道："你的魂魄若非牵挂在我身上，就算我得了你这柄剑，也是无法驾驭。"

"王爷何必在意臣的心？"祝纯阴郁地笑，"鄙上将我送与王爷，臣自然全听王爷驱使。"

"杜闵就是这样教你的？"成亲王不知哪里来的怒气，怫然坐回榻上。

祝纯立在栏前茫然，成亲王不忍，招手让他坐在身边。

"我珍爱的人，都与我心心相印，我对他一万分的爱慕信任，他报我一万分的爱慕忠诚。我平生最恨的，就是强施淫威。朝中多少年轻官员和我相交莫逆，我也从来不生轻薄之心。你也一样，要是不情愿，我绝不会再动你丝毫。你一样留在我府中，我将性命安危交托于你，也不会有半点的犹豫。"

祝纯懵懂地看着成亲王，不知所措地握着衣襟。成亲王微笑，迤迤然站起身来："你看这江景吧，我下面休息去了。"

"王爷！"祝纯忽而道。

"怎么？"成亲王回过身来，不解地看着他，"你要下船？我这便叫人靠岸。"

"臣……"祝纯咬着牙，默默下定了决心，"王爷的风采气度臣已见识了，怎会不生仰慕之情？"

"何必说谎呢？"成亲王缓缓踱了回来，"这种事可不是想喜欢，就喜欢得上的。"

"臣不说谎。"

成亲王不以为然地"哧"地一笑。

祝纯猛地将成亲王拉近，盯着成亲王明亮的眸子，慢慢吻了下去。成亲王怔了怔，抓住祝纯的肩膀，想要推脱，却在自己火烧般炙热的体温下脱了力。两人纠缠着倒在地上，祝纯愈加霸道，武者精壮的胳膊，牢牢掌控着成亲王挣扎的身躯，吞没他喉间每个呻吟。

二十九

于步之

想是水光照眼，才睡得不安稳。景仪在晨曦中翻了个身，闭目回想昨夜究竟做了什么梦，仿佛是血红的离水，缓慢悠长地翻滚，自己被江底亡魂羁绊着，苦挣不脱，身周都是冰冷黏滞的江水，紧巴巴贴在自己身上。

有些不对劲的地方——成亲王清醒了些——难道是昨夜太过激狂，大汗淋漓到现在？身上黏糊糊的，似乎浸透了汗水。睁开眼睛，面前是月白色的纱帐，粉色的桃花，一朵朵像飞溅的脑浆。

“血？”成亲王看着自己的手指，满是深褐色凝固的血痂，“你又不是女子……”他皱眉笑着转身，正擦着祝纯青白的面颊，僵硬的冰冷骤然蹿入他的四肢百骸。成亲王打着摆子，不自觉地强迫自己看清祝纯死鱼般半张半合的眼睛，一丝暗红色的血迹和着干涸的唾液，正从嘴角蜿蜒流在枕上。

成亲王腾地坐起身来，摸到自己颈上沾到的血迹，他低头检视身上，雪白寒绢的轻袍浸透了从祝纯洞穿的身躯中流出的血液，已经变得有些僵硬。成亲王拼力咬住颤抖的嘴唇，压抑着惊恐的呼叫，狂乱地解着肋间的带结。细小的死结几次在冷汗中滑脱之后，成亲王失去了耐性，软弱的胳膊勉强撕开衣襟，将袍子摔在床上，他手足脱力地爬过祝纯的尸首，人裹着纱帐滚到地上，钉在祝纯心脏上的利剑擦破了他的大腿，也没有让他觉得痛楚。

“啪”的一声，祝纯铁青的手臂从床沿上滑下来，手背拍在地上，像是猪肉扔在砧板上的声音。

成亲王终于松开了牙齿，扑在角落里的地板上，拼死呕吐起来。

“王爷！王爷！”

感觉到赵师爷正用冰凉的手巾擦拭自己的额头，成亲王才觉得阳光透过竹帘细小的缝隙照在自己的脸上，视野里才觉光明，回过神来，嗅到船舱里一股血腥和酸腐交织的异味，弄得他又想呕吐。

“打起帘子来。”他焦躁地挥了挥手。

“是。”赵师爷连忙卷帘子，展开扇子在成亲王脸旁打起凉风，“王爷有没有伤着？要不要叫人上来？”赵师爷打量着他满身血污。

成亲王摇了摇头："没有。先不要惊动他人。"

"王爷没看见行凶的人吗？"

"已死了多时了，没有半点察觉。"成亲王捂着脸，"去看看尸首，和那柄剑。"

赵师爷细细翻弄祝纯赤裸的身体，最后吃力地将那柄长剑从他坚实的胸膛里拔出，用祝纯散落地上的衣物将长剑擦拭干净，奉到成亲王面前，道："学生看过了，浑身上下只有胸前一处致命伤，正刺中心脏，洞穿到背后。看他脸上的神情，应是在梦中死的。"

成亲王哑声道："他也算是东王手下一等一的好手，怎么半分警觉也没有？就这样送了性命？"

暗青色的剑身，甚至说不上特别锋利，素木的剑锷，透不出半点杀气。

成亲王叹了口气："用这么素净的剑，就能无声无息地取高手性命，会是什么样的人？"他翻转剑身，望着剑脊上黄铜錾的字，不禁一怔。

"你看。"他将剑身摆在亮处，指给赵师爷看。

"驱恶？"赵师爷迷惑道。

成亲王皱着眉："怎么这等耳熟？"

"王爷！"赵师爷神情已变，惊呼了一声。

成亲王顿然醒悟，手一颤，剑"锵"地落在地上。

"皇上知道了！"他颤抖着后退几步，靠着栏杆喘息。

赵师爷也是惊恐万状，抖缩成一团。

江风穿透死寂的船舱，悠闲掠过成亲王的皮肤。"不，不是的。"成亲王凛然一个寒战，慢慢舒缓了神情，"皇上还不知道。"

"王爷何以确定？"

"要说驱恶这个人，从来不在皇上母后跟前走动，朝中大臣里知道这个人的都很少，皇上也没用过他，若授意杀人警示我的是皇上，何以要用驱恶之名？"

"学生明白了，"赵师爷小心翼翼地猜测，"王爷觉得是辟邪？"

"我早说过，七宝太监的弟子中，老五、老六最是好，辟邪用驱恶之名杀人，一点也不奇怪。"

"学生却觉得不对，辟邪要威吓王爷，用他自己的名字就罢了，为什么要弄出驱恶来？"

"因为他情愿假装不知道。"成亲王俯身看着长剑上明亮的錾字，终于从惨白的脸上透出红晕，"不枉我觊觎这么久，果然有情有趣。"

赵师爷更是惑然不解："这是怎么说？"

成亲王道：“我若不知回头，接着从东王谋求社稷，他在千里之外也能取我首级；若我就此收手，看在我坐纛京师的位置上，他便当作浑然不知。”

“可是说到底，辟邪还是皇上的人。”

“皇上的人？”成亲王浑身是血，立在窗前大笑，“这样的人物怎会甘做一介贱臣，终其一生尾随皇上身侧？只要他心中稍存一点高远志向，便不是皇上把持得住的。这样的人，难道不是和我意气相投？只要他今后用得到我，绝不会这么早就把我抖给皇上。”

赵师爷松了口气：“王爷有把握吗？”

“十足的把握。”成亲王道，“我坐纛京师，皇上奈何我不得，纵使知道了，总有办法搪塞。现在最要紧的，决不可再与马林往来，以往书信都焚毁为上。”

“王爷，”赵师爷上前一步，低声道，“此时正是王爷夺得天下的大好时机，就这样轻易放弃了，岂不可惜？”

“可惜什么？”成亲王反诘道，“再稍有动作，我性命不保，什么江山社稷，拿什么来享用？”

“是。”赵师爷回头看着祝纯的尸首，一时倒也想不出劝解的话来。

“我知道你心里还是不以为然。”成亲王道，“但东王不啻豺狼，昨晚一番话，还瞧不出吗？什么只要仍在黑州为王，为朝廷戍防海务，就心满意足。哼。”他冷笑，“将中原屯兵交给了他，只怕第二天就会来索我的首级。越是说得冠冕堂皇，越是显见他的狼子野心。”

赵师爷也点头：“王爷这话不错。他现在说半分利益不要，待日后只怕要的是全部江山呢。”

“原本想假以时日，必能好好收降了这个祝纯，”成亲王远远地看着阴影里的尸体，“日后用他反间杜桓，不失为上策。却不料一夜间为辟邪所杀。唉，”他叹了口气，“我倒是从没见过他这样的。”

赵师爷道：“惋惜也没用了，现今这个局面，如何处置。这尸首……”

“还能怎么样？”成亲王道，“沉在江中完事。”

“是。”赵师爷迅即环顾江岸，时间尚早，出行的人还不多，“爷后面沐浴，我叫人清扫干净。”

成亲王点头，也没有唤小厮上来，一人走入浴室，舀起盆中的浴汤浇在身上，狠命搓洗着烫得微红的皮肤。那股血腥气似乎浸透了每一个毛孔，成亲王觉得身上是从所未有的肮脏，他将胰子涂满全身，摔掉木勺，跳入盆中。

船舷侧“咚”的一声，是重物落水的声音，成亲王心中一紧，把脑袋也浸入水里，让热水火一般烧炙着身体。这时候大腿上的伤口才开始火烧火燎疼起来，他不敢泡在水里太久，匆匆出水，命人拿伤药和绷带。

赵师爷忧心忡忡道："王爷的伤不要紧？今日别去宫里了。"

"那怎么行？"成亲王走出来更衣，外面地板睡床都已被人擦洗得干干净净。依旧是温润的珍珠席，轻软的柔衾，帐子也换作鹅黄，早就没有半点杀戮的迹象。

"这船一阵子里不要用了。"成亲王道，"藏在城外的船坞里。"

"是。"赵师爷低声问，"这些船工呢？"

"不。"成亲王摇了摇头，"他们都是信得过的人，只是不能让他们到处走动。你再给王府里买一艘新船，说好了我一人专用，拨他们过来在新船上当差。"

"是。"

"伺候笔墨。"成亲王道。

"王爷写什么？"

"折子。"

"折子？"

"黄皮密折，专呈皇上亲阅。"

"王爷要……"

"我要将东王阴谋直陈皇上知道。"成亲王微笑道，"既然我与他不能共事，须令皇上早做准备，防着他背后给我们一刀。"

赵师爷道："学生明白了。既然辟邪已然知道，昨日王爷和东王来使会晤一事，皇上迟早都会风闻。王爷是打算在皇上来问之前就撇干净？"

"对啦。"

赵师爷皱眉道："只是皇上并不是那么天真的人，王爷可不要弄巧成拙。"

成亲王道："你须知道，皇上还没有子嗣，只要我们瞒过这几个月，等皇上凯旋之际，说不定会有什么变故。届时这天下还不是我名正言顺地坐了。"

赵师爷恍然大悟；"王爷一句话说得通透。"

"你想想，"成亲王道，"我说与东王来使会晤，只是为皇上探其虚实，无凭无据，又有谁知道我的真意……"

说到这里，执笔的成亲王怔了怔，猛然抬头看着赵师爷。

于步之下榻之处在司命大道秉环路附近的驿馆，此处因靠近穿和巷刑部大牢，风水不

吉，因而外地官员上京，极少有住在此处的。驿馆中的驿卒，不过堪堪两个，又老又懒，只是占个闲差混口饭吃。于步之此次进京极为机密，早出晚归，也不要他们预备饭食，因而到了下午，这两人图凉快，吃过晌午饭便不再过来当值，这些日子，只怕连于步之的相貌也未曾看清。这日下午，于步之因差事办完，写了几个字，便躺下午睡，仲夏无风，院子里只有知了乱叫。他想着昨夜成亲王与祝纯不知如何，心中嫉恼，辗转多时更难入睡。

远远的似乎听见驿馆大门开了，于步之奇怪，对小厮道："去悄悄地看看。知道是谁回禀我知。"

"是。"那小厮去了一会儿，却似乎同来人寒暄了几句，一齐进来，庭中两三个人的脚步声走近。

于步之忙坐起身来，帘子一掀，小厮探头道："赵先生来了。"

"快请。"于步之系了袍带，走到门前，对着赵师爷抱拳，"赵先生。"

"于大人。"赵师爷深深一躬，"若非王爷差遣，学生绝不敢扰大人清梦。"

"哪里。赵先生客气了，屋里坐。"

赵师爷回头对带来的人道："外面等着。"

那汉子身材雄健，人却唯唯诺诺，连说几句"是"，便躲在墙角里不出声。

于步之道："这不是昨夜船上的船老大吗？薄儿带这位喝杯茶。"

"不必了。"赵师爷拦住，"我带了王爷的口谕，甚是紧急。"

"噢。"于步之请他落座，问道，"什么要紧的口谕？"

"昨夜……"赵师爷看了看后窗外，才接着低声道，"马林将来意说得明白，王爷也极有意与东王共襄大事。不过……"

"不过？有什么变故吗？"

"变故也说不上。"赵师爷摇着扇子悠然道，"王爷问东王事成之后，要什么好处，那马林却道，东王只要固守黑州藩地即可。"

"断断不会。"于步之摇头。

"就是啊。"赵师爷笑道，"王爷也是这么说，他们杜家早对中原江山垂涎三尺，出了这么大的力，怎会满足黑州一隅？王爷觉得他们居心不良，又觉这是个极好的机会，进退两难呢。"

"是吗……"于步之蹙着眉细想。

赵师爷接着道："王爷因而将马林挽留京中，命我随大人南下寒州，想法摸清杜桓的底细。"

“什么时候走？”

“就是现在。”赵师爷道，“王爷已备下快船，命我二人速速启程。夏日水大，顺流而下，明日一早就可到双龙口了。”

“那么，我见不着王爷了？”于步之一怔。

“想来是见不着了。”赵师爷叹了口气，“王爷一早进宫理事，总要酉时才回，大人不是不知道。况且这种时候，越发地要小心，一日不去当值，都会引人猜疑。”

“说的是。”于步之扭过头，轻声问，“那祝纯还好吗？”

赵师爷吓了一跳，旋即笑道：“那小子是东王的细作，王爷怎么会将他留在身边，等时机成熟，必然是除之而后快。”

“是吗……”于步之淡淡一笑，容色照人双目。

赵师爷道：“于大人请赶快收拾行李启程吧。再晚可不一定能赶上出城了。”

“好。”于步之的行李不多，又将成亲王赏赐的古籍玉器小心收在箱子里。

那船老大手脚勤快，从小厮手里接过担子，自己挑着，迈大步走在前面。

“赵先生的行李呢？”于步之忽而问。

赵师爷用扇子遮阳，笑道：“早挑到船上了，就等于大人上船。”

于步之歉然笑道：“让先生久候了。”

他们仍从燃春桥码头上船，这只快船不大，前后两个舱，赵师爷的两个箱子摆在后舱，让出前面凉快的座舱给于步之。于步之谦让不过，最后让小厮在前舱安排了行李铺盖。

船老大吆喝一声，船工便忙着解缆绳，后梢两个人撑船摆舵，小船顺着江流渐渐离岸。于步之立在船头，望着两岸景物飞逝，怅然若失。

赵师爷在内道：“于大人，里面坐吧。若被皇上的细作看到就不好了。”

于步之淡淡道：“我在京城两三天，要看到早就看到了。”

赵师爷在里面干咳了两声，便不再说话了。

这就要过燃春桥，磨得光亮的青石反射着灼烈的阳光，看起来似乎是湛蓝天空中雪白的三抹浮云。

“景仪？”于步之突然呼了一声。

桥上青年的面庞被阳光照得惨白，正雍容地微笑着，似乎云端的君主。于步之抹去眼角的泪痕，向他挥手。成亲王也抬起手来，却默默摇了摇。

“是王爷？”赵师爷从舱中疾步出来。

于步之玫红的唇中透出低低的欢笑：“正是王爷。”

什么东西从成亲王下颌滴落，在阳光中粲然生光。于步之扬起脸来，看着它在烈日下蒸腾无踪。

赵师爷似乎在他身后叹了口气，于步之来不及细想，小船已冲入桥下的阴暗里。他沿着船舷侧的甲板，奔到船尾，待头上又是无际蓝天时，成亲王已然不见了。

小船穿过望龙门，出离都时，大概是日落时分。再向前行，船火零零散散亮了起来。船老大生火准备了晚饭，赵师爷从行李里捧出酒来，邀于步之共饮。

“我家大人头痛，不想饮酒。”于步之的小厮回道。

“那怎么可以？”赵师爷嗔道，“将酒菜端到于大人舱里。”

船老大“嘿嘿”笑着，捧着食盘跟去前舱。于步之正就着灯光看书，笑道：“有劳，不过我真的不吃酒。”

“有什么要紧？”赵师爷道，“只要大人保重身体，多吃饭菜，就是给了学生和船主的面子。”

“那是自然的。”于步之搬开桌上的笔墨书籍，让船老大布席。

离水出的鲤鱼格外的鲜美，每条船上又有各自独到的烹法，于步之尝了一口，不禁叫好。

“大人喜欢，就是给小的脸上贴金。”船老大憨憨道，自去船尾吃饭。

赵师爷看了看已然黑透了的天色，转回头来笑道：“于大人还惦记王爷和祝纯的事？”

于步之被他说得一怔：“有什么可惦记的？”

“学生告诉大人一件喜事：那祝纯已然死了。”

“什么？”于步之大惊，“死了？”

赵师爷叹了口气：“就是让皇上的细作所杀。”

“怎么会？”于步之手中的筷子掉在桌子上，“明明是在船上密谋，如何让皇上的人得知？那祝纯武功很高，不应轻易为人所杀。”

“非但是轻易，而且还是神不知鬼不觉。大概是半夜死的，王爷到早上才察觉。”

于步之脸色一沉：“王爷和他……”

“这种时候于大人还计较这个？”赵师爷不悦道，“且想一想王爷的处境岌岌可危，别说日后举事，就是现在稍有异动，皇上的刺客便能取王爷性命。”

于步之急道：“景仪现在要不要紧？”

“现在倒也无妨。”赵师爷迤迤然道，“王爷想了一个主张，用密折将东王的诡计禀奏皇上，皇上只道王爷为探东王虚实，不但不会深究，还会褒奖王爷呢。”

“那就好。”于步之松了口气，转念道，“这与你在驿站所说的大径相庭，到底哪个是真的？”

“唉！”赵师爷道，“大人听我说完就知道了。是我不放心，劝道：皇上并不是那么天真的人，王爷可不要弄巧成拙。王爷笑我不省事，说道皇上还没有子嗣，只要瞒过这几个月，皇上回京时再出个变故，这天下还不是归王爷所有？”

于步之打了个寒噤，紧紧闭着嘴不说话。赵师爷接着道：“就怕有人知道王爷的真意，让皇上查问下来，露了馅。”

于步之“砰”地靠在后面的舱板上，张大眼睛看着赵师爷。

赵师爷打量他的神色，拊掌道：“于大人不愧是王爷的知己，果真聪明绝顶。学生说的，就是于大人了。”

“王爷要杀我？”于步之摇着头，“不会的。”

“王爷当然舍不得。”赵师爷凑近了些，道，“我却劝王爷道：‘小不忍则乱大谋。于大人文臣出身，并无那种视死如归的血性。王爷还记得当年太后的板子才下来，于大人就将与王爷的交情全盘托出，太后赐了他白绫毒酒，他却哭哭啼啼，不肯了断。若非皇上赶到求情，已然让太后宫里的人绞毙。王爷将大事交给知心的人办，原无不妥。但此刻收拾残局，万不可念一点旧情，生半分不忍啊。’”

“王爷却道：‘容我想一想，等我写完这个折子再议。’我便一直等在王爷身边不走，王爷恼了，问我缘何不退，我道：‘杀与不杀，这个折子的写法会有天壤之别。学生这就要听王爷的决断。’”

于步之在桌下攥紧拳头，冷冷道：“你如此妄言，王爷岂会听从？”

“王爷自然不会听，”赵师爷叹了口气，“反而骂了我一句‘逼人太甚’。我便跪在王爷脚下，苦苦哀劝：‘学生跟从王爷，是仰慕王爷的智慧风采和王者气度，只需时日，必能成就霸业。只要学生办得到，愿将此江山谋与王爷。王爷因一时妇人之仁，将性命攸关的把柄授予一介懦弱书生，就算此时能瞒得过皇上，今后何尝不会受制于人？如此痛丧大好前程，不单是王爷的遗憾，更让学生抱憾终身。’王爷虽知我说的不错，却仍护着于大人，道：‘他为我险些断送性命，他为我抛弃仕途，这些都不计了吗？’”

于步之抽了一口气，掩面轻轻啜泣起来：“有他这一句话，我死也便死了。”

“王爷是珍爱于大人的，于大人也有值得王爷爱慕之处。但天下俊杰何止于大人一人？文武双全、擅弄权术者眼前不就有一位？”

“谁？”

“辟邪啊。”赵师爷笑道，“想必于大人没见过。只要一见到辟邪，王爷的心可就都在他身上了。于大人还不知道吧？我对王爷道：‘王爷自己想，以辟邪之绝色比之于大人如何？以辟邪之智谋比之于大人如何？以辟邪之势力比之于大人如何？王爷喜欢他也非一日，到底是哪个更值得王爷爱慕，到底哪个王爷更爱慕一些？王爷将来坐拥天下之际，那辟邪难道不是王爷囊中之物？像他这样的人物，想侍奉的，到底是一隅亲王还是天下之主？’”

于步之看着他灼灼放光的眼睛，满腔厌恶痛恨，一时说不出话来。

赵师爷又道：“这些计谋都是王爷自己想出来的，王爷知道都是上上之策。如果王爷自己都不能将其一贯到底，这不是优柔寡断又是什么？”

“好了！我知道了！”于步之拍案喝道，“你无须多言！”

赵师爷被他一脸肃穆吓了一跳，闭上嘴静静等着。

于步之朗声道：“这些话是你编的，还是景仪要你告诉我的？”

“王爷要我一字不差地转告于大人。王爷言道，与大人相交一场，苦苦相思七年，在大人临终一刻，实在不忍欺骗，大人若是恨着王爷，自然可以化作阴魂，夜夜前来索命。”

“也好。”于步之仰面叹了一声，“你回禀王爷得知，我于步之为他做这件大事，原本就没想有什么好结果，为他死了，也是心甘情愿。”

赵师爷垂首道：“是。”

“只是你，甘愿放弃入仕，委身亲王府中，只做幕客，你对景仪什么样的心思，他或许不觉得，我却看在眼里。”

赵师爷被他说破秘密，愣了一愣，继而恼羞成怒，越过桌子抓住于步之的衣襟：“不许胡说。”

“你相貌平庸，景仪自然不喜，”于步之盯着他冷笑，“恐怕这辈子也得不到他垂青。”

赵师爷切齿的声音清晰可闻，怒道：“不许胡说……”

“为何发怒？”于步之黯然一笑，“这算什么丑事？当年太后说我引诱亲王，以色惑主，我是断然不认。我只告诉她，堂堂正正的爱慕并非淫欲，有什么羞于启齿之处？就算她要杀我，也须让我明明白白告诉了景仪我的心意。你说我贪生怕死，哼哼，有情人不能聚首，与死无异，我又有什么可惧？你要是真心对成亲王，便替他夺下这江山，奉与他座下，可别让我白死了。”

赵师爷慢慢松开了手，于步之透了口气，两人狠狠对视，不肯有半分示弱。

舱外“扑通”一声，船老大走进来笑道：“那小厮已魂归江底去了，于大人什么时候上路啊？”

赵师爷向他点了点头，那船老大拿着绳索，上前捉住于步之就捆。

“你好好地对他……”于步之大叫了一声，随即被船老大堵住了嘴。

“且不知他身上带着什么好货？”船老大将于步之箱中的物事都倒在地上，捡起几件玉器，呈给赵师爷看。

“你留着吧。算王爷赏你的。”

“是。”

“书都收起来，我带走。”

“是。”船老大还不死心，上前将于步之身上摸索了个遍，摘走玉佩金锁不算，回头咂了咂嘴，笑道，“先生可别笑我，小的许久没有回家了。这厮细皮嫩肉，不如先生赏给我出个火儿。”

于步之闻言，在地上扭动身躯挣扎，船老大上前一记耳光，接着便撕扯他的衣衫。

赵师爷颤抖着端起酒杯，一饮而尽，大声道：“够了！这是王爷的心头肉，日后知道了，必定要你的性命。”

船老大神色一凛，起身道：“先生说的是。”

“什么时候了，要干活就快！”

船老大上前背起于步之，放在船头，在他脚腕上牢牢缚上重石，看到赵师爷不耐烦地挥了挥手，便将石块踢入水中。于步之被这力道直拽到船舷旁，船老大轻轻一托他的身子，便听“扑通”的一声。

江面黑暗，连个水泡和旋涡也瞧不见。

六月二十六日一早，成亲王骑马出府，赶去宫里。走了没多远，便看见九门提督袁迅的仪仗在前。

“请提督过来。”成亲王吩咐道。

袁迅立即掉转马头，要给成亲王请安。

“免礼免礼。”成亲王上前道，“听说袁提督有条陈？”

“正是的，为了这个要往宫里去。”

“想必是为了今晚江上放花的事。”成亲王笑道，“提督也太谨慎了。”

“皇上不在京中，我们大臣自然担着更大的干系。年年放花不要紧，只有今年，前方战事紧，若有鞑虏的细作混入京来，放火打劫，乱了朝廷阵脚，岂不要了臣的老命？”

成亲王道：“话虽不错，但也要想到民众的士气。皇上亲征，还是为了中原百姓的安乐，我们这般扫了百姓的兴致，也不是皇上的本意。你看太后，”成亲王低声道，“还不是一

如既往去上江避暑，就是为了显出个太平如常的样子来。弄得民心惶惶，不是好事。”

“王爷说的有理。”袁迅还是皱眉，“臣提督府里不过两万人，罩不住整个京师啊。”

“要紧的地方有重兵把守就行了。”成亲王道，“清和宫和福海是首要，还有四城粮仓，城内提督大营……”

“说的是，说的是。”袁迅点头。

“兵部也会把京营剩下的一万人调入城中，你和翁尚书好好商量，午前给我个细则，若行得通，这花我们就放，行不通，还是以安静为上，关了水门。”

“是。王爷想得周到。”

“袁提督请先行。”成亲王瞥到街角的赵师爷。

赵师爷待袁迅走远了，催马凑上来道：“回禀王爷得知，差事办妥了。”

“他……他说了什么没有。”

赵师爷在成亲王耳边不住低语，成亲王最后扶着额头：“算了，不提了。”

“王爷今晚游江吗？”

“坐纛的王爷，有与民同乐的时候，怎么能不去？王妃们也去，准备两只船。”

晌午吃饭的时候，袁迅和翁直的联名折子也上来了，说的是焰火照放，不过到酉正时须得关闭四门，水门也不例外。成亲王匆匆吃完饭，便召见两人，道：“如此不妥吧。往年四乡里进城看焰火的人可不少，要是关了城门，他们不得归家，滞留在城中，反倒是麻烦。”

翁直无奈道：“王爷体恤百姓固然是好的，也请王爷体恤臣子。城门不关，若有外敌入侵，连守都守不住。”

袁迅也道：“现今京师稍有动乱，便关全局，请王爷三思。”

成亲王想了想：“两位老大人说的对，是我鲁莽了。既然如此，便赶紧贴出布告去，就说今年皇上亲征，百姓也当为皇上分忧，京师就不放花了，”

袁迅自然大喜：“王爷从谏如流，臣等欣慰之致。”

“去吧。只怕老百姓正要开始进城呢。”

六月二十六的花火大会就这样不了了之。成亲王意兴阑珊地从宫里回来，只觉这种时候，连暂时驱散悲伤的瞬间虚华也无从找寻，忧愁更是噬肌蚀骨。入夜时一人坐在亭中，妃子们纳凉的谈笑声飘绕耳畔，似乎也是和自己全无干系。

“王爷？”

“先生。”成亲王看着赵师爷走来，本当恨这个人的，却又一点恼意也没有。大概就如于步之所说，自打开始，那貌美才高的少年就打算赴死了。

"王爷要是觉得闷，不如坐船江里逛逛。"

"有什么好逛的，就是一片漆黑。"

"虽说花火大会不开了，百姓们却都准备齐了。一会儿就要私下里放呢。"

"是吗？"成亲王淡淡的，已没有兴致。

赵师爷上前道："就是离水啊，王爷，祭一祭也是好的。"

成亲王激灵醒了神："沉在江里了？"

"不得已做成水寇劫船的样子。"

"连一抔黄土也没有吗？"成亲王低低地，似乎呜咽。

江面上的烟花稀稀落落，稍纵即逝。黑沉沉的江面会忽而亮那么一阵，照得桥上围观的人红红绿绿的面目全非。

醇酒飘洒入江，到下游的时候，定是什么也不剩了。这就是情——成亲王嗤笑自己——品于杯中固然是醇的，一旦滔滔洪流冲来，就什么都不是了。什么叫生死不渝？当初从自己嘴里说出来的时候，怎么没有觉得可笑？

暮宿南洲草，晨行北岸林。日悬沧海阔，水隔洞庭深。烟景无留意，风波有异浔。岁游难极日，春戏易为心。朝夕无荣遇，芳菲已满襟。

——成亲王在船头倾听城中此起彼伏的欢呼声，喧嚣中却有女子的歌声不伴一韵丝竹，干净纯粹地飘了来，似远又近。

艳唱潮初落，江花露未晞。春洲惊翡翠，硃服弄芳菲。画舫烟中浅，青阳日际微。锦帆冲浪湿，罗袖拂行衣。含情罢所采，相叹惜流晖。

君为陇西客，妾遇江南春。朝游含灵果，夕采弄风苹。果气时不歇，苹花日自新。以此江南物，持赠陇西人。空盈万里怀，欲赠竟无因。

皓如楚江月，霭若吴岫云。波中自皎镜，山上亦氤氲。明月留照妾，轻云持赠君。山川各离散，光气乃殊分。天涯一为别，江北自相闻。

舣舟乘潮去，风帆振草凉。潮平见楚甸，天际望维扬。洄溯经千里，烟波接两乡。云明江屿出，日照海流长。此中逢岁晏，浦树落花芳。

暮春三月晴，维扬吴楚城。城临大江汜，回映洞浦清。晴云曲金阁，珠楼碧烟里。月明芳树群鸟飞，风过长林杂花落。可怜离别谁家子，于此一至情何已。

北堂红草盛蕈茸，南湖碧水照芙蓉。朝游暮起金花尽，渐觉罗裳珠露浓。自惜妍华三五岁，已叹关山千万重。人情一去无还日，欲赠怀芳怨不逢。

忆昔江南年盛时，平生怨在长洲曲。冠盖星繁江水上，冲风摽落洞庭渌。落花舞袖红纷纷，朝霞高阁洗晴云。谁言此处婵娟子，珠玉为心以奉君。

月光水色般清透的声音，带着成亲王的魂魄飘升，一时歌声肃寂，倒让他不知身在何处。

“好一把嗓子。”成亲王四处环顾。

一条乌篷小船就紧跟在左舷不远，支开的窗棂里，红袖覆着白皙的素手。里面的人又换了曲，懒洋洋唱道：

长干斜路北，近浦是儿家。有意来相访，明朝出浣沙。

发向横塘口，船开值急流。知郎旧时意，且请拢船头。

昨暝逗南陵，风声波浪阻。入浦不逢人，归家谁信汝。

未晓已成妆，乘潮去茫茫。因从京口渡，使报邵陵王。

始下芙蓉楼，言发琅琊岸，急为打船开，恶许傍人见。

“去问问。”成亲王道。

“哪位的船？”赵师爷扒着船舷问。

撑船的是个渔婆儿装扮的妇人，豁开嗓子笑道：“霍家娘子。”

“是紫眸吧？”成亲王茫然地问。

“想来就是她。”

“请她过船。”

“王爷，京官儿的女眷，不方便吧？”

“只说是成亲王妃要听她的歌喉。”成亲王摔帘子走入舱中。

虽然离着江心远，但两船靠拢过人，还是极险。紫眸低头出来，在那船上隔着帕子将手交给赵师爷搀着，站上跳板。夜风吹得她的红裙猎猎飞舞，像是江心中涌出的绝色厉鬼。

“先生在打战。”她道。

“没有。”赵师爷勉强笑了笑，“王妃里面等着呢。”

紫眸理了理鬓角，在帘子外福了福：“给王妃娘娘请安。”

成亲王从里面伸出手来，将她一把拽了进去。

“唱个曲儿我听。”成亲王在衾下抚摸着她酥软的胸膛。

紫眸脸上还泛着房事之后的潮红，在成亲王耳边轻声唱了两句：“风云一夜压城过，头枕玉臂听雨声……”

“怎么了？”

她摇了摇头：“累了，不想唱。”

“那就算了。”成亲王也恹恹的。

她便仰起身，开始穿衣。

“霍炎对你不好吗？”

紫眸怔了怔：“没有什么不好。不过我这种人，天生就该让人宠着，让人赔着小心，让人赔着笑脸，让人围于裙下仰慕。嫁了人，只是空落落的，白天对着空房，晚上对着愁容罢了。”

“空落落的？”成亲王笑，“我每天里也觉得空落落的。从来觉得女子们言语无趣，胸无大志，没想到自己喜欢的原来是你这种人。”

“什么人？”紫色的眼睛转过来微笑。

“只是觉得自己肮脏罢了。”成亲王道，“都是脏的。”

“王爷悟出禅理了吧？”紫眸对镜摆弄好了发髻，“要是这样，今后见了，也是个假道学，没什么意思。”她红裙倏然一飘，没有半点留恋地走了。

成亲王仰面躺在在床上，只觉得船身荡漾，漂泊不停。一会儿轻轻一震，大概是别的小船靠上来。

赵师爷在门外道：“王爷，急事。”

“怎么？”成亲王坐起身，“城里失火了？”

“没有。”赵师爷道，“北方加急军报，努西阿河有变。”

三十

内廷将军

即便是在北方，这个季节身负铠甲，在烈日下行军，也觉酷暑难当。内务府本来是给皇帝预备好大车的，不过皇帝却道："所谓与将士同甘共苦，不是说说就好的。"因而执意穿了整齐的军装，日日骑马行军。这些日子皇帝已晒得黝黑，额头上的汗水顺着面颊流在嘴里，苦涩难言。有时转头看辟邪，却见他悠然惬意的，似乎享受着柔煦的春日，多半时候都闭着眼睛，在马上睡着了。

"你怎么就不如他自在？"

此时能陪皇帝说话解闷的，只有吉祥一个人了，皇帝见他伟岸身躯不耐炎热，不住抬手擦汗，不禁取笑他。

"回皇上，这种事，有时也须天赋异禀。"

"哦。"皇帝大笑。

"奴婢的师哥在唬皇上呢。"看来已经酣然入睡的辟邪却懒洋洋接口。

"怎么说呢？"皇帝奇道。

辟邪笑道："皇上和奴婢的师哥都穿的玄黑铁甲，日头照着，一会儿就透热进来，当然闷热了。"

"你呢？"

辟邪催马上前，解开青纱罩甲，将里面的牛皮甲给皇帝看。

"钻的都是小眼儿，"皇帝摸着上面密密麻麻的小孔，"什么功用？"

"还不是为了透气？"

"这个法子好。"皇帝对吉祥道，"咱们也弄两件穿穿。"

"只怕军中没有。"吉祥笑着看了辟邪一眼，"这还不是他自己的舒坦法子？"

辟邪道："奴婢原来也不知道的，想是明珠收拾在奴婢的行李里，前两天才瞧见。"

"她吃着朕的俸禄，服侍的却是你。"皇帝笑道，"回去问她的罪。"

吉祥笑道："如今明珠也是公主的身份了。皇上回去了，也只能眼巴巴地看着她孝敬太后，一点法子也没有。"

"不见得，"皇帝瞥着辟邪，"总有个两全其美的法子。"

辟邪的神色却不见波澜，笑了一笑，便又躲到后面闭目养神去了。

姜放这时从前军飞驰而来，御驾前勒住马，行了军礼，禀道："皇上，前面已看到火炮的队伍了。"

"追上了？"皇帝问。

"两个时辰内就追上了。"

六月九日大军自重关出发，舍却出云西南的雁门关不入，取道径直挺进出云。押运火炮的两万人早走了大半天，虽然都是步兵，又拖着沉重铁炮，却早行晚止，每日比皇帝行銮多行一两个时辰。皇帝花了八日，眼看出云在望才追上，自然十分满意。

"押运火炮的是谁？倒是律己甚严，勤勉得很，应当嘉奖。"

"是乐州步兵副将韦萃。"姜放道，"眼看今晚要驻扎一处，若皇上今夜亲自嘉奖，他当更觉荣耀。"

"说的是。"皇帝不会放过这种施恩的机会，当即点头。

皇帝驻扎下来，按姜放的意思，便要召见韦萃，还没来得及传旨，辟邪带着小顺子已在外求见。

"怎么要求见？"皇帝奇道，"不是许他直入御前？叫进来再问他。"

辟邪进来叩头道："皇上万福金安，前针工局采办辟邪见驾。"

皇帝忍不住笑着呵斥："又胡闹什么？"

辟邪起身道："皇上喜欢奴婢穿的牛皮甲，奴婢特来为皇上量了身材，一夜就得。"

"我倒忘了你是针工局出身。"皇帝站起身来。

小顺子拿着尺子向前，道："万岁爷，奴婢长久不干这个了，碰着一点，万岁爷可千万见谅恕罪。"

"做你的吧，军里没这么多讲究。"

辟邪一边看着，忽而问道："皇上今晚要嘉奖韦萃？"

"怎么，你觉得不好？"

"是极好的。"辟邪道，"不过奴婢刚才去了他营中一趟，那里的士卒疲累不堪，对韦萃怨声载道，想必皇上还不知道。"

"为什么？"皇帝一怔。

"只为行军急了些。"辟邪道，"韦萃这个人带兵是把好手，就是待下极苛严。这十天过来，鞭死的士卒就有三人。"

"竟有此事？"皇帝震惊，"难怪行得这么快，岂不是让人命垫起他的仕途来？"

“也没有这么不堪。”辟邪笑道，“这是乐州军中一贯的作风，不止他一个人。”

“既然说好了要给他嘉奖，此时也不能出尔反尔。”皇帝沉吟了一会儿，“不过他军中士卒难免要埋怨朕为小人蔽目，赏得不公。”

“皇上所虑极是。奴婢也是这么想。”

“有什么好主意？”皇帝问。

辟邪慢条斯理地道：“总有个两全其美的法子。”

皇帝撑不住笑了：“你就不肯吃半点亏？”

“皇上身边还会吃什么亏？”辟邪笑道，“皇上一会儿传了韦萃来，先要责他严酷，让他知道皇上不是让人轻易蒙蔽的君主，随后温言嘉奖，这就随皇上心意说了。”

“这有什么用？”

“皇上的话总有人悄悄地传出去，到明日，他军中的士卒便都知皇上是怎样的明君。要是皇上愿意，将他全军褒奖一次，就更好了。”

“果然是两全其美的法子。”皇帝道，“就这么办。”

“皇上从谏如流。”辟邪笑道。

一时皇帝帐前去，辟邪和小顺子回了自己帐中，用打磨光滑的细竹篾编制铠甲龙骨，又命小顺子在所覆牛皮上开孔，忙到夜里，大致得了，便要就寝，却听脚步响过，有人在外急叩帐门。

辟邪疾步出门，迎面就见在皇帝身边值夜的游云谣。

“公公。”他抱了抱拳，“皇上急召。”

“知道什么事？”

“收到震北大将军王骄十急奏。”

“可是努西阿渡口有变？匈奴可曾抢攻了？”

“这却不知。”游云谣道，“不过王骄十所呈并非军报。”

“这却愈加不好。”辟邪叹道。

皇帝帐中通亮，看来起身多时，远处姜放也匆匆走过来，想是皇帝已召了所有大将觐见。辟邪向着姜放点了点头，自己先行入内，行了礼。

皇帝道：“你且先看了王骄十的折子再说吧。”

原来努西阿一带，共有三处浅滩最易为匈奴横渡突破，自西向东依次为浊节滩、希莜滩与凤尾滩。其时震北大将军王骄十驻守凤尾滩，战况最是激烈。而三里湾以西的希莜滩由震北军大将田凌领一部人马驻守，与驻军浊节滩的凉州兵马纷争冲突不断。王骄十调解不成，反让田凌欺侮他年轻，数度言语冲撞，咆哮军前。前一阵匈奴人多次抢攻凤尾滩，王骄十穷于应付，无暇西顾，长此以往，恐凉州军哗变，因此急奏御前，愿让出震北大将军一职，恭请圣断。

“请辞？”辟邪“扑哧”笑出了声，“他好大的胆子。”

皇帝道：“他年纪虽轻，却也在军中从戎十余载，应该知道此时不同寻常，怎可如此意气用事？”

辟邪道：“皇上，奴婢觉着王骄十此举虽然鲁莽了些，却也不失磊落。如今大敌当前，他既知军中有人不服他管束，让出大将军一职，交圣上裁断，总比日后交战时因这些隐患为匈奴所乘要好得多。”

“眼下大军就近出云，震北大将军撤换，也须等朕到达出云再议。”皇帝道，“不过一两天的工夫，先以安抚为上吧。”

“是。皇上圣明。”

“你这便执朕手谕，于努西阿渡口军前巡视，协调震北军与凉州骑兵，万不能容震北军中有丝毫哗变之患。”

辟邪跪地道：“皇上，这个差事奴婢当不了。”

“胡说。”皇帝道，“你巧舌如簧，怎么就不能说服震北军将领以国家为重，暂停争执？”

“皇上恕罪，容奴婢回禀。”辟邪叩首，又扬起脸来，对皇帝道，“此事不止要逞口舌之能，军中大将对主帅不敬不从，一旦查实，便是死罪，无论是谁去，都免不了大开杀戒。奴婢虽于京营中监军，却身份低微。京营职责拱卫圣驾，由皇上亲信的内臣监看，早是惯例；然震北军为国之重器，大将们素来耿直威严，不会将奴婢一个内臣放在眼里。奴婢白走这一趟，开了眼界，绝不会觉得辛苦，只是误了皇上的大事，如何是好？”

“误事？”皇帝微笑，“这朕倒不担心，带着朕的剑去，先斩后奏。”

辟邪想了想，才勉强道：“遵旨。”

“给朕瞧清楚了，那个田凌是什么样人，若有不轨之心，即刻处置。”

“是。”

辟邪的声音似乎仍有踌躇，皇帝不会听不出来，于是问道：“什么事？”

“皇上让奴婢出去办事，奴婢思来想去，都是力不能及，皇上要勉强奴婢，却也一样应了奴婢两件事才好。”

皇帝笑道：“朕已将手谕、宝剑赐你，你还有什么话说，真正得寸进尺。”

“皇上，”辟邪道，“开战在即，火炮是我军制敌的利器，无论如何都要走在圣驾之前，皇上答应了奴婢，以骑兵火速护送火炮北上，挟制出云隘口之后，皇上圣驾再启动不迟。”

“知道了。还有吗？”

“战场上风云变幻，随时随地都会有皇上想不到的变故，皇上切不可因战事紧迫，轻率京营孤军突进，须与乐州步兵一同行军，要知大军只要到了出云隘口，即便努西阿渡口有失，也有起死回生的机会，可皇上有什么闪失，奴婢这一趟还不如不去。”

“知道了。”皇帝道。

“皇上嫌奴婢啰唆了。”辟邪笑道，“不过，奴婢下回再让皇上差遣出去，这些话还是要说的。”

皇帝摇头起身：“朕不嫌你啰唆。”他拉住辟邪的手，掌中紧了紧，“你给朕仔细了，”他一把将辟邪拽起，“若是朕到了出云，见你破了一点皮，一样要你好看。”

“皇上说话只管拿奴婢开心。”辟邪朗声一笑，放脱了皇帝的手退出营帐。

皇帝召见姜放等亲信将领，另自商讨震北大将军撤换一事。辟邪收了皇帝的手谕符信，回帐命小顺子整理宫衣，收拾了轻便行李。

“师傅。”小顺子佩上了剑，兴奋得微微发抖，“咱们这便走吗？”

辟邪望着他微笑：“别急，且等个人。”

不刻，门外便马蹄“哗啦啦”响成一片，辟邪取了靖仁剑背负在身后，招呼小顺子出门。

“公公！”陆过高坐红马之上，右手更挽了两匹骏马，盔明甲亮，煞是英武，“陆过奉旨侍从公公震北军前监察。”

“有劳。”辟邪抱拳笑道，“小顺子，走吧。”

他们领皇帝严命火速赶往努西阿渡口前线，才起更时出发，连夜疾驶，至六月十八日天还未亮，三人已过了出云隘口。

此处守军只有一万人，大多是出云关原来的驻兵。辟邪见炮道已然铺设好，壕沟也向北挖进了一里有多，和陆过说了，由他颇褒奖了几句，随后吩咐此处守军清理壕营，便于弓箭手多多操习。

他们停留不过大半个时辰，稍稍饮食，便又加紧北行。三人所乘的都是军中数得到的骏马，其中陆过的坐骑乃是李怒所赠的一匹神俊的红马，名叫“流火”。它奔了一夜，不过歇了片刻，吃了些草料，便又生龙活虎起来，三匹马中只见它最是神采奕奕。

辟邪爱惜地抚摸它颈中光滑的皮毛，对陆过笑道：“果真是好马，我从前也养过一匹，毛色骨骼都很像流火，却一直不知是什么地方的种。”

陆过道：“李师倒说过，白羊以西一纵高山之后，人迹罕至，翻过山去又是大漠，此马祖先来自那沙漠之中。”

辟邪笑起来：“只要说到马，李师便无所不知，学识之渊博，能吓人一跳。”他贴着流火的脖子，轻声道，“我原来有个朋友，与你一样呢。却不知你们谁跑得更快些。”

日出之际，三人上马继续北进，只见火色燎尽天地，远方渡口西面方向，便是夕桑雪山之巅，此刻似乎是天神之血滴溅，赤红竟有宝器光华。想到“夕桑”一语就是匈奴人“鲜血”之意，大概指的就是这日出喷薄的一刻。

日头升到一半的时候，便能看见震北军统帅王骄十的屯营，辟邪捧皇帝手谕，带同陆过和小顺子下马。

小顺子高声道：“御前掌笔辟邪，奉旨监察震北军营，请见王大将军。”

辕门前的兵士将辟邪手中明黄卷轴看得清楚，当下跪地道：“匈奴人日出时便在抢渡，大将军已去凤尾滩渡口了。”

辟邪三人横穿连营，未至渡口，就闻战鼓厮杀之声震耳欲聋，一处搭建的高台之上，箭旗疾挥，想来正是王骄十所在。辟邪跳下马，便有人查验腰牌。

“我自御驾前来。”辟邪摸出勘合符令。

四处都是人马嘶沸，那人不得已拔高了嘶哑的嗓子：“大将军正在上面。”

“看着马。”辟邪将缰绳抛给小顺子，带着陆过登台。

凭栏一人身负重甲，威武屹立，正是王骄十，不过回过头看了辟邪一眼，道：“且等一等。”

辟邪与陆过皆抽空眺望，只见南岸箭楼林立，有几处为匈奴火箭点燃，正静静地燃烧；滩中血红，散落百多具尸首，匈奴骑兵畏惧中原弓矢，正喝骂连连，不住退兵。

王骄十松了口气，扭头上下打量辟邪：“这位公公是……”

“御前内书房掌笔辟邪。”

“哦、哦。”王骄十道，“家父身故时，就是公公在他老人家身边？”

辟邪仍记得王举垂死的眼神，不太舒服地道：“正是。”

“公公在御前当差，想必带来皇上旨意？”王骄十为人聪明，立时猜到辟邪来意。

陆过朗声道：“众人回避，震北大将军王骄十接旨。”

一时高台上的佐将纷纷散开，辟邪上前道：“奉谕震北大将军王骄十……”

王骄十道了声“接旨”，单膝跪地听辟邪宣读皇帝手谕。

皇帝谕中盛赞王骄十为将勤恳，识大体，说到震北军中众将不服管束，只是多加勉励，不予旨意办理。将辟邪监察震北军，有权军前处置的旨意读完，王骄十抱拳起身道：

"监军大人。"

辟邪道："奴婢卑微，当不起大将军如此称呼。奴婢这次来，不过替万岁爷跑一趟，看看前线将士的辛苦，回去说给万岁爷知道。如今渡口一眼看来，王大将军日日浴血奋战，无论是功劳还是苦劳，奴婢都看得清清的。"

"公公如此说，总算震北军将士没有白白抛头颅洒热血。"王骄十叹了一声。

陆过这时转过身来，问道："大将军，之前将军送至御前军报，未提渡口近日交战激烈，现在看来，匈奴人已开始抢攻了？"

王骄十道："匈奴人抢渡，已非一日，只是这几日，如小将军所见，渐渐频繁起来。"

"可曾探得匈奴人增兵？"

"这个……"王骄十道，"凤尾滩以北，并无匈奴增兵迹象。"

"凤尾滩以北？"辟邪暗吃一惊——王骄十身为震北军统帅，所知战况仅在自己驻守的凤尾滩一带，而东去河岸的洪州军、三里湾以西希莜滩震北军，以致更西的浊节滩凉州兵马的动态竟一无所知，可见这几部人马无异于各自为政，其中隔阂与敌视，已不可不说致命。

"公公？"陆过上前低声问。

辟邪一笑："如此则好，奴婢这便沿努西阿河岸向西，沿途看看各地驻防的震北军。"

王骄十知他用意，道："好，末将这便遣五百人马，随同公公前往。"

"不必了。"辟邪道，"战事要紧，这些人马在大将军处俱能杀敌，陪着奴婢乱走，反不能尽责。奴婢这里有今科武状元在，又是在河岸这边，决计不会有失。"

今科武状元的名头自然十分响亮，王骄十也不免又多看了陆过两眼。辟邪抽身告退，领着陆过下了高台，会同小顺子再向西去。

这一路努西阿河水时深时浅，交战便也时断时续。陆过看了良久，才道："公公，末将有些话要讲……"

辟邪也不觉讶异，目中浸透了清澈的笑意，转回脸道："请讲。"

陆过看了看辟邪的神色，笑道："末将恐怕与公公不谋而合，公公定也觉得渡口那边的匈奴人有些不妥吧？"

"什么不妥？"小顺子插了句嘴，道，"难道他们不抢攻，躲在帐篷里才算妥当了吗？"

"多嘴。"辟邪冷冷看了小顺子一眼。

陆过却很耐心，笑道："小公公有所不知，匈奴在凤尾滩一线屯兵日久，匈奴单于王帐就在其北不远，然而先锋久攻不下，单于大军却无半点增援，看来本就敷衍。而这一两天攻势骤紧，怕是为了牵制我军东线守军兵力，而其真正的图谋将是在三里湾以西。”

“到底是武状元，一说我就明白啦。”小顺子嘟起嘴来，低声对陆过道，“比我那个小心眼的师傅可强多啦。”

辟邪充耳不闻，叹了口气：“状元爷说得不错，看来当务之急已非调和王骄十与西线将领，咱们还是当一回细作，北岸跑一趟如何？”

小顺子瞪大了眼睛，隔着江水向努西阿河无垠的对岸望去，长日当空，平川万里，一旦走去，只有迷失，不知何方才是前途。他咽了唾沫，看向辟邪，道：“师傅，咱们怎么过去？”

“不是咱们。”辟邪笑道，指了指陆过，又指了指自己的胸口，“是我们。”

“我呢？”小顺子像是占到了便宜，又被明眼人看得清楚，因而羞愧涨红了脸，“师傅不带我去？”

辟邪道：“浅滩处都在交战，我和状元爷须在水深处泅渡，马匹便用不着了，你在河这边看守兵器，守护马匹，极要紧。”

“是。”小顺子勉强高兴起来。

三里湾是努西阿河转折之处，水流最是湍急，匈奴人从未打算在此渡河，因此方圆二十里内没有战事。辟邪在马上观望片刻，道：“陆兄，可曾看见人马走动的烟尘？”

“没有。”陆过摇头，道，“我看此处很好。”

两人跳下马来，就解身上的佩甲，辟邪道：“小顺子，你牵着马务必记得，水流太急，定会将我们往下游冲去，你看清楚，跟着我们往下游走。白天发烟，晚上举火，你便来接应。”

他二人将轻便兵器、干粮和火折发烟之物用油布包好，绑上木漂，陆过自马背上卸下绳索，将这些要紧事物系于腰上，这样朝小顺子笑笑，两人蹚着河岸，慢慢走入水中。片刻只见激水中那包袱漂漂沉沉，一路往下游冲去了。

小顺子牵着辟邪和陆过的坐骑，紧随不舍，走走停停大半个时辰，那几个执着的黑点再也看不见的时候，他更是抽紧了心。过了一会儿，对岸终于一声响箭，模模糊糊两个细小人影招了招手，便转身向北而去，就像两滴水珠，在烈日下蒸腾无踪。

小顺子茫然四顾，偌大天地间，只有自己一人只身孤影，除却河水咆哮，听得见的只有自己呼气的声音。他在马上挪动身子，只为了能坐得更久些。已是下午日暮，黑影渐渐从西方投来，忽然眼前发黑，一阵天旋地转，小顺子才想起从今日凌晨起，自己便再没有进食，他摸出干粮喝了几口水，仍只是望着对岸，不敢稍有懈怠。

四处黑影浓重，天庭皓月高悬，繁星如织，令人更觉无尽大地之上，自己渺小犹如沙尘。潮湿的夜风拍在身上，小顺子不禁打了个寒战，不自觉抽抽搭搭起来。他道四处更无别人，竟越哭越响亮，只差捶胸顿足起来。

“岸边什么人！”

小顺子被这背后的喝声吓了一大跳，跃将起来，来不及抹尽眼泪，张口便骂道：“大呼小叫什么，我是御驾前来宣旨的内差。”

不刻便看清了两骑轻装的巡哨从黑暗里缓缓驰来，盯着小顺子看了看，笑道：“果然是个哭哭啼啼的小太监。”

小顺子羞愧难当，正待发作，那两个巡哨竟不再搭理他，拨转马头，继续向西巡视而去，自然是全不将他放在眼里。

小顺子这个闷气生得非同小可，指天画地诅咒发誓，如此一来倒是睡意全无。这一夜震北军探子巡视不断，可见王骄十领军小心谨慎，连这水流最为湍急之处也是布满了巡哨。

到了次日上午，辟邪与陆过仍是踪迹全无，小顺子只得在岸边不住徘徊，急得连连跺脚。忽听身后马蹄响，又是两骑巡哨奔来，远远抛给他一个包袱，道：“王大将军问，监军大人可曾回转？”

小顺子解开包袱，见其中是干粮和净水，抬头回道：“尚未！多蒙王大将军惦记。”

马上那探子蹙眉，道：“难不成在哪里绊住了？大将军命我等前去接应呢。”两个探子跃下马来，就要动手解甲胄渡河。

此时却见对岸笔直的一道青烟往蓝天里升腾，小顺子揉了揉眼睛，看得更是清楚，喜不自抑，笑道：“我师傅是何等的高手，再加上一个武状元，所向披靡，用得着你们过河去添乱？”他急忙跳上马，估算昨日辟邪过河时走的路程时间，挽住辟邪与陆过的坐骑更向东边下游去了四里路程，一样发烟回应。

“小顺子？”辟邪湿淋淋从河水中走出。

“师傅，是我。”小顺子大喜，“师傅还好？”

“还好。”辟邪擦去身上的水，陆过一时也从岸边过来，两人面色都十分凝重。

小顺子急着问：“师傅，如何？”

“恐怕不好办。”辟邪见震北军的探子在此，道，“两位快赶去希莜滩与浊节滩，禀告田凌将军与刘思亥护军，匈奴人今日来意不善，就说御前差遣的监军奉旨命他坚守渡口。我们这便回凤尾滩，面见王大将军。”

两个探子领命飞驰而去。待辟邪等人驰回凤尾滩，已过正午，骤然喊杀冲天，匈奴人竟在白日里开始抢攻了。王骄十见他二人转回凤尾滩，忙问：“两位渡河查探，可有急情？今日匈奴人看来势在必得，恐怕真是总攻。我已命全线压制，向御驾前急请救兵。”

辟邪摇了摇头：“大将军，奴婢与陆将军渡河查探，见有大批骑兵过境，向西行走的痕迹，算方位脚程，其意必是浊节滩。”

“浊节滩？”王骄十不住皱眉，“匈奴人什么用意？浊节滩与凤尾滩之间还间隔了希莜滩，他兵力两分，如何一举攻破渡口？”

陆过道：“恕下官直言，浊节滩驻守的乃是凉州精骑，对匈奴人来说，比之震北军更为棘手，何以放弃希莜滩，反攻凉州骑兵？除非是另有一路奇兵，能夹击凉州兵马。”

“正是。”辟邪走到军图前，道，“估摸现今匈奴援军距浊节滩已不过五十里，算上一日整备的时间……”

“就在明日午后。”王骄十疾步走近军图，望着浊节滩左近，道，“既论夹击，不知那路屈射人马自何处来？”

辟邪指着浊节滩以西七十里处：“大概明日午后，必有匈奴精兵，翻越夕桑雪山，自其下急滩过河。”

“怎么会？”王骄十仔细看着辟邪指下的军图，“夕桑雪山此时仍积雪数尺，他们的骑兵如何翻山？”

“奴婢虽不知屈射人用计，却知道夕桑雪山脚下一段水流虽急却浅，南面更有一块开阔地带，适于整顿兵马。一旦渡了河，便势如破竹，直下努西阿渡口了。”

“不会，绝不会。”王骄十摇头，“我也派人察探过两岸山势，唯有这夕桑雪山，细作还未到山顶，便遭雪崩，无一生还。匈奴大军要从此处过，只怕十损其八。”

“便是十损其八，却一样会有人渡河。”辟邪道，“按理说洪定国当在此处巡视，不过中原军中都觉夕桑雪山不可飞跃，倒是东翼山势缓和，更有可乘之机，难免会将重兵放在下游。”

“此时在东线强夺渡口便是佯攻了。”陆过也道。

王骄十道：“我们在北岸细作不少，怎么没有发现他们大军调动？”

陆过沉吟了一瞬，道：“恐怕这支奇兵，自断琴湖便分兵自西绕道南下，令中原难以察觉。”

辟邪道：“将军所言极是。据传左屠耆王阿纳与单于不和，未曾跟随王帐南下，只怕那一支奇兵就是阿纳所领。”

陆过道：“当务之急是将震北军精锐调动至西线，有两万人马能在匈奴人渡河时伏

击，必能事半功倍。”

王骄十为难道：“公公所言如若应验，努西阿渡口自然险急，不过，公公也看见了，努西阿渡口全线烽火，哪里抽得出两万人？若公公只是杞人忧天，东线河岸又如何自保？”

辟邪皱了皱眉：“如此看来大将军处挤不出两万人。”

“现在三里湾以东河岸都是如此。若公公所言为实，匈奴现在强攻东翼，只为调虎离山。我还须调动人马支援西翼凉州军。”

“洪州骑兵现在何处？”

“还在下游，我已命人调回。待洪州军支援东翼，我即派兵西去。”

“大将军，”辟邪道，“恕我直陈利害，若不能阻击西翼敌军，只怕努西阿渡口会全线崩溃。我先要五千人，如何？”

“五千人？”王骄十失笑，“匈奴人既有心偷袭，必是重兵。”

“我亦不指望螳臂当车，皇上大军此时应已到达出云，从此求援，援军夜半就能赶到，只盼能拖得一刻是一刻。敌军尚不觉我军已知其行踪，他在明我在暗，伏击之下，定能伤其筋骨。”

“好。”王骄十想了想道，“你便执我手令，往三里湾以西连营调兵，反倒快些。”

“是。”辟邪接过他的手令，对陆过道，“我自去西线调兵截击，还请陆兄快马赶回出云，向皇上说明，速派大军压上。”

“是。”

“如此更好。”王骄十道，“我这便遣探子前往夕桑察看，匈奴人若有异动，我必从凤尾滩火速援救浊节滩。”

两人向王骄十点头示意，拿着手令转身下楼。辟邪牵过马来，对小顺子道：“你这便随陆将军返回出云求援，不要跟着我碍手碍脚啦。”

小顺子张了张嘴，却半晌无话。

陆过见辟邪就要上马，拦住道：“虽不能与公公同往，但陆某的坐骑当得军中之首，公公一路事态更急，流火定能助公公如虎添翼。”

“多谢。”辟邪握了握他的手，飘身上马，猛夹马腹，沿途亮出王骄十手令，冲出营门时，却觉身后有一骑尾随。他掉转马头，果见小顺子如影随形地跟着，当下举起马鞭，对准小顺子的坐骑的眼睛抽下，那马顿时悲嘶狂跳，将小顺子抛在地上。

“师傅！师傅！”小顺子滚起身来奔上前大叫。

辟邪头也未回，湛蓝如洗的天空之下，顶着炽烈的白日，绝尘而去。

六月十九日，辟邪飞驰努西阿渡口西线。三里湾以西连营两座，其一为田凌一部震北军三万，坚守浅滩；另一为凉州骑兵，于浊节滩两岸开阔地带纵横，时时与匈奴短兵相接。这两日更是激战不休，震北军将领田凌早就疲累不堪，此时匈奴暂缓攻势，他正假寐，见了辟邪自然不会有好脸色。

听说要调兵，看了王骄十手令，扔在一边，他第一先问道："你这个消息从哪里来？"

"奴婢自去北岸勘查得到。"

"怎知你不是信口雌黄？"

辟邪笑道："军中怎能戏言？将军请想，所谓兵不厌诈，匈奴人多年觊觎中原，筹谋许久，必定有出奇制胜的策略。若要强攻，数月之前便可强渡，何必等至这时？将军，不怕一万就怕万一，一旦将军不予调兵，致匈奴偷袭得手，必损至大局。"

"那山我也去看过，"田凌不以为然，道，"你一个小太监，养在宫里，哪里知道崇山峻岭的险恶。"

辟邪抬头看了看天色，已然日暮了，若在此多费口舌，只怕贻误战机。他早知此人爱挑拨是非，为人又跋扈，早在领命出巡之前已生杀机，此时按着佩剑上前："田将军，我虽　个小小的太监，却也知道屈射人翻越雪山作战，早有先例。全圣十二年，均成留带兵五千，翻越断琴湖畔玛楚克雪山，两日之内占领山戎国全境。田将军熟读兵史，不会不知。"

田凌只是略有耳闻，却没有他说得这般清楚明白，尤其是辟邪最后一句话，说得他恼羞成怒，他计较自己得失，忍不住道："你只管信口开河，若我此处失守，这个责任谁担？"

辟邪静静道："自然是我。"

田凌一记语塞，旋即嗤笑道："你？将你剁成肉泥，也赎不回这渡口。"

"如果匈奴兵马自夕桑雪山下偷袭我军侧翼，失了渡口，这个责任谁担？"辟邪见他顿时气馁，执出皇帝手谕，"这里是皇上亲笔手谕，想必将军不会违抗圣命。"

"处置调用自便？"田凌接过来看了看，无奈之下，仍忍不住取笑，"内廷将军？这是个什么官？"

辟邪淡淡一笑："皇上说有便是有了。皇上信得过我，将军却信不过我吗？"他见田凌已无可奈何，却要给他个台阶下，上前道，"田将军说的不错，我只是宫中一个小太监，就算我此番阻击成功，这个功劳算在我头上，我又能升什么官？发什么财？荫什么子嗣？手谕是皇上写的，若奴婢猜得对了，阻击成功，这个功劳总有田将军一大份；错了自有皇上担着，少不了要我的脑袋。大将军的手令也在这里，就算他年纪轻些，比不得其父王举大将军，总算也是个凭证，田将军有什么后顾之忧？”

田凌这才全然醒悟，被他说破心事又觉难堪，看着辟邪辉光四射的双目，才知这小太监实在不好惹，因而笑道：“小公公说的是。不过这里少了这许多兵马，守起来就难些。”

辟邪笑道：“田将军善战，朝野早闻大名，就算少了这五千人，渡口一样也是守得固若金汤，奴婢可放心得很。”

田凌当即道：“如此便不贻误小公公战机，我这就调五千精兵给小公公。”

“既然伏击渡河骑兵，弓箭还是首要。将军这里多用箭楼驻守，步弓所用箭制与其不同，万请多多赐予。”

“那是当然。”田凌一口答应，命副将焦同顺点齐人马，交与辟邪奔赴夕桑雪山。

焦同顺是使马刀的好手，望着校尉号令人马列队，自己一边霍霍挥舞雪亮的刀锋，一边笑道：“小公公不觉得这是痴人说梦吗？那雪山如何是人翻得过来的？”

“不然。”辟邪还未答话，焦同顺身边的参将鲁修却接口道，“末将有位好友，曾一人一骑翻过夕桑雪山。”

辟邪心中一动，回首道：“鲁将军说的好友是哪一位？”

“他是凉州军的人，一直是必隆王爷的侍卫统领。王爷回凉州之后，他却留在军中效命，人极是神勇。”

辟邪笑道：“不知那位凉州将军的大名。想必是鲁将军护送景佳公主来凉州时结识的好友。”

“正是。”鲁修道，“他名叫赤胡。”

辟邪默想了想，道：“关乎战局，事不宜迟，烦请鲁将军速去凉州军中将赤胡将军请来。”

“是。”鲁修收拾了鞍辔铠甲，跃上马去，道，“末将必邀赤胡于途中相候。”说完即催马而去。

焦同顺命人往来搬运箭矢，分发器械口粮，忙了大半个时辰，终于传令启程。北方日迟，此时还有斜阳照眼，将士多用帷帽遮住额头，双目沉浸在黝黑里，神色愈发阴郁。

出了希莜滩，越向西，战事出人意料地越是平静。似乎在不祥的安静中预见到什么，河岸上处处能见凉州骑兵厉兵秣马，整顿队形。即便是在傍晚伙食的时候，也是轮番休息，不见一人显出松懈神色。五千震北军过境，早有人知会凉州都督，河岸上的骑兵在将令之下迅即分出道来。稍后夜色就沉淀了下来，焦同顺便命军士举火，见者驱退，容他们飞奔。

一时远处孤光半星，一骑奔来，正是鲁修，会同队伍对辟邪道：“公公久等了，赤胡听我说了缘故，已点齐三千人马，就从后面追上来。此处凉州的统帅也已向东翼求援。”

“好。”辟邪点头。看来赤胡认为匈奴必能飞渡雪山，辟邪不由得嘲笑自己心中未尝不存一点侥幸。

“不过……”鲁修叹道，“震北军与凉州军近来颇不和睦，只怕来援的还是凉州骑兵。”

辟邪命焦同顺带军先行，自己和鲁修驻马相望。不刻便见凉州骑兵火龙般迤逦而来，驰得近了，方见十骑一队，整整齐齐行进，蹄下的烟尘在月色火烛之下将凉州军笼罩成一片翻滚的乌云。

“必隆王爷麾下精兵军纪严明。”辟邪赞道，“人说震北军已是极严了，我看也比不上凉州军。”

鲁修笑道：“末将虽是震北军中人，却觉得公公此话不错。”

那领军的将军命副将带兵继续前行，自己纵马过来，呼道：“哪个是朝廷的钦差？”

“在下辟邪。”

赤胡三十五六岁年纪，一副漆黑飞卷的虬髯，体格壮丽，深绿的眸子在辟邪脸上流转，人却怔了怔。“凉王麾下赤胡。”

两人抱了抱拳，辟邪平静依旧，毫不动容，赤胡甩了甩脑袋，道：“上差想问飞跃雪山之法？”

“正是。”

“夕桑雪山不可攀越。”赤胡断然道。

辟邪却不意外：“或许不可翻越，却未必没有捷径。”

赤胡大笑：“上差聪明。赤胡少年时为老母采摘雪莲，上去过一回。到半山腰，就积雪难行。”他指着山南缓坡，道，“我沿着那缓坡向北，往峭壁处去，却发现一处狭缝，堪堪可以过一个人，不过五六尺远，就到了山北，脚下小道只容两马并骑，想来是采雪莲的牧民留下的旧途。”

“不过五六尺远？”辟邪叹气，“十七年处心积虑，只怕早已觅得此路，这两年骚扰中原，为的就是掩人耳目，派工匠上山凿开通道，连身边的人都一无所知。均成对中原的执念，可谓疯狂。”

“中原有什么好？”赤胡对鲁修绽开嘲色，“你去过凉州，知道凉州的好处。”

鲁修顺着他点头，只是笑。

“事不宜迟。”赤胡道，“以我们八千人，浅滩上能挡住多少匈奴人？要的就是个先下手为强。”

“正是。”辟邪道，“原以为他们翻过雪山，多有折损，人困马乏，我们还有可乘之

机，现在看来凶多吉少。凉州军中可否再增兵夕桑？”

赤胡道：“先前接报浊节滩有险，已派探子去对岸查探，果然匈奴大军约八万人正要从此处南下，刘护军已提兵马过河去了。浊节滩人马也是捉襟见肘。”

“既如此，生死由命，两位好自为之吧。”

赤胡见他轻描淡写地说这句话，不禁讶异。“到底是皇上身边的人，胆色果然不同寻常。我说怎么内臣封了将军了。叫什么来着？”他问鲁修。

“内廷将军。”

“内廷将军……”辟邪仰面大笑。

赤胡将他的笑容细嚼慢咽，低头回想着什么，辟邪和鲁修已拨马追赶前方大军。

中夜，八千骑兵渐渐逼近夕桑对岸，高山相挟的河谷已敞在人们眼前。赤胡来往奔走，急令全军上下熄灭灯火，上前对辟邪道：“若当真有路匈奴人自此夹击浊节滩，此时也当到了夕桑山阳，我军仗明火直入，定遭其袭。”

辟邪道：“如今冲阵过去，匈奴人以上制下，占尽地势的便宜。不若全军裹住马足，悄悄于河南埋伏，待敌军下山会合，便可箭杀其先锋。”

这夜月光尚好，人面依稀可见，辟邪洁白的面容未曾让即将来临的大战损伤丝毫平静，赤胡望着，不禁脱口而出：“小……公公。”

辟邪仿佛没有听清赤胡的话，微微欠了欠身：“什么？”

“没什么。”赤胡摇起手来。

大军依计寂肃而行，初时道路平坦，月华照人，不觉行军艰难。待潜入河谷之后，月光自然被森然峭壁遮挡得不见，而河边鲜有人迹，连一条小径也没有。赤胡又恐马匹溅动河水，惊动对岸的匈奴人，当即命全军下马，挽辔步行。河岸这段路，竟走到了晨曦初现的时候。

“弓弩手。”辟邪借着微光指着山坡上的树林低声喝令。

“是。”鲁修领着汉军中三千强弩，抄向凉州军后侧布阵。

焦同顺带着剩下两千人，也要后撤，被辟邪拦住。

“凉州的硬弓都在八十石以上，远比震北军强，此战靠的就是弓箭拉开扇面截杀，将军这两千人只能在前。”

“咳咳。”焦同顺干咳一声，“公公说的是。”

赤胡在他们身后轻声笑了起来：“上差你呢？”

辟邪道：“我出来得匆忙，没有携带弓箭，只有长剑一柄，自然是立于最前了。”

“我还有一柄弓，借给上差使。”赤胡从马上又卸下一柄强弓来，连同箭壶交给辟邪，“就是不知上差拉得开拉不开。”

辟邪弹了弹弓弦，笑道：“就怕会拉折了这张弓。”

赤胡做了个鬼脸，躲入林中。

焦同顺本对此行不以为意，如今见赤胡、鲁修都煞有介事地戒备，深恐辟邪所料当真，忙问道：“人马既已埋伏妥当，如今可否使探子过河查探？如果匈奴人众，此时回去求援依旧来得及。”

辟邪道：“我正有此意。先前王大将军也派探子前去，到现下都不曾有半点消息，只怕已遭了匈奴人的毒手。焦将军且命探子只要稍有眉目，便即转回，万不能惊动匈奴人。”

焦同顺领命自去安排探子渡河。此时风信清凉，天色尚暗，辟邪抽了空儿稍歇，因怕不刻就要激战，鞍子也不敢卸下，只和衣卧在草地上。

不知过了多久，忽听身周微有人声，辟邪睁开眼睛，便见焦同顺与探子窃窃私语。他坐起身来道：“如何？”

“果然有匈奴人在对岸山坡上盘踞，他们整备人马，只怕就快下山。我实在不敢再近前，因此不知人数多少。”

高山相挟的河谷里此时微微回荡着一股骚乱的低啸，无尽高空中没有半分遮挡的阳光恣意照耀着冰雪巅峰，令其更加光华夺目。山坳林间因此升腾着一股淡淡的水雾，像山鬼出行时飞驾的妖云。

“什么时辰了？”辟邪问。

“正午已过了。”赤胡和鲁修得知了消息，都聚来听命。

“唯今只得血战。”辟邪道。

“好！”赤胡笑了一声，“等的就是你这句话。”

鲁修也重重点了点头，奔回自己阵中去了。焦同顺嘴唇一张一合，似乎欲言又止，辟邪知他心中怯懦，此时已无暇安抚，只好故作不见。焦同顺犹豫了半晌，自回阵中。

“你快轻骑急告凉州和震北军统帅。”辟邪命那探子道。

那汉子奔出去一会儿，又转了回来：“我叫人去了，我不走。”

辟邪一笑：“好汉子。”

身周再无他人，辟邪默默结束箭壶，整备鞍辔，而流火却开始烦躁地刨着地上的沙子，想要打鸣的时候，让他按住了鼻子。

辟邪靠着它的耳朵，喃喃道：“你是马中的君主，我是人中的贱役，我都不怕，你为

什么要怕？”

流火终于安分了下来，四周一片寂静，能听到身旁的人低沉的喘息。放眼北岸，山阳青翠，郁郁葱葱，只觉天地平和静谧，哪里有什么杀机，只是山谷中的回声却越来越响了，像是有人试图用双手按住沸腾的水面。

“阿拉库！”

——山谷跟着放肆尖叫。中原士卒凛然一惊，面面相觑。

“阿拉库！”突然爆发出万众咆哮，连山谷的回声也胆战，被压抑成细若游丝的呜咽，被锐利的江风吹散。

悠长的号角声从怒吼中清越而出，对面林间随即一抹亮光闪过，然后是一片、两片蔓延开，最后整个山坡上都是雪亮的闪光，似乎山间生长的都是藏在鞘中的利刃，这时骤然绽出杀戮之花。雪峰顿时黯淡下去，蹄声如同她的体中奔腾肆虐的山洪，那片刀光奔腾泻来，尘土自其下飞腾，直冲青天，如同整个雪山崩动。

军中一阵哗然，听见赤胡叫了声：“天神顾佑，来得竟是时候。”

“只怕有五万人！”焦同顺却是脸色惨白，失声大叫，“腾”地站起身来。

辟邪将他按回地上，冷冷道：“我们在此利箭又何止五万？埋伏已久，占尽天时地利，又有何惧？”

“挡不住的。”焦同顺吼道，“我上了你的当了。”

周围的士卒仓皇地看过来，辟邪低声道：“出息些，都看着你呢。”

“退兵吧，公公。”焦同顺口中哀求，手却往腰里抽刀。

辟邪冷笑，靖仁剑倏然出鞘，焦同顺的头颅“噗”地滚在马蹄旁，士卒一片哗然。

“一样是死，你们愿意死在我的剑下，还是出去杀两个虏匪，挣一条命回来再说？”

士卒们闭上了嘴，纷纷往箭壶里取箭，默然扣于弦上。辟邪回头，可以看见赤胡向自己招手微笑。

山坡上滚落的沙石已溅起河面上的水花，在阳光下激起岸边一片水雾。

“开弓。”辟邪挥手。

八千人张弓时的细小喧哗，在这铁蹄声中无比渺小。辟邪环顾，处处可见强矢在阴暗里散发着销魂的黯然光芒。

“天神佑我坐骑幸存，载我尸骸归国；天神佑我同袍平安，携我遗言返家。”

——凉州骑士的祝祷声飘来，像是吹拂密林的瑟瑟风声。

“呸。”辟邪身边的震北军士笑道，“我却愿天神佑我一箭杀一敌，箭尽才亡。”

辟邪手抚地面，感到地狱也在恐惧，战栗的阴魂正尖叫着涌出来。沙尘将阳光遮得黑暗，马蹄将山谷践踏得呻吟不止。手持马刀的匈奴骑士已从林中奔腾而出，骤然跃入眼帘，一会儿工夫，便觉漫山遍野，铺天盖地而来。

“哼。”辟邪在阴暗中欢笑——心中纯粹凛冽的杀机令他畅快难言，戴上头盔，取过赤胡的弓，静静开满。

匈奴前锋已近河心，水至马腹，顿时缓了下来，北岸大军有些拥堵，高声的催促和笑骂夹在马蹄声和水流声中，震得山谷颤抖。

大约七十步，辟邪回首示意，便听鲁修大叫一声：“弩手——放箭！”

尖厉呼啸从头顶飞掠，最前的匈奴骑手齐刷刷落于水中，无主的战马仍执着地向前吃力跋涉。

“放箭！”仍是鲁修的声音。

凉州军和辟邪身周的弓手在“嗡嗡”的弓弦声中淌着冷汗，静静等待中又期盼这摧城的乌云永远不要踏入自己彀中。

眼前的大军就如洪流激于巨石，气势稍滞，片刻分散，便又重新汇聚。阵脚刚乱，敌军大将已冲上前锋高叫：“不要慌！盾牌，盾牌。”涉水的骑兵立即从迎面受敌中回过神来，自坐骑身侧摘下木盾牌遮挡，继续向前推进。

“射马！”鲁修立即命道。

赤胡见中原军中箭势不可缓和敌军攻势，起身叫道：“凉州军——”

凉州士卒挺起身来，向前走到较开阔地带，抬起箭矢指向青空。

“放箭！”赤胡手臂一振。

利箭穿透天空，又扑簌簌骤雨般打在匈奴头顶。

“啊。”短促的惨呼，一个震北军士卒胸膛中箭倒地，滚在辟邪脚边。

“对岸。”赤胡向辟邪示意。

北岸的匈奴骑手正用数排强弩还击，多数落于河中，仍有部分能杀伤中原士卒。

鲁修一部射杀的马尸开始堆积在河滩，匈奴空有铁骑，一时也受阻不进。

辟邪慢慢收起弓箭。“上马。”他道，“抄侧翼。”

两千人在树林中急奔，向上游水深处绕了半圆的圈子，猛地冲入河滩。“放箭！”辟邪率先开弓，趁其不备，痛击其左翼。一轮箭下，匈奴先死伤了三四百人，随后依旧顶起盾牌，从缝隙里还击。

辟邪一击得手，不愿有更多的伤亡，叫道：“撤回。”

赤胡军中已有近百人中矢，不得已回撤林中，抽空向河里望去，却见匈奴弓箭几乎擦着辟邪一部人马空击水波，一时也忍不住叹："太过行险了。"

匈奴人被迎头痛击，微有些慌乱，不久便有屈射大将驰下坡来，排开弓弩回射中原军，号令渡河。震北军与凉州军如何肯相让，八千子弟，数十万支利箭，只管层层截杀。一个多时辰之内抵住三波攻击，匈奴人没有讨到任何便宜，山坡上有人吹起号角来，不一会儿河中的骑兵有序回撤，在北岸稍做休整。

中原军也有空稍做喘息，辟邪检视自己一部，死五十，伤一百十七人。赤胡的凉州军中死二十，伤七十一人。而鲁修那边还未有伤亡。

"不中用的人就快快撤出。"辟邪四处看了看伤者，"留在此处必死无疑。"

鲁修道："我这里箭只剩三成。"

"赤胡将军呢？"

"一半。"

"那还能再守片刻，之后嘛……"

"马刀还是人手一柄。"赤胡笑道。

辟邪点头："放完箭，就且战且退。"他抬头看了看天色，日头已然偏西，"不过片刻，援军就到了。"

凉州军中有人忽地站起来："将军，可听到了吗？"

"噤声。"赤胡凝神细听，"像是渡口那里交战。"

"算得精准啊。"辟邪笑道，"若非我们在此阻击，这五万匈奴此时正好到渡口了。"

鲁修道："无论如何，能打乱他们的阵脚，我们已是胜了。"

"火箭！"阵前士卒大声示警。

"又来了。"赤胡向他们点点头，奔回自己阵中。

辟邪起身眺望，见对面河岸上正用巨大的弩机施射火箭，满天流火罩来，打在林中。此番连鲁修一部也受攻击，头顶上的树枝挂住松油火箭，过不一会儿，便烧起来。

赤胡道："散开阵型，坚守。"

未曾受伤的士兵尚能翻滚地上熄灭衣服着起的火苗，而伤重不能搬动者一旦身上泼上火星，便只能号叫等死，一时哀号四起。

"坚守，坚守。"辟邪游走阵中，不断大声鼓舞麾下士卒。

铁蹄踏水声又起，此刻却是重甲骑兵踏阵，连人带骑，要害之处都覆以双层牛皮甲，便是箭能透甲，也不过皮肉伤。

“我下来。”鲁修在高处道，带着强弩三千人上马，从赤胡和辟邪阵中穿梭向前，直到河岸，赤裸裸露在匈奴眼前，火箭便换作了铁矢，密密麻麻向他们扑来，刚立定便被射杀五六十人。

震北军的强弩也极是厉害，一通乱射倒也压制住片刻工夫。

辟邪向赤胡摇头叫道：“如此是守不住了，我带人冲阵，你们徐徐退却。”

“是。”赤胡呼啸一声，凉州骑兵上马，向下游河岸退去。

辟邪对自己阵中的震北军道：“你们的箭制弓弩相通，速速收集余箭，递上阵去。其余人随赤胡将军后撤。”

他自己认镫上马，手持精弓站于鲁修阵中，以他超绝箭法，专射敌军骑手双目，竟是一箭一尸，十余箭无一落空。

敌军大哗，骑手开弓，多向他施射。辟邪手提缰绳，流火轻灵转身，在阵前时疾时缓奔走。辟邪马上箭也是极准，又射落三人，中原军中忍不住欢声雷动。辟邪见敌军距河岸不过三十步之遥，知道势不可挡，对鲁修叫道：“回撤。”自己夺过身边士卒的箭壶，一人押全军于最后，且射且退。

片刻工夫，南岸上便挤满了涉水而来的匈奴重甲骑兵，河滩狭窄，不利重甲行军，匈奴人推进得稍慢，河中轻骑飞渡，上岸后挤开前面开道重骑，从缝隙里蜂拥而出。

两军相隔一箭之地，辟邪皱眉道：“须得再阻一阻。”当即兜住马头，任敌箭在自己身周乱飞，不及躲避，只盯准敌人面目，扣弦双箭连发。匈奴前锋被他抢先射倒十多人，不禁气势一阻，二十多骑战马随后压上，距他一步之遥，收了弓箭撤出马刀来，扬着满天尘土围住他砍杀。辟邪轻笑一声，从流火背上飘身而出，长剑凌空“锵”地出鞘，杀入敌阵之中，足尖轻点马首，衣袂挟风，犹如战神趋驾滚滚烟尘辗转奔袭，一剑便刃一人，顷刻便将敌军前锋杀戮殆尽。

两军骇然之际，他又转身追上流火，翻身上马。鲁修一部已去了一些路程，百步之内唯有他一人驻马独立，向着匈奴人笑道：“杀我，便过来。”

匈奴骑士却极强悍，眼见他杀人如麻，心生怯意，却无一人愿落于人后，对他大叫了一声，更是奔泻而来。

身后却是杀声滚滚，赤胡一部喘了口气，又掉过头来厮杀。狭长地带，两股人马放过一轮箭，便如同两股激流汇聚，顿时搅在一处，前后左右，触目所及都是敌骑，人人都杀红了眼，马刀到处，都是血肉飞溅。

河中刀山还在缓缓移来，上岸后分成两路，一路取道河岸，一路取道树林，成夹击之

势围歼赤胡。

赤胡见势不妙，持刀呼啸疾退。匈奴前锋的轻骑自然紧追不舍，忽见赤胡残兵两面一分，顿时让出鲁修的箭阵，听得号令，又是一通箭雨如蝗。

如此转转折折，辟邪领残军退出五十里开外，再后退，就是河岸开阔地。远处鼓声如雷，蹄声泼雨，想必渡口战事正紧。若退出此地给匈奴集结，那么渡口也不保了。眼前的匈奴大军已包抄成新月一般的战线，距他们一箭地，勒马待命。

辟邪看了看天色，正是红光照目的傍午时分，不知援军何时能到。三千残兵正如洪峰前的枯木断枝，岂堪一击？辟邪掣出剑来道："进一步全军覆没，退一步中原亡国。你我必死无疑，一同血战到底吧。"

赤胡在战袍上擦去刀上鲜血，举过头顶，让它在夕阳里挥舞生辉："凉州男儿何在？"

"在。"一千凉州骑士高举马刀，齐吼道，"以将军马首是瞻。"

震北军此刻也只剩不到两千人，箭矢用尽，多持长刀，阵中有人笑骂："奶奶的，咱们中原人也没死绝呢。"

"嘴臭！"凉州骑士回骂道，"千万留住你那条小命，等爷爷我来找你算账。"

一时三千人笑骂成一团。

匈奴人端坐马上冷眼看着他们，嗜血地咂嘴嬉笑，急切回首期待将命。中原残军终于慢慢静了下来，拂拭兵刃，收紧缰绳。

有人却在河上突然唱起歌来：

> 啄我双目腾明月，
> 折我断肢发新树。
> 遥望带林三千里，
> 无归无归魂无驻。
> 同袍已从将军死，
> 无人告我父母知。
> 飞鹰飞鹰啖我头，
> 载我血肉归故土。

夕阳照得河中鲜血更是流红万里，却不及那蹚来的骏马更似火焰。那红马比之一般的战马足足高了两尺有多，河水虽深，仍不及马腹。马上的人在辉光里模糊了轮廓，只听他的歌声，便已觉恢宏。

“阿纳……”辟邪绽开笑容，抚摸着弓背。

红马悠然火中漫步，匈奴战士们在那骑士的歌声下垂首，静静倾听着。

掬我鲜血涌清泉，
扯我流肠成新路，
遥望断琴三千里，
无归无归魂无驻。
兄弟早从亲王死，
无人告我女人知。
豺狼豺狼噬我足，
载我髓骨归故土。

红马立定了，马上人似乎光芒之神咏诵真言，慢慢地道：“对面，是无畏的英雄，用你们高贵的刀，送他们上天！”

最后一个字就是大喝出来的，山谷中铿锵 震，匈奴人人吼一声，便山洪般涌向渡口。

辟邪狠狠抽了流火一鞭，它四蹄飞腾，逆着匈奴人黑色的潮汐，向河中红马骑士冲去。

此时此地遭遇匈奴激战，绝非辟邪所期，然而上天既是这般迫不及待地安排，眼前扑面而来的刀光更不必畏惧——“要死，也是死在这个人手上。”辟邪想。

他扣箭，张弓，盯准那人的眉心，任飞来的箭矢擦破自己的手臂，然后就见那人也转过脸来，清清楚楚地看见他也扣箭，张弓，乌黑的锋芒在血色的阳光里飘摇。

咽喉就这么一紧，辟邪的弓“噗”地落在河水里。

天色竟是骤然黑了下来，辟邪有点辨不清方向，伏在流火的背上，重重地透气，每一次呼吸，都像往体内吸入烈火般疼痛。他佝偻着身躯，竭力按捺住痛楚，眼前，鲜红的血液正扑簌簌拍打黑沉沉的水面。

辟邪颤抖着手，将插在铠甲上的箭杆折断，抬起头，黑暗的视野里只剩下那红马骑士静静地望过来。

“还活着？很了不起啊。”红马骑士走得近了，才挽住缰绳，收起长弓，用字正腔圆的中原官话道，“你的名字？”

辟邪在头盔后微笑不语——这个世上大概无人记得那叫作颜久的七岁王子了——他摇

了摇头，已从短暂的失神中清醒过来，左手捞住背后的剑柄，“锵”地掣出剑来。

剑匣中蹿出的这一声咆哮，在人们头顶肆虐不已，最后愈见清越，龙吟般破空而去。四周的马匹纷纷惊退，连那骑士的红马也是仰头嘶鸣，激流中退了两步。

辟邪在迎面的阳光中眯着眼睛，头盔更将他的面庞遮得阴暗，因而令人觉得他的血肉早随右肩上透体的箭伤迅即流逝殆尽，在他铠甲之下只是黑沉沉的灵魂。

红马骑士看了看激战中的大军，回首对身边大将低语，便有一骑脱众而出，挥舞铁锤上前。红马骑士见标下大将一派英武神勇，放心点了点头，想策马上岸，却听身后众人惊呼，转身观看，只见辟邪屹立依旧，那员匈奴大将却已被斩成两段，只剩下半身还固执地坐在马上。

杀人的瘦弱骑手转过头来，铠甲下的灵魂似乎在阴郁地冷笑。诡异的浴血之姿和手持的利剑正散发垂死的戾气，人群惊怖，竟无一人敢上前发难。

周遭的人都听见了那红马骑士的大笑，此时渡口在望，不容主帅有失，便有大将进言：“王……”

红马骑士看着流火毫不迟疑腾蹄向此飞奔，辟邪长剑凌空遥指而来，一时似有冰屑激于面庞，竟生生地刺骨。“知道了。”他有些不舍地挪开目光，道，“放箭。”

辟邪自知最后迸发的杀气已是强弩之末，随着夜色降临，眼前渐渐混沌，那些人丛中闪出的弓弩手也成一个个黑暗的阴影而已。

留不住那红马骑士，便留不住这五万大军——辟邪心中长叹一声——为什么注定的厮杀偏是这样的结局?

似乎为他的怨天尤人激怒，天际顿时惊雷滚滚，大地颤抖不止。

流火受惊，甩头悲嘶。辟邪收紧缰绳，战马前蹄腾于空中，那扑面而来的明亮箭雨便突然从他的视野里消失。后背在落水时拍得生痛，气息滞煞在咽喉，辟邪先呛出一口血来。

“你可别吓我了，不过是从马上摔下来罢了……”眼前似乎是九岁的阿纳，揉着眼睛哭。

辟邪觉得混淆——红马已经送给阿纳了，自己又何以再从它背上摔下来？难道是陆过的流火?

它的鼻子正向自己的面庞喷着混浊的热气，辟邪在水中摸索到了马鞍，艰难翻到它的背上。流火猛地腾身站直在半空，河谷中的血色长风透甲进来，辟邪吸了口气，失血而有些晕眩，因而觉得流火似乎在云端中飘行——多傻？辟邪想，就像驱恶、就像明珠、就像姜放，才刚刚用它胸腹的血肉挡去射来的索命利箭，它却又将自己从漫天烽火中背出来。

“援军！”周围的高呼和着“隆隆”的炮声，震得辟邪浑身颤抖。

赤胡深陷重围，却正放声大笑："中原的大炮，是中原的大炮！"他辗转在百来人的残军中，忘形挥舞马刀。

红色的战马突然跃至赤胡马前，脊梁弯得如同优美的弓背，马上的少年长剑挥过，"叮"地挡去攒向赤胡面门的箭矢。

"走吧。"辟邪转头向他呼道。

"你怎么样……"赤胡见他罩甲已是浸透鲜血河水，叫了一声，又将后面的话硬是咽了回去，"鲁修呢？"

辟邪摇了摇头，瞬间的灵台清明之后，眼前又是模模糊糊的，哪里还看得见乱军中的鲁修？

扑向渡口的匈奴先锋骤然大哗，一标中原人马正飞驰来援，为首三人所向披靡，将匈奴充盈的锐气击个粉碎，一时纠缠在敌军阵心中，渐渐杀透重围。

"撑不到了……"身边的凉州骑兵反而叹息。

他们这不到一百人被敌军乱箭逼入河心，北岸匈奴射手早挽弓以待，此时松了弓弦，蓬蓬箭雨凌空打下，残军只能甘受杀戮。

上游冲下来的人马死尸和此时落水的同袍身躯漂浮在他们腿边，一张张铁青的面孔，已然分不清匈奴人还是中原人。

"鲁修！"赤胡对着河中大叫，弯腰想去捞水面的中原汉子，右臂却先中了一箭，连他自己也险些落水，"老子和你们拼了。"他折断臂上的箭杆，便要迎着蝗箭冲阵。

辟邪连忙喝道："援军已到，为何此时送死？"

"你不也一样？"赤胡反诘。

辟邪跃入水中，抓住鲁修的衣领，将他拖到自己身边，仰头对赤胡呼道："他尚有气息，快随我泅水往下游与援军会合。"

"当真？"赤胡"咚"地跳到水里，游过来探鲁修鼻息，"还没死。"他"呵呵"大笑，招呼余部弃马下水，掩身在马匹之后顺流急行。

受命围歼他们的匈奴骑兵都是大叫，催马蹚水直追。辟邪从死尸上摘下箭壶，扳住鞍桥，跃出水面开弓施射，眼见追兵应弦落水，胸中那股郁抑良久的真气却挟着肺中的血液喷在头盔里。他忍不住俯在鞍头喘息，隐约听到赤胡叫道："不要再勉强了。"

有人抓住他的脚踝，将他一把拖入水中。

辟邪觉得时间变化得太快了些，才刚日暮，只是自己一沉一浮间，头顶上竟已繁星如织。身体软弱冰冷，正身不由己地脱离河心，漂向河岸。他感到自己的背心触到硬地，钩在自己铠甲上的绳索还在不断拖动，“啪”的一声，只是他自己听见，透甲而出的箭镞被折断在砂石中。

他应该大叫了一声，然而却没有发出声音，只能看着天空，不住透气。

“辟邪，辟邪，辟邪，辟邪……”

这巨吼竟是一声比一声响，粗壮的大手抓住自己的双臂，筋骨被晃得疼痛欲裂。

“住、住手……”辟邪一掌扇开那人的手。

李师松了口气，涨得通红的脸色才缓过来，道：“你伤在什么地方，可别就这样死了。”

辟邪咬牙道：“我本来没事，就怕被你活生生晃死了。”

黎灿也过来弯下腰，端详辟邪的神色，道：“应是无妨。此处不是叙旧之所。陆过！”他和李师扶着辟邪起身，转头向远处高呼，“找到了，带人撤回渡口吧。”

李师跳上马，就要展臂捞住辟邪的身子。

“不用。”辟邪不屑冷笑，退了一步，随便找了一匹战马认镫而上，“赤胡呢？”

“谁是赤胡？”李师睁大了眼睛四处看。

黎灿已笑道：“你还管他？他却不似你这般没出息，又杀入战团去了。”

东方的星辰却黯淡，血红的天际极是耀目，炮声更是轰鸣不已，想来渡口正激战不休。偷渡得手的匈奴大军差不多都过了河，来援夕桑河谷的人马不过万人，领军的陆过见接应到了辟邪，恐为匈奴大军包围，便下令且战且退，从方才打开的缺口向渡口回撤。

“难道连京营也到了渡口了？”辟邪看了看身边的人，回过神来，厉声问道。

黎灿道：“放心，京营护驾在出云，过来的就是我和李师二人而已，昨夜收到王骄十急信求援，大军前锋已从出云出发，我领的是皇帝的严旨，接应不到你，便不用回去了，战死在夕桑河谷吧。”

他学皇帝的腔调，有七八分的神似，辟邪想笑，却懒得牵动嘴角。好在一路上被黎灿和李师牢牢守护在中军，只是骑马，不必再行交战，有时倦意涌来，闭上眼睛，就觉有人托着自己的后背，小心翼翼不让他跌在马下。

一时退至渡口，西北两翼都是敌军，苦撑片刻，便会同了凉州骑兵。陆过骁勇，不过半天的工夫便在这万人中一呼百应，他一声令下，援军顿时振作精神反攻。他得空策马过来，对辟邪抱拳：“公公，我途中已遇皇上的乐州大军，从中调得骑兵一万，这便率军在此御敌，公公且与他二人赶回銮驾前吧。”

“”辟邪也拱手道。

“哪里话。”

“流火……”

陆过摇了摇头：“已死了。”

辟邪黯然，不知如何对陆过说起。

陆过却道：“公公不必放在心上，战马原该死于沙场。”

“是。”

李师却吼道：“少提流火了，该杀敌的杀敌，该睡觉的睡觉。”

“是。”陆过向他一笑，提马奔回阵中。

“还睡不得觉，”辟邪对黎灿和李师道，“统领此处凉州骑兵的是汉将刘思亥，昨日便渡河寻敌，不知是否遭遇匈奴人，战况如何。现今夕桑这支人马为我们所阻，他暂无被围之忧，但若失了此地，必令他深陷重围，我们且去他处。”说话间却觉有人使劲拽着自己的罩甲，“呜呜”地哭。

“别去了，师傅。”

辟邪借着火光，终于有暇看清了小顺子的脸，不禁讶然道：“你怎么来的？”

小顺子擦着眼泪，道:“师傅不记得了？我在夕桑河谷找到师傅的，一直跟在师傅马后。”

“哭什么？”李师道，“你师傅不是好好的？”

“你懂个屁。”小顺子骂道，将辟邪的头盔摔在李师怀里。

黎灿厌烦李师和小顺子见面就吵闹，挽过辟邪战马的缰绳：“我们走。等他们吵完，只怕匈奴人已攻下出云了。”

刘思亥的中军距渡口不到一里，缓坡之上，黑压压一片壕营尚在。辟邪一行叫开辕门，黎灿笑道：“内廷将军在此，要见你们刘护军。”

守门的凉州军士尚在疑惑，辟邪解开罩甲，从中掣出皇帝手谕来，交给他看。

那手谕已是血淋淋辨不清楚，周遭的人都是吓了一跳。

“放他们入营。”远处一员凉州大将精赤上身，右臂胸膛上缠满了绷带，纵马过来高叫。

“赤胡将军。”守军喜道，连忙大开营门，容他们驰入。

赤胡道：“刘护军人马无恙，已回来驰援，我来向刘护军禀报战况，你们如何还不回出云銮驾处？”

黎灿道：“我们过来看看再走，若此情急，还须往东边求救。”

“怎不情急？”赤胡道，“西北两面夹击，在此鏖战的只有凉州兵马，田凌那个王八羔子竟无一兵一卒来援，赶到此处的火炮已有三成炸膛损毁，再过一刻东首让人渡过河

来，连退路也断了。”

黎灿道：“我随你去请见刘护军。”他转脸看看辟邪等人，“你们在此歇一会儿吧。”

“箭已用尽了，”李师也道，“我寻些趁手的家伙来。”

围在身边的人眨眼间走得精光，夜风吹在辟邪身上，令他冷不丁一个寒噤。小顺子忙道：“师傅的衣服都湿透了，全用身上的热气焐干它，怎么会不冷？”他解开铠甲，竟从里面拿出个干干净净的衣裳包裹来，“师傅换了干衣裳吧。”

辟邪失笑道：“小顺子，你这一套排场是和谁学的？”

“七宝爷爷还在时，就教训过了。”

他伸手要助辟邪脱去铠甲，被按住了手。

“不在这里。”辟邪左右看了看。此时营帐大多是空的，他随便找了一座无人的帐篷，在里面小心解开铠甲。“可看得见箭杆吗，小顺子？”身后半晌无声，辟邪转回头，却见小顺子又在擦眼泪，不禁嗔道，“你怎么这般没出息，难怪总被李师欺负。”

“我欺负他才对。”小顺子叫道，“只是看见师傅这样，我便忍不住。要是明……”

“明什么？”

小顺子见辟邪声色俱厉，将后面的话吞了回去，道：“没什么。只是伤处离咽喉不过两寸……”

“你不是和陈先生学医吗，”辟邪柔声道，“我正靠你救命呢。”

“是。”小顺子从靴筒里拽出匕首，晃亮火折燎了燎，手脚麻利地将断箭拔出。

辟邪见他包扎得整齐，咳了一会儿，微笑道：“终于有一天能用得上你，再过一阵子，就能让你办大事啦。”

小顺子却无半点欢愉，忧心忡忡道：“师傅伤得重，还是回去吧。”

“不要对别人说。”辟邪重新披甲，“我们还有要事。”

他们从帐中出来，黎灿正举着火把四处寻找，见了他们一迭声叫：“快、快。”

“怎么？”辟邪跟着他牵过马来。

黎灿道：“刘思亥不在营中了，已去渡口督战。适才探子飞马来报，田凌守不住了，正要放弃渡口向出云回撤。”

西方又是一轮杀声撼天，似乎山峦崩动，黎灿的语声也顿了顿，动容地仰头观望，道：“看来凉州军西翼吃紧，全军崩溃也不过一会儿的事。”

“朝廷援军呢？”

“刚刚看过，火龙一般地来了。”赤胡拨马拢过来，“半个时辰内就到。”

虽说令凉州军与匈奴激战，本是辟邪的用意，但此时容田凌后撤，任凉州军被围，凭空折损五六万精兵却是另一回事。

“要回撤出云也不是这般兵败如山倒的颓势。”辟邪道，“赤胡将军且禀告刘护军，请他率军向东翼缓缓回撤，我去田凌处，带他的兵马向西与你们会合，撑上小半个时辰，渡口就有救了。”

“知道了。”赤胡策马而去，忽而又兜转回来，道，“那田凌是个老奸巨猾的混账，将军可不要吃了他的亏。”

“多谢提点。”辟邪上马拱手。

黎灿却放声大笑起来。

“有什么好笑？”小顺子白了他一眼。

“怎么了？怎么了？”李师抱着几捆箭赶回来，见黎灿笑得痛快，茫然追问。

黎灿对小顺子道：“我笑竟还有人担心你师傅吃亏。你不要瞪我，你说这世上没被你师傅算计过的还剩几个？”

“有啊！”小顺子执着地追在黎灿马后，道，“我、明珠姐姐……”

辟邪听他报出一个名字来，心中便是凛然一惊，于是回头喝道：“不要说了。”

黎灿更是大笑不止，一路扬鞭疾驰。

众人在田凌一部军前勒马眺望，只见一条努西阿河翻滚的都是匈奴大军的怒涛，在此督阵的竟是刚刚从夕桑河谷脱险回来的鲁修。

“公公！”鲁修满身鲜血，从担架上仰起身子急叫，“此时震北军可退不得。”

“放心。”辟邪道，“我们就是为了这个来的。”

“田凌呢？”黎灿在闹纷纷的退兵中抓住人便问，见人人都向南方遥指，对辟邪笑道，“竟跑得比谁都快。”

“要这样的主帅何用？”辟邪在火光中咬着贝齿，“咯咯”轻笑。

黎灿闻言挂起长枪，摸了摸腰间的软剑，辟邪看在眼里，道：“就是如此。”

“还等什么？”黎灿当先向南追了下去。

这几人乱军中一样飞驰如电，不刻便会合前方震北军，却见旋涡般的大队人马踌躇不行，火把烧得天空通明，其中的喧哗沸腾冲天，比渡口更甚。

黎灿跃入阵心，高叫：“内廷将军奉旨在此。”

“又是什么内廷将军？”人丛中的田凌挥鞭劈开面前激愤的诸将，上前怒道。

辟邪驻马，淡淡一笑：“说到内廷将军，便只是我一个。”

田凌怔了怔，旋即道："公公自夕桑河谷脱险，可喜可贺。此番又是什么指教？"

辟邪环顾四周震北军将领，见有怯懦垂首者，有奋勇怒目者，人人都涨红了脸，面目狰狞，因而道："田将军此处为了退兵一事，正在争执吗？"

田凌道："哪有争执！渡口既然守不住，我自当奉王大将军军令退往出云隘口。"

辟邪摇头道："田将军如此一退，正将凉州五万人马扔在匈奴虎口之中。要退却也可以，先将凉州五万人接应出来吧。"

田凌道："震北军是皇上的亲兵，凉州军不过是藩王手下蕃兵，若我兴兵救他，也有被围之虞，折损的都是中原子弟，值得吗？"

黎灿勃然大怒："大敌当前，一样的血肉之躯，有什么亲兵藩兵之分？"

辟邪亮出剑上"靖仁"錾字，火光下高举于众将面前，道："我持天子剑，命尔等接应凉州军突围……"

"矫诏者大胆！"田凌不等他说完放声大叫。

辟邪回首向黎灿一笑，点了点头。

黎灿腰间腾出一道黯然光华，只在夜色下闪了闪，田凌的首级便骨碌碌滚在他的马蹄前。

"呸！"原先围在田凌周围主战不退的将领都是大快，有人更是唾弃田凌的尸身。

辟邪擎剑道："别的都不必说了，随我杀回去。"

匈奴人只道这一部人马落荒而逃，正轻骑赶来，见他们反身杀回，措手不及，两军纠缠一处，被渐渐向西牵制。

震北军与凉州军之间此时尚有三里宽的罅隙，已有六千匈奴骑兵夺得一处渡口，向中原军腹地渗入。

辟邪道："我待放弃西翼的渡口，要凉州军东移，与震北军合围这六千人匈奴，联结渡口战线，就只怕凉州骑兵不明我的用意，震北军切入敌后没有西翼支援，反成孤军。"

"这有何难？"黎灿道，"不过两三里路，我去一趟就是了。"

他说得从容，完全没有顾及这一路上遍地都是匈奴人。震北军中将领上前问道："要带多少人？"

"不用。"黎灿摘下长枪，道，"不知拿什么为号？"

辟邪道："我们趁夜色行进，待切入敌后，再举火。"

"好。"黎灿飞马而出，瞬间淹没在黑暗里。

"还回得来吗？"李师忧虑，不禁问道。

辟邪笑道："你以为他会硬闯？他可比你聪明多了。"

鲁修腿上伤得不轻，由人抬在车上，一直出[illegible]冷汗忍[illegible]，此时开口[illegible]：“[illegible]的切入敌后，不知从哪个缺口杀入？”

辟邪远望这一部匈奴大军黑水般翻滚，道：“他们能渡河，我们就不能渡河了吗？”他看了看鲁修的伤势，又道，“鲁将军的伤不便行动，不如留在后方率军接应。这孩子，”他拉过小顺子，“就交给鲁将军看顾。”

“师傅。”小顺子急了眼，一把推开辟邪的手，“我定是跟着师傅的了。”

“军令可有儿戏？”辟邪冷下脸来，“将他绑在鲁将军身边！”

李师见状对小顺子乱做鬼脸，更让他暴跳如雷，他挣不脱左右的人，只得叫道：“黎灿说的对，师傅竟连我也算计，骗我、骗我。”

辟邪顿时勒住缰绳，回头盯了他一眼：“待我回来再同你算这笔账。”他挥手招呼了三千人马，滚滚北上。

未免惊动正在渡河的匈奴人，这五千骑兵迂回东翼，贴着三里湾险滩冲入努西阿河西进。辟邪估摸时候差不多，黎灿应将策略传给了凉州统帅，又听南方杀声渐紧，知道鲁修已按计合围，便要命人举火，匈奴西翼却天崩地裂般地溃动，倒出乎他的意料。

“来得这么快？”他道。

“公公？”震北军将士在一旁催促。

辟邪点头：“不必举火了，正是时候。”

“杀！”这三千人都是放声高叫，对准河心的黑影放过乱箭，从此缺口中截断匈奴骑兵退路，向西掩杀。

待两军合围，迎面的正是身先士卒的陆过，见了辟邪也是意外地高兴：“公公怎么在此？”

辟邪奇道：“你没见到黎灿吗？”

陆过摇了摇头：“没有。刘护军见震北军来援，已缓缓东撤，这里的匈奴人不断渗透，我请了三千人马从河里抄断他们的后路。”

李师笑道：“和辟邪想的竟是一样。原来黎灿那小子竟未将话传到。”

陆过道：“原来公公也是一般的计策，不谋而合省却我们一场苦战。”

“难怪来得如此之快。”辟邪道，“只是黎灿的下落如何？”

“你才说他聪明，自然不会有事。”李师道，“为什么这么担心起来？”

辟邪冷笑一声，却不理他，只是问陆过道：“西翼战况如何？现在已听不见炮声了。”

陆过道：“火炮里炸膛的便有一半，另外的都烧得通红。便是炮药也用尽了。西面二十里渡口都是匈奴人强渡，这个缺口是补不回来了。”

这时容不得他们细说，又匆匆奔回本军中。震北军和凉州军自今日起就憋着一股郁闷之气，都是本着报仇杀戮的心，此时一边顶住北来渡河的匈奴援军，一边将这六七千匈奴骑兵围困，刀枪并起不给敌军留一丝突围的机会。李师见阵中杀得惨烈，不住叹息，只是身不由己跟着辟邪辗转。他二人领着千人直透匈奴阵心，冲散匈奴阵脚，又有南方一股精锐波开浪裂般冲杀进来，远看为首者枪刃映着惨淡月色，身周已是一团朦胧蒸腾的辉光，无人再敢近身。

“果然还活着。”李师道，“你看见了吗？”他听不见辟邪作声，便勒住马，回头道，“你还好吗？”

辟邪赶上来道：“怎么？”

如此深夜中，也能见他嘴唇白得透明，李师不禁问道：“难道渡口就伤得重？说话也没个生气？”

辟邪不耐烦道：“你少管我。”靖仁剑随话音脱手而出，擦着李师肩胛飞掷，李师吓了一跳，回头见那长剑清脆贯透敌军胸膛，那敌军的马刀堪堪挥到自己马前，便“锵”地落地。辟邪奔马上俯身从尸首上拔出剑来，回头冷冷道：“小心你自己吧。”

李师却不死心，提马围着辟邪转了个圈，道：“难不成刚才一通乱箭，射到你了？”

辟邪冷笑道：“我武功高你数倍，连你都安然无恙，我怎么让他们伤到分毫？”

李师却不依不饶，百忙之中追上来道：“你明明已经受伤，何必硬撑？不如退出去，直奔出云吧。”

辟邪笑道：“要是怕杀人，你可以先走。”

李师气得眼前发黑，跟在他马后就是一通乱吼。他的咆哮历来骇人，反倒吓退不少敌军。远处黎灿见他高声咒骂，不明所以，杀出一条血路过来，问道：“你们在做什么？”

李师指着辟邪语无伦次，面色铁青难看。黎灿见状笑道：“我道有一天辟邪会被你气死，却不料今天他先气死了你。”

辟邪厉声道：“哪里有闲暇说这些个？”他只道自己声色俱厉，李师和黎灿却几乎听不见他的声音，不禁互视一眼，都不再问，一前一后引着他杀出战团。

轰然炮响，近在咫尺，南边的天空火光冲天，冰川泻地般的行军之声将此地凄厉的喊杀遮盖得沉闷，匈奴残军面面相觑；中原军强援在后，愈发凶狠，不容敌军弃械。

陆过见两军之间的缺口已然弥补，北方却是数万敌军蹚水来援，再行恋战定致腹背受敌，便招呼后撤。退了二十里，刹住败势，重新集结整齐。那乐州步兵的枪阵漫山遍野地过来，将退兵放入，在前锋结阵为营，八十门火炮列阵，向北猛轰。

匈奴人渡河十五万，令中原在努西阿渡口失地四十余里，此时见火炮厉害，受命休整，也不穷追，炮声也渐渐地止了。

黎明时分，努西阿静静犹如地狱血河流淌，再无人争渡，数十里渡口抛下遍地死尸，在阳光下默然浴血。中原将士倚枪假寐，等待炙酷的杀伐暑气随着日头越升越高，当头笼罩。

小顺子随鲁修撤回后方，寻了匹马，人群中穿梭，在天亮时才找到辟邪暂住的帐篷。到正午时，炮声又响了起来，中原前线竖起密密麻麻的箭楼，弓矢大作。辟邪一行在撼天杀声中远离战场，地势向出云偏高，在缓坡上驻马回首，只是一片烟尘，恍若隔世。

辟邪看着陆过握紧了巨弓，逡巡不去，便道："陆兄是想回去？"

"是。"陆过回过头来道。

"那也须请了旨意。"辟邪道，"向皇上禀明，没有不答应的。"

出云隘口的壕营极是忙碌，火炮、箭楼等都架设得差不多了。京营也将枪阵挪到前锋，骑兵守在明晃晃的御帐前，马不卸鞍，遍地都是擦拭兵刃的士卒。早有人在外看望，见辟邪等人回来，欢呼着层层禀报了进去。皇帝抛下驾前奏报军情的大将，也匆匆从帐中走了出来。

"你们都还好？"皇帝拉起辟邪来上下打量，见他面庞白得没有人色，不禁急问。

辟邪笑道："奴婢极好的，皇上垂问，奴婢惶恐。"

"你们呢？"

陆过和黎灿知道这第二句才是问自己的，都叩禀无恙。

辟邪道："奴婢有军情回禀。"

"进来再说。"

皇帝的书房已设好，吉祥屏退众人，请皇帝放心密谈。

辟邪道："皇上恕罪，努西阿渡口还是没有守住。"

"一条战线上竟分不出兵来吗？"皇帝已知道了大概，一针见血地问道。

"奴婢此去才知道震北军与凉州军隔阂极深，各自为战，没有丝毫相互援助之心。王骄十年轻，其父死后勉强当此重任，军中尚有人不服，军令难行。"

"原来确有此事……"皇帝想到王举一死，抛下的是这等烂摊子，很不是滋味。

"那震北军中有人倚老卖老，不顾大局，更怯懦不战，几致渡口崩溃，其中以大将田凌为甚，奴婢已奉天子剑，将其斩于军前。"辟邪道，"奴婢看，皇上在此统领震北、凉州、洪州、乐州四部，固然是稳妥，但若无大将统领在军前，也有贻误战机之虑。"

"说的有理。"皇帝道，"你心中可有人选？"

辟邪摇了摇头，开始咳嗽起来：“皇上……容奴婢告退……”

皇帝看着他涨红了脸，握着手帕的手指微微地抽搐，不忍道：“快回快回，召太医看看。”

“不必，奴婢睡一觉便好。”他愈咳愈烈，无暇顾及和皇帝说话，匆忙退出帐外，小顺子已上前扶住。

“快回帐中。”辟邪神色焦急，踉跄走得甚快。刚到帐中便一头栽倒在床，蜷缩成一团，紧紧按住胸前忍痛，口中吐息艰难，却不肯哼一声。

“师傅……”小顺子竟比他抖得更厉害，让辟邪一把拉住手。

半晌辟邪才缓过气来，放开手第一句话竟道：“哪里都不要去，你若告诉别人，我就先杀了你。”

他雪白的面容，冰冷的语声，看来竟似尸首在说话，吓得小顺子一个冷战。

“是，我不说。”小顺子突然放声大哭。

“我还没有死，你哭什么？”辟邪啼笑皆非，有些晕眩地想解开铠甲透气，双手却抖作一团，最后只得扶住榻上的案子喘息。

“师傅捏断了我的手……”小顺子抽抽噎噎道，“痛、痛……”

辟邪一怔，忙道：“对不住，对不住，我看看。”

他捞起小顺子的胳膊，一边看一边咳，最后一记猛嗽，眼见将小顺子的袖子喷得殷红的一片。师徒二人一瞬间都愣住了，半晌都没有出声。

入夜时炮声却更近了，中原大军西翼仍在不住溃退。匈奴人在西翼受阻，未及强攻三里湾以东渡口，王骄十与洪定国固守如常，因而凉州护军乌维便领凉州骑兵会同刘思亥一部，以骑兵与匈奴人平原上交战。

辟邪醒来时身周悄寂无人，摸到一边的宫衣穿了，想叫人，却甚懒得开口。听得小顺子在外低声道：“刚刚看过，似乎是要醒来的样子，你再等一等？”

黎灿笑道：“那便不必了，知道没事了，我便要赶着回禀李师要紧，他中了一箭，却变得太爷一般。”

辟邪忙起身，慢慢走出来。

“师傅！”

“李师怎么了？”辟邪哑着嗓子问。

黎灿道：“还好，腿上中了一箭，连他自己也不知道，回来包扎一下便可以走动，我叫他老实待着，不然现在已过来烦人了。”

“那就好。”辟邪笑了笑，“人都哪里去了？”

小顺子道：“皇上军前督战，侍卫和京营跟去了大半。”

“啊，”黎灿拊掌道，“我却忘了道贺。你这内廷将军可是做定了。皇上已颁旨，姜放统领中原兵马，辟邪封作内廷将军，暂领京营呢。”

“多谢。”辟邪嗤笑一声。

小顺子上来劝道：“师傅再歇一会儿，睡到明日早上便都好了。”

辟邪摇头：“走一走，透透气。”

他衣裳一如平常结束得整齐，月光下人更是白得触目。黎灿跟着他前行，似乎能听见支撑他身躯的冰雪般的元气在逐渐消融的声音。

“我们不知道你还中了一箭。”黎灿道，“以你的身手，怎会如此？”

辟邪淡淡道：“那人的箭，天下又有几个人能躲得开？你遇见了他，不妨试一试。”

“这话说给我听倒罢了。要是李师听见……”

辟邪已然笑了起来，躬起身咳了两声。

“北方的死劫就是一个‘水’字。”黎灿突然笑道。

辟邪回过头来，也是“扑哧”一笑：“那疯话你还记得？”

“你不也记得？”黎灿道，“不知他说的对不对？”

“算对吧。”辟邪轻抚胸膛，“只是不知道来得这么快。”

顺着缓坡，可以越过雪白的连营望向努西阿，看见的战场只是星星点点的战火。黎灿绞尽脑汁似的在想什么，辟邪不禁笑道：“命运这种东西是想不透的。”

黎灿看着他：“所谓的‘水’字，就一定是这努西阿河？”

“还会是哪里？”看到平日飞扬跋扈的黎灿如此踌躇，辟邪越来越觉得有趣。

黎灿伸了个懒腰：“谁知道呢。”

三十一

刘思亥

霍炎到达出云隘口时，已是闰六月八日了。六月二十日、二十一日间努西阿渡口激战之后，连雁门关一样戒备森严，不容百姓出入。霍炎等人执官牒手令才勉强入城，之后几次三番知会雁门守备都澜，说明自己乃是奉旨前往御前侍驾的文官，请他开城门放行。都澜却道："不差这几日。如今放你等出去，若平安无事，是我的运气，若雁门稍有差池，我却吃不了兜着走。"

霍炎道："总兵大人，太后的懿旨言道：'即刻启程，不可迟误'……"

"皇上身边缺的不是你们这样的文官，如今少的是能征善战的大将。你自己愿意阵前送死，"都澜瞥了一眼他身边的郭亮，"可总不能拖着别人垫背啊。"

"正是正是。"郭亮连忙道。

"再者，军中凶险，你们手无缚鸡之力，怎么保得住自己？且不要说你了，"都澜挥着手中的军报，道，"皇上身边的内廷将军，何等的英雄，最后也不是重伤？"

"内廷将军？"霍炎疑惑道，"哪里有这么个官职？"

"不晓得，"都澜笑道，"皇上说有就是有了。说起来探花定认得的，青衣总管辟邪就是了。"

"重伤？"霍炎恍然大悟后悚然一惊，"皇上呢？"

他的意思是皇帝总和辟邪形影不离，辟邪重伤，皇帝定是岌岌可危。

"皇上无恙。"都澜道。

话虽如此，霍炎却更是心急如焚，又熬了一日，到闰六月四日，听说出云隘口坚守如故，雁门关才开了城门，让霍炎等人启程奔赴前线。

霍炎在出云城门前出示成亲王的手令，又问皇帝的行銮。

"怎么找到这里来了？"守城的兵士笑道，"皇上的行銮可不在出云城中。现今城里只有伤兵。"

"那么皇上圣驾现在何处？"

"就在城下壕营。"

郭亮开始叹气，霍炎却"哦"了一声。早觉皇帝是位颇有英武之气的君主，现今看来，敢与将士同守险地，更是不凡了。

“皇上身边有个内臣受了重伤，想必现在城中吧？”霍炎问。

“内臣？”那兵士想了想，“难道说的是内廷将军？”

霍炎仍是忍不住笑了：“正是。”

“你认识？”那兵士颇有艳羡之色，“可惜内廷将军也不在城中，应当正随驾驻扎在壕营里。”

“那还算好。”霍炎由衷地道。

“这位老爷往銮驾前去，倒不妨替小人传个话儿。”

“传个话？”霍炎笑道，他实在想不出这兵士能有什么话会对皇帝禀奏，一时不敢胡乱答应他。

却听那兵士道：“请转告内廷将军，虽然他是个太监，我们却十分佩服他，待哪日他领渡河决战，可要记得带上我们出云城的人。”

霍炎道：“我记下了。”

他与郭亮掉头往西方壕营去，郭亮沉默半晌，突然道：“原来做了将军竟是这般的神气。”

霍炎道：“不尽如此吧？哪个大将的声名不是出生入死挣来的。”

“嗯，”郭亮点了点头。

折腾到壕营辕门前，已是日头偏西了，在皇帝帐前求见，原以为已近日暮，皇帝说声免，明日再见，便可自己回帐休息，岂知内臣道：“皇上乐州军营去了，天黑后才回来，两位是等在这儿还是回去呢？”

这便让他二人无可奈何。

“自然是等皇上回銮。”

“那好。”那小太监也不理他们，转身便躲回帐中打盹。

霍炎和郭亮面面相觑，站在夕阳下左顾右盼，指望有熟人经过，好有个计较。站了一会儿，霍炎忽觉有人在身后拉自己的衣裳，扭头却见一个十七八的小太监冲着自己微笑。

“小顺子公公。”霍炎喜道。

小顺子低声笑道：“两位老爷可怜见的在这里傻等，奴婢师傅让请二位帐里坐，一会儿万岁爷转来，奴婢师傅必先知道的。”

“多谢多谢。”两人如蒙大赦，跟着小顺子在营帐间转了几个弯。

小顺子站定挑帘子，引二人入帐。霍炎仔细打量这座讲究气派的大帐，从方位看，似乎就在皇帝帐殿之后，因此不敢乱动。小顺子请二人坐了，端上热茶和点心来，道：“两

位喝会儿茶，看会儿书，万岁爷便回来了。”

书到处都是，说汗牛充栋也不为过，霍炎笑道：“辟邪公公远征千里之外还带着这么多书，可见还是个学问家。”

“奴婢师傅即便有这么些书，也得有人肯背到这儿来。”小顺子“咯咯”地笑，“还不都是皇上的书。”

郭亮正取了一本在手中，闻言立时吓得失手落在地上。

“不打紧，不打紧。”小顺子道，“早前赏给奴婢师傅了，郭老爷看吧。”

“哦。”郭亮放宽了心。皇帝的藏书中不少是孤本古籍的誊本，郭亮读了这么些书，也是从所未见，他是个嗜读的人，看了一会儿便入了迷。

小顺子见是机会，向霍炎使了个眼色，悄悄领他到后帐去。

里面的辟邪披了件纱罩衣在肩上，敞着怀，懒洋洋坐在榻上，除了脸色苍白些，倒仿佛在消夏，而不是重伤之后的体弱之态，此时抬起头来，放下手中的书，向着霍炎微笑。

“六爷。”

“探花爷。”

两人相顾一笑，重逢之后都煞是喜悦。

小顺子搬了椅子过来请霍炎坐，拿手在脖子下方比画一下：“伤在此处，不得多说话，探花老爷多包涵。”

霍炎惊道：“竟是这般凶险的伤！”

辟邪笑道：“这就算很好了。八千子弟，回来的只有六百人。若非援军赶到，只怕是全军覆没。”

“在雁门就听说了努西阿渡口大战，想不到是如此惨烈。”霍炎叹道。

小顺子道：“食君之禄，忠君之事，没有法子的。”

辟邪用手中的扇柄在他头上敲了一记：“少多嘴。”

“是。”小顺子摸着脑袋嘟嘴退到外面去。

辟邪道：“霍探花亲自来了就好，能将京中事原原本本禀告皇上。”

“正是。”霍炎整肃精神，把他在京中所见所遇如实对辟邪说了。辟邪却不答话，将案头两个抄出来的折子给霍炎看。

霍炎匆匆看完成亲王的参本，已然浑身是汗，再将另一个掐头去尾的折子读罢，不禁叫了一声：“怎会如此？若我没见过这折子，如实上奏，皇上岂不将我视作搬弄是非邀功请赏的小人？”

辟邪一笑："这倒不至于。"他伸手将第二个没有具名的折子从霍炎手里抽回来，放在桌子的小抽屉里上了锁。

霍炎皱眉道："皇上一会儿召见，必定要问这件事，六爷看我如何回禀是好？"

辟邪道："于步之这件事皇上尚不知道，却也瞒不过几日，地方官失踪，布政使衙门少不得上奏，探花先不必理会。"

"是。"霍炎举着成亲王的折子道，"可是这个……"

"这件事上探花爷可不能有半点隐瞒。如果实情就如成亲王所奏，万事大吉；若非如此，探花爷知情不报，便是天大的罪过。"

"六爷的得有理。"霍炎想了想，"我却只管将我所见如实上奏，皇上若问我的见解，我便说没有见解罢了。"

辟邪按着伤处忍笑，摇头道："这可说不通了。探花爷不必有顾虑，且想皇上若如此亲信成亲王，还要留探花爷在京城吗？尽管将自己的揣测直截了当地说了，万事有我。"

霍炎笑道："半天就等六爷这句话呢。"

"还有一件，至于那船中还有没有人，探花都不要再多说一个字，否则后患无穷。"

霍炎颇多疑惑，辟邪却因话说多了，咳起来，小顺子奔进奔出地打手巾捶背，霍炎不好意思再坐，便要告辞。

小顺子却道："霍老爷既然远道来，不知路上有没有新鲜的见闻，有兴致的话，说一个让奴婢长长见识。"

"小顺子公公跟着六爷出生入死，见的大场面比我多，这是笑话我呢。"

小顺子面有得意，笑道："哪里哪里。"

霍炎却被他提醒，想起出云城守军的话来，如实转述给辟邪，又道："我不知这内廷将军是什么时候封的，此时给六爷道贺，不知算不算晚了。"

辟邪笑道："这是皇上的玩笑之语，若连探花爷都当真了，叫我何处自容？"

霍炎本对这个封号不以为然，见辟邪如此说，也是一笑，不再多言。

此时有人在外叫道："小顺子，小顺子。"

"大概是皇上从乐州营中起驾了。"小顺子连忙走出去。

辟邪拉住霍炎的手，低声道："探花爷，那守城兵士说的话，可不要再说给别人听了。"

"那是自然。"霍炎一边点头，一边叹气。

"回来了，回来了。"小顺子走进来请霍炎快行，到外间见郭亮仍是聚精会神读书，忙上前劈手夺过他手中的书来，拉着两人转到帐殿外，刚立定，便听铃声乱响。

“两位老爷，皇上就快到了，跪候吧。”

小顺子抽身就走，留下他二人匍匐在地。霍炎感觉着地底奔雷震动，知道皇帝的銮驾越来越近，垂着头，听见铃声一拨拨地过来，最后到处都是马蹄声，“轰隆隆”似乎从自己身上碾过去似的，片刻之后满地烟尘，呛得他透不过气来。一时再无蹄声，身后是内臣们的脚步响，霍炎眼光里终于瞥见明黄色的衣摆，刚要叩头请安，却听皇帝道：“这不是霍炎吗？可迟了好些天了。”

“圣躬万福。回皇上的话，臣等滞留雁门多日不得出关，因此到得晚。”

郭亮也跟着磕过头。抬起头来看，只见皇帝黝黑的面庞，身躯比从前更加雄伟，浓眉蓬尘，似乎老了两三岁的样子，乍一看他提着马鞭的模样，俨然就是一员沙场的主帅。

霍炎因而笑着赞道：“皇上好一派英武人君的风采。”

“难道看起来越发地像武夫了？”皇帝很高兴，随便凑趣了一句，又道，“起来吧，一会儿叫你们。”

“是。”

霍炎和郭亮在外静静地等候，不刻吉祥传出话来道：“传皇上的口谕：两位爱卿远来辛苦，着回营休息，明日御前当差。今天就不见了。”

不出霍炎意料，他揣测皇帝必然单独召见，赶紧回去换了衣裳，一会儿便有内臣来召：“中书舍人霍炎御前说话。”

这里自然比不得宫里的排场，虽然铺了厚厚的毡毯，但霍炎跪的不是地方，仍能感觉膝下坑坑洼洼硌得疼，只好不停地出汗。

好在皇帝不刻就疾步出来了，一迭声叫平身，还赐了座。霍炎少见这等礼遇，他的性子不会受宠若惊，又见辟邪跟着慢慢走出来在皇帝下首的凳子上坐了，更在心中道了一声“沾光沾光”，向着辟邪点头示意。

“朕留你在京里，想不到你上军前来，你这是领了谁的手令？”

“臣奉的是太后懿旨。”霍炎道。

皇帝像是自言自语，垂首喃喃道：“太后怎么会想起的？”

霍炎不好作答，犹豫间辟邪的眼色已使过来，向着他微微点头。

霍炎道：“臣不是很清楚，不过听说太后看了御前呈上京的折子，知道皇上案牍劳顿，特地给成亲王的口谕。”

“是吗……”皇帝想了想，又问，“你出京前，离都还安静吗？”

“臣出京晚了几日……”

皇帝已然开始微笑了："晚了几日？"

"是。"霍炎道，"懿旨命臣即刻启程，臣打点完行装，便登程出发，走了半日才想起几件要紧的东西没带，又折回去了。"

"知道了。"皇帝道，"你滞留京中的几天，可有什么特别的见闻？"

霍炎道："六月二十日，臣在成亲王府门前的路上看见了寒州知府于步之。"

"朝廷里可出过让他上京的公文？"

"回禀皇上，没有。"霍炎断然道，"只是寒州布政使蔡思齐替他告过病假。臣尾随他到了慕冬桥码头，见他从船中迎出三个人来，其中一个年轻人确实是黑州口音。臣又跟随那三个人，却在天刑大道附近失去了他们的踪迹。臣急奉太后懿旨，不得不速速出京，此后的事便不知道了。"

皇帝笑道："却不说你知不知道，你觉着于步之和那几个黑州人是什么用意。"

霍炎有辟邪打过了包票，便毫无顾忌，直截了当道："皇上亲征在外，藩王的心思总会活络，臣觉得他们不是善意，若于步之也掺和在其中，与成亲王自然脱不了干系。"

"不可诽谤亲王。"皇帝沉下脸来。

"是，臣罪该万死。"霍炎知道皇帝差不多问完了，就势跪在地上叩头。

辟邪也不失时机地痛咳起来。皇帝挥了挥手："去吧。"

帐中便只剩下皇帝和辟邪两个人，皇帝靠在椅子里歇了一会儿，对辟邪道："你今日可好些了？"

"好得太多了。"辟邪笑道，"皇上连日里奔波，奴婢只是借着伤势躲起来偷懒，皇上垂问，真是让奴婢惴惴的。"

"听你这么闲扯便知道你的日子是极好过的。"皇帝大笑，"朕看你仍是不能走动的样子。"

"走远路怕是还不行。"辟邪道，"只能陪皇上聊聊天罢了。"

"那就聊聊景仪。"皇帝将成亲王的折子摔在奏案上，"朕就是想不通一件事，景仪为什么急着将那个祝纯杀了。怪就怪在，景仪若真想对朕不利，缘何竟放弃了这么好的机会，将东王出首？"

"奴婢也疑惑。"辟邪微微蹙起眉来，似乎在细想。

"要不就拿于步之来问。"皇帝狠狠地道，"照霍炎的说法，于步之是东王和景仪之间传递消息的人。"

辟邪摇了摇头："于步之是拿不到啦。成亲王若曾有过大逆不道的念头，于步之已然

被他灭口；若成亲王真如他奏折上所说是替皇上打探东王动向，那于步之不是畏罪自杀，便是携家眷出逃，几千里之外，如何找得到他。”

“那就眼睁睁看着景仪玩他的花样？”

“还不是眼睁睁地看着？”辟邪笑道，“就算成亲王一万个不臣之心，皇上又能将他如何？坐纛亲王出个意外，那可真是后院起火了。”

皇帝冷笑不已，辟邪接着道：“奴婢看成亲王和藩王勾结并不划算，成亲王当前还不会有任何异动。”

“为什么？”

“奴婢说实话，皇上恕罪。”

“说。”

“皇上忘了，如今的储君还是成亲王啊。”

皇帝真的被吓了一大跳，就好比长了多年的脓疮突然被人捅破，里面流出来的脓水还是会让人觉得触目惊心。皇帝“嗬”的一声坐直了身子，半晌之后，才幽然透了口气：“那就是在回京的路上……”

辟邪的目光流转在皇帝的脸上，眼中瞬间勃发的寒意慢慢消退不见，终于静静地道：“有奴婢一日的舍命效忠，便有皇上一日的高枕无忧。”

“我知道，我也信。”皇帝看着他冰洁无瑕的神色，点了点头。

辟邪不愿在此事上纠缠过久，话锋一转，道：“皇上今日回来得迟了，却不知乐州营中有什么议论。”

皇帝道：“如今突在最前的是洪、凉两州的骑兵，正成掎角之势。今日凉州护军刘思亥打了个比方，倒也有趣。”

“是吗？”辟邪道，“他有什么妙论？”

“他说，现在中原大军的军形就似乎一只大螃蟹，洪、凉两州的骑兵就是两只蟹螯，哪有不死死钳住对手的道理？”

辟邪“噗”地一笑：“他还是这般……”

“还是？”皇帝问。

“早就听说刘思亥是个诙谐有趣的人，虽然是汉人，但在凉州人中口碑很好。”辟邪风清云淡地遮过，接着道，“他主战自然是有道理的，不过洪定国却不愿此时消耗兵力吧？”

“还用说？”皇帝道，“他自然是一万个不乐意了。刘思亥主张蚕食匈奴突出的兵力，洪定国却力主西翼全面反攻。”

"嗯。"辟邪点点头，"洪、凉两州各执一词，他们的分歧对皇上不无好处。姜放又怎么说呢？"

"姜放似乎是同意刘思亥。"皇帝回想道，"有用震北军做他接应的意思。"

辟邪笑道："那是自然的。"

皇帝问："他们从前都是震北军中的人，认识是肯定的了。难道交情很好？"

辟邪道："十几年前，震北军中还有'北军三俊'的称呼，说的就是贺冶年、姜放和刘思亥了。这三个人虽未经上元九年伊次厥一战，却在之后戍边多年，屡建功勋，都是相互欠了多少条性命的交情。"

"原来如此……"皇帝恍然，"你看刘思亥的策略可对？"

"对是对的。"辟邪道，"不过，这种战法要两部人马行军时辰上掐得准，稍有不慎，便有孤军被围之虞。况且，匈奴人也聪明得很，就算一次、两次让我们得手，也不能总让我们占这等便宜。奴婢虽觉有些胜算，却不知该不该冒这个险，不如今夜就陪着皇上去姜放帐中商议个清楚。"

皇帝兴致高涨，笑道："正是，我们也该瞧瞧他升官后都在做什么。"

吉祥来请皇帝晚膳，辟邪便回到自己帐中，命小顺子服侍更衣。

"让你打听的事都确定了吗？"他问道。

小顺子道："就如上回禀告师傅的那样，夜夜如此，决计无错。"

"好。"辟邪在昏暗的烛光里微笑。

姜放的营帐靠近京营中军，骑马缓缓过去，也不过两刻钟的工夫。皇帝穿着便衣，不想惊动太多的人，只带了吉祥和辟邪在身边，游云谣最近寸步不离皇帝，现在自然在前为他们开道。

姜放的营中极安静，小校都是他从京营中带出来的人，精神抖擞地立于营门前，游云谣下了马，道："皇上驾到，姜大将军接驾吧。"

皇帝没有在营门前停留，径直入内，见姜放甲胄整齐，大步出来，对辟邪笑道："在京里，朕只道他举重若轻，有神仙般的逍遥，如今看来，姜放竟是个严肃的大将。"

吉祥笑道："万岁爷见他穿得体面才这么说。若奴婢也置上几身行头，定也叫万岁爷刮目相看。"

皇帝对姜放大笑道："姜放听见了没有，朕身边的人可觉得你中看不中用呢。"

姜放叩头道："臣打仗就靠一个吓唬人，皇上说中了。"

皇帝跳下马来，让他们起身，见高高瘦瘦的一员大将立于姜放身后，刚才热闹，没听

清楚他报名，这时问道："你身后的是刘思亥吗？"

"是。"刘思亥笑道，"可见臣更是不中看的，竟没让皇上瞧见。"

"刘卿怎么在这里？"皇帝觉得要和姜放议论战法，有他在更是顺便，便很高兴地问。

刘思亥道："臣与姜大将军夜夜商讨战局。"

皇帝道："你不是在凉州军中吗？这里回去只怕路极远了。"

"马快也就是半个时辰。"刘思亥道，"凉州军中还有大将乌维，也是骁勇的战将。现今他是凉州骑兵的主帅。"

姜放一边请皇帝入帐，一边将辟邪指给刘思亥看。辟邪自始至终都是默默微笑，这是刘思亥第一次遇见这位内廷将军，于是上前拱手道："久仰公公大名了，日前努西阿渡口一战，多蒙公公援手。"

辟邪谦道："奴婢奉旨行事，没有半分自己的功劳，刘护军多礼了。"

刘思亥笑了笑："是。"

皇帝已在姜放的椅子上坐了，眼前案上摆着酽茶，铺满了军图，朱笔勾勾画画，看来是两个人笔迹。

"你们以茶当酒，夜谈兵法，倒是意气相投得紧。"皇帝道，"不知商量出什么结果来了？"

姜放道："臣以为洪、凉两州兵马突于最前，正如匈奴右谷蠡王一部南突一般，我军不对其分割包围，敌军只怕会抢在前面动手。一旦凉州军被围，匈奴人就直接兵临出云壕营了。"

"以你们所见，洪王世子所谓西翼全线反攻，可有胜算？"

姜放道："西翼反攻虽说是迟早的事，但臣觉得还不是时候。"

刘思亥也道："听闻匈奴均成单于的王帐已然东移，距渡口不过百里路程。他既屯重兵于西，中原兵马不如于东翼兵马渡河，直插其软肋。"

姜放接着道："若在突出部分打几个小小的蚕食战，倒能分散匈奴兵力，东边长途奔袭，胜算更大。"

这两人是一般的心思，一搭一档说得默契，皇帝也忍不住笑了。

"听说你们是多年的好友了，果然心意相通。"

刘思亥道："原先在震北军中，年轻人就少，只得臣几个人整日里胡闹，无意间立下些功劳，更是跋扈得紧，自然受罚也在一处，要说交情，真真是被打出来的。"

众人大笑，跟着又将如何布兵，如何出击，如何调动洪州兵马俱细细地商议过了。几近三更，皇帝才心满意足，道："明日就将此计议同众将说了，我们也和匈奴人一样，声东击西。"

辟邪笑着咳了两声，道："皇上，匈奴人是声东击西，咱们可是声西击东。"

"正是。"刘思亥也笑。

皇帝奔波了一天有些累了，辟邪也不能久坐，便要起驾回去。姜放和刘思亥恭送圣驾出营，仍觉意犹未尽，看架势要彻夜长谈。皇帝走出一段路，还能听见他们说笑，他回头看了看辟邪，见他冷然垂着目光，没有半点适才的高兴。

"你觉得刘思亥其人如何？"皇帝回到行銮，特意到书房来问辟邪。

辟邪已躺下休息，此时连忙起身，将小顺子屏退在外。

"姜放乃不世的豪杰，将来是皇上的肱股之臣，"辟邪道，"他在京中逍遥洒脱，却无一个真正有交情的朋友。人说物以类聚，人以群分，他二人如此投契，可见刘思亥也是上将之资。"

"确实。"皇帝道，"你看调他到震北军中如何？"

辟邪摇了摇头："刘思亥侍奉凉王已逾十五年，就算调过来，他心里的君主仍是凉王。况且，必隆此人有勇有谋，是个胸襟开阔的明主，不计他汉人出身，多年来始终如一重用不疑。就像姜放一般，得皇上重用，自然终身报效圣恩，他们一样的人品，想必刘思亥这点气节还是有的。"

皇帝叹了口气："可惜了。"

"是可惜了。"辟邪也道，然后按着嘴轻轻嗽起来。

二人就这样突然沉默，皇帝为心中险恶的念头羞愧地涨红了脸。

"皇上恕罪。"小顺子走进来，道，"京营里有人打架，问辟邪是不是过去。"

"那便过去吧。"皇帝道。

"奴婢告退了。"辟邪跪了跪，便扔下皇帝断然走了。

闰六月中，刘思亥与洪定国各占据西南、东北两路，对匈奴右谷蠡王一部不时奇兵偷袭，交战几日间，便杀伤敌军近五千人，将中原连营又向北推进二十里，自努西阿退兵以来，这是中原军中了不起的战果了。

凉州和洪州骑兵也各损一千骑，于朝廷撤藩的长远之计来看，自然是一箭双雕的好事。在洪州营中，却是怨声载道，以洪定国为首，夜夜密议，想方设法推托掉这项军令。

至闰六月十五日，洪、凉两州骑兵愈见疲惫，亟待休整。姜放不愿放弃眼前战果，便

命乐州骑兵出战。这些骑兵几乎都是新丁，领兵的也是少在阵前的将官，一样的仗，却被他们打出个伤亡惨重来。

皇帝不悦，召来姜放道："这么多的伤亡，还不如用洪、凉两州的兵马吧。"

"皇上，"姜放看了看皇帝身后的辟邪，见他不动声色，只得自己道，"这些兵不练，不打，如何成器？今后如何成为皇上手中的亲兵？"

皇帝笑道："朕只是怕这些亲兵，最后都白给了阎王。"

姜放道："只需有久经沙场的大将领兵，这些新兵都能极快历练的。"

"大将？"皇帝道，"难道你要自己上阵吗？"

姜放笑道："臣还不至于如此着急请战。昨日刘思亥的意思，是他替乐州带兵。"

"凉州将带乐州兵？"皇帝不由得拔高了声音，"姜放，你说的是这个意思吗？"

"是。"姜放道，"臣现在替皇上总瞰全局，想的是如何将这仗打得漂亮，既然凉州军也同归皇上麾下，如何不能用其大将？"

辟邪笑道："大将军说的是。"

皇帝回头看着辟邪："说的是？"

"兵是要实战练出来的。"辟邪道，"不过皇上也缺历练过的大将，陆过很好，不如跟着刘思亥。"

姜放喜道："辟邪想得周全。"

皇帝点了点头："姜放，你这里用武将的心思看待全局，固然不错。可你不但是朕的大将，还是朕要紧的佐臣，你想过乐州军、震北军的将来吗？难道要凉州大将在军中立威立信？"

"是。"姜放想了想，道，"是臣欠考虑。"

辟邪道："大将军，现今不如让刘思亥仍带着凉州军与洪王世子一部换下乐州军，命陆过率震北军在后接应。"

"这样不也好？"皇帝道。

"是。"姜放领命告退。

皇帝不禁叹了口气："同刘思亥在一起久了，共谋共划，姜放是不是忘了自己的立场？"

"刘思亥今后确是个麻烦，"辟邪看着皇帝，爽快地道，"现在大战，还有机会，日后皇上回銮，想要剪除凉王羽翼可就难了。"

"剪除？"

辟邪一笑："奴婢失言。刘思亥若因震北军接应不利，不幸于乱军中战死，凉州人也好，姜放也好，都难免要腹诽朝廷的用心。”

皇帝抬起眼来，慢悠悠打起了扇子：“那么……”

辟邪微笑：“洪州亲王世子却是了不得的人才，不如一用……”

闰六月十七日，刘思亥与洪定国受命再战，自东西两路包夹敌军孤营。一个时辰前细作尚报知敌军毫无防备，待刘思亥率部赶到，却不见敌军踪迹。一望无垠的草原上，杀机四伏，刘思亥顿觉不妙。洪州骑兵总是比凉州兵马晚到战场，这次也不例外，刘思亥一边命人飞马报知洪州军，前方可能中伏，一边急命本部人马撤军。不过退了十里，便遭匈奴人伏击，凉州八千子弟苦战不脱，洪州军却迟迟没有来援。

其时陆过已调至震北军中为将，领姜放严命，为凉州、洪州骑兵接应，得知凉州军中伏，飞骑赶去相救。到战场时，凉州骑兵已不断败出重围，匈奴的大将将红马驻于坡上，静静看着脚下的混战，也不命人穷追，只是严令将刘思亥等千多精锐围困。

陆过与刘思亥有过并肩作战的交情，当即杀入战团解救，重围中总觉一骑贴在身边，他回首看去，见是中原将士的打扮，也不是很在意。

“刘护军。”他距刘思亥已很近，便放声招呼。

刘思亥向他点了点头，却猛地一颤，胸中流矢跌于马下。

陆过大惊，顺着暗箭的来势扭身观看，却不见有匈奴人在身后，而那如影随形的骑兵也早卷入战团，不见了身影。

这一战下来，凉州损失千骑以上，多亏陆过救援及时，大多精锐得以脱围。只是刘思亥战死，连尸首也未抢回，出人意料。

刘思亥在凉州的人缘很好，他营中彻夜举丧痛哭，惊动乐州将领纷纷前去祭拜。姜放极是悲痛，在灵前默然无语。

一时有人通报道：“内廷将军到了。”

辟邪在凉州军中已有盛名，乌维亲自迎出来，引他到灵前。辟邪素衣拜了拜，回首对姜放低声道：“从戎多年，必有这么一天，所谓死得其所，却比许多人强得多了。”他的目光在人丛中瞥去，落在陆过身上，静静一驻。

陆过凛然一个寒战，辟邪已对众人道：“陆过接应不力，致刘护军阵亡，奴婢带来皇上口谕，陆过听旨吧。”

陆过忙撩起战袍叩头，辟邪宣示皇帝谕旨，将陆过调回京营当差，不再领兵了。

“谢恩吧。”辟邪冷笑，“陆将军这便回京营去。”

“臣陆过谢恩，遵旨。”陆过叩过头，在众人同情的叹息声中慢慢退出帐外。

里面人终于忍不住哗然，围着辟邪和姜放道：“此事与陆将军无关，请内廷将军和姜大将军奏请皇上收回成命。”

陆过听着帐中的喧嚣苦笑，仰头看着微微缺蚀的明月，热血中，白日里激战的炙热和暗箭的阴冷仍在不住交战，让他备受煎熬。

“倒不如放开了吧。”有人在他背后突然道，就像替他说出了心里话。

似乎是刀锋轻轻拂过咽喉，陆过惊得如同浑身血液从毛孔里迸出，他僵硬地回首过来，见辟邪雪白的衣衫，雪白的面庞，正迎着月色缓缓绽开笑容。

三十二

花幕先生

刘思亥被围时，洪定国一部正悄然撤退，远处杀声尚闻，可说与匈奴人擦肩而过。艾生是他用惯的参将，从多峰一直追随至塞外，为人心肠软，催马上前低声问道：“世子爷，被围的是凉州兵马，我们不救，如何向凉王交代？”

“有什么可交代的？自有震北军接应他。”洪定国道，“这个刘思亥与姜放沆瀣一气，不把凉王的旨意放在眼里，只知道耗尽凉州兵力，难道要洪州子弟陪着他们送命不成？”

“话虽如此……”艾生喃喃道，见洪定国目光转来，便不敢再劝。

回至洪州大营，李呈等候多时，疾步上前挽住洪定国的缰绳，问道：“世子爷没伤着吧。”

“没有。”洪定国跳下马来，“今日未曾交战。”

“没有交战？”李呈笑道，“那就好，那就好。幕先生问了几遍了，请世子爷快过去吧。”

“是。”洪定国抛下头盔，整了整铠甲。

洪定国寝帐对面开着似锦的繁花，其中一座帐篷灰蒙蒙不甚起眼，似乎是仆人的住所。洪定国在帐门前看了看地上的花盆，振作精神入内。帐中幽香的清凉，让他不禁放轻了脚步，躬身行礼，又道：“怎么搬进来好些花？”

“有些花多晒会焦。”帘内的声音苍老有度，似乎微微含笑，“今日战况如何？”

“未遭遇敌军，不曾交战。”

“是吗？”

“叮叮咚咚”的，是浇花的水声，洪定国耐心地等着，半晌，那老者才用遍布皱纹的手指隔帘递出一封信来。

洪定国看了看，笑道：“他在江湖上混惯了，总是懒懒散散的不成话，这信已晚了。”

那老者迤迤然道：“不算太晚，看了便知。”

“是。”洪定国认真看了两遍，不敢妄做论断，听那老者问“如何”，才回道：“他信中所言若属实，景仪和杜闵便无勾结之虞。杜闵回黑州原来出于无奈。”

“很险了。”那老者道，“若无高手夜半出手杀了祝纯，只怕景仪不会死心。”

洪定国道：“想来是姑母座下的高手。”

“不是。”那老者断然道，“此人杀人无形，武功极高，却有见机行事、当机立断的生杀大权，无论放在何处，都是雄霸一方的豪杰。信中说，在京畿，这等人物从所未见。”

“那便是从别处来的。”洪定国受他启发，道，“应当是尾随东王进京的。”

“正是。”老者语气中已带赞许之意，“你说会是哪路人？”

洪定国想了想：“寒州、黑州一带能称得上人物的只有寒江承运局那众水匪。”

“说的不错。”老者道，“吴十六、李双实，都是十多年前突然冒出来的强人，在那之前，我印象里江湖上从未有这等人物。要说是皇帝栽培起来的，真正是牵强附会，不过三年前，宫里却派人下过寒州。”

“处心积虑布了个大局呢。”洪定国道，“记得那时下寒州的就是那个小太监辟邪。此人不除，难免是个后患。”

老者“哼哼”地笑起来：“你急什么？有人比你更着急要这位内廷将军的命，不过是一两年间的事罢了。”

“是。”洪定国躬身道，“先生说的是。如今杜闵已回黑州，先生看他会兴兵造反吗？”

“杜桓父子的反意昭然若揭，太后和景仪不会轻易放他们出寒江。就是吴十六等江湖人，既然给朝廷做事，定有他们自己的一套。洪州在少湖的人可按兵不动。”

“姑母会不会行一招果决简单的手段？”洪定国问。

那老者叹了口气：“那便是她自己的事了。”

“幕先生、世子爷。”李呈撩开帐帘，急急地道，“凉州那处传来消息，刘思亥战死了。”

“战死了？”帘内的老者一怔，“今日不是未曾交战吗？”

洪定国缄口不语，那老者喝了一声：“说话！”

李呈只好道：“刘思亥被围，震北军来援，大多精锐得以脱险，只是刘思亥中箭身亡。”

“你知道吗？”

幕先生的眼睛似乎在帘后灼灼放光，洪定国吸了口气，慢吞吞道：“知道的。”

“为什么不加援手？”老者的声音愈加威严。

洪定国抬不起头来，低声道：“刘思亥与姜放交情太深，放在凉州军中会对大局不利，既然要除他，何不假匈奴之手？”

“呵呵呵。”幕先生苦笑起来，“傻孩子，你自己又何尝不是把刀？皇帝将刘思亥战死的过错推在你的头上，令凉州人人都恨你，你却还在暗道侥幸。”

“这……”

“幕先生，”李呈道，“世子爷年轻，犯错总有补救的法子。”

“补救的法子？”幕先生叹道，“必隆明日就到出云了，你和他商量补救的法子去吧。”

凉王必隆到了出云才知道刘思亥阵亡，大惊之后问明实情，一时茫然坐于马上，竟忘了悲恸。迎他入营的乌维见他神色越来越难看，握着马鞭的手不住颤抖，连忙滚下马来，抱住必隆的腿，叫道："王爷！息怒，息怒！"

"息怒？"必隆俯下脸来看着他，"乌维，你的王爷十几年前就是由刘护军扶上战马打的第一仗，你的王爷由他从乱军中背出来逃得性命，你的王爷将几万凉州子弟交给他看顾，如同看顾你的王爷一般……"他抽了口气，咬起牙来忍住浑身不住的颤抖，片刻后便慢慢平静。

乌维见他沉思不语，左右看了看，道："王爷……"

"此事不是你说的这般简单。"必隆道，"刘思亥身经百战，不是这么容易便死，唯今之计，先会晤了洪家的人再说。"

"是。"乌维放松了双臂，"王爷明白了就好。"

"赤胡呢？"必隆问，"他血战夕桑有功，我要见他。"

赤胡提马奔过来行礼，必隆见他无恙，道："你辛苦了。听说出了个内廷将军，极是了得……"

"王爷！"赤胡却高叫了一声，将必隆的话当头截断。

"你跟着我。"必隆一怔之下回过神来。

赤胡贴着必隆的马，极快地低语。必隆垂首听着，猛然抬起目光："不可能！"

赤胡想了想："臣是这么觉得的。王爷见他比臣见得多，一切要王爷看过才知道。"

必隆仰头回想，叹道："很久了，那时王妃还在世呢……"

"大将军姜放接出来了。"乌维因姜放和刘思亥的交情好，故此对他很客气。

必隆是见过姜放的，客套了一番，见他身后跟着两个内臣，不由得回头看了赤胡一眼。赤胡微微摇头，那内臣已上前道："尚宝太监吉祥，奉旨迎接凉王。"

"是。"必隆下马谢恩。这一路的繁文缛节，直到觐见了皇帝，赐下座位才完。

皇帝笑道："凉王来得有些突然，朕两个时辰前才知道的。"

"臣听闻努西阿渡口有变，便即从凉州出发。到得是有些突然了。"

问及景佳公主和小世子多兴平安，接着要说的不外乎几件日前的大事。皇帝先讲到刘思亥，劝必隆节哀；必隆自然要说皇帝领兵有方，坚守出云与将士同甘共苦是何等的英明，姜放必定不负圣望云云，最后便问到了内廷将军。

"原来就是皇上身边最伶俐的辟邪。"必隆笑道，"早有耳闻，想不到已被皇上调教成了一员大将。"

皇帝道:“什么大将?不过运气好,有凉王麾下的赤胡将军相助,才没有断送他的性命。”

“上回就没有见到，”必隆很有分寸地往皇帝身后打量，“今日似乎也不在吧。”

皇帝对吉祥道：“叫辟邪出来，叩见凉王。”

吉祥笑道：“皇上忘记了，辟邪一早去了京营里面，尚未回来。”

“哦，”必隆恍然，“辟邪已领京营，定是少在御前。看来皇上身边人人出力，匈奴大军压境，也不足虑。臣虽不才，仍望为皇上分忧，统领凉州数万骑兵，为皇上先锋。”

皇帝一笑：“这是自然的。朕先前就在想请凉王回军前来，只是不知凉王伤势如何，不敢妄加军令，如今有凉王在左右行军，中原大军岂不是如虎添翼？”

君臣二人相视而笑，一派祥和喜乐。

必隆惦记凉州子弟，又稍坐了一会儿便告退回凉州军营。皇帝携着他的手送出行銮，看他远去不见，方才转来。

午后小顺子从辟邪回到行銮，御前禀道：“骑马太久，旧伤不太好，已叫了太医来看，过会儿就来叩见皇上。”

“原打算让他去见凉王的。既如此，就由他歇着吧。”皇帝道，“太医看完了，将伤情禀报朕知。”

小顺子笑嘻嘻答应，溜回书房对辟邪道：“皇上让师傅歇着，哪里都不用去。”

辟邪已宽了衣裳，这时坐起来问：“可说了什么让我见凉王的话？”

小顺子扁了扁嘴：“说了。”

“唉……”辟邪很难得地叹气。

“师傅怕凉王？”小顺子讶然道。

辟邪一笑：“极怕。”

“为什么？”小顺子抱着头，躲过辟邪抄手过来的一扇子，口中还是念念有词，“奇怪，奇怪。”

“你去打听好凉王的动静，若他出了凉州大营，我们倒可去会会他。”

“师傅这是在唱哪一出啊？”

辟邪摇着扇子：“空城计。”

这场戏不到一个时辰便开了锣，小顺子回禀凉王出了大营，往洪州兵营去了。

“这可要赶紧。”辟邪笑道。

他和小顺子禀告过皇帝，要了马，驰往凉州军营，到营门前，遇见的却是洪定国。

“世子爷怎么有暇到这里来？”辟邪一怔。

营门前的凉州军人对洪定国都是冷眼相看，无人上前引路。洪定国脸色不太好看，道："刘护军为国捐躯，我来祭一祭。小公公呢？听说小公公伤重，长远未见，如今可好了？"

"好得大概，多蒙世子爷挂记。"辟邪道，"奴婢过来拜会凉王。"

"凉王出营去了。"营门的守军对辟邪却十分殷勤，"将军来得不巧。"

"真是不巧。"辟邪笑道，"烦军爷回禀凉王知道，御前的辟邪来磕头，既然王爷不在，只得日后再来拜见。"

"那便后会有期。"洪定国冷冷看了他一眼，拂袖径直入营去了。

小顺子却盯着他的背影摇头，喃喃道："奇怪。"

辟邪一笑，兜转马首，与他并骑回程时，才悠然问道："你说奇怪，是为了什么？"

小顺子盘算了盘算，道："凉王去了洪州大营，自然是去见洪定国的。洪定国怎么会跑到这里来？走岔了？"

"就怕不是走岔了呢。"辟邪道，"你有此一问，可见不但是个聪明的小子，还用了心。"

"师傅这么觉着？"小顺子受他夸奖，两眼放光，提马跑得更近些，凑在辟邪面前道，"师傅才知道我是个有用的人才吧。"

"非但是有用，而且现在就要用。"辟邪笑道，"你在此给我独当一面，弄清楚他们搞的什么名堂。"

小顺子对"独当一面"这句话喜不自抑，心甘情愿地守到夜里，转来回禀辟邪道："师傅，这回可让我查得明明白白啦。凉王申初出的大营，咱们是申正时和洪定国一同到的。洪定国待了一会儿便走了，那时大约在申正三刻，而凉王却是在戌正时就回来了。"

辟邪微笑道："你说呢？"

小顺子一本正经皱着眉，"我看嘛……凉王出营不久便遇上洪定国，他没有同洪定国一起折返回来，自己去了洪州大营；在那里坐了一个多时辰，却不待洪定国回营，又掉头回了来……照这么说来，必隆去洪州大营，见的却不是洪定国？"他抬起头来，"师傅，怎么会？"

"那便要去看一看了。"辟邪道，"拿衣裳和剑来。"

他说着起身，小顺子却一动不动。

辟邪忍不住笑道："你要说的我都知道，可惜我是师傅你是弟子，你再劝也是没用，不想找打就乖乖地服侍。"

"好吧。"小顺子突然迤迤然地道，"我算想开了，要怪就怪自己，是个没用的废物，不然替师傅去一趟，省却多少口舌。"

辟邪放声大笑："你这般说话倒有些仗义爽快的模样，渐渐地也似条汉子了。"

他持剑飘摇出帐，自震北军马厩越过营栏，潜入洪州军中。在洪州军营中行走远比宫中更难些，洪州骑兵军纪严整，遍地都是巡哨。辟邪无奈，只能贴着士卒营帐穿行，煞是艰难，耳听三更敲过，距洪定国大帐仍是遥远，便横下心来，登于营帐上倏然飞奔。他的身法极快，一路无人察觉，到中军时俯低身躯，藏身营栏之后，向内遥望，却见火烛通明，人员整备，便不能再如此行险。而洪定国寝帐门前只有守卫在火把下肃立，里面却黑沉沉的没有动静。

"难道已睡了？"

辟邪暗道，便想冒险入帐，刚要起身，忽听洪定国低低的声音道："先生早歇吧。"见他高挑的身影从对面矮帐中出来，在门前还躬身施礼。一时寝帐中的灯火也点着了，洪定国松了松领口，仔细在凉风里透了口气，才低头入帐休息。

那矮帐遮得极严实，明知其中有人居住，却不见丝毫灯光透出。辟邪不明其中底细，不敢妄入，稍等了一会儿，寝帐中也熄了灯。中军营盘里只有帐外火光在夜风中飘摇，映着守军忽明忽暗的脸，一派肃杀。灰蒙蒙的矮帐却如神龛，其中的神祇在这寂静夜中也是不眠不休，其隐隐的威严正笼罩在整个洪州军营头上。辟邪的心怦怦跳得厉害，不知缘何，肺中的真气又沸腾鼓噪起来，他压抑着咳嗽，手心里静静出着冷汗。

"沙沙"几声脚步，是李呈幽灵般从矮帐前走过，他左右看了看，似乎巡视，最后悄悄撩起洪定国的帐帘入内，想来是在世子身边值夜。

太过安静了——辟邪倾听着矮帐中的声息——竟无一点平常细微的人声。他紧了紧手中的剑，才突然发现自己出了一身的冷汗，不禁惊异。何以如此踌躇，如此惊恐，甚至萌生退意？他一声嗤笑，疑惑中生出倔强的执念来：那矮帐中是什么神魔鬼道，倒要一看究竟。

辟邪轻身跃出，贴着阴影缓缓绕到矮帐之后，窥视泥塑般立于洪定国帐前的守军，见他目光游离，知道那守军已是困顿，趁火光摇离他眼前，闪身挑高帐帘，从底下的缝隙里无声滑入。

这帐中竟是惆怅的沁香，在这沙场之上，这一丝游魂般透人心肺的芬馥，让辟邪也生出些忧郁来。他贴于地上，奇异身周无半点声响，花香倒似小小的神灵歌唱，在狭小的帐中穿梭不已。辟邪在寂静中慢慢地移动指尖，翻动靖仁剑，转到他觉得舒服的位置，冰冷的剑身紧贴着他的胸膛，随心跳起伏辉映垂帘后支离破碎透来的幽光。

他努力睁大双目，想要踊身再进，却发现身体就像挽弓力尽时的弓弦，跟着花叶扑簌簌喧嚣起来的私语颤抖不已。

就在此时，一道沉重的阴影挟着迟钝的风声缓慢地划过穹顶，他一惊而起，断鹞般在狂风中折了出去。摧裂山河般的杀气在他飞掠之际，切断他的衣摆，又将矮帐一挥为二，身着翡翠色战袍的老者一如玉塑的神像，手持人高的斩马钢刀仰头望来。

辟邪这一刻魂飞魄散，惊呼脱口而出："洪王！"

"谁能料到多峰这只饵钓出了洪王这条大鱼。"姜放听完辟邪的话，不禁笑道，"他不放心儿子，竟自己跟到出云。"

"谁能料到呢？"辟邪垂目看着自己的手仍在微微发抖，避开姜放的目光，轻轻地笑，"回去的路上，一定是热闹的了。"

"洪王父子、东王父子、皇帝兄弟，再加上主子爷……"姜放抱着肩摇头，"就算大败了匈奴，这战果又有多少人等着分哪。"

洪州军营里的喧哗渐渐透了过来，门前小校来报："大将军，洪州营中出了刺客，已搜到震北军营边了。"

"震北军也跟着搜吧。"姜放说着出帐，在外吩咐人调兵。

辟邪收了剑，趁着震北军中还未戒严，潜回行銮。撩开书房的帐帘，却见皇帝正披着衣裳坐在灯光下读书。

他一怔之间，皇帝已随手将书扔在桌上，转头望来。

"外面这么吵，难道祸是你闯的？"皇帝道。

辟邪忙抛下剑，跪在皇帝脚前，正想请罪，皇帝却按着他的肩膀，打量着他的神色。

"撞见什么了，吓成这样？"

辟邪蓦地扬起苍白的脸来，心底里未曾挥去的恐惧正在皇帝目光下变成惭愧，渐渐抹红了他的面颊。他心中无数念头翻滚而过，不知点头还是摇头，一时无话可回。皇帝抽回手，重新拿起书，定心看了下去。

"皇上……"辟邪拽了拽皇帝的袍角，低声道，"奴婢是让皇上吓着了。皇上饶了奴婢擅作主张。"

皇帝笑了笑："你潜入洪州大营，自然有你的道理，朕不问，你有一天也会告诉朕。"

"皇上在生气。"辟邪道。

皇帝摇头："朕记得小时，如意常说故事给朕听，说是游侠有神兵，能自己脱鞘，取人首级于千里之外，最后都是'白光一道闪回剑匣里，竟不沾一滴鲜血'。"

辟邪"扑哧"一笑，道："总是这样的。"

皇帝道："朕今天却忽然想，有一天这剑飞出去了，再也不回来，会是什么光景？"

辟邪思量着皇帝的话，道："奴婢在皇上身边才觉着安宁，无论去到哪里，遇到什么事，都会急着赶回皇上身边。"

他见皇帝不置可否，再想别的话劝解，却发现心中空明，能说的话，就这么一句之间说尽了。

皇帝嘴角终于浮上淡淡笑意："辟邪，你在说真话吗？"

"奴婢对皇上一直说真话。"辟邪道。

"胡说，这便是句瞎话。"皇帝不知为什么，越发高兴起来，一把将辟邪挽起身，又道，"虽说是行军，有时也不妨偷着寻些开心。喝一杯压压惊吧。"

"是。"辟邪环顾帐中，道，"不过，奴婢可没有私藏着酒。"

皇帝笑道："你大师兄是个无酒不欢的人，定是有的。朕叫他。"

"不必了。"辟邪将角落里的书箱拖出来，那箱盖上一层尘土，似乎从来没有人翻动过的样子。

"这里有？"皇帝问道。

"怎么没有？"辟邪将箱子打开，从上面抱走了几摞书，果见下面藏得好好的三坛子酒，一坛已喝了大半，还有两坛没有开封。

皇帝喜道："你怎么知道在这里？"

辟邪道："奴婢小时就总瞧见吉祥和如意偷酒吃。他们藏酒的花样，无外乎这几个。"

皇帝提出那半坛酒来，席地而坐，看了看道："应是不错吧？"

"奴婢师哥喜欢状元红，多半就是了。奴婢拿酒碗来，皇上尝尝便知。"辟邪从里面翻出干净茶盏，给皇上斟满。

皇帝饮尽了一杯，点了点头："吉祥是个会享福的。"他自己动手斟了酒，授予辟邪。辟邪想称谢，却咳了几记，待他嗽停了，皇帝又已干了一盅，把着空杯，枕着旧书，仰望穹庐。

辟邪抿着甘苦交加的醇酒，想和皇帝说说话，又懒得开口奉承，一样看着帐顶不语。灯光下白色的帷幕迷离成一片，像是黑暗的视野里突然炸开白昼的阳光，巨大的斩马刀在刺目的光芒中顿于青石地上，大地震了震，颜王府长史的尸身便血蝴蝶般地飘得到处都是，黏在自己脸上。

"咳。"辟邪猛地惊醒，耳畔惊呼退去，"空空"作响的，只是皇帝闲极无聊拿脚拨弄着空酒坛的声音。

洪王世子遭人行刺一事次日里才传过来让凉王知晓，必隆没有太多的讶异。他很清楚洪州中军的底细，即便见皇帝仍是没有丝毫察觉的样子，暂时也不敢轻举妄动，多往洪州营中行走协商。只是在觐见皇帝之后，才不经意似的同洪定国走在一处，拱了拱手道："兄长受惊了？营中可有人受伤？"

毕竟必隆是亲王的身份，洪定国忙还礼不迭："多谢垂问。那刺客不及出手，便被识破，吓得慌忙逃窜，不曾伤人。"

"这就好。"必隆笑道，"洪州大营的守卫比凉州军营还严上三分，竟还被人潜入中军，若那刺客行刺的是小弟，只怕这条性命已然交代给他了。赤胡，"他转首道，"你可要替我好好把住门哪。"

"那是自然的。"赤胡道。

"有些事防不胜防。凉王不是不知道，我中军是如何的戒备森严。若非……"洪定国不动声色地环顾左右，压低声音在必隆耳边道，"若非老人家自己察觉，只怕已是得手了。"他叹了口气，挺直了身子接着道，"花幕刀法凉王不是没见识过，极少有一击失手的时候。那刺客一掠而去，没有伤到分毫，武功又是高到什么地步？"

必隆想了想："听兄长的口气，似乎知道那刺客是谁了？"

洪定国正要说话，见姜放和一干内臣已簇拥着皇帝出来，便收住语声。

皇帝过来向他们颔首道："朕去京营巡视，两位爱卿同行如何？"

"是。"必隆和洪定国都不便推辞，跟在皇帝身后上了马。

洪定国道："皇上有辟邪监军京营，还有什么不放心，定要辛苦这一趟？"

皇帝笑道："朕哪里不知道偷懒，不过最近辟邪精神不好，少当差。怎么说京营还是朕的亲兵子弟，只得朕和姜放去看看。"

"哦……"必隆暗道不巧，想来又是见不到了。

他随驾而行，将出网城时，忍不住回首相望，却见一袭青衫在御帐一侧心不在焉地静静停驻，抚在胸前的手在阳光下透不出血色，竟比他指间的衣襟更白些。

马蹄掀起的烟尘朝那无瑕的少年掩盖去，他慢慢躬起背咳嗽起来，烈日在他脚下投出狭小的影子，仿佛是他身体消融时淌下的一泓冰冷清水。似乎感受必隆注目，他有点狼狈地喘着气抬起头望来，纯粹而平静的眼神，迎着必隆的目光，没有些微波澜。

"就是他。"赤胡极低的声音对必隆道。

"不。"必隆不假思索地摇头。

赤胡问道："王爷觉得不是？"

"不知道。"必隆直望到那少年踱着懒洋洋的步子转得不见，才道，"太久了，也太不一样了。"

赤胡反而迷惑起来："臣觉得很像。"

必隆笑了笑："哪里像？亲王的王子即便贬为奴婢，还会有些傲气贵气在，不是这样的。"

"这样的，又是什么样？"赤胡锲而不舍地追问，提高了声音。

皇帝和洪定国都听见了，回过头来。

"凉王在说什么？"皇帝问。

"臣没说什么。"必隆回道，又狠狠瞪了赤胡一眼。

赤胡"嘿嘿"地笑，连忙躲到必隆马后去了。

必隆想着赤胡的问题，那青衣少年在他脑中只留下苍白的一团影子，那种洁白和安静，让他觉得刚才从眼前飘然而过的，只是一个孤独的鬼魂罢了。

京营里洋溢的却非一般的整肃杀伐，自军官乃至士卒，人人秉持的骄傲，甚至比洪州军更胜几分。说到这种气派，自然无人可比黎灿，当他甩脱头盔，从枪阵中张扬跋扈地出来，在御前带着些散漫气度行了个礼，必隆便忍不住揣测什么样的主帅才能容得这样骄傲的人物，这样的人物又会在什么样的主帅面前低一低头。

黎灿却注意到必隆正若有所思，于是上前笑道："凉王有什么指教？"

必隆道："将军教练的枪阵已演练得气势如虹，出神入化，小王哪有什么指教可言？"

"王爷过谦了。"黎灿道，"夕桑河谷一役，臣与凉州骑兵并肩作战，凉州骑兵的骁勇，臣很钦佩。"

必隆看出他的真心诚意，很高兴地道："将军神勇，只怕海内难逢敌手，得蒙将军嘉誉，凉州军甚觉脸上有光。"

黎灿见洪定国在一旁似乎不以为然，笑道："早闻洪州骑兵也是极英勇的。可惜夕桑河谷之际，臣没机会见识；京营中的陆过前一阵做洪、凉两军的接应，本是有机会与世子共事的，却受罚回了京营，可惜可惜。"

他几声"可惜"说得凉州将领都是大快，有人已忍不住窃笑。洪定国倒很沉得住气："陆过是十几年才出得一个的武状元，从此不能军前领兵，确实可惜了。凉王那边也一样，"他神色不动地向必隆道，"就算这次匈奴溃退，今后凉州的驻防少了刘护军，仍不啻断去凉州一臂。"

姜放充耳不闻，看来正睁着眼睛白日做梦，皇帝却正巧在喝茶，吉祥殷勤地询问茶是不是凉的，要不要换一杯。等忙完了，皇帝回过头来，黎灿已接着道："也不见得，皇上兴师动众地亲征在此，自然是要永绝匈奴大患，所谓凉州的驻防，今后也轻松得多了。"

"正是，正是。"必隆道，"几代凉王都为匈奴大患困扰，忧虑成疾，夜不安寝，皇上亲征，竟成全臣做了个逍遥王爷。"

皇帝道："凉王说笑了。洪、凉两州是中原重镇，即便匈奴绝迹，凉王的担子也不轻。朕年轻，往后的国事都要仰仗两位亲王。"

附和之声顿时闹哄哄响成一片。洪定国咬了咬嘴唇，便不再说话。

皇帝对黎灿道："黎卿的枪法教练京营将士绰绰有余，朕侍卫营中缺你这样的骁将，不如挪到御前侍卫里当差。"

黎灿笑道："皇上身边高手已极多了，臣不过枪法出色些，只合适在尘土堆里打滚，更愿意替皇上在沙场立下功劳，将贼寇远逐于千里之外，令四海之内无人不以皇上为尊，皇上受万万百姓爱戴仰慕，无处不可安寝，那时只怕连侍卫也没有什么用武之地了。"

任这番话说得胸襟广阔高远，却一样拒绝了皇帝提拔的美意，周围的人都倒抽冷气，只有皇帝不以为忤，想到若黎灿说的情景成真，为君者又是如何地意气风发，因而道："黎卿志向高远，朕岂能小觑英杰？谕京营监军辟邪，擢升黎灿为铁枪营参将。"

"臣谢恩。"黎灿磕了个头，潇洒告退。

洪定国忍住气，与必隆一同回营时，道："只要是讥嘲藩王，说藩王的不是，无论是谁，皇帝都欢天喜地地给他加官晋爵，长此以往，朝野必被他助长出个倒藩风气来。"

必隆道："若贪图一官半职，就敢踩着四大亲王的肩膀往上爬的，多半是乌合之众。皇帝招揽多少，也不足惧。"

"凉王说的有理。"洪定国笑道，"老人家想见见凉王，什么时候方便过我营中去？"

必隆不是很情愿，但洪定国亲自说出口，不能拒绝，便大大方方道："是，既然花幕先生相邀，晚辈自然是要去的，就是今日吧。"

他两人快马驰回洪州大营，径直往洪定国中军。原先的矮帐被摧，又重新搭过，簇新的洁白帐篷反而有些扎眼的尴尬。洪定国撩起帐帘来请必隆入内，幕先生一贯是不愿见人的，看着凉王必隆行子侄之礼，只是在垂帘后欠了欠身。

"难为凉王这种时候还过来。"幕先生道。

必隆忙道："幕先生受惊，晚辈未曾过来省视问候已是不恭，幕先生这么说，晚辈无地自容。"

洪定国道："先生，我才刚和凉王说到那晚的刺客。"

幕先生的笑声从里面传来，老者淡淡的人影似乎在摇头：“不要再说那是刺客了。穿的是宫里的衣裳，想必是皇帝身边的人，不过来看个究竟罢了。”

“原来如此。”必隆道，“先生看清楚了是谁吗？”

“身法太快，没有看真切，只是身材并不高大。”幕先生道，“说到宫里的太监，能有这种手段的，只是七宝太监那一门的人。”

“七宝太监的徒弟中跟过来的就是吉祥和辟邪，先生和我的意思是辟邪无疑。”洪定国对必隆道。

“果然是他！”必隆忙问，“他可认出先生来了吗？”

洪定国摇着头，幕先生也在帘后沉默。

必隆望着洪定国，道：“难道他已识破幕先生的身份？”

洪定国道：“在他一掠而去之际，先生听他叫了一声什么，却不是很真切。”

“且慢。”必隆皱眉，脱口道，“若他当真认出先生，皇帝那边为何一点动静也无？再者，先生最后一次进京是近十年前的事了，他年纪轻轻，什么时候见过先生？”

“这正是我疑惑之处。”幕先生道。

必隆垂下头想了想，笑道：“话说回来，皇帝大婚，晚辈也随祖父在京，那时七宝太监得太后宠信，正值权盛，与王侯往来出入时总有一干小太监服侍，或许见过先生。”

“是吗？”幕先生灼灼目光猛地从帘后透了出来，落在必隆脸上，必隆丝毫没有躲闪的意思，迎着他的注视回望过来。幕先生终于叹了口气，“或许吧。”

“不过，”洪定国道，“皇帝倒似真的没有察觉。”

“皇帝年纪虽然不大，但装聋作哑的定力还是有的。”必隆道，“兄长何以得知皇帝尚未察觉先生在此？”

“办法多得是，至少皇帝还未有将先生和我隔离开的打算。”洪定国笑道，“不怕一万就怕万一，先生请凉王过来，就是拜托凉王为先生留一条退路。”

“先生要回凉州，晚辈自当鼎力相助，这条线上有晚辈在，万无一失。先生打算什么启程？”

幕先生道：“还不到这一步。最要紧是说走就能即刻动身。”

“是。晚辈回去就安排。”

洪定国知道必隆实在不便久留，既然他打了包票出来，便不再挽留，将他送至营门前方才告别回来。李呈手中拿着信件迎面过来请安，道：“少湖水寨的人通报寒州消息。”

“是吗？”洪定国接过来，“怎么不是黑州的消息？”他匆匆读完，又拿去给幕先生看，道，“寒州布政使蔡思齐上折子说成亲王遣出的御使下寒州查办于步之贪污受贿罪状，他布政使衙门才知于步之连同家眷一齐畏罪潜逃多日，叩请朝廷降罪。看来景仪绝不会同杜家共事，只怕杜桓要自己动手。先生看西王会蹚这趟浑水吗？要不要有人去那边看看，先生？”

洪定国不见帘中幕先生动静，上前轻呼了一声。

“杜桓授意白东楼经营苗疆这么多年，不会放着不用，要起兵造反，少不了白东楼那几万兵马。”幕先生道，“不过白东楼也是个老奸巨猾的，东王的兵马不出寒江，他是不会轻举妄动的。更何况皇帝已送了一位公主在大理，怎么会做赔本的买卖？”他说着忽而叹了口气。

“是。”洪定国不禁疑惑，“可先生为何叹息？”

幕先生道：“一出戏这么多人来唱，我只怕最后定是乱成一团。”

洪定国笑道：“东王、西王的举动早在先生预料中，我觉得还好。”

“不然。”幕先生道，“乱世里人人都有自己的野心，却不是你想得周全的。”

洪定国仔细想了想：“先生在说谁？”

幕先生依旧是叹息：“且不要说那个小太监背着皇帝在做自己的勾当，就是必隆这个孩子，也忽然有了自己的心思了……”

三十三

马林

马林自与成亲王船中密谈之后，成亲王府却再没有联系。按理说祝纯应透出消息来，马林等了两天，却音信全无。

其时杜闵已悄悄回到离都，询问他密谈的结果，马林无据可禀，被杜闵申饬一顿，已然坐卧难安，再派人去成亲王府打探祝纯的消息，王府里竟说从无这样一个人出入，祝纯如同石沉大海，连这根布在成亲王枕边的线也断了。

“于步之不是在京城吗？”杜闵道，“你去驿馆找他。”

“对啊。”马林笑道，“世子爷说的对，臣竟将这个人忘了。”

他自去驿馆寻于步之疏通王府，留杜闵在天刑大道的宅子里歇息，到傍晚心惊胆战地回来，颤声禀告：“世子爷，于步之两日前便离开京城了。”

“走了？”杜闵扔下手中的书信，“腾”地坐起身来，“小成王要做什么？”

“臣失察，罪该万死。”马林见他脸色发黑，忙跪在地上捣蒜般叩头。

杜闵冷笑道：“起来吧，景仪和我们耍心眼，是他自己作死，不怪你。”

“世子爷……”马林讶异地抬起头来，忽然发现杜闵的心情实在不错，“世子爷这边难道有好消息？”

“怎么不是好消息？”杜闵大笑，“你不知道，匈奴已然在二十日渡过努西阿河了。”

天险被匈奴攻破，对中原来说几是灭顶之灾，马林骨子里实在不好意思随着杜闵高兴，只得结结巴巴地道：“当真是好、好消息……”

杜闵道：“景仪还指望顺理成章地登基，却不知他们兄弟的江山会被谁吃得一干二净。搿我们的场子？哼哼。他现在不知怎么后悔呢。”

马林笑道：“世子爷说的是。”

“你去办两件事。”杜闵道，“第一，朝廷必会想方设法将这场大败遮掩过去，咱们可不能一声不吭。”

“是。”马林道，“王府里好多人现都在离都，这就将消息传播出去。”

“知道怎么说吗？”

“臣愚钝，世子爷指教一二。”

“皇帝不听劝谏，一意孤行任用愚将，贻误战机才导致渡口被夺。”

“是。”马林道，“就是如此。”

“第二件，”杜闵咬牙冷笑，“去把景仪给我揪出来，我就不信他此刻还不动心。”

马林大喜道：“极是。臣倒要看看小成王现在是如何一副嘴脸。”

不过成亲王早出晚归，就是宫里、府里两处，不说皇宫，成亲王府却也不是那么好进的，马林仔细看了两天，着实无法和成亲王说上话，着急之下却有了别的计较。

赵师爷在离都的宅子是成亲王所赐，也在秉环路附近，离成亲王府不过两条街，他虽在宅中买了一个小妾、两个丫头，却因公事繁忙，常住王府，很少回家，只有每月的月银发下来，才会带些银两回去，命小妾打点了，送往瞿州老家。闰六月初二，他照样揣着银子敲门，里面却不是家人殷勤的脚步声，门“吱呀”一声洞开，面前是马林冲着自己笑。

“赵师爷，别来无恙？”马林收起扇子拱了拱手。

赵师爷转瞬便是满脸堆笑：“马长史，安好？”

“极好，极好。”马林笑道，“请进，请进。”

似乎这宅子从来都是马林的住所，赵师爷携着他的手，客客气气入内。厅堂之上已布了酒席，两人对坐，赵师爷抢着道：“马长史怎么还未离开京城？”

马林道：“差事没办妥，有何面目回去见江东父老？”

“哦……”赵师爷仰起头来细想，“马长史什么差事如此棘手？学生不才，不知能不能帮上长史的忙？”

“解铃还须系铃人，除了先生，真是无人可假我援手。”

“言重了，言重了。”赵师爷打哈哈笑起来。

马林道：“我们王府上的侍卫祝纯前两天在离都走失，在下最后瞧见他的时候，他可是和成亲王爷在一处，我家王爷也甚爱他，这就叫我来要人。可惜贵王府的门槛太高，在下进不去，有劳先生周旋，容我见了王爷当面分说。”

赵师爷叹了口气：“马兄说笑，别说我们王府上没有祝纯这个人，只怕这世上也再无祝纯这个人了。”

“死了？”马林大吃一惊。

“可惜年纪轻轻。”赵师爷抿了一口酒，摇头叹息。

马林忙问：“成王为什么要杀他？”话一出口，才觉自己这两日也是身处险地，顿时惶惶不住出冷汗。

赵师爷却道：“马兄，我家王爷爱祝纯如同心肝，怎会加害于他，是他自己时运不济，撞到皇帝座下高手，枉送了一条性命。”

马林越听越惊，道：“如此说来，皇帝也知道了？”

赵师爷道：“倒也未必。不过想必马兄已听说了，努西阿渡口生变，真真应了马兄所言，我家王爷如何不知其中的利害？只是皇帝在京的坐探太多，王爷现在不能轻举妄动。若我是马兄，应当速速回黑州去，容我家王爷看看风向，再缓做安排。”

马林沉吟道：“皇帝北边新败，与两家王爷来说都是极好的机会，成亲王可要抓紧了。”

“我家王爷怎么不着急？不过……”赵师爷靠在椅子里微笑，“留在离都坐纛的是成亲王，真正把握中原屯兵的另有其人啊。”

“这话怎么说？”

赵师爷垂下眼把弄筷子，极低的声音道：“太后已然回銮离都，六月二十八日，懿旨秘遣御使下寒州彻查于步之贪污受贿一案。”

马林怔住了，酒从杯中倾出来，滴滴答答洒在衣袍上。

“马兄？”

“哦。”马林缓过神来一笑，“见笑，见笑。”他掸去酒水，抱拳道，“多谢先生指点迷津。”

“哪里哪里。”赵师爷笑道，“也请马兄转告杜老王爷，时局艰难，我家王爷不得不小心行事。”

“好。那便告辞了。”马林向两边招了招手，两条人影从山墙后的阴暗里跃出，几个起落消失在夜色中。

赵师爷再也忍不住浑身的颤抖，手中的筷子跟着狠命颤起来，最后“叮”地落在桌面上，他虚脱似的透了口气，冷汗将衣裳黏糊糊地贴在后背，说不出地难受。

初三清晨，西风大了起来，杜闵带着马林，在慕冬桥码头上船，疾疾扬帆出京。坐探飞报成亲王得知，景仪终于松了口气。

“总算把这个瘟神送走了。”成亲王道，“他若再滞留离都，少不得惹出大麻烦，届时只好我亲自动手要他的命。”

赵师爷笑道：“马林走了就好，王爷与东王那边还不至于立时就撕破脸。王爷忙了这些天，今日不妨歇一歇吧。”

“说的有理。”成亲王道，“叫人去内阁说一声，下午我就不去了。”

想歇一歇却要有个去处，成亲王想了想，道：“进香去。”

“是。”赵师爷点头，“东、西弘愿寺，哪个好？”

“末明寺。”成亲王解开衣扣，要换衣裳。

赵师爷上前道：“王爷，那里太热，还是算了吧。”

“算了？”成亲王看着他。

赵师爷忙道：“学生的意思是，叫他们把法事做到府里来。”

“嗯……”成亲王笑道，“就是王妃的佛堂吧。”

“那是自然的。”赵师爷道。

“交给你办。”成亲王甩掉长衣，换了便装，不许人跟，独自拿着佛经在佛堂里读，只觉外面的阳光越来越耀眼，想必是日头最毒的时候。佛堂的门“吱呀”开了，紫眸轻衫婆娑地走了进来，因为里面暗，她一时辨不清方向，茫然四顾，慢慢朝里走，无所适从。

成亲王放下佛经，悄悄绕到她身后，往她脖子里吹气。

“王妃万福。”紫眸轻轻地笑，转过身来。

成亲王不说话，加紧撕扯她的衣裳，紫眸拦住他的手，道：“别闹。佛爷看着呢。”

“到哪里佛爷都看着。”成亲王的心因这个念头跳得更厉害了，忙将紫眸按倒在冰凉的地上。

“王爷、王爷！”门外内监拼了命地打门。

“找死！”成亲王大怒，将解下来的玉带摔在门上。

那内臣“噔噔”地踉跄退了几步，远远地大声道：“王爷，太后召见。”

成亲王猛地跳起身来，披上衣服就走。

“王爷，改天？”紫眸仰起身问。

“改天。”成亲王点了点头。

王府长史已让人备了轿，赵师爷跟在成亲王身后一溜小跑，道：“王爷看太后会是什么打算？”

“谁知道呢？”成亲王叹着气钻入轿中，“原以为就遮过了，这时候召我，定是要仔细问了。”

赵师爷脸色也不好看，道：“学生还是跟着轿子去吧，宫门前听消息。”

“不。”成亲王道，“你躲在府里，千万不要出去走动。母后的耳目多，要是拿你，我拦不住。”

“是。”

“自己小心了。”成亲王放下轿帘，催人快行，到宫门前出来，已浑身是汗。

他在慈宁宫前请见，康健笑嘻嘻道："王爷不要跪了，太后娘娘正问呢，赶紧里面请吧。"

"是。"成亲王忐忑不安地道，"谨遵懿旨。"

慈宁宫侧殿正从里面"呼啦啦"往外走人，宫女太监见了成亲王都不敢作声，微微蹲了蹲就算请过安。成亲王心里更没了底，却见最后的丽人飘然而出，忙一把拉住："明珠姑娘。"

"王爷。"明珠笑道，"我可不是救命的稻草，拉我也没用。"

"哦，是。"成亲王讪讪放开手，"太后心情如何？"

明珠道："好得很。"

"好得很？"成亲王惑然。

"才刚还在说笑话，一会儿定要留王爷晚膳呢。"明珠福了福，一笑而去。

"兄妹两个在说什么呢？"洪司言走出来笑，"快进去吧。"

太后坐的地方很是明亮，因而脸上的神色被光芒掩盖着，成亲王匆匆一眼没有看出什么来，只得垂首行了礼。

"于步之什么时候放的寒州知府？"太后开口就问。

成亲王赔着笑脸道："是十一年四月间的事。"

"你觉着这个于步之是不是听来挺耳熟的？"太后却转脸问洪司言。

洪司言道："是皇上第二科取的状元。"

"哦。"太后道。

成亲王打了个寒噤："母后。"

"什么？"太后喝着茶，漫不经心地抽空问。

成亲王反倒不好说，爽性笑道："儿子跪得膝盖疼，母后要问什么，先让儿子起来再说。"

"哼。"太后道，"你举荐的知府做下这等大案子，你还好意思在我跟前要凳子坐？"

洪司言打圆场道："先让小亲王起来吧，地上返潮气，仔细以后骨头疼。"

成亲王心中念了一声佛，向着洪司言直使眼色。

"一边站着。"太后终于道。

"是。儿子谢恩。"成亲王今日把那点撒娇的手段尽数抖搂出来，毕恭毕敬立在一边，道，"儿子知错了。于步之辜负朝廷恩典，辜负儿子对他的信任，定是死罪了。母后可不要为了这样没良心的臣子气着了。"

太后清澈的眼神细细打量着成亲王，慢慢道："你确是长大了。"

成亲王心中一凛，道："是母亲教导得好。"

太后似乎在苦笑："我只怕教你的太多……"

洪司言怕他们母子尴尬，忙道："主子，小亲王进来不容易，还是问正事吧。"

太后点了点，问："那是要抄家了？"

"是。"成亲王想了想，很觉为难。

"听说于步之畏罪潜逃，多日不在公署了？"

成亲王心里一痛，勉强道："是。"

"他的家眷呢？"太后灼灼问。

"这……"成亲王吃了一惊。

"怎么家眷也不顾，就一个人跑了？"太后问，"果然是个没良心的。"

成亲王"扑通"跪在太后面前，颤声道："母后！难道……"

"难道什么？"太后冷笑，"你和他相好一场，难道不准备'照顾'好他的家人？"

成亲王抬起头，浑身打着战，咬牙笑道："母后，儿子可又学着了一手。"

太后不是滋味地挪开目光，静静道："那就好。"

洪司言将成亲王搀起来："好了好了，要问的都问了。天色不早，小亲王就在此用膳吧。"

"把明珠也叫来。"太后例行公事般地展颜道，"儿子、女儿都在，看着也高兴。"

太后的家宴，传的都是精致的小菜，一时明珠带着人挑着食盒也来了，孝敬太后的都是大理的小点心。成亲王席上魂不所属，有一搭没一搭地说笑话。

太后笑道："好啦，你说的这些都旧了。这里的小太监的笑话都比你精致些。我倒愿意听明珠讲讲寒州的风情。"

成亲王道："母后可不要疼了女儿就忘了儿子。"

"怎么会呢？"太后道，"只要是我的儿女，都是一样看待。"

他们母子话里有话，明珠微笑倾听，成亲王在她秋波般清澈的双眸下低着头。这顿饭险涩无比地吃完，成亲王找了个机会，连忙告退。

侧殿里一阵沉默，明珠站起来道："女儿在厨房里忙了半天，也累了。"

"嗯，也是。"太后点头，"回去早歇吧。"

明珠出来，如往常一样去慈宁花园乘凉，她总是稍驻假山上的小亭，然后登于乱石顶端而坐，仰望夜空，拂拭露水之际，明珠忽而想到，自大军北上之后，这明月的阴晴圆缺已然悄悄周行了两轮，又到了繁星如织，弯月如钩的时候，萤火因而显得很明亮，在她青丝间、红袖下静静飘摇。明珠停下扇子，看着那小小的灯火驻在寒绢晶莹的扇面上。

"呼。"她吹气如兰，轻送虫儿重新扑入夜色里，转眸随那星火望下假山去，却见林间阴影浓了又淡，似乎什么妖怪驾着黑风倏然穿过。

明珠想了想，最终还是叹了口气，飘身而下，从假山的曲折中绕到树林以南，在袖中扣住银针，截到林中人的侧面，将十二枚锋芒一挥而出。

那人听到风声，慌忙回过头来，星光照在他脸上，明珠不禁轻呼道：“你？”

她指尖微触丝线，将银针去势激得飞散，擦着那人身子掠过。她心中讶异未息，早忘了在丝线脱力的瞬间将银针收回，只听“丁丁零零”锋芒落于青石之上的乐声，五色丝线也罩在了那人头上。

“明珠姑娘。”那人喜极，眉间扬了扬，道，“找得我好苦！”

明珠见了他的狼狈样，也是嫣然一笑：“沈公子从来逍遥，自己找苦吃，却怨不得别人。”

“当然当然，怨不得姑娘。”沈飞飞拂开头上的丝线，笑着走过来，“姑娘近来可好？小生许久不见姑娘，茶饭不思……”

明珠啐了一口：“再这么胡说八道，我可恼了。”

“是是是。”沈飞飞忙道，又作揖不迭。

明珠却上下打量沈飞飞一身精干打扮，见他身后更背着短刀，不禁笑道：“这是做什么？往宫里溜达还须沈大公子如此大动干戈？”

沈飞飞红着脸道：“宫里没来过，就怕着了侍卫的道儿，连累了姑娘，故而郑重其事，让姑娘见笑了。”

明珠淡淡道：“连累说不上吧，你我一不沾亲，二不带故，凭什么你犯下杀头案子却要连累到我身上？”

沈飞飞依旧赔不是：“是是是，姑娘说的是。”

明珠见他执意委屈，也不忍再逼他，只是道：“宫中不是沈大公子久留之所，请回吧。”

“我这就走，不过，”沈飞飞追上前，在明珠背影后低低地问，“姑娘最近过得怎么样？我知道了才放心。”

明珠停下脚步，回眸一瞬蒙眬地看了看他：“还好。”

“姑娘清减许多了……”

明珠摇头道：“也没有。”

沈飞飞慢慢道：“小生最近一阵子会离开京城，一个人在外，生死无人知道，不知姑娘会不会有片刻工夫想到我，就像……”

“就像什么？”明珠冷冷截断他的话，反问道。

沈飞飞苦笑道：“辟邪可有消息来往？姑娘一定惦念着。”

“为什么要提他？”明珠反诘。

星光照出她眼中淡淡的伤感，沈飞飞望进那漆黑的眼眸深处，忽然叹了口气。

明珠仰头见弯月挂在宫阙飞檐之上，笑道："夜色已深，我回去了。沈大公子好自为之。"

"是。"沈飞飞魂不守舍，随口答应。

明珠走出花园大门，在阴影中回头相望，却只剩古木寂寞，沈飞飞已然不见踪迹。她侧首想了想，也觉无趣，一人身只影孤地往回走。彩裙覆盖着脚面，行动时本是窸窣的柔声，却听周遭一两记"沙沙"的急响，令她顿生警觉。

听起来轻功不过平平，绝非号称"沉鱼飞燕"的大盗沈飞飞。明珠看着背后人投在自己脚前的黑影慢慢展开双臂，忙衣袖轻拂，飘身闪在一侧，一蓬银针也从袖底发出，听得那人惨叫了一声，已是扎得满脸，捧着眼睛在地上翻滚。

明珠任那人呼痛，径直掠上房顶，向慈宁宫遥望，只见四条黑影正向太后寝宫扑去，她轻点屋脊，飞掠而下，口中喃喃笑道："这人还要留给他，却不是你们能杀的。"

不料未至慈宁宫前，又有一人从侧殿屋脊后面持刀跃出，奔袭之间已连伤三人。

"沈飞飞？"明珠蹙眉。

那刺客中为首者武功甚高，不过与沈飞飞纠缠了片刻，便占了上风，连着几刀都取沈飞飞的要害。明珠见沈飞飞实有性命之危，不得已在圈外施针法相助，她扯断针上丝线，拈在指间，在沈飞飞危急一刻，弹出银针，钻透两人密集的刀风，"叮"地撞在刺客的刀尖，猛地将刺客钢刀荡开。

沈飞飞见她凌空而下，施以援手，更是喜不自抑，百忙中抽出空来对明珠点头微笑。

这三人都有自己的不方便，只在猎猎刀风中一声不吭，交手十数回合之下，墙外的火光渐渐映了进来。

深宫寂静的夜里猛然爆发出伤者的号叫，早就惊动内廷关防太监，二三十内臣自慈宁门狂奔入内，另有人飞传侍卫。那刺客被明珠和沈飞飞逼得手忙脚乱，更见不能得手，反有被侍卫围困的危险，忙闪身跃出战团，凌空掠去之际，被明珠一针洞穿脚踝，在侧殿上跌了一跤，他踹下些瓦片，将明珠和沈飞飞阻了一阻，这才勉强脱身而去。

外面侍卫太监的火把、喧哗之下，太后寝宫更显得黑沉沉没有丝毫动静。明珠原想进去问安，却让沈飞飞牵住衣袖，听他低声道："领头进来的侍卫必是郁知秋，我和他打过照面。"

杂乱的脚步声就在宫门外，明珠叹了口气："且随我避一避。"

她领着沈飞飞穿过慈宁花园，绕过大戏台，在甬道中穿过，往东直行。两人跃入居养院的天井中，周围终于又静得如同坟墓。

“这是哪里？”沈飞飞绕过大树下的黑影，四处打量。

明珠道：“这地方从前玩得熟了，知道少有人来，宫里怕是只有这里能让你躲几个时辰的。”

沈飞飞笑道：“姑娘说这里安静，就是这里了。”他向西厢房走去，见门未锁，就想推门入内。

“不是这里。”明珠在他身后艰难地启唇，慢慢地道。

沈飞飞抽回手来，看着那门怔了怔：“是。”

“东厢请吧。”明珠闪身让开了路，“沈大公子怎么没有走，又杀了回来？”

沈飞飞恭恭敬敬地道：“小生以为那些人会对姑娘不利，若知道姑娘不是住那里，小生绝不会贸然出手，给姑娘添这些麻烦。”

明珠摇了摇头，不作声。沈飞飞惴惴盯着她，想要猜出她的喜怒，却见她安安静静的面容，仿佛心中的血液也比从前奔流得慢了许多。

“你要出京？去哪里呢？”明珠问。

“夸州。”沈飞飞道，“有个兄弟要小生帮着弄批马过来，国难当头之际，不料有些生意却比从前好做得多了。小生这回发国难财，姑娘定是瞧不上的。”

明珠一笑：“发国难财的，何止你一个？沈公子盗财，那些人窃国，人品上只怕沈公子还高了一筹。”

“姑娘取笑了。”沈飞飞郁郁低下头去。

“我须回慈宁宫去了。”明珠道，“此时大概是清查各宫各房的时候。若沈公子自己能脱身，就请便。若不得脱身，我明日定会过来看，想法将公子送出宫去。”

“多谢姑娘。”

她彩裙飘飞地远去，只剩下沈飞飞一人怔怔目送，目光如同蛛丝纠缠，让明珠不胜难过。待她从侍卫巡逻的缝隙里走回自己院子，弯月已沉得不见。她推开房门，点起灯，却见子萡坐在角落的地上，抱着肩瑟瑟发抖。

“怎么了？”明珠握着她冰凉的手，“被外面的人吓着了？”

子萡扑在她怀里抽抽噎噎地哭：“姊姊夜半不见回来，外面又叫有刺客，我道姊姊……”

“真会胡思乱想。”明珠不由得笑了起来，“你我是什么人，身份犹如草芥，刺客为什么要来杀我们？”

“姊姊不同的，”子萡哭着道，“不然太后为什么要……”

“不要乱说了。”明珠叫住她，将她搀起，扶到床上，“睡一觉什么都好了。”

外面清查的太监终于搜到了这边，叩门问道：“明珠姑娘可好？”

“我好得很。”明珠坐在子萧的床边，道，“太后慈驾平安？”

“慈驾平安。”那太监道，“太后唯恐姑娘有失，请姑娘过寝宫睡。”

子萧一把拉住明珠的衣袖，不住摇头，明珠按住她的手，向外道：“知道了，这便来。”

她拢着摇曳的火头走到门前，将烛台交给太监拿着，出来掩上了门。

“姑娘这边走。”台阶下六名宦官侧了侧身，留出中间的空地给她。

明珠走在太监们高举的灯火中间，一路辉煌行去，短短行程的尽头却是黯淡的宫舍，太后端坐在帐中，向她阴郁微笑。

“来，睡我身边来。”

周围的人突然消失了似的退了出去，太后自己撩开帐子。明珠躺在她的身边，能感觉到她身上若有若无的安详气息，明珠觉着这应该就是母亲的气息，但却无从验证。

“有没有吓到你？”太后问，神色间却没有半点受惊的样子。

明珠回道：“没有，女儿躲得好好的。”

太后替她掖好肩上的轻衾，叹了口气：“明珠，我问你，皇帝和成亲王哪个更好？”

“都很好。”明珠笑道。

太后道：“若要你从里面选一个嫁，你会选谁？”

明珠没有一点犹豫，飞快地道：“女儿不愿嫁人，所以无从比较。”

太后终于死了心似的长出一口气，合上眼睛。明珠侧面看着她，发现她确实是美得过分，这样的女人，一辈子又要遭多少罪，经多少事？明珠无从想象，故而疑惑着，这世上又有多少人能真的有资格来评价她的是非？

“还不睡？”太后微笑，“今晚在外面忙了半天，不累吗？”

“还好。”明珠也笑。

太后将她揽在怀里，道：“不要搭理那些臭男人，把终身大事放心交给做娘的。我定会给你招个称心如意的夫婿。”

明珠“扑哧”一笑：“母亲说什么呢？女儿真的谁也不嫁。”

“胡说，”太后道，“第一眼看见你，就知道你是要做我儿媳妇的，你岂不比皇帝现在的三宫六院强得太多了？”

“母亲！”明珠不禁叫道。

太后道：“好好，我不说了，不过你可要闭上眼睛乖乖地睡。”

明珠一夜多梦，清早被晨曦拂醒，便再也无法入睡，好在太后起来得总是很早，服侍她梳洗之后，便是明珠自己能静静绣花的时间，她回屋安抚了子萿半晌，又没有听说宫中搜出刺客，才放宽了心，独自向居养院去。

白天看居养院，更觉物是人非，青草和白色细小的野花从石砖的缝里挤出来，一院凄凄芳菲，大树的影子投在西厢的门上，看起来像个深不可测的洞穴。明珠拾级而上，用指甲轻轻刮划木门，等了一会儿，也不见里面的动静。

明珠默默抽回了手，她能听到沈飞飞压抑的呼吸，却知道沈飞飞已然走了，不管他要去的是夸州还是什么别的地方，回得来或是回不来，都和自己毫无关系，为什么在此之前的一刻，她却想到应该阻止他离开？

白云从狭小的蓝天里飞掠而过，明珠以袖障目向湛蓝的天空眺望，转身走入阳光里。

闰六月十日，杜闵与马林弃船登陆。伴当在岸边收拾马匹的时候，有人落叶一般轻巧地越在船舷上，敲了敲杜闵的窗。

杜闵微微颔首，向马林示意屏退，雷奇峰便无声无息地走了进来，有点恍惚地扫视过整间屋子，最后才将蒙蒙眬眬的目光停在杜闵脸上："世子爷。"

这是个不速之客，杜闵见他不请自来，心中已有些诧异，而雷奇峰竟不寻常地向前走了一步，杜闵不自觉地向后仰了仰身。

雷奇峰抬起手指，止住杜闵，低声道："世子稍安。我此行不为买卖。"他俯下身，更凑近了杜闵身边，道，"太后遭人行刺，现下十分震怒，此事终须有个交代，已有人自离都尾随世子南下，府上更须小心。此人武功并不在我之下，我虽不能替世子办惊天动地的大事，但愿送世子平安回黑州，也算我报答世子往日善待之恩。且……"

杜闵吸了口冷气，尚来不及说话，雷奇峰却已抽身退出舱外，在船外依旧没有半星声响，转瞬已去得远了。

马林推开舱门进来，望了望杜闵冷汗淋漓的面庞，问道："世子爷未曾召唤，雷奇峰来做什么？"

"没什么。"杜闵笑了笑。

他二人登岸，快马行了一整天，到十一日，便回到黑州东王辖地。黑水县是东王屯驻水军之所，海岸边上战舰百只；便是骑兵，在此也有三万五千人之多。这些都是杜闵平日带惯的兵，见他隔了大半个月又回来，都很欣喜。帐下大将皆来问安，心腹人等待众将退出，急急问杜闵此行结果。

"想要兵不血刃出寒江，现在看来是不可能了。"杜闵道，"但朝廷在北新败，过不几日中原之内都会人心惶惶，朝廷在东边屯军不多，只要我们现在布兵，占领险要，就有九成的胜算。”

“世子爷说的是。”众人点头称是。

杜闵道：“今日我也乏了，暂不议事。待明日一早升帐，各营各将均有差遣。”

马林在外报名，分开人群进来，众人知他所参与的，俱是最机密的差事，忙行礼告退，容杜闵与他密谈。

马林见人走远了，才道：“世子爷，王府里自己人过来了。”

“哦？”杜闵站起身来，又四处看了看，才问，“怎么样？那几个，还安分吗？”

马林摇了摇头：“小斓王爷上月奉王爷钧旨领兵海上去了，如今已过壶山岛，一时半会儿是见不到了。只是王妃娘娘却眼看就不行了，侧妃们都急着想让自己的儿子过继给王妃送终，定了嫡出的名分，方便日后夺嗣。”

杜桓多子，杜闵使女所出，东王素来不喜；三子杜斓的外祖父是黑州地方的乡绅，其母卢氏美而惠，可惜早亡，而杜斓聪慧孝顺，实是诸子中最贴心的一个，无奈舅家没有什么势力，杜桓不敢擅以王位相传。而其他王子的舅家无不显赫，加之东王早谋大位，这东王嗣子的身份，比从前更加炙手可热。

杜闵的眼角跳了跳：“父王怎么说？”

“老王爷千真万确地亲口答应了潘妃，还说不要声张，尤其是不要让世子爷知晓。”

杜闵气得眼前一黑，向马林摆了摆手：“不要说了。”

“是。”马林道，“不过老王爷听说世子爷回来了，定会飞传世子爷回去，王妃还惦记着见世子爷最后一面哪。”

——杜桓并非那种会善意安排他们母子最后相见的父亲，此时急召，无非是担心潘妃之子正了嫡出的名分，杜闵在外拥兵，必出变故。杜闵知道得清楚，叹气道：“我又何尝不想回去，但此时另有主张，不要劝我了。”

马林只得点头。

杜闵问：“银两准备得怎么样了？”

“已经到了黑水大营，就在后天交易。”马林道，“这两年因朝廷征粮，本就紧，今年为了军饷,更像从石头里攥出水来似的,凑齐就不容易了。世子爷千万别嫌他们办事拖沓。”

“怎么会？”杜闵道，“能凑齐这五十万两白银，已出乎我意料了。不过你要知道，从前每年给倭寇五十万两，不过为了求个太平；这次却关系到我军后方安危，更是不能出半点差错。”

“是。”马林道，“世子爷动兵之前确实要谨慎考虑倭患。”

“他们是强盗。”杜闵笑道，“贪图的就是个‘钱’字。我看这回你就亲自押送银两去一趟，能将他们哄回海上去，就最好不过了。”

马林想到辛苦一趟回来还没有见到家里人，又被指派出去，不禁气闷。杜闵似乎看出他的不乐意，对他笑道：“不过就是两三天的工夫，我等在黑水，等你办妥了这件事，就一起回黑州去。那时，你可不止是王府长史的身份了。”

马林赔笑道：“世子爷能在王爷面前替臣美言，臣感激不尽。”

“也不必定要和王爷讲，”杜闵笑得阴沉沉的，“我说了就算。”

马林知道东王杜桓的脾气，那是一个把自己权威呵护得极小心的老人，因此杜闵的话让他疑惑了一路。

这趟差事用了二十辆大车装载银两，负责押运的是八百士卒，走在官道上尚觉浩浩荡荡，此时搁在绵延海岸，只是可怜巴巴的一小撮。正是涨潮的时候，天气不是很好，怒涛翻滚着扑上礁石，“隆隆”声摧枯拉朽地洗涤着人的心魄，所见的水天一色，竟是苍白的，四处遥望，更觉孤绝无援。

“看到船了吗？”马林忍不住问。

押运官回道：“这种天气，想必停在避风的地方。长史不必着急，这里离约会的地点还有两三里路呢。”

“是吗？”马林道，“前面已看见信旗了，应是到了吧？”

“的确是红旗。”押运官笑道，“倭人贪财，急着过来了。”

说好以红旗为号，礁石上站的人袒出右臂，裸着膝盖，在狂风中不住挥舞旗帜。

“过去。”将官喝令。

众人都指望早点交差，忙将车赶下沙滩，持枪的步卒跟着车，在松软的沙地上跌跌撞撞地一溜小跑。

礁石高处的倭人笑得正欢，扔下旗摇起胳膊，叫道：“这里、这里。”

马林看了看左右，道：“怎么半天就他一个，还瞧见别人没有？”

那押运官正要答话，却忽听自己队伍里一阵大笑，原来那倭人高兴得手舞足蹈，一不留神“哎呦”了一声，跌到礁石后面去了。

押运官在众人的哄堂大笑中高叫：“小心了，小心了。”猛然咽喉一痛，被冷箭射落马下。

周围的人吓得怔住，未及察看，便听狂风中一片尖啸，漫天利箭当头罩来，“噼噼噗噗”地将人打翻在地。

“倭寇造反了！”主将已死，东王士卒大乱，一边叫，一边扔下同袍的死尸，躲在银车之后。

马林拽住缰绳，在人群中打转：“不要慌，不要慌，拿弓箭出来。”话音未落就觉背心剧痛，他扑倒在沙土里，海水和着细沙呛入口鼻，几乎立即窒息。他勉强支起身子，模糊的视野里尽是汪洋般的刀光，头顶上的惨叫声被海风吹得似远又近，一条断臂砸在他的头上，反倒让他放心地昏了过去。

“不要留一个活口。”

说话的却是中原人，马林被这句话吓得清醒，身子微微一怔。周围的呼叫还未息止，却有人开始赶动银车。

“大老板取多少银两，请自便。”这人舌头捋不直似的，带着倭人奇怪的腔调。

那中原人笑道：“将军客气了，虽说我意在银子，将军意在中原疆土，不过这买卖之前就谈好了价钱，我仍取三十万两不变。”

倭人道：“大老板是个讲信用的人。”

“呵呵，承蒙夸奖，在下是个生意人罢了。”中原人道，“今年收不到银子，想必贵国朝廷再不会阻扰将军兴兵，剩下的二十万两也够大将军向杜桓开战的军饷。”

“正是。今后还要靠大老板多方关照。”

“彼此彼此。”那中原人大笑，“将军请先行，在下还有点小小事要办。”

周围开始安静下来，只有一人在旁边不住踱步的声音，那人最后停在马林的面前，有点吃力地蹲下圆滚滚的身子。“马长史，”他拍了拍马林的脸，“装死可就不好了。”

马林一个寒战，更牵动了伤口，剧痛之下呻吟不已。

“痛吧？”那人道，“只要马长史将东王布兵之计和盘托出，不但性命有救，这车上的银两也由马长史取之自便。”

“性命？”马林侧过身子想看清楚面前的人，却被一声“别动”喝住，踩住肩膀不能动弹，马林摇头苦笑，“就是我逃得性命又如何？我的家眷儿女都在黑州，一旦东王知道我的消息，他们又能苟活几日？就算东王事败，朝廷怎能容得我？我想来想去，现在一死了之倒是最好的结局。”

那人叹了口气：“难怪东王器重长史，果然是聪明又识时务的人。”他向身边人招了招手，一柄雪亮的利刃“沙”地插在马林眼前的沙砾中。

“来吧来吧。”马林叫道，“我的梦做醒了，不知他们的皇帝梦，什么时候才能醒啊。”

三十四

杜桓

杜闵坐镇黑水大营，将兵马分派停当，眼见水军、骑兵领命开拔，只等马林的消息，不料到了闰六月十六，非但不见马林转来，且连只字片语也没有通报。他知马林从来办事谨慎妥帖，料想其中自然有不同寻常的变故，只得命人前往与倭人交易的地点打探。探报回来却报："小的看得清楚，那地方实在没有一个人。海面上因风大，也没有船只。"

"哼。"杜闵冷笑，"倭寇要耍什么花样？你是一路察探过去的吗？"

"正是，小的跟着银车行进的路途看过去，沿途没有任何异常。"

杜闵有点坐不住了，毕竟是五十万两雪花花的白银，更牵扯到倭寇的平静，他不愿再等，点齐了两千人马，顺着银车的方向一路细细查过去。一日里便从黑水到了海岸，日出的时候，海面终于平静，映着朝霞，血红刺得人睁不开眼睛。杜闵挥鞭指向右手一纵礁石，道："这些乱礁之后，是埋伏人的好地方，要想伏击银车，此处只怕是最易得手的了。给我在这附近细细地搜。"

人马"哗啦"散开，方圆两三里内四处找寻蛛丝马迹，杜闵带着两百人沿着海岸，扒开沙石检视，继续向前慢慢行去。两个时辰之后差不多走到了与倭人原定的交易地点，领兵将官都回来报："没有半点头绪。"

杜闵不禁皱眉，喃喃自语道："这银子本就是送上门去的，何必打劫？又何必擦得这么干净？"他望着慢慢翻滚起潮水的海面，百思不得其解，出了神。

"爷，"身边的伴当指着海面上一点黑影，"那可是人吗？"

杜闵在镫子上站直了身子，仔细看过去。"是尸首。"他道，"快捞上来。"

标下善泳者五六人扑腾跳下水去，将那尸首拖上岸。这人已死了两日，浑身发胀，手脚衣物被鱼啃得支离破碎，仍能分辨出穿的是东王水军字号。

"仔细查看伤口。"杜闵命道，"是倭刀吗？"

"不是。"底下人回禀，"是中原刀。"

杜闵一怔："确定？"

"确定。"

杜闵道："那是遇上强盗了？哪伙人有这么大的胆子？"

参将秦毅上前道："世子爷，臣不明白，要是强盗，不过杀了人，抢了银子就罢了；要是臣没有猜错，押运银两的人马定是全军覆没，八百多具尸首，只找到一具，普通的强盗何必费神藏得这么干净？"

杜闵点头："你说的对，我也有这种疑惑。难道是要我们和倭人为了五十万两银子火并？那么这些人的来头可不小。"他叹了口气，道，"可惜了马林，看来凶多吉少，派人这里附近仔细搜索尸首，最好能找到马林的全尸，交给他家人。"

"是。"秦毅领命，要问他是否回营，却见他抱着肩膀盯住海水沉思，也不敢多嘴。而远方一骑飞驰而来，一声声高呼"世子爷"，再不容杜闵细想。

"什么事？"杜闵认得他是王府中的人，忙叫到面前问，"王妃还好吧？"

"不好。"那报信的人摇头道，"王爷急召世子爷回府。"

"知道了。"杜闵稍稍松了口气，见那人没有告退的意思，不禁微怒道，"还有什么事？"

"王爷要世子爷即刻启程。还有……"

"还有？"

"前日倭人来信说，海上风浪太大，船出不了港，陆上走唯恐王爷误会，特命人知会王爷，将日子往后拖两日。"

"拖两日？"杜闵一怔，"那就是今天了？"

"世子爷，"秦毅忙道，"只怕他们接应银子的人就在附近，见我们这么多人，又没有携带银两，定要误会。"

"撤兵。"杜闵掉转马首，叫道，"快撤。再派个人去，对海上的倭人说，银子两三天内就到，少安毋躁。"

士卒不明所以，只是跟着他掉头纵马撤了下去。

忽闻秦毅跟在马后叹息："晚了。"回头再看，海面上十六人持桨的快船正顺着潮汐漂来，船头一人使劲摇动红旗，见他们大队人马迅速回撤，迷惑之下，高叫道："哎——哎——"

杜闵听见倭人的呼唤，不禁一阵沮丧，退出十里，重新整队时，将马鞭摔在地上，想大声咒骂稍解心中郁闷，却怕标下人失了锐气，只得颤着嘴唇强忍。

"世子爷消消气。"秦毅看出他的心情，上前低声劝道，"劫去五十万两白银当然不是容易的事，但想要从咱们杜家眼皮底下运出黑州，更是难如登天。亡羊补牢，为时不晚。"

杜闵静下心来想了想，顿觉不错，点头道："那伙强人走了两天，还不曾出得黑州，你这就传令黑水大营和各府各县，对过往船只车辆严加盘查。"

"是。"

杜闵叫来报信的王府家人，道："我今日就启程回去，向父王禀告此事，你前面通报府里知道。"

黑水大营至黑州王府快马一日便到，杜闵却慢吞吞在路上磨蹭，他先回黑水大营，取出他东王世子的印信，出营不久，天就黑得不能行走，他便笃定带着两百护卫投宿驿馆。第二日更是晚发早歇，在官驿休息。到十八日傍晚，明明黑州城就在眼前，他却不急着赶进城去，只命二百骑兵挤在小客栈里。杜闵独自在房中踌躇，他推开窗，能看见东王府侍卫中顶尖的高手们立在墙角的阴影里，乌黑的剑鞘头上，露出一截雪白的剑身。有这么些高手环护，杜闵仍没有半点安心，他感觉雷奇峰就在左近飘游，那种凄迷的杀气，正如此时灰蒙蒙的天色，只是不知道扑入网中的，究竟是谁。

"世子爷。"伴当在外轻轻叩门，"王府里来人了。"

"叫进来。"杜闵道。

他捏着一把汗，看着那家人走入。

"世子爷。"家人躬身施礼，"王爷催世子爷这就入城，不要再拖了。"

原来自己期盼的那件事没有发生——杜闵心中的寒意更是凛冽——难道是等自己回去了再动手？杜闵嘴角不自觉地抽搐了一记，家人被他狰狞面容吓得低下头去。

"王妃怎么样了？"杜闵问，"家里人都在吗？"

"只小斓王爷在海上，其他人都等着给王妃送终。"

"都在……"杜闵幽然道，"呵呵。"

"世子爷？"

"那就入城。"杜闵有点艰难地道，"你先去知会城门守军。"他走到窗前，向着下面的侍卫招手。

六个精干的黑衣汉子安静地走出来，等待杜闵的号令。

"进城，你们几个片刻都不要离开我左右。"

他说完这句话，才想到若那人铁了心取自己性命，这六个侍卫又如何挡得住？他察觉到自己无可奈何的挣扎，一心想为天下之主的野心使他更觉羞耻。

"世子爷进城。"伴当们高叫，客栈门前被马蹄掀起一阵烟尘。杜闵跳上马背，向四周环顾：就要下雨的样子，劳作的人们顶着斗笠，匆匆赶回家，阳光从飞卷的乌云里忽然透出来，照出的浓密树影之后，是灰暗中更显青翠的无垠稻田。正是最安详的境界，不像是有什么人会突然杀出来的样子，杜闵长出了口气。而静谧的傍晚里，归巢的乌鸦却在人头顶上猛地聒噪起来，弄得他仰头微微发怔。

东王杜桓的原配王妃姓洪，是现洪州亲王洪失昼的姊妹。五十年来，从没有享受过子女之福，弥留之际，身边多出这些几乎称不上熟悉的年轻面庞，令她啼笑皆非。

“怎么都在这里？”洪王妃握着杜桓的手，神志清醒地抱怨，“都在等着我死吗？”

“他们都是来看你的，不要乱想。”杜桓向潘氏所生的儿子招手，让他在床前磕头，“这两天雯儿一直守在你身边呢。”

“小闵儿呢？”洪王妃已问到第十遍了，“他为什么不来给我送终？”

潘氏笑道：“两天前就派人催去了，还在路上悠闲自在地走着呢。”

“滚开。”洪王妃道，“连同你那儿子都滚！”

“快走，快走。”杜桓唯恐洪王妃一怒之下坏了杜雯的好事，跟着道，“不要惹王妃生气。”

潘氏哼了一声，跺了跺脚，拉着儿子出去。

杜桓抬起头，向着周围的人道：“都走吧，静一静也好。”

洪王妃又在上痰，艰难地喘气，使女们忙着摩挲她的后背，她缓过来，盯着帐顶喃喃自语：“走了才好，走了才好。”

杜桓知道她感慨的是自己的命运，忍住了没有说话。

大概是深夜了，人们忙着换了一遍蜡烛，又添过檀香，想方设法遮盖住屋内腐朽的气息。“王爷，二更天了，晚膳不用可不行。”内臣都来劝。

杜桓犹豫了一下，站起身来。洪王妃的手却紧了紧，泛着青光的脸上，正向他露出微笑。

“你要说什么？”杜桓俯在她脸庞边，她却摇摇头，慢慢松开了手指。

杜桓出了房门，呼出嘴里死亡的味道，风雨之前湿润的空气让他精神大振。三十多年，他一直对洪王妃心存戒备，到了这十年间，每当看见她透析世情的双目，他心中的秘密就更在发抖。现在都好了，他翘起嘴角来微笑，然后便看见杜闵带着黑压压一伙人正闯进来。

一点好心情便让他搅了，杜桓沉下脸来，低声喝住长子：“胡闹，半夜三更的，王府内宅是侍卫乱闯的吗？王妃眼看就不行了，你这些天又在哪里？”

“儿子有急务。”杜闵不是很怕杜桓，抬手止住身后紧跟的侍卫，慢吞吞地道。

杜桓看着三十多岁的儿子，觉得他越来越像养大他的洪王妃，时不时地，让自己生出一丝戒惧。

“什么急务？”杜桓沉住气问，“黑水大营的兵马已分派完了，银子也交接出去了，万事俱备，就等你回来。”

“父王，儿子有下情回禀。”杜闵说这句话的时候，越过房檐，向半空打量。

杜桓道："看什么？"

"没什么。"杜闵收回目光来笑道，"父王容儿子密奏。"

"书房吧。"杜桓走在前面。

杜闵看了洪王妃寝室一眼，叫过一个使女来："对王妃说，我回来了，一会儿就来问安。"

杜桓已在廊下不耐烦地侧过身等着杜闵，杜闵向侍卫们低声道："跟紧了。"

杜闵总是有些用意深刻的命令，侍卫们原本以为到府中就交托了差事，此时又不敢多问，只得紧跟在后面。

内宅里的书房是杜桓处理最为机密政务的地方，他在书案后坐定，看着杜闵跟进来，问道："你说的急务关不关大局？"

"既然是急务当然事关大局。"杜闵道，"给倭寇的五十万两银子，被人劫走了。"

"什么？"杜桓大惊，"是哪路人？"

"尚不知道。"杜闵道，"儿子去看过了，绝非一般的贼寇。"

杜桓沉默了半晌，道："你和倭人是怎么说的？"

"儿子遣人去言道，因他们迟了两天，故而先将银子运回黑水大营，过两日另派人马护送银子送到他们船上。"

"好。"杜桓点头，"这是一件。你又如何追查劫走银两的人？"

杜闵道："已密令各州县在道上严加盘查，水路里也有水师巡视。另有战船十只本是往少湖部署的，现调了五只出来，在少湖水域里细细地搜查。儿子一路赶回来，想必是错过了禀报的人，现在还不知消息。"

这个儿子果然是最为精干。杜桓放下一半的心，却更勾起他的猜忌，他对杜闵道："那么当务之急，是另凑白银五十万，先安抚了倭寇再说。"

杜闵道："儿子查过官库，开销了军饷之后，所剩无几，大概只能从府里的库房出这五十万了。"

"那就这样吧。"杜桓道，从怀中取出一串钥匙来，交给杜闵，"另外就是给我找出这帮贼寇来。"

"是。"杜闵心满意足地接过钥匙，道，"连他们的主子在内，定一个也不留。"

"看看你母亲去吧。"杜桓道，"只怕就是今夜里。"

"是。"杜闵道。

杜闵的出身并不光彩，他的生母王氏是杜老郡王的侍女，老郡王弥留之际，却让杜桓在侍奉汤药的闲暇里成全出现在的世子来。那是早在洪王妃成婚之前的事了，杜桓嫌弃王氏的身份，加上不愿声张这丑事，不但不甚喜欢杜闵，对王氏也冷淡了下去，不久，王氏郁郁而终，杜桓的长子就由洪王妃教养。王妃嫁入杜家五年，未得一男半女，早早地死了心，便将杜闵过继为养子。出身微贱的杜闵因而一夜间成了原配所出的嫡子，到了成年时，由洪王妃上疏得以立为郡王世子，以后继承杜桓的爵位，都是他这等出身的人所不敢想象的。

杜闵对洪王妃的感激却不止于此，王府里的嫉妒争斗随着杜桓晋封为亲王愈演愈烈，杜闵总觉得，要不是洪王妃的教导和庇护，自己恐怕活不到现在。

清秀如初的妇人就要升天，王府里便只剩杜闵自己了。杜闵跪在洪王妃床前，见她胸膛一起一伏，呼吸混浊急促，就怕听不到她说一个字，便眼睁睁看她去了，心中更是孤单落寞得厉害，不禁放声大叫：“母亲大人，母亲大人！儿子回来了。”

使女们吓了一跳，连忙过来劝解：“世子爷可不要叫了，当心外面误会。”

“对……”杜闵顿时醒悟，压低了语声，“母亲大人，再说一句话也好，让儿子放心。”

洪王妃微微动了动，似乎想要摇头，杜闵忙道：“拿水来给王妃喝，府里的大夫都哪里去了？”

“叫大夫来也没用了。”潘氏拉着杜雯，倚在门上，笑嘻嘻地道。

杜闵看了她一眼，便扭过脸去，按捺下厌恶，只是小心翼翼地往洪王妃口中喂水。

潘氏走过来看了看，道：“王妃还好啊，听见世子爷大呼小叫的，以为王妃这便升天了。”

“住口。”杜闵道。

潘氏听出他低沉语声中的不善之意，识相地闭上了嘴，将杜雯推了一把，让他跪在杜闵身边。

杜雯极机灵，拉着洪王妃垂在床下的衣袖，呼道：“母亲大人，儿子守着母亲大人呢。”

一直昏迷的洪王妃突然迸出冷冷的轻笑，诈尸似的睁开明亮如炬的眼睛，倏然转过头来。杜雯打了个寒战，向后一仰，几乎一跤跌倒在地。

“看看，”洪王妃竟慢慢支起了身子，在她眉宇凝结的时候，藏了几十年的烈性脱鞘而出，连杜闵的心中也升起一缕寒意，洪王妃指着潘氏母子，对杜闵道，“看看这些人。”

“儿子看见了。”杜闵连忙扶住洪王妃。

洪王妃牵着杜闵的手，道：“我对你没什么好，只是教你怎么一个人活下去。现在你还有用，将来，他会把你扔给这些豺狼吃。”

杜闵伏在洪王妃的耳边，慢慢道：“儿子比谁知道得都清楚。”

“那就好……”洪王妃垂死的脸上绽开笑容，放宽了心似的躺了回去，“杜雯出去，我有自己的儿子，轮不到你给我送终。”

潘氏的神色很难看，走到门前啐了一口，低声咒骂："还不死！"

杜雯却一动不动，淡淡地道："父王叫我来的，我不走。"

杜闵不料他如此倔强，一时语塞，忽然想到今夜不同往常，便忍不住笑出了声。杜雯看不懂他的笑容，怔了怔。

外面突然爆发出铜锣哭丧的嘈杂，满地都是人乱跑的脚步声。

"走水了？"杜雯站起身来向外看，却让一个内臣狂奔进来，撞在了他身上。

"不长眼睛！"杜雯扇了他一个嘴巴。

那内臣毫不理会，反将他推在一边，径直奔到杜闵脚边："王爷、王爷死了！"

"胡说八道。"杜雯大怒，上前要揪那内臣的衣领，杜闵一把抄住他的手腕，将他掼在地上。

"什么时候的事？"杜闵仔细盯了杜雯一眼，才俯首问那内臣。

"不过一会儿。"那内臣道，"王爷正在晚膳，喝完了汤，就倒在桌子底下……吐血……"

"然后呢？"

"奴婢们围过去的时候，已然没有气息了。"

潘氏与杜雯都惊得呆了，大雨之前的瑟瑟阴风穿门而入，吹得他们不住哆嗦，像要找个依靠一般，两人不自觉地向杜闵拢过来。

"大哥……"杜雯道。

杜闵摆手叫他住嘴，接着问道："其他王子知道了吗？怎么一个也不见出来？"

"奴婢不知道。"那内臣老老实实地道。

"叫侍卫都进内宅。"杜闵命道，"快去！"

那内臣连滚带爬跑了出去，杜闵对面前的使女道："外面有几个侍卫在暗处，你去招呼他们进屋来。"

那使女哆哆嗦嗦往外走的时候，潘氏开始抢地呼天地哭起来，杜闵厌烦地站起身，刚刚想要走得远些时，却听一声尖啸猛地从风中蹿出，那使女便"砰"地直挺挺摔在门前。

潘氏顿时停住了哭泣，待看清楚那使女胸膛上插着的匕首，立即又扯着喉咙尖叫，杜闵"噗"地吹灭了灯，在一边听着她的声音皱眉，对杜雯道："劝劝你娘。"

杜雯上前摇晃她的肩膀，大声道："再叫！刺客被你招过来了。"一句话便让潘氏紧紧闭上了嘴，杜雯将她拽到墙角，挡在她身前。门外又是短促的惨呼，一个杜闵贴身的侍卫捧着喉咙上的伤口，滚在地上。

"世子爷退后。"其他人井然有序地持刃退到屋里，慢慢掩上了门。闷热的天气一会儿便令屋里人汗流浃背，人们一边猜测着来敌的身份，一边喘着粗气。杜闵从侍卫手中接过剑来，一步步退到洪王妃床前："母亲大人。"这回更无半点回应，他低下头去看，离着极近了，才发现洪王妃微微笑着，已然仙逝。

杜闵垂下剑去，揣摩她的笑容，不知她在最后的时刻，有没有听见杜桓被人毒毙的消息。"王妃走了。"他对周围的人道，人们看着他，好像他才是最后一个知道消息的人。

杜雯不过片刻间便失去了父亲这座大靠山，他天资聪明，虽然年轻却极快地回过神来，凑在杜闵身边，用千依百顺的腔调道："大哥节哀。父母一夜间都故去，兄弟们都仰仗大哥做主呢。"

杜闵冷眼看他，淡淡道："那是自然的。"

"世子爷，刺客正在外面，现在不是兄弟叙话的时候。"为首的侍卫道，"听说王府内宅的屋子里大多有暗道，世子爷找找看，先脱身要紧。"

"这里没有。"杜闵摇了摇头，他从小住在这个院子里，每一块砖都被他翻动过，也从来没有听说洪王妃屋里有什么密道，"你们小心了，"他道，"援兵就到，只怕那刺客等不及要出手了。"

话音未落，又是两道销魂暗光钉入，将门上雕花击得粉碎，带着外面湿咸的雨水，贯穿最前面两名侍卫的头颅。尸体轰然倒在杜闵脚前。"世子爷退后。"为首的侍卫忙将杜闵拉在身后，护着他们兄弟慢慢退向墙边。

王府里的喧哗越来越盛，外面的刺客却融在黑夜里似的，遁形无踪却又无所不在，只是杀意随着风雨渗透了进来，将众人的魂魄缠得死死的。

"大哥，这是何处的冤家？"

杜雯轻细的呼吸喷在杜闵脸上。杜闵厌烦地摇了摇头："不知。只是如此藏身，迟早刺客会寻得破绽杀人，我们在此束手待毙，倒不如闯出去碰碰运气。"

"怎么个碰运气法？"杜雯仰起脸来望着杜闵，冷不丁脖子被杜闵的手掌握住。

"且看我运气如何。"杜闵将杜雯拽到身前，不顾他张开手脚挣扎，只当手持盾牌，径直冲到门前。

杜雯在他手中猛地一颤，大叫了一声，之后再无声息。杜闵估摸了匕首掷来的方向，奋力将杜雯的尸首抛出，和侍卫首领夺门而逃。

剩下的几个侍卫一时看傻了眼，但他们从来跟随杜闵办事，况杜桓死后，这便是继位的东王，不敢分辩是非，忙跟着持械跳将出来。

杜闵一边沿着回廊向杜桓书房狂奔，一边高呼救命，眼看就到房门，那侍卫首领却闷哼一声，扑倒在地，几将杜闵绊倒。杜闵头也不回，从尸首下抽出衣摆，踉跄撞入门中。树上的黑影飘然落地，就要紧跟过来。

“住手！”一人扒着回廊滴水檐，轻巧翻身落在刺客面前，刀锋挟着浩荡的金风直劈刺客面门。

那刺客双手俱持匕首，交叉一处，“叮”地架住刀身，浑身血脉虽被震得翻滚不平，却仍有暇仰避，向着来人小腹连踢两脚。

“好。”来人赞了一声，飘出五尺开外，刺客借此机会，一个筋斗折出，稳稳落于朱漆栏杆上。

“不要坏了爷的好事。”刺客蒙着脸，却不影响他说话时犀利的神情，“闪开。”

来人朗声一笑，道：“杜闵我留着有用，你雷老二就不要和我抢了吧。”

“哼哼，”刺客冷笑道，“你一介水寇，用不起这么贵的人工。”

“小瞧我？”那人故作不悦，道，“如今道上的年轻人，可不怎么有礼啊。”

那刺客道：“你我不是一条道上的人，不必来这套虚的。再不闪开，先死的就是你。”

“不妨来试试。”那人笑道，“你们雷家杀人，从来都不多废话，怎么传到你这一代，变得这么叽叽歪歪。”

那刺客目中的杀意已不纯粹，烦躁地将匕首在指间转成两朵白亮的花，肩膀微微一震，两柄匕首便脱手飞出，取那人咽喉、胸膛两处。那人掉转大刀，想以刀背相格，却见两柄匕首像被无形的鞭子抽了一记似的，凌空一跳，分作左右两路，转而钉向那人肩胛。

那人偌大身躯却水蛇般扭了扭，匕首擦着他的衣衫，“哆”地钉在廊柱上。那刺客已跟着这一击踊身过来，伸手从腰间捞出另两柄匕首，仍是认准他的咽喉要害猛刺。那人挥刀荡开刺客的利刃，大喝一声，当头又是一刀斩下。这一刀依旧威势沉重，那刺客避无可避，如法炮制硬接一记。那人电光般收刀、再砍，一瞬间连劈五刀。那刺客不及闪避，一样连接五招，最后被震得单膝跪地，呛出一口血来。

“武功不错嘛。”那人看着年轻刺客火烧般明亮的目光，赞叹笑道，“可惜嫩了些。”他抬起腿，一脚将刺客踢得飞起来，那刺客后背把书房门撞得粉碎，直滚到屋内。

那人看着侍卫蜂拥进来，也不穷追那刺客，展臂一搭廊檐，荡入夜雨中，大笑而去。

那刺客听着外面侍卫如临大敌的叫嚷，勉力从痛楚中振作，在断木碎屑中慢慢仰起身子，借着屋外的灯火光芒环顾书房。桌上的灯不知被谁打翻，椅子也踢倒在地上，家具摆设样样都在，只是不见杜闵的影子。

“里面那刺客快滚出来！不然就放箭了。”侍卫们高声威胁“嗖”的一声，先放入一支箭来示威。

那刺客毫不理会，站起身扶着墙，一点点敲打粉壁，听里面的回声。他扯下墙上的书画，掀倒书架，弄得屋内“咣噹”乱响。外面的侍卫首领沉不住气，叫道：“放箭！”

那刺客不敢怠慢，滑入书桌底下，蜷缩成一团，听得“噼噼扑扑”雨打荷叶似的，片刻工夫书桌便被扎得如刺猬一般。

一时箭雨息止，侍卫们不见里面动静，只道那刺客不死即伤，扔下弓箭往里面冲，突然人群崩散出来，又被屋内的刺客杀死两人。

“放火烧！”有伴当在内府骑马奔过来道，“世子爷有命，就算放火烧了书房，也要那刺客的命。”

“是。”侍卫们面面相觑，大雨里犹豫着是否要动手。

忽然一条黑影映着灯光而来，长剑凌空出鞘，“噗”地刺入房顶，连人带剑冲入书房中。瓦砾烟尘和着雨水打在侍卫们脸上，刺痛又让人睁不开眼，侍卫们措手不及，又不知这条黑影来历，怔了怔之间，便见那黑影横抱一人一跃而出，仍然身法如电，去势比飞矢更快，几个飘摇，远远去了。

从内宅书房向北，隔了两个院落，便是杜桓用膳的花厅，杜闵坐在杜桓的椅子上，默默看着父亲铁青的面庞，桌上还放着东王喝到一半的汤。杜闵伸出手指触了触，发现那汤竟还是热的，他执勺搅拌着清醇的汤水，里面原来是父亲最喜欢吃的莼菜火腿。

牢牢霸踞一方的东王，最后竟为这几片小小的浮萍身亡——杜闵“扑哧”笑出了声。

“世子爷，”领侍卫长史姚晋走进来，看了看杜桓的尸体，又改口道，“不，小王爷。”

杜闵胸怀大畅，道：“讲。”

“臣无能，那刺客虽然圈在书房里，却最终叫人接应走了。”

“也罢了。”杜闵道，“你们不是那些刺客的对手，能救下我的性命来，就当嘉奖了。”

“小王爷。”姚晋叩了个头，道，“臣还有噩耗上禀，小王爷饶命。方才将王府清查完毕，除了老王爷，连二爷、四爷、六爷，都遭行刺身亡。”

“雯六爷也死了？”杜闵追问了一句。

“是。”

杜闵顿了顿足，泣道：“你六爷是老王爷最爱惜的儿子，是我最疼的兄弟，竟也追随老王爷去了，我今后有何面目去泉下见父王？”

“小王爷节哀。”

内臣们渐渐围拢了过来，纷纷地劝。杜闵想到今夜死的，还有洪王妃，心中绞痛，哭

得更是凶了。

王府一片悲泣中，夹杂着女子尖叫的声音，潘氏甩开使女拉扯的手，披头散发地冲上花厅，指着悲痛欲绝的杜闵道："你弑父不算，连兄弟也杀得一个不剩，我和你拼了。"

她就要上前来拉扯杜闵的衣裳，原本跪在地下求饶哭泣的姚晋却突然跳起身来，手中剑将潘氏穿了个通透。潘氏瞪大了眼睛，抓住姚晋的袖子不放，慢慢倒下之际，扳断了鲜红的指甲。

"小王爷，"姚晋甩干净剑上的血迹，道，"潘夫人与老王爷共膳时，一样遇刺身亡。"

"知道了。退下。"杜闵道，"你们还不快给王爷装殓了。"他叫过内臣们来，自己站起身，走出花厅，穿在廊里望着大雨如注，这一夜的纷扰，弄得他筋疲力尽。要自己全家性命的无论是不是太后，杜闵都不禁要感谢他，一夜间已届成年与自己争夺嗣位的兄弟全部被杀，只有自己，冥冥中不知由谁眷顾着，居然毫发无伤。他现就置身在戍海黑州亲王独用的花厅门前，今后一样要站在中原皇帝独享的清和殿上。此时此刻，一直以来占着王位的、觊觎王位的、争夺王位的都突然死得干干净净；这江山打下来，享受的，便只有自己一个人了。

这才活得痛快——杜闵心满意足，只是想到接应刺客出府的看来竟似雷奇峰的手段，而最后将刺客阻了一阻的人又不知是哪方神圣，这才闷闷不乐地叹了口气。他默然转身，却见雷奇峰正悠闲地伫立于廊柱下，似乎习惯了黑暗，就是随随便便站着，也和浓郁的夜色融在一处。

雷奇峰对他点了点头，杜闵忽然觉得从此之后，再也见不到这个人了，此刻就是为了共事的那些年，前来告别。这些年从来银货两讫，而到此刻，杜闵觉得自己欠了雷奇峰，因此怅然地颔首。

雷奇峰笑了笑，杜闵从未见他笑得如此轻松，他身上的黑衣被吹成一天黑色的雨珠般，便无声无息地消失了。

三十五

椎名

黑州是中原东方的门户所在，其西擦肩而过的，正是寒江，寒江入少湖，湖面烟雨袅绕，碧波无垠，其中大小三百余岛芳草萋萋，住有渔户三四万人，而别水自西汇入少湖，再通贯黑州入海，是黑州战船进入少湖的唯一途径；黑州以北，渡过离水便是踞州，踞州拱卫京畿，开国以来都驻扎皇帝屯兵，因此也没有分封过藩王，而州内十八座铁城，号称“史上从未被人攻破”，就在杜闵的眼前，连成一道顽固防线；而黑州以南的巢州，生生分隔了东、西两王的封地，楔子般钉入东王的手足里，一直让杜家头痛不已。

巢州王良涌死后，世子景亿继承爵位，景亿三十九岁，受其父言传身教，对朝廷忠心耿耿。四月十五日良涌遇刺身亡，景亿对东王杜家的戒备比从前愈发深刻，加之他年轻，更有决一死战的魄力。

“这块硬骨头，当然扔给白东楼啃。”

杜闵为其父报丧的折子才刚送出，没有朝廷晋封，他现在仍只是世子的身份，但是东王属下的将领官员已然一口一个“王爷”叫得响亮。

“王爷此计大善。”

杜闵微笑着点了点头，接着道：“我们要的，是京畿。踞州就如开国时太祖皇帝的手段一般：晾在那里。待朝廷大势去了，那十八城的守军自然无心守御，必然降我。”

“是。王爷的意思是攻下寒州，直取京畿？”

“正是。”杜闵道，“水军自别水溯江西进，此时已入少湖，绕道寒州城西，趁寒州守军不备，便可攻陷寒州城。”

“王爷何时动手？”王爷。

“今日十九，有个两天工夫，战船就可会合。”杜闵想了想，“那时必定和倭人协商妥了，就是那劫银两的贼寇也落了网……二十一日，”他道，“二十一日点炮出兵。”

其实是有些着急了，不过昨夜杜桓等人遭人行刺身亡，对手定然还有别的计较，在东王属地没有乱起来之前，先下手为强，众将还是赞同的。杜闵命人将军图展开，正要将骑兵行进路线说与众将听，却有伴当进来道：“王爷，黑水大营来人了，要禀追查贼寇的事。”

杜闵站起身来，向众将点头：“我去去就回。”

竟是黑水大营参将秦毅亲自来了。这个差事交他全权处置，若不是他脸上神色难看，杜闵定要以为他已将贼寇捉拿归案，忙不迭地前来邀功。

“怎么样？”杜闵问。

“臣无能。”秦毅撩起战袍跪在杜闵脚下，道，“臣追查打劫银车的贼寇，至今没有半点消息。”

“怎么会？”杜闵大奇，“撒出去这么些人，没有一个查到点什么的？”

秦毅摇了摇头，道：“没有。”

杜闵道：“二十辆大车，这么多白银，总该有个去处；要劫走这些银子，将八百人杀得干净，少说也要两千人以上，交战中的伤者又在哪里医治？”

秦毅进王府前便打点好了人，将这些天的事问得清楚，因而很自然地道：“王爷都说的是要紧的线索，臣也是让人按这个去查的。现在看来，这伙人绝非普通的强盗，这些天半点消息不透，没有一个人在外乱走，除非是军纪严整的一路正经人马。”

杜闵被茶烫痛了手，抽了口冷气道：“正经人马？你看是朝廷的人马吗？”

“不像。”秦毅道，“王爷这次进京之前就命我等严密关注寒州、踞州屯兵的举动。寒州屯兵现都握在杨力和的手里，他几乎就是我们自己人……”

“此时不能再相信这些朝廷破格提拔的人。”杜闵打断他的话，“东海道上的陆巡也不是省油的灯，前一阵他在哪里？”

“出事时陆巡确实在营中，东海道上没有操练，也无军务调动。”

“唉……”杜闵掐着太阳穴，不住思量。

秦毅道：“臣觉着这路人马不是朝廷的。”

“为什么？”

“朝廷在此没有水寨，人马劫了银车，也需从陆路运回营中去，臣的人都问过，这些天没有这么多车辆走动。”

“水路？”杜闵道，“别水？”

“不是直接运到了海上，就是藏在少湖里。”

“要运这些银两，少不了大船，这一带除了寒江承运局，再无他人可以做这件事。”

秦毅瞳孔不禁一缩，旋即道：“臣觉得也不对。”

杜闵终于不耐烦了，道：“痛痛快快地说吧。”

“是。”秦毅忙道，“承运局水寇出身，手下人管不了这么严，要是他们做的，这两天定有人拢不住火出来赌钱嫖娼，或者分赃不均火并。探子们这些地方都去了，没有见到一个发横财的，也未听说承运局内有什么动静。”

“哦？”

“另外，这两天承运局的船也多了起来，正往别水走，想必是听到了风声，要黑吃黑呢。”

“你说黑吃黑倒有些道理，承运局那些人绝不是安分守己的良民。”杜闵道，“话说回来，少湖至沿海，能犯下这么大案子的也就是他们了。”

秦毅笑了笑：“王爷还记得吗？五月里少湖水面上，总有大船出没行动，大营派人查时，却没有头绪，后来也就搁下了。”

杜闵回忆起来，“哦”了一声：“倒是有这么一件事。”

“说到水军，王爷麾下的，是天下之首；朝廷在上江有几千水师驻防行宫；除此之外，就是多湖的水师了，那可是洪王的势力啊。”

“你是说洪王在少湖布了人？”杜闵脸色沉了下来。

“是。”秦毅斩钉截铁地道，“臣以为就是洪王的水师劫走了银车。”

杜闵顿时气得浑身发抖，喃喃道：“难怪她说用不着动用朝廷屯兵，原来早有部署。”

“王爷，臣以为洪王水师就藏身在少湖中，要不要趁他们得意忘形之际予以围剿？”

“慢，”杜闵摆了摆手，“我待二十一日便兴兵取寒州，无论先打哪个，势必令另一方有所戒备，须从长计议。你跟我来。”

他带着秦毅回到议事的书房。秦毅职位不高，因而众将见了他，也不过点点头，未做寒暄。杜闵径直将他带到黑州军图前，指着少湖内几大岛屿，道：“你看洪州水师会藏身在这里吗？”

秦毅摇了摇头：“这些地方，臣早先派人去看过了，不是的。”他指着少湖西一丛小岛，一边暗记军图上所做的记号，一边口中对杜闵道，“这些岛虽小，却水脉相通，两岛之间筑坝，便是水门，内里水深，能泊大船，定是在这里了。”

杜闵大喜，道：“好，有的放矢就好。”

众人不知他二人在议什么要务，面面相觑等着杜闵下令。王府家人却插进来禀道：“王爷，银两清点完了，全部齐备。”

“知道了。”杜闵道，他将秦毅拉到一边，低声道，“你从黑水大营中调两千人来，由你亲自护送银两交接，不得有误。”

“是。”秦毅道，“臣定不辱使命。”

杜闵拍拍他的肩：“刚尘，杜家的将来就交到你手里了。”

“王爷放心。”秦毅躬身道。

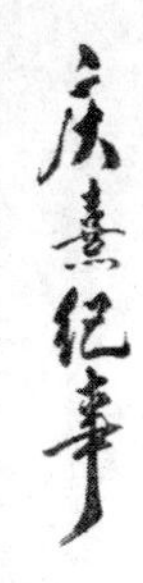

杜闵冲他点头示意：“去吧。”

堂上诸将仍耐心等着，杜闵坐回书案后，继续讲到骑兵的策略，王府伴当却又惶急进来打断：“王爷！”

“又是什么事？”杜闵拍案怒道。

那伴当道：“王爷，府门前的鼓响了。”

杜闵跳将起来，众将也随他冲到院子里，果听那牛皮大鼓声越作越紧，“轰隆隆”的肃杀声透进来，震得瓦片也响。

戍海黑州亲王府门前的这座大鼓自朝廷在黑州设戍海将军衙门时，就为倭患入侵示警而设。若有倭寇上岸，便由探报自海岸举烽火示警，传至黑州城时，戍海将军府坐班的鼓役照例击鼓，惊动大将军升堂审视军情。到杜家封王之后，这鼓也改名叫作“恫麒麟”，最近十几年，因杜桓重金贿赂倭人朝廷，倭寇少有上岸，这鼓多年没有响过，连门前鼓役的差事也渐渐地罢了。

杜闵因而问道：“是谁在敲鼓？去高处看看，城外可见得到烽火吗？”

“瞧不见烽火。”伴当来禀。

“先去正殿上。”杜闵带着人黑压压地往前边大殿去。

不刻王府中路的门层层开启，一人飞奔上殿，叩头道：“戍水关、律县、苏羊、晋县四城今早被倭寇攻破。现今这四路倭寇会合一处，直奔通水关来了。”

“为什么不见烽火示警？”杜闵大惊，问道，“什么时候上岸的？”

“不是海上来的，”探报道，“倭寇大军藏身在少湖，早派了人进城做内应，不到两个时辰，连下四城。”

“领兵的是谁？”杜闵问道。

“椎名寿康。”

“这倭鬼！”杜闵勃然大怒，将手中的扇子摔在地下，“这些年出出进进，将黑州的底细摸得清楚，果然不安好心。”

众将听闻倭寇领兵的是椎名寿康，也都倒抽一口冷气。

早在十几年前，黑州倭患猖獗，但多数还是没了主子的浪人结伴渡海，买卖不成之后，便纠集起来打劫沿海小镇居民，为数虽多，却各自占山为王，东王的水师骑兵皆骁勇，与之周旋尚绰绰有余。

但到了椎名寿康渡海之后，情形便大大不同了。他这支诸侯人马从来军纪森严，作风彪悍，所使的倭刀，也由椎名封地上所产精铁锤炼，极是锋利柔韧，几千步兵撒在沿海水路较多的地带，一时连东王骑师也奈何不得。

至颜王死后，各路诸侯急于瓜分势力，杜家自然不会落于人后，但椎名寿康对东王北上西进的宏图大业来说不啻针芒在背。

杜桓在与椎名周旋数年之后，倒想出个釜底抽薪的法子，他每年以白银五十万两贿赂倭人朝廷当权的宰辅大臣，才得以让他们请下圣旨严令，命椎名罢兵回国。

椎名却不是个善罢甘休的人，虽然不能向东王开战，仍常常渡海在黑州沿海一带逡巡，要说东王对倭寇的戍防，现在几乎就是防他椎名寿康一个人了。

“原来劫我五十万两银子，就是为了给椎名开战的借口。”杜闵平静得很快，对众将道，“要他退兵，无非是给倭人朝廷银子罢了。”

众将称是，杜闵叫人赶上秦毅，命他速速调兵前来押运银两启程，安抚倭人贵族。

又有大将道：“椎名的野心定不会止于别水以南，如不及时遣兵阻他，定成大患。”

“我如何不知？”杜闵道，“但前几日就将骑兵布置在寒州一带，如果此时仓促撤回，定会惊动当地驻兵。”

“要说紧急调兵，大概只有少湖水面上的战船了。”

“不错，”杜闵道，“先将战船调回，进入别水，支援通水关。”

如此一来，二十一日举兵下寒州自然不可能了，杜闵最后想到这个，不禁心乱如麻。一盘好局，不知从哪一步出了差错，竟成了着着皆错——难道要满盘皆输？杜闵不由得惊出一身冷汗。

“将别水以北的兵力悉数调入通水关一带，”杜闵道，“对付椎名这样的人，就要速战速决，永绝后患。”

暗红色的立旗上绣着金色的槿花，椎名家的寿康将军坐在扎凳上，面庞浸在立旗投出的影子里。通水关城楼上依旧枪箭如林，一片凌空的水波似的，粼粼放光。

占下通水关，便直逼别水，一江之隔，就是四零、江同与黑州三座东王辖内最富庶的城池，几是东王的心肺，取下这三城，黑州便成了椎名家的辖地。椎名寿康等了十年，才有机会出手一次，然而中原人自己反目，甘愿为倭人开城，东王士卒皆是老弱病残，逃得竟比倭人追得还快。胜利来得太快太容易，椎名寿康抚着剑，讶异自己为什么会将最光彩的年华，虚耗在海上。

中原动荡，椎名早悉其弊，十年来多次上疏力主进占蚕食黑州，然而倭人朝廷懦弱，每次都一样拒绝。每年区区五十万两白银的残羹剩饭，就能买得朝中大臣的剑和热血，就

能让年轻英杰郁郁寻欢在帷幄裙下，就能养成全国奢靡享乐不求上进的风气，国家竟是如此虚弱卑贱。想到这里，椎名的双手就止不住地颤抖，微微刺痛却是直扎到心里，手指被剑刃划破，渗出一滴淡红色的血液来。

东王的大军现在来援路上，离着最近的，就是少湖中的水师，以椎名座下战船，也不过能在少湖的别水出口稍加阻拦，撑上半日而已。

此时一样是速战速决的策略，椎名站起身，慢慢地将剑在空中挥过：“进攻！”

没有人高呼，没有人怒喝，每个人都将恐惧的尖叫忍在心里，指望着它在敌人的喉中爆发。满地沉重的脚步声，倭人肩负云梯，奔向一天箭雨中。

“放箭！”椎名喝令。

两股腥风血雨在半空交错，各奔前程。城头城下，中矢的士卒开始呻吟翻滚，号叫坠落。后继者义无反顾，照样向着地狱飞奔。

云梯才靠城砖，便有滚木打将下来，通水关士卒叉住云梯，死命向外顶去，登城的倭人张开四肢，像鸟儿般扑打着双臂，直挺挺摔落下来。

到底是别水上戍防的重镇，即便在东王调兵北上之际，此处仍有重兵把守，箭矢滚木齐备。攻城的倭人虽然密密麻麻，人数众多，一早又连拔四城，气势如虹，但通水关守军士气高昂，不显丝毫畏惧之态。

这才是东王的精兵，椎名握紧了剑柄，在头盔后兴奋地微笑。此时已近傍晚，他命大军转攻城西，夕阳将城楼烧得炮烙一般，同样焦灼着敌对的双方。虽然昨夜下了一晚的雨，可是今天阳光一现，就将水汽蒸腾得干净，城下的倭人被烤得口干舌燥，早先一股锐气也逐渐消磨了下去。

“将军，坐探来报东王的战船在少湖掉了头，正向这里过来。”椎名撒在少湖一带的探报飞骑告急。

椎名只是问：“还有多久能到？”

“今夜便出少湖，明日清晨，就能过我们的防线。”

椎名点头，时间是紧迫了些，但若碰到这点困难便攻不下通水关，今后如何指望这支人马占领黑州全境？

“暂停攻势。”椎名道，“造饭。”

大将围在椎名身边，吃饭时各饮了一碗烈酒，指点通水关大笑大叫。椎名只是默默吃了点米饭，在西风里倾听和尚在军中超度亡灵的诵经声，渐渐出了神。

“将军，末将请战。”

“末将亦请战。”

大将们酒足饭饱，纷纷叫嚷。

“不着急。”椎名道，“夜里风才大，再等一会儿。”

“那就是火攻了？”众人围着问。

“城墙这么高，就算是火攻，也有限得很。不过还是准备着，”椎名道，“混淆对方守军也好。”

倭人连忙顺着他的意思准备硫黄火箭之物，天一擦黑便击鼓放箭。

李双实站在漆黑的街道中央，这样远远地望去，城楼那边夏夜里焰火绽放一般，看来是一场不相干的虚浮热闹。

“二十哥。动不动手？”郭十三蒙着脸，摩拳擦掌。

“动手。”李双实道。

他其实是犹豫了，这与前面四座小城不同，通水关中百姓过万，市面繁华。虽说李双实等人只在关防衙门纵火，但风大天燥，实难保证火势不蔓延全城。

郭十三却笑道：“咱们承运局在外人眼里一直是水寇的身份，却从没做过杀人放火的买卖，白担了那些罪名。这别水一带的官员最是难弄，每年伸手要咱们多少银子，今天倒可连本带利讨回来。”

“十三爷说的有理。”众人大喜。

李双实沉下脸色道：“胡说什么？什么承运局？”

“啊……是。”郭十三自知失言，赔笑道，“二十哥别生气。”

李双实道：“你可知道，咱们放火烧了衙门没错，可放进来的却是倭寇，多少中原百姓因此流离失所，便让你称心如意了？”

他声色俱厉地呵斥郭十三，却见郭十三仍是笑嘻嘻的，不禁长叹了一口气。

城楼激战，百姓早就关了门避祸，因此一路上没有半个人影，李双实这一路二十人，俱黑衣蒙面，手提松油、硫黄等物，竟通行无阻，自小路绕到关防衙门之后。

看了看天色，正是约定的时候，城墙上的焰火似乎绽得更盛，城楼架不住，终于熊熊烧了起来。

“点火。”李双实道。

二十个人将沾了油的火把点着，“嗖嗖”地扔入墙内去。此处是关防衙门柴房仓库所在的后院，见火就着，不过片刻，火势便迅速向东南蔓延，衙门内火光冲天，喧哗大作。

李双实道：“走吧。”命人撤出小巷，却见郭十三仍兴高采烈地观火，忙一把拽过来，到了僻静之处，狠狠地骂了一顿“不省事”，才令承运局众人散了。

承运局在通水关也置有秘密的产业，只得吴十六、李双实等当家的知道，李双实便向那处宅子去会合吴十六。

他在屋内倒了杯茶解渴，听得城中喧哗渐起，不久更在城门处一阵天崩地裂轰响，便知道吴十六在城西得了手，放得椎名入城。他顿觉坐卧不安，冲到院中仰头观看，只见关防衙门那片火光越烧越旺，喧哗中只闻百姓哭泣悲叫。他扼腕强忍浑身的颤抖，持刀走至门前，踌躇半晌，又转回身来。

杀声从城外迅即蹿入城中，自西向东，是人群惶奔、车马乱作的声音，到夜半时，墙外叽叽喳喳的都是倭人说话，追着城中败兵跑。李双实整夜孤坐堂上，透过窗棂眼见天光转亮，城里才复归平静。

李双实这才长长出了口气，手中忽觉疼痛，低头看时，才发现不知什么时候将杯子捏得粉碎，鲜血淌在桌上，却一点也不觉得。

已过了和吴十六会和的时辰，李双实不放心，收拾好了佩刀，手中拿着大斗笠便想出门看看动静。却不料门前有女子连连惊呼，孩童哭泣，三个倭人“哈哈”大笑，从外面将院门踢开，将一个中原少妇拉进门来。

李双实连忙闪身在廊柱后，见那三个倭人不由分说，上前便撕扯那少妇衣裳，不禁勃然大怒。他捏紧了刀，几欲跳出杀人，却想到自己在通水关身负严命，不能惹事，便转而从廊下盆景中抓出几粒鹅卵石扣在手中，只道将那几个倭人击昏，便任由那妇人带着孩子逃命去。不料那妇人的孩儿大哭着跟进门来，一口咬住一个倭寇裸在外面的胳膊，那倭寇痛得大叫，将那孩儿提起来，抓住孩子脚腕，就要将他摔死在台阶上。

“住手！”李双实忍无可忍，一跃而出接住那孩子的脑袋，心中道了声好险，只差一两寸，这孩子便要脑浆溅地。

那妇人见有人出来，人堆里伸出胳膊高叫救命。李双实将孩子推进屋去，上前几脚，将三个倭寇踢出半丈远。

“起来。”李双实将那妇人从地上拉起来，扯到身后，“进屋。”

三个倭寇中为首者跳将起来，从腰中扯出长刀，吼了一声直扑上前。李双实更不答话，弯刀咆哮一声出鞘，人在那倭寇面前拔地而起，白光一挥，斩去那倭寇头颅，身形没有半分迟滞，又扑向第二个倭寇。

那倭匪也经过战场厮杀，惊恐之下却不忘后退一步，举刀就劈。李双实侧过刀锋，拿刀背挡开攻势，顺势抬起腿来踢中那倭匪小腹，那倭匪撒了刀，一边捧着小腹呼救，一边急着从身下拽出短刀来。李双实哪能饶他，跟进一步将刀锋脆生生斩入他头颅中。

另一个倭寇见势不妙，早就高叫着奔出院门去。李双实怕他招来大部人马，自然紧追不舍，跟着跳到街上，在墙角追到他，一把抄住他的后领。那倭寇怪叫，抽出短刀回身就是一挥，擦着李双实衣衫而过。李双实大怒，先一刀斩去他的右臂，才将他踩在脚下，任他鬼哭狼嚎。

“啪。”一支冷箭打在李双实脚边，蹦起来碰到了他的腿。远处的倭人武士指着他，大声招呼同伴。

李双实无动于衷，攥住那倭寇的发辫，仔仔细细地一刀割断了他的喉咙。鲜血溅得一墙，李双实对准地上的死尸啐了一口，怕弄脏爱刀似的，狠狠甩去尚在流淌的血迹。

“为什么杀我的武士。”长街尽头，一丛暗红大旗的簇拥之下，玄色盔甲的椎名冷然问道。

“武士？”李双实冷笑道，“武者，杀敌！这些妇孺手无寸铁，不谙武艺，怎会与你们为敌？你手下人抢的是女人，掠的是钱财，说到底不过是强盗罢了，我一个水寇，也懂个盗亦有道，却比你的武士高贵得多。”

椎名挪动脚步，身后的旌旗铁甲跟着涌来，旗帜遮去了今晨的烈日，李双实反背了刀，安详自若地孤零零站在那阴影底下。

倭刀在混浊的尘埃里呼啸出声，两名武士跃跃欲试，急着跳到椎名前面。

“慢。”椎名抬起手来喝止，解下头盔来，随手抛给侍从，“你看看我。”他微微扬起下巴，露出清俊的面容，好像一辈子都藏身在盔甲之后，那面庞似乎从未被阳光照到过，苍白到微微青紫，而额头正中鲜红的胎记正像他的第三只眼睛，浸透着一股不吉祥，“相士说过，”他对李双实道，“这样的面相，不成王，便为寇。我这四十年，无时无刻不提醒着自己，我的剑，是用来征服天下的，我的大军，要的是疆土百姓。想不到我等了十多年，第一次夺得中原城池，却有人骂我是贼寇。你们说这是为什么？”他转头环视麾下武士，问道，“那么该杀的人，是这个中原水寇，还是你们的同袍战士呢？”

椎名家的武士都在他的目光下屏气不语，李双实微微一笑，道：“少来这一套，你手下的强盗还在城中作乱，我告诉你，只要我见到一个奸淫掠夺的，我就杀一个赎罪，见到一个滥杀无辜的，我亦杀一个偿命。”

椎名看着他，摇了摇头道：“你不是普通的水寇。如果中原人人都像你一般的心气，岂不是太可怖了？”

“这却不是你知道的。”李双实道。

“一试便知。”椎名不以为意，反而退了一步。

他的剑似乎感受到主人的杀意，在鞘中瓮然低啸，机簧清脆地响了一声，剑带着动听的摩擦声，闪了闪光。

李双实肩头一动，扎住步伐，闪出刀来立在身前。

“锵”地两道锋芒架在一处，擦出冰凉的噪音，李双实压住对手的剑，才得暇抬头看对方的眼睛——椎名正在李双实面前缓慢地微笑，而目中的戾气尚未消退，锋利如同十多岁狂妄的少年，眉目和那红胎记因而扭曲成一张狂乱的面具。

“好刀，好刀法。”椎名立直了身子，撤回剑来，“除非是白羊锻炼的，没有刀能这么从容挡我的剑。你不是水匪。”他下了定论似的，紫色的嘴唇微微笑了笑，接过头盔来重新戴上，“传我的命令，入城的武士严禁抢夺财物，奸淫妇女，违者立斩。”

他属下的武士尚在茫然，椎名摆了摆手：“走。”

“是。”武士们大喝应道，朝李双实瞪着眼，才不情不愿地跟着椎名退出了长街。

房顶上一声呼哨，接着是十数人掠去时衣袂挟风的倏然声响。

“好险。”吴十六持大刀，轻巧落在李双实身后，看那污血般色泽的旌旗飘摇远去，道，“倘若他要杀你，不得已只能先动手要了他的命。”

李双实道：“早该一刀了结这倭寇！”

“他还有用。”吴十六道。

“有什么用？”李双实怒道，“十六哥没看见满城浴血，死的都是我们中原百姓士卒，就算他们是东王的人，却和我们一样喝寒江水，食少湖粮，流的血只怕和我们也是一样的味道。”

“哼哼。”吴十六冷笑，“你是嫌我引狼入室？这条毒计却是咱们的小王爷定下来的。两年前是你吵着要替小主子卖命，现今却又后悔了？”

李双实一怔，道：“要我为颜家死，不过是一句话，要我出卖中原百姓，却是另一回事。”

“又是谁出卖谁？”吴十六叹道，“百姓在弄权者眼里就是蝼蚁，哪个明君、哪个名将不是拿百姓做垫脚石一步步走到庙堂之上？二十郎，你也恁认真了。”

李双实道：“十六哥这么说可不对。”

“不对？”吴十六大笑，“若非咱们的小王爷还有那么点慈悲心肠，想到保全中原山河百姓，否则以他和左屠耆王阿纳的交情，何必留在宫中受罪？直接投奔了匈奴去，引他们打进来，不就报仇雪恨了吗？”

“不会！”李双实大声道，“这万万不会。”

吴十六上前盯住李双实道："二十郎，做一件事就要做到底，三心二意定遭杀身之祸。两年前小王爷就是这么教给我的，哥哥我也因此佩服他。这个教训，对你也是一样的。"

"是。"李双实默然。

吴十六转而笑道："你放宽了心，不用一两年，小王爷就会反过头来消除椎名这个倭患。"

"哥哥这么确定？"

吴十六"嘿嘿"笑了一阵，道："不同你我，像椎名这样骄傲执着的人，在哪里都是活不长远的。"

这一天是闰六月二十日，几千里之外的皇帝要知道倭寇登岸拔城的消息，还须六七天的工夫，但就在这一天，他却一样听说了"椎名寿康"这个人物。

上月末，懿旨遣御使南下寒州彻查于步之一案，而于步之携眷出逃，惊动寒州，成亲王都如实呈折子奏了上来。太后唯恐皇帝担忧朝廷时局，严禁将宫内遭人行刺一事禀告皇帝。成亲王却不敢隐而不报，十分为难地在折子中写道：皇上在北固守出云，京师由太后坐镇，是皇上后盾，定要确保万无一失，因此清和宫已加强警戒等等。

皇帝看完折子，不置可否，放在一边，问辟邪道："你看太后站在哪一边？"

"皇上这边。"辟邪笑道。

"景仪呢？"皇帝见辟邪不语，又道，"朕问太后怎么对景仪？"

辟邪道："奴婢看，皇上要担心的倒不是成亲王了。一样是太后亲生的皇子，太后当然以太平为上。"

"这样啊……"皇帝靠在椅子上仰头细细地想。

辟邪道："现今杜桓在成亲王处讨不到便宜，多半是硬来了。踞州屯兵多而强，杜桓不会强取，他想出寒江，定是取道寒州。"

"也只有寒州了，"皇帝道，"我们早有布置，在陆上交战，却不惧他。"

辟邪道："皇上说的极是。不过他的水师令天下披靡，定是自别水入少湖。"

皇帝道："朕担忧的就是这件事。"

辟邪笑道："奴婢却觉得皇上过虑了。"

"朕倒是希望自己过虑了呢。"皇帝道，"再调上江水师过去，只怕也来不及了。"

"皇上请想，除了东王的水师之外，还有洪州在多湖的水师也称精强。"

皇帝道："难道洪王已在少湖部署了水师？"

"皇上圣明。"辟邪道，"就是的。"他翻出蔡思齐奏报的密折，"蔡思齐最近的折子里说起少湖水面大船增多一事，既然皇上没有部署，东王的船还在黑水……”

“那只有洪王了。”皇帝笑道。

“是。”辟邪道，“杜桓在后作乱，对洪王也是大忌，奴婢觉得，洪王定会对杜家父子下手。”

“洪王朕知道得很，”皇帝道，“生平做事讲究的就是光明磊落，极少做暗箭伤人的勾当，不会行此下策。”

辟邪却笑道：“皇上教训得是。不过洪王不动手，洪定国却不是甘吃哑巴亏的人。他的水师就在少湖，如果杜桓父子一夜间暴毙，黑州势力空虚，正是他接手的好机会。”

“如此看来，杜桓的性命危在旦夕，他自己还不知道罢了。”皇帝突然叹了口气，“黑州若为洪王谋取，于朕，却又不是好事，平添了另一个烦恼。”

“奴婢也这么看。”辟邪道，“黑州要乱才好，却也不能乱过了头。杜桓父子人神共愤，早该伏法，只是现在于皇上还有些用处。”

皇帝想起什么来似的，盯着辟邪道：“你说黑州要乱，朕突然想起了一件事。”

“是。”辟邪正色道，“皇上想起的那件事，已找到人做了。”

“什么人？”皇帝很不情愿地问。

辟邪道：“此人也算一路诸侯，姓椎名，名唤寿康，在他那朝廷中，称作新党，力主扩张疆土，渡海谋地，与朝廷当权者格格不入，因而颇受排挤，算起来也有多年未获准朝觐了。一旦给他机会染指中原，他定会疯狗般蹿上岸咬人，倒是能用得过。况且，他的战船已出出进进中原多次，对黑州一带了如指掌，上岸掠地是迟早的事。让他与东王两条恶犬先相互撕咬一番，以后收拾起来也方便些。”

皇帝思量着，道：“可惜这种人野心太大，极难把握得住。”

“正因为野心大，才好。”

“哦？”皇帝振作精神，问道，“为什么？”

“他朝廷中当权的人也会这么想的。”辟邪道，“待他在中原打下疆土，野心勃勃的时候，定想要回去做皇帝，倭寇朝廷的人岂不担忧？这便给了中原离间的机会，迟早有一天，他会死在自己人手里。”

皇帝闻言猛地一惊，辟邪却仿佛在讲一个极遥远的故事，悠然打着扇子，神色清洁如常，皇帝便不说话了。辟邪接着道：“他精通兵法，性格坚忍，这一阵子倒是杜家的好对手。”

“不错。”皇帝道。

这时深夜，杜闵的战船正与倭寇激战通水关。成亲王刚刚知道了消息，和赵师爷欣然在月色下举杯，幻想着明媚的将来。而洪定国却比他们更有盘算，一边心不在焉地聆听幕先生的教诲；一边惦记着杜家父子的死活。

数十里连营，比之别水战火通宵不息，却另有一股黑压压萧瑟无限，战事前景同样茫然无从辨析。多少人唯恐预见到生离死别的不吉，因而情愿不住缅怀过往。凉王似乎就是其中的一个——凉州烽火不断，历代王者均殚精竭虑，忧劳至死，必隆虽在壮年，却也不堪展望将来。他细细回味着多年前大战胜利的一瞬喜悦，在夜里取出母亲的琵琶，手指空拂琴弦，回忆着她一曲《定凉州》而凉州空巷的盛况。而如今世上唯一能奏得半部《定凉州》的辟邪，却背着皇帝在肚子里悄悄地打着哈欠。

“啪。”皇帝看出他的不专心，用扇子将他的思绪敲回窍中。

“想什么呢？”皇帝问。

辟邪道：“奴婢总觉得忘了什么事似的，就是想不起来，求皇上提点奴婢一下，奴婢漏了哪件事？”

“定是大理那件事了。”皇帝道，“你前一阵身子不好，没赶上。朕已命苗贺龄捧着国书南下了。”

“就是这一件。”辟邪拊掌道，“皇上，是‘宣外不谕内’吧？”

“千真万确的‘宣外不谕内’。”皇帝看着他一本正经追问的神情，不禁笑了。

“皇上定是觉得奴婢啰唆了。”辟邪有些腼腆地默默微笑。

三十六

如意

椎名占领通水关后，迅速调兵固守城池。早先通水关守城的军备几已用尽，椎名便命人从戍水关、律县、苏羊、晋县四城以及本国战船上调集弓箭滚木，俱运于北城，与杜桓水师人马于别水上激战不休。

杜闵要出寒江，原本就颇艰险，胜机只在抢占寒江险要，如此与椎名纠缠，贻误战机，绝然不妙。他不得已修书南下，急请西王白东楼出兵南北夹击椎名人马。倭寇上岸掠地，反倒给了西王一个堂堂正正北上的借口，对东西两家藩王来说，便是意外的收获了。

杜闵踌躇满志地等着白东楼的回应，却不料白东楼这边有他自己的烦恼，兵出龙门三日，转而又疾疾撤兵回去。

原来是闰六月二十三日，苗贺龄奉皇帝书简入大理，唯恐惊动西王，他微服顺寒江直下，不顾滩险水恶，深夜贴着西王的越海大营荡舟而过，次日凌晨便抵大理北门关。大理境内早有中原朝廷坐探接应，以一乘滑竿载着苗贺龄穿山路，一昼夜飞奔，直至大理城。

二十五日晨，大理城门甫启，苗贺龄便换乘大轿前往太子段秉的府邸。这一路上放低了轿帘，抚触盖在书简卷轴上细腻的明黄缎子，不禁冷不丁一个寒噤。

这个差事办得好，也只是皇帝心知肚明，虽说于未来的宦途多多少少总有些好处，却比不得办砸了的后患无穷。

皇帝埋怨震怒，以至于贬黜，竟已都是上上的结局，怕只怕那“卖国贼”三个字不但毁了自己一生的名节，更在皇帝推个替罪羊出来的时候，害了自己全家老小的性命。

这件事朝中知道的不过两三个重臣，尤其瞒着刘远。苗贺龄苦笑一声，不知道恩师得知真情，会不会奔去先帝陵前痛哭流涕，苦谏至死。

轿子“咯”的一声落地，外面的小厮道了声“老爷”，撑起轿帘来。

“到了？”苗贺龄抬起袖子擦了擦汗，低头出来。

大理城此时仍有些惨淡的雾气，面前一连围墙衬着干净的瓦当，是青白分明的安静。他四处环顾，正望见太子府角门里的段秉向着自己颔首。

“太子。”苗贺龄跨进门去拱手施礼。

段秉忙携住他的手，笑道：“苗大人远来辛苦，你我都是老相识了，何必拘礼？”

一路转折向着段秉的书房去，苗贺龄打量着满院参天古树，不由得想起去年来这府中，段秉为防人行刺，将所有树木山石一概移走，光秃秃的好不凄凉。如今大敌已除，不到一年工夫，又是浓荫蔽日，景色如故，所谓世事如梭飞转，繁华无常，也不过如此。

苗贺龄因而道："原来太子府上景物如画，比之中原清和宫有过之而无不及。"

段秉道："苗大人取笑了。小国寡民，如何与中原相提并论？"

前面书房的景致更是不一般，回廊下曲曲折折的水渠，尽是用鹅卵石砌成，淙淙三折而下，也不知源头何处，水中森森寒意，在夏日里攒入心肺，让人精神凛然一振。

"请。"段秉步过水渠上的石桥，在门前相让。

苗贺龄道声"僭越"，不敢先行，只道须先请见景优公主。段秉自然无有不允，吩咐人回禀太子妃知道。一时内臣在侧殿设公主宝座，方才请了苗贺龄在帘外叩头。

隐约见得景优公主点了点头，道了声"免"，便要起身内去，苗贺龄连忙跪爬两步上前。

"怎么？"景优公主站住，回首不耐问道。

苗贺龄叩首道："臣斗胆请问公主起居安康？"

"这里锦衣玉食，与我朝无异，不曾有过半点差池。"

"是。"苗贺龄道，"太后太妃饮食俱佳，圣体康健，公主不必挂念。"

景优公主默然一笑："我不挂念。"

"皇上亲征于北，不日便即凯旋还朝，公主也不必挂念。"

景优公主笑道："中原并无我什么牵挂，苗卿过虑了。"

苗贺龄一时无语相对，想了想才道："是。公主保重。凤体无恙，太后、太妃才放心。"

"知道了。"景优公主已然有些烦躁了，提高了声音道，"退下。"

帘内却有内臣笑道："公主殿下，苗御使千里跋涉，磕头请公主殿下的安，一片谨慎忠诚，没有功劳也总有些苦劳……"

"怎么说？"景优公主问。

那内臣笑嘻嘻低声说了几句，景优公主冷笑道："苗御使从来两袖清风，大理的这些玩意儿还不一定放在眼里。你看着办吧。"

"是。"那内臣恭送公主转身入内，才撩起帘子出来，笑道："苗御使快请起，快请起。"

苗贺龄让他搀起身来，见他眉目聪慧，一脸和善，正是自己要寻的如意，大喜道："如意公公，向来可好。"

"好得紧，好得紧。"如意道，"苗大人府上都好？京里还太平吧？"

苗贺龄只是一迭声称好，如意已将一对碧玉扇坠举在他面前，道："公主殿下的赏赐。"

苗贺龄连忙伸手接那扇坠，“噗”地将一个小指粗细的纸卷悄悄投在如意的袖筒里。

“臣谢恩。”他又叩了头，起身告退。

段秉在书房外等着苗贺龄出来，迎上前笑道：“说起来，小王正经是太后、太妃的晚辈，恭问两位慈驾吉祥如意。”

两人落座，寒暄半晌，苗贺龄的随从将皇帝书简奉在案上，即随太子府中的内臣伴当退得远远的。苗贺龄正了正神色，开口道：“臣谨遵我朝皇帝陛下圣旨，奉中原国书在此，呈大理国王陛下与太子殿下御览。”他站起身，要掀开覆在书简卷轴上的黄缎，却让段秉一把按住了手。

“苗大人，”段秉端坐微笑道，“既然是国书，何不在敝国朝上宣读？”

苗贺龄怔了怔，见段秉眼眸深处黑幽幽精光锐利，知他颇难对付，当即坦然一笑，故意曲解了段秉的意思，道：“太子，何必如此谨小慎微？如今大理国内真正定得下国策决断的，不就是太子一人？”

“唉！”段秉作势嗔道，“苗大人此言差矣，君父在位，儿臣说什么决断国策？”

苗贺龄道：“太子过谦。以太子德行，大理百姓众望所归，就是中原君臣，也要仰仗太子平伏西南苗疆，两国相安，共襄盛世。”

“贵国皇帝陛下有此美意自是两国大幸。”段秉道，“难道苗大人所奉国书便是此意？”

苗贺龄道：“太子容臣据实回禀，臣奉国书所言之事，只怕远超太子期望。”

“小王的期望？”段秉似乎有点错愕，慢慢松开了手。

苗贺龄笑了笑，揭开黄缎，展开庆熹帝亲笔国书予段秉细看。

“川道三州？”段秉才看到一半，便倒抽了口冷气，猛地抬起头来。

苗贺龄颔首道：“正是川道、杜门、幽秦三州。”

段秉抿着嘴，将身子更俯了下去，“叮”的一响，扇坠撞在桌角上，他这才觉得有些失态，抬头透了口气。

“不过，”段秉道，“贵国皇帝陛下邀大理精兵入境平苗，恐怕贵国朝内非议者甚多吧？”

苗贺龄道：“也不见得。此事当属机密，我朝中知道底细的大臣却也不多。”

段秉摇头笑道：“苗大人，割地借兵，天大的事，中原朝廷若无人知晓，就算小王说通了父王臣工，还不是一样为你们征蛮龙门白亲王挡在北门关之外？就算是贵国皇帝陛下有一百二十分的诚意，那川道三州却是我能从中原兵将手中讨得回来的吗？”

“太子，”苗贺龄道，“有皇帝的亲笔国书在此，中原谁人不从？”

段秉指着国书末尾“靖仁”朱印，道：“苗大人，要说这是国书，何以不用皇帝印玺信宝？”

苗贺龄慢吞吞将国书重新卷起，交在段秉的手中，低声道：“要说这是皇上给段太子的私函，也不为过啊。”

“哼。”段秉从鼻子里笑出声来，“苗大人，两国相交，作准的，就是印信。若无贵国皇帝陛下信宝，此时不过空口无凭。”

苗贺龄一笑：“段太子，容臣将皇上的书简先放于王府上。太子不妨再多想想，若觉此事绝无可行之机，臣便将国书取回，上禀皇上知道。”

“且慢。”段秉见他竟说走就走，躬身施礼就要退去，连忙将国书放下，上前拉住苗贺龄的手，道，“小王看苗大人此行甚为机密，若苗大人现在一走了之，小王何处寻苗大人过府？”

苗贺龄道：“未听得太子答复，臣是不会走远的。”

段秉见拦不住他，便命人将苗贺龄小心送出府去，自己又将那书简展开，皱着眉细想，当指间轻轻滑触过“川道、杜门、幽秦”六个字，却再不想掩盖兴奋的颤抖——失地二十余载，竟有索回的一天——段秉的热泪“噗”地打在洒金的白纸上。

正是阳光射入庭院的时候，书房里也是一亮，廊外水渠湍流不息，是上游开了闸将遒江水放了进来。段秉放下书简，坐在回廊的阴影里，掬起渠中的清冽透骨的水，曼声吟道：“三百里遒州国不在，空有冰河天际来……”

似乎有人听到了他的感慨，在远处笑了起来。

“苏先生回来了。”伴当禀道。

段秉忙站起身，向着迤迤然走近的宋别躬身施了一礼：“苏先生。”

“太子爷。”宋别过了石桥，敷衍着还礼，“听说太子府上来了位贵客。”

段秉笑道：“极尊贵。苏先生想是进门时没碰上。”

宋别此时已然是段秉最倚重的参谋，段秉诸事皆不避他，一如既往摊开了皇帝的书简给他看，静静等他阅毕，才问道：“苏先生觉得可为吗？”

宋别也不答话，将卷轴举在阳光下，仔细检视庆熹帝的“靖仁”印信，半晌，点头道：“这印信果然是庆熹皇帝亲自加盖。”

段秉怔了怔：“印信的真假倒也好辨，只是先生如何得知是中原皇帝亲自加盖的呢？”

宋别指着方印右下角道：“但凡庆熹皇帝自己盖的印章，右下角的朱色总比通常淡些，想是他用力的习惯所致。他身处上位，也不必注意修正这些小节，故而还是能分辨的。”

段秉追着问道：“苏先生在哪里见过这好些中原皇帝密函印信？”

宋别摇头大笑：“不足为外人道也，不足为外人道也。”

段秉腼腆笑了笑，道：“是，先生足智多谋，阅历广阔，我年纪轻，好些事都不懂的。”

“太子爷千金之子，无须万事亲躬。”宋别道，“我草莽之人，谈不上智谋阅历，不过有用之处，太子爷用之，无用之时，容我逍遥自去，也就罢了。”

“苏先生言重了。”段秉目中不露丝毫闪躲之意，认真道，“先生于我，是良师益友。”

“太子爷若如此作想，我苏还定为太子爷鞠躬尽瘁，死而后已。”宋别叹了口气，撂下庆熹帝的书简，又道：“大理王室英杰辈出，就算是前面二三十年国贫民弱，遭人掠地数百里，到了太子爷这一代，只要励精图治，克复我北国失地，也是指日可待的事。”

段秉身子轻轻震了震，微微俯身凑近了些，道：“先生觉得我有指望克复川道等五州？”

宋别微笑道：“不但是指望，更要紧的是，中原皇帝已将其中三座城池白纸黑字写给了小王爷。”

段秉叹道：“一枚靖仁印只怕作不得准。”

宋别道：“太子爷为什么怕它作不得准？”

段秉被他问得一怔，想了想道：“先生？”

“太子爷请想，这川道五州现今是谁的？”

“中原。”

“并非如此。”宋别摇头道，“川道现在不是中原皇帝的，也不是大理王的，这五州现在正是西王白东楼的囊中之物。”

段秉叹道：“我道中原皇帝这封国书就是一纸空文，果然不错。”

宋别摇了摇头，道：“太子爷错会了中原皇帝的意思了。”

“小王愚昧，先生请指教，”段秉道，“中原皇帝的真意究竟是什么？”

宋别道：“太子爷，当年中原发兵南下取大理，大理为何无力相抗？”

段秉道：“大理小国寡民，兵力不过五六万，白东楼率中原大军十万，势如破竹，若非遒江阻了一阻，当年大理便亡国了。”

宋别点头道：“白东楼就此驻守中原西南边境，此后他的十万大军又去了哪里？”

“后几年匈奴南下，大理又无力光复失地，中原无须顾忌西南边境，便调兵北上。西王麾下当时只留有两万兵力而已。”

“现在呢？”宋别问道。

段秉道：“现今西王统兵四万，而大理这些年武治下来，步兵五万，骑兵三万，另有水师两万人，渐渐地也有些抬头的气候了。”

“不错。”宋别道，“我国兵力与中原全境相比，自不可同日而语；而比之西王白东楼，不可不说占优了。”

段秉突然“哦”了一声，垂目思索半晌，方才望着宋别道：“苏先生的意思是……”

宋别笑道：“太子爷当说是庆熹皇帝的意思吧。”

“是。”段秉皱着眉道，“庆熹皇帝的意思是，川遒、杜门、幽秦三州均属白东楼封地，皇帝自己也不得染指，若大理愿出兵平定苗疆，这三州便由大理取之自便，中原皇帝的屯兵绝不插手阻挠。”

“正是。”宋别道，“匈奴犯中原北境，乱世里，群雄蠢蠢欲动，尤以东、西两王是中原皇帝心腹大患，他想借大理势力牵制西王，早盘算了许久了。”

段秉道：“先生看此事可行吗？”

宋别道：“从兵力上看，白东楼一隅之师，绝非大理对手，以一国之力伐一藩之兵，为何没有胜算？”

“若我发兵取下川遒，中原震北军回朝之后，庆熹皇帝会不会出尔反尔，重犯我边境？”

宋别道：“十年之内可谓安然。”

“先生为何有这等把握？”

“中原之患在内不在外，庆熹皇帝待有暇南顾大理时，定已平定藩王。以这四家藩王来看，无论如何也要周旋十年以上方有个分晓。”

段秉点头：“先生说的有道理。”

宋别道：“若此时不取川遒，等中原皇帝从北边分身出来，再取，可就没有借口，没有机会了。”

段秉忽而问道：“川遒三州固然势在必得，而龙门、越海两地仍是遗恨。有没有克复全部失地的可能？”

“太子爷，驻守三州，要对付的不但是西王，还有苗人。十万兵马虽有余力，暂时却也不宜得寸进尺。以这三州为根本，逐步平抚西王藩内苗人百姓，招募兵勇，多遣坐探监视西王属地，一旦中原生变，即可发兵取龙门全境。中原藩王最强者当属洪州亲王，若庆熹皇帝与其纠缠日久，大理便可出龙门，夺取瞿州、梧州、巢州，如此便可借寒江、别水天险，与中原划江而治，大理的基业也就奠定得差不多了。”宋别顿了一顿，微笑道，“那时太子面南称帝，又有何不可？”

“皇帝？”段秉语声短促，听起来似乎是压抑着的一声尖叫。

宋别安详思索，有一瞬间的神游物外，曼声叹道：“大理国这个名字，届时也不合适了吧。”

“先生说笑了。”段秉低沉地笑着。

“或许吧，”宋别道，“不过要看太子是不是当笑话听呢。”

段秉弯起的嘴角因为瞬间的决心而变得稍稍有些僵硬：“大理人想出龙门，碰到的第一个敌手就是西王白东楼，应乘一切可乘之机予他消耗打击，我看出兵襄助中原平苗，收复川道失地，势在必行。”

“二十四载失地，由太子一举收复，太子殿下民心所向，定受大理百姓崇仰。”

段秉像是被椅子上的刺扎到了一下，突地一震：“先生说错了，此番若能如愿出兵，收复失地的也是父王陛下。”

仿佛拼了力才能想起有大理王这个人似的，宋别仰起头来，皱了皱眉：“哦，对。”他懒洋洋地道。

就内臣而言，如意在大理太子府内的地位已极为尊崇。撇开中原皇帝钦命的司礼监提督太监、内廷和亲御使的身份不谈，他的聪慧潇洒和谨慎妥帖，就足以博得段秉器重喜爱，更难得的是他为人和气，在府中的人缘极好，因而段秉常对宋别感慨，自己身边为什么就是找不到这样一个人。

“你们多和如意学着些吧。”段秉曾当着如意的面对府中的内臣总管王桂道，“今后要多亲多近。”

那总管太监王桂极听话，对如意不住嘘寒问暖，衣食自不必说了，只要如意想出门，都有他巴巴地在角门外备了车轿，请如意登乘。

大理太子府于如意来说，却有一个好处，就是晚上再无须值夜，能容他隔三岔五地宿于府外。他通常去的，无外乎花街柳巷，今夜虽有正经差事，却只怕王桂备下车轿等着自己带路去寻苗贺龄，只得打定主意先乘轿去吃几杯花酒，再另行脱身了。

他便衣出行，到得角门前，却不见王桂同平日里一般上前询问去向，侍卫们也只是笑嘻嘻同他打了招呼，问道：“公公还是明日一早回来？”

“正是。”如意笑道，“怎么没瞧见王总管？”

侍卫们敷衍道：“公公从里面出来，没有瞧见，我们这些在外当差的，更瞧不见了。”

“说的是，说的是。”如意笑着，在门前四处张望平时坐的轿子。

角门外青石铺的大街竟是人畜全无，干干净净的，夕阳没有丝毫阻碍地照着，一地明晃晃的艳红，看着让人觉得暑气扑面。

如意甩开扇子遮在头顶上，迎着阳光向西行去。太子府也只是段秉从前的府第，并不甚大，一会儿便走到了围墙的尽头。如意想起什么来似的，拍拍脑袋，突然转过身。

数丈开外的汉子，让阳光迷了眼，一时看不清如意的举动，不禁怔了怔。如意只一瞬已将他看得清楚，回过头，一笑间悠然转过街角，不动声色疾行出十多丈，顿时将身后那汉子落得远远的，再转过几条街，更是将他甩得不见了。

如意却不急着就行，行人稀少处，仰头望见左边院墙高耸，墙内的树桠浓密，他衣袖一拂间足尖轻点，飘摇荡在枝头，隐身树荫之中，自高处俯视街道。

过了半晌，跟在如意身后的汉子一溜小跑着赶上前来，见街上已空无一人，急忙奔到街口呼啸了一声，拐角处一会儿便有三四条汉子拢在一处，低声商议了几句，又匆匆向四处散开。

如意垂着眼睛静静看他们走远，直起身子拍拍手上的灰尘，跃下树来。他一边环顾四处，一边盘算着如何从此处脱身，还来不及掸衣裳，却有一条硕大的狼狗从内墙中蹿出来，冲着他就要张口咆哮。

如意低声笑道："好眼力的犬儿，怎么一眼就瞧出我是个好欺负的贱命？"他伸出手掌来，缓缓立在那狼狗的鼻子前，那狼狗跟着打了个战，呜咽着卧倒在地。

如意蹲下身子抚着它后背上的短毛，道："这便好了。"他抬头看了看身周的浓荫，仿佛碧绿的翡翠上嵌着眩人双目的宝石珍珠，一院茶花开得正盛，如意虽不懂得鉴赏，却一样觉得此处花朵重重叠叠，艳丽不可方物。

想是这些茶花珍贵，才要养狗看护；种得这等花儿的，绝非寻常人家——如意站直身子，向内墙中打量，那狼狗一旦离开他的手掌，便夹着尾巴跑了。如意跟着它走到内墙的月亮门洞处张望，只见一个粗衣青年坐在内宅廊前读书，此时合起了书本，向那狼狗招手，抬头看了看如意。

"这个……"无论如何也是自己跳墙而入在前，如意过意不去，笑着拱了拱手。

那青年却无动于衷，脸上神情散漫，竟再不看如意一眼，展开书接着读起来。

如意阅人无数，饶是这青年神气与常人不同，也不至于让他太过讶异，他细细看清了那青年，掠上墙头一笑自去。

他一路上小心翼翼，确定甩脱了盯梢的人，才不疾不徐向大理城南去，逍遥走了小半个时辰，拐入一条清静小巷，认准了门前灯笼的字号，轻轻叩动门环。

一个青衣小厮大大方方开了门，上下打量如意，回头笑道："贵客到了。"

"别，"如意笑着走入，"贵客是里面的那位，我一个贱役，这么说折煞了人。"

"公公又取笑人。"

那小厮恭恭敬敬领着如意向内宅去，远远便见苗贺龄从屋内迎出来。

“让苗大人久候，奴婢道个罪。”

“哪里话！”苗贺龄道，“公公身处虎穴，诸多不便，能脱身前来已属不易。”

苗贺龄早已布下酒席，拉着如意的手请他共酌。两人饮尽一杯，便说到苗贺龄此次的差事。

“割还川遒三州？”如意听完也不禁动容了。

苗贺龄不由自主轻叹一声：“皇上的谕旨，命如意务必敦促大理兵出龙门，牵制西王白东楼兵力。”

如意捞起衣摆跪地接旨，叩头起来，将皇帝密旨摊开，仔仔细细鉴别笔迹印信，最后透了口气，笑道：“还有什么可说的，奴婢谨遵皇上旨意，尽力办妥。京中知道此事的，有哪几位大人？”

苗贺龄摇了摇头：“极少。皇上说明白了是宣外不谕内，此事一旦在京中传播开，不知要掀起多大波澜。”

如意道：“最要紧的是，那位主子是不是知道。”

苗贺龄道：“皇上却未明示。”

“苗大人，”如意苦笑道，“大理兵马一旦进入西王藩地，两国兵戎相见之际，大理人必出示皇上亲笔国书，这个消息传到京里，太后和成亲王即刻会遣人彻查此事，届时苗大人如何作答？”

苗贺龄道：“如实上禀。”

如意摇头笑道：“以奴婢看来，苗大人还是禀说只奉旨下国书，国书之内什么要务一概不知，如此方好。”

“不可。”苗贺龄蹙眉道，“为臣者岂可欺瞒国母太后？”

“苗大人万不可先给自己扣上这么顶‘欺君’的帽子。”如意道，“无论太后主子和皇上是不是心领神会，只要苗大人推说不知道，朝廷必会向大理索要国书对质，而大理……”

“这是大理出兵的由头，太子段秉无论如何都不会将国书轻授予人。”

“正是。”如意道，“两国僵持在此，大理不能进，西王不能战，想必才是皇上要的结果。”

苗贺龄笑道：“公公一席话，我茅塞顿开。”

如意道：“如此苗大人肩上担子轻些，在朝中行事也更方便些。”

苗贺龄知他所指，后背上寒气冒上来，轻轻哆嗦了一记。

如意接着道：“当今的万岁爷惜土如金，除非万不得已，绝不会将先帝打下来的疆土拱手让人。苗大人是当朝重臣，知道的道理远比奴婢多，也比奴婢更懂得体恤皇上。有些事，只得苗大人在中原多担待些。今后有什么变故，奴婢还要仰仗苗大人多多美言。”

苗贺龄怔了怔：“公公客气了，彼此彼此。”

如意缓缓收起了皇帝的密旨，凑着白烛点着。

“请苗大人回禀万岁爷知道，奴婢谨遵旨意，为防泄密，已将皇上密旨焚毁，皇上万请恕罪。”

苗贺龄抬起头来，可以看到如意微微下垂的嘴角。皇帝身边最得宠的大太监为了洗脱皇帝猜忌，急着将唯一傍身的证据烧得一干二净，苗贺龄又开始思量自己当如何自处。

割地借兵，无论皇帝今后如何掩饰，东窗事发是早晚的，参与此事的人固然惶惶不可终日，那么想出这条计策的人又会是何等下场——苗贺龄和如意都突然陷入沉默，望着那明黄的细小卷轴在如意手中燃到尽头。

“酒。”如意掸拭灰烬，向外招呼，又对苗贺龄笑道，“苗大人，奴婢今日出府时，大理太子故意没有备下车轿，悄悄地遣了几个人尾随，这等欲盖弥彰的手段，反倒让奴婢脱身得更快些。现在看来，段秉想寻到苗大人的住处，无非是便于他掌控布局。奴婢虽能确定没有人跟上来，但苗大人不时换个地方居住，只有好处没有坏处。”

“好。”苗贺龄道，“今夜我便吩咐人收拾东西启程。”

如意又道：“路上为了甩脱盯梢的人，奴婢无意间闯入一处宅子，离着段秉府不远。虽似富贵人家，却又不像有许多人居住，内墙里石砖缝里生着不少杂草，看来主人疏于管束。奴婢来大理多月，却未听说段秉这条街上还住着别的什么人。”

苗贺龄道：“那宅子说不定仍是段秉的，太子不住那边，下人偷懒还是可能的。”

“哦……”如意点了点头，“苗大人吩咐这里的坐探一声，还是查明那宅中是谁居住为好。”

“有什么不妥？”

“大大的不妥，要说奴婢见过的人也不少，那宅子中的园丁倒是傲慢得出格了。”

段秉掐灭了红烛上的火苗，屋里幽暗了片刻，又让窗外的晨曦染得透亮起来，他一边校阅过当天朝上要奏的本子，一边慢条斯理地喝完了今日的第一杯茶。差不多是卯初一刻过了些，段秉从桌上拾起宋别誊抄的庆熹皇帝国书揣入怀中，又解开贴身的衣服取出原件看了一遍，才小心翼翼从袖筒里摸出一串钥匙开了床头的大柜子，将原件锁入其中一只小抽屉里。

这是二十六日的清晨，天青如洗，段秉跨出门外，让清爽的晨风撞入怀中，仰望能见云丝般的残月悬于天际，更觉寰宇气象开阔，不同寻常。

“太子爷，这便宫里去？”总管王桂奔上前来，跪在段秉脚下替他捋平袍角，口中笑道，“太子爷今天一早便神清气爽，英姿勃发——奴婢猜着了，定是有喜事。”

段秉笑道：“还没说准的，谈不上喜事。”他举步向外走，忽而又转头问道，“如意呢？回来了吗？”

“早回来了，门一开就进来了。”

“知道他去哪里了？”

王桂扁了扁嘴：“回太子爷，又没跟上他。”

“就这么难？”段秉叹了口气，“可见兵不贵多只贵精。”

王桂惭愧道：“太子爷恕罪，这个差事奴婢是办不了啦，白白耽误太子爷的大事，反不如交代给别人做。”

“别人又是谁？”段秉道，“你要是想着偷懒，直说就是了。”

“奴婢怎么敢偷懒？”王桂道，“奴婢觉得自己就是蠢材，帮不了太子爷。”

段秉道：“嗯，你倒说说看，治得了如意的又能有谁？”

“苏先生啊！”王桂跟着段秉一路走出来，“太子爷路上想想，奴婢说的是不是有道理。”

段秉怔了怔，道：“王桂，这话怎么说？”

王桂笑道：“太子爷不记得了？前一阵因太子爷授意，苏先生和如意往来甚密，那两个月，如意特别安静，也不肯多出门。”

段秉深以为意，此处闲杂人等不少，不便细谈，四下扫了一眼，道：“再说吧。”

现在已无暇关心如意的动向，今日首要的一件就是说服大理王出兵龙门——这天早上，大理王叫进来的臣工还不少，静远殿上黑压压站满了人，段秉身处大理王宝座下首，神情恭谨，屏息听完众臣的奏本，不住点头。

大理王段希上了些岁数，坐不到一个时辰便觉有些吃力，他喝了口茶，摆手道：“行了，寡人要稍作休息。”他一边缓缓起身，一边对着宠信的太监嘀咕，“早知道便少叫几个人。”

那太监赔笑道：“谁能比得上王上日理万机，这些事交给谁办也得十年八载的，谁叫王上挑上这副重担了呢？”

这些话只有离着最近的段秉听得见，他满心的不屑也只敢在鼻子里嗤笑，见段希就要起身入内，忙跟上两步，笑道：“王上，臣等还有些要务上禀。”

段希立即收住脚步，回头道：“既是要务，当然是要听的。”

大理王有点不情不愿地坐了回来，这样的迁就早非父亲对儿子的宠溺，自段乘为段秉所杀，大理王段希便对次子心存顾忌，有时当着群臣的面，甚至会流露出些微惊恐。哪怕是他谈吐中不经意的畏缩都会令段秉苦恼不已，众目睽睽之下，有这么一位整日惶惶不安的君父，就算段秉竭尽全力，也撑不出忠臣孝子的体面来。

“臣弹劾莸柔郡守金开文。”段秉躬身道，“本月二十日，莸柔郡城大火，郡守金开文于火势蔓延之际，竟弃百姓于不顾，擅自携眷出城避祸，玩忽职守，致莸柔城城池焚毁近半。”

漫不经心坐于宝座的段希突然抽了口冷气：“你说的是金开文吗？”

“正是。”段秉垂首，将奏本高举过顶。

太监忙接过本子奉与大理王，段希咬着牙默默翻看，脸色却禁不住发青。大臣中已有人不露声色地微笑起来。

段希还是储君时便与金开文的叔父金相迈交往甚笃，段希继位也多亏金相迈周旋谋划，至段希登基后，金相迈更是位极人臣，其子侄十多人在朝中都先后掌管要职，金氏一门的权势因而一时无两，大臣中对其腹诽者甚众。

段秉野心虽大，却难得处事公正，颇有些明君气度。他储君地位既定，自然要逐步整顿朝纲，洗刷朝廷糜烂风气，拿金开文开刀，大有杀一儆百之威，弹劾一出，附和的人绝不在少数。

段希早知段秉心意，只是金相迈虽提携照顾子侄，有失妥当，但说起他本心来却对段希忠心耿耿，至中原大军南下掠地，他苦苦支撑残局，可谓呕心沥血，不过四十多岁，便忧劳过度，病死了事。段希此后对金氏看顾颇多，也是看在故人情分上。

“这个……”段希气得几已说不出话来，喘了口气才接着道，“金开文于莸柔地方上，口碑从来颇佳，就是吏部的考绩也是不错的。说他火势蔓延之际弃城而出，是否证据确凿？有否人证物证？是否居心叵测者诬告？汝现已是储君，行事阅人都当公允慎重，弹劾金开文之前，有否彻查仔细……”

“王上教训得是，”段秉笑道，“儿臣得人禀告此事时也大为惊骇，当即着人下去彻查。结果，非但金开文渎职一事确实，还牵扯出些其他的案子来。”

段希沉不住气，在座位上欠了欠身。段秉看在眼里，借机道：“王上，容儿臣细禀。”他使了个眼色给段希身边的太监，那太监顿时会意，在段希耳边低语。

段希恍然，道：“太子留下，其余人等一概退下。”

金相迈的两个儿子也是朝中重臣，此时就在静远殿上，听段秉弹劾金开文时，尚不慌张，待段秉提到“其他的案子”，心里便忍不住七上八下。既然段秉要私下禀告段希，就算有什么事牵扯到自己头上，从段希处来说，也会有转机。两人便忙不迭领头退出静远殿，一会儿，殿上便只剩段希父子。

段希站起身："侧殿说吧。"

这是段希的寝宫，大理王还是半躺在最舒服的那张榻上。太监搬了张小凳，请段秉坐在榻边，正好能将最低的声音直接送入段希耳里。

"王上既然要照顾金相迈的后人，儿臣有什么话说？自然以王上马首是瞻。"

段希闭着眼睛，微微抖动了一下嘴唇。

"王上？"

"唉。"段希叹道，"就算寡人拦得住你一时，又怎能拦得住你一世？"

"金相迈从前对大理鞠躬尽瘁，儿臣是记得的。只要他的后人不做贪赃枉法、伤天害理的事，就算资质稍欠缺一些，儿臣也会一并提携。"段秉道，"就以金开文来说，若只是追究他擅离职守一件，不过撤职罢官，永不叙用罢了。儿臣亦不愿牵扯更多的人进来，抄家杀头的，算是什么功德？"

段希睁开双目，怔怔盯了段秉一眼："功德？"

"啊，是。"段秉自知失言，忙道，"儿臣的意思是如此大动干戈，有损王上功德。"

段希道："你能想到'宽容'两个字，也算不错了。"

段秉笑道："都是王上平时的言传身教。"

"好了好了。"段希道，"就按刚才说的办吧。中原不太平，我们境内更当以安静为上，君臣和睦，同舟共济，才是上上之策。"段希等着段秉称是，接着就命他退下，却不料段秉静静的，半晌没有说话。

"怎么了？"段希问道。

段秉不着痕迹地摇了摇头："王上的说法固然有理，不过儿臣却另有……"

"不要说了。"段希慌忙喝止段秉，"二十多年前中原入侵之后，大理便元气大伤，如今各地虽太平，也无非苟延残喘而已。一旦多生是非便要引火烧身，你那种种大计抱负还是算了吧。"

段秉早知父王懦弱，但听他如此说法，仍然震惊不已。

"王上！"他不由得提高了声音，叫道。

段希惊了一跳，蓦地在榻上坐直了身体。父子二人面面相觑，均觉尴尬万分，无话可说。

外面守候的太监见情形不对，撩起珠帘就要进来，却让段秉回头狠狠瞪了一眼，吓得立即缩了回去。

“王上，儿臣不提儿臣自己的意思。”段秉从怀中摸出国书的抄本，赔笑道，“这里是中原庆熹皇帝国书的抄本，请王上过目。”

“谁送过来的？怎么不直接拿到大朝上宣读？”

段秉道：“王上一看便知，若王上不允，对中原来说倒不如不当众宣读为好。”

段希踌躇片刻，将书信展开，只看到一半，便浑身颤抖，最后将书信合起掷在一边，捂住眼睛摇头不语。

段秉极耐心地等了一会儿，才轻声问道：“不知王上什么意思？”

段希抬起头来，茫然环顾，忽而道：“不可。”

像是脱胎换骨似的，他的声音异乎寻常地坚定。段秉怔了怔，道：“王上，这正是我国收复失地的大好机会，王上何以觉得不可为？”

“无论是白东楼还是庆熹皇帝，都绝非善辈。那川道、杜门、幽秦本就让白东楼牢牢把握，而庆熹皇帝图的是大理兵力，一旦他喘过这口气来，怎会不掉头南下？”段希叹了口气道，“今日你以为自己收复的是失地，岂料他们早就将川道五州当作中原囊中物。这件事不啻与虎谋皮，就算你一时得手，将来也必遭他们反噬。”

段秉道：“王上，大理疆土为人所掠，百官民众无不痛心疾首，其时儿臣不过四岁，行走宫中，无处不闻宫人痛哭，这家国之耻，王上就作罢了吗？”

段希站起身来，仰面长叹：“二十多年前，寡人何尝不似你这般一腔热血，满心抱负？然而大理国小势弱，几百年来只因国境层峦叠嶂，少与外通，才得幸免。既然中原早有夺取大理全境的意图，白东楼也决不会满足他龙门一隅，大理亡国还不是朝夕间的事？”

“王上就眼睁睁看着大理亡国？”段秉不可置信地呼道，“祖宗传下来的几百年基业就束手待别人毁于一旦？做子孙的怎么有面目下去见先人？”他见段希无语，又压低了声音，缓缓道，“王上，大理的外敌自然不过中原皇帝与西王白东楼两者，西王现今兵力四万，我大理却有十万兵马，怎说毫无胜算？况川道、杜门、幽秦三州都是大理臣民，受白东楼压榨多年，一旦王师光复，当地百姓必会奔走相告，喜不自胜，至于开城迎王师入城，都是情理中的事呀。儿臣有十足的把握，能从白东楼手中取回川道、杜门、幽秦三州。至于中原皇帝，正忙于北伐匈奴，就算他能大胜还朝，等着他的又是白、杜两家藩王，最好的情景，中原平静，也需十年以上。这十年里，以川道三州为根本，安抚苗人，励精图治，即便不能趁乱取白东楼藩地，自保却不成问题，如此总不能说愧对列祖列宗。王上以为如何？”

段希忽然迸出一阵大笑：“我儿，那川道三州是给你的饵，你要得越深，就被那钩儿

扎得越深，只等中原人一起竿，大理便亡了。”

“王上取笑儿臣没什么，”段秉大怒，冷冷道，“可这是天大的事，王上若有些魄力，就给个主张出来。”

“不错，寡人这些年战战兢兢，庸碌无为，确实不再有什么王者魄力。”段希道，“不过经得一场大战，却比你多了些自知之明。此事不作他想，决不可为。”

“果然是严拒出兵。”段秉气得浑身发烫，对宋别道，“大理有这等君主，难怪为人所欺。”

宋别只是静静一笑，安然饮茶。

段秉笑道：“苏先生自有打算，小王焦躁了。”

宋别望着段秉道：“不止我有打算，太子爷不也觉得王上拒绝出兵反是件好事吗？”

“苏先生！”段秉叫道，“小王可没有这个意思。”

“什么意思呢？”宋别“呵呵”笑了起来。

段秉脸红了红，站起身来，打着扇子在房中踱步，一时立在案前，道：“大理多年苟身中原檐下，虽君臣和契，百姓安居，国家富足，却一样免不了为他所制，年年进贡无数，大理已成中原傀儡，更有亡国灭族之虞。长此以往，君将不君，国将不国。我段秉，虽由深宫锦衣玉食养成，却时时受失地国耻煎熬；大理百姓虽勤勉聪慧，却刻刻为中原朝廷欺凌；今日，绝不能因王上懦弱，痛失雪耻复国之机；就算是我亲父王上，也不能阻挠我重振大理声威之决心！”

“好！”宋别拊掌道。

段秉回首望着宋别道：“小王与苏先生结识已逾两载，小王见过不少仁人志士，却无一似苏先生浩然沉静……”

“太子爷是指摸不清我的底细罢了。”宋别摆了摆手，道，“苏还比之太子爷身边矢志报国效忠的人，不可同日而语。我两手空空，布衣褴褛前来，一无忠君之意，二无报国之负，孑然一身，也无求财之欲。想必这种人太子从未见过。”

段秉道：“苏先生莫怪，苏先生这样的人，做事绝不会无的放矢。王兄段乘那件事，固然是大；而今要做的，牵扯到多少人的身家性命，小王不得不谨慎。”

宋别道：“不妨对太子明言，太子要做的这件大事，只能信得过我苏还一人而已。”

“为何？”段秉笑问。

宋别道：“只因我重返大理，投身太子门下，就是看准了太子与我苏还志同道合，最终必能做成这件大事。”

段秉抽了口冷气：“难道苏先生从前和王上有什么过节吗？”

宋别摇了摇头：“太子多问无益。”

“是。”段秉闭上嘴，一时又不知道从何说起，只得茫然看着宋别，不住思量从哪段宫廷丑闻中才能挖掘出面前清瘦脱相的布衣中年人。

宋别却接着道：“这件事就如同太子所言，风险极大，若太子爷下定决心，苏还定当鼎力相助。”

“这小王却从不疑苏先生。”段秉道。

宋别道：“棋是要一着着走下去的，这最后的杀着，只得太子与苏还知道。就算太子身边的人平日里如何忠心耿耿，难保有人被太子的魄力决心吓倒。”

这不可不防——段秉深以为然——更何况，无论是什么样的明君，哪怕沾上一点“弑父”的谣言，都会是遗臭万年的污点，这个把柄无论如何不能落在任何人手上——段秉看了看宋别，默默一笑。

“苏先生，”段秉道，“那我们的第一着棋，是怎么个走法？”

“还是礼让中原吧。”宋别笑道，“窗户纸须得苗贺龄来捅破。”

“为何？”

“王上拒绝出兵，苗贺龄便有可能索回国书归国，倒不如让他宣扬出来，使得中原再无回旋退缩的余地。”

段秉道：“苗贺龄虽耿直，却一样聪明得紧，若不得大理确定的承诺，断不会轻易将这封国书公之于众。”

“呵呵。”宋别大笑，“太子爷，兵不厌诈，咱们只管将他诓入彀中吧。”

三十七

段秉

闰六月二十七日，苗贺龄得知大理王段希、大理太子段秉均已应允出兵龙门，凌晨便至段秉太子府中。段秉开锁自柜中请出庆熹皇帝国书，交与苗贺龄验看。

这日大理城上黑云压城，算起来是日出许久的时候，房内却仍需点灯，苗贺龄将国书凑在灯下细看，笑道：“正是原件。”

他心中一块石头总算落地，欣然与段秉携手登乘太子车辇，缓缓向大理王宫行去。

大理重臣如平时一般在宫门外候旨，都道今日能听大理王给出旨意如何处置金开文，却不料太子偕同中原使节同车前来，疑惑之下纷纷上前问安。

段秉将苗贺龄让下车，对众人道：“苗大人奉中原皇帝国书，千里跋涉，今晨方至大理城。”

众人都道辛苦，苗贺龄还礼不迭。一时大理王也得内臣通禀，措手不及，只得命摆驾正殿，宣见苗贺龄。双方各行国礼之后，苗贺龄自随从所捧紫檀木案中取出国书，缓缓展开。

“苗御使，且慢。”正座上的大理王抬手止住苗贺龄，“贵国皇帝陛下大驾北伐，此国书难道是自北伐营中所出？”

“正是。”苗贺龄道。

段秉见大理王段希似有意阻扰苗贺龄宣读国书，忙笑道：“王上，苗御使千里南下，必奉了要紧旨意，王上还是容苗御使先行宣读国书吧。”

段秉隔夜里早就知会朝中心腹，当即便有不少大臣附和。

段希冷然道：“好吧。苗御使，请宣读国书。”

苗贺龄隐隐觉得事情有变，绝非段秉所言的“一切皆已商议安排妥当”。他犹豫之际，大理众臣均已转头望来，众目睽睽下，当真是骑虎难下。他盯了段秉一眼，朗声宣读国书。

才读到一半，殿上便是一片大哗，苗贺龄微微一顿，待人声敛去，接着读道：“望大理国王陛下遣兵马相助我国征蛮龙门亲王白东楼于龙门境内围剿苗患……”

段希按着太阳穴不住摇头，等苗贺龄读完，叹道：“苗御使，中原慷慨信任，大理之幸。然大理小国寡民，兵不足万，船不过千，襄助中原围剿苗患，也是心有余而力不足。况且贵国征蛮龙门白亲王多年征战，名冠九州，英武盖世，贵国两代圣主均将西南疆土托付，大理兵将何德何能，只怕入境之后，反令白亲王掣肘，更谈不上能助贵国一臂之力。”

苗贺龄合拢国书，放回案上，环顾大殿，缓缓道：“国王陛下，我国皇帝陛下远征匈奴，更需西南安定，否则南北烽火并起，中原分身无术，一旦为匈奴攻破，大理唇亡齿寒，也同样岌岌可危。中原、大理交战，是二十四年前的旧事，如今两国相安，百姓通商，商船于寒江穿梭不绝，两国不啻血脉相通，水乳交融。国王陛下何必对中原戒备如斯？”

段希脸色越发地铁青，怔了半晌，才赔笑道：“怎么会？中原、大理已结两代秦晋之好，相安二十四年无事，‘戒备’二字从何谈起啊？”

“王上，容臣直言！”大臣中有武将出班，朗声道，“那川道、杜门、幽秦本为大理疆土，即便中原皇帝陛下无意退让，大理也当竭力索还，怎可将十几万大理百姓弃如敝屣？”

“大胆！大胆！”段希拍案怒喝，“中原使节在此，岂容你放肆胡言？”

“来人。”段秉抢出半步，对殿外武士叫道，“将这妄徒叉出去！”

那武将身形魁梧，膂力过人，饶是四个武士架着，也让他在殿门前突然挣脱，转身冲回来几步，高呼道：“太子！太子！”吓得周遭武士们一拥而上，按在地下拖了出去。待他们去得远了，那武将呼声才绝，殿上顿时一片寂静。

“苗御使，那是狂徒妄语，切勿见怪。”段希从袖筒中抽出手帕来悄悄拭汗，道，“至于贵国皇帝陛下所言出兵剿苗一事，寡人权衡良久，只觉敝国兵力微弱，不堪出关惹中原官兵耻笑。”

“启禀王上！”

五六个大臣终于按捺不住，竟不约而同出班劝谏，一句话同时出口，在殿中回声，倒像是一声大喝。

“什么事？”段希知道这些人都是少壮一派，无非是苦劝自己出兵，纵然一万个不耐烦，此时却只得无可奈何地道：“讲吧。”

这几个大臣均力主出兵，言辞不乏激烈；也有附和大理王的大臣，当即予以反驳，殿上都是“嗡嗡”的人声，渐渐地有些混乱失态之相。

苗贺龄懒得听他们君臣辩论不休，抽空狠狠望向段秉，却见段秉向这边不住苦笑，摇手示意自己少安毋躁，随即慢慢走到段希的宝座之下。

“王上！”他朗声将大臣们的声音都盖了下去，又转过身子，沉着脸色，缓缓扫视了一遍殿上的大臣。

大理朝廷现在已俨然是段秉主政，群臣对他不敢稍有忤悖，立即屏声噤气，退回班中。

段希唯恐段秉应允派兵，当即喝道：“你退下，此事全由寡人做主，你不必多言。”

段秉笑道：“王上圣明，臣亦觉出兵龙门不妥，既王上有命，臣欣然无语。”

朝中大臣有素知段秉性情的心腹，都是大惑不解，有人更是脱口呼道：“太子，这是为什么？”

“中原动荡，匈奴自北虎视眈眈，大理当如何自处？”段秉道，“兵出龙门，与苗人纠缠，非数月以上不能胜也，粮草车马俱需跋山涉水，未及开战，大军已然人困马乏。时日一久，必损伤大理元气。”

他此言一出，段希与苗贺龄都是大吃一惊，段希更是有些不可置信，微微俯下身追问道：“我儿，你说什么？”

“啊，”段秉躬身道，“臣是说，既然大理与中原是唇亡齿寒的邻邦，即便是替中原皇帝陛下效命，也不应趁中原动荡之际出兵中原。于大理自己来说，这种要紧关头，我国境内更需安静，王上大军应当勤勉操演，固守戍防，而不是在苗人身上消耗兵力。”

“哦……”段希的赞叹听起来倒更像是疑惑的叹息，他坐直了身子，向着群臣道，“太子所言，比之寡人更为高瞻远瞩，你们还有什么话说？”

王上与太子少有这等默契的时候。太子段秉谦卑恭顺地微微躬着腰，发冠投出的阴影遮挡住他的眼睛，无人能借此揣测他的真意。段希僵硬的笑容却清清楚楚地落在群臣眼里，因而没有一个人觉着半分欣慰。

“啪！”

苗贺龄清脆地摔了一记袖子，转身向随从喝道：“将国书收起。”

“是。”那随从响亮地应了一声，揭开胸前的衣襟，将国书贴身放了。

苗贺龄向上拱了拱手，冷冷笑道：“大理国王陛下、太子殿下志向高远，洞悉时务，苗贺龄领教了。既然贵国无意与中原合兵平苗，苗贺龄在贵国久留无益，告退。”

正殿上群臣被他一脸阴桀怒气震慑，顿时鸦雀无声。他招了招手，不容段希说话，便带着随从扬长出殿而去。

段希很失面子，却又觉如释重负，站起身来漫不经心挥手：“散了吧，散了吧。”

“退朝——”太监拔高了嗓子叫道。

段秉跟着人潮退出殿外，明媚的阳光从乌云的缝隙里利刃般刺出，正将他面前的路照得一片狭长的雪亮。

跟进来的王桂凑到段秉身边，努了努嘴，道：“太子爷，这可是天降佛光，算不算好兆头呢？”

“怎么不算？”段秉轻声笑起来，他躲开围上来的人群，对王桂道，“你先回府去吧。记得我昨晚上说过什么来着？”

“太子爷说自今日起，一定要让如意待在府里，不许到处走动。”

“记得就好。”段秉道，“你跟着我在这里时间长了，谁替我看着他？”

“是。”王桂躬身笑道，“奴婢这就回去。献殷勤也不差这一会儿。”

段秉照往常一般，朝后在内阁与重臣商议国事决策，到中午时却不住出冷汗，脸色铁青，群臣见他身体不适，纷纷请他放下公务，保重要紧。段秉这才乘车回府稍歇，王桂远远望见他的车驾进了巷子，忙奔出门来迎着段秉。

“太子爷！”他笑道，“如意今儿没出门，一直陪着太子妃屋里说话下棋。这会儿太子爷要见他，眨眼就能到太子爷跟前了。”

“好，不忙。”段秉道，“请苏先生来。”

“已在书房候着了。”王桂道，“喝茶看书呢。”

段秉大喜——宋别如此逍遥，想必部署已然停当——他衣裳也未及换，匆匆走入书房，笑道：“苏先生自在得很啊。”

宋别放下书，抬头道：“世间人物冥冥天注定，有人劳碌有人闲，在此品茶读书也是迫于天命，不得已啊。”

段秉松开领口，喝了口茶道：“小王回来时，看路上还很太平，什么时候才有动静？”

“苗贺龄自出了王宫，便有人紧紧跟着，他没有停留大理城中，直接去了码头，船一个时辰前起锚去的。”宋别道，“另外，撒了百多路人马在大理和盛京，今天便会有消息。”

“今天？”段秉的心怦怦直跳，“这么快？”

宋别道：“虽说有没有苗贺龄捧着国书再次入朝，已无关大局；但能尽快动作，追他回头，总是好的。太子爷千万记得，这一步步往上走，最要紧的就是‘名正言顺’四个字。”

段秉深知其中利害，点头道：“是，先生说的是。”

“太子爷。”王桂在水渠那边呼道，“北门关传来急件。”

“拿进来。”段秉向宋别望了一眼，“想来是白东楼有所举动了。”

宋别笑道：“正是时候！想不到白东楼如此善解人意。”

段秉从王桂手中接过军报来，细细看过，不由得也笑出了声：“果然、果然。他已整兵北上，夹击椎名寿康去了。如今越海大营已是空城，这不是天助我也？”

宋别微笑——这苍天之神确实禀性恶劣，这等弑父篡位的逆臣贼子也能得蒙上天眷顾，登于宝座之上，统治万民众生，那么自己一家的遭遇又何足为奇？

“苏先生，你说呢？”段秉得意之下，不禁追问半晌没有作声的宋别。

“那还用说吗？”宋别大笑。

两人将军报又看了一遍，接着商讨布兵行军之事，天色渐晚，忽听院中脚步杂乱，段秉抬起头道：“大概是王桂请膳，先生请一同用吧。”

“太子爷，太子爷。”

透过门帘可以看见王桂直着脖子叫，脸亦涨得有些红了，像是从远处直奔过来。

“做什么慌慌张张的？”段秉门前向他招手。

王桂跨过桥来，在段秉耳边道：“太子爷，戍防京师的马坚领兵将太子府给围了。”

“胡说。”段秉尚不相信，呵斥王桂道，“怎么会？”

王桂急道：“太子爷还不信？如今几条街上都是马坚的人马层层把守过来，大门外的小厮都吓得了不得。”

“马将军可曾在外请见太子呢？”宋别在内忽然问。

“这个……”王桂一怔，“奴婢还不知道，看见门前情形不对，便赶紧来报信了。”

自去年九月，段秉手下大将马叙领兵围攻段乘府邸，将之刺杀之后，段秉府中的人便开始有事没事大惊小怪。段秉虽为此烦恼，却因宋别劝说，总是以安抚为上，从不乱加训斥，现在一样按捺住脾气，耐心对王桂道：“你却想一想，马坚是什么人？他与他兄长马叙自少年时便随我出入，都是我难得的死士。这时他来围我的太子府做什么？”

“啪。”王桂扇了自己一个嘴巴，连声道，“是奴婢荒唐了，是奴婢发了昏。奴婢这便去问马将军有什么要紧的事。”

“不如直接请进府来吧。”宋别道，“太子定有话嘱咐于他。”

“是。”

不过片刻，马坚便疾步进来，门前请了个安道：“臣行事鲁莽，致太子爷染恙时受惊，死罪，死罪。”

“既是事出紧急，将军又何必拘于俗礼？”段秉笑道，“进来坐吧。”

“是。”

马坚虽在政变之前于外省领兵，甚少回京，但兄长马叙与段秉却是十多年的交情，说起来都是段秉嫡系，当下也不客气，捡了个位子坐下，道：“大理市面上有些不安静，臣唯恐乱民惊扰太子与中原公主，便擅作主张，将几个街角先把守了。”

“原来如此。”段秉道，“不过，我中午回来时，城里还是好好的，怎么半天工夫就到了动用人马驻守要害的地步了吗？”

马坚道：“臣也觉蹊跷，也不知哪里传出的谣言，说王上今早答应了中原合兵平苗，眼看出兵在即等等，街上的苗人便有些不太平，聚在一处，大概是商量着要出城。大理京畿衙门的差役恐他们聚众闹事，便结队上前驱散，那些苗人却抗命不从，闹了一阵子。”

“那还好啊。”段秉道，“想来衙门里已弹压下去了吧？”

“哪里！”马坚道，“苗人如此一闹，激怒不少城中居民，有不少原就不本分的汉子和轻浮少年，结伙抢掠苗人财物，捣乱苗人商铺，调戏苗人妇女。”

“这还了得！”段秉大吃一惊，回头对宋别道，“苏先生你看此事如何才能按下去？”

宋别摇头道：“大理城中的百姓同苗人素来不睦，也怪苗人野蛮无礼，如果一味压制大理人，反助长了苗人的气焰，也不甚妥——难啊。”

“苏先生，”马坚道，“这却不能拖了，一旦在京城演变成双方械斗，可就闹大了。”

“唯今之计，只得由衙门差役维持市面上的安静。”宋别道，“京畿戍兵万不可卷入其中，否则便有朝廷镇压苗人的谣言，届时收场就更难了。”

“末将明白。”

段秉道：“无论如何，王宫是最要紧，我这里人少些倒也罢了，如果王上有所闪失，没法向天下人交代。”

马坚欲言又止，想了想，只得道：“是。末将告退。”

段秉点了点头，目送他到门前。马坚却又回过身，道：“太子爷，臣觉得王宫固然是重中之重，可是太子府上却有更要紧的人物，如果太子妃稍有差池，大理怎么对中原皇帝说明？”

“啊，你说的是正经。”段秉拍了一下手，“我这便叫王桂加派人手巡视王府。不过，也没有必要从几条街外就全部戒严吧？百姓出入不方便，恼的还是朝廷。”

“太子爷大概忘了，”马坚道，“几条街外有个所在，也是不容有失，那人一旦趁乱又溜出去，可是天大的麻烦。”

段秉终于变了脸色：“你说的有理，还是随你安排。”

宋别看着马坚退去，不住颔首，道：“其兄勇，其弟智，了不起。”

“是啊。”段秉想到马叙在自己面前自刎而死，仍不住伤感。

宋别道：“此人今后必成大器，太子爷要好好地用。”

“那是一定的。”段秉道，“马叙之前也就是这个遗愿，怎能让他死不瞑目？”他的意兴阑珊也不过片刻工夫，想到京中局面动荡，不由得又兴致高涨起来，“如今大理城的局面就如先生所料，先生看盛京何时会传来消息？”

“大概就是明天早晨。”宋别道，“盛京不似大理戒备森严，苗人很快就会与大理人

冲突，水到渠成只在一两天内。”

既然京畿戍备兵马不予调动平息事态，至闰六月三十日，大理城与盛京两处，苗人与城中百姓的冲突已然不可收拾，大理城中商家店铺俱已关闭，街上行人稀少，处处都有苗人持械乱奔，结众咒骂大理王与大理朝廷，而围殴差役，与大理居民械斗已属平常，甚至有苗人妄徒冲击官府，在大臣府邸周围走动。

这日下午，守卫太子府的驻军在巷中捉拿到两名意图不轨的苗人，染病多日，闭门不理公务的太子段秉方知天下大乱，连忙乘轿赶往宫中与大理王段希商量对策。

几日来大臣唯恐大理王怪罪，尽量遮掩，因此段希这才知道起因，对段秉道：“谁说寡人要出兵苗疆！事不宜迟，立即着人发布榜文辟谣。”

“辟谣也无济于事了。”段秉道，“这些苗人胆大包天，居然意欲行刺朝中大臣，不派兵镇压，只怕愈发不可收拾。”

“那就调京畿戍兵平乱。”段希无可奈何地道，“王宫附近可安全吗？”

段秉道：“王上放心，臣已问过，前两天王宫附近便已加派禁军守备。”

“那就好。”段希站起身来，微微俯下目光，望着段秉，道，“城中乱成这样，你回去路上也一定要小心了。”

段秉怔了怔，“是。”

“去吧。”

段希挥了挥手，段秉这一刻能看清他手背上斑驳的皮肤和黯淡的皱纹，他突然有些哽咽，勉强镇静，才跪倒磕头：“天气还热，父王千万不要因朝政累着了身体，一切以保重为上，此事交给儿臣办，决计不会有失。”

“交给你我就放心了。”段希竟缓缓地展颜微笑。

段秉再没有看段希的面庞，只是道了声“儿臣告退”，便低着头直退出殿外。仰面，他似乎想看看天色，然而正是正午，阳光照得他微微有些晕眩。他一时也不免迷茫，如果这头顶上的苍天少赐予大理王半个月的寿数，对他们父子来说，岂不是更好的结局？

走出王宫，一路上禁军开道，街面上的嘈杂离这王权威严越来越远，段秉颤抖的手指才慢慢安定有力起来。

“叫如意来。”段秉在府门前下轿，对王桂道。

如意刚从景优公主处伺候下来，尚在午饭，一听召唤，忙放下筷子，掸干净了衣裳过来。段秉躲在窗后，静静看着他笑嘻嘻甩着拂尘穿过书房门前的花园。

“他倒是极沉得住气。”段秉对身后的宋别道。

宋别笑道：“他既是中原皇帝最宠爱的内侍，又是七宝太监的得意弟子，自然有过人之处，太子爷要小心。”

“小王省得。”段秉归座，道，“苏先生在一旁也需多提点小王几句。”

“奴婢如意奉太子旨意见驾。”

“请进来吧。”段秉对如意还是一如他刚进大理时一般的客气。

如意礼数不敢懈怠，恭恭敬敬叩了头。

段秉道：“正和苏先生说闲话，你也坐吧。”

“谢太子爷赏座。”如意在一边预备好的小凳子上坐了，笑道，“太子爷同苏先生所论的，都是极高深的天下大事，只怕奴婢插不上嘴，打不了趣儿，白白糟蹋了太子爷赏的座位。”

“公公早先在中原皇帝陛下座前，都谈笑风生，应对自如，到了大理怎么会束手束脚？苏先生，”段秉道，“小王才刚说到前两日苗大人在朝上宣读国书，只是大理辜负了中原皇帝陛下的一片盛情，致苗大人一怒而去，实在是失礼了。现如意在此，苏先生替小王讨个情儿，万请如意公公上书禀明中原皇帝陛下，言明小王的苦衷。”

宋别道：“既然太子爷有苦衷，只要说明了，中原皇帝陛下圣明，怎会怪罪太子？”

如意望了望这两个人，“扑哧”一笑：“太子爷可别为难奴婢，奴婢从前侍奉皇上不错，可如今跟着公主过了大理来，住在太子爷府里，吃的是太子爷的粮饷，早就是太子爷的奴婢了，哪里还有资格儿向皇上上书？更何况，不怕太子爷笑话，奴婢识的字不多，看个账本什么的还行，写字嘛……”他作难咂嘴，“太子爷还不如让奴婢天天的给太子爷牵马抬轿子，再不然就让奴婢去伙房洗菜擦地，倒也能图个解馋的便宜。”

段秉大笑道：“如意啊，不是我笑话你，你哪回进我的书房不是紧往书架上瞧？只怕我查下来，定有几本难得的好书早已神不知鬼不觉地跑你屋里去了。”

“太子爷，奴婢是个粗人不错，可太子爷也不能拦着人上进啊。”

“好好，你是个有志气的。唉……”段秉敛去笑容，叹了口气。

如意忙道：“太子爷叹息什么？是奴婢言语里冒犯了？”

“没有。”段秉苦笑道，“我不过在想，连你也是个有志向的人，怎么我上面那位，眼见苗匪屡屡入境骚扰，更在京师与盛京作乱，而面前有能与中原合兵平苗的大好机会，却只知道作乐寻欢，贪图一时之愉？”

宋别道：“所谓孤掌难鸣，太子爷不必自责过甚。”

段秉道：“苏先生是小王的良师益友，自来的主张小王都是钦佩的。只有这一句，小

王不以为然。”

“哦？”宋别微笑。

段秉正色道：“小王身居王储之位，身心所系都是大理的兴亡，无论有多少阻扰，都不应当退缩。再者，中原皇帝陛下将公主下嫁，对大理对小王都是寄予厚望。中原阻击匈奴，受惠的一样还有大理，能为中原皇帝陛下分忧平苗，本是大理分内的事。可惜……”

如意见他的目光转来，忙道：“怎么？皇上让苗大人下国书，说的是合兵平苗的大事？”

“正是。”段秉道。

宋别笑道：“如意公公想必还不知，王上不由分说，当场严拒了。”

“这可没辙了。”如意道，“大理的事还不是王上说了算？原来太子爷要奴婢上禀的，是这么回事。听太子爷的口气，倒像是赞成皇上主张的？”

“那是自然。”段秉道，“大理虽及不上中原兵多将广，但胜在对苗疆地理战法所知颇详。苗人近几年来屡屡破关入城，骚扰地方，渐渐地也成了大理心腹大患。如能合中原兵力一举击溃，当真是造福两国百姓，何乐而不为？”

宋别道：“中原苦战匈奴，若苗人在后院举火，后果可想而知。一旦中原为匈奴攻破，大理绝无幸免之理。”

段秉道：“小王就是苦于做不得大理的主。只要王上严词拒绝，朝堂之上，做儿子的怎能不随声附和？可那日从宫里出来，越思索，越觉王上昏庸懦弱……”

“太子爷！”宋别忙将段秉的话打断。

段秉苦笑道：“小王是觉得只要王上在位一日，这出兵平苗的事就无半分希望，心中苦闷，苏先生莫怪。”

如意笑道：“太子爷，话虽如此，人人却都有无能为力之处。听天由命反倒有自在的乐趣。”

顺水推舟的话说到这里便断了头绪——段秉看着如意的笑容，苦恼着为何眼前年轻的太监就这么难缠。

宋别却缓缓道：“公公的话不无道理。说到天命，中原皇帝陛下既然受命于天，为万邦之主，神佛庇佑，你我明白事理的人自然欣然归顺，无不愿为皇帝陛下驱策；然有庸人，罔顾天意，擅权弄兵，这等人物在中原却也不少吧。”

“唉，”如意叹了口气，“家家有本难念的经，哪朝哪代没有让人放不下心的权臣？”

“是啊。”宋别点头道，“你我于天下来说，不过一介小民，然而人人都如公公这般自在，任跳梁小丑兴风作浪，只怕就剩中原皇帝陛下独自烦恼了。”

“不错。”段秉道，“如意，无论如何中原皇帝陛下于你还是有提拔重用之恩，若你也袖手旁观苗人在中原边境作乱，那么，大理人无动于衷更是在所难免的了。两国危难当头，你可要有力出力啊。”

如意笑道：“太子爷把奴婢瞧得太高了，奴婢一不识字，二不学武，只会逗主子开心，讨个赏赐。话说回来，奴婢现今是太子爷的人了，只要太子爷一道旨意，就是摘星星月亮，奴婢也尽管撒腿去了。”

段秉皱了皱眉，宋别淡定如常，悠然道：“公公，太子爷刚才已说了，没什么要公公做的，只不过请公公上书中原皇帝陛下，大理王在位，两国合兵剿苗一事绝无可行之机。”

如意笑道：“是。”

宋别喝了口茶，道：“公公切勿拖延，二十七日得到消息，西王白东楼已挟兵北上，协同东王夹击倭寇，中原别水一带战乱已起，公公的信若迟了，恐怕乱军中难以送到皇帝陛下手上。大理苗人虽乱，镇压也不过一两天便能平定局面，太子爷等得起，公公可等不起啊。”

“是。”如意站起身来，道，“苏先生说的是，奴婢这便回去好好地想一想，这个折子怎么个写法才好。”

他施礼告退，段秉点了点头，看他走远，方对宋别道：“苏先生，难道要这么快便和他挑明白吗？”

宋别道：“如意一旦出手，中原朝廷便卷入王上被刺一事，于中原将来在大理的利益有百害而无一利。如意聪明，自这两天时局审度，料到太子爷出兵川遒势在必行，自然不答应太子爷向王上行刺。”

“先生最后一番话，可会令他回心转意吗？”段秉问道。

“中原内忧外患，此次只能胜在战机之上，若为东王抢先占据寒江险要，便可谓满盘皆输。倭寇在此时登岸，轻易破城拔关，绝非巧合，为的还是拖延东王步伐。西王兵出龙门支援东王，无疑使得杜家能分身北顾寒州，大理若再不出兵牵制西王，他们东西两家合兵，中原朝廷便束手待毙了。胜负就是一两日，大理拖得起，中原却拖不起，如意岂不知其中利害？”

“因此，”段秉道，“先生当面揭破中原朝廷的致命伤，逼如意早下决心。”

宋别道：“太子爷毕竟精明。”

段秉道：“此番交手便知如意并非等闲人物，将弑君风险转嫁中原之计如若因他执意不行，而致流产，真是枉费了苏先生的苦心。”

“凡事都有第二个解决的法子。”宋别道。

“适才听先生的见解，小王突然想到一件事。”段秉摆弄着手上的扇子，道，“大理何以不袖手任东、西两王在中原作乱，再趁机发兵夺得中原疆土？”

宋别垂下目光，叹了口气。

“先生觉得不可行吗？”

“苏还不妨说句实话，大理现今的国力实在委屈了太子爷的抱负，今后十年之内，大理绝无进军中土的可能。太子爷要得偿所愿，便不能再用苏还这等阴谋之士，须物色磊落强干的佐臣，苦心经营，蓄养国力。我多病体衰，能助太子登基，已属苍天眷顾，原本无须再理会大理今后的前程……”宋别起身步于窗前，望着满院青葱，黯然微笑，“无奈，放眼所顾，皆是故土乡民，年少时纵马城池内外，山岭碣石，原野沧海，何处不有我放歌纵情，又何堪铁蹄践土，战火焚城？想来再多说一句话，又有何妨？太子谨记：一朝冒进，必引致满盘皆输，大理沦陷只在太子，也就是未来大理王一念之间。”

“先生……”段秉轻轻抽了口气，一点点品味这消瘦落寞背影中浸透的凶兆。

然而城中突如其来的喧哗，却不容他深思下去，京师戍军的蹄声从街道上层层翻滚了进来，不知是谁的呼号哭泣，远远的却不绝于耳。大理城沸腾般瓮然鼓噪，太子府院中雕梁画栋、珍草名花也都随之微微战抖。

段秉蓦地站起来，对外呼道：“王桂。”

王桂从院门处疾步过来，应道：“奴婢在。”

“门前候着马坚将军，无论他何时前来复命，都速速请进来。”

“是。”

宋别道：“万事俱备，只待今夜如意的作为了。”

“如意那边，还请苏先生关照些。”段秉道。

宋别笑道：“那是自然的。”

大理城中已然因平叛戒严，宋别不得返回住处，便一样留宿在段秉府中。到晚饭过后，城中的骚动稍作平息，夹在腥风血雨中的片刻寂静显得异常诡异，宋别合上书本，听着门前“咯”地一响，道：“我在。”

“爷，是急件。”

雪白的信笺从门缝中浑不着力似的飘了进来，宋别招了招手，将信笺夹在指间。滴血般鲜红的封泥上加盖蔷薇，竟是颜王亲笔书函的印记。宋别怔了怔，黑州、龙门两地局势均在掌握，什么大事要兴师动众地将亲笔书信贯穿南北四五千里的路程，直送大理？宋别不禁怀疑雁门、出云失守，微吃一惊之下，忙将辟邪的书信展开。

行文就如辟邪一贯的短促而锋利，信中不过寥寥几句话，宋别一眼阅毕，松了口气：“原来如此。”他将书信凑在火上点燃，默然灯下端坐，思量着如何对策辟邪信中所嘱。想到部署妥当的计策又要翻盘从头来过，宋别这样的人也忍不住焦躁，弹指敲落灯花，心中却忽涌上一股子凛冽不祥，让他不禁仰面长叹连连。

夜深时，段秉书房的院落仍是灯火通明，马坚等大将与朝廷重臣纷纷来至，与段秉商量肃清苗人之事。

这种场合，宋别从来是回避的，他找来王桂，由他带路，向着太子府内宅悄悄行去。

“苏先生，如意可就交给您老人家了。”王桂哈着腰低声道，“他本事大，奴婢不是他的对手，只有先生他还忌惮些。”

“太子妃可曾安歇？”

若景优公主还不曾就寝，宋别行事便可能惊动人，故此谨慎多问了一句。

王桂道：“城中不太平，因而挪在太子爷的寝宫里歇了，如意却还回自己屋里睡。”

“那便正好。”宋别道，“你且回避，容我在他屋前监视。”

宋别的年岁虽不甚老，却因清瘦多病，王桂实在看不过他如此辛苦，当下道：“苏先生，要不是为了太子爷，奴婢真是舍不得您老在此熬上一宿。唉，说句实话，奴婢给您老磕多少个头都是应当的。”

宋别笑道：“把你的良心放在肚子里，等这一阵事完了，再拿出来献殷勤不迟。”

王桂躬了躬身退去，宋别见他走得不见，才迤迤然走到如意门前，用扇子柄轻轻敲门。

“呦，苏先生。”如意丝毫不见意外，开了门笑道，“这可是内宅，先生怎么进来的？”

“啊，乘凉散步，不经意间便到了公公门前，想着说两句闲话，也能消暑。”

屋内的灯光幽暗，案上一只红漆剑匣因而显得晦暗阴沉。

“公公的剑？”宋别问道。

如意摇了摇头道：“不过今夜借来用用罢了。”

宋别凑近，方看清剑匣上篆书的“雕雪”二字。“原来是太子爷的藏剑。”宋别道，“传说此剑剑身薄如蝉翼，若使剑的人手法够快，对手至死身上连伤疤也不会留下。”

如意道：“先生见闻广博。”

“彼此彼此。”宋别衣袖轻拂剑匣，“咯”地将匣盖揭开，剑身黯淡灯光下却反射出一道苍白的光芒，照在他脸上，“好剑。”他用扇柄轻轻巧巧挑起匣盖放回原处，转过脸来看着如意，“公公今夜要行大事？”

“先生忘了，”如意翘起嘴角，“晌午时还是先生催着奴婢写信上书呢。”

宋别道：“区区一个玩笑，公公倒当真了。”

“先生，我这个人虽有时分不清好歹，但也知道此事不同寻常，开不得玩笑的。”

如意慢吞吞地说着，渐渐沉下了脸色，宋别望着他冷酷残忍的神色脱鞘而出，饶有兴趣地在想这个年轻人平日的笑容何以真诚谦卑到连自己都喜欢的地步。

“好好，”他盯着如意的手指，笑道，“我这次来，不过是请公公暂缓……”

“暂缓？”如意蹙了蹙眉，“为何？”

如意宫衣之下身着黑色便服，体态镇静爽利，气势充盈，隐隐有杀气在身周奔流。宋别斟酌了一会儿词句，方道：“段秉授意你行刺大理王，其中的奥妙，以你的聪明不会不知。”

“嫁祸中原，日后另有他图，我怎会不知？”如意道，“不过先生一日里要挟我行刺在先，又阻挠我在后，先生到底是哪一边的人，我却不明白了。”

“哪一边？”宋别想了想道，“说了公公未必知道。”

如意眯起眼睛来笑：“先生果然并非段秉的谋臣，这么一来，说话倒有些不方便了。”

宋别在他眉间迸出厉色的一瞬便已飘身疾退，十枚银针立时出手。如意此刻挥动衣袖拂去匣盖，手指凌空一抓，将雕雪剑抄在手中，左手立于胸前，向着宋别的方向击出一掌，掌风恢宏，本应震飞袭来的银针，却不料宋别出手时取的便是剑匣，十枚银针在剑背上只击出“叮”的一声，震得如意险些长剑脱手。

“且慢！”宋别抬手止住如意，“并非我没有借刀杀人之心，只不过今日奉了公公一位故友之命，定要保护公公没有半点闪失。行刺大理王一事，公公断断去不得。”

“这位故友真是多事！”如意将雕雪剑扔回剑匣中，“只道今夜料理干净，明后日大理兵马便可出北门关，偏偏又杀出个程咬金来。”

宋别道：“适才公公也说了，段秉要公公行刺，意在嫁祸中原皇帝，日后发兵取中原疆土，便有十足的借口，公公原本也不愿贸然出手，怎么今夜却势在必得？”

如意笑道：“还不是因为先生紧逼不舍？中原时机紧迫，此刻我不动手，谁来动手？”

宋别道：“我道公公是个明白人，却原来不知自己危在旦夕，一旦公公行刺成功，无论是大理还是中原，今后都少不了想方设法取公公性命。”

如意叹了口气：“先生，所谓‘欲加之罪，何患无辞’。哪怕今夜这一刀是段秉亲手刺出，将来也一样会算在中原头上，段秉一样要将我灭口，中原一样要将我舍弃。我这样的人，分明是沙砾尘土，该当去死时都不应有人心疼，我那位故友却想不开这个，倒让我为他担心起来。”

一语中的地说到了宋别的心事——如意行刺大理王可谓天时地利人和，生生舍弃如意这柄利剑，着实可惜，比之段秉毫不犹豫地让马叙赴死，更可见辟邪的心肠还是软的。

“比之我那位故友，先生可谓手段狠绝，我还是极佩服的。”如意真心诚意地道。

宋别撑不住笑了：“公公此话从何谈起？”

“要说段秉有一个进犯中原的借口，中原便有一个消灭大理的理由。”如意道，“先生挑拨大理王父子反目在先，撺掇段秉出兵中原在后，又不声不响埋伏了这么个杀着，可见不借中原兵力致大理亡国，先生意气难平啊。”

宋别微微一怔，重新打量面前年轻的宦官：“小公公好利的眼。”

“先生既与我故友交好，想来也不是外人，如意请教先生，若我不刺杀大理王，谁人替我为之？”

宋别笑道：“既然我意气难平，不如亲手取了大理王首级。这件事，命中注定当我为之！”

三十八

大理王

“七月初一日暮，大理城南废园，旧肃海公邸。”

宋别看完了字条，不禁有些生气，只要有人将“肃海公”三个字写得稍稍难看了一点，他都会如年少时一般，怫然不悦，更不要说这字条上的字，简直就是鬼画符一般。他将字条紧攥在手心里，深深透了口气，扶住角门处斑驳的门框，向废园之内望去。在高及人膝的杂草中有什么野物被惊动了，荡漾着草尖，立时蹿得不知去向。晚霞依旧烘托着船首般翘跃的飞檐，肃海公邸似乎骄傲如初。

就算是回大理已逾两年，宋别仍没有决心重返故居。这满目荒凉疮痍，比之宋别的想象没有丝毫逊色之处。

举步，不时会看见散落院中的小件器皿或家具，想来肃海公邸已无数次遭窃贼光顾，层层院落，叠叠椒室俱已空空如也，原先粉白的墙上，不免蛛丝交错，推门时轻飘飘当头罩来。

宋别展开折扇，将蛛网挥开。这里原是肃海公爷的书房，现在屋子中间还放着看门人冬天取暖用的火盆，扯成两半还没有烧去的书扔得到处都是，默默散发着霉味。

宋别俯身拾起半部《越海传》，掸去上面的灰尘，不禁恍惚微笑。这是幼弟宋制最爱的闲书，因怕母亲搜出，从来都是藏在宋别肃海公邸的大书房里。

“和哥哥说话去。”

宋制朝宋别挤眉弄眼，便是要躲在书房里偷看闲书了。宋制总能将这部《越海传》藏得极巧妙，宋别曾带着小厮试着将这本不成体统的书找出来，却无不以失了耐性告终。

看来定是有人将书房翻了个底朝天，连这本公邸少年私藏如珍的书，也从莫名的角落里飘落出来。

宋别默默翻开残破不堪的《越海传》，这本他闻名三十载，今日才得一见的书在他手中却粉碎成肮脏的蝴蝶，从他指间片片飞落。

“原来找到这本书，竟要用三十年。”他望着，仿佛注视时光从指间流逝，忽然如释重负，知道此番回来看过，才会真的心灰意冷。原来大理国已将他这位肃海小公爷的良心，就如这府邸一般搜刮得干干净净。

他步入夕阳灼热的余晖之下，用扇子遮住阳光，四处环顾，仔仔细细将眼前景物收入眼底，用以洗刷去年少繁华的回忆——早料到故地重游，便是诀别，此番离开，心中更是空荡荡，了无牵挂。

“先生。”

沿廊下当先走来的年轻苗人名叫古斯琦，他出身酋长家族，为人慷慨豪迈，谦虚有礼，难得身世品格无不高贵，宋别见过他几次，对他也很是喜爱。然而苗人部族之间的争斗比之中原人有过之而无不及，一旦战败，即灭族灭种。古斯琦的部族万人为苗王都罗汉坑杀，十六岁上，便沦落为寇，近些年来投奔段秉麾下，时常在苗疆大理之间穿梭，刺探西王白东楼与苗王都罗汉属地。

如意三十日夜间竟无丝毫动静，段秉闻报便有些沉不住气，只得听从宋别的计较，召古斯琦前来协助成事。

古斯琦虽然写不好汉字，不过汉话已能说得彬彬有礼：“这两日苗人在京中走动着实不方便，想去太子府上也近身不得，只得选在此处。晚辈来迟，致先生久候，先生恕罪则个。”

宋别点点头：“时候不早，须将大事议定，早做准备。”

古斯琦将身后三十岁开外的随从也叫到跟前，道：“他与我同去，请先生将布置一同说与他听。”

此人面目之狰狞着实罕见，脸颊上刀痕累累，早已看不出本来面目，体格更是无比雄壮，此刻上前向宋别躬身施礼，静静站在一边。

宋别将计策细细说与二人听了，最后道：“三更时，静远宫。”

古斯琦点头道：“先生放心，晚辈绝不辱命。”他领着随从转身走了两步，忽然回过头来，道，“我身为苗人，却奉大理太子之命与所有苗人作对，先生想必是瞧不起我这样的人。”

宋别一怔，继而大笑：“你若恃强凌弱、偷盗抢劫，我非但瞧不起你，还要取你的性命。然而这一件事，我却没有半点资格菲薄你。”

古斯琦道：“先生是豁达的人。”

“却非我是豁达的人。”宋别道，“君主身故也好，朝廷覆灭也好，总有人为之痛哭流涕，也总有人因而拍手称快。既然你我恰恰是那些拊掌叫好的人，那便心安理得地图他个痛快。”

“是。”古斯琦笑道。

古斯琦的随从这时已跑得远了，似乎是赤脚撞在了什么坚硬之物上，他叫了一声，俯下身子摸索。

“什么东西？”古斯琦上前问。

那随从抄起一支锈迹斑斑的枪尖，笑着呈给古斯琦看。

“钦赐肃海公……”古斯琦自枪尖上流云飞卷的饰纹中读出年代久远的铸文，“这是肃海公的肃海神枪，这么些年来仍在公府之内，不曾让人盗去，可见枪上自有历代肃海公爷英魂守护，你却不如将此枪好好地供奉回肃海公邸祠堂中去吧。”

那随从脸上笑容立时褪去，如孩童般怏怏不乐。

宋别笑道：“此枪留在此处并不出奇，只因枪尖上铸有‘钦赐’二字，盗贼自然不敢拿出去变卖，哪里有什么英魂守护之谈？再者此枪主人尚不珍惜，随意抛弃，算什么珍贵之物？这位英雄既然喜欢，拿去物尽其用，有何不可？”

“哈哈哈。”那随从展颜大笑，从古斯琦手中接过枪尖来，撩起衣摆使劲擦拭枪刃。

古斯琦对宋别道：“先生行事无所顾忌，晚辈领教了。今夜静远宫会合，晚辈告辞。”

那随从抱着枪尖，丑陋脸上仍笑意不绝，向着宋别不住点头，才随古斯琦远远去了。

宋别掠身廊上，由此高处俯瞰东边院落，便是肃海公邸祠堂，列祖列宗英灵就在眼前，他却心生怯意，不敢向前一步。空落落暮风吹得他的衣袂猎猎作响，他仍能回想起二十四年前狂风冷雨的冬夜，怀抱明珠驻足于此，挥手将肃海神枪抛在身后，决意去国离乡的心境。此刻心中已无那时血脉偾张的悲愤，只是那枪尖撞在青石地面上的锵然回声仍似不绝于耳。

眼看三更天时，大理城上风雷大作，片刻工夫，乌云奔涌，将满天繁星遮得不见。

大理王段希看着静静一道亮丽闪电过后，等着焦雷在静远殿上轰然炸响。

“嗬。”

段希猛抽了一口气，在惊雷余韵中打了个寒战。

像是有人悄声开了门走入，一股室外潮湿冰冷的空气扑在他的背上。段希转过身，一个清瘦的黑衣中年人，正立在奏案前，在昏暗灯光下心不在焉地翻看着这两天的奏折。

“王上睡不着？”那人随随便便问道，像是侍驾多年，已不拘礼的近臣。

烛光摇曳，黑衣人的身形似乎跟着飘荡，段希不免觉得眼前的，只是一条魂魄。

“相迈？”段希不禁脱口而出，“你是来看我的吗？”

黑衣人似笑出了声，轻轻合上奏折，转脸道：“我不是金相迈。”

“那还会是谁呢？”段希仍看不清黑衣人的面目，疑惑道。

“如此看来，王上的故友可不算多。”黑衣人叹了口气，走近了些。

寂静中，稍纵即逝的强光照亮了黑衣人的面庞，段希却觉从不相识，困惑惊恐之下喝问道：“谁？刺客？”

他拔高的声音淹没在雷声中，黑衣人伸手拿住奏案上的烛台，慢慢走到段希面前。

“原来王上已不认得我了。”烛光将黑衣人儒雅面目映得清楚，中年人清俊含笑，道，“我是宋别。”

大雨倾泻如注，硕大的雨滴敲打芭蕉，乒乒乓乓的好不热闹，段希仿佛在戏台上看到了喜欢的武戏段子，情不自禁地微笑起来。

“我看看。”段希怯怯拉住宋别的左手，不曾感到宋别有丝毫退缩，于是摸到他微微弯曲变形的小指，用发颤的嗓音笑道，“果然是我那小书童不错。相迈死时，还懊恼自己为什么那么性急，关门时竟会压住你的手指。他对我说，年少时最担心的，便是肃海公老封君为你这根手指向他报仇，生怕你母亲手中的银针当面刺来，因此见你母亲时，总是用手掌挡着眼睛。”他越发控制不住自己双掌的颤抖，连忙放开宋别枯瘦的手指，抬起头来，“明珠可好吗？”

“过得去。”宋别慢慢放下灯，那神色似乎要在夜里仔仔细细地写奏折，仿佛后面就要展开雪白洒金的折子，伸手取用白玉镇纸。然而用那样的气定神闲从背后缓缓掣出剑来的一瞬间，像是从静远殿的地基中涌出无数灵魂低吟着冲天而去，薄如蝉翼的雕雪剑在他手中低沉咆哮，连窗外磅礴的雨声竟也无法压制。

段希颤抖着坐正了身子，声音还算平静，道：“原来最后要我性命的还是你——是你便好——倘是些不相关的人，我只怕会惊恐乱呼；若是你，我便安心了。”

宋别笑道：“王上虽安心，我却心中不安。肃海公邸十一代，传到我这里却要弑君叛国，连走近祠堂的面目也无，更不要说死后泉下去见先人。”

段希道：“你也恁地迂腐了。良禽择木而栖，我非贤君，误我臣民，杀我忠臣，早不值得大理人追随……”

“哈哈哈……王上张口就能胡说这种违心的话，真是不由得人不生气。”宋别笑着喘了气，道，“王上难道觉得宋别此次进宫来，还会给王上一线生机吗？难道王上觉得肃海宋家四百余人还不值得王上偿命吗？难道王上觉得宋别心里还有一点忠臣孝子的良心吗？王上一味委屈，就能说动宋别放下手中利剑了吗？”

他雷声中不禁大笑，手中雕雪剑低鸣渐渐散乱。“咳。”他举起衣袖，竟呛出一口鲜血来。

“来人！刺客！刺客！”大理王见宋别丝毫不为所动，趁机从椅子上滚下身去，向殿外便跑。

宋别几步上前，搀住大理王踉跄的身子，劝道：“王上，静远宫的奴才们都已被毒毙，风雷交加，王上呼救也不会有侍卫听到。王上还是留些体面，安然就戮吧。”

段希瘫软在榻上，喃喃道：“宋别，不是寡人要杀你全家，是你母亲无礼，在殿上自尽在先，你兄弟五人胆大妄为，意欲谋反……”

“住口！”宋别沉声喝道，“你为求和，竟不顾廉耻，将已婚公主献与中原皇帝，我母不甘受辱于中原，力主死战，为你逼死于朝堂上。你杀我全家之后，命人军前就地将我处决，致我水师内乱，于寒江上大败，将士死者上万，就算没有我全家身亡，这些将士就不能向你索命了吗？”

段希恶声道：“主战？倘若当年听从你母和那干武将，死战中原，大理早已亡国，死者又何止寒江上一万水师？”

宋别冷笑道：“早就知道你不知廉耻为何物，却不料竟无赖至斯。”

“在我看来，无赖的却是你们这些所谓的忠臣贤将：国难当头，我奉献公主求和，王室蒙羞，救的却是大理百姓，你们何曾有一个人体谅过？你们人人叫嚣武治，全不顾战后百姓困苦。早知现在太子不安分，今后必自取灭亡，当年就应听了相迈的劝谏，投降中原作罢，我爵不下公侯，乐得逍遥自在；公主更无相思之苦，仍在你公府里恩爱；百姓免于战乱，与中原通商如故，又有何不可！就是因你们拿着祖宗基业唬寡人，一念之差不但害了公主，一样害了你全家性命，战后不到二十年又活生生累死了相迈，今后更会害了我儿和大理无数百姓的性命。而你，鼎鼎肃海公邸小公爷，因一家身亡，便将举国卖给中原人，难道就不算无耻无赖了吗？”

宋别不自觉地松开攥住大理王衣襟的手指，只觉刹那间天翻地覆，郁闷难言。他苦笑道：“好、好、好。你说的半分不假，原来这国家由你、由我这里便烂得透了，无药可救。”

“宋别、宋别！”段希见宋别杀机重敛，忙拉住他的衣袖哀求道，“你我同窗读书，一同骑马习射，我待你比亲兄弟还好；你全家虽为我无奈错杀，我却行国礼厚葬；宋别！至少看在你女儿明珠的分上！无论如何，我当她亲生女儿一般养在宫中，没有半点加害她的意思。”

“我说一件事与王上听，只怕王上便会后悔。”宋别叹了口气道，“那时噩耗传入军中，我羞愤交加，只盼一死了之，若非明珠还在宫中，我那时便自行了断，怎会苟活到今日，给王上惹出这许多麻烦？”

段希一瞬错愕，旋即苦笑道：“如你所说，果然后悔莫及。”

宋别笑道：“你厚颜无耻，大理历代君主中，无出其右者；论到心狠手辣、赶尽杀绝，你却及不上段秉一分。江山代有新人出，王上大可放心去了。”

段希见他手中透明的长剑又行高举，知道死期已近，雨声中拼尽全力大叫救命。

宋别道：“王上少安毋躁。此剑名雕雪，薄如蝉翼，若我的剑法够快，王上身上连伤口也不会留下。”

段希惊恐万状，望着宋别问道：“死……痛不痛……”

宋别想了想，闪电的光芒下展唇微笑：“我试过两次，却不觉得甚痛。”

“那就好、那就好……”段希望向殿顶的藻井，喃喃自语，浑身战抖地等待着。

又是电掣，明丽如同天光普照，段希瞪着双目，却无从分辨夹杂在其中的剑光。这一年大理王段希五十五岁，于暴雨惊雷中无声无息驾崩，身边陪伴的，只是三十五年前的东宫侍读一人而已。

“先生……”

古斯琦在殿门口轻声唤道。

宋别收了剑，替段希合上眼睛，从他花白却浓密的眉间，还依稀可以追想这位大理王俊雅无匹、骑射皆精的年少时代。

率上千锦衣亲贵少年翠岭间飞骑而过，轻抚着臂上雕鹏羽翎，云端俯瞰黑白分明、安详灵秀的大理城，那样无忧无虑的君王就如被时光洗去了魂魄——宋别只觉这一剑画蛇添足，自己少年时崇仰的太子殿下，青年时礼尊的王上君主，早在王宫深锁的惶恐不安中耗尽气血，只剩干枯蛇蜕般的躯壳罢了。

“走吧。”宋别一声叹息。

暴雨却不持久，清凉微风中飘送的只是细密的雨丝，古斯琦与他的随从都是一身汉人短装扮，在前引路，因穿不惯靴子，只得在宫室湿滑的瓦上踉跄。宋别身法却比他们快，因而有暇抬袖擦了擦沾在脸上的雨水。

“先生跟紧了，王宫里走岔了，只怕出不去呢。”古斯琦回头对宋别道。

那随从手持肃海神枪，一路尽量走得威风凛凛，此刻也扭过身子，对宋别点头催行。

宋别上前道：“且慢。路不能这等走法。”

“为何？”古斯琦问道，“太子爷关照，这里门前守卫松弛，方便脱身。”

“啪！”

古斯琦话音未落，便有一支钢尖强箭打在他脚下的瓦上。

“有刺客！”对面宫室顶端，一人持弓，呼声中又射了一箭，直取古斯琦面门。

宋别掠上前去，展臂将来箭卷入袖中，低声喝道：“快走。”

对面那人似乎吃了一惊，旋即跳下墙头，躲得不见。

“有刺客！有刺客！”

王宫的侍卫却如山洪般从各处冲了出来，多数手持弓箭，将宋别等人立足的殿顶团团围住。

“有埋伏？”古斯琦大惊。

“殿上刺客，快快束手就擒！”为首的将领放声大呼。

宋别低声对古斯琦道：“这却非埋伏，此处本就是侍卫神射大营。只怕是咱们那位太子爷指错了路呢。”

“先生小心。”古斯琦从腰间捞出弯刀，将一支冷箭劈飞，“我们如何退却才好？”

宋别道：“正西，翻过宫墙便直抵澜月园，树密水曲，就是不能脱身，也能躲藏一阵。”

“好！”古斯琦大喝一声，便向正西人丛中掠下，凌空袖底打出两道白烟，向侍卫当头罩去。

宋别紧随其后，道：“不管事。”

细雨之中，古斯琦令人闻风丧胆的袖底烟毒也打不甚远，只是前面两排侍卫面门沾上剧毒，立时捧着眼睛在地上乱滚。其后侍卫纷纷吓得倒退，为首将官忙高呼：“放箭！万不容这些刺客逃脱。”

宋别闪身抢在古斯琦身前，轻弹手指，雨夜里，毫针竟比雨丝更细小无声，当即射倒十数人。箭势因而衰弱，古斯琦手舞钢刀，挡开箭雨，当先杀出重围。

这三人足不点地飞奔，身后皆是手持劲弓的侍卫穷追不舍。正西方向的宫墙在望，古斯琦抽了口冷气，道：“这宫墙竟是这般高的吗？”

宋别道：“将你背负的绳索交于我。”

他手持绳索一端，劈手夺过古斯琦随从手中的肃海神枪，奋力掷出数丈，牢牢戳于地下，随即腾身而起，足尖点住枪杆，微一借力，便荡上墙头。他展臂挽住绳索，向古斯琦招手。

“上来。”

古斯琦大喜，抄住绳索，足蹬宫墙，便向上攀。

宫中侍卫却跟得极紧，此时也不过在五十步开外，知他们翻过宫墙，便无处捉拿，不用号令，人人张弓就射。

古斯琦眼看就攀上墙头，却被利箭穿透肩胛，浑身一颤，几乎撒手落地。他的随从见势不妙，飞身上前抓住他的脚踝，拼力向上一托。古斯琦勉强抠住瓦缝，宋别俯身握住他的手腕，将他拎在墙头之上。那随从却舍不得肃海神枪，腿上已中一箭，仍将长枪自土中拔起，握着枪杆攀绳索而上。

“放箭！”

一股整肃禁军人马从散乱的侍卫人丛中冲出，最前一排强弩对准墙头的宋别和古斯琦射来。那随从回首一望，脸色大变，以枪尖戳住宫墙砖缝，一跃而起，硕大身躯将宋别和古斯琦挡得严严实实。只见他空中喷出一口鲜血，背后已中数十箭。

"阿砮！"古斯琦大叫一声。

那随从将古斯琦与宋别掩在胸前，三人一同翻过宫墙，滚落在王宫外的乱草中。

古斯琦上前察看那随从伤势，却见他倒于地上向宋别艰难点头，指了指古斯琦，将手中长枪奋力抛向宋别。

宋别茫然将肃海神枪接在手中，心中陡地一跳：二十余载，弃而不失，失而复得，难道枪尖之上果有神灵纠缠？

他仰面苦笑，这天上诸位祖宗为何就是不肯放过自己这个逆子？

"走！"

他拉住古斯琦，摆脱所有纷扰似的，向澜月园深处疾步奔逃。

四更时分，大理王宫四角钟楼丧钟齐鸣，自大理城中心，层层向外，隆隆钟声交相呼应，一如狂飙的冤魂厉鬼冲撞着叠叠墙垒，整个大理城震得几欲骨碎筋折。

大理太子段秉蓦地从铺着象牙席的雕花大床上坐起身来，至此时深夜他也未曾有过丝毫睡意，钟声更使他精神抖擞，他冲外高呼道："王桂！王桂！"

"太子爷……"王桂还有些睡眼惺忪，跌跌撞撞跑进来道，"什么吩咐？"

"你听见了没有？"段秉摸索地上的鞋子，问道，"什么动静？"

"啊……"王桂这才魂魄还窍，变了颜色，道，"太子爷，听上去是城中钟声都响了。"

"都响了？"段秉明知故问，趿着鞋奔到雨后清爽的夜风里，仰头越过围墙屋脊，向王宫方向望去，"这不对，像是王宫里的丧钟。快取我的衣裳来。"

"太子爷，想必是弄错了吧？这一阵没听说宫里哪位主子……"

"混账！"段秉道，"除了国王、太后驾崩，绝不许轻动丧钟，这都不知道吗？"

"万万不会啊。"王桂一面捧来段秉的朝服，服侍段秉更衣，一面疑惑道，"王上昨天还不好好的，太子爷见过的呀。"

段秉道："无论如何都是起了变故，王宫前候旨总是不错。"

这时旁边寝殿的太子妃景优也披了衣裳出来，上前问道："太子，何故鸣钟？"

段秉揽住她的肩膀，微笑安抚道："无事，不妨。我这便去宫里问。公主一定在殿内，千万不要走动，这些天苗人作乱，一切以小心为上。"

一干内臣众星捧月似的，提着灯笼护着段秉往府门处奔，门房的小厮侍卫都已起身，闻讯备了马来在门前等候。段秉还未上马，却见街口灯火通明地来了一路人马，正是宫中侍卫首领。

“怎么回事？”段秉抛了缰绳，奔上前颤声问道。

那侍卫首领滚下鞍来，跪爬上前，抱住段秉的腿放声痛哭。

确实得手了！

段秉眼前辉光一片，浑身说不出的轻飘温暖，身上骨肉均在缓缓融化，自有脱胎换骨、魂魄升腾的快活。他忍不住仰面大叫了一声，硬生生向后倒去。

“太子爷！”周遭的人都吓得傻了，片刻后才惊醒过来，七手八脚上前施救。

段秉紧闭的嘴唇终于微微张开，悠悠透了口气出来，才睁开双目，便一把抓住那侍卫首领的衣襟，喝问：“究竟怎么了？”

“先王遭逆贼行刺，一个时辰前驾崩于静远宫。”

此言一出，整条街上顿时炸开悲声，段秉握拳捶地，泣不成声。

“王上节哀。”那侍卫首领一边哭，一边道，“先王遗体还在静远宫，王上快请入宫，为先王装殓。”

“这是正事。”段秉由人搀扶起来，坐上马去，一面回头问那侍卫首领，“可曾拿到了刺客？”

那侍卫首领见他灼灼然目光凶恶，立时吓得止住哭声，呆了半晌，才道：“臣等无能，虽在殿外围住刺客，却不料刺客武功高强，最终还是让他们走脱，只在澜月园墙边找到一具刺客尸首。”

“走脱了？”段秉大吃一惊，“怎么会走脱？”

“刺客武功高强……”

“住口！”段秉勃然大怒道，“先王将性命托付于尔等，不料尔等非但无能，更是职责懈怠。眼前先王大丧，暂不与你们计较，等朝廷平静了，定要问你们的罪。”

这侍卫首领知段秉觊觎王位已久，又难得为人颇公正讲理，从不迁怒于人，故而兴冲冲赶来哭丧，抢先叫一声“王上”。哪知段秉一反常态，将他劈头痛责，还要治罪，当真弄巧成拙，心下懊恼，着实难以言喻。

他不敢再看段秉阴沉的脸色，一路小心翼翼服侍，眼前王宫大门已开，京畿戍卫大将马坚当先策马过来，他更是如蒙大赦，连忙告退。

马坚已摘去盔上红缨，泣道：“王上万请节哀，如今要务当为先王装殓，加紧城中戒备。”

段秉道："先王驾崩噩耗传出，举国悲恸。若不立即缉拿刺客归案，万民睽睽众目之下，寡人如何当得起一个'孝'字？"

马坚道："王上圣明。刑部官员差役，京城禁军都已闻知噩耗，已然在宫门前候命，只等王上驱遣。"

"好。"段秉用力握了握马坚的手，点头道，"听说侍卫当场击毙刺客一人，尸首可曾严加看管？"

马坚道："臣亲自察看完毕，交给手下人停在屋内，严加把守，不得闲杂人等走近。"

"好。"段秉大喜，携住马坚臂膀，泣道，"可见你做事妥当，才堪大用，不枉你兄长临终托付举荐一场。"

马坚悲声道："这等要紧时刻，王上还能记得臣的兄长，兄长在天有灵，必定欢喜。"

他二人密密地说话，不觉已过宫门，朝中大臣听见钟声不祥，多数已赶来候命，门前哭声大作，见段秉骑马过来，更是伏地号啕。

段秉忙下马将年老重臣搀起，敷衍了几句要紧体面的话，又带领众臣往静远宫向先王行礼。

此时静远宫早为马坚兵马团团围住，马坚上前道："先王遗体就在里面，未免惊动先王英灵，王上进去，陪同的大臣还是不必太多为好。"

众人点头称是，段秉当即请了宰辅二人，一同进殿验看先大理王段希遗体。

静远宫内却是死寂，入内来的人踩在冰凉的大理石地面上，空落落四周回声，更像是走在墓室的甬道里。宫内四处的房门已被搜检的士卒打开，内臣宫女床上的帐子也被撩起来，望去都是衣衫不整的死尸。静远殿门前值夜的八个太监看来是被人瞬间毒毙，横七竖八地倒在地上。

宰辅二人浑身乱抖，掩面不敢再看，只是一迭声地道："好狠毒的刺客！天良泯绝，更有什么是他们不堪做的。"

这话说到了段秉的心事，只觉此处恻恻阴风，帏幄之后，更似有利刃无声无息，就将蛇信般吐出。

段秉打了个寒噤，四处环顾，问道："先王……"

"寝殿中。"马坚低声道。

先大理王段希安然躺于榻上，双目紧闭，双手交叠于胸前，看来并无伤痕。宰辅二人在榻前叩头，看过段希遗体，都是大松了一口气。

"先王遗容未受损毁，总算是不幸中的大幸。"

“先王少年时安乐自在，从未吃过什么苦，”段秉望着段希面容，道，“至壮年逢国难，从此再无片刻逍遥快乐的日子，做儿子的看来，先王这些年来只是在王宫中受罪……”

这些话确是他的真心实意，想到段希一生战战兢兢维持残局，到晚年国力稍有起色，却又看着祸起萧墙，儿子自相荼毒，最后不免还是由储君遣人刺杀，段秉觉得父王这样的王位，着实坐得不值。

“如今先王走得似乎平静，儿子心里不知是喜是悲……”他仿佛担心被人察觉自己真的悲从中来似的，慌忙摸出手帕默默拭泪。

“叫人进来吧。”段秉对马坚道，“替先王装殓要紧。”

宫中此时起便忙着赶制分发孝服，更换陈设帷幕，待召群臣入内，拟定治丧的大臣名单，以及行礼发丧日期等等，已然天色大亮。群臣都劝段秉稍歇。

段秉执意不肯，由群臣多次劝说，才道：“也好，这一日各部定都忙得足不沾尘，大家都且回去稍作休息，午后在静远殿候旨。”

他回头向着马坚使了眼色，马坚自然会意，等众人退出，上前压低声音对段秉道：“王上要看刺客的尸首？”

“正是。”

段秉唯今只剩这一件事放心不下，顾不得休息，独自跟随马坚悄悄行至王宫西边偏僻院落。守门的皆是马坚的亲兵，见嗣国王与马坚远远来了，当即回避。

马坚推开门，让段秉进屋。虽下过雨，无论如何还是夏天，阴暗的房里飘散着淡淡的血腥味道，门一开，便扑面而来。段秉摇了摇头，像是要驱散脸上黏糊糊的感觉。

马坚掀开蒙在尸首上的白布，段秉看了一眼，便长长松了口气。

“你做得很好，”段秉微笑道，“这便可以叫刑部仵作进来。”

到下午，刑部仵作回禀道，身亡的刺客确实中箭身亡，从衣着款式质地看，是中原人，不过刺客面目已毁，早看不出原来的容貌。

段秉暗道一声“蠢材蠢材”，面上却故作惊讶，道：“中原人？”

“是。”

“中原人为什么要刺杀先王？”

“这个……”刑部尚书左右看了看，却不见有人出来解围，只好硬着头皮道，“以臣看，先王严拒中原合兵平苗一事，中原朝廷……”

“住口！”段秉低声喝道，“仔细了，一旦坐实，便事关两国交战，万不要臆断。”

“是。”

“将那刺客的衣物呈上来。”

刑部仵作战战兢兢上殿，捣蒜般叩过头，将捧盒置于案上。

段秉皱了皱眉，拿起扇子来挑弄捧盒内血迹斑斑的衣物。“噗”地从衣物内滚出一个细小的竹管来。段秉问道：“这是什么？”

“这个……”那仵作看了一眼，叩头道，“小民不知。”

“先前可曾看到？”

那仵作唯恐段秉怪罪，抖作一团道：“小民不记得了。”

段秉见他惶恐，知他不成事，只得叹了口气：“你下去吧。”他伸手便要拿起那竹管细看，一边突然伸过一只手来，抓住段秉的胳膊。

“王上，使不得。”此人正是兵部大将魏振，主理苗疆事务已逾二十年，此刻紧握段秉臂膀的手指虽然用力，却在不住颤抖，“这是苗人的毒器……”他将段秉的手放回段秉的膝盖上，才松开手，缓缓松弛了神情，勉强笑道，“王上不知，从未使过毒的人，只怕沾上一沾，也会中毒，轻则昏迷抽搐，重则七窍流血……”

段秉惊了一跳，指着那竹管道：“这等毒物从何而来？”

魏振道：“若非是这刺客随身携带，便是仵作中有精通下毒的高手放入刺客衣物中，专等王上验看，便着了他的道儿。”

刑部尚书闻言，跪于地上，叩头道：“臣带进宫来的仵作都在衙门中当差三十年以上，从未见他们有过异动贰心。王上容臣下去彻查清楚。”

“快去吧。”段秉惊魂未定，挥手道，“却也不可随便冤枉了好人。”

“是。”

段秉回头对魏振道：“魏卿，寡人今日欠了你的情……”

“臣万不敢当。”魏振躬身道，“此物大是不吉，王上还是交臣拿出殿外为好。”

他自告奋勇上前，取过捧盒。不刻刑部尚书也回了来，手上拿着一个宗卷，奉于段秉道：“臣察看了仵作验尸时的笔录，刺客身上每件衣物佩戴都有记录，不曾找到那个竹管。”

“难道是有人趁人不备放入？”段秉脸色也有点变了，“难道那些刺客刺杀先王还不作罢，竟还要刺杀寡人吗？”

“确有可能。”马坚道，“看来须关闭城门，严加搜查。”

“那也须清楚了刺客身份再说。”魏振道，“此毒器并非中原人所制，依臣看，刺客或许是苗人。”

“苗人？”刑部尚书道，“可刺客身上装扮皆是中原衣物啊。”

魏振道："这却不难辨认，苗人习惯赤足山林行走，脚底都有一层厚茧，只需验看那尸首脚底，便可知道大概。"

"有理，有理。"在场大将惯与苗人交战者纷纷点头称是。

一时仵作验看完毕，回道："脚底果然厚厚一层老茧，与大理人、中原人都不同。静远宫中死去的宫女、太监也全部验看完毕，多半都是睡梦中遭人毒毙。"

"哼！"段秉长身而起，怒道，"苗匪！先王仁慈，不允中原合兵平苗，然苗人凶残，因在京城、盛京两地作乱不成，竟入宫行刺，更乔装改扮，挑唆大理与中原反目，用心险恶，令人发指。看来苗人生性便是如此卑鄙猥琐，不配大理与之讲什么仁义。寡人恨不能即刻起兵，远伐苗人，诛灭都罗汉一族，告慰先王在天之灵。"

大理王宫举丧之时，古斯琦仍独自逡巡澜月园不去，直到日暮也未听得其他消息，才恨恨跺了跺脚，抽出腰间弯刀。

"算了吧。"身后有人叹了口气。

"宋先生？"古斯琦倏然转身，讶然道，"先生还未离开大理城？"

宋别缓缓踱来，道："我便知道你咽不下这口气，必会寻机刺杀段秉，故而过来看看。"

"先生知道了？"

"如何不知？若非我通风报信，段秉已被你藏入阿砮衣物中的毒物毒毙，险啊。"

古斯琦大怒："先生！你能忍气吞声，远走高飞，为何却要拦着我报仇雪恨？"

宋别笑道："所谓报仇雪恨，也不尽然。你虽身受箭伤，此刻却也不是好端端地在我眼前说话？那段秉就要出兵苗疆，迟早会剿灭都罗汉部族，不是一样为你报仇雪恨？"

古斯琦想了想，仍是不服，道："可是阿砮……"

"阿砮？"宋别放声大笑，"你与阿砮入宫行刺，好端端的，穿什么中原人衣裳？"

"这个……"古斯琦脸色一变，不禁退后了几步。

"可是段秉授意于你，行刺得手之后将阿砮刺毙，弃尸宫中，做个苗人嫁祸中原的假象出来，扰人耳目？"

古斯琦的脸已涨得红了，结结巴巴道："先生如何得知的？"

"得知？"宋别笑道，"此计便是我与段秉共同拟定，有什么是我不知道的？"

古斯琦道："段秉要杀我们灭口，先生也是知道的？"

"也能猜个八九分。"宋别道，"段秉用你，就如你用阿砮。你们为王为首者，若连这点杀人气概也无，还成什么大事？你一心复国，当知段秉的手段无有不可，你与他并无私怨，为何这般死缠烂打，有失豪杰风范？"

"宋先生！"古斯琦上前一步道，"若是为了我，却也没有这般费事，我只是觉得阿砮死得不值。他当日投奔于我，我见他面目毁去，又被人割去舌头，总以为他来历不明，对他心存戒备，就准备趁此机会将他除去，不料他对我竟是忠心耿耿，竟以性命相报……我……"

宋别见古斯琦哽咽无声，微笑道："唉，冥冥自有天意，若非段秉设计灭口，只怕阿砮断送你手，你却哪有机会见识到他的赤胆忠心？你心中又怎会有半点愧疚不安？"

古斯琦浑身一震，望着宋别，半晌才道："先生说的有理。"

宋别道："你欲复国为王，路途遥远，首要学会的一件事，就是清楚身边的人哪个靠得住，哪个靠不住。"

"先生！"古斯琦跪在宋别脚下，拽住宋别衣摆道，"晚辈仰慕先生学识风采已久，求先生指点迷津，助我复国。"

宋别衣袖轻振，将古斯琦拂开，道："我做完这件大事，便再也无心这些是非争斗，所谓远走高飞，不是戏言。"

古斯琦却仍哀求不迭，道："先生若不眷顾晚辈，晚辈今生恐怕只是山岭中穿梭的游寇罢了，先生声声说到我复国为王，却冷眼旁观不加以援手，晚辈只怕不消几年，便为段秉与都罗汉算计死了。"

宋别笑道："你怨我冷眼旁观，我无话可说。"

"先生切莫怪罪。"

古斯琦一味低声下气，宋别似有所动，最后道："我却想起一个人来，你不妨投奔于他。不消一年工夫，他便会回过头来消除都罗汉这一大患，迟早邀你相助，倒不如先结识一下也好。"

古斯琦大喜，道："先生请讲，那人是谁？"

宋别微笑道："他此时身在几千里之外，你一时半会儿见他不着。他有位师兄却在大理城中，你不妨与他结识在先。"

"却不知何处找到这位师兄？"

"这不难。"宋别道，"你先答应我从今往后再不寻段秉报昨夜一仇。"

"那是自然的。"古斯琦点头道。

"此人名叫如意，中原和亲御使，现在中原公主，也就是如今的大理王后身边当差。"宋别道，"他时常出宫游玩，你定能得机会接近。"

"他对我可会疑心？"

“那是一定的。”宋别道，“你见他时，替我传个话，他便信你无疑。”

“什么要紧的话？”

宋别道：“你告诉他，从今往后牢牢守在公主身边，小心段秉使人加害。只消熬过这几个月，中原便会有旨意接他回去。”

“是。”

宋别想了想，终于道：“另外，请他回去之后，在宫中多多照看我女儿，我此生此世只怕再也见不到她啦，切莫让她被人欺负了。”

三十九

陆巡

所谓福无双至，祸不单行，就在前几日，杜闵还是不信这个邪的。

自西王急信传来，应允出兵夹击椎名，杜闵便放心大胆将主力人马抽调回寒州边境，自闰六月二十七日起，杜闵只是以战舰于别水之上拖延，只待与倭人朝廷交涉完毕，交割完银两，便有倭人朝廷的旨意将椎名召回。押送银两与倭人交易的差事交给黑水大营参将秦毅处置，而倭人朝廷的战船因椎名上岸掠地，与中原激战，恐东王报复扣押，连忙起碇回国，后在杜闵再三交涉之下，才抢在海上风浪之前，至闰六月二十九日到达黑州沿海。

闰六月三十日，杜闵自东王府邸出发，快马直驰少湖，绕过与椎名纠缠的战场，于通水关以西码头登乘战船，统率水师人马共两万，直扑少湖西面水域。

这一日东风飙然，少湖浪高，正是夏季少湖渔民生计最萧条的时刻，放眼望去，湖面上白汪汪的似无边际，没有零星半点生气。云层后的阳光还是很灼烈，有时透出来，水面明亮的一大片，照得湖水碧绿，圈套似的在前方召唤人扬帆前往。

头顶上倏然阴影掠过，是一小片乌云驾风飞卷西去。杜闵抬头看了看，雪白的主帆正吃足了风，将这座高大如城的主帅战舰直催驱前。

这只掣浪舰是杜闵海战时心爱的旗舰，船头饰以鹰首，冲天飞昂；船尾雕刻凤尾，张扬高耸。此舰共设楼三层，围以护板，外扎黑州四零特产粗壮茅竹，密密麻麻树立，坚固犹如城垣。两道帆桅现都升帆，在这恶劣天气里，反令原本回翔不便的巨舰驾风飘行烟波湖面之上。

原本湖战并不需如此大动干戈，然而眼前的对手分明就是洪王精干水师，常年于多湖中搜剿匪患，更擅在湖泊结寨，仅以洪王水师在少湖中匆匆草建的水寨而论，隐蔽于湖西群礁之中，三尺厚的城寨扎于水下，只在退潮时露出水面，难怪五月入驻少湖之后，以东王细作的利眼也未有丝毫察觉。

杜家从来为朝廷训演水师，几代经营之下，戍海黑州亲王的水军可谓雄霸中原东南，如今有人在眼皮底下班门弄斧，竟无半点戒备在先，杜闵甚至觉得颇受戏弄。召掣浪舰以克复通水关为名，从海岸直调少湖，即为在洪州水师面前显示东王战舰黑云压城般的威势，多少有些找回体面的用意。

杜闵轻拂掣浪舰船舷，黑油油的舷木似乎还留有海浪新鲜的气味，勾起他无垠碧波中徜徉的快意——他还是喜欢远离中土的大海——从前为了躲避亲王府中兄弟手足的排挤倾轧，一年里倒有七八个月在海上领兵操练，登于高耸的露台，他竟会忘却自己的肉体凡胎，在海天一色里分不清置身所在。

杜闵被自己沉迷的遐想吓了一跳——那种无根无常绝非自己所喜——由此东南西北各去百里，乃至千里，山川如画，才是自己想取的。

“前面怎么样了？”他清了清嗓子，问身边副将道。

十只东王水师哨船披了乌篷，扮作渔船模样，已在二十里之外搜索湖面多时，这种天气下，除非是断了炊，渔民绝不会轻易冒险出来在几尺高的大浪里挣命，因此，湖面上能看到的船，十有八九便是洪王水师的哨船。

“搜到两只哨船，已截下了。”

“剜去他们的耳目在先。”杜闵定计道，“一旦发现洪军哨船，必当截断其退路，包围剿灭，不可容他们向水寨示警。我船五十只，掩入洪军水寨门前水道上，向其水城内施射火箭，迫其升高水门，再以炮轰，我军便可长驱直入水寨之内了。”

众将大赞杜闵布兵之妙，纷纷领命去了。杜闵自领战船三十只押后，散成新月阵型，只待战事一起便予以包抄。

天气果然越发阴沉得厉害，申正时分，周遭已是暗绰绰瞧不清船影，风更是狂了，稍小一点的桨船飘荡得几乎站不住人，被大风直吹向西面群岛前宽阔水道。眼前两座小小孤岛之间，已有洪州水师的战船迎风艰难驶来，在岛内结阵，先将一通箭射了过来，立时被大风阻了阻，未及近得东王水师战船，便落水如雨。

风刮得箭鼓也散漫起来，杜闵身披铠甲，立于露台，耳中只有烈风呼啸，竟没有听到半点鼓声，只见脚下五十只黑压压乌云般的战船，毫无征兆地喷出一片火雨，借风势更是飘飞得远，顷刻横扫洪州水师阵列，洪舟大半延燃，向后退却不止。

“这是诱我军入围，不可轻动。”杜闵命道，“由他水门起碇。”

传令的副将就想将旗打下去，杜闵道：“这就日暮，恐军前看不清楚，这便举火吧。”

“是。”

东王水师将官正待命追敌，见帅舰上火炬举过，知道杜闵不急于深入，眼睁睁看着洪舟退入小岛环绕之中。

一时水面白浪激涌，水怪吐出獠牙一般，一座狰狞水城自水底涌出，冲在最前的十几只东王桨船被拦腰斩断，围在堰中，片刻工夫便被水城挡得看不见了。

“哼。”杜闵冷笑，“命前方让出水道。楼船开炮。”

掣浪舰与两只楼船鼓风向前，这场水战的呐喊厮杀一直掩盖在飓风中，像是蓄力许久之后突然迸发出来，就是这一声山湖同撼的炮鸣。洪州水师苦心扎筑的水寨城墙顿时灰飞烟灭，竹木崩飞，夹在风中漫天飘散。东王水师十数只苍船更在城墙上泼以桐油，一支火箭，便将湖水燃得尽赤。

沙船旋即自水城缺口杀入，与洪州水师交缠一处，矢石交下，柴火乱投。洪州水师秘密潜入少湖，未曾携带火炮重船，遭东王水师重兵攻击，势不能支，殊死血战下，自水寨内夺路而出。

杜闵掣浪舰吃水将近十尺，唯恐礁浅而不敢掠近战场，便领了三十只沙船在外掩击，这当口却因高大，百多士卒倚船舷俯瞰攻敌，洪州小船近身即遭其犁沉，又难于仰攻，自是束手无策。而东王两只楼船仗行动迅疾，辗转水面之上，自女墙后施射火箭利弩，更是见者披靡。

“不受降。”杜闵对副将道。

这嘱咐在那副将看来有些多余了——洪州士卒早养成了不可一世的傲气，即便战败，也是有条不紊层层退却，并无一舟一人慌乱投降。

从从烈火在小岛之内的水面安详自在地焚烧，通明半夜之后，便被暴雨浇熄。岛外的风浪已不容战船安稳停泊，杜闵所乘掣浪舰与两只楼船在底舱实以泥沙，不惧轻漂，此时都在岛外落帆下碇，其余小船便在洪州水军原来的巢穴中暂时栖身。东王士卒大雨中在各岛上肃清残敌，洪州人血战不止，杜闵如此掩杀肆虐，也被洪州人将战事拖到次日黎明。

清点战果后，副将来禀：“敌船击沉者二十一，俘获者十五……”

“都是些小船，不必提他了。”杜闵道，“单说人吧。”

“是。水战死伤敌军共有两千人，岛上另有两千五百敌军，俱被击毙或赶入水中沉溺。”

“我军呢？”

“沙船被焚者二，重创者一，桨船、苍船共损十一，水战死伤六百人，陆战处处遭伏，死伤一千二百人。”

“那可不算大胜了。”杜闵的脸色有些难看。“可曾搜检到黑州的失银？”

“十数岛翻个底朝天，不曾搜出银两来。”

杜闵握紧了腰间的佩刀，脸色更是阴沉。

那副将不免劝解道：“依臣看来能将其一网打尽，总算一喜。”

“哼。”杜闵冷笑，“此处所屯有五千敌军，人人骁勇善战，埋伏在别水数月，无人察觉。既疑他劫走银两，此处又搜不到，可见是让人分散出去，那这伙人散布黑州的又不知更有多少。此战下来，这等结果，你说我当喜当忧？”

那副将张口结舌，一时说不出话来。

“王爷。”杜闵的亲随禀道，“湖面上来了一只自家的小船。”

“这种时候？”杜闵一怔。

这天的黎明被狂风暴雨吹打得黯淡，那小船被戏弄在浪尖上，几是一路翻滚行来。

杜闵扶着船舷，惊道：“这么不要命地过来，难道出什么大事了？”

掣浪舰上水手都跑在船舷边上，待那小船驶近，抛了缆绳、钩杆出来，助那小船靠稳。

那船上一员东王家将顶着雨仰面大叫：“急事要禀王爷，给绳梯下来。”

他伸手抄住掣浪舰上抛来的绳梯，揉身攀上船舷，见杜闵已对面走来，单膝点地禀道：“王爷，那五十万……”

“过来说话。”杜闵才听了个开头便大惊，却还能自持，避开众人，将那家将叫入船舱道，“银两如何了？”

“非但银两全部丢失，护送银两的人马也去向不明。”那家将道，“臣出来之前已得知消息，押送银两的参将秦毅早将家眷送离黑州，定是监守自盗，携银两出逃了。”

杜闵急问：“倭人船上怎么说？”

“尚未得到倭人船上半点消息。”

“起碇，回黑州去。”杜闵霍然起身，对外大声命道。

秦毅在黑水为将已逾二十载，为人谨慎仔细，有时更显得过于战战兢兢，杜桓父子一直觉得此将没有过人的胆色，行事唯唯遵命，多年来逐步升迁，只算得上四平八稳。以杜闵看来，借他胆量，秦毅这种人既不敢也无心要什么花样，将银两托付于他，最是稳妥。不料他吃了什么熊心豹胆，不惧东王缉捕追杀，犯下滔天大案潜逃。

——难道是有人在幕后指使撑腰？

杜闵方寸尚未大乱，先想到了这一层。

“若当真是秦毅监守自盗，他能将家眷银两藏匿何处？”杜闵问身边的大将道，“前几日他在王府里对我道：盗银的人绝非普通的强盗，这些天半点消息不透，没有一个人在外乱走，定是军纪严整的一路正经人马。说起来，对他也是一样。我东王府雄踞黑州，他竟敢在黑州指染我府中巨银，绝非他自己财迷了心窍，不顾死活，一定是早盘算安排了家眷、银两的退路，我看第一次海岸失银，定也是秦毅与贼寇勾结，通风报信在先。不管秦毅究竟是哪边的人，受谁的指使犯下这等大案，他说的倒确实有理，看来咱们的对手来头不小啊。”

“难道是洪王？”大将中有人道。

杜闵摇头：“洪王驻军水寨的地点，还是秦毅对我亲口揭穿。这里交战的，确实洪州水师无疑。他挑唆我们与洪王水师火并在先，令洪州水师死伤近五千，便绝非洪州人。恐怕我们这里与洪州水师鹬蚌相争，还有一股势力正在旁边看着哈哈笑呢。”

这句话说得在场大将都是后脊上凛凛然一阵寒意，面面相觑半晌，都不敢再往深处去想。

杜闵冷笑道：“怎么？你们觉得是朝廷暗中作祟？”

“这个……”众将都觉不好回话，支支吾吾地道。

杜闵道：“这又如何？东王与朝廷暗斗了这么些年，就算是朝廷从中作梗又待如何？我们这棋已将第一步走了出去，此时欲罢不能，反正都要与他们斗个你死我活，不如就此开始吧。”

杜闵说这话时豪气干云，众将就算心里嘀咕，也不免由衷地叫一声好来。

大船一路颠簸赶回别水，杜闵改换陆路飞驰回府，尚未解胄，家将来报：“王爷，倭人接应银两的船找到了。”

“找到了？”杜闵奇道，“怎么说？”

“银两遭劫，却不见倭人船上消息，黑水大营中派了小船十只，在海面上寻找倭人船只，却见海中浮尸上百，倭人的船已被焚尽，昨夜开始刮风，将这些残骸吹得岸上都是。”

杜闵正在解罩甲的手愣在半空，额头上的细汗正被满腔无名怒火蒸腾得不见，屋内人们噤若寒蝉，眼见他脸色由青转白，都等着他大发雷霆。

杜闵却突然迸出一阵狂笑，额角上的青筋也随之迸了出来，看来异常癫狂。

内臣中有人连忙上前，赔笑道：“王爷，息怒……”

杜闵抽回手来，就是一记嘴巴。

“怒？我何怒之有？”他脸色顿时寒下来，倒比适才看来冷静了些，“都滚出去。”

众人如蒙大赦，低着头匆匆奔散，那家将也待出去，被杜闵叫住。

“将海岸边上的尸骸掩埋了。不得走漏半点消息。”杜闵道，“知会倭人在黑州的使者，质问他为何来交接银两的倭船不曾直接回国，反奔了通水关去？难道倭人朝廷竟与椎名沆瀣一气掠我城池不算，连区区五十万两白银也要费尽心机，巧取豪夺？无信无义，不可与之共谋。倘若椎名三日内不撤兵，那东王水师不但要扫平上岸的倭寇，更要发兵渡海，平了倭国全境。”

那家将打了个寒噤，道：“是。”

杜闵挥手将他驱出，房中不刻便只剩了杜闵一个人，他这才发现自己的手正在不住颤

抖，更觉懊丧，将甲胄解下，狠狠摔在地上。

连日来诸事不顺，固然令他觉得恼怒，然而他却知道，此时此刻，心中的惊恐远胜于愤怒懊恼。原来是蛰伏多年的洪古巨兽，趁自己一无所觉，一直不停地噬食自己的血肉，就待自己欲振翅飞脱时，这怪物便勃然露出了獠牙利爪。连秦毅这样庸庸碌碌为将二十年的人，也突然露出狰狞本色，在自己背后插了一刀，那身边还有多少人又是盘根错节与那暗中的势力纠缠在一处，这颗毒瘤滋生的蛊毒恐怕早浸透了黑州各条血脉经络。

自记事起，只要明确了敌手，杜闵便能逐一击败，逐一打倒，逐一置其于死地，可任凭他此生遭遇交手过的对手无数，却无一使他如此恐惧。东王兵多将广，此番竟无可施力之处。这样的对手远远旁观冷笑，又似乎无处不在，就如一张黑色的大网，笼罩牵制自己每一个举动。

杜闵身坐王廷之内，却恐这雕梁画栋将成牢笼，他不禁暗叹，纵然中原皇帝内忧外患，正是自己划江而治、开朝创代的大好时机，可先机已失，处处受制于人，就算这次败得体无完肤，杜闵也不会觉得奇怪，他知道现在心里剩下的只是一点不服气，哪怕侥幸，也要将浑身解数用尽方罢。

因而次日传来西王退兵，转回龙门的消息，杜闵只是冷冷一笑，并无半点震惊。在东王群臣看来，小东王杜闵似乎预料到了大势已去，已无争胜的信念，更觉惶惑气馁。

七月初一段秉兵出川遒三州，得三州城内百姓焚香开城相迎，兵不血刃占领城池，使得已决定支援杜闵的白东楼慌忙将兵马调回龙门境内，夹击椎名寿康，令西王兵马乘机挺进中原的策略即告落空。杜闵迅速将秘密挺进寒州各要道的人马调回通水关，与椎名寿康决战。

闻得此信，分守东海道参将陆巡才松了口气。

“命前方人马就地休整一刻。”陆巡合上军报，命道，“行军就不必如此着急了。”

他手下游击将军徐志信道：“将军，取道黑水，抄断东王大军后路，本是事不宜迟，为何此时不进反驻？”

陆巡道：“东王退兵反扑通水关，看来决心料理了椎名，才会再做打算。”

“正好！”徐志信叫道，“杜闵将兵马南移，咱们寒州人马杀入黑州，斩得他杜闵小儿的首级，岂不是一劳永逸？”

“真正也是个唯恐天下不乱的少年郎。”陆巡不禁微笑，“杜家是先皇钦封的亲王，这时全心全意调兵围剿倭寇，尽职尽责，你凭什么要斩他的首级？”

“杜家狼子野心，将军不也是忧虑已久？”徐志信道，“末将先前侍奉巢州良涌亲王，在巢州就听说他杜家父子不太平。若将军没有为朝廷除此一患的意思，我家小王爷怎会命我追随将军立功？”

“你说杜家狼子野心，如今杜闵的兵马可曾出得黑州，可曾进犯寒江，可曾占得寒州寸土？他手握重兵，没有倨傲犯上之心，已是朝廷大幸，照你这么说，非要在皇上亲征北伐的当口，将他逼反了，才算是为朝廷除害吗？”陆巡道，“我带兵进黑州，是得人通报消息，事出紧急，已是背着杨总兵行事，一旦前锋与黑州兵马交恶，致中原内战，无论在皇上面前，还是在百姓面前，都没有面目自处。”

“行，将军这么说，我也无可奈何，反正杜家父子害死巢州老王爷，这个仇迟早要报的。”徐志信大咧咧笑道，“这人马已按将军之命停驻了，这便要返回东海道大营吗？”

“既出来了，何必着急回去？”陆巡淡淡道，“黑州人既然顾不上那些要道，咱们便帮着守守吧。”

陆巡分守东海道一部人马五千，擦着东王属地黑州边境，悄悄部署寒州至黑州的陆上要道，此处北面环山，南望少湖，自古以来便是兵家必争之地。陆巡命人扎营，漫不经心地盘查起道上行人来。

由此经过的商旅百姓对横空出现的朝廷大军自然抱怨不已，不两日，镇守寒州副总兵官杨力和便命人执手令召陆巡回寒州问话。

“没有我的亲笔手令，绝对不可自此退兵。”陆巡临行前对徐志信道，“哪怕是杨总兵亲至。”

“谨遵将令，将军放心。”徐志信送他缓缓出了辕门，道，“将军此去，也当保重。”

陆巡一笑：“无妨。”

他身边只带了两名小校，孤零零径直前往寒州，日暮未至城门，只见城头上守军比日常多了些，城门口的守军如临大敌，眼神只往行人身上盯着，见陆巡高马携剑，又有随从紧跟，这便要上前拦住，却有寒州布政使蔡思齐家的小厮在城门前候了多时，抬手阻住守军，迎上前躬身道：“陆将军，我家老爷已在府中为将军备酒接风。”

“正合我意。”陆巡下马笑道，“蔡大人费心了。有劳这位小哥代为回禀，陆某驿馆更衣，便即前往府上。”

那小厮道：“我家老爷言道：驿馆粗简，万请陆将军下榻敝府，方便联席夜话，商议国事。”

陆巡点头：“蔡大人果然周到，恭敬不如从命，陆某这便打扰府上。”

那小厮恭恭敬敬前引，陪着陆巡向布政使司去。蔡思齐亲自接了出来，挽着陆巡的

手，亲热入内。

陆巡一直颇觉蹊跷，待到了无人处，才开口询问正事：“大人，这么着急要下官过府，难道什么事紧急？”

“因陆兄布兵在黑、寒两州要道，杨力和就要下军令拿陆兄呢。”蔡思齐道，“兄今夜入住驿馆，只怕不得脱身。”

陆巡微微一笑，摇头道：“若说杨总兵与东王勾结，要我撤出要道，让给东王进兵，却也牵强。回来一路上，下官便在想，以杨总兵为人，在外省为官，图的不过财色……”

“陆兄说的是。”蔡思齐大笑，“杨力和一介愚将，什么进兵要道，就是对他明说了，也不过对牛弹琴。”蔡思齐从来对杨力和不怎么待见，更不怕在陆巡面前取笑他，道，“若东王举事，他倒不定是第一个吓破胆的人。”

陆巡“哦”了一声：“这里面定是有个我不知道的缘故了。”

蔡思齐道：“这几日才知道，东王早给了杨力和一个大大的甜头。早先东王就有一拨人马自东海往内地贩卖私盐，不但替杜家绕过朝廷敛财，更在各州勘察朝廷军备。自黑州向中原各条要道的守备命官，都已受杜家贿赂，故而这些人在各条道上都通行无阻。寒州方面，自然少不了打通杨力和了。自杨力和在副总兵任上，便从东王私盐买卖里拿了无穷的好处，他这一年多来，做的唯一一件正经事便是替东王盐商保住黑、寒之间的通路。杜闵兵马南下前，曾遣专使知会杨力和，言道陆兄已然察觉他受贿谋私，参与私盐买卖，若兄入驻黑寒要道，定是要拿住证据把柄，向朝廷弹劾杨力和。如此一来，杨力和的前程性命便都交代在陆兄手上，他怎能不狗急跳墙地为难陆兄？”

这些消息固然极为机密，但陆巡素来知道蔡思齐神通广大，也不觉惊讶，只是道：“原来如此。”

蔡思齐道：“中原气数正在万分要紧的关头，东南这一面，只有陆兄是皇上托以重任的人，陆兄此时更要小心了。”

“承蒙大人指点。”陆巡抱了抱拳。

这时两人已渐渐进了布政使衙门的后花园，原先董里州在任，搜刮民脂民膏无数，自然穷奢极侈，将这座园子建得玲珑剔透，移步易景，时时飞花溅水，处处垂柳拂溪，一副神仙境界的悠然清雅。

然这蔡思齐却是个本性慵懒、不爱顾虑小节的人。早先董里州的家产充公，朝廷将这园子一并交给蔡思齐督管，只这一件事便让他怨声载道，他又嫌这园子修葺维护太过花费，竟将园门一锁了事。

如今园中青石小径间青苔丛生，原来的奇花异草更只得委屈在杂草堆里。虽然园子布局之精巧，占地之开阔仍令人叹为观止，但毕竟今非昔比，一片衰败景象，连陆巡这样的武将看了，也不禁可惜。

“陆兄想来也是第一回进这园子。”蔡思齐笑道，“定是不免要怨我糟蹋了好景象。可惜我是个穷官，哪里有这些银子扔在此处打水漂？”

陆巡笑道：“大人公务繁忙，就算有些闲钱勉强将其整葺，又有什么闲情在这里享受？如此看来，有些冤枉钱还是省下来的好。”

“兄此言深得我心。”蔡思齐大笑。

“园内现住着什么人吗？”

“也就这十几天有人住着。”蔡思齐道，“这便要给陆兄引见。”

他领着陆巡走到园子深处一幢孤零零精致雅墅前，轻轻叩了叩门。

应门的是个相貌清雅的少年，脸上微微的笑容，迎面便道：“蔡大人回来了，这位想必就是陆将军。奴婢给两位大人请安了。”

少年的语声不免娇柔得过分，陆巡一怔之下便即恍然，连忙拱手回礼，问道：“这位上差是……”

“这是太后御前的康健公公。”蔡思齐道，“此番是带着懿旨来的。”

难怪不过二十岁上下的年纪，却觉十分世故，连眉宇间也是年轻人少有的憔悴。

陆巡依礼问太后圣安，未及内去，门里又四平八稳踱出一个五十岁上下的长者，虽然未着官服，却端着不小的架子。

康健忙低眉顺眼地对他躬身道：“吴大人。”

蔡思齐在这人面前也顿时收敛了些，对陆巡道：“陆兄在九门提督衙门任职时，恐怕也见过都御史吴大人。”

“正是的。”陆巡道，“都御史铮铮风骨，铁面无私，下官晚辈仰慕许久了。”

他欣然行礼下去，那都御史吴再予面露微笑，将陆巡搀起来道：“老朽在京就听闻陆将军治军严明，行事磊落，不愧是皇上钟爱的大将。”

陆巡倒想起这次京中御史南下寒州的由头，不免是为于步之一案，不知何故，同为都察院都御史的苗贺龄却不曾奉旨出巡。自从前在京里的传闻知道，吴再予无论如何也只能算作直臣，更因为先前弹劾得宠的大太监辟邪，触怒皇帝，已被冷落了些时候，虽然官职上没有贬黜，但渐渐地，也算不上什么重臣了。

宾主寒暄内去，康健小心翼翼服侍众人在后，陆巡不经意回头，却见他的目光若有所思地游弋在自己左右。陆巡领悟得甚快，原来此番要紧的人物并非威名冠于神州的都御史，而是这深宫中一介年轻的贱役。可见自皇帝北伐后，在京中做主的太后对于步之一案没有丝毫兴趣，此次遣内侍前来，竟是传来密旨授意将矛头直指东王了吗？

奉茶者是吴再予和康健南下的随从，四十多岁的模样，托着茶盏稳稳当当地过来，笑道：“两位大人用茶。”

陆巡见他身穿粗布衣裳，却难得一副胡须煞是威风，接过茶来，不由得向他手腕上瞟了一眼。那随从手脚甚是麻利，不容陆巡细看，已恭恭敬敬行了礼，退出门外。

因吴再予在座，众人说话不免小心翼翼，开场的闲聊便要说到这位钦差御史的来意，自然不能不提于步之。难得蔡思齐这样的人也坐卧不宁起来，在椅子上欠了欠身。

“是晚辈管束不力，以至辖内命官任上失踪。”

吴再予当然不会轻易放过教训人的机会，干咳了一声，便要开口，康健却笑嘻嘻接过话头道：“蔡大人的悔过之意，连奴婢也听得明白，奴婢回京之后，必然如实禀奏太后娘娘，蔡大人只管听候太后垂问吧。”

吴再予脸色沉了沉，竟忍住了没有说话。

陆巡跟着蔡思齐松了口气，道：“两位钦差前来，是为查实于步之一案，如今可有了些眉目了吗？”

康健道：“吴大人早些时候便到寒州，一开始还有些眉目。不过前几日太后追加了道旨意，命奴婢奉旨南下，奴婢看来煞是难办，至今仍和吴大人商议未定，出京时候说是要办的案子，反而搁下了。”

“下官兴许不当问，却不知是什么旨意，让两位钦差如此作难？”陆巡道，“若下官有半点能帮得上忙的，万请两位钦差告知。”

蔡思齐微笑道：“想来两位上差不会客气。康健公公近日便要南下黑州，前往杜王府颁旨。恐怕还是要寒州第一大将护送下寒江呢。”

“噢。”陆巡道，“下官知道了。定是杜老王爷病故，朝廷要晋封世子爷，承继爵位了。”

“正是。”吴在予也道。

“不过，”蔡思齐叹了口气，“这些天寒州内也不算太平，陆将军随两位钦差南下，若寒州这边稍有变故，晚辈却也为难得紧。”

康健道：“蔡大人过虑了。现成杨总兵在，怎么不是独当一面的大将？”

他笑容盈盈，似乎不知深浅的话脱口而出，蔡思齐怔了怔，笑道：“这个……”

陆巡却暗吃一惊，太后心腹内侍一句话就把祸水引至杨力和身上，难道京中已定下了主张？

一边的吴再予沉吟半晌，道："老朽入寒州已近一月，杨力和的为人倒是听说了些。若说是一镇之重，却不怎么称职啊。镇守寒州的官兵甚少操演，皇上亲征的这个要紧时候，寒州要害官道上，也未见官兵把守，是为何故？"

蔡思齐苦笑道："吴大人明察秋毫。"

康健笑道："到底是吴大人多年御史的慧眼。奴婢先前只听说这位杨总兵喜欢些钱财，和黑州的私盐买卖有些瓜葛，想不到带兵打仗也是不行吗？"

此时言多必失，蔡思齐和陆巡不免闭紧了嘴。

吴再予已勃然大怒，道："当朝命官勾结奸商匪患贩卖私盐，这还了得了？此次就算查不了于步之，也先要办了这杨力和。"

"吴大人明鉴。"康健顺理成章地接口赞道。

蔡思齐和陆巡互视一眼，蔡思齐心中疑惑渐渐开朗，按捺不下，赔笑道："吴大人有锄奸之心，怎奈杨力和是皇上亲授节钺的镇守大将，除了他，谁能在此多事之秋一统寒州兵马？"

康健笑着对吴再予道："蔡大人这句话正说到点子上。奴婢记着老大人这一路过来，倒是对踞州几员大将颇有赞誉，奴婢不是很懂这些个正经事，不过想起来，既是老大人赞誉过的，这几位大将总比杨力和强些。"

蔡思齐干咳了几声，掩去冷笑，道："小公公总在太后跟前服侍，见识过人。不过呢，杨总兵戎马生涯这些年，又是皇上钦命的总兵，总有他过人之处。"

眼见康健的脸色跟着白了一白，连蔡思齐自己都觉着说这番话的时候确有些心虚，杨力和到底有什么过人之处，只怕唯有皇帝一个人知道了。

"那就明日里去杨总兵官邸看个究竟吧。"吴再予最后道。

陆巡随蔡思齐退出花园，忽而仰面叹了口气。

"陆兄这是做什么？"蔡思齐讶然，"就算那两位上差想要杨力和的项上人头，陆兄也不至于感伤起来吧？"

陆巡道："非是下官伤感，只是杨力和纵容包庇东王私底下的勾当，就算罪已至死，却也不能交代在太后和吴再予手里。"

蔡思齐不住颔首，道："陆兄此言有理。还请陆兄内宅细谈。"

两人在蔡思齐书房落座，小厮便来上茶，陆巡盯着闲杂人等看了一眼，蔡思齐便知其意，嗽了一声道："你们都退下。"

陆巡待人走远了，才道：“大人，前年下官随大人与杨总兵外放寒州之际，朝野非议颇多，大人还记得吗？”

“就是你我的缘故。”蔡思齐道，“当时朝廷中觉着你我二人太过年轻，唯恐不成事的老臣不算少数。”

“正是的。”陆巡道，“地方大吏的任免是皇上圣德所现……”

蔡思齐叹了一声：“陆兄所言极是。我们这一拨寒州官员，是皇上的全力主张。前一阵闹于步之，那是成亲王托我荐的人，已是官司缠身，这一阵又闹杨力和，要是让太后和御史查出事来，你我脱不了干系，皇上在群臣面前也下不来台啊。”

陆巡悄悄松了口气，觉着蔡思齐是个极明白的人，因而将话说得更通透：“大人，踞州屯兵和将领自庆熹头上，便是太后把持的班底，要是此番杨力和获罪，将踞州大将弄进寒州来，恐非皇上所望。”

蔡思齐慢慢道：“寒州是东南方向的门户，兵家必争之地，连洪王都悄悄在此驻有重兵，更何况太后呢？以我之见，那位小公公在出京的时候定已携有太后懿旨，要有所举动的话，也就是举手之劳而已。”

陆巡道：“今日见吴御史和那小公公身边的随从，体格健壮，相貌堂堂，看双手双腕，都是平日用惯了强弓重枪的样子。下官不免忧虑，难道是踞州的大将跟随南下了吗？”

蔡思齐想了想，道：“陆兄提点之下，我才觉得蹊跷。他的模样，我也记得清楚，这便着人去问。不过，若他当真是踞州的大将，又何必今日在陆兄利眼之下露面，反讨了个嫌疑？”

陆巡苦笑道：“大人此问下官难以作答，难道是他想摸清寒州官员的底细，特地跑出来看看？”

“也未可知。”蔡思齐皱眉，沉吟半晌，才道，“陆兄，寒州军务之争迫在眉睫，若你我没有胜算，不妨急请皇上的旨意。”

陆巡道：“不错，请皇上旨意是一定的了。下官这里还有件要紧事物，也请大人看看。”

蔡思齐收起折扇，容色一整：“陆兄请。”

陆巡起身，解开胸前罩甲的衣扣，从内取出一个贴身收着的锦囊。蔡思齐透了口气：“原来是一道锦囊妙计。”

陆巡笑道：“却也说不上。”他将锦囊打开，里面还是层油布，再打开油布，才是明黄缎子，“大人请看。”

陆巡将明黄缎子恭恭敬敬置于案上，蔡思齐撩起袍角，认真叩了头，才展开细看。

“原来如此。”蔡思齐将皇帝两年前便亲笔写就的旨意放还案上，眼看自己的手指已不住颤抖，勉强笑道，“我虽一直敬佩陆兄的才智情操，却不知皇上对陆兄厚爱至斯，早在陆兄出京之前便将大计托付。”

陆巡将皇帝旨意收拾回锦囊中，重新贴身放好，对蔡思齐道：“皇上交给下官的，只是一州军力，而寒州二十七郡的民生大计都仰仗大人，与黑州东王的周旋也是大人一人支撑大局，此中孰轻孰重，不言而喻，自然是不可同日而语。”

“呵呵。”蔡思齐想了一会儿，不禁笑了起来，“细细想来，皇上的圣意我也明白了八九分：东王犹如洪水，你我不啻支撑朝廷的细木新柱，那洪水要处心积虑冲垮我们，只怕早已得逞，倒不如让杨力和这样的朽木在前挡上一挡……”

“大人此言甚妙。”陆巡见他片刻便不再介意皇帝旨意中的意思，不禁佩服他心胸豁达。

蔡思齐道：“我便如皇上手中明晃晃的利剑，而兄台可谓是皇上身后那鞘中的宝器了。”

“不敢当。”陆巡认真道，“皇上鞘中的宝器另有其人，大人过誉了。”

“这倒是。”蔡思齐若有所思，语声沉了一沉。

“看来杨力和已成众矢之的，难逃一死。难的是，这人就算当斩，却也一定要落在皇上手中。如今虽有这道旨意傍身，却没有合适的把柄治他的罪，加之那两位一个位高却不明圣意，一个又是太后身边的人，看来是我们落了下风。”

蔡思齐想了想，道：“要给杨力和找条罪名，并不难。当务之急，是想个办法应对太后的这位钦差，束缚他的手脚，不让他这么快便动手就是了。”

说完这话，两人却不禁面面相觑，康健懿旨在身，又可随便走动，难道真要撕破脸将他软禁在花园中吗？

门外脚步响了一阵，小厮在外叫道：“老爷。寒州四门关防衙门的张老爷来了，有要事禀。”

“张竞这时过来做什么？”蔡思齐蹙眉，“请进来，我与陆将军在此听他禀事。”

陆巡奉旨在寒州秘密总观军务，寒州城防自然是重中之重，张竞其人如何，他早就暗中查过：此人虽然爱财，却只收受小贿小赂，来往的都是寒州商会里的人，与东王却划分得泾渭分明，从来不沾藩王的买卖，是难得的明白人。陆巡知道此人精明强干，也是蔡思齐手下的悍将，却从未见过，一时听得雷鸣般的脚步声响，待见进来的人是个长着一张娃娃脸的瘦小汉子，不禁怔了怔。

“大人、陆将军。”虽然素未谋面，张竞却直接叫出了陆巡的身份，行了礼道，“滋扰两位大人安歇，实在是因事大，小人不敢妄自定夺，请两位大人给个计较。”

蔡思齐点头道：“讲。”

“回大人的话。”张竞从衣襟里抽出两张已揉得不成样子的纸来，展开道，“小人这

两日间在关防上总计出入人口，发现与平日大有出入。”

蔡思齐与陆巡凛然坐直了身子，蔡思齐更是望着张竞招手，道：“可是记载在纸上了？让我看看。”

“小人所写的东西不成文，大人是看不懂的。”张竞脸上一红，道，“这两日间，南北二门入城的人口比平日多了两成有余。而西门更近寒江，入城的人陡然剧增，合计两日来，寒州城大概比平日多滞留了五千人左右。小人觉得不对，因此使人拦住青壮年纪的行人盘查，搜检随身携带的物品行李，却不见任何违禁之物。”

蔡思齐吓了一跳：“五千人？不管是什么来历，若这五千人在城中作乱起来，就算弹压下去，寒州也要伤筋动骨一番。”此时寒州知府依旧空缺，权由蔡思齐代理寒州政务，因此手书了关文，唤了师爷进来，道，“你这便执我的手令去寒州衙门里，通告分掌巡捕的通判，命他将捕快先便衣撒下城去，暗中巡视街面，如有形迹可疑的，尽管锁回衙门里盘问。其次便将寒州及周边诸县的弓兵调入城中，随即戒严街道。待事情布置完毕，让他自己过来回禀。”

那师爷领命急急奔去。陆巡道：“且不管这路人是什么路数，城防上先须添人。”

张竞道：“小人已将部下悉数发至四门上。再多的兵马，小人是不能了。”

陆巡对蔡思齐微笑道：“难怪今日进城时见城头上的守军多了许多。如此谨慎决断，寒州上下的官员中，除了张竞下官确未见过。了不起。”

“不错。”蔡思齐道，“这是个堪当重任的人。待皇上凯旋还朝，定要向朝廷上本保举。”

“多谢两位大人抬举。”张竞知道自己的话已说完，须容蔡思齐与陆巡密议，于是施了礼告退。

陆巡道：“听张竞的禀报，下官心中着实忐忑。前两日下官就领人将黑、寒两州间的路上要道把守起来，确实不见任何异样。若张竞所禀属实，这路人马却从哪里冒出来的呢？”

“那就是寒江、少湖过来的。”蔡思齐断然道，“当是黑州人自少湖悄悄潜入了。杜闵提兵回救通水关只怕是声东击西之计。”

陆巡道：“寒江、少湖都是寒江承运局的地盘，这么多人过境，他们不会不知。不妨请承运局的吴大老板来一趟，若这些人都是承运局的买卖，请吴大老板说得明白，也让大人放心。又倘若这五千人马确为黑州人，下官就须急调屯兵应变，此间颇有些路程，来回总需半日，若之前就有动乱，便只有依靠承运局的江湖人马支撑了。”

“陆兄说的有理！”蔡思齐拍掌，唤入小厮道，“快请承运局吴十六过府一叙。”

四十

吴采鳞

不管是朝廷还是藩王，只要还在寒江上行走，便绕不开寒江承运局的吴大老板。无论是寒州的布政使还是总兵官，上任第一件事，就需捉摸何时能邀得吴十六赴宴，给这位寒江龙王烧一炷太平香。

蔡思齐虽然是太傅刘远的学生，却不是一个爱假清高的人，寒州三教九流的领袖，他都一例邀来畅谈。唯独是吴十六，他像是避嫌，从未与之在官面上打过交道。而吴十六也好像未将蔡思齐放在眼里，自他上任起，连拜帖也不曾呈上门前一个。陆巡与蔡思齐心气相投，而吴十六他也见过多面，是当世了不起的豪杰，若非今晚情势紧急，陆巡定不禁要笑着看这两个老死不相往来的人如何初会了。

不料承运局的架子却大得很，蔡思齐与陆巡直等了小半个时辰，才见小厮前来回报。

“小的到了承运局门前，却不见一个人，承运局大门已锁了多日。里面人回说大当家、二当家都不在寒州，如今管事的是吴家姑奶奶。”

“那又是谁？”

“吴十六的女儿吴采鳞。”小厮道，“她的轿子已在角门外了，问老爷要不要见。”

“这个……”蔡思齐与陆巡都是怔了怔。夜里将辖地民女唤入府邸，连蔡思齐也觉得过分唐突。

小厮便又捧上一封信来，道：“吴采鳞还要小的呈上信件。”

“多事之秋，窃以为不可拘泥小节，万请以大局为重，夜赐一见。”信中既无抬头也无落款，字迹端正，几如科举卷子上的正楷。

蔡思齐将信递给陆巡看，自己吁了口气，笑道：“倒让一女子取笑了。快请这位姑奶奶进府。”

吴采鳞的小轿便自布政使府邸的西角门抬入，停在花厅前。随行的小丫头打起轿帘，吴采鳞低头出来，在阶下跪倒行礼。

“吴大小姐快请起。”蔡思齐下了台阶，想客气却不敢伸手相扶，一时窘迫至极。

吴采鳞道：“蒙大人垂青，邀家父过府长谈。可惜家父一月前便因买卖缘故出了寒州，往海上去了，若知大人美意，此时一定憾然。承运局各位叔伯也各自在寒江上行走未回，民女恐大人有要事垂问，只得逾礼来见，大人恕罪。”她又拜了一拜，方才起身望来。

寒州早有流言说吴十六两年前便动了心思想将女儿送入宫去，听说的人都无不以为吴采鳞是何等娇艳的美人，今日见了，才知道是这样端正的人物，鹅蛋脸上自眉目至唇齿，没有一处挑得出半分小气。她夫婿是寒州数一数二的巨富，新嫁不久，自然是红裙华衣，俨然养尊处优的少妇；直到举步上阶之际，那端庄慨然的气派才像是从江湖大门户里出来的当家姑娘。

书房里宾主端坐，不曾上茶，吴采鳞便问：“大人，民女不便久留，有要紧话只管垂问。”

蔡思齐喜她爽快，直截了当道：“寒州城四门关防上回我道，两日里寒州城内多进了五千人，我与陆将军恐是承运局的买卖，因此过问吴大老板。”

“不是的。”吴采鳞道，“民女猜大人要问的也是这一件事。最近承运局的船只均不在寒州附近走动，寒州地界的分舵日前也报知承运局总堂，说是自少湖驶出的船只陡然多了起来。前几日少湖水面上有黑州水军剿匪，江湖上的船只均不能过境，因此并不知道这些船只的来路。寒州的承运局伙计盯准的下船的人，跟了一路，有的最后在寒州城里跟丢了，也有的径直投了客栈。此事多有蹊跷，民女深为不安，已急信请回民女的叔父等人，今日半夜间李叔叔就会回转寒州。若非大人相邀，民女也正要上书禀明此事。寒州平安亦是百姓之福，承运局在此大节之上不会有丝毫的含糊。两位大人若有差遣之处，承运局自然欣然从命。”

“得承运局鼎力相助，寒州必定不会有失。”蔡思齐舒了口气。

陆巡蹙着眉，道：“既然这些人与承运局无关，下官愈发觉得须调总兵府屯兵入城了。下官原先在黑、寒要道间部署五千人马，此时虽不可将要道拱手让人，却须调些人马来应急。如此下官这就差人命徐志信提调两千人入城。总兵府那边，还须硬着头皮亲自去一趟。”

吴采鳞道：“陆将军，非小女子妄自揣测杨总兵的不是。只是杨总兵与将军近来有了些芥蒂，陆将军成事与否，全仗当机立断。将军身边心腹不在，要自杨总兵那里讨得堪合，可需承运局相助吗？”

这句话说破关节，蔡思齐与陆巡均暗抽了口冷气。蔡思齐望着陆巡，想了想，道：“陆兄，此时迟疑不得。不如请承运局的人相随，我这边也放心陆兄独往。”

陆巡却笑道：“这是朝廷镇守一方的军务，不便寒州地方插手，下官独往，必有独往的便宜。”

吴采鳞微笑，起身道：“如此，民女回去就将承运局寒州的伙计撒上街去。只怕两位大人也部署了人马在城中，未免误会，不如约定口令，以免误伤自己人。”

“说的在理。”蔡思齐点头。

当下与蔡思齐约定以“寒江平定”四字为号，吴采鳞才施礼告退。轿子出了府去，一路上果见行人渐稀，迎面两条汉子端着架子急匆匆行走，一眼看去便知是寒州府公门里的差役。两人朝轿子望了一眼，跟着吴采鳞的伙计便上前道：“这是承运局的大小姐，施捕头行个方便！”

那姓施的大捕头是承运局的老相识，忙闪到路边，拱了拱手：“打扰打扰！街上不太平，大小姐快回府上去吧。”

吴采鳞撩起轿帘，露出脸来，道：“多谢施捕头。我正从布政使衙门里来，蔡大人正问起关防的事。承运局已应了蔡大人，今晚有事，定当拔刀相助。施捕头不妨通告衙门里各位差爷。”

“是。是。”施捕头连声答允。

吴采鳞又问：“街上可擒获嫌疑的人？”

“抓了二十多个，街上问不出口供，已拿至府衙里去了。”

“请施捕头帮个忙，若得了口供，万请将其图谋告知承运局的人，也容我们有个准备。”

“那是一定的。”

吴采鳞谢了一声，放下轿帘，命继续前行。待过了飞霞桥，街上更是一队队的巡察使司的弓兵，手执长矛开始清肃街道。寒州太平已久，百姓哪里见过这等场面，被驱赶的行人都是大声抱怨，那些弓兵得了严命，自然黑下脸来一通呵斥，将百姓吓得抱头鼠窜。吴采鳞深知承运局的伙计在外，都是横行霸道，岂会耐下性子来听别人呵斥，忙唤住同行的伙计，命他不得与差役弓兵等人争执。

承运局一行人难得地偃旗息鼓，催促小轿径直前行，平安回到承运局内。吴采鳞下轿第一件事，便命贴身丫头拿了钥匙，前往账房支取一百贯钱，拿去给承运局门前街上的官兵，嘱咐伙计道：“今夜不同寻常，承运局已在衙门口打下了包票，定要助布政使大人守得寒州周全，此时同仇敌忾，万不可与官差官兵发生纠纷，这些钱拿去犒劳门前的军士。要知几位老爷回转，承运局门前走动的人多了，难免不受那些人的聒噪，这些钱先买个清净来。”

那伙计捧着钱咂着嘴出去劳军，却正赶上布政使司的官差奉了蔡思齐的钧命前来协调承运局一带的弓兵官差，令勿与承运局的人误会。一通声色俱厉的命令下去，再加承运局使了钱，谁会不从？这条街被看得肃杀寂静，仿若寒州的弓兵正为承运局把门一般。

那官差见了这个阵势才算满意，赔笑过来要见承运局的管家姑奶奶。伙计笑道：“大小姐毕竟是千金的身份，这个时辰了，不知能不能见得到呢。”

话才说到这里，忽听“吱呀”一声，承运局沉重的黑漆大门洞开，门里一拨拨劲装汉子手持承运局令旗飞奔而出，黑压压蝙蝠似的扑入街道深处的夜色里。仰望堂上，只见正中两把交椅虚设，第三个座位之上，吴采鳞皂衣长刀地端坐，乌黑的头巾将眉目染得浓重，红唇更是触目地鲜艳。那官差原本想讨个红包，见吴采鳞目光端详过来，只是一片凛然的肃穆，而两溜乌衣结束的女眷各自按刀而立，堂上这等肃杀，任谁见了这个阵势，竟连话也说不出了。

吴采鳞向他微微点了点头，道："这位差爷辛苦了。请代为回禀布政使大人，承运局的号令已出，寒州各处的伙计应在半个时辰之内在寒州各处聚集。若有意外，必以大人马首是瞻。"

"是。"那官差忙躬身道。

"差爷可带着布政使大人的话来？"吴采鳞追问了一句。

那官差这方如梦初醒，道："大人要小的转告吴大小姐，巡捕衙门口已拘捕了两三百人，口供虽未得到，却知这些人大多不是寒州本地人，十有八九都操黑州口音。巡察使司与寒州府提刑通判已命逐巷逐户地搜查了。"

"这不逼着黑州人提前动手吗？"吴采鳞微微蹙眉，"来人，差爷来一趟辛苦，准备茶水点心。"

那官差自然推辞，丫头便拿了一只红包递去，打发他心满意足地走了。

吴采鳞起身走入院中，扬起脸来看着天色。夏末，正是黑、寒两州多有飓风的时节，上月末一场大风刚去，不过几日，海上又是乌云聚集，承运局的老人都道后几日必有大风雨，而这时东风已渐渐强了起来。一阵旋风拂着吴采鳞的裙角飚去，她微微抽了口冷气，张开嘴唇欲言之际，却有一个伙计飞奔进来，叫道："城南走了水！"

寒州城水网密布，唯独城南一片平川，房屋低矮连绵，大多都是小作坊，一旦走水，蔓延得比别处都快。

"什么时候的事？"吴采鳞抢身越至屋脊之上，只见城南方向已是火光烧天，百姓哭号之声也是越作越响。

"据城南的伙计说，先是老孙家牲口棚里干草失火，风势太大，未及救火，旁边一家漆器作坊便延烧起来。这一处火势最快，还不等施救，城南又有二三十处宅子同时着了起来。也不知是否因延烧所致。"

未及那伙计说完，便见东城灵福寺的七层宝塔便如火炬似的冲天烧起。

"灵福寺距城南尚有两里路程，这是有人纵火。"吴采鳞道，"传我的令下去，承运局的人不得前往火场解救，都往城中住户密集的地方搜过去，见到纵火的黑州人，杀无赦。"

她拧身而下，命人牵过马来，便要带着人向城中奔去。承运局师爷陶先河闻讯从内宅出来，抢住马头高声道："姑娘！姑娘！承运局是老爷托付姑娘看管，姑娘一旦带着人走开，火势蔓延至此，承运局如何挡得住！"

"承运局本不在这座宅子，只要有船、有人、有寒州在，便有承运局。这里失了寒州，承运局的气数也尽了。陶先生且留守此处，尽量将账房里的账本及细软挪到稳妥处，待爹爹回来，我自己跟他交代。"

她兜转马头，对手下人道："如今只是城南失火，倘若有人在城中各处都放起火来，少不得殃及各位家小财物，这道理不需我多言。"

"是。"众伙计家人大声称是，纷纷上马，紧随吴采鳞飞奔而出。

城南失火不过片刻的工夫，两个作坊的火势便连成一道火墙，朝西南直扑而去。寒州府通判、关防、巡捕闻讯大惊失色，急提弓兵及守城军士向火场解救。未至城南，猛听东城轰然巨响，只见灵福寺宝塔不耐灼烧，顷刻间便轰然倒塌。那火星乘着灰尘，卷在狂风里，立时溅在附近的宝殿僧房上，未几便熊熊如地狱之火，猛向天庭烧去。寒州城民屋几乎都为木材建造，火势所到之处，直如摧枯拉朽，房屋犹如草芥，在这把炼狱之刀下，无不垮塌。东城铜锣响成一片，比火势更加灼人心肝。

蔡思齐听报火起，忙命人前往城内要紧的粮仓、银库等地戒备，自己只带着小厮，便直奔火场监督援救，不料城南百多处作坊、民宅同时起火，不用多时便连成一片火海。百姓恐火势殃及，携了家小细软纷纷涌到街上，被火势逐往寒州城西门，人们惊恐万状，疯狂奔逃，将原本就狭窄不堪的小巷挤得水泄不通。烈火之下人潮汹涌，弓兵即便拼命要救，却连火场都靠近不得。

蔡思齐几次想纵马冲开人群，都无功而返，眼睁睁看着火墙越烧越近。

"大人！这火再向前，便要烧到织造街了！"

那是寒州城的命脉所在，所谓百年基业，断不容失。

"只得拆掉临河的民房，断去河上木桥。"蔡思齐大喝，"来人！快去织造街，将住户作坊里的人统统赶出屋外，自河中汲水泼洒屋顶。"

弓兵冒着火势，以长矛驱赶沿河岸逃命的人群，勉强驱开纵深二十多丈的地面，以绳斧拽曳劈砍，住房拆毁，清出空地。不过清出一条街面，那火就烧至跟前了。这些年寒州织造不断扩展，已从织造街延伸至河南，此处多屯丝绵，岂堪祝融之灾？自然连同房屋倒塌在火中，烧得漫天飞飞扬扬的灰烬。

“完了！”蔡思齐仰面，望着头顶上火星连成的一片红雾，长叹了一声。那新丝寒绢，华衣美锦燃成的壮丽火色飘摇在长风里，当在人们头顶掠过的时候，竟然是刻意般地缓慢。

“老爷！老爷！”

蔡思齐不知多久，才觉得有人在耳边大声呼唤，睁目才发现自己躺在平地上，跟着的小厮抱着他的肩膀，已唤得泪流满面。

“老爷昏死过去，从马上栽下来了。”

“织造街如何了？”蔡思齐双臂一挣，忍着晕眩爬起身来，向北方望去，而眼前除了炫目的火光，已看不清什么了。

那小厮道：“还未等火延烧过去，织造街就自己烧了起来。河对岸的百姓扑救不及的，已听从官差劝告，携了细软之物，往北城城门方向去了。”

“城门……”蔡思齐甩了甩脑袋，忽然惊醒，忍不住冷笑，“原来要的是寒州的四门！”

小厮急道：“老爷，再不走可要困在火中了。老爷文曲星下凡，自有神灵祝佑，可这里还有几百弓兵等着老爷定夺计议呢。”

“去西门。”蔡思齐甩脱小厮的手，爬上马去，这般登高远看，才知早已无路前往西门。

火墙将去路当先截断，滚烫的风吹在人们身上，不过片刻便烤得发梢卷曲，多有焦灼，脸上身上炮烙般疼痛；黑烟乘风过来呛得人不能呼吸，人人掩住口鼻，弯下腰痛咳不止。逃命的百姓都跳入河中，蹚着岸边浅滩处的水向前深一脚浅一脚地蹒跚而去，不时有浑身着火的人从火场里尖叫地冲出来，扑入河中，然后在水中大声嘶叫，扑腾挣扎。有好心的，尚会前去搭救，大多数人只顾自己逃命，推搡前面挡住去路的同城邻居。体弱的老者难堪水火之灾，多有当场死于河中者。因此一条小河中漂的都是死尸，许多已烧成焦炭一般，血肉模糊，恶臭熏人。有人抚尸痛哭，有人谩骂抱怨，更有失了孩儿的妇人，发了疯地在河中乱走，满地哭号之声摧城裂垣。

小厮牵着蔡思齐的马，一样涉水逃命，尾随蔡思齐的弓兵也扑入河中，“噼噼啪啪”地在他鞍前溅着水，大声抱怨道：“再这么烧下去，这河水也要沸了。”

蔡思齐琢磨着这句话，忽然大笑起来。

“老爷笑什么？”小厮怕他得了失心疯，忙问。

蔡思齐笑道：“我少年得志，封疆为吏，再过上一百年，史书里少不得要记上我一笔，说起我最后，却是在寒州城的小河里与你们一同煮成了一碗人肉汤，岂不是惊世骇俗，流芳百世了？”

“呸呸呸。”那小厮啐道，“老爷长命百岁，哪里今夜就死？”

蔡思齐放声大笑：“今夜不死？那什么时候死啊？”

这段路竟走了有大半个时辰，待随着百姓上了岸，西门便已在望了。前方哭喊震天，人头攒动，厚达里许。身后便是延烧不尽的火城，而面前城门紧闭，百姓不禁群情激愤，对着城头叫嚷。早有一干青年夺了枪械，与城头守军交恶，想要攻上城垣落锁，都被张竞领兵阻拦。

城头官兵多为寒州本城人，眼见城中惨状，早就军心溃散，这里勉强支应，更不敢伤及百姓性命，惹得民变。张竞见城头情势危急，扶着碟口大声嚷道：“乡亲少安毋躁，不是我不开城门，只是城门狭窄，一旦开锁，大家蜂拥而出，必定踩踏伤亡，且安静片刻，相互整治个秩序出来，我便开城门容大家依次而出！”

他的声音固然响亮，但是稍远些的只闻亲友邻人的哭泣之声，哪里听得到他的央告。后面的百姓源源不断地涌来，更是壮了声势。张竞见这番拖延没有丝毫效用，更是急得跳脚，正忍不住要开口咒骂，却见人群之后一阵耸动，一马缓缓分众而来，却是蔡思齐到了。

张竞喜不自胜，大呼道：“布政使大人到了！安静！安静！”

蔡思齐左右人马在河中冲散，只剩两百来人，得蔡思齐的命令，齐声大叫：“安静！安静！”这番声势倒也足够，周围百姓见寒州一省之官长到来，都觉有了主心骨儿，刹那间都收住哭声，仰望他马上的身影，均不由自主让开道路容他经过。

蔡思齐提马直上城头，在张竞面前跃下马来，低声问道：“城外可有什么动静吗？”

“还算太平。”

蔡思齐攀到城垣之上，遥望寒州城内，只见东南方向的天际染得血红，一线火墙依旧锲而不舍，卷袭向西门逼近。火光照耀之下，已瞧不清楚北城情势。他因此俯首问张竞道：“西北城中可有火势？”

“回大人的话。”张竞道，“小人小半个时辰前离开北门时尚不见火光。倒是街面上喧哗得厉害，守军回报说有人在街道里接仗。小人以为城中自有大人部署，因此未敢擅离城门前去打探。”

“大人！”城下忽有人高叫，只见百姓中推出一个老者，颤抖着声音，哀求道，“我们小老百姓，只想活命而已，求大人放我们百姓一条生路！”

“唉！”蔡思齐被这声音剜去心脏般，痛得浑身一颤，扶着城头弯下腰来，暗暗擦去面颊上的泪水。

那老者又央告：“官兵不自寒江中汲水救火，也就罢了，如何还要将我们生生困死在城中！”他见城头依旧无动于衷，说得愈发苦痛，咒道，“苍天有眼，你们这些狗官，定不得好死！”

城下刚刚弹压下去的哭声跟着这老者的啼哭又哄然而起，那火墙似乎被这哭声吸引了似的，向这边蹿得更急了。

“开城门，让百姓出城。”蔡思齐慢慢道。

张竞怔了怔：“大人，若黑州人趁城门大开攻入城来，又如何是好？”

“此时再不开城门，城中百姓自乱，只怕黑州人混在百姓之中夺了城楼，情势更为不利。你命百姓结成队伍，顺序出城，城楼之上先确保不失。”

“是。”张竞得令即行，带着一部弓兵下了城垣，以长枪为界，督导百姓出城。

“落锁吧。”蔡思齐知道这一声令下之后，自己的命运就不知掌握在谁的手中了。若真如张竞所虑，开放城门引得东王兵马入城，自己定是万死莫赎。烈火烤出的风鞭子般抽在他的后背上，吊桥“吱吱呀呀”地放下，接触到护城河对岸时，蔡思齐甚至感到城垣也跟着颤抖。

三百年盛世之都焕出的红光下，寒州城外的夜色更是深沉。一夜乱流疾火之后，城外黑暗里飘摇来的一点星火愈发显得孤寂。蔡思齐轻轻“咦”了一声，问左右道：“那可是一骑人马？”

“正是的。”

“弓箭手先伺候下。”蔡思齐的胃抽搐得难受，咬着牙道。

那人却不再走近，远远将手中的火把在头顶上甩了几个圈，放声高叫：“寒江平定！寒江平定！”

“是承运局的人！”蔡思齐按住身边的弓箭手，“且问他是不是吴十六。让他上来回话。”

左右依言从城头往下喊去，那人的声音自狂风里穿透而来，清清楚楚地道：“小人是承运局郭十三，承运局二当家李双实正督率承运局的船只封锁了寒江上的水道，命小人前来问蔡大人、陆将军平安。此时百姓出城，小人一时无法入得城门，请蔡大人见谅。”

“蔡大人正在城楼上。”

郭十三道：“大人无恙就好。李二当家要小人转告大人，那些贼寇多半混在百姓中，大人还须关防小心。李二当家还让小人来问，贼人如何辨认，官兵与其是否接过仗了？”

蔡思齐文官出身，从未经得这种场面，更分不清人群中敌我有别，一时转脸看着左右的守城军士，众人都面面相觑。

郭十三见他们不答话，见百姓已从城门涌出，也不便久留，兜转马头向寒江方向转回，忽听城楼上女子的声音呼道："十三哥留步！"却是吴采鳞纵马到了城垣上。

吴采鳞翩身从马上跃下，掠在碟口上，从鞍桥上摘下弓箭来，对准郭十三遥射了一支响箭。郭十三在马上抄手接住，从箭尾处摘下纸管，展开看了，点头道："知道了，必回报二当家知道。"

蔡思齐目送郭十三飞马奔远，回头问吴采鳞道："吴大小姐传了什么消息？"

吴采鳞从碟口掠下，拉住坐骑的缰绳，看着蔡思齐，低声道："火起之后，承运局见城南火势猛烈，着实救之不得，想到北城是寒州粮仓所在，还有两处木器厂，若也被人一炬燃尽，寒州城便全城皆毁。民女只怕那些纵火的贼人也知道其中的干系，便带人前去索敌，路上遇见布政使衙门派去的官兵，便会成一路，分守几处险要。果然擒获不少乱贼，身上搜出不少油火之物，因此现下几处要害都还太平。那些凶徒都是百姓的装扮，唯独衣襟一半白色，另一半却是鲜红的。这些人意在寒州关防，恐怕已混在这些出城的百姓中，为夺城做接应，这里不事声张，悄悄告知寒江上的承运局伙计，令他们在百姓中留意，一旦看见，就暗中处置。"

"暗中处置？"这样残酷的话从吴采鳞的口中说出来的时候也是端正而带清白之气，蔡思齐讶然笑了，"城中的官兵可知道了吗？"

"俱已交代了。"吴采鳞道，"这会儿北城百姓也在出逃避火，街上已乱作一团。乱贼夹杂其中，一路上杀伤人命，官军与承运局沿途与之交战，正逐巷接仗，连同百姓，死伤已过千人。故城北虽然火势不大，却一样乱得紧，但凡百姓逃命的街道，官兵连脚都下不去，城北被焚也是迟早的事。"她轻描淡写地说来，仿佛乱世清风般拂身而过，只是她鞍上所悬长刀已然赤红，她自城北快马奔到此处，那刀上血迹仍不曾干，正缓缓地将血珠滴落在她纤巧的足旁。

"多仗承运局鼎力维护局面。"蔡思齐拱手道，"承运局就在城东，不知可幸免了吗？"

吴采鳞难得露出一丝笑容来，淡淡道："当焚尽了吧。"

蔡思齐吃了一惊，怔怔看着吴采鳞翻身上马，忽问："令尊可知道了吗？"

吴采鳞道："家父现在何处，民女也不知道。待他回转寒州，民女再详细禀告。不过家父从来深明大义，定同民女一般，知道承运局这个宅子不过躯壳，对承运局来说，最要紧的还是寒州太平。"

吴十六却是在寒州的。

火势还未起来的时候，吴十六已在寒州东门外的驿道上了。几日在海上，被日头晒得脱了层皮，疼痛不止。他拿着凉手巾一边擦汗，一边嘟哝着抱怨，想着此刻城门已经关闭，要紧的事须得明日才办，他就头痛，唉声叹气地更响了，正儿八经地盘算起如何贿赂关防打开城门的事来。

他孤身一人走到护城河边，只怕城头上是些愣头青，不认得他这张老脸，这个跟头就栽大了。他提起仰面，正要叫门，不料吊桥就在他眼前“咔啦啦”地放了下来，反吓了他一跳。只见城门洞内一骑飞跃而出，他眼快，认得马上的正是陆巡，忙唤道：“陆将军稍住！”

陆巡的马快，从他身边一掠而过，冲出几丈远，才勒住马，兜转回来，诧异道：“吴大老板原来在寒州？”

吴十六打了个哈哈，笑道：“正想寻人行个方便入城，不想遇见了陆将军。将军不在黑、寒道上，怎么也回了寒州？”

“我执勘合，正要去寒州屯营调兵。”

陆巡的语声急促，战袍前一线鲜亮的血迹，不知是谁溅洒，他将马勒近，低声道：“有人混入了寒州城。”

他眼中的杀意还未退去，目光刺得吴十六微微皱了皱眉。

“呵——”吴十六吁了口气，知道寒州军权现已落在陆巡手里，而镇守寒州道副总兵官杨力和此时恐怕已身首异处了，“现在情势如何？”

“关防上的张竞估摸大概有五千黑州人混入了城中，虽然现在还未乱起来，我却怕今夜有极大的变故。”陆巡道，“若杜闵想趁乱夺城，他大军必定就在左近。前两日探报说他撤兵回了黑州，只怕有假。”

吴十六抽了口冷气：“明日就有狂风大雨，杜闵要行军的话，无论水上陆上，就是要今夜动手。如此不耽搁将军，我先要讨个便宜进城。”

陆巡拱了拱手，猛抽了坐骑一鞭，向三十里外的屯营飞奔。

吴十六跑过吊桥，抢入城中，没有闲暇回家，径直奔向布政使府邸的花园。才走到一半，就见灵福寺火起，前方百姓涌出街道，纷纷观火，将前路堵得水泄不通。吴十六跌足怒骂了一声，更不敢迟疑，飘身上了屋脊，展开身法向布政使司掠去。

布政使府邸不但有蔡思齐的妻小，更兼住了两位钦差，因此城里走水之后，被官兵把守得甚严。吴十六此行机密，不愿被人看见行踪，只得在外逡巡。不刻火势蔓延开来，烈焰冲天，把守的官兵慌了神，纷纷向火场眺望。吴十六这才得了空，拧身贴到花园围墙外，展臂轻轻一搭，人已越过围墙，落在院内。

早年董里洲还在时，吴十六多次蒙邀与寒州各大行会一同陪着董里洲行乐，知道花园中可以安置要员居住的地方不过一两处。寒州此刻亮如白昼，吴十六稍瞟了一眼便认明了方向，潜至吴再予暂居的屋子后窗下，果听一个少年道："大人的赤胆忠心奴婢见识了。大人欲以一己之力救百姓于水深火热之中，奴婢钦佩之至。只是大人身负朝廷重命，于步之一案尚未查明，大人万不可辜负了皇上的重托啊。寒州地方事务，自有蔡思齐等人处置，这场大火过后寒州还需大人督阵平乱呢。"

连窗外的人都能听见吴再予狠狠抽气的声音，吴十六已等着他慷慨激昂地大声陈词，却听吴再予支吾了一声，之后便无动静。吴十六素知吴再予的为人，知他生性执拗自负，极少听人劝告，他此刻突然不作声，倒让吴十六心中大是诧异。吴十六正想抬起头来看个究竟，眼角却瞟到身侧寒锋映着漫天红光，火辣辣地向自己面门刺来。

吴十六哼了一声，手臂支地身子凌空向后翻去，那剑锋便擦着他的身子一掠而过，"哧"地割破他的袍角。吴十六身形不敢迟滞，足尖触地，双臂一展又向后掠去一丈。对面的剑锋却来得极快，盯准他的前胸一刺而至。吴十六喝了声彩，身子一偏，让过剑锋，晃身上了园中的大树，闪到树冠之后。对手剑势被树木枝丫所阻，不能再指望贯注全力一袭得手，因此衣袖一拂跃上树来紧追不舍。

正中吴十六下怀，引着那人到了园中池塘边，见地势开阔左右无人，收住脚步，转回身来。不料对手来得太快，还未等他开口，仿佛那人的胳膊突然伸长了三尺，那剑光一闪，又杀向他的面门。吴十六忙低头躲过，低声喝道："七爷！是我！"

康健怔了怔，倏然收回剑来，望着吴十六道："吴大老板，这种时候悄悄来访，可要多生误会的。"

吴十六笑道："七爷说的不错，只为找个清静的地方说话，一时鲁莽了，见谅见谅。若非有天大的要紧事，我一介草民，也不敢妄自前来打扰。"

康健道："什么要紧事，吴大老板尽管直言。"

吴十六又四下环顾，确定没有人可以窃听两人说话，方道："七爷这次可是携朝廷晋封杜闵的旨意来的？"

康健蹙了蹙眉，道："这个是自然。杜老王爷暴病身亡，杜闵又是嫡出的世子，子继父爵，天经地义。"

吴十六笑道："七爷这话说得不错。那为什么七爷身边带着两份晋封旨意呢？"

康健吃了一惊："吴大老板，你虽是寒州水面上的霸主，只是朝廷的事，也要伸手了吗？人是要讲本分的。"

"我的本分是寒江水面上太太平平走船，做我的小买卖儿。可惜天下大乱，寒州城被人付之一炬，我还有什么本分可讲？”

“我已听说火起，却因懿旨所在，不能擅动。现在寒州如何了？”

吴十六叹了口气：“几百年繁华，今晚都完了。更可恶是纵火人的本意并不在毁去寒州。现在寒州依旧四门紧闭，待火烧得大了，百姓逃命，由不得蔡思齐不开城门。看火烧的方向，就是逼着老百姓从西门出逃，等西门一开，就有人杀入城来了。也不瞒七爷说，前几日少湖水上交战，遍地都是杜闵的船，他虽扬言撤回了黑州，难保不是个疑兵之计，我恐他现在就在寒江口，等着寒州敞开大门。承运局的船都在少湖之北，就算能悉数赶回，在黑州水师面前，也是螳臂当车，阻他不得。搞不好杜闵白栽承运局一个与乱贼勾结，阻扰官兵援救的罪名，承运局可担当不起。”

“黑州人进了城，自御史吴大人、蔡大人，再到奴婢，都是万死莫赎。”康健悄悄打了个寒战，“如此火势之下，吴大老板不顾承运局安危来访，必定也是担着重大的干系吧。”

吴十六“哈哈”一笑：“毕竟是七宝公公的高徒，个个聪慧过人。不错，只要杜闵进了城，无论是蔡思齐还是七爷，乃至我吴十六都是永世不得翻身啦。寒州大火，非你我可救，只得束手旁观。不过杜闵那里还需阻得一阻。原本这件事要同七爷商量了，一同去黑州办，现在看来，事不宜迟，就请七爷跟我去黑州的战船上走一趟。”

“这话怎么说？”

“七爷自京中出来时，是上月二十日，其时杜桓刚死，杜闵的报丧本章还未到京，晋封世子的旨意便出来了。当今皇上亲征，坐纛的是成亲王，可七爷捧出的旨意却是太后的懿旨，草民等只能说太后娘娘料事如神。”吴十六说到太后时，目中凶光一盛，他见康将面露讶异之色，忙将目光转至别处，“太后娘娘的一道顺序晋封黑州亲王世子杜闵继承王位，另一道却是将王位赐予杜斓，是不是呢？”

“吴大老板知道的事情不少啊？”康健冷笑。

吴十六道：“并非我喜欢管这些闲事，只是人在江湖身不由己。”

“吴大老板对这两个旨意了如指掌，旨意怎么颁法，吴大老板必也揣测到太后圣意了？”

“东王势大志远，诸子也是如狼似虎，能人辈出。可惜为了立嗣一事弄得诸子不和，再加诸妻妾娘家势大，各自树党，争斗不断。此番东王家急症死了多人，除了东王及王妃之外，多个成年的王子也一并染病死去。那些外戚原本扶植的王子既已暴死，正是惶恐失势的时候，只得暂时委屈在杜闵淫威之下，暗地里不免担心日后杜闵要将他们如何处置，现在必定要抱成团地对付杜闵呢。”

康健道：“吴大老板说的不错，不过杜闵在黑州带兵多年，死党可不少呢。”

"这些人现在实握兵权不错，不过那些侧妃的亲戚也都身居要职。杜闵对这些人芥蒂颇深，一直不敢也不能将这些人纳入麾下。因此杜闵出征在少湖，那些有异心的却都在黑州。除杜闵之外，只有杜斓因领兵海上得以幸免，此人聪慧过人，原本没有什么特别的野心，杜桓对他甚爱，他也是个至孝的人，这时已经得知杜桓是杜闵所弑，领着战舰火速驰回黑州去了。那些失势的外戚要的就是这么个主儿，必拢在他身边撺掇与杜闵作对。"

康健笑道："杜斓又是何以得知其父是杜闵所弑的呢？"

"唉！纸里包不住火。杜闵既做得这种丧尽天良的事，自会走漏风声。"

"如此说来，吴大老板觉得还是将王位给了杜斓好？"

"非也非也。"吴十六摇头，"杜闵是正经的亲王世子，王位不给他于情理不合。况且王位由杜斓继承，杜闵必定不服，他们兄弟厮杀起来，黑州大乱之后，反倒给了倭寇机会掠地，大大的不妥。东王兄弟急之则相救，缓之则相争。杜闵得了王位，岂容杜斓此时占黑州，必要引兵回去，杜斓见杜闵名正言顺得了王位，只得偃旗息鼓暂时不生吵闹，朝廷只消旁看他们兄弟自己互相牵制共敌倭寇即可，日长之后，他们兄弟生变，那时皇上也凯旋还朝，这是收拾东王的时候。"他解开衣襟，拿出一封信来，"这是杜斓交我呈给杜闵的书信，若七爷此时能带着我去一趟杜闵船上颁旨，这封信就能挤对得杜闵立即回兵黑州。"

"好。"康健一笑，"我愿随吴大老板一行。"

西门敞开的消息，不过顷刻便传到了离水少湖之上。寒州大火烛天，在少湖战舰上的人都可借着火光窥清身边人的面目。

"火依旧烧得惨烈，此时进城，只怕祸及王爷的先锋。"偏将把寒州百姓自西门涌出的消息禀报杜闵的时候，忍不住举目瞟了世子的面庞一眼。

杜闵垂目看着掌中的剑柄，依旧出神般毫不动容。"那就再烧上片刻。"他道，"水师依旧向寒州进发，在寒江里抛锚，围住西门，等我命下，即刻攻陷寒州。"

"遵命。"偏将领命下去，举火为号，依次传递主将钧命。

不久战船拔锚，船身轻轻一荡，便溯水而上，驶入寒江水域。这次争夺寒州之战，实是迫不得已。黑州大部人马确已转回通水关与椎名寿康决战，亲随杜闵身边的，只余两万精锐。秦毅借追索五十万白银之事，出入东王府邸数次，已将黑州全盘部署盗出，杜闵深知此时机会千载难逢，一旦错失，便再无可能突袭寒州了。今日趁飓风未至之际，遣派五千人马混入寒州，意在令寒州城防不攻自破，待寒州满地疮痍，人人自危时，黑州人马便可以平倭为名，顺理成章进驻寒州。朝廷就算不甘寒州被夺，也不敢妄自发踞州之兵攻城而以致寒江以东内战。杜闵知道，只要占得寒州，抢得进驻中原的据点，等通水关大局平定，便可一鼓作气攻陷寒江流域全境，进而自双龙口兵发离水，回避只擅陆战的踞州兵马，那么攻克离都就指日可待了。

他抚摸着黑州杜家祖传的宝剑，一遍遍琢磨着自己的大计，总觉得有个隐隐的忧患，噬咬着自己的血肉，令他就在这即将得手前的一瞬，依旧坐卧不宁。

船身轻轻一震，像是有小船靠拢，杜闵从沉思中回过神来，这才发现，不知何时战船已无声无息地停下了。

副将快步从外走进来，禀道："王爷，战舰进入寒江水道，便遭遇了寒江承运局的人马。他们横江封锁了水路，船舷上架起弓箭，扬言若大军再向前，他们就要放箭了。"

"命前方接仗的船只率先发箭，只管冲散他们的船队，你喊下话去：黑州水师入城为剿灭作乱的倭寇。承运局再做阻挡便同勾结倭寇罪论处。"

他这番当机立断，副将十分佩服，欣然领命去了。不刻前方杀声骤起，寒江水面上原本就被城中火光映得通亮，再加上黑州水师与承运局之间火箭乱发，船只延烧，一条滔滔长河，竟如满江流血一般。

承运局的船只不堪火战，不过半个时辰，就抵挡不住，退却不止。但承运局内的伙计多为水寇出身，几百人嘴衔钢刺翻身下水，潜至黑州战舰之下，奋力将前锋船只凿沉，只求阻挡水路。这场水战一直胶着，杜闵早已不耐烦，喝令大船向前，调转炮口，向承运局船只猛轰。顷刻间寒江之上樯橹乱抛，断肢横飞，承运局船只急退，不一会儿就打出白旗。

杜闵战舰上的传令官飞奔而来，禀道："承运局打出白旗，帮主吴十六亲驾小舟前来，要见王爷。"

"吴十六？"杜闵蹙眉，他早知吴十六其人是个软硬不吃的悍匪，原以为承运局挫败，一帮乌合之众顶多一哄而散，日后再图他谋，怎会冒死来见？

"他还说什么？"

"吴十六说要见王爷面呈降书。"

"降书？"杜闵失笑。

身边的参将道："承运局在寒江势大，王爷若占了寒州，日后少不得要和承运局周旋，若他诚心要降，也算去了个心病。"

杜闵点头，道："说的不错。止炮。叫吴十六上来，听他怎么说。"他掀起一直垂着的帘子，越过船舷向江中打量，见承运局的船闪出一条水道，一个圆滚滚的胖子短衣执篙驾着一条乌篷小船劈浪而来，快得犹如飞箭。

“这人功夫不错啊。”杜闵先赞了一声。

吴十六的船靠拢了杜闵的战舰，将缆绳抛给杜闵舰上的水手，轻身攀住缆绳，一纵间便已蹿至战舰船舷之上，从腰上解下长刀，随手扔给围在左右的水手，手中只执了一封书信，笑嘻嘻道：“吴十六请见黑州小王爷。”

“有请。”杜闵舱中的伴当出来，客客气气地道。

“折煞了，折煞了。”吴十六打着哈哈，健步尾随那伴当走入船舱。

杜闵身披青色战甲在高处端然而坐，健硕体格给他的贵胄气派上平添了矫然不羁的气韵。吴十六在他面前仰起脸来，陡然收起了笑脸，肃然正视。

“吴大老板。”杜闵颔首。

“小王爷。”吴十六抱了抱拳，“小人受人所托，来得仓促，小王爷莫怪。这里有封书信，请小王爷过目。”

一边的伴当上前从吴十六手中取过书信，呈与杜闵。杜闵展开看了抬头，便倏然抬起头来，命左右屏退，待无人了，才盯着吴十六道：“小斓王爷现在何处？”

“小王爷与他自家兄弟，当比小人知道得更清楚。小王爷看完书信，若还有疑问，只着落在小人身上，以承运局之力，必为小王爷打探出来。”

杜闵垂下目光，慢慢将信读完，自始至终不曾有半点悚然之色。吴十六心中暗赞了一声，见杜闵合上书信，问道：“小王爷有什么吩咐只管交代下来，小人一定尽力办妥。”

杜闵冷笑道：“你们以为杜斓这封书信就能阻我进驻寒州吗？”

“原不指望一封书信就能劝小王爷回头，不过王爷请往江上看。”他吴十六掀起帘子，指着寒江深处，道，“承运局现正且战且退，王爷水师必定乘胜追击。再向前十里，就有洪州水师埋伏，小王爷此番带来的水师不足两万，其中五千现失陷于城中，身边不过一万人出头，再加刚才一战，战船被火烧毁，被凿沉的也有二十多只。洪王水师占据上游地势，以逸待劳，小王爷应知其中利害。再过片刻，陆巡前往总兵府屯营所调的兵马也将赶到寒州。就算小王爷抢先进驻了寒州城，可知其中焦土遍野，小王爷的大军何以立足？就算小王爷坚守，又怎堪寒州百姓的怨愤，承运局与洪州水师在外觊觎？若小王爷此时有黑州兵马粮草作为后盾，这些事情本是无忧，可惜小王爷不料小斓王爷竟敢冒风雨之险，自海外回转黑州？小王爷此时再不撤兵，届时黑州失于人手，小王爷独困寒州，可知其中的凶险？”

杜闵想了想，道：“吴大老板，承你挂念。容我问你一句，你为我如此着想，是谁的意思？”

“小人靠的就是寒江寒州吃饭，因此总盼着寒州太平。小王爷对寒州一直念念不忘，小人总感芒刺在被，寝食难安。然而黑州一样是抵挡倭寇的门户所在，黑州也不能乱过了头。这天下好比寒江上做买卖，同行倾轧是常有的事，对手太强，我固然不喜，必定打压，但若遍地都是小买卖跑船的，随意压低价钱坏了行里规矩，照样坏了我的买卖。”

杜闵望着他，微笑道：“吴大老板是个难得的精明买卖人。你说的话，我记得了；你这个人，我一样记得了。”

吴十六笑道：“那敢情好。现今小斓王爷已占了黑州，小王爷这番回去，不知有什么波折。既然小王爷听人劝，小人感激不尽，这里要奉送一件大礼给小王爷，万望小王爷笑纳。”

他从船舱探出头去，对着来时所驶的乌篷小船，朗声叫道：“七爷，请宣旨意吧。”

康健从船篷里翩然而出，手中高捧明黄色卷轴，凌空飘飞，轻轻落于杜闵船舷之上。

“戍海黑州亲王世子杜闵接旨！”

他的声音在风中尖利地刺出，飘得江面上人人皆闻。

杜闵在高座微微一个寒噤，猛地站直了身子，他看了一眼吴十六，又将目光挪到那被锻炼得通红的寒州之城。

“臣杜闵接旨。”杜闵欣然跪倒在地。

吴十六望着杜闵铠甲整齐，端然行礼，却回想着杜闵最后那目光——并非黯然，并非挫败，只是领悟到什么的透彻。

承运局不保了——吴十六忽然生出这样无端的恐惧。

新晋封的东王杜闵悄然撤兵，城中五千黑州官兵被陆巡总兵府的屯兵逐街清肃，挤入城西的火场之中，大多数人不为陆巡一部所杀，便为烈火烧死。

夜风在黎明时吹得更急，不久大雨倾盆，将这场一夜燃烧不尽的火势浇得冰冷透湿。这场大火在入夜不久就烧了起来，其时百姓尚未入睡，因此火势蔓延之际，绝大多数寒州人都得及时从屋中逃脱，十多万百姓无家可归，在城郊野地的大雨中哭号。

吴十六从西门穿行入城，徜徉过满目焦土，回到承运局门前。

陆巡已在此等候多时，遥望吴十六一行来到，撩起战袍单膝跪了一跪。

“寒州未曾失于杜闵之手，全仗承运局舍命周旋，吴大老板受我一拜。”

“这从何说起？”吴十六领着李双实等人也是跪倒还礼。

陆巡回望承运局内一片瓦砾，叹道：“承运局不求自保，奔赴国难，如此大义，已无言可书。蔡大人日后上表，定要为承运局表彰功绩。”

“岂敢。”吴十六忙道，“我们一介草民水寇，不敢有辱圣听，万望陆将军在蔡大人面前进言，切不可提及承运局。承运局小买卖，实在不至蔡大人、陆将军折节下交。”

陆巡笑了笑："寒州付之一炬，蔡大人与我罪不可恕，不用多时朝廷就会降罪，所谓折节下交届时也未必啦。虽然城防未失，但寒州百年基业已毁，今后百姓流离失所，又须提防瘟疫流行，这座城，是毁了。蔡大人与我都要想着如何向朝廷交代呢。"

吴十六望着陆巡"哈哈"大笑："向朝廷交代？"他又摇了摇头，"嘿"的一声。

李双实有些摸不着头脑，跟着他向陆巡抱了抱拳。两人向着承运局的废墟走去，这日的黎明有些黯淡，阳光却因炮烙着人们血液的焦土而显得愈发灼热。李双实扭回头去，见陆巡牵着马缓缓远去，一身的疲惫不堪竟将这大将的背脊压得微微地弯着。

"陆巡一定也在琢磨十六哥的话。"李双实道，"十六哥适才笑些什么？"

吴十六不易察觉地叹了口气："我笑他年纪轻轻却为这点事忧心忡忡。他非寒州的总兵，能力挽狂澜已属不易，朝廷就算蛮不讲理来问他的罪，也不过是永不叙用罢了，家人性命终于无恙。你我呢？"他咧嘴一笑，"寒州一炬，小王爷如何震怒，绝非你我可以揣测。我等不同陆巡，一旦问起罪来，可不是玩罢免谪守这样的把戏了。"

四十一

苟丽忽

到七月头上的时候，正是皇帝亲征的第四个月了。虽然两岸俱屯有重兵，但努西阿河南北还算平静。每日里中原、匈奴两国人马相互滋衅，但无论是中原大军还是屈射人都未有妄举之象。

“这番拖延下去，只怕转眼就要入秋，待大雪下来，粮草难以接济，届时军心涣散，于我军极为不利。”

这已经不是皇帝第一次听见这种劝谏，但军中此时并无甚破敌良策，连姜放也是面带忧虑。皇帝向诸将微点了点头，道：“知道了。这边的战事不知会拖多久，若朕在此久耽，必令全军仓促决战，确非良策。众卿无非是劝朕早些回銮，朕不是听不进良言的人，只是兹事体大，容朕再议。”

皇帝脸色很不好，看来十分疲倦，他挥了挥手，吉祥便忙掀开帘子到外面，命退诸将。众人都不敢再议，叩头告退。

吉祥不失时机地捧上药碗来，奉与皇帝。北方的夏季去得特别早，这个时候早晚就很凉了，中原宫廷中出来的人多半养尊处优，连内臣也不例外，旷野里的营地里早起晚歇地走动，自皇帝以降，銮驾所在的营地里多有感染风寒的。

皇帝一开始只是痰多，后因军务繁重，病势竟渐渐沉重起来，连续三天高热不退。幸有吉祥敢担干系，命随军的太医猛药退热。只是其后皇帝不免虚弱，就此在帐中将养，极少出去巡视。

“姜放。”皇帝唤了一声，“叫王骄十、必隆进来。”

“是。”姜放走在最后，停了一停道，“皇上，臣有一言。”

“讲。”

皇帝的声音听起来有些不耐烦，姜放稍作犹豫，依旧道：“以臣之见，还是将陈襄速召至军前的好。”

皇帝似乎因姜放的话吃了一惊，等了半晌才道：“何以这么说呢？”他抬了抬手指，吉祥已经会意卷起帘子，皇帝盯着姜放，又追问了一句，“难道军中有伤寒之症了吗？”

“那还不至于，皇上安心。”姜放道，“臣只是担心现今皇上营中虽是风寒感染，却有两个内臣已有肺病之象，被打发别处看管起来。此后是否还有人染上重症，实在不好说。上元年间北伐，陈襄便数次随军，军中瘟病他都擅解治。”

皇帝道：“朕先前两天没有出去巡视，军中已有谣传。若再将陈襄召来，只怕连京中也会多出些议论。”

“皇上说的是。”姜放抬头看了吉祥一眼。

这一眼看得太过明目张胆，连皇帝也注意到了他使眼色的方向，回头望去，只见吉祥咂着嘴一副为难的样子。

“你们两个鬼鬼祟祟地做什么？”皇帝喝了一声。

吉祥仿佛真的被吓了一跳似的，忙道：“原先未敢回禀万岁爷，辟邪前几日京营里去，一直未转回行銮……”

“看他递上来的折子不是说京营里操演走不脱吗？”

“确实是走不脱。”姜放道，“京营的操演一日不停，枪阵更是大有起色，可谓水泼不进。”姜放忙着辩白，“只是他每日里痛咳不断，小顺子便在一旁数落他不知保重，臣整日听小顺子唠叨，不胜其烦。这次风寒也是不能幸免，现今正在京营里躺着呢。”

皇帝感然道：“前些天看他还是好好的呀。”

吉祥笑道：“他这个人要体面知规矩，哪里敢在万岁爷面前咳嗽个不停。万岁爷只见他每日奉召神采奕奕地来了，哪里料他满肚子抱怨一路上磨磨蹭蹭呢。”

姜放闻言吃了一惊，这时又使起眼色来。皇帝望着他，笑着呵斥：“你们两个鬼祟，朕以为是为朕躬，为军中将士请命召来陈襄，原来说了半天不过是想着法儿给辟邪请大夫。”

吉祥正色道：“奴婢就怕辟邪是个肺病的征兆，这里的太医不能确诊，实在不敢把辟邪叫到万岁爷身边伺候，因此一直滞留在京营里。”

皇帝这才动容：“快叫回来，京营那个地方难免嘈杂，哪里能养得病？”

姜放与吉祥都不敢作答，吉祥想了想，只得道：“万岁爷体恤他，是他的福气。奴婢这就命人去叫。”

两人叩了头出来，面面相觑。吉祥叹了口气道：“果然是好心办坏事。他现在不定能起得来身，要知道是你我在万岁爷跟前多了句嘴，让他半夜里折腾，指不定要怎么抱怨呢。”

姜放笑道：“只管说是皇上想起来的，他怎么疑到我们身上。”

“这话有理。”吉祥释然。

帐后有人轻轻地笑：“大师哥只管带着外人算计我罢了。”

吉祥冲着姜放抱了抱拳：“奴婢的差事办完，里面伺候万岁爷去了，大将军自己多保重。”

姜放望着吉祥匆匆而去的背影苦笑，扭头对辟邪道：“六爷怎么回来了？”

辟邪扶着小顺子的胳膊，营帐后慢慢踱了出来，面颊倒因低烧飘着一抹绯色，灯光下看来平凡了些，他用手帕捂着嘴忍着咳嗽，半晌才道：“听说王骄十过来了，我来瞧瞧。这些天你们都辛苦，我来看看你们出了什么计较。”

姜放道：“日前军前大将商议，都道我军全处守势，不说匈奴沉得住气，拖到秋冬再战；就算均成将死，急不可待仓促攻来，我军纵能破敌，也架不住匈奴人快马逃窜，遁入草原，难伤其元气，待一两年之后，又是麻烦。”

“是啊。”辟邪静静地道。

姜放道：“还当埋伏人马在匈奴侧翼，或以大军远袭匈奴后军。待决战之日合围，方能斩得单于首级呢。”

辟邪似乎对这个结局有些不情愿，不易察觉地怔了怔，笑道：“这个招数上元九年的时候就用过了，那时还是均成侧翼直攻伊次厥，这时他岂会上这个当？”

“匈奴各族俱臣服均成，不过均成多年淫威之下，难免他族积怨。不说别人，先单于阙悲王位未曾传于嫡子，反为均成所夺。夺琦固然明哲保身放弃王位，但其弟苟丽忽一直颇有怨言，早为均成所忌。况现今的左屠耆王阿纳并非阙悲女儿闼穆阿黛亲生，阙悲一族势微在所难免，正是联合苟丽忽的好时机。王骄十早派了人去苟丽忽军前，只要他放开三十里的罅口，容中原大军两万人过境，日后破了均成，中原亦佐他登位单于。”

辟邪点了点头：“想来这两天就当是有苟丽忽回音的时候，我也听听王骄十的回奏。”

“是。”姜放压低了声音道，“皇上早先已许与苟丽忽重金，这件事有两三个月了，外臣怎么一点消息不知？”

辟邪一笑：“王举还在的时候，就已多次密奏皇上联合苟丽忽一事，皇帝处置得极其小心，多半是恐藩王或屈射人截获信件从中作梗，非但从未示与群臣，连书信里面都是密语。后来王举被刺，此事便交王骄十处置。”

姜放自然不会问辟邪何以得知此事，然而小顺子却已忍不住眼珠乱转地要问个究竟，被辟邪盯了一眼之后，期期艾艾地低下头不敢作声。

“阙悲、夺琦父子是识时务的大英雄，苟丽忽一样受阙悲言传身教，当也是英雄的气概，他虽有怨言，恐怕在大节上仍以屈射氏大局为重。”辟邪道，“我担心王骄十不能成事也罢了，若为匈奴人洞悉中原谋划，损至全局，就愈发不好了。”

他朝姜放又笑了笑：“定是我杞人忧天了。成事与否且听王骄十的回奏吧。”说着便扶着小顺子向帐殿里去了。

姜放一怔间，已有人禀告必隆与王骄十均已到了行銮外。

王骄十沉着脸，身后的小校捧着一只木匣。而必隆尚不知皇帝与王骄十的计策，夜半凉风里飞马而来，看来有些疲倦。

小合子提着灯迎出来，一迭声地道：“王爷、大将军、王将军，皇上又问了，快请里面见驾。”

三人忙应声在帐殿外请见，吉祥出来叫了，三人依次而入。只见皇帝虽大病初愈，却为示亲近，仍命卷起了帘子，望着三人微笑。必隆与王骄十已多日不见皇帝，这时目光瞥到，觉得皇帝仿佛一夜间瘦了许多。

“皇上圣体平安。”必隆行礼道。

“这两天已好了许多了。”皇帝道，“择日还是要去各营里看看。”

必隆道：“圣体康健是大军之福，将士得知皇上圣体痊愈，定欢欣鼓舞。”

皇帝点头，笑道：“并不是什么要紧的病症。若能听见破敌大捷的消息，更是百病俱消了。”

王骄十见皇帝的目光投来，忙撩起袍角，叩了个头，竟无一言语。

皇帝讶然，道：“这是怎么了？”

“臣无能。”王骄十道，“先前禀奏与苟丽忽结盟一事，臣未能办妥。遣去使者为苟丽忽所杀，却将头颅送了回来。”

皇帝慢慢抽了口冷气，帐中因为安静，几乎能听见他嘴唇边发出的声音。

姜放立时就想起王骄十随身小校所捧的那只匣子，不知王骄十为何如此珍重，竟将断头捧至行銮。

皇帝忙问：“那使者可是你军中的人？”

王骄十又叩首，悲愤道：“那是臣的兄弟王骄全。”

“啊。”连必隆也惊呼了一声。

皇帝霍然站起身来，疾步走下榻来，亲手搀起王骄十，君臣相顾，无语泣下。

此计虽然不成，无论如何王骄十搭进了兄弟的性命，皇帝不便多加斥责，当即挽住王骄十的手不住抚慰，更追封王骄全从二品护军，并谥忠定，王骄十自然涕零谢恩。姜放与必隆也上前，皆赞叹王氏一门忠烈，帐殿里颇热闹了一会儿。此时却需一个人能帮着撇开王骄全惨死的事，得以将议论转至大军日后的策略上，姜放得空转眼四处看了看，着实不见辟邪的影子，就连吉祥也是无动于衷。

他悄悄拉了拉必隆的袍带。必隆也正度测皇帝召自己前来的缘故万不会是见证王骄十事败而已，因此看了姜放一眼，自然心领神会，上前又劝王骄十道：“忠定将军为国事捐躯，武将之大幸，为将者无人不期如是，小王一样感佩钦羡得很。”

“凉王所言极是。”王骄十收泪，点头道。

必隆又道：“可惜忠定将军国事未竟，不免令人扼腕，不知其时可曾间或传得消息回来？”

王骄十道：“早几个月前，家父便遣使者与苟丽忽往来。那时苟丽忽虽不应允共破均成之议，却亦未断然回绝。因此上，臣的兄弟才奉父命前往苟丽忽营中，与其同食同宿，不住说其与均成决裂，放中原大军过境。臣弟多次书信往返，都道苟丽忽夺单于大位之心不死，此事多有回旋的余地。不料最后苟丽忽竟下毒手，将臣弟杀死。”

“中原欲破匈奴，必须一支奇兵自侧翼切入。匈奴人不会不知这个道理。”姜放道，“而中原能交托这件事的人，也是屈指可数。均成对苟丽忽不会不防。”他转面对皇帝又道，“臣以为苟丽忽初时摇摆不定，最后却突然决断，应是均成已得悉中原大计，迫苟丽忽仓促杀死中原使者，以保举族项首。”

“如此看来，自苟丽忽守御的匈奴人左翼杀入已被匈奴人识破了。”皇帝的声音有些憾然。吉祥此时过来扶皇帝归座，皇帝斜倚在榻上，命人赐三人座位。

必隆道：“大将军只怕言中了要害。苟丽忽其志不坚，其断不决，总被均成制于后手。虽然苟丽忽为势所迫，杀死中原使者，但其与均成隔阂亦深，对中原未必是坏事。”

皇帝问：“今夜请凉王来，正是要询问凉王的意思。如今匈奴难破，何以攻入均成王帐呢？”

必隆欠了欠身：“依臣之见，草原人对中原军与均成皆戒备颇深，寄望匈奴人开放要道，容中原大军驰入，其功多半虚费。看匈奴人本阵中，大部人马虽为屈射氏，另有三四成乃均成铁蹄践踏所得他族人口。破敌之计当将匈奴人分而化之，致其内乱方为上策。”

“近日诸将中亦有人道：均成王帐虽坚远，但能策动匈奴人中的勇士刺死均成，未尝不能致匈奴军中动荡，凉王以为如何？”

必隆道：“均成固然残酷，而阿纳其人宽厚，善笼络人心，与各族贵族都有深交，在匈奴人中素有仁名。均成早年为伊次厥屠尽妻小，仅阿纳幸免，因此除阿纳之外，其余诸子年纪方幼，再者阿纳征战之功居首，王储地位绝非蚁臂可撼，更难得此人对中原的觊觎相比均成丝毫不弱。刺死均成，单于之位定属阿纳无疑，其威不减均成，其望更有过之，是极难对付的人。臣以为均成死而匈奴乱，此说大可不必信。臣更想，均成死后，阿纳更不急于决战，若将战事再拖延下去，于中原着实百无一益。”

皇帝因为身体虚弱，展唇笑得无声：“凉王不愧为朝廷肱股之臣，此言正合朕意。”

“这两年均成征战频繁，所降斡陆等部，皆有不平之意。而贺里伦一部更是骁勇剽悍，从不为人所服，可惜当年举国遭屠，不然此时倒也使得。臣部下胡骑之中的大将与各国将领均有惺惺之交，臣愿再举人前往匈奴营中说动。”

“甚好。”皇帝点头，“王举尚在的时候，已遣人来往草原深处寻觅各亡国散落的余部。王骄十子继父业，未曾稍有懈怠，如今已聚集勇士过万，此部人马急需将领，凉王可有举荐的人？”

“臣属下侍卫统领赤胡就很好。其人勇猛过人不算，更难得擅审时度势，多有应变之举，当可领此一军，并与匈奴阵中各部将领周旋。”

“赤胡？”皇帝想了想，“这是凉王的爱将，朕知道的。先前辟邪回奏夕桑一战，便言赤胡勇冠全军，渡口得以保全，多仗赤胡知大节，执大勇，乱军中为人所不能为，此为上将，朕放心得很。”

当下又问姜放，姜放自然称是，于是皇帝又升赏王骄十子竟父职，方才退散众人。

皇帝慢慢吁了口气，难得自己将药吃了，微微示意，吉祥便放下帘子，出外在地上指了指：“内臣有疾，帘外听旨。”

辟邪走进来，体态轻盈地在帘外叩头行了礼。

“回来得这么快？”皇帝问，“这些天晚上太凉，一路回来，小心病症重了。”

辟邪道：“承蒙皇上垂问，奴婢贱躯已好得太多了。今日傍晚便自京营中徐徐转回，不曾再受风寒。”

“刚才他们的话，都听见了？”

“是。奴婢听得清楚。”辟邪抬起头看了吉祥一眼，吉祥便会意悄悄退出帐外，他方又道，“奴婢看诸王众将对皇上所图都不知晓，凉王虽提到了贺里伦氏，却依旧不知底蕴。皇上此计胜在机密，已成了八九分。”

这时帐中无人，皇帝在灯下支着下颌，看着帘外单薄模糊的阴影，寂静中灯花突然迸出黯淡的声响，皇帝幽然叹了口气，道：“可惜了必隆，此人无论人品才华都高尚出众，朝中大臣无一可及。朕着实爱惜他钦佩他，社稷有他这样的人，怎不是大幸？若非他藩王的身份，朕早以重任托付，为君者有这样的贤才而不可用，‘憾然’二字已不可言表。”似乎预见了不祥的未来，皇帝的声音非但是遗憾，更可谓沉痛了。

辟邪沉默着，心不在焉地盯着地面，似乎铁了心不愿分享皇帝的思绪，半晌才轻轻咳了一声，忙颤着声音谢罪道：“皇上恕奴婢不敬之罪。”

“北方可曾有了确切消息？”皇帝并不在意，只是盯着正经事问。

“回皇上，北方已有了准信，自努西阿河起，行程已安排妥当，各地接应的人也俱到位。若想启程，可定在七月十七日，以四日工夫翻越雪山，至白原河，便有人接应。七月二十二日左屠耆王阿纳的生日，各族各部的贵族均与会道贺，正是机会。若错过七月二十二日，便须等到八月朔日屈射氏成年节那日了。”

“等不到八月了。”皇帝道，“拖得再久，必生变故。”

“是。”辟邪道，“奴婢便奉旨七月十七日启程，请皇上赐国书。”

“知道了。”皇帝道，“此事机密万分，朕腹拟了，你临行之际朕再写就给你。这次去可要带什么人？”

辟邪想了想，道：“正因此事机密，奴婢觉得还是一个人去好。”

皇帝沉默良久，道：“早先朕已说过，朝廷中朕依赖的，不过你一个人，事情再大，也不能由你轻易涉险。这件事固然你去办最佳，但若失陷其中，不如就不去吧。”

“皇上教训得是。”辟邪忙道，“跟的人其他也就罢了，却一定要通晓匈奴话，奴婢又想此人万不可从藩王军中调拨，如此也只有京营了。容奴婢将京营中的将校多加考察，两三日内必回奏皇上知道。”

皇帝笑道：“你那些鬼点子朕都知道。你这是拖延时日，待届时临行必定一走了之，哪里会带什么人？跟的人，也不必想了。就是黎灿吧。早听说他说得一口流利的匈奴话，为人也是机灵得很，再说上回前往多峰召洪定国入京时也是他同往，极靠得住。”

“皇上！”辟邪脱口道。

“怎么？”

“黎灿这个人心高气傲，奴婢管束不住，并非同行的佳选。万请皇上收回成命。”

皇帝忍不住笑了：“京营中还有你管束不住的人？那么待你北行之后，又当叫谁来管束他呢？这事今夜就此定夺。去吧。”

皇帝行銮里最近有些腐朽的味道，辟邪掏出手帕按在脸上，静静环视着行銮方圆十里间灰色的穹帐。小顺子亦步亦趋地尾随在他身边，低声道：“才刚问过小合子，已有多个小子让大爷分开看管了。这边寒症竟闹得凶了起来。”

辟邪点头：“这个地方不宜皇上久居，迟早是要挪动的。想必大师哥已派人四处看地方去了。”

他因病不可再居皇帝书房，吉祥远远拨了帐给他与小顺子居住，挑开帐帘进去，却见霍炎已在内久候，问起辟邪的病情，说了一会子话才去。其后便是姜放、王骄十等大将俱来问候，直又过了一个多时辰方能安歇。之后几日零零星星各军中都差人来探视，见辟邪卧于床上，只说了一会儿话便咳喘得上气不接下气，更加面色潮红，都知他身有热症。又听说皇帝急召陈襄至军前的消息，众人都揣测青衣大总管的病症实在沉重，以姜放为首，震北军中诸将自然忧心忡忡，而京营更是愁云密布，竟成了举军震动的大事。

京营军务操演自辟邪卧病时起就耽搁了下来，皇帝旨谕姜放监管京营军务。姜放巡视甚严，没一日便拿住黎灿问其军中酗酒之罪，交由辟邪发落。

“监禁一月。”辟邪说完，看着黎灿依旧是一脸的满不在乎，不禁切齿道，“棍责二十。”

黎灿瞪大了眼睛，打量了他半晌，忽迸出一声大笑来。

“棍责就算啦。”姜放忙道，“战事不知何时有变，还需留着他军中效命。”他回头对黎灿道，“你又笑什么？在你主将面前如此无礼，还成体统吗？”

黎灿笑道：“他不过是想在众人面前削我的面子，我又何来面子可言？再说李师与陆过也吃了酒，不如捞了来一并打了，关在一处，三人更热闹些。”

“给我打出去！”辟邪雪白的手掌拍在乌黑的案上，声响虽非巨大，而这案子却“吱呀”一声呻吟，摇了摇即将倾覆，让姜放与黎灿都吓了一跳。

“棍责就依大将军，免了。”辟邪慢慢将颤抖的手指从他二人的目光下抽了回来，对黎灿道，“我知道，这天下没有你放在眼里的人。想来别人也管束不了你，不如就拘在我这里。小顺子，着人在后面立帐，将黎灿严加看管。”

“来人！”小顺子嚷得神气，不容黎灿分说，招手命小校将他带出。

姜放笑了笑，道：“黎灿还是极聪明的人。有他跟着六爷，我放心得太多了。”

辟邪靠在枕上，闭目歇了口气，方道：“黎灿固然是不错的，要说军中上下，能有这等担当的，除了黎灿，不作他想。皇帝还是选对了人，只是……”他微微犹豫，“此番北行，着实凶险，若你能留他在军中，倒于我便宜些。”

“这是什么缘故？”姜放讶然。

“没什么。”辟邪的脸色更是沉了下来。

姜放不敢多问，只得道：“黎灿却说对了一件事。若有李师、陆过同行，也是上策。”

“陆过差在不会说匈奴话，不然确实可用。李师却是粗枝大叶了些，带着他只怕闯祸。”辟邪笑，“不过他的匈奴话极过得去，竟比我还强些。”

小顺子挑起帐帘，从外面探进头来，道：“凉王差人前来探视。”

话音未落，赤胡已笑着走进来道：“我是来替黎灿求情的，棍子一定要打，监禁就算啦。”

姜放与辟邪听得都笑起来，见礼之后，赤胡道：“我家王爷着我来看视，我说你骨子里就是个懒的，必定是托病躲差事呢。”他端详着辟邪的脸色，抽了口气又道，“怎么看来真的病了似的？”

辟邪笑道："我是真的懒。"

赤胡道："说实在的，我也讨了个便宜。日前得了旨意前往草原深处统领一万匈奴降兵，不知何时能返，想来是要大捷之后再见了，因此过来辞行。我与将军夕桑初会，一直对将军钦佩得紧，此番北去，且祝大将军与将军战场建功破敌，平安凯旋再会。"

他说得诚恳，辟邪与姜放不禁动容。辟邪自病榻上起身，挽着赤胡的手，互道珍重，直送到帐外。赤胡再不容他向前相送，两人依胡人礼节，相互抱肩道别，随后搂了搂腰。赤胡垂目俯视着辟邪淡冷的双目，一瞬间不知想到了些什么，出了回神。

"赤胡将军。"姜放知道底细，不得已在一边打断赤胡的思绪。

"是。"赤胡回头道。

辟邪稍松了口气，对姜放道："奴婢确实不能再走得远了。烦请大将军替奴婢送赤胡将军一程。"

"那是自然的。"姜放急着将赤胡自辟邪身边赶开，"哈哈"一笑，上前去挽赤胡的手。

赤胡深深盯了辟邪一眼，咧开嘴笑了笑："六爷，你一切保重！"

这句话说得低沉，仿佛一直沉淀至极遥远的过去。辟邪看着赤胡与姜放携手走入营地深处，微微打了个寒噤。他回过头去，却见黎灿远远抱着双肩，冷冷望来。

"请黎灿到帐中来，我有话说。"辟邪嘱咐小顺子。

黎灿似乎是厌烦着辟邪的啰唆，蹙着眉来了。

"将你监禁在此，你倒有老大的不情愿？"辟邪望着他笑，"我这里别的没有，要吃酒却是天天有的。"

黎灿把弄着眼前的茶盏："你的酒可是好吃的？多半又是鸿门宴。京营的气象自你领兵之后一日比一日强，这个我是佩服的。不过这里也是少不了我的功劳。"他说这骄狂的妄语时，却没有半分骄狂的神色，只是坐得懒洋洋的，颇为跋扈，说着一个平静的事实一般，"现今一个卧病一个监禁，连京营这样的要害都不要了，定是有更要紧的事去做了。"

"黎灿。"辟邪有些恍惚地盯着在他指间飞转的茶盏，"我实在有个难处。此番把你拘在此处，原是皇上的意思，指了名儿要你跟着我悄悄出门办事……"

"你们两个在一起合计，少不得天下大乱。"黎灿笑道，"我已听天由命，浮沉由人了。"

辟邪仰起头来，依旧有些犹豫："我知道你心中无畏，而我，却怕了。"

黎灿讶然，仔细看了看辟邪的神色，失笑道："你怕？怕什么？"

"大军还未开拔之前，在宫里，我见了个人。"

黎灿在座位上猛地挣了一下身子："她现在深宫里，与我君臣称呼，从此再无什么瓜葛。她要你做什么都与我无干，若你背着我耍什么花样，我定饶不了你。”

辟邪抬手止住他的话声。两人各自想着同一抹艳色，忽然沉默了起来。

“我虽在皇上跟前办了不少事，但是说到底，依旧是残破贱躯一具，服侍人才是我的本分。初见她时，还蒙她救过性命。我处事自来都不忌讳一个阳奉阴违，只有这个人，我却不愿忤她的心愿。”辟邪说到这里笑了笑，“这次出门，凶险已极，你我二人都失陷其中送了性命也是平常。论谁跟我去，我都不惜断送了他助我完成这件大事，只有你，有了她那番嘱托，我却不免多些顾忌。你我都是当世最不择手段的人，这次出行，原本由你襄助最佳。现在……”辟邪叹了口气，“我几日后便启程，你拘在我处，只消不作声，待我去得远了，再露面即是。这个抗旨之事，你推说不知，由我一力承担。只是担心你猜透了拘你的用意，还未等我出了大营，你自己便叫嚷出来，由不得我不带你去，因此上只得告诉你原委。我既不能不满足她的心愿，想来你也是一样的。”

黎灿自手中松开已经捏碎的茶盏，将碎片撒在辟邪眼前的桌面上。

“我以为我死了心，却实在架不住你们来翻江倒海。”他苦笑，“我养父将她许我，又将我赶出家门；她进了宫以为今生再不相见，却让郁知秋敞开宫门容我见她最后一面；你劝我放开了手，此时却又告诉我她仍在惦念。你玩弄我于股掌间，不曾有半点愧疚，确是枭雄本色。”他大笑了一声，“实在是因你武功太高，不然此刻我先杀了你，泄我心中不忿。”

他衣袖一拂，将雪白的茶盏随便激得到处都是，不再多说一句，扬长而去。

小顺子慌忙赶来，将辟邪额头上被碎瓷刺出的鲜血抹去，一迭声地咒骂黎灿。

“不要说他了。”辟邪靠在枕上，翻身向里躺着，一言不发。

自那日起，辟邪就再不曾见过黎灿；他养他的病，而黎灿也老老实实地拘禁在帐中，从不出来走动。辟邪像忘了这个人似的，甚至不置一问。皇帝口谕营中诸将，不可再前去打扰辟邪将养，因此他这里整日也不见有什么人出入，日子过得异常缓慢。直到七月十六日上，突然接到苟丽忽的密信，皇帝帐殿里急召凉王、洪王世子及诸营主将议事。这时不管辟邪病势如何沉重，一般地叫了。

辟邪到得比诸将更早些，先隔帘问了皇帝安，才道：“皇上召见诸营大将，定是苟丽忽想明白了，要降中原呢。皇上大喜啊。”

皇帝命人卷起帘子，将他召到近前，笑道：“这你也知道了？”

辟邪道：“倒不是奴婢想知道，只是皇上这里喜气洋洋，由不得奴婢猜不到。”

“凉王举荐的赤胡是个人物，悄悄遣了降兵前往匈奴阵中，竟然将谣言重重散布到均成王帐里，说苟丽忽反心已定，离间均成与苟丽忽反目。”皇帝很高兴，“苟丽忽毕竟与均成隔阂日久，倒给了中原一个机会。”

“毕竟是皇上英明。”辟邪也不惜谄媚之辞，将皇帝哄得高兴。

“你看苟丽忽降意当真吗？”皇帝却还是清醒，不等高兴得太过，就问辟邪的见解。

“奴婢吃不准。”辟邪坦然道，“据均成王帐里的细作回报，均成得知谣言之后，急召苟丽忽前往王帐质询，苟丽忽竟不敢往。因此托病，只派了长子前往回话。均成见他不曾亲自到来，盛怒之下失手将苟丽忽的长子杀死。这个是千真万确的。”

“啊。”皇帝吃了一惊，“竟有此事？这还未有人回报，苟丽忽的信中也没有提及。”

“是。”辟邪接着道，“均成杀了苟丽忽之子也是十分后悔，已派了自己的次子前往苟丽忽营中谢罪，将次子的性命交给苟丽忽处置。”

皇帝摇了摇头，叹道：“他们匈奴人倒是有这点坦荡荡的气度，所谓因果报应，他们一点都不回避。”

“苟丽忽却不敢对均成的王子下手，两家多了一个杀子之仇，其中隔阂是永远不能弥补了。奴婢揣测，均成知道阙悲一系是匈奴中极具分量的一支人马，苟丽忽若在意杀子之仇，必定举事。均成宁可牺牲儿子的性命只为拖延苟丽忽，待机彻底除之。苟丽忽是匈奴中的重臣，多少年大风大浪经过，这点关节如何不知，想必此时也正与均成虚与委蛇，这里出降中原，更是急迫。”

“如此说来，苟丽忽投降中原，倒有八九分的实在。”

“两国大军共六十万踞河而战，成败便决定国之存亡，此刻计策层出不穷，皇上还是多加小心，不必对其轻信。苟丽忽之子被杀一事，只有均成王帐内数人知晓，这个消息来之不易，皇上千万不要泄漏，以免匈奴得知，疑到安插其中的细作身上。”

“知道了。”皇帝痛快地忽略了这段话的深意，也没有问起这个细作的身份。

这时两王及大将们都到了，皇帝命叫进来，众人列班而立，吉祥与辟邪侍立皇帝左右，是商议大事的排场。众人都知苟丽忽要降中原，皆贺皇帝大喜，唯独王骄十愤愤不平，一脸怒色，最后忍不住道：“皇上，苟丽忽前几日刚杀害中原使节，此时又来降中原，其中必定有诈，当将他擒至帐殿前，斩杀祭旗。”

大将中自有一派人觉得苟丽忽降意不实，跟着便说其诈降，一时又是争论不休。必隆与洪定国各自有各自的算盘，都不出声。

皇帝安抚王骄十道：“苟丽忽心怀愤恨而降，多半属实。朕知道他与王卿有家仇国恨，但从国事大计上想，还望王卿能以大局为重，不再过多纠缠了吧。况且明日里苟丽忽就至，众卿可以看个虚实再议。”

王骄十正待争辩，小合子却从帐后匆匆走了出来，望了众人一眼，不顾礼数直接凑到皇帝耳边，低声道：“万岁爷，有寒州要紧的急奏。”

辟邪就在旁边，听得极清楚。黑、寒两州的事务自出征时就交吴十六依计处置，几日前尚收到他回报说已在海上觅得杜斓战舰，就要便宜从事，之后再无消息。而今寒州急报已然呈在皇帝御前，而吴十六却无只字片语传来，他不禁一怔，转眼望了望姜放。姜放显也是吃了一惊，冲着辟邪微微摇了摇头。

小合子的脸色实在难看，必隆与洪定国以及众将都看在眼里，帐中一时无声悚动，人人都仰面等着皇帝说话。

皇帝皱了皱眉，以目示意吉祥。

“诸将无事，退下。”

众人面面相觑，无可奈何地叩了头出去。姜放刚出帐殿，便有小顺子叫道：“宣姜放。”

众人像是被抽了一鞭子似的，一同扭过头来盯着姜放，仿佛自他脸上可以看出些什么端倪来。远远的，必隆与洪定国也是目光森然，姜放硬着头皮朗声应了，快步入帐，只见一员年轻的战将风尘仆仆，微微战抖着身子，跪在御前。

“罪臣徐志信叩请皇上圣安。”

皇帝听见“罪臣”两个字，眼前便是一黑，竟一时问不出话来。

吉祥在一边忙道：“快讲。”

“七月八日，寒州遭遇大火，城池七成遭火焚尽，十三万百姓现无家可归，露宿寒州城外。”

“咳。”辟邪掩着嘴突然嗽了一声，身子晃了晃，向前踉跄了一下，忙以双手扶住面前长案的桌沿，他看着皇帝倏然转过脸来盯着自己，却已顾不得礼仪，抢着问道：“寒州可失守？”

他既顾不上考虑为什么徐志信似乎活见了鬼般瞠目结舌望着自己，也不知道帐中所有的人正都盯着他双手及胸前衣衫，只知道下一刻便是距他最近的皇帝突然伸出了手，一把抓住了他的衣襟。

等他再睁眼时，看到的便是姜放的脸，周遭已是一片幽暗，看来已经入夜了。他挣起身，拉住姜放的手：“十……”只不过一瞬间，他便像是清醒得多了，收住语声左右看了看，低声问道，“十六哥如何了？”

朝廷的快报已到，而吴十六尚无音信，辟邪第一个念头就是吴十六和承运局出了大事。

“他们好好的，我已问过徐志信了。”姜放按住他道，“主子爷适才在御驾前昏厥过去，

他们要是知道主子爷醒来第一个惦念的就是他们的安危，此刻必感激得很。”

“那寒州呢？”

“只是让东王付之一炬，并未失守。”

辟邪这才得暇顺了口气，倒在床上自觉晕眩不已，惭道：“今日闹了大笑话了。皇帝可曾降罪？”

姜放笑道：“现今无论是銮驾前，还是京营中，都已因主子爷乱成一团了，谁还有心思降罪什么？太医过来看过，却说不出个所以然，正被皇帝和大爷轮番训斥着呢。我才抽空出了来。”

“可知为何十六哥的谍报未到，朝廷的却先到了呢？”

“这却怪不得他们。徐志信回报中虽未提到承运局，却知有一股人马在寒江和城中各处与东王接战，料得就是吴十六的人马。这番寒州一战，他那处必也伤筋动骨。若要谍报传出，定要待大局稍定。而陆巡知道东王撤兵，便遣三十轻骑，负载口信，命他们沿路不可稍停，直奔军前来。七日狂奔之下，三十骑中，只有徐志信一人赶到，这般搏命，才比吴十六的谍报早到了。”姜放便将寒州之变原原本本说与辟邪听。

“寒州得保确为十六哥大功。”辟邪道，“徐志信这员小将说得清楚，倒是个人才。”

“正是。”姜放道，“陆巡嘱托他的话，竟一句不漏。他还道，其时七爷康健正在寒州，身边同行的，还有一个踞州的大将。”

“踞州大将？”辟邪忍不住又咳嗽起来，“郑钧海的人？”

“主子爷快歇着吧。”姜放后悔自己多说了一句话，道，“事到如今，自有皇帝与我谋划后事，就算寒州被太后的踞州大将占了，也比东王掠城强得太多了。更何况吴十六就在寒州，凡事有他。”

“师傅，可醒了？”帐外小顺子叫了一声，“万岁爷有旨意。”

“可别起来了。你想吓死我吗？”吉祥几乎是一闪间到了帐内，“真是让人少不得操心。你这时有个三长两短，让我如何向师傅交代？”他在屋中踱步，一脸痛色让他的声音越拔越高。

姜放知道他们师兄弟有话说，忙告辞御驾前去了。

“听旨吧。”吉祥道，“大军远行，最忌瘟痨之疾，敕令专辟营帐为将养疾病用，患者不可随意走动，众人皆不得探视。辟邪因染肺疾，不可侍驾，一同专营里居住。”

“遵旨。”辟邪有气无力地道。

小顺子听得放声大哭了起来，辟邪仰起身子，抬手就是一记嘴巴。

“不许哭！行銮里放肆，是要作死了不成！”

小顺子被他吓得顿时止住了哭声，一愣神之后又扁起嘴来，跪倒抱着辟邪的腰，道：“师傅带我一同去！”

“那里可是你随意去得的吗？”吉祥呵斥道，“去那里两天就染病要了你的小命。”

“那我师傅呢？”小顺子脑筋动得极快，抢白道，“我师傅去那里还能出来吗？大爷不在万岁爷跟前多说几句好话，却来骂我的一片孝心。”

“知道啦。”辟邪抚着他的发髻，微笑道，“你的孝心我一早就知道。待过了些天，我稍好些，大师哥自然会劝万岁爷召我回来，那时你若出不来，谁来服侍我呢？”原本盖在他胸前的轻衾就在他抬臂时滑落下来，辟邪的目光这第一次落在胸前那串血迹上，他抬起没有血色的手指，慢慢触了触已经凝成硬痂的血迹，自己也是怔住了。

辟邪当夜便远离皇帝的行銮，因此次日苟丽忽率部到达努西阿河以南，浩浩荡荡来见皇帝时，他并不在场，所以也未曾有机会面见苟丽忽。

阙悲留给苟丽忽的一部人马约有四五万之众，除了苟丽忽统领之外，这两日突然又多了均成次子前来监看。苟丽忽未免惊动均成，却未带出整部人马，随他投中原大军来的，只有阙悲一部与苟丽忽血脉最近最高贵的五千人马。

苟丽忽渡河之际，王骄十奉姜放之命在凤尾滩以东埋伏了重兵，以防有失。待苟丽忽渡河之后，迅速合拢防线。自有震北军中军的一万人马沿途督导苟丽忽一部在凤尾滩及希莜滩之间的三里湾附近扎营。苟丽忽见族人驻扎稳妥，便携族中重臣亲信十数人前往帐殿见驾。

皇帝还没有沾沾自喜到轻狂的地步，自然没有操办什么受降的仪注，而是以接见藩王之礼相待。因此由必隆与洪定国两人执藩王仪仗前往三里湾迎接。而皇帝自己便在京营的辕门前亲候。

苟丽忽在辕门外一里处便下马步行，缓缓向中原皇帝驾前走来。一众人簇拥纷杂之下，远远地，仍能一眼从人群中看到苟丽忽高大的身材。以皇帝身材之颀长，仍然比苟丽忽矮了大半个头，所以当苟丽忽走到皇帝面前时，皇帝不免要稍稍仰视这个五十出头、形容高贵的匈奴大贵族。

皇帝向前走了几步，笑道：“右屠耆王美名远播，朕仰慕已久，只是缘悭一面，如今亲至行宫，朕万分惶恐。”

传译便要将皇帝的话用匈奴语说与苟丽忽，苟丽忽却对那传译笑道：“我懂得中原话。”他回过脸来仔细打量了皇帝一眼，又道，“陛下不论臣过河投诚出于形势急迫，也不论臣先前错杀中原使节，亲身辕门相待，臣感激涕零。”

异服雄壮的匈奴贵族口中突然说出这等字正腔圆体面有礼的汉话来，令在场中原将领都吃了一惊。唯有皇帝不动声色，笑道：“得右屠耆王襄助乃朕之大幸，其中喜悦不能言表，只盼能早一刻与右屠耆王相见，实恨不能在努西阿河畔等待。”

这两人似乎话语投契，都是相顾而笑，皇帝携了苟丽忽的手，同往帐殿而去。君臣落座，便排开盛宴。初会之际，不便谈论破均成王帐之事，宾主只是聊些闲事。皇帝这才问苟丽忽何以说得汉话。

苟丽忽道：“大单于志向远阔，屈射氏内的贵族，自七岁起便要学说汉话，写汉字。臣学汉话已有二十年了。”

——二十年的欲望与谋略，需何等的胸襟与忍耐——遥想均成的执念，皇帝不寒而栗，悄悄打了个寒战，接着道：“右屠耆王仍以大单于称呼之，可见心中对均成大单于依旧是钦佩的。”

这时在苟丽忽身后的贵族中，有人冷笑了一声，以匈奴话说了句什么。苟丽忽顿时面现怒色，扭头大声呵斥。皇帝不解，传译官忙上前在皇帝耳边道：“那贵族说，均成一介奴隶出身，屈射王的儿子才不会钦佩他呢。右屠耆王因此动怒。”

他说得声音虽低，苟丽忽依旧在席上听见了，道：“属下人不懂规矩，不知礼节，陛下莫要见笑。大单于虽然是奴隶出身，但放眼屈射氏上下百年间确实未曾有比大单于更强大的屈射王。屈射氏内，论战功，无人能及他的伟大；论志向，无人能及他的高远。先屈射王对他爱如亲子，故左屠耆王对他亲如兄弟，臣……”苟丽忽微微叹了口气，“曾敬仰他犹如天神。”

这样的人，皇帝闻所未闻，他看着苟丽忽出神的面庞，不禁在心中暗暗勾勒均成巨大的轮廓，这一刻，他有些抑制不住的恐惧和卑微，待他回过神来，竟惊得他自己一身冷汗。

“臣无礼，想请教右屠耆王。”姜放微笑着道，“大单于虽是世间少有的英雄，但征战二三十年间，必然有事不合右屠耆王的心意……”

“不错！”苟丽忽不等他说完，朗声道，“大单于所作所为都是英雄气概，臣直面汗颜，不敢多置一词。然而大单于归根结底，并非屈射人，只消有这个缘故在，大单于永难与屈射人同心。这也是屈射氏内诸多贵族的忧虑。不过在臣看来，是不是屈射人也没有什么要紧。臣只是觉得，自大单于登位之后，二十多年间，屈射人征战不断，族人鲜血洒遍草原，‘天下’二字于亡者何益？真不知对一国来说，这天下，何时才算够了呢？”

皇帝绝不是席上唯一被这句话说得悚然一惊的人。

“这天下，何时才算够了？”他细嚼慢咽着这句话，喃喃自语。

就在苟丽忽一部渡河之际，辟邪却一乘轻作匈奴人装扮趁乱涉水过了凤尾滩。七月十七日早晨，天气凉得厉害，他不由得将毡帽向下又拽了拽，挡住了自己的眼睛，低着头孤零零转向东方。前面雪山伫立，映照着朝阳光辉，在这清冷的早晨，愈发显得冰刃万丈，无法撼动。绕开匈奴大部人马，辟邪策马走上山路，这匹马并非骏骑，却是短足稳妥，胜在攀山耐寒，待山上再无法攀登时，这马儿又可弃作食粮。

辟邪仰起脸来向雪山望去，想要目测何处才是这匹马的归宿之地，却见一块突出的山岩上有人气势非凡地坐候，望见他来了，“呵呵”地笑起来。

“笑什么？”辟邪待走得近了，问道。

黎灿指着他黑发结成的辫子和身上匈奴人的装扮，笑道：“不像武士，却像跟班的奴隶。”

辟邪笑道：“我本就是跟班的奴隶，到哪里都一样。”他侧身从鞍囊中取出一个包裹，抛给黎灿，“这是你的衣物，看你穿上龙袍可像个太子？”

“你知道我要跟着来？”黎灿抖开袍子往身上披。

“多备一个包裹也不碍事。”辟邪道，“你又如何知道在此等我？”

“昨天夜里听说你呕血不止，确诊肺疾，分开看管，我便知今日定有举动。因此直接去御驾前问明，赶到这里等你。果然今日你活蹦乱跳地来了，哪里像一个重病的人？如此全军皆知你肺病被看管起来，既不会出去走动，也不会有人探视，你自己却溜了出来，着实便宜得紧。”

“装病最是方便，从前想在宫里偷个懒儿，什么花样都耍过，这个不过小菜一碟罢了。”辟邪只是笑，在晨曦中容颜胜雪，一贯的从容安静，那热症之象早已消退不见，而呼吸清朗，没有半分咳喘之兆。

“你不拖累我就好。”黎灿牵过自己的马来，飘身坐在鞍上。

辟邪望着他无可奈何叹了口气：“那日我好话说尽，后来回想，才知道自己错了，你这人又何时听过好话呢？因此今日告诉你，凡事自己小心，若你有难，我可不会不顾性命之忧施以援手。我早已劝过你，你现在回头一样来得及。”

“回头？”黎灿讶然而笑，“我此刻只是想，走得越远，便能忘得更快罢了。”

辟邪垂目想了想，叹道：“果真如此，真是太好了。”

黎灿兜转马头，与辟邪并骑而立，问道：“这时不妨告诉我此行何处，我也好准备着。”

“由此翻越雪山。”辟邪用几乎是透明的手指指着几乎是透明的雪山之巅，“渡白原河，再向西疾驰一整日。那就是……”

“均成王帐。”黎灿慢慢道。

“均成王帐。”辟邪绽开锋利的笑容。

四十二

竭给

努西阿渡口以东的这纵雪山自努西阿河始，向北起伏连绵八十里。自征战以来，凡能行军之处，早被两国兵马对峙占据，若要翻越雪山，须向东行五十里，择一条险峻道路转而北行。然而此间又有洪州军的暗哨，辟邪与黎灿却绝不愿洪定国得知行踪，因此行程更要向东蜿蜒，而每向东去一步，山势就更为险峻一分，其险不在翻越路程之漫长，不在冰雪覆盖之广袤，而是主峰季牧峰峭壁直立，高耸百丈；即便翻过季牧峰，悬崖之下便是一条深涧，黝黑不可见底。是交战两国人尽皆知的天堑，莫道骑兵，就是武功高强的探子，也不曾有传闻越过。

自辟邪与均成王帐通信谍报以来，自有一路于季牧峰传递，然都在深涧两岸，以弩箭绳索传递书信，从未有人涉险越过深涧。

黎灿虽原任职梧州游击，却因养父是征北大将军司马，自小耳濡目染，对北方边防熟悉不过，与其说踌躇此行艰难不啻登天，倒不如说好奇辟邪如何渡过那让人闻风丧胆的深涧。

两骑择山路蜿蜒而行，先于地势稍缓之处向东尽力疾驰，清晨北方的冷风“呼啦啦”迎面吹得人睁不开眼睛，然而不久丽日高升，山风都被阳光融化了似的，整座雪峰，若非错落的马蹄声，竟是能寂静得令人耳朵都微微发痛起来。此时路程远在雪线之下，一路青草铺地密林连绵，比之连营里人头攒动、灰尘漫天、嘈杂盈耳，这开阔静谧的气象，令人感叹仿若隔世。

毕竟仍是交战的国界，为防备两国在此的暗哨，两人在开阔处不敢过多赶路，只得尽量于林中行走，万不得已才顶着明丽的阳光疾驰。

如此时疾时徐行了两个时辰，黎灿的马轻快，竟将辟邪一人一骑抛开了不少，他在树影浓密的地方下了马，整备鞍辔等着，过了有一会儿，才见辟邪的马吃力地小跑来。辟邪见他扬手招呼，勒住马，一边跳下来笑道：“我这马也需歇一下。”一边自马鞍后卸下一只沉重的包袱，“咚”地搁在地上。

那马原来已四腿微微发抖，此时释了重负，摇头摆尾地在旁高兴，辟邪则从怀中取出地图，来到树林边目测地势，对黎灿道：“日落之前，必要翻过眼前的山岭，下到对面的山谷里方可。”

黎灿也凑过来看了看地图，笑道："这么走法，却有些难了。多半是你的马负重太多，一定是你最近养尊处优，敦实了不少吧。"

辟邪也是笑："我须分你一些行李。"

两人吃了些干粮，将辟邪马上的口粮行李等均挪到黎灿马上，仅剩那个沉重包袱仍让辟邪的坐骑负了。黎灿飘身上了马，笑道："皇城里做事的，就是小家子气，要紧的东西舍不得离身，还是信不过人。"

辟邪道："不是不放心交给你，倒是我的马鞍上特制了安放那东西的托架，放得稳当罢了。"

两人因怕耽误行程，之后上坡的道路以免马匹负重，均下马步行，日头还高时，就已登至山岭顶端。眼前是沉沉的松林，每一具挺拔的躯干，都有高耸入云的精神，林间除了风穿行的飒飒声，便只让人平生隔绝于世的渺小。

下坡的道路险峻，两匹马都是踌躇不前，被黎灿甩着鞭子催促，才勉强试探道路下行。黎灿一边牵着马前头走着，一边擦着头上的汗。辟邪却在山阴的冷风里微微打了个寒噤，在松林的缝隙里望了望天色，蹙眉盘算行程。

"怎么，着急了？"黎灿回头望见了，问，"就算是担心，还是这些路要走。"

"你说的有理。"辟邪道，"只是再过一个时辰，就有屈射巡山的人从这面坡上经过，万不能被撞见。"

黎灿苦笑道："六爷，这些要紧的话要早说。"

辟邪笑道："可惜如你所说，就算是担心，路程还在那里，现在除了赶紧，真正没有别的办法。"

他听着黎灿的抱怨，笑嘻嘻地跟着他蹒跚走过崎岖山路，傍晚时分才从林间出来，眼前山势缓缓向峡谷倾去，西斜的阳光从山岭间透来，正照在雪山间一潭天池上。雪峰在金色的斑斓中沉浸着，在拍着岸石的涛声中岿然不动，粼粼水波中央是三座小小的石岛，正是雪山间的雁雀归巢的时候，岛上白色的一大片熙熙攘攘，是雁儿互相摩挲着头颈，欢愉无限。

马儿们似乎知道前方就是休憩之处，负着主人，顺着缓坡轻快地向那明镜跑去。到了湖边时，天色将暗，加之再向前行已无可宿营之处，两人卸下负重行李，准备在山谷避风处扎下营地。

他二人不刻便在地势高处娴熟地支起帐篷，黎灿伸了个懒腰，却见辟邪已去安顿马匹饮水，抬头见雪峰晶莹依旧，光芒四射，不禁笑了笑。

辟邪将缰绳扔在马背上，卸下水囊，问："笑什么？"

"看那个高峰。"黎灿向季牧峰撇了撇嘴，"这才走了一天，我就不免在想，到底为什么要跟着你来蹚这趟浑水。"

"是啊，我也觉得奇怪。要说在京营里，以好吃懒做这项你最为出类拔萃……"

"好吃懒做就罢了。"黎灿摆了摆手，"最要紧就是喜欢和狐朋狗友吃酒聊天。你这半天话也没说上三句，早知道你是这种闷葫芦一个，我就不出来了。"

辟邪想了想，一瞬的静默。

在这被夜风吹得空然作响的山谷，忽然人马俱寂，不免要疑虑自己是否正存在其中似的。

"和你闲聊什么呢？"辟邪微微笑着问，"我能说的，都是宫闱里的闲事，不是哪个娘娘在吃醋，就是哪个大太监在外面买了房子小妾，你要听吗？"

黎灿掰开一块口粮扔进嘴里，倚着树干，望着他"嘿嘿"地笑："看你扎营饮马的样子，老实说，你从前做什么的？"

辟邪拍拍身上的尘土走过来，道："我这个身份，自然从小就进宫了，之前能做什么？"

"你家从前也是胡人？"

辟邪拿过干粮袋子来，笑道："这个'也'字问得好。"

"晚上要冷了。"黎灿从背囊里拽出酒囊，先递给辟邪，"不敢生火，你喝口酒便暖了好睡觉。"

"不敢喝。"辟邪叹了口气，"太医说不可以。"

"像真的病了似的。"黎灿埋怨了一句，自己灌下两大口酒去。

他却也不敢多饮，待心口觉得有些暖气，便在冷风里搓着手把马拴了。等回到帐篷里，辟邪已经裹着裘衣和衣而卧。

黎灿便也蹬了靴子，倒头就睡。

"通常不是该有人守夜的吗？"辟邪闭着眼睛问。

"我醉了。"黎灿打了个哈欠。

辟邪依旧闭着眼睛，语声渐轻，仿佛就要睡着似的："你主将知道你酒醉该当如何？"

"我主将前日罚我监禁一月，我此时应当在京营中禁闭，身处此地，一定是我在做梦。"

辟邪当是有些笑声的，却因清淡若无，立时淹没在"呼啦啦"吹着帐篷作响的山风里。

黎灿裹紧了裘衣："这风也太急了。"他顿了顿，却觉辟邪没有半点回应，转头看时，京营主将已呼吸匀净，早入酣睡。黎灿"嘿"了一声："你的差事你不担着，我也犯不着半夜里担惊受怕。"

他放心大胆仰面朝天地睡去，一日劳累，竟然无梦，只有帐外的冷风夜歌般不住呼啸。大概是中夜之际，却有一声断断续续的马嘶透入耳中——怕是巡山的屈射人就在左近——他强挣了挣身子一骨碌坐起身来，要细细地听时，只觉旁边的辟邪翻了个身。

“在山谷南边的岭上，远得很呢。他们嫌水边风大，从不下来宿营。”辟邪道，“我们明日早些启程就是了。”

“是。”黎灿放心躺好，才觉自己说话的腔调竟真的在应对主将般，一时后悔不迭，咕哝了一声，才继续睡了。

如此睡得哪能安稳，就觉才不多久，身周便有动静，警觉伸出手来，握到一只冰凉的手腕。

辟邪在黑暗中轻声道：“原是要叫醒你。”

黎灿这才放脱了他的手，叹了口气滚起身来。辟邪已经掀开帐篷准备启程，看着外面黑沉沉一片，黎灿笑道：“这可到了明日了？还是半夜吧！”

他们摸黑让马衔了嚼子不予出声，又裹了马蹄，单调的湖水涛声将马蹄声遮盖去，连行路的人也会以为自己只是在圆月边飘行着。

悄寂绕过月光下银白色的天池之后，便是无尽上山的道路，先是嶙峋的怪石堆砌的五六里陡坡，马匹已全做负重之用，两人在昏暗中摸索前路，牵着马深一脚浅一脚地艰难上行。

“瞧。”黎灿低声呼唤辟邪，向山顶抬了抬下巴。原来日出喷薄，两边山顶已被染成绯红。想到身处山阳，不久日光照来，身周明亮，只怕更是容易被人察觉。好在再向上行二三里，又是密林，辟邪向他点了点头，催促马匹快行，好歹赶在天亮之前躲入林中。

黎灿在树影里显然是松了口气，漆黑的眉毛飞扬着，兴致高涨地在林间轻轻甩着鞭子。

“要是就这样放马去，也是不错。”他没来由地笑道。

辟邪叹了口气：“你没这个命。”

“啊，对。”黎灿笑道，“我是要在北方称王的人。”

——再说下去就是自寻烦恼，辟邪将头上的皮帽子使劲向下拽了拽，自欺地遮住耳朵。黎灿望见了，“呵呵”笑出声来。

林中的飞鸟此时也醒了，“噗啦啦”追逐着向阳光飞去。两人抬头看着，忽有些忧虑。

“寻个地方让马歇歇。”辟邪道。

黎灿心领神会，再走不多远，见山崖上有一块磐石光秃秃的，便指给辟邪看。两人在林子里卸下行李拴了马，辟邪纵身攀住峭壁向上纵身，几个起落，轻轻落在石上，手搭在额前挡住阳光，向山谷中一汪碧蓝的湖水望去。

与夜色下的沉静不同，湖面上此时生机勃勃，雪一般的白雁挤在湖面上捕食寒潭中肥嫩的鱼儿，落在雪山的倒影中，似乎一朵朵的白云飘在山腰里。不知道是什么惊动了它们的栖息，一瞬间的工夫，从岸边到湖心，白雁群群惊飞又懒洋洋落回水里，白翅反射着阳光，好像温柔的云朵当真飞卷起来。

"像是有人沿着湖边跟过来了。"黎灿也攀了上来，在辟邪的身边道。

"你说的不错。"辟邪道，"这处天池以上，毕竟不宜行军，因此巡哨暗哨，无论屈射还是洪州军都只是奉命看顾雪线以下的道路，极少过得湖来，他们若循岸边追踪过来，只怕已看到我们行走的踪迹。"

加紧行路甩开匈奴人才是当务之急，两人无暇休息，下得山石解开缰绳，牵着马继续前行，饥渴时只是边走边胡乱吃些干粮，连马匹累了，也不敢稍歇，如此又走了十里开外，一纵雪线就在头顶上，风却陡然大了起来。山尖上的积雪被大风吹得顺风飞扬而去，仿若飙急翻滚的云雾，又在锋利的顶峰被劈为两半，翻翻滚滚在阳光里被风挟着乱飞，抽在人脸上，煞是疼痛。

这时从密林中出来，仿佛裸着胸膛迎着刀锋般锐利的严寒，低头用衣物捂住口鼻，仍觉得冰凉的空气往喉咙里烈酒般灌入，刺得生疼。连黎灿也不敢说话了，躲在马身后避着冷风。

天气一旦阴沉下来，日头落得也早了。这么险峻的道路就算是他们两个也不敢摸黑行走。

辟邪牵马走近黎灿身边，依旧捂着脸道："本当在日落之前赶到雪线的，如此只能作罢，今日早歇吧。"

黎灿听了笑道："今晚必定是要下雪的，明早起来，身边一定就是雪线，不算迟。"

说话间大雪就纷纷扬扬下来，一刹那天地皆白，混沌不分。他们这会儿在山石间找了一块凹陷的缝隙，竟难得是背着来路，料想更被层层树枝挡着，不会为匈奴巡哨望见，两人冷得狠了，横下心来生了一小堆火，将积雪融化煮沸。

好不容易喝了口热水，黎灿便坐不住，搓着手掌起身从挡住风的帘子底下爬了出去。外面伫立在风雪里的两匹马不满地打着哆嗦，尤其是黎灿的马匹，本就不是耐寒冷擅攀登的种，今日雪下来之后似乎扭伤了踝子，一直不安地打着响鼻，在原地不自在地抬着蹄子。

黎灿捞起它的蹄子看了看，摇了摇头。火光虽然微弱，但还是能看清马匹旁边堆着的行李。辟邪坐骑驮着的包袱已经大半埋在雪里。黎灿怕雪水浸坏了里面的东西，伸手想换个放置的地方。

“咚。”

——竟是这么重的。

黎灿一把勉强提得离地，便落回远处。

“不碍的，不用管它。”

背后是辟邪少有的冰冷的语声，吓了黎灿一跳，回过头来，看见辟邪挑开帘子正往外看，他依旧毫不懈怠地裹住口鼻，只有眼睛被火光照得明亮，竟不是那温暖的颜色，仿佛被语声浸透了一样地冰冷。

“这马不行了。”黎灿叹了口气。

“你看着办。”辟邪歉意地笑笑，放下帘子又躲了回去。

旁边是无人可及的深涧，没有更合适的地方了。黎灿把马牵到悬崖旁的树边拴了，摸了摸战马温暖的皮毛，出了一会儿神，方从腰里拽出匕首来，一击便斩断马颈处的脊骨。那马儿无声无息地倒下，黎灿往深涧里放尽了马血，俯下身利索地割下两块马鬃肉，又切了马腹的肥肉来，才将马尸推入崖下。

山风真是咆哮得吓人，硕大马尸掉入崖下，竟然声息皆无。黎灿用雪擦了手，才提着几块马肉回来，钻到帘子里放在火上慢慢烤，肥肉滴下的油脂在火里“嗞啦嗞啦”地响着，顶头上司在一边蜷着身了等着分食。“呵呵。”这样的祥和太过诡异，让黎灿嗤笑起来。

他们蜷缩一夜，风雪呼啸中盘算着明日路程的艰险，然而到了清晨，发现帘子外面的积雪已齐膝深，松林亦被埋没看不出原貌，原本若隐若现的登峰道路更是无迹可寻，才知道后面道路凶险远超预料。

辟邪从包裹里拿出白色的斗篷，披在昨晚裹在身上御寒的裘衣外仰头望着顶峰。洁白天地映照的阳光也是冰色的，黎灿望着他比雪峰更是冷定的侧脸，笑了笑——本是毋庸置疑，何以总在揣测辟邪渡过这顶峰的机会几何？

“就是今日了。”他不禁脱口而出。

“正是的。”辟邪将目光从峰顶挪开，静静投在黎灿脸上。

就像是昨晚抽在脸上的风雪，黎灿一瞬间竟有要躲闪的怯意，似乎濒死时刹那灵台清明，顿然领悟此时应对不佳，便有性命之虞。只是这若有若无的平静杀意太过莫名，他的无赖本色还是占了上风，笑嘻嘻道：“什么？”

辟邪依旧认真想着什么，目光有些空洞地透过他，望着来时的陡坡。

“他们来得好快。”他忽然道。

黎灿微微一怔，也回头去看。来路上的林间鸟群惊飞，大概是距此半日的路程。

“他们昨晚在山下没有遭遇大雪，轻骑追来，当是比我们快些。”

他们忙用积雪将昨晚宿营的痕迹掩埋，只负了一天的口粮，让坐骑驮了那沉重的包袱，踏破齐膝的雪地，继续向上跋涉。

树梢上的积雪被惊动，扑簌簌随着他们的脚步纷纷掉落，整堆儿砸下，打得人抬不起头来。黎灿捡了一根被雪压塌的松枝殿后，将雪扫在自己一行人的脚印上，掩盖行踪。如此行程虽慢，怎奈此行最要紧的是‘机密’二字，容不得半点疏忽。两人仗着这半天领先，只希望有些侥幸，待后面的屈射人到了此处没有半点头绪，顾虑险峰深雪，宁愿无功而返。

不久树木绝迹，一目了然的都是冰冷岩石上的冰冷冻川，连空气也冻结了似的，马匹“呼哧哧”喷出的白气只是静静消散，走出林子之初，尚平缓的山势渐渐陡峭，那马匹固然比之黎灿的马擅攀，此时却连连跌滑，连站也站不稳了。

“且住。”辟邪终于叹了口气，道，“再勉强不得了。”

深涧一直在左近若即若离，待又见悬崖时，两人牵着马向峭壁边上走去。辟邪将马鞍上的包袱解下，放在一边。黎灿知道他的忌讳，对此不闻不问，只是将马匹拉过，走去崖边利落地处置了。等他回转，见辟邪已然将那包袱背在身上，不免大惊道：“你打算一个人背这个包袱吗？”

辟邪笑道：“你倒是提醒我在点子上，不如你来？”

黎灿忙摆手道：“我主将特嘱我不必管它。”

辟邪将包袱向上颠了颠，左右各拽出六道牛皮带子，用环扣交错在胸前系住，这才算结实背住了，他举目向峰顶望了望：“你道我是为什么带你同行的？自有你出劳役的时候。”

虽没有马匹负重，但两人脚程却快得多，加之山石愈发陡峭，积雪反倒浅了，因此登得甚快，不一会儿再无道路可言，山崖笔直立在眼前，虽无积雪，却只容两人贴着岩壁手足并用攀爬。

越是在此处耽搁越是消耗体力，两人深知其中利害，往着上方一块容得落脚的岩石，悉展轻身功夫，尽快向其攀登。

辟邪虽然负重，却丝毫不让黎灿，十丈高的峭壁，一只白鹤般轻捷舒展而上。黎灿先登上那块岩石，才刚站住脚，辟邪已然赶到。黎灿伸出手将他拽上来，两人在狭小的平石上并肩而立。辟邪也不多语，将胸前牛皮带子的扣子悉数解开，将包袱交到黎灿的手上。

“该你了。”

黎灿咕哝一声接过来背了，扭头望望上面的去路，到能够稍歇片刻的去处，大概能有二十丈高，却比刚才的地势要缓和不少。他知道辟邪的善意，也不会在意是不是被人低估了本事，欣然自得地占了这个大便宜。

他比辟邪雄健许多，背着这包袱也未必觉得多么为难，怎奈辟邪脱了负重，更是轻捷如风。探路时仰望到的就是青天，而白衣的同伴烟雾般盘旋向天际飞升，多少让他有些俗人的感慨。

到能歇足的地方，辟邪已然等了一会儿，示意他解下包袱，指着山崖下道："你不觉得他们来得太快了些吗？"

连黎灿也是变色，虽然只能隐隐约约看到几个黑影，但在雪地上煞是显眼，那些紧追不舍的屈射巡哨执着地从密林中追了出来，似乎将马匹装备都留在了林子里，轻身追击，又不必瞻前顾后隐藏足迹，因此行得甚快。

"咱们落下什么踪迹了吗？"黎灿疑惑道。

辟邪摇摇头："不会。"他此时亦有些忧心忡忡，道，"多半只是循着直觉追来，反倒叫人放心不下，若真的执拗上了，一定是会跟到底的。"

"这世上若是懒人多些，不知道要消停多少。"黎灿苦笑。

"唉……"身旁的辟邪重重地叹了口气。不知道是为了这急来的追兵，还是对世人勤于自扰的无奈。

黎灿望着他将包袱又背在身上，未免也替他觉得辛苦，霎时想到若以勤快论，眼前这人恐怕世上屈指可数，未必有人像他这般爱自找麻烦的，不由得无声大笑了起来。

日头渐渐偏西，两人又交替背了两回包袱，越是上行，空气越是冰冷稀薄，让人呼吸愈发急促。而这段悬崖却最是难行，直耸二十余丈，不见一点能落脚之处，辟邪背着包袱，到途中似已力竭，攀住崖壁低头默默调息。

黎灿见状甚是忧虑，也停下问："如何？"

辟邪无暇答话，摇了摇头，从腰间拽出石锥，凿入崖壁内，总算解脱了麻木僵硬的手指，能以石锥助力，足有可登之处，这才勉强继续攀登。

黎灿抢先到了落脚的地方，俯下身来尽量伸长手臂，待辟邪靠近，一把抓住他的手腕，将他奋力提了上来。辟邪手指发抖，半晌才解开胸前的扣子，然后滚到一边，只是仰面朝天躺着，忙着从嘴唇间透出青白的呼吸。

"呵！"黎灿俯首向下看清了来路，稍有不慎，这笔直的山崖就是送命之处，他后怕地呼了口气，伸手要提起包袱准备出发，"不如一鼓作气……"

辟邪却摆了摆手，仰起身来盘腿坐了，道：“不是勉强的时候，我要稍歇歇。”

——又是急速转成冰塑般的雪白，像是支撑着身体的从来不是血肉，一旦危急时刻那些肉体凡胎的假象便冰释而去，只剩下本有的淡冷精神——每到这时便不由得让人忧虑他是否还真真正正地活着，黎灿亦不例外地盯着他多看了两眼。

辟邪只是闭目默默运行真气平和体内奔腾紊乱的内力，不久脖颈上勃勃的心跳安静下来，慢得极不寻常，连呼出的气息也是透明，应是比四周的空气更冰冷些。

黎灿也不知道此时应该松一口气还是更应担忧，爽性转过目光，掏出酒壶来灌了一大口酒，一边站在悬崖边探头向下观望。正是日落之前山阳最后明亮的光景，雪地在夕阳下如珍宝般熠熠生辉，其间斑驳的一点，已能看清是四条身影，在悬崖险路前踌躇。而绝壁之上，似有黑影起伏，黎灿一瞬间以为是筑巢其中的黑鹰，待他蹙眉眯着眼再仔细看时，却是一条轻盈攀登的人影。

黎灿赶忙缩回身子，细细回想那人攀登时的身法，竟然武功高强，内力充沛，颇有余裕，若要追上他们，也是眼前的事。

黎灿忙回头想催促辟邪快行，却见辟邪依旧磐石般不动，连嘴唇都渐渐白得透明，实不知他的内力催动到什么要紧的关头，不敢妄自惊动，便自身边地上捡起一块小石子扣在手心，盘算方位风力。攀登这样的危崖，失手摔落并非奇事，若对方着实接近，只得出此下策将他暗算了事，就算崖下的四人生疑，一时也无实据。

“你暗器功夫不行，成不得事的。”辟邪此刻缓过了气息，揶揄道。

黎灿冷笑道：“少说风凉话，就是你在这里耽搁，他们追上来了。”

辟邪起身走了过来，此刻面上的冰雪之色稍和，方有暇一般地向黎灿所指的人影看了看，摇了摇头道：“这人武功很高啊。说他跌下悬崖摔死，未必有人坚信。除了抢先过涧，别无上策。”

黎灿唉声叹气地提起那包袱背起，向着渐渐滴红的雪峰抬了抬下巴：“你可跟好了。”

此地以上的路程却远不如适才险恶，地势稍和之处，积雪虽厚，却已有一尺多宽的山脊，其后便是山阴，之下是令人闻之色变的无尽深涧。这天堑对面的顶峰此刻光华夺目，近在咫尺；身周即是青天浮云，白雪在最后的阳光下悠悠融化飞升，静静的是摩天的仙境。辟邪带路在前，迟迟不曾越过那山脊。黎灿忧虑后面的追兵，一边揣测辟邪的用意，一边不时回首提防来者。

他如此瞻前顾后，辟邪却仿若不知，只是低头专注在路上，忽然站住，抬手止住黎灿，俯下身以指尖微触脚边的岩石。黎灿也一样低头细看，原来面前的一块山脊，被刀削般截断，光滑如镜的断面上，是三道深达寸许的沟痕，虽一望而知是人工斧凿，却因干净利落必是一击而至，依旧叫人咋舌那出手之人功力高强。

“就是此处，稍等。”辟邪只说了这一句，便自山脊上一掠而过。

黎灿被他干脆甩在山峰这边，望着他的背影一瞬间消失在山脊之下，不禁苦笑，将背上的包袱颠了颠，正要试探越过山脊，辟邪却已飘身回来，向他伸出手掌，道：“底下便是落脚之处，只是这里翻过去就是一段两丈高的悬崖，你小心了。”

“怎么小心？”黎灿倒是被他说得一怔。

辟邪已一把抓住他的手掌，奋力一提，将他高挑身躯轻飘飘拽过山脊，悠下悬崖。黎灿身子悬空，向下望去，幽暗的一片，勉强能看见一块凸出的岩石，六七尺见方，应能容两人站立。

辟邪当是自上方尽量俯身垂下了手臂，黎灿此时距那岩石不过一丈之遥，向着辟邪点了点头。辟邪方松开了手，让黎灿从容落在岩石上，而他自己紧跟着无声飘落在黎灿身边，向面前的深涧里望了望。

身在此处，才知道之前对天堑的想象都是虚妄，这时日头已然西沉，红光劈入峡谷，照亮了对面直立的峭壁，却穿不透脚下沉沉幽深，深涧里呜咽盘旋的只是黑暗，不知是沉沉怨魂纠结在第几层地狱，脱困不得，只能借阴风凄厉地在旅人耳边尖啸。

辟邪用脚扫开岩石上零星的积雪和碎石，石块落入深涧中，竟没有半分着底的动静。两人面面相觑，都抽了口气。

“现在如何？”黎灿望着对面七八丈开外的峭壁，又看看两人，除了这件装满金银的包袱，可说身无长物。他因此笑道：“难道现在开始修习御剑飞行吗？我身边还有软剑一柄，而你嘛，似乎只有匕首随身？老实说，我就算自负，也没有自信在饿死之前能修得这门绝技。”

辟邪被他逗得笑了，笑容被这里的幽深浸透了似的，比往日黑暗。“解下包袱。”他道，从黎灿手上接过包袱，扯去包袱皮，原来里面是一只牛皮缝制的背囊。他将背囊平放在地，慢慢打开平铺在地上，只见牛皮背囊内缝着多个口袋，其中并非黎灿猜测的金银珠宝，而是几件沉重的乌钢器械，虽有一支带锥头的短枪，却着实不能将其联想成什么可持的兵器；另有一卷钢丝编织而成的细绳，不过筷子粗细，但估算长度，足够跨越深涧，这便难怪背囊如此沉重。

辟邪就着最后一点阳光，从背囊中将那些奇形怪状的器件取出，熟练装配在一处，不一会儿便攒成一件三足支架。他手持支架在岩石上细看，寻到平整合适之处，用力在地上一顿，听得机簧“叮”的一声之后，岩石跟着“噗”地一响，好像被利器击碎，再去晃动那支架时，已纹丝不动，牢牢生在地上。

黎灿顿时领悟：应是以那短枪牵动钢绳射入对面山崖中，便可于天堑之上平生飞桥，即便是纤细如斯的钢绳一线，对高手来说，已是足够。眼前的支架当是在深涧以南牵住钢绳，只是那短枪之前的四棱锥也甚是单薄，即便顺利钉入山岩，未必能承受住两人的重量——除非是传说中的……

黎灿心中这个念头忽地闪过，顿时惊出了一身冷汗。那是这几朝来最忌讳的话题——当年那件兵器出世，便杀人无数，其后刀枪俱偃，又为这件兵器死了千万的人。军中大有不羁的良将引为好友，酒后放胆才敢议论一声，便会被人制止，虽然口口相传的名声赫赫，然而真正见过的人早已死绝。

黎灿想到这里忙挪开了目光，静悄悄向岩壁靠去，直到感觉后背贴住了坚实的岩石，才勉力无声地透了口气。回想清晨辟邪决绝的神色，只是庆幸自己懵懂之下还能幸存至今，他望着辟邪的背影，不自觉地伸手按住了软剑的剑柄，心脏“咚咚”震得自己耳朵生疼。

这不祥之兵若不慎落入敌手，即是自毁长城，辟邪何等缜密之人，为何如此行险——黎灿摇了摇头——可见此去敌地，定与此战的结局有莫大的关系，若非关系中原气数，何以连这等禁忌之物也敢携往匈奴国土？

他心思飞转，辟邪却已站起身来，似乎已经确定了方位，右足踩住地上的机关，那支短枪不知从何处拖着钢绳呼啸而出，“叮”地射入对面崖壁上，直直没入，距顶峰不过一二尺，若能顺着钢绳攀过，一跃而上便能登顶。辟邪却没有急着动身，稍等了片刻，才听崖壁内沉沉金属相击的声音，峡谷内“嗡嗡”的风声回应，令辟邪蹙眉回首向身后悬崖顶上看了看，确信暂时无虞，才又俯身摇动绞盘，将钢绳绷直。他飘身立于钢绳之上，用足尖踩了踩，最后满意地舒了口气，道：“你先上吧。”

“我？”黎灿按着剑柄苦笑。

辟邪星辰般的目光流转在他脸上，抿着嘴等着他下面的话。

太过空灵的眼神，饶是黎灿，也读不出什么，他硬着头皮上前，一样用脚踩了踩那根钢绳，辟邪在一边笑道：“你当真准备沿绳子走过去？”

“嗯？”黎灿心不在焉地扭头看着他。

辟邪耐心道：“山涧里的风实在太大，不如攀过去吧。”

黎灿恍然：“对。”

辟邪的目光依旧无尘，黎灿几乎能在他的眸子里看清自己踌躇的面容，一瞬间不由得嗤笑自己的患得患失，“哼”地冷笑了一声，俯下身捞住那钢绳，飘身向深涧中荡去。

黎灿先是惊奇于足底涌上来的风力，连身子也似乎变轻了般，并非如预想那般艰难；且若能看清这天堑无尽的深渊，原当手足俱废，魂魄皆摇，而身周都是黑暗，只有头顶黛色的天空微明，反倒好行。绳子微微一沉，原来是辟邪也攀住钢绳，凌空追来。黎灿稍觉安心，双手交替抓住钢绳快速前行，不刻便至深涧正中。此处的风却紊乱飚急，将中原名将的身躯玩笑般摇动着，风铃似的在空中飘荡，黎灿稳住心神，提起内气，不求快行，抢在风势稍和的一瞬向前连攀多次，竟顺利地靠近对面崖壁。他放心了大半，忍不住扭头去看辟邪，只见京营主将身子太过轻盈，竟被风吹得如同线上的风筝，飘摇欲去，不免好笑。然这回望间，却瞥见来时南边峰顶上黑影一闪，一条健硕人影一跃而至，稳稳站在青天里，正俯瞰深涧的动静。

“辟邪！”

黎灿不禁急呼。

辟邪顺着他的目光扭头去看——即便夜色覆盖，仍能看清辟邪蹙起的眉峰，旋即便是空落落全无着力，钢绳似乎就此绷断，黎灿便跟着向深涧落去。

黎灿双掌发力，一瞬紧握钢绳，缓住身子下落之势，手掌因摩擦立时磨破，血肉炮烙般疼痛。吃痛“哼”的一声间，更向下滑了一丈开外，身子撞在轻飘飘的一具身体上，他心中吃了一惊，暗叫糟糕，却无法刹住去势，和底下的人撞了个结实。这记冲撞令他再也无法握住钢绳，松脱了手指，向深涧直坠。

“啪。”

——未等他有机会生出万念俱灰的恐惧，一只冰凉的手稳稳抓住他的手腕，一瞬间两人已撞上对面崖壁。黎灿在自己急促的呼吸声中听到肩胛骨碎裂的轻响。“倒霉。”他吃痛地抽了口气，暗自诅咒，而辟邪的手指依旧坚定有力，不曾稍有放松，黑暗中感到两人缓缓下滑大概一丈有余，最后终于刹住下坠之势。

辟邪半空稍稍停了片刻，似乎是寻到了立足之处，将黎灿的身子慢慢悠起，甩至不远处一块稍稍凸出的岩石上，见黎灿已站稳身形，自己才荡身过来，待黎灿伸出手臂抓住他的身子，却忽地脱力，颓然摔在黎灿双臂间。

黎灿被撞得倒退一步，四周都是沉沉暗色深渊，他知道些微踏错便万劫不复，因此不敢更有妄动，只是硬生生接住，这一瞬肩胛痛得似乎将他自内向外撕裂了开来，他咬牙吞回呼痛之声，用发抖的双臂撑住辟邪的身体。

“辟邪，你还好？”黎灿低声问道。

黑暗里没有半点回声。

黎灿只得先用足尖在身周慢慢移动，触到的实地不过三尺见方，却也足够将辟邪靠着石壁放下。他探到辟邪的脸颊，轻触之下却是冰冷的。他微透了一口气，稳住怦怦乱奔的心跳，伸出尚在颤抖的手指去探辟邪的鼻息——虽然紊乱虚弱，却不见得有大碍。

他心下稍安，却不知道辟邪究竟是伤是病，恐他有失血不止的伤处，忙出手在他身上细细摸索，却未察觉渗血的伤处，正踌躇间忽觉颈间一凉，锋利的匕首横在自己咽喉要害，听得辟邪艰难却冰冷的声音道："放开手。"

"是、是、是。"黎灿缩回手来道，"我不动就是了。"

辟邪睁开的双目在黑暗中倒像是唯一的萤光，晶亮却有些虚弱，在黎灿脸上闪烁半晌，才轻声问道："黎灿？"

"是。"黎灿哭笑不得，忙答应道。

"对不住。"辟邪勉力笑道，"可刺伤了你？"

黎灿苦笑道："倒是没有，反要问问你，哪里受伤见血了吗？"

"应该没有。"辟邪说话的声音也有些发抖，"只是最后又行岔了气。"

"可挪动吗？"

辟邪尽力喘了口气，却已无力答应。

黎灿蹙眉想了想，最后微笑道："此刻刚入夜，最早也须待天色微明方能再行，就算要将内力精修一个层次，时间也是宽裕得很。我们不妨等你真气顺行了再做打算？"

仿佛是见辟邪微微点了点头，黎灿才翻身坐在辟邪身边。辟邪处裘衣窸窸窣窣，显然是勉力坐起身来。黎灿小心翼翼挪动数寸，只为多空出些地方给辟邪，右肩后的伤处此刻便开始隐隐作痛起来，他不敢多做妄动，仔细摸索肩胛，似乎没有断裂移位之虞，他心中稍安，从腰里摸出酒壶，喝了几大口，又倒了些在手心里，龇牙忍着疼痛，将伤处洗净。

这寒冷肆虐的夜半，他亦不知如何度过，只恐睡去被冻毙，不敢有丝毫懈怠。当务之急是辨明地势，他伏身在地，伸长手臂慢慢试探岩石的边缘，才发现这块凸出的岩石南北宽不过三四尺，东西却是狭长一条有丈余，再向两边摸索，却都是光滑的岩壁，再无落脚之处。

——倒也不坏。

黎灿将裘衣拢紧了，再来看辟邪。才刚靠近便觉比这冷夜更甚的寒气扑面而来，能听得辟邪真气运行时的呼吸甚是急促，令他不免忧虑。他伸手摸到辟邪的手掌，指尖方触到冻岩般的肌肤，便觉自己身内热气源源不断被剥离而去。他大吃一惊，缩回手来。

只这一瞬的暖气就好似助辟邪顺过一口气，当时呼吸便缓和许多。

黎灿靠近辟邪坐下，将辟邪双手攥在掌心之中，自己周行内力，助辟邪真气通行，不过一盏茶的工夫，他便被冻得牙关“咯咯”作响，浑身发抖，不但双掌，甚至双臂都被冻得失去知觉。然而此刻辟邪却突然挣扎着甩脱了黎灿的手。

“不可。”辟邪细若游丝的声音道，“在此处，会冻死你的。”

黎灿苦笑道：“此刻就是一根绳子上的蚂蚱罢了，还说这些？”

辟邪已止住他道：“那点就够了。”

“好。”黎灿抽身退到岩壁边，不停揉搓双手，好不容易指尖方有点微微的刺痛，知道是血脉活通，细细回想才觉得后怕，就算辟邪此时央他相助，他自觉也不敢再次冒险。

这夜真是漫长，黎灿不时喝两口酒活血御寒，不时查看辟邪的状况，因心中焦虑倒不觉困顿，只是想到明日如何脱困就足够烦躁，更觉处地狭小，不堪忍受。

“你扭来扭去的要到几时？”

耳边忽地传来辟邪的有气无力的笑声。

“你好些了吗？”黎灿大喜，一时连反诘也忘了。

“好得多了，再不用一个时辰，定能启程了。”

黎灿仰面向头顶的一线天空仰望，东方天际微露明色，雪峰也能渐渐看得清楚，清冽冽的天色，又是一个晴朗的白日将近。

连夜登峰固然危绝，但因不知对面追来的汉子此时何在又做何打算，等大白日里再启程，颇有暴露行踪之虞。只怕辟邪也是这么想，神色间虽无焦灼，却将内力周行催得甚急——当是不刻又将攀登悬崖登峰。黎灿站起身来，慢慢活动四肢，早做准备，只是右肩依旧疼痛，令他蹙眉连连。

“看那根钢绳。”辟邪终于也缓缓起身，贴着崖壁站稳，在微光中指着垂在不远处的救命绳索，只消攀着绳索就能登上峰顶脱困，原是最方便的办法。

那钢绳距两人所立之处虽有一丈开外，但若攀到凸石的尽头，却是近得多了。黎灿攥攥拳，振作精神，正要动身，却被辟邪拉住衣袖问：“你要做什么？”

黎灿奇道：“我去将绳索拽过来啊。怎么？”

“以你的右臂，实在勉强。”辟邪将他轻轻推到里面，从他身前越过，一边认真看清了钢绳的方位，一边来回搓搓掌心，活动手指。

“你不要说我。”黎灿按住他的肩膀道，“以你现在的内息，能支撑到峰顶吗？”

辟邪回首笑道：“并不似你眼见的那么危急。我的内力调息不过来，原是有其他的道理。”

“罢。”黎灿笑着摆手，道，“主将请先行。”

辟邪点头道：“你在此切勿妄动。”说完便微一蜷身，旋即利箭般射入深渊稀薄的晨曦里，只见他身躯轻展，犹如踏着足底寒风在雪峰间凝成的利刃，笔直向那一线黝黑轻盈蹈去，直到钢绳近前方展臂捞住，身躯带着绳索不住向前飘荡去，一瞬间便自黎灿的视野内消失在白色的雪峰与白色的晨光之间。

“妙极。”

黎灿眼睁睁看着救命的那根稻草转瞬不见，又望望足底无尽的深渊，不禁苦笑。孤身困于绝壁之间的时间过得极慢，他打了个哈欠，一遍遍默念辟邪“切勿妄动”的钧命，忍住素手攀爬悬崖的打算，静静看着天明。

倏然一道黑黢黢的影子从他面前掠过，停在他的足边，原来是那条钢绳从天而降，稳稳静候。黎灿一怔间，钢绳微微又晃了晃，可见峰顶上的人任平时如何淡静如水，此刻也无暇掩饰自己的不耐烦。

黎灿笑了笑，以左臂攀住钢绳，正要沿着攀爬，那钢绳却缓缓上移，将他提了上去。千辛万苦期待逾越的冰雪巅峰不过七八丈之遥，正被阳光照得刺目，最后这一程竟是如此逍遥，黎灿亦有些哭笑不得。而其上拽动钢绳的辟邪依旧用布巾掩着口鼻，正用冰色的眼睛望着他。黎灿速速读出噤声的严命，待接近峰顶时，手足并用一跃而上，无声落在辟邪身旁。只见辟邪不知何时已将钉入崖壁的铁枪起出，连同原先垂在钢绳另一端的三足支架一并置于足边，他以眼色命黎灿藏身在积雪之后，自己向深涧里望了望，将铁枪支架与钢绳一件件缓缓抛入深涧中。

——但愿就此泯灭在黑暗中——那件不祥之物无声堕入深渊，令黎灿长长出了一口气。他稍仰起身，向对面峰顶望去：昨日紧随的汉子不见踪迹，似乎从未存在过，令人怀疑昨日日落之后只是山鬼夜行，荒诞无经。

不知是因为天堑飞渡还是抛却了那要命的负重，辟邪这刻与黎灿一般，心中的惬意轻捷欲飞，竟假以颜色，俯下眼睛向黎灿微笑，未多做停留，向黎灿招招手，便领先飘身向峰下行去。

季牧峰以北山势竟缓和许多，但因此积雪甚厚，寒冷更胜雪峰之阳，冰雪当是亘古未有丝毫消融，积蓄的千年的寒意正肆无忌惮地从衣物的每一处缝隙往身体内渗透。昨夜以来一直未有饮食的二人愈发饥寒交迫，裹紧了裘衣展开身法疾行了一阵，便在雪地中力不从心地缓下行程，耐心蹚开积雪慢慢下行。

眼前的道路依旧沉浸在雪峰青色的阴影中，延绵在雪线之下的密林，此刻如同怒涛翻滚的夜海。无尽的征途令人在疲倦中更添气馁，不久连黎灿也呼吸粗急起来，时不时站住脚步，大口往胸膛中透入冰冷的空气。仿佛连头骨里也被灌人的冷风冻结了，额头有些胀痛，前方由辟邪蹚开的道路也变得模糊起来，他怔了会儿，忽觉得有人扶住了自己的胳膊。

“人们说，雪峰上的山神就是喜欢吃掉人的魂魄，只是不知道他要你满是坏心眼的魂魄做什么？”辟邪在他身旁微微喘着气，轻声道，只是几乎整张面孔都藏在衣服后面，看不出他究竟是揶揄还是忧虑，只是那语气令黎灿不免担忧起来，不自觉地回头去窥探那跟在身后的山神。

辟邪终于笑出了声：“你竟怕了。”

“嗯？”黎灿心不在焉地答了，才猛省自己的迟钝，笑道，“确实是被吃掉了脑子，有一会儿竟觉得主将在好声好气地与我说话。”

辟邪见他依旧有些发怔地望着山下，拍拍他的背心，安慰道：“那些老人都说等下了山，就会好的。”

“不，你看。”黎灿指着刚被阳光照亮的山谷，一道雪白的烟柱正笔直向青天里扶摇，肆无忌惮地将一地的清闲太平向这乱世招摇。

“炊烟？”辟邪也眯起了眼睛，取出地图稍看了看，即道：“那一带就是我们与接应会合之处。你我其实这个时候就当赶到的。”他在冷风里缩了缩脖子，继续前行，“恐怕人已等得急了，走吧。”

好在正如辟邪所说，一旦继续下行，那胸闷脑胀竟慢慢好了许多，只是积雪依旧无垠，湿冷的冰水慢慢渗透衣物，不知道是冰冻还是疲累，双膝以下渐渐麻木，过了许久，两人才路过一块凸起的岩石，见之上落雪不厚，便随便将雪抹了下去，辟邪径直爬在上面喘气。

黎灿歇了半晌，方有气力摸出酒壶在辟邪身边饮了一口，沉默着向山峦四顾，寂寥里终于忍不住道：“竟连你也不行了？我可没觉着这里的山神还缺个在背后算计他的小鬼。”

“山神知我连说话的气力都无，自然不怕我有算计他的余力。”辟邪因休息了一瞬，缓上力来，能多说两句话。

“那会合的山谷——我只觉得全身的力气就够爬到那里，若那地方没有热水热饭，我就死了。”

两人都知万不可在此久留，无奈此刻身心俱疲，一时面面相觑，无人愿意起身继行。忽然眼前一花，白光照目，阳光在这瞬越过雪峰，静谧却炽烈地照在他们肩头。

“啊……”两人都是叹息一声，敞开了身子，让日光摄去胸怀里的寒意。

辟邪笑道：“从前我师傅说过，世上一草一木都与人一样，都是生灵，如此看来，人与草木也是无异，阳光照着，才能活转过来。”

“草木嘛……”黎灿笑，“这个乱世，人哪个不是草木？”

话虽如此，两人却是精神大振。辟邪也壮了胆子捧了两把积雪，放在口中饮了，虽然冻得一个寒噤，依旧觉得颇解干渴。

黎灿先起身，伸出左臂将辟邪拽起来道：“趁这会儿暖洋洋的好走路。”

辟邪看着他不自在的右肩，道：“你这处的伤势自觉如何？”

“这么冷的地方冻得浑身麻木，竟已不晓得了。”黎灿苦笑，“到山下，确要找个大夫看看。”

所谓的饮食疗伤都在那升腾的青烟之下，虽不知凶吉，也能叫人飞蛾扑火般向之飞奔。继行大半个时辰，竟也蹒跚至雪线以下，两人忍住欢喜雀跃，坚持走过一段凸露着黑色岩石的荒原，直到夏季郁郁葱葱的青草和野花踩在两人脚下，和煦的阳光令人再也穿不住厚重的裘衣，这才忙不迭摘去帽子、松开衣襟。年轻人的黑发不久便被日头晒得发烫，鼻尖冒出细汗来，正午的暖意让两人错觉适才的寒冷苦痛只是梦魇。

涉过冰雪消融汇成的溪水之后，便是密林，蓝色的天庭在树叶顶端破碎成明亮闪烁的碎石，如同旅人此时明朗的心情，倒不更添辛苦。穿行了大半个时辰，从林中越出之后就是一片缓向山谷的草地，此时沉浸在午后的阴影里，看来是比本来更深沉的水绿。而谷底真正的河流仍被阳光照着，明晃晃的一条几乎看不到水波。

北岸一座肮脏的灰色帐篷七歪八扭地勉强支持着，随时就要垮倒般，但因被太阳晒得仿若呼呼地冒着热气，倒有一种懒洋洋听天由命的气度，让人忍不住奔去直接扑到帐篷内铺着的兽皮里。

一个穿着邋遢裘衣的汉子坐在帐篷前的草地上，就着面前的火堆，“吧嗒嗒”抽着烟，百无聊赖地望着坡上缓缓下来的人影。待辟邪和黎灿走近了，一边在衣服里摸索叮人的虱子，一边用匈奴话嚷嚷道：“喂！采到没有啊？”

黎灿手按在腰间的软剑之上，默然等着辟邪开口。

辟邪拽下挡住脸的布巾，摇了摇头，走近了些，亦用匈奴话笑着答他：“哪有那么容易！半个也未见到。”

那汉子“嗨”了一声，拍着大腿抱怨道：“昨晚下了一夜的雪，定是埋在雪里了，那可怪你们没往山上走。”

辟邪一边缓缓向岸边走去，一边笑道：“再上去就是齐胸深的雪，要得了那个要不了命。”

他的匈奴话说得字正腔圆，那汉子显然很满意，点点头叹了口气道：“你说的不是没有道理。可惜了，这个时节采不到，今年可就没有了。”

“你的收获如何？”辟邪的靴子触到了河水，方停下脚步，曼声问那一丈开外对岸的汉子。

这时距离已算极近，那汉子一脸乱蓬蓬的虬髯，将原本的相貌遮得几乎不为人所见，压低的帽檐下，目光似乎从夜色里射出，缓慢地从辟邪脸上挪到黎灿身上，上上下下打量了片刻，便汲取了所有的线索般，索然无味地将晶亮的眸子向辟邪转来。

“还不错。”那汉子咧嘴笑了笑，“总比你们强些。”他按着衣襟的右手撩起袍子来，让辟邪清楚地看清膝盖上横卧的一柄出鞘的弯刀以及其上比刀色更寒冷清冽的一朵雪莲。

“那倒未必。”辟邪笑，“却看我的。”他右手探入衣襟中，那汉子立时坐直了些，将手掌放在刀柄之上，直到见辟邪自怀中提出一段丝绦，又被那丝绦尽头一只小小金印反射的阳光刺痛了眼睛，方抬起手来向辟邪招了招。

辟邪知道那是许他过河的意思，正要举步，那汉子却冲黎灿扬了扬下巴：“喂，你呢？”

“我？”黎灿指着自己鼻子一样用匈奴话笑道：“我什么都没有，连肚子都是空空的，你拿得出雪莲花，可一样拿得出烤羊腿吗？”

那汉子怔了怔，继而仰面大笑起来：“有意思，有意思。”他咕哝道，“你是戎翟人。”

黎灿按着软剑的剑柄冷笑道：“如今草原上到处都是戎翟人，有什么好笑。”

“你说的不错。”那汉子打了个哈哈，一边站起身来将弯刀还鞘，一边道，“羊腿虽然没有，昨晚打得一只狐狸，你们吃不吃？”

“有酒就更妙了。”

辟邪和黎灿都舒了口气，正待涉水，那汉子却止住他们道：“莽撞小子！你们往东边再走过去三百步，那边的水浅些。”

黎灿试着探身向河心窥望，如此清冽的河水中却不见河底，大概水深能没过成年汉子的身高，因此忍不住骂道：“别看这厮一脸胡子拉碴的大咧咧模样，当真狡猾得紧。”

辟邪却不知为何竟点了点头，一脸赞许的得色。黎灿“嘿嘿”一笑，也不多言，跟着向下游择浅滩过河，那汉子在帐篷前迎着他们，蹙眉正色道：“你们晚得多了。”

辟邪点头：“前天大雪下来，走不动。”

“也罢。”那汉子叹了口气，“这里便不能多歇了。”他果然从帐篷旁的架子上摘下半只烤熟了的狐狸，架在火上，招呼黎灿与辟邪烤来吃，又端出马奶酒递给二人。

“快吃快吃。”他不住催促，连辟邪起身寻一杯清水，也被他抱怨个不住，自己却一转身，不见了踪影。

辟邪与黎灿二人此时就连饮食都觉得力不从心，要说气势，已是溃不成军，任凭那汉子走远，只是一边忙不迭地撕开狐狸的腿肉往嘴里胡塞，一边面面相觑以眼神不住暗示同伴戒备那汉子的行迹，自己却硬是赖在地上决不肯起身的。

未及吃得三分饱，那汉子便牵着三匹骏骑回来，随便在桩上拴了，从河里舀了一瓢水，全不顾两人还在火边烤着靴子，直截了当泼灭了火，接着麻利收拾了帐篷里的兽皮堆在马背上，招呼两人道："你们还打算赖在这里多久？今晚要赶到白原河呢！"

"是、是。"辟邪忙不迭答应，慢吞吞地套上靴子。

黎灿却抢先将狐狸的残骸和酒壶揣了，这才蹬上靴子，跌跌撞撞过去，拣了一匹看来性子稳当的马翻身而上。那汉子几乎是吆喝着奴隶般的神气十足，跳上马背，喝道："两个懒蛋！走得慢了，耽误了事，看你们怎么交代！走啦！"

他马鞭一响，抢先跃出，辟邪和黎灿上次受人如此呼喝已不知是何年何月，一时哭笑不得，只得紧追。这般疾行并不比雪山攀登轻松多少，那汉子不知疲倦般策马在前疾驰，辟邪、黎灿二人稍有落后便被他不停埋怨。等地势缓处的一段狂奔过去，便是徒步牵着马翻越山岭，看到辟邪与黎灿一副东倒西歪的狼狈模样，那汉子更是不屑地冷嘲热讽。偏偏一个黎灿天生脸皮厚，若清风拂体，置若罔闻；而辟邪却因闻得新鲜匈奴词句，听得煞是高兴，因频频领悟不时微笑颔首。

"你们两个闷葫芦，定是被山神要去了舌头。"那汉子却不气馁，转而嘲笑两人的寡语，将挖苦人的话说得花样百出，新意无穷，直到能再骑上马狂奔，才算怕凉风呛了嗓子，稍作休憩。

向正北方向又翻过两座缓坡，眼前忽然平川千里，自山坡向下俯瞰，一条蜿蜒的长河盘踞在西方无尽的芳草间。

"那就是白原河了。"那汉子的鞭子在夕阳里向斑斓的长河挥舞着。

白原河一带古来便是卢芳放牧生息的故地。此地背倚季牧雪山，与中原鲜有往来，而因水草丰美，却是戎翟与屈射人觊觎多年的草场。卢芳国王却很识时务，早与屈射结盟，才在乱世中保全氏族，很为均成喜欢。现今国王自领族中精兵于均成王帐侍驾，白原河故地只是由国王胞弟查多亲王带着氏族剩余人马与妇孺放牧，是与战场一世之隔的清平之地。

知道今日的宿营地在望，三人将马催得更急，到入夜之际，卢芳的营帐固然尚不可见，而天地混沌，竟连地势前路都难以辨别。就在心中焦急欲语时，前方隐隐似有一点萤光微闪，旋即两点三点一丛丛延烧，当是在河水涛声比邻之处，一线灯火默默静候。

那汉子转过脸来对两人笑道："这回可好，人家的晚饭早就吃过啦。你们两个喝西北风去吧！”

——这是真正的坏消息，黎灿听了似乎连脸都白了。那汉子在夜色里原当看不清黎灿的表情，却一样大笑起来了。

那火烛之色倒在这转瞬间变得更加明亮，与坡上所见不同，夜深时竟愈发辉煌，不似寻常草原百姓家的营帐。

所谓正经差事的开始，便是这刻——前两日里诸多磨难无法与之后的劳神费心相提并论，温暖灯火后的叵测前程比高山冰雪更叫人不寒而栗。

黎灿此时并骑而来，依旧好整以暇对辟邪笑着闲话道：“若真如他所说，我就用最后一口气放火烧了那营地。”

不料那汉子耳目聪明，听见之后怒骂道：“自己耽误行程还想着烧我们营帐，不如现在扔你们在这儿喂狼！”

黎灿只是觉得他气急败坏的语气有趣，忍不住就要大笑，辟邪却已道：“对不住啦！自然是我们饿昏了头。”

那汉子听了，似有些消了气，仍怒道：“口是心非，我稀罕吗？”

黎灿笑道：“不如说这时来了狼，以我们两个饿鬼在此，还不知道谁吃谁呢。”

那汉子倒“嘿嘿”笑了起来，一面一路策马在前，一面扬声道：“小瞧草原上的狼——最后被叼走的还不就是你们这些天天耀武扬威的劣犬？”

夜风带来不远处骑手缓缓呼啸的声音，几点星火正飘浮在夜色里，似乎诱人灵魂的鬼火在不耐烦地招摇。

那汉子勒住马，正色对辟邪、黎灿二人道：“这是接应我们来的。自此你们是我奴婢的身份，吾尊汝卑，一定切记。”

“是，记下了。”辟邪与黎灿都忙正色答应。

于是三人缓下行程，由那汉子领头在前，辟邪、黎灿并骑在后，任马儿优哉游哉前行，不敢呈疾驰之苦。

只转瞬间已能隐约望见跨着骏马的青年们正高举着火把在黑色的草原上徜徉，那汉子清脆响亮地呼哨了一声，那四个青年便大笑着策马迎来。

“急死人了。”领头的青年到得跟前，将手中火把交与手下，上前拉住那汉子的手，“我们还道你遭遇险情，亲王临行之际特嘱我等若过得今日不见你，便务必去山上接应你回转。”

那汉子大笑：“亲王想得周到，却不知道你们都是懒的，哪里肯去山上找我？”他望

了望远处的营地，又道，“难不成亲王已经率亲随人马启程了吗？”

“正是的。”那青年道，“因颇有些辎重，亲贵人马押运礼物，倒是昨天就出发了，亲王等到今日中午，不见你来，才带着轻骑追了去。现今留在这里的就是铁兰妃子。”

那汉子哼了一声：“她不跟着亲王先走，等我做甚？”他扭头又骂辟邪与黎灿道，“都是你们两个懒鬼！磨磨蹭蹭的耽误事！”

辟邪与黎灿知他所说不假，忙低头认罪道：“是、是。”

那青年道：“也不妨的，今夜就轻车启程，一夜间定能追上。”

此时自有那青年的随从执火在前引路，那青年陪着那汉子说笑间向营地归去，听得青年问道：“不知此行收获如何？”

那汉子便又被勾起心头怒火，喝道：“若不是这两个奴才好吃懒做，岂会只采到那两三株？”

“罢、罢。”那青年笑道，“这带山麓太平多年，季牧峰差不多都被采莲人刨平了。若非他们两个自夏初就来，只怕连这几株也不见。”

“老爷子最近也是老糊涂了，爱使这等蠢材。”那汉子冷笑一声，“若不是老爷子喜欢，一定要拿鞭子抽这两个懒汉。”

“你也不必逞强乱说。”那青年大笑，“我们族里就从来没有听说铁兰妃子责罚过奴隶，你们都是老爷子温文尔雅教出来的，哪里会乱施鞭挞？”

倒因“温文尔雅”四个字是那青年用汉字说出来，却把其后的辟邪与黎灿吓了一跳。

“最近太多和这些奴婢相关的吵闹，由不得人见了他们不烦。”那汉子竟叹了口气。

而那青年也一时失了兴致，慢慢道：“现今凡事均以南渡为上，就算是有诸多争论也待南渡之后再议了。瞧！”他指着眼前一线蜿蜒来的火炬，道，“妃子叫人来接了。”

卢芳在此生息的族人近千户，此刻青壮固然随驾在王帐，但基业犹在，战乱时族人聚居，营帐连绵一里有余，入夜之后人人休憩，每隔十座白色的穹庐便有一堆安详的余烬，波涛般层层叠叠的营帐正中，方是那灯火通明的亲王行宫。

来迎接的十余人都是身着锦袍，举止谨慎，一望便知是贵胄的亲随，高举火把照亮营中的道路，缓缓在两侧指引。行宫的营帐自然轩敞，八座相邻的高大的穹庐前，火盆熊熊，那悬挂的门帘精心刺绣而得，金线雕琢的奔马猛虎被火色映得辉煌夺目。刚勒住马，便有奴隶拥来，急着牵住缰绳。

辟邪与黎灿亦抢先跳下马来，要服侍那汉子下马，却被这些奴隶死命拦住，一手一脚包办了去，连辟邪与黎灿的马也让他们妥妥帖帖地牵去安置了。

他二人因疲倦全身还在瑟瑟发抖，门前守着马鞍上卸下的皮篓，那么多人一边围着，有些手足无措。

那汉子却不曾再与他们多言，自被人拥入眼前的帐篷，他们站在帐外清冷的空气中，面面相觑，最后不禁无声笑了出来。

“我这里还有胳肢窝焐热的狐狸肉，你要来点不？”黎灿低声问——话虽如此，语声却沉痛得紧，直接道破他心中对那点残肉的不舍。

“那敢情好。”辟邪笑着靠过去，先要了酒壶来，“这时再不饮口烈酒，只怕先冻饿死了去，所谓肺经、心经，留着又有什么用？”

他刚将酒壶放在唇边，便听一个少女的声音道：“铁兰妃子要问老先生安，叫你们两个进去回话。”

“是。”两人忙收了残肉残酒，背上那要紧的皮篓，转回身便见一个十一二岁梳着两条粗黑辫子的丫头，怯生生站在门帘边上，等他们走近了，便勉力抬高手臂，在二人头顶上打起帐帘。

温暖的空气扑上两人脸颊，帐内是适才迎接的青年，和那四五个亲随正在火炉边上围着吃酒，那青年固然对奴隶不必假以颜色，但其亲随倒是很客气，招呼他们道：“往里走，往里走。”

未等他们有暇留恋火上烤肉的香气，那丫头已急着赶到二人前面，引着他们向穹庐对面走去，掀起尽头的帘子，让两人经过，而面前赫然又是另外一道门帘，黎灿已有些晕头转向的不耐烦，那丫头轻轻拍了拍掌，放下身后的帘子，里面才有人“哗啦”一声掀起了二人面前厚厚的绣花门帘。

“来了、来了……”暖洋洋却不甚大的穹庐里都是女子窃窃的私语和低笑。身着彩衣的侍女们正忙着将雪白的馍饼、奶酪、马奶酒一色色端出来安排在案上，一边转过红彤彤面庞上漆黑的眸子来笑盈盈望着难得一见的外客。最为绝妙的，却非这些妙龄少女，而是两个粗使的仆妇，让人不免盯着她们将串着一只羔羊的烤架烟熏火燎地抬到帐篷正中。

顿时香气四溢的空气让两人一瞬间都有些晕眩，心神都被那焦脆的烤肉摄去，几乎哽咽。侍女们似乎看透了两人的心思，更是悄悄地笑作一团。

而在这亲王内室里，堂而皇之上座的，正是那接应的汉子，不知是因为摘了帽子还是洗干净了脸，鲜亮锦衣围着的面容明亮了许多，让人错觉在那虬髯下似乎是可以读出他的表情的。而他身边的女子按卢芳贵妇的装扮，将一条雪白的貂尾系在镶着宝石的缎帽上，眉目虽不甚美，却因笑意而令这已近中年的妇人依旧水色般温柔。

屈射人的奴隶行礼，终要匍匐在地亲吻主人的靴子，辟邪一脸坦白的卑贱，快步走到那贵妇面前，低头跪下，正要行礼，那妇人已俯身挽住他的胳膊，微笑道：“最后看见你，你上马都还吃力，现在已这么高了。”她将辟邪揽在身边，试着透过一脸尘土仔仔细细打量他的面容，辟邪微微抬起眼睛，一样望着那贵妇。

冰色的眼睛在微笑的容颜上正如隆冬的断琴湖，没有半分波澜，像是有个很遥远的从前，却永远浮不出水面。

那贵妇沉浸在那久远的回忆里，有些微的困惑，而黎灿已经不情不愿地走上前来，听得周围侍女因他懒散的举止而发的嬉笑，那贵妇方抬起头来，望了那汉子一眼，对他笑道：“你一边去，只有他这样惹祸的胚子才喜欢和你混在一处。”

“是。”黎灿一脸乐得自在的无耻，笑嘻嘻走到那汉子的身边。

“坐这里。”那汉子指着身边的皮褥子，“把采到的雪莲给铁兰妃子看看。”

黎灿便将皮篓盖子掀开给那贵妇过目。

“近年季牧峰的雪莲是越来越少了。”铁兰妃子道，“这个年月，太平的地方不过巴掌大而已，自然让人翻遍了。他们也辛苦了，你不要总是骂人，被听见了少不得挨教训。”

那汉子笑道：“所以只有出来的时候才会抖抖威风罢了，一回去这些奴才便不把我放在眼里了。”

“现今都是这样了吗？”铁兰妃子笑着望着黎灿问。

那些侍女此时在黎灿和辟邪面前一样布下酒席，近在咫尺的救命食粮却因为那汉子恶意的矜持而不得享用，黎灿几乎以怒目望着那汉子，笑道：“主人取笑我们的，在家里还是一样天天捉弄我们。”

铁兰妃子一样不动声色，扭头又问辟邪道：“家里都还好吗？”

“主人虽没有大恙，只是近年咳得更厉害了。”辟邪谦卑地垂首，望着眼前热腾腾的馍饼，“我们出来前，主人还说惦记铁兰妃子，多年没有见过，这次托左屠耆王的福，父女能再一会，甚是安慰。”

那汉子闻言，面上虽依旧没有半分多余的表情，却蓦然将身子坐正了些。

铁兰妃子面上似乎永驻的微笑忽有些僵硬，目光停在辟邪的身上，静了一瞬，最后慢慢道：“知道了。”她回首又对那汉子道，“你们饮食休息，过一会儿车马完备，便连夜启程。”

那汉子一边便取用案上的馍饼、奶酪，一边挥挥手，用有些嘶哑的声音对辟邪黎灿道：“吃。”

两人如蒙大赦，欢天喜地地抓起馍饼掰开往口中塞，一时有个身材轻盈的侍女在他们面前拔出一柄晶亮的匕首，他们也是视若无睹，只是待她娴熟地自羔羊身上片下烤得恰到好处的嫩肉铺在馍饼上，便全神贯注于如何细嚼慢咽而不至于囫囵吞下眼前所有的吃食。

铁兰妃子不知什么时候起身离席而去，一会儿又涌进来数个侍女，捧着水盆、面巾围在黎灿与辟邪身边，七手八脚地替他们松开腰带，擦脸拭手，梳头更衣，将肮脏的皮袍和靴子脱下拿出去掸走尘土泥巴。

黎灿肩上的伤处被她们碰触，不住地蹙眉，却也顾不得拂开侍女的手，正如辟邪一般，任她们随意摆弄发辫并望着自己擦拭干净的面容微笑，只是目不斜视地执着地咀嚼。

那汉子安静地看着，随意吃了些东西，直到侍女们奉上奶茶，估量他们已有个八九分饱，便叫人打听车马，果然不刻就有人来回说车辆已经备好，随时可以登程。

那汉子便招呼了一声，两人忙穿了靴袍，跟着穿过两重穹庐，出门便见三驾马车静候。铁兰妃子与侍女占了前面两乘马车，而方才迎接的青年也出了来，带了六个亲随，持火扈从，待那汉子与辟邪、黎灿择最后一乘登车，便吆喝了一声，车轮辘辘，顶着星辰向西北而去。

车内是层层叠叠柔软的裘皮褥子。黎灿与辟邪蹬去靴子卧倒其上，正要寻个好觉，那汉子却冷着脸，将一只皮囊扔在黎灿膝盖上。

“这是治跌打损伤的灵药。”他冲着黎灿的右肩扬了扬下巴，“把你的肩膀治一治。”

黎灿虽不惊讶那汉子的周到，此刻却感激他冷冰冰的体贴，点了点头道：“多谢。”他褪出一只袖子，对辟邪道，“烦请动动手吧。”

颠簸中不见任何动静，扭头却见辟邪早已和衣蜷缩在角落的皮褥上，呼吸匀净，肆无忌惮地沉睡。

他无奈转过身来望着那汉子求助，那汉子认真看了他一眼，将马车后面的车帘掀开一道缝，旋即泰然自若地点上了烟——正是明月东升的时刻，月华飘洒在白原河上，静谧辉然的天地远方是深邃的黑暗——那汉子默默地向那黑色的草原“吧嗒吧嗒”地喷着白色的轻烟，丝毫没有搭理他的意思。

四十三

谢伦零

经过河滩这段路程之后，地面平坦，马车渐渐疾驰。即便车内如何富丽堂皇，软褥轻裘堆砌，对于乘坐的人来说，毕竟只有颠簸之苦。尤其是肩胛有伤的黎灿，原应更觉伤痛，所幸此时被疲倦折磨得昏睡，任肩膀不住撞在车厢上，最多不过在梦中蹙眉而已。那汉子好歹合了会儿眼，便和外面的人招呼了一声，又精神抖擞地掸掸衣衫，跳下车要了匹马骑行，留下辟邪和黎灿在车内两个酒瓶子般互相乱撞，自己听他二人在车内稳妥无声，踢了踢马腹，催马上前与那青年并行。

此行虽称护送贵胄内眷出行，那青年却是神色过于凝重，见那汉子上前来，并无一语，只是用初见般的恭敬点了点头。

前程漫长，两人没有丝毫懈怠，路过水源，也仅是换了马，留下两名骑士照顾跑得疲倦的马匹饮水，而车队不曾多歇，在那青年的催促下便又启程。

正值月升中天之际，草原上已是遍洒清凉的光华。那青年命人熄灭明火，旷然天穹下忽然前途无尽，耳边漫然掠过的只是草原上野狼的呼啸，这刻才觉身处浩渺的天际之下，无所依从，旷古之来，哪里有屈射、卢芳，又哪里有匈奴中原？

河道在此刻转向东去，水流因此忽地湍急，“隆隆”怒啸，令一行人精神顿振——莫以此处水势汹涌踌躇，再沿白原河行二十里，却是一处宽阔的浅滩。自古以来便是卢芳、屈射过境的要道，自那处涉水过河，便直入屈射境内了。

战时国境诸多混杂不安，那青年因此唤了一名亲随，遣作斥候，奔于前面警戒战时神出鬼没的散勇。而车马也稍缓了行程，所有随行武士均按刀骑行。如此戒备之下，渡口渐近，只见湍流在前方缓缓散作银河蜿蜒，淙淙之声不闻，澜澜波影静固，在此的神灵已不是怒啸的河伯，只有今夜的弦月飘落在原野上。

那汉子却在这虚空般的静谧中焦躁地将弯刀出鞘寸许，全神贯注望着前方斥候的去向，忽觉马匹一挣，低头一望，竟见辟邪飘身在侧，挽住辔绳并驱，依旧气定神闲、恭恭敬敬地道：“主人，前方似有一队人马驰来。”

那汉子勉强掩住诧异，问：“你如何知道？”

辟邪摇头道：“我却是不知道的。他听到的。”

那汉子顺他手指方向回首，见黎灿亦从马车中探出身子，揉着肩膀皱眉。

“我二人此时还是回避为上。主人请便宜行事。”辟邪向那汉子点了点头，向前方苍茫明静的一片白水眺望，微笑道。“呵……那是白原河……”未等答应，便招手唤了黎灿向草原深处遁去。

那汉子不曾住马，只在奔驰中望着二人投入夜色里，方点镫追上领队的青年，正欲说话，那青年却先呼啸了一声，骑士均勒住缰绳缓缓停驻车马，随那青年一般按刀戒备。

“何事？”那汉子问。

“来了一队人马。”那青年蹙眉，指着黑暗里斥候摇曳着的一点细微火光。

他身边的亲随骑士跳下马去，伏在地上倾听传来的蹄声，不刻跳起来道：“十二骑人马在前，另有一骑殿后。”

“果然是屈射的巡哨。”那青年不引人注意地微微切齿，“这还是我卢芳境内呢。”

不刻斥候也奔来会合，道：“没料到是屈射的巡哨过河来了。”

即便是远离努西阿河战场、戍边巡游的屈射骑手，也是一般的精壮齐整。顷刻便有十二骑人马月色下疾驰来，一声马嘶之后齐刷刷在一箭之外撒成半月形站住，那殿后的骑士当是游弋在更远方的黑暗里戒备着，不知所终，领头的骑手高叫：“来的什么人？”

那青年冷笑，应道：“这里是卢芳王妃的车驾，尔等是哪里的游民？速于路边行礼。”

领头的屈射人跳下马来，远远弯腰，又道：“亲王大队人马已经过河，王妃何以落单？”

那青年道：“尔等尚知这是河东吗？仍在卢芳界内，竟对我国贵人出言不逊？”

那屈射人却依旧不肯相让，道：“亲王率众过河，人口众多，为防他国探子趁乱入境，方在河界以东巡视，不得已这里的所有车辆人马都须细细盘查。王妃念在两国共谋大计，千万莫怪。”

那青年尚未答话，车内铁兰妃子已闻言愠道：“曷给过来，你屈射人好生无理。”

那汉子止住那青年趁势发作，催马上前对领头的屈射人道：“我乃左屠耆王座下封都尉曷给，你等将巡旗与我看。”

那屈射人在卢芳边境领军巡查，对其贵族谱系自极清楚，当下道：“不知大人在此。原来车内是铁兰妃子吗？”忙回身自坐骑行囊内取出一面三角小旗，展开奔来奉与曷给。

曷给接过看清旗上以银线所绣的巡查令及那头领的名字，命他道：“你叫贺缇？在此等着。”便执旗到铁兰妃子车前，跳下马向内低声劝解。

半晌，铁兰妃子终在内道了一声：“知道了。”车帘拂动，竟带着两名侍女走下车来，月色下望着曷给道，“尽管叫你们屈射人搜吧。”

埸给向贺缇点点头，贺缇忙命人对这一行人问清名字、氏族、年龄，逐一辨明口音，并逐车细查。两个侍女蜷身作凳，由铁兰妃子坐在背上冷然看屈射人查车。

第一辆车是铁兰妃子乘坐，此时其中自然空无一人。第二辆车中却是两个妙龄少女，高挑白皙，貌美伶俐，清清楚楚报了家门。因想知是献与屈射亲贵的礼物，再没有深问。

到第三辆车前，那青年已按刀戒备，埸给按住他的手，抢先道："那是备车。"

贺缇神色恭敬却一样执着，道："那还是要看的。"掀开车帘，里面也是空无一人，衾褥整整齐齐摞着，摸来也是冷的。

那青年望了望埸给，方大声道："可够了？"

"是。得罪了。"贺缇躬身对那青年道，"素闻兆吉千户威名，此时虽非初识的好时机，但能一见，着实荣幸。"

"不必客气。封都尉是卢芳的贵客，他若有愿，我们自当依从。只是此事令我国贵人诸多不便，依旧须回禀国王知道。"

"那是自然。"贺缇道，"小人微贱，不敢擅求体谅，待王妃回到王帐，定有体面人前往谢罪。"

"启程。"兆吉未再望贺缇一眼，招呼车队徐徐登程。

埸给登马唤过贺缇道："此时离渡口也不远了，你越界行事得罪贵人，虽情有可原，却当殷勤弥补，还是护送车队过河吧。"

"是。"贺缇躬身遵命，命身边骑手悉数尾随车队行至渡口。

卢芳、屈射两代交好，多年前就将仅容马匹涉水渡河的浅滩夯实河道、铺建青石，以容辎重弛渡，这些年来，已是上下五百里白原河的要冲。此时白原河汛季未过，青石道依旧在一尺的水下。夜色里屈射的巡兵抢先在河边找到了青石道的界碑，忙点亮火把，戳立于青石道两侧的河床中，将丈宽的平坦道路标界清楚。而卢芳的武士则扶车徐徐前行。因一路难忍的颠簸，这水中平坦的缓行倒让人自疑驰车马凌空飘行在月宫前的荒原里。

两国人众都各自沉默，直到一名屈射巡兵的马匹滑入河中，溅得他自己和身边的卢芳武士满身是水，才有人开始呵斥笑骂。正是能熟络释嫌的时机，却听兆吉喝了一声："肃静！"两边的骑士都是讪讪然无趣。

小心翼翼行车走完这三里有余的水中石道，终于踏上屈射的草原时，骑手们都是汗流浃背。

埸给伸直了之前一直蜷在鞍上的腿，深深吸了口夜里有些潮湿的空气，在铁兰妃子的车边微笑道："回到屈射啦。"

铁兰妃子的车中还是静默，贺缇上前行礼作别："王妃，这是故国的土地，望这一时的欢喜能让王妃原谅小人的无礼。"不见铁兰妃子理会，他自转对堨给道："小人的母兄尚在。是右骨都侯稽洞百长辖下，这时也当追随在王帐。大人若有闲，如能遣人送个平安，小人万般感激。"

"知道啦。"堨给似乎因为终于回国，一脸的开朗，欣然允诺。

贺缇又将手下一人叫来，道："小人虽然只做些微尘的小事，但亦不敢擅离职守，这个小子就差给大人，带领车马前往亲王驻扎之处。"

兆吉冷笑道："我国亲王住处，我们自然知道，不需你们献殷勤。"

"哈哈。"堨给却笑着圆场道，"现在是我尽地主之谊的时候，不过是个小子领路，已觉礼数简陋，当是这些人都在前面开路才是。"

"不敢当。"兆吉连堨给也不顾忌，径直给了他个白眼。

贺缇手下一员骏骑当下燃起火把，引导在前，贺缇等人则下马深深躬身相送。堨给与兆吉并驾齐驱，交换了个眼色，都甚是忧虑辟邪与黎灿二人如何会合。只见那引路的屈射巡兵时不时将火把在半空中慢慢甩动，知道黑森森的草原里都是屈射的伏哨，只是见了平安的信号不曾出动追问，更觉那二人前途叵测，一时都是蹙眉无语。

如此忧心忡忡，都未曾发现马匹已经大汗淋漓，卢芳的骑士追上领头的兆吉，道："千户大人，拉车的马都累了。"

"好。少歇。"兆吉即答。

车马停驻，骑士解下马鞍，安抚马匹。堨给不免道："与其这般拖拖拉拉，倒不如好好休息够了再走，一鼓作气驰到亲王驻地。"

兆吉自然深以为是，禀告铁兰妃子之后，命将马匹自车辕上解下，竟优哉游哉地歇脚了。

那屈射巡兵也不敢多语，亦不敢解鞍卸甲，只得在旁耐心坐等。

兆吉斜倚着马鞍，陪着堨给抽烟聊些闲话，一会儿又低声道："要不弄死了这个盯梢的？"

堨给笑道："欲盖弥彰。"一个劲儿地摇头。

"妃子想合会儿眼，叫你们别说话啦。"铁兰妃子的侍女出来说道。

"是。"两人应着，目瞪口呆地望着那身量轻盈的侍女抱着肩膀，似乎冻得有些微微地颤抖，拖着潮乎乎的靴子从眼前走过，爬上了最后一辆马车。

"咳。"兆吉被不常抽的烟呛到了嗓子，转脸对着堨给又道，"这般何时才能赶上啊？亲王该着急了。"

堨给道："那也无法。如果这般奔下去，不到亲王驻地，拉车的马便都不行了。此时

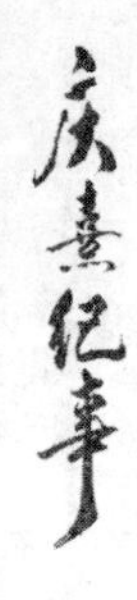

以养精蓄锐为上吧。”

这才定下心来，足足歇了半个多时辰。那屈射巡兵自始至终一语不发、双目炯炯地盯着，直到兆吉一跃而起，才重重地透了口气，跟着跳上马，继续在前引路。

东方青白渐透之际，总算看见了一带白色的穹庐升起炊烟。正是查多亲王的车队人马在准备清晨的饮食，待天色清明，就要启程。

兆吉遣了一名亲随奔去通禀，不久便见查多亲王亲自迎了出来。

“太好了，太好了。”查多拉着堨给的手，道，“王妃也被你说动，能同去王帐，实在太好了。我这些天日日夜夜地发愁，想着怎么跟老先生和国王交代。”

堨给苦笑道：“毕竟只是姐姐性子执拗，诸多烦恼也是自己寻来，倒令亲王诸多费心。”查多命人打赏屈射巡兵，那巡兵亦步亦趋，直到车队跟着查多亲王进了营地，这才转身离去。

三辆马车径直驶入查多的行辕，内眷迎出来，将马车围了个严严实实，服侍铁兰妃子和随从、侍女下车休息更衣。堨给自走到最后那驾车前，撩开车帘，看着不知何时转回马车正睡得肆无忌惮的两人。

——从白原河浸透的河水正将一车好裘褥洇得透湿，正用体温焐干身上衣服的二人蜷缩着，在睡梦里发抖。

堨给皱了皱眉，“哗啦”一声放下了帘子，指望落个眼不见为净，踱到一边和亲王一处享用热烙饼去了。

卢芳的车队不曾再作耽搁，全营收拾完毕便顶着星辰向西发进。毕竟是朝贺的辎重，百多辆车将一路压得车辙交错，行程缓慢沉重。待到天光一亮便陆续有卢芳国王派来的骑士催行，命亲王务必在午宴之前到达。

查多亲王被催促不过，只得带同数名亲贵，先行驰去。临行特来堨给车前询问。

“将军可要同我一起先行？”

堨给在车内坐直了身子，回头看了看迷迷糊糊间换了干衣吃过东西此时酣然入睡的两个奴仆，叹了口气道：“却是免了。受父亲之命请姐姐归省，还是陪着姐姐平安到了才最合父亲心意。”

“也好。”查多笑笑，认真握了握堨给的手，“凡事小心。”

“殿下。”堨给握住查多的手，靠近了些道，“此话虽非我的本分，但左屠耆王势盛，亲王谨慎奉承为上。”

“晓得。”查多点头，催马先行。

堨给沉默地望着查多远去，不自觉地摸出烟袋抽起来。

“咳、咳。”辟邪被烟呛得咳醒了过来，几乎是连滚带爬地起身扒在车帘边上透气。

堨给忙掐灭了烟斗，收在怀里，道：“这种走法，只怕要入夜才能回到屈射，不多睡会儿，可没精神服侍主子。”

辟邪笑道：“主人追随左屠耆王座下，却背着他和他国亲王说其不是，可不算本分。”

堨给看着他的眼睛，慢慢道：“正如你所说，查多是他国亲王，孰亲孰疏我自有分寸。不当说的，自然一个字也不会与他知道。”旋即沉下脸来道，“你多什么嘴？”

“是。”

辟邪干脆地低头认了个错，便要钻回车里，被堨给拉住。

“你咳嗽的声音可不好，奇怪的是，听来却不是什么病症。”

辟邪目光一敛，尚未说话，堨给已接着道：“你也知道父亲的病，若你肺经虚弱，近前染到了可是要命的。”

辟邪怔了怔，无语半晌，只得道：“是。”

“父亲这些年可不比从前了……”堨给目光望在他脸上，最后只叹了口气，“回去小心伺候。”

黎灿在车内翻了个身，被肩痛折磨得哼了一声。

堨给望了他一眼，笑道：“若再白些就好了。”

仿若是知道正被人算计着，黎灿倏然睁开眼，看见辟邪一样的一脸不明所以，又欣然睡了。

这些久居祖地的卢芳人清享太平惯了，行事不免散漫，果然将这段路程拖拖拉拉走至入夜，连辟邪与黎灿也都养足了精神，躲在车里令颠簸折磨着百无聊赖。忽听外面轰然一声大哗，车队里人声鼎沸，喧嚣不住，一时马匹嘶叫连声，车辆也随之慢慢停驻，跟着便是前方传来的大声吆喝，似是首领们催行的怒喝。

黎灿坐起身来，按住腰间软剑的绷簧，向辟邪使了个眼色。辟邪因身边并无兵刃，只得苦笑着向他摊手。

两人皆不知外边所遇何事，黎灿因道：“不如现在就出去，混在人堆里。”

话音刚落，车外窸窸窣窣的脚步声渐近，黎灿遂将软剑微微出鞘，盯着车帘。几只纤细的手指伸进帘中，将车帘静静掀开，车外是一张年轻貌美的面孔，目光流转，待望到了黎灿脸上，便展开笑颜，提起了裙子，径自爬入了车内。

黎灿将剑悄悄收了，问道：“外面是怎么了？”

那女子笑道："坡下就是屈射人的王帐，好大的阵仗，人人都怕了。"

"你不怕吗？"黎灿笑嘻嘻问她。

那女子却滚到黎灿怀里，道："现在怕什么？还没见到屈射人呢。"

黎灿笑道："我不就是屈射人？"

那女子冷笑道："你是屈射人的奴婢，我是卢芳人的奴婢，什么时候能算人了？"

黎灿便佯怒将她按在膝上呵痒，道："瞧不起我，我可是要做大事的人呢！"

辟邪干咳了两声，指着他们不成体统的模样，对黎灿道："这样可不好。铁兰妃子知道岂不震怒？"

那女子摩挲着黎灿的胸膛、手臂，道："过河那时可是你自己爬上我们车里的。这时赶我走，我可回了铁兰妃子去。再说，我也不会缠着你。"她吻了吻黎灿的嘴唇，"谁知待到了王帐，就把我们给了哪个屈射老头？要说快活，还不是现在？"

黎灿苦笑道："快活？主人不杀了我们才怪。"

"不就是死吗，我陪你。"那女子开始拉扯黎灿的衣服。

"也好。"黎灿朝辟邪笑了笑，捧着那女子的面庞吻起她的嘴唇来。

"小孩子别看。"那女子待再能透气，百忙中呵斥辟邪。

辟邪在黎灿的笑声中叹了口气，挪到车门口，微微掀起帘子，从缝隙中向外望去，身边就是黑暗的缓坡，向远方一片地狱般延烧着的火海延伸而去。

那是由草原的大单于辉光普照着的屈射人无穷无尽、无时无刻不光芒万丈的王帐，银河繁星般延绵不尽。

辟邪默然在那星河里徒劳地寻找大单于的驻跸——应是深藏在远方的草原，并无半点头绪。他轻轻向夜色里冰凉的空气里呼了口似乎更为冰冷的气息，看着堨给从车队前方催马过来，便放下了帘子。

堨给当是前来关照他们少安毋躁，待探头看到黎灿怀里的姑娘，立时暴跳如雷，拿起马鞭朝黎灿抽过去。

"连主子的女人也敢动！"

那少女便掩了衣襟一溜烟地滚下车去，提起裙子来往自己车内跑。

堨给登车上来，将靴子蹬了，摔在黎灿眼前："过来给老子捶腿。"

黎灿笑道："是。"挪到堨给身边，敷衍地举起拳头替他捶起腿来。

堨给森森地望了他一眼，实在是对他的恬不知耻无可奈何，最后不耐烦伸腿将他踹到一边，对两人道："这就到家了。只是我们跟着卢芳的人一同来，要回王帐里，还须得时日。"

“是。”

两人答应得甚快，堨给似乎便消了气，却不敢再放二人独在车内，因此打了个哈欠倒身卧了，肩膀却硌到了什么东西，从身下摸出了一段散落的珠石随手扔在黎灿身上：“收着留个纪念吧。”

“是。”黎灿笑了笑，揣到了怀里。

车外呼喝依旧不止，过了良久，才连哄带吓地令这些在大单于天威之前却步不行的卢芳人赶向前去，人们念着前程的沉沉肃杀，收了逍遥的念头，车程倒比白日里更快些。一开始还能听见卢芳人语，待行了半个时辰，却忽地谨肃静默。

“噼噼啪啪”两侧松明火花爆溅之声，旋即是红彤彤的灯火从车帘外映进来，照得车内一片血光，人面青红不定。

“哦——哦——”不刻传来止马的喝令，四周一片寂静，窸窸窣窣的衣裙拂地声过后，车门前侍女告道：“舅爷，请下车休息。”

“知道了。”黎灿答道，跳下车去替堨给打起帘子。

堨给挪身出去，站在车外清冷的空气里伸了个大大的懒腰，亦步亦趋跟下来的辟邪俯下身来，为堨给拉平袍脚。周遭只是森森的帷幔曳地，孤零零一个侍女站在穹庐前，和车内红光炫目的阵仗大相径庭，多少有点不恭的冷淡。

“带路。”黎灿吩咐那侍女道。

穹庐内稍显黑暗，角落里铁兰妃子肃立着，面容在阴影内模糊不清，不明悲喜。连平日里高声大气的堨给也屏息噤声，带着二人在帐内最光明处垂手默立，战栗着任权威笼罩着穹庐的目光灼然上下审视。忽听轻嗽一声，堨给便轻轻拽了一下黎灿的袖角，跟着铁兰妃子静悄悄退了出去。

穹庐下只余辟邪一人独立，寂静让人能将油灯内灯芯燃烧的声音听得清楚，因此不知时间流转了几许，只是一条模糊的影子从黑暗中踱出来——眼前仿若一具骷髅伫立，眼眶内的血肉在昏暗的灯光下被阴影遮成幽深的黑暗，令辟邪疑惑那里是否真有眸子看着自己，那极度消瘦的人形似在空气里飘摇着，下一次的呼吸就会将他自己吹散而去，只有喉中翻滚的浑浊的气息，和那人胸膛起伏才能让人断定他是活得辛苦，而非挣扎在地狱里。

“主子爷。”那人轻轻呼唤了一声，走到稍明亮处，这刻辟邪才看清了他的面容：当年一如长兄的清俊仅余依稀，而今嶙峋出尘，清净无欲，不类凡物，不知这二十年是如何淘尽了俗缘私欲；只是那人的声音虽然平静温和一如他多年通信中的笔触，此刻在辟邪耳中听来，没有久别重逢的激昂欢喜，却是无尽的悔恨和歉疚，几将他自己淹没溺毙一般。

“主子爷。”

在辟邪困惑的一瞬间，挺拔的骷髅便跪倒在脚前，又唤了一声。

辟邪忙也跪倒，揖道：“先生。”

那人匍匐得更低：“奴婢谢伦零有罪，不敢僭称师长。奴婢愧对先王器重，该当挺身勤王时，奴婢却在北方安逸，罪该万死。”

“先生何罪之有？”辟邪忙一把拉住了他的手，忽略了他“勤王”二字虚妄的含义，“自父王殉难，先生频以书信谆谆嘱我自强，我今日尚活在世间，仍能作为，都是先生的厚爱。先生请起。”

谢伦零托着辟邪双肘将他先扶起身来，而自己依旧仰着面，就如此刻方是初见，仔仔细细地凝视着辟邪的面庞半晌，才微笑道：“是。”

此时才觉谢伦零有了些活气，因这些年不曾中断的笔谈，这微笑正如读他文字间时时浮现在眼前一般熟稔——只有这远在天外的人十几年不离不弃，辟邪掩了多年孑立的寂寞，将谢伦零的手臂又握得紧了些。

谢伦零将辟邪请至北方上座，辟邪忙将他按在脚边坐了，闲话道：“学生原不料今日便能得见先生，实是意外之喜。因之前说到王帐内诸多防备忌讳，现今倒方便行走出来？”

谢伦零笑道：“与其说王帐那边的防备，倒不如说是阿纳一人的戒心。大单于虽将子弟都交奴婢教授中原学问，但左屠耆王夺琦对奴婢却是诸多猜忌。左屠耆王英雄了得，看人是天生的透彻，任奴婢如何取悦，都是隔阂重重。他最是爱阿纳，阿纳也当他亲舅舅般敬爱，从他身上将这点猜忌原封不动学了去，奴婢无能，阿纳是奴婢无论如何都取信不来的。”

早就听闻阿纳对谢伦零多少有些防备，却不知道已到了令谢伦零无可奈何的地步——辟邪不免想起当年同窗之际，虽说亲王子弟上学时个个都是花样百出，没有一个是省油的灯，但阿纳之顽劣依旧令自己眼界大开，而谢伦零却已修炼得肝火不动，想必多半是无奈更甚无动于衷罢了。以谢伦零的博学精干，也自认甘拜下风、一筹莫展，只怕是天下一人了。

“先生周围耳目众多，能成此行想必多费周折。”

“不妨。”谢伦零道，“此次出得王帐是奉大单于旨意前来问话。这些话大单于和阿纳都只放心我一人来问，因此才能讨个便宜，得以早日拜见主子爷。”

“想来是有话要问铁兰妃子。”

“正是的。”尽管辟邪一语中的，谢伦零倒也未有半点意外，理所当然回道，“主子爷当年随先王北伐，是见过铁兰妃子的，不知道爷还记得？”

“确是记得的。”辟邪道，“当时先生荐了几个人跟着阿纳过父王营里来服侍，其中就有铁兰妃子。因是汉人又格外温柔，至今还记得。”

“只怕另外三个……主子爷一样记得清楚。”谢伦零苦笑。

辟邪却蹙眉道：“只是当年四人都称作屈射贵胄侍妾，此番在卢芳见到铁兰妃子，就算知道她是先生义女，前来接应也不当奇怪，倒也吓了一跳。”

“这是奴婢的疏忽。”谢伦零道，“这件事多年前已禀报先王知道，却未曾对主子爷单独提及：其时左屠耆王家眷无一幸免于伊次厥屠戮，奴婢确将铁兰献与左屠耆王为侍妾，铁兰年纪虽小，却侍奉左屠耆王用心，因此颇受左屠耆王宠爱。置她在左屠耆王身边耳目，果然消息通透聪明，实是难得。奴婢原本指望她在左屠耆王身边长久，终有一日成就大计。不料与伊次厥一战之后未及三年，左屠耆王便将铁兰送给了卢芳国王赫逯。当时盛传铁兰妃子已有身孕。所以奴婢大惊之下追去询问，总算在入卢芳之前截住了铁兰车驾，但任奴婢百般盘问，她只是矢口否认，只说自己得罪了左屠耆王，被贬出屈射，也是别无他法。”

“只因是铁兰妃子自己的骨肉，怕是被先生惦记上，芒刺在背，不得安寝呢。”辟邪不禁笑了，“饶是恩重如山的义父却也只字不露。”

“她若非有这点见识，便不堪重任了。”谢伦零苦笑道。

辟邪笑道：“倒是这位卢芳国君，竟连夺琦大王也甘将后嗣托付于他。只论左右逢源，可谓前无古人后无来者了。”

涉及辟邪出使的机密，谢伦零忙道：“卢芳国弱地小，这些年匈奴、中原各样人物轮番称霸，卢芳依旧苟全至今，不如说是赫逯一人的智慧。他只认一个道理：草原上一王独尊，便再无卢芳。但凡能让天下大乱的秘密，他必不遗余力地守着。自当年破伊次厥，匈奴各部皆见识过他合纵连横的手段，草原上尤有其独尊的地位。连大单于这样的人，也必将他置于身边，才觉安心。”

“眼前就是南下的当口，这些年均成、阿纳都未曾过问铁兰妃子子嗣的事，偏在这时召她来问，恐怕少不了这位卢芳国王的推波助澜。”辟邪道，“要清楚真相，还是当年盯住了，落个水落石出的好。其时碍于夺琦的贵重，不敢深究，这个时候再问，定没有半点确凿的口供……”

“奴婢当年也是如此回禀先王的。”谢伦零道。“先王却道，随她去吧。”

辟邪道：“想来父王觉得有些事似有若无反倒绝妙。”他说到这里，忽生了一个不祥的念头，收了语声。

“正是如此。”谢伦零却无视他的沉思，拊掌道，“屈射先帝阙悲之后，虽非其子继位，但大单于正室终究是先帝嫡亲的公主，且子嗣昌盛，从皇位的血脉上论，总在屈射贵胄中。

只是不料大阏氏在断琴湖一役殉难，连同屈射的诸位王子也全部殒命，就算是最后阿纳过继与大阏氏为子，归根到底依旧不是屈射人哪。大单于的寿限就在眼前，若左屠耆王一支亲贵的血脉确实在，屈射日后在阿纳之外有个众望所归的人，对他来说不免头痛，但倘若这位亲王明明白白地确定夭死，屈射人便自然失了念想——从这里讲，此子当真生在屈射，注定必死。左屠耆王与铁兰妃子当年这金蝉脱壳之计不可谓想得不长远。然而诸多算计不到的，却是现今南下之事未定，左屠耆王先薨，大单于重伤这件事，草原上再冒出左屠耆王后嗣的传言，这般捕风捉影的议论，让屈射人平生诸多想象，心生长久寄托，倒反而让阿纳棘手，处置得一不小心，就是一场大乱——想来也非左屠耆王当年所愿。”

“若夺琦有后，待均成薨逝，必生嗣争？”辟邪道，“只是阿纳之势强盛，国内颇得人心，何以有诸多顾虑……究其根本，难不成是蓄奴这件事？”

谢伦零叹道：“主子爷果然聪慧通达……”他静了一瞬，抬起眼睛来望着辟邪，其中的痛惜之意太过深刻露骨，不给辟邪些微机会无视其中暗沉沉的不祥。

“先生？”辟邪的目光安静地投在谢伦零的脸上。

“是。”谢伦零回过神来，微笑道，“主子爷果然聪慧通达。正是的。屈射上古以来逐水草栖息，人人尚武，征战为天命荣光，不假低贱人手，所掳人口皆充为奴隶；又经伊屠、旭逯两代大王略土地、夺人畜，自断琴以东二十氏中脱颖而出，因其善战凶戾使奴隶如驭牛马，却无人能抗之，草原上为其奴役者数万人，上至贵胄武士，下至平民妇幼，皆衣食无忧。倘屈射甘居断琴以东，又无戎翟觊觎，如此放牧征战万世，亦无不可。唯可叹的是，屈射人为图草原之西，却将一国交在了一个奴隶手里。贵胄用作牛马的奴役，不过几年，就被人锻炼成了巨人肉身中的铁剑。”

辟邪叹道：“现如今想要抽走这柄利刃，屈射也难免剖腹裂背之祸。”

“正是。都知自大单于三十年前领命西征的那刻起，屈射便再无宁日；奈何这个时候，竟是阿纳来消受这个残局。”谢伦零不免也叹了口气，“他为人宽厚勇烈，宏图伟志，匈奴人三千里草原上无出其右者。况如今匈奴国力强盛，南图中原正是大好时机，掠土称帝，更非妄想。若大单于与左屠耆王此番南下之际都安康健在，或即便大单于伤重时左屠耆王仍在，天命当属阿纳，顺序承继大统，都本无枝节。而现今左屠耆王一去，屈射贵胄犹失脊骨。大单于驾前奴隶出身、经年累功的大将固不必说；即便是他国贵族大将，这些年间经大单于、阿纳斥逐异己，剩下的都堪称如今的股肱，与屈射人一般重用无异；屈射贵胄与这两者在草原上，恐不能再轻易一较长短。中原江山万里，人众万万，他们却无一谙熟、无一渴求；而奴隶这个安身立命的根本，一旦跟着南下，必定难保，他们心中的惶然只怕比之大单于掠土称帝的野心，要大上万倍，是此番南下最大的症结所在。”

“以我知道的阿纳，虽然狂野好胜，骨子里却沉稳得很，又绝非执拗之人。时机不善之际，未必会固执南下。此刻胜他虽已是万难，但若容他五六年间稳定了草原上的势力，天下再无人可挡。定要在此促成一战。”辟邪蹙眉道，“现今最要紧的就是均成的伤势能否撑到决战那日。便是弄清这件事，也不枉我走这一趟。”

“大单于已有多日未曾议事召见。”谢伦零道，“连阿纳也未曾近得御前。王帐内已隐约有些传言，怕是大单于寿限就在眼前。不过，细看过大单于的膳食，便知道他近日饮食俱增，几件喜爱的点心也比前阵子用得多了。御医照惯常，不过一日两次内进，不曾用过重药。以奴婢看，对大单于来说，确都是好兆头。”

辟邪微笑道：“这阵子就是在闹苟丽忽的事，均成称病在内不理事，其意就在那些骑墙观望的屈射人身上。他们可没有先生这般明察秋毫，多半是要变着花样寻死。均成这时候还能筹谋这些，想他应颇有余裕，不辜负我们提兵来战。”

“奴婢惭愧。”谢伦零道，“这几年失宠于大单于，内进的时候越来越少。主子爷不嫌弃奴婢诸事不能亲见确凿回禀，奴婢便感激得紧。此事只能凭蛛丝马迹揣测，若确实了消息，再明回了主子爷知道。”他又叹了口气，想了想续道，“若论对王帐内外消息通达，奴婢已比不上谢还了。”

“谢还？”辟邪问。

“便是噶给。”谢伦零回道，“他本就是中原人，小时随父母北上游历，父亲为屈射人所杀，他与母亲被掠为奴隶。后奴婢买了来，认为养子，才更名谢还。他自小就在我身边通习诗书，广结人脉，在各部各国乃至王帐内都能做到八面玲珑、消息通达。最为难得的是，他竟能得阿纳青睐，这两年更是阿纳最亲近的扈从，到了出入帷幄一同起居的地步。奴婢这里最要紧的消息，不妨说都是他的功劳。奴婢老朽，不堪重用了，只这个孩子视若己出，还望主子爷今后看顾，容他还籍中原，追随在主子爷身边。”

“呵……”辟邪慢慢透了口气，见谢伦零仍等着自己答复，方道，“先生毕竟膝下尚有长子，正经应是享受天伦，荫及子嗣的时候……”他想了想，神色不禁落寞，苦笑道：“自父王殉难，总觉得这世间也只剩了先生一位亲人，也当先生是如此对我……这么想着，竟有些寂寞。”

谢伦零骷髅般的面容上竟迅速地掠过了一抹震惊，喉内的呼吸更是浑浊，怔了半晌，匍匐在地叩首道：“主子爷再莫出此言。奴婢只是王府中的一介家奴，出身卑微，实为草芥蝼蚁。若非先帝、先王纡尊降贵，自微尘里将奴婢抬举出来，奴婢只怕还在……”

“先生不必过谦……”辟邪忙欠身去扶，慰道。

谢伦零却又叩首，语声坚决，道：“主子爷只答应奴婢，万不可再如此做想。尊卑有别，奴婢万死不敢当此厚爱。”

“是、是。”辟邪难得地有些不知所措，“这里就答应先生。”

此时便听有人轻轻地划动帐帘，正是曷给极低的声音：“父亲大人，这里有左屠耆王帐下遣来的使者。正要往姐姐座下致意。”

“知道了。”谢伦零起身道，又搀住辟邪的手，“不出意料，进入王帐也就是明日的事。主子爷早些安歇，明日方便行事。”

“那是自然的。”辟邪应声，望着谢伦零匆匆离去的背影，忽又道，“先生。我师傅自出宫之后，未曾转回老家寒州，竟一直向北，最后知道他也到过白羊。学生一直不明其意，妄自揣测他是否前来寻过先生。请问先生这两年可曾与师傅谋面？”

谢伦零转身道：“七宝太监？倒不曾见过他。”

辟邪目送谢伦零掀起帐帘，迎面就是曷给投来的深沉的目光。一瞬间穹庐又是死寂，只留下他默默回忆适才谢伦零提到“七宝太监”四个字的时候，是不是透出了一声不合时宜的森然冷笑。

四十四

铁兰妃子

次日便是现今左屠耆王阿纳的生日。按屈射的惯例，不但国内各大贵族均要道贺，盟国君主亲王也当在左屠耆王帐前举杯聚会。虽然是举草原之力兵临努西阿，正是鏖战之际，但比之先左屠耆王夺琦常年独自领兵在外，今年大王的生辰倒是难得一见地齐整热闹。

卢芳国王唯一的侧妃，也在受邀之列。铁兰妃子这日清晨就早起梳妆，亲自检视过所有大箱小箱敬奉给各国各王王妃、公主的礼物。之后侍女再三请用早膳，方回了穹庐中静候国王召唤。

王帐中不久也有左屠耆王要紧的侍卫陪着贵妇前来请安，万般推辞之后，由铁兰妃子身边的妇人陪同，将礼物箱子又细细搜检一遍，落了王帐的金锁，待妃子蒙召启程，便一同起运。

那侍卫与贵妇又见过铁兰妃子的随侍，饮了茶，便告辞而去。如此已忙至正午，用过午饭了，卢芳王的召见口谕仍未传来。

堨给无聊闲转了一会儿，笑嘻嘻剔着牙转回帐中，见同行而来的两名美貌姬妾已迫着黎灿和辟邪洗拭干净，披散了头发，在一色色水盆脂粉和彩衣前蹙眉，不禁也随着她们拊掌笑了起来。

“这孩子可真好看。”昨日还爬在黎灿怀里的美人拽着辟邪的胳膊，将他按在镜前，一边慢慢梳拢他漆黑的发丝，一边冲着黎灿笑，“你们家的老爷们可会放过他呢？”

黎灿已顾不得另一个美姬正强要他穿上彩裙的尴尬，抱着肚子笑倒在地上。

辟邪将眼前的珊瑚珠串随手递给身后的美姬，坦然笑道：“姐姐这么美，老爷们今后哪里还有眼看别人？”

黎灿闻言更是笑得满地打滚，身边的美人被他压住衣衫，也一并倒在地上，闹作一团。

“这时姐姐们还不动身，妃子还在等国王诏谕吗？”辟邪却不甚理会，只问道。

“什么国王诏谕？”那美姬冷笑了一声，“还不是要等王后点头？”

“哦……”辟邪恍然，“都说王后她……”

“放肆！”堨给在旁喝道。

“有什么打紧。”那爽利的美姬道，“草原上谁不知道我们卢芳的王后是眼里揉不进沙子的？我们两个自小长在妃子身边，算是妃子最亲近的人了，这些年也不过见过国王两面。偏偏国王又是个喜欢美人的英雄，要不是王后不放心他一个人在王帐，一并跟去了，卢芳只怕剩不下什么女人的。”

为黎灿更衣的美人也跟着“哧哧”笑起来：“舅爷不说为了妃子出个头，这里呵斥小孩子做什么？”

堨给啧啧称奇：“看看你们这些泼妇样儿，我姐姐何须我出头？我倒要问问她，奴婢们都是怎么管教的，敢顶我的嘴。”

那美姬搂着辟邪的脖子，笑道：“我今夜就不知睡在哪个屈射老头的床上啦，妃子替我们打算好了出路，才不会管我们呢。你，”她在辟邪的脸上吻了吻，“我今后在王帐，一个人都不认识，你们可要来找我们玩儿哪。”

“只怕要被主人打断了腿。”辟邪望着堨给。

“去玩、去玩。”堨给不耐烦挥着手。

“舅爷，左屠耆王处又来人催行。”帐外有人禀道。

堨给叹了口气，忙忙走了出去。

那美姬促着辟邪两人穿上彩裙，梳了发辫，簪了珊瑚宝石，便调匀脂粉，细细给辟邪敷在面上，最后叹道：“涂了脸，像换了个人似的。竟不知道是哪个更好看了。”

黎灿闻言也是好奇，拨开身边女子画眉的手，扭头看时，竟不禁倒抽了冷气。

那有着冰峰般凌厉美色的少女翩然起身，彩裙拂地，正慢慢消融在自天顶投下的狭小的光柱中，这转瞬即逝的不永美景，乍见之下不知应喜应悲。

堨给恰也“哗啦”一声掀开帘子进来，迎面正撞见这绝世姿容，一时以为认错了门，怔在门前，同黎灿一般瞠目结舌半晌，竟不知说什么好。

两个美姬见状“咯咯”笑起来。

“太过美貌了。”堨给透了口气，勉强挤出句话来，“使不得，太招摇了。”

那美姬不甚高兴，将手中的镜子丢给辟邪，道：“怎么就招摇了？你倒说说怎么能妆得丑些？”

辟邪冲那美姬笑了笑，这冰川泻地般的夺目容色，让人一阵晕眩。堨给脱力地坐在黎灿身边，看着辟邪接过镜子自顾其影。只一瞬间，那笑意已变作骇然震惊，这等模样在辟邪的脸上从所未现，黎灿霍然跳起身来，问道：“怎么了？”

“没什么。”辟邪不动声色地敛去憎恶的神色，将镜子放回案上，“想到些其他的事。”

黎灿摊开手，哭笑不得对堨给道：“为什么要这等装扮？这是要戏弄我们玩儿吗？”

埸给向两个美姬拍了拍掌，道：“妃子在找你们呢。”待她们都出了帐，方道，“你们不知道王帐的厉害。其中的凶险不在于侍卫们五步一岗十步一哨，也不在他们盘查得有多紧、有多少眼线，最最厉害的是，这些侍卫中十有八九都是过目不忘，王帐中各国君主、郡王，屈射派系血缘，他们都无所不知；王帐中该有多少人，都在做什么，带的都是什么细软珠宝，都无不了如指掌。现今跟着妃子来的，都是女眷，也只有扮作女眷跟进去才是唯一的办法。现今只要你把脸再擦黄点儿。如此进去，被人看到一眼，少不了被记得清清楚楚。”

之后又是三拨王帐的人来催行，奈何没有卢芳国王之命，铁兰妃子也不敢冒失启程。直到傍晚的时候，才传来召见的口谕。众人手忙脚乱服侍妃子上车。

铁兰妃子却摆了摆手，回身环顾，借着夕阳余晖静静地将每个人的面庞都看了一遍，才微笑道：“启程。”

这队载满珠宝、绸缎和美人的车马在急迫的王命下，终于在举火之前赶到了王帐辕门，立时便听得有左屠耆王与卢芳国王两家侍卫、贵妇来接。

铁兰妃子命人打起车帘，从车中伸出手来，几名贵妇均上前亲吻请安寒暄，侍卫忙验了箱子的金锁，一并撤去，再将所有大箱子全部打开看过，才来后面的车辆中验看。彩帘一掀，两个盛装的女子战兢兢向后缩了缩。天色已暗，又未上灯，隐约能看到均是上等姿色。因问来历，坐在稍前的女子清清朗朗地自报家门，声音也是好听得紧。侍卫知道这两个都是赠送给屈射内贵胄的姬妾，早被知会，因此不甚为难。

一时盘查寒暄事毕，卢芳贵妇便在前引导，足又缓行了小半个时辰，方在卢芳王灯火通明的帐前停驻。

只是国王帐前却是微妙的死寂，不见有任何体面人出迎，而适才百般殷勤妥帖的贵妇们也忽作鸟兽散，转瞬不见了人影。

铁兰妃子却也不以为意，打起帘子来对侍从们道：“留给我们的住处必定是极远的，不必在国王帐前滋扰，就往里面自己找寻，哪处得空便住哪处。”

“是。”侍从都心领神会地应了，不做半分焦急犹豫，驱车悄悄往卢芳王帐深处去，一路竟不见半个人影，仿若身处死城。

转了几个弯，却见查多亲王孤身从穹庐后藏着身子向埸给招手，见了埸给也甚是尴尬，低声道：“妃子依旧住我营中吧……”

埸给叹道：“姐姐性子执拗，要么就不出来，既出了来，自有她自己的主张。她说住哪里便是哪里，这时候拂她的意，只怕你我在此、在左屠耆王处也是不好交代。”

查多亲王忙点头，道："如此，烦将军多加照应。告辞。"言罢便逃命般地走了。

兆吉冷笑道："我家亲王也是不敢蹚这趟浑水，王后她……"

话音刚落，不知哪里蹿出一个衣衫光鲜的丑妇，抖出马鞭来对着兆吉猛地抽了两鞭，不待兆吉呼痛，给了个白眼，转身头也不回地走了。

兆吉何曾如此受辱，瞠目涨红了脸，在马上浑身战抖半晌，身周的人无不同情地望着，却一样无人敢置一词。

不刻有人来回已找到空帐，果然是极偏，几乎要挨到乌桓国仆从的营帐。

"也很好。"铁兰妃子点头道。侍从忙搬下地毡裘皮进去铺地，铁兰妃子才命众人下车。那执鞭的丑妇不知何时又转了回来，怔怔看着第二辆车上翩然步下的两个身量高挑的美姬，不知是不是看得呆了，知道兆吉瞥见了她，也拿着马鞭寻仇过来，才回过神一溜烟地跑了。

是夜左屠耆王盛宴，遣人来邀，铁兰妃子只是淡淡道："到得晚了。尚未见过国王，不便会客赴宴，改日再承大王盛情，前往大王帐下请安。"

堨给见使者神色难堪，忙起身道："我出来日久，须回禀大王销假，这边带着姐姐的礼单走一趟，各处拜见。"那使者闻言才松了口气。

如此一连两日，铁兰妃子未曾蒙召见过国王，自然也不曾见客外出，一行人如同消失在了王帐中，声息皆无。

王帐中终于再不能不动声色，由堨给陪着，左尸逐骨都侯我真竟亲自来了。屈射异姓侯中，这位须卜氏的我真，却是位逍遥的爵爷，正事不担，却在左屠耆王麾下做了一位管闲杂的总管，如今王帐戍备、饮食、礼节无一不在他管辖，他虽甚少理事，手下却有强人，王帐中因此依旧整肃。这样清闲优哉游哉的人，原本不见得有什么权势，但奈何我真不但年轻时功勋卓著，更加家族着实显赫，就算是领着虚衔，这般人物亲自来了，也不得不惊动卢芳国王帐内接见。

一时礼毕，我真打着哈哈道："国王千万别嫌我爱占便宜。是前两日各家爵爷收到了铁兰妃子的礼单，都喜欢得很。金银雪莲之类，颇有几家已然收到。只是要送与日逐王和右渐将王帐中的两个美人……"我真有些尴尬地道，"那日进王帐时，族中贵妇、侍卫都看到了，果然是美若天仙，不愧是卢芳水土养出来的佳人。一时王帐里传得沸沸扬扬，惹得两位大王十分高兴。那里盼了多日，还没见到，因此打发我来问问。"

这两位大王都是先左屠耆王夺琦的族弟，怠慢不得。卢芳王赫逯的神色比我真还难堪，瞥着堨给，等着他帮忙解围，见堨给认真摆出一脸的无动于衷，也是无法，干咳了两声，笑道："竟烦劳你亲自走了这趟。这种帷幄里的事，那些婆娘们应当处置妥当，这时候还未如约送去两位大王帐中，必是他们懒惰倦怠。待我回去好好问他们，晚些时候必让他们送去。”

我真忙摇着手道：“不敢不敢。怎会是王妃的疏忽，定是王帐中哪里部署服侍得不周全，因此无法知会两位大王。我既来了，应两位大王所托，就把两位美人带回去，岂不是便宜？”

“这也很好。”赫逯点头，着急把屈射人请出帐去，忙叫，“来人，去铁兰那边把两个女孩子带来。”

“说起王妃……”我真赔笑道，“我亦多年未曾请安。左屠耆王宴请王妃，却不见王妃赴宴。左屠耆王对我说过，小时在汉军营内，多承王妃照顾，很是想念，要我这次走动时，顺致敬意，再下请帖呢。”

“好好好。”赫逯不以为意道，“我告诉她就是了。挑个日子，让她前去拜见。”

我真笑道：“国王随大单于征战已久，这次王妃来，国王可曾见过王妃了？”

赫逯脸上顿时青一阵红一阵，敷衍道：“这时先把两个侍妾带回去，铁兰嘛……请竭给帮忙向左屠耆王转达，不日就去拜见。”

我真也不敢勉强。此时去唤两个侍妾的仆从奔了回来，大汗淋漓喘着气，望着赫逯不敢说一个字。

“怎么了？”赫逯蹙眉问。

“不知道。”那仆从竟道。

卢芳王的侍卫走上来，一巴掌将那仆从扇在地上，怒道：“废物。”又上前踹了一脚，喝道，“起来回话。”

这时便听帐外“呼啦啦”脚步山响，帐帘一挑，身着便装的铁兰妃子摆了摆手，将簇拥的仆从留在帐外，只身走了进来。她缓缓环视帐中的人，像是忘记了卢芳王的长相，竟看了许久，才走上前去要亲吻赫逯的靴子，被赫逯一把拦住，拽起身来，望着铁兰妃子的目光有些不忍，叹了口气。

“你辛苦了。”赫逯道，“家里都还好？”

“都很好。”

两人的语声都无波澜，更像是相熟的同僚在例行公事般地寒暄。

“尸逐骨都侯也在这里。”赫逯转脸望向我真，铁兰妃子也转过身来，对我真点头致意。

“长久不见王妃了。”我真上前行礼。

“可不是。”铁兰妃子微笑道，语气倒比对着赫逯说话更温柔些，“那时侯爷虽未伤愈，仍策马来送我，很是感谢。这些年甚是挂念。”

我真道："王妃安康，我们都放心了。左屠耆王也十分挂念，请王妃一见。"

"那是一定要拜见的。"铁兰妃子道，"只要大王首肯，我明日就前往。"

"是，是。"我真忙应，然后不曾挪动脚步，望着赫逯。

"啊，对了……"赫逯道，"我真来，是为了你送给日逐王和右渐将王的两个侍妾。这时候都不曾送过去，还烦他亲自来问，定是你怠懒了。还不快快把人叫来，速让我真带回去。"

铁兰妃子摇了摇头："恕不能够，再没有那两个侍妾了。"

"王妃莫开玩笑，眼见了两个美人在车中跟着进来的，怎么这时说没有了呢？"

"死了吧……"铁兰妃子叹了口气。

赫逯大吃一惊："怎么就死了？"

"怎么好端端的，人就没了？"王帐中两个人莫名其妙不见了，才是我真最担心的事情。

铁兰妃子冷冷看着赫逯，道："此事我知道得不清楚。在王帐内，是王后统管，生杀之事，哪里绕得过王后？"

"王后又和这种事有什么相关？"赫逯脸色一变，惊出一头冷汗，呵斥道。

我真忙道："王帐中人口失踪的事，是我下辖的职责。国王知道的，这等差池就算左屠耆王要了我的命，也不算严惩。求国王担待，请王后来问一声。"

"使不得。"惊恐从赫逯一脸皱纹中挤了出来，"你们去惹她做什么？"

"有什么使不得的？"有人笑着掀开帐帘走了进来。

那是个笑得让人满眼生花，心生欢喜的女子。秀丽自不必说，在这个年纪，依旧体态轻盈，而面上更是少女般的纯真无瑕的神色，仿若在温室里一直含苞欲放的花朵儿般讨人喜欢。

"王后……"我真忙跟着赫逯向后退了一步，有些口吃地问好。

卢芳王后阿兰扎便美目流转，含笑问好，甚至对埸给也假以颜色，对他点了点头，独独是对铁兰妃子视而不见，目光像是划过空气，便瞥到别处去了。

我真自然知道其中的奥妙——阿兰扎善妒与赫逯惧内草原闻名。赫逯多年来只有嫡妻一人，倒不是因为赫逯如何忠诚于阿兰扎的美貌和人品，着实是因为但凡他碰过的女人都是个死得不明不白或下落不明的结局。唯一例外的，只有铁兰妃子一个人。与其说是碍着先左屠耆王的面子，不如说是因为赫逯处置小心，没有对铁兰妃子有一点怜爱显露罢了。

"尸逐骨都侯有什么要问我？"阿兰扎问。

越是这天真的笑容，越让人胆寒，我真硬着头皮道："铁兰妃子带来的两个侍妾现今下落不明，事关王帐戍备，大意不得，这里斗胆询王后是否知道？"

阿兰扎笑道：“我已命人杀了。”

“女人！”赫逯暴跳如雷，口齿不清地吼道，“好端端的，杀了她们做什么？”

周遭的人不啻看着困兽在陷阱里挣扎——眼见国王咆哮了半晌，王后却在他好不容易得暇喘口气的时候，抬起晶亮的眼睛，认真地微笑道：“怎么？你是舍不得了？”

赫逯一时语塞，猛地涨红了脸，瞬时闭上了嘴。

我真急道：“这两个侍妾乃是铁兰妃子送给日逐王与右渐将王帐中的，这、这……”

阿兰扎终于收起笑容——只怕之前嫉恨铁兰带着两个美貌侍妾前来分宠，当机立断要了两个侍妾的命。现今知道是外赠的礼物，决断雷厉如阿兰扎，想了想便委屈道：“这么要紧的事，未听人跟我说过一句。族中女子的安置，都当禀我知晓，这两个女子不明不白地来了，我处置了之后才告诉我是准备服侍你屈射贵胄的，当真不是为了为难我的吗？”

如此颠倒黑白的话能被阿兰扎娓娓道来，也算是外人难得一见的奇景。我真愣了半晌，方道：“王后说的是，都是我们不懂事。只是王帐中的戍备规矩，活要见人，死要见尸，侍卫处销了号，才能算个了结。”

阿兰扎道：“我只说了处置，卢芳人虽不如屈射多，却还不至于我污了自己的手。这些活，自有人去办，你问我，我去哪里给你找尸首？”

我真不禁有些恼怒了，忍住怒气的时候已在微微发抖。

“啪、啪。”铁兰妃子在旁忽然击了击掌。

帐外有仆从应了一声，端着个托盘走了进来，上面蒙着一块彩绢，待端到赫逯面前，铁兰妃子伸手揭去绢子，上面赫然是一只沾着泥土的苍白的右手，指上还戴着金戒指、珠玉等物。

“这是我带来的孩子的首饰。”铁兰妃子有些哽咽，“都是这些年我赏的。这手是昨天营帐中的狗刨出来的。我命人找了一天，也不见尸首的其他部分。跟了我这么多年，是死是活也不知道了……”她掩住面，终于轻泣起来。

赫逯大怒，对阿兰扎道：“就算是你要她们的命，何至于分尸解恨？女人！这是要做什么？”

阿兰扎收了烂漫的神色，冷笑道：“既然是杀了，杀成几片又有什么关系？当年你我杀戎翟人，从南往北一千多里，各种杀法都用遍了，你也没有什么话，老了之后却这么娘们儿唧唧的。”

果然是草原上最负盛名的妒悍妇人，能让狠戾轻蔑的话从朱唇中轻描淡写地吐出。周遭的人都瞠目结舌地望着，不敢应对。

“赛汗。”阿兰扎叫。

立时便有那执鞭的丑妇进来听命。

“你去把我们帐中的女孩子都叫来，看哪两个我真如意的，便允他带走。另外带着他的人，把那些胳膊腿什么的，都刨出来找给他。”

那丑妇还是个哑巴，“咿咿呀呀”地正在答应，我真见她的相貌，再联想阿兰扎的禀性，料想她身边的女孩子也指望不上，只说两位大王不会介意，连忙推辞。

众人都赌气坐在帐中，等着王帐中的侍卫找见了尸块，拼成了两具少女的尸首，看了面相，仍依稀辨得生前甚是貌美，都叹可惜。

赫逯挽着我真的手，低声道：“现今定是得罪了两位大王。请尸逐骨都侯在两位大王面前讲明原委，他们也认识阿兰扎多年，请他们多多担待。”

我真此行只为确定王帐中人口戍备绝无纰漏，更需说服铁兰妃子早日前去大单于与左屠耆王驾前问话，见两件事应都有了着落，自然不会多加骚扰，因此连连点头叹息，眼中皆是恻隐之色：“两位大王定不会怪罪，只怕更是惦念王妃，望王妃早日来见。”

乱哄哄又命人将两具碎尸运出王帐掩埋，这便由埸给陪着恭送，告辞离去。

帐中便突然只剩下了卢芳王和两位后妃，一时声息俱寂，三人默默立了一会儿，几乎同时舒了口气。

铁兰妃子眼中竟似乎有些笑意，静静向王、后二人行了礼，退出帐外。

七月二十七日，左屠耆王生辰已过，王帐中各处安静，本不是什么要紧的日子。这日铁兰妃子启程拜见大单于，也是在凌晨无人时静悄悄轻车而往。作为一国王妃，王帐的礼数应算作极度简慢不恭，但无论是屈射、卢芳，抑或铁兰妃子自己，都不甚在意。

此次召见可谓极密，我真从前一日就清理了卢芳行銮至大单于王帐间的关防。自铁兰妃子到达当日，各王、各尊姓便有眼线在周围逡巡，到了这两日已被驱逐不见。原该铁兰妃子静悄悄受询，当日回转，不惊动任何人的，谁料到了正午时分，大单于今日召见铁兰妃子一事已在各路诸侯处传得沸沸扬扬。

四角、六角天王以降，屈射贵胄的耳目多在大单于行銮四周刺探，知道铁兰妃子虽到得早，但真正被召入大单于穹庐中，乃是午后的事情了。人人静候那位生死未卜的至尊至贵的王子的消息，但屈射各王都明镜般清楚，铁兰妃子被召，只是为了让她说句“子虚乌有”，从无王子诞生，平复各王私议罢了。

待过了一个多时辰，大单于穹庐内急召谢伦零，旋即便传出铁兰妃子暴毙的消息。

这是真正意想不到的变故。一瞬间，王帐内原本兴奋的议论顿时变作缄口不语。连铁兰妃子的遗体从大单于行銮运出，送回卢芳王营帐这等场面，都没有人出来窥探。屈射王帐一片阴沉的死寂。

辟邪与黎灿二人入夜时分才得知铁兰妃子的死讯——卢芳营帐此时已是一片嘈杂，铁兰妃子长年的仆从们震天响地哭起来，不一会儿就被王后的近侍驱赶喝骂，将铁兰妃子的遗体抢过。

黎灿听着众人在夜色中强忍不住地呜咽，忽然道："只怕王后嫉恼，要毁去铁兰妃子的尸身。"

人既已死，肉身本无可恋——辟邪绝不愿意旁生枝节，但见黎灿当真忧虑，恐他出于义愤行事，再加之铁兰妃子确实死因不明，想了想道："恐怕是这样的。我去看看。"

黎灿讶然："这可奇了，原来你也有心。"

"怎么没有？"辟邪笑道，"不然拿什么算计你呢？"

这座穹庐本来就应竭给严命不得点灯举火，四周也并无他人居住，便宜他在漆黑的夜里行事，他脱去长袍，短短的衣装做仆役打扮，飘身而出。

夜已深了，各处已熄了灯，只有国王驻跸依旧稀疏亮光。辟邪潜行至此，各处均迅速勘看——国王住处空无一人，直到王后阿兰扎的围营内，才听得细细的悲声。

辟邪拔身而起，无声落于穹庐之顶，从天顶上往下窥探。

横于穹庐中央的，正是铁兰妃子的尸首。饶是夜间灯光昏暗，依旧可以清晰辨出她颈上一道血痕。尸身固然是被擦拭干净也换了衣物，仍能想见其时热血飞溅，刀刃及髓的惨状。

绰绰灯影下，见一妇人伏身在侧，低低啜泣。她衣衫粗鄙，哭声嘶哑，辟邪原道她是一介普通的仆妇，谁知一旁走来一位贵妇，轻轻拍了拍她的肩膀，那妇人仰起头，满面涕泪，竟是在营中执鞭行走的丑妇赛汗。

那贵妇亦俯身下来，自袖中掣出一柄寒光闪闪的匕首——虽恐她损毁铁兰妃子面容，辟邪仍是未敢妄动——只见她小心拾起铁兰妃子面颊旁一缕发丝，结成发辫，再用匕首割下，旋即用丝绢包了，藏在身上的荷包里。

一位身材高大、锦衣虬髯的男子走来在那贵妇的身边坐下，执住那贵妇的手，两人不知如何作想，未曾有一句言语，只是一起静默着。

星辰之下，万籁俱寂——辟邪连透气的声音也不敢发出，桎梏般的宁静中，竟在这清冷的夜里，回想起多年前铁兰妃子拥抱的温暖。

风中轻轻送来那虬髯男子低沉的诵经声。贵妇将秀丽的面颊枕在他的肩膀上倾听着。

与素未谋面的二人这瞬间感同身受如有神会——辟邪有些错愕，心怦怦跳得难受，抽身自穹顶飘下，在营中走得甚快，冷风吹得烦忧稍减，不刻自己的营帐在望，却见黑暗中一点细小的红色火光忽明忽亮，一时怔了怔，他收住脚步细看，原是一个男子正在默默地抽着烟，看形状甚是眼熟，因此放心走近，果然是埸给。

“主人。”辟邪上前轻声道。

“主人？”埸给见了他已是怒极，收了烟斗望着他冷笑道，“我不是你们主人，你们两个竟是我祖宗才对！”他用几乎不可闻的低声咆哮着，见辟邪一脸坦白的无所谓，只得叹了口气道，“六爷，你身份矜贵，又身负重任，何必夜半涉险呢？”

难道应该向埸给说明他依旧记得铁兰妃子当年将自己揽入怀中时自己的震惊吗？

“他们还是小孩子呢！哪里有不贪玩的？”年轻的铁兰柔声款语，在教习的教训声中微笑着，揉着颜久摔痛的膝盖，仔细擦去阿纳满脸的灰尘。

如今看来，自出生以来，似乎只有那叫作“铁兰”的年轻匈奴侍妾把颜王的第九子当作一个真正的孩子来怜爱着。不同于郑王妃严肃刻板，不同于栖霞的永不磨灭的耐心，不同于吴十六等人的恭谨崇敬，甚至不同于颜王的骄傲的慈爱——无关于身份，并无保留，可以由此想见夺琦这样的英雄醉心于她的原因。

埸给见他不语，又道：“即便姐姐与六爷当年有一面之识……”

辟邪在埸给面前竖起手指摇了摇，倾听帐内动静——黎灿不知是否已经睡着，并无声息。辟邪道：“听得营内号泣，不明铁兰妃子生死，又不见一个人来，因此出门打探。”

埸给自知失言，收了烟斗，向辟邪颔首示意，起身领他向自己营帐而去。

这是个最安静的角落，连与埸给最亲近的兆吉的住处也相距甚远。帐内是埸给自己最精简的军旅陈设，他请辟邪抱衾上坐，又斟了一盏马奶酒给他，对他道：“姐姐此来赴死，虽未对六爷明言，但父亲说，那日与六爷促膝夜谈，六爷已从只字片语里料到。那时见六爷心生不忍……”

辟邪微摇了摇头：“先生用计，一向料得长远，妃子一举一动都关乎大局，我岂敢毁了先生心血部署。妃子在王帐中的情形，你可亲见？”

“不曾。”埸给道，“姐姐应是密携了利器到了大单于驾前，在那里自刎而死。只是众所周知，大单于帐中不可携有兵刃，现在当都在疑大单于处死了铁兰妃子，夺琦大王遗孤的消息只怕要渐渐坐实了。”

两人都微叹了口气，静夜把酒本当是难得的惬意，然则议论的却是王妃的横死，人们胸有忧愤，却心无波澜——关内塞外，无不如是。

“我料妃子在蒙召之际便不可幸免，只是不知大单于召见妃子，是否因先生和兄长促成？”

“最近两年大单于与左屠耆王愈发多疑，父亲与我在这件事上，绝不能显露本意。因此在外由卢芳国王密谋造势，在内有人蛊惑近臣力谏大单于逼迫铁兰妃子否认与先左屠耆王有子——双管齐下也是够了。父亲与我在大单于、左屠耆王处，都竭力阻拦，只说姐姐的性子非他们所想的柔弱，小心逼迫太甚，易出大乱。因为我父子难得有一次是一样的主张，反倒令他们生疑，竟最终成事。左屠耆王还特命我亲去请了姐姐来。父亲那时还在苦恼如何让六爷进入王帐，不料我得了去卢芳的差事，倒是一举两得。”

“原来先生早已谋划多年。”辟邪叹道，“这些年我与先生书信来往最是密切，先生对这件事竟只字未提。”

“父亲之前对我道，姐姐当年侍奉六爷有功，先王和六爷都很喜欢。此计毕竟舍她性命，六爷知道了，准或不准都是两难，何必陷主上于不仁？”

“仁？”辟邪的目光有些茫然，“当今皇帝亦不敢专占‘仁’字，先生又何须为我拘泥？中原匈奴死斗多年，哪里还有慈悲仁义？”他晶亮的眸子转到曷给的脸上，问道，“先生书信中多讲匈奴国策动向，甚少提及先生自己起居。待这次见到妃子和兄长，才稍知一二。现今知道妃子舍身，我不知道的只怕更多。讲到‘仁’字，我对先生只有愧疚，半点也谈不上的。”

他这些天好性子由着曷给安排摆弄，看来和善，此时目光凌厉，透人心扉，曷给不禁微生寒意，肃然道：“六爷明察秋毫，体谅父亲身处北方的艰险。不过以我看来，六爷知道的，不过半分罢了，哪里有一二？父亲虽自大破伊次厥始一直是大单于最倚重的谋士，但一直为夺琦大王猜忌，之前因平定草原诸国，不曾与中原交战，都能相安无事。待到阿纳成年之后，夺琦大王愈发忌讳阿纳师从父亲这件事，更将阿纳抚养在身边多年，言传身教下，阿纳对父亲的防备也愈发深重。待近六七年，阿纳摄政日多，父亲日渐失势，他忧虑今后战事中消息不能通达，十分烦恼，最终想出了一个计较。”

“什么计较？”

曷给道：“六爷可知父亲其实有过正室和嫡子吗？”

“不知。”

“我养母是汉人，我幼弟谢初自小伶俐聪慧，父亲深爱之，我自他出生，便日日伴着他，他骑马射箭，都是我教的。”热泪毫无征兆地沿着曷给没有表情的面颊流下，而他依旧不自觉地用极平静地语声接着道，“父亲知道人人都道他晚年得子，必定珍爱如宝，因此一边故作溺爱，将断琴湖周边的属地，一点点都陆续给了谢初，一边授意我故作怨怼，时时对密友抱怨，还要常在家中争执，这般足足闹了两年——我与父亲为家产不睦的事情，在贵族中也算是人尽皆知。父亲见时机成熟，命我在家大闹了一场，次日父亲便将养母和幼弟秘密杀死，如此一来，就算无人亲见，草原上的人也无不以为是我杀了养父亲生之子，我与父亲反目成仇也是合情合理。果然未过几日，阿纳便遣人来找我询了诸多父亲的事。再过了一阵，我立下几件大功劳，还制造了几件对父亲不利的案子构陷于他，才最终能近得了阿纳身边。从此大单于、左屠耆王处的机要才能渐渐传出。”

“杀子？”辟邪神游物外般漠然听着，剑光血光恍若就在眼前，“心里再无可惧之物，再无不忍做的决断。”他嘴唇吐出虚弱的声音，仿佛是在呻吟，“也许都是值得的？”他气血上涌，忙掩住嘴，竭力压低咳嗽的声音。

“应当都是值得的。”堨给用决绝的声音道，“我生在中原，随父母游历至白羊，无故为匈奴人掠杀。我生父惨死，母亲与我被掳为奴隶，生不如死地过了多年，我母亲……”他这样的汉子，此时竟然声音颤抖起来，“我母亲……”他深深透了一口气，横下心来道，“她最后竟是被活活剥皮而死，血肉模糊地与我一起被扔在草原上等着喂狼。是父亲偶遇，收养我在身边，替我杀了那匈奴人全家。现在无人知道我的出身来历，我亦能对奴隶颐指气使呼幺喝六，他们哪里知道我憎恶那些掳人为奴的，恨不得将他们一寸寸剁碎了。阿纳以为我自小在草原长大，享有屈射人的荣华，与父亲毕竟不同，应当心属屈射人，又哪里知道我若眼见这些匈奴人占了中原，不如剜了我的心去。那时父亲对我说，若不能阻挡匈奴人南下，他定当以死殉国，妻子届时一并是死，又分什么先后？谢初最后的两年，父亲真是全心全意、有求必应地爱他。后来父亲对我道：那两年与妻子相濡以沫，是今生最最快活的日子。只是冷落了我，心中好生愧疚。”

“兄长莫怪我直言……”辟邪抬起头来，慢慢展开苦笑，道，“我竟觉得十分羡慕谢初。”

堨给怔了怔，叹道：“六爷所言，与我心有戚戚焉。”

那无辜的少年毕竟还有确定的生死和幸福，这举杯的二人却依旧命运未卜，今后不见得过上一天的安稳日子，想着不禁都苦笑起来。

辟邪望着杯中的烈酒，因为胸口的绞痛，不知道当饮不当饮，有些恍惚。

堨给道：“我看六爷这些天似乎精神又差了些。可是却非病症，难道是内伤不愈吗？”

“既非病症亦非内伤。”辟邪回过神来，“夕桑之后，真气一直运行不畅，尤其是肺经，一直喘些。最近几日却真气紊乱，不堪凝练，也着实恼人。奈何我这门武功便是如此，修习日久，必受内力反噬肺经，也是无可奈何的。”

去年十月间宋别在离都就说得清楚，虽然以他针法一时克制，时日久了，依旧必受其害。这次临行之际，自行施针诸多要穴，一时将咯血之症压制，但经过一座雪山，一条白原河，自己的内息肺经正在分崩离析。

眼看天光渐亮，辟邪饮尽了酒，准备回帐。堨给道：“我因之前力阻左屠耆王召见姐姐，重蒙他信任，今日扶柩回来之前，他便叫我回他帐下听命。这两日我真的日子不好过，王帐的戒备可能有所松懈。”他说着从怀中摸出一张羊皮纸，交到辟邪手中，“六爷务必在明晚出发，按此上的线路时辰，就可以见到六爷要见的人了。”

两人互道珍重，辟邪告辞出来，回到自己漆黑的帐中，黎灿翻了个身醒来，打了个激灵，认清了辟邪的脸，方想起来他是为什么夜半出门的似的，问道：“如何，铁兰妃子的死因？”

辟邪便将铁兰妃子如何蒙召，如何在大单于驾前自尽事略讲了。一时已觉得困顿，和衣而卧，闭着眼睛道：“铁兰妃子停尸在王后营中，帐里见到了卢芳国王和王后一同为妃子诵经超度。”

黎灿想了想，又问：“是带着仆众，还是悄悄地诵经？”

辟邪笑道：“你是聪明人，总能问到要紧处。”

黎灿道：“那便是特地避讳了人。如此说来，王后善妒杀人这种事，也只是国王、王后经年做出来给人看的戏码。妃子自刎，应是国王、王后、妃子三人一起谋划已久的大事。”

“你说的对。”辟邪道，“若非拿这个理由刻意在卢芳疏远铁兰妃子，依旧坐实她先左屠耆王的侍妾身份，怎么能讲得通连国王也不知道妃子当年是否真的产子，更不要说妃子在驾前突然自刎，岂能不牵连到卢芳呢？”

“我想不通的。”黎灿突然道。

“怎么想不通？”辟邪睁开了眼睛，奇道。

黎灿叹道：“铁兰妃子受夺琦大王宠幸，情深意笃，为夺琦大王保全后人，宁愿一人在卢芳坚忍这么多年，可谓对夺琦大王情意深重。现在却以死离间屈射国内贵胄，像是为了这天足足等了十几年。连最亲近的侍女，也忍心杀了碎尸，塞在箱子里带进来，只为我们两个冒她们的身份混入王帐——这么想破屈射，究竟是什么缘由？”

辟邪又闭上了眼睛，似乎听他这番话已经耗尽了精神，气若游丝地呻吟了一声：“若是汉人，只怕都能想明白。”

“汉人？汉人才是口上说着敬爱钦佩，却等着她去死的人。”黎灿“嘿嘿”冷笑一声，最后道，“翻了这许多山，死了这许多人，但愿我们要见的人，值得这些麻烦。”

四十五

慈姜

七月二十八。

这天白日里，辟邪与黎灿两人将堨给留下的羊皮纸前前后后翻遍背熟。仍恐在连营中迷失方向，特按实地的情形，将卢芳、乌桓的营帐，个个画出，一路标记至均成銮营中心，其中所述的明岗、暗哨、巡哨的地点时间均一一再三推演过，两人各自默记、合在一处印证多遍并无差错，这才放下心来，稍作休整。

现今北方日长，待日落之后，两人起身整备行装毕，已初更过半，王帐深处悠悠传来銮营中奴隶晚祷的歌声——迟来的一夜稍纵即逝——辟邪和黎灿两人掀开帐帘，四周寂静无人。离此最近的铁兰妃子的营帐，因主人身故、应王后之命禁足在帐中待王帐查问，并无一人走动。此刻距月升尚早，地面上黑影浓重，正是潜行的好时机。

他二人依堨给部署，弃了连营外缘——那处虽然清静，却是岗哨众多——反投了贯穿连营的大道而去，这边居住的多数是贵胄的近侍，此时多半仍在主人身前伺候，未及下来休息。两人脚程甚快，又身法高绝，一路遁形而去，未及一刻，已到乌桓营帐地界。

自边界的立旗开始，向北数去，第八座穹庐，便是他们暂时落脚的地方。他们掀起帐帘闪身进去，藏身在衣箱之后，片刻帐外便是“踏踏”的脚步声，红光映进来，正是夜里举火的时候，一队队王帐的侍卫举着火把四处点起火盆。

果然是分毫不差，两人相视一眼，更是蜷缩得紧了。盏茶工夫，只听帐外两人聊着天其中一个打起帘子来，另一个举着灯，向穹庐内照着，一时映亮了辟邪眼前一色色堆着的华服。

“小心火烛。”前面一人例行公事地道。

“待进了中原，你王妃们的衣裳都要换新的，别小家子气，每次都说我。”那人向内略看了几眼，撤了灯，与乌桓人说笑着走远。

黎灿在辟邪耳边笑道：“原来这里是收着妃子冠服的库房。几千里向北，你又做上本行了。”

“难怪进来的刹那间觉得心里踏实得紧。”辟邪却也不怒，淡淡道，“北方虽少绫罗……不过这位妃子的衣箱确实寒碜。”

两人无声笑了一会儿，便无聊等着外面嘈杂渐稀。约二更时，又有脚步渐近。黎灿扭头看了看辟邪，见他已经泰然闭目睡着，气急无奈伸手将他轻轻推醒。辟邪似乎正从梦魇中挣扎醒过来，挣了挣身子，被黎灿一把按住。

此刻已有一个仆从一手持灯，一手抱着衣物走进来，他将衣服叠好，一并堆在衣箱上面，便打着哈欠走了出去。

——乌桓国王的妃子已经更衣休息，过不多刻整个营帐就要沉沉睡去。他们走出帐外，贴住穹庐的阴影，黎灿正要出发，辟邪摆了摆手，袖笼里摸出墕给留下的羊皮纸，扔在几步之遥的火盆里。

两人默默看着它燃尽，启程继续向王帐深处而去。

愈是向行銮去，墕给的行程愈是曲折复杂，有时需要潜伏暗处颇久，等待巡哨经过，有时则要趁侍卫轮值的间隙疾速穿过。眼看大单于的内廷营帐在望，再过一个侍卫岗哨便可，两人潜伏于旁，见前来交接的侍卫已拖着刀走来。辟邪与黎灿只待侍卫换了班，便可潜过此处，却见两个侍卫聚到一处，忽俯首接耳聊起天来。

只听其中一个侍卫道："竟不料铁兰妃子一回屈射就这样惨死。我尚记得那时妃子追随左屠耆王的情形，当真是温柔无比。当年伊次厥来攻，谢先生救了多少，就有铁兰妃子照拂过多少。左屠耆王收养的孤儿几百人，哪个不感戴她当年的悉心抚养？"

另一人道："说这些有什么用呢？莫说是过了十五年了，就连左屠耆王都换了人。咱们上面这位，真是好胆略，对谁都是有情有义。怎么就是对铁兰妃子能下得去手呢？"

辟邪与黎灿听他们说出"有情有义"四个汉字来都是吓了一跳。

只听另一人不以为然，道："也未必要下手。听说妃子是自戮死的。"

两人又絮叨半晌，辟邪与黎灿两人看着天色，已在此耽搁了大半个时辰，想到之后的路程只怕已是诸多变化，必有防不胜防的阻扰，不免焦虑。待两个侍卫叙完话，两人再向前行，原本当是畅通的行銮大道上，却迎面直行过来一对巡哨。他们忙躲入帐后的黑影里，面面相觑，知道墕给的线路虽然算计得精准，而今却依不得。这二人武功盖世，自不会就此退缩，待那对巡哨走过，便展开轻身功夫，贴着帐角飞奔。眼看前方便是白如雪山的大单于行銮，侍卫当真可称五步一岗十步一哨，这时候已过换班的时辰，哪有间隙容他们通过。

黎灿在辟邪耳边道："可要杀几个人硬闯吗？"

辟邪摇了摇头，道："宁可多等一日，也不能冒险坏了那人的身份。"

两人正在进退维谷之际，却见眼前的侍卫终于困顿，闭目仰天打了个哈欠。就这一瞬间，辟邪已拽起黎灿，从那侍卫眼皮底下一掠而过。

黎灿他早知辟邪的身法之快从所未见，但此刻被他拽着飞奔，几如腾云驾雾一般，他心中大骇，人却已跟着辟邪掠入大单于行銮。

就在这最僻静的角落，有座穹庐，与夏末洁白的大单于行銮格格不入。

穹庐自顶及地，都不惜余力地敷着灰色巨大的狼皮，连帐帘腰上亦悬着九条狼尾，穹庐外的火盆已经燃至余烬，看来是因主人不受宠之故，仆人甚是惫懒，更无一人守夜。穹庐之北，有一处神龛，其中是鹿角搭出的小小一座锥形的帐篷，等待着遥远的神祇突然造访时栖息而用。

黎灿松开软剑的绷簧，向辟邪点了点头，悄悄走上前去，“唰”地掀起帐帘。辟邪轻捷闪入，黎灿倾听了片刻，未见任何异状，便紧跟入内——迎面是一扇屏风，绝非刺绣精致之物，只是张了一面羊皮，上面用朱砂画了各种诡异扭曲的符号，被屏风后的灯光微微照亮，最终还是能认清是一位天神驾着十六匹拉着的马车，在天空行走，地上生灵在雪地中哀求宽恕。

两人慢慢转过屏风，见穹庐正中生着一堆昏黄的炭火，其旁裘褥之上，正在为婴儿哺乳的女子，漆黑长发委地，敞开的胸襟中袒露的一片雪白的肌肤，比身上的白衣更是刺目。女子将目光从婴儿脸上挪开，向辟邪和黎灿抬起冰蓝色的眸子。

几乎是透明无色的眼神，没有一丝惊讶和恐慌，亦没有半分欣喜和安慰，似乎冰封的海面，波澜不惊。

“你们迟了。”她的匈奴话并非字正腔圆，只是声音有些低沉，说得甚是从容。

“是。”辟邪道。

她身边的仆妇也回过头来，直起身望着两人。

他们站得着实远，此刻更觉不当走近，那女子却微有些不耐烦地蹙眉，向辟邪招手。那仆妇见状便起身向外走去，走过黎灿身边的时候，盯了一眼黎灿腰间的软剑，回头见那白衣女子摇了摇头，竟不理会，径直走了出去。

辟邪留黎灿在原地，以目示意他收好兵刃，自己走近，俯下身来，亲吻那女子的脚趾。“女王陛下。”他用贺里伦语问候致意。

“将军。”那女子一样用贺里伦话应着，微微点了点头，“坐。”

辟邪便按她所指，坐在了她身边，从衣襟中取出一只小小的扁匣，打开之后恭敬奉在那女子面前：“中原天子命奴婢致意贺里伦慈姜女王陛下，薄礼不成敬意。”

这是一匣圆润夺目的硕大的南海金珠，总数足有二十多颗，大概是中原宫中所藏的全部了。

“承情。”慈姜向其中看了一眼，便垂目继续看着自己怀中的孩子。

两人都知道这礼物不过是过场，对后面要议的筹码来说都是微尘般的小事，辟邪将匣子放在了慈姜的脚边，静等着慈姜开口。

慈姜终于将婴儿放回褥上安睡，掩上了衣裳。

“听说在夕桑是你阻了那个人。”慈姜道，“他回来说，将领头的中原大将一箭射倒，不知死活。若真的是你，身上一定留有伤痕。”

仍是要验明正身，辟邪慢慢扯开衣襟，将锁骨下方的箭伤露出给慈姜看。

慈姜倾身过来，距得更近了些，用温暖的手指轻触那道尚未痊愈的伤疤。“确实是说命中咽喉附近。可惜你那箭没有杀了他。”她的面上终于有了一丝表情，切齿时，像在厌恶所有那个人留下的痕迹，“自他开始带兵征战，还未尝一败，这次是最要紧的一战，竟未能全胜，当真是天道轮回，那样的人也是有克星的。”

伤口的炙痛，河水的刺骨——濒死的心灰意冷突然随着慈姜的触摸都涌了上来，辟邪微微战抖着。

“你病得很重。”慈姜抽回手指，“这样是回不去的。”

“近来一直如此。”辟邪看着慈姜的眼睛，道，“也不见得怎么坏了，能来得了，就必定不辱使命能带回好消息去。”

慈姜却突然伸手握住辟邪的手腕，她的手掌比通常妇人的都要大些，每一根手指都坚韧而有力，在辟邪雪白的手臂上箍出了红色印记，确认了辟邪的脉象，才慢慢松开手指，道：“你既然称我为‘女王陛下’，自然知道我的身份，我十五岁上就是首屈一指的大法师，你这种内力郁结不畅，虚耗不止，一望而知。你本当散去功力，卧床静养，却勉强支撑在战场上，不妨说等着元气耗尽。我竟不知道你是用什么手段续命。”她摇了摇头，“就怕你我今夜所定之计，你没有命带回河对面去。”

慈姜已有些意兴阑珊，辟邪却转回头去望着黎灿，笑道：“这却不怕的，还有一个人，同奴婢一起来的。”

“那又是谁？”慈姜像是第一次注意到穹庐中还有其他人，终于开始仔细打量黎灿颀长劲健的体魄。

“那是中原天子爱妃的兄长，名叫黎灿。”

辟邪小心凑近了些，见慈姜默许，在她耳边又说了句什么，令她微微绽开冷笑。

“你们汉人，总是让人出乎意料。”慈姜道，“我们贺里伦人索居在北，甚少与草原人来往，谢伦零那时来，却将我们国内事说得清清楚楚，我父亲甚是纳罕。谢伦零说到你也是一位人物，今日见了，也是不虚。”

“谢先生心思缜密，见识广博，非我能比。”辟邪道，“贺里伦虽有国王主政，却以女王大法师为尊，贺里伦人乃至极北诸多部落，只要女王号令，都无不遵从。这种事，无论中原、匈奴，都闻所未闻，若非谢先生早年就搜罗各国消息，只怕无人能够想象。”

“只怕你也是不相信的。”慈姜道。

辟邪坦然道：“奴婢亦不瞒女王陛下，初闻时，确实不敢置信。三年前贺里伦与屈射交战不落下风，更加重创夺琦大王，骁勇之名已动中原。当时无非是望贺里伦能与屈射人僵持日久，能拖延他们南下。但如谢先生所言，即便贺里伦人能延得三五月，仍是对大局无补。倒不如保有精兵，伏于草原之北，待日后夹击匈奴人，方算一支奇兵。奴婢那时踌躇，就算屈射人不知女王大法师的身份，女王当真平安入质屈射，而国王日后败战，万一殉国，而贺里伦内又诸多亲王诸侯，未必一心，女王如何驱遣举国兵力？”

“亲王诸侯？”慈姜哑然失笑，“贺里伦内哪有什么亲王诸侯？就算是我父亲，也不过是因为侍奉我母，依惯例摄政，虚得“国王”之称。贺里伦各部各氏，行围猎鹿征战祭祀哪件事不是法师请神谕为之？贺里伦的法师在人间宣神之旨意，无人不从。”她盯着辟邪的面庞，嘴角是冷酷的坦白，“只是我和那些法师不同。我，是神。”

辟邪恭谨垂目：“是。”

慈姜道：“我知道你们中原的读书人，素来不敬鬼神，却爱假托天命，自欺天地有道。我却知道这世上的真神喜怒随性，毫无道法可言，不因你良善聪慧而善待，亦不因你残虐昏庸而严惩，他就喜欢世间人因为他喜怒无常而心生恐惧，匍匐在尘埃里。我生来便是天神托生的法师，每行一步，都有信众伏地铺满红花香草，少时双足从未沾过地上的尘埃，从未有人敢直视过我的眼睛。你们不懂得贺里伦人对真神的敬畏之心，才会疑我是否能号令子民。”

“然则，”辟邪道，“女王陛下，既然天神无常，陛下是否时时能蒙感应？”

“从未。”慈姜的脸上第一次绽开笑容。她深目畹畹，颧骨分明，笑起来的时候，面上平添了许多深刻的阴影，让人甚难揣测她的实意。

辟邪倒是被她的直截了当逗得笑了。

慈姜道：“你我都知我不是什么女巫师婆，不会真的托梦占卜。我们没有哪支部落能游离在贺里伦之外——极寒险恶处游牧，都靠各氏族间相互照看，自生即是自灭。而能看顾每个人的生老病死，讲述每家每氏谱系故事，到维系举国劳力物资，做到各部消息通达、同仇敌忾，都是千万年来代代法师们尊真神托生的女王大法师之命守得的规矩。若没有这个本分，贺里伦人就算被屈射人灭了，也没有什么可惜了。”

“奴婢心悦诚服，不再有任何疑虑。”辟邪道。

“我却还是有疑虑的。”慈姜道。

“是。奴婢此来，就是为应陛下垂询。”

“我父虽然战死，但贺里伦尚存五成精兵，妇孺无损，都藏身在北。屈射人一旦南下，与我幸存部族再无瓜葛。若应中原盟约夹击屈射人，一旦败战，贺里伦便荡然无存了。”

辟邪点头道：“女王陛下所虑甚是。这是两件事：其一，是否当战；其二，胜算如何。”

他微咳了几声，蹙起眉来，从怀中掏出一块丝绢，却没有捂在嘴上，而是在慈姜面前展开，摊在她脚旁。那是一幅纵贯南北的地图，上起贺里伦，下至寒江，标明了山川河流等形状。辟邪道：“女王陛下请看。此处就是贺里伦地界。”他伸出手指，落在贺里伦的版图上，雪白的指尖一直向南滑至努西阿河，“至此便是匈奴与中原的边界，两国在努西阿河屯兵交战多年。陛下再看。”他将手指继续南移，越过丝绢上的起伏山峦、连绵长河，直至离都，“若匈奴人破了努西阿河，继续南下，至此方算攻克了中原都城。”他微笑道，“女王看得出来，比之努西阿河至离都，努西阿河至贺里伦反而近得多呢，更遑论离水以南的中原国土。屈射的夺琦大王身死贺里伦，均成大单于在贺里伦一战中身受重伤。贺里伦国王已然战败殉国。两国之间已成水火。即便均成大单于更觊觎中原江山，这些年立下赫赫战功的大将不问出身门第，固然愿意相随，但推进至离都还需时日，如何甘愿将有着血海深仇的贺里伦人置于身后；更不要说屈射贵胄，一来绝不会放弃复仇，二来他们对中原的执拗，远不如均成大单于。单于南征，屈射顶天大王留守草原必是定局，他们又如何能忍受贺里伦人安然占据北方？倘若匈奴人这次又被中原阻于努西阿河，若不至溃败，一定还在草原盘桓，向北、向西，都是好去处。若失此与中原结盟之机，届时对贺里伦又有何益？”

“若我发贺里伦举国之兵，如何必胜？”

辟邪摇头道：“自古行军征战，并无必胜之计。但有两件事，贺里伦与中原可以占得先机：敌后奇兵与制敌利器。”

“敌后奇兵就是贺里伦人了。什么是制敌利器？”

辟邪用匈奴话道：“火炮。”

“啊……”慈姜欣慰地吁了口气，“就是阻了那人的火炮。”

“正是的，若非中原天子带着炮阵赶到，夕桑一战，结局又是不一样了。”

慈姜一直以来平静得如同神的傀儡，此时终于如最虔诚的信徒般迸出狂热的目光。

“早在夕桑一战前，便有万斤精铁运于屈射人身后，就在这个时候，中原已在山里秘密炼制了近百门铁炮。若贺里伦能与中原联盟制敌，则这些火炮，就要仰仗贺里伦的兵马从山中起运、看守、运输到屈射人身后。一旦这些火炮将屈射人后防轰得崩溃，中原兵马正面冲击，胜算就大了。”

“你说的不错。”慈姜道，“上下山阪、出入溪涧、险道倾仄这些事都是我们贺里伦人马最擅长，屈射人亦是弗如。倘若平地遭遇屈射人，我们的弓箭却不及他。只恐那时火炮被他夺去……”

辟邪道：“女王莫要担心弓弩之事，奴婢已命人备下中原最强的弓弩，只盼早日交到贺里伦铁骑手中。而火炮嘛……”他嘴角漾起一个坦诚无辜的笑容，“装备、发火、开炮这些要紧的本事，除了与贺里伦会合的中原兵士，还须贺里伦的战士一样日夜操演，学会纯熟使用，共同制敌，确保不失。因此需要额外划拨至少五百力大聪慧的贺里伦战士，不知陛下可允吗？”

“贺里伦里聪颖可靠的男丁何止千万？若是要，一定挑选好的听候调遣。”

这几乎是成了事——“有陛下的主张，此计已成了大半。中原万万苍生定感激陛下垂怜。”

慈姜又笑了起来：“中原人与我没有什么相干，我只在意贺里伦人这次大战之后又是多少折损。那些妇孺，失了男人，又当如何营生？”

“百姓营生都有赖土地，从北向南万里，别无二致。”辟邪的几乎透明的指尖又落在地图光滑的丝绢上，在空白处不自觉似的微微轻点着，“贺里伦人若能从北方寒林深处出来，南至现今屈射所占的白里国疆界，水草丰腴，实在是战后休养生息的好地方。”

慈姜不以为然道：“白里虽然灭国，但白里人却还没有死绝。屈射战败，屈射人却也不会死绝。正如戎翟人……”她抬起眼睛来望着正百无聊赖的黎灿，“也不会死绝一样。虽然屈射势弱，根基犹在，他族他国要想太平休养几年，也非易事。”

辟邪笑道：“中原兵马届时也不会立时退兵而去，至少也要费上一年继续荡平匈奴余部。”

“过了努西阿河，中原兵马往前一里，便是军资靡费，这次僵持在此就已经动到朝廷的根本，再花上一年，就算扫清了匈奴人，只怕也是国库耗费殆尽的地步了。”

“陛下毕竟是一国之君，果然想得深远。奴婢也在此求教陛下，此战若能一举击溃屈射，今后草原上，当如何远逐匈奴人，而草原又无群雄纷争之乱？”

慈姜笑道：“此战若胜，中原势盛。草原诸国都当心向往之，求与之结盟。择一友邦予之利器，长久替中原驻守，不是更好？”

“陛下所指的利器是什么？”

“自然是火炮了。”慈姜也不隐讳，道，“既已授我族人使用火炮，贺里伦人也愿意用之，为中原守住北方草原。”

辟邪蹙眉收回手来："陛下必然知道，此物关乎中原气数……"他说到这里的时候，迎上了慈姜执拗坚忍的眼神，想了想，沉吟不语。

"谢伦零说过，划地而治、结盟履约、岁贡银帛这种事，你若不能做主，也不会冒险出使王帐，只为带句话回去。就在这里，须回答我：我要的，中原能给吗？"慈姜容他自己慢慢盘算，自己低下头来，轻轻抚弄身边孩子圆嘟嘟的面庞。

辟邪道："现在就有的百门火炮，当悉数奉上。"他见慈姜全然没有抬起头来理会的意思，接着道，"战后一年内，若这些火炮有毁损，中原都会按数补齐。"

慈姜瞥了他一眼，道："千里迢迢地将火炮运来，路上都是屈射余孽和各族散兵游勇，护送火炮的人马出关过河，所费更多，与其如此，不如将火炮制法索性传了贺里伦人，就地筑炮不是更好？中原人讲：授人以鱼不如授人以渔。不就是这个一劳永逸的道理？"

"教贺里伦人就地筑炮？"辟邪摇头，一边慢慢将铺在地上的地图收了回来，小心叠起来，一边道，"陛下，适才已经禀过，这件事物，关系中原气数，实不敢私授海外。奴婢若在此随口答应，就是欺瞒陛下，日后不能成事，两国交恶，适才商量的事，全做空谈。此事奴婢是决计不会答应的，中原无论是谁，甚至是当今天子，都不会向陛下承诺这件事。若陛下强求不得，两国因此生了芥蒂，不能联盟，中原此战的胜算自然大减……"

"哦？"慈姜抬起头来，饶有兴味地看着他，"你们又当如何？"

辟邪的面庞飘飞着炭火余烬映染的嫣红，飞目似乎是撕裂夕阳的永夜，挟茫茫无尽的冰河历万年而来。"死战。"他望着慈姜冰蓝色的眼睛道。

穹庐中是突来的寂静，传说出现在夕桑河谷的不死的黑色骑士，正用死神的目光俯视着奉为真神的女王。火的余温、婴儿的柔暖、少妇慵懒的呼吸，都在这瞬间冻结了般，让慈姜半晌之后才从窒息中透出悠长的叹息。

"他比不过你的决绝。"她像是避开了刺骨的锋芒，垂目再细想。

而辟邪终也恭谨地低下头，轻轻咳嗽起来。

慈姜道："非我要强求中原传我贺里伦火炮制法，实是因为战事瞬息万变，等不得中原朝廷批复、制炮，再运至努西阿河北岸。"

"陛下的忧虑，奴婢明白得很。"辟邪像是忍受着些痛楚般地蹙着眉尖，想了想道，"现今已在塞外的工匠，奴婢可以做主留下两人，今后助贺里伦做修理整备事，陛下以为如何？"

"这样已是很好。"慈姜目光闪烁着。

"如此？"辟邪试探着问。

“如此便与中原结盟。”慈姜微笑道。

辟邪郑重取出半面虎符，举于额头双手奉上，道：“奴婢知道陛下虽在敌营，但联络贺里伦族人的途径依旧畅通无阻，因此当面奉上此虎符，请陛下转交贺里伦大将持之，与中原伏兵堪合之后会兵一处，南下共图大事。”

慈姜取过虎符，点头道：“我虽然远在北方，仍知道虎符之重。中原天子之诚，我领受了。”她放下虎符，从枕边掣出一柄出鞘的晶亮的匕首，像是随时备着杀人见血，刀锋煞是锋利，在辟邪面前散发着寒气。

她左手按地，将匕首放在左手小指上。辟邪与黎灿都是微吃一惊，还来不及出言询问阻止，慈姜却连眉头都未皱，稍一用力，竟将小指切了下来，随手扔在木灰中，又取出一段白绫，麻利将伤处包了，才将小指连同其上一只简朴的玛瑙戒指一同从木灰中捡了出来，放在辟邪捧在手中的丝帕中。

“仅见了戒指，我族人仍然是不认的，须将我的骨肉一并带去。切记。”

“遵命。”辟邪珍重地裹好断指，揣入怀中，“中原必有良将携此指寻贺里伦族人践诺今夜所议。”

如此大计议定，辟邪有些脱力地扶地吁了口气。

慈姜道：“再过半个时辰就要天明了。现在决计是走不了了。这里还是够藏两个人，待明夜再找机会走吧。”

“只怕露了行踪，反累及女王陛下。”辟邪道。

慈姜的笑容甚是微妙：“这里很少有人来的。你去将门口左右两端的狼尾摘去，有人见了，自然会知会谢伦零。”

“是。”

辟邪正要起身，慈姜却一把拉住了他的衣袖。辟邪微有些诧异，顺着她的目光，看到的，是屏风前立了许久、挺拔骄傲依旧的黎灿。

辟邪会意地扶起慈姜，黎灿却有些懵懂，看着这个因为毕生被人俯拜，所以总是落足轻盈、唯恐踩到信徒手指的神女向自己缓步走来。

“你是屈射人的死对头？”慈姜盯着黎灿的眸子。

黎灿挪开目光，侧目无声询问正站在慈姜身旁的辟邪，而辟邪深深地望了他一眼，竟不置一词，轻轻走了出去。

黎灿心中咒骂了几句——眼前的女王身量高挑，几乎要赶上自己，稍稍垂目，便能直视她的眼睛，冰蓝色，像贺里伦人从未见过的冰洋。

“我不是屈射人的死对头，也不是中原人的死对头。”黎灿嗤笑了一声，“我无国无家，想干什么就干什么。”

“自由自在？”慈姜笑道，“这年月这地界，哪里有自由自在？”

黎灿一把抓住她缠了白绫的左手，将她的指尖举在自己唇边：“陛下站在我的面前，难道不想要片刻的自在？”

慈姜叹了口气：“若你也一样痛恨屈射人，便知道我不想要片刻的自在，只是都在苟且偷生里，他有同样的立场来告诉我，我也值得享受一瞬欢愉。”

“我却没有苟且偷生。我要享受欢愉的时候，就去享受便了，也无须别人告诉我应该不应该。你是真神转世，大千世界，想做什么就做什么，这个仗，不打了，跟着我现在走了，又有何妨？”

“一走了之？”慈姜饶有兴味地咀嚼这个主意，“你能让我不再听到故国的消息，不再见到中原无尽的使节和说客，不再想起父亲、儿子，跟你走也无妨。”

黎灿笑起来：“这，却是不难的。”

将要黎明的时候，黎灿披上衣服潜行至帐外。昨夜的仆妇已蹲在穹庐边等他许久，见他出来，睡眼惺忪地揉着眼睛爬起身来，跌跌撞撞地领着他向妃子穹庐旁的矮帐走去。一掀帘子，里面是扑鼻的恶臭，不知道是什么在大夏天死在了帐中。黎灿微一踌躇，那仆妇已狠狠瞪了他一眼。黎灿只得掩鼻而入。

帐中尽是猎回的狼尸狐头，不知是不是为了取皮而留，其后一堆杂物里，辟邪几乎是掩埋在其中，已掩住口鼻蹙眉辛苦睡了。黎灿见他呼吸稍有急促，知道他仍被这些天郁结鼎沸的真气折磨着，只得自己坐在一边守备。

如此白日升腾，帐外仆从懒洋洋开始备水整衣，烧煮吃食，辟邪方在嘈杂中醒来，仍是浑身不自觉地微微战抖。黎灿见状，忧心忡忡了片刻，便和衣酣睡去了。

那仆妇却也丝毫不上心，连吃食都未给两人预备，只在中午扔了一壶白水进来，像是嫌弃自己帐中的气味，转身走了。两人交替戍备，耐性等到傍晚，正要商量如何按竭给原来的安排潜出行銮，却忽发现整个慈姜营帐充斥的放肆的嘈杂已突然消寂，人们像是被驱散的鸟群，一瞬间躲得不见。而那仆妇也不见踪影，只有她沉重的脚步“哒哒哒”在外来回踱步。

不刻便听到一群男子的脚步声“呼啦啦”地闯进围营。黎灿从腰间掣出长剑，跟辟邪向帐中帷幕之后退去，隐身其后，冒险切开一道细缝，两人凑在一起窥视。

恍惚见一华衣昂藏的青年正自己掀起帘子来，走进了慈姜的穹庐。

“阿纳。”辟邪在黎灿耳边像是轻呼了口气。

冰冷的呼吸，黎灿跟着轻轻打了个寒噤。

“你的手怎么了？”阿纳阳光般的声音从那格格不入、阴郁的帐中传出来。

慈姜却不以为然地曼声应着：“昨天献祭给日光之神了。”

“你这个疯婆娘。”阿纳语中是微妙的憎恶之意。

“我疯在自己的帐中，你大可以不必跑来领教。”

穹庐中剑拔弩张的空气能令人觉得痛意，帐中的婴儿不失时机地痛哭起来。

“来人！”阿纳在内唤。

那仆妇忙跑了进去，将慈姜的孩子抱了出来。白净漂亮的婴儿应该是极少被抱到户外，被夕阳瑰丽的色彩震惊着，一边瞪着蓝天般的眸子，一边吮吸着自己的手指。

“你上哪里去？”同来的侍卫伸出手拦住了那仆妇，“把王子抱到你的帐中？不怕被熏死吗？”

那仆妇恶狠狠盯了那侍卫一眼，直愣愣抱着婴儿站在帐外。

“哎呀、哎呀。她那里有几张皮，据说猎来的时候就甚好。”有个人在那里叹气，“我鞍上少张皮子，去你帐中看看。”那人对仆妇道。

那仆妇便在辟邪和黎灿的视野中露齿冷笑，似乎看着羊羔儿走向狮子掉落的陷阱，而她自己，为着同归于尽的决心，从怒睁的双目中滴下泪来。

“杀了来人？”黎灿问。

辟邪轻轻按住黎灿的长剑，心念疾转：若暴露了行踪和身份，只有大开杀戒一条路可以走。进来的人自然是一击必中，侍卫由黎灿解决，再闯进帐中杀了正在云雨的阿纳也未必是什么难事。但一样败露了慈姜的通敌之意，全盘皆输。若一并杀了慈姜……便是左屠耆王在父王姬妾的穹庐中被刺，要做谣言称阿纳为均成所忌而死于非命固然是牵强，但毕竟是眼下的出路，而最大的坏处，却是在决战之前，屈射人便会恐因失了储君，有内乱之忧，提前退兵而去。陈于案上一击而溃的机会就此失去，今后二三十年又是无穷无尽的匈奴人的骚扰和威胁，也绝非中原所愿。

这场大战的气数，竟然落在了不知名的骑士的鞍上少掉的那张皮草——辟邪看着黎灿，含着若有若无杀意的空灵眼神，几日前黎灿方领教过，他知道此刻如能解困，辟邪是不惜将自己当作慈姜的奸夫一把推出去的。

“等等。”辟邪依旧按着他的剑脊。

“天啊。”那人掀开帘子，一边被熏得咒骂起来，一边将帘子撂到帐顶上，“散散气味。”

距得近了，才觉得此人声音颇耳熟。待他说到“有没有狐狸皮？”的时候，辟邪和黎灿二人都轻舒了口气。

只见堨给掩鼻走了进来，在一堆兽皮前挑挑拣拣。

“六爷。六爷。”他压低了声音唤着。

辟邪用指甲轻轻划动遮挡在身前的帷幕，从帷幕边伸出他佩戴的金印。堨给见了，知道他二人平安，如释重负，一边翻动兽皮，一边掩住口鼻，继续低声自语：“我们过白原河时，屈射巡哨贺缇托我给他家里人报个平安。”

辟邪忙又划动帷幕，示意自己还记得这件事。

堨给道：“他家在右骨都侯稽洞百长辖下。我昨日白天去找，却发现右骨都侯一部早在十日前便拔营走了，去向不明，无人知道得清楚。右骨都侯善诺一部是阿纳多年嫡系，分明是奉了阿纳的密令去了要紧的地方。我着实不安，又听说六爷昨夜不曾回转，现冒死来递个消息。”他转身对门外又大声道，“你这里的狐狸还不如我在卢芳猎到的强，还是狼皮吧。这个白色的虽好，却不合我的鞍子好看。这个纯黑的，我就拿走了。”

那仆妇怒道：“那是留给真神在朔夜里歇息的，你个渎神的，不得好死。”

“哈哈哈。”堨给笑起来，一边掀起黑狼皮子搭在肩上，一边又对辟邪道，“就在此时，姐姐出殡回卢芳，你们不能赶上，只怕要身陷此处多日了。这个消息递不出去，有碍战局。我想法今夜送你们出了王帐，再要行险早日出去，只有朔日成人节，当日嘈杂人多，说不定还有机会。”他说完拿着皮子走出帐外，和侍卫站在一起聊天。

慈姜的穹庐中自始至终不曾有些许欢愉之声透出，过了许久，阿纳只身踱出帐来，不知道与堨给说了些什么，便听堨给道：“是。我来处置。”随后又是一行人风卷残云般地走远了。

“呼……”——不啻死里逃生，黎灿大松了一口气，觉得帐中污浊的空气此时也不是那么恼人了，不禁微笑起来，却在此时觉得身侧一重，辟邪蹙眉挂在了自己手臂上。

“怎么？”

“一时松了口气，竟有些晕眩。”辟邪闭着眼睛，艰难笑道。

黎灿扶着他在帷幕后坐下，轻触到他的身体，只是在不住地发抖。“现在是走不得了。”

辟邪爽性平躺了下来道：“既然堨给说今夜想法送我们出去，我会信他。”

入夜也就是转瞬的事，帐外未及燃起灯火，便听堨给的声音在营中呼喝：“把那玩意儿拆了。”

黎灿一把将辟邪从地上拽了起来，从那条缝中向外再看，只见一个汉子上前将慈姜在帐外所立神龛一脚踢倒，旋即驱散了仆役。那仆妇从慈姜穹庐中奔出来，对着埸给大吵大叫，被埸给带来的王帐侍卫一巴掌扇倒在地。

埸给摆了摆手，命人退在一边，自己蹲下对那仆妇道：“你去把你帐中那些兽皮狼尸都弄出来，给我放在车上，我送出去丢掉。不然就让人一把火烧了你的营帐。”

仆妇呼天抢地叫了半晌，见埸给不为所动，只得爬起身来，一边诅咒发誓一边将帐中鞣制好的皮草和狼狐尸首扔在外面的一辆大车上。

“你们去四处搜一遍，看还有没有这些神魔鬼道的玩意儿！”埸给对着侍卫命道。

那些侍卫领命各自去搜。埸给见两条人影趁这间隙钻进车中，躲在皮革尸首之下，方安下心来。那仆妇见辟邪和黎灿一掠而出，自己也操刀在手，赶出帐外准备搏命，却迎面遇见埸给平静的目光，见他对自己微微点头，瞬间便明白了其中干系，对着埸给大叫大嚷了几句，便奔去慈姜的穹庐哭诉。

埸给擦了擦额头的冷汗，放心大胆命侍卫在仆妇帐中搜了一遍，训斥完此处看顾慈姜起居的贵妇，方叫启程。

王帐正中走出去竟花了大半个时辰。这车恶臭的废物，人人避之犹恐不及，又有埸给假左屠耆王之命，早就知会了王帐侍卫总管一路放行，竟顺利出了围城，将车辆弃于围城边，埸给也径直带人转回阿纳帐下听差。又过了一会儿，才有匈奴人大营的仆役奉命来拖车。颠簸了不久，就听有人急促地叩响车辕，两人推开狼尸，滚下车去，躲在路边帐角。

旋即见一条枯瘦的人影像招魂的死神般飘近，黎灿软剑出鞘，将辟邪挡在身后，执剑在前。

那人却突然飘近，欺身到黎灿面前，两指微弹，将黎灿的软剑震开，武功之高，实属罕见。

“先生？”辟邪抢身在两人之间。

朔夜将至，并无月光，谢伦零双目沉沦在黑暗里，骷髅般的面庞展开微笑：“赶到了。”他欣慰地道。

八月初一朔日，屈射成人节。早在多年前，屈射成人节还在八月朔日之后的第十一日，十一岁以上的少年都作成人计。然而自均成继位之后，忌讳此日又是忽勒大王的生辰，成人节才变作了朔日。

这日举族少年都在放肆饮酒、摔跤、赛马，被父辈呼喝来去，结识邻家少女。不但王帐及贵胄营地热闹非凡，驻守在努西阿河前锋的大营中也有不少成人少年来往，大营的东西大门大敞，当真是戍备侍卫营噩梦般的一日。

“最好的法子，就是堂而皇之地走出去。”

昨夜谢伦零说这话时，脸色已十分难看，他刚助辟邪顺理真气，嘴唇煞白。黎灿不禁觉得他的唇间呼出的都是冰色的气息。“大营东门一早通常都是赛马集结，加之观战的人群出入，牵着马出营数里，也不会引人注目。”

待他们清晨到得东门时，果如谢伦零所言，已经人山人海，饰了彩缎银鞍的好马也扎了堆地欢腾。少年们争先恐后报着氏族的名字，祭司也是手忙脚乱地在羊皮纸上逐一记下。然而营门却迟迟未开，辟邪和黎灿两人牵着马，在人群中袖手看热闹，竟也无人理会他们。

黎灿微微舔了舔嘴唇，从腰带上摘下酒壶，仰头灌了几口。

辟邪见状，低声笑道：“就算是正经的匈奴人，也不会这么一大清早便饮酒解渴。你扮得过了。”

黎灿为那句“正经的匈奴人”“呵呵”笑了，扭头看了他一眼，又是忧虑：“一早脸色还是煞白的，你就算拿帽檐挡着，也是触目。”

辟邪忙把脖子上的汗巾又向上拽了拽。

“谢先生昨夜渡你那许多真气，也无用吗？”

辟邪摇了摇头：“先生武功与我不是一个路数。应急之下，虚耗他太多内力，也不过缓些症状。再多，于他性命有虞，实不敢让他再勉强。你在雪山上也试过，当知道其中的厉害。”他说到这里，已觉得有些气喘。

黎灿蹙起眉来——始终不明辟邪是个什么病症，与其说恐他咳症未愈不堪奔波，却更在意他真气运行不畅，如雪山上一般突然寸步难行。

“若真是走出去，你却不用多加忧虑。”辟邪更压低了些帽檐，像是看透了他的心思，笑道。

“若有些变故呢？”

辟邪笑了起来：“你是戎翟人，他们立时就会杀了你。而我……”

此时突闻王帐方向一阵欢呼，匈奴人人向前涌去，一声声高叫：“大王！大王！”

眼见周围的人也一般地奔去，辟邪与黎灿相视苦笑，怕留在原地过于扎眼，也只得顺着人潮往回走。

不知此前发生了些什么，人们哄然一阵大笑，只听有个少年的声音高叫：“今日成年，我一样是可以上战场的男子，你敢和我比摔跤吗？”

人们更是笑得癫狂，齐声高呼：“库勒莫！库勒莫！快给这小子点颜色看看。”

“要比试就来啊！”隔着人堆儿，有人喝了一声，沉重的身体自马上“咚”地跳下地来。

人们“呼”地向后退开，让出空地之后，辟邪和黎灿才看清楚人群正中围着的十多彪骑——马匹俊秀纤细，虎纹龙翼，其上的骑手个个身形瘦削劲健，年轻的面上都是风尘深刻的皱纹，而鞍上鞘上都缀满珍珠宝石，一望便知都不是普通的重甲骑士。然则多人腰间缀的汗巾上或金线或缀珠，纵横绣了几十上百道波纹，历数了这些年斩下的敌首，当是随侍亲王的最精锐的战士。

而正中高大的红马之上，是一个身量健硕的青年，卷曲的黑发狮鬃般披散肩头，竟比身着的凉缎皂衣更显漆黑。湛蓝的双眸安静俯视熙攘雀跃的属民，朝阳扑面，辉光照人，芸芸众生之中犹如神祇降世。

黎灿此生从未见过如此英俊夺目的男子，也不禁心驰神往，叹道：“这等人物，当真少见，只是不知道是不是空架子。”

“他的弓箭，天下无敌。”辟邪喃喃低语。

“呵……原来是阿纳。”黎灿笑了，“若非已经与你结识，这样的人，要我舍命追随，我说不定也会心甘情愿的。”

人群像是附和他一般哄然喝起彩来。人缝间隐约能见一个彪形大汉将一个少年轻飘飘提起来，往人堆里一扔。人们“哈哈”大笑着接住那少年，更是恣意嘲笑他的不自量力。而那少年却因和国中最厉害的高手交了手，竟也顾盼自骄，由同伴的朋友艳羡。

那巨汉又大声道：“如何？还有哪个小子要和我过过招？”

“好啦！库勒莫。”阿纳身边的侍卫笑道，“都等着开营门赛马，谁要看你出丑？”

库勒莫“嘿”的一声，拉过自己的马来，翻身而上。他的马身形粗壮，再加上他个子高大，几乎能赶上阿纳一般高。他随阿纳并驾齐驱，嘴里“叽叽呱呱”地啰唆，阿纳也只是置之一笑，可见其在部属中地位尊崇超逸。

左屠耆王一行人也随众人向营门而去，一路上男女老少纷纷撷取草原上的花朵，掷在阿纳马前。阿纳亦是欠身还礼。营门洞开，欢腾的人群纷纷上马涌出营去。

辟邪和黎灿松了口气，一样翻身上马，尾随在人群之后徜徉出营，耐住性子跟着众人一般地分列在赛道两边。

“远处早立彩旗，先夺彩旗的为胜！”族中祭司高叫。

上百少年们在营门口勒住马，焦躁地在鞍上左顾右盼。

辟邪向黎灿点了点头——少年们竞赛出发的那瞬，便是他们逃离匈奴大营的佳机——

只见侍卫笑嘻嘻将长弓奉于阿纳，又持了一壶响箭，阿纳抽出一支来，箭镞向天，“砰”地射去。

“嗒！”少年们在响箭尖厉的呼啸中大声呼喝，策鞭奔出营去。

辟邪与黎灿毫不犹豫，在少年们于自己面前掠过之际，急催马匹，跟随而去。

却听耳后又是一声响箭尖啸，辟邪倏然转身，探手一把抓到了迎面而来的黑翎。远处持弓的阿纳竟含着微微期待的笑意，镇静望来。“你的马太慢了。”他用中原官话呼道。

“快走。”黎灿的马去得更快，催促辟邪道。

辟邪猛抽马匹一鞭，跟着黎灿向东南方向狂奔。

“奸细！”倒是祭司用最洪亮的声音嚷了出来。

阿纳身边的侍卫吹响警号，众人都望着阿纳，见他微微点了点头，十数骑侍卫风一般掠出，带着东门的卫兵悉数追了下去。

他们的马皆是西域汗血，哪容敌骑逃脱？辟邪二人虽然先行了片刻，未至二里，便被侍卫追上。

辟邪从鞍下抽出藏好的短剑，对黎灿道：“我去弄两匹好马来骑。”说完竟掉转马首，迎着追在最前的侍卫而去。

那人身经百战，从未惧怕任何对手，只见前方瘦弱的骑士掉头奔回，行得也不甚快，便掣出弯刀，打算仗马速冲击之时，一击得手。

眼见就要短兵相接，辟邪却从马背上一跃而起，利箭般射向那侍卫，那侍卫大吃一惊，不及阻挡，一闪间已被割断了喉咙，摔于马下。而辟邪剑势不息，挟一道血线，径直掷向之后跟来的侍卫。

那侍卫倒是眼明手快，持刀格挡。“叮”的一声刀剑相交处，那侍卫觉胸口气息一窒，长刀被震得脱手而出。辟邪如御剑飞来，紧跟着闪到他的面前，一脚将他踹于马下，夺了他的汗血马，继向前行。

黎灿此刻亦跃至宝马之上，掣出软剑来。

“给我。”辟邪并驾齐驱，伸出惨白透明的手去。

“做什么？”

“由我断后。”

黎灿竟在这句话之后笑了出来：“你？为我断后？”

辟邪从怀中掏出皇帝的金印与慈姜的断指，交到黎灿手中：“我现在已觉气息乱行，不过支持片刻工夫。你的右臂未曾伤愈，能拦得住他们几时？此次密议之事、阿纳兵马去向，都须有人活着带回去。”

“你我二人，竟然是你死在我的前面……”黎灿依旧是一脸不可置信，转手将软剑抛给辟邪。

“尚不可知。”

辟邪一笑，兜转马首。两骑烟尘，各分东西。

“呼……”吐出的气息已经灼热得烫人，胸口的冰冷麻木正渐渐变成剧痛。辟邪轻轻将软剑抖成笔直，看它映着碧色的阳光，举目迎向扑来的敌骑，那骑骠骑似乎来得比所有时候都更加快了些，在辟邪剧痛的一呼一吸间，转瞬弹到了面前，对面的骑士怒吼的面庞似已然抵住了自己的鼻尖。

“噗。”辟邪举剑，敌首滚落。而一支黑翎也几乎同时擦着自己的肋骨飞去，疼痛令他浑身一凛，精神大振。他甩落剑上鲜血，向聚拢的屈射精锐招手：“杀我，便来。”

忽听有人呼啸：“分头追那逃远的。”

辟邪冷笑一声，拨马挡在去人马前，纵剑疾刺。那人也算是纵横草原的高手，竟不堪他一击之疾，被刺中肩膀，几乎卸去胳膊。辟邪趁他俯身掩住伤处之际，侧身夺过他鞍上挂着的长弓箭壶，挽弓回身射落已向黎灿追去的一名侍卫。

他转瞬杀伤五人，手中又添利箭，扣弦连发，将追踪黎灿的人马悉数射倒，心中估算黎灿已有足够时间逃脱，方掉头直面追兵，扭头便是漫天飞箭，他拽起身下的战马，以马腹挡去这拨箭镞，那宝马哀鸣一声，伏倒在地。他掩身马尸之后，迎着乱飞的敌箭将自己的箭矢镇静用尽，也不知自己是否射倒了敌人，再抬首时，身周是数百匈奴人马将自己围得水泄不通——烟尘渐渐拂地落定，瘦弱杀手独立一地尸骸之中，匈奴人寂静怒视，却无人上前。

“啊……”终于有一痛失同袍的屈射骑士放声恸哭，举刀冲来，又被他迎面瞬间贯穿胸膛。

突然黑翎飙至，洞穿辟邪右腿，令他心甘情愿地脱力跪倒在地。

“咳。”他胸中奔流的怒血已无法压抑，喷出的鲜血沿着面巾滴落在碧草之上，一瞬全身气血随之鼓噪乱跳，“砰砰”震得他骨碎筋折，每一次呼吸都觉搅动骨髓的疼痛，他浑身战抖，终于弃了软剑，双手捧着胸膛大声喘息。

——竟是这个时候！等了十三年的内力反噬，就在这个时候似毒蛇紧紧缠住了自己。

阿纳强忍着雷霆般的盛怒，手执长弓，驱策他的红马分开众人走近，绕着重围中奄奄一息的杀神踏步，正被无法抑制的杀意和追究他来意的理智反复煎熬着。

垂死的清明令辟邪抬起头来，红马、满面乌云的太阳神、天际也似有万朵红莲飘浮，正在缓缓向头顶飘落。

而那红马，却迎着辟邪的目光，慢慢踱步向他走近，任阿纳勒马数次，仍最后凑近了辟邪，将温暖的鼻息喷在他的胸膛上。

“呵……”辟邪呻吟出声，抱住了红马秀丽的脖颈。

阿纳扔掉长弓跳下马来，一把抓住辟邪，将他掷在地上。周围的侍卫知道他的厉害，一拥上前，将弯刀架于他的咽喉。

辟邪摔得有些懵了，并无力挣扎，只能任由阿纳骑上身来，撕开他的衣襟，认明了他锁骨下的箭伤。

“我就知道是你。”阿纳不禁狞笑，一把扯去蒙住辟邪口鼻的汗巾，“小九。”

“牙……”

仍然是孩童时执着易怒的表情——辟邪展颜微笑。

四十六

赤胡

“你是我的朋友，所以我只告诉你这个秘密。”

“什么秘密？”

“我的名字，不叫阿纳。”

“那你叫什么？”

“知牙师。”

“知……牙？那别人为什么都叫你阿纳？”

“因为我是父王的长子，屈射的太阳神。只是我妈要是知道我现在改了名字，一定不高兴。她再也不会抱着我睡时，在一边唱：知牙师知牙师，你是我的小马儿。”

“妈妈抱着睡？哈哈哈哈。”

“笑什么？你妈不哄你睡觉吗？你妈叫你什么？”

“我母亲大人，称我‘小王爷’，或者叫我‘九殿下’。”

“你妈是奴隶吗？”

“你母亲才是奴隶！”

“你敢这么说我妈？”

“哎呀呀呀，别打了、别打了。怎么刚刚还好好的，就又打起来了？”

肩胛骨像是要裂了开来，一只大大的手掌正死命按在肩头，杀意随一柄冰冷的刀刃旋即架在自己的咽喉。

——这可不是阿纳少时的花拳绣腿——辟邪瞬间灵台清明，抽出手来，向面前那人的额头指去。

那人不期辟邪能从昏睡中醒来，措手不及，即便辟邪此招比平日慢了许多，仍几乎被冰冷的内力洞穿脑仁，硬吃一击之下，头痛欲裂，不禁怪叫一声，仰面跌出。待稳住身形，却是不死心，在地上一滚，执刀再进。

辟邪本想一跃而起，奈何手腕上铐住的铁链“哗啦”一响，又将他拖倒在地。他心念一动，两条铁链交错，在那巨汉长刀砍来之际，缠于刀身之上，真力急催，“叮”的一声，竟将那长刀震成数段。

“库勒莫！”

穹庐的帐帘一摔，阿纳站在门前的阳光中。

那巨汉手持断刃，死死盯着辟邪的面庞。

阿纳却依旧在门前执着地替他撑着帐帘。

库勒莫“哼”的一声掷去手中的残刃，站起身来，从阿纳身边走过时，仍不忘向他躬身施礼。

阿纳蹙着眉走进来放下帐帘，穹庐中又有些幽暗，他望着天顶投下的苍白日光笼罩着的冰色少年，像是有重重的心事决议不下，停驻思忖半晌，终于叹了口气，坐在辟邪面前，解下身上的袍子，披在他赤裸的肩上。

“小九。”

阿纳唤道，向他展开双臂。

而辟邪苦笑着提起铁链，吃力地晃得“哗啦啦”响起来，尚未来得及自嘲，阿纳却已一把将他拥抱在怀中——这拥抱正如多年前的无邪和热情，太过温暖，令辟邪眼前一黑。

“我要杀了那个女人。”阿纳在辟邪的耳边认真地用中原官话切齿发誓，“我要杀了那个女人！”

他的诅咒旋即变成了屈射人飞快的歌声般，以奔马蹄声般的速度，滚滚怒吼出来，辟邪震惊地望着他，几乎没有来得及听懂一句。而阿纳终于耐不住暴怒，跳起身来，握着拳头在帐中怒不可遏地来回踱步、指天诅咒着，卷发在怒火中熊熊燃烧，双目浸透火红的凶光。

辟邪有些虚弱地望着他咆哮，直到他的怒火再次降临在自己头上。

“而你，为什么？留着那女人和她儿子的性命做什么？”阿纳厉声质问。

“我父王有志未竟，杀了太后、皇帝，于事无补。”

“那么你长兄呢？他的性命不值得你杀了整个中原朝廷？”

“我父王……”

“小九！”阿纳打断他的话，“你父王已经死了，每个人告诉我你也死了。你家族俱灭，自己身份已失，已在宫中为奴。此刻不做小王爷、九殿下又如何？难道你不可以自己活一天？”

辟邪仰起面来，望着神情悯然、慈悲犹如佛像的阿纳。“你又如何呢？”他道，“自那时起，你又做过知牙师一天吗？”

阿纳摇了摇头：“我和你不一样，你是父王精挑细选出来的爱子，而我，是他不得已

唯一的选择。”

辟邪苦笑：“看，你又比我强在什么地方呢？你我二人，殊途同归，这个时节，无关他人，就是你我死斗。”

“是啊……我该拿你怎么办呢？”阿纳长叹一声，“当年你回离都去，我不停地哭。”

“是吗？”辟邪讶然失笑。

“大单于却劝我说：为什么要哭呢？那个孩子今后回来杀你的时候，连眼皮也不会眨一下呢。”阿纳道，“我也一直是这么以为。可是今天见你受过的这般折磨屈辱，我却在想，难道你我真不能有一刻的同仇敌忾吗？”

“阿纳……”辟邪从佝偻着的胸膛内透出一声叹息，手指依旧在真力耗尽后颤抖着，拽起膝上的貂衾，遮住身体，正坐直面着左屠耆王，“你我异族异种，怎会同仇敌忾？现今你犯我境，我怎能以一己之私，将中原气数断送给匈奴人？”

阿纳道：“大单于命我等族中贵族悉数学中原文礼，细知中原史法，你们汉人说的忠孝节悌，我们又哪样不是一般地尊崇？说什么异族异种，屈射人何曾毁你宗庙殿堂，谤你儒、释、道三教？中原气数自你先帝驾崩那日起就开始内耗干净，努西阿河对岸的连营中，哪有一点齐心协力，每个人，包括你自己又何尝不是心怀鬼胎？”

“阿纳。”辟邪肃然道，“我心意已决，投诚于你是万万不能的。我知道屈射人会不惜余力地取我性命。也知道你将我藏身在自己寝帐中的好意。我十二岁开始饱受煎熬残喘至今，未竟一事，叫我如何不爱惜我自己的性命？只是因此对你欺瞒，诺你倒戈之事，我无以内省我心。我这些年一直告诫自己，我不是宫中贱役，亦非谋臣刺客。亲王之子……”

“亲王之子，我即国体，国体即我，战死而已。”

——阿纳与他一同道。

辟邪转来的漆黑的眸子却太过空灵，似乎从中可以看见从前、现在，而其上决绝的黑暗，汪洋一片。

“你为颜铠哭过吗？”阿纳问。

“只愿是每一夜。”辟邪道。

阿纳站起身来，走到帐门前，掀开帘子，冲着外面明亮阳光里耿耿于怀站着不动的库勒莫道：“我要知道他都见了谁，你问出来。若没有答案，人却胡乱死了，我一样拿你是问。”

库勒莫露着白牙，咧开嘴笑了。

八月初二日，屈射成人节的献牲日。朔日东门有奸细混入，惨死二十余人，其中不乏左屠耆王身边的骁将，更加前几日铁兰妃子莫名死了，因此即便是过节，屈射各族中谣言四起，心怀憤懑者众多。正午贵胄们的聚会就在王帐南门外。高台已备，火盆烈酒俱齐，左屠耆王脸色阴沉地带着随从登台落座，这日热闹未起，已是意兴阑珊。

不刻祭司奏请洗牲，左屠耆王敷衍地点了点头。

今年适逢大战，祭献的牛羊又比往年多了一倍，待披红挂彩的牲畜鱼贯入内，环坐于台下的贵胄们终于有些笑颜。祭司正支使着人七手八脚地拆开牲畜身上的锦缎，取了泉水泼洒，正忙到一半时，忽见左屠耆王几乎是跳起身来，立在正座边。

人群耸动，不刻便见两对前导的武士在人群“嗡嗡”作响的疑惑中走上台来，先向阿纳躬身问了好。这四人头上的帽子都簪了上等的貂尾，所佩弯刀都是金灿灿的刀鞘手柄，皆是大单于行銮中最上等的武士，待他们将低级的祭司悉数赶下台去，恭谨设了几案广榻和凉棚后，熟知大单于日常排场的人群终于爆发按捺不住的欢呼。只见一个高大瘦削的身影扶着武士的肩缓缓走上台来，慢慢坐在阴影下的榻上。阿纳躬身上前，单膝跪在地上捧住他的手亲吻。

近几个月来大单于甚少露面，王帐中仅有只字片语的消息传出，令人不禁多生忧虑，而今突然君临行銮之外，果然是举国同庆、群情振奋，虽然依旧看不清大单于的面色，人众都站起身来，眼噙热泪，举起双臂，山呼万岁。

那受伤后久居行銮不出的老人似乎依旧精神不济，只能点头向阿纳示意。

“安静。”阿纳领了均成之命。

一个仗刀的武士便站在台前大喝道：“众位王侯，大单于有口谕。”

“喝！”人群齐声领命，瓮然摧人心折。

那仗刀的武士见众人安静落座，翘首以盼，才扶着刀，朗声道：“大单于口谕与我，今年成人节与往年不同，王师南下，屯兵于努西阿河南北，不消几日，必破中原。我屈射人征服草原各国，山林湖海，弓矢火弩，俱已无惧。但今日成年的少年，却从未见过现今这个大阵仗，当年大破戎翟人时他们还未生哪！今日之后，他们却会驱马奔赴努西阿河畔，在他们挥洒碧血之际，定先斩尽了敌骑，蹄下刀下是敌人血流成河。少年恣意，人生如此，古来又有几人？”

人群哄然一声赞叹，像是拍在礁石上的浪涛的声音。

那武士接着道：“恰逢此盛世，大单于因此道：这些牲畜之血哪里配得上今日的少年们，必定是要人牲的。”

“啊……”台下的贵胄们不如说是惊呼了。王帐自均成继位后久废人牲，年轻的贵族

子弟只能在祖父辈的口中遐想奴隶们在祭祀之前悲鸣的哀叹和无助的乞求，更遑论这些未必见过断肢残尸的少年。

阿纳的面庞在阳光下倏然扭曲，扭头望着凉棚阴影下的均成。

“大单于……”

均成却已竖起了手掌，止住他的语声。

“带来。”武士喝道。

人们鼓噪着站了起来，库勒莫虽然父辈是奴隶出身，此刻却也按捺不住好奇和兴奋，在神色阴郁的阿纳身边不住搓手傻笑。

“哗啦……哗啦……”

王帐深处传来铁链在地上随脚步拖行的声音，一条苍白的纤细身影，从高台之后慢慢转出，他手足都由精铁锁链缠住，每行一步，都甚是沉重。这些锁链的另一端，却是由十六名精壮武士紧紧拽在手中，另有四名大单于驾前赫赫有名的武士，如临大敌般扶刀同行。这只着了一件白色长衣的单薄少年虽在此刻的凉风中微微颤抖着，却因他们冲天的杀气和恐惧更加夺人双目，犹如万丈冰山蚀地，漫行而来。

“这便是昨日的奸细！”有人先嚷了出来。

顿时台下如同炸了窝一般，叫嚷哭号，操刀执刃，赌咒发誓，若非那些押行的武士怒目而视，早有人冲上前来。

“大单于！”库勒莫却在台上高吼了一声。

他的声音着实洪亮，非但均成有些体弱不耐地挪动了下身体，连台下喧嚣的人群也被他喝住，竟噤声等他言语。

库勒莫涨红了脸，道：“这个人，不是什么奴婢！夕桑雪山一战，中原领头的就是他，连大单于听闻，也赞叹过。他昨日虽害了我们那么多的手足，但他的手段胆识，我却还是佩服的。左屠耆王要我审他与谁勾结，任我使尽手段，令他死去活来，也未听他半句哀求，哼也未哼一声。这样的汉子，这样的英雄，不应当像牲畜般被屠，求大单于将他从容体面赐死。”

这番话几乎是吼叫出来，振聋发聩，台上台下都是半晌的肃静。只有那铁链曳地之声，单调得令人烦躁。

阿纳抿着嘴唇沉吟着，不自觉地向前半步，却听均成的武士怒道：“滚下去。”

库勒莫握紧了拳头，见阿纳向自己摇了摇头，哀叹一声，跳下台去。人声又开始“嗡嗡”作响，各自低低议论。

如此争执，辟邪却恍若未闻，赤足踏上为献祭牲畜清洗过的一块光滑青石，带着铁链敲打青石悦耳的声音，迤迤然安坐，尊然凛然，如玉佛驾临在信众的瞩目中。

祭司倒是有些手足无措，几人凑在一起，匆匆低语着，要从记忆里拼凑出人牲献祭的礼仪来。一个祭司先行走到辟邪身边，舀起清水，自他头上慢慢淋下。

阿纳走近均成身边，道："父王……"

即便是在阴影中，他仍能被均成眼中的厉色刺痛。

"请大单于旨意，人牲已清洗干净，现在要他的头颅吗？"

"先要左臂。"大单于看了一眼左屠耆王，缓缓地宣赞神谕。

屈射虽废人牲日久，但要论之前最有名的献祭，只怕要远推当年山戎使者红孤儿了。

这件事有太多传言传闻，更是被穹庐中的妇人绘声绘色地讲得细致，从一开始红孤儿左臂被折断的惨叫，到他肠子从肚子里拽出来的声音都学得各有千秋，难分伯仲。"再闹就把你当红孤儿捉去。"孩童们瞪大眼睛听着的时候，总有这句话紧跟着。因此在座人等听"左臂"二字，想到中原这等一流人物就要被折辱虐死，都在即将到来的残杀景象前兴奋得发抖。

辟邪还记得清楚当年阿纳为他描述的红孤儿受刑之惨状，他那时震惊之后，只是笑道："怎么可能是真的？"

"只怕比小王子说的还要惨些。"回答他的却是谢伦零。

他犹记得这个惨烈的逸闻几乎是个天大的秘密，在他回京之后，不敢向任何人诉说。辟邪能想象自己若是讲给颜镶听，他一定会转头就向郑王妃告状，郑王妃便会看着自己哀叹道："殿下，不祥之事，岂可随口乱讲？吓到兄弟们可不好。"

他此刻看着刽子手走近，知道自己将变成屈射人口中惨死的恶煞，只是正如红孤儿，一样无人在中原替他传唱。他叹了口气，向刽子手伸出左臂。

那刽子手在他面前俯下身来，如同要亲吻主子手背的奴婢，将他雪白的手指握在手中。

"呼"的一声，刽子手举起了重棍，举在半空。

"且慢。"阿纳终于忍不住叫出声。

而重棍已然呼啸着砸了下去，骨折的脆响令人毛骨悚然，伴随着围观的屈射贵胄心满意足的叹息。辟邪小臂的断骨已经刺破皮肤裸露在外。

然而屈射人却没有听到期待的惨叫声——辟邪佝偻着腰，整个人转瞬变得更加惨白，浑身战抖着大口透气，望着自己的鲜血滴落在青石之上，令他一瞬间支离破碎的意识渐渐聚拢来，疼痛锯齿般切开他的意志，他拼死咬住嘴唇，未曾松口呻吟一声。

刽子手并不喜欢这件差事，尤其是在库勒莫的怒视之下更不知道应当如何拿捏分寸，听左屠耆王叫了一声“且慢”，忙停住手，仰面等着高台上的消息。

“父王。”阿纳上前道，“这人来到大营中，勾结的究竟是谁，仍未问出，如此就轻易杀了他，恐那奸细日后生出大事端。”

均成的声音仍然虚弱，却带着深深的失望，扶着凉榻叹道：“孩子，他来找谁，你我心知肚明，你用心良苦要留他的性命，他却不会领情的。说什么那奸细不曾找到，不用着急，那人就要来了。”

阿纳举目南望，谢伦零消瘦的身影正利刃般切开人群，缓缓行来。屈射人的王帐中早无此人出入，这两年来他也再非大单于驾前最倚重的谋士，只怕连听到他说话的人也没有几个。然而这满座贵胄，为他于断琴湖一役所救甚多，更加无一不是他的学子，中原学问皆拜他所授。因此人们多有起身致意者，像随他脚步激起的波澜。

他走至台前，望了辟邪一眼，满面痛惜地蹙着眉。

“先生。”辟邪从胸膛中挤出声音来，旋即便放弃在剧痛中的挣扎，安心昏死过去。

谢伦零身边的仆人奔来，一把推开刽子手，将辟邪挡在身后。台下诸多人众见谢伦零径直登上台去，都翘首观望。

阿纳待谢伦零向大单于行礼完毕，在一旁拱手施礼：“先生。”

谢伦零望着他，叹了口气道：“左屠耆王，你不认得他是谁吗？”

“认得的。”

“大单于可知道他是谁吗？”

阿纳看了一眼神色漠然的均成，道：“大单于应是知道的。”

“大单于既与其父惺惺相惜过，后人也当相互珍重，这才是贵重的人品。若其时不能容他战死，就当允他从容自尽，何以用牲畜之刑待他？”谢伦零道，“我听得左屠耆王逼问他的来意，何必多此一举？他来这大营之中，除了我之外，还能寻谁谋划？我已鲜涉屈射朝政，左屠耆王还有什么担忧？”

阿纳道：“此次他却不是一个人来的，当日还走脱了一个人。以他身份之贵重，何以让那人先行逃脱，自己断后？这次来定有事关大局的密谋。若说先生未授以良计，我却很是不信。”

谢伦零笑道：“那人先行走脱有什么奇怪？”

“哦？”阿纳蹙起眉来，“愿闻先生指教。”

“那人是伊次厥的儿子。”谢伦零道。

凉榻上的均成终于微微侧了侧身，向谢伦零招招手。

谢伦零便走入了笼罩着均成的阴影中。

均成此时已然五十三岁，常年征战，风霜却未曾在他面容上留下过多印记，尽管重伤之后迅速老了些，最近稍显清癯，但神情仍如他壮年，湛蓝的双眸宛若天空，其中自有天神在宁静俯视。

“你应当替我杀了他。”他慢慢道。

谢伦零微笑道：“我是中原人。”

均成恍然大悟似的大笑起来，笑声如日行雪山，依旧朗朗——自大阏氏阔穆阿黛战死之后，阿纳便很少见过父亲的笑容，此刻大单于与谢伦零依旧投契，即便是人分两国，势如水火，仍是至交知己，多少故事一言道尽。“英雄”二字不过坦然。

均成在大笑中蹙起眉来，抚着胸口的伤处叹道：“远仙、远仙。我该拿你如何是好？”

谢伦零道：“若我是当今朝臣，大单于不妨就将我和那孩子一同处死。但大单于也知道，我虽是中原人，却和努西阿河对岸的那些人不一样。”

“有什么不一样？”

谢伦零道：“我自断情湖一役之后，几乎从不饮酒。大单于是否还记得有一晚，我痛饮高歌，欣喜若狂，竟醉了两日两夜？后人恐我就此死了，还惊动了大单于来看视。”

“那确实是少见的。”均成点头，“我还记得你我初识时你甚爱饮，若论恣意，不过就是那一次罢了。”

谢伦零从怀中取出一只羊皮的袋子，里面拿出的东西视大小厚薄，应是一件折子，只不过外面又由一层油纸包裹。谢伦零展开油纸，将其中已然陈旧的折子托在手中，走得更近了些，呈给均成看。“那日我收到了这封书信。”

均成不过看了两行，便抬起头来，诧异地盯了谢伦零一眼，然后认真读了半晌，到最后又返回头上，再看了一遍，才慢慢放下，交还给谢伦零。

谢伦零小心翼翼将书信收回羊皮袋中，又道：“若大单于破了中原大军，继续南行之际，一路上阻碍重重，若有一人能为中原民心所向，结果只怕相去甚远哪。”

均成沉思了片刻，目光忽变犀利，盯着谢伦零的眼睛道：“在此之后呢？”

谢伦零惨然笑道：“他被残害成什么模样，左屠耆王都知道。哪里还有什么然后？”

均成坐正了身子，道：“远仙，你到底想要做什么？”

“我不过是想拖得一刻是一刻罢了，那个孩子是我旧主之子，我岂能眼睁睁看他被虐杀？”谢伦零苦笑道，“我虽不愿见屈射破了中原，一样也见不得当今皇帝在位一天。若大单于的铁骑果然势不可挡，我愿意陪大单于、左屠耆王、我主上南下，先复颜王之仇，再与屈射周旋，后谋复国。”

均成细细品味着谢伦零脸上坦然无赖的神色，良久，翘起嘴角来，微笑着招了招手，旁边的武士赶上前来搀扶。

“听说那孩子宁死不屈，你当好好劝劝他。”他站起身来嘱咐。

“是。”谢伦零道。

“后谋复国？”均成站起身来，一边摇头似乎是在自语，“那孩子能活到那时吗？”

“父王？”阿纳见均成扶着武士径直要回王帐去，忙问。

均成回头望着他道：“他就算了。换个戎翟人。”

黎灿自舍了辟邪，被屈射人紧追了一日。好在这匹汗血宝马非但快得如同风驰电掣，更是耐力惊人。自晨至暮，终究没有叫屈射人赶上。因此一入暮夜，屈射人便更难以追踪，终被他顺利逃脱。

他心中稍定，才自东拨马南下，虽耽误了一整个白日，却终究令屈射人估不到他的行踪，若能平安回到中原大营，总是值得。

但行到次日黎明之际，黎灿不免忧虑——身下的这匹宝马，已是强弩之末，不住地“呼哧呼哧”喘着粗气。他不得已勒住马，跳下来让马匹休息，自己摸索身上携带之物，不禁苦笑：果然是手无寸铁。若此刻遭遇屈射人，当真是束手待毙的份。抬眼却见东方天空之上秃鹫苍鹰盘旋，他知其下必是杀戮刚过，满地横尸，不禁心中一动。

若能遇上中原战胜之兵，固是上上大吉。退一万步讲，若行事小心，或失主驽马，或断刀残剑，总能求得一二。他因此当机立断，舍了南下的道路，又向东折去。

乌鸦如一团乌云在晨曦碧天中笼罩着刚刚沉寂的战场，犹如失魂附体，不住苦痛地尖啸。黎灿仰头叹了口气，在两三里外止步跳下马来，伏地倾听——再未闻人马行进突击之声——他小心缓缓逼近，不刻便见数百死尸散落各处，正为草原的猛禽啄去双目断肠。

黎灿牵着马，徜徉其中，只见伏尸都是屈射人装扮，应是埋伏在此的一支巡哨眼线。他俯下身来，在死尸手里夺过短刀，掂了掂又不甚如意，只得再寻。忽听呼啸一声，一支利箭打在他的脚边，立时四处黑衣轻骑奔涌，一支人马快刀利箭地驱开秃鹫，在“扑啦啦”羽翼振风中逼近。

“啊，我道是谁。”为首的大将笑道，“原来上当的不是屈射人，倒是你。”

“赤胡？”

黎灿大惊之后大喜，尚来不及展开蹙起的眉头，赤胡见了笑道："瞧你这愁眉苦脸的模样，定是从监禁中逃出来的。你主将知道，岂不震怒？"

黎灿奔上前去，挽住赤胡的马："将军，有要紧的事相商。"

赤胡自认识他以来，一直佩服他的张扬洒脱，鲜见他如此惶急，忙跳下马来，被黎灿一把拽住，欺身耳语。

"我与辟邪身负要命出使屈射王帐……"

赤胡听到此处，先抽了口冷气，道："难不成是去见左屠耆王阿纳的？"

"自然不是。"黎灿瞪了他一眼，"莫要乱加揣测。既是要务，也不会多做透露。如今事关中原气数的信物就在我身上，辟邪却因断后，被屈射人俘去，生死不明。"

赤胡大惊失色，一把抓住黎灿的衣襟，道："你竟由得他身陷在王帐？若六爷有个闪失……"他打了个冷战，沉吟了一瞬，又道，"不，倒是不会。那人定不会伤他。"

黎灿抓住他的手腕，道："先且不论他生死，若信物不能送回行銮，就白白要他遭了这些罪。"

赤胡道："我这里发兵两千，护送你回努西阿河对岸。"

"这样太慢了。"黎灿道，"我孤身往回赶是最好。若这两千人在我身后两翼拦截追兵，才是要紧。"

"这定是有的。"

黎灿又道："王帐中的消息，右骨都侯善诺一部十日之前便离开王帐，去向不明。若将军见着踪迹，必报于行銮知晓。"

此刻赤胡的部将为黎灿牵过两匹良马，奉上铁枪、长剑及弓箭等，黎灿一边负在身上，一边见赤胡调兵掩护自己行踪，又分兵一路自东向西横亘草原搜寻善诺一部踪迹，便问："将军何去何从？"

赤胡道："我自带精锐，务必寻得六爷辟邪的下落。"

"他若活着，必是困于阿纳营中，你如何能近得了他的身？"

"以六爷的武功，阿纳如何困得住他？如有机会脱身，我就在左近也方便接应。就算遇他不上，能造些混乱，令他有机会逃脱也好。"

黎灿苦笑道："将军可知他现在内伤沉重，命在旦夕？这般莽撞，不啻孤军深入的大忌。"

"若救不了他，我家王爷知晓了，定要重责。"赤胡上前拉住黎灿的手，又道，"你我这里分手，都务必成功，不然这天下……"

他忧色深重，黎灿见了，笑道："我原也不在意什么天下，只是被辟邪诓了日久，不得已来做这些杀伐的勾当。愿这天下不辜负你我，能容我们安安静静吃上杯酒。”

赤胡跃上马去，向黎灿点头致意，领军向西。

这路人马行险不住向西南行进，终于为左屠耆王左翼驻军察觉。大将葛生亲至王帐，禀明阿纳。

“这股人马就在东翼游荡，甚是恼人，大王请看。”葛生指着地图示意给阿纳，道，“若他们继续向西南方向进发，定会切断右骨都侯即时南下的通路，只怕有碍大王大计。”

阿纳道：“这支人马竟不知如何凭空生出来的。”

葛生道：“臣亦是不明，有失察之罪。但东方的驻哨近来都一一失了联络，恐有中原人在那处不住伏击，令我折了好多人马眼线。”

阿纳道：“如此只有我们提前动身，在他们追上善诺之前，一举歼灭。今日是成人节的最后一日，明日就可以出发。”

于是大将开始议如何启程，带同人马数量等事，至一半时，有仆人上前在阿纳身边耳语，道：“王，他醒了……”

阿纳抬手止住他的语声：“谢先生同他讲过话了没有？”

“先生刚进王帐，这时只怕才到呢。”

“各位自便。”阿纳径直站起身来，众人忙起身致意，目送他走了出去。

在雪山里狩猎千年的白狮要远走了，
因他雪球般的幼狮已经爪牙锋利；
在青天中盘旋了万年的大鹏终于要高飞了，
因他蒲公英般的雏鹏已经羽翼丰满。
照耀大地百万年的圆月也会西沉的，
因东方的太阳升起来了。

八月初五是成人节的最后一日，这天原本是各部各族在大会后分散回各自属地，而今大战将至，刚刚成年的少年们正在告别母亲姐妹，前往各亲王阵中，营门前是依依惜别的家人们，正在高歌。

阿纳若有所思，仰面听了一会儿，仆人已经打起帘子待着。一进寝帐，便见辟邪斜倚在枕上，打着夹板绷带的手臂横置在前，不远处千人同颂，隆隆似雷的歌声摧折心神，他体弱之下，不耐地微微颤抖。他身边的谢伦零恭谨侧坐，并不置一词，只是静静等着阿纳落座。

“不知道谁是那个顶替我的倒霉鬼，最后还是献了人牲吗？”辟邪微微有些气喘着笑问。

“最后斩了戎翟人的首级，各家贵胄才没翻了天。不然也是要大闹一场的。”阿纳叹气，又向谢伦零点了点头，“先生刚到？”

谢伦零道：“刚请过脉，还没有谈正事。”

“如何？”阿纳问。

“虽不见好转，但左臂伤势未曾令病症恶化，也算是意外了。”

阿纳竟展颜笑了：“你的病症，在这里养上一阵自然就好的。这里天南海北来的巫医都有，总有一个管事的。”

辟邪道：“承左屠耆王的情，我却不想久留。”

谢伦零道：“主子爷容禀，得大单于首肯于奴婢，愿以举国之兵助主子爷南进，雪颜王之冤，复举族之仇。”

“先生，此事我已回复过左屠耆王，不论由他还是由大单于作保要为我父亲复仇云云，我都不会答应的。父王一身磊落，驻守边境多年，怎会忍心见有人假匈奴人之手，以屠戮中原百姓为代价为他报仇？更不用说所谓复仇雪冤一事，只是涂炭中原生灵的借口，我父王大人并不齿于担上这个污名。先生虽是颜府家奴出身，但与我父王多年来一直情若兄弟，不当不知我父心意。”

谢伦零道：“主子爷说的都极是，只是大单于前几日见主子爷受刑依旧不失中原贵重亲王坚贞品格，自然想见中原民士何等不屈。大单于南下中原，愿屈射人归化中原人情礼法，开化农耕，不受游牧风霜与各族残杀之苦，大单于心中慈悲，绝无意屠戮中原百姓。”

他说到这里，辟邪已举眸不可置信地望着他：“先生……”

谢伦零摇了摇头，道：“主子爷心中有疑惑是自然的，但是，大单于已应允了，南下之后，绝不称帝中原，而愿扶主子爷登基继位，摒除奸佞，重振中原朝纲。”

“什么？”

穹庐中能听见寒气从辟邪双唇中透出的呜咽声。他因为一瞬的晕眩，辛苦地慢慢闭上了眼睛。

“小九？”这一瞬的失神在辟邪身上已是失态的地步了，阿纳不禁担忧地伸出手来，扶住他的肩头。

辟邪勉强展目，道：“先生，不错，以那些毁谤小人的话说，我父王于先帝在时，可称权倾朝野，不可一世；加之失职于靖德太子殉国，之后仍手握重兵，最后敢于举兵犯禁，是我朝有史以来最大的逆臣。但是我长在父亲身边，每一日的言传身教，都知道他对先帝、对朝廷从无半分不臣的妄想，他一生所想，都是荡平藩镇，远逐鞑虏，开疆辟土。殚精竭虑之际都不曾有一刻为自己想过一丝一毫。要我以颜王嫡子的身份继位中原？轻易允了这等大逆不道的事……”他冷笑道，“先生救我，非故意陷我于这不臣之地；只是先生与父王可谓心意交契多年，此刻扪心自问，我一条性命，是否值得先生辱我父一生雄志英名？”

谢伦零骷髅般死气沉沉的面容被内心的火焰煎熬，挣扎着几要崩塌，他的双手剧烈地战抖着，伸出去似乎要拥抱辟邪，却又在羞愧中踌躇，最后慢慢放在自己的膝上，竭尽全力方平静下来，匍匐于地，道：“主子爷，这件事势在必行，万请看在中原万万苍生的面上，珍重性命，存志复国。主子爷，念在少小从奴婢读书、共退伊次厥的情分之上，也自问一声，是否信得过奴婢？奴婢坚信：若先王在世，此刻一样会命主子爷允了大单于的盟约。奴婢也盼主子爷能同奴婢一样坚信不疑。”

辟邪望着谢伦零艰难起伏的肩背，知道即便敌首在场，这世上唯一爱自己胜过家人故土的人也不会对自己存半点虚妄之言，然而“僭夺帝位”，却绝非自己所知的父王所愿——他一时不堪混乱，扶枕强作体面，不住喘息，如被拷问得筋疲力尽时的无助呻吟。

“今日主子爷与奴婢言尽于此。”谢伦零叩首，“奴婢……”他自知再无可多言之语，叩首起身告退。

他走至穹庐门前，忽然又回首望着辟邪，眼中竟是通透的欢喜清明，道：“湛没有白疼你一场。”

穹庐一明一暗，谢伦零像带走了其中大部分的空气，辟邪与阿纳彼此盯着对方平静深渊般的眸子，都没有半分的退让，在剑拔弩张中微感窒息。

“小九，你说我为你父王兄长复仇，都是为占你中原江山的借口。枉你我生死交情一场。”

辟邪冷笑道：“你我有那番过命的交情，只是因为当时同仇敌忾。我知道你仰慕我长兄，只恨不能替我生在颜王府中；我也相信你乍闻我兄长死讯，也当痛哭失声。你责难我胆怯，不能杀他们个痛快。你可知道我亲眼所见，我兄长迎着我父王的剑锋而去，他最后一刻因信我父王大志，没有一丝悔恨犹豫，竟还在微笑。他们每一个人，死时都信自己光明磊落。我自残身体至今，每时每刻所受折磨岂是你在穹庐之下举杯痛哭可比？但我眼中一样每时每刻皆是我父兄鲜血，促我苟且至今。你那复仇的心气，与我父兄为之殉身的天下，岂能相提并论？”

阿纳叹道：“那日得了你全家被杀的消息，当晚我便带刀轻骑离了王帐，自带林先行了六百里，直到努西阿河之阳。那时已是春日，满目皆芳，翠色草原连接蓝天，无尽无垠。我在那阳光下，却是孑然一人，我在想，知道我是知牙师，知道我爱被母亲怀抱着入睡，知道我只想孤身游荡，一路向西的人都死绝了，那我也一并死了，从此就桎梏在阿纳的身体里，再没有一日的自由。我为自己大哭着，痛哭着，那时才是我听到你们死后第一次痛哭起来。那不是仅仅因为仰慕的长兄亡故，不是仅仅因为我生死之交死于非命，也是我自己的心里最后那片血肉死了。”

“啪。”——是辟邪的眼泪滴落在阿纳手背的声音。

在一瞬的寂静中，这声音如此清晰明白，辟邪震惊地抬起手来，将泪水从没有表情的面上拭去。

“那日在努西阿河见到你，我便觉得自己又有了点活气，总觉得那敌首虽然可憎，却似曾相识。我只知道当日你父王引来见我的，不是什么靖德太子，亦不是你兄长，却是你。命中注定，你我互相杀伐，果然天不负我，又等到了你，你必不知我心中的欢喜。我道你已无国无家，少时共游中原的誓愿，竟能如愿以偿，你还是颜久，我还是知牙师。但愿一日干戈平息，你我都能再次自由自在。”

“阿纳，生在亲王府邸，从没有自由自在。”

“不错。但你当知道我愿你归降屈射，并非只为用你才智，占你中原。”

如此厚重的情义，让辟邪心生不忍与不祥，眼前 团团红云又在飘浮，阿纳的面庞似乎沾满鲜血——他摇了摇头，道：“牙，你情义深重，是大慈大悲的人。”

他并不自知此时的声音是如何虚弱，只觉阿纳突然握住了自己的手。

“小九。”阿纳冲着他的面庞大声唤道。

“若有来世，我带你去寒州。”

“这般水米不进地睡，可是要死的。”是阿纳在摇晃他的肩膀。辟邪勉强睁开眼睛，虽然阿纳的面容仍是模糊不清，但眼见得颜色稍和。

库勒莫在旁边来回踱步，不顾阿纳的忧心忡忡，唠叨道：“明日就要启程，王还是早些安歇。”

天顶上不见阳光，定是深夜了。阿纳揉着眉心，显然耐心耗尽，就将暴躁。帐帘一响，是堨给走了进来。

“怎么来得这么迟？”阿纳不豫。

堨给忙道：“阏氏就是不肯出来，我可是大大得罪了，才请到这里来的。”

他击掌，便见慈姜缓缓走入，她身后用利刃抵着她后心的武士才收了刀，躬身退了出去。

"你来看看。"阿纳对慈姜道。

慈姜展颜笑了，露出母狼般的白牙："他快死了，又少个屈射人。"

阿纳冲她冷笑道："他却不是屈射人。你祈愿努西阿河与我对战的中原敌首能全身而退——看，他如你所愿就在眼前。贺里伦的天神虽对你说他就是我命中的克星，只可惜他就要在这里死了。"

慈姜笑道："你自己的营帐给他用，又关切到这半夜三更，虽然他确实是中原人，但要说偏偏是你最忌惮的那个，我却是不信。你要我治他，你敢吗？"

阿纳站起身来，一把将她高挑却清瘦的身子拽到辟邪身边。

"他如果死在今夜，你也一样。"

慈姜扭过头去，望着阿纳，嗤笑道："哦？我怎么记得你留着我，是准备给你父王殉葬的。"

"那太过遥远，要是有合适的理由，我也不介意是今夜要了你的性命。"

"有趣。"慈姜细细打量着阿纳的神色，道，"我倒要看看这个人活过来之后，最后是怎样要了你的性命。"

她在辟邪身边坐下，捞起他的右臂，问脉之后，再细细倾听辟邪呼吸，最后道："续命而已，药却是有的。"

竭给问明了地方，急忙奔了去取，回转时捧着一只鹿角药盒，其中六颗药丸，表面还甚是湿润，看来是新近炼制。

"没事炼这种药做什么？"

慈姜冷笑道："这是给大单于炼制的，我倒还是想多活几日呢。"

她以银签挑出一颗来，对阿纳道："这种东西，饮鸩止渴，你若现在有其他的法子，倒不如留着这药对付你父王。"

阿纳愠道："不要多言。"

慈姜柔声对辟邪道："中原人，你现在呼吸紊乱，咽喉肿胀，我想你也吞服不了这个药丸。如果你耐得住，我取水化了，你慢慢饮下。这药丸难得，你可忍住，不要吐出来。"这番柔声款语，自她来到屈射就不曾有人听到过，只觉她眉目口角都是极媚的嫣红，与往日判若两人，仿佛对人施了巫术一般，叫人心驰神往。

"好。"辟邪望着她微笑。

阿纳已不耐烦地催道："少说废话，快些就好。"

一时有仆役取来滚热的水，慈姜将药丸投入水中，用鹿角棒轻轻匀开，帐中顿时腥气冲天。人们捂住口鼻，看她将一碗赭色的药水，端到辟邪嘴边。

慈姜笑着问他："如何？闻到这味道，你还敢吃吗？"

辟邪想要挣扎起身，却着实无力，慈姜体贴地托住他后背，令他倚在身上。辟邪对她摆了摆手："还是我自己来吧。"

他只得一只右臂能用，慈姜见他手颤个不住，仍是不敢放手，替他轻轻托住水碗。

阿纳向堨给使了个眼色，堨给忙凑过来，将慈姜请到一边："我来。"

辟邪叹了口气，凑近那药碗，一时腥膻之气直冲腑臆，又觉天旋地转。

"小王爷，小王爷。"堨给忙唤。

辟邪对他苦笑，仰首将药一饮而尽。

自咽喉至脾胃，没有一处地方能耐得这令人作呕的气味，他俯身于地，在众人怜悯的沉默中强忍不吐。然则那药力却发效得极快，不刻便觉心口被炸得剧痛，只有暇蜷缩成一团，药力顺着血液横冲直撞，四处奔流，所过之处，盘结在肺经的郁积的真气被搅得粉碎。他知道此时是顺行真力的关键，拼力挣扎着坐直身姿，稳住心神，将千丝万缕的真力，缓缓聚拢，慢慢向肺经疏导，不知过了多久，才觉肺经稍畅，药效也发散完毕，一头栽到裘褥之上。

这是攀过雪山之后，睡的第一个好觉，良久之后，忽觉左臂疼痛，全身颠簸甚苦，睁目时，却见堨给坐在身边，头顶上车篷摇曳，原来已在行军路上。

"小王爷觉得如何了？"堨给应当是目不转睛地盯着，辟邪才睁开眼睛，他便立时询道。

"原来心口痛得厉害时，根本不觉得其他伤处疼痛，现在左臂倒是痛得紧。"

堨给道："之前有巫医换过药，稍有疼痛是应该的。看来已度过那命悬一线的时候，左屠耆王定要欢喜了。"

"这是去哪里？"

"从王帐出来，向东南方向行走。"堨给道，"与右骨都侯会合。"

阿纳的声音从远处传来，渐渐行近。只听他道："回了王帐能如何？王帐里谁能劝得动他？"

"大单于却说过，并不一定要劝动他。人活着就好了。这般行军折腾，只怕路上有什么闪失。"

"我倒是怕王帐里闪失更多。"阿纳道，"远的不说，就说你们四个，库伦在他手里死了兄弟，这一路回去，我就不是很放心，况他在大单于身边随侍得近，想要做点出格的事也是简单得很。"

"大王如此说，我们也是无言以对。"那人也甚是无奈。

"不就是这辆车？"有人说了一句，听得衣袂拂风之声，车身一沉，已有人攀上车来。

埸给伸手握住藏在辟邪被褥下的长刀，在车帘掀起时仍作镇定，望着来人笑道："正听大王说到库伦，不想当真来了。"

那汉子目中精光四射，看了一眼车中已然清醒的辟邪，对埸给狞笑道："哦？你耳朵倒是挺好使的。你父亲家里那点事是不是日日夜夜都让你听得清楚。"

城府深如埸给，竟也一瞬间变了颜色。辟邪已然能感到他握住刀柄的手指又紧了一紧。

"库伦。"他身后立时有人赶了上来，剑拔弩张之际，一把抓住了库伦的手腕，将他拖下车来，"小王爷恕罪。小人是大单于驾前侍卫萧博，敢问小王爷今日觉得安好些吗？"

辟邪扶枕点头，道："多承大单于挂念。"

阿纳催马过来，俯身向车内看，见辟邪已睁目能言，大是欢喜，笑道："这边有能专治他内伤的医师，一日间能有如此好转，痊愈也是眼前的事。若依了父王带他回去，恐又有耽误。"

萧博想了想，笑道："大王说的甚是在理，但请不回小王爷，大单于必定责怪，倒不如我们四人就陪着大王和小王爷走这一趟。"

"岂敢劳你们四位大驾。"埸给笑道。

库伦冷笑道："不怕的，成人节当日就该陪着小王爷走到底的，这时算我们四个好好地将功补过。"

"这四人中除了领头的萧博，库伦最是凶悍，库勒莫在军中无人能敌，而他却是实实在在的刺客。另外两人叫作咒咒和叶菲莫为，亦是他同门中的高手，共在大单于驾前。"埸给一边将热粥喂与辟邪，一边解说，最后压低了声音道，"六爷若想脱身，行军中应是最好的机会，无奈这四人武功着实太高，只盼六爷的真气再凝练些，方能摆脱这四人纠缠。那药既然能助六爷渡过难关，还当日日吃了才好。"

"不敢再吃了。"辟邪道，"吃得一丸时，便觉真力充盈过甚，要化了那些真气，实在辛苦。要想法回去，还需时日。我只是疑惑阿纳此行会合善诺是什么缘故，非但他要自己亲自出马，更是瞒着王帐中其他贵胄，烦兄长多多查探。"

"启程之际，左屠耆王已将你交给了我，谆谆嘱我要保得周全，况我离去，也一样不能安心……"

他两人声音极低，才说了一会儿，便听库伦在外冷笑道："怎么？报了我们的名字就在商量怎么对付我们了吗？我就说中原奸细不能交在中原逆子手里。"

辟邪向堨给点头，两人伸手相握，算作互道珍重。才松脱了手，堨给便抽出刀来一跃而出。兵刃相交，武士呼喝咒骂，闹了一会儿，听堨给大声道：“另请高明吧，这里妥妥会说中原官话的何止上百？没来由糟践我一个玩儿。”

辟邪听着忍不住笑了。

立时便有一个仆役愁眉苦脸地爬上车来，坐在辟邪身边，直勾勾盯着他的双手。行程顿然变得无趣，不住地就是喝粥吃药，已有些昼夜不分，晨昏颠倒。唯这日醒来，正是清晨，呼吸通畅，未有苦痛。他坐起身来，见帐中的仆役正枕着胳膊酣睡，便抓起身上的貂皮褥子，裹在身上，慢慢走出帐去。

已是一地白霜，想到出发时的满地青葱，恍若隔世。

三柄长刀悄悄抵住他的脖颈后心。辟邪不为所动，看着红马载着黑发青年风一般驰来。

“今天能骑马了吗？”阿纳问，未及辟邪答应，已接着道，“那跟着我。”

人们正拆了帐篷堆在马背上，不消片刻，整个大营便整装待发。那仆役强命辟邪穿得厚重，他现今羸弱的身体竟觉得不堪重荷，望着高高在上的马鞍叹气。此刻便有仆役上前跪于马前，任他踩着后背上马。

阿纳笑看着，等他顺过气来并骑同行。

“不是赶路吗？”辟邪问。

阿纳道：“只是出了王帐巡视前线，并没有什么急事。”

——若是突袭，当未到时机；或是索敌，则仍未知道对方去向。

“你的胳膊如何了？”阿纳见他的左臂被缠在身体上，只有右手能执缰，随口问着。

辟邪道：“消了些肿。”

阿纳道：“你从小就甚弱，既然已少了一条手臂，就不要再打打杀杀了。”

“小时甚弱？”辟邪有些诧异，道，“若我没有记错，你可是跟着我逃出生天的。”

“那是没错的。”阿纳道，“然而体弱就是体弱，我也不是跟着你‘杀’出重围的。不知道你邪乎的武功是跟谁学的，这般过耗心力，能续命多久呢？”

“我这次北来，全心全意地就是想要你的性命，而你，却总在想着如何保全我。”辟邪哭笑不得，“你这样的人，盛世时可谓仁圣之主；然则乱世时，如何能做你父王的储君？”

“你却在替我烦恼吗？”阿纳笑道，“要知道所谓长子储君之事，都是颜铠教我的。我那时，只是个想到处骑马游荡的孩子。与国同死，那是屈射大阏氏长子阿纳的事。只有看见了颜铠如何坚毅担当，我方知道，原来承继父志应顺国运的人，是如此这般。而你，却是另外一种人。”

"什么人？"

"超然决然。"阿纳望着他道。

辟邪叹道："阿纳，我那时只有七岁，而你也不过九岁罢了，我们懂什么超然决然？"

"那又如何？正如现在一般，不是这个世界的人，眨一眨眼睛，许就不见了。"阿纳道，"因此在想，若是大阏氏、上元皇帝、你父王仍在，你我又是什么样子。我也许已经开始向西方游荡，没有人告诉我那里是什么样子。而你嘛……"他笑，"亲王之子，超然决然的，哪里都去不了。"

"而我嘛……"辟邪在想——这个年纪，已经娶了明珠过门，自己开了府，不知领着什么闲差。明珠必要经常去福海山上看望段时妃，自己定是因为无聊，在心中抱怨。而明珠就用那水波般的眼神望着自己——辟邪胸口气血翻涌，痛出了一身冷汗。

阿纳容他强忍下疼痛，才慢慢道："小九，那日我对你说，见了你，我好像又有些活了过来。但是我却觉得你因为多年辛苦和折磨，只是想找个恰当的理由，断送了自己。"

辟邪冷然转过脸来："你说什么？"

"看到你持剑飞驰而来，只能见你赴死的决绝，仿若将胸膛敞在我面前。"阿纳叹道，"愈是生死攸关，愈是生机渺茫，你愈是清朗振奋。对不对呢？"

"阿纳，你是在羞辱我吗？"辟邪厉色道。

"这样的人，我见过几个，他们比之自己的处境太过强大，又太过渺小。"阿纳道，"小九，把事情交给更强大的力量去做，于己于人于天下都是最好的安排，才是大义。"

"强大？"辟邪摇了摇头，将迎向雷奇峰那无垠杀意时痛快的无忧无虑甩在脑后，举目四顾——左屠耆王身周的铁甲精锐正在草原上压地而行，每一个刻画在湛蓝背景里的悠闲身影，都如同精钢锻制的利剑，"阿纳，正如当年，能走出重围的，不是精骑善射的你。而今，能占得这天下的，也未必是最利的剑。"

"那么中原皇帝呢？"阿纳问，"他打造过最精的精兵，还是有最厉害的智谋，还是很多人当他天神般崇拜仰望？"

辟邪沉吟了一瞬，道："君权天授，不必非此即彼。"

"哈哈，哈哈。"阿纳大声笑起来，"你果然也讲不出一个让你服他的缘由。"

"就算你如今贵为左屠耆王，亦是如此啊。"辟邪坦然微笑。

阿纳道："你小时，大单于便赞你智慧与坚毅兼得，深深担忧过我的未来。你父王对你没有期许谋划，我是决然不信的。谢先生说若你父王在世，一样会敦促你答应了大单于的盟约，我当真觉得此言不虚。你太过强大，何必装在那渺小的躯壳里，不堪煎熬呢？"

辟邪勒住马，静静地出神，身边是屈射的铁骑缓慢如江流徜徉而过，他最后叹了口气，“累了。”

“好。”阿纳回过身来微笑望着他。

“车。”那仆役大声道。

阿纳跳下马来，在车边望着他道：“你要知道，不用来世，你我一样能去寒州。”

“寒州？”

——为什么是寒州呢？寒州已被烧成一片废墟，他不知道当不当对阿纳说。

一连两三日，这支屈射精锐只是在东南方向逡巡，距王帐亦是越来越远。每日早早扎营，早早开拔。辟邪能骑马的日子也越来越长。萧博等四人见他渐渐好转，也是跟得愈发紧了。原先悠闲到吊儿郎当的骑士们，开始手扶长刀，个个绷紧了身子在左屠耆王身边戒备。

“只怕还未遇上中原人，我身边的近侍就都累死了。”这日扎营之后，阿纳与辟邪同坐篝火边，笑着抱怨。

辟邪却正在注意竭给远处给他的眼神，在阿纳的语声中回过神来，目光才流转到阿纳左右的近侍身上，道：“原来如此。”他不禁笑了，接过仆役端来的粥，才喝了一口，忽蹙起了眉，猛嗽了一声，竟是一口鲜血直喷在碗中。

阿纳跳将起来，一脚踢开那仆役。周遭的人不知什么变故，“哗啦啦”都是刀剑出鞘的声音，七八柄利刃瞬间架在了辟邪身上。

“让开！”阿纳推开挡在眼前的库伦和兕兕，夺过殷红一片的粥碗，厉声问那仆役，“这是什么缘故？好了这几天，怎么突然吐起血来。”

“不怪他。”辟邪气息奄奄地道，“只是那妃子给的药断了。那药太过恶心，能少吃一丸便少吃一丸吧。”

阿纳怒极反笑，道：“混账！药是想断就断的吗？你从小口中说的谨遵医嘱、自知珍重的大道理都去哪里了？药呢？”

“剩下的都在竭给处。”

“竭给过来。”阿纳不顾竭给的满脸不情愿，道，“你看住他吃了。”

人们这才撤了刀，将辟邪挪入帐中，见他服了药，静坐中苦苦发散药性，知道他今夜又是动弹不得，都稍稍松懈了精神，各自休息去了。

竭给待他理顺了真气，精疲力竭扶地喘息之际，上前搀扶他躺下，在他耳边道：“苟丽忽。”

辟邪轻轻抽了口冷气。

“并非大单于质问于他才杀了他的长子，实因其长子与其不和，竟在大单于面前诬告他密谋投降中原。大单于却对苟丽忽信任得很，杀了他的长子，又遣了自己的次子厉旭为质，愿在苟丽忽面前自刎谢罪。苟丽忽心存感激，本来要死心塌地效忠大单于的，但被阿纳想出了一个计较，他命厉旭前去苟丽忽大营，竟说服了苟丽忽借此机会混淆视听，诈降中原。这次去，只怕是要和苟丽忽里应外合，偷袭皇帝行銮。”

——这般轻易中计，只因自己拿了阴谋之心来度均成与苟丽忽的坦荡胸襟——这瞬的自惭形秽令辟邪耳边“嗡嗡”作响，他呻吟了一声，扶地喘了口气，直到脸颊上的滚热退去，才能虑到：皇帝行銮在大营深处，就算有内应，这样硬来，也是得不了手的。

只是阿纳为此亲力亲为，多半密谋周详，辟邪却恐他十有八九能一战成功。“这消息兄长能递出去吗？”

“行军中太难。”

辟邪闭上眼睛，点了点头：“我自己想办法。”

堨给点头退出，自去向阿纳复命。此时夜已过半，阿纳尚未歇下，由库伦护卫，仍过来探视，进帐一眼便瞥见辟邪正在出神，满脸的灰心丧气。

“你的侍卫们都过虑了。”辟邪见他进来，收了沮丧的神情，转脸又对库伦笑道，“现今的我，只得把你们的戒备当成恭维。”

这是他说过唯一一句示弱的话——阿纳见他面容比之白日里又憔悴苍白了许多，不由得心生不祥的寒意，道：“何必这么想，你比我还小两岁，好好将养一阵，就又和之前一样了。”

“之前也没什么好。”辟邪道，“要真好起来，便让我闲着。既没有什么左屠耆王也没有什么中原天子，容我消磨我自己的时间，容我……”他眼前忽然浮起寒州的水波，此番是真的心神动摇，郁结的真气比往常还要鼓噪，肺经烦厌，不由得一把抓住身上盖着的裘衾，从牙缝里透出一声呻吟。

“小九。”阿纳低声用中原官话道，“草原上没有可以让你停驻的地方。这里没有君权神授，大单于就是神，只有随波逐流一条路可以走。”

辟邪摇头道：“我这个病症固然是找个有庇护的地方苟且偷生为宜，但若是你，当知道我留在这里，不是因你父亲。”

阿纳怔了怔，喜道：“原来你答应了吗？”

“答应什么？”辟邪奇道。

“留在屈射。”

“说的是这个……”辟邪沉下了脸，不作一语。

阿纳笑道：“要是还没有决定，再慢慢想。”

“是啊，慢慢地，反正我现在什么也做不了。”辟邪冷笑。

阿纳笑容却未敛去，道：“这时候赌气有什么用？”他话音未落，却见辟邪目中精光一盛，顿时寒意逼人。未等他心中诧异，辟邪已一掠而起。库伦瞬间掣出刀来，直劈他胸膛，辟邪侧身勉强闪避，让刀锋擦着右肋刺过，展臂直取阿纳身后，倏然指尖微转，已在阿纳后心拈住一支火箭。他牵动真气，内力顿时横冲直撞，一瞬间心痛如绞，脱力摔倒，侧身倒下之时，正压住受伤的左臂，顿时痛得一身冷汗，咬牙哼了一声。

而这小小寝帐沾到油火，立时延烧起来。

阿纳用裘衣裹住辟邪的身子，抱着他跳出帐去。只见黑夜里漫天火星，又是一拨火箭袭来。

库伦紧跟着冲出帐外，吹起号角。不愧是屈射人中最精锐的勇士，不消片刻，满营的骑士皆已整装上了马，仆役奴隶们在宿营时早就备好水源，这时迅速扑灭了大王和大将营帐上的火。

骑士们搭弓向火箭来处回射，只听黑夜的草原中有支人马呼啸，便向南方逃下去了。

葛生提马奔到阿纳近前，道：“不出大王所料，他们果然来了。”

“莫追。黑夜中多半是诱敌的先锋放了一拨箭走了。”阿纳道，“若是来的人多，巡哨早已发现了。派几个人悄悄跟下去即可。”

“是。”葛生领命自去。

萧博等人早已聚拢守卫着阿纳，火光之下细看，见他安然无恙，才放下心来。

阿纳俯身望着辟邪，道：“已然欠了你两条命，实不甘心。你不是口口声声说来与我死斗的吗？”

“确实是的。”辟邪笑了，“所以容不得其他人占了这个彩头。”

来敌人数确实甚少，阿纳的大营有两成营帐被烧，却几乎无人伤亡。如此戒备到清晨，探子回来禀道，夜半的敌方人马也不过二三百人，放了两拨箭之后，南下果然有重兵埋伏，人数少说也有三四千人。

——所带精锐人数在万人上下，乘其不备奔袭过去，全歼对手也是有把握的——阿纳即命全军上马，轻骑追击。

萧博自然记得自己所负要务，忙问：“小王爷体弱，这般随军奔袭恐他病症加重。不如我们陪同，随辎重给养人等在此静候大王佳音？”

阿纳翻身上马，道："不可。路上奔袭固然辛苦，但留守辎重，只怕中原人会分兵偷袭，届时他趁乱逃离，你们又如何交代？"

"大王说的是。我看小王爷对大王一样有情义，想必能在屈射长留，倒不如我们四个陪着小王爷另行转回王帐，好好将养。"

阿纳睨着库伦，冷笑道："昨夜你们陪着，险就被你们一刀刺穿了。实不敢想象他能活着回到王帐。"

库伦"呵呵"赔笑了两声，摊着手对萧博摇头。众人无法，只得听命于阿纳，帮辟邪结束整齐，扶上马去。

辟邪提缰跃马在阿纳身边，笑道："既是中原兵马，得空我就抽身走的。"

"库伦。"阿纳唤道。

"是。"

库伦并骑在侧，如影随形地贴了过来。

阿纳见状笑了笑，抬手道："出发。"

万乘轻骑晨曦里扬尘南去。

奔过一个多时辰，便见前锋举旗，知道敌军已在视野之中。屈射人前锋已抄强弩在手，直冲敌阵，双方弓矢交错，屈射前锋两边一分，自敌军前横过，闪出次队再冲，弓矢如雨之际，前锋已抄截敌军侧翼，再发强矢，打得对手抬不起头来。葛生号角响起，库勒莫已率重甲骑士执长矛列队楔形直冲入敌阵，将对方骑兵冲得七零八落。

阿纳压阵在后，见轻易冲阵得手，蹙眉道："那恐不是中原人。弓太差了。"

话音未落，只听得身后蹄声滚滚，漫天黑衣精骑杀声震天地袭到。

"凉州人！"耳边都是长刀出鞘、精铁摩擦空气的声音，葛生大吼一声，后军千人拨转马头迎着身后伏兵冲去。

这两支人马争锋，对冲之后顿时绞杀在一处，胡刀并举，血肉翻飞，一时僵持不下。

辟邪的马匹"呼哧呼哧"喷着热气，暴躁地跺着蹄子，他勒紧了缰绳，勉强蹬住镫子，直起身向北方凉州援兵望去——两千上下的骑兵中，约有千人身着整齐的黑衣，一望而知是凉州正经的兵马，而此处诱敌的伏兵却分明是胡人胡衫，他默默清点中原阵中各方兵力，不禁蹙眉。

"赤胡……"

——赤胡所将，是游弋在屈射人侧翼的一支要紧的部署，不日便有机密交与他们办理，不料竟在此遭遇。就算是在此阻击消耗阿纳，却绝非能挡住他去路的人。

但战局之中，偏有支数百人的黑衣精骑，左右突杀，竟渐渐透出葛生的阻挡，最前那员战将体格魁伟，长刀犀利，未消数回合，已然杀透敌阵，虬髯深目转瞬可见，举刀向阿纳飙行而来。

“九殿下！”赤胡瞥见阿纳身边清瘦的身影，不禁大喜，嚷道，“九殿下！我是来救你的，快随我回去。”高叫之时，却不耽误弓矢，飞骑上拉开强弓，对准阿纳施射。大概因辟邪就在身侧，赤胡投鼠忌器，准头并不好，铁矢直向阿纳侍卫身上飞去。库伦大怒，摘下弓箭，“砰”地疾射。此箭原无落空之理，但赤胡军中不乏他的死士，竟有人策马飞身挡在他身前，生生挡去一箭。

“莫要他的命。放他回去。”阿纳伸手止住库伦，忽道。

“为什么？区区这几个人，不过一会儿就收拾完了。”库伦奇道，扭头问阿纳。

只这一瞬分神，辟邪展袖招了招手，已从库伦腰间掣出长刀，用裘衣遮住口鼻，策马向赤胡飞奔。

“蠢货！”萧博大骂库伦，催马紧追。

不过是一箭地，辟邪瞬间便驰至赤胡马前。赤胡见接到了他，也不顾身后同袍陆续战死，也未念及自己已经深陷重围，依旧咧开嘴笑了。

辟邪却在他微笑注视下腾身而起，冷森森双目俯视，一片阴冷杀意如冰峰压顶，未及赤胡心生疑惑，已被他居上临下，以刀锋洞穿胸膛而过。

无论是赤胡部下还是屈射人，都是大骇不解，直至辟邪掠回马上，赤胡尸身摔倒于地上，人们都莫名惊诧，眼睁睁看着辟邪勒住战马，甩去刀上鲜血，伫立在两军之间。

凉州骑兵瞬失主将，慌忙间失了方寸，被葛生冲击得不住退却，加之库勒莫一部收拾完伏兵，掉过头来支援，凉州军不堪死斗，在副将招呼之下，潮水般向西北方向撤退。

葛生追击号角响起，轻骑三千，随他追击而去。满地碧血之间，留着重甲骑兵拱卫左屠耆王大驾。

库勒莫大声欢呼，全军随他高叫：“嚯啦！嚯啦！”

阿纳近侍们仍在议论辟邪击杀赤胡的军事，竟有人佩服他的当机立断，甚喜左屠耆王劝了他日久，终于将他变作了自己人。纷纷喧嚣中辟邪拨转马首，漠然望着阿纳缓缓行近，用阴郁的双眸盯着自己的眼睛。

“啪。”阿纳突然举起马鞭向辟邪抽去。

辟邪猝不及防，勉强仰身闪避，自马背轻盈飘落在地。他击杀赤胡之后已是强弩之末，此刻只能单膝跪倒，忙于喘息，看着阿纳跳下马来走近、举鞭，竟无力再闪避，仅来

得及伸出左臂，挡在面前。那鞭子便蟒蛇般死死缠在他的伤臂上。

人们不明其中什么变故，都是面面相觑，不知如何劝解。却见辟邪弃了长刀，用力抓住阿纳的马鞭，借力慢慢站起身来，虽然浑身都在战抖，仍走到阿纳面前，直视他湛蓝的眸子。

“你是一心一意要回去的。”

“不错。”辟邪冷笑，“只要有一线可乘之机，我都要回去的。岂可如你所愿，留他性命日后泄露我的身份，平白无故为你们用我窃国造势？”

“这几日与我虚与委蛇，假作应允，当真到了要紧的关头，仍是不惜性命，绝不留一丝隐患。”阿纳语声中满是失望，“你压根就没想过与我携手南下一事。”

“阿纳，我不是你少时的伙伴，而是那个被父王推到你面前，将你认作死对头的人。你心中只念交情，却偏偏不肯认命，只怕你心里从来就没有认真想做太子阿纳。就算我对弑君窃得大统的事不屑一顾，但我仍是亲王之子，心中自存国体。你如此辜负我兄长言传身教，又如何配当我的对手？”

“你若有雄心大志，我就算不当你的对手，辅佐你登基中原，亦是我心甘情愿，还你一条性命。你却是在怕什么？不敢要吗？”

“呵呵。”辟邪双目中波澜乍现，一瞬间毒怨之色翻涌，又被无尽的无奈掩盖，“你已窥破我残缺的身子，你说一句给我这天下，却是来取笑我的吗？”

阿纳抽了口冷气，沉默半晌，松开了手指，将鞭子掷在辟邪身上。“萧博。”

“是。”

“你们陪着小王爷回转王帐，交给大单于好好款待。”

“是。”

他拉过红马，翻身而上，俯视着辟邪，冷笑道：“你和我。”

辟邪在金色的晨光中仰面：“不错，只有你和我。”

Staread
星文文化